传统文化修养丛书

历代题画诗类 1
（最新点校本）

（清）陈邦彦等—编

乔继堂—整理

上海科学技术文献出版社
Shanghai Scientific and Technological Literature Press

图书在版编目（CIP）数据

历代题画诗类：最新点校本/（清）陈邦彦等编．乔继堂整理．—上海：上海科学技术文献出版社，2023
ISBN 978-7-5439-8887-3

Ⅰ．①历… Ⅱ．①陈…②乔… Ⅲ．①题画诗—诗集—中国—清代 Ⅳ．① I222.749

中国国家版本馆 CIP 数据核字（2023）第 125176 号

组稿编辑：张　树
责任编辑：王　珺
封面设计：留白文化

历代题画诗类：最新点校本
LIDAI TIHUASHILEI: ZUIXIN DIANJIAOBEN
[清]陈邦彦　等编　乔继堂　整理
出版发行：上海科学技术文献出版社
地　　址：上海市长乐路 746 号
邮政编码：200040
经　　销：全国新华书店
印　　刷：商务印书馆上海印刷有限公司
开　　本：889mm×1194mm　1/32
印　　张：77.75
字　　数：1 878 000
版　　次：2023 年 9 月第 1 版　2023 年 9 月第 1 次印刷
书　　号：ISBN 978-7-5439-8887-3
定　　价：680.00 元（全四册）

http://www.sstlp.com

整理前言

《历代题画诗类》,又题《御定历代题画诗类》,康熙年间陈邦彦编,康熙帝御定并御制序文。这同样是康熙帝御定的"大部头",故亦有冠其书斋号题曰《佩文斋题画诗》者。

是书编纂,与《佩文斋咏物诗选》有所不同。《咏物诗选》乃康熙帝"燕暇……博观耽味",于古初至前朝之咏物诗作,"搴其萧稂,掇其菁英",然后命臣工校理、编录的。就是说,"起意"的是康熙帝本人,他甚至还做了些具体工作。《题画诗类》则是陈邦彦"裒辑汇钞,……缮本呈览",而康熙帝"嘉其用意之勤,命授工锓梓"的。就是说,这书可算陈邦彦的个人纂述,发凡起例者是他,全书纂辑者也是他。只不过若非"奉旨校刊",能否顺利梓行、及时面世,却恐怕要另当别论了。

陈邦彦(1678—1752),字世南(亦作"思南"),号匏庐,一号春晖,浙江海宁人。康熙四十二年(1703)进士,授翰林院编修,入值南书房,后升侍读学士。乾隆初,官至礼部侍郎。陈邦彦工诗能文,作品典雅有致;又善书法,尤工小楷。侍直内廷时,常奉命校读御制碑版文,并奉敕缮写,《康熙字典》御制序、《御制圆明园十景诗》,都出其手笔。著有《墨庄小稿》《春晖堂集》等,辑有《全唐文》《宋诗补遗》;此外颇有影响的,便是这部《历代题画诗类》。

陈邦彦缘何"裒辑汇钞"题画诗,限于本书,似无从知晓。御制序指出了两点,一则现实,一则指归。现实是"历代各体题咏以万计,散置诸集,无所统纪",应当裒辑董理;指归是"不踰几席,而得流观山川险易之形;近在目前,而可考镜往代留遗之迹","可以触类而知所务"。文化传承、经国济世的双重追求，可谓成就是书的根本所在。

《历代题画诗类》初刊在康熙后期：御制序谓"命授工锓梓……兹刊成装潢来上"，末署"康熙四十六年"。这也是此次整理所据底本（是否原初刷印本，却未可遽定）。其后有《四库全书》本。《四库全书总目提要》介绍此书，较之《佩文斋咏物诗选》要简单一些：

> 《御定历代题画诗类》一百二十卷，康熙四十六年御定。编修臣陈邦彦，编校自天文、地理至人事、杂题为三十类。一类之中，又各以题为次。如天文之云雨阴晴，地理之山川城郭，不相参杂。所收之诗几九千首，可云极博矣。前有圣祖仁皇帝御制序，谓可流观山川险易之形，考镜往代留遗之迹，于昔人《豳风》《无逸》之图，有互相发明者。于此见圣人之心钜细一贯，虽流览艺咏，而志存观省，固非和铅染翰之末所得仰窥矣。
>
> 向来纂集绘事题咏者，若孙绍远之《声画集》，范迁之《题画诗》，李日华之《竹嬾画媵》《墨君题语》等书，多或数帙，少不过一二卷；拟于是书，奚啻爝火之于曜灵哉！

《提要》介绍简单，或许缘于是书本有完备的《凡例》。《凡例》共九则，主要介绍分类原则，可谓委曲详尽。较之于《咏物诗选》，相对统括的分类增加了系统性，也成为是书一大特色。书名曰"诗类"，总目谓之"总目类"，均可见编者瞩目、得意所在。显而易见，若非熟悉画史、绘事，恐怕难臻其美。

近九千首诗（实收 8962 首），分三十类，每类近三百首，安排起来，还是要有一定的次序。《提要》谓之"一类之中，又各以题为次";《凡例》则云:"凡一类之中,复有以诗题为类者。如天文则云雨阴晴各异,地理则东西南北区分;故实、古像,各以时序先后;兰竹、龙马,勿使间出杂见。若同类之诗,画题杂出,则又取其相类者以为类。如山水之或从其格,或从其景,或从其时,或从其作画之人,以分别卷帙。树石、花卉、禽兽,皆照此例。"虽无标题,不失统系。如此次序,具有一定传统文化修养,也大多会"心中有数"。至于组诗所咏不一、分置各类,如宋赵抃原题《次韵三司蔡襄芦雁獐猿二首》,因禽、兽类别不同,分置两卷(诗题亦略改),自然不在话下。

摹写图绘,却又要题诗(尽管许多题画诗并不题于画幅),自然有其缘故。康熙帝御制序和《四库提要》,均提及"《豳风》《无逸》之图",这应当是解析"缘故"的切入口之一。

《豳风》,《诗》十五国风之一,共七篇。《汉书·地理志》谓其地之民"好稼穑,务本业,故《豳风》言农桑衣食之本甚备"。为人熟知的首篇《七月》,所言正是"稼穑本业",而后世《豳风图》,亦以此篇为主。关于此篇意旨,《诗序》谓:"陈王业也。周公遭变故,陈后稷先公风化之所由,致王业之艰难也。"所谓"陈王业",指周公辅佐年幼的成王,劝勉他戒逸豫、勤农本。

《无逸》,《尚书·周书》中的一篇。无独有偶,此篇亦是周公用以劝诫成王而作,只不过《七月》在辅政之初,此则在归政之后。《史记·鲁周公世家》载,"周公归,恐成王壮,治有所淫佚,乃作《多士》,作《毋逸》……以诫成王"。《无逸》开篇即曰:"君子所,其无逸。先知稼穑之艰难,则知小人(小民百姓)之依。"且屡屡强调"不敢荒宁"。可见,《无逸》与《豳风·七月》,意指大体一致,即务本勤俭。在传统农业社会,这一理念自然会深受重视;其原初指向均为君王,后世君主倾心瞩目,也便不言而喻。

我国古来向有"左图右史"之设①，就是说，文字与图绘"一个都不能少"。《豳风》《无逸》既然如此重要，形诸图绘，便也势所必然。史籍不乏二图与历代君主的记载。《豳风图》，晋明帝司马绍时就有；宋人马和之《豳风图》传至清代，乾隆帝于卷首御笔亲题"王业始基"四字。唐、宋两代，唐之穆宗、文宗、武宗，宋之仁宗、真宗、哲宗、徽宗、高宗，均有关涉《无逸》图文之事。最常见的情形，是在君主目力所及之处图写《无逸》，如《新唐书·崔植传》载，唐太宗时贤相王珪，"尝手写《尚书·无逸》，为图以献，劝帝出入观省以自戒"（卷六十七）；《宋史》亦载，龙图阁学士孙奭，"尝画《书·无逸》为图以进，上（仁宗）命施于讲读阁"（卷一百九十）。

　　君主居近壁、屏绘《无逸图》，道理其实简单至极。古来君主，勤劳俭朴者固然代不乏人，逸豫奢侈者亦复比比皆是。有些皇帝佬儿，前期勤俭过人，不可不谓之英主；后期却怠政奢靡，成了十足的昏君。其间象征性的"分水岭"之一，便是《无逸图》的去取。典型的例子，正是题画诗历来多所涉及的唐玄宗——本人之外，四王、阿环及诸姨乃至"锦褓儿"安禄山，跟他都脱不了干系；即便马儿如照夜白，自然也要算到他的头上。

　　唐玄宗早年勤政有为，又加姚崇、宋璟二贤相辅政，造就了贞观之后的又一盛世——"开元之治"。玄宗即位后，太宗时的《无逸图》是否还在，不得而知。但崔植谓"其后朽暗"，承前而言，说得或许正是王珪所献之图。只是"朽暗"之后，玄宗不复

---

① 清阮葵生《茶馀客话》卷十："古人左图右史，不独考镜易明，且便于记览也。吾师邱恭亭先生，生平读书，凡难记处，皆图焉。"鲁迅《且介亭杂文·连环图画琐谈》："古人'左图右史'，现在只剩下一句话，看不见真相了。宋元小说，有的是每页上图下说，却至今还有存留，就是所谓'出相'。"

"新"之，而是"代以山水图"，且"稍怠于勤"。何时以山水图取代《无逸图》，崔植未言，而人有谓之"开元之末"者，似乎有意无意间突出了《无逸图》去取的分水岭意味。自然，之后便是"天宝之乱"，锦绷儿进逼长安，阿环（题画诗有唤之"妖环"者）命丧马嵬，三郎也只能在"幸蜀"回銮路上饱听"雨淋铃"则个。

康熙帝和《四库提要》言及《豳风》《无逸》之图，突出强调二图的重要。二图由诗文而图绘，题画诗则是由图绘而诗作，虽然是反方向的作为，功用则如出一辙，重要性也是一般无二。诗文而图绘，在于形象显豁；图绘而题诗，当在于明白确凿。虽说有时"难说与君画与君"（唐寅《题画》十三首之十三），有时却又"至神无滞形，丹青莫能状"（郝经《东坡先生像》）。图绘尽可以惟妙惟肖，却并非"能言善辩"。所谓"画中有诗"，那"诗"画中固然所有，却离不开读画者的前知识——文化记忆，否则也便仅可见物而弗能见意。而画作题诗，就在于把"意"表达得更为明白确凿。"诗中传画意，画里见诗馀"（刘因《辋川图》），可谓道尽题画诗之画、诗关系的奥妙。①

《豳风》《无逸》之图，是由诗文到图绘，诗文在先，图绘在后；题画诗则反之：画作在先，题诗在后。就此而言，《豳风》《无逸》图并未揭示题画诗的源头。那么，追根溯源，题画诗昉自何时、始作俑者何人呢？

清沈德潜《说诗晬语》（卷下）云："唐以前未见题画诗，开此体者，老杜也。"沈氏于诗史极为熟稔，他的论断必有其道理在。尽管也有人认为，魏晋六朝时期即有题诗画扇、画屏者，如

---

① 关于诗、画关系，理学大家邵雍有《史画吟》《诗画吟》二诗，摆落具体画作，纯然议论，所言亦可谓透彻。诗见卷第一百十九"杂题类"。

晋桃叶（王献之妾）之《答王团扇》，南齐丘巨源之《咏七宝画团扇》。至于顾恺之《洛神赋图卷》，与《豳风》《无逸》图同一径路，也是先文后画的。

以老杜为题画诗"开体"者，其理据略有数端，应属无可辩驳。一是老杜题画诗着实不少，诸如《画鹰》《题壁上韦偃画马歌》《韦讽录事宅观曹将军画马图歌》《丹青引赠曹将军霸》《戏题王宰画山水图歌》《奉先刘少府新画山水障歌》等；二是这些关涉画作的诗，均可谓历代讽诵的佳作；三是老杜的诗史地位，几乎无人能及——里程碑式的人物，不总是要捉一个"大个儿"的充任吗？

更为关键的一点，是老杜奠定了题画诗的范式。诚如沈归愚所云："其法全在不粘画上发论。如题画马画鹰，必说到真马真鹰，复从真马真鹰开出议论，后人可以为式。又如题画山水，有地名可按者，必写出登临凭吊之意；题画人物，有事实可拈者，必发出知人论世之意。本老杜法推广之，才是作手。"（《说诗晬语》卷下）对此，沈氏同代之清人亦多有论及，如管世铭云："题画诗透过一二笔，便觉不止于画，少陵每篇有之。"（《读雪山房唐诗序例》）杨际昌云："题画诗沉郁淋漓，少陵独步。自后作者，凡遇珍玩碑碣，多师其意，用全力出奇。"（《国朝诗话》卷二）陈仅说得更为具体："题画诗起于老杜，人人皆读之。故凡题画山水，必说到真山水，此法稍知诗理者皆能言之。然此中须有人在，否则虽水有声、山有色，其如盲聋何？试观老杜题山水必曰：'若邪溪，云门寺，青鞋布袜从此始。'题画松必曰：'我有一匹好东绢，重之不减锦绣段，请君放笔为直幹。'题画马必曰：'真堪托死生。'题画鹰必曰：'吾今意何伤？顾步独纡郁。'厥后东坡、放翁亦均如此，可悟矣。"（《竹林答问》）

老杜开山之后，到得北宋，题画之风大盛。其中最为杰出者，当推诗画兼擅的苏东坡。此老题画诗既多且好，加之榜样号召作用，竟使东坡及其苏门群体，题画诗多达千余首（李松石《两宋题画诗词研究》）。而题画诗的分门结集，也出现在题画诗大盛的宋代，即孙绍远之《声画集》。对于历代题画诗名家，清人乔亿《剑溪说诗》（卷下）指出："题画诗，三唐间见，入宋寖多。要惟老杜横绝古今，苏文忠（苏轼）次之，黄文节（黄庭坚）又次之。金源则元裕之（元好问）一人，可下视南渡诸公。至有元，作者尤众，而虞邵庵（虞集）、吴渊颖（吴莱），又一时两大也。"这种情形，本书收录作品，均有一定体现。

《豳风》《无逸》之图，配以原诗、原文，则成双璧。那么，题画诗又写些什么呢？纵览全书可知，大概不外描状图绘、揭示背景、阐发画意、评骘画家、考校画史、探讨技法，等等。

题画诗描摹状写画作所绘，应该是最"本分"的，也最容易下笔切入，对读画则更是有着最为基础性的裨益。虽非尽数如此，但此类题画诗亦代代有之，尤其长篇，不乏细致入微者。明人王淮《钱舜举画花石子母鸡图》（卷第一百十一），起首四句写花石，构建起鸡们的活动背景；随后四句写父鸡、母鸡，并与环境关合；接着以十句之多，描摹七只雏鸡与母鸡的互动，先总括："母鸡喈喈领七雏，且行且逐鸣相呼。"后分叙："两雏依依挟母腋，母力已劳儿自得；两雏啾啾趋母前，有如娇儿听母言；两雏唧唧随母后，呼之不前不停口；一雏引首接母虫，儿腹已饱母腹空。"这样的描状，大可谓之穷形尽相矣。

然而，纯然描摹状写，无论如何细致，也算不得完全。题画之诗，若不说出几分画外之意——所谓"掺抉义蕴，发摅旨趣"（御制序），也就显得可有可无。这一点，题画的不论画家、诗人还是诗画皆擅者，无不胸中瞭然。王淮当然也不例外，故而诗作接着由雏鸡报恩，联想到自己漂泊江湖、难报母恩："钱翁摹此悦生意，我独观之暗流涕。劬劳难报慈母恩，漂泊江湖复何济？"

这样的生发虽不"高大上",却也真情剖露,颇能引人共鸣。从描状到生发,可谓既"诗传画外意"、又"贵有画中态"(晁补之《和苏翰林题李甲画雁》二首之一)。到得如此,康熙帝所谓"触类而知所务"(御制序),也便落到实处。①

通读是书,前述几方面的内容,均可不期然地随处邂逅。比如——

画之意义:"莫把丹青等闲看,无声诗里颂千秋。"(明徐渭《独喜萱花到白头图》)"写出区区未耜勤,贵知天下由吾方食足。"(宋韩琦《观胡九龄员外画牛》)

画师能事:"画师胸中吞万有,吐出云梦常八九。"(元陈樵《寒江渔乐图》)"岂是笔端分造化,无穷岩壑一缣收。"(元吴镇《范宽江山秋霁》)

形神关系:"画图贵似不必似,却恐有意伤雕锼。"(明李东阳《彭学士先生所藏刘进画鱼》)"古人论画索画外,世俗区区较形似。眼明亦有可人者,龚子(龚吉)画形兼画意。"(宋陈造《赠画士龚子》)

形神关系所体现之画品高下:"吴生虽妙绝,犹以画工论。摩诘得之于象外,有如仙翮谢笼樊。"(苏轼《王维吴道子画》)

物、画、人浑融之境界:"人才有我难忘物,画到无心恰见工。欲识高侯(高克恭)三昧手,都缘意与此君同。"(元邓文原《题高房山墨竹图》)

主题画史演进:"墨竹昉自何人始,辋川(王维)石刻今馀

---

① 元杨载《胡氏刺虎图》(卷第四十四),亦是如此。全诗十一韵,前多半篇幅,尽可以说是规规矩矩的"记叙诗";后五韵则以胡氏之举,讽谏流俗、激劝节义,最后结以"吾故作此诗,于以告万世"。而明祝允明《王右丞山水真迹歌》(卷第十一),则几乎全是细致的白描,只末尾三句推想到作画背景。

几?后来萧悦稍出群,香山侍郎(白居易)独称美。① 洋州太守(文同)善写真,长帽先生(应指苏轼)差可拟②。江南漫作金错刀,枝叶襟袾何足齿。北方作者夸澹游(王曼庆),房山(高克恭)继之妙莫比。吴兴公子(赵孟頫)最擅名,同时亦数蓟丘李(李衎)。"(明张羽《李遵道墨竹歌》)

时代特色:"宋人写梅工染地,染出疏花得花意。寒枝点缀纵复横,宛在江村立烟际。元人写梅铁作圈,千玉万玉相联拳。天机浅深各有态,三昧定属何人传?"(明程敏政《题陆廉伯庶子所藏墨梅》)

画作背景:"昔者金源起东北,万马南驰躐中国。……既尊儒术尚文事,立进画图供甑阅。……此图仿佛戡(张戡)所作,似貌燕山驰猎者。"(元刘永之《题金人猎骑图》)

画绘技法:如画梅之"只要稀疏不要繁"(宋杨公远《写梅》);画竹之"八法写湘君"(明丁明《管夫人竹石》),"写竹如写字"(明朱应辰《管夫人竹石》),"倪君(倪瓒)知籀法,数竿潇洒更风流"(明于思缉《云林画竹树秀石》三首之二)③。

画作之鉴赏论争:如针对老杜"幹惟画肉不画骨,忍使骅骝气凋丧"(《丹青引赠曹将军霸》),唐人顾云直言:"杜甫歌诗吟不足,可怜曹霸《丹青曲》。直言弟子韩幹马,画马无骨但有肉。

---

① 白居易《画竹歌》称赏萧悦竹画,谓"植物之中竹难写,古今虽画无似者。萧郎下笔独逼真,丹书以来唯一人"。全诗见本书卷第七十六。

② 元人于立《题西园燕集图》有句"长帽先生正挥洒",而米芾《西园雅集图记》谓"其乌帽黄道服捉笔而书者,为东坡先生"。苏轼曾创制新帽,帽身较长而帽檐极短,时人李廌《师友谈记》云:"士大夫近年仿东坡桶高檐短帽,名曰'子瞻样'。"

③ 不仅画竹,明许伯旅《题林盘所学民家藏温日观蒲萄》云:"张颠草书天下雄,醉笔往往惊群公。温师作画亦若是,我知画与书法通。"可知"画与书法通"的认知,古来有一定的普遍性。

今日披图见笔迹,始知甫也真凡目。"元人虞集、揭奚斯,一则曰"天厩真龙奇骨在,故知臣甫负骅骝"(虞集《韩幹马》),一则曰"韩幹画出曹将军,幹惟画肉犹逼真"(揭奚斯《韩幹马》),肯定韩幹马,批评杜甫诗。而苏轼早就指出,韩幹马所以"多肉尻脽圆"(《书韩幹牧马图》),缘于"韩生自言无所学,厩马万匹皆吾师"(《次韵子由书李伯时所藏韩幹马》),而偃旗息鼓的年代,厩马势必肥硕,故而"韩生画马真是马"(《韩幹马十四匹》)。

就画中之物比德言志:"蕙兰与脩竹,……比德如夷齐。"(元杨载《题松雪翁墨竹》)"兰以比君子,蕙比大丈夫。"(明商辂《兰蕙图》)"寒暑不能移,德比松与柏。"(元倪瓒《画竹》)"山翁野老争道真,松篁节操梅精神。"(元王冕《题画梅》三首之二)

读画引发感喟:读观瀑则谓"听山看水一生乐"(明陈颢《观瀑图》),读听琴则谓"耳听不如心听聪"(元周鼎《听琴图》),读山居则谓"无求道自尊"(元钱选《山居图卷》),读古像则谓"时危英雄常恨少"(金赵秉文《汾阳王像》);由范蠡而谓"功名自古是危机"(元赵孟𫖯《题范蠡五湖》),由杨修而谓"露才扬己古所忌";由释之而谓"孝文俭德虽天纵,亦赖忠臣劲一言"(宋刘子翚《张释之谏文帝图》),由苏李而谓"所以君子人,不处嫌疑间"(明康海《子卿泣别图》);由烈妇杀虎而谓"寸铁竟能伸义烈,大臣当国合横身"(元王恽《再题胡烈妇杀虎图》),由桃溪归隐而谓"此辈君侯休羡慕,但当匡救主民疲"(元许衡《武郎中桃溪归隐图》);由渊明归田而谓"此心若识真归处,岂必田园始是家"(金王若虚《题渊明归去来图》五首之一),由太白还山而谓"心中有道时时乐,眼底无尘物物清"(元刘秉忠《太白还山图》)……

顾名思义，题画诗应当题于画幅，实际情形却未尽如此。且题在画幅之上的，亦有诸多情形，比如题诗者为谁人，题诗在何时，题诗与画作的关系，等等。

画作题诗，首先应是画家本人所为，且多应与画作同时完成（自然也有例外），诗是整体画作的一部分——不论其间关系是紧密还是疏离。作画一人，题诗另是一人，这人际关系就有了多种情形，且题诗时间亦有差别甚大者。画、诗同时完成，作画、题诗者多是熟人，甚或好友。就当今情形逆而揆之，这种情况应多见于文会雅集，或者"处心积虑"，或者"一时兴起"。不过，若非事先安排，七步成诗的材地毕竟少之又少，故而先画后诗、有所间隔，此类情形亦应不少。文同为友人画墨竹，就明白提出要等苏轼还朝后题诗，而这一等就是八年。①

文同、苏轼，毕竟是同时代人，而题画诗之作、之题，不同时代甚或时隔千年者，亦比比皆是。此时的题咏者，不应再视为共同创作者——像文同和苏轼那样，而主要是鉴赏者、共鸣者。他们是观画有感而题咏的，与画家异代异时，欣赏乃至钦慕是联系双方的纽带。就存世画作来看，这样的情形并不少见，甚或要多一些？如此题咏，不受促迫，要从容自在得多。当然，画作所有者请人题咏，大概还是要有些"时间概念"的。

一般来说，画于诗同时完成，不论题诗者是画家自己还是别人，二者都是统一的。就是说，即便像文与可与苏东坡那样相隔八年的"合作"，画、诗也是形神一体的，诗之所咏，亦即画之所绘（当然包括画外之意）。异代之人的题画诗，就可能不是这样，题咏与画作是一种若即若离的关系。突出表现在于，题咏者

---

① 苏轼《题文与可竹》小序云："故人文与可，为道师王执中作墨竹，且谓执中勿使他人书字，待苏子瞻来，令作诗其侧。与可既殁八年，而轼始还朝见之，乃赋一首。"其诗见本书卷第七十九。

是以他者身份审度、题写的，字里行间总有一个"自我"在。这样的题画诗，不是画里的，而是画外的；内容神契上如此，空间形式上也多是如此。不过，在后人看来，它们又是一体的——不仅物质上是一体的，神韵上也是一体的。只要略微了解传世画作（尤其是题咏较多的名作），对此就不难理会。

画作增加幅面而加以题咏，这样的题画诗，还算是名副其实的"题画"。而历代吟咏画作之诗，尽有与画幅并无物理关联的，而这样的作品，历来也被纳入题画诗之列。其实，老杜咏画之诗，便是这样的。如此，题画诗的外延宽阔了不少，也成就了这部《题画诗类》近九千首之洋洋大观。

肯定的是，缺漏也当大有诗在。比如"大宋孤臣"郑所南（思肖），诗画兼擅，其《所南翁一百二十图诗集》，正是画作与题画诗的合集。而他的诗本书仅录三首，就连名句"宁可枝头抱香死"所从出之《题画菊》（又题《寒菊》）也失收。而此"失"似非无意，应属有心，当缘于所南翁如所画傲菊一般，"花开不并百花丛"，不肯"吹落北风中"（均《题画菊》）罢？

文字避讳，可算是我国文化的一个特色。无论私讳（家讳）、公讳，因避讳而上演的悲喜剧，代不乏人。私讳犹是一家之事，不及某字、不做某事，也便罢了。公讳天下共守，除了消极地避，还须积极地改。比如人名犯讳，饶是"皇览揆余初度，肇锡余以嘉名"，也只得改了。清人王士禛，因犯雍正帝讳（胤禛），主动更名"王士正"；到了乾隆朝，皇帝觉得"正"与"禛"读音相差不小，便又帮他改成了"王士祯"。

《题画诗类》之避讳，与《咏物诗选》不同。凡涉康熙帝名讳，《咏物诗选》一律易写另字（"玄"而写"元"），《题画诗类》则以缺末笔避讳。这种差别，也许意味着什么（比如版本），姑置不论。要说的是，涉及族群的文字避忌，康熙时远不如乾隆间那样突出。《题画诗类》卷五十七"羽猎类",宋朱子《题蕃骑图》"却是燕姬能捍敌,不教行到杀胡林","敌"本为"虏","胡"则仍旧。而卷五十三"古像类",元郝经《闲闲画像》(赵秉文号"闲闲居士/老人")"石光玉洁无腥膻"句,《四库》本"无腥膻"改"出尘凡",则分明缘于诗中"金源"二字了。

  此外的文本改动,主要是删节。总体来说,此书很少删节;有些看似删节,实则可能另有原因。传世文本不无歧出,时代越久,纷杂越多,这已是人所共识。较之一般文本,题画诗出之文籍以外,又多了画作本身这一来源,平添了歧出的可能性。因而,整理时即便注意到删节,大多也一仍其旧;只有个别影响文意连属之处,才适当补出删节文字。如卷八十一"兰竹类"明王仲辉《题王舍人墨竹》,"数竿晴,渭川日暖春风轻。数竿侧,淇澳秋深雨萧瑟",中间缺"数竿老,嶰谷千年霜雪饱。数竿敧,楚江岁晚寒风吹"数句。不论有意无意,少了这几句,显然未尽合适:"晴"与"老""敧"与"侧",柱对连属而言,不可或缺;"数竿"只剩一半,后面"千竿万竿"似乎也少了些分量。而卷九十三"禽类"明解缙《白鹤图歌》,末尾"饮啄不受爱者呼,麾之不去,招之不来,磊落岂有轩车污。如此高洁世所无,上帝何不唤取归清都?"两个四字句分别少"喜欲舞""不可媟","如此高洁世所无"承前复叠一句,前句之前还有"不饥不渴天为徒"句。揆之文意,"喜欲舞""不可媟",未必可删;复叠一句,意在强调;"不饥不渴天为徒",于主旨表达又不无意义。诸如此类,或随文补出,或脚注说明。

  文字的改动——主要是删减,也许更多见于诗题。这不难理解:一则为了简练,一则为了准确。前者如卷第一百三"兽类",黄庭坚《咏伯时虎脊天马图》,原题《咏伯时画太初所获大宛虎脊天马图》,省略了"画太初所获大宛"七字;后者如上文提及之赵抃《次韵三司蔡襄芦雁獐猿二首》,在"禽类"则题《次韵三司蔡襄芦雁》，在"兽类"则题《次韵三司蔡襄獐猿》，分别删减了不在属类的名物。无论为简练还是为准确，这样的改动都是有其必要性的。

是书遇有文字空缺，均小字标明"原本阙×字"，显示原本阙如而非删节。此类情形，当是原本漫漶等所致，所缺文字无多，少则一两字，多则一句。比较删节之或嫌烦冗（如卷第七十四"树石类"祝允明《题徵明写赠潘崇礼灌木寒泉大幅》删节十句，卷八十一"兰竹类"明李晔《王子约双钩竹图》删节多达约七十句），此类所缺虽少，却很是关键，大多会直接影响阅读。对此，整理时尽可能予以查补。如卷一百八"鳞介类"明丘濬《六龙图》，"君从何处得此本？仿佛似是"，下缺"陈所翁"；"会须一夜……去"，"夜"下缺"波涛"二字，均据丘氏本集《重编琼台集》补出。未能查补者，则改为相应数字的□。

"无错不成书"，大概古今皆然，即便皇帝佬儿"御定"之书，也难能例外。《题画诗类》如此大部头的辑录型纂述，散布几片落叶，并非意料之外的事情。这也不无客观原因，诸如所据原本有误、字形复杂多变、刊刻鱼鲁亥豕等。如卷三十八"名胜类"明董其昌《题武夷山图》前两句"两丸熠煜跳天门，凤凥气马无停辕"，"凥"当为"尻"；卷一百"兽类"宋楼钥《题画虎》末两句"藜藿将不採，何止説狐兔"，"説"当作"奢"，或则字形近似而误，或则书写习惯致误。这样的误植，彼时或许可以模棱，当下则最好不予放过。故对于明显确定的误植，整理时均以［］随文标出正字。

误植之外，更多的是异文。流传版本的不同，是异文产生的主要"途径"。这，或是编者寓目数本，取此弃彼；或是仅见一本，不及其余。与此同时，抄录、刊刻之时，有意无意的写、刻习惯，也会造成异文。对此，凡能注意到者，均随文以（）给出相应的异文。较之误植，这种情形当然要多很多。如卷第二"天文类"萨都剌《题喜里客厅雪山壁图》，不仅诗题有异（见该诗脚注），诗中异文也有数处："深冬"一作"冬深"，"酒帘"一作"酒旗"，"瘴云"一作"瘴烟"，"雪山壁"一作"雪色壁"。而"雪山壁"或可勉强模棱，"腊月杨花"则实在难圆其说，括注之"梅"便不是"杨"的异文，而属王字了。

　　有些异文，不予标出，亦无不可；有些异文，则颇有必要。前一种情形，不影响阅读理解，"酒帘"也好、"酒旗"也罢，总不过是酒家以广招徕的标识而已。后一种情形，就有可能影响文意的贯通，"雪山（色）壁"即是；"驷铁（驖）"亦是——虽说"驷铁"源出《诗经》（《秦风》"驷铁孔阜"），但在后人感觉中，毕竟"铁"（《诗》中本指铁黑色马）与"马"颇有些"铁马牛不相及"，注出异文"驖"（音"铁"，黑色马），便可豁然。至于李梦阳（本书卷第九十《林良画两角鹰歌》）、钱谦益（《三次申字韵示茂之》）们用"驷铁"，好古而已，也无需惊怪。

　　就文字而言，异文有的属于不同的字、词乃至句，有的则仅仅是个别文字字体的不同。后一种情形，就是涉及古籍要面对的异体、古体、俗体字问题。

　　《题画诗类》整理时对字体的处理，与《咏物诗选》有所不同，即尽可能保留了异体字、古体字等。如此处理，是考虑到了此书题材的特别。题画诗多涉及书法，不言而喻；如今书家多不避繁体、异体，甚至青睐古体、难免俗体，亦属习见。如此处理，或许不无益处。只不过汉字的丰富，迥出常人意料，加之排版字库容量，又不能不做些特别的处理。

　　处理的原则，自然是不至引起误解、方便阅读理解。因此，尽管有些字原书用了异体甚至古体，也一律予以规范。此类文字最多见的，是较之当下规范字缺少或增添笔画的，上下左右不同结构的，等等。这些异体文字，对一般读者来说，可能引起误解；而且某些异体字，原本就是讹误所致，不用也罢。同时，即便异体照旧，也多随文括注了规范字（这或可视为别一类型的异文），以方便顺畅阅读理解。而标题则尽可能使用规范字，少用乃至不用异体字等。

不能不承认的是，古籍文字写、刻，有一定的随意性。长此以往，从之者众，也便习"彼此彼此"。这突出表现在一些偏旁的混淆，诸如荅答、藉籍、岐歧、奕弈之类，具体语境之下，自然也不成问题。但太过泛化，有的就可能成了问题，如元陈基《题富炼师仙山访隐图》（卷第四十五"闲适类"）"丹丘羽客遥相迎，足藆浮云同上征"，藆、蹻二字，音义均不相同，而此处当作"蹻"（通"蹻"）而非"藆"（花盛开），故予以调整。如此调整改动，应当是有利于准确理解的。

还有一种有趣的情形，大概是编者等为了"变文避复"，在同一首诗里使用同一文字的异体。如既用"村"又用"邨"，既用"岸"又用"岍"，等等。而元陆仁《题文海屋洛神图》（卷第六十一"仙佛类"），八句诗中八个"兮"字，用到了三种字体：兮、兮、丂。就理解诗意，这颇有些无谓；而对识文断字，却也不无益处。

原书各诗，作者均系朝代。整理本朝代均加以（），缺失的则补出。个别易代之际的作者，朝代属前属后，不予查究。各代帝王，均称庙号或谥号，也一仍其旧。

作者之名，一般均使用今人熟悉的规范文字，以免歧出误解；即便个别用到异体字的，亦属人所熟悉者。相应地，常见的地名，一般也同样处理。作者姓名前后不一的，均予统一，并脚注说明。如卷第七十"牧养类"《题风雨归牧图》，作者元代钱维善，"维"一般作"惟"；卷第一百二十"杂题类"《题画》，作者明代储瓘，"瓘"当作"罐"，即如此处理。

标题、诗句中的人名错误，比较熟悉者，标题多径改，如卷第三十八"故实类"宋韩驹《题韩滉画瀛洲学士图》，"滉"原为"晃"；卷第八十一"兰竹类"明孙蕡《题苏明远画竹图》，"明"原为"名"。未必熟悉者，如卷第八十七"花卉类"宋范成大《张希颜纸本牡丹》，"希"应为"晞"，则加脚注说明。若在诗句，则多随文括注，如第四十"故实类"元王恽《风雪蓝关图》其二"凶锋笑折王庭奏"，"奏"应为"凑"（同"凑"）。地名古今称谓有别，个别可能引发歧义者，也括注标出。如卷五十七"羽猎类"明申时行《题清秋出塞图》"生不识医无闾，梦不到狼居胥"，"医无闾"原本《周礼·夏官》，晚近多作"医巫闾"，故予标明。

姓氏之"刘"与"镏"，一如《咏物诗选》，两者兼有。如卷第十八"山水类"《题秋江小景》，诗作者"刘崧"；随后《题华阳彭玄明所画秋山图》，则署"镏崧"。涉及画家者，亦有用"镏"者，如卷第八十五"花卉类"欧阳玄《镏山立梅图》，卷第八十一"兰竹类"汪广洋《再过江阴观镏琪写竹》。此类均两存之。

原书"总目类"之外，细目隶于各卷。整理本遵循当下规范，"总目类"照旧之外，细目从各卷提出合并，进而基于正文分册，作为"本册目录"，统一置于各册之前。

诚如乔亿所言："古今题画之作，大率古体及绝句，律则五言；以七言律者，未数数然也。"（《剑溪说诗》卷下）确实，就比例而言，题画诗的古风要更多一些，写来似乎也要随意一些（比如句有长短、非尽偶句等）。一定程度上，这给标点的仁智互见留下了余地。

题画诗多以画作为依托，绝大多数画作又有各自的标题，而诗题不免提及这些画题，或笼统，或精确。对此，整理时，诗题中一般均不加《》，若在诗句则反之。诗题提及书名、诗文标题者，若非可能引起误解，一般也不加《》，而诗句中亦尽可能标出，以便准确理解。

对于需要说明、厘正的问题，整理时适当加了脚注。此类问题，有的属于体式，有的属于人名，有的属于文字，有的属于删补……大多三言两语，点到为止。如同异文的随文括注，这些均是有所疑惑，进而查核作注的；类似问题，未能顾及者势必更多。

限于学养、时限等诸多因素，整理中的各种疏漏乃至错讹，定当不在少数。这在本人，当力学不已、待之来日；在读者方家，则祈请谅解之外，更望能不吝批评指教。

整理者
癸卯仲夏

御制历代题画诗类序

粤考有虞氏施采作绘，而绘事以起。《周礼·冬官》爰有设色之工，典画缋之职，《传》所称"火龙黼黻昭其文，三辰旂旗昭其明"者是也。至汉世，图写功臣，用示褒异，则又人物之肖象粲然著见于史册者矣。嗣是工绘事者日众，自天文地舆、鸟兽草木，以及宫室器用，与一切登临游览之胜，皆假图画以传于世。晋、宋而后，莫盛于唐、五代；迄宋，作者辈出；金、元、明间，亦代有闻人。方其诣精入理，足以体阴阳、含飞动，为稽古博物者之所取证，不仅以丹青擅长而已。而能掺抉其义蕴、发摅其旨趣者，则尤藉有题画之诗。

历代各体题咏以万计，散置诸集，无所统纪。翰林陈邦彦，裒辑汇钞，得八千九百馀首，分为三十类，编次一百有二十卷，缮本呈览。朕嘉其用意之勤，命授工锓梓。兹刊成装潢来上，万几馀暇，时一披阅，凡两间之名象，庶类之棼错，无不该载于中。且不踰几席，而得流观山川险易之形；近在目前，而可考镜往代留遗之迹。以至农耕蚕织，纤悉具陈；鸡犬桑麻，宛然如睹，庶几于昔人《豳风》《无逸》之图，有互相发明者焉。

夫图绘，艺事也，而近于道；题画·诗之一类也，而通于治。杜甫诗谓"绘事功殊绝，幽襟兴激昂"，读是编者，可以触类而知所务矣。爰制序题于卷端，以识始末云。

康熙四十六年四月十六日。

凡 例

一，画家山水、人物，各有专家，而布置设色，又各不同。天文地理，名胜古迹，皆山水类也；故实古像，写真闲适，行旅羽猎，仕女仙佛神鬼，渔樵耕织牧养，以及飞潜动植之属，皆人物类也。然写山水者，或倩人物点缀；写人物者，或依山水结构。一家之画，各景俱备，但画者以所重命名，则从其所重以归类。如天文之云霞雨雪、日月星辰，本难凭虚设造，势必附丽山水成景。惟唐人《观庆云图》诗，专属天文，故首列"天文部"，以冠此书；其他以山水摹绘天文者，俱附入焉。至他部重在人物，即有风云雪月等景，亦不阑入。

一，舆图广远，地理尽之，尺幅之中，该括数千里。凡具山海形势之大观者，则为地理类。若凭空写意，或作重峦叠嶂，或作远岫平林，随意点染，不指名为何山何水者，则为山水类。至山水中名胜之区，如泰华嵩衡、洞庭潇湘之类，摹景绘图者，别为名胜类。其名胜中，地以人传，绘其遗迹，如桃源赤壁、兰亭钓台等图，则又别为古迹类。

一，人物名家，往往有摹古人记传所载之事者，则为故实类。至其图古人之像，流传人间者，则为古像类；若就当时之人，写当时之像，传神阿堵，则又列写真类。他如仙佛、神鬼之奇谲，仕女之婉娈，画虽一家，又各为其类，以便检阅。

一，古今画谱，多寓人物于山水之中，即景成图，不必实有其人、实有其事。如山林高隐，翫物适情，则曰"闲适"；如道路驰驱，远帆野渡，则曰"行旅"，如霜原草塞，猎骑飞尘，则曰"羽猎"；至渔樵、耕织、牧养，似与闲适相符，然各为一业，则各以类相从。他若人世应酬之事，朝贺燕享绘图记盛者，则别为"人事"一类。

一，树、石亦从山水分出。但画山水者，树无定名；而树石则以一木一石见奇，故别为一类。兰、竹本属专家，或有兼写者，今集画兰、画竹诗为一类。至花鸟草虫，写生点染，其法本出一家，今但就诗题区别，其专题花卉者，则入花卉类；专题羽族者，则入禽类；其兼题花鸟者，则入"花鸟合景"。至禾麦、蔬果，固属食品，亦花卉家馀事，别为一类，附花卉后。其草虫一类，则与花鸟合景相丽焉。

一，自古名家，代有以画马擅场者，故兽类中，惟题画马诗为最多，其毛宗、民畜别为二类。至水族画龙，亦多名笔，为鳞介类；其鱼虾蚌蛤之属，俱附入焉。

一，界画家楼台宫殿，著色工致，虽兼写山水人物，然各有定式。今除兰亭、钓台、黄鹤楼、滕王阁等，已入古迹，凡宫殿楼台，以及亭轩馆阁、茅屋山庄，俱入宫室类；器用类即附于后。

一，《题画诗类》一百二十卷，各以类从，共分二十九类；其"杂题"一类，则诗无专属，或义取赏鉴，或意在应酬，故别为一类。

一，凡一类之中，复有以诗题为类者。如天文则云雨阴晴各异，地理则东西南北区分；故实、古像，各以时序先后；兰竹、龙马，勿使间出杂见。若同类之诗，画题杂出，则又取其相类者以为类。如山水之或从其格，或从其景，或从其时，或从其作画之人，以分别卷帙。树石、花卉、禽兽，皆照此例。

总目录[*]

天文类
  卷一（诗八十八首）………………………………… 1
  卷二（诗八十八首）………………………………… 24

地理类
  卷三（诗五十七首）………………………………… 49
  卷四（诗四十二首）………………………………… 64
  卷五（诗五十七首）………………………………… 77
  卷六（诗七十五首）………………………………… 93

山水类
  卷七（诗一百四首）………………………………… 119
  卷八（诗五十八首）………………………………… 142
  卷九（诗七十六首）………………………………… 157
  卷十（诗五十七首）………………………………… 177
  卷十一（诗七十九首）……………………………… 194
  卷十二（诗九十七首）……………………………… 215
  卷十三（诗七十二首）……………………………… 236
  卷十四（诗八十首）………………………………… 253
  卷十五（诗一百二首）……………………………… 272
  卷十六（诗八十四首）……………………………… 294
  卷十七（诗六十五首）……………………………… 315

---

[*] 康熙本原题"御定历代题画诗总目类"，以类统卷；《四库》本则卷下摄类，如卷一、卷二天文类，卷三至卷六地理类等。

卷十八（诗六十六首）…………………………………… 331
卷十九（诗四十七首）…………………………………… 348
卷二十（诗四十六首）…………………………………… 360
卷二十一（诗六十七首）………………………………… 372
卷二十二（诗六十二首）………………………………… 391
卷二十三（诗一百十四首）……………………………… 409
卷二十四（诗一百五首）………………………………… 429
卷二十五（诗一百二十六首）…………………………… 444
卷二十六（诗一百三十四首）…………………………… 465

名胜类

卷二十七（诗四十七首）………………………………… 484
卷二十八（诗八十首）…………………………………… 501
卷二十九（诗八十一首）………………………………… 525
卷 三 十（诗五十二首）………………………………… 543

古迹类

卷三十一（诗五十五首）………………………………… 560
卷三十二（诗六十八首）………………………………… 578

故实类

卷三十三（诗八十九首）………………………………… 595
卷三十四（诗六十五首）………………………………… 614
卷三十五（诗六十七首）………………………………… 629
卷三十六（诗六十八首）………………………………… 645
卷三十七（诗八十七首）………………………………… 662
卷三十八（诗四十二首）………………………………… 680
卷三十九（诗六十五首）………………………………… 694
卷 四 十（诗一百七首）………………………………… 710
卷四十一（诗八十首）…………………………………… 734
卷四十二（诗六十三首）………………………………… 754

卷四十三（诗七十三首）	770
卷四十四（诗五十六首）	786

闲适类

卷四十五（诗七十九首）	801
卷四十六（诗六十四首）	822
卷四十七（诗六十二首）	837
卷四十八（诗七十七首）	851
卷四十九（诗七十一首）	868
卷　五　十（诗六十六首）	886
卷五十一（诗五十九首）	903
卷五十二（诗一百九首）	917

古像类

卷五十三（诗一百五首）	935

写真类

卷五十四（诗一百二十七首）	963

行旅类

卷五十五（诗七十一首）	994
卷五十六（诗七十七首）	1010

羽猎类

卷五十七（诗六十二首）	1029

仕女类

卷五十八（诗八十六首）	1049
卷五十九（诗八十三首）	1069
卷　六　十（诗九十九首）	1090

仙佛类

卷六十一（诗七十八首）	1111
卷六十二（诗五十五首）	1128
卷六十三（诗四十七首）	1144

卷六十四（诗五十二首） …………………………… 1159
卷六十五（诗八十一首） …………………………… 1172

神鬼类
卷六十六（诗三十四首） …………………………… 1194

渔樵类
卷六十七（诗六十九首） …………………………… 1208
卷六十八（诗九十首） ……………………………… 1228

耕织类
卷六十九（诗七十二首） …………………………… 1249

牧养类
卷七十（诗七十六首） ……………………………… 1268

树石类
卷七十一（诗六十四首） …………………………… 1284
卷七十二（诗六十六首） …………………………… 1303
卷七十三（诗六十七首） …………………………… 1320
卷七十四（诗七十四首） …………………………… 1339

兰竹类
卷七十五（诗一百三十三首） ……………………… 1356
卷七十六（诗一百十六首） ………………………… 1380
卷七十七（诗一百三十二首） ……………………… 1401
卷七十八（诗六十首） ……………………………… 1427
卷七十九（诗七十七首） …………………………… 1443
卷八十（诗六十七首） ……………………………… 1458
卷八十一（诗八十三首） …………………………… 1472
卷八十二（诗一百首） ……………………………… 1495

花卉类
卷八十三（诗九十六首） …………………………… 1517
卷八十四（诗六十四首） …………………………… 1537

卷八十五（诗八十一首）	1554
卷八十六（诗七十九首）	1572
卷八十七（诗一百八首）	1587
卷八十八（诗一百五首）	1609
卷八十九（诗八十一首）	1630
卷九十（诗九十三首）	1647

禾麦蔬果

卷九十一（诗八十一首）	1667
卷九十二（诗六十六首）	1682

禽类

卷九十三（诗五十七首）	1696
卷九十四（诗五十七首）	1713
卷九十五（诗七十二首）	1728
卷九十六（诗五十三首）	1744
卷九十七（诗八十四首）	1758
卷九十八（诗七十七首）	1774
卷九十九（诗七十四首）	1791

兽类

卷一百（诗六十八首）	1806
卷一百一（诗七十首）	1825
卷一百二（诗六十七首）	1842
卷一百三（诗六十九首）	1864
卷一百四（诗四十六首）	1885
卷一百五（诗五十九首）	1901
卷一百六（诗七十七首）	1918
卷一百七（诗七十八首）	1937

鳞介类

卷一百八（诗五十一首）	1954

卷一百九（诗五十四首） …………………… 1971
花鸟合景
　卷一百十（诗七十六首） …………………… 1986
　卷一百十一（诗八十七首） ………………… 2002
草虫类
　卷一百十二（诗七十首） …………………… 2021
宫室类
　卷一百十三（诗七十四首） ………………… 2035
　卷一百十四（诗六十一首） ………………… 2056
　卷一百十五（诗九十首） …………………… 2071
器用类
　卷一百十六（诗四十五首） ………………… 2090
人事类
　卷一百十七（诗五十四首） ………………… 2100
　卷一百十八（诗五十七首） ………………… 2116
杂题类
　卷一百十九（诗四十二首） ………………… 2136
　卷一百二十（诗六十八首） ………………… 2149

本册目录

卷第一　天文类

观庆云图　（唐）李行敏 …………………………… 1
观庆云图　（唐）柳宗元 …………………………… 1
观庆云图　（唐）阙名 ……………………………… 1
咏郡斋壁画片云　（唐）岑参 ……………………… 2
题李士曹厅壁画度雨云歌　（唐）岑参 …………… 2
同李九士曹观壁画云作　（唐）高适 ……………… 2
题春云出谷图　（金）党怀英 ……………………… 2
春云出谷横披　（元）刘因 ………………………… 3
阎立本西岭春云图　（元）邓文原 ………………… 3
阎立本西岭春云　（元）吴镇 ……………………… 3
题启南万壑春云图　（明）吴宽 …………………… 3
阎立本秋岭归云图（二首）　（元）邓文原 ……… 4
秋岭归云图　（元）吴镇 …………………………… 4
王晋卿万壑秋云图　（元）吴镇 …………………… 4
叔明松壑秋云图　（元）吴镇 ……………………… 4
王晋卿万壑秋云图　（元）黄公望 ………………… 5
江阁秋云图　（明）林鸿 …………………………… 5
书谷口云深图　（明）王恭 ………………………… 5
归云图　（明）解缙 ………………………………… 5
题飞霞图　（明）镏崧 ……………………………… 5
题赤城霞图　（明）张羽 …………………………… 5
题李白泰山观日出图　（元）段辅 ………………… 6

题华峰望日图　　（明）高棅 …… 6
题钱舜举画晓日照群山图　　（明）张羽 …… 7
海月图　　（元）黄溍 …… 7
江月图　　（宋）朱子 …… 7
江月图　　（宋）崔鶠 …… 7
题江月图　　（明）程嘉燧 …… 7
题王眉叟溪月图　　（元）袁桷 …… 8
宋理宗南楼风月横披（二首）　　（元）刘因 …… 8
题半月芝蟾画卷　　（元）吴澄 …… 8
明河秋夕图　　（元）刘因 …… 9
观孙太古周天二十八宿星君像图　　（元）吴莱 …… 9
敬题皇姑鲁国长公主所藏唐周昉画金德星君真形图
　　　　（元）柳贯 …… 10
许中正捕龙雷　　（宋）文同 …… 10
雷雨护婴图　　（元）郭畀 …… 11
雷雨护婴图　　（元）王勉 …… 11
雷雨护婴图（三首）　　（元）俞希鲁 …… 11
雷雨护婴图　　（元）杨枢 …… 12
题风雨护婴图　　（元）钱惟善 …… 12
春风万里图　　（元）王恽 …… 12
题春林雨意图　　（元）谢应芳 …… 12
题江邨风雨图　　（金）元好古 …… 12
江村风雨图　　（金）王万钟 …… 13
山邨风雨图　　（金）张建 …… 13
风雨图　　（元）许衡 …… 13
题赵幹江楼风雨图　　（元）许有壬 …… 13
题风雨图　　（元）李祁 …… 14
题秋山风雨图　　（元）郭钰 …… 14

虞胜伯江山风雨图	（元）郑元祐	14
董北苑溪山风雨图	（明）吴宽	14
满林风雨图	（明）陆深	15
题溪山风雨图	（明）王世懋	15
扇画禁烟风雨图	（明）李日华	15
萧照春江烟雨图	（元）戴表元	15
江贯道烟雨图	（元）袁桷	15
题烟雨图	（元）范梈	16
题春山烟雨	（元）贡性之	16
李咸熙夏山烟雨图	（元）黄公望	16
题溪邨烟图	（元）郯韶	16
平林烟雨图	（元）舒頔	16
题米元晖湖山烟雨图	（元）黄石翁	17
题溪山烟雨图（二首）	（明）刘基	17
应制题画烟雨	（明）于慎行	18
题刘明府所藏秋江欲雨图	（宋）陈造	18
关仝骤雨图	（宋）刘克庄	18
题董高闲道士春龙行雨图	（元）刘因	19
为王学士题米元章溪山骤雨横幅（二首）	（元）吴镇	19
溪山春雨图	（元）卞思义	19
题茅叟夏山过雨图	（明）高启	20
春山欲雨图	（明）王恭	20
潇湘雨意图	（明）熊直	20
题朱仪中雨图	（明）李东阳	20
题杜东原先生雨景	（明）沈周	21
雨山图	（明）顾璘	21
沈启南春山欲雨图歌	（明）王世贞	21
题沈启南春山欲雨图	（明）王世懋	22

戴文进溪山春雨图　（明）陈凤 …………………………… 22
夏雨新霁图　（明）张羽 …………………………………… 23
题水墨云山雨意画　（明）僧麟洲 ………………………… 23
题明辩之画春江听雨图　（明）僧麟洲 …………………… 23
题春山雨霁图　（明）僧麟洲 ……………………………… 23

卷第二　天文类

雪中枢密蔡谏议借示范宽雪景图　（宋）文彦博 ………… 24
观王氏雪图　（宋）王安石 ………………………………… 24
依韵和子骏雪山图　（宋）文同 …………………………… 24
范宽雪中孤峰　（宋）文同 ………………………………… 24
题寒光雪嶂图　（宋）陈造 ………………………………… 25
题溪桥雪月图　（宋）陈造 ………………………………… 25
题唐氏所藏崔白画雪中山水　（宋）李纲 ………………… 25
题叔问燕文贵雪景　（宋）程俱 …………………………… 26
雪景　（宋）陆游 …………………………………………… 26
题赵守中江行初雪图　（宋）朱松 ………………………… 26
题朱锐册雪景　（宋）杨后 ………………………………… 26
许道宁群峰草雪　（金）赵之杰 …………………………… 27
江天草雪图　（金）梁仲新 ………………………………… 27
赵士表山林莫雪图　（元）元好问 ………………………… 27
吴山夜雪图　（元）刘因 …………………………………… 27
范宽雪山　（元）刘因 ……………………………………… 27
题江干初雪图　（元）戴表元 ……………………………… 28
范徽卿风雪和林图　（元）王恽 …………………………… 28
灞陵风雪图　（元）王恽 …………………………………… 28
雪涨千山图　（元）王恽 …………………………………… 28
题雪景图（五首）　（元）程钜夫 ………………………… 28

题目	作者	页码
题吕德常所藏云西雪山小景	（元）黄玠	29
题朱锐雪景	（元）赵孟頫	29
题雪洲图	（元）吴澄	29
春妍带雪图	（元）虞集	29
溪山积雪图	（元）杨载	30
王右丞雪溪图（二首）	（元）吴镇	30
题喜寿里客厅雪山色壁图	（元）萨都剌	30
范宽雪山图	（元）鲜于枢	31
题范宽小雪山图	（元）郑东	32
题雪景	（元）李祁	32
关河雪霁图	（元）王冕	32
题溪山雪霁图	（元）倪瓒	33
题雪山图	（元）唐肃	33
题雪景山水	（元）陶宗仪	33
题雪汀图	（明）刘基	33
雪山图	（明）张羽	34
题雪景图	（明）王袠	34
题李谷清雪景	（明）王佐	34
题昆仑雪晓图	（明）镏炳	34
刘于京雪影图	（明）解缙	35
雪景	（明）金幼孜	35
题夏珪风雪江邨图	（明）王直	35
雪山图	（明）陈昌	35
题朱太守山水画雪夜景	（明）杨守阯	36
题便面雪景	（明）陈宪章	36
雪景画	（明）刘泰	36
题沈石田雪景	（明）程敏政	36
题潘进士赠谢昌邑雪山图	（明）徐祯卿	36

高克明溪山雪意图　（明）吴宽	37
米南宫雪景　（明）吴宽	37
赵大年雪景　（明）吴宽	38
范宽雪山图　（明）吴宽	38
世贤持启南雪岭图索题复次韵　（明）吴宽	39
题广东陈氏雪景图　（明）费宏	39
梦中题同年董仲矩雪景　（明）黄镐	40
雪景图　（明）孙伟	40
雪景　（明）沈周	40
题雪景　（明）沈周	40
雪景山水　（明）沈周	40
暑中题雪图　（明）沈周	41
雪岩图　（明）廖道南	41
题徐宗浚雪景　（明）谢承举	41
题雪景　（明）张凤翼	42
应制题画雪景　（明）于慎行	42
题雪景画　（明）徐渭	42
雪景　（明）徐渭	42
江雪图　（明）汤显祖	42
题画雪景　（明）程嘉燧	43
题孙山人山居夜雪图　（明）陈继儒	43
雪舟图为王公择作　（明）僧宗泐	44
雪晴图　（元）程钜夫	44
溪山雪霁图　（元）吴师道	44
题李同部奇峰雪霁图　（明）刘三吾	44
题平川雪霁图　（明）镏崧	45
郭熙关山雪霁图　（明）苏伯衡	45
唐子畏临李成群峰霁雪图　（明）王鏊	46

长江霁雪图	（明）钱宰	46
关山雪霁图	（明）凌云翰	47
高克明溪山雪霁图歌	（明）王世贞	47
书去春画钟陵霁雪	（明）程嘉燧	48

卷第三　地理类

观华夷图	（唐）伍乔	49
观华夷图	（唐）曹松	49
观舆图有感（五首）	（元）金涓	49
河山形胜图	（金）雷渊	50
河山形胜图	（金）冯璧	50
东山老人河山形胜图	（金）赵秉文	51
关河形势图（三首）	（元）王恽	52
山川图诗呈解之昂御史	（元）朱德润	52
金陵图	（唐）韦庄	52
观长安城图	（宋）陆游	52
七言和王微之渔阳图	（宋）沈文通	53
陕西图（三首）	（宋）刘叔赣	53
跋范宽秦川图	（金）麻九畴	53
范宽秦川图	（元）元好问	54
秦山图	（元）王恽	55
题骊山图	（元）倪瓒	56
鲁国图	（宋）谢翱	56
题宋复古巩洛图	（明）谢徽	56
观骆元直经进江南形势图	（宋）王庭珪	56
题华岳江城图	（元）杨载	57
刘道传为李远子微作青山似洛中图，为作歌以系之		
（元）张翥		57

| 吴秋山写江淮秋意 （元）周权 ········ 57
| 为文举画泖山图因题 （元）倪瓒 ······· 58
| 大姚山图（三首） （宋）米友仁 ········ 58
| 米元晖大姚山图 （元）倪瓒 ·········· 58
| 题沈氏所藏石田临小米大姚江图 （明）文徵明 ······ 58
| 题海虞钱氏所藏王均章虞山图 （明）吴宽 ······ 59
| 自画吾松小崑山（二首） （明）董其昌 ······ 60
| 看画常州图迎新太守 （宋）杨万里 ······· 60
| 题米元晖溧阳溪山图 （元）陈旅 ········ 60
| 题倪云林所画义兴山水图 （明）高启 ······· 60
| 为李瑞卿寺丞题王叔明义兴山水图 （明）吴宽 ···· 60
| 狼山晚晴图 （元）杨维桢 ············ 61
| 荆溪图 （元）郑元祐 ·············· 61
| 荆溪秋色图为卜震亨题 （元）倪瓒 ······· 61
| 为王允同题陈惟允画荆溪图 （明）虞堪 ····· 61
| 题陈惟允荆溪图（二首） （明）张田 ······ 61
| 陈惟允荆溪图 （明）王蒙 ············ 62
| 题倪元镇画荆溪清远图 （明）王璲 ······· 62
| 画吴淞山色赠潘以仁 （元）倪瓒 ········ 62
| 黄弥守画吴江新霁图 （金）党怀英 ······· 62
| 题启南过吴江旧图 （明）吴宽 ·········· 63
| 题因老淞江烟雨图（二首） （宋）陈造 ····· 63
| 桃江图 （元）程钜夫 ·············· 63

卷第四　地理类

| 奉观严郑公厅事岷山沲江画图十韵得忘字 （唐）杜甫 ······ 64
| 严公厅宴同咏蜀道画图得空字 （唐）杜甫 ····· 64
| 题蜀道图 （宋）晁说之 ············· 64

题蒋永仲蜀道图　（宋）程俱	65
张道士蜀山图　（元）虞集	65
王晋卿蜀道寒云图　（元）邓文原	66
王晋卿蜀道寒云　（元）吴镇	66
题关山图　（元）唐肃	66
蜀山图　（明）贝琼	67
剑门图　（元）傅若金	67
剑阁秋阴图　（明）林鸿	67
剑阁图　（明）王景彰	68
蜀江图　（元）袁桷	68
黄荃蜀江秋净图　（元）吴镇	68
题蜀江雨霁图　（明）蓝智	68
酬雍才贶巴峡图　（唐）薛氏（名涛）	68
题萧梅初旧所藏钱塘王畿图（二首）　（宋）郑思肖	69
周汉长公府临安故城二图（二首）　（元）张翥	69
题江南秋晚图　（明）王景彰	69
题钱塘胜览图　（明）卢大雅	70
题米元晖吴兴山水横卷　（宋）范成大	70
为秋堂题钱舜举所画吴兴山水图　（元）陈泰	70
题申居士雪溪图　（宋）韩驹	70
懒拙道人苕溪晓望图　（元）张翥	71
米元晖苕溪春晓图　（明）杨基	71
米元晖苕溪春晓图　（明）刘敏	71
米元晖苕溪春晓图　（明）胡隆成	72
苕溪春晓图（二首）　（明）吴伦	72
秋日为方玺丞写苕源图　（明）李日华	72
萧山图　（元）程钜夫	72
山阴春霁图　（元）张翥	73

题彦敬越山图　（元）赵孟頫 …………………… 73
题高彦敬越山图　（元）吴师道 …………………… 73
越山清晓图　（元）贡性之 ………………………… 73
题柴昆陵越山春晓图　（明）李孝谦 ……………… 73
越山图　（明）廖道南 ……………………………… 74
题鲁易之四明山水图　（元）余阙 ………………… 75
题三衢山水图　（明）丘濬 ………………………… 75
陵阳春晚图　（明）王翰 …………………………… 76

卷第五　地理类

观明州图　（宋）王安石 …………………………… 77
虔州八境图（八首）　（宋）苏轼 ………………… 77
题马远信州图　（元）迺贤 ………………………… 78
康州图　（明）陆弼 ………………………………… 78
高彦敬黄州云山图　（元）马祖常 ………………… 78
题王仲弘县尹所藏高彦敬尚书巴陵山水图　（元）郑韶 …… 79
西江图　（元）吴师道 ……………………………… 79
张司徒所画山国图歌　（明）顾璘 ………………… 79
楚山秋晓图　（金）刘迎 …………………………… 81
跋伯玉命简之临米元章楚山图　（金）麻九畴 …… 81
楚山清晓图　（元）元好问 ………………………… 82
题洪谷子楚山秋晚图　（元）邓文原 ……………… 82
米敷文楚山清晓卷　（元）邓文原 ………………… 82
普照寺楚山图　（元）郭畀 ………………………… 82
题楚山春晓图　（元）文矩 ………………………… 83
荆洪谷楚山秋晚图　（元）黄公望 ………………… 83
洪谷子楚山秋晚　（元）吴镇 ……………………… 83
楚山清晓图　（明）李日华 ………………………… 84

题米元晖楚江晴晓图（二首）　　（元）王恽	84
题楚江清晓图　（元）丁复	84
题楚江清晓图　（元）郑东	84
题楚江秋晓图卷　（元）韩奕	85
题楚江秋晓卷　（元）胡奎	85
题燕穆之楚江秋晓图　（元）俞行之	85
燕穆之楚江秋晓图　（元）秦衡	85
燕穆之楚江秋晓图　（元）沈应	85
题楚江秋晓卷　（元）贺言	86
题赵松雪楚江清晓　（元）于立	86
题楚江秋晓卷　（元）吴文泰	86
题燕穆之楚江秋晓图　（元）瞿旼	86
题燕穆之楚江秋晓图　（元）曹恕	87
题楚江秋晓卷　（元）僧普震	87
题楚江秋意图　（明）杨基	87
楚江清远图　（明）张羽	87
题燕穆之楚江秋晓图　（明）陈宽	88
楚江晴晓图　（明）吴文恭	88
题郑德彰员外所藏高彦敬画楚江春晓图　（明）蓝智	88
楚江秋晓卷　（明）沈周	89
楚云湘水图歌　（元）龚璛	89
题晴川图　（元）岑安卿	89
清江图　（元）贡性之	90
题洋江林彦祯所藏洋江春晚图　（明）陈亮	90
太平寺水　（宋）杨万里	90
题马远十二水　（明）王世贞	91
远览图　（明）廖道南	91
江皋图　（明）李延兴	92

卷第六 地理类

李思训画长江绝岛图　（宋）苏轼 ……………………………… 93
江山万里图（二首）　（元）王恽 ……………………………… 93
江山万里图　（元）陈樵 ………………………………………… 94
江山万里图　（元）宋无 ………………………………………… 94
题江山万里图　（元）陶宗仪 …………………………………… 94
万里江山图　（元）僧善住 ……………………………………… 95
万里江山图　（明）王祎 ………………………………………… 95
江山万里图　（明）陈秀民 ……………………………………… 96
千里江山图　（元）李俊民 ……………………………………… 96
题萧照江山图　（元）柳贯 ……………………………………… 96
题龚翠岩江山图　（元）华幼武 ………………………………… 96
江山图　（明）汤显祖 …………………………………………… 97
题卢元佐所藏江山图　（明）高逊志 …………………………… 97
题长江万里图后　（元）王恽 …………………………………… 97
商学士万里图　（元）马祖常 …………………………………… 97
子久万里长江图　（元）吴镇 …………………………………… 98
题长江万里图　（元）丁复 ……………………………………… 98
长江万里图　（元）丁鹤年 ……………………………………… 99
长江万里图（二首）　（元）丁鹤年 …………………………… 99
题僧巨然长江万里图　（明）汪广洋 …………………………… 99
长江万里图　（明）杨基 ……………………………………… 100
题夏禹玉长江万里图　（明）陆完 …………………………… 100
题长江万里图　（明）唐文凤 ………………………………… 101
长江万里图　（明）杨慎 ……………………………………… 102
题长江万里图　（明）沈周 …………………………………… 102
庞才卿画长江图　（金）赵秉文 ……………………………… 103

长江图　（元）牟巘	103
题顾氏长江图　（元）戴良	104
题江贯道长江图　（明）黄观	104
题江参长江图　（明）陶琛	104
长江伟观图　（明）钱宰	105
题史引之所藏长江六月图　（明）顾清	105
题桑直阁江山胜槩图　（明）王佐	106
江山胜览卷　（明）陈振	106
宋驸马王诜江山胜览图　（明）顾应祥	106
题江湖胜览图　（明）陈昌	107
题江湖胜览卷赠李彦晖　（明）张和	107
江湖胜览卷　（明）姚纶	107
莹禅师房观山海图　（唐）李白	108
题海图屏风　（唐）白居易	108
观王美人海图障子　（唐）梁锽	108
读《山海经》图　（宋）欧阳修	109
题观海图　（元）黄溍	109
题观海图　（元）丁复	109
李遵道海岳图　（元）郑元祐	109
题海峰图　（明）王世贞	110
自和因思国史燕穆之传，称其知明州苫轻悍斗争之俗　（宋）晁说之	110
题海昌秋潮图　（明）金肃	110
海潮图　（宋）楼钥	110
海潮图　（元）袁桷	111
题海潮图　（元）柳贯	111
古观潮图　（元）杨维桢	111
题潮出海门图（二首）　（宋）陈造	111

题童寿卿潮出海门图　（宋）王炎 …………………… 112
浙江潮图　（元）刘因 ……………………………………… 112
浙江潮图　（明）张以宁 …………………………………… 112
钱塘江潮图　（明）李东阳 ………………………………… 112
钱舜举江潮图　（明）张宁 ………………………………… 113
春雨晚潮图　（元）吴师道 ………………………………… 113
赵千里夜潮图　（元）王冕 ………………………………… 114
题夜潮图　（元）谢应芳 …………………………………… 114
为詹同文题浙江夜月观潮图　（明）刘基 ………………… 114
李嵩宋宫观潮图　（明）张宪 ……………………………… 115
题月落潮生图　（明）张以宁 ……………………………… 116
题阎立本职贡图临本（二首）　（金）赵秉文 …………… 116
阎立本职贡图　（金）阎长言 ……………………………… 117
胡虔取水蕃部图　（元）虞集 ……………………………… 117
题胡虔汲水蕃部图应制　（元）揭傒斯 …………………… 117
题西域图　（明）陆渊 ……………………………………… 117
题日本僧云山千里图　（明）张以宁 ……………………… 118
题李都督朝鲜图　（明）洪瞻祖 …………………………… 118

卷第七　山水类

当涂赵炎少府粉图山水歌　（唐）李白 …………………… 119
观博平王志安少府山水粉图　（唐）李白 ………………… 120
王晋卿所藏著色山（二首）　（宋）苏轼 ………………… 120
书王定国所藏王晋卿画著色山（二首）　（宋）苏轼 …… 120
题王诜都尉设色山卷后　（宋）苏辙 ……………………… 120
与叔易弈不胜，赋著色山水诗一篇　（宋）李纲 ………… 121
题晋卿王晖宝绘　（金）密公璹 …………………………… 121
题著色山图　（元）虞集 …………………………………… 121

题著色山图 （元）虞集	122
孙宰金碧山水 （元）虞集	122
冯秀才伯学以丹青小景山水求题 （元）张蠢	122
题陈氏所藏著色山水图 （元）贡奎	122
题赵千里临李思训金碧山水 （元）陈基	123
题柏仲节所藏钱舜举金碧山水 （元）钱惟善	123
题玉山中所藏赵千里画金碧山水图 （元）张天英	123
书金碧山水 （明）王恭	123
题金碧山水 （明）于谦	124
金碧山水图 （明）曹介	124
题金碧山水 （明）李孟溶	124
题金碧仙山图 （元）张渥	124
仙山图 （元）朱德润	125
题仙山图 （元）郭翼	125
题仙山图 （元）郑韶	125
题画仙山 （明）王景彰	126
郭忠恕仙峰春色图（四首） （元）黄公望	126
郭忠恕仙峰春色图 （元）吴镇	126
题高元德三山图 （明）张以宁	127
朝天宫观方道士所画三山图（三首） （明）袁凯	127
方壶云山烂熳图 （明）苏伯衡	128
题画山水 （唐）杨汝士	128
水墨山石 （唐）方干	129
题画石山 （唐）徐铉	129
画山（三首） （宋）邹浩	129
观画山水 （宋）陆游	130
题山水横看（二首） （宋）范成大	130
题画小山 （宋）朱子	130

题山水卷（四首） （元）钱选 …………………………… 130
题山水手卷 （元）吴澄 ………………………………… 131
题山水 （元）揭傒斯 …………………………………… 131
山间山水手卷 （元）欧阳玄 …………………………… 131
山水（三首） （元）吴镇 ……………………………… 131
山水 （元）陈樵 ………………………………………… 132
山水小幅 （元）吴师道 ………………………………… 132
题画山水 （元）贡性之 ………………………………… 132
题山水景（二首） （元）吴志淳 ……………………… 132
题画山水 （元）马臻 …………………………………… 133
题画山水 （元）马臻 …………………………………… 133
题画山水（二首） （元）张天英 ……………………… 133
题画山水 （明）刘基 …………………………………… 133
题山水小画 （明）刘基 ………………………………… 133
题山水小画（二首） （明）刘基 ……………………… 134
题画山水（二首） （明）张以宁 ……………………… 134
题山水画 （明）镏崧 …………………………………… 134
题山水画 （明）镏崧 …………………………………… 135
题山水画 （明）镏崧 …………………………………… 135
题山水小景 （明）镏崧 ………………………………… 135
题山水小帧 （明）张适 ………………………………… 135
题山水 （明）罗荣 ……………………………………… 135
题山水 （明）范宗晖 …………………………………… 136
题山水 （明）方孝孺 …………………………………… 136
题山水小画 （明）程本立 ……………………………… 136
题山水 （明）解缙 ……………………………………… 136
题山水 （明）王达 ……………………………………… 136
题山水小景 （明）李昌期 ……………………………… 137

山水小景　（明）薛瑄 ··· 137
题山水（四首）　（明）赵迪 ······························ 137
题山水人物　（明）赵迪 ·· 138
题山水（二首）　（明）商辂 ··· 138
山水画　（明）刘珝 ··· 138
山水画　（明）刘珝 ··· 139
题山水　（明）丘濬 ··· 139
画山水　（明）李东阳 ··· 139
题画山水　（明）周用 ··· 140
山水画　（明）严嵩 ··· 140
画山水　（明）何景明 ··· 140
写山水　（明）陈鹤 ··· 141
题山水小景　（明）陈炜 ·· 141
题画小幅山水　（明）李日华 ··· 141
题写山水小帧　（明）李日华 ··· 141
题山水　（明）葛征奇 ··· 141
题山水　（明）葛征奇 ··· 141

卷第八　山水类

山水图　（元）刘因 ··· 142
山水图　（元）程钜夫 ··· 142
题画山水图　（元）吴澄 ·· 142
题山水图　（元）吴澄 ··· 142
山水图　（元）袁桷 ··· 143
山水图　（元）马祖常 ··· 143
山水图　（元）虞集 ··· 143
山水图　（元）揭傒斯 ··· 143
山水图　（元）黄溍 ··· 143

山水图	（元）贡师泰	143
山水图	（元）贡师泰	144
山水图	（元）丁复	144
题山水图	（元）李祁	144
题山水图	（元）涂颖	144
题山水图	（明）刘基	145
题山水图	（明）张以宁	145
山水图	（明）解缙	145
山水图	（明）林环	145
山水图	（明）陈辉	145
山水图	（明）陈燧	146
山水图	（明）赵迪	146
山水图	（明）郑关	146
山水图（二首）	（明）商辂	146
题山水图（三首）	（明）商辂	147
山水图（四首）	（明）商辂	148
山水图	（明）商辂	149
山水图	（明）刘珝	149
山水图	（明）张宁	150
题山水图	（明）丘濬	150
山水图	（明）李东阳	151
山水图	（明）魏时敏	151
题山水图	（明）章珍	152
题山水图	（明）林瀚	152
山水图	（明）陈思济	152
山水图	（明）僧宗泐	152
山水图	（明）僧宗泐	152
高山流水图	（元）贡性之	153

默翁溪山横幅　（金）史学 …………………………… 153
题武秀才湖山图　（元）陈旅 …………………………… 153
题溪山图　（明）陈汝言 …………………………… 153
题刘吏部溪山图　（明）蒋冕 …………………………… 154
题王叔明溪山图　（明）陈汝秩 …………………………… 154
崔山人百丈崖瀑布图　（唐）李白 …………………………… 154
碧潭和尚飞瀑图　（元）华幼武 …………………………… 154
题春山飞瀑图　（元）释良琦 …………………………… 155
题瀑布画　（宋）刘宰 …………………………… 155
瀑布图　（明）张宁 …………………………… 155
飞瀑图　（明）陈继儒 …………………………… 155
题李盘泉卷　（元）吴师道 …………………………… 155
吴伟飞泉画图歌　（明）何景明 …………………………… 156
题长泉图　（明）廖道南 …………………………… 156
题厓瀑图　（明）僧宗泐 …………………………… 156

卷第九　山水类

题詹仲信所藏米元晖云山图　（宋）陆游 …………………………… 157
题择菴云山图　（元）牟巘 …………………………… 157
南宫老仙云山图　（元）王恽 …………………………… 157
题小米云山　（元）龚璛 …………………………… 158
王洽云山图　（元）邓文原 …………………………… 158
仿老米云山图　（元）高克恭 …………………………… 158
云山图　（元）杨载 …………………………… 158
题陈直卿云山图　（元）柳贯 …………………………… 158
王洽云山图　（元）黄公望 …………………………… 159
题云山图　（元）萨都剌 …………………………… 159
郭天锡云山　（元）郑元祐 …………………………… 159

题目	作者	页码
题卢东牧云山	（元）贡性之	159
云山图（二首）	（元）贡性之	160
云山图	（元）贡性之	160
题米元晖画云山图（二首）	（元）吴全节	160
题郭天锡云山图	（元）黄玠	160
王叔明画云山图	（明）袁凯	161
题米元晖云山图	（明）高启	161
梦题云山图	（明）杨基	162
米元晖云山图	（明）张羽	162
画云山歌	（明）张羽	162
唐子华云山歌	（明）张羽	163
米南宫云山歌	（明）张羽	164
云山图	（明）张羽	164
题顾云屋云山图	（明）吕不用	164
题刘伯埙所藏云山图	（明）杨士奇	165
题高漫士云山图	（明）马愉	165
徐用和侍御所藏云山图歌	（明）李东阳	166
钟钦礼云山图	（明）李东阳	166
题云山图（二首）	（明）陈景融	167
云山图	（明）刘泰	167
云山图（二首）	（明）王鏊	167
题囊山僧房云山图	（明）林俊	168
俞汉远云山图	（明）祝允明	168
云山烟水图	（明）田登	169
题沈石田效米元晖云山图	（明）汤珍	169
题高房山云山	（明）张凤翼	169
题云山	（明）陈继儒	170
题钱舜举画青山白云	（元）于立	170

青山白云图　（元）虞集	170
题罗小川青山白云图　（元）迺贤	170
青山白云图　（元）黄溍	171
青山白云图　（元）张宪	171
题青山白云图　（元）揭傒斯	171
韩季博所藏青山白云图　（元）黄玠	171
题米元晖青山白云图　（元）吴莱	171
题米元章画青山白云　（元）周伯琦	172
画青山白云图　（元）马臻	172
青山白云图（二首）　（元）成廷珪	172
题青山白云图　（元）郑韶	172
舟中为人题青山白云图　（元）李孝光	172
题高尚书青山白云图　（元）张天英	173
题青山白云图　（元）刘永之	173
题青山白云图　（明）张以宁	173
题刘君济青山白云图　（明）张以宁	173
题道士青山白云图（六首）　（明）张以宁	174
青山白云图　（明）杨基	174
题高彦敬青山白云图　（明）镏崧	174
题青山白云图　（明）镏崧	174
题青山白云图　（明）王绂	175
题青山白云　（明）张昱	175
题青山白云图　（明）蓝仁	175
题青山白云图　（明）解缙	175
题青山白云图　（明）浦原	175
青山白云图　（明）钱仲益	176
青山白云一坞图　（元）贡性之	176

卷第十　山水类

书王定国所藏烟江叠嶂图　（宋）苏轼 …………………… 177
读东坡《叠嶂图》有感　（宋）张九成 ………………… 178
秋烟叠嶂图　（元）刘因 …………………………………… 178
米元章云烟叠嶂图（二首）　（元）刘因 ………………… 178
题赵子昂叠岫图（二首）　（元）戴表元 ………………… 179
题烟江叠嶂图（二首）　（元）王恽 ……………………… 179
题钱舜举画烟江叠嶂图　（元）蒲道源 …………………… 179
赵松雪重江叠嶂图　（元）邓文原 ………………………… 180
陆探微层峦曲坞图　（元）邓文原 ………………………… 180
题顾善夫所藏张僧繇画翠嶂瑶林图　（元）邓文原 ……… 180
题子昂长江叠嶂图　（元）虞集 …………………………… 180
松雪老人临王晋卿烟江叠嶂图歌　（元）柳贯 …………… 181
题高尚书藤纸画云林烟嶂图　（元）柳贯 ………………… 181
张僧繇翠嶂瑶林　（元）吴镇 ……………………………… 182
陆探微员峤仙游　（元）吴镇 ……………………………… 182
陆探微层峦曲坞　（元）吴镇 ……………………………… 182
赵松雪重江叠嶂（二首）　（元）吴镇 …………………… 182
为松瀑黄尊师作溪山叠翠图　（元）马臻 ………………… 183
题朱孟辩层峦图　（明）贝琼 ……………………………… 183
书云林画林亭远岫　（明）吕敏 …………………………… 183
题烟波叠嶂图　（明）李晔 ………………………………… 183
题赵松雪重江叠嶂图　（明）陈敬宗 ……………………… 184
赵松雪长江叠嶂图　（明）吴宽 …………………………… 184
题豀山叠翠卷　（明）唐寅 ………………………………… 185
赵松雪重江叠嶂图　（明）陈鉴 …………………………… 185
为王元美题王晋卿烟江叠嶂图　（明）张凤翼 …………… 185
题王晋卿烟江叠嶂图苏子瞻歌　（明）王世贞 …………… 186

赵松雪重山叠嶂图歌　（明）王世贞 …………………… 186
云林生画林亭远岫　（明）顾敬 ……………………… 187
寄题台州倅厅云壑　（宋）楼钥 ……………………… 187
题高彦敬烟岚图　（元）程钜夫 ……………………… 188
李咸熙翠岩流壑图　（元）黄公望 …………………… 188
云峰图　（元）袁桷 …………………………………… 188
题云岠图　（元）傅若金 ……………………………… 188
郭天锡云岫图　（元）吴师道 ………………………… 189
题白府判仲谦所藏钱舜举岩壑图　（元）刘诜 ……… 189
为邓静春作幽谷图　（元）朱德润 …………………… 189
为唐景玉画丘壑图　（元）倪瓒 ……………………… 190
赵元画悬崖图　（明）杨基 …………………………… 190
题江岫图　（明）张绅 ………………………………… 190
题云门翠微深处　（明）僧大圭 ……………………… 190
题赵粲所收赵令穰大年烟林（二首）　（宋）张耒 … 191
题黄华江皋烟树（二首）　（金）雷渊 ……………… 191
题烟波云树图　（元）丁复 …………………………… 191
寄谢方方壶写寄遥山古木　（元）成廷珪 …………… 191
高彦敬远山木石图　（元）袁桷 ……………………… 192
题青山碧筱图　（元）吴镇 …………………………… 192
题溪山烟树图　（明）谢廷柱 ………………………… 192
云山烟树图　（明）唐寅 ……………………………… 193
题远峰卷　（明）陆深 ………………………………… 193

卷第十一　山水类

戏题王宰画山水图歌　（唐）杜甫 …………………… 194
陈式水墨山水　（唐）方干 …………………………… 194
卢卓山人画水　（唐）方干 …………………………… 194

题稚川山水　　（唐）戴叔伦	195
题罗稚川画卷　　（元）陈旅	195
题罗稚川小景　　（元）刘诜	195
题彭宜远所藏罗稚川山水楼阁图　　（元）刘诜	195
题稚川山水　　（元）丁复	196
摩诘画　　（宋）黄庭坚	197
观王生所藏王维画　　（明）袁凯	197
王右丞山水真迹歌　　（明）祝允明	197
次韵子由书王晋卿画山水（二首）　　（宋）苏轼	198
题王晋卿画后　　（宋）苏轼	198
题王诜都尉画山水横卷（三首）　　（宋）苏辙	198
王都尉山水　　（元）元好问	200
王晋卿画　　（元）吴镇	200
题王晋卿画　　（元）华幼武	200
学士院燕侍郎画图　　（宋）王安石	200
燕侍郎山水　　（宋）王安石	201
题燕肃画卷　　（元）仇远	201
燕文贵山水　　（元）袁桷	201
观燕肃画（杂题四首）　　（元）唐肃	201
题燕肃山水卷　　（明）冷谦	202
题华光画山水　　（宋）黄庭坚	202
题华光画　　（宋）黄庭坚	202
题华光长老画（二首）　　（宋）韩驹	202
书郭熙横卷　　（宋）苏辙	202
郭熙山水卷　　（元）刘因	203
题郭熙山水画卷　　（元）张庸	203
郭熙山水小景　　（明）张适	203
题米元晖画　　（宋）朱子	203

米元晖山水　（元）牟巘	204
有人示山水画卷以为元晖作求诗　（元）戴表元	204
题米元晖山水　（元）赵孟頫	204
题米元晖山水　（元）吴澄	204
题金德原所藏元晖小景　（元）黄溍	205
米元晖画卷　（元）吴镇	205
题米南宫画　（元）郯韶	205
题米元晖江山小景　（元）赵汸	205
元晖山　（元）郭畀	205
题米元晖墨山　（元）于立	206
题米元晖画山水　（元）陆友	206
题元晖山水　（元）张天英	206
画山水歌题米元晖卷　（元）张天英	206
题宋子章效米元晖山水图　（明）刘基	207
题米元晖山水　（明）张以宁	207
题米老山水　（明）王偁	208
题米南宫水墨图　（明）吴宽	208
题画米山　（明）李日华	208
米家山水（二首）　（明）李日华	208
小米山水　（明）祝允明	208
仿米元章笔意因题（二首）　（明）董其昌	209
米友仁画卷　（元）吴镇	209
范宽山水　（元）张翥	209
题鲁彦康所藏范宽山水手卷　（元）钱惟善	210
范宽画卷山水　（元）牟鲁	210
范宽画卷山水　（元）刘元佐	210
范宽画卷山水　（元）王蒙	210
范宽画卷山水　（元）叶广居	211

奉题朱泽民先生画山水图　（元）李祁 …… 211
题朱泽民画山水　（元）黄镇成 …… 211
朱泽民山水　（元）郑元祐 …… 211
朱泽民山水　（元）郑元祐 …… 212
题朱泽民山水　（元）陈基 …… 212
题朱泽民山水　（元）郑韶 …… 212
朱泽民画　（明）苏伯衡 …… 212
朱泽民山水歌　（明）虞堪 …… 212
观朱泽民所画山水有感　（明）袁凯 …… 213
朱泽民山水　（明）沈周 …… 213
题汤溪胡氏藏朱泽民山水大幅　（明）吴宽 …… 214

卷第十二　山水类

纯甫出释惠崇画　（宋）王安石 …… 215
惠崇画　（宋）王安石 …… 215
题巨然画　（元）王冕 …… 216
僧巨然画　（元）鲜于枢 …… 216
巨然山水　（元）袁桷 …… 216
巨然小景　（明）高启 …… 216
秋日写巨然笔意与若休　（明）李日华 …… 216
题董北苑山水　（元）鲜于枢 …… 216
题董源山水图　（元）吴澄 …… 217
董源小幅　（元）吴镇 …… 217
赵伯骕画　（元）吴镇 …… 217
赵伯驹画　（元）吴镇 …… 218
赵千里山水长幅　（元）邓文原 …… 218
赵千里山水长幅　（元）吴镇 …… 218
赵千里画　（元）吴镇 …… 218

记子昂画 （元）虞集	219
赵子昂仿顾恺之 （元）邓文原	219
赵待制山水 （元）陶宗仪	219
子昂画 （元）陈高	219
子昂仿顾恺之 （元）吴镇	219
赵子昂仿陆探微笔意 （元）黄公望	219
赵文敏公山水 （元）王逢	220
子昂小景（五首） （明）祝允明	220
题松雪山水 （明）僧古渊	220
题赵仲穆画 （元）郑韶	221
题赵仲穆山水（二首） （元）仇远	221
题仲穆山水 （元）贡师泰	221
题赵仲穆山水图歌 （元）黄玠	221
题赵仲穆画 （明）王絋	222
子久为危太仆画 （元）吴镇	222
子久为徐元度画 （元）吴镇	222
黄子久山水（二首） （元）郑元祐	222
追和铁崖先生题黄子久画 （明）周傅	223
仿子久小笔 （明）李日华	223
题仿黄子久画 （明）董其昌	223
题黄子久山水 （明）僧妙声	223
王叔明卷 （元）吴镇	223
王叔明山水图 （明）吴宽	224
长幅茧纸仿叔明 （明）李日华	224
山水仿叔明与竹雨 （明）李日华	224
题王叔明画 （明）董其昌	224
题商德符山水图 （元）马祖常	224
商学士画山水歌 （元）马祖常	225

题商侯画山水图　（元）贡奎	225
题胡廷晖画　（元）郑韶	226
再题廷晖山水　（明）张羽	226
题高房山画　（元）鲜于枢	226
高房山画　（元）王士熙	226
次韵题高房山画卷　（元）倪瓒	226
题高房山画　（明）徐贲	227
题高房山画山水行　（明）黄希英	227
高房山小画　（明）傅汝舟	227
题高房山山水　（明）吴宽	227
题高房山横轴　（明）文徵明	228
题画山水似盛子昭（四首）　（元）黄玠	228
题韩介石所藏盛子昭画　（元）黄玠	229
题盛子昭画　（明）贝琼	229
题盛懋画　（明）郭钰	229
题盛叔章画　（元）郑洪	229
盛叔章山水画　（元）王璋	229
盛叔章山水画　（元）杨维桢	230
盛叔章画　（明）鲍恂	230
题倪云林画　（元）钱惟善	230
题元镇画（二首）　（元）郑韶	230
倪元镇画　（元）郑韶	231
倪云林为静远画　（元）黄公望	231
和云林题画　（元）郑元祐	231
云林小景　（元）郑元祐	231
题云林小景图　（元）倪瓒	231
次韵云林画　（元）华幼武	231
为吴子道题云林画　（元）华幼武	232

云林画山水竹石　（元）华幼武 …………………… 232
题倪云林画　（明）李东阳 ……………………………… 232
倪云林画　（明）卞同 …………………………………… 232
题云林小景　（明）高启 ………………………………… 232
题倪云林画　（明）俞贞木 ……………………………… 232
云林画　（明）王㷆 ……………………………………… 233
题倪元镇小画　（明）施渐 ……………………………… 233
题仿云林笔意　（明）李日华 …………………………… 233
题仿倪迂画　（明）董其昌 ……………………………… 233
题倪云林小幅山水　（明）僧元璞 ……………………… 233
题曹云西画　（元）倪瓒 ………………………………… 234
题曹云西山水　（元）王冕 ……………………………… 234
题云西画卷　（元）吴镇 ………………………………… 234
曹云西山水　（明）王远 ………………………………… 234
题唐子华山水　（元）郑韶 ……………………………… 234
题唐子华画山水　（明）僧复初 ………………………… 235

卷第十三　山水类

题江贯道山水（十首）　（宋）刘克庄 ………………… 236
题俞秀才所藏江参山水横轴（二首）　（宋）陈与义 …… 237
题祝生画　（宋）朱子 …………………………………… 237
观祝孝友画（二首）　（宋）朱子 ……………………… 238
题大年小景　（宋）黄庭坚 ……………………………… 238
赵大年小景　（元）程钜夫 ……………………………… 238
李营丘真迹　（元）吴镇 ………………………………… 238
李思训妙笔　（元）邓文原 ……………………………… 238
题冯文仲画山水　（元）郑东 …………………………… 239
为冯文仲画山水小幅　（元）倪瓒 ……………………… 239

题冯文仲山水（二首）　（元）郑元祐	239
文仲小幅山水　（明）沈周	239
冯文仲画　（明）陈继儒	239
袁君庭玉以所藏何思敬山水图求题为赋长句　（元）戴良	240
题何监丞画山水歌　（元）戴良	240
题柯敬仲画（五首）　（元）虞集	241
题柯丹丘画　（元）郑韶	241
为高安何思恭题方壶所画山水　（元）刘永之	242
方方壶画（二首）　（元）吴镇	242
题方壶画　（明）镏炳	242
题方壶画　（明）王逢	243
题上清方壶山水　（明）陈𪸩	243
方方壶画　（明）文徵明	243
题方方壶画　（明）僧大圭	243
题赵彦徵画　（元）钱惟善	244
题赵彦徵画　（明）张简	244
赵彦徵画　（明）宋杞	244
题赵彦徵溪山小景图　（明）僧来复	244
赵彦荣临画　（元）郑韶	245
彦敬小景　（明）张宁	245
题彦颙画中小景（二首）　（明）聂大年	245
为祝彦中题山水图　（明）刘基	245
为彦中题画　（明）龚诩	246
题丁生所藏钱舜举山水　（元）龚璛	246
题钱舜举山水小景　（明）薛瑄	246
题吴季良所藏戴文进山水　（明）程敏政	246
题戴文进山水图　（明）陈玺	247
戴文进小幅　（明）祝允明	247

次陆太宰全卿题戴文进画卷　（明）王世贞 ………… 247
吴伟江山图歌　（明）何景明 ………………………… 247
吴伟画　（明）严嵩 …………………………………… 248
题文徵明画　（明）陆深 ……………………………… 248
题文徵仲小景　（明）郑鹏 …………………………… 249
题石田画　（明）边贡 ………………………………… 249
题石田翁赠朱守拙小景　（明）陈蒙 ………………… 249
题仿石田大幅　（明）李日华 ………………………… 249
为杨起同题沈石田拟谢雪村山水　（明）吴宽 ……… 250
为陈玉汝题启南山水大幅　（明）吴宽 ……………… 250
为史明古题沈启南画　（明）吴宽 …………………… 250
题唐子畏山水图　（明）顾璘 ………………………… 251
唐寅画山水歌　（明）祝允明 ………………………… 251
题罗汝文画山水　（明）林志 ………………………… 251
题元人画　（明）郑鹏 ………………………………… 252

卷第十四　山水类

稽山道芬上人画山水歌　（唐）顾况 ………………… 253
范山人画山水歌　（唐）顾况 ………………………… 253
睦上人画水　（唐）方干 ……………………………… 253
观项信水墨　（唐）方干 ……………………………… 254
题段吉先小景（三首）　（宋）晁补之 ……………… 254
题四弟以道横轴画　（宋）晁补之 …………………… 254
题许道宁画　（宋）陈与义 …………………………… 254
题俞子清侍郎惠画（二首）　（宋）王炎 …………… 255
题删定侄画卷（二首）　（宋）孙觌 ………………… 255
奉题李彦中所藏俞侯墨戏　（宋）朱子 ……………… 255
题可老所藏徐明叔画卷（二首）　（宋）朱子 ……… 255

题目	作者	页码
题王仲信画水石横幅	（宋）陆游	256
跋尤延之山水两轴	（宋）杨万里	256
题周忘机画	（宋）王廷珪	256
题解生山水图	（宋）刘宰	256
题姚雪篷使君所藏苏野塘画	（宋）戴复古	257
题老梧画卷	（宋）裘万顷	257
题欧阳氏山水后	（宋）白玉蟾	257
子端山水同裕之赋	（金）李纯甫	258
跋贾天升所藏段志宁山水	（金）高永	258
跋邪律浩然山水卷	（金）元好问	258
秀隐君山水	（元）元好问	258
题杨司农宅刘伯熙画山水图	（元）赵孟頫	258
题龚圣予山水图（二首）	（元）赵孟頫	259
萧照江山图	（元）袁桷	259
题危功远山水	（元）袁桷	259
题道士山水画	（元）马祖常	260
题简天碧画山水	（元）马祖常	260
题赵虚一山水图	（元）贡奎	260
试院中戏题姚检校山水图	（元）范梈	261
题马虚中画	（元）黄溍	261
孙伯大山水图	（元）傅若金	261
为袁清容长幅	（元）黄公望	261
题马道士画（二首）	（元）陈旅	262
题韩伯清所藏郭天锡画	（元）陈旅	262
题王戴隐画山水	（元）张翥	262
题江阴丘丈中山水图	（元）贡师泰	262
题应中立所藏陈元昭山水	（元）迺贤	263
题李遵道山水	（元）丁复	263

| 陈生山水图　（元）吴师道 …… 263
| 谢氏友山图（二首）　（元）吴师道 263
| 玉涧禅师山水　（元）吴师道 …… 263
| 题段应奉山水图　（元）余阙 …… 264
| 为方厓画山就题　（元）倪瓒 …… 264
| 吴仲圭山水　（元）倪瓒 …… 264
| 题金华余山人山水　（元）刘永之 …… 264
| 赵善长山水　（元）王逢 …… 265
| 题天游画　（元）华幼武 …… 265
| 为北村汤同知题画卷（二首）　（元）马臻 265
| 题从子伦画山水　（元）于立 …… 265
| 题王景南山水图　（元）张天英 …… 266
| 题李州铭所藏毛泽民山水　（元）陶宗仪 266
| 为宝林衍上人题山水图　（明）刘基 …… 267
| 题徐君美山水图　（明）张以宁 …… 267
| 题余仲扬画山水图　（明）镏崧 …… 267
| 题孙子让山水　（明）刘承直 …… 268
| 题王佐山人画　（明）林弼 …… 268
| 题王廷珪画　（明）林弼 …… 268
| 题陈生画　（明）高启 …… 268
| 题张校理画　（明）高启 …… 269
| 刘松年画　（明）高启 …… 269
| 题黄鹤山人画　（明）高启 …… 269
| 题陆有孚山水图　（明）王褒 …… 269
| 题马自牧水墨山水　（明）王恭 …… 269
| 题高漫士山水图　（明）王恭 …… 270
| 题吴德旸山水小景　（明）蓝仁 …… 270
| 题陈惟允所画山水小帧　（明）张适 …… 270

题王孟端山水	（明）俞贞木	270
题冯进士养质山水画	（明）李胜原	270
题俞仲刚山水	（明）周致尧	271
曾瑞卿所作山水图	（明）凌云翰	271

卷第十五　山水类

题王立本山水图	（明）贝琼	272
题马文壁画（二首）	（明）贝琼	272
题苏明远画	（明）贝琼	273
题虞鲁瞻山水	（明）贝琼	273
题章东孟山水	（明）刘堧	273
徐子修画山水歌	（明）袁凯	273
题吴尚书山水图	（明）杨荣	274
题王侍讲山水	（明）杨荣	274
高道士所画山水	（明）李昌期	275
题王孔泰山水小景	（明）林环	275
题胡宗器山水	（明）陈全	275
题周选部山水图	（明）林志	275
题林司训画山水图（二首）	（明）林志	275
题沈叔用夏迪山水	（明）郑珞	276
题南台周老商山水	（明）郭㢲	276
题刘廷美画	（明）沈恒	276
偶题李子长画（二首）	（明）陈宪章	276
题王廷直画	（明）陈宪章	277
题蠋上人画	（明）王越	277
题宣廷吉画	（明）徐溥	278
题姚公绶山水	（明）张宁	278
竹鹤老人画	（明）张宁	278

题戴武库山水图歌	（明）刘溥	278
刘尚质南楼题王舜耕山水图	（明）李东阳	279
题黄宗器秋官所藏何太守山水图	（明）李东阳	279
夏珪山水图	（明）刘泰	280
题饶松坡画	（明）罗伦	280
题姜廷宪中书小景画	（明）程敏政	280
题安城彭学士山水图	（明）程敏政	280
题致政应文贞典宝山水	（明）程敏政	281
题谢廷循山水	（明）李傑	281
题周文静山水图	（明）樊阜	281
为毛贞甫题孙君泽山水	（明）吴宽	282
柳中书山水小景次王修撰韵	（明）王鏊	282
题子野画	（明）林俊	282
为三府安公题所藏史痴翁画（二首）	（明）费宏	282
题刘完菴山水卷	（明）沈周	283
王中舍孟端山水	（明）莫止	283
俞汉远云山图	（明）祝允明	284
题王实夫画	（明）王守仁	284
题顾氏画	（明）徐问	284
题李学士画	（明）严嵩	284
云将军画水歌	（明）康海	285
叶澄杂画（四首）	（明）顾璘	285
题周成画（二首）	（明）顾璘	285
题邹黄山画（十一首）	（明）廖道南	286
赠翟石邨小画	（明）廖道南	287
次杨南峰题画	（明）徐霖	287
李潜夫画	（明）谢承举	287
题史大方画（二首）	（明）谢承举	287

题高孔华小画　　（明）陈玺　………………………… 288
题陈道复画　　（明）文嘉　…………………………… 288
为王中丞元美题钱叔宝画溪山图　（明）张凤翼……… 288
题王彦恭山水图　　（明）王阜　……………………… 289
题高彦美山水图　　（明）王阜　……………………… 289
题王大尹山水　　（明）罗泰　………………………… 290
题李侍御山水图　　（明）吕渊　……………………… 290
题彭工部山水　　（明）陈良贵　……………………… 290
钱太医山水图　　（明）吴希贤　……………………… 290
题小李将军画　　（明）刘黄裳　……………………… 290
题张复画（十六首）　（明）王世贞　………………… 291
题陈石亭内翰山水　（明）焦竑　……………………… 292
题林天素画　　（明）董其昌　………………………… 292
题苏判画（四首）　（明）汤显祖　…………………… 293

卷第十六　山水类

观李固请司马弟山水图（三首）　（唐）杜甫………… 294
谢兴公上人寄山水簇子　（唐）齐己………………… 294
画山水图答大愚　　（唐）荆浩　……………………… 294
端礼知宗宠示水石六轴，戏作此诗归之　（宋）李纲…… 295
观僧室画山水　　（宋）司马光………………………… 295
偶题看山楼新画山水　（宋）文彦博…………………… 295
和吴省副北轩画湖山之什　（宋）蔡襄………………… 295
王原叔内翰宅山水图　（宋）梅尧臣…………………… 296
李颀秀才善画山，以两轴见寄，仍有诗，次韵答之
　　　（宋）苏轼　……………………………………… 296
答王道济寺丞观许道宁山水图　（宋）黄庭坚………… 296
酬李唐臣赠山水短轴　（宋）晁补之…………………… 297

自画山水寄正受题其上　（宋）晁补之	298
题李云叟画轴兼寄江安杨简卿明府（二首）	
（宋）范成大	298
夜闻择之诵师曾题画绝句，遐想高致，偶成小诗	
（宋）朱子	298
谢孔遵席后堂画山水图　（金）刘仲尹	298
孙尚书家山水卷（三首）　（元）刘因	299
松涛轩题画为邓善之　（元）高克恭	299
赠翰林宅山水图　（元）范梈	299
题高氏所藏画图（二首）　（元）陈旅	299
题杨氏所藏画图　（元）陈旅	300
题郑德和所藏山水图　（元）陈旅	300
寄张师夔求画　（元）吴师道	300
题山水图送人归仙居　（元）吴师道	301
为僧作山水（二首）　（元）郭畀	301
题赵氏所藏画　（元）郏韶	301
题汪功父所藏画卷　（元）金履祥	301
题匡山人所藏图　（元）陈基	302
题画赠原道　（元）倪瓒	302
御制山水图歌赐长春真人刘渊然归南京　（明）宣宗	302
题曾郁文所藏山水小景　（明）镏崧	303
为临川章则常题山水图　（明）梁寅	303
题孙卿家小画（二首）　（明）高启	303
题武昌魏槃所藏画　（明）高启	303
题山水画寄筠州王校文　（明）周玄	304
题画赠沈朣樵先生　（明）沈贞	304
题陈世恭所藏山水图歌　（明）李晔	304
题伴读董时贡所藏山水　（明）管讷	304

题高理瞻所藏小景图　（明）陈安	305
题画送人归越中　（明）程本立	305
为方尚书宾题山水图　（明）金幼孜	305
题山水赠杨熙节　（明）王直	305
题周参政所藏山水小景　（明）李昌期	306
山水小景为铨曹周宋武作（二首）　（明）陈全	306
小景题赠密斋先生　（明）陈𪸩	307
山水图为兵部郎中王恕题　（明）倪谦	307
画山水为费廷言司业题　（明）杨守阯	308
题山水小画寄姜知县　（明）陈宪章	308
题画寄徐州陆九皋（二首）　（明）刘溥	308
张侍御世用所藏山水图歌　（明）李东阳	308
赠曹竹西画并题　（明）姚绶	309
题画寄邹公履　（明）李至清	309
山水图为钱塘周士廉作　（明）魏时敏	309
题山水图为刘廷信都宪作　（明）樊阜	310
山水图赠南雄黄驿宰　（明）郑瑛	310
为盛舜臣题山水长卷　（明）吴宽	310
为僧题画　（明）吴宽	311
为李贞伯题朱寅仲小画　（明）吴宽	311
小景为益之题　（明）谢廷柱	311
山水小景为孙太常题　（明）鲁铎	311
题画山水送人还歙　（明）李梦阳	312
为吴黄门公美题钱山人叔宝画　（明）张凤翼	312
题画赠姜明府　（明）陈窜	312
题画寄蜀中徐阆池　（明）董其昌	312
题画贻毗陵张梦泽　（明）董其昌	313
题画赠张平仲水部　（明）董其昌	313

题画送原孚侄巡齐　（明）董其昌 …………… 313
题画似雪峤师　（明）李流芳 …………… 313
题画与石梦飞　（明）李日华 …………… 313
题画与云溪上人　（明）李日华 …………… 313
在课花斋画小幅山水与沈子广　（明）李日华 …… 314
题画与曹允大　（明）李日华 …………… 314
题画与沈伯远　（明）李日华 …………… 314
题画横幅与方樵逸　（明）李日华 …………… 314
题画茧纸长幅与沈倩伯远　（明）李日华 …… 314

卷第十七　山水类

次韵秦少游春江图　（宋）陈师道 …………… 315
春山图　（宋）文同 …………… 315
题柴言春景山水　（宋）陆游 …………… 315
草堂春暮横披　（金）冯璧 …………… 315
题杜莘老春融秀岭图　（元）王恽 …………… 316
春江小景　（元）程钜夫 …………… 316
赵幹春山曲坞图　（元）邓文原 …………… 316
李昭道春江图　（元）邓文原 …………… 316
题赵子昂为袁清容画春景仿小李　（元）邓文原 …… 317
城南春晓图　（元）虞集 …………… 317
题沈君湖山春晓图诗卷　（元）杨载 …………… 317
李昭道春江图　（元）吴镇 …………… 318
赵幹春林曲坞图　（元）吴镇 …………… 318
题春林远岫图　（元）黄公望 …………… 318
题春江小景图　（元）黄清老 …………… 318
观杜德常尚书所藏王晋卿画春山霁景　（元）周伯琦 …… 319
题倪元镇春林远岫图（四首）　（元）郯韶 …… 319

题绿野春阴图　（元）刘永之	320
题郭熙春山　（元）刘永之	320
题溪山春霁图　（元）华幼武	320
为曹佥事画溪山春晓图因题　（元）倪瓒	320
李遵道溪山春晓图　（元）张雨	321
春山晴霭图　（元）张雨	321
春山岚霭图　（元）张雨	321
题僧巨然层岚春霁图　（明）汪广洋	321
春景山水　（明）张以宁	321
题溪山春晓图　（明）镏崧	322
周伯宁春晴江岫图　（明）苏伯衡	322
题春景山水　（明）贝琼	323
题溪山春晓图　（明）贝琼	323
春山瑞霭图　（明）张羽	323
题春山图　（明）陈汝言	323
题春景画　（明）解缙	323
野桥春霁图　（明）杨荣	324
为吏部师尚书题春景　（明）金幼孜	324
为宋给事题春景　（明）金幼孜	324
题王晋卿春晓图　（明）林环	324
题春景山水　（明）商辂	325
山水图春景　（明）商辂	325
题湖山春晓图　（明）李东阳	325
题春景山水　（明）黄仲昭	326
题春山图　（明）吴宽	326
春山图　（明）吴宽	326
赵大年春江图　（明）吴宽	326
题春景画　（明）谢廷柱	327

题陈从训所藏惠崇溪山春霁图卷　（明）王叔承 ……… 327
题春山卷　（明）陈崇德 …………………………………… 327
赵仲穆春山晓思图　（明）僧来复 ………………………… 328
刘宗海为余作清江春雨、碧嶂秋岚二图，赋此赠之
　　　（元）刘永之 …………………………………………… 328
题柴言夏景山水　（宋）陆游 ……………………………… 328
题刘德温画湖山丰夏横幅（四首）　（金）赵秉文 ……… 328
题长夏云林　（元）贡性之 ………………………………… 329
董源夏山深远　（元）吴镇 ………………………………… 329
夏景山水　（明）张以宁 …………………………………… 329
题夏景画　（明）解缙 ……………………………………… 330
题夏景　（明）金幼孜 ……………………………………… 330
夏景　（明）金幼孜 ………………………………………… 330
题山水夏景　（明）贝琼 …………………………………… 330
山水图夏景　（明）商辂 …………………………………… 330

卷第十八　山水类

题黄居寀秋山图　（唐）徐光溥 …………………………… 331
次韵和邓慎思谢刘明复画道林秋景（二首）
　　　（宋）孔武仲 ………………………………………… 332
书李世南所画秋景（二首）　（宋）苏轼 ………………… 333
次韵秦少游秋野图　（宋）陈师道 ………………………… 333
秋山图　（宋）文同 ………………………………………… 333
晚秋烟波图　（宋）文同 …………………………………… 333
题童寿卿秋山图　（宋）王炎 ……………………………… 334
题柴言秋景山水　（宋）陆游 ……………………………… 334
秋景　（宋）陆游 …………………………………………… 334
题范宽秋山小景　（金）刘迎 ……………………………… 334

江天秋晚图　（金）王绘	335
秋江待渡横披　（元）元好问	335
巨然秋山　（元）元好问	335
宋高宗题李唐秋江图　（元）刘因	335
题秋塘图　（元）陈深	335
乔达之画江山秋晚图（三首）　（元）程钜夫	336
题祁提点秋山图　（元）程钜夫	336
秋山图　（元）袁桷	336
子昂秋山图　（元）虞集	336
题秋山图　（元）虞集	337
题巨然秋山　（元）杨载	337
题秋山图　（元）范梈	337
题周曾秋塘图卷（二首）　（元）李洞	337
赵千里秋景　（元）吴镇	338
赵子昂秋景　（元）吴镇	338
范宽江山秋霁　（元）吴镇	338
李昭道秋山无尽图　（元）吴镇	338
李成江村秋晚　（元）吴镇	338
临李思训员峤秋云图　（元）黄公望	339
题江乡秋晚图　（元）萨都剌	339
题秋山图　（元）宋本先	340
题秋日江邨图　（元）刘诜	340
江山秋色图　（元）吴师道	340
秋山图　（元）王冕	340
题秋山图　（元）郭翼	341
题秋山图　（元）马臻	341
题秋江图　（元）舒逊	341
题周曾秋塘图　（元）张珪	342

题李唐秋山图　（元）郑东 …… 342
题许道宁溪山秋晚图　（元）张天英 …… 342
米元晖江山秋晚图　（元）僧大䜣 …… 342
访弟长沙，霍元瞻雪夜为作秋山图　（明）詹同 …… 342
秋景山水　（明）张以宁 …… 343
题秋江小景　（明）镏崧 …… 343
题华阳彭玄明所画秋山图　（明）镏崧 …… 343
题山水秋景　（明）贝琼 …… 343
题宋周曾秋塘图　（明）杨基 …… 344
题赵仲穆秋山图　（明）钱宰 …… 344
题马文璧秋山图　（明）鲁渊 …… 344
秋景小幅　（明）王行 …… 344
题画秋景　（明）高棅 …… 345
题秋景画　（明）解缙 …… 345
为侍讲时彦题秋意图　（明）金幼孜 …… 345
为吏部师尚书题秋景　（明）金幼孜 …… 345
秋景　（明）金幼孜 …… 345
山水图秋景　（明）商辂 …… 345
山水秋景　（明）刘珝 …… 346
秋景图　（明）苏平 …… 346
仿王叔明笔意作溪山秋晚卷辄题绝句　（明）高道素 …… 346
题野塘秋景　（明）戈镐 …… 346
弘上人蓄秋山图　（明）僧大圭 …… 347

卷第十九　山水类

题高尚书秋山暮霭图　（元）邓文原 …… 348
顾恺之秋江晴霭图（二首）　（元）邓文原 …… 348
王维秋林晚岫图　（元）邓文原 …… 348

题张鹔所画霜林云岫图　（元）邓文原　…………………… 349
题危太朴所藏荥阳郑虔画秋峦横霭图（二首）
　　　　（元）邓文原　………………………………………… 349
顾恺之秋江晴嶂图　（元）黄公望　…………………… 349
李咸熙秋岚凝翠图　（元）黄公望　…………………… 350
题关仝层峦秋霭图　（元）黄公望　…………………… 350
王维秋林晚岫图（二首）　（元）黄公望　……………… 350
李咸熙山市霜枫图　（元）黄公望　…………………… 351
赵大年秋邨暮霭　（元）吴镇　………………………… 351
李咸熙秋岚凝翠　（元）吴镇　………………………… 351
关仝秋山凝翠　（元）吴镇　…………………………… 351
顾恺之秋江晴嶂　（元）吴镇　………………………… 352
右丞秋林晚岫　（元）吴镇　…………………………… 352
张僧繇霜林云岫　（元）吴镇　………………………… 352
秋江晚景图　（元）刘秉忠　…………………………… 352
题高尚书秋山暮霭图　（元）郭畀　…………………… 353
关山秋霁图（二首）　（元）王恽　……………………… 353
江亭秋霁图　（元）舒逊　……………………………… 353
题秋山晚眺图　（元）吴澄　…………………………… 353
题高尚书秋山暮霭图　（元）沈右　…………………… 353
秋山暮霭图　（元）柯九思　…………………………… 354
写秋林远岫图　（元）倪瓒　…………………………… 354
云峰秋霁图　（明）蓝仁　……………………………… 354
秋山曙色图　（明）陶安　……………………………… 355
湖山秋霁图　（明）郑亮　……………………………… 355
一片秋意　（明）杨荣　………………………………… 356
题秋林泉石图　（明）王衮　…………………………… 356
秋江晚眺图十三韵　（明）陈政　……………………… 356

江山秋暮图 （明）苏平	357
为唐池南题秋江远眺图 （明）杨慎	357
层峦秋霁 （明）张宁	357
题方壶苍山秋意图 （明）吕复	358
题赵幹烟霭秋涉图 （明）王世贞	358
题兰湖秋色图 （明）王世贞	358
秋水系舟图 （元）张庸	358
秋水系舟图 （明）廖道南	358
题红叶扇头（三首） （明）王恽	359
题红树秋色 （明）董其昌	359
赋得千山红树图 （明）杨慎	359

卷第二十 山水类

题柴言冬景山水 （宋）陆游	360
冬景山水 （明）张以宁	360
题山水冬景 （明）贝琼	360
冬景 （明）金幼孜	360
为吏部师尚书题冬景 （明）金幼孜	361
题冬景画 （明）解缙	361
题冬景山水 （明）黄仲昭	361
山水图冬景 （明）商辂	361
题李思训寒江晚山图 （元）邓文原	361
寒汀小景图 （元）李孝光	362
寒邨雪暮图 （元）吴师道	362
题唐希雅画寒江图 （宋）陈与义	362
高房山寒江孤岛图 （明）王行	363
仿李营丘寒山图 （明）董其昌	363
题王摩诘画寒林 （宋）范纯仁	364

许道宁寒林　（宋）文同	364
题邓国材水墨寒林　（宋）杨万里	364
寒林图　（金）元德明	365
李成寒林图　（元）吴镇	365
李成寒林图　（元）黄公望	365
题寒林图　（明）刘基	365
题董源寒林重汀图　（明）贝琼	366
题寒林远岫图　（明）乌斯道	366
题答失帖木儿大夫所藏王维画寒林晓行图	
（元）蒲道源	366
题赵团练江干晓景（四首）　（宋）秦观	367
题云林晴晓图　（元）陈旅	367
题米敷文烟峦晓景　（明）钱用壬	367
云山晚景图　（元）刘因	367
江天暮景图　（元）程钜夫	368
画江天晚色　（元）倪瓒	368
诚道原溪山晚霁图　（元）释祖柏	368
江山晚眺图　（明）高启	368
暮江图　（明）汤显祖	368
高尚书夜山图　（元）鲜于枢	369
题高尚书夜山图　（元）邓文原	369
为蒋英仲作颜辉画青山夜行图歌　（元）柳贯	369
题高尚书夜山图　（元）吴全节	370
夜山图　（元）高克恭	370
高尚书夜山图　（元）赵孟頫	370
高尚书夜山图　（元）虞集	371
夜山小景　（明）盛万年	371
夜景　（明）文彭	371

题山水夜景　（明）姚浙 …………………………………… 371

卷第二十一　山水类

郭熙画秋山平远　（宋）苏轼 …………………………… 372
次韵子瞻题郭熙画秋山平远　（宋）黄庭坚 …………… 372
郭熙秋山平远用东坡韵　（宋）楼钥 …………………… 373
郭熙秋山平远（二首）　（宋）苏轼 …………………… 373
次韵子瞻题郭熙平远（二首）　（宋）苏辙 …………… 373
题工部文侍郎周翰郭熙秋山平远（二首）
　　（宋）晁补之 ………………………………………… 374
题远山平林图　（宋）王炎 ……………………………… 374
题侄孙岂潜家平远图　（宋）戴复古 …………………… 374
岂潜弟平远图　（宋）戴昺 ……………………………… 374
梁忠信平远山水　（金）刘迎 …………………………… 375
秋山平远图　（元）刘因 ………………………………… 375
赵令穰秋邨平远图　（元）邓文原 ……………………… 375
江贯道江山平远图　（元）虞集 ………………………… 376
题江贯道平远图　（元）郑东 …………………………… 376
题贾治安同知秋林平远图　（元）钱惟善 ……………… 376
题吴仲圭平远图　（明）鲍恂 …………………………… 376
题夏圭溪山清远图　（明）陈川 ………………………… 377
题自画秋林平远　（明）张宇初 ………………………… 377
题陈秀才溪山佳趣　（元）戴表元 ……………………… 377
题玉岩上人溪山野趣图　（元）成廷珪 ………………… 378
题玉岩上人溪山野趣图　（元）成廷珪 ………………… 378
云山清趣图　（明）丘濬 ………………………………… 378
湖山佳趣图　（明）陈仲完 ……………………………… 379
湖山佳趣卷　（明）李昌祺 ……………………………… 379

江山远趣图 （明）周叙	379
题方用方林塘幽趣图 （明）郑关	380
题湖南清绝图 （宋）韩驹	380
洪武丁丑春题王叔明湖山清晓图 （明）莫士安	381
题王叔明湖山清晓图 （明）王世贞	382
巨然山寺 （金）任询	382
题巨然山寺图 （元）虞集	382
燕文贵秋山萧寺图 （元）鲍恂	383
燕文贵秋山萧寺图 （元）陆广	383
燕文贵秋山萧寺图 （元）高逊志	383
燕文贵秋山萧寺图 （元）俞复	384
燕文贵秋山萧寺图 （元）倪瓒	384
题燕文贵秋山萧寺图 （明）黄守	384
方方壶松岩萧寺图 （元）邓文原	384
方壶松岩萧寺 （元）吴镇	384
方方壶松岩萧寺图 （元）黄公望	385
题香山寺画卷 （元）王恽	385
题秋林烟寺图 （元）陈旅	385
费景祥索题徐幼文写萧山古寺图 （明）张羽	385
烟寺晚钟图 （元）吴师道	386
烟寺晚钟图 （明）谢士元	386
集句题山邨图（二首） （元）马臻	386
题江邨图 （元）杜本	386
水邨图 （明）邓楠	387
水邨图 （明）顾天祥	387
水邨图 （明）沈周	387
题董元溪岸图 （元）赵孟頫	387
钱舜举溪岸图 （明）张羽	387

苍崖远渚图（二首） （元）元好问	388
题梅道人平林野水图 （元）郑洪	388
水光林影图 （元）丁鹤年	389
为王希曾题启南长荡图 （明）吴宽	389
为杨简斋题空濛图 （元）马臻	389
题陈直卿一碧万顷 （元）朱德润	390
为马仲祯题一湾烟水 （明）僧麟洲	390
次韵赵佥为赵宰画"野水多于地，春山半是云" （宋）方岳	390
江流天地外，山色有无中 （明）魏时敏	390
题友云水墨画，以唐人"不雨山长润，无云水自阴" （明）陈颢	390

卷第二十二　山水类

题朱审寺壁山水画 （唐）柳公权	391
同族弟金城尉叔卿烛照山水壁画歌 （唐）李白	391
台中寓直晨览萧侍御壁画山水 （唐）羊士谔	391
奉和李右相书壁画山水 （唐）孙逖	392
观于舍人壁画山水 （唐）王季友	392
依韵和仲庶省壁画山水 （宋）司马光	392
次韵吴仲庶省中画壁 （宋）王安石	392
依韵和原甫厅壁许道宁山水，云是富彦国作判官时画 （宋）梅尧臣	393
曹仁熙画水壁 （宋）晁说之	393
毘陵太平院壁间画山水，熟视之有飞动势，殆仙笔也 （宋）林景清	393
和元晦咏画壁 （宋）张栻	394

观刘氏山馆壁间所画四时景物各有深趣，因为六言一绝……
　　（宋）朱子 ………………………………………………… 394
壁间古画精绝未闻有赏音者　（宋）朱子 …………… 394
人日游西山寺观谢章壁画山水　（金）赵秉文 ……… 394
张吏部宅山水壁歌　（元）范梈 ……………………… 395
友人壁间寒山图　（元）范梈 ………………………… 395
题也先帖木儿开府宅壁画山水歌　（元）赵孟頫…… 395
题画壁　（元）贡性之………………………………… 396
题壁间画　（明）于谦 ………………………………… 396
观古壁画山水歌　（明）牟嘉叙 ……………………… 396
壁间杂画　（明）李延兴 ……………………………… 397
题金山壁间画　（明）陈钧 …………………………… 397
题济宁公馆壁间山水　（明）李裕 …………………… 398
定州画壁水二堵妙绝天下，望之若真，水起伏潆洄……
　　（明）王世贞 …………………………………………… 398
画学董生画山水屏风　（宋）苏辙 …………………… 399
画枕屏　（宋）苏辙 …………………………………… 399
张秀才枕屏　（宋）陈造 ……………………………… 399
山水屏　（宋）曾巩 …………………………………… 400
山水卧屏　（宋）黄庶 ………………………………… 400
题戏水墨山水屏　（宋）杨万里 ……………………… 400
新作纸屏，隆师为作山水，笔墨略到而远意有馀……
　　（宋）程俱 ……………………………………………… 401
自画山水留春堂大屏题其上　（宋）晁补之 ………… 401
题严州王秀才山水枕屏　（宋）陆游 ………………… 401
徐道士水墨屏（四首）　（宋）白玉蟾 ……………… 402
山水屏图诗　（元）朱德润 …………………………… 402
床屏山水图歌　（明）高启 …………………………… 403

题画屏　（明）陈炜	403
题山水障子　（唐）张祜	403
题王右丞山水障（二首）　（唐）张祜	403
刘相公中书江山画障　（唐）岑参	404
题画帐山水　（唐）皇甫冉	404
谢重缘旧山水障子　（唐）齐己	404
砚水墨障子　（唐）李洞	404
观山水障子　（唐）伍乔	404
郭熙山水障子　（宋）刘克庄	405
题俞景山画山水障　（明）钱宰	405
题山水障子　（明）张适	406
画障次韵　（明）俞晖	407
画山水障　（明）周用	407
曹民部藏何太守山水障歌　（明）祝允明	407
题陈道复溪山障子　（明）王宠	407
题山水障　（明）李汛	408
题山水画障　（明）杭济	408
题董生春山障子　（明）王穉登	408

卷第二十三　山水类

崔驸马宅咏画山水扇　（唐）梁锽	409
题郭熙山水扇　（宋）黄庭坚	409
题惠崇画扇　（宋）黄庭坚	409
题宗室大年画扇（二首）　（宋）晁补之	409
次韵送画山水扇与张次应　（宋）晁说之	410
晁无咎画山水扇　（宋）陈师道	410
酬刘巨载舍人见赠所画山水扇　（宋）僧道潜	410
扇图　（金）许古	410

题目	作者	页码
题山水扇（二首）	（元）刘因	410
题山水便面	（元）程钜夫	411
聂空山画扇	（元）虞集	411
题赵千里山水扇面歌	（元）杨载	411
画扇	（元）张宪	412
题扇上画	（元）陈深	412
题画扇（四首）	（元）贡性之	412
赵千里便面上写山次伯雨韵	（元）郑元祐	412
题宋高宗画扇头	（元）郑东	413
赵千里扇上写山用郑山人韵题	（元）倪瓒	413
题松雪扇画	（元）唐肃	413
题山水扇面	（元）张天英	413
题堵炳所画扇面山水	（明）镏崧	413
扇上画（二首）	（明）杨基	414
题画扇面	（明）王恭	414
山水便面	（明）管讷	414
题扇（二首）	（明）陈絧	414
题扇	（明）王达	415
扇面小景	（明）郭厪	415
山水便面	（明）李昴	415
次韵题便面小景	（明）谢铎	415
题沈恒吉画扇	（明）陈宽	415
项进士便面	（明）王弼	415
为人题便面	（明）叶元玉	416
扇画	（明）许相卿	416
为茂通题画扇	（明）陈玺	416
题画扇	（明）王景彰	416
郑大有山水扇	（明）罗泰	416

扇景　（明）俞晖	417
题画扇　（明）李承芳	417
画扇　（明）李日华	417
题画扇　（明）李日华	417
题画扇头米山　（明）李日华	417
题扇（三首）　（明）李日华	417
题画扇　（明）李日华	418
题赠冯云将画扇　（明）李日华	418
题画扇　（明）李日华	418
题画扇　（明）李日华	418
画沈明允扇　（明）李日华	419
为冯权奇画扇　（明）李日华	419
画扇　（明）李日华	419
题画扇　（明）李日华	419
画沈白生扇　（明）李日华	419
题画扇　（明）李日华	420
画吴赤含扇　（明）李日华	420
与沈翠水论绘事因题所画便面　（明）李日华	420
题墨山图扇　（明）僧明秀	420
题小景　（宋）杜本	420
题湖曲小景　（元）袁桷	420
溪居山水小景（二首）　（元）张翥	421
题应中父所藏陈仲美山水小景　（元）杨载	421
山水小景（二首）　（元）郑韶	421
云山小景　（元）黄镇成	421
为所性侄题小景（三首）　（元）欧阳云	422
题山水小景杂画（四首）　（元）傅若金	422
题画小景　（元）王翰	422

小景　（明）韩宜可 …… 423
题小景图　（明）林鸿 …… 423
小景　（明）吴子庄 …… 423
为杨学士勉仁题小景　（明）金幼孜 …… 423
题画小景（二首）　（明）童轩 …… 423
题小景　（明）丘濬 …… 423
小景（二首）　（明）丘濬 …… 424
小景（三首）　（明）刘泰 …… 424
题小景　（明）陈炜 …… 424
题小景画　（明）程敏政 …… 424
题小景杂画（二首）　（明）程敏政 …… 425
题小景　（明）沈周 …… 425
豁亭小景　（明）沈周 …… 425
画景　（明）屠侨 …… 425
小景　（明）廖道南 …… 426
小景　（明）陈玺 …… 426
题小景　（明）陈玺 …… 426
重题自画小景　（明）居节 …… 426
题画小景（二首）　（明）李汛 …… 426
题小景　（明）李汛 …… 427
题画中小景　（明）樊昌 …… 427
小景杂咏（二首）　（明）萧显 …… 427
题小景　（明）吕渊 …… 427
题云深处小景　（明）陈琛 …… 427
题画小景（三首）　（明）僧澄印 …… 428

卷第二十四　山水类
题诗约画轴　（宋）陈与义 …… 429

题画　（宋）陈与义 ··· 429
题谢艮斋画筇（四首）　（宋）王炎 ··············· 429
戏题画卷（二首）　（宋）程俱 ······················· 430
题画卷（五首）　（宋）范成大 ······················· 430
题画　（宋）叶盛 ··· 431
记画　（宋）方岳 ··· 431
题画　（元）萧国宝 ··· 431
种笔亭题画　（元）高克恭 ······························ 431
题画　（元）傅若金 ··· 431
题画（九首）　（元）吴镇 ······························ 432
题画　（元）黄公望 ··· 433
题画　（元）萨都剌 ··· 433
题画　（元）萨都剌 ··· 433
题画图（二首）　（元）陈旅 ·························· 433
题画　（元）贡师泰 ··· 433
题拙作小图　（元）朱德润 ······························ 434
题画图　（元）杜本 ··· 434
题画　（元）李祁 ··· 434
题画（二首）　（元）李祁 ······························ 434
题画（四首）　（元）李祁 ······························ 434
题画（二首）　（元）李祁 ······························ 435
题画　（元）陈高 ··· 435
题画　（元）张宪 ··· 435
题画　（元）张宪 ··· 435
题画　（元）郑韶 ··· 436
题画　（元）贡性之 ··· 436
题画　（元）贡性之 ··· 436
题画　（元）贡性之 ··· 436

题画　（元）贡性之 ……………………………………… 436

题画　（元）贡性之 ……………………………………… 437

题画（四首）　（元）贡性之 …………………………… 437

题画　（元）贡性之 ……………………………………… 437

题画　（元）贡性之 ……………………………………… 438

题画　（元）倪瓒 ………………………………………… 438

题画　（元）倪瓒 ………………………………………… 438

题画（三首）　（元）倪瓒 ……………………………… 438

题画（二首）　（元）倪瓒 ……………………………… 439

次韵题画　（元）华幼武 ………………………………… 439

题画　（元）丁鹤年 ……………………………………… 439

题画　（元）丁鹤年 ……………………………………… 439

题画杂诗（十一首）　（元）马臻 ……………………… 439

题画卷（四首）　（元）马臻 …………………………… 441

题画（十首）　（元）唐肃 ……………………………… 441

题画（九首）　（元）唐肃 ……………………………… 442

题画　（元）陈植 ………………………………………… 443

题画　（元）郑氏（名允端） …………………………… 443

卷第二十五　山水类

题画　（明）朱同 ………………………………………… 444

题杂画（十二首）　（明）高启 ………………………… 444

为外舅周隐君题杂画（二首）　（明）高启 …………… 445

题画（五首）　（明）张羽 ……………………………… 445

题画　（明）徐贲 ………………………………………… 446

题画　（明）徐贲 ………………………………………… 446

题画（二首）　（明）王行 ……………………………… 446

题画　（明）周砥 ………………………………………… 446

题画卷	（明）张适	446
题画	（明）管讷	447
题画	（明）杜环	447
题画	（明）凌云翰	447
题画	（明）李延兴	447
题画	（明）钱子义	448
题画	（明）潘子安	448
题画	（明）史谨	448
题画	（明）方孝孺	448
题画	（明）姚广孝	449
题画	（明）杨荣	449
题画	（明）胡俨	449
题画	（明）李孝谦	449
题画	（明）钱复亨	449
题画	（明）朱纯	450
题画（二首）	（明）陈延龄	450
题画（二首）	（明）徐有贞	450
题画	（明）姜洪	450
题画	（明）陈宪章	450
题画	（明）陈宪章	451
题画	（明）倪敬	451
小画	（明）王越	451
题画	（明）张宁	451
题画	（明）丘濬	451
题画	（明）刘溥	452
题画	（明）姚绶	452
题画	（明）张泰	452
题画	（明）姚纶	452

题画　（明）桑悦	453
题画　（明）庄㫤	453
题画　（明）张弼	453
题画（二首）　（明）张弼	453
题画　（明）贺钦	454
题画　（明）樊阜	454
小画　（明）屠勋	454
题画（四首）　（明）周瑛	454
题杂画（四首）　（明）吴宽	455
题画　（明）吴宽	455
题画　（明）吴宽	455
题画（四首）　（明）吴宽	456
题画　（明）林俊	456
题画　（明）陈烓	456
题画　（明）邵宝	456
为甯菴题画　（明）邵宝	457
画图景　（明）蔡清	457
题画作　（明）鲍楠	457
题画　（明）蒋冕	458
题画（三首）　（明）沈周	458
题画（六首）　（明）沈周	458
题画　（明）沈周	459
题画卷　（明）沈周	459
题画（九首）　（明）雷鲤	460
杂题画景（三首）　（明）祝允明	461
题画　（明）许天锡	461
题画　（明）许天锡	461
题画（十三首）　（明）唐寅	461

题画 （明）唐寅	463
题画 （明）俞泰	463
题画 （明）孟洋	463
题画 （明）陆深	464

卷第二十六　山水类

杂画 （明）孙伟	465
题画摇笔成诗 （明）李梦阳	465
题杂画（四首） （明）边贡	465
题画 （明）左国玑	466
题画 （明）方豪	466
题画 （明）陆钺	466
题画 （明）廖道南	467
题画（二首） （明）文徵明	467
题画（八首） （明）文徵明	467
题画（十八首） （明）文徵明	468
题画（二首） （明）文徵明	470
题画 （明）文徵明	470
题画（二首） （明）文徵明	471
题画 （明）谢承举	471
题画 （明）谢承举	472
题画 （明）傅汝舟	472
题画（四首） （明）王世贞	472
题画 （明）王世贞	472
题画 （明）王世贞	473
题画 （明）王世贞	473
题杂画（十二首） （明）王世贞	473
题画 （明）李维桢	474

题画（二首）	（明）王世懋	474
题画	（明）王世懋	475
题画	（明）陈鹤	475
题画	（明）岳岱	475
题画	（明）于慎行	475
题画	（明）周思兼	475
题画（四首）	（明）董其昌	475
题画（十七首）	（明）董其昌	476
题画	（明）徐霖	477
题画（三首）	（明）陈寿	478
题画	（明）龚用卿	478
题画	（明）吴汝弼	478
题画	（明）吴孺子	478
题画	（明）张含	479
杂画	（明）何瑭	479
题画	（明）林敏	479
题画	（明）郑鹏	479
题画	（明）倪峻	479
题画小卷	（明）李日华	480
题画长幅	（明）李日华	480
题画（五首）	（明）李日华	480
题画（三首）	（明）陆弼	481
题画（五首）	（明）陈继儒	481
题画	（明）李本	481
题画	（明）阙名	481
题画	（明）僧大圭	482
题画	（明）僧宗泐	482
题小画（二首）	（明）僧宗衍	482

题画（五首）　（明）僧麟洲 …………………………………… 482
题画　（明）僧一初 ………………………………………… 483
题画　（明）孟氏（名淑卿） ……………………………… 483

卷第二十七　名胜类

会稽王处士草堂壁画衡霍　（唐）刘长卿 ………………… 484
五士游岳麓图　（宋）张栻 ………………………………… 484
岳麓图　（元）刘因 ………………………………………… 485
江汉衡山图　（元）傅若金 ………………………………… 485
越州景德寺镜清方丈题醉先岳麓图　（元）丁复 ………… 486
衡山杂画（二首）　（明）顾璘 …………………………… 486
寒师嵩山图　（宋）苏辙 …………………………………… 486
嵩岳图　（宋）楼钥 ………………………………………… 487
东岳云峰图　（明）张宁 …………………………………… 487
题张维中华山图　（金）党怀英 …………………………… 487
华山图　（元）刘因 ………………………………………… 488
题商德符华山图　（元）虞集 ……………………………… 488
华山图　（元）李孝光 ……………………………………… 488
题华山图　（元）张𦐂 ……………………………………… 488
徐资生华山图歌　（明）刘基 ……………………………… 489
题华山图　（明）贝琼 ……………………………………… 489
华山图歌　（明）李东阳 …………………………………… 490
重题华山图自嘲　（明）岳岱 ……………………………… 490
五华山图　（明）韩宜可 …………………………………… 491
卢鸿庐岳观泉图　（元）邓文原 …………………………… 491
写庐山图上　（元）虞集 …………………………………… 491
题张太玄为陈升海画庐山图　（元）虞集 ………………… 491
题高彦敬桑落洲望庐山图　（元）刘因 …………………… 492

马天章画庐山清晓图　（元）王恽 …………………………… 492
庐山图　（元）郑元祐 …………………………………………… 493
题庐山图　（元）郑韶 …………………………………………… 493
题庐山图　（明）文徵明 ………………………………………… 493
匡庐精舍图　（明）张时 ………………………………………… 494
题庐山瀑布图　（明）僧来复 …………………………………… 494
玉泉山图　（元）吴师道 ………………………………………… 495
题赵元临高房山锺观　（明）王行 ……………………………… 495
天岳图歌　（元）陈泰 …………………………………………… 495
题天柱山图　（唐）戴叔伦 ……………………………………… 496
丘大卿天柱峰图　（明）张羽 …………………………………… 496
石帆山图　（明）徐贲 …………………………………………… 497
尼山春晓图　（明）倪岳 ………………………………………… 497
厎柱图　（元）周昂 ……………………………………………… 497
题画龙门山桑乾岭图　（元）马臻 ……………………………… 497
郑蒙泉炼师子午谷图　（元）郑韶 ……………………………… 498
题东柯谷图　（元）黄溍 ………………………………………… 498
张师夔为郭子静作终南山色因题　（元）张翥 ………………… 498
崆峒山图（二首）　（元）刘祖谦 ……………………………… 499
题杨德章监宪贺兰山图　（元）贡师泰 ………………………… 499
峨眉高一首奉蜀王令旨题峨眉山图　（明）僧大圭 …………… 499
三山九龙图　（明）廖道南 ……………………………………… 500

卷第二十八　名胜类

阁下观岘山图　（宋）孔武仲 …………………………………… 501
题陈主管东墙三岘图　（宋）陈造 ……………………………… 501
岘山秋晚图　（元）王恽 ………………………………………… 502
题岘山图　（元）戴表元 ………………………………………… 502

岘山秋晚图　（元）杨果	502
题周耕云为萧元恭画龙虎仙岩图　（元）李孝光	503
九岩图　（明）廖道南	503
观小孤山图　（宋）陆游	503
小孤山图　（明）杨基	504
题鞿山小景　（明）廖道南	504
夜宿金山题金山图　（元）萨都剌	504
题画金山　（元）贡性之	504
金山图　（明）祝允明	504
金焦览胜卷　（明）周宣	505
采石图　（元）刘因	505
钟山云雾图　（明）高启	505
题牛首图　（明）张凤翼	505
次韵和吴仲庶池州齐山画图　（宋）王安石	506
题谢昌国金牛烟雨图　（宋）杨万里	506
题王浚之画茅山图　（明）吴宽	506
题王叔明茅山图　（明）贝琼	506
仿巨然九华云霭　（明）李日华	507
朱中舍惠麓秋晴图　（明）张筹	507
题惠麓秋晴图　（明）瞿庄	507
代题惠山秋霁图　（明）俞晖	507
为志学聘君题惠麓秋晴图　（明）朱芾	507
为惠机长老题徐幼文写惠山图　（明）吕敏	508
题李公略示高郎中吴山观月图　（元）仇远	508
题莹上人吴山图　（宋）陆游	508
虎丘春霁图　（明）王行	508
题黄子久天池石壁图　（元）吴全节	509
题黄大痴天池石壁图　（明）高启	509

| 次韵为王应爵进士题天平山石湖二图　（明）吴宽 ………… 510
| 题王长史所画天平龙门图　（明）陈秀民 …………………… 510
| 题光福画卷　（明）沈周 ……………………………………… 511
| 丹阳孙思和东游，每当山水深处辄绘为图……
| 　　（明）陆深 ………………………………………………… 511
| 题天台桃源图　（元）陈旅 …………………………………… 511
| 天台山图　（元）郑元祐 ……………………………………… 512
| 次韵周邠寄雁荡山图（二首）　（宋）苏轼 ………………… 512
| 索雁荡图与陈阆帅　（明）周用 ……………………………… 512
| 题武夷九曲櫂歌图　（宋）李纲 ……………………………… 513
| 题武夷九曲櫂歌图　（宋）白玉蟾 …………………………… 513
| 题武夷九曲櫂歌图　（宋）辛弃疾 …………………………… 513
| 题武夷九曲櫂歌图　（宋）方岳 ……………………………… 513
| 题武夷九曲櫂歌图　（元）赵友士 …………………………… 513
| 题武夷九曲櫂歌图　（元）叶西涧 …………………………… 514
| 题武夷九曲櫂歌图　（元）韩元吉 …………………………… 514
| 题武夷九曲櫂歌图　（元）萧子和 …………………………… 514
| 题武夷九曲櫂歌图　（明）周斌 ……………………………… 514
| 题武夷九曲櫂歌图　（明）王烓 ……………………………… 514
| 题徐良夫九曲櫂歌图　（明）李铎 …………………………… 515
| 题武夷山图　（明）董其昌 …………………………………… 515
| 题张一郣画山阴岩壑图　（明）僧大圭 ……………………… 516
| 别峰和尚方丈题唐子华山阴图　（明）刘基 ………………… 516
| 象山图　（元）吴师道 ………………………………………… 517
| 题象山环溪图　（元）黄溍 …………………………………… 517
| 孤屿图　（元）僧大䜣 ………………………………………… 517
| 僧有示西湖墨本者，就孤山左侧林萝祕邃间状出衡茅之所……
| 　　（宋）林逋 ………………………………………………… 517

题林若拙画孤山图 （元）张翥	518
五云山图 （元）戴表元	518
题浮玉山居图 （元）钱选	518
九霞听松图 （元）李孝光	518
铁崖图 （元）赵奂	519
周苍厓入吾山作图诗赠之 （宋）文天祥	519
系舟山图 （金）赵秉文	519
李平甫为裕之画系舟山图，闲闲公有诗，某亦继作 （金）杨云翼	519
雪溪翁雪霁望弁山图 （元）钱选	520
偶阅昌国志赋得补怛洛迦山图 （元）吴莱	520
赤松山图 （元）吴师道	520
百尺山图 （元）吴师道	521
题凫山图（二首） （明）葛征英	521
西岩图 （明）孙蕡	522
久雨抱病郡斋，无聊中忽忆吴兴旧隐，因画鸥波春雨亭 （明）张宁	522
题五侯笔架峰图 （明）黄相	522
题毕钵山图 （明）陈继儒	523
写括苍山景 （明）李日华	523
烟雨楼图 （明）范氏（名壶贞）	523

历代题画诗类卷第一

天 文 类

观庆云图
（唐）李行敏

缣素传休祉，丹青状庆云。非烟凝漠漠，似盖乍纷纷。
尚驻从龙意，全舒捧日文。光因五色起，影向九霄分。
裂素观嘉瑞，披图贺圣君。宁同窥汗漫，方此睹氤氲。

观庆云图
（唐）柳宗元

设色初成象，卿云示国都。九天开祕祉，百辟赞嘉谟。
抱日依龙衮，非烟近御炉。高标连汗漫，向望接虚无。
裂素荣光发，舒华瑞色敷。恒将配尧德，垂庆代河图。

观庆云图
（唐）阙名

五云从表瑞，藻绘宛成图。柯叶何时改，丹青此不渝。
非烟色尚丽，似盖状应殊。渥彩看犹在，轻阴望已无。
方将遇翠幄，那羡起苍梧。欲识从龙处，今逢圣合符。

咏郡斋壁画片云

（唐）岑参

云片何人画，尘侵粉色微。未曾行雨去，不见逐风归。
只怪偏凝壁，回看欲惹衣。丹青忽借便，移向帝乡飞。

题李士曹厅壁画度雨云歌

（唐）岑参

似出栋梁里，如和风雨飞。
掾曹有时不敢归，谓言雨过湿人衣。

同李九士曹观壁画云作

（唐）高适

始知帝乡客，能画苍梧云。
秋天万里一片色，只疑飞尽犹氛氲。

题春云出谷图

（金）党怀英

春云乍出山有无，春色已去春山孤。
山光空濛不可写，正要云气相萦纡。
山吞云吐变明晦，半与岩谷生朝晡。
轻林萧萧暗溪树，馀影漠漠开樵居。
舟人舣棹并沙尾，坐看缥缈摇空虚。
巧分天趣出画外，韵远不与丹青俱。
今人重古不知画，但爱屋漏烟煤汙。
惜哉！东坡不及见此本，诗中独有叠嶂烟江图。
（轻林萧萧，一作"轻阴霏霏"。）

春云出谷横披
（元）刘因

笔底天机几许深，云容直欲见无心。
苦心只许时人会，不为题诗亦未寻。

阎立本西岭春云图
（元）邓文原

旅人陟春山，回互临幽绝。马首触层云，鸟鸣当三月。
桃萼烂虚空，松风吹洞越。高岑上青苍，曲磴复敧缺。
涧壑泻飞流，烟霭忽明灭。灵仙扣丹房，素女开瑶穴。
乡关在遐方，中情向谁说？忽闻上方钟，午餐僧已设。
阎子为此图，翫（玩）之未能辍。恐为造化憎，隄备六丁掣。

阎立本西岭春云
（元）吴镇

西山高五台，缥缈出蓬莱。春半花争发，宵征客倦来。
短桥流曲水，危壁覆苍苔。宣庙曾留赏，临风愧菲材。

题启南万壑春云图（写赠袁德纯同年）
（明）吴宽

袁卿高爽不可攀，平生眼底无吴山。
肩舆偶度支硎岭，俯视龙池才破颜。
前山后山作屏几，千步横冈铺翠被。
向晓浓云触石生，当春好雨从龙起。
吾乡沈子今王维，笔端万壑能移之。
图成欲赠袁卿去，却请我辈仍题诗。
天台雁荡东南有，卿昔好游曾遍走。

县斋昼静对新图，从此不须开户牖。

阎立本秋岭归云图（二首）
（元）邓文原

贞观从知画有仙，能将万里尺图间。
白云掩映枫林好，遮却溪南无数山。

盘纡迳路却何之，中有居人未卜谁。
百丈飞泉云外落，一林霜叶九秋时。

秋岭归云图
（元）吴镇

峰色秋还好，云容晚更亲。瀑泉落霄汉，霜树接居邻。
静处耽奇尚，消闲觅旧因。悠悠桥畔路，终日少风尘。

王晋卿万壑秋云图
（元）吴镇

众山互迥邈，芳丛满苍壁。野猨（猿）啼树红，林鸟巢筠碧。
云来拥翠鬟，泉泻激古石。吟翁自拘拘，行人走役役。
归舟向东去，炊烟上空灭。前邨未掩门，不知日将夕。

叔明松壑秋云图
（元）吴镇

万壑潆迥磴道长，崇冈交互转苍苍。
疏松过雨虚阑净，古木回风曲岸凉。
邨舍几家门半启，渔梁何处水流香。
扁舟凝望云千顷，不觉西林下夕阳。

王晋卿万壑秋云图

（元）黄公望

雨霁云仍碧，天高气且清。霜枫红欲尽，涧瀑落长鸣。
岫岭苍茫景，江湖浩荡情。应知卧云者，奚尚避秦名。

江阁秋云图

（明）林鸿

山云初敛夕，云气已归壑。何以散冲襟，孤琴坐江阁。
美人期不来，天寒枫叶落。

书谷口云深图

（明）王恭

连峰转幽邃，竟日白云多。峡里非人境，春深但女萝。
仙源空翠远，香界断钟和。鸾鹤飘飘去，尘踪独奈何。

归云图

（明）解缙

白云如练遶南山，遥听樵歌紫翠间。
落日云头秋色晚，望中应见鹤飞还。

题飞霞图（为江炼师赋）

（明）镏崧

海上群峰映紫霞，五云楼观是仙家。
谁吹玉笛春风起，千树碧桃都作花。

题赤城霞图（送友归天台）

（明）张羽

结发好名山，遨游遍吴楚。

东游不到天台路,长忆兴公赋中语。
赤城焕高霞,翩然空中举。
灵溪碧草春凄凄,瀑水和风响秋雨。
我欲振金策,飘飖凌九垓。游神不死庭,迴光眺琼台。
手招丹丘人,共卧石上苔。
红颜去人不复返,老大求仙嗟已晚。
生今一去愁人心,赠生赤城图,听我赤城吟。
劳劳亭下一杯酒,离愁万里生秋阴。
客车明日当早发,云飖(帆)孤飞度东越。
国清寺前千尺松,岁晚应归望山雪。
道逢寒山子,为寄相思情未绝。
山人若欲知我心,五界峰头看明月。

题李白泰山观日出图

(元) 段辅

岱宗郁郁天下雄,谪仙落落人中龙。
兹山兹人乃相从,气夺真宰愁丰隆。
玉堂一任云雾封,长啸飞渡秦皇松。
夜呼日出沧海东,再为斯世开鸿濛。
钧天帝君深九重,醉舞踏碎青芙蓉。
天孙玉女为敛容,却视五岳秋毫同。
长鲸一去不复逢,乾坤万里号秋虫。
当年咳唾留绝峰,至今树石生春风。
我欲追之杳无踪,不意邂逅会此中,屋梁落月依然空。

题华峰望日图

(明) 高棅

飞步青莲花,耸身凌紫霞。天鸡弄海色,西掛三峰斜。

嚥（咽）漱太阳精，逍遥金母家。长安日下影，回首望京华。

题钱舜举画晓日照群山图
（明）张羽

朝阳澄霁景，丽色散群峰。明霞冠其颠（巅），一一金芙蓉。
烟树远渐辨，苍翠知几重。幽谷俱光彩，卉木生春容。
茅茨住溪口，桃源疑可通。闲观发佳兴，清赏趣何穷。
逝将登日观，一览披奇胸。

海月图
（元）黄溍

忆曾夜叩潮音洞，海阔天高月正中。
坐对画图如梦寐，六街尘土昼濛濛。

江月图
（宋）朱子

江空秋月明，夜久寒露滴。扁舟何处归，吟啸永佳夕。

江月图
（宋）崔鶠

冥冥一叶轻，不知水与天。独于颢气中，仰见素壁（璧）圆。
超然狂道士，起视清夜阑。自拈白玉笛，吹此江月寒。
想当万籁息，逸响流空烟。我从江海来，形留意先还。
何当买鱼篷，追此水墨仙。

题江月图（赠建昌梅子庚）
（明）程嘉燧

弄月燕子矶，江水明见底。归客中夜分，橹尽钟逦迤。

至今白玉光，眼花时歘起。醉吟秋钟诗，此图聊借耳。
心开怳月皎，客好如酒美。画师隔前身，习气现弹指。
眉（眉）宇何微茫，兀傲乃似子。坐客争捋须，此处不凡矣。
放笔亦自笑，一戏复尔尔。平生澹荡人，饥饿仅免死。
樽罍遥可呼，缾（瓶）罂先见恥（耻）。
天公怜寂寞，突兀来快士。
破垣行宝彝，空庖出乾胏。歌仍落金石，管欲迷宫徵。
不辞笑脱颐，应防怒切齿。此语久欲吞，凭君吐终始。

题王眉叟溪月图
（元）袁桷

水清不受触，月高不受浴。空景两相忘，松风进虚谷。
之人阅真静，引手还在目。服之飞上天，溪流净如玉。

宋理宗南楼风月横披（二首）
（元）刘因

试听阴山敕勒歌，朔风悲壮动山河。
南楼烟月无多景，缓步微吟奈尔何。

物理兴衰不可常，每从气韵见文章。
谁知万古中天月，只办南楼一夜凉。

题半月芝蟾画卷
（元）吴澄

紫芝偃蹇抱蟾蜍，天下求之此景无。
看取初弦半规月，阿谁晓会写成图。

明河秋夕图
（元）刘因

明河澹澹纵复横，行云悠悠度疎星。
凤媒不来乌夜惊，琼枝玉佩迟所讬。
画中隐隐闻机声，秋来秋去今犹古。
此恨不随天宇青，崑崙西头风浪平。
办我一舟莲叶轻，浩歌中流击明月。
九原唤起严君平，人间此水何时清？

观孙太古周天二十八宿星君像图
（元）吴莱

大圜杳何极，鳌柱屹不倾。日月光最耀，众星莽纵横。
周天二十八，错粲各有名。荒哉审厥象，晃朗夺目睛。
东垣青龙崛，西圉白虎狞。翾飞鸟隼状，偃伏龟蛇精。
紫宫自然拱，银汉无复声。五行所经纬，甘石知性情。
上界足官府，神人居穆清。韢赫逞幻怪，颛颢振铿轰。
跳踉鬼脚捷，甜舚兽面赪。裒衣互裸袭，角鬣纷披拏。
岂其太白变，嬉戏类狌猩。或者荧惑动，威怒流欃枪。
照临多芒角，缠（躔）次在缩嬴。揣摩过人料，彩绘匪世程。
伊谁驾一气，得以导九坑？想像陵倒景，观游抚层城。
虚空向宫宇，苍莽埶节旌？毋宁乘笔际，溘此埃风征。
凡夫本狭见，四顾惟寰瀛。夜叉冰滢呀，罗刹炎徽瞠。
鲛女买绡出，狗夫衔筯争。只疑列宿质，却混殊方氓。
山神对我博，刻石华山陉；海神靳我画，浪卷沧海鲸。
天神讵可识，万古欺聋盲。星占世有职，画史吾奚评。

敬题皇姑鲁国长公主所藏唐周昉画金德星君真形图

（元）柳贯

星辰上罗天文章，帝宫太紫严中央。
长庚启明左右当，西柄下揭斗口张。
浮空翕弛流金光，云雾降精神杳茫。
乘之无际运无旁，中有颢气随飞扬。
頩然玉色含微阳，翠绡蒙袂鸣琼珰。
手弹琵琶韵清商，引声按节秋思长。
银河经天浩汤汤，跂而望之河无梁。
往来倏忽难为详，但见初月如悬璜。
《洛书》五行著機祥，始终德运推柔刚。
云此太白乖其方，义亏言失多淫伤。
神无异体智有常，我梦见之觉徊徨。
披图骇目得未尝，粉墨形似争毫芒。
作者周昉传自唐，能品上上题明昌。
王家甲观开画堂，瑶华承宇藉以芳。
升觞洁浆祭于祊，灵衣被被舞执玒。
神保至止辰维良，驾言为织天孙裳。
吾闻五曜持乾纲，龙腾虎拏互低昂。
星官执御调玄黄，照烛九土穷八荒。
东西咸池直扶桑，下贯天毕晶煌煌。
煌煌之晶降为穰，物不疵疠民不殃，千秋万岁国乃昌。

许中正捕龙雷

（宋）文同

彼龙胡为被天谪？不肯为天行雨泽。
天敕雷公恣搜索，龙藏何所忽尔获。

提之满空若曳帛,雹风电火相卷射。
雷张两翅但拍拍,首尾挽之足双礫。
龙力与雷固不敌,雷转威怒龙褫魄,须臾定见肝胃拆。
万力千气凡几画,斯人斯品入神格。

雷雨护婴图
（元）郭畀

轰雷欲破山,急雨撼坤轴。母兮抱儿归,掩耳趋茅屋。
画师巧为此,邨景了在目。一时似可惊,四郊想霈足。
明朝雨霁还复来,平畴却看秧针绿。

雷雨护婴图
（元）王勉

襁褓痴儿岂解惊,与儿掩耳自忘生。
迅雷疾雨虽堪畏,不夺人间至爱情。

雷雨护婴图（三首）
（元）俞希鲁

雷雨翻空咫尺迷,褰裳擕（携）幼欲何归?
邻家侥是鲁男子,仓卒惊危未可依。

冻雨欲来云覆林,一声霹雳破玄阴。
英雄匕箸有时失,何况人间儿女心。

滇洞奔雷山欲摧,山头云气怒如炊。
纷纷掩耳惊将仆,正是希夷鼾睡时。

雷雨护婴图

（元）杨枢

四山无人云气黑，霹雳一声风雨集。
山头竹树不自支，天末草亭撼将仄。
中途美人走匍匐，抱子掩耳惊欲蹐。
短衣百结裹两足，慈母真情见颜色。
画师经营妙莫测，写此新图意有得。
深闺妇事苟竭力，何得仓惶蹊草侧。

题风雨护婴图

（元）钱惟善

焚香敬诵昔人诗，如遇空山雷雨垂。
老妇护儿惊掩耳，欲归无路觅茅茨。

春风万里图

（元）王恽

人间尘土日纷挐，流水空山半落花。
自是道心游物外，不须夸诞说流沙。

题春林雨意图

（元）谢应芳

前山后山云气浓，欲雨不雨天无风。
记得去年初夏里，此时船过滆湖东。

题江邨风雨图

（金）元好古

渡口舟横水拍空，墨云倾雨树号风。

江山不到红尘眼,半幅烟绡想像中。

江村风雨图
(金) 王万钟

秋风槭槭澹林晖,烟霭昏昏失翠微。
一段蓴(莼)鲈江上兴,篷窗岑寂梦魂飞。

山邨风雨图
(金) 张建

雨昏山店望未见,风紧伞簦张不开。
莫讶披图便成句,为曾行到此中来。

风雨图
(元) 许衡

南山已见雾昏昏,便合潜(潜)身不出门。
直到半途风雨横,仓惶何处觅前邨。

题赵幹江楼风雨图
(元) 许有壬

人间蕞尔东南陬,金陵李家无远谋。
词华欲继《后庭曲》,不见东风空小楼。
当时百事尚纤丽,况在画工专末技。
洪河乔岳陡平生,曲阑幽槛穷清致。
石头城下无重关,夹马营中有佳气。
九天飞坠曹将军,尽卷版图充上计。
小儿造化吁可怜,乾坤又到宣和年。
君王緺毫自涂抹,片纸落世人争传。
坐看南北又分裂,遂使两家同一天。

偶从断缣阅小景，慨念兴亡岂天定。
而今荡荡混一图，但少依归理钓艇。

题风雨图
（元）李祁

山中老子百年馀，前代衣冠只自如。
高阁捲簾无一事，满天风雨坐看书。

题秋山风雨图
（元）郭钰

平生最爱米家画，君之此图妙天下。
鸟分归路云不开，树压悬崖雨如泻。
倚江茅屋何人住？芦竹萧萧出无路。
似我还山烟雨中，愁来只读《秋阳赋》。

虞胜伯江山风雨图
（元）郑元祐

雍公之孙胜伯父，落笔惊人意独苦。
篆籀从衡写风雨，平林远岸舟横浦。
想从出蜀看山多，笔锋森然如斲戈，
春秋著成可奈何，酒酣拔剑须君歌。

董北苑溪山风雨图
（明）吴宽

黑云拥高山，顷刻风雨至。豁然海潮声，草木争偃地。
旷野少人行，山僧独归寺。衲衣尽沾湿，敲户何急事？
仓皇村居民，乘屋亦何亟。一婢已抱瓮，一妇更持器。
重茅惜被卷，破屋家所寄。戴笠者渔郎，理网屈双臂。

老翁若望家，担物终不弃。陆走尚甚危，水行可无畏？
前溪波浪恶，篙折水流驶。行者当早归，居者不预备。
良工为此图，三叹有深意。想见晚来晴，云净山泼翠。
始信霎时间，天工特相戏。

满林风雨图
（明）陆深

山林何处无风雨，不似人情翻覆间。
我有一区江上宅，几回蓑笠夜深还。

题溪山风雨图
（明）王世懋

溪上波光澹欲秋，空亭小艇日悠悠。
朝来忽著行云色，添得潺湲万壑流。

扇画禁烟风雨图
（明）李日华

雨寒山翠薄，沙浅水波明。漠漠烟中柳，愁眉一样颦。

萧照春江烟雨图
（元）戴表元

波痕如树树如烟，更是春阴小雨天。
何处得鱼何处醉，筍皮篷底解蓑眠。

江贯道烟雨图
（元）袁桷）

江生泉石本膏肓，刻削经营入渺茫。
老树雨深龙翼重，隔川云冷縠纹长。

吟鞍欲度愁溪径,渔艇将归认石梁。
拟向此中寻隐计,厎须紫禁谒虚皇。

题烟雨图

（元）范梈

似有江南布縠声,乱流触石野桥平。
何由招得渔竿客,共上西峰看晚晴。

题春山烟雨

（元）贡性之

柳带轻烟澹澹,花含宿雨深深。
鱼乐新添晓涨,鸟啼越觉春阴。

李咸熙夏山烟雨图

（元）黄公望

雨气薰薰远近峰,长林如沐晚烟浓。
飞流遥落疏钟断,石径何来驻短筇。

题溪邨烟图

（元）郯韶

山雨朝来不作泥,望中烟雨使人迷。
依稀绝似羌邨路,无数春船逆上溪。

平林烟雨图

（元）舒頔

时人买画千金传,一片好景真天然。
四时不用舒展看,翠娇绿润当窗前。
春三漠漠护煖雨,秋九惨惨啼苍烟。
槎牙古怪云雾暗,屈蟠偃蹇蛟龙缠。
初见疑是李将军,又似水墨王辋川。

米家无根与朦胧，安得活动全吾天？
明朝雨晴烟就敛，便欲设榻林间眠。
请回谷口俗士驾，幸勿惊我双胎仙。

题米元晖湖山烟雨图（有序）
（元）黄石翁

《湖山烟雨图》初装即作此诗，久而未写。病后眵昏，聊试目力。岁摄提格秋暮，庐山黄石翁。

江南旧物澄心纸，百数十年谁得此？
挥毫无复老元章，付与承家大儿子。
展开素幅作湖山，点染兴入苍烟间。
偶然墨云起霢霂，风雨偃林生暮寒。
笔端奋迅有疾急，雨气淋漓纸犹湿。
世人藏画尚精微，到此精微下风立。
流寓东南谁与邻？倾怀付与李家亲。
忽因徽駮（驳）论资格，纸上数峰微笑人。

题溪山烟雨图（二首）
（明）刘基

湖上青山烟雨寒，湖中一棹欲归难。
白蘋自老东风里，肠断黄昏独倚阑。

若邪溪上雨声来①，秦望山前雾不开。

---

① 原本"（若）耶溪"多作"（若）邪溪"。晋张协《七命》："楚之阳剑，欧冶所营，邪溪之铤，赤山之精。"《文选》李善注引《越绝书》："当造此剑之时，赤堇之山破而出锡，若耶之溪涸而出铜。"后文"耶律"，亦有作"邪律"者。

欲渡镜湖寻禹穴，苍藤翠木断猿哀。

应制题画烟雨
（明）于慎行

潇潇一幅上，秋气满枫林。半似随风引，全疑夹雾阴。
远峰看处暝，疎树望来深。笔底烟云色，争知用作霖。

题刘明府所藏秋江欲雨图
（宋）陈造

墨云含雨江空濛，岛屿细琐连烟空。
我家茆屋菰苇丛，卷蓑背笠随渔翁。
展掩倍觉心神融，缅想惨澹经营中。
王孙玉面食肉相，万里山川入遐想。
当时官（宫）禁断过逢，可得如侬逗江望？
江天漠漠那容画，渺莽风烟生笔下。
凫鸿灭没波不摇，雾墅霜林共潇洒。
乃知绝艺神与通，盘礴傲睨窥化工。
市师日日江湖上，几人擅价能无穷？
君家双莲冰玉质，此画与人俱第一。
固应缄镡付牢收，俗眼纷纷莫轻出。

关仝骤雨图
（宋）刘克庄

四山昏昏如泼墨，行人对面不相觌。
凄乎太阴布肃杀，闇然混沌未开辟。
千丈拏空蛰龙起，一声破柱春雷疾。
我疑人间瓠子决，或是天上银河溢。
异哉烟霏变态中，山川墟市明历历。

茅寮竹寺互掩映，疎春残磬渺愁寂。
叟提鱼出寒裂面，童叱牛归泥没膝。
羊肠峻坂去天尺，驴饥仆瘦行安适？
林僧衔笠窘迴步，海商抛矴忧形色。
纵览鲲鹏信奇伟，戏看凫鹥亦萧瑟。
乃知画妙与天通，模写万殊由寸笔。
大而海岳既尽包，细如针粟皆可识。
向来关生何似人，想见丘壑横胸臆。
呜呼！使移此手为文章，岂不擅场称巨擘。

题董高闲道士春龙行雨图
（元）刘因

清冷渊，玉为窦，呼吸银丸起晴昼。
昂（昻）头跃空朝紫京，海若苍黄河伯走。
积灵为气翻帝车，坐令日观生糢糊。
黄云离离覆下地，神跡髣象今为图。

为王学士题米元章溪山骤雨横幅（二首）
（元）吴镇

远山苍翠近山无，此是江南六月图。
一片雨声知未罢，涧流百道下平湖。

糢糊云气失巉岩，雨脚拖来曲水湾。
记得西湖山阁上，半年长对虎儿山。

溪山春雨图
（元）卞思义

野人结屋临溪上，溪上白云生叠嶂。
城中车马自纷纭，朝听樵歌暮渔唱。

云林暧叇春日低，小桥流水行人稀。
桃花落尽春何处，风雨满山啼竹鸡。

题茅叟夏山过雨图

（明）高启

前山冥冥云欲开，后山隐隐犹闻雷。
江南六月风雨过，树暗不见巫阳台。
奔湍冲断石桥路，下泻谷口相喧豗。
阴开林壑鬼神去，气湿古洞蛟龙回。
人家出门看新霁，泥封坠果多杨梅。
渔樵欲归谓已暝，返照石壁蝉鸣哀。
山中此景谁解写？茅翁素有丹青才。
新图一片似海岳，高堂未展凉先来。
嗟余久逐挥汗客，席帽障日趋黄埃。
问翁几欲东游去，如此画图安在哉？

春山欲雨图

（明）王恭

寂历青山静赏机，野情那似宦情微。
抛琴欲渡湘江去，云暗苍梧雨色飞。

潇湘雨意图

（明）熊直

万竹丛深日未晡，寒江烟雨翠模糊。
东风无限潇湘意，独倚篷窗听鹧鸪。

题朱仪中雨图

（明）李东阳

菰丛苍苍集烟渚，山头湿云半为雨。
垂萝邅屋茅覆墙，石燕林鸠似相语。

桃花落尽梅子黄，南湖北溆俱茫茫。
黄泥道路白头浪，知是江南烟水乡。
长安潦暑秋过半，雨湿书牀尽糜烂。
三年诗遍坐盈案，拂君图画为君叹。
闭门觅句无人催，呼童卷送休徘徊。
君看白石最深处，纸背犹湿青莓苔。

题杜东原先生雨景

（明）沈周

老原作画墨法熟，纸上沉沉泼浓绿。
重林湿叶欲堕地，合磵（涧）流淙似鸣玉。
庐山九叠翠不干，秋影平吞此长幅。
借看真怕雨拂面，要为时人洗双目。
滕王珠簾正堪卷，董家破屋不可宿。
出门一笑青天高，犹怪春泥汙吾足。

雨山图

（明）顾璘

云瀚雨翻盆，千崖互吐吞。归人愁路窄，切莫近黄昏。

沈启南春山欲雨图歌

（明）王世贞

千山坐失千巃嵸，似是帝遣云君封。
巫鬟不辨青婀嫷，华掌难扑金芙蓉。
已应羲驭走骄日，或有雷门呼蛰龙。
天阃元气漏不断，倏忽絪缊二仪满。
远看陇树春欲无，近即庭花暝差缓。
邺邺麦苗俱望幸，川川鱼子希休澣。
欲雨不雨春山姿，欲吐未吐胸之奇。

指端已觉气出没，眼底尚郁天淋漓。
丹青洗尽太素显，髣髴乾坤垂辟时。
谁为展助虚堂色，怳（恍）有蛟螭蟠四壁。
摩娑纸素若未干，矫首长空俄泼墨。
野夫抱膝一沉吟，襄阳耕云云正深。
亦知大旱为霖在，终是南山隐雾心。

题沈启南春山欲雨图
（明）王世懋

春光喷薄横塘渡，崒嵂吴山不知数。
谁将片墨著峰头，吹作氤氲万山暮。
拥树犹疑隔岭烟，飞花忽断前溪路。
胥口行人畏若濡，陇头新麦思如澍。
此时元气何淋漓，欲雨不雨天为疑。
两仪坐失玄黄色，万壑争流苍翠姿。
楼台虚入蛟蜃散，屏嶂倒列芙蓉垂。
不知雨后更何态，最好春山是此时。
何人此意成真赏，百年盘礴其人往。
阳春烟景留尺素，真宰苍茫堕双掌。
鞭龙驱石事有无，胡然令我心神爽。
铅华刊尽但墨汁，出匣看云把犹湿。
雨师作使不得休，山鬼萝深夜中泣。
酋黛含颦锁不开，更如神女怨阳台。
莫愁笔底风流尽，春半吴江棹里来。

戴文进溪山春雨图
（明）陈凤

林间雀声急，知有少女风。溪云挟雨至，倏忽滃春空。

霏霏湿尽山桥路,行人冲雨行唤渡。
沾泥涉险亦何为?兴来疑向若邪去。
山环水遶路不分,绝迳乃有逃名人。
贪看秀色卷簾坐,不觉岚气侵衣巾。
林花落地半随水,流向前溪犹未已。
新水才添势正雄,客舟多系垂杨里。
意象经营何太奇,空堂素壁迥含姿。
恍然对此翻自讶,如在山邨看雨时。

夏雨新霁图
(明) 张羽

看图忆得住山阿,茅屋深深隐薜萝。
风雨过来啼鸟静,白云更比绿阴多。

题水墨云山雨意画
(明) 僧麟洲

云压树头兼雨气,水流溪口夹秋声。
就岩著箇茅堂子,不必青山定有名。

题明辩之画春江听雨图
(明) 僧麟洲

归来双鬓各萧然,见画犹能记昔年。
风雨一船曾泊处,借人灯火草堂前。

题春山雨霁图
(明) 僧麟洲

丝丝暖雨歇春朝,云压红流落涧桥。
欲觅桃花无路入,却闻风度玉人箫。

历代题画诗类卷第二

天 文 类

雪中枢密蔡谏议借示范宽雪景图
（宋）文彦博

梁园深雪里，更看范宽山。迥出关荆上，如游嵩少间。
云愁万木老，渔罢一蓑还。此景堪延客，拥炉倾小蛮。

观王氏雪图
（宋）王安石

崔嵬相映雪重重，茅屋柴门在半峰。
想有幽人遗世事，独临青峭倚长松。

依韵和子骏雪山图
（宋）文同

一带溪山六幅中，其间雪意与云容。
君应记得飞仙下，飙驭亭前此数峰。

范宽雪中孤峰
（宋）文同

大雪洒天表，孤峰入云端。何人向渔艇，拥褐对巑岏。

题寒光雪嶂图

（宋）陈造

暄寒流覆绝壁，君才得想像间。
输我一庵渔浦，雪中真看江山。

题溪桥雪月图

（宋）陈造

雪野无人访夜阑，冰壶绝景画中看。
桥边觉欠梅枝在，姑射嫦娥各耐寒。

题唐氏所藏崔白画雪中山水

（宋）李纲

我昔曾为阳羡游，正值雪花大如掌。
开门恍讶天地白，云涌群山入书幌。
铜宫远并玉峰寒，罨画暗流冰片响。
千岩万壑争出奇，应接高低迷俯仰。
十年不到浙江西，寤寐胜游劳梦想。
大梁崔白岂善幻，断取山川移异壤。
当时眼界无尽观，都在一幅生绡上。
南山炎热瘴疠地，使我翛然毛骨爽。
天光惨淡阴气浓，片片飞来散苍莽。
毫端造化成六出，不比馀工得其髣。
连峰合沓波涛翻，负雪崔嵬（嵬）几千丈。
幽谷草木枝干老，岩曲楼台簷角厂。
溪头水落正日出，暮霭沉舟暗渔网。
山墙野壁茅屋深，风飐青帘如五两。
买鱼酌酒有谁子？应有幽人坐同飨。

平生爱雪喜山水，对此乍觉神情悦。
明窗静看久愈妍，似倩麻姑为爬痒。
一时名手真绝艺，妙处工夫谁与赏？
生前裘马颇萧条，身后丹青空倜傥。
惠崇声价亦相先，滕薛未知当孰长。
我家梁谿富溪山，雪里寒光含万象。
每同子猷乘小艇，不数王恭披素氅。
故山猿鹤会相思，感物兴怀增勇往。
时平事定归去来，安得飞翰出尘鞅？

题叔问燕文贵雪景

（宋）程俱

一壑回环十二峰，茅茨送老白云封。
如今尘里看图画，却愧当年郝曼容。

雪 景

（宋）陆游

溪上望前峰，巉巉千仞玉。浑舍喜翁归，地炉煨芋熟。

题赵守中江行初雪图

（宋）朱松

江阔云垂满袖风，急须下马一尊同。
正应无奈催诗雪，句在渠侬拥鼻中。

题朱锐册雪景

（宋）杨后

雪吹醉面不知寒，信脚千山与万山。
天瞥琼阶三十里，更飞柳絮与君看。

许道宁群峰草雪

（金）赵之杰

道士平生林野人，醉中拈出雪峰真。
为君疗却烟霞癖，比似青囊药更神。

江天草雪图

（金）梁仲新

南雪不到地，霏霏满竹楼。沙河灯市里，春在木緜裘。

赵士表山林莫雪图（为高良卿赋 二首）

（元）元好问

飕飕林响四山风，雪后人家闭户中。
应被火炉头上说，水边清杀两诗翁。

黄尘遮断山间梦，白发重寻画里诗。
好似玉溪溪上路，醉和王老唤船时。

吴山夜雪图

（元）刘因

江南无寒岁，一雪今几时？吴山岂元春，画此寒岩姿。
壮哉万里流，不废东南驰。胸中漫长风，俯仰今古非。
谁能唱小海，为和大江词？

范宽雪山

（元）刘因

老宽胸次无墨汁，经营惨澹寒生须。
秦川名山古壮哉，况复玉立千尺孤。

安得晨光满东壁？试看龙烛崑崙墟。
赤尘颎洞天为炉，一丘一壑真吾庐，眼中人物谁冰壶？

题江干初雪图

(元) 戴表元

断树寒云古岸隈，渔翁初拨小船开。
看渠风雪忙如许，还有鱼儿上钓来。

范徽卿风雪和林图

(元) 王恽

天策桓桓控上游，边庭都付晋藩筹。
河山衣带连中夏，风雪洪濛戍北楼。
笑著奇谋收药笼，未妨民赋课瓯娄。
丈夫志在飞而食，不让班超定远侯。

灞陵风雪图

(元) 王恽

诗瘦清于饭颗山，蹇驴驮（驮）入画图间。
姓名得挂金銮月，风雪长途是等闲。

雪涨千山图

(元) 王恽

六合云同雪自宽，千山都变玉屑颜。
限量不似年来雨，多处淋淫俭处悭。

题雪景图（五首）

(元) 程钜夫

竹所每径造，雪溪俄夜游。人生适意耳，何去复何留？

家近长安市,居然静胜喧。为言贤令尹,不为雪关门。

布被冷于冰,纸窗明似月。推枕理残书,未肯甘汨没。

天地玉清境,郊原瑶树林。无边诗兴在,只向灞桥寻。

介矣闵仲叔,高哉井大椿。夫君见何晚,大雪不干人。

题吕德常所藏云西雪山小景
(元)黄玠

前冈嶙如削,后巘旋若顾。溪寒崞嵊晚,雪没剡中路。
将无乘兴人,过彼幽棲处。应待月华生,却棹扁舟去。

题朱锐雪景
(元)赵孟𫖯

尘埃困人恒作恶,开卷惊看雪满楼。
安得眼前有此屋,仍呼陶谢与同游。

题雪洲图
(元)吴澄

向来洲上雪漫漫,僵倒诗人一屋寒。
洲上雪消人亦徂,画图犹在雪中看。

春妍带雪图
(元)虞集

玉茗深宫里,春妍带雪残。可怜五色羽,相并不知寒。

溪山积雪图

（元）杨载

大雪归溪山，长林昼冥窅。槎桥跨绝岸，远望行客少。
买鱼酤新酒，独酌竟昏晓。似此非他人，高士戴安道。

王右丞雪溪图（二首）

（元）吴镇

晓径霑衣湿，登台试履危。乾坤增壮观，江海得深期。
历乱瑶华吐，纷披玉树枝。精微谁与並，顾陆颇相宜。

碧树拥江扉，朱簾捲翠微。崇朝无客过，傍晚有渔归。
岭耀梅重白，隈紫絮正飞。若留清夜赏，铅粉更光辉。

题喜寿里客厅雪山色壁图

（元）萨都剌[*]

一年在京口，雪片深冬（冬深）大如手。
独骑瘦马入谁家，四面云山如瓮牖。
大江东去流无声，金焦二山如水晶。
瓜州江口人不渡，时有蓑笠渔舟横。
一年在建业，腊月杨〔梅〕花满城雪。
五更冻合石头城，霜风鼓寒冰柱裂。
秦淮酒楼高十层，钟山对面如银屏。
鹭洲不见二水白，天外失却三山青。
一年在镇阳，燕山积雪飞太行。

---

[*] 此诗又题《喜寿里》，或作《题喜里》。"喜里"当为"喜寿里"省称。萨都剌，《四库》本作"萨都拉"。

滹沱冰合断人跡，井陉路失迷羊肠。
长空万里绝飞鸟，捲地朔风吹马倒。
狐裘公子猎城南，茅店酒帘（旗）悬树杪。
今年入闽关，马啼出没千万山。
瘴云（烟）朝暮气蔼蔼，石泉日夜声潺潺。
雪花半落不到地，但见晴空涌流翠。
海头鼓角动边城，木末楼台出僧寺。
何人蹇驴踏软沙？出门无处不梅花。
江潮入市海船集，水暖游鱼不用叉。
良工写出雪山（色）壁，过眼令人忆南北。
玉京银阙五云端，待漏何年凤池侧？

范宽雪山图

（元）鲜于枢

前山积雪深，隐约形体具；后山雪不到，槎牙头角露。
远近复有千万山，一一倚空含太素。
悬厓断溜冰满壑，野店闭门风倒树。
店前二客欲安往？一尚稍前一迴步。
仲冬胡为开此图，寒气满堂风景暮。
荆关以后世有人，几人能写山水真？
李郭惜墨固自好，晻霭但若浮空云。
岂如宽也老笔夺造化，苍顽万仞手可扪。
匡庐彭蠡雁荡穷海垠，江南山水固潇洒，敢与嵩高泰华争雄尊？
宽也生长嵩华间，下视庸史如埃尘。
乱离何处得此本？张侯好事轻千缗。
我家汴水湄，境与嵩华邻。
平生亦有山水癖，爱而不见今十春。
他日思归不可遏，杖藜载酒来敲门。

题范宽小雪山图

（元）郑东

雪压寒林万木垂，经旬不与野人期。
蹇驴借得如黄犊，犹怕山桥不敢骑。

题雪景

（元）李祁

琼林瑶树拥楼台，户牖临风晚自开。
一鸟不飞人迹断，扁舟何处独归来？

关河雪霁图（为金陵王与道题）

（元）王冕

飞沙冪人风堕帻，老夫倦作关河客。
归来松下结草庐，卧听寒流雪山白。
悠悠如此四十年，世情脱略忘间关。
今晨见画忽自省，平地咫尺行山川。
鸟道连云出天险，玉树琼林光闪闪。
阴崖绝壑望欲迷，冰花历落风悽惨。
枯槎侧倒银河开，三巴春色随人来。
渔翁舟子相笑语，不觉已过洪涛堆。
谿回浦溆石齿齿，谿上人家成草市。
长林大谷猿鸟稀，小步蹇驴如冻蚁。
西望太白日色寒，青天削出峨眉山。
人生适意随所寓，底须历涉穷跻攀？
明朝览镜成白首，春色又归江上柳。
何如高堂挂此图，浩歌且醉金陵酒。

题溪山雪霁图（赠张以中）
（元）倪瓒

水影山容黯淡，云林细筱萧疎。
谁见重居寺里，雪晴沙际吟馀。

题雪山图
（元）唐肃

银河铰冰劳织女，夜冷机空不成杼。
散作人间万玉尘，一夜九州无尺土。
烹汞成银铸山岳，百鸟不飞惟缟鹳。
天边历历种白榆，谁斸灵根陟岩壑？
封书乞借麻姑鹏，飞到蓬丘群玉层。
戏傍琼岩拾瑶草，下窥沧溟一杯小。

题雪景山水
（元）陶宗仪

碎翦银河片片零，芙蓉开徧玉崚嶒。
八牕洞启虚生白，好似蓬婆最上层。

题雪汀图
（明）刘基

天迷迷，地茫茫，云垂日白江水黄。
踆乌冻缩龙走藏，雪花如月开榑桑。
彼何人斯一叶航，手持钓竿咏沧浪。
咏沧浪，倚逍遥，天风吹入瑶池去，青女素娥应见招。

雪山图

（明）张羽

山气寂已晦，川寒敛如夕。沉沉绿树多，隐隐千峰出。
碧岭霭烟华，寒泉散石脉。高阁出林端，古迳稀人迹。
翫图心已澄，对景情逾适。感彼岩栖人，终朝自幽寂。

题雪景图

（明）王褒

高阁凝云闭，虚牕带雪开。鸟寒空辩鹭，树暝总疑梅。
遣兴惟诗句，衔情只酒杯。遥知函丈下，已遣二生回。

题李谷清雪景

（明）王佐

梁园飞雪玉缤纷，坐列金貂酒半醺。
借问当时谁授简？相如词赋最凌云。

题昆仑雪晓图

（明）镏炳

自有宇宙，便有此山。
六丁智力惮疏（疏）凿，一气神秀锺巑岏。
九龙上蟠日月丽，六鳌下镇沧溟寒。
西母双凫远莫至，周王八骏遥难攀。
万仞皑皑太古雪，大明中开烂银阙。
玉京瑶圃恍瀛洲，一洗胸中烦脑热。
自非砥柱障狂澜，大地苍生混鱼鳖。
摩挲此图双眼开，令我胸次生崔嵬。
安于盘石奠四海，长歌万里大风来。

刘于京雪影图

（明）解缙

连宵苦雪结成冰，谁翦鹅毛盖地琼？
白鹤立时惟见影，鹭鸶飞处只闻声。
山林树木银妆裹，殿阁楼台粉砌成。
不信与君高处望，只看流水一条青。

雪 景

（明）金幼孜

积雪没深户，溪山绝行迹。鸟栖迷故林，泉声断馀滴。
中有映书人，宴坐忘朝夕。

题夏珪风雪江邨图

（明）王直

江天漫漫云气黑，江风萧萧雪花白。
荒村古道人跡稀，惆怅津头远行客。
黄芦低折沙草平，遥望不见长安城。
蹇驴凌兢缩如蝟，鞭驱还欲西南征。
四山溟濛日应晚，辛苦赢僮未遑饭。
深林归鸟栖已定，茅屋人家去犹远。
吁嗟乎！夏珪之笔凌范宽，满堂凛凛生昼寒。
卷帘看罢重叹息，岁晏高歌行路难。

雪山图

（明）陈昌

万壑千岩冻不开，琼楼玉宇似天台。
黄精香冷无寻处，误却刘郎採药来。

题朱太守山水画雪夜景
（明）杨守阯

山色初晴月蘸川，乾坤一色浩无边。
不应清景无人见，系岸初回访戴船。

题便面雪景
（明）陈宪章

江天风雪里，宴坐一舟孤。岂不虞寒色？冰心在玉壶。

雪景画
（明）刘泰

高堂怪底寒侵骨，远山近山银突兀。
细挑松火静中听，蚕叶蟹沙声髣髴。
水边老屋伊谁家，爨烟几缕随风斜。
出门一白已无地，蹇驴何处寻梅花？

题沈石田雪景
（明）程敏政

踏雪何人过长板〔坂〕，万玉峰高磵（涧）声远。
山中随处可登临，麦好何忧岁华晚。
僧舍茶烟青出林，云垂四野天沉沉。
凭谁坐我水亭上，呵冻先成喜雪吟。

题潘进士赠谢昌邑雪山图
（明）徐祯卿

谁为咫尺势，宛如观九疑。狂风吹白雪，片片落天池。
云气邈半壁，烟光昏四维。髣髴湘君庙，如闻猿狖悲。

飒沓凌冬树，点缀有馀姿。楚客善毫素，游宴人未知。
北窗遇陶令，大醉雪寒时。冻洒丹青笔，长歌《归去辞》。
他日看图画，难忘剡水思。

高克明溪山雪意图
（明）吴宽

赤脚真人龙凤姿，俯视艺苑时游嬉。
良工待诏金门里，高生前身应画师。
含毫吮墨立良久，自言臣是唐王维。
平生胸中无一物，独有山水能容之。
郭熙成名乃新进，范宽得意才並驰。
丹青竞巧称院体，后来不比宣和时。
密竹千冈松万壑，苍翠峰峦白湖渌。
岸傍桂楫何处移，磵曲茅堂是谁缚？
行人暮归天漠漠，遥望前邨愁雪落。
船头一老独闲暇，诗思分明入寥廓。
刘侯朝回过燕市，亦复爱画入骨髓。
偶从太仆得此图，每一开之心辄喜。
天全仙翁惜题字，评品数行而已矣。
翁今已逝侯亦亡，两洞庭荒渺湖水。
石田多才从后起，况有佳儿好文事。
只今此物欣有托，赋诗独愧前人耳。
宋社久已屋，宋画如有神。
刘侯地下勿长叹，楚弓得失皆吾人。

米南宫雪景（为陆全卿题）
（明）吴宽

北固山前江水清，长供此老濯冠缨。

焚香宝晋斋中坐，江山写入毫端轻。
此老胸中有奇气，不与众史闲争名。
翛然一种自机柚，惊倒范宽并李成。
昔者吾尝阅画史，真蹟（迹）人间嗟见此。
卧游佳境不逢人，但觉寒光浮棐几。
古树枝摧瞰急湍，雪岭更从人面起。
全卿藏此凡两幅，持一赠我分片玉。
曾是平生好洁人，挂处休将手频触。

赵大年雪景（为李宾之题）

（明）吴宽

故缣断裂如刻镂，上有雪图世稀有。
墨痕隐隐题名存，熟视始知元祐手。
叠嶂崇峦失翠微，高原淡淡留斜晖。
岁云暮矣北风急，樵舍渔庄俱掩扉。
疎（疎）林寂历寒鸦返，意中不觉西涯远。
海子桥西柳巷深，歇马何时步鱼堰？

范宽雪山图

（明）吴宽

华原范生性落魄，太岳终南双草屩。
酒酣握笔发天真，无奈胸中饱丘壑。
开门仰望青嵯峨，谁遣纷纷雪花落？
前峰后岭失崚嶒，何处移来卞玉璞？
良工袖手琢不能，此语分明非善谑。
长溪一夜冰梁成，山足潺潺垂短瀑。
风回木落冈峦空，遥向林端见高阁。
兴来便欲扶筇行，去倚危阑招独鹤。

人间此景却输吾,寒士多年甘寂寞。

世贤持启南雪岭图索题复次韵
(明) 吴宽

小径升堂新筑沙,退朝无事还私衙。
谁移雪岭入我屋,老眼白日疑昏花。
坐游未觉足方倦,俊过野店仍山家。
浅溪舟胶集冻鸭,空谷屡响翔饥鸦。
狂风入林一搅动,零落玉蕊兼肥葩。
此时谁埽(扫)林下白,急欲往煮僧房茶。
忽然仰面见高寺,扣户还须持马挝。
长安十年走薄宦,对此似将尘土爬。
西湖寻僧天欲雪,苏子故事今人嗟。
清虚旧韵更可借,捧砚独无王子霞。

题广东陈氏雪景图
(明) 费宏

生绡一幅中堂垂,眼前雪景何清奇。
悬崖绝壁光彩发,老树幻出琼瑶枝。
云际柴门半欲掩,似是白日将西时。
披毡戴笠者谁子?冲泥傍险相追随。
一人前行仰关进,蹇驴失脚双撑(撑)持。
仆夫荷杖药瓢举,以袖护领行迟迟。
一人骑马过桥去,桥危溪恶马力疲。
二人骑驴各袖手,耸肩觅句寒如痴。
骎骎指关向翁语,须慎险峻毋遨嬉。
中有一人跨牛背,牛行不动如舟移。
最后二人从二奚,青螺白马光陆离。

囊中琴絃冻且折，志在山水谁相知。
吾闻岭南天气煖，群龙见雪嗥如驰。
从来此景不易得，固知画者劳心思。
坐令炎瘴尽消息，清气散入诗人脾。

梦中题同年董仲矩雪景
（明）黄镐

鹅餐水面霜，人望天边月。水月一般清，前山挂晴雪。

雪景图
（明）孙伟

天风夜撼玻璃国，四面沉沉元气黑。
荒林野屋曙鸡远，世界江山尽瑶色。
山翁倚槛立苍茫，一鸟不鸣山外邨。
冷光十里断人迹，玉树皜皜横山门。
溪寒沙浅水烟㳽，仙姝犯晓停风驭。
雪中忽忆清冷桥，诗逋老去凭谁寄？

雪　景
（明）沈周

碍簷玉树排云立，接屋瑶峰拔地生。
忍冻从来有诗骨，开门一笑万山明。

题雪景
（明）沈周

一白千山合，清光照胆寒。小桥沽酒少，步步玉痕干。

雪景山水
（明）沈周

眼中飞雪作奇观，江山一夜皆玉换。

前冈坡陀带复岭,小约凌竞连断屿。
水边疎柳似华发,忽有微风与飘霰。
绀宫几簇林影分,白鸥一箇江光乱。
老渔蓑笠秖自苦,冰拂冻须茎欲断。
江空天远迥幽踪,只有一竿聊作伴。
此时此景此谁领,亦笑此渔从我觊。
图成一笑寒战腕,万里江山在吾案。

暑中题雪图
(明) 沈周

六月添衣唤僮子,自画雪图茆屋里。
玉花出笔飞上树,惨澹阴山无乃是。
先生放笔还自笑,颠倒炎凉聊戏耳。
门前有客来借看,满眼黄尘汗如雨。

雪岩图(为杨簿题)
(明) 廖道南

雪崖之峰纷皎洁,雪崖之景真清绝。
玄圃凝空糁玉尘,遥林积霰飞琼屑。
岩中主人真好奇,环堵萧然雪映帷。
翠竹交加栖凤羽,苍松夭矫缩虬枝。
朅来辰阳向莼水,回首千峰万峰紫。
谁图瑞应悬高斋,清白传家从此始。

题徐宗浚雪景(永福玱玉中所藏)
(明) 谢承举

玱师放参开左堂,徐熙忽作游戏场。
手披七尺溪藤光,幻出乾坤银粉妆。

触暑一见心清凉，画翁鹤氅著穿屦。
仄踏山南雪天暮，九折坡陀列瑶路。
四匝寒林挺琼树，来与师评惠连赋。

题雪景

（明）张凤翼

踏雪访招提，冲寒策自支。虽无剡溪棹，应有灞桥诗。

应制题画雪景

（明）于慎行

轻绡寒色动，不是月华开。鸟道千岩迥，江光一径迴。
虚无分玉树，髣髴想瑶台。未拟歌《黄竹》，阳春徧九垓。

题雪景画

（明）徐渭

幽人凭水槛，钓者挈鱼投。况对千山雪，而无一客留。
腊酒此时熟，老夫终岁忧。壶公能醉我，跳入画中休。

雪　景

（明）徐渭

此际山阴道，啼惟有莫鸦。万山无寸碧，何处认梅花？

江雪图（送李篆史还盱　二首）

（明）汤显祖

落日河桥归鴈呼，渌尊清浅映麻姑。
还邀晓月冰壶句，来看寒江雪棹图。

去别章门夜泊船，雪窗高枕对穷年。

朝看雪意成霞色，知是图书气烛天。

题画雪景（送照师归黄山碣石居）
（明）程嘉燧

莲花峰腰三丈雪，飞鸟无声人迹绝。
山僧冒寒晨出山，触踏层冰趺坼裂。
远来问疾刚一笑，寒缸结花如吐屑。
纸窗竹屋岁聿除，驹隙光阴催电掣。
故人游山恨不俱，愁我无缘上巀嶭。
八十衰翁老亡力，贾勇扳跻强得得。
前推后挽赖照师，攓肘牵裾抱腰襫。
穿岩渡壑扚确荦，十步回头五步息。
忽然坐我天门间，自怪凭空生羽翼。
此时日下千崖赤，相去牛鸣望碣石。
崖松龙拏互相引，林石人形如欲抹。
菴前矮垣齐及肩，道上清泉才没跖。
仰头天都五千仞，俯瞰莲沟十万尺。
童童簷松树羽盖，幂幂枫林排画壁。
廿年茅斋落梦境，方丈香廚（厨）共禅席。
牀下地炉火长活，龛里灯明磬方寂。
八月山寒苦风雨，有客夜投同软语。
山芋煨来手自剥，秋芽焙出还亲煮。
老人拥衾日僵卧，小师《莲经》晨夕课。
开门忽报下方晴，喈喈空中灵鹊过。

题孙山人山居夜雪图
（明）陈继儒

一夜雪花几十丈，小者如絮大如掌。

环户春虫蛰不鸣，狐狸夜宿枯枝响。
先生高卧懒干人，隐几篝灯披鹤氅。
梅花带月贮胆瓶，提麈摊书自俯仰。
此人疑是於陵君，如何掇入图中像？
秋暑灼予对此人，清风穆如雪莽莽。

雪舟图为王公择作
（明）僧宗泐

小船载雪月明里，一色溪山夜如水。
岩前哀猿噤无声，沙上眠鸥惊不起。
引舫击楫歌调清，到门兴尽非无情。
丹青岂必图千载，王氏风流今尚在。

雪晴图
（元）程钜夫

沙际风迴雪乍晴，偶然双鹇下青冥。
山禽共向木居士，不见灵芝一朵生。

溪山雪霁图
（元）吴师道

桥冻驱驴滑，滩澌理棹难。何如闭门者，不识风雪寒。

题李同部奇峰雪霁图
（明）刘三吾

道人胸次无尘滓，貌得巨然山水真。
日照露华金沆瀣，雪消山骨玉嶙峋。
玗琪晃射瑶台白，芝朮长留玄圃春。
一阵天香何处到，上清楼阁礼星辰。

题平川雪霁图（为张用可县丞赋）

(明) 镏崧

南天北风暗吹雪，川上遥峰互明灭。
云阴欲堕晓光迷，河流不动层冰结。
鱼龙下蛰深泽冷，鸿雁啼饥眼流血。
千邨万落连苍莽，惊沙枯树相凄切。
行人稍出皴手足，怅望林居总愁绝。
我家邈在武山东，屋前石岸多青枫。
野桥渡溪沙路远，皆与此图风景同。
穷年念此政欲返，寒色恍入虚庭中。
长镵斸药崖谷滑，短褐负薪环堵空。
闭门且尔暂投息，会见日出光昽昽。

郭熙关山雪霁图

(明) 苏伯衡

昔我北游月在楮，兼旬犯雪度雄霸。
千里万里皆瑶琨，高迷丘垤低迷罅。
朔风烈烈尘不惊，中野萧条但桑柘。
仆夫股栗面削爪，身上破褐才掩髂。
长途日暮行不前，回顾堪怜那忍骂。
前车既断后车绝，停骖独宿道旁舍。
牀头土锉郁生薪，邨酒沽来敢论价？
卧听枥马龁枯荄，展转无眠疑不夜。
忽然朝光入瓮牖，主仆瞥见互惊讶。
揽衣匆匆便蓐食，如此晴明喜天借。
可辞趁（趂）暖即前程，篼拂塞驴还自跨。
芦沟冻合疋练横，径度不用修梁架。

西山马首遥相迎，拔起人言似嵩华。
琼楼玉宇忽照眼，行行已到南关下。
时清关吏殊可人，不复谁何乃邀迓。
过关使客多于簇，或挽柴车或高驾。
闲情我正逸剡溪，吟思谁欤似清灞？
道逢轩盖何其都，骏马雕鞍蒙锦帕。
银盆炽炭蜡光燃，面面幨帷行酒炙（炙）。
徒御缤纷意气麓，错金剑具青丝靶。
行人不解说姓名，但说无非国姻娅。
狐裘貂帽讵知寒，驰驱争入柳林射。
当时有意欲赋之，计吏相煎嗟不暇。
莺花窈窕江南春，风景依依在图画。

唐子畏临李成群峰霁雪图

（明）王鏊

吾闻西山之西雪山高，六月积雪犹不消。
今之画图无乃是？是何山势汹涌如波涛！
大山崔嵬小山耸，万壑千岩光欲动。
营丘化去五百年，遗踪一见人皆竦。
亦〔六〕如胸次蟠轮囷，戏梭碎玉散作千嶙峋。
一重一掩分向背，营丘似是君前身。
隆楼傑（杰）阁争相向，美人正醉销金帐。
岂知洛阳城中僵卧者，门外无人雪一丈。

长江霁雪图

（明）钱宰

昔年壮游下江汉，霁雪千峰排两岸。
今年看画忆旧游，万里江山入清翫。

岷峨冈脊来蜿蜒,青城一峰高插天。
东驰衡山走千里,匡庐五老下与石城北固遥相连。
冰峦雪壑互起伏,照见日华破初旭,神光混茫元气浮。
奋如巨鳌簸坤轴,烂如秋空云,浩如沧海畴;
又如瑶台银阙天上头。
皎皎白月空秋毫,回光下照中流水,风吹河汉银云起中流。
空阔不胜寒,一洗丹碧秋。
漫漫山川历历真,伟观来往十年游未半。
不如云瀛楼上来倚阑,一日看遍江南山。

关山雪霁图
(明) 凌云翰

前峰后峰云糢糊,东邨西邨春有无。
快雪时晴入佳想,况复见此关山图。
关山迢递相联属,玉洁珠光眩人目。
扶桑飞上金毕逋,暗水流澌度空谷。
野桥行过路三叉,青旗插檐沽酒家。
驱驴倦客得少憩,怅望远道还咨嗟。
诗翁好事常起早,天寒只恐梅花老。
柴门时有故人来,阶下白云须用埽。
此图一日落尘寰,笔法依稀荆与关。
人生远游固云乐,何似在家长看山?
我本识字耕夫耳,占祥便作丰年喜。
田园归隐会有时,麦饭饱餐茅屋底。

高克明溪山雪霁图歌
(明) 王世贞

丹青笔长意苦短,帝遣营丘写清远。
范宽老死克明在,与乞天公旧时腕。

三绝亲教圣人赞，七尺不饱侏儒饭。
玉堂供奉寒葳蕤，瑶花片片堕瑶池。
朝回小阁昼拄笏，却忆溪山初霁时。
羲和鞭轮逐滕六，飘瞥嵯峨压茅屋。
摆脱千枝万枝白，洗出三峰五峰绿。
阴崖犹冒太古絮，阳壑争倾片时玉。
枯槎顶秃瘦骨愁，小艇不蔽风飕飕。
长年袖手唤不起，疑是兴阑王子猷。
狐帽蒙头看山坐，榾柮煨鑪（炉/垆）酒权大。
纵无灞陵驴背诗，肯作长安被中饿。
乾坤㕛奕扬清辉，万象贾勇精神飞。
兴来毛颖纵横出，一点一缀皆天机。
欲知真宰愁绝处，此翁盘礴初解衣。
吾家爱弟饶画癖，购得图看三叹息。
毋论骨格超马夏，胜代何人办焦墨？
虚堂把瓻六月寒，指端秀色来眉端。
便欲移家此中住，徧踏琼瑶天地残。

书去春画钟陵霁雪
（明）程嘉燧

帝城灯罢雪嵯峨，二月风光峭未和。
驰道残霙犹骇马，龙池新柳已如鹅。
蒋山出雾春罗薄，秦水含星晓镜多。
日暮歌钟何处发？五侯门馆夜经过。

历代题画诗类卷第三

地 理 类

观华夷图
(唐) 伍乔

别手应难及此精,须知攒簇自心灵。
始于毫末分诸国,渐见图中列四溟。
关路欲伸通楚势,蜀山俄耸入秦青。
笔端尽现寰区事,堪把长悬在户庭。

观华夷图
(唐) 曹松

落笔胜缩地,展图当晏宁。中华属贵分,远裔占何星?
分寸辨诸岳,斗升观四溟。长疑未到处,一一似曾经。

观舆图有感(五首)
(元) 金渭

朝雨茅茨湿,披图羡禹功。山河一掌上,宇宙九畴中。
水性惟趋下,民生本易穷。胼胝岂无事,大智与天通。

四载勤难继,八年绩竟成。(一作"四厘应难辨,三河尚可寻。")

功推城濮隽，泽想召陵深。问鼎犹怀恶，投龟肯易心。
向无微管叹，孰忆到于今？

辙已环诸夏，居犹忆九夷。难求伐木处，尚想馈豚时。
夹谷真成谤，中牟不易知。
惟存删述事，赫赫起周畿（一作"衰"）。

皓首陈王道，时君孰可匡（一作"当"）。
艰难思稷契，容易讬齐梁。越岂资冠冕，秦方用虎狼。
空闻归大老，不复见鹰扬。

雒邑空南渡，东都亦北辕。
已符前五闰（一作"运"），空忆后三元。（世谓汉、唐、宋为后代。）
分合巧相似，今昔（一作"短长"）难等伦。
女真如拓拔，一统位（一作"世"）中原。

河山形胜图

（金）雷渊

高峰巨堑与天连，中国关防表里全。
北岸尘氛重回首，不知图上看风烟。

河山形胜图

（金）冯璧

书剑丁年记昔游，中条之麓过蒲州。
地形西控三秦远，河势南吞二华秋。
晋魏兵争一春梦，汉唐坛祀几荒丘。
披图弔古令人慨，不必重登鹳雀楼。

东山老人河山形胜图

（金）赵秉文

太虚匠流峙，造化谁胚胎？洪荒万万古，至今馀劫灰。
黄河发崑崙，匡怒不敢陮（乖）。
初径龙门天下险，势如万顷纳一杯。
桃花浪激不得上，凡鱼几曝鳞与腮。
下趋神睢如地底，终古不到轩辕台。
满津沉沉卧虹影，铁牛驾浪输黄能。
千里一曲复一曲，倾山倒岳不复迴。
巨灵为东肘，首华为崩摧。
茆津济师想胜槩，搔首北望令心哀。
万派赴集津，鼓声如会垓。神斧忽中断，镵凿何年开？
崖倾路断飞鸟绝，轻舟一箭浮天来。
篙师绝叫未及瞬，回望已失云涛堆。
但见两厓苍苍半天外，三门斗落如惊雷。
擘窠大字谁所铭，高山百丈磨苍崖。
庙前刘公一片石，龟龙剥落生莓苔。
东轩先生生长三晋地，回视韩魏空浮埃。
想像旧游处，落笔如山颓，胸中原自有河山，写出胜槩何壮哉！
馀波到诸郎，直气凌斗魁。
况复文章妙天下，睥睨晁张鞭苏梅。
竹帛如山不经国，安用江鲍称诗才。
刘夫子，我有一杯酒，浇汝胸崔嵬。
呜呼圣道久榛塞，孟氏辟路诛蒿莱。
诸儒辛苦补罅漏，未见巨手如排淮。
后生索涂方摘埴，虽有耳目如婴孩。
祝君颓波作砥柱，驱入圣海无津涯。

刘夫子，深藏十袭作龟鑑（鉴），见君此图吁可怀！

关河形势图（三首）

（元）王恽

关河百二控秦头，满目斜阳独倚楼。
设险守邦须尚德，每多吴起说文侯。

秦川展掌华山高，千古关河缔构牢。
早晚去施通济手，浮航如画锁惊涛。

压关楼上醉凭栏，一片黄流入断山。
彼索此强俱寂寞，山河空锁夕阳闲。

山川图诗呈解之昂御史

（元）朱德润

山川结灵根，厚地秉阴窍。神功自模范，嵁岘起双峤。
层峦倚天开，仰盼绝飞鸟。岚光变气候，草木通深窈。
东山吾旧游，纨素记行橐。平生丘壑情，藉此写怀抱。
荆关竟已矣，呀吮岂真好。会当蹑丹梯，共登天门道。

金陵图

（唐）韦庄

谁为伤心画不成？画人心逐世人情。
君看六幅南朝事，老木寒云满故城。

观长安城图

（宋）陆游

许国虽坚鬓已斑，山南经岁望南山。

横戈上马嗟心在,穿堙环城笑房屖。
日莫风烟传陇上,秋高刁斗落云间。
三秦父老应惆怅,不见王师出散关。

七言和王微之渔阳图
(宋) 沈文通

燕山自是汉家地,北望分明掌股间。
休作画图张屋壁,空令壮士老朱颜。

陕西图(三首)
(宋) 刘叔赣

干戈今日事,关塞此图看。白日长安近,苍山陇坂寒。
由来名百二,自古有艰难。指似安西道,疑情竟据鞍。

万里灵州地,他年汉朔方。山河从割弃,关辅急隄防。
转益豺狼窟,堪嗟礼义乡。拔胡须壮士,看尽意苍茫。

河源来积石,天马涉流沙。耳目成千古,丹青在一涯。
荒凉都护府,断绝使臣槎。安得山西(河)将,收功似汉家?

跋范宽秦川图
(金) 麻九畴

山水人传范家笔,画史推尊为第一。
竭来因看秦川图,天下丹青能事毕。
大山岩岩如国君,小山郁郁如陪臣。
大石盘盘社与稷,小石落落士与民。
一山一形似争长,一石一态如布军。
想君胸中有全秦,见钁削钂钂乃真。

掌上长安近于日，千树万树生青春。
忆昔岐山凤皇语，葱葱柞棫霑新雨。
昆夷束手密须降，不见功勋见歌舞。
黄金铸牛西入僰，五丁云栈通中国。
骊山宫阙九天高，六处屠王走衔璧。
不信诗书信法家，关东半被鱼书惑。
尽卷图籍亦大好，五十年凶都一埽。
章邯董翳举如毛，沐猴冠委金陵道。
北原兵自天而下，汉室倾颓如解瓦。
祁山六出纵无功，渭水犹堪饮君马。
螭蟠老将骨未朽，草附那能济阳九。
技痒投鞭抵岁星，归来鹿死何人手？
神武空矜贺六浑，投机常落周人后。
竟令冯翊软沙边，东风一夜吹新柳。
侵寻皁角相料理，抛掷龙津浮汴水。
鹞头过处已非隋，不觉晋阳人姓李。
华清高宴戞宫梧，舞马如何护两都？
纵待青骡还蜀道，肉得沙场白骨无？
兴亡自取不足吁，可怜神州为盗区。
贪征往古山川事，忘却题诗赏画图。

范宽秦川图
（元）元好问

乱山如马争欲前，细路起伏蛇蜿蜒。
秦川之图范宽笔，来从马家书画船。
变化开阖天机全，浓澹覆露清而妍。
云兴霞蔚几千里，著我如在峨嵋巅。
西山盘盘天与连，九点尽得齐州烟。

浮云未清白日晚，矫首四顾心茫然。
全秦天地一大物，雷雨潏洞龙头轩。
因山分势合水力，眼底廓廓无齐燕。
我知宽也不办此，渠宁有笔如修椽。
紫髯落落西溪君，长剑倚天冠切云。
望之见之不可亲，元龙未除湖海氛。
李白岂是蓬蒿人，爱君恨不识君早。
乃今得子胸中秦，作诗一笑君应闻。

秦山图（诗元贞元年秋九月十四日作，时贱庚六十有九。）

（元）王恽

秦之为山何峻雄，西连太白东华峰。
特隆天府树巨屏，固蓄精祐开邠封。
黍离变雅西周东，云烟幻出崤函宫。
不信诗书颛法制，百二山河才两世。
后来汉唐亦盛代，文物虽多终霸气。
千年事往遗迹在，留与来今鉴成败。
君不见烽燧台、羯鼓楼，祖龙墓在山东头。
丹青比兴雅颂作，画史固是非凡流。
半生薄宦走踆踆，每恨西游不到秦。
我今年耄百事懒，唯有怀古一念心犹存。
尝闻雪满秦山图，天机貌画终南真；
又闻髯张醉里头插笔，洒遍人间雪色壁。
西溪君，范华原，呜呼二者不复作，令人气短心茫然。
一朝全秦大物忽当眼，著我如在龙首山之巅。
卷舒巨轴阅几年，两都乔木今苍烟。
其归有数开有先，昔藏寿国今聪山。
二公异世俱称贤，画兮画兮得其传。

题骊山图
（元）倪瓒

校猎上林苑，洗马昆明池。霜威肃笳鼓，云气画车旗。
马班陈赋咏，卫霍绥蛮夷。王风既未远，文明方在兹。
迤逦霄汉上，凤皇尚来仪。

鲁国图
（宋）谢翱

秋风岳下城，海客见图新。树入舞雩里，水来浮磬滨。
东封馀辇路，西狩问虞人。被发逢夫子，狂歌作放民。

题宋复古巩洛图
（明）谢徽

青山巩洛旧林园，髣髴昇平古意存。
雨外人归秋叶浦，烟中鸟下夕阳邨。
昔年题字宸光合，（宋思陵题签。）今日披图野兴繁。
风景西湖仍不异，惟馀故老说中原。

观骆元直经进江南形势图
（宋）王庭珪

异时汉网疎天讨，胡儿马啮江南草。
石头重戍岂无兵，将军不识丹阳道。
至今战骨埋秋霜，伤心不忍问耆老。
龙蟠虎踞昔何雄，赤壁濡须在眼中。
浔阳江水射蛟处，旌旗拂天来向东。
艨艟塞川不敢下，昔人曾此破曹公。
横江九道波翻屋，试请轻兵渡淮曲。
夜入长安人不知，应见画图心已热。
他日将军按此图，鼓行而西如破竹。

题华岳江城图

（元）杨载

华岳能诗世有名，学画丹青亦豪放。
此图似写安庆城，雉堞楼台俨相向。
北风将至江面黑，千艘万艘争避匿。
沧溟涌溢水倒流，南岳动摇天柱侧。
蛟龙戏落秋潭底，素练平铺八千里。
时清好作钓鱼翁，闲弄轻舟烟雾里。

刘道传为李远子微作青山似洛中图，为作歌以系之

（元）张翥

石头城中有渺渺之秦淮，秦淮东流入江远，其上叠巘连层厓。
牛头双阙云间开，三山北山郁烟霾。
六朝遗蹟犹在眼，千古往事徒兴怀。
昔人谓此洛中似，四面青山围二水。
刘侯熟识此景胜，况复爱画入骨髓。
五尺长纸茧不如，乘兴破墨涂成图。
渔梁茅屋昏欲无，坏陵荒陇迷楸梧。
寒潮已落断岸阔，行人不渡扁舟孤。
嵩邪邙邪漫漶那可辨，但见招提林杪直下藏邨墟。
忆我羁游石城日，江烟山雨正萧瑟。
横塘酒家好新酒，醉倚船窗看奇崛。
只将健句写归来，却恨此时无画笔。

吴秋山写江淮秋意

（元）周权

江天漠漠秋无际，数点淮山冷屏翠。

闲拈枯笔洒松腴,半幅生绡千里意。

为文举画泖山图因题
(元)倪瓒

华亭西畔路,来访旧时踪。月浸半江水,莲开九朵峰。
酒盃时可把,林叟或相从。兴尽冷(泠)然去,云涛起壑松。

大姚山图(三首)
(宋)米友仁

广文当日官虽冷,可奈才名振世何!
他日君家须炙手,而今聊复雀堪罗。

老年尚喜管城子,更爱好山江上青。
武林秋高晓欲雨,正若此画云冥冥。

三茅别有洞中天,我欲山居屏世缘。
累行积功多蜕举,玉宸欣有地行仙。

米元晖大姚山图
(元)倪瓒

大姚湖水白生烟,长物都除绝世缘。
笙鹤不为归鹤怨,王仙真是胜丁仙。

题沈氏所藏石田临小米大姚江图(有序)
(明)文徵明

  长洲沈氏,旧藏小米真迹。成化间,有假中官之势取之,石田为追摹此图。

春云沉空山有无,眼明见此姚江图。

图穷烂熳得题字,照人百颗骊龙珠。
平生雅识敷文书,绍兴岁月仍不诬。
岂知尤物能媒祸,茧纸兰亭已非故。
石翁信是学行人,能使邯郸还故步。
忆昔憸人赇为囿,黩财更假狂阉手。
千里珍奇归捡括,故家旧物那容守。
沈氏藏兹二百年,一朝掣去心茫然。
谁言物聚必有散,手泽相关常累叹。
未能一笑付亡弓,且喜百年还旧观。
岂余钝眼错颜标,抵掌真成孙叔敖。
区区不独形模似,更存风骨骊黄外。
一时点笔迥通神,得非小米是前身?
从来艺事关人品,敢谓今人非古人?

题海虞钱氏所藏王均章虞山图

(明)吴宽

扁舟昆湖去,忆向虞山还。当时迫日暮,未得穷跻攀。
至今三短章,寂寥不重删。安知六载后,依然见兹山。
谅无愚公愚,赖有顽仙顽。顽仙隐居处,深林置柴关。
丹灶火常伏,药阑苗载芟。高情付缣素,丹青色斑斑。
兹山卧平野,隐然不成环。逶迤亦甚远,攒蹙何其悭。
咫尺见百里,群峰互垂鬟。飞鸟归易没,浮云出偏闲。
拂衣最奇丽,空岩故潺湲。天风或稍定,石壁仍潺潺。
仙宫对佛寺,妙境非人寰。独怜仲雍墓,谁为剪榛菅?
短棹载书卷,浩歌水云间。髣髴归菴翁,往来宝严湾。
窃禄本无补,乞身亦多艰。卧游毕旧愿,坐啸开尘颜。

自画吾松小崑山（二首）
（明）董其昌

崑山虽婉娈，却似鲁家丘。故作庐峰势，青天瀑布流。

夜游西园渚，初月光炯炯。徙倚岩石上，爱此林木影。

看画常州图迎新太守
（宋）杨万里

画工吮笔画常州，老子来看却自羞。
若遣此图还解语，道侬调戏几君侯。

题米元晖溧阳溪山图
（元）陈旅

宿雨散层巘，林麓翳烟霏。遥山断复连，川上初晰微。
我昔困行役，溧阳秋未归。幽子乔松流，邂逅启郊扉。
抚景正若此，别离嗟愿违。览卷遂终日，溪云欲生衣。

题倪云林所画义兴山水图
（明）高启

尝啜阳羡茗，不游阳羡山。铜宫结秀色，都在画图间。
樊川醉游处，水榭依沙树。云入县城来，溪流太湖去。
我爱云林生，高歌无俗情。石庭梅欲发，须放酒船行。

为李瑞卿寺丞题王叔明义兴山水图
（明）吴宽

阳羡山深懒杖藜，卧游三日路仍迷。
云中望见乘舟者，始识遥通笔画溪。

狼山晚晴图
（元）杨维桢

樵东风雪夜无边，一别狼山已几年。
今日江南攜画看，玉峰十二倚青天。

荆溪图
（元）郑元祐

荆溪溪上首重回，岂意人间化刼灰。
只有斩蛟桥下水，可曾写入画图来？

荆溪秋色图为卜震亨题
（元）倪瓒

罨画溪头春水明，上人逸笔思纵横。
云山多少玄晖句，不道毫端画得成。

为王允同题陈惟允画荆溪图
（明）虞堪

好山都在太湖西，满路风烟棘刺迷。
华屋燕飞今在否？市桥官柳不胜题。

题陈惟允荆溪图（二首）
（明）张田

人家绿树邈孤城。溪上风波落日明。
三害祠存人已去。只今豺虎却纵横。

历乱茆堂草树深，隐居踪跡杳难寻。
只应独自攜琴去，小答松篁太古音。

陈惟允荆溪图

（明）王蒙

太湖西畔树离离，故国溪山入梦思。
辽鹤未归人世换，岁时谁祭斩蛟祠？

题倪元镇画荆溪清远图

（明）王燧

铜官山下纵清游，每为餐松十日留。
吹断玉箫人去久，暮云空锁洞庭秋。

画吴淞山色赠潘以仁

（元）倪瓒

吴淞春水绿，摇荡半江云。渔舟冲雨出，松声渚际闻。
潘郎狂嗜古，容我醉书裙。鼓柁他年去，相从远俗氛。

黄弥守画吴江新霁图

（金）党怀英

江云卷宿雨，江风散晨烟。
山光烟雨润欲滴，影堕江水空明间。
修蛾新妆翠连娟，下拂尘镜窥明蠲。
渔舟来何许，触破青茫然。
中流水肥鱼逆上，受网应有松鲈鲜。
借问张季鹰，西风几时还？
渔郎理网唤不应，但见水碧江涵天。
如何尘埃中，眼界有许宽？
道人胸次波万顷，为写此境清而妍。
苍崖无尘树影寒，直欲坐我苔矶边。

我家竹溪阴，小艇横清涟。
异时赤脚踏两舷，不应尚作披图看。

题启南过吴江旧图
（明）吴宽

吴淞江腹太湖头，雌霓连蜷卧碧流。
我昨经行觉尤胜，满船明月下沧洲。

题因老淞江烟雨图（二首）
（宋）陈造

远峰近薄鑑（鉴）中浮，每泊行舟十日留。
雨望晴临俱不恶，最怜烟霭暝高秋。

千里湖山宿雾昏，倚栏一笔解平吞。
渔郎好在收纶罢，想踞笭箵共一樽。

桃江图
（元）程钜夫

大仰山前宿雨馀，桃枝江口正樵渔。
何人乞得身无事，剩买云山小结庐？

历代题画诗类卷第四

地　理　类

奉观严郑公厅事岷山沱江画图十韵得忘字
（唐）杜甫

沲（沱）水临中座，岷山到北堂。白波吹粉壁，青嶂插雕梁。
直讹杉松冷，兼疑菱荇香。雪云虚点缀，沙草得微茫。
岭雁随毫末，川蜺饮练光。霏红洲蕊乱，拂黛石萝长。
暗谷非关雨，丹枫不为霜。秋成玄圃外，景物洞庭傍。
绘事功殊绝，幽襟兴激昂。从来谢太傅，丘壑道难忘。

严公厅宴同咏蜀道画图得空字
（唐）杜甫

日临公馆静，画列地图雄。剑阁星桥北，松州雪岭东。
华夷山不断，吴蜀水相通。兴与烟霞会，清樽幸不空。

题蜀道图
（宋）晁说之

山钩树白何年岁，流瀑可听下无地。
行人愁绝却无愁，始信宜歌"蜀道易"。

题蒋永仲蜀道图
（宋）程俱

梓州别驾真雏凤，赏古探奇坐饥冻。
要窥琼宇蔚蓝天，直上潼江历秦宋。
每逢佳处静盘礴，流出胸中九云梦。
乾坤块圠本无迹，我独毫端发神用。
戏驱万变寄陶写，轩豁端倪巧抟控。
苍筠擢秀饱冰雪，古榦撑空中梁栋。
奇礓那得在山谷，回首何年委坚重。
轮囷偃盖屈金铁，夭矫惊虬起岩洞。
春江莽苍迷东西，汉南老柳参差垂。
烟中远近见木末，明星已没城乌啼。
平生险怪三峡水，古木巃嵷阴风吹。
石间雷雹殷九地，出入喷薄无穷时。
我身跰足半天下，偃蹇故是山林姿。
南行灉霍北嵩洛，应接不暇空狂痴。
作诗写意如捕景，况有三绝穷天机。
清晨对此怳自失，眼中太白横峩嵋。
请君什袭秘缇革，恐复仙去归无期。

张道士蜀山图
（元）虞集

碧玉参天是蜀山，旧曾飞度历孱颜。
松风上接空歌外，萝月长悬合景间。
试剑丹崖秋隼疾，濯缨清涧夜龙闲。
君家虚靖归来日，冉冉蓬壶为忆还。

王晋卿蜀道寒云图

（元）邓文原

巨灵何年移五岳，石扇中开两厓削。
峡中六月清风寒，仰视青冥何漠漠。
碧溪屈曲通冷泉，绀叶玲珑带篱落。
勾连石栈不可梯，缥缈烟中见楼阁。
行行游子几经年，几度空林愁夜鹤。
仙峰历览岂不嘉，还忆白云旧岩壑。
江城过雨秋气凉，时有疏钟度寥廓。
山林如此谁能为？都尉丹青深问学。
当年故习一销镕，三百馀年无与角。
君家珍祕在云房，六时展对忘离索。
我诗渠画相后先，固应不负三生约。

王晋卿蜀道寒云

（元）吴镇

蜀道何年辟，猰㺄若畏攀。云依古木静，梵呗禅关闲。
野店市未散，斜傍河梁间。行人自南北，飞鸟互往还。
鸡鸣遍邨落，舟行溜潺潺。青松纷满目，夕阳并在山。
谁云画图表，徒然见一斑？

题关山图

（元）唐肃

羊肠盘盘走青泥，关门昼开与天齐。
行人望天天可梯，只愁猰（猿）吟鹧鸪啼。
鹧鸪啼时车辘辘，猰吟复断车未宿。
试问山灵有山来，几车安行几车覆？

我脚未知蜀道难,何物画图使心酸?
莫嗟蜀道险如此,中原崎岖不受履。

蜀山图

(明) 贝琼

连峰接岫写秦州,雨洗峨眉积翠浮。
石出剑门皆北向,水通盐泽自西流。
松头一片秋云湿,鸟背千盘细路幽。
策马匆匆度关客,何如渔父一扁舟。

剑门图

(元) 傅若金

剑门天下险,亦复天下壮。峥嵘扼西南,气欲轧万象。
石壁摩往来,风湍束奔放。深蟠虚无氐,峭出日月上。
二仪含崎嵚,万古设眺望。一夫或当关,强敌不敢傍。
胡为昔人国,恃此亦倾丧?圣朝今无外,皇化极浩荡。
势狭秦汉争,治同唐虞让。乃知不在险,六合德可王。
前年南中行,其地少平旷。县车度重隘,束马下叠嶂。
翻疑蜀道坦,剑阁固殊状。及此观画图,间关愁西向。
浮云从中来,日暮一惆怅。

剑阁秋阴图

(明) 林鸿

分野秦封尽,山川蜀国雄。垫江流地底,剑阁起天中。
栈险崖频转,萝深月不通。飞扬慙(惭)白帝,开辟忆蚕丛。
气候三秋异,猿声众壑同。栋云常碍日,岩树递呼风。
客路随飞鸟,乡心挂落枫。兹非旷达士,应此泣途穷。

剑阁图
（明）王景彰

剑阁云栈高嵯峨，嘉陵江水扬清波。
神肩鬼凿閟幽阒，秋风古道无人过。
一朝日华忽西被，宇宙淋漓盪（荡）元气。
霆轰飙举神龙迷，山川草木皆生意。
乃知世道有晦明，蜀山万仞如砥平，圣人在位四海清。

蜀江图
（元）袁桷

三峡盘涡滟滪堆，层峦百丈鼓声催。
从今尽向金牛路，杜宇深啼唤不回。

黄荃蜀江秋净图
（元）吴镇

莫烟漠漠一江秋，疎树依稀见远舟。
风度钟声来古寺，人随鴈影过前洲。
云销碧落天无际，波撼黄山地欲浮。
应识简中清绝处，成都画史笔端收。

题蜀江雨霁图
（明）蓝智

瞿塘雨过起春澜，空翠楼台杳霭间。
万里桥西花似锦，暮云依旧隔巫山。

酬雍才贻巴峡图
（唐）薛氏（名涛）

千叠云峰万顷湖，白波分去遶荆吴。

感君识我枕流意,重示瞿塘峡口图。

题萧梅初旧所藏钱塘王畿图(二首)
(宋)郑思肖

阴山戎马蹂京尘,锁杀宫花不识春。
哭问钱塘江上月,如今谁是去邠人?

抚膺啍国问苍苍,嚶唔声中喜气昌。
偷报故都忠义士,赵家天下又南阳。

周汉长公府临安故城二图(二首)
(元)张翥

主家楼观郁参差,想见当年全盛时。
宫草细侵行辇路,苑花深覆泛舟池。
瑶台仙去尘生海,甲帐神来风满旗。
好在画图留胜蹟,五云长护鹤笙祠。

南渡君臣建业偏,不堪乔木黯风烟。
岂知白马兴王后,又到红羊换刼年。
三辅黄图空郡国,六朝王气渺山川。
白头开府归来日,应览遗踪一怆然。

题江南秋晚图
(明)王景彰

十年不踏钱塘路,江上晴烟渺轻素。
并刀谁剪秋半簾,夕阳正在西陵树。
对之便欲发浩歌,西风萧萧水增波。
胥涛已入乱山去,木落台空幽思多。

题钱塘胜览图

（明）卢大雅

南渡衣冠委草莱，危亭高处海门开。
云霞都邑雄中国，月露轩窗逼上台。
春梦已随流水去，寒潮自领夕阳来。
小楼题画因惆怅，岂独昆明有劫灰。

题米元晖吴兴山水横卷

（宋）范成大

道场山麓接何山，影落苕溪浸碧澜。
只欠荷花三十里，橛头船上把渔竿。

为秋堂题钱舜举所画吴兴山水图

（元）陈泰

画师小景如传神，自昔水墨无丹青。
老钱变法米家谱，妙在短幅开烟屏。
烟屏咫尺互明灭，赤城霞起山阴雪。
松风四月五月时，坐定还宜棹歌发。
秋堂吏隐当洪都，对画却忆蓴丝鲈。
吴兴山水虽可摹，老钱丹青今世无。

题申居士霅溪图

（宋）韩驹

霅溪居士买山图，碧玉峰前碧玉湖。
中有一丘容我老，暮年居士肯分无？

懒拙道人苕溪晓望图

（元）张翥

忆昔薄游苕之城，溪光近秋山晓晴。
连峰接嶂望不及，惟有白云纵复横。
渔邨无林树墨色，微风忽起菰蒲声。
月从太湖东畔出，直射西塞山前明。
人家碧玉壶中住，野舫银河天上行。
酒酣时起发长啸，水底直遣鱼龙惊。
老晖向亦此盘礴，安知今我非三生。
尽搜万象入奇笔，画与诗境俱峥嵘。
吾家苕中有茅屋，京尘满鬓难为情。
顿令扁舟夜入梦，万顷鸥波归濯缨。

米元晖苕溪春晓图

（明）杨基

碧澜堂下看鸥波，曾记兰舟向晓过。
满寺白云春树少，两溪微雨落花多。
蒲光煖泛烟光湿，草气浓兼水气和。
欲向画图寻旧蹟，老怀无计奈愁何。

米元晖苕溪春晓图

（明）刘敏

渺渺烟芜漾晓波，馀才叨禄每曾过。
扬帆估客凌晨少，击榜渔舟出浦多。
山寺雨晴云气黯，溪亭风暖鸟声和。
披图好似苍茫意，景想前人奈远何。

米元晖苕溪春晓图
（明）胡隆成

米家名画可谁论，爱此苕溪春晓邨。
五色昔经虹下贯，百年俄与气俱昏。
酒香春叶文鱼出，歌起沧浪白鸟喧。
料得意行随远近，展图思憩树阴繁。

苕溪春晓图（二首）
（明）吴伦

夜听溪上雨，晓看溪上山。雨歇山更佳，尚在空濛间。

白云掩疏钟，绿树迷远岛。居人想未起，邨邨自啼鸟。

秋日为方玺丞写苕源图
（明）李日华

昔从苕上过，面面是云峰。水向高岩落，桥将绝涧通。
岍花秋点缀，崖树昼冥濛。此地神仙窟，曾经住葛翁。

萧山图
（元）程钜夫

回首江西最上□*，山随人姓尚为萧。
客行天下三十载，家住溪山第几桥。
日冷云松朝漠漠，月明风谷夜迢迢。
梦回枕上听春雨，记著东园长药苗。

---

* 此处原注"阙一字"，今改阙字标记□，不再保留原注文字。下类同。

山阴春霁图
（元）张肃

輂画溪头春水波，美人兰櫂远来过。
杯如贺老稽山酒，曲有吴儿小海歌。
楼馆云晴空翠湿，汀洲花暗夕阳多。
只今粉墨馀高致，愁绝樵风冷薜萝。

题彦敬越山图
（元）赵孟頫

越山隔涛江，风起不可渡。时于图中看，居然在烟雾。

题高彦敬越山图
（元）吴师道

潮平风定日落，云白山青雨干。
忆得晚秋天气，浙江亭上凭栏。

越山清晓图
（元）贡性之

曙光晴散越王台，万壑千岩锦绣开。
欹枕僧钟云外落，卷簾渔唱镜中来。
树藏茅屋鸡声断，露湿松巢鹤梦回。
安得画图分隙地，移家仍住小蓬莱。

题柴昆陵越山春晓图
（明）李孝谦

君莫著谢公登山屐，更莫问子猷泛雪舟。
请君试看高堂壁，髣髴李白天姥梦中游。

于越山川甲天下，秦关蜀道皆土苴。
柴侯晚年天机精，酒酣泼墨为予写。
天姥高出东南天，天台四明相蝉联。
影落平湖一鑑静，正对贺老山庄前。
近山青青远山小，烟雾冥（溟）濛涨春晓。
云门日出似闻钟，邪溪树绿应啼鸟。
鸟啼不可闻，林深不见云，
只疑空青四山合，倏讶飞瀑双崖奔。
极知妙手夺天造，真宰上诉天应笑。
独脚山魈作鬼精，偷向灵岩拾奇草。
水竹江花何处滩？渔郎翠蓑露未乾。
青帘酒家石桥右，舣舟却忆姚江干。
长松之下一片石，竹杖芒鞵（鞋）二三客。
帨巾高挂白云边，醉倚青天翠如碧。

越山图（为孙山人赋）

（明）廖道南

越王山中春鸟鸣，越王台下晴岚生。
溪流十里龙湫杳，湖水半湾鸥屿明。
何年卜筑向兹土？青山四面当轩户。
疏松偃蹇干层霄，修竹檀栾宿深雨。
我闻山人孙思邈，春来瑶圃栽仙药。
洞里丹经封石函，牀头素帙披风籥。
山人有子皆俊英，元方供奉白玉京。
仲也清姿抱奇特，季子懋学扬芳声。
繄昔尚平负遐志，五岳寻真了无累。
矧兹兰玉满秋堂，仰视浮云小天地。
此心自足夫何图，昔我非我今故吾。

禹穴冥探望东海，胥潮晴泛游西湖。
遥望蓬莱散霞绮，金宫贝阙含苍紫。
安期羡门相为徒，飙驭云车千万里。
噫嘻吁！飙驭云车千万里。

题鲁易之四明山水图

（元）余阙

窗中望苍翠，春木起晨霏。孤嶂才盈尺，长松未合围。
萧萧此仙客，日日候岩扉。念尔空延伫，王孙且未归。

题三衢山水图

（明）丘濬

我闻太末之区富山水，形胜东南独专美。
一川素縠皱秋纹，万叠银屏绚霞绮。
九龙作臣青翠深，金溪迢递来鸦金。
婺女镜台云里现，偃王玉研水中沉。
山趾依依僧寺小，湖心泛泛渔舟杳。
石桥野色晓平分，古壁云根寒不老。
长松落落几丈强，深林灌木相低昂。
绿萝暗掛千岩雨，白瀑晴飞百道霜。
碧沙翠竹江邨路，何人结屋依云住？
得非龙丘养高所，无乃安贞读书处？
读书不干万乘君，黄冠野服甘隐沦。
兴来垂纶钓绿水，醉后荷锄镵白云。
白云深处多幽侣，一笑相看兴容与。
有时缀席联诗篇，有时对酒谈今古。
山中之乐乐不穷，髣髴尚有太古风。
古风辽邈不可复，坐对此图怀此翁。

此翁今年年几许,白首林泉无恙否?
几欲为赋《招隐篇》,招之不来奈何汝!
也知不是忘世人,教子已见登青云。
唐虞在上有巢许,山灵不用重移文。

陵阳春晚图

(明) 王翰

陵阳山下林亭好,更有高人为卜邻。
几箇修篁鸣翠雨,一溪流水隔红尘。
灵龙过磵能迎客,幽鸟到窗如唤人。
少住梁园惊岁月,春来顿觉梦归频。

历代题画诗类卷第五

地 理 类

观明州图
（宋）王安石

明州城郭画中传，尚记西亭一舣船。
投老心情非复昔，当时山水故依然。

虔州八境图（八首）
（宋）苏轼

坐看奔滩遶石楼，使君高会百无忧。
三犀窃鄙秦太守，八咏聊同沈隐侯。

涛头寂寞打城还，章贡台前莫霭寒。
倦客登临无限思，孤云落日是长安。

白鹊楼前翠竹堆，萦云岭路若为开。
故人应在千山外，不寄梅花远信来。

朱楼深处日微明，皁盖归时酒半醒。
薄暮渔樵人去尽，碧溪青嶂遶螺亭。

使君那暇日参禅,一望丛林一怅然。
成佛莫教灵运后,著鞭从使祖生先。

却从尘外望尘中,无限楼台烟雨濛。
山水照人迷向背,只寻孤墉(塔)认西东。

烟云(云烟)缥缈郁孤台,积翠浮空雨半开。
想见之罘观海市,绛宫明灭是蓬莱。

回峰乱嶂郁参差,云外高人世得知。
谁向空山弄明月?山中木客解吟诗。

题马远信州图
(元) 廼贤[①]

昔解灵溪缆,相将下信州。人家临水岸,鼓角起城头。
云积龟峰雨,江分蠡泽秋。开图见山郭,千里思悠悠。

康州图
(明) 陆弼

乱山无径不通樵,渔舍阴阴映绿蕉。
树杪泥干江水落,邨边沙白瘴烟消。

高彦敬黄州云山图[②]
(元) 马祖常

云山万叠江南岸,江北高楼眺望时。

---

① 廼贤:《四库》本作"纳延"。
② 原题"黄州"作"黄洲",径改。

晴霭蔽亏桥过市，夕霏荟蔚树连枝。
行人不带遮尘帽，游客尝擕注酒卮。
我有故园淮水上，竹冈相接到黄陂。

题王仲弘县尹所藏高彦敬尚书巴陵山水图
（元）郯韶

尚书爱画山，落笔生远色。微茫洞庭野，迥与湘渚隔。
青山迤逦盘春空，江波欲落江水重。
望中云梦开七泽，猨啼直与巴陵通。
王郎家住巴陵道，按图只说巴陵好。
巴陵女儿歌《竹枝》，微风落日行人少。
山中春雨生石田，柴门流水声溅溅。
钓竿长日倚沙树，扁舟中阁生晴烟。
爱此只合山中住，十年作官不归去。
高堂见画夜梦之，墓中离离湿秋露。
白头官满思转多，江南酒美仍蹉跎。
人生得意夜行乐，酒酣且和巴陵歌，王郎王郎奈尔何！

西江图
（元）吴师道

西山翠涌大江流，历历开图记昔游。
寂寞滕王旧时阁，秋风斜日下城头。

张司徒所画山国图歌
（明）顾璘

滇南一道盘云上，永昌巍巍更西望。
水流直入洱海深，陆地芙蓉矗相向。
小石纷磊磊，大石高盘陀。

连空互撑叠，仰睇青嵯峨。
攒峰插牛斗，飞涧悬天河。
崩崖倾断下无地，但见猿猱挂胃号烟萝。
丹砂空青，的皪岩阿。宝玉夜炯，灵光盪摩。
天门洞开，紫宫逶迤。玉女对侍，星官骈罗。
至高之极始见此，辽绝下奈诸方何！
马蹄缄铁尚不得度，行人跛鳖焉能过。
我生水国多见水，不图山高乃如此。
画家山水贵相半，吁嗟谁悉寰区理？
南园大老司徒公，维山降神为世雄。
晚张能事发新格，尽吐魂礧之心胸。
引缣迅埽鸣长风，颠林倒壑貌不同。
苍云黯惨喧霹雳，白日照耀开鸿濛。
蛟龙盘拏古木死，蟠蝀漂疾飞梁通。
千峦万嶂堆墨华，忽然平旷披风沙。
楪榆开凿寓君国，桃源点缀秦人家。
孤城四面削玄壁，危楼仄立明丹霞。
时清颇知官府静，化远亦爱蛮夷嘉。
老翁戏猎逐黄犬，娇女明妆簪素花。
形胜分明在指顾，风俗想像增咨嗟。
腾冲靡莫馀千里，部落微茫分远迩。
更挥淡墨洒馀姿，遂使天涯穷尺纸。
昨逢伯子示此图，瞪目惊叹从前无。
乃知山岳气磅礴，不用滥漫谈江湖。
今之好山有二老，太原司马吴门都。
见此寄书定相索，公乎公乎！须写数本万里络绎传吾徒。

楚山秋晓图

（金）刘迎

山娟娟，江茫茫，缘山林木老已苍。
穿林细路萦羊肠，汀洲人家兰杜香。
两山秀出江中央，宛如双剑森锋铓。
层峦架空化宝坊，墙波突兀一气傍。
鸡声喔喔林鸟翔，顾瞻曙色开东方。
清风宿雾方苍凉，兜罗緜网淡平野，紫磨金饼暾扶（浮）桑。
橹声才动欲离岸。钟韵已残犹殷牀。
当年有米维楚狂，生子亦复肖阿章。
想从乃翁住朝阳，收拾山绿餐湖光。
膝前翰墨观琳琅，此图戏出遂擅场。
彼众史者何敢当，不然安得牙签犀轴古锦囊，赏览一朝蒙古皇。

跋伯玉命简之临米元章楚山图

（金）麻九畴

巴东峡壁如駮霞，天凿荆门当虎牙。
下有奔湍沉碧沙，直冲北固如投家。
云烟昏晓互明灭，朝看沃日莫吞月。
远山如指近如拳，过客那知空一瞥。
高人庐此恨来晚，不厌孤篷叠往返。
莫言造物好穷人，许大乾坤富君眼。
以心为镜照诸山，山如人面纷殊颜。
扁舟日日青山上，青山却在沧波间。
人道痴儿固贪取，我怪高人亦如许。
已将胸次衽长江，更把豪端扛巨楚。
莘列枫林叶浮舸，巧促魁梧入幺麽。

丈寻收拾无边春,千里游遨坐中我。
自此头吴尾瓯越,蛮烟五月髡人发。
江山多处乃尔毒,始信中原天下甲。
楚山可览不可上,水气昏昏且多恙。
画山纵不到真山,有楚之峰无楚瘴。
静明居士见山馋,想在庵中得饱参。
戏呼老李临君画,已坐君贪我更贪。

楚山清晓图
(元)元好问

雨润烟浓十二峰,云间合有楚王宫。
遥知别后西州梦,一抹春愁浅淡中。

题洪谷子楚山秋晚图
(元)邓文原

旧知洪谷古先俦,五尺横图见十洲。
千嶂排空青玉立,一江流水白云浮。
瑚簪共话当年雨,丹叶谁怜满径秋。
最是无声诗思好,恍然身在赤城游。

米敷文楚山清晓卷
(元)邓文原

濛濛烟树楚江湄,寂寞渔邨护短篱。
云梦舟中春睡足,醉馀犹记牧之诗。

普照寺楚山图
(元)郭畀

白衣处士息群机,高阁登临送夕晖。

吴地荒凉征马尽，楚山空阔断鸿飞。
画（一作"图"）间墙影来朱户，月落钟声隐翠微。
直下先人敝庐在，暮年莲社得相依。

题楚山春晓图
（元）文矩

荆门雪霁江树芳，巫峡冉冉愁云长。
山猱杜鹃叫落日，风洒路沐何苍凉。
六龙从东来，晓气开扶桑。
天高雨绝人事变，解环结佩空相望。
渚宫西溢连三湘，画中隐隐听鸣榔。
安得置我凄其旁，为君一曲歌沧浪。

荆洪谷楚山秋晚图（有序）
（元）黄公望

  洪谷子有云："吴道子画山水有笔而无墨，项容有墨而无笔。吾当采二子所长，成一家之格。"以此则知其未尝不好古，而亦未尝不好学。今太朴先生近购所画《楚山秋晚图》，骨体夐绝，思致高深，诚有合于斯语，非南宋人所得梦见也。因赋以短句。

天高气肃万峰青，苤苢云烟满户庭。
迳僻忽惊黄叶下，树荒犹听午鸡鸣。
山翁有约谈真诀，野客无心任醉醒。
最是一窗秋色好，当年洪谷旧知名。

洪谷子楚山秋晚
（元）吴镇

洪谷仙去五百年，丹青流落何翛然。

九疑之山何突兀，乱云惨澹秋风前。
寻幽忽有蓬莱仙，歌声隐约清溪边。
萧萧木叶下无际，不见归来张季船。
前邨后邨高复下，远渚近渚断又连。
夕照迟迟俯西川，树底人家起碧烟。
卷中妙境无穷已，挥毫聊尔纪新篇。

楚山清晓图

（明）李日华

门前溪曲流花远，屋后山高见月迟。
刚道巫云多旖旎，楚山偏觉富情思。

题米元晖楚江晴晓图（二首）

（元）王恽

元晖笔力尽清雄，两岸青山似越中。
六凿近年攘欲尽，苍烟无复晓冥濛。

江边墟落静荒烟，林坞依然井臼全。
若比石壕更潇洒，入山多避过都钱。

题楚江清晓图

（元）丁复

海色澄明霞欲生，白烟楼阁静峥嵘。
青枫江上船已发，苦竹岭头人未行。

题楚江清晓图

（元）郑东

树碧江寒日出迟，青山云起亦多时。

几回船屋缘贪睡，佳气朝来竟不知。

题楚江秋晓图卷
（元）韩奕

苍茫巫峡晓，摇落楚天秋。神女千年庙，商人万里舟。
诗中曾想赋，画里每思游。江海平生志，穷经老一丘。

题楚江秋晓卷
（元）胡奎

日出楚山碧，照见龙鳞波。扁舟何处即〔郎〕，解唱《竹枝歌》。
神女朝云里，啼猿秋树多。苍梧望不极，远意当如何？

题燕穆之楚江秋晓图
（元）俞行之

本自为农住一丘，却攜书剑历河洲。
龙门碣石寻常到，雁宕天台汗漫游。
风舸顺流如骤马，人生随处若浮鸥。
夜来又作江湖梦，剩水残山总是愁。

燕穆之楚江秋晓图
（元）秦衡

几声哀角起寒谯，一夜清霜脆柳条。
浦屿未明沧海日，客帆应发楚江潮。
山经太白西来险，鴈转衡阳北去遥。
愧我无才重弔屈，忠魂千古有谁招？

燕穆之楚江秋晓图
（元）沈应

曾记蒹葭水庙东，客心争渡晓鸡中。

平芜落月三湘路,千里孤舟一鴈风。
别去乡关犹在梦,老来江海尚飘蓬。
何因得似闲鸥鸟,两两沙边睡正浓。

题楚江秋晓卷
(元)贺言

月落楚江空,秋林待日红。船开飞叶雨,人渡长潮风。
阁影涛声外,山形曙色中。神仙问何在,有路想难通。

题赵松雪楚江清晓
(元)于立

曾从江上系孤舟,渺渺清江万里流。
两岸青山春正晓,一声鸣橹下扬州。

题楚江秋晓卷
(元)吴文泰

碧水连空入望深,匡庐秋色正萧森。
曙分巴峡猿声断,月落湘潭鴈影沉。
宿雾收边横荻渚,炊烟起处隔枫林。
何因得似归来棹,笑傲衡门自楚吟。

题燕穆之楚江秋晓图
(元)瞿旿

木落秋江露湿衣,放舟有客候潮归。
烟霞髣髴天将曙,星斗升沉影渐稀。
避弋鴈鸿投渚宿,忘机鸥鹭傍人飞。
巫山巫峡曾登览,犹忆题诗在翠微。

题燕穆之楚江秋晓图

（元）曹恕

空江烟雾晓微茫，潮落沙寒洲渚长。
飋拂曙光开梦泽，鴈将秋色渡潇湘。
荻花团露轻盈雪，枫叶迎霞远近霜。
倚棹令人添远思，渔歌欸乃起沧浪。

题楚江秋晓卷

（元）僧普震

楚江秋向曙，画里景依然。旭日浮波面，凉风动树颠。
同来桃叶渡，相并木兰船。欲问西洲信，浔阳何许边？

题楚江秋意图

（明）杨基

万里巴江入海流，水空天阔鴈行秋。
楚歌未断秋风起，一段青山一段愁。

楚江清远图（为沈伦画，并寓九曲山房作。四首）

（明）张羽

烟霏乱晴旭，遥见西林山。忆归东湖远，人家春树间。
荆扉映水掩，应待庞公还。

坐爱西山翠，手板方支颐。白鸟逝如彼，孤云淡若斯。
谁能闲料理，空滞还山期？

郢水不可极，荆门望渐微。青山将落照，徧映酒家扉。
渔梁夜争渡，知是醉巫归。

潮落寒沙广，苍然远山暮。何处罟师归，自识门前树。
披图忆所历，髣髴松溪渡。

题燕穆之楚江秋晓图

（明）陈宽

五更人语觉潮生，估客帆樯候晓行。
树色未分云梦泽，鸡声已动汉阳城。
天空画角吹霜尽，月落银河入斗横。
欲问楚南千古事，至今江水为谁清？

楚江晴晓图

（明）吴文恭

昽昽曙光起，湛湛江枫白。河汉纵复横，分明见秋色。
天空爽气清，露湿千峰碧。微茫云梦渚，迢递浔阳宅。
五柳高且疏，凉风正萧瑟。孤鹤横江来，扁舟正攜客。

题郑德彰员外所藏高彦敬画楚江春晓图

（明）蓝智

旭日未出群山昏，苍茫楚江多白云。
芳洲无人采蘅杜，落花飞絮春纷纷。
晴岚满户渔家晓，花枝髣髴闻啼鸟。
巫阳梦断三峡空，湘渚愁深九疑小。
文彩风流高尚书，如此江山归画图。
平湖烟霭水空阔，阴壑松桧天糢糊。
左司郎官何处得，高堂紫翠生春色。
是中疑有五湖人，一叶扁舟荡空碧。
风尘兵革浩茫茫，对此便欲歌《沧浪》。
碧梧翠竹生高冈，岂无彩凤鸣朝阳！

楚江秋晓卷

（明）沈周

天连湘汉水悠悠，水色微茫接素秋。
残月已沉三国恨，乱云初散九疑愁。
南方流落身将老，西候萧条客倦游。
欲采蘋花恨无伴，美人迢递隔沧洲。

楚云湘水图歌（谢张师夔教授）

（元）龚璛

《离骚》之国几千里，十幅蒲帆顺风驶。
顺风犹须两月程，伊谁移来堕书几？
张君墨妙游戏尔，乱峰因君接天起。
苍然古木摧不死，君应曾隐茅屋底。
得非是间种兰芷，惨澹经营那及此。
松连阁上听秋声，读书眼花字如蚁。
玉立长身挟童子，披图置我平生喜。
忆昔诗家爱许浑，凌歊荒台寻旧址。
云何姑孰大江边，望湘潭云尺有咫。
我今识君意，总为诗料理。
云兮楚之云，水亐湘之水*，回雁夕阳衔一苇。
山高见衡岳，江远会南纪。
君兮君亐可奈何，我诗敢蹷屈贾垒。

题晴川图

（元）岑安卿

清溪粼粼生浅花，晓日倒射摇金沙。

---

*　亐有异体字兮，《韵会》欧阳氏曰：俗作"亐"。

翩然双鹭下危石，玉雪照影无纤瑕。
溪边小景入画图，青烟绿树渔翁家。
渔翁归来歌未终，鹭鸶忽起芦花风。
回眸遥望不可极，但见白玉飞青空。
昔年夜宿潇湘浦，彻晓不眠听急雨。
解衣曳杖立沙头，何似今朝得容与。
长安马寒泥没腹，雪满朝衣冻肩缩。
试令援笔题此图，长篇应赋归来曲。

清江图
（元）贡性之

江驿背孤城，江流遶舍清。露枰松下弈，驿骑柳边行。
帆落晴窗影，钟传雨寺声。堆牀馀简牒，列座总耆英。
燕语能留客，鸥驯解结盟。诗邮趋堠吏，衙鼓集关兵。
薄俸尊仍满，新知盖屡倾。不才翻自愧，何以答深情？

题洋江林彦祯所藏洋江春晚图
（明）陈亮

江上晓来晴，春波鸭绿生。山云半敛色，汀芷尽含荣。
野艇乘潮去，官桥隔岸横。亭中舒眺者，犹有爱鹅情。

太平寺水（郡人徐交画清济贯河）
（宋）杨万里

太平古寺刼灰馀，夕阳惟照一塔孤。
得得未看还不乐，竹茎荒处破殿虚。
偶逢老僧听僧话，道是壁间留古画。
徐先纪笔今百年，元师相传妙天下。
壁如雪色一丈虚，徐生画水才盈堵。

横看侧看只么是,分明是画不是水。
中有清济一线波,横贯万里浊浪之黄河。
雷轰电卷伫渠猛,独清元自不随他。
波痕尽处忽掀怒,搅动一河秋色暮。
分明是水不是画,老眼向来元自误。
佛庐化作金柂楼,银山雪摧风打头。
是身飘然在中流,夺得太一莲叶舟。
僧言此画难再觅,官归江西却相忆。
并州剪刀剪不得,鹅溪疋绢官莫惜,貌取秋涛悬坐侧。

题马远十二水

(明) 王世贞

上帝两带垂,长江黄河流。崑崙触天漏,下贮海一抔。
震泽与洞庭,汇作东南沤。风云出千变,日月浴双辀。
泓渟写秋星,萧瑟竞素秋。木落清浅出,石压琤琤抽。
其细沫贯珠,巨者膏九州。谁能传此神,毋乃宋马侯?
解衣盘礴初,已动冯夷愁。天一臆间吐,派九笔底收。
生绡十二幅,幅幅穷琱锼。忆昔进御时,陛豁神龙眸。
遂令大同殿,涛声撼牀头。六宫摄其魄,所以不欲留。
杨妹即大家,女史司校雠。朱填六玉箸,墨宛四银钩。
锦标赐两府,青湘润千秋。晴牎乍开阅,如练沾衣裯。
恍作银汉翻,浸我白玉楼。当其郁怒笔,襜表腾蛟虬。
及乎汩舒徐,遥颈延鹥鸥。动则开智乐,渊然与心谋。
老师鉴湖曲,兴尽剡溪舟。左壁桑氏经,右图供卧游。
那能学神禹,胼胝终荒丘。

远览图 (为尹元夫乃翁题,兼与张文邦。)

(明) 廖道南

扬舲忆昔辞江国,朝游黄鹤暮赤壁。

五老香炉积烟紫，九华莲叶凌空碧。
三山二水入金陵，龙蟠虎踞高霞蒸。
雨花徙倚鸡鸣望，天界迥翔牛首登。
感慨浮生忽南北，春光阅尽还秋色。
夜宿波涛狎白龙，寒棲岛屿邻丹极。
英雄聚首筑黄金，况复钧天闻古音。
鹏云蔽天九万丈，鲸海喷雪三千寻。
达人大观忘尔我，造化蘧庐无不可。
剑倚层云日月低，槎横南斗星虹堕。
君即当年尹彦明，苍颜白发餐芝英。
云阳山深列仙集，顿觉两腋灵风生。
羽衣翩翩千万瑞，安期羡门何足齿。
《两都》赋就掷金声，谁能复续张平子？

江皋图

(明) 李延兴

江晚月未上，白烟满芳洲。雨止山气佳，衡扉在岩幽。
浦迴沙漫漫，松声露浮浮。水田旱稻熟，稍欣获有秋。
旷爽来清风，朱夏炎歊〔歇〕收。野人乐江居，垂纶水西头。
得鱼送邻家，酒好仍见留。童丱喜相随，浩歌送飞鸥。
古时放达人，傲睨轻王侯。焉能系尘鞅，憧憧为身谋。

地 理 类

李思训画长江绝岛图
（宋）苏轼

山苍苍，江（水）茫茫，小孤大孤江中央。
厓崩路绝猿鸟去，惟有乔木搀天长。
客舟何处来？櫂歌中流时抑扬。
沙平风软望不到，孤山久与船低昂。
峨峨两烟鬟，晓镜开新妆。
舟中贾客莫漫狂，小姑前年嫁彭郎。

江山万里图（二首）
（元）王恽

胜览何人作此图，雄夸天险亦区区。
经营意匠群工上，惨澹风烟百战馀。
並辔相夷啮宋魏，舞干来远美唐虞。
只今一统无南北，正要怀柔谨厥初。

江山列地出新图，限隔东南见奥区。
与校庙谟虽有间，细看边备到无馀。

忌功去玠甘捐蜀，併力亡金笑假虞。
千古美芹高议在，不应成败论终初。

江山万里图
（元）陈樵

生憎李郭画山川，凿破鸿濛混沌圆。
尺地寸天都剪碎，女娲鍊（炼）石是何年？

江山万里图
（元）宋无

咫尺寒流千万峰，湍声寂寂暮猿空。
买船欲泛春潮雨，楚树吴云是画中。

题江山万里图
（元）陶宗仪

滚滚长江出全蜀，一派波涛泻寒玉。
天设巨堑鸿濛先，厥德灵长纪南服。
滥觞岷松略巴梁，分源崛崍走豫章。
吐吞沅澧引沱灊，包括洞庭纳鄱阳。
玉垒峨眉两磅（旁）礴，石镜武担连剑阁。
合江西头万里桥，汉使入吴曾驻泊。
丈人拔地高青城，翠浪起伏势东倾。
雪山去此知几许，一览如隔芙容坪。
丞相祠前森老柏，支机石在君平宅。
浣花溪碧草堂幽，越王宫殿成狼藉。
中岩林泉佳处多，相传尝棲诺讵那，
慈姥老龙亦共止，岩阿小寺埋薜萝。
渡泸亭对诸夷路，尚疑果从何处渡。

鱼复浦中八阵图，前后纵横经纬布。
滟滪散发怒莫撄，黑石狞恶荼槽并。
巫峡之险复愈此，凝真观前加震惊。
十二峰峦罗翠凤，船过神鸦管迎送。
吒滩直接归州滩，自昔号为人鲊瓮。
黄牛庙睇黄鹤楼，云梦泽通鹦鹉洲。
赤壁临皋才尺咫，琵琶亭下芦花秋。
匡庐雄尊五老立，大孤小孤遥旅揖。
彭郎矶前即马当，九华采石青戢戢。
钟阜龙蟠奠九州，石头虎踞当长流。
北固纤徐铁瓮坚，金焦两点犹浮沤。
春申墓阴鹅鼻嘴，角力狂澜障厓趾。
烟水弥漫豁海门，亘古朝宗从此始。
彼美画师儒林英，天机所到双眼明。
拂拭素茧埽玄沈，闭户不闻风雨声。
老夫平生山水癖，白首卧游还历历。
客持卷轴请我观，题诗聊复识畴昔。

万里江山图

（元）僧善住

巴水沄沄巴峡青，月明客泪堕猿声。
眼中已识瞿塘路，剩水残山懒问名。

万里江山图

（明）王祎

昔年曾作子长游，万里江山一客舟。
揽得瑰奇满胸臆，怪来开卷思悠悠。

江山万里图

（明）陈秀民

曹郎胸中墨数斗，笔下烟云千万重。
崑崙积石泰华接，潇湘云梦银河通。
岷峨翠流三峡水，衡岳青连五老峰。
清溪九曲处士屋，丹霞百丈神仙宫。
下有临渊欲坠之灵石，上有参天不老之长松。
岚光雨气迷远近，咫尺万里将无穷。
谁知大地山河境，乃在氷缣意匠中。
我今抚卷三叹息，画史真能夺化工。

千里江山图

（元）李俊民

笔下江山取意成，一峰未尽一峰生。
凭谁试向行人问，水郭烟邨第几程？

题萧照江山图

（元）柳贯

荻浦枫林宿暮烟，夕阳收尽月浮湾。
骚人一曲江南思，弹彻箜篌送鴈还。

题龚翠岩江山图

（元）华幼武

山云白白树青青，正是江南第一程。
却忆西津旧时路，黄沙涨满少人行。

江山图

（明）汤显祖

地拆（坼）东南一半无，天倾西北几雄都。
秦皇不合求仙去，眼见江山是画图。

题卢元佐所藏江山图

（明）高逊志

结茆曾住白云间，游宦多年客未还。
开卷偶然乡思动，数峰浑似鄂州山。

题长江万里图后

（元）王恽

穉年屋居三十春，老境谁遣东南奔？
去秋有诏持使节，北自邶卫官瓯闽。
闽中水浅百味澹，但觉草木多精神。
展放江山万里图，卷中潇洒似堪娱。
寄声故国游观客，卜筑苏门佇可居。

商学士万里图

（元）马祖常

曹南商君儒家子，身登集贤非画史。
酒酣气豪不敢使，挥洒山水在一纸。
咫尺万里乾坤意，人言造物真儿戏。
盘纡流动各有象，变化欻忽风云至。
吾观崑崙西月出，更观扶桑东日生。
形势开合限内外，分野上合星辰精。
大禹铸九鼎，邹衍别九州，岂但草木异，乃有鬼魅忧。

噫嘻奉常官禄薄,百钱缝囊贮丘壑。
为尔作歌还一嚎,何年淮南戴青箬?

子久万里长江图
(元) 吴镇

一峰胸次多礧礧,兴寄江山尺素间。
南北横分疑作限,西东倒注未曾还。
山围故国人非旧,水遶重城树自闲。
尤羡箇中时序换,昔年禹玉岂容攀。

题长江万里图
(元) 丁复

天不限南北,人方乐耕渔。承平百年日,慷慨万里图。
恍然旧游地,浩荡清兴发。
放船白帝城下秋,载酒黄牛峡中月。
明发古夷陵,为访姜诗井。披蓁冒修筒,寒花汲空冷。
湍流激柔橹,崚下荆门滩。荒藤汉景庙,落日还登攀。
霞沉宜都驿,夜宿松滋渡。水色玛瑙光,鯑(繁)星粲无数。
荆南亦坂郢,章华犹故台。坏堤明断镞,团沙如粟堆。
雨休云梦泽,天空洞庭水。曹瞒败军处,残灰馀故垒。
仙人白云表,招手为我留。待网嘉鱼穴,衔华黄鹤楼。
醉来思祢衡,愤起叱黄祖。
不见人间来凤皇,何用筵前赋鹦鹉。
矶头若蹲虎,江流多怒声。客枕不成寐,已在浔阳城。
飞瀑泻银河,匡庐倚天碧。遥忆义熙人,黄花空好色。
黄陵二女庙,小姑江上头。舟人问风水,几日到扬州?
月色过马当,长风沙在眼。鴈投秋浦云,鸦啼戍楼晚。
芜湖水东注,逆矶无回波。两山隔江浒,倒浸双青蛾。

抵掌女娲石，浩然歌《白纻》。
太真然犀真自愚，谪仙骑鲸竟何去？
黄须天子七宝鞭，曾挂当涂道边树。
一百二十里，树色连长干。豪将多反覆，都邑无时安。
金莲晓步灭，玉树朝歌阑。千载空旧迹，令人起长叹。
天运开昌期，地险亦何有？年年江上春，东风入杨柳。
往来白下亭，日夕金陵酒。艛船出金焦，越贾行松维。
况闻巴人妇，半是吴女儿。我生亦何幸，白首无乱离。
所愿亿万年，永永长如斯。

长江万里图

（元）丁鹤年

右逾越巂左蓬壶，万里提封入壮图。
断石云屯山拥蜀，惊涛雪立海吞吴。
蟠桃有实来青鸟，若木无枝驻赤乌。
秦汉经营人尽去。独留形势在寰区。

长江万里图（二首）

（元）丁鹤年

长江千万里，何处是侬乡？忽见晴川树，依稀认汉阳。

长啸还江国，迟回别海乡。春潮如有意。相送过浔阳。

题僧巨然长江万里图

（明）汪广洋

老禅好画如好禅，不到觉悟不肯息。
一朝纵笔恣挥洒，万里长江落胸臆。
我闻大江之水出岷山，汉江之水出蟠冢。

两江合流东向趋，雾瀚云蒸变俄顷。
此图乃独见源委，岂与寻常画师比。
地形笔势俱两全，白璧黄金漫堆几。
又闻瞿塘之险天下无，江水倒泻山模糊。
乌石滩高浪涛急，白帝城荒古木疏。
枯藤挂壁下猰㹢，苦竹缘江啼鹧鸪。
展图不得一见此，令我扼腕长嗟吁。
世间好画岂易得，讨论应须待裴迪。
欲追太史赋远游，直上岷峨看晴碧。

长江万里图

（明）杨基

我家岷山更西住，正见岷江发源处。
三巴春霁雪初消，百折千回向东去。
江水东流万里长，人今漂泊尚他乡。
烟波草色时牵恨，风雨猿声欲断肠。

题夏禹玉长江万里图

（明）陆完

云山苍苍江漠漠，绍兴年间夏珪作。
珍重须知应制难，卷尾书臣字端恪。
却忆当时和议成，偏安即视如昇平。
惟开缉熙较画史，两河沦弃无人争。
斯图似写南朝土，还有楼台在烟雨。
钓叟萁翁不可呼，渔舟野店谁能数。
但觉层层境不同，林泉到处生清风。
意远笔精工莫比，只许马远齐称雄。
中原殷富百不写，良工岂是无心者。

恐将长物触君怀,恰宜剩水残山也。
画终思效一得愚,更把飞鸿添在图。
愿君且向飞鸿问,五国城头信有无?

题长江万里图(为蜀人赵中道赋)
(明)唐文凤

一尘老屋城南隅,读书乐道非愚夫。
西川有客踏秋雨,访予手把长江图。
披图细数经行处,天山白积银为树。
冰渐暖沁六月流,雪波怒向三巴注。
蜀江溶溶远纡迴,巨灵擘破巫峡开。
势雄地束不得逞,直走万丈疑奔雷。
瞿塘滟滪天下险,巨石双分锐磨剪。
盘涡每忧巨浸深,冷喷犹嫌急波浅。
人鲊瓮头云结愁,饥蛟昼舞寒风秋。
至喜亭边可贳酒,秭归县前仍舣舟。
荆湘荡漾平于掌,蒲帆箭疾飞双桨。
苍龙山露翠烟中,白虹水接银河上。
岳阳楼高明月光,仙人踏破鹤背霜。
玉箫吹碎丹凤语,宝剑拭动青蛇光。
洞庭茫茫接彭蠡,千里相望同尺咫。
无情五老苍颜凋,含羞二姑黛鬟美。
扬澜潴滀鄱湖宽,水府冯夷严守关。
明珠泣坠渊客怨,冰绡织就鲛人闲。
嵝矶秉灵孙小女,冷风倏度神巫语。
客回尽望江东云,鸟归带得淮南雨。
须臾放棹下金陵,蓬莱宫阙高崚嶒。
圣人黄衣御宸极,紫雾冲霄王气腾。

浪游历记万馀里，噩梦惊魂几悲喜。
江花江水兴无涯，点染丹青烦画史。
赋诗题画心悠然，才思逸发如涌泉。
酒酣击节唾壶缺，醉和少陵云锦篇。

长江万里图

（明）杨慎

五才坎德迥灵长，万里岷山始滥觞。
流汉天迥经滟滪，盘涡谷转下柴桑。
扬澜左蠡曾潭府，大壑归虚广莫乡。
天遣阳侯分淼淼，帝咨神禹画茫茫。
青岑翠观鲛人馆，水碧金膏龙伯堂。
景浴阳乌朝旭早，燄然阴火夜霞光。
烟寒星散三洲树，风驶云飞百尺樯。
鹤子凫雏喧澍雨，纹螺锦蚌映翔阳。
笼筒津鼓惊浮客，欸乃渔歌属漫郎。
泗磬石钟锵岛屿，轻涟蘋影媚沧浪。
投鞭堪笑苻坚策，静练难赓谢朓章。
彩鹢退飞休借问，白鸥浩荡信徜徉。

题长江万里图（为郭总戎）

（明）沈周

元戎大开宝绘堂，紫锦荐几霞幅张。
手披牛腰之甲卷，水墨迤逦踪微茫。
我从鱼凫弔往古，灌口玉垒烟苍凉。
青城雪山蔽亏处，导江之岷不可望。
三水合流锦官当，三峨九顶递接翠，楼观缥缈天中央。
渝涪城高宛相峙，嘉陵姚江吹枕傍，阵迹齿齿石作行。

风云惨澹开瞿唐,黄牛滟滪难舟航。
青天仰漏一线光,峡穷江广见汉阳,黄鹤赤壁相低昂。
庐山五老天下观,顺流渐见迎风樯。
大姑小姑交妩媚,何年争嫁彭家郎?
三山九华连建康,南都宫阙何煌煌!
大明定鼎龙虎合,万古巩固皇图昌。
真州润州列两厢,金焦槷巀当喉吭。
直吞天派纳海口,有若万邦来会王。
座中指点皆历历,绞绡数丈万里长。
老夫困顿今白首,欲往游之无裹粮。
徒然感慨在牗下,捕影捉风消热肠。
心摇摇兮怅彷徨,佩有兰兮袭瑶芳。
江兮汉兮不可度,望美人兮天一方。
少陵东坡二豪者,风流在在留文章。
英雄割据未暇论,卧龙独数人中强。
元戎元戎将之良,此卷兼与韬钤藏。
南征西伐或有事,按图索程犹取囊。
非惟供翫托深旨,居安慮(虑)危心不忘。
呜呼!居安慮危心不忘。

庞才卿画长江图

(金)赵秉文

青山隐隐水悠悠,何处长江是尽头?
欸乃一声人不见,忽从天际下归舟。

长江图

(元)牟巘

汉川影落鹦鹉洲,金山钟到多景楼。
老龙几载卧寒碧,中间不断万古流。

晚来雪浪大如屋,澎湃舞我一叶舟。
舟移岸转知何处,离离烟草令人愁。
说与渠侬莫倚柁,转帆别浦盍少休。
此图此景俱可惜,展翫不足空白头。
家住江水发源处,何时还我旧菟裘?

题顾氏长江图

(元) 戴良

天下几人画山水,虎头子孙世莫比。
何年写此长江图,多少江山归笔底。
巴陵三峡天所开,远势似向岷峨来。
洞庭潇湘仅毫末,楚客湘君安在哉!
江上一朝风雨急,老我曾来踏舟立。
鼓枻既闻潭畔吟,抱琴复听竹间泣。
别来几日世已非,忽此披图忆曩时。
早知避地多处所,肯(肯)逐红尘千里归?
林下一夫巾屦似,亦有舟人与渔子。
能添野老烟波里,便与同生复同死。

题江贯道长江图

(明) 黄观

离离众树深,霭霭孤云碧。山色望难穷,江流浩无极。
渔歌远渚昏,鸟下平芜夕。惆怅趁风波,扁舟何处客。

题江参长江图

(明) 陶琛

石出夜潮落,山明寒雾消。江空千里櫂,邨迥一归樵。
树色连沙屿,人家傍野桥。还同旧栖地,风景日萧萧。

长江伟观图

（明）钱宰

第一江山独凭阑，秋风断石倚江关。
两峰并立星河上，一水中流天地间。
海日东生月西没，官船北去客南还。
莫愁白发搔来短，酒落金盘入醉颜。

题史引之所藏长江六月图

（明）顾清

长松泠泠生昼寒，高岩侧缀青琅玕。
阳坡宛转行朱阑，青莎滑腻碧藓斑。
红桥直走凌惊湍，下接孤屿高巑岏。
隔江青山如伏猰，柴扉草堂相对安。
渔舟缥缈青林端，樵童牧叟时往还。
群山忽断百里宽，青蒲绿藻萦微澜。
临江飞阁丛井幹，江流石角随弯环。
前山转深势未残，层崖复磴劳跻攀。
上方寂寞空禅关，平林演迤临江干。
江迴山尽路险艰，飞梁侧卧波潺潺。
江流自此入渺漫，遥山一抹天际看。
东京画史真高闲，故将山水穷瓌观。
岷峨嘉陵远莫殚，九华落星扬子湾。
晴洲历历被芳兰，美人不来空浩叹。
疾风吹尘暗燕山，金星龙尾冰攒攒。
燔熊炽豹光赫殷，为君炙兔埠冰纨。
君归终日山水间，肯忆羸马随朝班。

题桑直阁江山胜槩图

（明）王佐

我昔趋神京，道出匡庐峰。手持绿玉杖，遍踏金芙蓉。
是时秋高天气肃，最爱秋声满岩谷。
万顷湖光带白蘋，九叠屏风挂飞瀑。
结巢便欲棲云间，夔龙趋赴群鹓鸾。
才名用世果何有，赢得归来双鬓斑。
至今梦想烟霞趣，拟托毫缣写情素。
君家此图谁所模？似我当时旧游处。
远山缥缈如游龙，好处尽在烟岚中。
晴波落日曳澄练，枯林老叶鸣秋风。
屠苏高下林间起，水色山光画图里。
软红无路到柴扉，空翠常时扑书几。
中流放棹知何人，锦袍坐岸方乌巾。
若非高洁鲁连子，应是风流贺季真。
我生垂老愿未酬，鲁人岂识东家丘。
图中胜槩倘易致，便从此地营菟裘。

江山胜览卷

（明）陈振

维扬有客思飘飘，历览山川不惮遥。
巫峡秋涛云梦雨，吴门夜月浙江潮。
北瞻燕冀天应近，西渡崤函雪未消。
到处幽奇看不尽，更收馀兴入诗瓢。

宋驸马王诜江山胜览图

（明）顾应祥

王郎妙手绝代无，生绡写出江山图。

飘扬天趣入三昧，点染意象争锱铢。
远山模糊近山碧，澄江一带横秋色。
老树参差曲岸妨，迴波摇荡崩隄仄。
人家临水尽开门，俨如鸡犬声相喧。
万杉路隔烟雾洞，独木桥通杨柳邨。
忽然突起作险状，两厓怪石森屏障。
峰迴麓转势复平，贾舶渔舟互来往。
楼台隐隐云中起，叠嶂层峦青未已。
风帆渺渺天际来，咫尺浑同千万里。

题江湖胜览图
（明）陈昌

马卿子，清而臞（癯），狂非狂，迂非迂。
不爱养浮丘伯之黄鹤，不爱钓任公子之巨鱼。
年来只爱江湖居。江湖风月足清兴，笔牀茶灶寻常俱。
船头红拂唱巴曲，船尾黄帽歌吴歈。
歌吴歈，唱巴曲，妙舞清商间丝竹。
白日欢游殊未足，复拟黄昏秉银烛。
风帆催送寒山钟，直向垂虹桥下宿。

题江湖胜览卷赠李彦晖
（明）张和

万里一孤舟，常年事胜游。星河三峡夜，烟树五湖秋。
跡拟玄真子，名齐博望侯。翻怜蓬荜士，白首卧林丘。

江湖胜览卷
（明）姚纶

江湖随处豁吟眸，不满书囊卒未休。

日下风云瞻魏阙，淮东歌舞认扬州。
一篷疏雨鸥边晚，千里残霞鹜外秋。
见说武昌城畔柳，尚含青眼待重游。

莹禅师房观山海图

（唐）李白

真僧闭精宇，灭跡含达观。列障图云山，攒峰入霄汉。
丹崖森在目，清昼疑卷幔。蓬壶来轩窗，瀛海入几案。
烟涛争喷薄，岛屿相凌乱。征帆飘空中，瀑水洒天半。
峥嵘若可陟，想像徒盈叹。杳与真心冥，遂谐静者玩。
如登赤城里，揭步沧洲畔。即事能娱人，从兹得萧散。

题海图屏风

（唐）白居易

海水无风时，波涛安悠悠。鳞介无小大，遂性各沉浮。
突兀海底鳌，首冠三神丘。钓网不能制，其来非一秋。
或者不量力，谓兹鳌可求。赑屃牵不动，纶绝沉其钩。
一鳌既顿颔，诸鳌齐掉头。白涛与黑浪，呼吸遶咽喉。
喷风激飞廉，鼓波怒阳侯。鲸鲵得其便，张口欲吞舟。
万里无活鳞，百川多倒流。遂使江汉水，朝宗意亦休。
苍然屏风上，此画良有由。

观王美人海图障子

（唐）梁锽

宋玉东家女，常怀物外多。自从图渤海，谁为觅湘娥？
白鹭栖脂粉，赪魴跃绮罗。仍怜转娇眼，别恨一横波。

读《山海经》图
（宋）欧阳修

夏鼎象九州，《山经》有遗载。空濛大荒中，杳霭群山会。
炎海积欱（歊）蒸，阴幽异明晦。奔趋各异种，倏忽俄万态。
群伦固殊禀，至理宁一槩。骇者自云惊，生兮孰知怪。
未能识造化，但尔披图绘。不有万物殊，岂知方舆大。

题观海图
（元）黄溍

昔年解缆岑江上，初日团团水底红。
鼍吼忽摇千尺浪，鹢飞仍挟半帆风。
遥看岛屿如星散，只谓神仙有路通。
及此栖身万人海，旧游却在画图中。

题观海图（为张晋贤作）
（元）丁复

自古十洲三岛胜，几时一钓六鳌连？
千年王母蟠桃实，五百童儿採药船。
日出早看金柱涌，天空只儗玉壶悬。
乘查欲接张公子，直到牵牛织女边。

李遵道海岳图
（元）郑元祐

李黄岩，疎眉瘦体满臆秋嵚崟。
似厌分符磵谷底，折腰督邮面皱须髳髳。
竟骑鲸鱼上天去，帝悯人间留不住，乃令笔底飞墨如云雾。
王维郑虔本有素，早年临摹米颠海岳图。

黄岩非有颠非无，庵空月落山木拥，是中疑有穷猿呼。
二子风流俱不泯，宝月夜夜生珊瑚。

题海峰图（为故金同文先生作）
（明）王世贞

六鳌既失守，十洲俄半摧。苍然东海色，忽堕二峰来。
插云斗柄出，浴日扶桑开。停琴听洪涛，乘桴问九垓。
鲁连无世念，安期有仙才。高踪不可即，披图良快哉！

自和因思国史燕穆之传，称其知明州革轻悍斗争之俗，及今海潮图作
（宋）晁说之

燕公未肯祖虚无，悍俗归仁举国书。
莫道邦人都背德，壁间犹有海潮图。

题海昌秋潮图
（明）金肃

不信沧溟外，奇观尺幅收。惊涛飜（翻）石壁，匹练锁炎州。
沃日天疑近，鞭雷地欲浮。探微留妙墨，长作广陵秋。

海潮图
（宋）楼钥

钱塘佳月照青霄，壮观仍看半夜潮。
每恨形容无健笔，谁知收拾在生绡。
荡摇直恐三山没，咫尺真成万里遥。
金阙岩巉天尺五，海王自合日来朝。

海潮图
（元）袁桷

银潢清浅瑞星辉，的的秋光下紫微。
欲识潮音真实相，落迦山畔五铢衣。

题海潮图
（元）柳贯

巨鱼吞吐不知劳，千古灵胥气尚豪。
夜半西风槎信到，银蟾初挂海门高。

古观潮图
（元）杨维桢

八月十八睡龙死，海龟夜食罗刹水。
须臾海壁鼋鼍门，地卷银龙薄于纸。
艮山移来天子宫，宫前一箭随西风。
劫灰欲死蛇鬼穴，婆留朽铁犹争雄。
望海楼头夸景好，断鳌已走金银岛。
天吴一夜海水移，马蹀沙田食沙草。
崖山楼船归不归，七岁呱呱啼轵道。

题潮出海门图（二首）
（宋）陈造

绝岛平冈捲欲空，两崖相对屹穹崇。
即今画手兼诗笔，更与江山角长雄。

卷里涛波快一披，苍山踊起雪山驰。
浮天沃日无穷意，到我春窗病酒时。

题童寿卿潮出海门图

（宋）王炎

潮来溅雪欲浮天，潮去奔雷又寂然。
海上两山元不动，更添此意画中传。

浙江潮图

（元）刘因

山人懒绝梦亦然，鼎如万牛不可迁。
谁信画工笔头有神力，扁舟一夜江声寒。
觉来千里雪漫漫，中有数点青螺闲人间。
天门壮观已如此，岂知大块喘息四海如鼻端。
海中仙人冰雪颜，吸风御气非人寰。
试问涛头何当还？为我寄声三神山，我欲乘兴游其间。

浙江潮图

（明）张以宁

浙江亭下彩舟开，雪满青天白昼雷。
闻说秖今亭上月，夜寒常照暗潮来。

钱塘江潮图（为乔少卿希大作）

（明）李东阳

钱塘江头江倒流，中有潮声号万牛。
堆银如山雪如屋，远影灭没当空浮。
千峰将颓树欲秃，海若股栗天吴愁。
来船欢欣势自下，瞬息千里无淹留。
去船乘危贵得正，力尽一过且复休。
跻攀分寸偶失守，顷刻下饱鼋与鳅。

由来咫尺不自觉,远望不敢凝双眸。
客来未到胆已落,借问同行还见不?
何人嬉笑欲起舞?越东老翁搔白头。
群儿招呼或助叫,倏忽过耳风飕飗。
达士遐观得奇赏,七泽五湖同一沤。
天道虚疑月盈缺,世情妄假人恩雠。
复将险巧作戏剧,乡里少年夸善泅。
潮来潮去亦何意,人间万事良悠悠。
我时渡江不相值,空向燕客谈杭州。
壮怀高兴两莫遂,三十五年秋复秋。
谁将妙思入画本,似与造化争雕镂。
酒酣月落不知处,梦醒尚作江南游。

钱舜举江潮图

(明) 张宁

钱塘江上怒潮来,万里天风动地雷。
白马素车应浪说,吴王宫阙已成灰。

春雨晚潮图

(元) 吴师道

昔年曾看钱塘潮,龙山山下乘春涛。
中流回首洲渚变,孤塔不动青厓高。
云昏水暗雨阵黑,雪喷电转潮头白。
浙江亭远乱帆飞,西兴渡暝千花湿。
空江茫茫魂欲断,归来十年今复见。
浩荡春风满画图,淋漓海气飞人面。
春深故国芳草生,鸱夷遗恨何时平?
重游吊古惜未得,掩卷歌罢空含情。

赵千里夜潮图

（元）王冕

去年夜渡西陵关，待渡兀立江上滩。
滩头潮来倒雪屋，海面月出行金盘。
冰花著人如撒霰，过耳斜风快如箭。
叫雪鸿鴈零乱飞，正是今年画中见。
寒烟漠漠天冥冥，展翫陡觉心神清。
便欲吹箫骑大鲸，去看海上三山青。

题夜潮图

（元）谢应芳

昔余夜醉钱塘酒，看潮八月中秋后。
银山涌出海门来，潮声殷若雷霆吼。
此图之作知几年，当时景物皆依然。
云山两岸澹笼月，雪岸一江高拍天。
一观顿觉毛发立，再观秖恐衣裳湿。
扁舟渔子任掀舞，别渚鸥凫自翔集。
奔腾澎湃无足惊，人间平地风波生。
乘桴尼父果浮海，从游我欲跨长鲸。

为詹同文题浙江夜月观潮图

（明）刘基

君不见四时平分成岁功，以秋继夏独不同。
炎官挟长握天柄，七月赤日熺玄穹。
蓐收抱钺蹲白水，野气赫赫摅颓虹。
阳侯喘汗河伯喝，少昊上诉愁天公。
会须万物长养遂，斯以仲月虚宵中。

此夜姮娥魄正满，命驾四蟾骖两駥。
指挥禺强出玄渚，荡涤歊熻清霾蒙。
河汉发源牛斗下，曲江上与天津通。
初看一髪起溟㵎，如曳组练来于东。
渐闻殷驎鼍鼓发，倏忽万雷声撼风。
天吴掉尾出溟涬，马衔扬鬐招海童。
霓旌缟帐鹭羽㠉，瑶台十二浮空濛。
蕊珠仙人乘玉辂，腾驾鹤鹄飞鸏䴋。
长庚欻霍掞光耀，灵母扶龙嘷夏铜。
宓妃起舞素女从，琼珮絳繂云㔩䯻。
冰绡雾縠纷飒纚，霜旂雪旛高翳空。
鲸鱼呀呷鲛鳄遁，蒲牢哮吼冯夷宫。
瞿塘巫峡起平地，滟滪若象麕回漴。
先驱已过赤亭嶂，后从始发匌山谼。
商声爽浙合群籁，泽国凛溧寒欲冻。
先生翫月坐楼上，夜气澄寂神和冲。
凭阑快觑烦暑退，呼儿命酒浇喉咙。
自舞自歌歌自作，月照白发三千总。
歌声迤飏林壑应，竹树戛击丝与桐。
渊鱼跃波栖鸟作，紫桂邃屋清香融。
君歌曲终响未终，我歌激烈留征鸿。
瞠眙相视俱老矣，况有众病来交攻。
圣明天子御宇宙，威惠与天相比隆。
首丘傥许谢羁绊，犹有古月光瞳胧。
行当唱和三百首，永与潮汐流无穷。

李嵩宋宫观潮图

（明）张宪

磁州夜走泥马驹，卧牛城中生绿芜。

炎精炯炯照吴会，大筑钱塘作汴都。
玉殿珠楼连翠阁，七宝簾栊敞云幙。
生移艮岳过江南，不数东京旧帷乐。
茂树盘盘迷绿云，龙飞凤舞峰峦奔。
玉牀下压大江小，海水正入东华门。
木樨花开秋可数，紭紭灵鼍振天鼓。
海门一线截江来，雪壁银城昼飞舞。
吴商楚估千万艘，黄龙战船头尾高。
岂无海道走中土，长驱逐北乘风涛。
烟雾苍苍遶城郭，屋瓦鱼鳞互参错。
百万骄民事醉釂，坐使中原厌羊酪。
因循六帝不复雠，西风八月凭江楼。
攒宫人饮白骨恨，洪波不洗青衣羞。
邦基削尽师臣逐，靰道人降子婴哭。
绣胸文颈踏浪儿，反首谁能报君辱？
庙子沙头卓大旗，天吴缩颈不敢驰。
行人指塔话杨琏，三十六宫秋草飞。

题月落潮生图

(明) 张以宁

参横天末树阴收，风响芦根海气浮。
笑语渐闻灯渐近，谁家江上早归舟。

题阎立本职贡图临本（二首）

(金) 赵秉文

周王职贡朝万邦，右相丹青古无双。
好本不应天下独，解如明月印千江。

金群髳面觇天庭，《王会图》中见典刑。
已了宣威沙漠事，更烦右相写丹青。

阎立本职贡图
（金）阎长言

谔谔昌周此一书，形容龢贡写成图。
宁知右相无深意，莫指丹青便厚诬。

胡虔取水蕃部图
（元）虞集

驼车度碛辄三日，老马跑沙泉水溢。
櫜囊盛满不辞劳，徼外天山雪千尺。
君不见圣明天子恩泽多，旁及四海犹翕河。
昆虫草木感馀润，日献醴泉甘露歌。

题胡虔汲水蕃部图应制
（元）揭傒斯

沙碛茫茫塞草平，沙泉下马满囊盛。
曾于《王会图》中见，真向天山雪外行。
圣德只今包宇宙，边庭随处乐农畊。
生绡半幅唐人笔，留与君王驻远情。

题西域图
（明）陆渊

自从博望通西域，唐代诸豪最盛强。
今日玉门关外路，不须请组系名王。

题日本僧云山千里图

（明）张以宁

天东日出天西入，万里蚍鳞散原隰。
日东之僧渡海来，袖里江山云气湿。
愿乘云气朝帝乡，大千世界观毫芒。
却骑黄鹤过三岛，别后扶桑枝叶老。

题李都督朝鲜图

（明）洪瞻祖

王者安天下，终资不战功。金城图略上，青海戍楼空。
长笛关山月，寒砧木叶风。还将忧国泪，添入锦题中。

历代题画诗类卷第七

山 水 类

当涂赵炎少府粉图山水歌
（唐）李白

峨眉高出西极天，罗浮直与南溟连。
名公绎思挥彩笔，驱山走海置眼前。
满堂空翠如可扫，赤城霞气苍梧烟。
洞庭潇湘意渺绵，三江七泽情洄沿。
惊涛汹涌向何处，孤舟一去迷归年。
征帆不动亦不旋，飘如随风落天边。
心摇目断兴难尽，几时可到三山巅？
西峰峥嵘喷流泉，横石蹙水波潺湲。
东崖合沓蔽轻雾，深林杂树空芊绵。
此中冥昧失昼夜，隐几寂听无鸣蝉。
长松之下列羽客，对坐不语南昌仙。
南昌仙人赵夫子，妙年历落青云士。
讼庭无事罗众宾，杳然如在丹青里。
五色粉图安足珍，真仙可以全吾身。
若待功成拂衣去，武陵桃花笑杀人。

观博平王志安少府山水粉图
（唐）李白

粉壁为空天，丹青状江海。
浮云不知归，日见白鸥在。
博平真人王志安，沉吟至此愿掛冠。
松溪石磴带秋色，愁客思归坐晓寒。

王晋卿所藏著色山（二首）
（宋）苏轼

缥缈营丘水墨仙，浮空出没有无间。
尔来一变风流尽，谁见将军著色山？

荦确何人似退之，意行无路欲从谁？
宿云解驳晨光漏，独见山红涧碧时。

书王定国所藏王晋卿画著色山（二首）
（宋）苏轼

白发四老人，何曾在商颜？烦君纸上影，照我胸中山。
山中亦何有？木老土石顽。正赖天日光，涧谷纷斓斑。
我心空无物，斯文何足关。君看古井水，万象自往还。

君归岭北初逢雪，我亦江南五见春。
寄语风流王武子，三人俱是识山人。

题王诜都尉设色山卷后
（宋）苏辙

还君横卷空长叹，问我何年便退休。

欲借岩阿著茅屋，还当溪口泊渔舟。
经心蜀道云生足，上马胡天雪满裘。
万里还朝径归去，江湖浩荡一轻鸥。

与叔易弈不胜，赋著色山水诗一篇
（宋）李纲

将军思训久为土，龙眠道人亦已亡。
谁将丹青写山水，入我宴坐虚明膓？
峰峦迴复吐云气，林木窈窕笼烟光。
丹枫半落天雨霜，渔舟招摇静鸣榔。
野桥岩寺递隐见，浦花汀草何微茫。
江边落日尚返照，山头正作金色黄。
萦青缭白有馀态，却笑水墨无文章。
画工画意不画物，咫尺应须千里长。
具区约略贯苕霅，赤岸髣髴通潇湘。
安得仙翁一叶艇，使我超忽穷江乡。

题晋卿王晖宝绘*
（金）密公璹

顾陆张吴宝绘堂，风花雪月保宁坊。
锦囊玉轴三千幅，翠袖金钗十二行。
数笔丹青参李范，一时迁谪为苏黄。
太原珍翫名天下，旧迹犹凭古印章。

题著色山图
（元）虞集

巫山空翠湮（湿）人衣，玉笛凌虚韵转微。

---

* 此诗又题《题晋卿王诜图绘》。王诜，字晋卿。

宋玉多情今老矣，闲云闲雨是邪非？

题著色山图
（元）虞集

江树重重江水深，楚王宫殿在山阴。
白云窈窕生春浦，翠黛婵娟对晚岑。
宋玉少时多讽咏，江淹老去倦登临。
扁舟却上巴陵去，闲听孤猿月下吟。

孙宰金碧山水
（元）虞集

昔代香山避暑宫，中天积翠立芙蓉。
云生金水三春柳，露滴银牀五粒松。
飞瀑桥长通窈窕，断堤人倦立从容。
旧时行处今看画，烟雨楼台晚更浓。

冯秀才伯学以丹青小景山水求题
（元）张翥

沙禽毛羽新，来往采桑津。野水碧于草，桃花红照人。
裴回远山莫，窈窕江南春。芳思不可极，悠然怀钓纶。

题陈氏所藏著色山水图
（元）贡奎

独卧晓慵起，梦中千万山。推牕烟云满，一笑咫尺间。
嫣嫣美人妆，金碧粲笄鬟。素波净如镜，绿蘋点溪湾。
美哉笔墨工，貌此意度闲。孤禽立圆沙，渔舟远来还。
我方厌阓市，坐对忘朝餐。安得林下扉，深居长掩关。

题赵千里临李思训金碧山水

（元）陈基

山上白云朝暮生，杂花流水总关情。
相思把笔题《招隐》，千尺长松独鹤呜。

题柏仲节所藏钱舜举金碧山水

（元）钱惟善

浩荡鸥波万里春，回头车马九衢尘。
往来共载乘鱼客，揖让相逢化鹤人。
苕霅溪山浮紫翠，蓬莱宫殿涌金银。
桃花流水知何处，犹有征夫远问津。

题玉山中所藏赵千里画金碧山水图

（元）张天英

天上白云满空谷，树下三间两间屋。
玄晏先生不出门，自检残书手中读。
醉翁斜带紫纶巾，过水呼童御黄犊。
犊之背乐不可言，王孙写入冰绡幅。
君不见戎车满战场，秦王失其鹿。
笑杀当时园绮翁，白头去事隆準公。

书金碧山水

（明）王恭

群峰绚金碧，积水澄天镜。丛木生夏凉，孤云破朝暝。
波深鱼鸟同，地远衣冠胜。意惬遂忘机，神间〔闲〕庶遗境。
扰扰尘坌中，吾将弄烟艇。

题金碧山水

（明）于谦

溪山疎雨歇，水木散清阴。樵唱知何处，白云深更深。

金碧山水图

（明）曹介

唐朝以来画金碧，小李将军称绝奇。
流传所见恨不广，真蹟往往人间稀。
此景何人之所作？老眼授挈看宛若。
群峰削翠撑晴霄，一水流银出丹壑。
初疑武陵溪，桑麻夹岈花枝低，
渔郎昔日访奇处，回首但见苍烟迷。
又疑天台山，桃花流水非尘寰，
仙人刘阮采药去，虹桥一断难跻攀。
我生胡为在尘市，一见青山心独喜。
拂衣便欲归故乡，高卧溪堂看云起。
觞我酒，絃我琴，高山流水谁知音？

题金碧山水

（明）李孟潴

雨馀山色暖凝春，人掩柴门卧夕曛。
江上图书和月载，山中鸡犬隔烟闻。
东风瑶草香初满，流水桃花路不分。
此处仙源知不远，底须骑鹤访茅君。

题金碧仙山图

（元）张渥

丹崖翠壁五云间，此日蓬莱第一山。

笑指碧桃花发处，玉鸾曾载月中还。

仙山图（为赵彦昭赋）

（元）朱德润

崆峒之山戴斗极，叠嶂横陈开碣石。
翠崖丹磴互低昂，複阁层栏转空碧。
碧桃花落笙声幽，双成吹玉彩凤讴。
跨凤腾云去无迹，清猿啼断层崖秋。
霞光隐映山长在，寰海茫茫隔烟霭。
旧游仙侣漫招呼，误落人间几千载。
吴争越战何可数，束书欲问桃源路。
画图空见避秦人，隔水渔郎不相顾。

题仙山图

（元）郭翼

三峰鳌背起中央，绣栭涂榱白壁堂。
秦观东南摇海色，蓬壶晓夜发天光。
五芝烟里游群凤，巨胜华边卧白羊。
□□*宴门双玉鴈，凭陵八极俯茫茫。

题仙山图

（元）郑韶

华盖诸峰积翠遥，中天楼观涉（陟）岩巉。
白云窈窕生晴谷，春渚微茫落莫潮。
归鹤只棲玄圃树，幽人时过赤阑桥。
相逢愿接飞霞佩，早晚飙车会见招。

---

* 原本所阙二字，有作"遥指"者（陈半丁题画诗）。

题画仙山
（明）王景彰

闻说蓬莱水已枯，懒从海上拾珊瑚。
山前石烂云生母，天际禽飞雪作姑。
三尺清冰雷焕剑，一杯元气长房壶。
此中尽是琼林侣，何事年来不寄书？

郭忠恕仙峰春色图（四首）
（元）黄公望

闻道仙家有玉楼，翠厓丹壁邈芳洲。
寻春拟约商岩叟，一度花开十度游。

仙人原自爱蓬莱，瑶草金芝次第开。
欸乃櫂歌青雀舫，逍遥响屧凤皇台。

春泉濊濊流青玉，晚岫层层障碧云。
习静仙居忘日月，不知谁是紫阳君。

碌碌黄尘奔竞涂，何如画里转生孤。
恕先原是蓬山客，一段深情世却无。

郭忠恕仙峰春色图
（元）吴镇

层轩缭遶绿云堆，坐挹空青落凤台。
一石负鳌三岛去，九峰骑鹤众仙来。
越南翡翠无时见，洞口蔷薇几度开。
春去春来花木好，溪头时听棹歌回。

题高元德三山图

(明) 张以宁

我别三神海上之群仙,海水清浅三千年。
狂吟醉倒不归去,碧桃飘雪春风前。
使君此画非人间,令我把翫心茫然。
六鳌蠃屃戴坤轴,鼎立其下根株连。
曾(层)峰俯视扶桑日,老树远入苍梧烟。
崩崖鬼斧怒劚断,白虹喷雾飞奔泉。
绿阴沙际行人立,渔舟天末来翩翩。
石桥苍藓滑去马,似听流水声潺湲。
云深路绝乔木古,忽入小有仇池天。
楼台明灭翠远近,红雾蓊郁蛟龙缠。
我疑金银宫阙此景是,中有陈抟犹醉眠。
欲呼白鹤跨之去,平生未了名山缘。
明当拂衣卧松石,石室共读青苔篇。

朝天宫观方道士所画三山图(三首)

(明) 袁凯

东流弱水不胜尘,汉武楼台空自陈。
欲借横江孤鹤去,须凭南岳魏夫人。

巨鱼出没浪波腥,东望三山路杳冥。
安得秦皇射蛟手,为操强弩下沧溟。

方壶少小学为仙,笔底三山岂偶然。
见说麻姑头总白,不知何用得长年。

方壶云山烂熳图（同胡士恭博士题）

（明）苏伯衡

我家海岳之画图，乃是小米手所摹。
丹崖翠壁走云气，北连恒碣南衡庐。
长风中来吹不断，疑有鬼物阴卷舒。
石林倏开复冥漠，雷雨欲至愁魌魖。
分张尚觉天地窄，惨淡直与造化俱。
斯人一去三百载，流传笔力到方壶。
旧闻仙岩二十四，云牕雾牖仙者都。
锦溪朝朝玉气合，琼林夜夜丹光嘘。
方壶挥毫托真趣，生纸染出才尺馀。
天高不见青鸟下，树老仍有玄猿呼。
上清羽士欣入手，珍重不减千明珠。
展观使我长太息，如此云山何处无。
武陵桃花春正开，淮南桂树秋不枯。
强颜笑傲金马署，嗟我岂是东方徒。
乞归何幸优诏许，远游便以云为车。
苍梧既酹虞帝墓，会稽更探神禹书。
左攀东海若木枝，右折西华青芙蕖。
寻真径度弱水去，飞行安用卭杖扶。
岂无清泠可洗耳，亦有沆瀣堪充虚。
我自持盃酌阿母，谁能搔痒招麻姑？
鬓发不受皓雪变，日月任使跳九如。
玄圃罗浮若邂逅，拟出海岳相欢娱。

题画山水

（唐）杨汝士

太华峰前是故乡，路人遥指读书堂。

如今老大骑官马,羞向关西道姓杨。

水墨山石

(唐)方干

三世精能举世无,笔端狼藉见功夫。
添来势逸阴崖黑,泼处痕轻灌木枯。
垂地寒云吞大漠,过江春雨入全吴。
兰堂坐久心弥惑,不道山川是画图。

题画石山

(唐)徐铉

彼美巉岩石,谁施黼藻功?回岩明照地,绝壁烂临空。
锦段鲜须濯,罗屏展易穷。不因秋藓绿,非假晚霞红。
羽客藏书洞,樵人取箭风。灵踪理难问,仙客去何通。
返驾归尘里,留情向此中。回瞻画图畔,遥羡面山翁。

画山(三首)

(宋)邹浩

几年密与画山邻,今日归航驻水滨。
天亦有心酬我愿,敛云收雾日光新。

三峰阔展映天长,大巧由来未易量。
我欲移归殿前去,万年千载对君王。

堆成屏障几千春,洗雨吹风转更明。
应是天工醉时笔,重重粉墨尚纵横。

观画山水

（宋）陆游

古北安西志未酬，人间随处送悠悠。
骑驴白帝城边雨，挂席黄陵庙外秋。
大网截江鱼可脍，高楼临路酒如油。
老来无复当年快，聊对丹青作卧游。

题山水横看（二首）

（宋）范成大

生烟漠漠水漫漫，老柳知秋渡口寒。
尽是西溪肠断处，凭君将与故人看。

霜入丹枫白苇林，横烟山远暮江深。
君看鴈落帆飞处，知我秋风故国心。

题画小山

（宋）朱子

飞来小陂陀，未雨已滂濞。荒此定何人？苏公有遗记。

题山水卷（四首）

（元）钱选

目穷千里笔不到，自是馀生坐太凡。
一日兴来何可遏，开缄写出碧岩岩。

江南北苑出奇才，千里溪山笔底回。
不管六朝兴废事，一樽且向画图开。

烟云出没有无间，半在空虚半在山。
我亦闲中消日月，幽林深处听潺湲。

胸中得酒出孱颜，木叶森森岁暮残。
落墨不随岚气暝，几重山色几重澜。

题山水手卷
（元）吴澄

家在江南山水邨，黄尘陌上两眸昏。
偶然此景梦中见，归路迢迢欲断魂。

题山水
（元）揭傒斯

野艇来无数，山桥度有三。寒云依古寺，落木带羸骖。
回首重重变，幽寻处处堪。平生双眼力，江北复江南。

山间山水手卷
（元）欧阳玄

十年京国看图画，半幅云烟亦恼侬。
今日身行屏障里，却思移住最高峰。

山水（三首）
（元）吴镇

闻有风轮持世界，可无笔力走山川。
峦容尽作飞来势，太室居然掷大千。

古藤阴阴抱寒玉，时向晴牕伴吾独。
青青不改四时容，绝胜凌霄倚凡木。

忆昔相逢武水头，行行送上木兰舟。
遥怜落日蒸溪上，野色风声几许愁。

山　水
（元）陈樵

青山如髻树如麻，茅屋青帘认酒家。
侵晓一番飞雨过，满川流出碧桃花。

山水小幅
（元）吴师道

苍嶂秋云更白，青林霜叶偏红。
江南八月九月，人在诗中画中。

题画山水
（元）贡性之

山水东南胜，游遨岁月迁。登高频折屐，载月屡移船。
镜水荷花里，秦云岭树边。猿偷霜果下，鹿借石牀眠。
野趣闲谁适，诗怀静自便。洞深通窈窕，涧曲写之玄。
采药时逢虎，看棋或遇仙。僧留题竹字，鹤避煮茶烟。
捷径惟增愧，移文只浪传。种桃春万树，别有武陵天。

题山水景（二首）
（元）吴志淳

十年小隐在青山，喜有东湖屋数间。
门外白云常在眼，此身浑似钓舟闲。

小舟何处问通津，二月东湖柳色新。

老向天涯频见画，一枝曾折送行人。

题画山水

（元）马臻

连山转迥溪，众木参差列。上有不动云，练练积苍雪。
写此清旷心，浩荡入寥泬。所以冥栖士，终身慕高洁。

题画山水

（元）马臻

卓荦老气吹苍寒，太古屹然天地间。
恰似秋风万里至，白云飞动终南山。

题画山水（二首）

（元）张天英

海岳菴前万顷云，高深显晦属谁分？
不因此老淋漓墨，那得溪山在练裙。

画史谁如此老颠，能融笔墨写山川。
青林白石江南路，何处堪畊二顷田。

题画山水

（明）刘基

澹澹轻烟羃半林，涓涓飞瀑泻遥岑。
偶然坐石观流水，不记还山路浅深。

题山水小画

（明）刘基

谿上春始还，微波动芳屿。树暖欲生烟，山明初过雨。

美人期不来,桂楫怨兰杜。伫立忽怀愁,渔歌起洲渚。

题山水小画(二首)
(明) 刘基

鄂渚轻舟未发,潇湘倦客多愁。
可恨一江春水,无情日夜东流。

碧草桃源路断,紫芝商岭云深。
高树月明啼鴂,一声一度伤心。

题画山水(二首)
(明) 张以宁

云渺渺,水依依,人家春树暗,僧舍夕阳微。
扁舟一叶来何处,定有诗人放鹤归。

烟暝起,雨踈来,溪树阴多合,岩花湿更开。
安得身闲似鸥鸟,尽情飞去亦飞回。

题山水画
(明) 镏崧

小山削玉抟空青,大山错绣开帷屏。
划然千丈崿壁立,下有流水当高亭。
亭中幽人颜色好,城市何年迹如埽?
长江日落澹浮云,极浦春回满芳草。
深林窈窕仙路遥,谷口雪明双板桥。
便攜绿玉上绝顶,闲听松风吹洞箫。

题山水画

（明）镏崧

江上青山山外峰，水边亭榭记行踪。
天垂瀑布青云断，日射沧波紫雾重。
松掩鹤巢翻薜荔，柳欹渔艇并芙蓉。
抱琴已叹归来晚，何事幽人独不逢。

题山水画

（明）镏崧

瀑布双垂下，屏风九叠张。波光混彭蠡，山势似浔阳。
松坞栖茅屋，枫林带石梁。扁舟如可具，吾意在沧浪。

题山水小景

（明）镏崧

倚石群松秀，横江五柳繁。水侵陶令宅，山掩谢公村。
浴鹭依晴桨，啼莺近晚尊。乱馀宁复比，展卷一消魂。

题山水小帧

（明）张适

秋林雨过云犹湿，绿莎亭子小于笠。
渔郎欲来犹未来，隔隄惊起双鸂鶒。

题山水

（明）罗荣

碧嶂秀重重，岩峣逼华嵩。雨淙孤壑应，云壁小蹊通。
呼酒三邨社，藏书一畎宫。山深人不见，花鸟领春风。

题山水

（明）范宗晖

初日照云林，寒泉落风磴。缅怀尘外踪，悠然动秋兴。

题山水

（明）方孝孺

离家今几载，衣袂染京尘。不敢看图画，青山恐笑人。

题山水小画

（明）程本立

太湖三万六千顷，七十二峰湖上山。
草阁酒醒风雨过，棹歌声在水云间。

题山水

（明）解缙

溪山有逸趣，苍崿凌紫烟。远峰落天半，中有飞来泉。
苍茫楼观出林杪，丘园四顾居人少。
夕阳往往见渔樵，古树阴阴乱啼鸟。
望中峰高云锦张，如此溪山犹故乡。
玄潭观里三峰出，白鹭洲边二水长。
碧梧翠竹连江岸，菊潭秋屿花争乱。
好景偏宜白日游，年华每被青春换。
寄语溪山如有情，氤氲佳气常锺灵。
山中美酒置千斛，待我归来寻旧盟。

题山水

（明）王达

一曲清琴酒一卮，烟萝赢得任栖迟。

千峰黛色岚消后，十里菱花子结时。
水气入楼人不觉，秋声到树鹤先知。
世无谢朓谁同语，对画空成万古思。

题山水小景
（明）李昌期

野外少人躅，值此佳日迟。偶与二三友，游观赋新诗。
青松蔼繁荫，碧草含华滋。逍遥恣言笑，童穉亦娱嬉。
济济炫春服，悠悠咏清沂。兹欢恐难再，兴尽以为期。

山水小景
（明）薛瑄

湖水茫茫浪拍天，春风湖上有人烟。
小楼半在花林内，簾捲青山看钓船。

题山水（四首）
（明）赵迪

几家茅屋水边邨，花落春潮夕到门。
溪上数峰青似染，居人说是武陵源。

江上千峰紫翠浮，松门苔迳映清流。
茅堂雨绝湘簾暝，卧听空山一夜秋。

九疑如黛暮云间，帝子何年去（去）不还？
唯有秋猿听不尽，萧萧寒雨万重山。

流水人家洞里幽，清猿古木思悠悠。
别家几度藤萝月，闲却瑶琴石上秋。

题山水人物

(明) 赵迪

德星堂倚碧山隈，乔木萦纡曲涧迴。
萝迳乱侵红叶满，松扉不掩白云来。
深秋庭发黄金桂，积雨阶生碧玉苔。
千嶂停云修竹暝，孤琴候月绮牕开。
夜凉醉倚岩前瀑，香暗唫（吟）馀雪后梅。
谷口幽期时怅望，辋川佳兴偶徘徊。
溪声梦入寒猿断，鸟影愁将夕磬催。
佳句多情追沈谢，闲居有赋胜邹枚。
珠林落景明牕户，翠壁飞花入酒杯。
泉石趣幽依枕席，芝兰香霭近樽罍。
鸟声闲对云间榻，林影青浮江上台。
即此端居人境外，更须何处问蓬莱。

题山水（二首）

(明) 商辂

别墅楼台俯碧湾，柳阴深处隔尘寰。
主人无限登临趣，都在烟云出没间。

绿柳成阴化日舒，扁舟出水胜安车。
高人罢钓沉思处。志在经纶不在鱼。

山水画

(明) 刘珝

江上好山开画屏，山上古木参空青。
飞流直下几千尺，征鸿南去秋冥冥。

津口谁人远呼渡,桂楫摇摇那肯顾。
飘然谢却名利场,海阔天高何所慕。
君不见轮蹄衮衮红尘中,五侯七贵徒称雄;
何如此客沧江上,一曲高歌山水风。

山水画
（明）刘珝

层峦叠嶂高嶙峋,青溪碧涧波粼粼。
堂亭寺观不知数,市廛隔断无纤尘。
迢迢有客泛孤舫,一苇凌空放双桨。
俨如仙子御风行,烟霞中间互相访。
依稀疑是终南山,坐者揖者咸衣冠。
采药每将巾舄湿,共谈那解天壤宽。
是谁好事留斯迹,安得其间一栖息?
瞻彼春空一片云,为霖有意人难识。

题山水
（明）丘濬

山色空濛树色深,人家住傍碧溪浔。
半江月照天在水,五月风来秋满林。
遯世独输高士隐,披图因见昔贤心。
人间何处有此景?我欲因之寄越吟。

画山水
（明）李东阳

山家住在云深处,眼见云来复云去。
朝随爽气入空山,夕变浮岚挂高树。
蒙茸艸色迷东西,石路崎岖高复低。

槿花成篱竹为障，中有幽人屹相向。
芒鞯铁杖乌角巾，白头双鬓何缤纷。
来时似带林霏湿，坐久不知山日曛。
门前落叶多仍埽，故人相期苦不早。
杳霭疑无远寺钟，咿哑忽有中流櫂。
危桥雨过苔应滑，后圃花残人未老。
若邪云门未可登，天姥匡庐梦空到。
乾坤浩荡真无极，诗话一灯青未了。
绝胜王郎兴尽时，扁舟载雪山阴道。

题画山水

（明）周用

江头群树绿参差，老子乘舟似有期。
于今莫向山阴去，赤汗黄尘不及时。

山水画

（明）严嵩

长松拂云生昼寒，沙上草阁俯江湍。
幽人竟日少尘事，白鸟青天倒倚阑。

画山水

（明）何景明

蜀溪捣纸明如练，并州剪刀碧云断。
抽毫作绘谁所为？华堂粉壁光凌乱。
枳花竹叶春江曲，江头无人水空绿。
迤逶石迳林中出，草碧沙明净江日。
欲觅秦人武陵下，不见溪边种桃者。
高楼窈窕锁烟雾，只疑行尽潇湘路。
潇湘却忆旧时游，纸上烟波生暮愁。

写山水

（明）陈鹤

夜来风雨恶，落叶打柴关。晓起敞溪阁，乱云犹在山。

题山水小景

（明）陈炜

江冷水溶溶，群山紫翠重。村孤茆屋小，树隐白云浓。
野渡横归棹，深林起梵钟。天涯尘跡久，何处觅仙踪？

题画小幅山水

（明）李日华

晃目江沙细烟翠，伴吟崖柳醉霜红。
秋来活计无多子，健脚闲身硬节笻。

题写山水小帧

（明）李日华

自爱南坡笋蕨鲜，一春仍贮卖花钱。
琴翁酒伴如相问，只在疎林秀石边。

题山水

（明）葛征奇

深院无人自埽花，隔邻啼鸟亦山家。
闲磨墨汁供生事，竹里敲枰日未斜。

题山水

（明）葛征奇

学得倪迂画里禅，松风谡谡自萧然。
与君对坐看云起，一日能消几百年。

历代题画诗类卷第八

山　水　类

山水图
（元）刘因

树重云光湿，峰寒晓气清。抱琴人欲往，门暗客相迎。
冻雨生寒溜，深云倚怪藤。蹇驴吟不得，指点墨千层。

山水图
（元）程钜夫

谁能如此住，相对两忘情。屋上青山色，牕前流水声。

题画山水图
（元）吴澄

一掬山川掌握中，人间何处不清风。
水边林下千年意，万里扁舟五畎宫。

题山水图
（元）吴澄

远树疏林映晚霞，江心鴈影度平沙。
谁人写我邨居乐，付与岩前处士家。

山水图
（元）袁桷

高阁何人傲独醒，苍松流水倍分明。
绝怜艇子摇山影，犹与行人管送迎。

山水图
（元）马祖常

石壁云生树，江涛雨闇船。居人属仙籍，长负免丁钱。

山水图
（元）虞集

汎舟桑落浦，望见香炉峰。野水常欹树，山云不碍钟。
桃源携客觅，松径与僧逢。为托荆关辈，添予九节筇。

山水图
（元）揭傒斯

幽人无世事，高卧谢浮名。山崦晴时出，溪流尽处行。
还闻有渔钓，相问扣柴荆。不埽门前路，莓苔满地生。

山水图
（元）黄溍

老树无阴石有稜，乱山高下白云层。
梦中犹识江南路，惟恨舟人唤不譍。

山水图
（元）贡师泰

前山后山云乱起，山脚入溪清见底。

溪南更有山外山，散如浮尘聚如米。
老枫枯栎叶纷纷，下有人家深闭门。
钓丝欲收风浪急，却回双艇来篱根。
老翁曳杖行伛偻，一童负樵一童斧。
笔端意度尽神妙，卷里衣冠自淳古。
商周寂寞经几秦，后来莘渭宁无人？
茫茫耕钓去不已，武陵竟隔桃花春。

山水图
（元）贡师泰

孤峰直出青天上，乱瀑斜飞白石间。
老我江湖归未得，何人解写敬亭山？

山水图
（元）丁复

飞流怒触青厓急，倒树斜欹白涨深。
峡日晓晴生雨气，石林寒色起春阴。
岂无百丈牵江上，应有孤猿恼客吟。
行路人间尽艰澁（涩），未应小米亦关心。

题山水图
（元）李祁

青山千仞耸高秋，山北山南水乱流。
欲访川源无路入，钓鱼人在碧溪头。

题山水图
（元）涂颖

忆昔滦阳八月归，北风吹雪洒秋衣。

枪竿岭上停车望，万木萧萧落叶飞。

题山水图
（明）刘基

江上何所有？高低千万峰。结庐覆以茅，取足聊自容。
绿树既蓊郁，清溪亦油溶。地僻无车马，猨鸟多相从。
日落沙际明，寒烟澹疎松。苍茫云霞外，隐见青芙蓉。
悠然一舸还，好景时独逢。归来山月出，古刹鸣昏钟。

题山水图
（明）张以宁

山水坐来得，翛然无俗氛。碧岩虚夜月，江树静秋云。
鸟影似犹见，猿声疑或闻。自怜归未许。遥忆武夷君。

山水图
（明）解缙

几多闲士拜金銮，前代王孙未作官。
山水春游如此好，贵人只许画中看。

山水图
（明）林环

青山几里入烟霞，杖屦寻春未觉赊。
流水小桥邨路晚，隔林应有野人家。

山水图
（明）陈辉

危峰东南来，气势何磅礴。下有幽人居，投情在丘壑。
山云簷下宿，瀑布空中落。境静神自舒，地偏心亦乐。

野桥带行客，孤琴引双鹤。日夕候相过，烟雾有深约。

山水图

(明) 陈爌

筑室武陵溪，溪村绿树迷。人寻芝术去，松借鹤猿栖。
问诀维仙棹，看山倚杖藜。披图豁心目，吟度石桥西。

山水图

(明) 赵迪

苏耽昔隐处，落日惟孤云。青山丹灶前，橘井香氤氲。
湖光林际断，岚气霞外分。仙源不可即，清思徒纷纷。

山水图

(明) 郑关

迢迢江上云，杳杳云边树。云光与树色，染映如朝雾。
泉响岩壑秋，帆归海天暮。恍惚月明时，轻舟浣溪渡。

山水图(二首)

(明) 商辂

江上群山翠欲流，扁舟闲系渡东头。
抱琴远访知音去，载酒同招野老游。
一段风流如洛社，四时佳致胜瀛洲。
太平处处人行乐，何用兰亭稧(禊)事修。

云山重叠树高低，景色苍茫望欲迷。
江上有舟人荡桨，林间无路石成蹊。
柴门昼掩车尘杳，茅屋春来野鸟啼。
昭代征贤勤束帛，高才未许学幽栖。

题山水图（三首）

（明）商辂

画师盘礴作笔势，埽出江山数千里。
崔嵬绝巘欲摩空，髣髴高岩起云气。
浮云开处见山骨，紫翠重重净如洗。
飞泉落涧听无声，幽谷含春如有意。
武陵此去疑不远，似有桃花出流水。
隔江依柳起凉亭，开牕面此云山青。
客来相对坐忘倦，似说平生遗世情。
我观斯图坐叹息，清时谁肯终泉石？
桑弧蓬矢作男儿，竹帛千春照芳蹟。
君不见当年伊尹耕有莘，幡然一出安斯民。

生绡一幅高堂上，髣髴名山势千丈。
云霞变态不可名，掩映长留万古青。
层冈叠岫断复续，怒虎奔龙起还伏。
廓然天雨放初晴，万壑千崖潄（漱）寒玉。
云山峩峩何壮哉，珠林物外无纤埃。
长松百尺出幽涧，飞桥横跨山之隈。
攜琴曳杖者谁子？疑是山中招隐回。
君不闻蓬莱山三峰，敻绝非人寰，
计来三千馀万丈，惟有飞仙日往还。
龙眠画笔夺造化，仙界移来指顾间。
公馀杜门无一事，坐对斯图心自闲。

前山磊磊攒苍翠，后山叠叠连空起。
古木千章不记年，亭台隐约清阴里。

谁人乐隐硕且宽，山根林下成盘桓。
幽寻不见山路远，回首身在青云端。
微茫远水接天际，扁舟一叶横江干。
得鱼沽酒向何处？遗此万顷玻璃寒。
倏然云散天风静，山色如蓝水如镜。
良工墨妙如有神，布出其中无限景。
名山胜水殊天然，此地疑与天台连。
採山钓水各忘虑，斯人莫是桃源仙？
与君同为江南客，万里迢遥住京国。
江南山水惯追寻，披图恍若亲曾历。
劝君斯图好珍惜，异日还来访真跡。

山水图（四首）

（明）商辂

浮云积翠山稜层，烟波浩渺沧江横。
就中风景如武陵，又疑方壶与蓬瀛。
高人妙得丹青趣，展素挥毫若神助。
岩崿峭绝泻飞流，岚岫溟濛锁云雾。
枫榆夹岸羊肠邃，渔舟荡漾忘昏晓。
人间何处有此境，愿一登临散怀抱。

苍崖万仞高插天，银河直与南溟连。
画工绎思写缣素，天涯地角来笔端。
晴峦晓嶂空翠湿，水色湖光渺无极。
依稀远树含紫烟，隐隐平林带秋色。
梦中忽向君山游，君山一髪青如虬。
觉来披图赋新句，潇湘云梦清气浮。

天下几人画山水，王维之画世无比。
生绡一幅垂中堂，咫尺应须论万里。
十日五日一山水，云水飞动山盘郁。
孤峰绝壑结茅茨，渔舟出没秋江夕。
问君何从得此图，爱之不啻如拱璧？
还君图兮赠君作，白云回首暮山碧。

谁写江山妙莫比，远岫危峰向天起。
想当濡墨挥洒时，无限风光归笔底。
若浓若淡山嶙峋，欲断不断云纵横。
万壑千岩势幽绝，罗浮姑射徒为名。
青林远近不知数，林下山房启晴户。
今君鹄立云霄端，疑是当年读书处。

山水图

(明) 商辂

山间景物四时同，松柏森森紫翠中。
案上书编闲白日，帘前花影动春风。
小桥静看行人过，野寺遥从曲径通。
辟谷他年如有分，肩舆还拟觅仙踪。

山水图

(明) 刘珝

老龙夜泛东溟侧，汹涌西来成朏朒。
层峦叠嶂护苍烟，浩荡江湖凝黛色。
垂流飞瀑交玎琤，山光水影含姿容。
渔艇纵横远复近，飞鸟灭没江天空。
方恨无缘结鸥鹭，画中忽阅沧洲趣。

颇觉良工独苦心,天机盘礴精毫素。
忆自浑沌初开时,乾清坤浊分两仪。
其中消息杳难见,至今渣滓称神奇。
画工那知此,吾儒应自识。
滚滚浮云变古今,濛濛碧雾生朝夕。
尝闻人世有天台,又闻仙境有蓬莱。
赤城霞岭空崔嵬,卖药老生安在哉?
百年踪迹婴尘埃,轩车却畏清猿猜。
青山绿水应无媒,日暮怅望云裹回。
安得长风九万里,明月五湖归去来!

山水图

(明)张宁

水车声急绿阴肥,水漫渔罾白鸟飞。
斜日照林停晚牧,新蒲近渚映春衣。
采莲歌唱时将及,竞渡风光事已非。
望断五湖舟去远,月明应有市船归。

题山水图

(明)丘濬

昔年栖迹云林下,举头见山不见画。
如今置身朝市间,开眼见画如见山。
山邪画邪孰真假,具眼之人世间寡。
景当好处皆起楼,趣到佳时急驱马。
居山不见山中佳,厌饫林壑轻烟霞。
一朝别山出城市,黑风黄日昏尘沙。
广庭曲巷通幽处,垒石栽花脩胜具。
眼中髣髴虽逼真,毕竟人为靡天趣。

回思旧隐隔世间，欲一见之千万难。
残缣断素才咫尺，倾囊倒箧不复悭。
君从何处得此幅，千里云山数间屋。
远山淡淡横翠眉，近山亭亭削青玉。
山头处处飞白云，树头树尾晴轮囷。
平林忽断天光露，暝色遥连雨气昏。
苍苔白石羊肠路，平麓盘盘几家住。
就中老人华阳巾，手把琼枝滴清露。
山光水色相渺䌷，渔舟泛月江吞天。
长风浩浩起天末，高堂白日生云烟。
兴来却忆竹鹤老，见画何如见山好。
人生即景须尽欢，寻仙何必蓬莱岛。

山水图

(明) 李东阳

鹅溪练色如江色，幻出山青与云白。
山前杂树岂知名，云际高楼不论尺。
幽泉无声深谷窈，下作寒潭浸空碧。
只应车马隔尘氛，但有扁舟系沙侧。
溪头老渔何处归，手持轻橹背斜晖。
茅堂欲到恐未到，日暮山云空湿衣。
西岩两翁共巾屦，应在深山更深住。
南溪芳草北溪花，遥指平生钓游处。

山水图

(明) 魏时敏

看画情偏远，题诗兴不悭。渔舟归晚浦，僧舍隔秋山。
树色微茫里，钟声杳霭间。何年谢尘鞅，结屋此中间。

题山水图

(明) 章珍

南山春雨晴,西溪春水满。孤舟钓夕阳,沙明绿蒲短。

题山水图(用董尚矩侍读韵)

(明) 林瀚

穷通世事坐谈间,自古龙鳞不易攀。
碧涧有声尘虑净,白云无恙我心闲。
琴牀昼拂松边石,诗景春搜雨后山。
绝少轮蹄逢此地,故人霄汉几时还?

山水图

(明) 陈思济

数里平沙接远邨,千重乔木荫柴门。
可人最是沧洲晚,潮落依稀见水痕。

山水图

(明) 僧宗泐

危峰削玉出云端,仙馆霜清古木寒。
记得匡庐秋雨后,彭郎湖口倚篷看。

山水图

(明) 僧宗泐

绿水青山茂苑西,荷花开徧越来溪。
渔郎荡漾湾头去,五月深林谢豹啼。

高山流水图
（元）贡性之

山云飘萧山月凉，溪风飒沓溪流长。
山水遗音秋满耳，似与琴响参宫商。
若人领此山水胜，谩讬冰絃寄幽兴。
天空自觉响逾寂，指落先与心相应。
音传今古知者稀，孰云举世惟钟期。
仰天为尔一长啸，音兮琴兮知不知？

默翁溪山横幅（默翁，庞都运才卿自号。）
（金）史学

五云雏凤下辽天，来作金銮翰墨仙。
诗酒偿残莺馆债，简书熏破鹿门禅。
自怜岁月尘中老，尽揽溪山笔底传。
短草疏林秋一幅，典刑人物记当年。

题武秀才湖山图
（元）陈旅

问君何处结茅屋？只在湖山绿树边。
岩迳每留居士屩，沙湾时舣孝廉船。
采兰秋渚吟芳夕，斸笋春林坐暖烟。
我亦梦骑黄鹄去，芙蓉峰外水如天。

题溪山图
（明）陈汝言

峰峦清翠高千丈，织女机丝手可攀。
万壑云生春冉冉，一溪花落水班班。

人行樵径苍萝里，犬吠谁家绿树间。
今日看图怀旧隐，石田茅屋几时还？

题刘吏部溪山图
（明）蒋冕

金碧溪山翠作林，茅斋潇洒百年心。
庭前鸣鹤趋迎客，水面游鱼出听琴。
白石清泉同谷口，茂林脩竹似山阴。
披图髣髴如曾见，颇觉良工用意深。

题王叔明溪山图
（明）陈汝秩

前身实是王摩诘，黄鹄溪山似辋川。
薜荔十寻悬绿树，芙蓉千仞倚青天。
长歌不用来招隐，闭户当应疏草玄。
怪底西流波浪恶，披图莫上五湖船。

崔山人百丈崖瀑布图
（唐）李白

百丈素崖裂，四山丹壁开。龙潭中喷射，昼夜生风雷。
但见瀑泉落，如潈云汉来。闻君写真图，岛屿备萦迴。
石黛刷幽草，曾青泽古苔。幽缄倪相传，何以向天台？

碧潭和尚飞瀑图
（元）华幼武

春来曾谒赞公房，禅榻云深郁妙香。
三伏炎蒸见图画，石泉飞雪洒清凉。

题春山飞瀑图

（元）释良琦

忆昔东留雪窦寺，寺门瀑布两峰悬。
银汉翻涛迸落地，玉龙破山飞上天。
洗盏每临春涧曲，繙经时坐古松前。
披图不觉尘梦醒，日暮空堂生海烟。

题瀑布画

（宋）刘宰

洩云澒洞遮山腹，古木槎牙缭山足。
举头百丈泻寒泉，知有高峰插天绿。

瀑布图

（明）张宁

绿阴庭宇生南风，醉倚曲栏幽思浓。
平生不到水簾洞，一坐便忆香炉峰。
怪来诗思清人骨，水草林花助萧飒。
烟霞满地暮忘归，长啸一声山月白。

飞瀑图

（明）陈继儒

初夏雨新晴，浓阴没石齿。空岩雪瀑飞，中有巢居子。

题李盘泉卷

（元）吴师道

山中百岁老，曾见辟雍流。懒说前朝事，清泉照白头。

吴伟飞泉画图歌

（明）何景明

长安独过田子舍，留我一觇飞泉画。
绝壁如闻风雨来，晴天安得蛟龙掛。
吴生跌宕得画理，潦草落笔皆可喜。
飞泉却出沓嶂间，山即真山水真水。
客堂六月生昼寒，耳中髣髴高江滩。
源潭窈窕不可测，波浪淘涌多奇观。
泉边二老颜色异，偶坐似是庄与惠。
万里谁论到海心，百年讵识临渊意？
伟哉田子今儒宗，文标南指匡庐峰。
不须对此更惆怅，会观瀑布青天上。
杉风松日隔缥缈，云泷雪濑何雄壮，我常梦往神空向。
岂无吴生好手笔，为我写寄庐山障。

题长泉图

（明）廖道南

云门山中石巃嵸，飞泉百尺如虹龙。
小舟簑笠带烟雨，何处济川来此翁？

题厓瀑图

（明）僧宗泐

飞瀑洒寒水，危梁跨碧层。天涯图里看，头白未归僧。

历代题画诗类卷第九

山 水 类

题詹仲信所藏米元晖云山图
（宋）陆游

俗韵凡情一点无，开元以上立规模。
镜湖老监空挥泪，想见楚江清晓图。

题择菴云山图
（元）牟巘

老圆画里也藏机，云抹前山冻不飞。
寸许塔尖何处寺？扁舟腊日访僧归。

南宫老仙云山图
（元）王恽

南宫玉堂春昼晴，琐牎雾垂幽思清。
先生胸次几丘壑，淡墨落纸诗无声。
白云灭没春山碧，万木淋漓元气湿。
风烟自昔鹿门深，似爱庞公不浪出。
襄阳云卧思怡悦，不为浓纤争巧拙。
虚堂生白定何如？王气柱空虹贯月。

题小米云山

（元）龚璛

分流冈下石门湾，日日白云如此山。
薄莫米坟松枥暗，扶筇曾与一僧还。

（元章以下数世，皆葬分流东西。东为石门，则予先陇所在也，故云。）

王洽云山图（并序）

（元）邓文原

  王洽为百代云山之祖，故米氏父子皆由此出，何况易世之后乎？善夫！尤宜宝之。

五云深处拥蓬莱，树色苍凉映水开。
何处书声映林樾，却教仙侣过桥来。

仿老米云山图（一作"秋山暮霭图"）

（元）高克恭

青山半晴雨，遥（一作"色"）现行云底。
佛髻欲争妍，政恐勤梳洗。

云山图（为茅山刘宗师作）

（元）杨载

长江千万里，奔浪薄高云。龙现谁能觏，猿啼不可闻。
迂迴因地势，昭晰应天文。剑气秋如洗，珠光夜欲焚。
连峰俄笋迸，断屿复瓜分。句曲临东极，岩头有隐君。

题陈直卿云山图

（元）柳贯

道路黄尘一丈深，眼明画里见云林。
谷虚满贮山泽气，径险前临厓石阴。

武夷流水八九曲,少室微风千万寻。
凭谁写入《醉翁操》,我有太古瑶华琴。

王洽云山图
(元)黄公望

石桥遥与赤城连,云锁琼楼满树烟。
不用飙车凌弱水,人间自有地行仙。

题云山图
(元)萨都剌

我有将军万叠青,换得琅玕半牕绿。
月明恐有凤来栖,日暮何妨云借宿。
清时海宇无烽烟,五风十雨歌丰年。
看山爱竹了公事,焚香掛画似神仙。
城头漏箭催更鼓,将军夜寝元戎府。
怪底云山光满林,牀头斜掛三珠虎。

郭天锡云山
(元)郑元祐

飞墨来从海岳菴,春风吹雨满江南。
青山肯被云遮尽,时耸尖奇一两簪。

题卢东牧云山
(元)贡性之

风流争解说卢郎,墨沈淋漓入醉乡。
云白山青随意写,一时不数米襄阳。

云山图（二首）

（元）贡性之

百折溪流路转深，溼（湿）云低压树阴阴。
山中底事如秦晋，刚被渔郎说到今。

闲身闲看白云闲，更爱青山嬾出山。
别起楼台半空里，只教钟鼓落人间。

云山图

（元）贡性之

鸭觜滩头燕尾分，西风吹老树无根。
何人醉洒淋漓墨，半是青山半是云。

题米元晖画云山图（二首）

（元）吴全节

谿上青山过雨浓，分明倒满玉芙蓉。
令人却忆匡庐顶，百丈银河下碧峰。

雨外夕阳摇树明，山云吞吐乱阴晴。
飞飘一点知谁子，疑在元晖画里行。

题郭天锡云山图

（元）黄玠

翘翘山有木，翳翳林有谷。雨气作深云，新阴如膏沐。
夫岂无居人？诛茅结溪屋。幽楼不出户，野塘春水绿。

王叔明画云山图

（明）袁凯

有客来自高句丽，遗我一幅丈二纸。
纤白只如松顶云，光明不减吴江水。
藏之箧笥今七年，妻孥爱惜如纨绮。
至正乙巳三月初，王郎远来访老夫。
陞堂饮茶礼未毕，索纸为画云山图。
初为乱石势已大，橐驼连峰马牛卧。
忽焉披地高入天，欲堕不堕令人怕。
其阳倒挂扶桑日，其阴积雪深千尺。
日射阴崖雪欲消，百谷春涛怒相激。
林下丈人心自闲，被服如在商周间。
问之不言唤不返，源花漠漠愁人颜。
老夫见之重叹息，何由致我共绝壁？
王郎王郎莫爱惜，我买私酒润君笔。

题米元晖云山图

（明）高启

海岳老仙非画工，自有丘壑藏胸中。
大儿挥洒亦莫比，妙趣政足传家风。
敷文阁下书帷（帏）净，梦入空山觉衣冷。
起拈绿笔写幽踪，一片飞来楚云影。
髣髴三湘与九嶷，翠峰犹抹二峨眉。
水生江上鸿归后，树暗沙头春去时。
苍苍远渡连平麓，烟火参差几家屋。
林深谷静断行人，惟有禽声啄枯木。
偶向高斋觑此图，断缣犹费千金沽。

自缘绝笔人间少，如此云山何处无。

梦题云山图

（明）杨基

前山嵯峨后山耸，大如盘龙小飞凤。
千岩万壑春雨晴，浮云载山山欲动。
平生爱向云山居，漂泊尚作云山梦。
明朝拂袖归故山，万顷白云和玉种。

米元晖云山图

（明）张羽

前代几人画山水，逸品只数南宫米。
海岳楼前北固山，顷刻云烟生满纸。
古云丘壑起心胸，怳忽（恍惚）似与神灵通。
素壁高悬卧清昼，耳边怳若闻松风。
怪底青山起毫末，森沉绿树临溪活。
仙人道士疑可招，芝草琅玕俯堪掇。
千里能移方寸间，天机挥洒过荆关。
如今画史空无数，对此高踪讵敢攀。

画云山歌

（明）张羽

我昔曾游庐岳顶，欲上青天凌倒景。
山中白云如白衣，片片飞落春风影。
云晶晶（晶晶）兮花冥冥，万壑尽送洪涛声。
恍然坐我沧海上，金银楼观空中明。
上清真人笑迎客，夜然桂枝煮白石。
手持凤管叫云开，虎咆龙吟山月白。

明发邀我升东峰，导以绛节双青童。
天鸡先鸣海日出，赤气照耀金芙蓉。
屏风九叠花茸茸，雾阁云牕千万重。
胡不置我丘壑中，一朝垂翅投樊笼。
空留万片云，挂在清溪千丈之寒松。
愁来弄翰北窗里，貌得云山偶相似。
遂令残梦逐秋风，一夜孤飞渡江水。
梦亦不可到，图亦不可传，不如早赋归来篇。
仙之人兮待我还，安能龌龊尘土间，
坐令白云摧绝无所归，青山笑我凋朱颜！

唐子华云山歌

（明）张羽

前朝画品推第一，房山尚书赵公子。
二公何以能绝伦？丘壑乃自胸中起。
由来书画总心画，政自不在丹青里。
当时岂无刘与商，屏障纷纭何足齿。
唐侯本是雪川秀，爱画髣髴董与李。
长松平远早已工，更上歙州看山水。
归来却师郭咸宁，参以房山势莫比。
始知绝艺老更成，庸夫俗辈那知此。
此图三尺谁为赠，云气苍茫石块磊。
牛羊未归樵子出，户牖寥落苍厓底。
写成不题岁月字，要是头白居乡里。
乾坤浩荡江海空，后人未续前人死。
为君题诗三叹息，世上好手今馀几？
呜呼！尚书公子不复见，得见唐侯斯可矣。

米南宫云山歌

（明）张羽

古之画法不复见，六朝人物留遗谱。
后来山水出新意，二李三王差可觇。
洪谷之后有关荆，营丘浑雄独造古。
华原处士志奇崛，馀子纷纷何足数。
郭熙平远疑有神，北苑烂熳皆天真。
画院宣和众史集，俗笔姿媚非吾伦。
岂知南宫迥不群，一埽千古丹青尘。
神闲笔简意自足，窈窕青山行白云。
黄侯黄侯安得此，元气淋漓犹满纸。
晴窗拂拭对高风，恍惚神游华山里。
生平画癖奈此何，为子试作《云山歌》。
珍藏什袭子须记，世间名画今无多。

云山图

（明）张羽

山气寂已晦，川寒敛如夕。沉沉绿树多，隐隐千峰出。
碧岭蔼烟华，寒泉散石脉。高阁出林端，古迳稀人迹。
翫图心已澄，对影情还适。感彼岩栖人，终朝自幽寂。

题顾云屋云山图

（明）吕不用

我识东吴顾文学，早岁丹青动黄阁。
挥毫得意傲王侯，霜乱虬髯面如削。
一自涂穷悲潦落，旅食南州梦非昨。
蛟龙为鱼气郁勃，散作春云满丘壑。

乾坤无地著茅茨，写向云根亦奇作。
荒林日色晓苍凉，古木风声晚萧索。
首阳蕨根秋土深，商岭芝田今寂寞。
看图为问人何在，晚交注意归猨鹤。

题刘伯埙所藏云山图
（明）杨士奇

一片青山是何处，複岭层峦清可数。
春来缥缈生白云，云际连延见芳树。
雨声半夜涨溪流，隐者虚亭近水幽。
寻常书帙有真乐，况复同志来扁舟。
展图髣髴沙溪路，四十年馀记曾去。
鹅鼻峰高捲翠岚，鸡潭波静澄寒雾。
百川先生富天趣，一笑相逢豁襟度。
攜酒持鱼踏白沙，共我酣吟不知暮。
先生乘云竟不归，令弟郎曹荣锦衣。
每同感慨论畴昔，还忆旧游心不违。
我愧非才侍丹阙，壮岁叨荣已华发。
投簪他日或蒙恩，更访沙溪棹明月。

题高漫士云山图
（明）马愉

白云缥缈乱山深，最喜幽居傍翠岑。
茅屋几家松栝暗，石梯五丈薜萝侵。
门前流水通南浦，郭外长桥接北林。
有客抱琴何处至，只知来共岁寒心。

徐用和侍御所藏云山图歌

（明）李东阳

何人醉写云山图，浮云溃洞山糢糊。
空明射地日漏影，稍觉林树开扶疎。
平原苍莽不知处，忽有细路通榛芜。
茅堂枕山半阁水，卷幔正对前峰孤。
幽人深居不出户，纵有邻舍无招呼。
低头把卷苦吟讽，语暗不辨楚与吴。
中流棹歌似相答，欲断未断声呜呜。
云多水阔望不见，知是沧洲旧钓徒。
长安六月晴复雨，非若尘土还泥涂。
城中见山如见画，刚可髣髴求形模。
山犹可见水莫涉，尺潦岂足容长舻。
十年旧游忆南国，岁月催人非故吾。
鹦鹉洲前汉阳树，此景此诗今有无？
因君此图意披豁，便欲买棹游江湖。

钟钦礼云山图

（明）李东阳

江南画史谁专门？会稽老钟清且温。
图成长练注急雨，笔墨灭尽风神存。
阳厓阴谷半明翳，上有烟云时吐吞。
深林翁郁石块磊，野水不断天无痕。
当其得意每自许，傲睨耻受王公尊。
勾馀拙翁善墨竹，二者异法须同论。
谓渠画格自有派，房山之子南宫孙。
手持此图自东海，海色尚带扶桑暾。

千岩秋声万壑树,咫尺不辨东西邨。
幽亭野集者谁子?似有宾主无琴樽。
问之不答若莞尔,物外别自成乾坤。
我生爱山复爱竹,对此病目开馀昏。
君看岩谷最深处,好著数箇篛篒根。

题云山图(二首)
(明)陈景融

青山寂无言,白云自舒卷。对此淡忘归,何心在轩冕。

云拥青山远,风生碧树凉。悠然高世士,矫首意何长。

云山图(为王廷实题)
(明)刘泰

溪沙白白树青青,溪上人家户半扃。
渺漠寒云迷鸟道,泺漫新水断凫汀。
长竿我欲来垂钓,短锸谁招去採苓?
梦寐未能忘旧隐,抗颜尘俗愧山灵。

云山图(二首)
(明)王鏊

远山隐隐半欲没,近山巍巍高独出。
近山远山出没间,雾敛烟霏两明灭。
山南山北殷其雷,天雨欲来还不来。
馀辉倒暎半岩赤,灵籁中含万壑哀。
萦迴鸟道梯空去,忽有人家傍山住。
悬崖一道玉泉飞,小桥历历行人度。
愁心三叠江上山,世无燕许谁能赋。

天将雨，山出云，平原草树杳莫分。
须臾云吐近山出，远岫婪酣吞欲入。
暎空明灭疑有无，先后高低殊戢戢。
想当画史欲画时，磅礴含毫几回立。
忽然纸上玄云翻，雨脚旋来风势急。
至今蔚荟吹不散，白昼高堂空翠湿。
雷声阗阗天冥冥，山前不见行人行。
鹧鸪啼断山雨歇，石桥小濑溿溿鸣。
丛林屋角参差倚，落红满庭人未起。
凭谁说与顾虎头，写置幼舆岩石里。

题囊山僧房云山图（用族祖鲁瞻先生韵）

（明）林俊

短壑慰老山云白，日日山行异山色。
不应云白又云青，招引山僧漫窥测。
为云截竹开山楼，雨卷入屋晴簷头。
白昼裏眠薄衾枕，不与桂玉关闲愁。
飘散只宜知者道，草屐踏云宽啸傲。
鹤氅轻吹出洞笙，铁船早鼓横江棹。
道人具领西来意，随缘数遣山云至。
攒眉社会不作难，墨池小草闲云记。

俞汉远云山图

（明）祝允明

洞庭之南潇湘西，湿云从龙凝不飞。
九疑纵横不可辨，二女望断重华归。
山河茫茫都一瞑，仙宫隐入层霄迥。
水浒浑迷行路踪，云端忽露青枫顶。

披图亦觉乱心曲,嗟尔良工意何局?
人间晴雨相倚伏,祇在君手一翻覆。

云山烟水图
(明) 田登

楼阁隐烟迷野望,枫林落木动秋容。
水通云窦倾寒玉,山入潭心倒碧峰。
彭泽柳庄风雨暗,严滩钓石藓苔封。
长杨五柞春光好,应让云山第一重。

题沈石田效米元晖云山图
(明) 汤珍

春山蒸云湿糢糊,春树凝烟渺有无。
汀花屿草愁相唤,蘅渚兰皋低自纡。
江南雨景真貌出,世传曾有元晖笔。
石田老人近代豪,步骤邯郸更超逸。
越溪难注消夏湾,胥口波涛杳霭间。
西遮震泽双螺小,北走灵岩万笏还。
江村桥外炊烟夕,上沙下沙水涵碧。
似闻茅屋啼斑鸠,无那春风摇燕麦。
沉吟忆得画中诗,洒墨挥毫兴发奇。
并驱逐鹿知谁子,何必敷文待制为。

题高房山云山
(明) 张凤翼

海岳清癖天下无,芸牕棐几澄冰壶。
有时兴发展缃素,濡毫幻出云山图。
后来复有高尚书,岂独小米称凤雏。

试向晴明张此轴，满堂烟雨在须臾。

题云山
（明）陈继儒

雨过石生五色，云度山馀数层。
时有炊烟出树，中多处士高僧。

题钱舜举画青山白云
（元）于立

吴兴山水天下无，吴兴画手天为徒。
天河染露洗空碧，轻烟薄素开新图。
白云欲散松风起，迥如丹丘隔海雪后寒模糊。
溪光倒影丹翠湿，又如洞庭水浸青珊瑚。
绿萝吹香挂秋月，小桥野迳相萦纡。
行人遥遥向何处？丹崖石检或有仙人居。
溪山如此无不好，筑屋临流可投老。
春云秋露石田腴，我有（欲）耕烟种瑶草。

青山白云图
（元）虞集

独向山中访隐君，行穷千涧水沄沄。
仙家更在空青外，只许人间礼白云。

题罗小川青山白云图（为四明倪仲权赋）
（元）廼贤

山上晴云似白衣，溪头竹树绿阴围。
野桥日落行人倦，茅屋春深燕子飞。
漉酒屡招邻舍饮，放歌还赵（趁）钓船归。

客牕看画空愁绝，便欲移家入翠微。

青山白云图
（元）黄溍

十年失脚走红尘，忘却山中有白云。
忽见画图疑是梦，冷花凉叶思纷纷。

青山白云图
（元）张宪

青山青青白云白，一尺小溪千里隔。
扁舟舣屿不见人，鸡声何处秦人宅。
桃花流水春粼粼，不识人间有战尘。
待得紫芝如掌大，归来甘作太平民。

题青山白云图
（元）揭傒斯

寂寥青嶂晓，迢递白云生。众树春已暗，高原人未耕。
方思看桃去，复拟采苓行。深谷无机事，白发枕松声。

韩季博所藏青山白云图
（元）黄玠

门外马蹄三尺尘，屋底青山看白云。
不知身世在城市，但觉爽气吹冠巾。
鸭觜滩头沙渚露，依约西陵近渔浦。
恼人归思满江东，烟树半沉天欲雨。

题米元晖青山白云图
（元）吴莱

一簇空濛杳霭间，岩花冗叶斗斓斑。

若为看尽云生灭,还我苍然万古山。

题米元章画青山白云

(元) 周伯琦

南宫神迈将军李,写丹青如泼墨水。
川云江树指顾间,咫尺吴山数千里。
小楼接栋山之阳,孤舟檥櫂渡者将。
桃源有路堪结隐,欲排大粒观圜方。

画青山白云图

(元) 马臻

每见青山即解颜,生平不道住山难。
和云数畈无钱买,投老传来画里看。

青山白云图(二首)

(元) 成廷珪

不见茅斋旧隐君,邈溪烟树莫纷纷。
断桥水满无人渡,谁向青山管白云?

溪上长松已合围,草堂无事客来稀。
湿云生满东山路,日莫野樵何处归?

题青山白云图

(元) 郯韶

山腰绿树雨初收,天际白云如水流。
忆在九江船上望,杨花飞雪下轻鸥。

舟中为人题青山白云图

(元) 李孝光

江气员赑如蛟龙,晓风吹落金芙蓉。

神女凌波洗云去，莫为行雨阳台东。
朝来白云散白石，小姑蛾眉翠欲滴。
老蛟化为百岁翁，彭郎矶头夜吹笛。

题高尚书青山白云图

（元）张天英

仙人中有琅玕树，吐作千峰落毫素。
峰上苍苍一尺天，峰下云行亦无数。
因忆曾为天帝客，家在白云深处住。
白云随龙飞出山，我亦攀龙蹑云路。
青山笑人不早归，人笑飞龙为云悮（误）。
变化无定端，飞扬为谁故？试问古共工，何劳不周怒？
飘飘巢居翁，肯受风尘污？安得两齿屐，载我逍遥步。
醉卧青山看白云，莫嗔老子来迟莫（暮）。

题青山白云图

（元）刘永之

苍苔茅屋面春山，飞翠浮岚晻霭间。
一别渔矶成十载，羞将华发对青湾。

题青山白云图

（明）张以宁

白云江上头，忆昔似曾游。睡起青山雨，坐来红叶秋。
深苔依迳湿，寒磬出林幽。亦有高楼者，无因见鹿裘。

题刘君济青山白云图

（明）张以宁

野性素所忻，青山无垢氛。落花一夜雨，幽树满川云。

鹿跡闲行见，松香独坐闻。殷勤招白鹤，予亦离人群。

题道士青山白云图（六首）
(明) 张以宁

仙馆白云封，青山第几重？道人时化鹤，巢向最高松。

长爱青山好，行行入翠微。今朝山顶上，下看白云飞。

行到溪源尽，青山无俗氛。道人拈铁笛，吹起满川云。

只道溪源尽，遥闻钟磬音。却随流水去，行尽白云深。

云气晓来浓，前山失数峰。道人夜作雨，呼起碧潭龙。

林秋红树出，溪晓白云多。此景江南有，江南今若何？

青山白云图
(明) 杨基

手种溪头十畎阴，鸟啼花落暮云深。
夜来一尺兰苕雨，若箇扁舟肯见寻？

题高彦敬青山白云图
(明) 镏崧

松桥石濑雨潺潺，杉桧阴森暮色还。
谁共西楼一尊酒，白云堆里看青山。

题青山白云图
(明) 镏崧

石林烟雾冷冥冥，一舸西风过洞庭。

日暮白云飞去后,江南无数乱山青。

题青山白云图
(明) 王绂

我曾九龙山下住,结庐正在云深处。
日日看山还看云,长教蓊却当簷树。
无端一别猨鹤群,马蹄南北徒纷纭。
尘途底事拂衣晚,回首愧负山中云。

题青山白云
(明) 张昱

一箇茅庐何处?小桥古木溪湾。
但见山青云白,不知天上人间。

题青山白云图
(明) 蓝仁

茆屋何人共住?石林似我曾游。
白云只在半岭,青山谁到上头?

题青山白云图(送廷琛)
(明) 解缙

倦游谁不爱青山,世上浮名好是闲。
绾住白云岩际宿,任他流水去人间。

题青山白云图
(明) 浦原

青山欲转绿溪迴,古木春云掩复开。
不识桃源在何处,但看流水落花来。

青山白云图

（明）钱仲益

连山盘盘隔溪水，翠滴风光净如洗。
松梢日出初雨晴，满地白云收不起。
溪穷路转石径斜，隔溪遥见山人家。
柴门深闭人不见，煖风吹落朱藤花。
良工貌得无穷景，坐觇令人发深省。
何由筑室住山间，长卧云窗弄秋影。

青山白云一坞图

（元）贡性之

青山青，青欲断，青山断处云如幔。
人家深住坞东头，刚被云遮一多半。
山兮云兮窅莫分，鸡犬遥隔云中闻。
有时随风或凌乱，长日与山相吐吞。
城中车马多如织，没马红尘深几尺。
只有富贵解留人，且与云山未曾识。
吁嗟山中人，梦忆云中君。卷舒随所适，放浪由天真。
我昔西游登五老，五老诸峰插晴昊。
酒酣放歌谪仙句，拟共云松结巢好。
江都自是青云姿，按图笑索云山诗。
从来知尔出山去，为雨为霖当及时。

山 水 类

书王定国所藏烟江叠嶂图（王晋卿画）
（宋）苏轼

江上愁心千叠山，浮空积翠如云烟。
山邪云邪远莫知，烟空云散山依然。
但见两厓苍苍暗绝谷，中有百道飞来泉，
萦林络石隐复见，下赴谷口为奔川。
川平山开林麓断，小桥野店依山前，
行人稍度乔木外，渔舟一叶江吞天。
使君何从得此本，点缀毫末分清妍。
不知人间何处有此境，径欲往置二顷田。
君不见武昌樊口幽绝处，东坡先生留五年。
春风摇江天漠漠，莫云卷雨山娟娟。
丹枫翻鸦伴水宿，长松落雪惊醉眠。
桃花流水在人世，武陵岂必皆神仙。
江山清空我尘土，虽有去路寻无缘。
还君此图三叹息，山中故人应有招我归来篇。

读东坡《叠嶂图》有感（因次其韵）
（宋）张九成

虬须英武喧天渊，当时功臣画凌烟。
汉家骁骑才三万，北攻稽落书燕然。
勋名鼎鼎磨星斗，百年衰落归黄泉。
人间凡事都如梦，不如挂冠神武寻山川。
我昔曾登会稽顶，超遥疑在羲皇前。
下观涛江卷飞雪，旁看秦望森摩天。
祖龙定是同鲍臭，鸱夷却得擕妖妍。
悠然会意不复出，荷锄便欲耕春田。
君不见，渊明归去传图画，伯时妙手垂千年。
我藏东绢今拂拭，正欲写此春江浩渺山连娟；
更要元龙湖海士，百尺楼中相对眠。
玉京蓬岛置勿问，人间今是地行仙。
岷江寥寥三峡远，此心欲往知何缘。
烦君断取来方丈，径入东坡叠嶂篇。

秋烟叠嶂图
（元）刘因

不传者死不亡存，灭没天机尚有痕。
曾向烟霏见真态，依然犹是画家魂。

米元章云烟叠嶂图（二首）
（元）刘因

笔势相（咸）传是阿章，短屏山影露微茫。
苦心只办云烟好，不捄（救）人呼作米狂。

烟影天机灭没边,谁从豪末出清妍?
画家也有清谈弊,到处《南华》一嗒然。

题赵子昂叠岫图(二首)
(元) 戴表元

百折云颠路侭通,无名怪木淡书空。
相逢无问秋江客,不是巴中是剡中。

白石青林底处无,侵云亦有小屠苏。
林花飞尽不归去,挥汗江城看画图。

题烟江叠嶂图(二首)
(元) 王恽

楚水吴山万里秋,风帆吹饱北来舟。
应怜满眼新亭客,空对江山双泪流。

江上晴岚万叠山,几缘亡国带愁颜。
而今一统无南北,满意风烟送往还。

题钱舜举画烟江叠嶂图
(元) 蒲道源

江山奇绝吴楚乡,画史又与生钱郎。
钱郎下笔得天趣,意象髣髴开衡湘。
浮空水光接巨浸,隔屿岚翠摩穹苍。
幽岩梵宫半隐见,老树樵舍相迷藏。
中流一叶泛小艇,远涧千尺横修梁。
山居熙熙自太古,下视扰扰徒奔忙。
我来京国行九轨,尘土眯目须鬑黄。

困馀偶作林壑梦，归计未遂惊彷徨。
明牕豁然看此画，便觉胸次生清凉。
何时挐（拏）舟径成往，长啸振衣千仞冈。

赵松雪重江叠嶂图
（元）邓文原

东风江上柳初团，海燕飞飞杏雨寒。
帆影乱催人去远，烟光遥映嶂为攒。
莺啼几处邨方市，犬吠千家客正餐。
满目溟濛无著处，一林钟磬落潮湍。

陆探微层峦曲坞图（有序）
（元）邓文原

善夫过访，出示探微妙笔，不胜惊讶，漫赋若此，以识奇觏。

勾吴山水素称奇，简里神工已得之。
山翠却从林外出，水深常遶屋东澌。
鸡鸣竹里人何处，犬护柴门客正炊。
一段风烟谁会得，避秦当日自相宜。

题顾善夫所藏张僧繇画翠嶂瑶林图
（元）邓文原

善夫夙有耽奇癖，珍祕何须羡贾胡。
徽庙未销当日字，僧繇仍见昔年图。
千林历落人烟密，万里萦迴鸟道孤。
几欲临风试题句，恍疑身世在冰壶。

题子昂长江叠嶂图
（元）虞集

昔者长江险，能生白发哀。百年经济尽，一日画图开。

僧寺依稀在，渔舟浩荡回。萧条数根树，时有海潮来。

松雪老人临王晋卿烟江叠嶂图歌
（元）柳贯

君不见帝堉王家宝绘堂，山川发墨开洪荒，
重江叠嶂诗作画，东坡留题云锦光。
又不见后身松雪斋中叟，伸纸临摹笔锋走，
楼台缥缈出林坳，芦苇萧骚藏泽薮，
白云飞不尽青冥，百丈牵江入樊口。
墨花照几射我眸，我为搴芳歌远游。
胸中是物有元气，世上何所无沧洲。
我疑此叟犹未化，瞬息御气行九州。
五山四溟一觔豆，琐细弗遗囊楮收。
故能援毫发天藻，不与俗工争醜好。
楚山云归楚水流，万里秋光如电埽。
拈来关董散花禅，别出曹刘斵轮巧。
披图我作如是观，毛颖陶泓共闻道。
呜呼相马亦相人，驽骀岂得同祥麟！
舍夫毛骨论形似，如此鉴赏焉能真？
后来有问延祐脚，意索举似吾方歆。

题高尚书藤纸画云林炽嶂图
（元）柳贯

髯翁昔饮西湖渌，满意看山看不足。
醉拈官纸写秋光，割截五州云一幅。
吾闻妙画能通仙，此纸度可支千年。
只愁蓬莱失左股，六鳌戴之飞上天。

张僧繇翠嶂瑶林

（元）吴镇

前峰突兀后峰攒，万木彫残景色阑。
仙馆无人清磬杳，瑶蹊有客碧萝寒。
一缣点染空青远，六法精深秀色团。
寄语故人珍袭处，僧繇还属画中看。

陆探微员峤仙游

（元）吴镇

梅阁重重翠邎遮，时时云气飏平沙。
千峰树色藏朝雨，百道江声送晚霞。
洞古数留仙子蹟，溪迴深护羽人家。
遨游每忆无尘地，咫尺仍堪阅岁华。

陆探微层峦曲坞

（元）吴镇

六法斯图见，神奇指掌分。万峰凝翠霭，一水弄清纹。
树密猨啼苦，桥迴鸟唤群。溪边有茅屋，处处挂斜曛。

赵松雪重江叠嶂（二首）

（元）吴镇

江色千重碧，烟光无限青。数峰横翠黛，一迳入层扃。
倚市柳为幄，迎人花自馨。征帆遥点点，渔唱起沧溟。

摩诘诗兼画，斯图若比肩。江深烟浪接，山出晓云连。
柳市疎钟断，花林青斾悬。鸥波风月好，瞻对使人怜。

为松瀑黄尊师作溪山叠翠图

(元) 马臻

平生固多愚,懒惰足弃捐。赖有诗画事,与物相磨研。
恨无鹅溪绢,幽意郁不宣。秋晚形神清,落笔且周旋。
尺素混太古,象具剖辟先。溪山忽重叠,浩思浮云烟。
楼观金碧开,众态敷幽妍。秋色挟以至,高风生树巅。
群有备一幻,孰谓理不然。老耳厌喧卑,但觉静所便。
幸遇古君子,缔此翰墨缘。见山有真意,渊明得其全。

题朱孟辩层峦图

(明) 贝琼

叠嶂何崔嵬,远近皆可数。不学王宰迟,弃墨如弃土。
林藏风雨急,石戴冰雪古。初疑造化锤,已觉精灵聚。
遥思两山下,流泉细通圃。茅屋今何如?人去苔生户。

书云林画林亭远岫

(明) 吕敏

忆过梁溪宅,于今向廿年。赋诗清閟阁,试茗惠山泉。
夜雨牵离梦,春云黯远天。乡情与离思,看画共茫然。

题烟波叠嶂图

(明) 李晔[*]

忆昨扁舟上南斗,顺风看山如马走。
前山在眼后山失,紫翠缤纷落吾手。
当年见山如画图,画图得似当年无?

---

[*] 李晔,又名"李昱",字宗表,号草阁,钱塘人,元末明初书画家。

临轩把觞笑绝倒,蚤觉诗思生江湖。
江风萧萧烟水暮,尽是渔翁钓鱼处。
安得身轻如白鸥,江上飞来又飞去?
冷泉亭子深且幽,我昔杖履曾追游。
山中正当朝雨霁,坐听泉水涓涓流。
初如松风洒万壑,忽如仙佩锵鸣璆;
又如蛟龙起潭窟,霹雳闪电摧林丘。
黄猨抱子挂秋影,良久不下声啾啾。
是时同行四五人,相对毛发寒飕飕。
乃知福地难久住,却载酒壶登䌽舟。
故乡一别几十载,江湖浪迹如沙鸥。
风尘溷洞箭满眼,欲归洗耳嗟何由。
飞来山色入我梦,碧松丹桂枝相樛。
每逢泉石必宿留,题诗感慨无时休。
胡君亦是听泉者,胸次磊落非常俦。
何当暇日登君楼,与君作记楼上头。

题赵松雪重江叠嶂图
(明) 陈敬宗

旷望不可极,江山图画中。晴空开浩荡,元气辟鸿濛。
远树崑崙外,扶桑沧海东。黄河来万里,弱水出三峰。
帆影秋波棹,潮音晓寺钟。雨收龙入壑,烟暝鹤归松。
妙墨真名笔,神机夺化工。古来精绝者,谁似水晶宫?

赵松雪长江叠嶂图
(明) 吴宽

长江滔滔向东泻,忆昔扁舟顺流下。
慈悲阁前浪花白,两屿青山似奔马。

蒹葭杨柳风飕飕，江行六月疑深秋。
归来已是十年事，看画偶然思旧游。
江流树色非邪是？仍见山腰隐高寺。
赤岇沧洲杳霭间，咫尺悠然起愁思。
苕溪影落鸥波亭，王孙弄笔何时停？
北来戎马暗江浒，千古遗恨归东溟。

题谿山叠翠卷
（明）唐寅

春林通一径，野色此中分。鹤跡松根见，泉声竹里闻。
草青经宿雨，山紫带斜曛。采药知何处，柴门掩白云。

赵松雪重江叠嶂图
（明）陈鉴

松雪仙人秉巨扛（杠），一时挥洒世无双。
后山云起嶂西嶂，隔浦帆过江外江。
潮退浅沙寒鹅集，声来远市晓钟撞。
画图咫尺殊千里，诸老风流久已降。

为王元美题王晋卿烟江叠嶂图（和苏长公韵）
（明）张凤翼

生绡六尺千重山，山头隐约生云烟。
仙游展此忽惊悟，恍复行役心茫然。
初疑篷窗梦五老，髣髴倒挂匡庐泉。
又疑黄河放舟楫，顺流百折沿长川。
浮图嵯峨彩云表，人家高下苍崖前。
得无蓬山与海峤，凌波别有壶中天。
王郎丘壑出毫末，丹青金碧相争妍。

分明秦源入晋世，变幻沧海成桑田。
长公爱此作长句，纸尾题之元祐年。
中丞怀贤喜步武，玉环飞燕俱婵娟。
枕中抽书纳此卷，陶然枕石江干眠。
东山自足老谢傅，北阙何劳呼谪仙。
凤廷赓歌麟阁画，暂寄物外成清缘。
烟峦可攀亦可望，宋君惆怅《明河篇》。

题王晋卿烟江叠嶂图苏子瞻歌（仍用苏韵）

（明）王世贞

千涛跃江千叠山，晴烟笼山山吐烟。
与君柱（拄）笏聊骋望，但见一气长苍然。
细看云腰出矮屋，复有木末奔寒泉。
渔网迎阳罥小港，布帆吹籁弥平川。
王家禁脔得此景，骨格迥出荆关前。
胸中八九小云梦，笔底万顷沧浪天。
眉山学士高兴发，秀句欲夺春江妍。
以兹不爱玉堂美，去买阳羡山中田。
此图此歌有神护，小住人间四百年。
摩挲绢素开黯淡，飞舞醉墨藏便娟。
卧游斋头一展看，恍若身对湘巫眠。
鼎湖髯挂都尉去，学士亦非芙蓉城内仙。
邹阳后身薄自晓，舍我谁结三生缘。
呜呼！江烟幻灭在俄顷，万古不废王苏篇。

赵松雪重山叠嶂图歌

（明）王世贞

昔登江上山，颇爱江上句。天际识归舟，云中辨烟树。

长风不起渔歌闲，大鹄小凫争往还。
坐身突兀峭蒨表，著眼莽苍熹微间。
归来举头触四壁，但觉膏肓有泉石。
谁洗丹青开墨素，令我苍翠流裀席。
摩挲旧游亦如此，髣髴烟霞指端起。
山凹那当别有云，天低不辨谁为水。
吴兴王孙妙自知，不讳前身为画师。
直将平远苕雪趣，写出滉瀁金焦奇。
老夫手挈卢敖杖，更办鸱夷五湖舫。
欲作寰中汗漫游，即披此卷神先往。

云林生画林亭远岫
(明) 顾敬

云林八法写倪迂，夏木幽亭翠几株。
雨后长洲政如此，骑驴山色近何如？

寄题台州倅厅云壑
(宋) 楼钥

顷年登临赤城里，江遶城中万家市。
治中寄我云壑图，快读新诗眼如洗。
回思岁月如星流，念念飞空寻旧游。
披图哦诗想幽致，直欲攜节〔笻〕上山头。
闻有於菟在岑蔚，晚径寒鸦（鸹）敢翔集。
几年榛棘蔽跂跙，一朝绝境从中出。
细路虽非五达康，萦回自觉阻且长。
万壑风烟开绝顶，一丘曲折于中藏。
老沙射日眼星炯，梅峡含风襟袖冷。
千岩高下各异状，如障如峰亦如岭。

天景须凭意匠营，山不在高仙则名。
规模已定力未暇，他时会有滕王亭。
风浪隔阔天垂幕，安得扣问亲剥啄？
哦诗梦到故山川，睡美不知钟鼓传。

题高彦敬烟岚图
（元）程钜夫

西南多连峰，东北多大野。大野少人耕，连峰有人写。
写之贻卧游，谁为识真者？独有房山公，癖山如癖马。
向宦浙河干，收拾不盈把。云烟何惨澹，水木亦潇洒。
匪独妙丹青，秀句蔚骚雅。胸中殊磊魄，笔底聊复且。
君看诸可瓻，何者独非假？削平艺稻粱，庶以饱天下。

李咸熙翠岩流鏊图
（元）黄公望

石磴连云暮霭霏，翠微深杳玉泉飞。
溪迴寂静尘踪少，惟许山人共採薇。

云峰图
（元）袁桷

融融洩洩互低昂，绝顶琼冠白玉裳。
闻道溪南三尺雨，道人推枕召髯羊。

题云崦图
（元）傅若金

高崖含青空，云气所出入。絪缊日千态，嶻绝恒特立。
雨合龙挂低，风迴鸟飞急。寄言为山者，进篑庶可及。

郭天锡云岫图
(元) 吴师道

撩乱春云杂晓岚,时于涌雪出青蓝。
依稀一笔谁传与?北固山前海岳菴。

题白府判仲谦所藏钱舜举岩壑图
(元) 刘诜

我如谢公好名山,开卷著我千岩万壑间。
乱烟遥峰出缥缈,怪石翠树相回环。
忽然山破飞瀑落,皎如仙人玉带垂云端。
喧豗欲撼溪谷动,使我毛发森清寒。
不知其间有何径,但见荷担两两相追攀。
浮屠崔嵬苍壁顶,佛屋隐映长松关。
下通窈窕知何处,想见小溪穿石去。
沙边汲叟犬相随,桥上行人驴半渡。
林空路断孤舟横,或坐舟尾或疾撑。
左岩右滩地苦狭,长篙落石如有声。
我疑桃源从此逝,恍若风景非人世。
欲呼钱郎问其涂,钱郎已去谁能呼?

为邓静春作幽谷图
(元) 朱德润

深深冥冥溪谷阴,怪石突出当重林。
迴壑奔流石礧礧,寒雾喷薄浮轻岑。
猿猱飞攀山欲立,悬崖老树苍鳞涇。
有客担簦负长笈,欲行不行驴脚涩。
风吹征衣天欲暮,旅馆不逢前阻渡。

此际遥知行路难,却向今朝画中觑。

为唐景玉画丘壑图
(元) 倪瓒

丹青留玉斧,真篆佩青童。蜕迹氛埃外,怡情岩穴中。
吹笙缑岭月,理咏舞雩风。欲画玄洲趣,挥毫清兴同。

赵元画悬崖图
(明) 杨基

悬崖无根谷无底,楼阁参差半空起。
不信神工斧凿成,人间至险无如此。
我对画图犹拊膺,何况崎岖险处登。
槿树篱边堤似掌,藕花池上月如灯。

题江岫图
(明) 张绅

乌衣巷里东风老,蝴蝶飞来满芳草。
美人春梦隔天涯,十二巫山眷不埽。
巫山巫峡江水新,烟波渺渺江南春。
鸳鸯不识横塘路,鹦鹉牕间呼向人。
青绫谁共官曹宿,雪楮云毫吮晴绿。
太常春瓮碧霞沉,六曲屏风对银烛。

题云门翠微深处
(明) 僧大圭

溪阁重重翠崦遮,无时云气湿袈裟。
千峰树色藏朝雨,六寺钟声送晚鸦。
笔塚天寒收柿叶,香坛风落埽松花。
倦游每忆消闲地,早晚扁舟向若邪。

题赵粲所收赵令穰大年烟林（二首）

（宋）张耒

江上孤烟蔽远林，秋原人静下鸣禽。
水乡此景常经眼，谁信侯家画万金。

枫林荻港白昼静，落鴈飞鸥尽日闲。
平远起君千里恨，清诗可要助江山。

题黄华江皋烟树（二首）

（金）雷渊

踈柳静茆亭，亭下长江路。不见亭中人，萧萧烟景暮。

江山万里眼，一亭略约之。黄华未死在，看取画中诗。

题烟波云树图（为杨元清赋）

（元）丁复

江乡自是多烟云，绿波青树渺不分。
小檐大栋隔两濆，黑犍如蚁人如虱。
布帆西来饱风色，寒声动地秋纷纷。
黄芦白蘋摇断渚，坐客回头听急雨。
孤篷遥遥半针许，健刺沙湾逆风去。
亦知家在前邨住，百年即合老为农。
六十江湖秃鬓翁，而今借宅六帝宫，眼花雾落天濛濛。
梦魂不到浔阳浦，为人愁水更愁风。

寄谢方方壶写寄遥山古木

（元）成廷珪

鬼谷阴阴苔藓斑，只除猨鹤伴高闲。

丹光或在藤萝外，剑气常留水竹间。
每读《内篇》消永日，还将生纸写遥山。
衰翁可是无仙骨，不得相从共往还。

高彦敬远山木石图（二首，为纪梦符学士作）
（元）袁桷

身比寒厓枯木，心似浮云太虚。
落日前峰堪隐，丹青渺渺愁予。

黄发苍颜并辔，白云青山比肩。
谁道风流已矣，只今图画依然。

题青山碧筱图
（元）吴镇

青山白云邈，碧筱苍烟迷。幽人日无事，坐听山鸟啼。
鸟啼有真趣，对景看山随所遇。
乾坤浩荡一浮沤，行乐百年身是寄。

题溪山烟树图
（明）谢廷柱

远山冥濛入烟雾，近山参差头角露。
园榆岸柳色不分，篱落邨墟欲迷路。
鹁鸠布谷处处鸣，野渡溪桥春水生。
屋外青帘湿不舞，万家蚕事千邨耕。
右丞之画多妙思，画中有诗无乃是。
忽然烟润生高堂，瑟瑟衣裾避空翠。
凤凰台下春可怜，闽客对景心茫然。
披图不觉动野兴，清宵有梦巴江田。

云山烟树图

（明）唐寅

烟山云树霭苍茫，渔唱菱歌互短长。
灯火一邨鸡犬静，越来溪北近横塘。

题远峰卷

（明）陆深

草堂虚敞对群山，日日钩簾意独闲。
度海乱云封画戟，洗天凉雨湿青鬟。
秋高古树微茫里，日暮层峦缥缈间。
自是谢公多逸兴，每携僧屐恣跻攀。

历代题画诗类卷第十一

山 水 类

戏题王宰画山水图歌
（唐）杜甫

十日画一水，五日画一石。
能事不受相促迫，王宰始肯留真迹。
壮哉崑崙方壶图，掛君高堂之素壁。
巴陵洞庭日本东，赤岸水与银河通，中有云气随飞龙。
舟人渔子入浦溆，山木尽亚洪涛风。
尤工远势古莫比，咫尺应须论万里。
焉得并州快剪刀，翦取吴松半江水。

陈式水墨山水
（唐）方干

造化有功力，平分归笔端。溪如水（冰）后听，山似烧来看。
立意雪髯（一作"霜髯"。）出，支颐烟汗（一作"汁"。）干。
世间从尔后。应觉致名难。

卢卓山人画水
（唐）方干

常闻画石不画水，画水至难君得名。

海色未将蓝汁染,笔锋犹傍土堆行。
散吞高下应无岈,斜蹙东南势欲倾。
坐久神迷不能决,却疑身在小蓬瀛。

题稚川山水
(唐)戴叔伦

松下茅亭五月凉,汀沙云树晚苍苍。
行人无限秋风思,隔水青山似故乡。

题罗稚川画卷
(元)陈旅

雨气通林壑,江光动野航。道人岩下云,茅屋树边凉。
断岈入秋水,远山留夕阳。登临莫作赋,游子未还乡。

题罗稚川小景
(元)刘诜

远洲连冈近洲平,高树稀叶低树青。
长溪浸日流无声,中有数叶渔舟横。
谁家飞轩接水亭,沙边客至扶杖迎。
江邨颇类浣花里,人品兼似陶渊明。

题彭宜远所藏罗稚川山水楼阁图
(元)刘诜

平沙苍苍鸟未归,烟邨四合高复低。
渔翁两两青蓑衣,卖鱼直上长杨堤。
千峰万峰何崔嵬,朽枝瞰水忽倒垂。
倦驴向桥欲渡疑,后有赢仆势若追。
却疑诗人独寻诗,舍鞍先济何所之?

飞楼缥缈山之西，中有美人长须眉。
凭阑相对知为谁，岂非海上乔与期？
宫中琪树秋离离，髣髴疑有香风吹。
吾闻蓬莱有此地，流水落花隔人世。
便当賸（剩）买青芒鞬，小向是间住千岁。

题稚川山水

（元）丁复

江光如空山在天，好风佳日散晴烟。
绿阴成盖厓树连，野桥杨柳亦娟娟。
担簦之子何促速，况有荷杖当我前。
茅堂独坐岂待客，或者傲兀忘流年。
又疑浣花溪上叟，索句未得掩两肘。
对树不语胡为然，将非得诗不得酒？
好客不来两何有，耐可有酒有客无诗篇？
出门谅不可，天地乌用我？
乃不使之老为农，耕种南山田。
陶公秫熟五十畞，往往为酒愁无钱。
不如两渔翁，静钓春江船。
有时掣得十尺鱼，紫鳞耀日锦色鲜。
卖鱼买酒自可醉，仰歌明月披蓑眠。
金陵美酒斗十千，老客抱瓮双桧边，长日渴吻流无涎。
六代江山眼中好，六帝池台没荒草。
五锦骢，嘶满道，归来辄向蓬莱岛。
蓬莱岛，海上仙，凝波倒影发正玄。
百年未信人能老，大笑长呼罗稚川。

摩诘画

（宋）黄庭坚

丹青王右辖，诗句妙九州。物外常独往，人间何所求。
袖手南山雨，辋川桑柘秋。胸中有佳处，泾渭看同流。

观王生所藏王维画

（明）袁凯

右丞小景树参差，我有林塘实似之。
日日欲归还蹭蹬，时时借看解愁思。
恨无黄鹄高飞去，独奈沙鸥静不移。
明日江头候春水，典衣沽酒待篙师。

王右丞山水真迹歌

（明）祝允明

生烟漠漠中有树，树外田家几家住。
重峦複坞随不断，茅舍时时若菌附。
两人并向鱼梁涉，一鸟遥从翠微度。
行云澹映荒水陂，似有斜阳带微昫。
傍筱白沙明，青林瀹沉雾。
乍明乍晦景万变，想当夏尽秋初处。
石墙短缘隈，隈水浅萦迴。
宽平一畋敞层屋，板扉犬卧无人开。
书堂树深昼寂寂，主人应是王摩诘。
清晨骑鹿看田出，行过柴汧日向夕。
会招高适与裹（裴）迪，共赋辋川佳事毕，图成兴尽诗未笔。

次韵子由书王晋卿画山水（二首）

（宋）苏轼

老去君空见画，梦中我亦曾游。
桃花纵落谁见，水到人间伏流。

山人昔与云俱出，俗驾今随水不回。
赖我胸中有佳处，一尊时对画图开。

题王晋卿画后

（宋）苏轼

丑石半蹲山下虎，长松倒卧水中龙。
试君眼力看多少，数到云峰第几重？

题王诜都尉画山水横卷（三首）

（宋）苏辙

摩诘本词客，亦自名画师。
平生出入辋川上，鸟飞鱼泳嫌人知。
山光盎盎著眉睫，水声活活流肝脾。
行吟坐咏皆自见，飘然不作世俗词。
高情不尽落缣素，连峰绝涧开重帷。
百年流落存一二，锦囊玉轴酬不訾。
谁令食肉贵公子，不学父祖驱熊罴。
细毡净几读文史，落笔璀璨传新诗。
青山长江岂君事，一挥水墨光淋漓。
手中五尺小横卷，天末万里分毫厘。
谪君南出止均颖（颍），此心通达无不之。
归来缠裹任纨绮，天马性在终难羁。

人言摩诘是前世,欲比顾老疑不痴。
桓公崔公不可与,但可与我宽衰迟。

怜君将帅虽有种,多君智慧初无师。
篇章俊发已可骇,丹青妙绝当谁知?
自言五色苦乱目,况乃旨酒长伤脾。
手狂但可时弄笔,口病未免多微词。
歌锺一散任池馆,幅巾静坐空书帷。
偶从禅老得其趣,此身不足非财訾。
世间翻覆岍为谷,猛兽相食虎与罴。
逝将得意比春梦,独取妙语传新诗。
眼看官酿泻酥酪,未与邻酒分醇醨。
解鞍骏马空伏枥,寄书黄狗闲生厘。
江山平日偶有得,不自图写浑忘之。
临窗展卷聊自适,盘礴岂复冠裳羁。
欲乘渔艇发吾兴,愿入野寺嗟儿痴。
行缠布韈(袜)虽已具,山中父老应嫌迟。

我昔得罪迁南夷,性命顷刻存篙师。
风吹波荡到官舍,号呼谁复相闻知。
小园畜蚁防橘蠹,空庭养蜂收蜜脾。
读书一生空自笑,卖盐竟日那复词。
城中清溪可濯漱,城上连峰堪幕帷。
十千薄俸聊足用,鱼多米贱忧无訾。
东坡居士最岑寂,岈然深蘽见狐罴。
坐隅止鵩偶成赋,盘中食蠚时作诗。
怜君富贵可炙手,一时出走羞啜醨。
泽傍憔悴凡几岁,胸中芥蒂无一厘。

江山别来今久矣，不独能言能画之。
同朝执手不容久，笑我野马方受羁。
袖中短卷墨犹湿，傍人笑指吾侪痴。
方求农圃救贫病，他年未用讥樊迟。

王都尉山水
（元）元好问

平林漠漠数峰闲，诗在岩姿隐显间。
自是秦楼画眉手，不能辛苦作荆关。

王晋卿画
（元）吴镇

晋卿绘事诚无匹，尺素能参造化功。
碧树依微春水阔，苍山缥缈暮云笼。
幽深自觉尘氛远，闲澹从教色相空。
更喜涪翁遗墨好，草堂何必独称工。

题王晋卿画
（元）华幼武

公子何年写翠微，江南耆老忆题诗。
风流文彩俱零落，水绿山青似昔时。

学士院燕侍郎画图
（宋）王安石

六幅生绡四五峰，暮云楼阁有无中。
去年今日长千里，遥望钟山与此同。

燕侍郎山水

（宋）王安石

往时濯足潇湘浦，独上九疑寻二女。
苍梧之野烟漠漠，断坨连冈散平楚。
暮年伤心波浪阻，不意画中能更觌。
燕公侍书燕王府，王求一笔终不与。
奏论谳死误当赦，全活至今何可数。
仁人义士埋黄土，只有翰墨归囊楮。

题燕肃画卷

（元）仇远

溪路迢迢邈碧峰，白云迷却旧行踪。
买舟归去山中住，终日茆亭坐听松。

燕文贵山水

（元）袁桷

晚色苍茫外，秋声缥缈间。乱溪环水佩，千嶂叠云鬟。
晓瀑村舂急，风（霜）林寺铎闲。
片帆如可托，吾欲与君还。

观燕肃画（杂题四首）

（元）唐肃

璚台倚中天，翠壁拂遥斗。疑是仙山居，玲珑见牖牖。

云殿覆岩厓，风幡出林薄。似闻斋磬音，山禅定初觉。

活活溪泉语，萧萧谷吹繁。遥怜负橐子，日暝未投邨。

烟岑隔浦微，渔屋依梁小。应恐到家迟，归舟疾如鸟。

题燕肃山水卷
（明）冷谦

依稀庐岳高僧舍，髣髴商山隐者家。
我亦抱琴来谷口，白云深处拾松花。

题华光画山水
（宋）黄庭坚

华光寺下对云沙，欲把轻舟小钓车。
更看道人烟雨笔，乱峰深处是吾家。

题华光画
（宋）黄庭坚

湖北山无地，湖南水彻天。云沙真富贵，翰墨小神仙。

题华光长老画（二首）
（宋）韩驹

晓出华光寺，云沙照眼新。归来看图画，借问若为真？

昨欲浮湘去，褰裳望九疑。清湘今入手，一棹更何之？

书郭熙横卷
（宋）苏辙

凤阁鸾台十二屏，屏上郭熙题姓名。
崩崖断壑人不到，枯松野葛相欹倾。
黄繖（伞）给舍多肉食，食罢起爱飞泉清。

皆言古人不复见，不知北门待诏白发垂冠缨。
袖中短轴才半幅，惨淡百里山川横。
岩头古寺拥云水，沙尾渔舟浮晚晴。
遥山可见不知处，落霞断鴈俱微明。
十年江海兴不浅，满帆风雨通宵行。
投篙椓杙便止宿，买鱼沽酒相逢迎。
归来朝中亦何有？包裹观阙围重城。
日高困睡心有适，梦中时作东南征。
眼前欲拟写真物，拂拭东绢付与汾阳生。

郭熙山水卷
（元）刘因

岩姿秋意淡无弦，烟影天机灭没边。
更看山翁掩书坐，只应人境两翛然。

题郭熙山水画卷
（元）张庸

青山历历树重重，寺在云深第几峰。
比屋人家西崦下，夕阳长听讲时钟。

郭熙山水小景
（明）张适

何人林穴寄幽栖，茅屋参差绿树低。
谁遣小山招隐去，岩花落尽暝猿啼。

题米元晖画
（宋）朱子

楚山真丛丛，木落秋云起。向晓一登台，沧江日千里。

米元晖山水

（元）牟巘

鹘突烟树外，水远山更长。天地有如许，扁舟何处藏？
如何短篷底，结习犹未忘？是时水月繁，不见此夜光。
于今尚无恙，怀袖行可将。我亦流落者，此味惯所尝。
谁能画峨嵋，坐我于其傍？

有人示山水画卷以为元晖作求诗

（元）戴表元

砚山山下小於菟，文彩斓斑今亦无。
一坞乱云浓似漆，春风吹梦过西湖。

题米元晖山水

（元）赵孟頫

澄江漾旭日，青嶂拥晴云。孤舟彼谁子，应得离人群。

题米元晖山水

（元）吴澄

一水两山间，水如练带山如鬟。
昔见江山如图画，今观图画如江山。
米家下笔亦等闲，卢家珍袭同瑶环。
一朝身后落人手，又为好者开欢颜。
我家一幅广长画，朝夕对之如列班。
有力莫能偷夺去，常青常白色不黮。
若将此幅与论价，酬金何啻千百镮。

题金德原所藏元晖小景

（元）黄溍

牀头书画正纵横，忽值今朝醉眼醒。
起向米家船上看，云山元是旧时青。

米元晖画卷

（元）吴镇

烟光与山色，缥缈想为容。不知山色澹，为复烟光浓？
虎儿断入图画中，凭阑展卷将无同？
但令绝景长在眼，从渠绝霭随春风。

题米南宫画

（元）郯韶

风流不见米南宫，依旧云林远树重。
貌得匡庐旧游处，半江秋色洗芙蓉。

题米元晖江山小景

（元）赵汸

沧波浩无津，挥手扬帆去。回顾江上山，苍苍但烟树。
结茅傍洲渚，岂少垂纶处？终然尘迹近，未及扁舟趣。
世运如风飙，朝新夕成故。白云何亭亭，倏尔天际住。
寄谢山中人：奚为独多虑！

元晖山

（元）郭畀

灌木荫沧洲，闲云叠层巘。茅茨在咫尺，径路浑莫辨。
王家玉印章，翰墨屹冠冕。怅望海岳菴，禾黍西风转。

题米元晖墨山

（元）于立

生来堕尘网，苦为尘网缚。暇日起我早，骑驴出东郭。
城门老人发半垂，问我骑驴何所之。
为言欲向山中去，茅屋正在清溪湄。
山中之人面如玉，手把素书跨黄犊。
石泉夜煮茯苓香，满屋秋云邀共宿。
绿萝晓月悬松风，缥缈惟闻烟外钟。
十年往事一回首，已隔云山千万里。
潦倒狂吟头半白，把卷令之（人）念畴昔。
石田瑶草近如何，题诗好寄山中客。

题米元晖画山水

（元）陆友

翳翳云中树，亭亭江上山。秋风生柁尾，荡漾碧波间。

题元晖山水

（元）张天英

江上江云漠漠寒，有时带雨过层峦。
只愁海岳菴前路，水没黄沙鸭觜滩。

画山水歌题米元晖卷

（元）张天英

我有山水癖，由来好幽栖。
十年游雁荡，五年游会稽。
或言秦王昔时爱仙术，驱石下海如凫鹥。
洞口谁来劚龙耳，骊珠夜照天鸡啼。

三峰参差九华老，蛟龙鼓浪方壶低。
醉墨淋漓落吾手，咫尺万里云凄凄。
初疑巨灵辟开翠岩湿，冯夷击碎青玻璃。
人〔又〕疑刘阮双行赤城下，渔舟棹入桃源溪。
对此长歌发幽思，便欲著屐来攀跻。
我家碧山最奇绝，绿萝万丈缘丹梯。
忆昨金门拂衣去，自种青松与人齐。
几人欲画画不到，惟有四时云月可以相招携。
吾负碧山此为客，何异乎巢由轩冕行尘泥？
从吾好，归来兮（兮）！

题宋子章效米元晖山水图
（明）刘基

昔时米南宫，父子同画癖。油然烟雨态，千里入盈尺。
近代宋尚书，笔意妙欲逼。置之几格间，新旧莫辨识。
应是前后身，神会造化迹。鸿濛迷日月，颒洞飞霹雳。
苍崖晦中断，天阙杳高隔。洪涛涨无倪，龙虎移窟宅。
农夫怨昏垫，樵牧绝行跡。破屋两三家，摇撼已倾侧。
得非杜少陵，无乃陶彭泽？簦茅委泥泞，篱菊没狼藉。
空汀乏舟楫，汗漫安所适？披图瞻青冥，惆怅至终夕。

题米元晖山水
（明）张以宁

高堂晓起山水入，古色惨淡神灵集。
望中冥冥云气深，只恐春衣坐来湿。
江风吹雨百花飞，早晚持竿吾得归。
身在江南图画里，令人却忆米元晖。

题米老山水

（明）王偁

海岳菴前觅旧踪，苍茫云树米南宫。
别来几片秋山影，都付寒鸥一篷（笛）风。

题米南宫水墨图

（明）吴宽

云山烟树总模糊，此是南宫鹘突图。
自笑顶门无慧眼，临牎墨蹟澹如无。

题画米山

（明）李日华

吴山尽处越山涯，水木清华处处佳。
山鸟忽来啼不歇，声声似劝我移家。

米家山水（二首）

（明）李日华

石赭斑斑半杂苔，晴云才去雨云来。
米家山色浑无定，泼墨何人解脱胎？

平矶小坐一开颜，树影萧疏石藓斑。
莫讶湿云飞不起，米家原自有晴山。

小米山水

（明）祝允明

襄阳松沈未曾干，十里潇湘五尺宽。
樵径不禁苔露滑，渔簑长带水云寒。

澄澄僧眼连天碧，澹澹蛾鬈隔雾看。
恐为醉翁当日写，平山堂上雨中观。

仿米元章笔意因题（二首）
（明）董其昌

乌丝白练是生涯，但向沧江问米家。
从说远山多妩媚，可知矮树是枇杷？

春入寒枝未著花，湿云细雨罨平沙。
天公似合襄阳戏，我画烟山不较差。

米友仁画卷
（元）吴镇

元章笔端有奇趣，时洒烟云落缣素。
峰峦百叠倚晴空，人家掩映知何处。
归帆直入青冥濛，曲港荷香有路通。
更爱涪翁清绝句，相携飞上蓬莱宫。

范宽山水
（元）张翥

忆昔往寻剡中山，四明天姥相萦盘。
客路上头穿鸟道，行人脚底蹋风湍。
旦寒露重多成雨，浥雾濛云互吞吐。
仆夫相呼岩壑间，空响鹰人作人语。
溪穷岿断地忽平，石门壁立如削成。
隔水无数山花明，中有人家鸡犬声。
向来老眼曾到处，此景俱作桃源行。
百年留在范宽笔，水墨精神且萧瑟。

上有翰林学士之院章，恐是宣和旧时物。
林獌野鹤应自在，令我相见犹前日。
时平会乞闲身归，一壑得专吾事毕。

题鲁彦康所藏范宽山水手卷
（元）钱惟善

看云终日坐苍苔，溪上千峰紫翠堆。
种竹人家临水住，抱琴客子过桥来。
欲书盘谷先生序，更把浔阳处士杯。
他日卜居能似画，草堂题作小蓬莱。

范宽画卷山水
（元）牟鲁

丘壑胸中起，龙蛇笔底生。斯人皆没世，羡尔独锺情。
未识真为幻，徒闻画有声。谁能写庐阜，翠色到牕楹。

范宽画卷山水
（元）刘元佐

范宽笔法天下稀，峰峦峭拔尤崛奇。
龙翔凤舞入霄汉，白昼惨淡阴云垂。
玉堂仙人挥翰手，綵笔留题世希有。
只今流落百馀年，满纸龙蛇欲飞走。

范宽画卷山水
（元）王蒙

范宽墨法似营丘，散落人间二百秋。
咫尺画图千里思，山青水碧不胜愁。

范宽画卷山水

（元）叶广居

范翁作画绝代无，岩壑交错青珊瑚。
玉堂仙人妙题品，千载见题如见图。
乱后图书绝狼藉，奇珍委地无人识。
萧条锦缥世间希，拂拭墨痕三叹息。

奉题朱泽民先生画山水图

（元）李祁

洞庭之南湘水东，青山奕奕蟠苍龙。
云阳峰高七十二，欲与衡岳争为雄。
我家近在云阳下，来往看山如看画。
十年尘土走西风，每忆云阳动悲咤。
吴中胜士朱隐君，笔精墨妙天下闻。
画图画出湘江水，青山上有云阳云。
云阳山高湘水绿，十年不见劳心目。
只今看画如看山，万里归情寄鸿鹄。

题朱泽民画山水

（元）黄镇成

与客浮湘水，琴书共一舟。云间双树晓，天外数峰秋。
指顾消尘虑，栖迟发耀讴。未知身是画，明月满沧洲。

朱泽民山水

（元）郑元祐

楼观参差山坳，渔舟远啸出林梢。
白云度尽千峰碧，鬻石幽人始定交。

朱泽民山水

（元）郑元祐

吹箫江浦秋，舟荡碧云幽。拟遡（溯）岩松下，诗盟订白鸥。

题朱泽民山水

（元）陈基

东曹兴逐秋风起，长揖齐王归故里。
讬言鲈鲙与蓴羹，远害全身良有以。
神交海上陶朱公，遭世虽殊心则同。
读书把钓松江尾，仰看浮云行太空。
八月严霜下乔木，万里青冥眇飞鹄。
为谢长安马上郎，世间何物为荣辱？

题朱泽民山水

（元）郑韶

洞庭南下水如天，篷底看书白日眠。
我亦怜君爱山色，直须买酒过秋船。

朱泽民画

（明）苏伯衡

朝朝谋隐地，忽见好山川。雄丽皆衡霍，幽深别涧瀍。
羊眠松石下，虹挂屋头泉。便欲抽簪去，依崖结数椽。

朱泽民山水歌

（明）虞堪

江山青青江水绿，市上何人吹紫竹？
避暑宫前不见春，落花满地游麋鹿。

千古江山列画图，朱侯解写咫尺烟模糊。
扁舟依然在洲渚，应可自此归五湖。
昔人去者今有无，昔人去者今有无？

观朱泽民所画山水有感
（明）袁凯

朱公画图爱者众，声价端如古人重。
王卿钜公数见寻，往往闭门称腕痛。
我时挟册游郡城，朱公爱我诗律精，
时时沽酒留我宿，共听西厢风雨声。
清晨起来忘洗盥，短衣飘萧临几案。
太行中条眼底生，岩岫冥冥气凌乱。
禹凿龙门疏泽水，根入黄河源不断。
南及衡阳抵桂林，东入会稽连海峤。
是中真我一畎宫，正如浮萍在江汉。
溪流涴涴石齿齿，夹屿桃花途远迩。
原头烟雾散鸡犬，屋里诗书杂童穉。
扁舟远来知是谁，岂是昔日鸱夷皮？
五湖鰕菜殊可乐，千古功名何足奇。
只今四十有三载，公竟不归图画在。
世间好手岂易得，终日纷纷劳五彩。
感时念旧心独苦，况我头颅白如许。
呼儿捲却不忍看，白发高堂泪如雨。

朱泽民山水
（明）沈周

睢阳老人营丘徒，意匠妙绝绝代无。
为留清气在天地，便就片纸开江湖。

长松落叶风细细，幽构紫萝倚江住。
壁虎书鱼荡水光，老屋疏茅通雨气。
老人不归空北山，芳杜春风应厚颜。
微官缚人万事拙，安得浮云相往还。
宦海黄尘迷白发，云壑风泉清入骨。
思家看画方兀然，叫落西窗子规月。

题汤溪胡氏藏朱泽民山水大幅
（明）吴宽

晴云乱落长涧，叠嶂秀依密林。
水乐铿然自作，茅堂可彻鸣琴。

历代题画诗类卷第十二

山水类

纯甫出释惠崇画（要予作诗）
（宋）王安石

画史纷纷何足数，惠崇晚出吾最许。
旱云六月涨林莽，移我翛然堕洲渚。
黄芦低摧雪翳土，凫雁静立将俦侣。
往时所历今在眼，沙平水澹西江浦。
暮气沉舟暗鱼罟，欹眠呕轧如闻橹（橹）。
颇疑道人三昧力，异域山川能断取。
方诸承水调幻药，洒落生绡变寒暑。
金坡巨然山数堵，粉墨空多真漫与。
大梁崔白亦善画，曾见桃花静初吐。
酒酣弄笔起春风，便恐漂零作红雨。
流鸎（莺）探枝婉欲语，蜜蜂掇蕊随翅股。
一时二子皆绝艺，裘马穿羸久羁旅。
华堂岂惜万黄金，苦道今人不如古。

惠崇画
（宋）王安石

断取沧洲趣，移来六月天。道人三昧力，变化只和铅。

题巨然画

（元）王冕

溪山对雨起呼酒，一笑还披万里图。
疎树远山秋淡薄，飘风流水尽模糊。

僧巨然画

（元）鲜于枢

秋鲈春鳜足杯羹，万顷烟波雨櫂横。
就使直钩随分曲，不将浮世钓浮名。

巨然山水

（元）袁桷

空江浩荡挟秋声，不是匡庐只秣陵。
老子定回神观静，笑渠艇子浪千层。

巨然小景

（明）高启

隔溪山阁映秋开，坐久钟声度水来。
遥指石桥邨树杪，一僧归处是中台。

秋日写巨然笔意与若休

（明）李日华

山光沉绿树酣黄，九月江南欲试霜。
独坐滩头不垂钓，蓼花风急送渔榔。

题董北苑山水

（元）鲜于枢

爱山不得山中住，长日空吟忆山句。

偶然见此虚堂间,顿觉还我沧洲趣。
阴厓绝壑雷雨黑,苍藤古木蛟龙怒。
岈石荦确溪涧阔,知有人家入无路。
一重一掩深复深,危桥古屋依云林。
是中宜有避世者,我欲径去投冠簪。
源也世本膏粱子,胸中丘壑有如此。
后来仅见僧巨然,笔墨虽工意难似。
想当解衣盘礴初,意匠妙与造化俱。
官闲禄饱日无事,吮墨含毫时自娱。
谁怜龌龊百僚底,双鬓尘埃对此图。

题董源山水图

(元)吴澄

帝里春风二月天,黄尘千丈暗鞍鞯。
苍苍万木烟云里,何处山川到眼前?

董源小幅

(元)吴镇

烟水冥迷山远近,高山临水更清寒。
茆堂深倚林中搆,商舶遥从海岛还。
云起乱峰生巧思,鸟飞残照入遐观。
生绡仅尺无穷意,谁识经营惨澹间。

赵伯骕画

(元)吴镇

风色凄其上碧山,一朝林木变红颜。
幽人为惜深秋色,忘却驱驰古道间。

赵伯驹画

（元）吴镇

璚馆芙蓉罨画山，天香缥缈碧云间。
鹤巢松顶藤花落，一任山人指顾间。

赵千里山水长幅

（元）邓文原

苍山高处白云浮，楼阁参差带远洲。
千尺虬龙依绝壁，一群鹳鹤唳清秋。
山翁有约凭双屐，埜客无心㳂（溯）碧舟。
最是霜林好风景，居然咫尺见丹丘。

赵千里山水长幅

（元）吴镇

宋室有千里，疑自蓬莱宫。绘事发天性，深研境益工。
山高藏石磴，洞古青蒙丛。秋风遍林壑，万树叶欲空。
唯有松与石，不改岁寒穷。行行何处客，岂是商山翁。
临江有虚阁，一望波溶溶。轻舟徐荡漾，西岭夕照红。
荆关为揖让，二李堪与同。庸物奚足数，新图不易逢。
当年置长府，珍祕更为崇。书竟发长啸，两腋来清风。

赵千里画

（元）吴镇

猗欤千里诸王孙，画图犹见二李存。
盘回虚阁凌空起，苍郁长林来雨繁。
仙姬仙客居绝境，试展殊觉晴云翻。
持向故山茆屋底，咫尺却拟蓬莱根。

记子昂画

（元）虞集

春风动兰叶，庭户光陆离。言收竹上露，石角挂练衣。
车行不择路，苾苢何楚楚。游子憺忘归，徘徊岁云莫。

赵子昂仿顾恺之

（元）邓文原

溪边春树绿成群，重叠青山翠影分。
客子何来忘归去，歌声遥落水中闻。

赵待制山水

（元）陶宗仪

山外溪平不肯流，山前乔木易知秋。
水晶宫里清幽地，不信无人著钓舟。

子昂画

（元）陈高

风动秋山日已晡，旧时林苑尽荒芜。
王孙去国犹无恙，解写江南烟树图。

子昂仿顾恺之

（元）吴镇

隔水山高青隐日，傍溪古树绿藏云。
闲翁自有闲游伴，更爱溪鸥闲作群。

赵子昂仿陆探微笔意

（元）黄公望

千山雨过琼琚湿，万木风生翠幄稠。

行遍曲阑人影乱,半江浮绿点轻鸥。

赵文敏公山水
(元)王逢

(公于画左题云:"至大三年六月望日,为吴彦良画并诗。"有"岸静树阴合,溪晴云气流"之句,想在鸥波亭作也。)

何山弁山秀可掬,上若下若蕢(蘋)苔绿。
翰林学士偶归来,亭倚鸥波送飞鹄。
鹄飞尽没苍茫境,衣上青天倒摇影。
鹿头舫子湖州歌,想带南风觉凄冷。
冰盘瓜李进仲姬,生绡画就复题诗。
郑虔三绝世无有,呜呼!何幸再见至大三年时。

子昂小景(五首)
(明)祝允明

春山雨新沐,掩霭结浓绿。一叶金芙蓉,粲粲迎朝旭。

渔舟何所至?两两镜光中。沿洄泝春涨,更喜天无风。

江亭小于艇,松子落满顶。尽日无人来,流水抱虚影。

晴阳破岚暝,水色当春和。如何异人境,而有樵者歌?

隔坞有绝壁,萝扉对山开。客子何为者,能入深山来?

题松雪山水
(明)僧古渊

雪后潮痕上钓矶,江南天水一丝微。

萋萋芳草迷禾黍，何事王孙尚不归？

题赵仲穆画

（元）郑韶

水晶宫里佳公子，拄笏看山逸兴多。
昨夜溪南新水涨，钓丝晴拂白鸥波。

题赵仲穆山水（二首）

（元）仇远

绿林红树石峥嵘，有客攜琴访友生。
今夜西轩风月好，殷勤为我鼓商声。

王孙遗迹在桐乡，留得当年翰墨香。
回首西风多感慨，不辞援笔赋嵇康。

题仲穆山水

（元）贡师泰

翡翠为崖金作波，白云重叠护层阿。
背琴童子松间坐，束带仙人马上过。
高阁半天开宝月，飞流千尺写银河。
王孙已老丹青在，转觉风流意气多。

题赵仲穆山水图歌

（元）黄玠

远山如涌波，近山如积石。远近千万山，峥嵘起寒碧。
赤甲白盐江影空，青天芙蓉五老峰。
野桥邮路独归客，耳边髣髴东林钟。
沧浪老人唱歌处，日暮停篙倚江树。

倒挑笠子渔竿头,隔水高楼访谁去。

题赵仲穆画
(明) 王澻

十二璃楼紫翠重,万年琪树落秋风。
南朝无限伤心事,都在残山剩水中。

子久为危太仆画
(元) 吴镇

子久丹青好,新图更擅场。浮空烟水阔,倚岸树阴凉。
咫尺分浓淡,高深见渺茫。知君珍重意,愈久岂能忘。

子久为徐元度画
(元) 吴镇

木落空山秋气高,一声疎磬出林皋。
归帆点点知何处,满目苍烟尚未消。

黄子久山水(二首)
(元) 郑元祐

小黠大痴谁复然?画山画水亦随缘。
悬厓绝谷喷流泉,此中即是安养地,九品《莲华》光烛天。

众人皆黠我独痴,头蓬面皱丝鬓垂。
勇投南山刺白额,饥缘束岭采青芝。
仲雍山趾归休日,尚馀平生五色笔。
画山画水画楼台,万态春云砚坳出。
只今年已八十馀,无复再投光范书。
留得读书眼如月,万古清光满太虚。

追和铁崖先生题黄子久画

（明）周傅

最爱山居养性灵，空山为几翠为屏。
乱峰雨过云犹合，小洞春深草更青。
对月漫题招鹤咏，临池长写换鹅经。
兴来还解吹箫管，有约离人夜半听。

仿子久小笔

（明）李日华

不是春山淡欲无，江空沙落眼糢糊。
鹁鸠强要司晴雨，不管人眠著意呼。

题仿黄子久画

（明）董其昌

积铁千寻届紫虚，云端鸡犬见邨墟。
秋光何处堪消日？流涧声中把道书。

题黄子久山水

（明）僧妙声

黄公东海客，能画逼荆关。意尽崎岖外，精深溟涬间。
猨啼明月峡，木落浩亹山。谷口萝虺暝，骑驴独未还。

王叔明卷

（元）吴镇

短缣几许容丘壑，郁郁乔林更著山。
应识王郎胸次好，未教消得此身闲。

王叔明山水图
（明）吴宽

黄鹤高楼已搥碎，空有江南黄鹤山。
山深有客持樵斧，终日置身林木间。
临风高歌白石烂，隔水或看秋云还。
老夫亦有幽居兴，对此径欲遗柴关。

长幅茧纸仿叔明
（明）李日华

远山烟重树萋萋，湖落沙寒水一溪。
独坐茅亭无一事，晴鸠啼过雨鸠啼。

山水仿叔明与竹雨（丙寅三月清明日）
（明）李日华

栗留呼醒仙游梦，洞壑虚无岚翠空。
意里尚存三叠水，眼前犹见百盘松。
有田有屋云堆处，半郭半邨山影中。
笔墨自娱聊尔尔，不贪人唤作卢鸿。

题王叔明画
（明）董其昌

南山与秋色，气势两争峙。闲者解其纷，君今已闲未？

题商德符山水图
（元）马祖常

曹南山君画山水，幅绢咫尺千万里。
古木樛枝障雾雨，苍山断裂蹲虎兕。

路幽应有仙人室，楼阁恍惚云气入。
翰墨黯黯绝丹碧，芙蓉峰高观海日。

商学士画山水歌
（元）马祖常

商侯画山并画水，当今天下无双比。
昔者累蒙天子知，昼日三接赐筐筥。
墨渖翻流雪壁滑，闽峤蜀门生寸晷。
五年送绢或不得，岸帻饮酒辱画史。
江波沉沉树含雾，叠嶂千层问归路。
玄云夜合风雨交，渔师不畏蛟龙怒。
倚云茨屋如穹龟，樛枝应有猿猱悲。
暝霭依稀蜃楼出，暗霏髣髴鳌峰移。
君不见剡藤一丈光陆离，呜呜野人秋行迷。

题商侯画山水图
（元）贡奎

秦巩诸山天下美，相君爱山心独喜。
商侯落笔图画里，盘桓咫尺藏千里。
远山天际抹修眉，近山淡黛连云起。
下有百尺清溪水，石阑木盾悬崖底，时见行人去如蚁。
危桥吹断横沙尾，邨落林园接迤逦。
云中世家重释流，东剡凌虚构华侈。
挝钟击鼓两岩间，西剡辉煌贺兰氏。
商周遗俗亦在耳，岂无当时隐君子？
我欲追游茧双趾，却爱孤舟屿旁舣。
商侯商侯巧能拟，安得从之慰我思，呼酒尽埽溪藤纸？

题胡廷晖画

（元）郑韶

仙馆空青里，春船罨画中。鸥波千丈雪，渔笛一丝风。

再题廷晖山水

（明）张羽

近代丹青谁第一？精绝独数吴兴胡。
魏公家传《摘瓜图》，将军妙笔绝代无。
年深粉墨纷模糊，公命胡也全其污。
鸥波亭前山满湖，宾客不来人跡疎。
以手画肚私传摹，归来三日神始苏，下笔直与前人俱。
今人不见古人画，古画自与今人殊。
呜呼！眼前不复见此物，吾与购之千明珠。

题高房山画

（元）鲜于枢

素有烟霞疾，开图见乱山。何当谢尘迹，缚屋住云间？

高房山画

（元）王士熙

吴山重叠粉团高，有客晨兴洒墨毫。
百两真珠难买得，越峰压倒涌金涛。

次韵题高房山画卷

（元）倪瓒

屋边昨夜春风起，蒋芽荇叶生春水。
睡醒独坐无人声，历历青山水光里。

题高房山画

（明）徐贲

风流一代房山老，胸中丘壑蕴天巧。
有时意匠稍经营，万叠云山笔端埽。
呜呼！斯人往矣不可攀，画图千载遗人间。

题高房山画山水行

（明）黄希英

房山西湖之子孙，一腔汛埽与云屯。
有时槎枒撑肺腑，幻出云涛潋滟翻。
鳌头群峰压不住，海上浮来云外露。
长松落落锁翠烟，前邨后邨尽寒雨。
小桥驾壑无人行，雨溪流水经石砰。
乱树深中更絺邈，五城缥缈飞朱甍。
此君北斗司喉舌，妙手场中夸艺绝。
规模董李神更豪，素练云烟欲明灭。
中堂忽生太古色，混漾交迴渺难测。
安得人间有此幽旷可冥搜，吾将诛茅结屋终老长松侧。

高房山小画

（明）傅汝舟

春山溟濛气欲滴，古绢元代标房山。
空亭尽与恶木离，恍有仙客游其间。
吾乡漫仕（士）早学此，笔意迥入房山里。
晴天简点更摩挲，满堂烟雾来无何。

题高房山山水

（明）吴宽

燕南蹙翠维房山，高公昔者生其间。

戏拈画笔少明豁，玉女峰亚垂烟鬟。
积雨初收隔春树，望见人家隝（坞）边住。
亦知中有王维诗，行到水穷无觅处。

题高房山横轴
（明）文徵明

春云离离浮纸肤，翠攒百叠山模糊。
山空云断得流水，咫尺万里开江湖。
依然灌莽带茅屋，亦复断渚迷菰蒲。
冈峦出没互隐见，明晦阴晴日千变。
平生未省识匡庐，玉削芙蓉正当面。
宛转香鑪（炉）霏紫烟，依稀梦泽分秋练。
未遂扁舟梦里游，酒醒独展灯前卷。
问谁能事夺天工？前元画史推高公。
已应气槩吞北苑，未合胸次饶南宫。
南宫已矣北苑死，百年惟有房山耳。
只今遗墨已无多，窗前把卷重摩挲。
世间吮笔争么麼，埽灭畦径奈尔高公何！

题画山水似盛子昭（四首）
（元）黄玠

冉冉山上云，累累水中石。梢梢林莽高，黯黯崖谷黑。
东冈特秀绝，拔地起千尺。突兀众峰间，犹是太古色。

连山根插江，江碧石齿齿。层颠高出云，老树下压水。
岩扉俯深迥，磴道陟纡委。欲持一壶酒，慰彼幽栖子。

前山如立梢，后山如倚较。远近千万山，斗绝入牛角。

礐头积磊砢，石面斸硗确。是中无征徭，民俗犹愿悫。

回峰危欲堕，峭径深可入。萦纡度壁隒，窈窕去井邑。
泉悬净练明，崖拥积铁涩。缅怀贞白看，相从负云笈。

题韩介石所藏盛子昭画
（元）黄玠

隆隆大谷深，挺挺嘉木秀。崇冈折阴翳，悬水落长霤。
槎牙松颠迥，侧塞石角斸。来者岂阮生，尚尔冠服旧。
清啸满空山，高人在危构。胡不从之居，分瓢饮云窦。

题盛子昭画
（明）贝琼

石转交流水，山浮欲动云。名园郑谷迥，绝境辋川分。
老树龙初化，仙人鹤不群。已临吴道子，不数李将军。

题盛懋画
（明）郭钰

远鸟映微红，疎林带寒绿。石上一柴关，溪边两茆屋。
轻风花落地，细雨云归谷。侧耳试闲听，疑闻《紫芝曲》。

题盛叔章画
（元）郑洪

记得天台雁宕归，满山松露湿人衣。
十年眼底无林壑，今日画图看翠微。

盛叔章山水画
（元）王璋

草堂只在南湖上，山色水光相与清。

鸥鸟不来鱼不起。落花风飐读书声。

盛叔章山水画
（元）杨维桢

春波门前水如酒，十里竹西歌吹迴。
莲叶箭深香雾卷，桃花扇小彩云开。
九朵芙蓉当面立，一双鸂鶒近人来。
老夫于此兴不浅，玉篴（笛）时吹鹦滥堆。

盛叔章画
（明）鲍恂

烟湿空林翠霭飘，渚花汀草共萧萧。
仙家应在云深处，只许人间到石桥。

题倪云林画（有序）
（元）钱惟善

　　曲江老人喜云林之画与诗不徒作，盖识其人之贤，故次其韵，以发清赏。

太丘遗泽被诸孙，东蔡深居雨外村。
浊水摩尼因见地，好山罨画正当门。
得钱賸买书千卷，留客时沽酒一尊。
名利区区等春梦，贪夫未觉古槐根。

题元镇画（二首）
（元）郑韶

断霭生春树，微茫隔远汀。梁溪新月上，照见惠山青。

高江新水生，微月流云度。美人胡不知，相思隔春树。

倪元镇画

（元）郑韶

玄馆夏初度，青林暑气中。开轩对流水。坐石待薰风。
花落葛巾侧，鸟鸣山几空。经鉏者谁子？散发奏丝桐。

倪云林为静远画

（元）黄公望

遥山近山青欲滴，大木小木叶已疎。
斜日疎篁无鸟雀，一湾溪水数函书。

和云林题画

（元）郑元祐

昔从九龙隐，来住百花庄。江上春树碧，山中秋草黄。
放情挥翰墨，习静爱林塘。莫道成樗散，终期作栋梁。

云林小景

（元）郑元祐

云起野桥西，层峰翠隔溪。欲寻清閟阁，古木槭（压）簷低。

题云林小景图

（元）倪瓒

赤城霞暎神芝秀，洞里桃花不记春。
何事却将山水脚，钟陵市上踏红尘？

次韵云林画

（元）华幼武

山光澹澹树阴阴，溪水汤汤漱玉琴。

此境不知何处有，清风吹起鹿门心。

为吴子道题云林画
（元）华幼武

万里乾坤一草亭，吴山相对越山青。
秖怜脩竹最深处，佳客长留醉不醒。

云林画山水竹石
（元）华幼武

秋云无影树无声，湛湛长江镜面平。
远岫烟销明月上，小亭危坐看潮生。

题倪云林画（次倪韵）
（明）李东阳

江云乱人目，江水绿人衣。苔雨疑将湿，林风听渐稀。
吴侬歌竹送，越客采菱归。不见沧洲老，垂杨拂旧矶。

倪云林画
（明）卞同

云开见山高，木落知风劲。亭下不逢人，斜阳澹秋影。

题云林小景
（明）高启

归人渡水少，空林掩烟舍。独立望秋山，钟鸣夕阳下。

题倪云林画
（明）俞贞木

栖神山下玄元馆，华表巍然鹤未归。

寂寂小亭人不见，夕阳云影共依依。

云林画
(明) 王燧

群树叶初下，千山云半收。空亭门不掩，禁得几多秋？

题倪元镇小画
(明) 施渐

片石丛篁岂在多，丹青只论意如何。
若能咫尺看千里，即是潇湘壁上过。

题仿云林笔意
(明) 李日华

木叶萧疎烟霭浓，层层青嶂削芙蓉。
诗人好句从何得？只在波光树影中。

题仿倪迂画
(明) 董其昌

迂翁高卧九龙云，清閟风流海外闻。
雪后江山青似染，拈来却胜李将军。

题倪云林小幅山水
(明) 僧元璞

云林隐者绝风流，常到涧西山寺游。
下马脱巾青竹里，题诗写画野泉头。
房山墨法谁能得？谢朓襟怀自可俦。
便儗（拟）梁溪一相觅，桃花春水隔芳洲。

题曹云西画

（元）倪瓒

吴松江水碧于蓝，怪石乔柯在渚南。
鼓柂长吟採蘋去，新晴风日更清酣。

题曹云西山水

（元）王冕

旭日耀苍巘，翠岚生嫩寒。幽人诗梦醒，清响得松湍。

题云西画卷

（元）吴镇

云西老人清且奇，随意点笔自合诗。
高尚不趋车辙迹，新图不让虎头痴。
溪中有人空伫立，江上征帆归去迟。
何处溪歌声欸乃，碧云疎树晚离离。

曹云西山水

（明）王远

世治多福人，时危多贵人。贵人乃鬼朴，福人真天民。
缅忆曹云西，生死太平辰。高秋下孤鹤，想见英风神。
菀菀露摔〔桦〕间，幽幽水石滨。浆打甫里船，角垫林宗巾。
往访赵松雪，满载九峰春。斯图作何年？援笔为嘅呻。
池废馀野鸨，井渫摇青蘋。

题唐子华山水（末句用杨廉夫五字。）

（元）郯韶

我爱会稽杨使君，洞庭秋月约平分。

时时吹笛中流去，卧看苕山如画云。

题唐子华画山水

（明）僧复初

江云如雪树高低，竹里人家傍水西。
满地松阴春雨过，好山青似若邪（耶）溪。

历代题画诗类卷第十三

山 水 类

题江贯道山水（十首）
（宋）刘克庄

世间平远景，万幅在江家。晚至番君国，方知不是夸。

一棹微茫里，孤亭紫翠间。恍疑涉彭蠡，又似访庐山。

江险不容极，禹功胡可忘。向来小龙子，衮冕食千羊。

夹立朝群玉，浓妆列万笄。中州不敢顿，抛在瘴云西。

茆山千万叠，不得见天全。帆出扶胥口，无山只有天。

雪冒禹碑石，云埋泌草堂。早知抱遗恨，悔不挟乾粮。

半夜黄天荡，楼船雪浪中。当年草檄客，今日负樵翁。

太武求溲处，支祁著鏁（锁）边。淮风晨裂面，淮浪夜惊船。

展卷嗟丘也，东南西北人。昔还行脚债，今作卧游身。

一疋好东绢，天寒家未温。尽教儿拆绣，焉管妇无裈。

题俞秀才所藏江参山水横轴（二首）
（宋）陈与义

卷中衮衮溪山出，笔下明明开辟初。
不肯一挥为妇计，俞郎作意未全疏。

万壑分烟高复低，人家随处有柴扉。
此中只欠陈居士，千仞冈头一振衣。

题祝生画
（宋）朱子

裴侯爱画老成癖，岁晚倦游家四壁。
随身只有万叠山，秘不示人私自惜。
俗人教看亦不识，我独摩挲三太息。
问君何处得此奇？和璧隋珠未为敌。
答云衢州老祝翁，胸次自有阴阳工。
峙山融川取世界，咳云唾雨呼雷风。
昨来邂逅衢城东，定交斗酒欢无穷。
自然妙处容我识，为我埽此须臾中。
尔时闻名今识面，回首十年齐掣电。
裴侯已死我亦衰，祝君虽老身犹健。
眼明骨轻须不变，笔下江山转葱蒨。
为君多织机中练，更约无事重相见。

观祝孝友画（二首）

（宋）朱子

天边云逗山，江上烟迷树。不向晓来看，讵知重叠数？

草阁临无地，江空秋月寒。亦知奇绝景，未必要人看。

题大年小景

（宋）黄庭坚

水色烟光上下寒，忘机鸥鸟恣飞还。
年来频作江湖梦，对此身疑在故山。

赵大年小景

（元）程钜夫

匹马冲寒踏落花，杏园深处曲江涯。
何如相对风轩坐，唤得渔船傍酒家。

李营丘真迹

（元）吴镇

万仞苍山百尺楼，西风吹送满林秋。
疏钟遥落空亭里，尽属营丘笔底收。

李思训妙笔（并序）

（元）邓文原

思训作画，虽由于天性，然亦多宗阎立本。惜世罕有知者，因见此卷，为表而出之。

李侯丹青胜结绿，贝阙珠宫看不足。
偶研丹碧写青山，万壑千峰仅盈幅。

应知深处有神仙，花落花开度岁年。
扁舟自是寻真侣，为觅桃源一洞天。

题冯文仲画山水

（元）郑东

六月凉风吹板扉，苍苔生满钓鱼矶。
人生抵死贪微禄，如此溪山不肯归。

为冯文仲画山水小幅

（元）倪瓒

知君近住西湖曲，湖水沦涟似辋川。
窗下青松高百尺，时时落雪满琴弦。

题冯文仲山水（二首）

（元）郑元祐

峰峦入眼最关情，便欲移家向杳冥。
不道有人先占去，三间茅屋一间亭。

平溪如镜碧潺潺，风度渔船过柳湾。
此景眼前都可办，却来画里看青山。

文仲小幅山水

（明）沈周

蠢云古树郁苍苍，堕碧危峦落手傍。
记得西湖楼上立，好山多在赞公房。

冯文仲画

（明）陈继儒

云宜看遍水宜听，除却图中苦未宁。

好使京尘昏梦觉，且教长对隔窗屏。

袁君庭玉以所藏何思敬山水图求题为赋长句
（元）戴良

有客访我城东庐，手持何侯山水图。
乍向高堂一披觌，已知笔力天下无。
老我爱山兼爱画，对此心神忽俱化。
得非鼓柂过潇湘，无乃支藤上嵩华？
野亭倒影浸江清，耳边髣髴波涛声。
渔子苍茫泛舟入，林翁伛偻渡桥行。
因忆良工绎思处，元气淋漓满毫素。
岂但胸藏万丘壑，西极南溟随指顾。
驱山走海何雄哉，满堂空翠挥不开。
丹丘赤城意縣邈，蓬莱弱水情沿洄。
何侯天机深，丹青世无敌。
自从挥洒近天颜，林下何曾见真迹。
年来丧乱走风尘，始为贤豪下笔亲。
王吴未可夸神逸，阎公致誉安足真。
与客传观欢未止，却叹何侯今已矣。
卷图还客休重看，世间梦境亦如此。

题何监丞画山水歌
（元）戴良

至正以来画山水，祕监何侯擅其美。
帝御宣文数召见，抽毫几动天颜喜。
有时诏许阅内储，名笔班班世所无。
王吴李范已心识，馀者山堆皆手摹。
海内画工亦无数，才似何侯岂多遇。

权门贵戚虚左迎，往往高堂起烟雾。
人间一笔不可得，门外车徒漫如织。
叶君使还亲集送，乘兴始肯留真迹。
于时在座总儒冠，王郑歌辞晚更妍。
岂无片语道离恨？见侯之画笔尽捐。
此画攜归在乡县，万壑千岩眼中见。
却忆都门送别时，回头瞥觌西山面。
莫言短幅仅盈尺，远势固当论万里。
既似山河月里明，复同衡霍牖中起。
叶君眼力老愈光，爱之不减云锦章。
年来行橐尽抛弃，惟将此纸什袭藏。
何侯迁官定何处？有客披图正倾慕。
北骑南辕倘相值，烦君为我致毫素，请侯一写沧洲趣。

题柯敬仲画（五首）

（元）虞集

北苑今仍在，南宫奈老何？青山解浮动，端为白云多。

雨过黄陵庙，苍梧云正愁。何时倚虚幌，对此满林秋？

江上秋漠漠，风雨晚萧萧。千载谁相识，惟应待老樵。

峡口春云重，江南夜雨多。水深桃叶渡，风急《竹枝歌》。

平陆苍龙起，近山生远烟。前邨三万顷，明月水平田。

题柯丹丘画

（元）郑韶

溪上青山石径纡，暖云晴嶂锦模糊。

行人如隔湘江岸，日莫青林啼鹧鸪。

为高安何思恭题方壶所画山水
（元）刘永之

古象山中白昼闲，紫烟楼观凤笙寒。
试分玉井三秋露，戏写方壶九叠山。
老树模糊常带雨，茅茨潇洒镇临湍。
知君隐处浑如此，持向荷峰锦水看。

方方壶画（二首）
（元）吴镇

城市山林孰是非？幽居能与世尘违。
函关紫气青牛到，辽海秋风白鹤归。
天鼓叩残明月堕，洞箫吹彻彩云飞。
谁知寂寞江天外，长使人间望少微。

数载飘蓬事已非，荆关咫尺世情违。
寒云时向青山抹，野艇遥从白社归。
几处夕阳人共语，一邨流水鹭边飞。
知君紫府归来后，闲把丹青蘸翠微。

题方壶画（为斯贞佢赋）
（明）镏炳[*]

巨然画与书法同，纵笔所至生秋风。
墨飞元气泻沉瀣，青摩斗角连崆峒。

---

[*] 镏炳，亦作"刘炳"。姓氏"镏"同"刘"。原本二者皆有，明人刘崧、刘师邵亦有作"镏崧""镏师邵"者。

远岫平林断还续,苔根斜迸山泉绿。
钓倚丹枫野老矶,门垂碧柳幽人屋。
壶公骑鲸白云乡,垄树绿泫烟草黄。
风流文采今寂寞,对画泪痕沾我裳。

题方壶画
(明) 王燧

紫府深沉白昼闲,仙人归去邈难攀。
当时暂谪来尘世,写遍江南雨后山。

题上清方壶山水
(明) 陈煇

曾过蓬岛访茅君,路入中峰紫翠分。
琪树寒生双磵雨,石门秋卧半潭云。
捲簾山色当牕见,拂轸溪声入坐闻。
何日暂辞尘服累,青松白鹤日为群。

方方壶画
(明) 文徵明

烟沉密树苍山暝,波捲长空白鸟迴。
细雨斜风簑笠具,钓翁何事却归来?

题方方壶画
(明) 僧大圭

方壶老人年九十,醉把金壶倾墨汁。
染得蓬莱左股青,烟雾空濛树犹湿。
危桥过客徐徐行,白石下见溪流清。
仙家楼馆在何处,云中髣髴闻鸡声。

古台苍苍烟景暮，药草春深满山路。
招取吹笙两玉童，我欲凌风从此去。

题赵彦徵画

（元）钱惟善

玉堂学士研犹存，三绝名家尚有孙。
何处有山如此画，便将归计问田园。

题赵彦徵画

（明）张简

吴兴佳山水，远近蓄清光。岩峣金盖峰，秀色独苍苍。
烟云互出没，草木生风香。长桥接迥溪，积石倚崇冈。
樵渔识径幽，于以乐深藏。击鲜列鲤鲂，启翳理松篁。
晨雨况可鉏，春泉亦堪湘。既已长孙子，所愿安是乡。
嗟哉风尘中，何由得徜徉？赵君锺神秀，挥洒发奇章。
卷图思旧游，掩抑不能忘。

赵彦徵画

（明）宋杞

远山入空青，老树擎寸碧。近山接平坡，凿凿见白石。
两山尽处歧路平，松林漠漠烟如织。
清溪疑自天目来，鸥鹭飞起无纤埃。
有人曳杖过溪去，渡头古屋谁为开？
玉堂学士画家趣，潇洒文孙传笔意。
风尘满眼何处避，安得向此山中住？

题赵彦徵溪山小景图

（明）僧来复

曾汎苕溪看晚雾，红簾小艇稳于车。

水通孤岸桥依竹,路入重林屋傍花。
风外眠鸥惊客笛,云中吠犬隔仙家。
秋波千顷芙蓉老,谁觅王孙旧钓槎?

赵彦荣临画
(元) 郑韶

北苑南宫奈老何,青山依旧洛中多。
相思一夜鸥波梦,穉子船头结绿蓑。

彦敬小景
(明) 张宁

阴阴绿树草堂低,晓雨初晴水满溪。
门迳昼长人不到,百花深处一莺啼。

题彦颙画中小景(二首)
(明) 聂大年

水禽沙鸟自相呼,远近云山半有无。
一叶扁舟两三客,载将烟雨过西湖。

雨馀芳树净无尘,草色蒙茸浅带春。
茆屋石田应尚远,夕阳愁杀独归人。

为祝彦中题山水图
(明) 刘基

高轩玲珑不受暑,半幅轻绡宿烟雨。
白屋素壁生空明,似闻水声遶庭宇。
松鬣拂天藤蔓垂,枯根瘦石相因依。
寒涛不惊虎兕卧,岚翠欲与蛟龙飞。

空江悠悠一渔艇，水白沙明群鱼静。
武陵桃花何处寻？落日微风片帆影。

为彦中题画

（明）龚诩

青山之青如佛头，白云化作寒泉流。
世间尘土飞不到，眼中景物俱清幽。
若人自是好静者，岂非五柳先生俦？
每托琴樽写高兴，脱屣乐从鱼鸟游。
却笑时人苦不达，漏尽鸣钟犹未休。
君不见小虞塘西玉峰下，一卷已遂吾菟裘。
共论心事肯相过，斗酒当为山妻谋。

题丁生所藏钱舜举山水

（元）龚璛

寒溪深无鱼，扁舟小如屐。举世相为浮，更用一篙力。
画彼山中人，憩此松下石。

题钱舜举山水小景

（明）薛瑄

琪树秋风生早寒，楼台缥缈暮云间。
桥头有客长无事，闲听溪声静看山。

题吴季良所藏戴文进山水

（明）程敏政

丹青价重钱塘戴，一幅湖山写更工。
高阁倚空凌夜斗，长桥分水架晴虹。
胜遊地接呼猿洞，旧隐人思放鹤翁。

髣髴画船春载酒,绿阴啼鸟路西东。

题戴文进山水图

(明)陈玺

叠巘层峦曲曲湾,中有罅地非人间。
幽人静观适忘形,辄向阴厓结茅亭。
亭前山色青可续,亭下溪流莹如玉。
邀朋终日话绸缪,藐视乾坤真一粟。
老树号风出林杪,浮云飞尽青螺小。
曲栏干外少人行,对面长空落飞鸟。
轻衫细葛暑不知,万象觉来清悄悄。
正是《南华》诵罢时,呼童埽叶烹新葵。
噫嘻此图谁所为?云是戴氏无声诗。
戴氏山水称绝奇,笔端造化媲王维。
谪仙孙子如我期,便欲跨鹤临清漪。

戴文进小幅

(明)祝允明

峭壁遥撑落照危,蜿蜒曲陇邈修陂。
前头径转峰回境,说与时人定不知。

次陆太宰全卿题戴文进画卷

(明)王世贞

朝出锦官城,暮投浣花渡。步步花媚人,那能舍花去。
但使有酒沽,不妨花下住。

吴伟江山图歌

(明)何景明

吴伟老死不可见,人间画史空嗟羡。

吾观此卷江山图，飘然意象临虚无。
想当濡毫拂绢素，酒酣落笔神骨露。
万里青天动海岳，空堂白日流云雾。
洲倾岸侧波岭衔，岛屿倒影翻源潭。
江边万舸一时发，中流飔飔（飒飒）开风帆。
崩涛涌浪势难久，渔子舟人各回首。
去鹰遥知七泽中，落花误认三江口。
烟峰苍茫貌二叟，面发衣冠颇麤醜。
石林沙草恣点染，舒卷沧洲在吾手。
忆昨弘治间，伟艺实绝伦。
供奉曾逢万乘主，招邀数过诸侯门。
京师豪贵竞迎致，失意往往遭诃嗔。
由来能事负性气，轗轲贫贱终其身。
呜呼吴生不复得，剩水残山转悽恻。
此卷流传天地间，我即见汝真颜色。

吴伟画
（明）严嵩

郭熙之死谁复同，湖湘小仙今代雄。
惯将健笔写缣素，江山平远称尤工。
洞庭潇湘渺何许，积水长天迷处所。
沙边老树总呼风，波上轻云初散雨。
短棹扁舟竞往还，垂纶者翁意愈闲。
晴牕展翫心眼乱，兴在沧洲千里间。

题文徵明画
（明）陆深

笔下尘埃一点无，开图知是贺家湖。

秋风九月菰蒲岸，横著溪舟看浴凫。
阿明此艺称独步，前身妙绝元姓顾。
安得置之水晶宫，卧看云烟落毫素。

题文徵仲小景
（明）郑鹏

竹桥横小涧，泉响落空山。惟有幽栖客，扁舟恣往还。

题石田画（二首，为杨仲深作）
（明）边贡

夕阳半落群峰高，古林萋迷猿正号。
欲招同人眺野色，安得扬州何水曹。
近烟苍苍远烟白，此时独作邗西客。
君不见石子冈头萝薜深。麋鹿成群讵相识？

平生不识石田子，往往相逢画图里。
世传百本无一真，抹青涂紫俱门人。
秋堂对此双眼豁，倏然置我溪与壑。
君不闻画家贵意不贵工，只在冥冥漠漠中。

题石田翁赠朱守拙小景
（明）陈蒙

野藤刺水竹篱斜，落尽东风枳壳花。
日午不闻茶臼响，春城买药未还家。

题仿石田大幅
（明）李日华

石流寒映目，溪树密垂阴。赤日不到地，清风时汎襟。

好句忽冲口，故人俄上心。久虚洞庭约，理棹待秋深。

为杨起同题沈石田拟谢雪村山水
（明）吴宽

雪邨已逝知几年？妙画曾向吴中传。
少时看画老能忆，此事还输沈石田。
昨者西闻杨给事，乘兴放舟过湘川。
坐间偶及雪邨画，为言杨谢世有连。
石田呼童急展绢，冉冉水石兼云烟。
两山秀色相对峙，长松落涧声随泉。
秃翁观泉不归去，岂是碉底寻诗篇？
石田作画不卖钱，给事得之真有缘。
墨痕断烂称古蹟，莫上米家书画船。

为陈玉汝题启南山水大幅
（明）吴宽

马家作画才一角，剩水残山气萧索。
画苑驰名直至今，输与毫端不浮弱。
此幅壮哉谁写真？吴西山水见全身。
行春桥上曾遥望，待乐亭中好细论。

为史明古题沈启南画
（明）吴宽

崒嵂终南山，黄河抱其趾。旧闻塞天地，延袤几千里。
阳乌浴虞渊，落霞散如绮。层峦蔼佳气，苍翠不可拟。
史君松陵彦，家世昔居此。夜梦或见之，既觉心亦喜。
老南慰兹图，历历宛相似。不知经营劳，但见丘壑美。
赤松真吾师，白云是知己。为报山中人，明年泝江水。

题唐子畏山水图

（明）顾璘

赤城霞气连东海，九疑縣縣舜陵在。
曾游两地纵奇观，叠嶂填胸何礌瑰。
洞庭波涛拍云天，吴江长桥绝可怜。
扁舟夜攜二三子，高歌月下招灵仙。
归来草堂老无力，山水迢遥苦难得。
苏台居士好画手，一幅尽写苍茫色。
林壑高深气杳冥，空潭飒飒水风生。
开簾对此坐清昼，髣髴邀余万里行。

唐寅画山水歌

（明）祝允明

杜陵一疋好东绢，韦郎上植松两幹。
唐寅今如曹不兴，有客乞染淞江绫。
前山如笑后如怒，疎林如风密如雾。
黯黯浑疑隔千里，蜿蜿忽辨缘溪路。
黑云沤苍梧，丹霞标赤城。壮哉画工力，九州通尺屏。
两崖远立觜两角，一道空江浸寥廓。
吴绫本是（自）淞水剪，谁把淄渑辨清浊？
茅斋傍江绝低小，羡尔高居长自好。
今年吴地几鱼鳖？看画转觉心热恼。
黄金壶中一斗汁，我欲濡毫映手湿。
莫教童子误攘翻，忽使痴龙攜雨出。

题罗汝文画山水

（明）林志

十里云屏枕黛流，史溪山水忆曾游。

烟霞谩寄沧洲趣,万壑春声入棹讴。

题元人画

(明) 郑 鹏

峰峦驰突如奔马,万顷澄江练光泻。
闲庭邃馆掩清秋,嘉树阴阴覆平野。
山椒寺隐见浮屠,中流小艇悬轻蒲。
桃源辋川无乃是,兴来欲往忘披图。

历代题画诗类卷第十四

山 水 类

稽山道芬上人画山水歌
（唐）顾况

镜湖（一作"中"）真僧白道芬，不服朱审李将军。
墨汁平铺洞庭水，笔头点出苍梧云。
且看八月十五夜，月下看山尽是画。

范山人画山水歌
（唐）顾况

山峥嵘，水泓澄，
漫漫汗汗一笔耕，一草一木栖（一作"凄"）神明。
忽如空中有物，物中有声；
复如远道望乡客，梦遶山川身不行。

睦上人画水
（唐）方干

毫末用功成一水，水源山脉固难寻。
逡巡便可兴波浪，咫尺不能见浅深。
但有片云生海口，终无明月在潭心。

我来拟学磻溪叟,白首钓璜非陆沉。

观项信水墨
（唐）方干

险峭虽从笔下成,精能皆自意中生。
倚云孤桧知无朽,挂壁高泉似有声。
转扇惊波连屿动,迥灯落日向山明。
少年师祖今过祖,异域应传项信名。

题段吉先小景（三首）
（宋）晁补之

惨澹天云欲雨低,秋山人静鸟声稀。
似闻谷响飞黄叶,恐有孙登半岭归。

人生何事踏尘埃,闲处胸襟足自开。
不作终南养高价,小山幽桂好归来。

碧天无际日悠悠,风静沙平不见洲。
彭浪矶边亦如此,危峰独木系扁舟。

题四弟以道横轴画
（宋）晁补之

黄叶满青山,枯蒲静寒水。凫鹥下坡塍,牛羊散墟里。
担获莫来归,儿迎妇窥篱。虎头无骨相,田野有馀思。

题许道宁画
（宋）陈与义

满眼长江水,苍然何郡山？向来万里意,今在一窗间。

众木俱含晚，孤云遂不还。此中有佳句，吟断不相关。

题俞子清侍郎惠画（二首）
（宋）王炎

笔端元有画中诗，写出三浯一段奇。
追忆旧游如昨日，舣舟细看中兴碑。

一去星沙二十年，梦魂时到橘洲边。
从今不起征南念，移得湘山在目前。

题删定侄画卷（二首）
（宋）孙觌

笔下凿开浑沌，眼中见此崔嵬。
海上神鳌负出，天边灵鹫飞来。

水边两鹄语时，山下一牛鸣地。
苍梧翠竹森然，长与闲云卧起。

奉题李彦中所藏俞侯墨戏
（宋）朱子

不是胸中饱丘壑，谁能笔下吐云烟？
故应只有王摩诘，解写《离骚》极目天。

题可老所藏徐明叔画卷（二首）
（宋）朱子

群峰相接连，断处秋云起。云起山更深，咫尺愁千里。

流云遶空山，绝壁上苍翠。应有採芝人，相期烟雨外。

题王仲信画水石横幅
（宋）陆游

王郎书逼杨风子，画亦凭陵蜀雨孙。
岂是天公憎绝艺，一生憔悴向衡门。

跋尤延之山水两轴
（宋）杨万里

水际芦青荷叶黄，霜前木落蓼花香。
渔舟去尽天将夕，雪色飞来鹭一行。

题周忘机画
（旧闻周忘机隐于浮图，如洪觉范之流，然未见其画也。）
（宋）王廷珪

罗浮飞瀑落九天，尺素倒流三峡泉。
怪底晴窗起风雨，洞庭野色潇湘烟。
平生江山入吾手，况有对坐南昌仙。
不须作此无声画，妙画自以无声传。

题解生山水图
（宋）刘宰

长江之水西南来，江北江南图画开。
君从何处得此景，锦帆似泛长江回。
槎牙老树连荒岛，两两人家出林杪。
鸥飞欲下洲渚宽，云横不断关山杳。
图穷双屿金焦峙，仙宫缥缈浮寒水。
柂楼掞转吴波平，阊阖中天日月明。

题姚雪篷使君所藏苏野塘画

（宋）戴复古

高者为山，圠者为壑。为烟为云，渺渺漠漠。
水鸟树林，人家聚落。骑者何之？舟者未泊。
三尺纸上，万象交错。天机自然，神惊鬼愕。
呜呼！此吾故人野塘苏元龙之墨迹，
中有石屏老泪痕，又与野塘添一笔。

题老梧画卷

（宋）裘万顷

吏隐三年楚水头，每随凫鹥枻扁舟。
归来喜色惊邻里，分得潇湘一片秋。

题欧阳氏山水后

（宋）白玉蟾

平沙断岸几千尺，树色烟光渺无极。
一叶扁舟归去来，渔翁放棹倚芦荻。
八九山家云水邨，白蘋红蓼数渔舲。
沙寒石瘦木叶落，一钩淡月照黄昏。
小桥跨水碧溪浅，苍壁丹崖半苔藓。
樵子归担竹两竿，落霞孤鹜天边远。
千山万山风色清，四柱茅亭立晚汀。
花红草绿山水静，独步亭前秋月明。
山前一阵梧桐雨，落花惊断山禽语。
谁家楼阁隐青林？老僧归寺立溪浒。
一溪流水遶云根，草舍茅菴常闭门。
客来倚棹一回顾，直疑此是真桃源。

洞门紫翠交相映，林幄山屏更清胜。
何人作此无声诗？展开如入溪山境。

子端山水同裕之赋
（金）李纯甫

辽鹤归来万事空，人间无地著诗翁。
只留海岳楼中景，长在经营惨澹中。

跋贾天升所藏段志宁山水
（金）高永

苍壁云气涌，长松风雨寒。湍流擘山出，玉虹饮溪湾。
胸中无云梦，笔底无江山。想见破墨初，布袖蛟龙蟠。
壮观骇心魄，万象本自闲。寒斋静相对，远意空追攀。

跋邪律浩然山水卷
（金）元好问

六月三泉松桂寒，西风早晚送归鞍。
无因料理黄尘了，只得青山纸上看。

秀隐君山水
（元）元好问

乌鞾踏破软红尘，未信溪山下笔亲。
图上风烟看潇洒，画家亦有卫夫人。

题杨司农宅刘伯熙画山水图
（元）赵孟頫

移得山川胜，坐来烟雾空。窗中列远岫，堂上见青枫。
岩树参差绿，林花掩冉红。鸟飞天路迥，人去野桥通。

邺晚留迟日，楼高纳快风。琴尊会仙侣，几杖从儿童。
疑听孙登啸，将无顾恺同。微茫看不足，潇洒兴难穷。
碧瓦开莲宇，丹楼耸竹宫。乱泉鸣石上，孤屿出江中。
藉（籍）甚丹青誉，益知书画功。烦渠添钓艇，著我一渔翁。

题龚圣予山水图（二首）
（元）赵孟頫

泽雉樊中神不王，白鸥波上梦相亲。
黄尘没马归来晚，只有西山小慰人。

当年我亦画云山，云白山青咫尺间。
今日看山还自笑，白头输与楚龚闲。

萧照江山图
（元）袁桷

萧郎解作湖山图，上皇一见玉色愉。
明知此景落歌舞，别洒妙墨为訏谟。
长江吞吐恨无极，突兀金鳌障西北。
鸡鸣不闻中夜起，零落烽台候朝夕。
蒙冲扬帆去如仰，遥望青徐在吾掌。
诸公坐谈筹画疏，年年送使瓜州上。
轮囷米舟踰沔水，骄将高眠载吴妓。
卷芦吹笛斜阳愁，折篲投江等儿戏。
只今承平五十年，蜀荆贾客船相联。
箜篌传歌赛神舞，不信人间有今古。

题危功远山水
（元）袁桷

云作糢糊水作稜，玉峰深锁铁崚嶒。

欲问先天观前路，钓叟捲篷终不膺。

题道士山水画
（元）马祖常

江翻墨沈渍冰丝，白日沉沉暝蔼姿。
鹤影照云星度竹，猿声裂石涧流澌。
千林雨暗归人急，万里天长去鸟迟。
咫尺东南山水国，仙翁曾约种灵芝。

题简天碧画山水
（元）马祖常

西江隐君简天碧，醉来画水复画石。
春山秋树绿更红，木桥野屋横且直。
烟云翕郁风雨交，元气淋漓障犹湿。
雪蓬夜宿鱼尾舠，晴蓑晓挂牛角帙。
岷关巫峡冬气清，猿啼鸟啸天一尺。
老来看画眼苦澁（涩），便拟买田溪水侧。
脱去赐带系芒履，著书五车刻苔壁。

题赵虚一山水图
（元）贡奎

我爱青山欲归去，偶见生绡喜还住。
层峦叠嶂远冥濛，旭日东生光采注。
簾阴微闪数枝丹，疑是岩前半开树。
晴岚晓翠千万重，一览底须攜杖屦。
郭生十年不相见，笔意从容入天趣。
青田道人如瘦鹤，能跨生驹穷海岳。
何如挂此素壁间，终日焚香相对闲。

政尔胸中有丘壑,乌帽红尘漫飘泊。
向来山中我醉眠,白云孤飞兴悠然。
清幽到处画不出,自遣数语人间传。

试院中戏题姚检校山水图
（元）范梈

故园不涉已经秋,何日径辞黄鹤楼。
却借仙人绿拄杖,乘风散上碧峰头。

题马虚中画
（元）黄溍

人在白云处,舟在清溪曲。不闻欸乃声,但见山水绿。

孙伯大山水图
（元）傅若金

斋居胡为见云壑,白日虚岚满秋幌。
河水深蟠地底回,层崖险立空中上。
苍茫不知开辟始,咫尺须论数千丈。
林湍远岫微有无,岩畔精蓝蔚萧爽。
杂树悬罗拂轻黛,寒松覆谷含清响。
仙源或在人间世,洞口孤舟欲长往。
嗟我平生最漂泊,中年万事何鞅掌。
忆昨征行多所经,至今绝境怀幽想。
雷霆半夜山忽至,风雨三春石应长。
对坐聊歌隐士芝,无因一试仙人杖。

为袁清容长幅
（元）黄公望

入山眺奇壑,幽致探何穷。一水青岑外,千岩绮照中。

萧森凌杂树，灿烂映丹枫。有客茅茨里，居然隐者风。

题马道士画（二首）
（元）陈旅

道人江上写春云，绝似房山高使君。
绿树青岑吞吐处，恼人晴絮白纷纷。

江上群山翠作堆，人家门槛对江开。
小楼应有凭阑者，天远归帆似不来。

题韩伯清所藏郭天锡画
（元）陈旅

往年京口郭天锡，学得房山高使君。
画省归来人事少，烟岑闲向客楼分。
林扃暝落青枫雨，小郭寒生白蜃云。
岁晚怀人增感慨，晴牕展翫到斜曛。

题王戬隐画山水
（元）张翥

额黄销尽玉婵娟，翠袖凝愁倚莫烟。
旧日汉宫三十六，更无秋露泣铜仙。

题江阴丘丈中山水图
（元）贡师泰

老龙渴饮池中墨，飞上半天成崱屴。
云烟著地凝不开，白昼神驱太阴黑。
笔端巧夺造化功，咫尺峰峦千万重。
长林似洒枫叶雨，虚亭不动松花风。

隔江更有山无数,江上扁舟才半渡。
他年白发许重来,为君别写容城赋。

题应中立所藏陈元昭山水
(元)逎贤

远骑出郊坰,裴徊立清晓。风雨江上来,云山望中小。
松瀑泻岩阿,僧钟度林杪。兹焉傥可楼,长歌拾瑶草。

题李遵道山水
(元)丁复

层峰高出云树外,飞溜直下天河悬。
江南老客肠空断,旧宅不归三十年。

陈生山水图
(元)吴师道

白云从何来,紫纡截青嶂?落落倚岩松,泛泛赴溪浪。
平林出茅屋,修梁亦相向。如何寂无人,此境付空旷?
忆我秋雨馀,江南入遥望。

谢氏友山图(二首)
(元)吴师道

逶迤漫相逐,偃蹇自难亲。之子与为友,此山能择人。

幼舆山岩姿,安石丘壑情。复见佳子弟,使人增眼明。

玉涧禅师山水
(元)吴师道

玉涧诗多画上题,如何此画不题诗?

依稀树石皆游戏，一笔全无却更奇。

题段应奉山水图
（元）余阙

水如剡溪水，山似沃州山。想见鲈鱼美，扁舟常不还。

为方厓画山就题
（元）倪瓒

摩诘画山时，见山不见画。松雪自缠络，飞鸟亦闲暇。
我初学挥染，见物皆画似。郊行及城游，物物归画笥。
为问方厓师，孰假孰为真？墨池挹涓滴，寓我无边春。

吴仲圭山水
（元）倪瓒

道人家住梅花邨，窓下松醪满石尊（樽）。
醉后挥毫写山色，岚霏云气淡无痕。

题金华余山人山水
（元）刘永之

人言吴中山水好，坐使绝境那能到。
金华山人怀故山，时拂冰纨写幽岛。
赠君此图更绝奇，妙墨精思夺天造。
陂陀重阜隐乔木，偃仰遥汀带文藻。
石峤云生莫色微，海门潮落秋风早。
贺监居临鉴湖曲，子猷宅近山阴道。
江清落日櫂船回，照水新袍影颠倒。
高情千古摹前哲，世俗纷华岂堪保？
经年烽火徧江南，万壑千峰迹如埽。

畸人奔走厌尘浊，试观图画开怀抱。
思傍幽林结茅屋，柴门低映寒藤老。
放鹤前山戴笠归，独把长劓拾瑶草。

赵善长山水
（元）王逢

画师今赵原，东吴谅无双。寸毫九鼎重，乌获力靡扛。
翠树拥羽旗，深崦敞云牕。参差见罍罋，不无酒盈缸。
老山石黄色，插脚琉璃江。隐若赤壁垒，势压曹魏邦。
何当柔猛虎，蛟鳄遂我降。欠伸列仙崖，嚏咳渔蛮矼。

题天游画
（元）华幼武

老龙驳驳隐云间，挥洒翰墨心神闲。
移来子真谷口树，写出米家江上山。
峩峩翠巘远能致，渺渺丹梯高可攀。
白云深处有仙子，为求大药驻朱颜。

为北村汤同知题画卷（二首）
（元）马臻

山人惯识山中趣，来访山家陟山路。
转头万事总不知，只有秋声在高树。

黄尘浩浩眯人眼，怪石急流生野姿。
溪桥不放车马过，山头楼观秋参差。

题从子伦画山水
（元）于立

我本山中人，颇有爱山癖。何人写秋山，秀色如可食。

天河露下秋汉白,挹露磨空洗秋色。
炯如洞庭水浸青芙蓉,倒影天光湛空碧;
又如飞龙天外来,鳞鬣森森插霜戟。
远屿淼茫隔烟浦,冷云湿翠愁痕古。
便从海上访三山,又恐征帆迷处所。
若邪(耶)溪,在何处?归去来,山中住。
道逢仙人紫绮冠,指点丹崖是征路。
寄书松竹问平安,莫嫌老子来迟暮。

题王景南山水图

(元)张天英

千年古树立苍石,三峰两峰天出云。
青溪道士坐船上,自按玉箫人不闻。

题李州铭所藏毛泽民山水

(元)陶宗仪

竹雪子,能画山,醉来解衣盘礴赢,笔力甚似荆与关。
版凳桥西懵懂树,灰堆峰前鸭觜滩。
夕霏翳壑气晻霭,春瀑出涧声潺湲。
远岫离离断复连,湘娥绾结风前鬟。
若非子真谷口宅,定有太乙玄都坛。
竹雪子,玉筍班,面带河朔气,态度美且娴。
鸟跡印沙文错落,蜗涎行壁势回环。
物物本然具画理,妙处岂在镌琢间。
脱略畦町埽边幅,八法默契乌丝阑。
寸楮片缣亦可爱,令人咫尺思跻攀。
此图忽落李君手,时复把看多欢颜。
老余抚景感真游,清盥题诗卷送还。

为宝林衍上人题山水图

（明）刘基

雨过秋山日欲暾，白云如雪拥山根。
高松挹露和烟冷，迸水穿沙出谷浑。
拟向萝阴缘石径，却寻花片入桃源。
画图应有通神处，他日相从子细吟。

题徐君美山水图

（明）张以宁

天云惨澹江欲雨，古木阴森精灵语。
春潮夜落富阳江，短篷晓系苍厓树。
篷间文人清隐者，傲视沧浪吟太古。
蜑人捉鱼贯杨柳，沽酒欲归沙店暮。
掀髯以手招其来，划起沙汀数行鹭。
鹭飞不尽青天长，渔舟散入芦花雾。
远山近山无数青，我恐斯人有新句。
酒船独载西家施，玉手冰盘行雪缕。
酒酣竹弓抨野鸭，笑调吴儿短蓑舞。
开图兴发赋思归，山水东南美无度。

题余仲扬画山水图（为余目安赋）

（明）镏崧

金华仙人余仲扬，笔墨萧疎开老苍。
昨看新图湖上宅，烟雾白日生高堂。
层峰上蟠石礔礔，绝岛下瞰江茫茫。
长松并立各千丈，间以灌木相低昂。
松下上人坐碧草，秋影忽落衣巾凉。

囊琴未发絃未奏，已觉流水声洋洋。
赤城霞气通雁荡，巫峡雨色来潇湘。
谁能千里坐致此？欲往又叹河无梁。
风尘涨天蔽吴楚，六年怅望神惨伤。
玄猿苦啼岩北树，白鹇不到江南乡。
赭山焚林绝人迹，如此山水非寻常。
此图本为自安写，亦感同姓悲殊方。
幽轩素壁泉声动，对此令我心为狂。
何由扪萝逐麋鹿，振衣直上云中冈。
登临一写漂泊恨，长啸清风生八荒。

题孙子让山水
（明）刘承直

斜日在松杉，千崖暝色酣。山藏五柳宅，路转百花潭。
乱石明苍玉，遥峰露碧簪。终希陪妙躅，来此脱征骖。

题王佐山人画
（明）林弼

山光杂空翠，云影澹晴晖。古渡舟谁系，虚斋人未归。
石苔秋雨积，野树晚风微。便欲抛尘事，垂纶柳外矶。

题王廷珪画
（明）林弼

秋色晴山迥，烟光野水连。空林辋川外，古树草堂前。
天地留诗卷，江湖老钓船。美人隔云汉，对此思悠然。

题陈生画
（明）高启

前村夕阳明，后岭秋岚积。叶落露山邨，潮来没江石。

遥遥射鸬子，惨惨听猿客。何事下征帆？西陵渡头驿。

题张校理画
（明）高启

寒色初凝野，秋声忽在林。遥山不能见，只为晚烟深。

刘松年画
（明）高启

樵青刺篙胜摇桨，船头分流水声响。
青山渺渺波漾漾，白鸥飞过时一两。
载书百卷酒十壶，日斜出游女儿湖。
邻舟买得巨口鲈，醉拍铜斗歌呜呜，比乐除却江南无。

题黄鹤山人画
（明）高启

何处画相同？湘南与峡东。江来落日外，山出杪秋中。
绿桂骚人宅，青莲释子宫。钟鸣樵谷暗，船散市桥空。
风树惊猿落，烟芜去鸟通。平生游楚兴，对此转无穷。

题陆有孚山水图
（明）王褒

远山白云里，近山青天上。楼观何巍峩，金碧郁相望。
石塘照紫纡，平林见空旷。漫拂渡桥鞭，且憩沿崖杖。
良时趣自随，佳境意足畅。奈此行斯促，丹梯当再访。

题马自牧水墨山水
（明）王恭

鸟外悬萝青几峰，红泉翠壁花蒙茸。

人间不见问津者，林下空馀避世踪。
昨夜山中度凉雨，落木寒猿半艨曙。
日夕天空镜水深，不辨仙源在何处。

题高漫士山水图

（明）王恭

山郭雨新霁，孤云湿犹飞。岚岭隐空翠，石林闲清晖。
时与同心人，逍遥爱荆扉。都无浮世累，共我饭蕨薇。
日夕笑分手，微风拂萝衣。

题吴德旸山水小景

（明）蓝仁

云山分远近，水石助清幽。老眼看名画，深怀似故丘。
草迷行鹤迳，藤引钓鱼舟。卖药忘机者，无人识伯休。

题陈惟允所画山水小帧

（明）张适

济南那得似江南，千顷溪山百顷岚。
三月绿阴桑子落，邨邨布谷老吴蚕。

题王孟端山水

（明）俞贞木

乔木霭春霁，野水浸平沙。山脊浮云合，岩腰细路斜。
攜琴向江寺，沽酒到渔家。归去幽居晚。山童埽落花。

题冯进士养质山水画

（明）李胜原

青山叠叠静当户，长松挺挺凌烟雨。

数椽茅屋竹树间，中有高人抱幽趣。
翠岩丹壑深几重，水远人家隔秋浦。
石岩突兀不可攀，茫茫远水难为渡。
瑶草琪花满涧阿，彩霞瑞霭开林坞。
山中采药人未还，夭桃秾李迷归路。
冯君抱负经济才，绿袍新著登天府。
奈何亦有丘壑情，持兹图绘索余句。
披图便觉逸思飘，荏苒巾袍袭烟雾。
山明水秀有如此，恨不攜家此中住。

题俞仲刚山水
（明）周致尧

我昔四明寻隐者，著屐远过玉几山。
岩扉苔径转森邃，结巢洒在云松间。
松间迥风荡空影，水流花开春日永。
苎服凉深团扇开，好鸟飞来意俱静。
为觅渔梁白沙步，因识樵人弈棋处。
扁舟暝泊碧溪阴，沿（沿）月长歌下山去。
束带十年事朝谒，鹤怨猿惊总凄切。
草堂晴昼翫新图，三叹令人欲愁绝。

曾瑞卿所作山水图
（明）凌云翰

山关迢递野桥斜，策杖幽寻岂惮赊。
路转峰回连佛寺，鸡鸣犬吠隔人家。
白云作雨多如絮，红叶惊风少似花。
不是褐夫能貌得，空令泉石老烟霞。

历代题画诗类卷第十五

山 水 类

题王立本山水图
（明）贝琼

我有爱山癖，每欲名山去。
秦溪一日寄新图，欹枕高堂觌云雾。
何年王宰留真迹？青城天彭接太白。
金堂石室犹可识，大树小树参天直。
千盘百折分秋毫，木客时与行人遭。
一门通天剑阁险，三峡涨雪瞿塘高。
小舟如凫争入浦，呕哑卧听双鸣橹。
拾遗近在浣花溪，却面龙湫结茅宇。
豺狼塞路何由通，采芝亦有商山翁。
安得相从向绝境，振衣千仞乘天风？

题马文壁画（二首）
（明）贝琼

龙江今喜对，雁荡昔曾闻。树黑深藏雨，山青半出云。
行人知虎迹，仙客问羊群。老我来何日，林泉定许分。

小桥危跨壑，破屋幸依山。避地人相过，朝天客未还。
麝眠春草外，猿挂古松间。寂寞南牕月，残书亦久闲。

题苏明远画
（明）贝琼

绝境疑无路，平川不起涛。天光兼水阔，山势敌秋高。
葛令惟求药，秦人自种桃。云霞如有意，他日待吾曹。

题虞鲁瞻山水
（明）贝琼

御史新来水石工，数峰依约米南宫。
试添茅屋秋林下，著我江南鹤发翁。

题章东孟山水
（明）刘堫

卢家公子称三绝，诗妙书精画亦工。
落笔多宗董北苑，高情不减米南宫。
天低碧树春云合，潮满沧洲暮雨空。
却忆买船同载酒，城南山下醉东风。

徐子修画山水歌
（明）袁凯

夏家高堂生昼寒，徐卿画图墨未乾。
深山大泽贮烟雾，黑处似有龙蛇蟠。
襄阳小米师董源，妙处不受绳墨牵。
顷刻万里皆自然，房山尚书世称贤。
化为白云满晴巅，李家将军极清妍。
畏避退缩不敢前，至今海内人争传。

卿惟得此二家意，损益往往无凝滞。
意思元居造化先，笔力正在苍茫际。
前年为客写林麓，百道飞泉出幽谷。
老夫醉来不敢眠，深虑波涛捲茆屋。
长隄曲阪路如线，远入深林时隐见。
水上人家不闭门，门外幽花满芳甸。
徐卿徐卿我所慕，廿载相看发垂素。
安得潇湘千尺水，更画城东种瓜处。

题吴尚书山水图

（明）杨荣

青山嵯峨半空立，万叠芙蓉紫烟湿。
峰前昨夜春雨深，邃涧飞花水流急。
隔屿人烟凡几家，一径苍苔石磴斜。
溪迴路细长芳草，月落幽林归早鸦。
山深洞口行人少，白云飞堕青山杪。
恍见沧洲树色微，如闻古寺钟声杳。
茅屋日出鸡犬喧，十里烟光连远邨。
依稀乍疑笯筜谷，髣髴自是桃花源。
乃知画者通玄理，点染天机笔锋里。
尚书爱此欣得之，素壁高堂见山水。
人间美景不易寻，此图直比双南金。
玉堂展卷慕清绝，爽气萧萧风满林。

题王侍讲山水

（明）杨荣

木落霜气清，秋山净如洗。天空万籁寂，地迥孤云起。
深溪湛寒绿，对此清心耳。安得扫苍苔，横琴写流水。

高道士所画山水

（明）李昌期

伊谁丹青擅能事，画出群山与山似。
树杪如闻雪瀑泉，林间疑有云门寺。
杖藜桥上知何人，抱琴可望不可亲。
高师指点笑相语，我昨图成殊逼真。

题王孔泰山水小景

（明）林环

绿树晴阴合，衡茅清昼馀。独怜杜陵客，村坞类贫居。

题胡宗器山水

（明）陈全

丹壑凌翠微，上与仙源通。垂萝翳云日，湛露滋药丛。
结宇临迴溪，清晖映房栊。永日对纹楸，无乃柯山翁？
披图起遐想，逸思谐心胸。

题周选部山水图

（明）林志

披图紫薇署，挂笏青山晓。蓬瀛望超忽，楼阁讶缥缈。
天镜一棹浮，云屏数峰邈。沧洲窅无际，赤县坐来小。
凭虚恍天遊，氤化已心了。怀哉安期生，汗漫扶桑表。

题林司训画山水图（二首）

（明）林志

紫芹池雨香，白雪琴心莹。石上寻片云，西山得微径。
松门天路虚，花宇金潭映。落叶飞昼凉，垂萝结秋暝。

夤缘远公社，寄适陶潜咏。三生了群迷，一寂喻澄镜。
谁云吾丧我？应悟慧生定。刼来淄尘踪，怅阻青鞋兴。
披图逸思飘，苍茫海空迥。

粉署见晴翠，云泉记昔游。青山随短策，绿水明双眸。
前路落花深，春风岩洞幽。问奇恣所适，载酒纾其忧。
怀哉素心人，情因灵境投。紫迥趣已涉，寂历倦还休。
却笑荷篠〔蓧〕徒，放言惭大猷。巢松如可学，名遂乃身谋。

题沈叔用夏迪山水

（明）郑珞

镜天日落万山秋，云水微茫岛屿浮。
欲访仙源迷旧跡，满江烟月一归舟。

题南台周老商山水

（明）郭廑

中峰佳气碧氤氲，清制萝衣慕隐君。
一曲鉴湖堪醉月，半空盘谷可栖云。
悬崖古木霜前落，远屿馀霞岛外分。
我欲相从赋归去，西山鸾鹤日为群。

题刘廷美画

（明）沈恒

十载天涯作宦游，黄尘飞满紫貂裘。
归来不叹长途险，犹写关山万里秋。

偶题李子长画（二首）

（明）陈宪章

青山影里人家少，绿树阴中石迳微。

偶出洞门回首望，白云何处有柴扉。

谷静山深树几丛，溪边白石可青笻，
诗中此景多相似，只恐诗家是画工。

题王廷直画
（明）陈宪章

曲肱带酒眠花间，有月穿松到我前。
人去华山今已久，丹青犹画在山年。

题蠲上人画
（明）王越

好山万仞高插空，群峰并列青芙蓉。
大峰突兀如盘龙，小峰箕踞如蹲熊。
峰头杂树乱如草，凌霄独立苍苍松。
松南小迳通幽谷，谷口翛翛数椽屋。
疏篱影射夕阳红，虚牖光摇流水绿。
山中屋贮山中云，山中云卧山中人。
山中之人爱明月，梦想清光眠不得。
起来行过曲栏杆，石上呼童扫残叶。
清风两袖吹欲飞，瓦鼎时烧紫檀屑。
举头窃语问嫦娥，尔好叮咛为侬说。
玄霜春粉几宵残，霓裳舞破何时彻？
夜寒语罢寂无闻，但见满天秋露白。
露华零落天将晓，转听嫦娥声悄悄。
胸中别有一般情，紫云恒注炉烟袅。

题宣廷吉画

（明）徐溥

山童莫讶停车早，红树白云秋色好。
满前风景入诗囊，何必探奇访蓬岛。
十年不扣松下扉，披图转觉情依依，
因之翘首南天外，落日平芜孤鸟飞。

题姚公绶山水

（明）张宁

幽意写不尽，万山深更深。白云无出处，绿树漫成林。
啼鸟醒人梦，流泉净客心。何当随钓艇，看弈草堂阴。

竹鹤老人画（为徐时用题）

（明）张宁

山水蔼清妍，东吴三月天。雨中闻社鼓，树里见炊烟。
诗景谁家屋，闲情野渡船。无人共登汎，斜日下长川。

题戴武库山水图歌

（明）刘溥

长笑司马迁，足跡半天下。
天下区区只九州，何乃中途便回驾？
崑崙拔地撑九天，地脉四走瓜蔓延。
星分碁布耸乔岳，千里万里相钩连。
元气胚浑昇南北，荒服之外何茫然。
天山冷断黑楼雪，海国瘴隔苍梧烟。
大江西来汇百川，黄河触裂蛟龙渊。
长风吹涛捲高雾，扶桑咫尺齐睫边。

周王八骏不足贵，踥蹀弄影瑶池前。
何不驾飙轮、望八极，手握斗柄云中旋。
仙人骖紫鸾，一去不复返。浩荡千古怀，尧舜事已远。
不如高卧读书楼，採芳摘秀春复秋。
六经为山道为海，稷离（契）伊傅期同游。
手掖疲癃登寿域，熙熙皞皞无时休。
况君少年饱经济，直上天门朝冕旒。
昔人文势君可敌，昔人事业君须惜。
吐我胸中五色奇，醉倚秋云写寒碧。

刘尚质南楼题王舜耕山水图
（明）李东阳

溪声潺湲杂林壑，山势蜿蜒去还却。
浮云欲起未起时，半在溪头与山脚。
入空高鸟飞欲尽，背屋斜阳惨将落。
更无剩地与闲人，纵有红尘何处著？
南畈老翁双鬓斑，笔法颇似高房山。
少年豪宕老疏放，往往醉墨留人间。
平生画癖兼山癖，一见此图三叹息。
愧我不如楼上人，日日开窗看秋碧。

题黄宗器秋官所藏何太守山水图
（明）李东阳

湿云浮空山欲动，乱壑回峰互吞涌。
当溪独树雨冥冥。青苔覆地春阴重。
深山白石幽人居，钩帘寂寂坐看书。
竹桥入林野有簌，草阁傍水门无车。
行人细路隔山脚，曳杖前登后还却。

浦口轻舟信往还，钟声远寺空寥廓。
此中可钓亦可耕，不然且濯沧浪缨。
酒酣梦觉两相失，此兴岂独怜丹青。
风流太守何侯笔，三十年来已萧瑟。
君今爱惜须久传，予亦题诗坐终日。

夏珪山水图

（明）刘泰

夏珪丹青世无敌，远近澹浓归数笔。
天机所到入神妙，此图尤为人爱惜。
青山峩峩树重重，高泉一派飞白虹。
云林烟谷互隐见，羊肠细路东西通。
溪边丈人青似玉，倚树悠然吟不足。
我役黄尘奔竞途，劳生颇欠看山福。
春风几度蔷薇开，旧时猿鹤休惊猜。
有田可耕书可读，家在山中归去来。

题饶松坡画

（明）罗伦

云移山不动，客去水相随。高卧南窗意，羲皇只自知。

题姜廷宪中书小景画

（明）程敏政

雨落山前双树邨，石溪流水带沙浑。
野人赤脚如归鸟，不怕春泥半拥门。

题安城彭学士山水图

（明）程敏政

何人结屋青山里，终日开窗见山喜。

近峰错落走檐牙，远岫蜿蜒插天嘴。
澄江一道山前过，短櫂平分㧱痕破。
船头水气漾侵衣，载酒高人面山坐。
石泉下冲沙渚浑，桑榆接地成深邨。
柴扉欲叩不可到，或有细路通云根。
竹鹤老人名画手，半幅生绡大于斗。
水分山断意无穷，目送飞鸿度江口。
安城先生尘虑脱，南望乡人楚天阙。
高堂永日对山歌，肃肃凉风起蘋末。

题致政应文贞典宝山水

（明）程敏政

出门便见好溪山，却为丹青一破颜。
想是宦途双足倦，高情长在卧游间。

题谢廷循山水

（明）李傑

峰高迟出日，山气晓氤氲。叶润林藏雾，崖分谷吐云。
客衣晴亦湿，瀑响远逾闻。茅屋依深樾，逃虚羡隐君。

题周文静山水图

（明）樊阜

昔闻摩诘王右丞，笔底江山夸艺精。
三山近出周文靖，当代画史谁争名！
古栝潘君老文伯，江山秀气流胸臆。
文静为作幽居图，常时置向窗间壁。
层峦叠嶂飞白云，溪口横桥沙路分。
茅屋低低槿篱短，竹阴髣髴鸡声闻。

莎草舟空系渔艇，夕阳半落山迥影。
蹇驴一老寻诗还。青旆摇烟墟市静。
高林远墅昏濛濛，三簇楼台仙子宫。
仙都雅致世间少，真与武夷风景同。
噫嘻此景谁可得？我欲移家住山侧。
青杉净拂双鬓尘，翠竹苍松照颜色。
潘公笑指山之幽，旧隐久抛今白头。
解官归去伴猿鹤，岁晚与我当绸缪。

为毛贞甫题孙君泽山水

（明）吴宽

十日一水五日石，昔人画笔殚精力。
后来简澹亦天成，披图试看孙君泽。
山腰飞瀑千尺长，悬厓老树为山梁。
人间溽暑不可耐，欲从二老乘新凉。

柳中书山水小景次王修撰韵

（明）王弼

永嘉山色秀成堆，曾忆前年访旧来。
何处最牵东阁梦？一林松影覆春苔。

题子野画

（明）林俊

夜色秋同净，林居意转慵。庭闲一方月，风断隔溪钟。
古树藏纤径，晴流带远峰。前身白云外，疏散不从龙。

为三府安公题所藏史痴翁画（二首）

（明）费宏

雨收云淡东风软，叠叠林峦青似染。

翠蔼晴岚扑面来，游人选胜开春宴。
小小亭台载酒过，深深楼观题诗徧。
芳树交加百鸟鸣，清溪掩映千花艳。
谁摹此景笔颇奇，无限风光归匹练。
使君胸次若藏春，爱此寻常舒复卷。
画惟写意不须工，境若会心非在远。
阳和有脚望循行，寒谷吹嘘待邹衍。

万壑千崖堆玉尘，老松僵立霜皮皴。
行人飞鸟不见影，渔篝揭揭趋江滨。
荒邨酒薄鱼可换，径买一醉宁知贫。
诗人往往好画此，不夸锦帐罗醲醇。
使君爱诗复爱画，行吟坐对皆天真。
高堂六月苦炎热，披图便觉融心神。
清飙拂座送凉冷，寒岫照眼增嶙峋。
欲凭一问茅簷下，或有扃门高卧人。

题刘完菴山水卷
（明）沈周

青李来禽写未闲，又将墨法画溪山。
疎云古木苍苍笔，犹出龙跳虎卧间。

王中舍孟端山水
（明）莫止

春山邃屋春日长，野水拍岸桃花香。
高人归来自远戍，乐土可乐矧故乡。
棲迟未稳征书下，揽衣簪笔登玉堂。
登玉堂，山水之趣中弗忘。

却染吴绫近盈咫，千里江南宛如是。

俞汉远云山图
（明）祝允明

洞庭之南潇湘西，湿云从龙凝不飞。
九疑纵横不可辨，二女望断重华归。
山河茫茫都一暝，仙官〔宫〕隐入层霄迥。
水浒浑迷行路踪，云端忽露青枫顶。
披图亦觉乱心曲，嗟尔良工意何局？
人间晴雨相倚伏。只在君手一翻覆。

题王实夫画
（明）王守仁

随处山泉著草衣。底须松竹掩柴扉。
天涯游子何曾出，画里孤帆未是归。
小酉诸峰开夕照，虎溪春寺入烟霏。
他年还向辰阳望，却忆题诗在翠微。

题顾氏画
（明）徐问

美人踪迹置何许？秋色芦花共江渚。
碧水常浮隐者云，青丘独听孤鸿语。
知君画图心更幽，一幅寒烟锁平楚。
家法莫是虎头传，坐对犹能洗残暑。

题李学士画
（明）严嵩

杏阁依青嶂，萝轩俯绿畴。路迷仙子宅，花暗羽人丘。

水讶伊瀍阔,山疑鄂杜幽。傍崖交杂树,悬石下飞流。
谷晓催禽哢,郊晴唤客游。谁言居玉署,长此对沧洲。

云将军画水歌
（明）康海

谁将此水挂堂壁,春风微动波涛鸣。
光明闪烁对天日,浩荡不息朝东倾。
西阃将军妙龄客,英武桓桓独心悦。
他日龙荒破虏时,看尔风云千载色。

叶澄杂画（四首）
（明）顾璘

雪积千山素,行歌履跡穿。腰间有樵斧,猛虎莫当前。

钓竿青嫋嫋,孤影照云汀。莫遣青天上,浮光动客星。

古琴弹古调,今人谁爱闻？独往山中去,因声寄白云。

平湖泻明镜,上有脩竹林。把酒对山月,谁同秋夜心？

题周成画（二首）
（明）顾璘

叠嶂寒松护碧霞,一溪春水夹桃花。
山坳若见渔舟入,莫问人间旧岁华。

石壁烟霏夏气清,水光人影静分明。
纶巾羽扇者谁子,来共沙头赋濯缨。

题邹黄山画(十一首)

(明)廖道南

万峰叠翠积云深,碧树离离照水阴。
何处野翁无住著,绿蓑青笠度溪林?

白石嵯峨一径斜,碧梧翠竹晚交加。
雨晴知有山人到,先遣儿童埽落花。

江上青山俯月楼,飞泉渺渺抱烟流。
道人自是忘机者,独采松花穿石丘。

云木阴森覆草堂,藕花菱叶满秋塘。
时人不解神仙宅,却道平泉李相庄。

金银楼阁海中山,翠雾丹霞缥缈间。
一叶兰舟泛烟水,春风杨柳又前湾。

海上何年种碧桃,飞仙箇箇度虹桥。
不知谁是安期子,双鹤飘然入九霄。

渔舟泛泛水云乡,举网垂纶逐暮凉。
明月满江流不尽,芦花萍草似三湘。

竹所何须问主人,焚香独坐碧山春。
飞飞过鸟长空暮,堪笑春明紫陌尘。

赤壁矶头弄晚舟,一舠相对自浮鸥,

夜来谁识坡翁兴,落木萧萧江水流。

万仞飞楼入暮烟,风帆江上水连天。
仙人黄鹤何年到,铁笛一声秋月悬。

山下香泉细不流,垂杨嫋嫋荫溪楼。
山中消息春深浅,怕有人来问喘牛。

赠翟石邨小画
(明) 廖道南

绣壁巉岩乱插空,断云深树宛垂虹。
幽人何事临溪石,春水晴看起卧龙。

次杨南峰题画
(明) 徐霖

白云载青山,山气随云浮。山人乐在此,终不厌丹丘。
时爱前溪水,亦或櫂扁舟。问渠何所似,口诵《逍遥游》。

李潜夫画
(明) 谢承举

银河无路泛仙槎,一舸空江此是家。
残月照人秋睡稳,不知清梦在芦花。

题史大方画(二首)
(明) 谢承举

搆木连崖十里长,墨窗书幌映湖光。
南风过处云生雨,销得山头六月凉。

朱檽画舸系神都，翠筱黄茅覆酒罏（垆）。
好似石头城外景，隔溪歌舞莫愁湖。

题高孔华小画（和韵二首）
（明）陈玺

屋迥野云白，林昏山雨过。杖藜拄桥北，识面青山多。

古木参天立，闲云入户青。推篷恣吟眺，夜坐斗牛横。

题陈道复画
（明）文嘉

襄阳墨沈未曾乾，十里潇湘五尺宽。
樵斧不禁苔径滑，渔蓑常傍水云寒。
澄澄僧眼连天碧，澹澹蛾眉隔雾蟠。
恐为醉翁当日写，平山堂上雨中观。

为王中丞元美题钱叔宝画溪山图
（明）张凤翼

人言避世苦不深，我道金门堪陆沉。
柴桑杨柳莫须有，武陵桃花何处寻？
君今志在寻山水，不必锺期绿琴里。
髣髴山阴道上行，丹青十尺桑皮纸。
翰林弟子雄钱郎，六十藏名犹倔强。
灯下雠书谢干谒，花前击筑歌《沧浪》。
感君意气为君作，手掘秃兔成丘壑。
渔梁高下引邨庄，列岫参差出城郭。
忽焉瀑布丹崖开，宛若喷射生风雷。
又疑南天水簾洞，移来几案清氛埃。

长途行役谁家子？策蹇冲风不能止。
何如老衲振锡游，雁塔龙宫坐移晷。
海上真人今志安，对此沉吟思挂冠。
假使当年右军见，讲堂岂独称奇观。

题王彦恭山水图

（明）王阜

绿水通彭蠡，青山近陆浑。天机吴道子，意趣李将军。
野寺依禅寂，岩扉隔市氛。竹摇三径月，柳拂半岩云。
万顷鲸波净，千峰鸟道分。书声度深竹，帘影捲香芸。
洗砚鱼初跃，横琴鹤不群。何人访高隐，拂石昼迎薰？

题高彦美山水图

（明）王阜

青山岩嶤倚晴宇，茅屋恍惚山阴墅。
花摇林影半潭春，松撼涛声千嶂雨。
鹤吟短策独幽寻，宝树金沙一迳深。
山童昼煮溪中雪，老衲时听竹下琴。
上方楼阁无尘隔，露洗莲花满池白。
钟声五夜出岩扃，幡影半空凝海色。
几度孤琴伴往还，三竿红日埽松关。
猿声绿树山中静，鹿卧青苔石上闲。
达夫华胄爱山水，嘉遯丘园亦如此。
庭前潭影清道心，林下书声滴人耳。
呼儿埽榻迎客来，白日轩几无纤埃。
庞眉皓首花前醉，碧水青山画里开。
野夫亦有山阴兴，江路长吟葛巾净。
为爱江山如此图，闲看沙鸥水天永。

题王大尹山水

（明）罗泰

出洞云犹湿，沿溪路转赊。遥连潘令邑，流水带桃花。

题李侍御山水图

（明）吕渊

山色满郊原，幽深隔市喧。孤舟横古渡，荒径掩衡门。
野树烟光薄，溪桥曙色分。依稀故园景，吟对欲销魂。

题彭工部山水

（明）陈良贵

江风夜散溪头雨，枫叶萧萧满沙渚。
沙边野客送轻舟，舟上离人若相语。
风多语急了不闻，橹声咿轧谁能分。
迴波极浦无寻处，只隔中流一片云。
君住江南我江北，长记相逢未相识。
忽将归兴逐飞鸿，举袂欲招招不得。
挥毫作画者何人？画中之意颇亦真。
向来人事几迁易，碧水青山秋复春。

钱太医山水图

（明）吴希贤

滟滟溪流蔚蔚霞，夕阳浦口白鸥沙。
美人只在沧洲上，咫尺相看隔藕花。

题小李将军画

（明）刘黄裳

画中何得用金碧？小李将军创其蹟。

近来仅数仇十洲，笔法虽工损气格。
当年传说文皇时，阴山之旁陈六师。
连峰叠嶂出大漠，金碧照面光参差。
马上大叫龙颜喜，世间山色无如此。
天开图画北海间，小李将军笔法是。
乃知将军之画有所传，即如此幅何工奸！
琼楼翠阁空中悬，绿松片片龙鳞然。
将军逝后八百年，犹有生气飞紫烟。
堂中风吹山欲动，耳边飞瀑鸣溅溅。
楼中之仙身似鹤，珊瑚钩卷明珠箔。
蓬岛能移席上开，云霞揽取尊前落。
郑生才高类此峰，相邀把酒弄山松。
披襟若坐翠山里，海上群仙尔定逢。

题张复画（十六首）

（明）王世贞

山坳潆白云，天外挂红日。于中得少趣，翻嫌去帆疾。

借彼容足地，寓此无穷目。别岫写远青，微波皱新绿。

树树鸭头绿，溪溪鱼鳞白。欲觅酒家帘，云深断行迹。

科头长松下，垂钓清波里。借问渔者谁？不语亦不起。

中天插怪石，半壁界飞湍。欲识溪桥路，前林枫叶丹。

疏林带远色，危石激清籁。时有远钟声，窣堵在云外。

参差佛头山，迤逦鲛人室。但许日高眠，何妨气萧瑟。

犯汉峰巉巉，溅流石齿齿。中有一渔舟，疑是玄真子。

孤亭卓危岫，下临千仞溪。不识琴中理，萧条空自悲。

怪石露山骨，乔松吸云根。于焉聊一憩，可以清心魂。

著藓石逾醜，欺霜树成秃。写此无声诗，摩娑亦不俗。

列岫引船头，千林幂墙角。看著此中佳，此中人不觉。

一带屏颜岭，苍黄晻霭间。浮云忽中断，界出米家山。

高岩如被蓑，纷纷挂藤薜。下有青葱树，直上斗秋色。

蹇卫不肯前，千山尽成缟。唯馀数株柏，不与山同老。

插天两乔松，下有两翁语。异日坐松根，还能具鸡黍。

题陈石亭内翰山水
（明）焦竑

断桥流水树离离，云满青山风满池。
犹忆玉堂挥彩笔，乱峰残日雨来时。

题林天素画
（明）董其昌

片云占断六桥春，画手全输妙与真。

铸得干将呈剑客，梦通巫峡待词人。

题苏判画（四首）
（明）汤显祖

云影松阴翠欲遮，石梁山径有人家。
清辉似入天台路，尽日看飞水碧花。

绿云华屋寄清真，不似山阳旧七人。
便欲攜书向孤屿，水光山色坐吟身。

弄云多半水亭阴，水外幽人杖屦寻。
独坐濠梁空翠里，不应真有羡鱼心。

垂垂树雪俯山亭，时有幽人出谷行。
独笑灞桥无酒店，题诗空折野梅清。

历代题画诗类卷第十六

山水类

观李固请司马弟山水图（三首）
（唐）杜甫

简易高人意，匡牀竹火炉。寒天留远客，碧海挂新图。
虽对连山好，贪看绝岛孤。群仙不愁思，冉冉下蓬壶。

方丈浑连水，天台总映云。人间长见画，老去恨空闻。
范蠡舟偏小，王乔鹤不群。此生随万物，何处出尘氛？

高浪垂翻屋，崩崖欲压牀。野桥分子细，沙岸遶微茫。
红浸珊瑚短，青悬薜荔长。浮查并坐得，仙老暂相将。

谢兴公上人寄山水簇子
（唐）齐己

半幅古屏颜，看来心意闲。何须寻鸟道，即此出人间。
巘暮疑悬狖，松深认掩关，知君远相惠，免我忆归山。

画山水图答大愚
（唐）荆浩

恣意纵横埽，峰峦次第成。笔尖寒树瘦，墨澹野云轻。

岩石喷泉窄，山根到水平。禅房时一展，兼称苦空情。

端礼知宗宠示水石六轴，戏作此诗归之
（宋）李纲

闽溪盘屈七百里，赣（赣）水湍泻十八滩。
何人作此极变态，使我当暑毛骨寒。
小山屹立奔猛里，飞浪淘动巉岩间。
喧豗似有雷电响，回薄乍疑霜雪翻。
枯槎石上尽坚瘦，苍波喷浸尺度悭。
画工不复画舟楫，意谓绝险无敢干。
岂知操舟若神者，出没涛濑心甚闲。
崎岖世路更巇恶，返视此画平而安。

观僧室画山水
（宋）司马光

画精禅室冷，方暑久徘徊。不尽林端雪，长青石上苔。
心闲对岩岫，目净失尘埃。坐久清风至，疑从翠涧来。

偶题看山楼新画山水
（宋）文彦博

尽日望西山，扶筇复倚栏。远观犹未足，更作画图看。

和吴省副北轩画湖山之什
（宋）蔡襄

谁于素壁写江流，云树疏疏映荻洲。
尽日清虚全却暑，一川摇落似经秋。
暂逢名画心犹在，终向扁舟老去休。
只有游鲦能自适，莫怀香饵重迟留。

王原叔内翰宅山水图

（宋）梅尧臣

石苍苍，连峭峰，大小峨峨云雾中。
老松瘦树无笔踪，巧夺造化何能穷。
古绢脆裂再粘续，气象一似高高嵩。
上有荆浩字，特归翰林公。
愿换廷圭一丸墨，谁言卖钱须青铜？
范宽到老学未足，李成但得平远工。
黄金白璧未为宝，文人师臣无不通。

李颀秀才善画山，以两轴见寄，仍有诗，次韵答之

（宋）苏轼

平生自是箇中人，欲向渔舟便写真。
诗句对君难出手，云泉劝我早抽身。
年来白发惊秋速，长恐青山与世新。
从此北归休怅望，囊中收得武陵春。

答王道济寺丞观许道宁山水图

（宋）黄庭坚

往逢醉许在长安，蛮溪大砚磨松烟。
忽呼绢素翻砚水，久不下笔或经年。
异时踏门闯白首，巾冠欹斜更索酒。
举杯意气欲翻盆，倒卧虚樽将八九。
醉拈枯笔墨淋浪，势若山崩不停手。
数尺江山万里遥，满堂风物冷萧萧。
山僧归寺童子后，渔伯欲渡行人招。
先君笑指溪上宅，鸬鹚白鹭如相识。

许生再拜谢不能，元是天机非笔力。
自言年少眼明时，手挥八幅锦江丝。
赠行卷送张京兆，心知李成是我师。
张公身逐铭旌去，流落不知今主谁。
大梁画肆阅水墨，我君盘礴忘揖客。
蛛丝煤尾意昏昏，几年风动人家壁。
雨雪涔涔满寺庭，四围冷落让丹青。
笑詶（酬）肆翁十万钱，卷付骑奴市尽倾。
王丞来观皆失席，指点如见初画日。
四时风物入句图，信知君家有摩诘。
我持此图二十年，眼见绿发皆华颠。
许生缩手入黄泉，众史弄笔摩青天。
君家枯松出老翟，风烟枯枝倚崩石。
蠹穿风物君爱惜，不诬方将有人识。

酬李唐臣赠山水短轴（李为刑曹杜君章知赏）

（宋）晁补之

大山宫，小山霍，欲识山高观石脚。
大波为澜，小波为沦，欲知水深观水聿。
营丘于此意独亲，杜侯所与复有人。
不见李侯今五载，苦向营丘有馀态。
齐纨如雪吴刀裁，小毫束筍缣囊开。
经营初似云烟合，挥洒忽如风雨来。
苍梧泱漭天无日，深岩老树洪涛入。
榛林阇漠猿狖寒，苔藓浸淫螺蚌淫（湿）。
纷纷禽散江干沙，有风北来吹蒹葭。
前洲后渚相随没，行子渔人归径失。
李侯此笔良已奇，我闻李侯家朔垂。

跨河而北宁有之，曷不南游观禹穴。
梅梁镴涩萍满皮，神物变化当若斯。
元君画史虽天与，我论绝艺无今古。
张颠草书要剑舞，得意可无山水助？
他日李侯人益慕。

自画山水寄正受题其上
（宋）晁补之

虎观他年青汗手，白头田畈未能闲。
自嫌麦陇无佳思，戏作南斋百里山。

题李云叟画轴兼寄江安杨简卿明府（二首）
（宋）范成大

苍烟枯木共荒寒，篱落堤弯傍涨湍。
归路宛然归未得，闲将李叟画图看。

新图来自雪边州，皴石枯槎笔最遒。
明府能诗如此画，为渠题作小营丘。

夜闻择之诵师曾题画绝句，遐想高致，偶成小诗
（宋）朱子

一幅潇湘不易求，新诗谁遣送闲愁？
遥知水远天长外，更有《离骚》极目秋。

谢孔遵席后堂画山水图（后堂号秀隐居）
（金）刘仲尹

家在龙沙弱水东，羯来尘世笑春风？
都将天外蓬壶景，漏作人间画手工。

玉腕雪迴犀管细，宝煤香散凤绡空。
只应大地山河影，常记飞鸾下月中。

孙尚书家山水卷（三首）
（元）刘因

扁舟老树傍苍崖，好似今秋雪岭回。
试问黄尘山下渡，几人曾为看山来？

诸公久矣笑吾贪，是处云山欲结菴。
只有皇卿解赏助，画山须画静修龛。

画图题品代移文，寄谢神州老使君。
欲乞龙山恐孤绝，南州隆虑且平分。

松涛轩题画为邓善之
（元）高克恭

春雨欲晴时，山光弄烟翠。林间有高人，笑语落天外。

赠翰林宅山水图
（元）范梈

敏绝丹青手，驱驰翰墨场。力能移地轴，艺直破天荒。
素壁清风起，苍崖旭日光。乔林支混沌，巨石偃沧浪。
鹤背芙蓉影，牛头薜荔香。参差殊不谬，奔峭亦非常。
仙去遗真馆，人来倚钓航。向知万里近，不费一生忙。
拟乞丹沙洞，长寻碧草乡。松乔如可及，结友更何方？

题高氏所藏画图（二首）
（元）陈旅

谁家林麓近溪湾，高树扶疏出石间。

落叶尽随溪雨去，只留秋色满空山。

溪边春树绿成群，山崦朝来有白云。
客子闲行寻古寺，石窗岩影与僧分。

题杨氏所藏画图
（元）陈旅

山光浓淡雨初晴，曲曲江清树色明。
若买草堂江上住，大开窗户看云生。

题郑德和所藏山水图
（元）陈旅

历历清江曲，重重绿树堆。林喧春瀑壮，云断晚山来。
游子还乡去，小窗临水开。更从野桥外，随意步幽苔。

寄张师夔求画
（元）吴师道

我于山水宿好敦，早年画亦窥其藩。
却观作者还自愧，一朝弃去无留痕。
张君妙悟自天趣，不待师授知根源。
宦游往往得佳胜，目力所至气已吞。
烟云莽苍潇湘浦，树石惨澹江南邨。
渔梁茅屋带林薄，点缀清妍难具论。
宛陵城中数相过，杂沓缣素方填门。
谓予雅爱不见索？岂有强求持玙璠。
君不见燕公一笔靳豪贵，王宰不受促迫烦。
古来奇士多异俗，所以千载名长存。
吾言如斯亦非激，君诺已定应无谖。

题山水图送人归仙居
（元）吴师道

仙居直接天台路，无数青山与云树，
行人已在画图中，又复擕图入山去。

为僧作山水（二首）
（元）郭畀

门有方袍客，图成水墨山。我非求肖似，汝亦爱幽闲。
密树难分辨，高云任往还。行当绝世事，终老屋三间。

有客被方袍，合爪前致辞：不独爱公画，仍复爱公诗。
诗成纵意书，了此一段奇。世人称三绝，公胡不自知？
我心了不知，晚岁聊嬉嬉。向来用世心，转首成弃遗。
所嗟闻道晚，倏已双鬓丝。前贤去已远，来哲未可期。
寓形宇宙间，伥伥欲何之？愿诲药石言，再拜真吾师。

题赵氏所藏画
（元）郯韶

绣岭宫前西日晖，忽惊岚气上人衣。
人家隔岸留残照，楼阁经年掩翠微。
游子不知秋已莫，蹇驴直与世相违。
何当写我临流处，黄石桥头看钓矶。

题汪功父所藏画卷
（元）金履祥

细雨西窗展画筒，江山杳霭几重重。
檐花飞动衣裳冷，疑在云间第一封。

题匡山人所藏图

（元）陈基

千尺飞流落半空，散为烟雨尽濛濛。
草堂留在匡庐曲，头白归来晻霭中。

题画赠原道

（元）倪瓒

雪后园林梅已花，西风吹起鴈行斜。
溪山寂寂无人迹，好问林逋处士家。

御制山水图歌赐长春真人刘渊然归南京

（明）宣宗

东华之东湛明景，彩霞环遶蓬莱境。
琼芝瑶草春不穷，丹光夜动黄金鼎。
渊然老仙崆峒客，万里归来此栖息。
手持如意青芙蓉，两脸潮红头雪白。
头上玉琢冠，身中云绣衣。
朝朝飞神驭炁（气）超汗漫，直上太清朝紫微。
腰间腾龙双宝剑，秋水光晶寒潋滟。
啸风呼霆作霖雨，屡注仙瓢苏下土。
功成敛用归希夷，玄天至道本无为。
眼看民患忍坐视？恤人亦体天之慈。
旦来谢别何匆匆，骑鹤迳度江之东。
江东龙盘虎踞五云表，钟山翠接三茅峰。
茅家兄弟青冥上，白日骖鸾定相访。
还来赤松子，亦有安期生。
上朝南极寿昌星，好山好水清且明。

西方出金桃,南斗斟霞液。
长生有曲舞且歌,年过广成千二百。

题曾郁文所藏山水小景
(明) 镏崧

隔溪望见林间屋,沙溆阴阴俯群木。
溪流合处一桥孤,春雨来时万山绿。
江南此景真可怜,米家笔意谁能传?
却忆故庐珠浦上,短篱长系钓鱼船。

为临川章则常题山水图
(明) 梁寅

山拥衡庐青,水含潇湘碧。两厓蟠蛟树,千岁蹲虎石。
遥遥溯川舟,泛泛骑驴客。凭高者何人?闲看楚云白。

题孙卿家小画(二首)
(明) 高启

高岭冒层岚,疏林逗残照。何处觅孙登?云间听长啸。

前林远杵歇,别院疏钟起。行人与居人,同在秋云里。

题武昌魏槃所藏画
(明) 高启

楚山远吐参差碧,虚阁开临系船石。
沙树凋时鄂渚秋,江鸥没处湘潭夕。
阁中幽人坐读书,书声入水惊龙鱼。
欲吹短笛相寻去,黄鹤矶头好待予。

题山水画寄筠州王校文

（明）周玄

六奇秀南州，五老睪西路。风壤虽异区，英灵总佳誉。
千迴边海日，百丈际江树。苍翠春到时，空濛鸟飞处。
沾衣萝磴雨，宿櫂花岩雾。适楚偶目新，瞻闽屡怀故。
雅澹浩然想，解道玄晖句。慰尔远暌离，因之裂纨素。

题画赠沈朣樵先生

（明）沈贞

春山如黛柳如烟，罨画楼台小洞天。
容得踏云双短屐，碧桃花里访朣仙。

题陈世恭所藏山水图歌

（明）李晔

米公老手无人继，从此乾坤少清气。
画师落笔颇似之，素练曲折开秋意。
上有青山万叠之嶙峋，下有白云千顷之氤氲。
丹枫翠柏森左右，年深乃成十抱文。
白石坡头野亭小，一叶渔舟荡清晓。
对岸想像忘机翁，坐石苍苔谈未了。
我尝四载客京华，每见画图成叹嗟。
垂老归来爱幽独，欲借云根半间屋。

题伴读董时贡所藏山水

（明）管讷

公馆多清暇，林泉惬所探。人家如谷口，风景似江南。
断迳荒深薛，崩崖老巨楠。鲸波通海去，鸟道与云参。

江艇维晨渚，岩扉掩暮岚。雨田收赤黍，霜圃摘黄柑。
未染清霜屋，先寻白石菴。醉来休荷锸，老去愿投簪。
许我闲身在，从渠俗虑眈（耽）。偶然忘世累，聊复谢林惭。

题高理瞻所藏小景图
（明）陈安

昔年为客楚江边，雨霁江南二月天。
杨柳画桥深浅水，桃花春岸往来船。
新蒭白酒浮杯醑，旋买青鱼出网鲜。
因见画图惊旧梦，东风吹面鬓萧然。

题画送人归越中
（明）程本立

十年归梦落沧波，一日飞帆渡浙河。
指点南山最青处，故巢依旧白云多。

为方尚书宾题山水图
（明）金幼孜

翠崦参差合，疏林隐映开。白云生野水，树色掩楼台。
钓艇烟中去，菱歌江上来。山阴未可到，贺监几时回？

题山水赠杨熙节
（明）王直

郭纯永嘉人，善画自畴昔。兴来展豪素，满眼绚金碧。
永乐年中独擅场，拜官得在内作坊。
时时承诏恣点染，九重出入生辉光。
洪熙改元初，进位阁（阁）门使。
常言酒后妙入神，倾倒壶觞不知醉。

供御之外颇自珍，一笔岂肯轻与人。
忽持此幅来赠我，令我坐忆江南春。
江南何处最奇胜？钱塘西湖谁与並！
诸山远近翠若围，艳杏夭桃色相映。
桥上行人骏马过，桥边桂楫扬清波。
岳王祠下乔木老，林逋宅前芳草多。
春光如此佳可赏，远道迢迢心养养。
朝回看画悄无言，夜雨寒牎神独往。
山阳义士真好奇，平生脱略谁得羁？
昨日到京师，秋风露华白。访我小瀛洲，暂作神仙客。
飘然复往不可留，拂衣欲向东南游。
题诗卷画赠尔去，相思定倚新城楼。

题周参政所藏山水小景

（明）李昌期

天壤有异境，描摹付良工。佳山与秀水，幻置轩窗中。
邨邨陌陌皆胜处，花竹园林饶雅趣。
过鸟疑飞却不飞，行人欲去何曾去。
松坡竹坞叠更重，雪瀑倒湿青芙蓉。
冈峦岛洞尽在眼，樵牧耕钓俱可容。
九曲溪流漾清泚，荒渡斜阳见舟尾。
石上吟翁镇日留，栏前眺客经年倚。
我观风物似杭州，树木云霞分外幽。
岂必西湖有奇胜，展图高兴亦悠悠。

山水小景为铨曹周宋武作（二首）

（明）陈全

散帙落空翠，钩簾见岚岭。石径翳苔花，天窗逼云影。

孤琴如有期，兴入烟萝顶。

花溪过残雨，青嶂多白云。林亭透水木，清晖长在君。
惟应采真者，相期投鹤群。

小景题赠密斋先生
(明) 陈𪸩

长寻幽绝避嚣喧，野服吟秋到鹿门。
几处青山连断岸，数家黄叶带孤邨。
风潭石濑清琴响，烟径苔花翳屐痕。
却羡渔樵林下趣，白云相对欲忘言。

山水图为兵部郎中王恕题
(明) 倪谦

玉堂清署春风前，焚香看画皆神仙。
画中风物得真意，峰峦隐约披云烟。
大山如龙欲飞去，小山盘盘如虎踞。
奔流一道破山来，散作涛声满江树。
远邨微茫三两家，古渡无人横断槎；
近邨茅屋荫榆柳，门前沃土饶桑麻。
别有高亭向洲渚，斜日满簾水禽语。
沧波浩浩欲吞天，蜃气昏昏欲成雨。
初疑匡庐山下落星湾，又似洞庭湖上之君山。
琼宫贝阙倚霄汉，无乃蓬莱方丈非人间？
我生惯识山中乐，随意云楼与山阁。
故乡一别今十年，石洞梅花几开落？
临图忽忆旧游踪，便欲沿溪上丘壑。
此身留滞未应归，回首江天云漠漠。

画山水为费廷言司业题

（明）杨守阯

一幅鹅溪绢，纵横数尺宽。良工先泼墨，妙手旋施丹。
物象罗胸次，天机到笔端。宏开千顷泽，复出万层峦。
远近浓还淡，高低险复安。遥岑眉黛蹙，列岫剑峰攒。
濯秀森琪树，飞空下玉湍。烟霞俱带润，林壑自生寒。
几处重重屋，谁家曲曲栏？空青排闼入，澄碧捲簾看。
红叶危将堕，苍苔湿未乾。云中无犬吠，潭底有龙蟠。
潦尽沙矶路，峰回石磴盘。小桥通别墅，轻棹渡前滩。
触目皆佳景，游心恣大观。拟寻灵运屐，犹带贡生冠。
耽物情休荡，匡时志欲弹。何当画《无逸》，持以献金銮。

题山水小画寄姜知县

（明）陈宪章

泉声山色正邦心，谁寄渔蓑渭水浔？
解点无中含有意，世间除是画工深。

题画寄徐州陆九皋（二首）

（明）刘溥

别后重来未有期，且凭图画寄相思。
秋风黄叶茅亭上，犹记逢君是此时。

目极天涯酒半醒，枫林斜带远山青。
故人家在秋云外，百步洪边水遶亭。

张侍御世用所藏山水图歌

（明）李东阳

秋山日落川气黄，树影下映寒潭苍。

丛筼入林豁蒙翳，石角路转山东冈。
茅堂对山复面水，高者可展深可航。
闭门却埽动经月，落叶委地苔覆墙。
岂无山客跨欸段，亦有孺子歌《沧浪》。
吾生早觉簪组累，十年丘壑成膏肓。
画图髣髴见此景，褰裳欲渡川无梁。
空堂五月燠如火，使我郁塞迴中肠。
安得盘陀一片石，坐醒残醉生馀凉。
君今持节行万里，要遣霜雪清炎荒。
请看穷谷最深处，或有隐逸藏声光。
扬清激浊付公等，吾欲拂衣辞太仓。

赠曹竹西画并题
（明）姚绶

白下追游记昔年，青山如画树如烟。
郭家歌舞杨家酒。一度寻思一怅然。

题画寄邹公履
（明）李至清

一带云山如梦里，片帆别处不分明。
伤心只说寒塘柳，泣雨啼烟送我行。

山水图为钱塘周士廉作
（明）魏时敏

佳气接蓬莱，衡门掩绿苔。山深云自合，江涨浪初回。
帆影归渔浦，滩声落钓台。画图殊有兴，千里共徘徊。

题山水图为刘廷信都宪作

（明）樊阜

我家本在山中住，读书惯识山中趣。
偶落名涂尘眼昏，见山便欲还山去。
南阳先生官态无，半醉示我云山图。
持向檐前再三看，青山突兀云模糊。
百尺飞泉落松顶，颠厓倒巘（巚）晴烟影。
神仙楼阁牵翠霞，薇帐围香昼长静。
人家三两溪南邨，桃李成行闲对门。
石迳斑斑过新雨，花落点破莓苔痕。
鸥鹭飞回映沙岛，夕阳网晒渔舟小。
不是苕川与辋川，仙都山下川原杳。
先生指我山之西，茅屋数间依竹低。
茶灶藤牀旧棲隐，骚人墨客多留题。
看图才了眼初醒，人间有此真佳景。
由来泉石绝纤尘，当与先生分管领。
先生大笑清风生，岸帻佯狂双鬓星。
题诗卷图谢鸿鹄，浮云散尽长空青。

山水图赠南雄黄驿宰

（明）郑瑛

舟移青嶂夕，门掩碧萝春。欲问仙槎客，南来第一津。

为盛舜臣题山水长卷

（明）吴宽

城西荡双桨，遥背伍胥门。人家枕河住，渐喜历乡邨。
豁然见平田，农夫荷鉏去。好风低嫩苗，微雨洒高树。

苇间多放艇，柳下或扳罾。锦布芰荷荡，沙明鸥鹭汀。
鱼梁接牛宫，沽酒新郭市。迤逦到横塘，虹桥垂四趾。
乱山似遮路，旋转自长溪。水入太湖北，云生光福西。
扣舷唱吴歌，有客中流过。千载怀古心，悠然欲相和。
香径既云没，琴台亦成空。山头明月上，仍照馆娃宫。
登高信徒劳，望远发深喟。闲展图画看，旧游一何类！

为僧题画

（明）吴宽

秋风一骑秣陵还，未得浮生半日闲。
画里南朝何处寺，闭门黄叶满青山。

为李贞伯题朱寅仲小画

（明）吴宽

春半扁舟过太湖，洞庭著雨翠模糊。
惟应旧日同游者，爱此朱郎水墨图。

小景为益之题

（明）谢廷柱

高岸经霜叶半红，菰蒲摇飏白蘋风。
秋江一幅新图画，薄暮扁舟载钓翁。

山水小景为孙太常题

（明）鲁铎

犹记当年过郢中，清溪周折碧山重。
闻歌《白雪》《阳春》曲，深树层轩隔九峰。

题画山水送人还歙

（明）李梦阳

黄山沙溪杳何许，图之山水无乃是？
轩辕宫，宰相里，山人一出弥荆杞。
石林漠漠蹊径苔，霜鹤夜悲猿啸哀。
红颜踪跡半湖海，白头览画思归来。
溪头系一船，画师本无意。宛如倦游者，无复舟航事。
水云迤逦山云高，静定方知动者劳。
回思少日欢娱地，至今梦寐犹波涛。

为吴黄门公美题钱山人叔宝画

（明）张凤翼

雪川丹青推舜举，百年耳孙步厥武。
兴来弄笔傚松雪，云白山青宛村坞。
石梁策马览春辉，绿杨一带映朱衣。
御沟澄碧照清影，想见仙郎入琐闱。

题画赠姜明府

（明）陈㴂

暮云春树路千重，雪后看山到处同。
夜永灯寒无过客，月明江色满楼中。

题画寄蜀中徐阆池

（明）董其昌

青天蜀道不难攀，思入微茫杳霭间。
稍著一区扬子宅，居然秀甲九州山。

题画贻毘陵张梦泽

（明）董其昌

朱旆行部带明霞,不是桃源即若邪。
颇忆江南梅信否? 随风吹向赤松家。

题画赠张平仲水部

（明）董其昌

十月江南野色分,渔庄荻浦见沙痕。
若为剪取吴淞水,著我微茫笠泽云。

题画送原孚侄巡产

（明）董其昌

海岱奇游尽盪（荡）胸,虞廷胜事渺难封。
装头亦有家山在,不必登台望九峰。

题画似雪峤师

（明）李流芳

千峰（山）顶上只通云,一水人家别有村。
直到前山兰若路,清钟落日不逢君。

题画与石梦飞

（明）李日华

空亭绝壁下,烟霭弄晴晖。远望碧天净,横江一鹤飞。

题画与云溪上人

（明）李日华

碎石乱堆谷口,浮云遮断山腰。

只有寻诗野客，乘闲独过溪桥。

在课花斋画小幅山水与沈子广
（明）李日华

石迳逶迤山迳平，松光洒落布袍轻。
手中拄杖抛何处，满眼秋山笑独行。

题画与曹允大
（明）李日华

黄石堆牆竹埽云，涧流花落去纷纷。
读书声到樵人耳，树拥峰迴又不闻。

题画与沈伯远
（明）李日华

沙柳横攒千万枝，石根幽濑咽冰澌。
人烟鴈影茫茫外，正是江干欲雪时。

题画横幅与方樵逸
（明）李日华

雪消春水动涵光，冻柳垂条未破黄。
不信沧江有诗句，富春山下问渔郎。

题画茧纸长幅与沈倩伯远
（明）李日华

四山苍翠合，一亭贮空虚。无事此静坐，默念胸中书。
幽鸟忽相唤，乱云落衣裾。万象自起伏，吾心终晏如。

历代题画诗类卷第十七

山 水 类

次韵秦少游春江图
（宋）陈师道

翰墨功名里，江山富贵人。俯看霜鸟下，已负百年身。

春山图
（宋）文同

冈原草木秀，谿谷云霞媚。君笔谁所传？独解吐和气。

题柴言春景山水
（宋）陆游

阴阴山木合，幽处著柴荆。喧中有静意，水车终日鸣。

草堂春暮横披
（金）冯璧

迁客倚楼家万里，五陵飞鞚酒千金。
草堂澹与春山对，幽鸟一声春已深。

题杜莘老春融秀岭图

（元）王恽

三分春事二分空，料峭寒生破晓风。
今日簷前天色好，山岚全似卷中融。

春江小景

（元）程钜夫

翠柳红桃春满天，鸳鸯鸂鶒乱平川。
东风阅遍闲花草，惟有人无再少年。

赵幹春山曲坞图

（元）邓文原

春云尽敛青山出，雨过千林翠犹滴。
桃花历乱柳芊绵，两两啼莺在林隙。
短桥深树阿谁家？楼阁重重映晓霞。
往来岂是避秦客，理乱不闻度岁华。
衡门草绿深于染，迴塘潋滟流青靛。
鸡鸣犬吠各成村，岩际飞泉如白练。
虚亭寂历倚江开，图画千重入望来。
桃源山庄何足数，此卷真足称奇哉！
画史当年推赵幹，妙笔流传人所羡。
吁嗟乎！人去悠悠不可呼，为君赋此期重见。

李昭道春江图

（元）邓文原

江上乱山青束筍，平沙草树望不尽。
大江入海来滚滚，吐雨吞云杂蛟蜃。

中有崔嵬夐绝之高亭，远出晴空寒数仞。
江山传舍观英雄，英雄尽说孙江东。
自从得地双鹤翁，紫髯一拂豚犬空。
石田睡起秋屡丰，归耕应羡汉阴翁。

题赵子昂为袁清容画春景仿小李

（元）邓文原

王孙久别同朝侣，为写晴云百叠峰。
挂起碧牕凝望处，画中今喜故人逢。

城南春晓图

（元）虞集

天台先生有山癖，卧起无山朝不食。
几年骑马听朝鸡，磊魂诸峰挂胸臆。
陈生受意不受辞，竟拈秃笔为埽之。
既安楼观对奇石，复著梁栈横清漪。
游吾旧游钓吾钓，隔林髣髴闻幽鸟。
琼台何处无桃花，此是城南暮春晓。
夜来天子传诏呼，先生直上銮坡趋。
盘盘迴复一万里，无限好山并好水。
如从岛上见陈生，尽写归来画堂里。

题沈君湖山春晓图诗卷

（元）杨载

迤逦沙堤接画桥，东风杨柳暗长条。
莺随玉笛声偏巧，马受金羁气益骄。
舞榭歌台临道路，佛宫仙馆入云霄。
西湖春色年年好，底事诗翁叹寂寥？

李昭道春江图

（元）吴镇

晴江一望春山高，日光荡漾翻银涛。
白云冉冉向空落，长天漠漠归鸿号。
岸上垂杨覆瑶草，征帆直指长安道。
蛟龙不动两耳清，花落莺啼人自老。
鸥夷当日游烟波，凉风万里来天河。
李侯久向层冥去，丹青散逸将如何？
宣和当日珍藏固，三百馀年撚指过。
危君不让米南宫，置之武库尤加护。

赵幹春林曲坞图

（元）吴镇

亭下人家带远岑，乔林无处不沉沉。
垂杨拂岸青归候，繁杏依邨鸟度音。
桥外无人寻旧侣，湖边逸客散幽心。
江南绝胜应难纪，何似图中景更深。

题春林远岫图

（元）黄公望

春林远岫云林画，意态萧然物外情。
老眼堪怜似张籍，看花玄圃欠分明。

题春江小景图

（元）黄清老

小艇无人载绿阴，白鸥门外筍成林。
不知多少山中雨，染得一江春水深。

观杜德常尚书所藏王晋卿画春山霁景
（元）周伯琦

光风荡野晴旭柔，翠屏螺髻烂不收。
纤黄娇绿迷远近，翩翩好鸟如相求。
崖敧谷转一径幽，石梁斜枕清溪流。
轻裘缓带何处客，垂鞭妥辔情悠悠。
寻花问柳不计路，恍然身世同浮沤。
颇疑青莲梦天姥，白鹿腾空蹴玄圃；
又疑华阳揭句曲，清泉碧石行处足。
熙宁驸马思超轶，前身定是唐宗室。
豪端万象穷微茫，解衣盘礴非一日。
尚书知画犹知人，三铨品第才必真。
每怜散客犹青眼，虚斋挂壁同娱神。
君不见谢家太傅心丘壑，九迁轩冕秋云薄。
造装东还竟后时，至今猿鹤皆寂寞。
邺中林虑插天外，左辖雄文光燄倍。
角巾甲第良有待，好对此山看此画。

题倪元镇春林远岫图（四首）
（元）郯韶

杏花簾幙看春雨，深巷无人骑马来。
独有倪宽能识我，黄昏蹑屐到苍苔。

春色三分都有几？二分已在雨声中。
墙东两箇桃花树，恨杀朝来一番风。

十日春寒早闭门，风风雨雨怕黄昏。

小斋坐对黄金鸭，寂寞沉香火自温。

春寒时节病头风，惆怅年华逝水同。
世事总如春梦里，雨声浑在杏花中。

题绿野春阴图
（元）刘永之

野色连青霭，春流澹碧沄。蘼芜随处绿，离思满南云。

题郭熙春山
（元）刘永之

紫雾春山绿树齐，水流花屿乱莺啼。
蹇驴乌帽归来晚，恰似成都濯锦溪。

题溪山春霁图
（元）华幼武

雨馀春色浩无涯，点染溪山丽物华。
野水碧连烟外草，石林红映涧边花。
柳迷深渚渔人市，鹤傍闲门处士家。
老眼不知图画里，便须先占白鸥沙。

为曹金事画溪山春晓图因题
（元）倪瓒

荆溪之水清涟漪，溪上晴岚紫翠围。
连舸载书烟渚泊，提壶入林春蕨肥。
身远云霄作幽梦，手栽花竹映柴扉。
矶头雪影多鸥鹭，也著狂夫一浣衣。

李遵道溪山春晓图

（元）张雨

谁写江南雨后岑,清寒空阔扑云林。
何当载我图书去,共试野航春水深。

春山晴霭图

（元）张雨

危亭面悬瀑,深坞著茅堂。群木相掩薄,风披如有香。
避世真乐土,欲往川无梁。隐沦倘见招,岁暮从徜徉。

春山岚霭图

（元）张雨

秀色云林画未乾,一峰天柱倚苍寒。
玉人只隔轻烟霭,三尺图中正面看。

题僧巨然层岚春霁图

（明）汪广洋

袁一无,沧海客,瀛洲仙,貌如秋鹤照野田。
手持《层岚春霁图》,云出画师僧巨然。
笔踪茫昧不可识,但见粉墨剥落生云烟。
青鞵布袜者谁子,一琴一鹤相后先。
山中酒熟鸣夜泉,碧桃流水春风前,朗吟一醉三千年。
不知何处有此景,兴来欲放西津船,
与君笑傲金焦巅,与君笑傲金焦巅……

春景山水

（明）张以宁

山雨瀑如雪,林寒松未花。遥看飞阁起,知有梵王家。

一僧归得晚，云湿满袈裟。

题溪山春晓图（赠萧翀）

（明）镏崧

土山戴石石角倾，偃树杂出如幢旌。
青天微茫晓色动，雨气合沓千峰晴。
野桥西边有邮路，之子鸣鞘蹋云去。
重岩花发似闻香，隔水莺啼不知处。
东南连年飞战尘，如此山水何清新？
石田到处长荆棘，岂有荷耒春耕人！
我昨西游登武姥，手抉云霞望仙府。
把酒忽逢东海生，醉卧溪南紫萝雨。
紫萝阴阴覆岩扉，十日寻幽行未归。
云峰流泉半空落，六月飞雪霑人衣。
拂衣归隐知何日，却对画图心若失。
不闻流水渡溪还，时见浮云向山出。
怀哉桃花修竹林，江海秋高烟雾深。
岂无耕钓在田野，谁识悠悠沮溺心？

周伯宁春晴江岫图

（明）苏伯衡

尚书襟怀绝潇洒，挥毫往往凌董马。
平生一笔颇自珍，数尺新图为君写。
齐山遥接吴山青，碧波万顷孤帆征。
东风绿徧汀洲草，總是岐亭离别情。
一向江南一江北，离情浩荡嗟何极！
正如江上之碧波，纵有并刀那剪得。
当时已足令心愁，如今况复隔罗浮。

掩图却上高台望，但见远海连天荒（流）。
暮归朝出谁与侣？蜃雾蛮烟结悽楚。
木棉花落鹦鹉飞，苦竹丛深鹧鸪语。

题春景山水

（明）贝琼

雨前雨后花满川，春风浩荡殊可怜。
山人日高眠不起，劝酒提壶落红里。

题溪山春晓图

（明）贝琼

仙家鸡犬白云中，水复山回路不通。
万树桃花春似海，莫教重误打鱼翁。

春山瑞霭图

（明）张羽

莺啼山雨歇，前川绿正繁。人家在深屿，鸡犬昼无喧。
澹澹流水意，依依田父言。漫鼓木兰枻，往遡桃花源。

题春山图

（明）陈汝言

春雨正霏霏，春林笋蕨肥。鱼惊花下艇，犬吠柳间扉。
溪水浓如酒，山云白似衣。悠然玩清景，虑淡已忘机。

题春景画

（明）解缙

春阳忽将违，红芳坐未歇。山深云木凋，流水鸣呜咽。
楼观隐空青，幽人息环辙。望来不可亲，恍然与世别。

野桥春霁图

（明）杨荣

东风吹花新雨晴，微茫山影开云屏。
泉声有无隔幽窦，岚光远近排空青。
小桥横枕西溪侧，过客何由分野色。
日华潋潋因物荣，芳草萋萋为谁碧？
五更朝下承明庐，天香满袖登游车。
十年未著谢公屐，似与冈峦识面初。
归来摩娑醉吟目，不唱商颜《紫芝曲》。
何处有山如此图？移近蓬莱剪浓绿。

为吏部师尚书题春景

（明）金幼孜

碧户幽窗尽日闲，落花啼鸟自间关。
白云野水生春浦，翠黛芙蓉对晓山。

为宋给事题春景

（明）金幼孜

江上春山翠作堆，江头春水绿如苔。
何人拥骑东风里，谷口看花只独来。

题王晋卿春晓图

（明）林环

忆昔扁舟经洞庭，夜凉落月潮水平。
舟行数里不知远，隔林隐隐闻鸡声。
推篷起视西山麓，烟径微茫接溪曲。
芳草依稀谢朓邨，绿树深沉子真谷。

须臾旭景开瞳昽，千山万山图画中。
谁家楼阁依晴翠，朱门绣幕垂东风。
楼外园林春已遍，楼中美人梦初断。
疎簾半捲落花深，年华却逐莺声换。
别来烟月几经秋，楚天西望空生愁。
玉堂此日见图画，髣髴湖山曾旧游。
何时拂衣赋归去，孤棹还寻旧游路。
雨过芳洲春水深，更拟褰裳採芳杜。

题春景山水

（明）商辂

爱此佳山水，春来景更妍。四郊青嶂合，孤岫白云连。
地迥轮蹄绝，峰危石磴悬。小桥临曲涧，远浦接平田。
郁郁林间寺，潺潺竹下泉。桑麻凝暮霭，榆柳逸晴川。
宝殿凌千尺，茅堂敞数椽。僧归西岭月，渔钓北溪烟。
倒浸沉波堵，闲横古渡船。楼高平见日，松老不知年。
鸟度浮岚外，鸥飞落照边。吟筇芳草径，酒斾杏花天。
隔岸闻莺语，开轩待鹤旋。砌苔深染黛，林籁细鸣絃。
有路通仙境，无尘远市廛。家山在图画，触目思飘然。

山水图春景

（明）商辂

楼阁嵯峨远岫明，此中风景似蓬瀛。
抱琴未遇知音客，闲倚银鞍信马行。

题湖山春晓图

（明）李东阳

湖船著水平无舵，篷上使篙篷下坐。

山光四面锦屏开,桥影中天彩虹卧。
轻鸦拂树还千点,老鹤叫(叫)空时一个。
宴客遥将绮席随,游人不惜青鞵破。
江南风物今馀几,看画题诗两无那。
却恐湖山画不如,他年自买扁舟过。

题春景山水

(明) 黄仲昭

春意入遥山,渐觉烧痕绿。驱犊向东皋,一犁雨初足。
田园乐事多,吾将返吾穀。

题春山图

(明) 吴宽

云中叠嶂翠模糊,深树茅堂隐若无。
莫向昔人论画品,开膽聊对谢公图。

春山图

(明) 吴宽

平野春雨过,危峰殊秀发。玉女洗头罢,端如盘鬓发。
高人攜筇行,似畏溪桥滑。结伴是何时,松林闲採蕨。

赵大年春江图

(明) 吴宽

密林蔽日青蒙茸,两岸都归烟雾中。
分明罨画溪头景,只欠垂纶一钓翁。
钓翁莫放扁舟去,沙上鸳鸯方好睡。
落尽桃花人不知,夜来细雨春流腻。

题春景画

（明）谢廷柱

尽收春色此庭中，饮具吟瓢未放空。
杨柳渡头寒食雨，杏花村里酒旗风。
瀑流半捲晴崖白，仙观都涵夕照红。
坐见樵归山下路，推篷对画一渔翁。

题陈从训所藏惠崇溪山春霁图卷

（明）王叔承

惠崇一诗僧，宋首柴周尾。
丹青入禅观，别自通玄理。
能于尺素间，点染千山水。
昨登金焦兴不孤，陈郎示我溪山图。
画家精工多近俗，写意得神形不足。
此僧妙趣种种兼，不满三尺吴兴缣。
针头毫末密相接，有如蟭螟寄蚊睫。
或言工胜赵大年，又云妙超展子虔。
只须三日坐其下，一花一草生意全。
乃知陈郎挥洒信有本，耻与当今画家混。
我歌长句君莫嗤，惠崇惠崇郎所师。

题春山卷

（明）陈崇德

高人僻爱春山好，一段幽怀尽向开。
清气都收诗卷里，风光总付酒杯来。
繁花乱吐红交白，啼鸟惊飞去复回。
却笑纷纷名利客，白头犹自走尘埃。

赵仲穆春山晓思图

（明）僧来复

树色苍凉晓欲迷，石门初入鹧鸪啼。
桃花不隔秦人路，流出红云水涨溪。

刘宗海为余作清江春雨、碧嶂秋岚二图，赋此赠之

（元）刘永之

刘君早年善山水，得意往往图樵渔。
西昌城西一相见，忽然赠我双画图。
图中似是清江曲，春雨苍茫汀树绿。
烟中髣髴辨飞帆，水际依微见茅屋。
渔郎系船江石上，一夜矶头水新长。
孤邨日暮烟火微，渡口归人暝犹往。
碧嶂层峦翠转奇，岚光秀色含朝晖。
风林落叶洒青壁，云壑流泉生翠微。
我昔结庐此山里，每爱秋岚净如洗。
经年奔走厌风尘，偶看新图心独喜。
凭君添我小纶巾，明当归埽山中云。
他日君来一相访，松根为子开柴门。

题柴言夏景山水

（宋）陆游

悬水三十仞，疾雷闻数里。正暑凛生秋，倚杖者谁子？

题刘德温画湖山丰夏横幅（四首）

（金）赵秉文

闻道神仙郭恕先，曾将清夜写湖山。

而今宝墨归天上，时许刘郎见一斑。

湖山清夏不应丰，一迳林阴水石中。
六月凉生清箬（箬）底，钓鱼船上一丝风。

风来山脚水沦涟，林影参差舞镜天。
袖里长安遮日手，绿阴多处弄潺湲。

远处微茫近处浓，岸容林意两溶溶。
夏山如醉无人画，更倩刘郎作几峰。

题长夏云林
（元）贡性之

雨过溪流交响，树凉暑气潜消。
不是谢公别墅，定应杜老西郊。

董源夏山深远
（元）吴镇

北苑时翻砚池墨，叠起烟云隐霹雳。
短缣尺楮信手挥，若有蛟龙在昏黑。
南唐画院称圣工，好事珍藏裹数重。
崇山突兀常疑雨，碧树萧森迥御风。
鸟啼花落不知处，渔唱樵歌遏迩度。
展舒不尽古今情，未容肉眼轻将赋。

夏景山水
（明）张以宁

崖断石林合，风高云叶飘。人归雨脚外，高阁望中遥。

应是天台路，幽期在石桥。

题夏景画

(明) 解缙

夏云敛虚壑，轻飙散林坰。袒裼坐幽宇，曾无尘事撄。
砳泉响非聒，聊且陶凡情。物态已俱逸，樵路无商声。

题夏景

(明) 金幼孜

水满西湖长菱荷，白鸥汎汎浴轻波。
屋头杨柳深深碧，门外青山苒苒多。

夏　景

(明) 金幼孜

青山几叠护云屏，绿树风凉鸟自鸣。
最是幽人无一事，捲簾独坐看《黄庭》。

题山水夏景

(明) 贝琼

青林五月不知暑，玉女晒衣中夜雨。
客至清谈酒更添，白杨梅熟荐吴盐。

山水图夏景

(明) 商辂

十里芳塘景最幽，藕花香里水光浮。
望来不识人间暑，羽扇纶巾乐自由。

历代题画诗类卷第十八

山水类

题黄居寀秋山图
（唐）徐光溥

（黄休复《益州名画纪》云："居寀字伯鸾，筌少子也。画艺敏赡，不让于父。蜀之四主崇奢，居寀父子入内供奉迨四十年，宫殿、苑囿、池亭、牆壁、屏帏图画，不可纪录。授翰林待诏、将仕郎，试太子议郎，赐金鱼袋。淮南通好之日，居寀与父，同手画《四时花雀图》《青城山图》《峨眉山图》《春山图》《秋山图》，用答国信。使命将发，秋山全未及画。蜀王令取在库《秋山图》入角，居寀与父奉命别画，经月方毕，工更愈于前者。光溥进《秋山歌》以纪之。）

天与黄筌艺奇绝，笔精迥感重瞳悦。
运思潜（潜）通造化工，挥毫定得神明诀。
秋来奉诏写秋山，写在轻绡数幅间。
高低向背无遗势，重峦叠嶂何屡颜。
目想心存妙尤极，研巧罴能状不得。
珍禽异兽皆自驯，奇花怪木非因植。
崎岖石磴绝游踪，薄雾冥冥藏半峰。
娑罗掩映迷仙洞，薜荔累垂缴古松。

月槛参浮桥,僧老坐揞筇。
屈原江上婵娟竹,陶潜篱下芳菲菊。
良宵只恐鹧鸪啼,晴波但见鸳鸯浴。
暮烟幂幂锁邨坞,一叶扁舟横野渡。
飐飐白蘋欲起风,黯黯红蕉犹带雨。
曲沼芙蓉香馥郁,长汀芦荻花蔌蔌。
雁过孤峰贴远青,鹿傍小溪饮残绿。
秋山秀兮秋江静,江光山色相辉映。
雪迸飞泉溅钓矶,云分落叶拥樵径。
张璪松石徒称奇,边鸾花鸟何足窥。
白旻鹰逞凌风势,薛稷鹤夸警露姿。
方原画山空巉岩,峭壁枯槎人见嫌;
孙位画水多汹涌,惊湍怒涛人见恐。
若教对此定妍媸,必定伏膺怀愧悚。
再三展向冕旒侧,便是移山回碉力。
大李小李灭声华,献之恺之无颜色。
髣髴垂纶渭水滨,吾皇觌之思良臣;
依稀荷锸傅岩野,吾皇觌之求贤者。
从兹仄席复悬旌,宵衣旰食安天下。
才当老人星应候,愿与南山俱献寿。
微臣稽首贡长歌,丹青景化同天和。

次韵和邓慎思谢刘明复画道林秋景(二首)
(宋)孔武仲

铃斋清话未更端,一埽禅林景趣完。
缥缈已装新殿塔,萦纡仍引外峰峦。
冷风有意生空阔,密雪无声下广寒。
平昔所游今在眼,凄凉疑是梦中看。

以时傅（博）画虽不费，要秋得冬如未完。
恍疑霰雪满天地，惨若暮气迷峰峦。
夜堂高张醉魂醒，暑馆偶窥吟魄寒。
笔端［直］* 与造化会，莫作人间毫素看。

书李世南所画秋景（二首）
（宋）苏轼

野水参差落涨痕，疎林欹倒出霜根。
扁舟一櫂归何处？家在江南黄叶村。

人间斤斧日创夷，谁见龙蛇百尺姿？
不是谿山曾独往，何人解作挂猿枝？

次韵秦少游秋野图
（宋）陈师道

江清风偃木，霜落雁横空。若箇丹青里，犹须著此翁。

秋山图
（宋）文同

孤峰露苍骨，疎木耸坚榦。高堂挂虚壁，爽气来不断。

晚秋烟波图
（宋）文同

直于一丈素，写尽千里景。
云山杳杳已成秋，烟水溔溔方入瞑（暝）。

---

* 此处原注"原本阙"，今查补并删注。下类同。

君应无心得此画，我岂有言能尔詠。

题童寿卿秋山图

（宋）王炎

我本山中人，筑室依涧冈。世故驱我来，缁尘满衣裳。
见此山中景，我思更深长。老树何离离，瘦石何苍苍。
借问此何时？天寒鴈南翔。西风有摇落，兰桂含幽芳。

题柴言秋景山水

（宋）陆游

高秋风雨天，幽居诗酒地。君看此气象，其可折简致？

秋　景

（宋）陆游

秋山瘦嶙峋，秋水渺无津。如何草亭上，却欠倚阑人？

题范宽秋山小景

（金）刘迎

山高最难图，意足不在大。尺楮渺千里，长江浸横翠。
人家杂烟树，惝怳徒意会。苟或森三尺，便若俗子对。
此画格律严，兴寄独超迈。洗眼映胸明，妙处乃不昧。
流泉见原委，著屋分向背。推车度危桥，指路向关隘。
轻舟最渺茫，浦屿如有待。山稜瘦露骨，汀洲横若带。
木叶黄欲脱，秋容俨然在。霜馀无片云，历历数沙界。
搜寻目力疲，欲赋无可奈。近山才四寸，万象纷纳芥。
欲识无穷意，耸翠更天外。

江天秋晚图
（金）王绘

万顷波间蹋浪儿，潇湘秋晚趁归时。
四山红叶风声健，散入侬家欸乃词。

秋江待渡横披
（元）元好问

物外琴尊合往还，争教俗驾点溪山。
画师果识闲中趣，只作横舟落照间。

巨然秋山（为邓州相公赋）
（元）元好问

笔端游戏三昧，物外平生往还。
为问阿师何在？白云依旧青山。

宋高宗题李唐秋江图
（元）刘因

秋江吞天云拍水，涛借西风挟不起。
断云分雨入江邨，回首龙沙几千里。
澹菴老笔摇江声，髯鬣阿师惨淡情。
千秋万古青山恨，不见归舟一叶横。

题秋塘图
（元）陈深

水落秋菰老，夕寒烟树微。绝怜双白鹭，飞去似知幾。

乔达之画江山秋晚图（三首）

（元）程钜夫

遮日西来正暮秋，买鱼沽酒醉船头。
如今见画浑疑梦，知是南湖第几洲？

千山木落雁飞初，樵屋渔梁路有无。
京国贵人真巨力，尽移生计入新图。

别来事事可名家，独我空添两鬓华。
天际有山归未得，远峰休著淡云遮。

题祁提点秋山图

（元）程钜夫

仙人缩地古今同，何处移来水外峰？
我与白鸥曾有约，可怜相见画图中。

秋山图

（元）袁桷

蔌蔌麻姑十二阑，倚空摇落总尘寰。
卧游京洛谁消得，一榻松风响珮环。

子昂秋山图

（元）虞集

翁昔少年初画山，丹枫黄竹杂潺湲。
直疑积雨得深润，不假浮云相往还。
世外空青秋一色，臆中远黛晓千鬟。
瀛洲鸡犬同人境，尚想翁归向此间。

题秋山图
（元）虞集

峰迴〔迥〕留深隐，天清袭素袍。栖身断人跡，游目送鸿毛。
树挂栖厓鸶，藤悬饮子猱。龙眠石涧冷，虎撼树根牢。
木客吟时共，山樵弈处遭。浮云过水尽，孤月挟霜高。
羽使来三岛，胎仙舞九皋。左招玉斧饮，右揽赤松遨。
空色收寥廓，虚声起绎骚。弹琴遗古散，载酒棹轻舠。
遂向图中见，谁能世外逃？乘槎几月至，一泛九秋涛。

题巨然秋山
（元）杨载

山色嵯峨树老苍，笔端描邈辨毫芒。
从来名下无虚士，可与荆关作鴈行。

题秋山图
（元）范梈

我爱秋景好，自缘秋气清。江空石露骨，木落风无声。
偶向画中见，犹如云外行。秖疑豺与虎，无地得纵横。

题周曾秋塘图卷（二首）
（元）李洞

家在东南云锦乡，心魂元是水花香。
哦诗想入秋塘境，鸳鹭惊飞一夕忙。

鲛人初息露香机，花覆龙梭鸟自飞。
莫向西湖问烟水，夜凉风露湿荷衣。

赵千里秋景

（元）吴镇

秋光萧瑟满林霜，篱菊英英桂子黄。
最是西堂风月好，不妨游衍乐清狂。

赵子昂秋景

（元）吴镇

远山斜日紫烟霏，一櫂鸱夷竟不归。
萧瑟秋风虚阁表，诗翁吟罢欲添衣。

范宽江山秋霁

（元）吴镇

沧江遥带碧云流，紫翠凝峦万叠秋。
阁倚蛟宫飞雨湿，人依鸟道动离愁。
帆归极浦苍山合，木落千林暮霭浮。
岂是笔端分造化，无穷岩壑一缣收。

李昭道秋山无尽图

（元）吴镇

奇峰倒映青冥立，绝壑高悬白雾开。
万里无云见秋末，千林有雨向春回。

李成江村秋晚

（元）吴镇

咸熙画图无与共，传世希微爱者众。
二李之后已寥寥，宣和当日尤珍重。
新图一旦落人间，神宫寂寞何时还？

经营意匠出尘表，上下五百谁能攀？
水迴中有渔舟泊，山顶崇台招白鹤。
篱根浮出水潺潺，万竹琳琅奏天乐。
霜飞木落一天秋，栖禽向晚声啾啾。
柳溪错认渊明宅，过桥岂是王弘俦。
景色萧条如太古，路僻邨深贮烟雾。
分明再见辋川人，芜词何敢轻为附。
清容自是鉴赏家，持将却向天之涯，
几回试展未能去，落尽庭前无数花。

临李思训员峤秋云图
（元）黄公望

蓬山半为白云遮，琼树都成绮树花。
闻说至人求道远，丹砂原不在天涯。

题江乡秋晚图
（元）萨都剌

沙头潮下秋水枯，云山落日云模糊。
草堂远近路长驱，萧萧行李行人孤。
蹇驴度桥归思急，村南村北天秋色。
何者相呼鸡犬声，山前山后烟树立。
江风水面吹残莎，打鱼小艇如飞梭。
何人荡桨立船尾，钓者船头腰半驼。
小李将军不可作，粉壁流传愁剥落。
石门守者尤好奇，挂杖敲门索新跋。
京口绿发参军郎，见君此画心即降。
攜家便欲上船去，买鱼煮酒扬子江。

题秋山图

（元）宋本先

南游雁荡北居庸，历历青山在眼中。
今日不胜惆怅处，马头黄叶又秋风。

题秋日江邨图

（元）刘诜

黄叶秋风趁蹇驴，平洲远岭鴈相呼。
野舟尽日闲无用，只与人间作画图。

江山秋色图

（元）吴师道

江南何处景，一幅淡含晖。草木半黄落，楼台深翠微。
桥连秋水渡，船与暮云归。我亦渔樵客，怅然思拂衣。

秋山图

（元）王冕

前年放船九江口，秋风猎猎吹蒲柳。
买鱼沽酒待月明，不知江上青山走。
三更吹笛欲唤人，溥溥白露侵衣巾。
故乡遥遥书断绝，空见过鴈如飞云。
去年却下七里滩，秋水满江秋月寒。
子陵先生钓鱼处，荒台直起青云端。
先生不受汉廷官，自与山水相盘桓。
至今高节敦廉顽，清风凛凛谁能攀。
泊舟登岸行复止，小径分歧通草市。
石林掩映树青红，正与今年画相似。

茅庐半住林木里，白狗黄鸡小如蚁。
翁媪无言童穉闲，可是太平风俗美？
清谿水落鱼蟹新，东邻酿熟呼西邻，
相牵相把意思真，亲密不异朱陈民。
李端笔力乃巧妙，写我旧日经行到。
岂是老梦眩水墨，不觉掀髯发长啸。
殷家大楼沧江头，留我十日风雨秋。
触景感动客邸愁，便欲卜筑山之幽。
断桥流水无人处，添种梅花三百树。
直待雪晴冰满路，骑驴相逐寻诗去。

题秋山图

（元）郭翼

山上浮云天几重，秋高华散玉芙蓉。
好攜谢朓惊人语，醉里来登落雁峰。

题秋山图

（元）马臻

江山万里旧曾游，闲里收将水墨秋。
记得双帆投别浦，老来忘却是何州。

题秋江图（为黄友仁赋）

（元）舒逊

老树槎枒石巃嵷，隔岸人家紫烟重。
长江苍茫日夜浮，天堑西来云影动。
驾风上水谁家船，片帆高飐孤云边。
林下伊谁褦襶子，抱琴应访草堂仙。
毫端远势莫与比，巴陵洞庭秋色里？

莫是当年顾虎头，写出沧洲千万里。

题周曾秋塘图
（元）张珪

荷枯苇折澹秋塘，岸侧芙蓉镜里妆。
水宿云飞禽共乐，不须别处觅潇湘。

题李唐秋山图
（元）郑东

万壑霜飞木叶丹，石桥流水暮生寒。
却疑二月天台里，一路桃花照马鞍。

题许道宁溪山秋晚图
（元）张天英

江山黄落楚云寒，野老岩棲一坞宽。
卖药长安不求识，如何飞墨下云端？

米元晖江山秋晚图
（元）僧大沂

红树宜秋晚，澄江媚落晖。扁舟如唤我，莫待白头归。

访弟长沙，霍元瞻雪夜为作秋山图
（明）詹同

我爱霍元瞻，清标如玉雪。苍松立石厓，白鹤鸣海月。
瘦马冲寒冰在须，日暮去访元瞻居。
高堂中夜烧长烛，为我写出秋山图。
墨池水冻笔如槊，使我见之喜且愕。
云气忽从衡岳来，雨声似向潇湘落。

二客兰舟泊远沙，一箇茅亭在阴壑。
感君厚意不可量，我欲酬尔明珠珞。
贾傅祠前相别去，挂在鹄山青草堂。

秋景山水

（明）张以宁

秋巘白云晚，霜林红树多。野桥山郭外，行子暮来过。
为问小摇落，江南今若何？

题秋江小景

（明）镏崧

秋水无波净落晖，江（汀）沙云树转依微。
望中一片潇湘意，无数征帆逐鴈飞。

题华阳彭玄明所画秋山图

（明）镏崧

我不识华阳彭炼师，见画云山想句由。
数峰暝色入遥浦，六月泉声动虚谷。
紫霞楼观当落日，似有幡幢出林木。
海边鳌首带云红，天际蛾眉拂秋绿。
昔闻天台雁荡相钩连，云气来往驾飞仙。
断桥溪涧路如棘，嗟尔策蹇归何年。
秋风湖曲波如烟，我思东泛吴江船。
买鱼沽酒绿荷渚，吹笛夜下松门前。
便寻炼师觅（觅）玄鹤，却访华阳窥洞天。

题山水秋景

（明）贝琼

田家酒熟当早归，天气渐凉催授衣。

一夜西风破霜蕊，芳菲不共芙蓉死。

题宋周曾秋塘图

（明）杨基

陂塘九月菰蒲老，菱叶无多荷叶少。
无数飞来白鹭明，一群游去青凫小。
寒云弄影忽成霞，鵵带斜行下浅沙。
晚色不随流水去，秋光都在拒霜华。
当时内殿春风细，紫衣传教词臣醉。
鲍谢文章沈宋才，诗成曲尽秋塘意。
塘水秋来景渐疎，低烟斜日照平芜。
鸳鸯去尽芙蓉死，空向人间看画图。

题赵仲穆秋山图

（明）钱宰

人家水槛接山牕，好在江南山水邦。
两岸云林皆落日，一天凫鵵共秋江。
屋头数遍青峦九，松下吟成白石双。
野服何人正萧散，泊船归醉酒盈缸。

题马文璧秋山图（为卢仲章赋）

（明）鲁渊

野馆空山里，林泉象外幽。淡云初霁雨，红叶早惊秋。
路转山藏屋，桥危岸倚舟。直疑人境异，便欲问丹丘。

秋景小幅

（明）王行

烟碧带霜红，秋深处处同。晚晴山更好，诗在野航中。

题画秋景

（明）高棅

疎林远岫带烟霏，积水长天合翠微。
何处寒声随落叶，一行新雁向南飞。

题秋景画

（明）解缙

秋山风露寒，林莽忽摧落。山家乐馀暇，逍遥在虚壑。
白云澹无心，红树相罗络。此景良已佳，何用翔寥廓。

为侍讲时彦题秋意图

（明）金幼孜

长天带远景，绝岛含秋意。桥响客时过，竹深门独闭。
苍烟迥萧瑟，落日生迢递。回首大江西，故山何处是？

为吏部师尚书题秋景

（明）金幼孜

天际凉风瀑布流，遥峰积翠雨初收。
板桥人渡疎林晚，野寺蝉鸣落叶秋。

秋景

（明）金幼孜

凉云雁叫荻花秋，两岸青山带浅流。
向晚月明天似水，吹箫独上木兰舟。

山水图秋景

（明）商辂

青山远近白云重，谁识当年把钓翁？

千载严陵滩上路，令人犹自忆高风。

山水秋景

（明）刘珝

银河倒挂青山顶，苍虬偃卧芙蓉冷。
烟峦深处起楼台，双双人在蓬莱境。
我观斯人非避秦，韬辉伏耀全天真。
盍簪爱话无生事，恐教名利萦兹身。
霜叶林边秋色映，桂花香里行厨净。
弹琴惟取古为音，漉酒还将清比圣。
逍遥此乐人间稀，洁己由来世所讥。
只今四海皆乐土，不羡羊裘钓石矶。

秋景图

（明）苏平

双溪雨过夕流清，万顷烟波入望平。
两岸碧峰凝暮色，一庭黄叶堕秋声。
西风远浦征帆小，落日青山去鸟明。
寄语读书林下客，莫因高卧谢时名。

仿王叔明笔意作溪山秋晚卷辄题绝句

（明）高道素

洞庭风欲暮，潇湘云正秋。渔竿随意好，归兴满汀洲。

题野塘秋景

（明）戈镐

芙蓉秋色满银塘，白鹭双飞下晚凉。
记得采莲看越女，醉骑骄马映垂杨。

弘上人蓄秋山图

（明）僧大圭

万峰霜晴翠如洗，峰底行云度流水。
西北高楼爽气边，江南落木秋声里。
蒹葭潮长鱼在梁，白鸥飞尽天茫茫。
松根丈人读书处，时有疏钟来上方。
仙槎影没银汉远，木末芙蓉为谁剪？
何处凉风送客船，归来似是东曹掾。
东曹颇笑未识机，挂帆直待鲈鱼肥。
山川摇落已如此，不信草露沾人衣。
平生画手不可遇，坐阅新图得真趣。
题诗寄与沃洲僧，吾亦买山从此去。

历代题画诗类卷第十九

山 水 类

题高尚书秋山暮霭图
（元）邓文原

傍溪草舍隔林中，望际云山翠几重。
长忆雨馀闲信马，轻鞭遥指两三峰。

顾恺之秋江晴霭图（二首，有序）
（元）邓文原

太朴危君所藏恺之妙卷，诚希世物也。出示索书，不胜叹美，为书短句以志喜云。

晋室风裁推虎头，山川灵气属君收。
指端幻出千重秀，并作江南一段秋。

静日攜筇溪水头，何如风景障图收。
与君相对坐不语，秖领千林万壑秋。

王维秋林晚岫图
（元）邓文原

千峰凝翠宛神州，中有仙翁寤寐游。

林麓渐看红叶暮，风烟俄入野塘秋。
摇摇小艇寻溪转，寂寂双扉向晚投。
我欲探幽未能去，画中真境许谁俦？

题张繇所画霜林云岫图
（元）邓文原

惭余生也晚，未能识君颜。宿秉川岳气，时发胸臆山。
涧壑自回互，溪林若萦环。云光映天色，秋叶舒锦斑。
室中有扬子，向晚启玄关。何如尘外侣，日夕相与还。
悠悠箇中意，未许落人寰。

题危太朴所藏荥阳郑虔画秋峦横霭图（二首）
（元）邓文原

金风瑟瑟入空山，邨落人家叶尽斑。
羡杀箇中奇绝处，一天烟霭有无间。

郑君胸次有江山，应识区区只一斑。
山色空濛斜日里，郁林遥指碧云间。

顾恺之秋江晴嶂图（有序）
（元）黄公望

顾长康天才驰誉，在当时为谢安石知名。其寓意于画，离尘绝俗，开百代绘事之宗。至于痴，亦由资禀之高，好奇耽僻，不欲与世同，故人有"三绝"之称。此卷墨法入神，傅采入妙，莫得知其所以始，而亦莫得知其所终，变幻百出，诚可谓圣于画矣，岂学知勉行者所得髣髴其一二哉！一日太朴出示，惊赏不已，然亦不敢久羁，敬书于后以复。

三绝如君少，斯图更擅场。设施无斧凿，点染自微茫。

山碧林光净，江清秋气凉。怜余瞻对久，疑入白云乡。

李咸熙秋岚凝翠图

（元）黄公望

山林之乐幽且闲，何人卜居云半间？
江亭复立苍树杪，招提高出碧溪湾。
循溪隐隐穿细路，断岸疎疎起烟雾。
微茫万顷白鸥天，雁陈凫群落无数。
樵歌初断渔唱幽，桥边野老策杖留。
春山万叠西日下，渺渺一片江南秋。
我昔荆溪问清隐，溪上分明如此景。
别来时或狂梦思，忽见此图心为醒。
李侯少年擅丹青，晚岁笔意含英灵。
兴来漫写秋山景，妙入毫末穷杳冥。
无声诗与有声画，侯能兼之夺造化。
临牕点笔试题之，老眼模糊忘高下。

题关仝层峦秋霭图（有序）

（元）黄公望

关仝此卷，虽祖洪谷子，而间以王摩诘笔法，融液秀润，正其中岁精进之作也。人谓有出蓝之美，讵不信夫！

群峰矗矗暮云连，萝磴逶迤鸟道悬。
落叶深深门半掩，疎花历历客犹眠。
岩端飞瀑为青雨，江上归舟漾碧烟。
应识箇中奇绝处，昔年洪谷属君传。

王维秋林晚岫图（二首，有序）

（元）黄公望

王右丞生平画卷所称最者，唯《辋川》《雪溪》《捕鱼》等图耳,吾意以为绝响。不谓太朴于中州友人家又得此卷,而用笔之妙,布置之神,殆尤过焉。固知右丞胸中伎俩,未易测识,而千奇万变,时露于指腕间,无穷播弄,岂非千载一人哉!置之案头,临摹数过,终未能得其髣髴。漫书短句,并识而归之。

群山矗矗凝烟紫,万木萧萧向夕黄。
岂是邨翁恋秋色,故将轻舸下横塘?
秋岚荏苒(苒)汎晴光,处处邨邨带夕阳。
一段深情谁得似,故知辋口味应长。

李咸熙山市霜枫图
(元)黄公望

市散谁闻野鸟声,短桥何处旅人行。
莫嫌寂历空山道,隔岸丹枫刺眼明。

赵大年秋邨暮霭
(元)吴镇

曲磴平冈外,遥峰落照沉。人家三径僻,烟树几邨深。
渔唱流寒碧,樵歌步夕阴。悠然怀旧侣,山馆散清音。

李咸熙秋岚凝翠
(元)吴镇

雨过秋光映翠微,岩云一抹澹荆扉。
千山寂寂疎钟杳,万壑萧萧落木稀。
涧水奔飞行路湿,松篁迴合墅禽归。
征帆点点沧江上,应羡山人种蕨薇。

关仝秋山凝翠
(元)吴镇

绝壁孤亭迥,千峰落日曛。沙明江上树,客带洞前云。

市散鸡鸣远，村荒犬吠闻。一天秋色好，多向此中分。

顾恺之秋江晴嶂
（元）吴镇

从来六法重长康，染得新图更郁苍。
万顷远横秋镜阔，千重林立彩云长。
村村鸡犬鸣晴昼，两两樵渔话夕阳。
无限风烟谁得似，欲将此处付行藏。

右丞秋林晚岫
（元）吴镇

右丞已往六百载，翰藻神工若个同？
千嶂远横秋色里，山家遥带莫烟中。

张僧繇霜林云岫
（元）吴镇

六朝画史知无几，吴下僧繇独擅场。
百叠苍峦浮障起，千林绀叶入云长。
低回野渡钟声远，寂寞荒村树影凉。
咫尺披图更萧瑟，短词何敢遂揄扬。

秋江晚景图
（元）刘秉忠

落笔纵横不自休，抹成小景绝清幽。
碧波千里楚山晚，红叶一林荆树秋。
古渡任分南北岸，长橰自送往来舟。
十年闲事浑如昨，对此依稀复旧游。

题高尚书秋山暮霭图

（元）郭畀

远树含空烟，群峰缄积翠。离离雁外樯，落日来天际。
高侯丘壑心，点墨悟三昧。我欲画沧洲，昼长枕篷睡。

关山秋霁图（二首）

（元）王恽

望京楼上晚凭阑，长记居庸八月还。
一段紫烟吟不尽，柱分秋色与南山。

生平怀霁是初心，捲尽江山万里阴。
十载夕佳亭上客，卷中还对玉千岑。

江亭秋霁图（为黄友仁题）

（元）舒逊

万顷波光烟缥缈，风飔（飒）秋声生木杪。
隔江髣髴是江南，一带远山青未了。
何人独引小奚僮，来访幽亭觑《易》翁。
亭下扁舟缆莫解，矶头昨夜多颠风。

题秋山晚眺图

（元）吴澄

西风醉帽倚斜晖，诗思山情萃一时。
一转头间无觅处，却寻旧画要新诗。

题高尚书秋山暮霭图

（元）沈右

高侯笔法妙天下，貌得江南雨后山。

都是乾坤清淑气，兴来移入画图间。

秋山暮霭图
（元）柯九思

三代以来推盛世，九州之外有斯人。
君看笔底生秋色，尽在潇湘楚水滨。

写秋林远岫图（赠约斋，因题）
（元）倪瓒

五言韦刺史，此地数曾游。无复绿阴静，空悲红树秋。
市声晨浩浩，云影暮悠悠。征士冲襟胜，邀余共茗瓯。

云峰秋霁图（为方焕赋）
（明）蓝仁

茅屋溪头红树村，石梁秋水清无痕。
枌榆过雨鸟鸣涧，秔稻如云山对门。
老翁日高睡未起，穉子读书牕户里。
干戈如此赋敛烦，鸡犬晏然乡曲喜。
山中酒熟黄花开，仙人候我芙蓉台。
云林今夜好明月，拟跨幔亭黄鹤来。
武夷山水天下无，层峦叠嶂皆画图。
山川直疑浑沌凿，秦汉而下灵仙都。
中天积翠开宫殿，石壁红光夜如电。
鸾凤常骖神姥游，猱猱共醉曾孙宴。
洞中别有昇真天，琼林遗脱如枯蝉。
露盘仙掌千年药，春水桃花九曲船。
万松冈头羽衣客，更入三山采真诀。
神游不计海天遥，梦觉长怀海天白。

归来高隐万年宫，天香时降双青童。
道参元始鸿濛外，身寄虚空象纬中。
嗟余久慕烟霞侣，天遣空山作诗苦。
清歌曾逸幔亭云，冻笔空题草堂雨。
金丹儤（拟）就玉蟾分，木叶西风铁笛闻。
野老只知尧舜世，樵夫或遇武夷君。①

秋山曙色图
（明）陶安

树含晓色护林峦，重露如岚滴翠寒。
猿鸟尽逢山叟惯，未尝惊怪竹皮冠。

湖山秋霁图（图有鸿雁、乌鸦、竹木，为太守作。）
（明）郑亮

太湖潋滟浮晴玉，芦荻河洲秋簌簌。
悬崖崒崔黛娥森，群雁盘翔下平陆。
瑶天捲云碧于镜，山空水阔横秋影。
玉笔峰前铁画书，白榆川上金蛇阵。
哀鸿冥冥破昏碧，寒声带暝相呼急。
兰室银釭融冷光，佳人半掩罗襦泣。
小奴有警相依眠，野人赠缴令〔今〕悄然。
梦回胡塞三更月，魂逐衡阳万里天。
栖栖有恨谁教省？啄者自啄饮者饮。
南国原田菰米稀，洞庭渚泽烟波冷。
学渊老仙鹤骨清，修筠落木多秋情。

---

① 此诗疑将作者两诗混录：前段至"拟跨幔亭黄鹤来"为本题之诗，又题《为方焕赋云峰秋霁图》；后半为《赠武夷魏士达》，且缺少末尾数句。

夕阳树杪散馀绮，归鸟欲宿哑哑鸣。
尔鸟已托一枝安，征鸿蹔（暂）喜平柯宽。
明日飞骞九逵上，请看仪羽天朝端。

一片秋意（为史院部题）

（明）杨荣

昨夜西风起蘋末，长林萧萧叶初脱。
夕阳流水澹无波，玻瓈沉浸青冥阔。
断隄古岸遥相连，髣髴疑是镜湖边。
黄花未发含清露，白鸟欲渡横苍烟。
人间此景何潇洒，独对新图意闲雅。
安得扁舟泛绿漪，坐看翩翩海鸥下。

题秋林泉石图

（明）王褒

高林颇深邃，远洲亦萦纡。风景亦何异，中有隐者庐。
阳崖落日明，阴磵浮云虚。耕野见秋火，扣舷闻夜渔。
曷来尘网中，机务日相拘。念兹膏肓疾，愧彼泉石图。
抱拙谢簪黻，养素宜琴书。俯仰天宇宽，所乐恒有馀。

秋江晚眺图十三韵

（明）陈政

看君图画里，秋意浩无穷。水远天涵碧，林疏霞映红。
悬萝低拂石，古木上撑空。颢气初过雨，晴岚不动风。
舟闲依草薄，亭寂闷榛丛。僧寺浮云外，人家落照中。
翠稀零岸苇，丹密变江枫。远字联寒鴈，危桥隐暮虹。
地蟠山矗矗，天杳树濛濛。眺远秋容澹，寻幽野兴浓。
乍疑牛渚客，又似鹿门翁。咫尺穷佳致，寻常见化工。
金陵秋色晚，风景宛然同。

江山秋暮图

（明）苏平

江乡风物远依微，云树离离带夕晖。
黄叶乱随流水去，青山遥映白鸥飞。
一声牧笛和烟暝，几处渔舟载月归。
有客年来簪组系，漫劳清梦想柴扉。

为唐池南题秋江远眺图

（明）杨慎

秋空泬寥秋影阔，鱼尾霞收云一抹。
千崖有霭风落山，万壑无声水归末。
槎枒老木挐虬龙，樕槭平林叫鹐鸹。
不闻金籁似竽鸣，但见翠微如黛泼。
窣堵僧睇迥不昏，略彴樵行危易怛。
一湾赤烧枫人明，万嶜（岫）黄云稻孙割。
寻穴玄驹迷东西，卜树乌鸦相叫聒。
词客频将技痒搔，画工欲把天机夺。
老倦扪萝与攀葛，倚阑独把吟髭捋。
遥岑寸碧天杵倚，远目双明海月掇。
开尊披图兴不浅，乌丝栏界玄霜沫。
为君走笔赋新诗，却笑萧郎击铜钵。

层峦秋霁（为诸立夫题）

（明）张宁

秋风吹云秋雨晴，群山涤翠群峰明。
天光下际泽气隐，一碧万仞青螺横。
山高石峻无薜草，桂馆兰房净如埽。

振谷天球练瀑飞，障林霜锦丹枫遶。
采蘋谁泛小兰舟，急水迴塘不自由。
云端笙鹤来何晚，涧底荆薪人白头。

题方壶苍山秋意图
（明）吕复

昔游华盖仙人掌，万叠芙蓉紫翠生。
犹记月明闻铁笛，人间无处著秋声。

题赵幹烟霭秋涉图
（明）王世贞

澹霭徐分远近山，一溪新涨碧湾环。
行人不道褰裳苦，却似清沂出浴还。

题兰湖秋色图（送王吏部）
（明）王世贞

秋浦木兰橶，青云鵷鹭行。时人归简要，循吏有辉光。
水镜元同澈，露桃难共芳。芙蓉池上客，谁不向王郎。

秋水系舟图
（元）张庸

小姑山到彭郎矶，老树含风霜叶飞。
何人泊舟秋色里，钓得鲈鱼三尺肥。

秋水系舟图
（明）廖道南

松风万壑水千尺，独有幽人开草亭。
遶溪花竹弄秋月，傍岸菰蒲狎客星。

虚阁阴森青石嶂，孤舟澹荡白云汀。
济川应待筑岩叟，故遣画工图尔形。

题红叶扇头（三首）

（明）王恽

故宫秋色醉来鲜，浥露吟风杂暮蝉。
折得不浮流水去，一枝留伴月中仙。

深宫不禁水东流，赋就幽情孰与酬？
红露满山秋正好，等闲休上建章楼。

今年火盛若为攻，盼盼西风一埽空。
忽见扇头红锦色，上阳秋意满吴宫。

题红树秋色

（明）董其昌

山居幽赏入秋多，处处丹枫映黛螺。
欲写江南好风景，雪川一泒（派）出维摩。

赋得千山红树图（送杨茂之）

（明）杨慎

萧郎雅工金碧画，爱画碧鸡与金马。
画作千山红树图，行色秋光两潇洒。
摇落深知宋玉悲，登山临水送将归。
丹林初晓清霜重，紫谷斜阳赤烧微。
故人辞我故乡去，滇树遥遥接巴树。
桑落他山共醉时，枫香客路销魂处。
白首遐荒老未还，流波落木惨离颜。
锦城红湮那能见，千里随君梦里攀。

历代题画诗类卷第二十

山水类

题柴言冬景山水
（宋）陆游

草亭临峭绝，霜嶂起嶙峋。危磴傥可上，老夫思卜邻。

冬景山水
（明）张以宁

寒月白千峰，林深路绝踪。遥知僧定起，疏响在高松。亦欲剡溪去，其如山海重。

题山水冬景
（明）贝琼

天云漠漠四野低，大山小山玉笋齐。春还何处寻消息？花发枝南与枝北。

冬　景
（明）金幼孜

万里平铺雪满天，瑶花乱点散琼田。江邨尽日无啼鸟，惟见沙头系钓船。

为吏部师尚书题冬景

（明）金幼孜

曲曲溪流冻不声，扁舟独载更多情。
千峰玉树凌寒色，九叠银屏照晚晴。

题冬景画

（明）解缙

冬岭森瑶林，积雪缟绝壁。天空失孤鸟，万境喧一寂。
叹此行路人，旅骑犹历历。高居者谁氏？纶巾坐方适。

题冬景山水

（明）黄仲昭

夜来积雪深，晓觉寒威逼。呼童棹扁舟，荡漾安所适？
隔溪有寒梅，欲访春消息。

山水图冬景

（明）商辂

同云黯黯雪漫山，系却扁舟傍水湾。
被拥芦花酣睡后，不知身世在人寰。

题李思训寒江晚山图

（元）邓文原

李唐王孙重豪素，爱写寒江千万树。
上有蓬莱五色云，下有仙家几庭户。
清霜点作秋满林，咫尺瑶臺起烟雾。
西风吹动晚山苍，归舟掩映犹堪数。
迢迢锦水汎双凫，漠漠青天飞雪鹭。

人间画手非不多，谁似李侯得真趣？
李侯宿世列仙俦，更有何人同出处？
徽庙题来字字真，把玩殷勤迺奇遇。
斯图斯景世莫传，古汴荒凉风景暮。
眼中人事已非前，画里山川尚如故。
老我披图一怆然，落日长歌漫为赋。

寒汀小景图（为去疾监丞作）
（元）李孝光

秋气向黄落，小雨收虹霓。縣縣溆浦间，水乾见涂泥。
芦人往何处？艇子乱凫鹥。飞鸿恶见欺，决起无东西。
江水动落日，群飞终不迷。岂无稻粱愿？湖海尚择栖。
冥冥一高举，不知弋与罘。感此三太息，北风吹草低。

寒邨雪暮图
（元）吴师道

木杪栖鸦景已残，沙边落雁雪犹寒。
江南江北曾行路，今日山牕借画看。

题唐希雅画寒江图
（宋）陈与义

江头云黄天酝雪，树枝惨惨冻欲折。
耐寒野鸭不知归，犹向沙边弄羽衣。
黄茅终日不自力，影乱弱藻相因依。
惟有苍石如卧虎，不受阴晴与寒暑。
舟中过客莫敢言，闲伴长江了今古。

高房山寒江孤岛图

（明）王行

千山万山重复重，烟岚草树深莫穷。
高堂大轴示宽广，要以笔力夸奇雄。
青红苍翠满缣素，缺处残碧分遥峰。
虽云眼底供一快，未见阔远开心胸。
历观画史每如是，意谓此法由来同。
昨尝凌秋溯杨子，一舸缥缈乘长风。
洪波吞天渺无际，出没但有孤轮红。
中泠盘陀瞬息过，回首浮玉云涛中。
乃知山水有佳处，到此始觉飞埃空。
当时海岳应饱见，落墨便自超凡庸。
不将层叠竞工巧，遂使气象齐鸿濛。
平生爱画惟爱此，苦恨妙法无能攻。
九州之表有人物，意匠髣髴宗南宫。
莫言未入米家奥，百年犹数房山翁。
兹图咫尺便千里，生绡数幅徒为功。
亦知盘礴意有在，正欲逐米追高踪。
爱之歌咏乃常理，好事况有天随宗。
同观何人江海客，气似贯月书艎虹。
文辞澜翻沛难御，奔走风雨驱丰隆。
古称珠玉在我侧，濡翰自愧言非工。
黄尘城郭久见困，何能闲静能相容？
诗成忽复三叹息，矫首长望青冥鸿。

仿李营丘寒山图（有序）

（明）董其昌

余自弱冠，好写元人山水。金门多暇，梦想家山，益习之。忆顾益卿开府辽阳,以两箑求画,一为益卿,一为山人王承父。余画承父,而返益卿扇,报章云:"左相宣威沙漠,右相驰誉丹青,皆非吾辈第一义,俟归山以相怡悦耳。"盖簪裾马上君子,未尝得余一笔,而余结念泉石,薄于宦情,则得画道之助。陶隐居云:"若不为无益之事,何以悦有涯之生?"千古同情,惟余独信,非可向俗人道也。今年春,有朝贵疏余雅善盘礴,致尘天听。余闻之,亟令侍者剪吴绡,纵广丈许,磨隃糜沈,秉烛写李成《寒山图》,经宿而就,遂题此诗,以洗本朝士大夫俗。夫韩滉、燕肃、宋复古、苏子瞻,皆善画,朝贵腹中无古今,固应不知,第以为罪案,但可曰"不能遣余习,偶被时人知",如摩诘语耳。视此曹求田问舍,杀人媚人,一生作恶业者,何膋泉凤,而妄下语乃尔邪?世必有能知者,余亦何以为意?

拈笔经营辋口居,心知馀习未全除。
莫将枕漱(潄)闲家具,又入山中篋里书。

题王摩诘画寒林

(宋)范纯仁

摩诘传遗跡,家藏久自奇。高人不复见,绝艺更谁师?
水石生寒早,烟云结雨迟。笔端穷造化,聊可敌君诗。

许道宁寒林

(宋)文同

许生虽学李营丘,墨路纵横多自出。
交柯挥霍裴旻剑,乱蔓淋漓张晓笔。

题邓国材水墨寒林

(宋)杨万里

人间那得筒山川,船上渔郎便是仙。

远岭外头江尽处,问渠何许洞中天?

寒林图（为侯子晋赋）
（金）元德明

川光茫茫风景暮,一雪无情天地素。
长安闭门千万家,亦有行人蹋长路。
新丰烟火灞桥水,画史工作荒寒趣。
雪中故事知几何,偏识诗翁认寒处。
君不见淮西城下鹅鹳鸣,官军夜斫吴家营。
只如党家粗俗亦不恶,银烛金荷天未明。
拈出雪诗三十韵,蹇驴席帽可怜生。

李成寒林图
（元）吴镇

岭高霜自结,风劲入寒时。日落晚山碧,林空流水悲。
栖鸦寻树早,瘦蹇下冈迟。无限黄尘满,幽栖总不知。

李成寒林图
（元）黄公望

六法从来推顾陆,一生今始见营丘。
腕中筋骨元来铁,世上江山尽入眸。
林影有风摧落叶,涧声无雨咽清流。
寒驴骚客吟成未?万壑寒云为尔留。

题寒林图
（明）刘基

摇落江边秋树林,凄凉久客二毛侵。
藤萝岁晚龙蛇死,丛薄天寒虎豹深。

流水斜阳人远近，青烟白草雁飞沉。
桂花自在山中发，怅望西风起夕阴。

题董源寒林重汀图
（明）贝琼

天下画师无董源，学者纷纷工水石。
云山万里出巴陵，白首淮南见真蹟。
乱石平坡净无土，松根裂石蟠龙虎。
偃盖千年饱雪霜，林深六月藏风雨。
江上邨墟何处入？浮空远黛蛾眉涔。
渔人日暮各已归，小舟如凫落潮急。
我昔西清常看画，南唐此本千金价。
坐移绝境在云间，月出霜猨啼后夜。
薄游未挂吴淞帆，令我一夕思江南。
安得买田筑室幽绝境，开牕日日分晴岚。

题寒林远岫图
（明）乌斯道

游子念故山，岁晏不得归。出门见林薄，日暮烟火微。
关河渺千里，猨狄声正悲。况尔霜雪繁，鸟道不可跻。
阳春固伊迩，奈此寒无衣。衣寒何足叹，所忧美人违。

题答失帖木儿大夫所藏王维画寒林晓行图
（元）蒲道源

野景荒寒霜意边，疏林僵立势参天。
定应画妙王摩诘，故著诗清孟浩然。
驴怯小桥鞭不动，风掀危帽整还偏。
官闲老我叨君赐，红日三竿尚昼眠。

题赵团练江干晓景（四首）
（宋）秦观

本自江湖客，宦游常苦心。看君小平远，怀我旧登临。

鸟外云峰晚，沙头草树晴。想初挥洒就，侍女一齐惊。

公子歌锺里，何从识渺茫？惟应斗帐梦，曾到水云乡。

晓浦烟笼树，春江水拍空。烦君添小艇，画我作渔翁。

题云林晴晓图
（元）陈旅

故人别后江波绿，神女归来峡雨乾。
海上日花春冉冉，天边云树晓团团。
满汀芳草留孤艇，度石幽泉咽下滩。
最爱东头小亭子，听莺何日一凭阑？

题米敷文烟峦晓景
（明）钱用壬

江上乱峰生暮烟，隔江遥望水云连。
西风战舰今无数，不见米家书画船。

云山晚景图
（元）刘因

天机浓淡出岩姿，梦境风云入壮思。
画里青山照白发，行藏浑似倚楼时。

江天暮景图

（元）程钜夫

昏鸦零乱掩荆扉，烟树微茫水四围。
我愿卜邻还要否，门前恰有钓鱼矶。

画江天晚色（赠志学）

（元）倪瓒

不见吕君久，题诗怀不忘。风声浑落叶，山影半斜阳。
独鹤来迟暮，孤帆出渺茫。为图秋色去，留寄读书堂。

诚道原溪山晚霁图

（元）释祖柏

微雨过溪上，青山草阁前。牛羊知返径，童稚喜归船。
烟树邨邨鸟，春泉处处田。披图忆芝阜，头白尚安眠。

江山晚眺图

（明）高启

一髪青山断鴈边，渚宫楼阁暮云连。
烟波髣髴江南意，风柳依稀峡外天。
钓艇归时风动苇，僧钟起处日沉烟。
观图忽起沧洲想，身堕黄尘又几年。

暮江图

（明）汤显祖

风起烟霏林翠开，暮帆秋色半江迴。
疏灯独照归鸿急，长似潇湘夜雨来。

高尚书夜山图

（元）鲜于枢

世人看山在山下，李侯看山向绝顶；
世人画山画白日，李侯画山摹夜景。
绝顶看山山更奇，夜景摹出人少知。
远山苍苍近山黑，岩树历历汀树微。
天高露下暮潮息，月明一片寒江迟。
藏深乐渊潜，惊定安林栖。耳绝城市喧，心息声利机。
古人无因驻清景，高侯有笔能夺移。
容翁复作有声画，冥搜天巧为补遗。
后来知有李侯之德高侯画，千年人诵容翁诗。

题高尚书夜山图

（元）邓文原

吴山面沧江，中秋气飒爽。楼居谪仙后，公退谢尘鞅。
孤月出海上，高怀一俛仰。佳哉高侯画，得意超象罔。
我来秋向晚，月色寒莽苍。山远落木净，风高怒涛响。
奔腾万云气，忽驾苍虬上。平湖雨翻江，渺渺波荡桨。
回思图画时，岁月倏已往。山川更晦明，阴阳递消长。
人生何独劳，局促老穷壤。我将乘倒景，千载纵清赏。
松乔遗世人，一笑凌烟像。

为蒋英仲作颜辉画青山夜行图歌

（元）柳贯

前山湿雾方濡濡，后山蒸云如鬼驱。
松磎行尽迫曛黑，璧月正挂寒蟾蜍。
问翁苍茫何所适？投馆莫有林间庐。

枯梢尚鸣风势急，隈岸欲渡溪流麤。
沃州天姥虽峭绝，无此原隰深盘纡。
固应丰城牛斗墟，龙剑夜出乘飞符。
神人仗气挟以俱，虎豹旁踽雄牙须。
世间何物珊瑚株，不可袭瓢剞可诬。
青峰之巅野水砠，独往似是仙者徒。
心融意定不少假，收揽奇怪一笔摹。
蒋君闲朝攜过余，墨色照几晴光铺。
老颜未老为此图，柳子歌罢三呜呼。
南州双璧范与虞，君当请赋倾明珠。

题高尚书夜山图

（元）吴全节

高李风流仕西浙，共倚危楼望吴越。
吴越江山千万里，高侯画对中秋月。
生纸经营入董源，朦胧烟树迷宫阙。
玉露沉沉四沆寥，潮声已息箫声咽。
不写思陵全盛时，空遗白墖（塔）堪愁绝。
君不见王子猷，亦向山阴弄雪舟，
谁拈秃笔埽清游？古今佳致总悠悠。

夜山图

（元）高克恭

万松岭畔中秋夜，况是楼居最上方。
一片江山果奇绝，却看明月似寻常。

高尚书夜山图

（元）赵孟頫

高侯胸中有秋月，能照山川尽豪发。

戏拈小笔写微茫，咫尺分明见吴越。
楼中美人列仙臞，爱之自言天下无。
西厢雨暗政愁绝，灯前还作夜山图。

高尚书夜山图

（元）虞集

吴越苍茫咫尺间，尚书能画夜看山。
尘销海市露初下，雪积江山潮始还。
坐上赋诗谁绝唱，梦中化鹤或临关。
高情久逐年华尽，秋树寒波愧妙颜。

夜山小景

（明）盛万年

月明万象俱空，人静诸峰欲动。
恩恩断却尘缘，寂寂唤回幽梦。

夜　景

（明）文彭

柴门月色最清宜，写出诗情杜拾遗。
一片林峦深窅渺，不分明处更离奇。

题山水夜景

（明）姚涍

远峰纤月鬪双弯，桥下寒流响珮环。
多恐一天清露重，不教神女恋人间。

历代题画诗类卷第二十一

山水类

郭熙画秋山平远

(宋) 苏轼

玉堂昼掩春日闲,中有郭熙画春山。
鸣鸠乳燕初睡起,白波青嶂非人间。
离离短幅开平远,漠漠疏林寄秋晚。
却似江南送客时,中流回头望云巘。
伊川佚老鬓如霜,卧看秋山思洛阳。
为君纸尾作行草,炯如嵩洛浮秋光。
我从公游如一日,不觉青山映黄发。
为画龙门八节滩,待向伊川买泉石。

次韵子瞻题郭熙画秋山平远

(宋) 黄庭坚

黄州逐客未赐环,江南江北饱看山。
玉堂卧对郭熙画,发兴已在青林间。
郭熙官画但荒远,短纸曲折开秋晚。
江邨烟外雨脚明,归雁行边馀叠巘。
坐思黄柑洞庭霜,恨身不如雁随阳。

熙今头白有眼力，尚能弄笔映牕光。
画取江南好风日，慰此将老镜中发。
但熙肯画宽作程，五日十日一水石。

郭熙秋山平远用东坡韵
（宋）楼钥

槐花忙过举子闲，旧游忆在夷门山。
玉堂会见郭熙画，拂拭缣素尘埃间。
楚天极目江天远，枫林渡头秋思晚。
烟中一叶认扁舟，雨外数峰横翠巘。
淮安客宦蹜三霜，云梦泽连襄汉阳。
平生独不见写本，惯饮山绿餐湖光。
老来思归真日日，梦想林泉对华发。
丹青安得此一流，画我横筇水中石。

郭熙秋山平远（二首）
（宋）苏轼

目尽孤鸿落照边，遥知风雨不同川。
此间有句无人识，送与襄阳孟浩然。

木落骚人已怨秋，不堪平远发诗愁。
要看万壑争流处，他日终烦顾虎头。

次韵子瞻题郭熙平远（二首）
（宋）苏辙

乱山无尽水无边。田舍渔家共一川。
行遍江南识天巧，临牕开卷两茫然。

断云斜日不胜秋，付与骚人满目愁。
父老如今亦才思，一蓑风雨钓槎头。

题工部文侍郎周翰郭熙秋山平远（二首）
（宋）晁补之

渔邨半落楚江边，林外秋原雨外川。
谁倚竹楼邀大篇，天涯暮色已苍然。

洞庭木落万波秋，说与南人亦自愁。
欲指吴松何处是，一行征雁海山头。

题远山平林图
（宋）王炎

山色微茫疑有无，木叶半脱殊萧疎。
云根更著数椽屋，此屋当有幽人居。
墨妙逼真乃如此，毕竟非真惟近似。
何如展齿饱经行，是处溪山皆画笥。
还君图画我且归，家在江南依翠微。

题侄孙岂潜家平远图
（宋）戴复古

好山横远碧，平野带林塘。四望耕桑地，几年云水乡。
海天龙上下，秋日鹤翱翔。觌物忽有感，无心住草堂。

岂潜弟平远图
（宋）戴昺

卜筑占宽闲，修篁老树间。八牕开宇宙，一室贮云山。
野旷行人少，天遥去鸟还。悠然会心处，妙语彻玄关。

梁忠信平远山水
（金）刘迎

忆昔西游大梁苑，玉堂门闭花阴晚。
壁间曾见郭熙画，江南秋山小平远。
别来南北今十年，尘埃极目不见山。
乌鞾席帽（帽）动千里，只惯马蹄车辙间。
明牕短幅来何处？乱点依稀涴寒具。
焕然神明顿还我，似向白玉堂中住。
濛濛烟霭树老苍，上方楼阁山夕阳。
一千顷碧照秋色，三十六峰凝晓光。
悬崖高居谁氏宅？缥缈危栏荫青樾。
定知枕石高卧人，常笑骑驴远游客。
当时画史安定梁，想见泉石成膏肓。
独将妙意寄毫楮，我愧甫立随诸郎。
此行真成几州错，区区世路风波恶。
还家特作发愿文，伴我山中老猿鹤。

秋山平远图
（元）刘因

南山千古一悠然，误落关仝笔意边。
急著新诗欲收领，已从惨淡失天全。

赵令穰秋邨平远图
（元）邓文原

白沙翠竹映江皋，几处邨居对寂寥。
水落渔梁人暗度，霜清曲渚荇初销。
千山杂沓凝岚紫，万木萧森向晚彫。

自是秋光无限好,谁知〔如〕点染付轻毫(绡)。

江贯道江山平远图
(元) 虞集

江参去世二百年,翰墨零落多无传。
人间几人写山水,谁能意在挥毫前。
昨见石林旧家物,春雷叠嶂初破墨。
我和叶诗颇豪放,三者相望都突兀。
险危易好平远难,如此千里数尺间。
高云舒卷非散地,丽日照耀皆名山。
我持美脯酒一斗,墨汁盈盘可濡首。
江生精神作此山,向山呼生当至否?
高秋银汉天无云,帷中冷(泠)然来夜分。
黄茅岭头华盖顶,画我独访浮丘君。

题江贯道平远图
(元) 郑东

飞乌欲没暮烟稠,落落人家竹树秋。
绝似南徐城上望,苍茫野色入扬州。

题贾治安同知秋林平远图
(元) 钱惟善

轩盖昂昂五丈夫,傲然下睨石於菟。
扁舟人似青山瘦,折简从来不可呼。

题吴仲圭平远图
(明) 鲍恂

苍山遥遥几千里,绿树参差碧烟起。
双帆忽从江上归,影落斜阳湿秋水。

林阴苍莽鸟不飞，石径蹭蹬行人稀。
松根似可缚茆屋，沙尾亦足容渔矶。
我尝西游倚江阁，极目长空入寥廓。
好山不肯过江来，恨不乘风跨黄鹤。
吴君画手当代无，落笔何年成此图？
安得著我岩壑底，相觅老樵寻钓徒。

题夏圭溪山清远图
〔明〕陈川

我家东南丘壑好，曲折云林护危杪。
涧沙流水春自香，石楠碎叶秋如埽。
缚柴野桥松雨凉，鸣钟破寺茶烟杳。
山椒茅亭如笠大，石脚渔舟似瓢小。
人家制度太古前，鸡犬比邻往还少。
酒杯吹香小店门，落日渔樵多醉倒。
六年不归长梦见，白发忘情负鱼鸟。
晴牕见画三摩挲，旧梦微茫今了了。
不知何处得此图，觉我山居殊草草。
安得溪南写石田，便攜妻子从兹老。

题自画秋林平远
（明）张宇初

北苑高情宿世同，疏林汀渚正秋风。
砚池洒墨应多思，写向寒烟夕照中。

题陈秀才溪山佳趣
（元）戴表元

城郭寻寻尽，溪山宛宛来。同谁迁蜡屐？为子破莓苔。

书欲斓斑设，花须烂熳开。赵郎题墨妙，烟雾眼中开。

题玉岩上人溪山野趣图
（元）成廷珪

流水淙淙石齿齿，满庭云气欲模糊。
白鸥溪上秋多少，黄叶山中路（一作"径"）有无。
十月雨深渔屋破，三江风急野航孤。
年来难觅幽居处，空向晴牕看画图。

题玉岩上人溪山野趣图
（元）成廷珪

秀州城西春事微，二月苦雨行人稀。
江湖渺然不可渡，风雨如此将安归。
老来口腹胡为累，乱后人民今见非。
兼旬不得武陵信，倚杖南望孤鸿（一作"云"）飞。

云山清趣图（为欧阳道人作）
（明）丘濬

山矗矗，云漫漫，云容山色微茫间。
一天澹月秋空静，满地落花春雨寒。
道人爱此有清趣，穿云结屋依山住。
一缕茶烟午梦馀，两腋清风欲飞去。
欲飞不飞无限情，拂絃时作太古声。
惊猿叫月泪潜堕，老鹤知更相和鸣。
夜深万境俱岑寂，兀然虚室生寒白。
回头人世隔红尘，云山惨澹无颜色。

湖山佳趣图
（明）陈仲完

微雨息市氛，晴光溢水木。暂辍童冠书，少豁林泉目。
峩哉南北峰，影浸西湖绿。岭外号长松，霞边起孤鹜。
荷香隐綵舟，鸟鸣迓丝竹。兴并坡老游，吟步逼仙躅。
落日度寒钟，悠然自天竺。

湖山佳趣卷
（明）李昌祺

宦游惬深好，乃在名胜区。山水自足适，况兹职文儒。
横经有馀闲，逍遥出通衢。春服各已成，遂与童冠俱。
徘徊恣言笑，登陟忘饥劬。晴鸢戾层空，弱藻翻文鱼。
至理与景会，天机独吾娱。悠悠沂川上，眷眷怀舞雩。
詠歌返黉舍，高兴谁能踰！

江山远趣图（为襄城伯赋）
（明）周叙

长天极浦波溶溶，岩峦秀沓青芙蓉。
生绡半幅图远趣，髣髴江山千万重。
近郭名园不知处，楼观依微出深树。
细雨孤帆岛外舟，残烟列骑花间路。
飞流百丈晴虹悬，危梁倒影丹崖巅。
樵径多逢采芝客，石林静隐看棋仙。
层层阁道云连栈，渺渺隄沙落归鴈。
剑门天辟穷胜游，湘水秋高纵青盼。
我公心事非等闲，岂必娱情图画间。
意气遥凌葱岭道，声光直动燕然山。

河清海晏昇平日，移镇南都今第一。
丹青好写麟阁容，颂功更有如椽笔。

题方用方林塘幽趣图

（明）郑关

何处发清兴？林塘横绝标。
羡君林塘有幽趣，为君醉作林塘谣。
我为林塘吟，尔得林塘乐。
长风捲雨白日来，池瀑淙淙向人落。
三峡长江动地迴，遥波转汐送林隈。
当牕为剚翠可爱，百尺芙蓉天外开。
寒梅水竹连芳野，鸂鶒凫鹭满沙墅。
丰草能为冬夏青，飞云不管晨昏度。
坐来谷籁飘林樾，清景令人爽毛骨。
为君去此谢浮名，还山却埽林塘月。

题湖南清绝图

（宋）韩驹

故人来从天柱峰，手提石廪与祝融。
两山坡陀几百里，安得置之行李中？
下有潇湘水清泻，平沙侧岸摇丹枫。
渔舟已入浦溆宿，客帆日暮犹争风。
我方骑马大梁下，怪此物象不与常时同。
故人谓我乃绢素，粉精墨妙烦良工。
都将湖南万古愁，与我顷刻开心胸。
诗成画往默惆怅，老眼复厌京尘红。

洪武丁丑春题王叔明湖山清晓图

（明）莫士安

青山屏列水涯畔，白云缭邈山腰半。
分明晓色澄素秋，颠倒湖光接银汉。
江霞灭尽海暾生，巴雪消多沔冰泮。
岌嶪巅崖高莫梯，回合源泉净堪盥。
天远匡庐秋杳冥，雨足沅湘春汗漫。
浓于蓝汁可染衣，赭若童颠未加冠。
盘谷缭通百折深，缑岭危撑半空断。
涧桥荫合蹋新凉，渚阁香凝坐平旦。
短屐扶藜野兴浓，轻舠聚网波纹散。
南湾农邻犹闭关，西崦人家未炊爨（爨）。
僧寺楼台松满林，渔屋轩窗柳遮岸。
陶令秋田谁为耕？邵侯瓜地亲将灌。
种桃莫问武陵津，采芝偶得商於伴。
书封鴈帛感苏卿，鲙斫鲈丝羡张翰。
濯缨欲待沧浪清，挽衣空歌白石烂。
树树岩花岚雾重，叶叶汀蒲水风乱。
蛱蝶暖依芳草飞，鹧鸪晴入丛篁唤。
荇藻翻容避钓鱼，杉枏不借寻巢鹳。
壁帙芸枯粉螙（蠹）生，岫幌藤穿苍鼠窜。
翠堕梧桐借蒻圭，幂结丝萝爱垂幔。
米家尚存书画船，吴绫不减锦绣段。
人来西北淹壮游，地拥东南隔奇观。
标灵显秀环故居，汎影浮晖在吟案。
谁能高深故不兢，我为登临每无惮。
当时对景真髣髴，遶次围阑旧凝眄。

丹青物色眼停瞬，铁石心肠颜为汗。
踪跡顿忘今昔非，记忆方惊岁年换。
半生自笑不归去，两足其如有羁绊。
泉石膏肓百虑增，尘土心胸一朝澣。
湖山如此慰相思，天地茫然寄长叹。

题王叔明湖山清晓图
（明）王世贞

谁捐吴绫写萧瑟，乍看无乃王摩诘！
即非摩诘或思训，敢谓黄鹤樵人笔？
黄鹤夜半不肯眠，欲换凡翼求真筌。
吸将三斛碧沉瀣，吐作八尺青婵娟。
空青濛碧犹未已，似有天鸡唤山起。
零露枝枝璎珞珠，初阳处处蒲萄绮。
问余展卷胡留连，欲言不言心惘然。
市朝少进车马急，方信此中殊有天。

巨然山寺
（金）任询

孤撑山作碧螺髻，漫散水成苍玉鳞。
野寺荒凉人不到，水光山影正横陈。

题巨然山寺图
（元）虞集

禅林閟清景，云门作重关。幽人不可求，邈然在高山。
古路何迢迢，前尘接人寰。虽有楼观高，飞泉望潺湲。
谁为飞行身，践蹋紫翠间？野渡具舟楫，有待终日闲。
空令垂钓客，薄暮听钟还。

燕文贵秋山萧寺图
（元）鲍恂

萧寺久寥落，燕侯为发扬。山横红树晚，殿锁碧云凉。
杖策情仍在，乘舟意不忘。独怀前代事，抚景暗悲伤。

燕文贵秋山萧寺图
（元）陆广

长风吹船过彭蠡，缥缈云峦亘天际。
天柱峰迥玉筍遥，金掌芙蓉半空起。
汴宋先后多画师，回斡天机谁比拟？
燕侯文贵世罕得，点染清妍才擅美。
斯图拂拭双眼明，幽讨直须论万里。
箭橪络石亏云根，铁壁苍崖澈涧沚。
绀殿珠楼佛寺中，丹台玉室仙境里。
水塘沙际市桥边，野店人家茅屋底。
令我忆旧游，心跡追冥搜。华星耀丹墼，綵仗凌玄洲。
安期羡门子，招摇指蓬丘。回视勾吴山，培塿一土坏（抔）。
载复观斯图，慷慨兴歌讴。

燕文贵秋山萧寺图
（元）高逊志

野性乐山水，塵居违素心。萧然困疲役，胡能遂幽寻？
恒思惬所适，胜槩恣登临。秋清景尤旷，苍翠列遥岑。
霜馀委蔓草，孤秀爱云林。畸人寡谐俗，结宇丹崖阴。
浮念不烦遣，寂寞契沖襟。况复迩萧寺，禅诵有遗音。
箪瓢足自老，簪组知难任。披图忆所历，阅岁兹已深。
景物匪殊昔，但伤华发侵。何当脱尘躅，归休期自今。

燕文贵秋山萧寺图

（元）俞复

浔阳江上山如绣，挟策追游忆往年。
柿叶霜黄秋满壑，芙蓉波冷月临川。
钓舟箇箇来沙曲，梵宇层层倚树颠。
白发田园归计晚，断肠西望夕阳边。

燕文贵秋山萧寺图

（元）倪瓒

野棠花落过清明，春事怱怱梦里惊。
倚棹幽吟沙际路，半江烟雨暮潮生。

题燕文贵秋山萧寺图

（明）黄守

迴崖列岫郁相连，兜率楼台际碧天。
飞鸟已还秋色里，疏钟犹在夕阳边。
溪桥缓辔官人马，野饭维艄（惟梢）客子船。
记得宦游逢此景，披图不觉思茫然。

方方壶松岩萧寺图

（元）邓文原

雨过鹧鸪啼歇，日斜猨咒声高。
湖上长烟漠漠，山中古寺迢迢。
人立东皋清眺，帆归西浦寒潮。

方壶松岩萧寺

（元）吴镇

方壶终日痼烟霞，写得湖山事事嘉。

湖上烟笼梵王宅，山深云覆羽人家。
诗翁伫立搜新句，稚子闲来埽落花。
几处归帆何处客，一声啼鸟夕阳斜。

方方壶松岩萧寺图（并序）
（元）黄公望

　　方壶此卷，高旷清远，可谓深入荆、关之堂奥矣，鄙句何足以述之，愧愧！

浩渺沧江数千里，几幅蒲帆挂秋水。
晓风吹断绿萝烟，百叠青峰望中起。
梵王宫阙倚云开，七级浮屠倒影来。
山人久已谢朝市，日踞江头百尺台。
松篁丛杂多啼鸟，隔岸人家丸弹小。
此图此景入天机，谁能髣髴方壶老？

题香山寺画卷
（元）王恽

送客当年过玉泉，醉中游赏得奇观。
一泓湛碧浮僧钵，几叶秋黄打石阑。
山色空濛金界湿，松声清泛海波寒。
吟鞭回首都门道，斜日归时翠满鞍。

题秋林烟寺图
（元）陈旅

秋气满林壑，野树集汀洲。有客过山寺，听猿卧石楼。

费景祥索题徐幼文写萧山古寺图
（明）张羽

山人手持酒一卮，长跪向我求新诗。

自言此画君所识，乃是河南使君之所为。
砯崖怒瀑形崛奇，天门阁道相因依。
中有台殿横天梯，金绳碧瓦光参差。
使君当年作此时，祇是昂藏一布衣。
豪雄意气今已极，图画应知得者稀。
右丞辋川不易致，此公名位岂卑微。
请语世上悠悠者，人生贫贱安可欺！

烟寺晚钟图
（元）吴师道

半空孤塔擎飞杵，四壁长烟涨白波。
落木疏林秋色老，断钟残磬暮楼多。

烟寺晚钟图
（明）谢士元

百八振砰訇，远送夕阳暝。烟际声未沉，归僧在萝迳。

集句题山邨图（二首）
（元）马臻

先生高兴似樵渔，更有何人在此居？
茅屋数间腮窈窕，睡时山雨湮（湿）图书。

万叠青山但一川，一邨桑柘一邨烟。
隔林髣髴闻机杼，犹记骑驴掠社钱。

题江邨图
（元）杜本

树林蓊蔚水萦环，知是江南何处山？

几载幽并倦行役,按图欲借屋三间。

水邨图
（明）邓楠

向来寓意思卜居,佳处只今成画图。
胸中本自渺江海,主人相浼写汾湖。

水邨图
（明）顾天祥

疏柳平芜落鴈飞,断桥斜日钓船归。
江天万顷秋如画,一笑人间醉墨非。

水邨图
（明）沈周

鱼庄蟹舍一丛丛,湖上成邨似画中。
互渚断沙桥自贯,轻鸥远水地俱空。
船迷杨柳人依绿,灯隔蒹葭火映红。
全与吾家风致合,草堂曾有此愚翁。

题董元溪岸图
（元）赵孟頫

石林何苍苍,油云出其下。山高蔽白日,阴晦复多雨。
窈窕溪谷中,遭回入洲溆。冥冥猨狖居,漠漠凫鴈聚。
幽居彼谁子,孰与玩芳树?因之一长谣,商声振林莽。

钱舜举溪岸图
（明）张羽

忆昔至元全盛日,天子诏下征遗逸。

吴兴八俊皆奇才，秀邸王孙称第一。
一朝玉马去朝周，诸子声名总辉赫。
岂知钱郎节独苦，老作画师头雪白。
江南没骨传者希，钱也得法夸精奇。
晴牕点染弄颜色，得钱沽酒不复疑。
今人秖知重花鸟，岂识此图夺天巧。
玄云抱石雷雨垂，苍山夹水龙蛇遶。
岸侧溪回共杳冥，蒲稗深沉映鱼鸟。
渔舟乍随远烟散，客子竞渡澄江晓。
自云布置师北苑，只恐庸工未深了。
卷馀更有魏公题，字拟钟王差未老。
郑侯得之恐神授，使我一见喜绝倒。
双溪流水清何极，城外南山空黛色。
文章翰墨何代无，二子俦能蹑其迹。
为君题诗三叹息，於乎古人难再得！

　　　　苍崖远渚图（二首）
　　　　　　　　（元）元好问

深谷高林自一天，红尘无路近风烟。
两椽茅屋半生了，况是清溪有钓船。

竹帛功名一笔无，残年那复计荣枯。
青山未得攜家去，惆怅题诗是画图。

　　　　题梅道人平林野水图
　　　　　　　　（元）郑洪

浣花溪头车骑发，镜湖影里画图开。
有客相寻草堂去，何人却櫂酒船回？

是处山林有真隐,如此风尘无好怀。
青袍不似黄冠乐,二老风流安在哉!

水光林影图
(元)丁鹤年

知是平泉是辋川?水光林影共悠然。
薜萝凉映纷纷月,蘋藻清涵澹澹天。
微飐翠旗龙夭矫,倒开金镜凤翩翻(跹)。
此中真趣谁能辨,吏隐云间一散仙。

为王希曾题启南长荡图
(明)吴宽

吴绫八尺馀,远胜好东绢。坐移长荡来,欻向眼中见。
按图想旧游,峦岭非生面。阳山踞独尊,虎阜奔而殿。
柔橹一摇摇,船头翠痕转。春山澹若空,白云故多变。
佳哉吴中景,独许沈郎擅。典客方壮年,孰云宦途倦?
吾志每图南,欲趁秋风便。幽深付一筇,此乐人勿羡。

为杨简斋题空濛图
(元)马臻

西湖天下奇,回薄太古色。春风散花柳,元气荡空碧。
淡然存天真,岂为歌舞惑。
我家本住湖水边,笔牀茶灶依渔船。
振衣一别五千里,为君展卷心茫然。
欲问吾庐在何处,但见老木浮寒烟。
吾庐不可寻,山川不可越。
人生行止会有时,长笑阶前望明月。

题陈直卿一碧万顷

（元）朱德润

浩荡具区尾，苍茫不断流。水光浮四霁，云气接三州。
日月双丸吐，江山万古愁。吟轩未能敞，乡思独登楼。

为马仲祯题一湾烟水

（明）僧麟洲

占得沙河水一湾，此身能与狎鸥闲。
桃花断岸无船到，杨柳衡门尽日关。
千里烟波归老眼，十年魂梦入乡山。
扁舟西塞山前路，流水肥鱼待尔还。

次韵赵佥为赵宰画"野水多于地，春山半是云"，盖宰之尊公诗也

（宋）方岳

竹屋无人肯见过，寒云自傍钓船多。
老仙更在云深处，奈此春山野水何！

江流天地外，山色有无中

（明）魏时敏

林亭闲寄傲，极目浩无边。山敛云藏树，江浮水接天。
征鸿归楚塞，斜日下襄川。留得山翁醉，清风几百年。

题友云水墨画，以唐人"不雨山长润，无云水自阴"为画景，遂次其韵题之

（明）陈颢

看画晴愬里，萧然净俗心。鸟声春寂寂，岚气昼阴阴。
门俯沧洲迥，船移别浦深。令人想风致，飞梦到云林。

历代题画诗类卷第二十二

山水类

题朱审寺壁山水画
（唐）柳公权

朱审偏能貌夕岚，洞边深墨写秋潭。
与君一顾西墙画，从此看山不向南。

同族弟金城尉叔卿烛照山水壁画歌
（唐）李白

高堂粉壁图蓬瀛，烛前一见沧洲清。
洪波汹涌山峥嵘，皎若丹丘隔海望赤城。
光中乍喜岚气灭，谓逢山阴晴后雪。
迥溪碧流寂无喧，又如秦人月下窥。
花源了然不觉清，心魂祇将叠嶂鸣。
秋猿与君对此欢未歇，放歌行吟达明发。
却顾海客扬云帆，便欲因之向溟渤。

台中寓直晨览萧侍御壁画山水
（唐）羊士谔

虫思庭莎白露天，微风吹竹晓凄然。

今来始悟朝回客，暗写归心向石泉。

奉和李右相书壁画山水
（唐）孙逖

庙堂多暇日，山水契中情。欲写高深趣，还因绘藻成。
九江临户牖，三峡逼檐楹。花柳穷年发，烟云逐意生。
能令万里近，不觉四时行。气染荀香馥，光含乐镜清。
詠歌齐出处，图画表冲盈。自保千年遇，何论八载荣。
（李公诗云："八载忝司存。"）

观于舍人壁画山水
（唐）王季友

野人宿在人家少，朝见此山谓山晓。
半壁仍栖岭上云，开帘欲放湖中鸟。
独坐长松是阿谁，再三招手起来迟。
于公大笑向余说，小弟丹青能尔为。

依韵和仲庶省壁画山水
（宋）司马光

画工执笔已心游，稍稍蘅皋引杜洲。
堆案烦文犹倦暑，满轩新意忽惊秋。
天生贤者非无谓，官遇明时未易休。
正恐怒飞朝暮事，丹青难得久淹留。

次韵吴仲庶省中画壁
（宋）王安石

画史虽非顾虎头，还能满壁画沧洲。
九衢京洛风沙地，一片江湖草树秋。

行数鯈（鯈）鱼宾共乐，卧看鸥鸟吏方休。
知君定有扁舟意，却为丹青肯少留。

依韵和原甫厅壁许道宁山水，云是富彦国作判官时画
（宋）梅尧臣

山情水思半轩间，试问来居有底闲？
唯有才高方暇佚，无论岁月自能攀。

曹仁熙画水壁
（宋）晁说之

夫子在川上，悠然叹所逝。见逝不见水，身与水不二。
天维及地轴，去矣不可制。日月徒劳劳，出入丈尺地。
莫言此身微，九围待经济。或指波涛观，姑在蹄涔内。
后人不及门，有口安足议。妙得蒙庄周，动与吕梁会。
肇公识前波，不共后波系。庞公桥柱流，奔湍是谁事？
熟夸观涛者，八月吴侬戏。瞪目不敢瞬，睫转蛟鼍噬。
多谢曹仁熙，笔端落妙意。欲采罴社珠，于此观粲翠。

毘陵太平院壁间画山水，熟视之有飞动势，殆仙笔也，因题
（宋）林景清

山风不动云四寂，万顷波涛生素壁。
三峡夜怒摇星河，九溟昼沸卷霹雳。
谁将江海一笔吞？华阳入砚玄波翻。
灵鳌东转坤轴动，惊浪出没蛟与鼋。
毫端分寸千万里，人心之险亦如此。
老僧阅世如阅画，面壁凝然悟玄理。
嗟余老作汗漫游，寒光飞动六月秋。
乃知瞿唐在平陆，安得竹叶吹成舟。

和元晦咏画壁
（宋）张栻

松杉夹路自清阴，溪水有源谁复寻。
忽见画图开四壁，悠然端亦慰余心。

观刘氏山馆壁间所画四时景物各有深趣，因为六言一绝，复以其句为题作五言四咏
（宋）朱子

绝壑云浮冉冉，层峦日隐重重。
释子岩中晏坐，行人雪里迷踪。

头上山洩云，脚下云迷树。不知春浅深，但见云来去。

夕阳在西峰，晚谷背南岭。烦郁未渠央，佇兹清夜景。

清秋气萧瑟，遥夜水崩奔。自了岩中趣，无人可共论。

悲风号万窍，密雪变千林。匹马关山路，谁知客子心。

壁间古画精绝未闻有赏音者
（宋）朱子

老木樛枝入太阴，苍崖寒水断追寻。
千年粉壁尘埃底，应识良工独苦心。

人日游西山寺观谢章壁画山水
（金）赵秉文

萧寺荒堂三五间，谢章满壁画江山。

天涯霜雪少春意,一日攜酒开心颜。
饥禽穿窗啄官粟,岁久刓墙樵指秃。
山僧送客不开门,寒云夜夜飞来宿。

张吏部宅山水壁歌
(元) 范梈

高堂秉烛见翠微,岩厓突兀当两扉。
庭前系马雾露集,老木倒挂藤萝衣。
问谁妙手能至此?笔墨简古世所稀。
天官主人为我言,翰林供奉精天机。
忆我寻山客南粤,地暖四时皆芳菲。
眼中得此了不易,便觉宇宙扬清晖。
旅人独行歌《采薇》,沧洲茅屋何年归?
安得峰头置双鹤,相逐蓬莱顶上飞。

友人壁间寒山图
(元) 范梈

行尽天涯不见秋,君家庭院冷飕飕。
太平欲选风霜吏,画史当居第一流。

题也先帖木儿开府宅壁画山水歌[*]
(元) 赵孟頫

大山崒嵂摩青天,小山平远通云烟。
商侯胸中有丘壑,信手落笔分清妍。
阆风玄圃元不远,灿烂金碧流潺湲。
参差涧谷楼观起,紫纡石路朱桥连。

---

[*] 也先帖木儿,《四库》本作"额森特穆尔"。

松风飕飗响虚阁，棋声剥啄来群仙。
渔歌樵唱渺何许，轮〔纶〕巾羽扇清溪边。
高情自有泉石趣，凉意不受尘埃缠。
世间书画亦岂少，谁能真赏如公贤？
华堂风日不到处，绝胜绣幛空高悬。
举觞酌酒为公寿，眼明对此三千年。

题画壁

（元）贡性之

何处江山似此佳？看君图画欲移家。
沙边洲渚潮浑没，云里楼台树半遮。
丛桂漫歌《招隐赋》，种桃谁识避秦花。
晚风吹送归舟急，一片征飘（帆）带落霞。

题壁间画

（明）于谦

看山如看画，听水如听琴。水流碧溪转，山高白云深。
俯仰天地间，万物本无心。松风飒然来，为我涤烦襟。

观古壁画山水歌

（明）牟嘉叙

危楼百尺凌空起，古壁丹青画山水。
净埽浮埃据榻观，笔迹何人乃能尔？
想当盘礴时，巧思妙入神，胸中罗万象，写出皆天真。
迥峰叠嶂开嶙峋，白波浩荡渺无垠。
仙人宫阙拥出碧云里，宛如三山隔水无通津。
松间白鹤呼不下，却思整翮凌苍旻。
超然风景异人世，四时花木相鲜新。

溪林冥密碧草合，又如花源有路通。
秦人苍茫远势尤莫测，渤澥崑崙看咫尺。
一叶渔舟归未归，洞庭秋净湘烟碧。
野桥沙岸曲径通，高树下有长髯翁。
恍如著我图画中，手攜云镜倚青松。
万籁不起千山空，仰天一笑看飞鸿。

壁间杂画

（明）李延兴

山中之人气奕奕，爱画云山与水石。
远山近山恣一挥，顷刻生绡数千尺。
今代只数高尚书，妙处不减米家笔。
后之善画者为谁？青山白云久萧瑟。
忽惊座上烟霭生，漠漠平林翠如织。
平生梦想不可到，乃在君家雪色壁。
花发穷林破晓红，水合长天荡晴碧。
芦边雁影落迴汀，沙上渔蓑晒斜日。
白发苍颜四老人，棋罢松间坐争席。
筍皮笠子大如繖，归去不愁山雨湿。
炉经九转鍊（炼）丹成，杖挂百钱沽酒吃。
眼看此景不可亲，况复憧憧事尘役。
会须结屋山之阿，更求好田水之侧。
野人生理自有馀，耕归牛角悬书帙。
茅檐夜火促寒机，古甸秋风收晚栗。
安车若便下丘樊，为劝先生不可出。

题金山壁间画

（明）陈钧

空翠忽入户，飞来何处峰？人家多傍树，僧寺不闻钟。

流水冲桥急，闲云出岫慵。何当抚琴坐，愿学卧游宗。

题济宁公馆壁间山水（柬董宪副国器）
（明）李裕

良工绘画应擅名，故向粉壁施丹青。
青峦碧嶂粲如绮，溪桥流水空泠泠。
烟树苍茫隐台阁，白昼寒风起岩壑。
两峰嵯峨插九霄，飞瀑一簾半空落。
古松偃蹇石崔嵬，小舟荡漾江水隈。
春云如波埽不去，野花含笑年年开。
我本当时云路客，到处山川多阅历。
远观恍若太华之三峰，气势峥嵘薄星日；
近观又似东岱之天门，悬崖双扇凌绝壁。
平生逸兴独超然，静坐对之纷虑释。
美人高趣傥在兹，乞归同买谢公屐。

定州画壁水二堵妙绝天下，望之若真，水起伏潆洄，
　有浩瀁万顷之势。州志谓为吴道子画，非也，
　寺成在道子后百馀年。余歌以畅厥美，仍为志解嘲
（明）王世贞

柏林寺中千株柏，蛰月寒虬怒生翼。
谁为吸尽西江水，一吐阿兰双素壁？
永夜旋愁牛汉翻，中堂陡见龙门辟。
更疑沧海浴日初，不断潇湘带天色。
鴈王睥睨饥欲动，娑竭蜿蜒避无策。
惊毫欲捲阿耨枯，醉沉横拖鹫头碧。
怪无兰桨为穿进，纵有并刀剪不得。
寒声飒飒生清澜，令我三日欲卧观。

借问画者谁？画笔劲似秋鹰抟。
无乃孙知微？定非杨契丹。试披图经读，谓是吴道子。
此寺此壁天福始，开元之人人已鬼。
只今何限丹青师，好手吴生那得之？
君不见唐朝叶道士，摄魄为写松阳碑。

画学董生画山水屏风

（宋）苏辙

承平日事足，鸿都无不有。策牍试篆隶，丹青写飞走。
纷然四方集，狐兔萃林薮。何人知有益，长啸呼鹰狗。
奔逃走城邑，惊顾念糊口。素屏开白云，称我茅檐陋。
濡毫愿挥洒，峰峦映岩窦。巨石连地轴，飞布泻天漏。
萦山一径通，过水微桥构。山家烟火然，远寺晨钟叩。
僧从何方来，行速午斋后。有客呼渡船，隔水惟病叟。
听然发一笑，此处定真否？人生初偶然，与此谁夭寿？
厄穷妄自怜，一醉辄日富。客至亦茫然，邀我沽斗酒。

画枕屏

（宋）苏辙

绳牀竹簟曲屏风，野水遥山雾雨濛。
长有滩头钓鱼叟，伴人闲卧寂寥中。

张秀才枕屏

（宋）陈造

寒风惨澹森木古，群鸦无人自翔舞。
重山积水几里所，稍见孤舟渺烟雨。
意吞洞庭卓天姥，短屏数幅渠能许。
何时去作湖山主，还唤诗翁未〔来〕著语。

山水屏

(宋)曾巩

吴缣落寒机，舒卷光乱目。秋刀剪新屏，尺寸随折曲。
搜罗得珍匠，徙倚思先属。经营顷刻内，千里在一幅。
定视乃渐通，纪（一作"悉"）数难迫促。
山乱若无穷，负抱颇重复。高棱最当中，桀大势尤独。
回环众峰接，趋向若奔伏。矜雄跨九州，争险挂星宿。
深疑雪霜积，暗觉烟雾触。泉源出青冥，涨潦两厓束。
历远始纡徐，派别输众谷。轻舟漾其间，沿洄无缓速。
微寻得修迳，侧起破苍麓。远到无限极，穷升犯云族。
游子定何之，顾盼停马足。盘石长自闲，空源偶谁筑？
尘氛见荒林，物色存古俗。粲粲弄幽花，苍苍荫嘉木。
遗牛上岩巅，惊磨出槎腹。鲜明极万状，指似才一粟。
虽从人力为，颇类阴怪续。深堂得欹眠，高枕生远瞩。
馀光耀衾帱，清意凝幔褥。愚诃世幸略，慵卧嗜尤酷。
因能助佳梦，肯顾跻杲旭。将相有时材，溪岩真我欲。
儒林耻未博，俗穿思自赎。婚嫁累苟轻，耕钓吾已卜。
图屏持自慰，瘠瘵心思逐。

山水卧屏

(宋)黄庶

林泉生长厌应难，更写方屏几曲间。
仕宦东西苦无定，此心长似宿家山。

题戏水墨山水屏

(宋)杨万里

瞿郎大似半边蝇，摘蕙为船折草撑。

今夜不知何处泊,浪头正与岭头平。

  新作纸屏,隆师为作山水,笔墨略到而远意有馀。戏题此句,末句盖取所谓"柴门鸟雀噪,游子千里至"也
(宋)程俱

急雨初收山吐云,清溪曲曲抱烟邨。
抛书午枕无人唤,归梦真疑鹊噪门。

自画山水留春堂大屏题其上
(宋)晁补之

胸中正可吞云梦,醆里何妨对圣贤。
有意清秋(一作"扶筇")入衡霍,为君(一作"毛锥")无尽写江天。

题严州王秀才山水枕屏
(宋)陆游

我行天下路几何?三巴小益山最多。
翠崖青嶂高嵯峨,红栈如带萦岩阿。
下有骇浪千盘涡,一跌性命委蛟鼍。
日驰三百一乌骡,雪压披毡泥满韉。
驿亭沃酒醉脸酡,长笛腰鼓杂巴歌。
大散关上方横戈,岂料世变如翻波。
东归轻舟下江沱,回首岁月悲蹉跎。
壮君落笔写岷嶓,意匠自到非身过。
伟哉千仞天相摩,谷里人家藏绿萝。
使我恍然越关河,熟视粉墨频摩挲。

徐道士水墨屏（四首）

（宋）白玉蟾

鴈侧风前字，烟凝雨后情。不知谁氏子，持钓立江城。

人远看来短，山遥淡欲无。水边渔舍密，天际客帆孤。

乱山草斜出，危冈竹倒悬。人家春树里，山色夕阳边。

霜月沉青嶂，汀鸥卧白沙。晓风删竹叶，秋雾补山丫。

山水屏图诗

（元）朱德润

丈夫无奇才，虽显不足名。高山乏秀丽，兀立培塿形。
况乃画图间，两夺造化精。
中堂素壁本虚静，谁令挥洒研丹青？
女娲五色不补天，神功鞭石来苍旻。
驱山奔海入纨素，扶舆之气青荧荧。
赤城霞彩千峰明，洞庭湘浦云英英。
风帆昼捲潇湘雨，黄苇堆滩插渔罟。
独木庄前野水流，夕阳川上攲桥渡。
大峰倚天接天门，又如特立太华尊。
群山趋俯不敢动，山前星辰手可扪。
我欲托身山上巅，丹梯百尺何由缘？
画兴欲来别有趣，颠毫醉墨飘如仙。
仙成却服九还丹，两腋清风飞上天。

床屏山水图歌

（明）高启

画师知余爱青山，久堕尘网无由还，
故将列岫写屏嶂，使我卧起于其间。
从此长如宿清境，枕上分明见峰岭。
炉烟晓入帐中飞，拥被惊和白云冷。
丹崖碧树层层开，江雨远逐孤帆来。
就中楼阁是何处，髣髴神女巫阳台。
楚山修竹潇湘水，似有清猿忽啼起。
江南千里梦游归，半牀落月高堂里。

题画屏

（明）陈炜

雪漫江天万木中，一间茅屋覆诗翁。
何人醉醒梅花月，蹋遍寒山路几重？

题山水障子

（唐）张祜

一见秋山色，方怜画手稀。波涛连壁动，云物下簷飞。
岭树冬犹发，江帆暮不归。端然是渔叟，相向日依依。

题王右丞山水障（二首）

（唐）张祜

精华在肇端，咫尺匠心难。日月中堂见，江湖满座看。
夜凝岚气湿，秋浸碧光寒。料得昔人意，平生诗思残。

右丞今已没，遗画世间稀。咫尺江湖尽，寻常鸿鴈飞。

山光全在掌，云气欲生衣。以此常为玩，平生沧海机。

刘相公中书江山画障
（唐）岑参

相府征墨妙，挥毫天地穷。始知丹青笔，能夺造化功。
潇湘在簾间，庐壑横座中。忽疑凤凰池，暗与江海通。
粉白湖上云，黛青天际峰。昼日恒见月，孤帆如有风。
岩花不飞落，涧草无春冬。担锡香炉缁，钓鱼笠泽翁。
如何平津意，尚想尘外踪？富贵心独轻，山林兴弥浓。
喧幽趣颇异，出处事不同。请君为苍生，未可追赤松。

题画帐山水
（唐）皇甫冉

桂水饶枫杉，荆南足烟雨。犹疑黛色中，复是雒阳岨。

谢重缘旧山水障子
（唐）齐己

敢望重缘饰，微茫洞壑春。坐看终未是，归卧始应真。
已觉中心朽，犹怜四面新。不因公子鉴，零落几成尘。

砚水墨障子
（唐）李洞

若非神助笔，砚水恐藏龙。研尽一寸墨，堁成千仞峰。
壁根堆乱石，牀罅种枯松。岳麓穿因鼠，湘江绽为蛬（蛩）。
挂衣岚气湿，梦枕浪头春。只为少颜色，时人著意慵。

观山水障子
（唐）伍乔

功绩精妍世少伦，图时应倍用心神。

不知草木承何异，但见江山长带春。
云势似离岩底石，浪花如动岸边蘋。
更疑独泛渔舟者，便是其中旧隐人。

郭熙山水障子
（宋）刘克庄

高为峰嵩下涛江，极目森秀涵沧浪。
始知著色未造极，一似醜女施铅黄。
惊泉骇石聚幽怪，巨楠穹柏蟠老苍。
鹿门寺，华子冈，是邪非邪远莫详。
疑闻钟声起晻霭，似有帆影来微茫。
陌穷渡绝雪满坂，驴鞍钓笠分毫芒。
炎曦亭午试展玩，坐觉烟雨生缧绁。
古来绝艺必名士，俗史辟易安敢当。
大年脂粉米老狂，先朝仅数燕侍郎。
吾闻汾阳子贵购父画，一笔不许他人藏。
矮屏短轴已可宝，况此四幅垂华堂。
呜呼主人谨护守，神雷鬼电或取将。

题俞景山画山水障
（明）钱宰

老夫索居江上楼，廿年不出怀旧游。
扣门下楼出迎客，但见绝壑风飕飕。
岱宗日观山上头，日出未出苍烟浮。
嵩高插天太华碧，峨眉青城翠欲流。
匡庐老泉挂白石，苍梧水落湘江秋。
悬崖倚天万山立，翔鸾舞凤蟠苍虬。
幽岑远树互出没，白云不散松风收。

松根老樵列四五,招我共入青林幽。
平生游历走不遍,千里万里穷遐搜。
如何一日堕我前,空翠杂沓来双眸。
举头问客何因入,此境迺是手持图。
画来沧洲俞君作,画时雅有山林癖。
朝登望秦山,万壑千岩尽横臆;
暮上香炉峰,海色秋清上遥碧。
归来放笔作董元,笔底丹青浩无跡。
海桑一别三千年,山月江风耿相忆。
仰观岩上泉,俯看松下石。
故人不见空画图,十幅云烟捲还客。

题山水障子（为萧溪耕者赋）

（明）张适

萧溪先生乐山者,结屋临溪颇幽雅。
开轩见水不见山,却向图中看挥洒。
高斋素壁悬清风,彷佛坐我林崖下。
群峰奔驰势如马,绿树人家面平野。
层阁忽从天际来,飞泉远自峰头泻。
半山云气千峰白,满谷霞生万岩赭。
野桥日落行人稀,幽径花开知者寡。
萧溪闲居昼多暇,坐对此图看不捨。
平生况复能食力,春作鉏犁躬自把。
短簑朝耕陇上云,长檠夜落书边炧。
有时归来面盟鸥,鲸吸春醅知几斝。
登高或著谢傅屐,带酒何妨远公社。
临池每解学来禽,对客犹知论裹鲊。
醉中邀我赋长篇,老我才疎不堪写。

画障次韵

（明）俞晖

老人自是逃名者，白发萧然绿薜衫。
尽日江亭谁作伴？相看沙鸟与风帆。

画山水障

（明）周用

屋下得万里，黯澹费神力。自君眼光远，岂复在丹墨。
长风落微波，孤月中夜直。赤县复可置，何得爱四壁。
此路达京华，江湖犹旅食。我有怀中书，为附南飞翼。

曹民部藏何太守山水障歌

（明）祝允明

苍烟横晚江，江树不可辨。远山虢国眷，近山鬓不变。
谁将元气夜半翻，凌乱少陵好东绢？
幽人绝流一苇航，应恨可人不相见。
千邨万落路不通，恐有闭门忘世翁。
孔明渐老安石卧，谁为苍生起卧龙？
须臾云树开苍茫，始识九疑分潇湘。
良工出自何水部，妙思已落陈思王。
陈思王，今葛谢，袖中翛翛有造化。
萧斋晏坐对图画，时发云霖润天下。

题陈道复溪山障子

（明）王宠

天台秀出雁荡峰，削壁飞泉如白龙。
跳珠散落四时雨，偃盖反走千寻松。

阴崖复洞绝地脉，明湖玉镜开天容。
山深或闻虎兕鬭，日落但有渔樵逢。
陈郎不减阮嗣宗，云霓蜷曲蟠其胸。
黄公垆头枕麯卧，蹶起埽出金芙蓉。
高山流水有深意，却思荷蒉还山农。

题山水障

（明）李汛

王孙妙思夺化工，尽收丘壑藏心胸。
醉来倾倒玉壶墨，洒向鹅溪作秋色。
湿云初起山翠新，回风不断波粼粼。
石梁烟外转萧瑟，薜萝掩映幽人宅。
逍遥二老晚风馀，沿溪散步飘轻裾。
翩然与鹤立松下，髣髴当年避秦者。
人间旧路杳无踪，云深不遣渔郎通。
君不见秦家鹿走楚蛇断，沧海桑田几兴叹。
惟有仙源岁月赊，碧桃未落秦时花。

题山水画障

（明）杭济

断岸横舟山日阴，人家散居枫树林。
江烟万里破孤暝，江波倒影天沉沉。
短渚长沙渺无极，木叶吟风动萧瑟。
惊凫历乱飞尽空，坐见遥岑送秋碧。

题董生春山障子（赠朱金吾）

（明）王穉登

董生留我子云亭，画尽春山酒未醒。
赠与侯家金屋里，美人筵上鬭鬐青。

历代题画诗类卷第二十三

山 水 类

崔驸马宅咏画山水扇
（唐）梁锽

画扇出秦楼，谁家赠列侯？小含吴剡县，轻带楚扬州。
撑作山云暮，摇成陇树秋。坐来传与客，汉水又迴流。

题郭熙山水扇
（宋）黄庭坚

郭熙虽老眼犹明，便面江山取意成。
一段风烟且千里，解和明月逐人行。

题惠崇画扇
（宋）黄庭坚

惠崇笔下开江面，万里晴波向落晖。
梅影横斜人不见，鸳鸯相对浴红衣。

题宗室大年画扇（二首）
（宋）晁补之

柳动燕初来，波生䴔将去。惟有小崧高，苍苍自如故。

王孙蕴奇意，纨素澹云烟。借与王摩诘，含毫思邈然。

次韵送画山水扇与张次应（代冯元礼）
（宋）晁说之

五日十日岂为工，万壑千岩自绝踪。
在握已能霄汉上，更须群玉占前峰。

晁无咎画山水扇
（宋）陈师道

前生阮始平，今代王摩诘。偃屈盖代气，万里入方尺。
朽老诗作妙，险绝天与力。
君不见杜陵老翁语，湘娥增悲真宰泣。

酬刘巨载舍人见赠所画山水扇
（宋）僧道潜

冰纨玉粉净无尘，墨妙扶疎更绝伦。
试问挥毫底人物，不言从可识天真？

扇　图
（金）许古

云压溪堂小雪春，融融和气浥轻尘。
山禽共作梅花梦，物性由来嬾是真。

题山水扇（二首）
（元）刘因

山近雨难暗，楼高秋易寒。凭谁暮云表，添我倚阑干？

二山环合一水，中有老木参天。
不著幽人草阁，谁收无限云烟？

题山水便面
（元）程钜夫

烟水冥迷山远近，高山临水更清寒。
画楼迥倚风前搆，商舶遥从海峤还。
云起乱峰生巧思，鸟飞残照入遐观。
生绡盈尺无穷意，谁识经营惨淡间。

聂空山画扇
（元）虞集

客来山雨鸣磵，客去山翁醉眠。
花外晴云霭霭，竹边秋月娟娟。

题赵千里山水扇面歌
（元）杨载

公子丹青艺绝伦，喜画江山上纨扇。
只令好事购千金，四幅相连成一卷。
春流漠漠如江湖，飞烟著树相有无。
岚光注射翻长虚，白玉盘浸青珊瑚。
追随流俗转萧疎，对此便欲山林居，
旗亭花发酒须沽，舟行为致双提壶。
抱琴之子来相须，醉归不省何人扶。
旁有飞泉出岩隙，掣电飞霜相盪（荡）激。
蛟龙不爱鲲桓食，但见垂纶古盘石。
人生万事无根柢，出处行藏须早计。
一丘一壑傥如斯，便可束书从此逝。

君不见郑子真,躬耕谷口垂千春。
毫芒世利能没身,汝胡齷齪为庸人!

画扇
(元) 张宪

渴龙饮清江,江水皆倒立。风雨满山来,石楠半身湿。

题扇上画
(元) 陈深

古木排山立,幽膼傍水开。直疑林处士,独櫂小舟回。

题画扇(四首)
(元) 贡性之

三间两间茅屋,五里十里松声。
如此山中景色,何时共我同行?

万事从教计拙,千金难买身闲。
船尾都教载酒,船头饱看青山。

鸭觜滩连溪尾,羊肠路转山腰。
云气晴晴雨雨,泉声暮暮朝朝。

绿树湾头钓艇,青山凹里人家。
前度刘郎去也,莫教流出桃花。

赵千里便面上写山次伯雨韵
(元) 郑元祐

宋诸王孙妙盘礴,万里江山归一握。

卷藏袖中舒在我，清风徐来縠衣薄。
文采于今沦落馀，雕阑玉砌凄烟芜。
宝玉不随黄土化，门上空啼头白乌。

题宋高宗画扇头（自题云："万木云深隐，千山雨未开。"）
（元）郑东

多时海上日光催，犹道千山雨未开。
总为浮云能障断，龙沙不见翠华回。

赵千里扇上写山用郑山人韵题
（元）倪瓒

谁见解衣作盘礴，卷怀云烟归掌握。
春雨冥冥江水波，竹间日暮衣裳薄。
零落王孙翰墨馀，越王台殿久荒芜。
要知人好画亦好，爱比当年屋上乌。

题松雪扇画
（元）唐肃

层峦拂空青，县瀑注银汉。参差观阁耸，荟蔚林木绚。
渔歌浦外闻，人影溪中见。陟险思攀萝，纪行忆书翰。
尘远地无喧，景多情益恋。方恋凤鸾吟，勿贻猿鹤怨。

题山水扇面
（元）张天英

一握方诸镜里天，分明雁荡石城连。
仙人不患蓬壶小，便驻鸾笙五百年。

题堵炳所画扇面山水（为李鸿渐赋）
（明）镏崧

紫崖碧嶂连云树，白石青莎并江路。

采樵客去洞门深,出郭人归烟水暮。
两崖之间高且虚,有亭翼然谁所居?
山花当户可载酒,芳草满庭宜读书。

扇上画(二首)

(明) 杨基

雨歇见青山,菰蒲第几湾?鸥来又飞去,只有钓舟闲。

江远爱山低,沙虚觉树危。静中谁共赏,桥上立多时。

题画扇面

(明) 王恭

山空水云净,月出洲渚白。寒苇梳幽风,孤篷逗秋色。
垂纶久忘鱼,击汰非干泽。终愧坐磻溪,皓首钓人国。

山水便面

(明) 管讷

宣和便面何从得?画史当时属有才。
紫翠峰峦天上落,青红楼阁树头开。
群贤似向兰亭会,一老疑从栗里来。
安得从容随杖履,轻舟日系水云隈?

题扇(二首)

(明) 陈絧

五湖烟水绿生波,一叶扁舟鼓枻歌。
遥想故园戎马后,千章乔木已无多。

秋风吹上老渔船,蓴菜鲈鱼味自便。

对此云山无限好，不须图画入凌烟。

题　扇
（明）王达

叶暗前朝雨，花飞昨夜风。空山人不见，春在绿阴中。

扇面小景
（明）郭厓

孤琴引兴青山墅，山月苍苍鸟声曙。
高风一段不可攀，从忆陶潜赋归去。

山水便面
（明）李勗

峰峦迢递水微茫，葭菼连天鴈噭霜。
髣髴湘南旧行路，短篷秋色近斜阳。

次韵题便面小景
（明）谢铎

空山收网雨收簑，忽听中流款〔欸〕乃歌。
莫是晚来风色好，片帆归去已无多。

题沈恒吉画扇
（明）陈宽

红树丹山领去舟，蘋花香老不胜秋。
沧江风月谁人管？且向前汀问白鸥。

项进士便面
（明）王弼

天光低碧暮寒浮，峰色纤青晚入楼。

长忆清秋过上竺，归来明月满湖头。

为人题便面
（明）叶元玉

杖藜信步过桥东，几片飞花隔柳红。
指点前头更清致，遥山一抹淡烟中。

扇　画
（明）许相卿

远路归来已白头，丰厓犹似旧时秋。
长藤短褐行吟处，不道山翁是故侯。

为茂通题画扇
（明）陈玺

乱木萧萧枫叶酣，扁舟闲钓五溪南。
屋头岭瘦杉如戟，长啸一声烟水蓝。

题画扇
（明）王景彰

二仪开混沌，一气蕴精灵。石乳通龙井，天风老鹤汀。
江山自吴楚，寰宇际沧溟。便欲抛尘俗，寻真向草亭。

郑大有山水扇
（明）罗泰

忆昔移舟上建溪，乱山晴翠望中迷。
一声长啸天风冷，百六滩头月欲低。

扇　景
（明）俞晖

数点白鸥远近明，蓼花汀没钓台横。
得鱼未惬归舟趣，坐看桐江月渐生。

题画扇
（明）李承芳

岩石云封道士家，满谿青桂落寒花。
山童停帚那能埽，也爱残香醉露华。

画　扇
（明）李日华

春江初汎蒲萄绿，鹭自翻飞鸥自浴。
烟消月落早潮平，山影沉沉压渔屋。
笑拈此景付诗翁，曾向严滩五番宿。

题画扇
（明）李日华

远峦酝雨候，近坞饶云踪。偃仰气候变，开敛随群峰。
渚烟接缥缈，山姿弄春容。拂石此静坐，聊以蠲心胸。

题画扇头米山
（明）李日华

沙鸟去已尽，江流寒更清，云横日落处。一片楚峰晴。

题扇（三首）
（明）李日华

山中无一事，石上坐秋水。水静云影空，我心正如许。

古木千章落荫,平湖一片无埃。
山中谁共六月?白鸥朝暮飞来。

木落皋亭怅望空,山樵隐隐隔芙蓉。
汀烟野霭秋来净,正见当年黄鹤峰。

题画扇
(明)李日华

黛色龙嵷树影齐,石台莹滑净无泥。
桥横断岸猿兼渡,寺隔重云鸟乱啼。
漠漠湿衣松下雨,潺潺到耳竹边溪。
人间六月消何处?万壑清风葛岭西。

题赠冯云将画扇
(明)李日华

一片蘼芜鸟去双,树中高阁俯澄江。
梦回不信秋期近,水影蘋香正入牎。

题画扇(与陆伯承)
(明)李日华

雨后溪声吼似雷,高楼倚醉想衔杯。
断桥秋色无多远,只隔蘼芜绿几堆。

题画扇
(明)李日华

竹光浮砚春云活,花气薰衣午梦轻。
写得米家江上意,蘼芜细雨正含情。

画沈明允扇

（明）李日华

秋林薄处见山巅，霜樾烟柯指顾便。
小作沙圩容野艇，空明留与白鸥天。

为冯权奇画扇

（明）李日华

高阁崔嵬翠霭重，千岩树色隐簾栊。
鱼惊涧影新秋月，猿落松梢半夜风。
瓦枕石牀诗梦澹，神舆尻马意游通。
山中莫漫轻相识，除却真仙即此翁。

画扇（与萧历室）

（明）李日华

蘋香沙鸟共，山影钓丝牵。何处堪摊饭？江南镜里天。

题画扇（与丘伯畏）

（明）李日华

葛蔓萦牵竹粉残，一篱花影掩松关。
摩挲睡眼无些事，自写江南秀绝山。

画沈白生扇（仿郭河阳《晴原晚照》）

（明）李日华

复岭纡迴处，人家烟树重。径微樵子到，溪静鹿麋逢。
岁节占芳草，晨昏听远钟。不须寻谷口，已遣白云封。

题画扇（与松雨）

（明）李日华

沙树叶叶雨，溪桥面面峰。道人行履处，只信一枝筇。

画吴赤含扇

（明）李日华

野桥新雨足，夏木转多阴。欲就迎凉处，时为散发吟。
月来湖空阔，风入树萧森。一倍添幽赏，溪山称此心。

与沈翠水论绘事因题所画便面

（明）李日华

烟沙漠漠夕阳馀，野树酣霜水溜渠。
何处秋光闲入梦？琵琶亭子对匡庐。

题墨山图扇

（明）僧明秀

远屿孤烟起，林亭落日虚。青山半江影，竹里照残书。

题小景

（宋）杜本

秋云满地夕阳微，黄叶萧萧鴈正飞。
最是江南好天气，村醪初熟蟹螯肥。

题湖曲小景（穆陵御题诗句）

（元）袁桷

流水无言寂寂，落花有意氃氋。
往事空馀华屋，倚阑愁绝江南。

溪居山水小景（二首）

（元）张翥

想像溪居好，时来放钓船。沧洲茅屋路，春水白鸥天。
林壑无多地，烟霞自一川。底须论咫尺，到此已茫然。

何处野人村，微茫涧谷分。林多太古树，山有四时云。
鸟跡还成道，猿啼或作群。秋风茅屋破，谁赋隐思君？

题应中父所藏陈仲美山水小景

（元）杨载

层峦叠嶂倚晴空，松桧相连秀色同。
下有幽人茆屋在，浩歌宜属紫芝翁。

山水小景（二首）

（元）郏韶

西风木落晓猿惊，一水东流日夜声。
两岸青山看不尽，扁舟又过楚王城。

扁舟晚泊洞庭西，江草江花岸岸齐。
却过白龙祠下去，两边枫树鹧鸪啼。

云山小景

（元）黄镇成

飞瀑潺潺泻碧岑，野桥分路入云深。
三椽草屋长松下，应有先生抱膝吟。

为所性侄题小景（三首）

（元）欧阳玄

林庐澹疏烟，归帆泊沙渚。披图得空阔，总是经行处。

寒屋茆簷古，疏烟野树春。遥遥济川者，应是此中人。

浦口归帆落，沙头行客回。林间酒旗出，快著一篙来。

题山水小景杂画（四首）

（元）傅若金

空村断行跡，深雪连昏暮。惨淡既平冈，坡陀复盈路。
时闻一树折，犹见群鸟去。中有映书人，柴扉对何处？

江白云稍归，山青树如沐。轻舟渔石渚，独骑经林麓。
野气昏已明，泉声断犹续。坐忆汎湘时，村西见茅屋。

云归山欲暝，月出泉相映。石影生夜寒，松声起僧定。
遥疑露下立，或发风中詠。幽境何闃寥，长廊罢钟磬。

盘盘苍山根，泉石如素练。含风静复响，触石惊相溅。
竹迥秋气来，松凉夏阴转。山翁阅妙理，独立无人见。

题画小景

（元）王翰

万籁秋声近，双峰宿霭收。江涵林影碎，野接曙光浮。
萝薜连书幌，莺花避钓舟。由来扬子宅，寂莫闭丹丘。

小　景
（明）韩宜可

春色来何处，桃花路欲迷。为言垂钓者，中有武陵溪。

题小景图
（明）林鸿

林木疎疎小径分，石泉岚气绝尘氛。
抱琴野客归何处，闲却松牕半榻云。

小　景
（明）吴子庄

杖藜日日看芝山，山下浮云共往还。
昨夜小溪新水涨，钓船流到寺前湾。

为杨学士勉仁题小景
（明）金幼孜

积阴生巨壑，飞翠落崔嵬。古木云萝暗，苍厓雪瀑开。
幽人挥麈坐，穉子抱琴来。想有登临兴，看图日几回？

题画小景（二首）
（明）童轩

山色青于染，茅堂背郭成。阴阴乔木里，疑有读书声。

家住清溪口，门掩清溪树。溪上多白云，幽人自来去。

题小景
（明）丘濬

石桥流水碧潺湲，千树桃花万叠山。

漫道仙家有灵药，看来终不似人间。

小景（二首）

（明）丘濬

独坐空山万虑忘，时从林隙见天光。
白云满地红尘少，觉得闲中意味长。

行过山边又水边，眼中非树即寒泉。
囊琴漫遣樵青抱，流水高山不在絃。

小景（三首）

（明）刘泰

隔岸峰峦过雨新，桃花水暖碧潾潾。
谁家艇子闲来往，只载春光不载人。

绿树阴阴覆野亭，绿波漾漾没沙汀。
短藜记得寻幽处，一路莺声酒半醒。

云溪一带净无沙，门对青山是我家。
两日不来亭子上，东风开过紫藤花。

题小景

（明）陈炜

深沉门巷隔烟霞，路出重关一径斜。
江上小舟如载酒，定应来访子云家。

题小景画

（明）程敏政

青山佳处绝纤埃，草绿裙腰一径开。

不是烟霞有深癖，水边林下肯同来？

题小景杂画（二首）
（明）程敏政

绿树萧然荫草亭，酒船安坐蓼花汀。
分明一夜溪头雨，洗出春山数点青。

小亭斜枕石溪溃，长夏空山草木薰。
风雨忽来归去晚，橹声摇碎一川云。

题小景
（明）沈周

江山入吾兴，随笔散清华。峰影分斜日，波容映落霞。
无桥通市迹，有树隐人家。此地如堪买，分畦拟种瓜。

谿亭小景
（明）沈周

幽亭临水称冥栖，蓼渚沙坪咫尺迷。
山雨乍来茅溜细，谿云欲堕竹梢低。
檐头故垒雌雄燕，篱脚秋虫子母鸡。
此段风光小韦杜，可能无我一青藜？

画　景
（明）屠侨

白石桥西绿竹林，青松亭外白云岑。
何人闲睡三万日，凫鸭碧波江水深。

小　景

（明）廖道南

高楼斜倚石城傍，远浦归帆带夕阳。
遥望小桥来使节，双龙剑气烛星光。

小　景

（明）陈玺

诗思浓于酒，山容碧似苔。美人清不寐，撑出小舟来。

题小景

（明）陈玺

细雨著苔黏屐齿，白云飞树挂山头。
扁舟直放武陵去，满地秋声人倚楼。

重题自画小景

（明）居节

点染青山四十年，寸缣不改旧风烟。
散人漫窃江湖号，未买松江一钓船。

题画小景（二首）

（明）李汛

半山残照明秋水，一径清风吹落花。
林杪鸡声烟外艇，不成邨落两三家。

寒飘雪色馀千嶂，冻合溪流接两涯。
何处行人迷去路，山亭恰好见梅花。

题小景

（明）李汛

何人结屋倚松根，一片凉云午乍屯。
我欲相期来避暑，薰风时听翠涛翻。

题画中小景

（明）樊昌

扶桑日出光瞳瞳，千门万户开春风。
祥云带雨从龙去，朝朝暮暮飞天东。
瀛洲弱水知何处？高人只在蓬山住。
山中游人归未归，江上扁舟自来去。

小景杂咏（二首）

（明）萧显

木脱青山下，亭开翠水涯。孤舟荡双桨，何处访相知？

碧树俯清流，高人爱独坐。读罢发长吟，不知斜日堕。

题小景

（明）吕渊

绿树桥头路转回，水光山色映楼台。
扁舟荡入荷花里，知是游人避雨来。

题云深处小景

（明）陈琛

是处山深云更深，凭谁说与総无心？
全因俗客都迷路，时为苍生欲作霖。

静映方塘惟数畎，高临绝壁亦千寻。
优游更逐南溪水，流向人间觅赏音。

题画小景（三首）

（明）僧澄印

流云覆春山，轻寒冻欲坼。何处蹋青来？归时月华白。

烟树春云绿，江天落日红。不知何处醉，归向月明中。

风雨孤舟夜，微茫草树春。茅簷惊犬吠，定是渡江人。

历代题画诗类卷第二十四

山水类

题诗约画轴
(宋) 陈与义

日落川更阔,烟生山欲浮。舟中有闲地,载我得同游。

题 画
(宋) 陈与义

分明楼阁是龙门,亦有溪流曲抱邨。
万里家山无路入,十年心事与谁论?

题谢艮斋画笥(四首)
(宋) 王炎

团蒲曲几自支颐,领略江山入坐隅。
若使右丞知此画,定当阁笔《辋川图》。

万点青山一曲溪,门阑疑是辟尘犀。
笔端更有诗中画,细细冥搜为品题。

熟视天机日日新,无边物色尽横陈。

从教巧手立摹写，粉墨何能更逼真。

玉轴锦囊无此景，何年天巧出丹青。
艮斋收得供诗眼，胜看鸾台十二屏。

戏题画卷（二首）
（宋）程俱

五载京尘白鬓须，丹青遐想寄衡巫。
如今埽迹长林下，却对真山看画图。

胸中云梦本无穷，合是人间老画工。
常恨无因继三绝，倩人拈笔写胸中。

题画卷（五首）
（宋）范成大

凿落秋江水石明，高枫老柳两滩横。
君看叠巘云容变，又有中宵雨意生。

攲倾栈路邈山明，隔陇人家犬吠声。
无限白云堆去路，不知谁识许宣平。

春阴十日溪头暗，夜半西风雨脚收。
但觉奔霆吼空谷，遥知万壑正争流。

暑云泼墨送惊雷，坐见前山骤雨来。
今夜一凉千万里，更无焦卷与尘埃。

秋晚黄芦断岸，江南野水连天。

日色微明鱼网，鴈行飞入苍烟。

题　画
（宋）叶盛

绿树青山漾碧流，画中风景似扬州。
隔江明灭渔人火，出岸高低估客舟。
去燕来鸿千古事，闲花野草一春愁。
不知谁在红尘外，独向蕃釐观里游。

记　画
（宋）方岳

闲云古木山藏寺，野渡孤舟水落矶。
秋色无人空黯澹，竹门未掩待僧归。

题　画
（元）萧国宝

半山苍霭鑠招提，托宿僧寮路更迷。
惟有晓钟遮不断，数声吹落小桥西。

种笔亭题画
（元）高克恭

积雨暗林屋，晚峰晴露巅。扁舟入蘋渚，浮动一溪烟。

题　画
（元）傅若金

迢递云山隔远溪，微茫烟水带长堤。
秋来木叶多摇落，日暮寒鸦不肯棲。

题画（九首）

（元）吴镇

草堂仍著薜萝遮，地僻林深有几家？
莫道春风吹不到，门前依旧鸟衔花。

红兰杜若满汀边，烟际平林似辋川。
安得宽闲如此地，看山坐老夕阳船？

岩壑春深万绿齐，隔林黄鸟尽情啼。
山翁不记灯前语，为约红楼试品题。

灌木苍藤护草堂，流泉汩汩遶渔梁。
书声遥送斜阳里，谁道空山白昼长。

清霜摇落满林秋，漠漠寒云天际流。
山径无人拥黄叶，野塘有客漾轻舟。

万木凋残众岭寒，诛茅栖息易为安。
朝来犹有寻幽者，不畏崎岖磴百盘。

千仞颠厓势欲倾，飞流溅眼雪花明。
长风卷入层云去，都作天台暮雨声。

雨歇重林烟树湿，风来虚阁晚飕凉。
幽人倚遍阑干久，始识山中兴味长。

忆昔相逢武水头，行行送上木兰舟。

遥怜落日清溪上，野色风声几许愁。

题　　画
(元) 黄公望

茂林石磴小亭边，遥望云山隔澹烟。
却忆旧游何处似，翠蛟亭下看流泉。

题　　画
(元) 萨都剌

树色浓堪掬，痴岚扑雨秋。道人岩下住，屋角挂奔流。

题　　画
(元) 萨都剌

绿树阴藏野寺，白云影落溪船。
遮却青山一半，只疑僧舍茶烟。

题画图（二首）
(元) 陈旅

青红楼观护烟霞，湖曲高亭竹迳斜。
日出炎埃生九野，松阴水石养苔花。

雨馀空翠转霏霏，杜若洲边小艇归。
久为故人临野阁，江云日暮湿秋衣。

题　　画
(元) 贡师泰

楼阁参差烟水邨，凉风槲叶下纷纷。
何人理钓秋江上，惊起新来白鴈群。

题拙作小图
（元）朱德润

碧山高阴溽，老树立突兀。岚光凝晓候，隐见苍林密。
空谷有佳人，胡宁欲行役？

题画图
（元）杜本

树林蓊蔚水湾环，知是江南何处山？
数载幽并倦行役，按图欲借屋三间。

题　画
（元）李祁

石磴嵚崎满径踪，楼前尘土日憧憧。
人言别有幽栖处，知隔云山第几重？

题画（二首）
（元）李祁

浩浩沧波天四围，秋风一鹤夜来归。
只应梦里闻长笛，知是当时旧羽衣。

町畦高下水漫漫，白首辛勤学种田。
便拟明朝结长网，与君同住浙江边。

题画（四首）
（元）李祁

山路晚萧萧，山家何寂寥。归人便杖屦，安稳度危桥。

列岫连苍霭,寒流漱石根。湾河有茅屋,无路觅松门。

人家住孤屿,来往尽通桥。欲见前山色,寒云晚未销。

朝见江水清,暮见江水浑。网罟日已多,思之谁与论?

题画(二首)
　　　　　　　　(元) 李祁

池塘四五尺来水,篱落两三般样花。
过客不须频问姓,读书声处是吾家。

望水寻山二里馀,竹林斜径地仙居。
风光何处堪消兴?《大学》《中庸》两卷书。

题　画
　　　　　　　　(元) 陈高

华盖群峰雁荡南,斜阳雨过碧于蓝。
秋风八月凉堪倚,拄杖穿云看石楠。

题　画
　　　　　　　　(元) 张宪

晴川渺渺停春水,怪石峨峨插乱山。
最爱夕阳烟树里,千株古木伴僧闲。

题　画
　　　　　　　　(元) 张宪

远岫层层何处,矮房簇簇谁家?
烟树夕阳归鸟,清溪古渡横槎。

题 画
(元) 郑韶

重冈细草覆坡陀,风引松花落涧阿。
草屋雨馀云气湿,开门不厌好山多。

题 画
(元) 贡性之

众峰涵夕阴,岸水澹秋色。逶迤见古道,萧条少行客。
虽无桃花源,亦与尘世隔。纵有扁舟来,重寻恐难得。

题 画
(元) 贡性之

城中车马多如云,林下相逢无一人;
城中甲第十万户,林下草堂空四邻。
胡为奔走上城市,归来两袖飞黄尘?
高堂素壁忽见画,使我顿觉清心神。
何时此地一相就,坐席甘与渔樵分。
借君清涧濯双足,借君松枝悬角巾。
更须长揖谢轩冕,相期岁晚终吾身。

题 画
(元) 贡性之

楼倚溪头水,溪环竹外山。扁舟垂钓者,相对白鸥闲。

题 画
(元) 贡性之

白沙翠竹溪边路,绿树青山郭外邨。

钓艇直随流水出，僧钟遥隔暝烟闻。
谩夸李愿居盘谷，绝胜庞公隐鹿门。
如此故乡归未得，看君图画一消魂。

题　画
（元）贡性之

琳馆依珠树，青山走游龙。水流疑动石，云低不碍钟。
将寻采芝侣，于此谢尘踪。

题画（四首）
（元）贡性之

风来水面绿生波，云净山头翠拥螺。
白鸟惊飞背人去，一声何处采菱歌。

山接天台路万重，仙家楼阁杳难通。
不知昨夜溪头雨，流出桃花几许红？

此生无梦到京华，到处溪山即是家。
昨夜石桥新过雨，错教刘阮认桃花。

扰扰黄尘没马鞍，几人消得此中闲？
绿阴清昼深如水，饱看溪南雨后山。

题　画
（元）贡性之

牕户碧玲珑，看山面面通。树涵云外雨，凉度水边风。
瀹茗嗔童嬾，挥毫对客雄。笑谈如著我，也入画图中。

题　画

（元）贡性之

月明风静夜如何？船向三江七泽过。
凉影满篷成独坐，半听楚调半吴歌。

题　画

（元）倪瓒

橘愡春夜雨潺潺，剪烛裁诗画碧山。
泚水定侵林下路，蕙花委砌石苔斑。
梦来艇子清江阔，坐听桡声暗相拨。
未必渔翁似我闲，棹歌不待鸣鸠聒。

题　画

（元）倪瓒

甫里林居静，江湖远浸山。渔舟冲雨出，巢鹤带云还。
漉酒松肪滑，敷茵楮雪闲。春风一来过，似泊武陵湾。

题画（三首）

（元）倪瓒

楼阁参差霞绮开，峰峦重复水萦迴。
赤栏桥外垂杨下，步月吹笙向此来。

长江秋色渺无边，鸿鴈来时水拍天。
七十二湾明月夜，荻花枫叶覆渔船。

青山矗矗水舒舒，相见郊原霁雨初。
绝似三高亭上望，人家依约树扶疏。

题画（二首）

（元）倪瓒

罨画溪头唤渡，铜官山下寻僧。
水榭汀桥曲曲，风林云磴层层。

舟泊溪流曲曲，鸟啼烟树重重。
独思白鹤遗址，好居五老云峰。

次韵题画

（元）华幼武

海石涵秋水，风篁生晚凉。孤篷初歇雨，和月度潇湘。

题　画

（元）丁鹤年

荒荒野日低，漠漠江云冷。乔林延暮光，澄波浴秋影。
高人千载怀，乾坤一渔艇。

题　画

（元）丁鹤年

江树青红江草黄，好山不断楚天长。
云中楼观无人住，只有秋声送夕阳。

题画杂诗（十一首）

（元）马臻

轻红浅碧斓斑湿，复水重山共春色。
凭谁唤起郑广文，白发相看话胸臆。

山吐白云云吐山，屋木淡静天机闲。
洪荒古意画图在，安得著我茅三间？

四山莽苍迷行路，晓寒压折槎枒树。
竹屋柴门昼不开，疑是袁安读书处。

岸水依痕钓艇闲，炊烟几处出芦湾。
西牕正是斜阳好，一带泥金抹远山。

江上白云连岸起，路边山杏出篱开。
片帆知傍谁家宿，春色还从万里来。

山水苍寒起烟雾，客船系在沙边树。
却如昔日壮游时，扬子江头卸帆处。

月华如水天如空，苍烟远树涵秋容。
笔头墨尽意不尽，参错云山三四重。

数点寒鸦水遶邨，几家茅屋掩柴门。
白头溪叟归来晚，自把渔舟系柳根。

轻云漠漠天影空，江邨雨过生微风。
似嫌野外春淡薄，故点桃花深浅红。

春阴淡荡归帆急，叠嶂层峦凝空碧。
知是夜来风雨深，邨外野桥低二尺。

生平每厌嚣尘喧，羡尔扁舟独垂钓。

森森众木水风凉，应有新蝉慰斜照。

题画卷（四首）

（元）马臻

翠叠洪濛色，云凝淡沲春。高寒不可到，应有採芝人。

风雨撼不动，亭亭万物表。忆得定叵时，霜钟数声晓。

拳石蹲苍烟，疎篁依寒碧。仙人笔有神，山鬼为辟易。

古色呈凝素，幽人自造玄。水穷云氐处，不语看青天。

题画（十首）

（元）唐肃

桑落洲边忆系船，江波江树梦相牵。
匡庐七十二峰碧，云气时时不露全。

野叟溪郎语笑闻，松边略彴水边门。
万山青青一迳白，髣髴正是桃花源。

潮落潮生春度秋，离离烟树不知愁。
片帆轻似沙头鹭，飞过沧江第几洲？

溪风吹冷芰荷衣，一叶船头坐未归。
贪读陶朱养鱼诀，不知流过绿苔矶。

射的峰尖鹤唳秋，若邪溪水带花流。
朝南暮北风常在，送却樵舟送客舟。

蒲稗阴浓桑柘疎，分明画出辋川渔。
林泉也爱能诗者，不是王维不敢居。

新晴何处觅新诗？云白山青段段奇。
三日雨添溪水响，独于桥上立多时。

重重楼阁出林下，下视黄尘十丈深。
独羡诗人行到处，万山云气一囊琴。

春城浪饮欲忘还，兴在青林白石间。
一片闲云飞尽处，天教云出隔江山。

山里白云如白衣，楼台树木總依稀。
小舟傍在溪头石，知有采苓人未归。

题画（九首）

（元）唐肃

烟舫一翁垂钓，霜桥两客攜琴。
千重万重山色，十里五里松阴。

芙蓉峰头云气，桃花源里人家。
好著青鞵布韈，来寻石髓胡麻。

东崦树连西崦，北溪水涨南溪。
不管白云流出，只愁樵径都迷。

杉桂阴中楼阁，烟波浅处汀洲。

试过竹桥茅屋，未分石茗甃瓯。

縠水染成鸭绿，髻峰堆起螺青。
散子鱼跳荇穴，把竿人唱芜汀。

十峰九峰鬟髻，千树万树笙钟。
忆上云梯石观，俯见青天白龙。

树色不随云白，山光似接天青。
但见长镵小艇，何妨田舍渔汀。

百重树湿飞瀑，千朵峰盘翠霞。
落日吟翁驴背，轻烟渔市人家。

突兀半山楼观，依稀远涧行人。
松雨昼翻渔网，竹风秋满吟巾。

题 画
（元）陈植

风里征帆驴上人，前程路远又斜曛。
不知有客红尘表，闲看青山起白云。

题 画
（元）郑氏（名允端）

谁貌江南景，风烟万里宽。金银开佛寺，紫翠出林峦。
远客驰行役，幽人赋《考槃》。苍茫无限意，抚卷为盘桓。

历代题画诗类卷第二十五

山水类

题 画
（明）朱同

紫陌红尘没马头，人来人去几时休？
谁家有酒身无事，长对青山不下楼。

题杂画（十二首）
（明）高启

空山万株木，霭霭秋多晦。屋在白云中，人归白云外。

欲寻江寺僧，渡口孤帆发。落日浦风生，不畏春潮阔。

丛蒲乱石间，水急鱼难罩。欲去向残阳，看山一停棹。

风急楚江波，佳人罢采荷。离舟孤宿处，泪少夜猿多。

孤柳影婆娑，路入秋溪暮。谁家击榜来？应待归人渡。

驴影夕阳催，空山不见梅。愁肠如客路，一日几萦迴。

夕阳数峰远，霭霭江南思。烟外有钟声，山僧独归寺。

桥边绿水斜，春树隔云霞。隐处谁云浅，千峰只一家。

日出溪雾黄，风迴不成雨。何处趁墟人，侏僽并沙语。

远岫浃烟光，斜阳在钓舫。众渔归已尽，独自过寒塘。

柳叶散空塘，菊花明废苑。日暮问圩南，舟行何近远？

山禽欲定栖，竹风苦难静。残雪堕惊梢，翛翛一鬣冷。

为外舅周隐君题杂画（二首）
（明）高启

斜阳傍钓船，秋色满江天。髣髴吾家近，沙邨落鴈边。

山深岚气寒，高斋掩鬓坐。林间蹋叶声，知有樵人过。

题画（五首）
（明）张羽

岚深山影寒，樵响不知处。绿树早莺啼，千峰一家住。

孤邨翳馀景，凉飙洒空谷。斜日淡烟芜，坐看千里绿。

种菊人未还，天香满林樾。孤邨云气深，微雨洒初歇。

冻树僵挺挺，湖山云飞冷。却有推篷人，茶香梦初醒。

看山却胜看画，听泉何殊听琴。
賸得云林雅趣，且凭泉石清吟。

题　画
（明）徐贲

屿鸟鸣孤影，汀蘋淡素香。晓来江上树，叶叶是新霜。

题　画
（明）徐贲

樵林夜鸣枫叶，僧扉寒掩芦烟。
梦里秋山十二，不知何处云边。

题画（二首）
（明）王行

浓翠幕晴峦，春山古寺闲。鸟啼花落处，曾共扣禅关。

晚岫含残日，寒波荡远空。层阑人独倚，秋思渺无穷。

题　画
（明）周砥

水阔天低欲尽头，柳花如雪暗归舟。
平生解识沧洲趣，何处飞来双白鸥？

题画卷
（明）张适

青山历历树重重，寺在云深第几峰？
比屋人家西崦下，夕阳长听讲时钟。

题 画
（明）管讷

柴门春尽动鸥波,树色山光雨后多。
老去无官长自在,醉眠江阁听渔歌。

题 画
（明）杜环

每爱江山趣,停杯看画频。千峰青不断,万里碧无垠。
云树参差晚,鸥波浩荡春。扁舟何处客,飘泊正愁人。

题 画
（明）凌云翰

山雨忽闻霁,溪流遶茅屋。时有濯缨人,云端看飞瀑。

题 画
（明）李延兴

山翠浮空初过雨,山麓晴云散芳渚。
雾合长林生晓寒,人家更在林深处。
涧泉六月翻松根,石洞千年隐仙侣。
有谁共弈橘中来,无人问路桃源去。
白烟遮尽青林花,野簌嫩香应可茹。
清幽不减山之阴,只欠兰亭列觞俎。
谁乎写此怪而奇？莽莽云山入毫楮。
细看犹有遗恨处,胡不著我山之墅？
我生本是丘壑姿,误落京尘几寒暑。
小时畊牧岘山阳,闲从野人学种树。
门前鱼浦啼竹禽,屋上鹤巢走松鼠。

独行采药日暮归，才得芝朮一斗许。
纵令服食不得仙，何若长年蓺禾黍。
小邨秋晚鸡正肥，大瓮春浮酒新蓳。
老翁醉舞儿子歌，笑语諠譁（喧哗）忘宾主。
此乐不见十许年，兵火煌煌照南楚。
思归见画万感生，怅望风飊横浦溆。
时清即好谢官归，全家移向山中住。

题　画
（明）钱子义

夕阳淡淡柳丝丝，远浦长天欲暝时。
肠断楚山春雨后，鹧鸪啼向女郎祠。

题　画
（明）潘子安

岷峨雪消春水急，潇湘雨馀云树湿。
迢迢翠屿孤鹤廻，湛湛珠宫老蛟泣。
征帆数点风涛中，出没不计天西东。
乡关杳渺在何处？矫首遥送双飞鸿。

题　画
（明）史谨

数株烟柳绿毿毿，两岸青山起暮岚。
多少天涯未归客，却从画里看江南。

题　画
（明）方孝孺

得意支郎画，分明是米家。乱云浮杂树，远渡卧枯槎。

白屋孤舟迥，丹崖一径斜。何时共渔叟，洞口访桃花。

题　　画
（明）姚广孝

小小板桥斜路，深深茆屋人家。
竹坞夕阴似雨，桃源春暖多花。

题　　画
（明）杨荣

谁家老屋枕溪濆，十里青山半是云。
此处更无尘跡到，秖应啼鸟隔花闻。

题　　画
（明）胡俨

遥看瀑布落寒青，野服乌巾自在行。
好似匡庐读书处，满林红叶夜猿声。

题　　画
（明）李孝谦

青天际远水，落日明遥岑。奋袖拂苍石，憩此长松阴。
凉飚洒露顶，正可絃吾琴。古调讵自祕，坐惜无知音。
美人隔秋水，望望烟波深。何当一相晤，旷焉谐素心。

题　　画
（明）钱复亨

嫋嫋凉风断复连，青山深处藕花边。
谁家楼外停歌舞，又上西湖十景船？

题　画
　　　　　　　　　（明）朱纯

闲随白云游，静对白云语。只恐出山来，白云竟无主。

题画（二首）
　　　　　　　　　（明）陈延龄

洞庭微雨晓生波，一櫂云山客里过。
绿遍蘼芜归未得，东风闲唱《竹枝歌》。

杨花如雪正残春，新水茫茫浸绿蘋。
桃叶桃根何处是？东风愁杀渡江人。

题画（二首）
　　　　　　　　　（明）徐有贞

山下云连山上，溪西水接溪东。
舟渡白鸥飞处，人行绿树阴中。

山路只通樵客，江邨半是渔家。
秋水矶边落鴈，夕阳影里飞鸦。

题　画
　　　　　　　　　（明）姜洪

碧山高处雨初晴，风动悬萝杂鸟声。
簾幕昼垂茅屋静，幽人何处斸黄精？

题　画
　　　　　　　　　（明）陈宪章

茅簷秋飐酒旗风，舟入蒹葭月半笼。

醉睡不知家远近，醒来依旧五湖东。

题　画
（明）陈宪章

赤壁矶头天欲曙，缟衣和梦掠舟西。
欲寻故处何由见，长恨今人画亦非。

题　画
（明）倪敬

溪云霭霭树团团，溪上幽亭六月寒。
日暮看山人已去，水禽飞上石阑干。

小　画
（明）王越

满屋闲云一径苔，眼前无处著尘埃。
隔溪小犬惊休吠，应是渔翁送酒来。

题　画
（明）张宁

天空水阔饶风露，秋入溪山无尽处。
红叶低垂隔浦霜，白鸥飞落无人渡。
荡漾空明一钓舟，烟蓑雨笠下中流。
心情物色知多少，手展青编还自收。

题画（为萧考功作）
（明）丘濬

爱此春山秀，微云淡悠悠。苍松俯深涧，翠筱媚清流。
结屋者谁子，独占云山幽。抱琴循侧迳，引领仍归舟。

归舟天际来,何时经丹丘?丹丘多羽人,为问相见否。

题　画
（明）刘溥

荻花吹雪江风冷,江上微云淡山影。
谁将水墨染生绡,一片江南晚秋景。
人家住近红叶邨,红叶照水如春源。
问津有客远相访,童子候迎先埽门。
隔岸分明皆橘树,看来应是横塘路。
水禽格格蹋波飞。沙鹰悠悠入云去。
我别江南今十年,客愡见画心茫然。
明年准拟买归棹,漫游重赋江南篇。

题　画
（明）姚绶

烟光漾风青入楼,立马回望湖山头。
游丝飘飖几千丈,不系白日增人愁。
春愁大半行乐少,渡口桃花镜中老。
劝君尽醉如杜陵,莫待春归怨啼鸟。

题　画
（明）张泰

石牀幽许山灵护,书阁晴当峭壁开。
白日高林清啸罢,海云飞过翠屏来。

题　画
（明）姚纶

风景苍茫地,人家远近烟。云低长碍树,江阔欲浮天。

白日消棋局，青山落钓船。平生萧散意，对此转堪怜。

题　画
（明）桑悦

浮云出没吞遥岑，小亭日日闲秋阴。
美人如玉不可见，松子自落空山深。

题　画
（明）庄㫤

浮云笼晚照，野树亦轻阴。莫道无人迹，春山也自深。

题　画
（明）张弼

大山如龙欲飞去，小山盘盘如虎踞。
近山晴雾两三峰，远水微茫不知数。
刘君家住山之陬，苍藤古木凉阴稠。
步月频穿花里迳，看云别起水边楼。
隔林松吟含清响，古色莓苔和雨长。
案头六籍时卷舒，沙上群鸥日来往。
近年得志上天衢，皇华四牡常驰驱。
道逢江阴何太守，为写江南山水图。
朝回挂向碧牕晓，满幅烟岚静悄悄。
坐中都似旧游踪，只欠清音一啼鸟。

题画（二首）
（明）张弼

江上新凉霁色开，绿云深树见楼台。
老渔未肯抛蓑笠，还恐轻雷送雨来。

云杉如荠屋如蚶，诘曲溪流泻碧潭。
独立小桥吟不尽，插天晴翠太湖南。

题　画
（明）贺　钦

云涌青山动，桥横碧涧斜。幽人无俗事，拄杖去看花。

题　画
（明）樊　阜

嘉树团团石迳分，数声啼鸟绿阴闻。
桥西有客耽诗癖，买徧青山种白云。

小　画
（明）屠　勋

浦云烟树路盘纡，白首青山兴不孤。
我亦有亭归未得，东风吹雨长蘼芜。

题画（四首）
（明）周　瑛

开轩望长野，迢迢芳草绿。持竿彼何人，冒雨驱黄犊。

云影苍树凉，雨候黄梅过。明月入西轩，照见幽人卧。

秋水池塘深，落叶亭台晚。柴门闭西日，山人犹未返。

风高海水立，雪厚山冈折。小院无人来，梅花自娟洁。

题杂画（四首）

（明）吴宽

策杖何所适？高歌度林丘。青山馀兴在，三步更回头。

昔观水邨图，长爱赵松雪。咫尺真宛然，人家倚丘垤。

雪湖清可游，欲往乏艇子。谁筑临湖亭，寒波动牕几。

水云同渺然，细岭空翠色。忆在太湖东，弁山恨相隔。

题　画

（明）吴宽

水长鹅肫荡口，花飞莺脰湖边。
吴歌唱彻归去，日暮青山满船。

题　画

（明）吴宽

谁持画障索我歌，见画如向江南过。
扁舟坐我顺流去，两岸不断山嵯峨。
山中老树青婆娑，云深难辨枝与柯。
渺然一片漾微白，千顷平湖生远波。
想当若人作此画，墨汁如雨流滂沱。
夕阳落尽板桥上，何彼行客偏么麽？
我生固有山水癖，犹道画图传来讹。
昨朝骑马出城去，看山直到燕山阿。
千岩万壑青不了，较之江南山更多。
长溪浅渚舟如梭，亦著渔翁披绿蓑。

青鞵布袜不曾办，马背未必愁坡陀。
若非尘鞅缚人住，山水佳处须行窝。
题诗自笑徒吟哦，佳哉此图如我何！
烟江叠嶂写长句，我亦年来嫌老坡。

题画（四首）
（明）吴宽

云阁青山出，松厓翠瀑流。悠悠三步外，为尔一回头。

渔舟冻不移，况有樵斧响。占断梅花湾，甘为五湖长。

深坞閟清晖，谁知有佳寺。惜哉挂帆人，只爱江风利。

清湍带平冈，谁使入毫素？老树四五株，结茅恨迟暮。

题　画
（明）林俊

独屋芝草香，衡门落松子。轻舟泛芙蓉，明月在秋水。

题　画
（明）陈烓

老树悬崖叶半秋，草亭三面枕寒流。
钓船归去斜阳尽，惟有青山对白鸥。

题　画
（明）邵宝

近山如城人可住，远山如屏带烟雾。
天际孤舟何处来，云中指点津头树。

客至桃源花正春，回首空嗟相见暮。
苍壁丹崖几万寻，飞鸟迴旋不知路。
路逢樵者问山名，山深只为无名故。
中有青莲今古青，时向幽人一披露。
冯生学画举业馀，胸中尘土先扫除。
清秋此幅展向我，请我毛笔纵横书。
南沙风韵杜陵老，随物赋形吾不如。

为甯菴题画
（明）邵宝

修竹满舍傍，长松当道周。青山生白云，隐隐屋上头。
出门见溪水，有桥复有舟。天风作前驱，时引幽人游。
琴尊侑高谈，兴尽不强留。静游羲皇梦，闲听尧民讴。
命笔书暄凉，山林有春秋。独乐得深味，岂尝抱先忧。
莫问此何人，吾当意中求。

画图景
（明）蔡清

崇山巍巍矗天起，根盘不知几千里。
万木群然山之巅，大者明堂栋堪拟。
远山其势浸微茫，双峰直竖青云里。
丈人结庐擅山光，闲来攜杖何徜徉。
翘然矫首青云外，意欲乘风至帝旁。

题画作
（明）鲍楠

茆斋半食苍岩腹，老树如蛟瞷寒绿。
出门买得东吴船，载酒归来江上眠。

划却横洲一千尺，长将醉眼傲江天。

题　画
(明) 蒋冕

溪山无处不春风，远近楼台紫翠中。
游客自来还自去，落花偏衬马蹄红。

题画（三首）
(明) 沈周

绿阴如水逼人清，深叶黄鹂坐久鸣。
一箇树根非八座，白头箕踞有谁争？

清暑茂林风日好，两翁谈屑落高寒。
白云故故没行径，要绝世人来此山。

山迳萧萧落木疏，小桥流水限林庐。
秋风黄叶少人迹，鸡犬不闻惟读书。

题画（六首）
(明) 沈周

爱是垂杨嫩绿齐，放舟晴日弄春溪。
沧浪自唱无人和，飞过水禽能一啼。

碧水丹山映杖藜，夕阳犹在小桥西。
微吟不道惊溪鸟，飞入乱云深处啼。

临水人家竹树中，只因孤屿水船通。
当门细荇牵微浪，遶屋藤花落软风。

水次人家似瀼西，参差竹树路俱迷。
溪翁兀兀不出户，日午饭香鸡正啼。

独坐树根无一事，清风满袖作微吟。
夕阳好在秋水外，日阁远山还未沉。

草房仍著薜萝遮，地抝林深独一家。
只道东风吹不到，门前依旧见梅花。

题　画

（明）沈周

层层交乱云，历历映群树。云山互柜依，青白媚朝暮。
下有土著者，静居气郁聚。修松荫高宇，细草被纤路。
幽深与世违，时复通杖屦。鸣禽值客来，语歇客还去。
天机发所乐，漠然非人故。

题画卷

（明）沈周

吴之为国水所涵，有山平衍无巉岩。
我家多水少山处，怅望翠微心所贪。
时能借墨补不足，数纸连络长番粘。
峰峦重复间溪潋，杂树列布多枫枏。
或开大壑浸山足，其树半为浮云含。
僧庐隐映远木杪，平圮道谷出水南。
东邨西落互亲友，耕田凿井同丁男。
便须芒履与藤杖，听泉採药我亦堪。
阳冈亭馆谁择胜，雅许酒会并棋谈。

尝闻巴蜀天下险，未可一往寻凫蚕。
子长之兴浩不浅，感此老鬓霜鬖鬖。
聊因此图画（识）所见，卧游日日已（一生还）自甘。

题画（九首）

（明）雷鲤

幽人读书处，茅屋倚江开。云抱长流去，山衔好日来。

一櫂沧江上，烟流带浦沙。小桃通细磵，别浦入荷花。

万壑千岩飞雪，小桥断岸平溪。
觅句独骑瘦蹇，寻僧远过招提。

野渡忽横渔艇，长隄直到人家。
闭户悄无人事，开牕自诵《南华》。

细路小桥人独往，落花流水燕飞忙。
松阴市（匝）地沾衣湿，空翠满身风露香。

鸟外风烟古寺迴，半帆倒挂夕阳来。
江天物色无人管，处处野棠花自开。

古塘秋晓净烟沙，篱落西风菊自花。
满目红尘无著处，半簾残日隔溪斜。

竹杖芒鞵一径深，小桥晴涨泻松阴。
隔江亭子是何处，红叶白云秋满林。

沧江碧浪飞红叶，峭壁孤舟倚断云。
一舸图书两知己，海天秋思属平分。

杂题画景（三首）
（明）祝允明

江曲柴门日自关，夕阳舟檝断萍间。
寒流远近长如玉，流过渔矶便不闲。

柳风欺水细生鳞，山色浮空澹抹银。
緫道江南风景好，从来都让罱泥人。

花满百花潭北庄，无人同出碧鸡坊。
因风竹叶浮巾翠，落地松花上屐香。

题　画
（明）许天锡

渔家在何处？松坞枕寒流。况与上方近，时闻清磬幽。
柴门掩邨雾，小艇钓江秋。因忆寻槎客，无缘访十洲。

题　画
（明）许天锡

酒筒诗卷足生涯，更爱茅斋傍水斜。
独倚东风寻句好，一溪春渌涨桃花。

题画（十三首）
（明）唐寅

青藜拄杖寻诗处，多在平桥绿树中。
红叶没鞯人不到，野棠花落一溪风。

长夏山邨诗兴幽，趁凉多在碧泉头。
松阴满地凝空翠，肯逐朱门褵襫流！

独木桥边倚树根，古藤阴里啸王孙。
白云红树知多少，鸡犬人家自一邨。

绿阴清昼白猨啼，三峡桥边路欲迷。
赖得泉声引归路。几回呜咽认高低。

端阳竞渡楚江湄，纨绔分曹唱健词。
画槭万枝飞鹢送，珠簾十二映蛾眉。

雪压江邨阵作寒，园林俱是玉花攒。
急须沽酒浇清冻。亦有疏梅唤客看。

鲤鱼风急系轻舟，两岸寒山宿雨收。
一抹斜阳归鹰尽，白蘋红蓼野塘秋。

空山春尽落花深，雨过林阴绿玉新。
自汲山泉烹凤饼，坐临溪阁待幽人。

草占书斋石垒塘，阑干委曲遶溪傍。
方牀石枕眠清昼，荷叶荷花互送香。

杨柳阴浓夏日迟，邨边高馆漫平池。
邻翁挈盒乘清早，来决输赢昨日棋。

雪满梁园飞鸟稀，煖煨榾柮闭柴扉。
地炉温却松花酒，刚是溪头拾蟹归，

黄叶山家晓会琴，斜桥流水路阴阴。
东西南北鸡豚社，气象粗疎有古心。

红树中间飞白云，黄茅槛底界斜曛。
此中大有逍遥处，难说与君画与君。

题　画
（明）唐寅

湖上仙山隔渺茫，氛尘不上渡头航。
白蘋开处藏渔市，红叶中间放鹿场。
落日沉沙罾有影，新霜著树橘生香。
遥闻逌老经行处，芝草葳蕤满路傍。

题　画
（明）俞泰

小舸系烟汀，谁知笛里情？寒芦风瑟瑟，正是晚潮生。

题　画
（明）孟洋

丹青妙意画莫测，一幅写尽秋江色。
天远平看枫树林，云长不辨鸿飞翼。
崖半青松绾夕烟，洞门乱石遶寒泉。
羽客看山坐松下，横琴不语心悠然。
孤舟短棹清波里，烟雨霏霏笛声起。
芦叶青摇洲渚风，蓼花红映江心水。

松下舟中俱隐沦,城闉车马徒纷纷。
怅然省识画中趣,何能归来江上同鸥群?

题　画
（明）　陆深

溪山叠叠雪初寒,江水悠悠一钓竿。
著得羊裘竟何益,蓑衣和月下前滩。

历代题画诗类卷第二十六

山水类

杂　画
（明）孙伟

邨底闲门面石开，青山如画水如苔。
白云久作孤舟伴，流过青溪渡口来。

题画摇笔成诗
（明）李梦阳

去年得归离江州，七日遂登黄鹤楼。
南风捲江浩呼洶，虺雷欲翻鹦鹉洲。
七泽莽昧不入眼，孤舟屈曲襄河转。
数月已涉檀家湖，梦飞每到羊公岘。
岘脚山南东道楼，秦川公子醉悲秋。
槛边斑竹古犹活，云石寂寞苍梧愁。
重华驭遥不可叫，白沙黑猿疏树幽。
看图髣髴曾游处，素壁青天汉水流。

题杂画（四首）
（明）边贡

蔼蔼古城隅，遥遥车马度。同为城外人，不识城中路。

北风吹大雪,向夕满空山。遥见山中客,悬灯草屋间。

江水春春碧,江门昼昼开。荒邨过客少,独自埽苍苔。

鸟啼青石冈,日照红泥坂。杳杳云外钟,山僧独归晚。

题　　画
（明）左国玑

谁埽丹青笔,因开江上楼。帆樯背日集,水石傍林幽。
楚泽流难尽,吴山翠不收。几时吾放舸,奇绝览兹游?

题　　画
（明）方豪

乱山两岸一江横,烟树濛濛雨乍晴。
钓艇自来还自去,江风不动水禽鸣。

题　　画
（明）陆钺

万里青天起崖石,韩愈城南之寸碧。
孤云欲去且为留,转眼蛟龙忽狼藉。
崖中独树挽青铜,崖下流泉掷飞帛。
峰峦屈折隐高贤,花木萧疎隔飞翮。
合浦洲前落日明,东风吹散笛中情。
芙蓉半老胭脂苑,杨柳轻笼翡翠城。
轻舟细马平生愿,画里题诗眼更清。

题　画
（明）廖道南

松雨洗烟埃，山深人未来。鸟啼花欲暮，春水碧于苔。

题画（二首）
（明）文徵明

密叶参差漏夕阳，溅溅寒玉漱迴塘。
玄言消尽人间事，一壑松风满鬓凉。

寂寞平皋带浅滩，幽人时共夕阳还。
水禽飞去疎烟灭，目送秋光入断山。

题画（八首）
（明）文徵明

碧山渺渺隔晴川，古树垂藤锁翠烟。
野鹿衔花时隐见，石桥无路访神仙。

秋清山木夜苍苍，月出波平断岸长。
千古高情苏子赋，东风谁更说周郎。

蠢蠢青山带白云，石梁鸡犬数家邨。
江空不遣渔郎到，落尽桃花自掩门。

楼前高柳翠烟迷，楼外香尘逐马蹄。
风掩歌声春不散，断肠人在画桥西。

千山罨画拥飞楼，山木苍苍水漫流。

青鸟乱啼花细细，石梁南畔是瀛洲。

苍山曲曲水斜斜，茆屋高低带浅沙。
车马城中尘似海，多应不到野人家。

万木缘山过雨青，山迴路断水泠泠。
分明记得环滁胜，只欠临溪著小亭。

曲塘风急水横流，百丈劳牵鬭石尤。
自古江湖分逆顺，不应回首羡归舟。

题画（十八首）
（明）文徵明

泽国霜清鴈影高，空庭木叶已萧萧。
夕阳忽送西牕影，一片江南落素绡。

双槲亭亭碧玉明，翠阴凉沁石牀清。
南风吹断牕间酒，卧听萧萧暮雨声。

细路盘盘转石根，苍藤古木带斜曛。
短筇不觉行来远，回首青山半是云。

丹枫绝壁照空江，万里青天在野航。
卧展《南华·秋水》读，不知岚翠湿衣裳。

石壁岩岩翠倚空，疎松谡谡洒清风。
夕阳满径看山立，何福修来似画中。

卷第二十六　山水类

天风寂历雨初收，木叶萧疏满径秋。
诗在古松岩石畔，支筇欲去每回头。

江头春水绿湾湾，江上春山拥翠鬟。
老我输他茅屋底，无愁终日对江山。

山下春江一镜开，江迴山转隔蓬莱。
舟行髣髴闻鸡犬，时有桃花出峡来。

何处风吹欸乃歌，烟消日出水曾波。
江南无限潇湘意，独是渔舟占得多。

木叶惊风丹策策，溪流过雨玉淙淙。
晚来添得斜阳好，一片秋光落纸牕。

新波猎猎弄风蒲，雨后云山半有无。
一段胜情谁领略，欲从画里唤方壶。

新霜点笔意萧萧，不尽秋光鴈影遥。
双岛欲浮天拍水，夕阳人在虎山桥。

百丈苍山倚暮寒，仙源无路欲通难。
晚来过雨添飞瀑，只好幽人隔岸看。

天外青山半有无，江流万里月明孤。
夜深偶感曹瞒迹，却被傍人画作图。

十月山城雾雨收，江南春浅类清秋。

牎前觅得新成句，木叶萧萧杂水流。

春山何必待春晴，雨里看山分外明。
持盖冲烟觅诗去，不知身在画中行。

长松摇日影亭亭，无限江头倚杖情。
鸿雁欲来天拍水，白云收尽暮山横。

双禽栖息一枝安，映雪离离更好看。
一种羁情谁识得，暮林风急羽毛单。

题画（二首）
（明）文徵明

东风吹春著幽谷，宿雨浮烟树新沐。
斜桥曲径带流水，白日疎篱荫浓绿。
晴江隔世不隔山，百叠苍螺堕茆屋。
输却长吟抱膝人，镇日临矶弄晴渌。

千岩拔地排青苍，古松谡谡连重冈。
冈迴岭复得奇绝，瀑流千丈垂银潢。
盘盘细路入云长，两崖对起悬飞梁。
云重路僻不知处，应有仙家在深坞。
夕阳变灭晚山寒，无限风烟属倚阑。

题　　画
（明）文徵明

隔浦群山百叠秋，青烟漠漠望中收。
松摇落日黄金碎，江浸长空碧玉流。

水阁虚明占胜槩，野情萧散在沧洲。
人间佳境非难觅，自是尘缘不易投。

题画（二首）
〔明〕 文徵明

溪云冥冥溪雨急，长空倒垂溪水立。
凌乱春潮万壑摇，低迷暮霭千林湿。
馀生雅有沧洲适，曾拥孤篷听萧瑟。
梦断红尘二十年，江湖独往兴依然。
偶拈秃笔埽东绢，便觉吴松落并剪。
金君家住云水乡，朝烟暮雨对林堂。
若为老去厌真蹟，翻爱狂夫洒狂墨。
就中妙解谁应识，万里云烟开素壁。

紫璃翠琰开苍壁，下有苍松几千尺。
浓阴翼历森昼寒，虬枝拂空根束石。
石连灌莽榛欲绝，路邈松根更斜出。
仙源远近不可穷，却有幽人在山泽。
山泽幽人坐倚松，仰看出没山云空。
眼中溶溶霏暮霭，耳畔谡谡鸣天风。
崩崖一线削积铁，玉泉百丈飞晴虹。
吴中山水清且远，老我平生素游衍。
偶然点笔写秋峦，恍惚游踪出东绢。
金君有癖与我同，每每神游翰墨中。
赠君此幅应有以，咫尺相看论万里。

题　画
（明）谢承举

悠然值林叟，忘机坐日西。滩声与人语，相逐下前溪。

题　画

（明）谢承举

崖穿晴瀑悬林白，树滴寒岚堕石青。
天目旧程行颇惯，马头秋色落云屏。

题　画

（明）傅汝舟

杏花迎马色，忽忽过此桥。非关春事引，想是碧山招。
回首天台瀑，千年挂紫霄。

题画（四首）

（明）王世贞

千条杨柳弄和烟，漠漠轻阴好系船。
行到酒家须少住，莫教孤负杖头钱。

秋老苍山俱是骨，枫丹独树有馀姿。
屋头飞瀑挂不断，兴在忘言挂颊时。

千崖落木自苍苍，驴背看山了不忙。
欲觅九秋无限色，从君叩取小奚囊。

青山绿树杳难分，忽断中间是白云。
欲买一椽深处住，不教名利向人闻。

题　画

（明）王世贞

卜筑人间远，沧浪秀可餐。长天一鸟去，明月数鸿残。

何处迎风奏，流音度远湍。匡牀醉欲醒，秋色不胜寒。

题　画
（明）王世贞

古树精蓝杳霭间，轻帆吹过碧湾环。
道人双屐何曾系，犹自贪看画里山。

题　画
（明）王世贞

来时桃花口，流水二三尺。一夜春雨生，淼漫归不得。

题杂画（十二首）
（明）王世贞

白云桥之上，流水桥之下。策蹇不肯前，苍龙峡中挂。

云作断续峰，烟为浓淡树。借问此中人，宁知此中趣？

山色犹未敛，蔼然斜阳赤。时有渔父来，不妨一争席。

浓碧荫清漪，可能不流眯。钓自不得鱼，得亦不肯卖。

天河一夜雨，染尽郊原绿。颇怪出山云，时能碍游目。

侬爱峭帆风，身受且从容。溪山任阔狭，面面青芙蓉。

衡门昼长掩，春草绿于积。傥有问字过，朝来见行跡。

秋气自萧瑟，秋山殊不贫。丹枫与翠柏，往往媚行人。

白云不肯住，裒作出山状。中有朱衣人，可是山中相？

嵯峨插天峰，偃蹇据地松。峰何不出雨，松已欲成龙。

一树两树丹，千峰万峰白。无处觅酒家，孤舟采寒碧。

遥岑吐飞瀑，如泻银河水。本自爱人间，翻落白云里。

题　画
（明）李维桢

东南仙宅著仙录，筊铿之子与匡俗。
云屏九叠泉三叠，三十六峰溪九曲。
洞天福地故无多，选胜两家恣所欲。
何人作此三尺图，群峭摩空挂飞瀑。
清溪宛转定几迴，中有幽人住茅屋。
匡庐武夷成一家，岂必游仙受仙福。
但呼宗炳为弹琴，山水清音自相属。

题画（二首）
（明）王世懋

远树平沙带落晖，汀蒲猎猎晚风微。
空亭自领青山色，艇子湖头醉未归。

榕木千章草阁开，白云秋水共悠哉。
闲心自对牀头《易》，门外何人问字来？

题　画
（明）王世懋

新蒲嫩芷出青泥，春水漫空舍影低。
日午钩簾渔网集，令人却忆浣花溪。

题　画
（明）陈鹤

饭牛归去趁东风，柳色山光绿映红。
世事兴亡在何处？夕阳江畔笛声中。

题　画
（明）岳岱

过雨溪山秋色新，攜琴还有竹林人。
僧房细遶岩前路，红叶随风打角巾。

题　画
（明）于慎行

黯淡秋湖色，涵虚望渺然。断桥横落日，远水出寒烟。
鴈向平沙落，鸥依折苇眠。吾家住湖上，闲杀采菱船。

题　画
（明）周思兼

远渚兼葭满，孤邨风雨多。明朝江上路，谁载酒船过？

题画（四首）
（明）董其昌

闻有风轮持世界，可无笔力走山川？

峦容尽作飞来势，丈室居然掷大千。

野人何以傲游子？流水声中读道书。
拈向河梁岂无意，清时巢许不岩居。

风轩水槛压春流，一带平冈草木稠。
心喜应门差解意，只容渔父得相求。

青山白社梦归时，可但前身是画师。
记得西陵烟雨后，最堪图取大苏诗。

题画（十七首）
（明）董其昌

开此鸿濛荒，真成羽人宅。洪厓居可移，天姥梦亦得。

桂树及冬荣，瑶草待春发。唯闻鸾鹤声，寥寥上烟月。

近水晚逾碧，远山秋未黄。夕阳寒满地，松影落衣裳。

山木半叶落，西风方满林。无人到此地，野意自萧森。

石洞出云根，触肤云自至。壁垒虽怒飞，只作等闲事。

喻糜磨一石，侧理伸寻丈。轩轩五岳图，堂堂大人相。

少年多狡狯，老笔渐离披。气韵从何取，心无讃（赞）毁时。

云海盪吾胸，笔随意所到。犹如剡上船，何必见安道。

虚槛列云岫,闲堵响石淙。若添千顷竹,又领渭川封。

幽人茶灶烟,每与宿云乱。凭轩望所思,春潮渺无岸。

野客不贪涉,如何亦问津?前邨黄叶里,自有耐闲人。

清泉遶庭除,绿筱盈轩槛。坐此何所为?惟宜弄铅椠。

茅屋空山中,时有幽人至。指点乱云生,不谈人间事。

巘崿莲为峰,涟漪柳成浪。此中可卜居,于以遂天放。

客去秋林空,沙际石濑响。好随飞鸟归,一路山烟上。

乔木生昼阴,清泉响寒溜。前邨杳霭中,大有雷霆鬭。

谷尽鸟飞绝,天空云度闲。尔时一回首,眼底无青山。

题　画

(明) 徐霖

香炉峰高天削出,湖面蒸云欲吞日。
列仙上凿炼丹台,高人下筑藏书室。
盘纡一道行者通,民居僧寺有无中。
斜阳影射樵斧白,疏星光杂渔灯红。
楼船风高殿箫鼓,去急不须人奋橹。
栖禽惊散若无情,断林赖有苍烟补。
人间此景何处看?惨澹今从画中见。

小皴大染设色真，粉本徒令工作眩。
书画长留岁月过，怪来欧公悔无多。
南堂一赏到白发，快雨时晴纵啸歌。

题画（三首）
（明）陈寿

远道西风落叶寒，萧萧孤寨上长安。
关山不似人心险，游子休歌《行路难》。

洞庭微雨晓生波，一櫂云山楚客过。
绿遍蘼芜归未得，东风闲唱《竹枝歌》。

杨花如雪正飞春，新水茫茫浸绿蘋。
桃叶桃根何处是，东风愁杀渡江人。

题　画
（明）龚用卿

独向江头坐钓矶，浮岚空翠湿春衣。
临流回首看归鸟，高树无风山叶飞。

题　画
（明）吴汝弼

瀑洗层崖净世氛，阴阴苔径足南薰。
日长谁是山中伴？袖手前溪看白云。

题　画
（明）吴孺子

玉露凌寒万壑空，洞庭秋水醉芙蓉。

小舟不放寻诗梦,撑入邨南卧晚风。

题　画
（明）张含

百里同云雪满篷,冥冥那复计西东。
轻舟不畏耶溪水,向晓南风暮北风。

杂　画
（明）何瑭

稚子江边撷水去,野人云外采樵归。
闲亭昼永红尘净,坐看幽禽自在飞。

题　画
（明）林敏

三生石上旧烟萝,九曲闲云倚醉过。
满地松花仙梦觉,春声都入榜人歌。

题　画
（明）郑鹏

流水盪白石,浮云碍青山。亭台倚苍翠,楼阁空濛间。
小桥日已暝,采芝人独还。临流者何为?似惜扁舟闲。

题　画
（明）倪峻

日斜云敛树毿毿,天际青山露玉簪。
一櫂归来无长物,清风明月满天南。

题画小卷
（明）李日华

江上孤吟欲暮天，一舟横渡草纤纤。
柳花飞尽黄鹂哑，只好低头听杜鹃。

题画长幅
（明）李日华

高岭嵯峨曲涧幽，树中虚阁俯清流。
日长睡起无些事，消受江南一段秋。

题画（五首）
（明）李日华

杳杳青山没远鸿，野桥乘醉一扶筇。
会心只有高原树，捎破寒云露晚峰。

竹屋云归树不分，溪流春涨草泥浑。
黄鹂睡起才呼醒，有客寻诗昼打门。

泼翠峰峦映夕晖，千株霜树绣成帏。
晴江十月如三月，又倩芦花作絮飞。

霜落蒹葭水国寒，浪花云影上渔竿。
画成未拟将人去，茶熟香温且自看。

秋水清百尺，晚山苍数层。扁舟何所往？买鹤与寻僧。

题画（三首）

（明）陆弼

江树何霏微，遥山苍翠里。秋风吹裳衣，人影桥下水。

欲遡大江流，泊舟杨柳岸。潮上柳风吹，渡江天未旦。

江草引行路，水风吹渡桥。故人家咫尺，门外是春潮。

题画（五首）

（明）陈继儒

孤屿俯春江，天青浪花冷。石窦小如钱，窥见飞帆影。

秋莎织树中，秋色吞楼下。远见江南人，使舟如使马。

春山杂杳〔沓〕来，烟霏散丛薄。消夏惟此中，梦亦闻泉落。

四面种蕉树，不张碧幕纱。倚阑调鹤雏，啄残蕉上花。

寒月冻不来，前山雪笼树。醉披红叶蓑，犹恐人知处。

题　画

（明）李本

溪头春水碧粼粼，溪上春山绝点尘。
不信白云都占尽，也应茆屋有闲人。

题　画

（明）阙名

结宇蕉阴桐径边，浮名无用世间传。

高情剩有闲中趣，写出青山不卖钱。

题　　画
（明）僧大圭

积雨平原烟树重，翠崖千丈削芙蓉。
招提更在秋云外，只许行人听晓钟。

题　　画
（明）僧宗泐

城居不见山，披图得佳趣。茆茨隐石根，槎桥入溪路。
攲崖势若飞，半岭开晴雾。将非梦境中，或是曾游处？
如登华顶峰，稍识蔓菁渡。振衣宁后期，松华满春树。

题小画（二首）
（明）僧宗衍

山色明人眼，江风冷鬓丝。都将身外事，拂石坐移时。

秋高山气佳，木落江水静。意固不在鱼，鱼惊钓丝影。

题画（五首）
（明）僧麟洲

乱山深处白鸥洲，不见渔郎问隐流。
春屋醉听三日雨，桃花落尽水悠悠。

揉蓝春水暖初流，擘絮晴云湿未收。
相约杖藜同步出，有诗多在小桥头。

碧柳丝丝拂钓舟，溶溶水面一群鸥。

不知谁在茅堂住，坐看青山到白头。

阴森群树湿秋光，桥下溪流接草堂。
闻有客来先出候，黄花邨落酒吹香。

仙山曾谒大茅君，桥里桃花两路分。
不道楼台风雨上，又闻鸡犬隔春云。

题　画
（明）僧一初

石林霜叶锦斓斒，南邨北邨秋意闲。
道人庄前一声笛，放翁艇子出三山。

题　画
（明）孟氏（名淑卿）

岭树盘云转，溪纡路亦斜。晚来烟霭合，无处认山家。

历代题画诗类卷第二十七

名 胜 类

会稽王处士草堂壁画衡霍
（唐）刘长卿

粉壁（一作"爱此"）衡霍近，群峰（一作"卷帘"）如可攀。
能令堂上客，见尽湖南山。青翠数千仞，飞来方丈间。
归云无处灭，去鸟何时还？胜事日相对，主人常独闲。
稍看林壑晚，佳气生重关。
（一作"清阴满四壁，佳气生重关。颇与宿心会，看著慰愁颜。"）

五士游岳麓图
（宋）张栻

闭门六月汗如雨，出门襁褓纷尘土。
文书堆案曲肱卧，梦逐征鸿过前浦。
西山突兀不可忘，勇往政须求快覩。
朝暾未升起微风，中流呀哑挟鸣橹。
长林秀色已在望，有如出语见肝腑。
意行爱此松阴直，眼明还喜碑字古。
高低梵释著幽居，深稳仙家开閟宇。
忽看宫墙高十丈，学宫峩峩起邹鲁。

斯文政倚讲磨切，石室重新岂无补。
危梯径上不作难，横栏截出可下俯。
惟兹翼轸一都会，往事繁华杂歌舞。
变迁返覆宁重论，昔日楼台连宿莽。
迩来人物颇还旧，岂止十年此生聚。
泉流涓涓日循除，华表何时鹤来语？
炎氛知不到山林，茗盌蒲团对香缕。
鼎来杖屦皆胜友，季也亦复同步武。
洛阳年少空白头，三闾大夫浪自苦。
一笑便觉真理存，高谈岂畏丞卿怒。
不图画僧圣得知，貌与儿童作夸诩。
请君为我添草堂，风雨萧萧守环堵。

岳麓图

(元) 刘因

积石落落云中砲，冠以苍松藉瑶草。
天柱修纤立晴昊，绛霄云璈谁击考？
杨许二君颜色好，冰绡为裳车羽葆。
永愍垢浊憎扎夭，湘波层澜势灏溔。
跳珠浮玉簸洲岛，一洗氛瘴苏众槁。
爰筑屠苏俾终老，出门倚天心悄怆。
玄颖浮花落缣缟，无跡空飞诧神媪。
肘后藏之五色缣，念君别去尘浩浩，归来归来守其宝！

江汉衡山图

(元) 傅若金

西来一水浮襄汉，上有群峰截杳冥。
层构迥临沙渚白，乱帆斜映日〔石〕林青。

地雄缥缈连蟠冢，天险微茫带洞庭。
咫尺风烟应万里，无因一上岘山亭。

越州景德寺镜清方丈题醉先（宋僧名也）岳麓图
（元）丁复

镜清方丈见岳麓，堂虚咫尺行江潭。
树木连云厓（一作"岩"）影湿，楼台隔日水气（一作"声"）酣。
皇英双骑龙上下，苍梧九点天东南。
道人得我千古意，复遣老梦登岖嵌。

衡山杂画（二首）
（明）顾璘

岩壑飞尘绝，孤亭压水云。偶来乘野兴，非是厌人群。

雨霁春湖阔，扁舟坐不还。放情亲白鸟，觅句赠青山。

蹇师嵩山图（并序）
（宋）苏辙

　　葆光法师蹇君，未尝至嵩山，欲往游焉。元祐九年春，盘桓都下，得古画一幅，以示其客。客曰："此《嵩山图》也。余昔尝游焉，峰岭、径遂、观刹皆是。"君喜曰："此将以导余也。"吾昔熙宁中，自陈之洛，往来皆出嵩少之间。时方重九，与偕行者约曰："与子于此登高乎？今筋力尚强，可以一往。异日复至，或不能矣。"今年三月，以罪出守汝州。闻此州在嵩少之阳，登城北望，可以尽得其胜。君何时为此游？吾将举酒与子相望，虽不能同，亦庶几焉。系之以诗。

峻极登高二十年，汝州回望一依然。
君行亦是高秋后，试觅神清古洞天。

嵩岳图（并序）

（宋）楼钥

先祖太师齐国公，元符中知河南府登封县，建炎兵燬先集故物，煨烬无遗。儿时犹及见扬州伯父藏《嵩山图》，丹青仅存，虽传录廿四峰诗，以生晚，既不逮事，不知有石刻也。张放远，京西僚属，寄登封旧碑。得之惊喜，唐律为谢。

先世前踪不可追，君从何处得全碑？
上横嵩岳三千丈，下列齐公廿四诗。
室号揖仙怀旧事，菴名面壁认遗基。
青毡真是我家物，欲以琼瑶厚报之。

东岳云峰图

（明）张宁

盪胸云气接空冥，齐鲁阴阴未了青。
不见当时封禅处，紫烟绿雾满云亭。

题张维中华山图

（金）党怀英

苡珠散遗胄，我姓出冯翊。空闻华山名，未始见颜色。
三峰擢觚稜，经眼但石刻。那知玉井莲，香落清渭北。
巅崖划变转，势走关辅窄。岂无爱山人？不解傅粉墨。
多才曲江裔，公暇日招揖。归装贮新图，尚带烟雾湿。
明牕一传玩，恍若到乡国。我生随宦游，久作东南客。
有田泰山下，遶屋皆泉石。怀恩恋官廪，老大归未得。
况复秦川遥，便恐此生隔。崚嶒苍烟面，只许画中识。
诗成持送君，想像三叹息。

华山图

（元）刘因

水墨惊看太华苍，梦中千载果难忘。
三峰虽乞希夷了，应许刘郎典睡乡。

题商德符华山图

（元）虞集

昔祠云台馆，行穿御阶柏。夕阴岚气深，重碧照行客。
独访张超谷，渐觉岩险迫。冰生玉井头，日射仙掌侧。
岂无铁锁悬，翻身若飞鹋。恐烦华阴令，不奈昌黎伯。
王事况有程，车马何忽忽。流连终南山，周览天府国。
尔来十七年，欲往不再得。山河想邈悠，伤残转萧瑟。
摩挲商老图，彷佛希夷宅。高哉莲华峰，白云澹秋色。

华山图

（元）李孝光

紫髯绿发如飞仙，白驴偷吃种芝田。
二月三月春气盛，山头桃花红入天。

题华山图

（元）张翥

华岳连天向西起，濆洞秦川三百里。
巨灵高掌削芙蓉，影落黄河一丝水。
云台雾谷巢神仙，羽衣金节时周旋。
大笑失脚白嬴（骡）背，归来石上长鼾眠。
千载悠悠寄玄赏，耳孙风骨犹萧爽。
远从丹丘渡沧海，追挹神踪欲长往。

何人想像图真形，叠厓阴洞高林青。
上摩金天之帝京，下揽玉女之明星。
峰邪麓邪两莫极，虎豹叫绝烟霏冥。
仙家楼观超然住，遥认微茫是征路。
丹梯铁锁不可攀，直唤茅龙上天去。

徐资生华山图歌
（明）刘基

华岳插天七千丈，丹崖翠壁开仙掌。
壁间擘出黄河流，大禹以之分九州。
河流衮衮赴溟涨，华岳拔出天河上。
云宫雾窟疑本无，石室金台俨相向。
玉泉高通玉井津，中有莲实如车轮。
世人肉食未羽化，可望不得聊相亲。
高堂晚晴图画展，眼明一见心目远。
世间尘土今纷纷，吾当拂衣卧山云。

题华山图
（明）贝琼

太华五千仞，石色青如苔。崭然表四〔西〕极，肇自鸿濛开。
河流破石雷霆激，父老空谈巨灵跡。
山寒五月疑清秋，鸟飞不过仙掌侧。
我欲上从羽客云台间，铁锁高悬犹可攀。
千叶池莲食之久不死，明星玉女相往还。
相往还，人间万劫才一息。
峰头大笑惊下方，日落咸阳秋草碧。

华山图歌（为乔太常宇作）

（明）李东阳

嗟哉！此山吾不知其几千丈兮，但见巍然屹立乎天中。
中有三峰耸拔而直上，部位离立西南东。
诸峰罗列在其下，有似长老随儿童。
纵令立表以识不得算，虽有记里之鼓难为功。
我闻上古之世开鸿濛，河水盪汨相结融。
融者为泥滓，结者为石为山峰。
石坚山积理亦尔，试看崛拔斩削别有造化之神工。
山名五岳此其一，特出似异衡与嵩。
天门重重隔烟雾，铁锁悬厓引长路。
抠衣欲进苦不前，十步行时九回顾。
山腰流泉如瀑布，仙掌撑空若承露。
虎踞龙蟠各有形，鸾鹙鹤舞纷无数。
置身忽在中峰顶，极目乾坤莽回互。
秦关蜀徼陉塞岂足论，遥指扶桑最高树。
噫吁嚱！自有天地兮即有此山，万物代谢兮山岿然。
古人今人到者相接踵，谁复骋步穷其巅？
我生好古厌尘俗，险绝独慕昌黎韩。
昔年南游复东眺，二岳咫尺不一攀。
有客西来诧我以大观，歌声上彻秦云端。
画图指点向空廓，已觉天上非人间。
乔生乔生，如此好奇者，世不可以多得，
安得与子一日遍历千巉岏！

重题华山图自嘲

（明）岳岱

览画俄惊十四年，墨痕山色故依然。

醉乡蓬岛知何处，酒量诗怀只似前。

五华山图
（明）韩宜可

五华之山山上头，俯视东海如浮沤。
岂无四万八千丈，亦有五城十二楼。
翠蕖影落中天晓，玉柱光含大地秋。
何日相从陪杖屦，西风林外一长讴？

卢鸿庐岳观泉图
（元）邓文原

九江峙庐岳，盘回几许深？绝壁倚霄汉，溅瀑直千寻。
飕飗松风至，骉骉苍龙吟。叠石挺琼树，飞楼起危岑。
流沫洒虚阑，长歌响涧阴。云深草木润，风度烟景沉。
何来暂停辔？于焉散烦襟。余以瞿尘鞅，未得谐夙心。
能知此中意，奚事方外寻？良图为尔袭，比胜双奇琛。

写庐山图上
（元）虞集

忆昔系船桑落洲，洲前五老当船头。
风吹云气迷谷起，霜堕枫叶令人愁。
高人只在第九叠，太白一去三千秋。
石桥二客如有待，裹茶试泉春岩幽。

题张太玄为陈升海画庐山图
（元）虞集

谁向匡庐成旧隐？画中一似梦中看。
千株红树参天起，一箇茅亭傍水安。

清风空谷传吟啸，白日高岑生羽翰。
寄语山中陆修静，葛巾不畏过溪寒。

题高彦敬桑落洲望庐山图

（元）刘因

长江亭亭桑落洲，一塔独傲蘋花秋。
边声已逐鼙鼓尽，水气欲挟渔榔浮。
谪仙骑鲸五柳老，真景变灭随沙鸥。
只馀秦筝与羌管，断续不洗琵琶愁。
玉堂小幒解苍珮，宴坐得意毫端收。
空青点云碧痕湿，方渚取月寒光流。
匡庐老人在何许，似觉颔首相迟留。
佳峰稜稜铁钩锁，寸树点点同浮沤。
要知翰墨洒青气，俗子政尔劳雕锼。
秋泉山人息机事，青眼不与王公酬。
高张素壁凛太古，拟跨独鹤还矶头。
人坐江湖在适意，底用绝俗埋林丘？
披图览古重叹息，天际杳霭疑归舟。

马天章画庐山清晓图

（元）王恽

平生爱读《庐山高》，不识庐山何面目。
眼中忽堕此山真，万叠苍烟彭蠡曲。
江南地卑苦炎蒸，暖翠浓岚气多郁。
马卿幻作《清晓图》，特为千峰濯秋骨。
怳疑坐我瀑流下，净尽烦襟贮清淑。
何当杖履东林游，一尊共吸江山醁。

庐山图

（元）郑元祐

浔阳郭里望庐山，日出千峰紫翠间。
烟树近同蛮井络，风帆遥认楚乡关。
匡仙抱鹤岩头放，李白骑鲸海上还。
却向画图求髣髴，菖蒲花老石苔斑。

题庐山图

（元）郏韶

群山东南横翠色，倒影芙蓉生石壁。
青山直下九江流，吹落银河二千尺。
安得浮云满春空，讬身万里之长风。
南游濯发洞庭水，卧看萝月行山中。

题庐山图（有序）

（明）文徵明

　　余为林师写《丘壑高闲》，用谢幼舆事也。而石田丈以《庐山高》赋之，辄亦赋此。

壮哉庐山天下奇，瀑流千丈江㵽㵽。
何人巨笔写奇秀？欧公昔赠刘君词。
蒐玄抉怪轹万象，万古直与山争驰。
莆田先生山泽姿，壮节五老同崔嵬。
名通仕版偶服吏，癖在泉石终难医。
高堂束带风披披，令我挦笔如嵚崎。
飞桥细路缘翠壁，偃松绝壑临苍坻。
已拟先生谢幼舆，故著逸士泉之湄。
就中有理未可说，却被石翁加品题。

惟翁自有王维笔，谓我解画欧公诗。
由来绝倡不可和，况此粉墨那容追。
只应披雾见突兀，庶此峻拔如吾师。
吾师真是刘凝之，我视六一无能为。
凝之不作六一远，此诗此画谁当知？

匡庐精舍图

（明）张时

巍哉江上之庐峰，东南诸山无与同。
丹梯石磴杳难度，层峦叠嶂相争雄。
凉飙翻空吼霹雳，岚光射日开芙蓉。
香炉沉沉紫烟里，瀑布上与银河通。
九江秀色在指掌，五老云气长鸿濛。
我昔壮游事历览，秋波满耳来松风。
星子湾头荡轻楫，石头渡口聆晨钟。
今日披图倍悽怆，信知此乐难再逢。
贤哉公孙慕高隐，结屋（庐）正在山之中。
诗书满架恣探讨，云林对户蟠心胸。
幽禽引雏白日静，老鹤叫月秋林空。
只今公已向时用，故山可望不可从。
绘为丹青揭坐侧，传示艺苑无终穷。

题庐山瀑布图

（明）僧来复

庐山瀑布天下闻，白河倒泻千丈云。
长风吼石吹不断，一洗浩劫消尘氛。
我昔浔阳看五老，探湫直上青龙墺。
六月飞涛喷雨来，洒作冰花满晴昊。

是时谪仙邀我锦叠屏,山瓢共酌夸中濡。
冷光直疑山骨裂,清味不作蛟涎腥。
尔来漫游身已倦,归老芝岩寄淮甸。
枕流三峡杳莫期,高寒每向图中见。
可怜问津之子徒纷纭,高深谁得穷真源?
大千溟渤敛一滴,汙潢绝港焉足论。
我知山中有泉无若此,便欲临渊弄清泚。
是非不到烟萝关,两耳尘空何必洗。

玉泉山图
(元) 吴师道

何许泉如玉?元因有玉人。山晖神废夜,木秀泽含春。
此日还看画,无缘可卜邻。寄声嘉遯者,莫污世间尘。

题赵元临高房山锺观
(明) 王行

北苑貌山水,见墨不见笔。继者惟巨然,笔从墨间出。
南宫实游戏,父子并超轶。岂曰董是师?赓歌偶同律。
高侯生古燕,下笔脱凡骨。春容米家气,荦确老僧质。
泛泛水墨中,探破造化窟。尝图得锺观,景象照云日。
长松映飞泉,霞彩互飘欸。今朝见兹画,临写意无失。
惨澹入窈冥,稜层隔岑蔚。乃知赵云子,后欲复奇逸。
高堂时一舒,六月气萧瑟。平生丘壑性,尘土欣已拂。
因之兴吾怀,山中劚苓朮。

天岳图歌(集唐人句)
(元) 陈泰

知君重毫素,好手不可遇。

壮哉崑崙方壶图，对此兴与精灵聚。
云来气接巫峡长，影动倒景摇潇湘。
湘妃汉女出歌舞，矫如群帝骖龙翔。
大江东流去，忽在天一方。初月出不高，照我征衣裳。
忆昔下寻小有洞，青枫叶赤天雨霜。
先生有道出羲皇，晚有弟子传芬芳。
神仙中人不易得，今我不乐思岳阳。
蔡侯静者意有馀，戚联豪贵耽文儒。
致身福地何萧爽，几岁寄我空中书？

题天柱山图
(唐) 戴叔伦

拔翠五云中，擎天不计功。谁能凌绝顶，看取日升东？

丘大卿天柱峰图
(明) 张羽

昔闻安期生，飘飘入秦京。
上书三月初，报罢拂袖去作蓬莱行。
却笑叔孙通，俯仰咸阳城。长生亦何补，身后留空名。
何似长安少年客，天柱峰头赍白石。
朝辞猿鹤下云中，暮逐夔龙侍君侧。
绣衣乘骢马，躞蹀台城下。爱道心不忘，归来坐清夜。
太平天子亲斋祭，新擢词官捧珪币。
紫坛醮火晓如星，独著衮衣朝上帝。
翻思旧隐地，石室生青苔。
来时壁上苍龙剑，七星剥落空尘埃。
丹砂不复化，萝衣谁更裁？
人生穷达会有命，何须千岁如婴孩。

草衣木食苦复苦，王乔倮佺安在哉！
寄语空山旧泉石，不须为我生悲哀。
功名倪遂乞身愿，万里青天骑鹤来。

石帆山图
（明）徐贲

石壁如飞帆，天风吹不去。千古障层空，隐隐拂天柱。
远映江上舟，高出林中树。相望值春暮，怀归漫延伫。

尼山春晓图（为衍圣公题）
（明）倪岳

尼山郁嵯峨，孕灵慨千古。深根起西周，雄镇自东鲁。
方春生意敷，润泽回厚土。朝阳丽层颠，烟霞互吞吐。
林姿日万变，奇秀不可数。岂独泰岱宗，笋崥出寰宇。
云孙国上公，雅志绍遐武。揽胜入图画，野色在庭户。
羹墙有志念，仰止亦堪觌。乘闲如一登，群峰固应俯。

厎柱图
（元）周昂

鬼门幽险深百篙，人门逼窄逾两牢。
舟人叫渡口流血，性命咫尺轻鸿毛。
开图顿觉风雷怒，素发飘萧激衰腐。
河来天上石不移，安得此心如厎柱。

题画龙门山桑乾岭图
（元）马臻

昔我经龙门，晨发桑乾岭。回盘郁青冥，驱车尽绝顶。
驿骑倦行役，苦觉道路永。引领望吴楚，日入众山暝。

归来惬栖迟，山水融心境。寸毫写万里，历历事可省。
理也存自然，畴能搜溟涬。

郑蒙泉炼师子午谷图
（元）郑韶

子真今住子午谷，乃在蛟门西复西。
遴屋长松落晴雪，倚天绝壁立丹梯。
春回大壑三芝秀，月满空山一鹤栖。
归去看图望瀛海，定应沐发候天鸡。

题东柯谷图
（元）黄溍

长松密竹翠交加，洞府新开碧海涯。
石上仙人留足迹，春深涧水出桃花。
流传图画来千里，生长儿孙只一家。
目断飞鸿那可到，旧游空指赤城霞。

张师夔为郭子静作终南山色因题
（元）张翥

终南山色秀可食，中有游云动凝碧。
华岳西面仙掌高，仙都下射金精白。
绀宫琳馆凭险阻，渭水秦川来咫尺。
古木深藏魈魈寒，阴厓晓入蜿蜒黑。
幽人旧隐依青壁，萝径柴篱闭寥阒。
野桥插岸何处船？落日无人独归客。
栎翁笔法追郭熙，远意欲寄烟霞微。
半生江海屡惊梦，万里风尘能化衣。
捷径无媒既愁寂，故山好在当遄归。

尚说于今明月夜，时有箫声台上飞。

崆峒山图（为横溪翁赋，二首）
（元）刘祖谦

好奇仍有客相携，绝顶披云快一跻。
三十六峰青似染，五年挂笏羡横溪。

独占名山每羡渠，京尘今日污吟须。
西州十载经行处，惆怅云烟是画图。

题杨德章监宪贺兰山图
（元）贡师泰

太阴为峰雪为瀑，万里西来一方玉。
使君坐对贺兰图，不数江南众山绿。

峨眉高一首奉蜀王令旨题峨眉山图
（明）僧大圭

峨眉高，高插天，百二十里烟云连。
盘空鸟道千万折，奇峰朵朵开青莲。
黄金狮座耸岌岌，白银象驾来翩翩。
晨钟暮鼓何喧阗，风林水鸟皆谈玄。
十崖阴雾见玉佛，六时天乐朝金仙。
月轮挂树光团团，平芜影落秋波寒。
目前胜景不可状，画图髣髴移岩峦。
吾王此地受封国，大法付嘱从灵山。
愿忆灵山当日语，五十四州均化雨。
化雨慈云满锦城，佛刹王宫同按堵。
峨眉高，高万里。

三山九龙图（为邹黄山司徒题）

（明）廖道南

三山浩渺翻飞涛，天地黯黟玄云高。
九龙蹊跖出海水，海若鼓浪长鲸嗥。
长鲸巨鳖抱烟岛，翠旃掩映扬朱麾。
贝阙崚嶒集世珍，晶宫赑屃藏神宝。
月晕星芒五色开，绛壶玄阆万峰迴。
渊灵忽驾黄熊去，河伯还骑赤鲤来。
万里招摇登碣石，九霄岋嶪仙岩碧。
扶桑晴射绮霞明，咸池曙起羲轮赤。
火云为祟旱魃逋，下令九土皆焦枯。
尾闾归墟泄元气，蕴隆虫虫群吁呼。
神龙朋兴布霖雨，须臾霡霂弥天宇。
桔槔无功刍狗弃，嘉禾秀麦歌田父。
君不见五龙夹日升虞渊，梁公相业真可传，
挽回宗社丹心在，扶植纲常赤手旋。
况今六龙御天纪，万年尧舜明天子。
九二文明伊傅俦，云行雨施自兹始。
吁嗟乎！云行雨施自兹始。

历代题画诗类卷第二十八

名 胜 类

阁下观岘山图
（宋）孔武仲

岘山巉巉清溪滨，倒影万丈之瀹沦。
往岁尝有去思吏，热地尤多高蹈人。
少年仕宦颇落魄，时登绝岭攀苍冥。
幽花美草颇娱目，断碑刓碣还伤神。
晓猿夜鹤轻相别，从此奔走十八春。
旧游不复齿颊挂，方知到骨俱埃尘。
麟台昨日见图画，醒若楚客还羁魂。
方嫌一幅论万里，秋江绿水何粼粼。
人心与物本无别，正为利欲相埋湮。
神功妙手如唤觉，满座风月来相亲。
骑驴径去自可到，犹愈缥缈西游秦。
剩沽冝（宜）城醉其下，夕阳倒载望冠巾。

题陈主管东墙三岘图
（宋）陈造

堂上不合起烟雾，墙间江山更疑误。

千岩万壑眩明灭,暎翠浮岚满牕户。
岘山鼎列屹相望,发地撑空骞(鶱)欲翔。
一峰拔起群山上,巉若紫盖相雄长。
仙山佛国住杳霭,晨烟暮云追懘怳。
良工妙与山写真,诗中有画须诗人。
诵君清诗对画壁,承蜩斲鼻俱疑神。
知君怀古有高趣,我揽襄山识佳处。
愿抄此诗誊此图,开卷时时揖羊杜。

岘山秋晚图

(元) 王恽

春风汉水大隄平,云静谯楼岘首青。
千古怆怀羊太傅,几时亲酹玉双瓶?

题岘山图

(元) 戴表元

山头种石悬苍云,山下急流风卷纹。
何年荒碑当岭立,龟趺圭首犹鳞皴。
神龙驱毫鬼输墨,羊公精神荆楚色。
想当意匠经营初,已尽东南烟雾迹。
从来登览非真游,襄人正乐吴人愁。
尊前邹湛亦不恶,江山千里同悠悠。
君不见征南后来人姓杜,自喜作碑心更苦。
只留陈迹笑痴迷,行客何曾泪如雨。

岘山秋晚图

(元) 杨果

江水江花遶大隄,太平歌舞习家池。
而今风景那堪画,落日空城鸟雀悲。

题周耕云为萧元恭画龙虎仙岩图
（元）李孝光

龙虎之山仙所寰，我昔梦寐游其间。
乾坤风气结冲秀，中有正一玄都坛。
羽人授我九节杖，林磴窈窕穷幽攀。
金宫蕊殿起寥廓，翠厓丹巘深迥环。
峰头时飘白菡萏，石上谁种青琅玕。
诸岩一览二十四，总似瀛渚蓬莱山。
清溪浮空引雪练，远岫隔水来烟鬟。
就中仙岩更奇绝，上有玉树皆团栾。
虹光半夜出林杪，云是石室韬神丹。
欲求刀圭已衰疾，羽人去我如飞翰。
褰裳涧曲采芳杜，断猿疎雨春山寒。
觉来俗事日满眼，岁月冉冉随惊湍。
会稽萧君忽相访，笑以此图令我看。
梦中羽人貌真似，而我别后鬓毛斑。
题诗聊复记畴昔，愿拂尘服高骖鸾。

九岩图（为吴宪长题）
（明）廖道南

九疑南望九岩高，万仞罗浮见海涛。
直向天门骑紫凤，更从云岛驭金鳌。
白沙江上传羲画，黄鹄山前赋楚骚。
观察古来同岳牧，如公岭表几人豪？

观小孤山图
（宋）陆游

江平风不生，镜面渺千里。坡岏万斛舟，远望一点尔。

大孤江中央，四面峭插水；小孤特奇丽，丹翠凌云起。
重楼邃殿神之家，帐中美人粲如花。
游人徙倚阑干处，俊鹘横江东北去。

小孤山图
(明) 杨基

江流西来如箭急，小姑横绝江心立。
桃花水涨势相争，峡口瞿塘犹不及。
山神堂堂心胆麤，当时人间伟丈夫。
江头庙里青绫帐，翠压金钗塑小姑。

题鞖山小景
(明) 廖道南

洛神何处独凌波？翠立江心带雨多。
莫怪舟人频指点，望中宫阙郁嵯峨。

夜宿金山题金山图
(元) 萨都剌

远人夜宿金山寺，坐对画图如梦中。
剪烛题诗云气里，不知身已在龙宫。

题画金山
(元) 贡性之

多景楼连铁瓮城，壮游犹记昔年曾。
江心遥见金山寺，风里钟声堞外灯。

金山图
(明) 祝允明

昔年曾趁海门潮，独向龙宫吊寂寥。

衬席寒风不成梦，老蛟一夜献琼瑶。

金焦览胜卷（为周文仪同寅赋）

（明）周宣

万里波涛接远天，双鳌浮背玉相连。
梵王楼阁空青里，水国莺花杳霭边。
岁月无情从逝水，江山有限但寒烟。
登临莫问当年事，一曲商歌已惘然。

采石图

（元）刘因

何年凿江倚青壁，乞与中原作南北？
天公老眼如看画，万里才堪论咫尺。
蛾眉亭中愁欲滴，曾见江南几亡国。
百年回首又戈船，可怜辛苦矶头石。
江头老父说当年，夜卷长风晓无迹。
古人衮衮去不返，江水悠悠来无极。
只今莫道昔人非，未必山川似旧时。
龙蟠虎踞有时歇，月白风清无尽期。
古人看画论兵机，我今看画诗自奇。
平生曾有金陵梦，似记扁舟月下归。

钟山云霁图

（明）高启

山势识龙蟠，香台拥翠峦。草堂猿啸晚，蕙帐鹤惊寒。
云拥梁僧塔，苔封宋帝坛。昔年游历处，今向画中看。

题牛首图

（明）张凤翼

偶披牛首胜，却忆凤城游。日月开双阙，风烟阁五楼。

葱茏王气合，髣髴瑞云浮。疑陟献花岭，丹崖一望收。

次韵和吴仲庶池州齐山画图
（宋）王安石

省中何忽有崔嵬？六幅生绡坐上开。
指点便知岩石处，登临新作使君来。
雅怀重向丹青得，胜势兼随翰墨回。
更想杜郎诗在眼，一江春雪下离堆。

题谢昌国金牛烟雨图
（宋）杨万里

金牛烟雨最相关，老子方将老是间。
不分艮斋来貌取，更于句里占江山。

题王浚之画茅山图
（明）吴宽

句容古县频来往，万转荒溪出乱松。
画里茅山依旧在，白云开处见三峰。

题王叔明茅山图
（明）贝琼

一峰插天三万丈，众峰旁联不相让。
我行未尽天下奇，王宰写山工异状。
霭霭句曲云，苍苍溧阳树。天高去鸟没，日落行人度。
茅君已千年，浪忆烧丹处。犹疑风雨夜，骑虎山头遇。
平生好山犹未归，山中桃花如雨飞。
相从采尢定何日，长向云间瞻翠微。

仿巨然九华云霭
（明）李日华

稠林乱石拥柴门，九子峰前路不分。
留得空明舒远目，不妨身在万重云。

朱中舍惠麓秋晴图
（明）张筹

湖上群山卧九龙，泉头一客坐双松。
定知别去还相忆，梦入秋云第几重？

题惠麓秋晴图
（明）瞿庄

清游尝饮惠山泉，客里披图思悯然。
尚忆信安祠外柳，萧条犹带汴隄烟。

代题惠山秋霁图
（明）俞晖

峩峩古惠山，秋郊如玉立。气清轧高穹，厚载亘深轴。
中虚发灵泉，昼夜罔盈缩。泉边有高士，饮泉养虚穆。
诗书济世具，坐费十年读。畜久将六施，苍生待馀沐。
文章况大雅，布帛而菽粟。鄙夫存朽腐，随问致篇牍。
悠然朝野思，感中还媿恧。

为志学聘君题惠麓秋晴图
（明）朱芾

第二泉头坐晚晴，满林松籁杂溪声。
涤烦老去卢鸿一，谢俗归来卫叔卿。

未必茶经随火化，拟寻茅屋待春耕。
卧游画里违清赏，裹茗他年石上烹。

为惠机长老题徐幼文写惠山图
（明）吕敏

天寒华表鹤归迟，隔世令人起远思。
偶见漪澜堂上画，犹看悟淡卷中诗。

题李公略示高郎中吴山观月图
（元）仇远

凭高宜晚更宜秋，下马归来即倚楼。
纳纳乾坤双老眼，滔滔江汉一扁舟。
满城明月空吴苑，隔岸青山认越州。
李白酒豪高适笔，当时人物總风流。

题莹上人吴山图
（宋）陆游

晓听枫桥钟，暮泊松江月。斯人亦可人，淡墨写愁绝。

虎丘春霁图
（明）王行

群巘抱西郭，一峰出平田。孤秀凌太清，旁绝络与联。
古迹遍林谷，干将閟重泉。划开千尺岩，下见清冷渊。
翠壁绚霞彩，葩辞詠前贤。于时属青春，霁色明高天。
鸣鸟亦已和，众卉纷自妍。凤驾爱此游，襟怀遂悠然。
岂曰事赏心，观俗古所传。来牟蔽丘陇，馌耕满畴阡。
乐土有若兹，勤政复勉旃。愿同击壤氓，熙熙度馀年。

题黄子久天池石壁图
（元）吴全节

鸟啄残花污草菴，一春未到两山探。
忽观痴老图中道，南峰翠带北峰岚。

题黄大痴天池石壁图
（明）高启

黄大痴，滑稽玩世人不知。疑似阿母傍，再谪偷桃儿。
平生好饮复好画，醉后洒墨秋淋漓。
尝为弟子李少翁，貌得华山绝顶之天池。
乃知别有缩地术，坐移胜景来书帷。
身骑黄鹄去来远，缟素飘落流尘缁。
颍川公子欣得之，手持示我请赋诗。
我闻此中可度难，玉枕秘记传自青牛师。
池生碧莲花，千叶光陆离。服食可腾化，游空驾云螭。
奈何灵迹久閟藏，荒竹满野啼狌狸。
寻真羽客不肯一相顾，却借释子营茅茨。
我昔来游早春时，雪残众壑消寒姿。
磴滑不敢骑马上，青鞿自策桃笻枝。
上有烟萝披拂之翠壁，下有沙石荡漾之清漪。
晴天倒景落明镜，正似玉女晓沐高鬟垂。
饮猿忽下藤袅袅，浴鹤乍立风澌澌。
匡庐有地我未到，未省与此谁当奇？
埽石坐其上，沿涧引流巵。醉来自照影，俯笑知为谁。
落梅扑香满接䍦，莫出东涧钟鸣迟。
归来城郭中，复受尘土欺。
十年胜赏难再得，恍若清梦一断无由追。

朝来观此图，恻怆使我悲。
当时同游已少在，我今未老形先疲。
人生扰扰嗟何为，不达但为高人嗤。
汉南已老司马树，岘首已仆羊公碑。
惟应学道悟真诀，不与陵谷同迁移。
仙岩洞府孰最好？东有地肺西峨嵋。
高崥铁锁不可攀援以迳上，仰望白云楼观空峩巍。
此山易上何乃遗？便与猿鹤秋相期。
欲借太一舟，夜卧浩荡随风吹。
洞箫呼起千古月，照我白发凉丝丝。
倾玉醪，荐瑶芝，招君来游慎勿辞，
无为漫对图画日夕遥相思。

次韵为王应爵进士题天平山石湖二图
（明）吴宽

万石如林貌得真，纵横碧润共苍崘。
城中挂笏须闲客，林下峩冠有正人。
支老邻居驰骏马，范家先墓倚危麐。
岘山未必高如许，遗爱当思继晋臣。

古亭石刻手曾模，宋墨当年记石湖。
绝涧百盘横略彴，晴波九汲荡浮图。
开园种树山为界，放水灌田天赐租。
重拟四时编杂兴，范家莫认是尧夫。

题王长史所画天平龙门图
（明）陈秀民

月黑山鬼号，苍龙斗折角。仙人一掌擎，不令堕深壑。

秋高势崚嶒，日暮气参错。阑干冰柱悬，零乱雪花落。
路狭仅通人，峰寒不棲鹤。王侯天机峻，跻攀故盘礴。
写作《龙门图》，奇气低五岳。
神鱼息天池，有待风雷作。

题光福画卷
（明）沈周

群山西奔驻湖尾，通川夹山三十里。
川穷小泺开镜光，居民次水屋比比。
屋上有山屋下水，开门波光眼如洗。
虎山桥畔晚市忙，打鼓渔郎卖鲜鲤。
霜前橘柚万苞黄，雨后杨梅千叶紫。
山围水抱开农桑，乐土风光真画里。
三年潢潦我无家，恨不攜书亦居此。

丹阳孙思和东游，每当山水深处辄绘为图。冬夕过俨山示我光福一段，赋之
（明）陆深

看君画里泛扁舟，今日披图数胜游。
水面青峰七十二，山腰黄橘几千头。
帆开远影江湖阔，天接中央日月浮。
试问虎山桥外水，为谁烟浪下苏州？

题天台桃源图
（元）陈旅

天台一溪绿周遭，溪南溪北都种桃。
东风吹花开复落，游人不来春水高。
钱塘道士张彦辅，画图送得刘郎去。

昨夜神鸦海上来，洞里胡麻欲成树。

天台山图
（元）郑元祐

万八千丈天台山，仙人抱琴时往还。
丝声落涧秋潺潺，曲终蛰云舞玄鹤，霞光楼观难跻攀。

次韵周邠寄雁荡山图（二首）
（宋）苏轼

指点先凭采药翁，丹青化出大槐宫。
眼明小阁浮烟翠，齿冷新诗嚼雪风。
二华行观雄陕右，九仙今已压京东。
此生的有寻山分，已觉温台落手中。

西湖三载与君同，马入尘埃鹤入笼。
东海独来看出日，石桥先去蹋长虹。
遥知别后添华发，时向尊前说病翁。
所恨蜀山君未见，他年携手醉郫筒。

索雁荡图与陈阃帅
（明）周用

我闻雁荡山，天下称壮绝。群峰出平地，一一骋妖谲。
日月薄光景，神鬼互施设。往时使江南，不敢弭金节。
于今复十年，梦寐滋不悦。云何四方人，此恨未得雪？
桓桓陈将军，雅有古风烈。兵馀及山水，稍稍霏玉屑。
许我雁荡图，把玩慰中热。今日复何日，怅望心转切。
得无军务劳，日晏费搜抉？不然束高阁，而为虫鼠啮？
如何顾虎头，稍已忘驷舌？深秋忆卧游，徒令寸心折。

有客钱塘来，载书日交辙。

题武夷九曲櫂歌图
（宋）李纲

危峰孤峭与天通，犹有当时羽化踪。
仙驭自随鸾鹤去（远），玉楼金锁白云封。

题武夷九曲櫂歌图
（宋）白玉蟾

幔亭峰下汎仙船，洞口璚华锁翠烟。
一自魏王归绛阙，至今哀怨岭头猿。

题武夷九曲櫂歌图
（宋）辛弃疾

玉女峰前一櫂歌，烟鬟云髻动清波。
游人去后枫林夜，月满空山可奈何？

题武夷九曲櫂歌图
（宋）方岳

桃花认得钓鱼船，醉著归来月满川。
山鬼已磨苍玉壁，更留名字与风烟。

题武夷九曲櫂歌图
（元）赵友士

高节怀耿介，芳情喜寻幽。久作吴门隐，今为武夷游。
嶔崟群峰出，汩㵫九曲流。倾舸对潇洒，发櫂任夷犹。
风高隐屏冷，木落平林秋。慨彼絃诵地，旷哉榛莽丘。
览胜得仙迹，景仰在前修。沿洄兴未已，山月照兰舟。

题武夷九曲櫂歌图

（元）叶西洞

兴穷九折更悠然，櫂转船头障去川。
留取洞中无尽意，桃花水暖鳜鱼天。

题武夷九曲櫂歌图

（元）韩元吉

宛宛溪流叠九湾，山猿时下鸟间关。
钓矶茶灶山间乐，大隐屏边日月闲。

题武夷九曲櫂歌图

（元）萧子和

武夷胜槩自鏒铿，叠嶂层峦积翠烟。
古径崎岖缘绝壁，小泾盘折入通川。
太王山背杉应老，玉女峰头花欲然。
丹灶临流存古跡，仙舟驾壑是何年？
游人醉坐三杯石，神力遥开一线天。

题武夷九曲櫂歌图

（明）周斌

我昔武夷山下过，好山多向马前看。
晴云堕地晚不湿，翠壁插天秋正寒。
岩下岂无仙子宅，洞中亦有老龙蟠。
即今便欲归林壑，与子相逢别更难。

题武夷九曲櫂歌图

（明）王燧

曾开武夷景，未向武夷游。清溪凡九曲，曲曲是瀛洲。
昔贤有遗宅，乔木春森寂。千古仰高风，百年存古迹。

我欲往追寻，烟花几转深。櫂歌何处发？山水答清音。

题徐良夫九曲櫂歌图

（明）李铎

徐君海上人，雅有山林想。远游赋幽寻，徘徊脱征鞅。
长揖虹桥仙，飘飘欲偕往。牵舟圻岸迥，著屐缘崖上。
万壑风泉淳，层岩土花长。采鸾载玉笙，隐隐遗清响。
幻迹杳难穷，真源豁而敞。永怀紫阳翁，忻然契心赏。

题武夷山图（用何光禄《匪我》原韵赠林纳言省菴）

（明）董其昌

两丸熠煜跳天门，风尻〔屁〕气马无停辕。
欲界仙都瓯海裏，幔亭自昔曾孙里。
神霄高外更无高，神瀵水穷重得水。
凌倒景兮乘玄云，搆取清微大赤文。
叩洞天兮搜福地，婆婆鸟跡鱼虫字。
九曲櫂歌丹九转，十年尘土肠为遣。
卢敖竹杖亘千寻，黄石《阴符》遗一卷。
回思九陌走黄埃，浮名于我何有哉！
渔父桃源岂再来，天公粉本深徘徊。
不贪大药化黄金，只爱清音叶素琴。
故人持赠好东绢，仙人属我开生面。
布韈青鞵不用将，云鬟雾鬓长相见。
有美林夫子，偏怜虎头痴。披图选其胜，卜筑将因之。
西岭烟井焚宝鸭，东峰日上苍龙夹。
依依蝴蝶梦中归，所欠鹓鸾插翅飞。
直是舜耕田已熟，直缘商战貌多肥。
解道仙凡途岂隔，朝凡暮圣忽复易。

武夷洞口憩灵踪，紫阳祠畔荒行跡。
省雨须从好雨星，积风但养摩天翮。
宦路无穷素作缁，学人漫看朱成碧。
我袖长怀一瓣香，更添下拜岩岩石。

题张一邨画山阴岩壑图
（明）僧大圭

张侯写山工写奇，笔力可追黄大痴。
鲈鱼江头一斗酒，墨花散作秋淋漓。
前峰崒嵂如束笋，后峰盘拏来不尽。
突马方惊滟滪高，啼猿忽觉蓬莱近。
水风离离开锦屏，峡泉历历鸣瑶筝。
幽葩自炫晨露洁，小草不奈繁霜零。
兵馀僧舍总摇落，何意空林见楼阁。
十年碌碌走河城，重忆山阴旧岩壑。
秋来日日愁炎蒸，解衣思濯松风清。
轻包锡杖从此去，何处水边无月明。

别峰和尚方丈题唐子华山阴图
（明）刘基

连山走坡陀，大谷入晻暧。屋藏深树中，路出巨石背。
烟雨时有无，涧壑互显晦。轻盈曳飞绡，缥缈沃浮黛。
雄梁矫修罳，骈璧駮文瑇。峥嵘紫霞高，屈曲白水汇。
阴森神鬼宅，奋迅龙马队。风云气象宽，日月光炯碎。
借问此何乡？或有捐余佩。答云越山阴，信美无与对。
自从永和来，燕游推胜槩。佳人去不还，盛集嗟未再。
唐令实好奇，掇拾归画绘。上人远公徒，我亦渊明辈。
会晤属时艰，观览增慷慨。故园没灌莽，举足蛇豕碍。
放歌自太息，激烈惊厚载。

象山图
（元）吴师道

突兀山如象，东南缥缈间。先生说经罢，仙伯御风还。
瑶草晚豁碧，桃花春洞闲。神京看图画，尘土愧人颜。

题象山环溪图
（元）黄溍

崇山标地灵，万古聚清淑。堂堂故相家，高风在乔木。
仙翁上天去，逸响今谁续？优哉四千石，接轸飞华毂。
夫君冰雪姿，乃尔抱幽独？翩然来帝傍，霞裾俨初服。
侍祠明廷上，厌直斋庐宿。睠言怀旧居，结构依山麓。
轩牕对晴岚，林杪出悬瀑。散为百道泉，喷薄翻珠玉。
馀润之所蒙，秔稻丰比屋。春事日向深，桃源酒方熟。
往来无俗驾，异书仍可读。归欤定何时？专此溪一曲。
相逢京洛间，红尘眯人目。披图觏佳致，山水增新绿。
先贤止息处，杖屦存遗躅。爱山锡嘉名，惠幸及樵牧。
于于后来者，犹或被膏馥。安得从君游，青云两黄鹄。

孤屿图（为雁山德长老题）
（元）僧大䜣

澹烟疎树月朦胧，路隔寒潮断复通。
添箇茅菴分我住，明年飞锡海门东。

僧有示西湖墨本者，就孤山左侧林岑邃间状出衡茅之所，且题云"林山人隐居"，谨书二韵以呈之
（宋）林逋

泉石年来偶结庐，冷挨松雪瞰西湖。

高僧好事仍多艺，已共孤山入画图。

题林若拙画孤山图

（元）张翥

孤山处士孤吟处，水影月香馀妙句。
鹤声叫绝陵谷秋，修竹祠空几愁莫。
白云生根著湖水，力尽西风飞不去。
何人鞭石下崔嵬，中流截断鱼龙路。
丹青楼观花如雾，葵麦无情仅前度。
何似槎枒半死枝，百年犹是咸平树。
荒烟坏柳断桥冰，宿莽田深散鸥鹭。
画船歌舞不须臾，落落诗名自如故。
野人亦有沧洲趣，安得数椽相近住？
长待天寒欲雪时，杖藜来访梅边墓。

五云山图

（元）戴表元

林庐深插紫屏颜，一点渔舟带暝还。
但得身闲无俯仰，人间处处五云山。

题浮玉山居图

（元）钱选

瞻彼南山岑，白云何翩翩。下有幽栖人，啸歌乐徂年。
丛石映清泚，嘉木澹芳妍。日月无终极，陵谷从变迁。
神襟轶寥廓，兴寄挥五絃。尘影一以绝，招隐奚足言。

九霞听松图

（元）李孝光

不到茅山又五年，煮茶更试碧云泉。

山中百事便静者，惟若松声搅醉眠。

铁崖图
（元）赵奂

铁崖道人吹铁笛，一声吹破云烟色。
却将写入画图中，云散青天明月白。

周苍厓入吾山作图诗赠之
（宋）文天祥

三生石上结因缘，袍笏横斜学米颠。
渔父几忘山下路，仙人时访岭头船。
乌猨白鹤无根树，淡月疏星一线天。
为我醉呼添濛澒，倦来平卧看云烟。

系舟山图（裕之先大夫尝居此山之东岩。）
（金）赵秉文

山头佛屋五三间，山势相连石岭关。
名字不经从我改，便称元子读书山。

李平甫为裕之画系舟山图，闲闲公有诗，某亦继作
（金）杨云翼

名利走朝市，山居良独难；况复山中人，读书不求官。
东岩有佳致，书室方丈宽。彼美元夫子，学道如观澜。
孔孟泽有馀，曾颜膏未残。向来种德深，直与山根蟠。
之子起其门，孤凤鶱羽翰。计偕聊尔耳，平步青云端。
朅来游京师，士子拭目观。礼部天下士，文盟今欧韩。
一见折行辈，殆如平生欢。舞雩詠春风，期著曾点冠。
五言造平淡，许上苏州坛。我尝读子诗，一倡而三叹。
世人非无才，多为才所谩。高者足诋诃，下者或辛酸。

吾子忠厚姿，不受薄俗漫。晴云意自高，渊水无声湍。
他日传吾道，政要才行完。会使兹山名，与子俱不刊。

霅溪翁雪霁望弁山图（并序）
（元）钱选

至元二十九年，余留太湖之滨，雪霁舟行溪上，西望弁山，作此图且赋诗云。

弁山之阳冠吴兴，崷嶙巀嶭望不平。
焕然仙宫隐其下，众山所仰青复青。
雪花夜积山如换，乘兴行舟须放缓。
平生不识五老峰，且写吾乡一奇观。

偶阅昌国志赋得补怛洛迦山图
（元）吴莱

涌东东际控东荒，蓬莱北界跨石梁。
天风吹来黑水国，海雨洒过青龙洋。
宝陀山高此孤绝，善财洞近争巉裂。
黄金沙土结香云，白玉树花飘瘴雪。
扶桑岛上接鲛人，棋子湾头望马秦。
安期先生脱赤舃，羲和朱子扶朱轮。
晨鸡鸣声日观立，老蜃楼阁潮候急。
释迦方域舶船通，娑极世家宫殿湿。
君不见海人稽首叩海矶，鲛鼍不动护仙衣。
紫竹旃檀何处所？毗陵频加独飞舞。

赤松山图
（元）吴师道

昔年曾蹋山中路，路入桃源正春暮。

落花扑面东风来，飞觥遥向流泉去。
拂衣起随醉道士，为指黄君牧羊处。
山空石化草芊芊，只有荒祠映高树。
神仙之馆多飞楼，铺牀对卧楼上头。
松声涧响两娱客，终夜琴筳不肯休。
十年身堕黄尘底，乍喜归来山尺咫。
开图眼中赤霞起，万嶂千峰翠相倚。
寄书约我同心子，再曳青鞿从此始。

百尺山图（为辉东阳赋）

（元）吴师道

岩岩大雄峰，故是洪都望。若人真有力，独坐不复让。
穹崇构台殿，金碧开岩嶂。天华百谷满，钟呗层云上。
缅怀季唐主，诗语留奇壮。至今昭回光，草木变姿状。
上人东阳秀，法筵拥龙象。缩地入秋毫，御袖有百丈。
山川禀瑰异，宅据神滋王。矧复此道崇，奔走有信向。
弱质阻攀缘，披图但惆怅。

题龛山图（二首）

（明）葛征英

嶙峋石势插空青，起伏山川一望明。
放眼江隈芳草偏〔徧〕，捲帏天半淡云横。
桃花锦浪流莺软，杨柳春堤骏马轻。
俗虑顿然都涣释，好携家室老渔耕。

寄身绝顶俯沧溟，壑转岩迴入杳冥。
隔屿云峦微隐见，连天芳草傍沙汀。
邨墟历落平烟树，海气奔腾走电霆。

壮志乘风犹未已,画图重喜对山灵。

西岩图
（明）孙蕡

欲写沧浪愧不才,画图今喜见君开。
峰峦影落寒潭静,欸乃声从返照来。
千顷白波龙伯国,百重高兴子陵台。
闻君早晚趋金阙,风雨渔矶长绿苔。

久雨抱病郡斋,无聊中忽忆吴兴旧隐,因画鸥波春雨亭
（明）张宁

一櫂烟波载雨还,白鸥相对主人闲。
如何误落红尘里,夜夜寒灯梦小山。

题五侯笔架峰图
（明）黄相

我昔曾到五侯峰,五峰如指何巃嵸。
天生欲架如椽笔,白云压偏溪南松。
松梢有路通山顶,松风吹入双屐冷。
仙掌高擎北斗杓,笔峰倒抹银河影。
孤村烟火三两家,小桥流水抱村斜。
远寺钟声雨初歇,烟蓑雨笠未还家。
别来彷佛十馀载,明月清风不相待。
几见桃花逐水流,洞中仙子今安在?
我今对画心茫然,丹青满目飞云烟。
跻攀分寸不可到,掀髯欲赋归来篇。

题毕钵山图

(明) 陈继儒

毕钵罗峰迥入霄,不通猱鸟不通樵。
横空独木如飞栈,半月仙人一换桥。

写括苍山景

(明) 李日华

濛濛结元气,落落负奇姿。想像摩胸久,形容脱手迟。
移家新作计,问俗旧能知。乳酒松花饭,无烦染鬓丝。

烟雨楼图

(明) 范氏 (名壶贞)

烟岚无限雨中情,远近楼台一望平。
吴苑草荒麋鹿走,越江春尽鹧鸪鸣。
长隄杨柳迷春渚,白水菰茭遶郡城。
最是晚来新月下,万家烟火隔湖明。

历代题画诗类 2

（最新点校本）

（清）陈邦彦等 编
乔继堂 整理

传统文化修养丛书

上海科学技术文献出版社
Shanghai Scientific and Technological Literature Press

本册目录

第二十九　名胜类

题潇湘八景　（元）戴良 …………………………………… 525
　　洞庭秋月／525　潇湘夜雨／525　山市晴岚／525
　　渔村夕照／525　平沙落雁／525　远浦归帆／525
　　烟寺晚钟／526　江天暮雪／526
题仲经家江贯道潇湘八景图　（元）程钜夫 ………… 526
　　洞庭秋月／526　潇湘夜雨／526　山市晴岚／526
　　渔村夕照／526　平沙落雁／526　远浦归帆／526
　　烟寺晚钟／526　江天暮雪／527
题陈氏潇湘八景图　（元）陈旅 …………………………… 527
潇湘八景画　（明）宣宗 …………………………………… 527
　　潇湘夜雨／527　洞庭秋月／528　山市晴岚／528
　　平沙落雁／529　远浦归帆／529　渔村夕照／530
　　烟寺晚钟／530　江天暮雪／530
宋复古画潇湘晚景图（三首）　（宋）苏轼 ……………… 531
少隐惠所画潇湘雪景（三首）　（宋）邹浩 ……………… 531
观徐明叔画湘西磨崖图　（宋）王廷珪 ………………… 532
五日观潇湘图　（宋）谢翱 ………………………………… 532
题宗之家初序潇湘图　（金）吴激 ………………………… 532
题东玉帅府所藏潇湘图　（元）戴良 …………………… 533
题王山仲所藏潇湘八景图卷，走笔作潇湘夜雨
　　（元）揭傒斯 ……………………………………………… 533
题董简卿所藏潇湘图　（元）贡奎 ……………………… 533

湘江秋远图　（元）成廷珪 …………………………………… 533
题米元晖潇湘图　（明）刘基 ………………………………… 533
题湘湖图　（明）刘基 ………………………………………… 534
湘江秋意图　（明）杨基 ……………………………………… 534
湘汉秋晴图　（明）杨基 ……………………………………… 535
壁间画潇湘八景　（明）于谦 ………………………………… 535
题写云梦图　（明）廖道南 …………………………………… 535
题钱叔昂潇湘图　（明）孙蕡 ………………………………… 535
潇湘雨意图　（明）胡直 ……………………………………… 536
湘山障子　（明）汤显祖 ……………………………………… 536
题文发叔所藏潘子真水墨江湖八境小轴　（宋）杨万里…… 536
  洞庭波涨/536　武昌春色/536　庐山霁色/537
  海门残照/537　太湖秋晚/537　浙江观潮/537
  西湖夏日/537　灵隐冷泉/537
江湖八境图　（元）吴师道 …………………………………… 537
  洞庭/537　武昌/537　庐山/538　海门/538　太湖/538
  浙江/538　灵隐寺/538　西湖/538
洞庭秋月图　（元）贡性之 …………………………………… 538
洞庭图　（明）丘濬 …………………………………………… 539
洞庭图　（明）廖道南 ………………………………………… 539
题何使君彭蠡望瀑卷　（明）陈宪章 ………………………… 539
沈石田寄太湖图　（明）王鏊 ………………………………… 539
笠泽图　（明）丘濬 …………………………………………… 539
题九江秀色图　（明）王祎 …………………………………… 540
题高尚书九江暑雨图　（明）僧妙声 ………………………… 540
题沈启南奚川八景图（二首）　（明）沈璜 ………………… 540

卷第三十　名胜类

观江淮名胜图　（唐）王昌龄 ····· 543
观王右丞维沧洲图歌　（唐）僧皎然 ····· 543
题辋川图后　（宋）文彦博 ····· 544
次韵和文潞公题王右丞辋川图　（宋）韩琦 ····· 544
辋川图　（元）刘因 ····· 544
王右丞辋川图（四首）　（元）王恽 ····· 544
王维辋川别业诗图　（元）马祖常 ····· 545
题王维辋川图　（元）贡师泰 ····· 545
王维高本辋川图　（元）邓文原 ····· 545
右丞辋川图　（元）吴镇 ····· 545
西湖图　（宋）真山民 ····· 546
西湖空濛图　（元）刘因 ····· 546
题西湖图　（元）王恽 ····· 546
西湖小景　（元）程钜夫 ····· 546
玉涧和尚西湖图歌　（明）刘基 ····· 546
题戴文进西湖图　（明）刘泰 ····· 547
题何使君山水西湖泛舟卷　（明）陈宪章 ····· 548
题西湖十景邹和峰家藏戴文进画巨浸秋波　（明）杨慎 ··· 548
题西湖景　（明）郑汝美 ····· 548
题南屏对雪图　（明）方孝孺 ····· 548
谢衡州花光寺仲仁长老寄作镜湖曹娥墨景枕屏
　（宋）邹浩 ····· 549
镜湖图　（元）唐肃 ····· 550
题赵仲庸镜湖图　（明）钱宰 ····· 550
题画建溪图　（唐）方干 ····· 550
浯溪图　（宋）黄庭坚 ····· 551
题清溪图　（宋）孔平仲 ····· 551

王文玉出清溪图以示坐客　（宋）孔武仲 …… 551
追和杜牧之弄水亭诗韵题清溪图　（元）吴师道 …… 552
题黟令周君儒所藏清溪白云图　（元）赵汸 …… 552
尚书右丞侯公云溪图　（金）赵秉文 …… 553
云溪晓泛图　（元）李汾 …… 553
武善夫桃溪图（二首）　（元）元好问 …… 553
为燮玄圃题鳌溪春晓图　（元）虞集 …… 554
鹤溪图　（元）吴镇 …… 554
题石民瞻画鹤溪图　（元）仇远 …… 554
题西溪图　（元）赵孟頫 …… 555
题西溪图　（明）董其昌 …… 555
夜梦与数客观画，有八幅龙湫图特奇……（宋）陆游 … 555
芦沟晓月图　（元）陈高 …… 556
题芦沟晓月图　（明）赵宽 …… 556
清洞图　（元）何中 …… 556
题鹤泉图　（元）马臻 …… 557
滨州云巢图　（元）张雨 …… 557
青弁云林图　（明）张羽 …… 557
题何使君百泉清赏图　（明）陈宪章 …… 558
洙泗图　（明）丘濬 …… 558
题玉淙图　（明）李维桢 …… 558
题林屋洞天　（明）僧麟洲 …… 559

卷第三十一　古迹类

桃源图　（唐）韩愈 …… 560
和桃源图　（宋）王十朋 …… 561
题桃源图　（宋）魏了翁 …… 562
题桃源图后　（元）王恽 …… 562

跋武陵图 （元）王恽	563
桃源图（三首） （元）王恽	563
题桃源图 （元）钱选	563
题桃源图 （元）赵孟頫	563
画桃源 （元）赵孟頫	564
题商德符学士桃源春晓图 （元）赵孟頫	564
题桃源春晓图 （元）吴澄	564
题桃源图 （元）揭傒斯	565
桃源图 （元）黄溍	565
桃源图 （元）傅若金	565
阮子华所藏桃源图 （元）成廷珪	565
桃源图 （元）吴师道	566
桃源图 （元）周权	566
桃源图 （元）周权	566
桃源图 （元）华幼武	567
桃源图 （元）唐肃	567
题桃源图 （元）丁鹤年	567
题桃源春晓图 （明）张以宁	567
张继善寄桃源图因赋诗 （明）贝琼	567
题桃源图 （明）林璧	568
桃源图 （明）孙一元	568
桃源图歌 （明）何景明	568
桃源图 （明）谢承举	569
桃源图 （明）文嘉	569
题桃源图 （明）朱彦昌	569
题桃源图 （明）沈周	570
题小桃源图 （明）王世贞	570
桃花山水图 （元）迺贤	570

题刘松年桃花山水小幅　　（明）僧麟洲 …………………… 571

题徐参议赤壁图　　（宋）王炎 ……………………………… 571

赤壁风月笛图　　（金）李纯甫 ……………………………… 571

题武元直赤壁图　　（金）李晏 ……………………………… 571

赤壁图　　（元）元好问 ……………………………………… 572

后赋赤壁图　　（元）刘因 …………………………………… 572

题赤壁图　　（元）戴表元 …………………………………… 572

东坡赤壁图　　（元）王恽 …………………………………… 573

画赤壁　　（元）赵孟頫 ……………………………………… 573

赤壁图　　（元）马祖常 ……………………………………… 573

赤壁图　　（元）虞集 ………………………………………… 573

赤壁图　　（元）杨载 ………………………………………… 573

题赤壁图　　（元）成廷珪 …………………………………… 573

赤壁图　　（元）吴师道 ……………………………………… 574

游赤壁图　　（元）吴师道 …………………………………… 574

题赤壁图　　（元）王瓒 ……………………………………… 574

题赤壁图　　（元）丁鹤年 …………………………………… 575

题赤壁图　　（明）吴宽 ……………………………………… 575

题戴文进赤壁图　　（明）陈炜 ……………………………… 576

赤壁图　　（明）廖道南 ……………………………………… 576

题画小赤壁图　　（明）董其昌 ……………………………… 576

卷第三十二　　古迹类

观兰亭图　　（唐）李频 ……………………………………… 578

题汪华玉所藏兰亭图　　（元）虞集 ………………………… 578

兰亭图（二首）　　（元）吴师道 …………………………… 578

方方壶崇山峻岭图　　（明）吴宽 …………………………… 579

项洙处士画水墨钓台　　（唐）方干 ………………………… 579

观钓台画图　（唐）徐凝 …………………………… 579
题钓台障子　（唐）李频 …………………………… 579
题伯时画严子陵钓滩　（宋）黄庭坚 ……………… 580
题莹师钓台图　（宋）陆游 ………………………… 580
钓台图　（元）程钜夫 ……………………………… 580
和龙麟洲题黄次翁黄鹤楼图　（元）刘洗 ………… 580
题黄鹤楼小景　（明）廖道南 ……………………… 580
题黄鹤楼图　（明）张凤翼 ………………………… 580
题黄鹤楼图　（明）僧大主 ………………………… 581
题竹楼小景　（明）廖道南 ………………………… 581
岳阳楼图　（元）陈高 ……………………………… 581
题孟珍玉涧画岳阳楼小景　（元）杨维桢 ………… 581
小李将军岳阳楼景　（明）程敏政 ………………… 581
岳阳楼图　（明）吴溥 ……………………………… 582
滕王阁图（二首）　（元）程钜夫 ………………… 582
题滕王阁图　（元）贡师泰 ………………………… 582
题滕王阁小景　（明）廖道南 ……………………… 582
观元丹丘巫山屏风　（唐）李白 …………………… 583
寄巫山图与林致一喻叔奇（二首）　（宋）王十朋 … 583
题巫山图　（宋）贺铸 ……………………………… 583
韩无咎检详出示所赋陈季陵户部巫山图诗……
　　（宋）范成大 ………………………………… 584
巫山图　（元）刘因 ………………………………… 584
题巫山图　（元）吴澄 ……………………………… 585
卢鸿草堂图　（宋）苏轼 …………………………… 585
卢鸿嵩山草堂图　（元）吴镇 ……………………… 585
王维终南草堂　（元）吴镇 ………………………… 585
题赵祖文盘谷图　（宋）吕居仁 …………………… 585

题杨息轩盘谷图　　（元）王恽	586
题盘谷图　　（元）刘诜	586
刘平川盘谷图　　（元）贡师泰	586
题王鹏梅金明池图　　（元）邓文原	587
金明池图　　（元）陈庭实	587
金明池图　　（元）王振朋	587
题金明晏游图　　（元）黄溍	587
题金明池图　　（元）钱惟善	588
谨题王鹏梅金明池图　　（元）吴全节	588
题王鹏梅金明池图　　（元）张珪	588
昆明池图　　（元）程钜夫	588
柴桑晓色图　　（元）吴师道	589
为凌郡丞题柴桑雅致图　　（明）王世贞	589
题城侍者剡溪图　　（宋）陆游	589
题莹上人剡溪图　　（宋）陆游	590
与和甫时甫各题画卷，夔分得剡溪图　　（宋）姜夔	590
剡溪图　　（明）丘濬	590
题剡溪障子　　（明）王世贞	590
老杜浣花溪图引　　（宋）黄庭坚	591
西塞山图　　（元）戴表元	591
跋蓝关图（二首）　　（元）王恽	591
当涂郡有脱靴亭，以谪仙采石得名，乃绘之图而赞以诗　　（元）小云石海涯	592
郑谷图　　（元）虞集	592
首阳山图　　（元）范梈	592
醉翁亭障为南翁作　　（元）欧阳玄	593
汾亭古意图　　（元）张础	593
题碧山图　　（元）金涓	593

题渭桥图　（明）刘基 …………………………………… 594
题东坡淮口山图　（明）张以宁 ………………………… 594
题太白亭小景　（明）廖道南 …………………………… 594
代题六朝遗秀图　（明）蓝仁 …………………………… 594
苎萝邨图为谢苎萝写　（明）李日华 …………………… 594

卷第三十三　故实类

方方壶仓颉作字图　（元）鲜于枢 ……………………… 595
尧民图　（元）刘因 ……………………………………… 595
尧民图　（元）王恽 ……………………………………… 595
尧民图　（元）袁桷 ……………………………………… 595
题刘紫微尧民野醉图　（元）元好问 …………………… 596
尧民醉归图　（元）吴师道 ……………………………… 596
击壤图　（明）杨慎 ……………………………………… 596
巢父饮牛图（六首）　（元）王恽 ……………………… 597
许由掷瓢图　（元）元好问 ……………………………… 598
许由弃瓢图（二首）　（元）刘因 ……………………… 598
许由弃瓢图　（明）程敏政 ……………………………… 598
巢由图　（元）华幼武 …………………………………… 598
题巢由图　（明）张凤翼 ………………………………… 598
有虞鼓琴　（元）王恽 …………………………………… 599
大禹泣辜图　（元）王恽 ………………………………… 599
题伊尹耕莘图　（元）贡师泰 …………………………… 599
题傅岩图　（明）丘濬 …………………………………… 599
题磻溪垂钓图　（唐）罗隐 ……………………………… 599
题太公钓渭图　（明）刘基 ……………………………… 600
太公钓鱼图　（明）陈昌 ………………………………… 600
渭水非熊图　（明）程敏政 ……………………………… 600

题牧野图　（明）张凤翼	600
题夷齐采薇图　（元）钱惟善	600
采薇图　（元）卢挚	601
豳风图（二首）　（元）刘因	601
题豳风七月图　（明）钱龙锡	601
邠风图　（明）董其昌	601
旅葵图　（元）王恽	602
题分金图　（明）丘濬	602
宁戚叩角图　（元）王恽	602
挂剑图　（明）顾璘	603
闻韶图　（金）杨云翼	603
燕居图　（元）刘因	603
题龙眠孔访苌弘　（元）程钜夫	603
夫子去鲁图　（元）陆仁	603
夫子听琴师襄图　（明）陈颢	604
夫子学师襄琴图　（明）姚纶	604
泣麟图　（明）陈颢	604
孔子泣麟图　（明）丘濬	604
曾点扇头（二首）　（元）刘因	605
子路问津图　（元）王恽	605
子贡见原宪图　（元）郑元祐	605
子贡见原宪图　（明）吕㦂	605
子贡见原宪图　（明）班惟志	605
汉阴抱瓮图　（金）段成己	606
子期听琴图　（元）刘因	606
题昭文携琴图　（元）欧阳玄	606
题交甫解珮图　（明）杨慎	606
楚渔父渡伍胥辞剑图歌　（元）傅若金	606

伍子胥渡江图　（明）张宁 …………………… 607
应制题王肫画吴王纳凉图　（元）虞集 ………… 607
题吴王纳凉图　（元）陈旅 …………………… 607
吴王纳凉图　（元）甘立 ……………………… 608
吴王夜宴图　（元）真桂芳 …………………… 608
题吴王纳凉图　（明）袁凯 …………………… 608
跋范蠡归湖图　（元）王恽 …………………… 608
题范蠡五湖　（元）赵孟頫 …………………… 608
范蠡归湖图　（明）程敏政 …………………… 608
题范蠡泛舟图（二首）　（明）张凤翼 ………… 609
豫让邀襄子图（二首）　（元）王恽 …………… 609
田稷还金图　（明）王珉 ……………………… 609
田稷还金图　（明）谢实 ……………………… 609
田稷还金图　（明）赵季行 …………………… 610
田稷还金图　（明）赵能 ……………………… 610
田稷还金图　（明）李雍 ……………………… 610
田稷还金图　（明）曹傑 ……………………… 610
跋墦间图　（元）王恽 ………………………… 611
曳龟图　（元）王恽 …………………………… 611
孙阳相马图　（元）王恽 ……………………… 611
题毛遂执剑图　（元）周砥 …………………… 611
题赵王夜宴图　（明）袁凯 …………………… 611
屈原卜居图（二首）　（元）王恽 ……………… 611
屈原《渔父》图　（明）陈昌 …………………… 612
伯时画《九歌》　（金）赵秉文 ………………… 612
九歌图　（元）程钜夫 ………………………… 612
书李伯时九歌图后　（元）吴澄 ……………… 612
题离骚九歌图　（元）柳贯 …………………… 613

来任卿去官归萧山，爱元人九歌图，为作　　（明）汤显祖 …… 613

卷第三十四　故实类

鞭石图　（元）王恽 …… 614
题邵平种瓜图　（宋）李纲 …… 614
题高皇过沛图　（宋）方岳 …… 615
高阳长揖图　（宋）刘子翬 …… 615
沛公洗足见郦生图（五首）　（元）王恽 …… 615
圯桥进履图　（明）谢承举 …… 616
题萧何夜追韩信便面　（明）林廷锦 …… 616
四皓图　（金）李献能 …… 616
四皓图　（元）元好问 …… 617
四皓图（七首）　（元）王恽 …… 617
画四皓　（元）赵孟頫 …… 618
题四皓图　（元）吴澄 …… 618
题四皓图（二首）　（元）马祖常 …… 618
题商山四皓　（元）陈思济 …… 618
题四皓图　（元）卢亘 …… 618
题屏风画商山四老人　（元）杨载 …… 619
四皓围棋图　（元）黄溍 …… 619
题四皓图　（元）戴良 …… 619
商山四皓图　（元）李孝光 …… 619
题四皓商山图　（元）张翥 …… 620
题商山图　（元）黄玠 …… 620
题马远画商山四皓图　（元）钱惟善 …… 620
四皓图　（明）陶安 …… 620
四皓弈图　（明）陶安 …… 621
四皓图　（明）高启 …… 621

四皓弈棋图　（明）朱纯	621
四皓围棋图　（明）苏平	621
四皓弈棋图　（明）刘师邵	621
题四老围棋图　（明）王守仁	622
四皓弈棋图　（明）张志宗	622
题四皓图　（明）张凤翼	622
梦客携商山四皓图令余赋之　（明）王世贞	622
题四皓图　（明）陈继儒	622
张释之谏文帝图　（宋）刘子翚	623
伏生授书图　（元）王恽	623
题伏生授书图　（元）戴表元	623
伏生授经图　（元）吴师道	623
伏生授经图　（元）郑元祐	624
题伏生授书图　（元）吴澄	624
奉题伏生授书图　（元）杨维桢	624
伏生传经图　（明）鲁铎	625
朱翁子负薪卷　（元）张翥	625
题买臣负薪图　（明）陈达	625
买臣负薪图　（明）刘泰	626
买臣秋樵图　（明）程敏政	626
相如涤器图　（明）唐寅	627
带经图　（明）廖道南	627
题带经漂麦二图　（明）高启	627
高凤漂麦图　（元）王恽	627
张骞乘槎图　（元）戴表元	627
题郑昭甫写张骞乘槎图　（明）林鸿	628
乘槎图　（明）朱谏	628
题乘槎图　（明）僧妙声	628

卷第三十五　故实类

射虎图　（明）杨慎 …………………………………………… 629
题李广利伐宛图　（明）宋濂 ………………………………… 630
李陵县军遇敌图　（元）陈泰 ………………………………… 630
武帝问日碑图　（宋）刘子翚 ………………………………… 630
题苏武忠节图（三首）　（宋）文天祥 ……………………… 631
跋苏武持节图（三首）　（元）王恽 ………………………… 631
苏武牧羊抱雏图　（元）袁桷 ………………………………… 632
题苏武牧羊图　（元）郑元祐 ………………………………… 632
题苏武牧羊图　（元）杨维桢 ………………………………… 632
苏武持节图　（元）刘诜 ……………………………………… 632
题苏子卿牧羝图　（明）镏炳 ………………………………… 632
属国冬牧图　（明）程敏政 …………………………………… 632
题赵子昂苏武牧羊图　（明）谢复 …………………………… 633
牧羊图　（明）李麟 …………………………………………… 633
苏李会合图　（元）范梈 ……………………………………… 633
题李陵宴苏武图（二首）　（元）刘诜 ……………………… 633
题李陵见苏武图　（明）刘基 ………………………………… 634
苏李泣别图　（宋）刘克庄 …………………………………… 634
题苏李泣别图（二首）　（元）戴表元 ……………………… 634
苏李图　（元）戴表元 ………………………………………… 634
苏李相别图　（元）程钜夫 …………………………………… 635
苏李河梁图　（元）袁桷 ……………………………………… 635
和谢敬德学士题苏武泣别图韵（二首）　（元）许有壬 …… 635
苏李泣别图　（元）陈樵 ……………………………………… 635
苏李泣别图　（明）高启 ……………………………………… 635
题李陵苏武泣别图　（明）镏炳 ……………………………… 636

李陵泣别图 （明）袁凯 …………………………………… 636
子卿泣别图 （明）康海 …………………………………… 636
题苏李泣别图 （明）左国玑………………………………… 636
子卿归汉图 （金）赵秉文…………………………………… 637
苏武归朝图 （明）丘濬 …………………………………… 637
霍光取玺图 （宋）刘子翚…………………………………… 637
丙相问牛图（二首） （元）王恽 ………………………… 637
丙吉问牛图 （元）许有壬…………………………………… 637
丙吉问牛喘图 （元）虞集 ………………………………… 638
分韵赋二疏供帐图 （元）吴师道………………………… 638
跋东门祖道图（二首） （元）王恽 ……………………… 638
题张敞画眉 （元）刘诜 …………………………………… 639
张敞画眉图 （元）牟巘 …………………………………… 639
汉成帝幸张禹第宅图 （元）王恽 ……………………… 639
题严陵独钓图 （元）揭傒斯………………………………… 639
子陵钓图 （元）周权 ……………………………………… 640
子陵垂钓图 （明）魏偁 …………………………………… 640
题无讼堂屏上袁安卧雪图 （宋）杨万里………………… 640
题袁安卧雪图（三首） （元）王恽 ……………………… 640
题袁安卧雪图 （元）陶宗仪………………………………… 641
题李唐画袁安卧雪图 （明）张羽 ……………………… 641
袁安卧雪 （明）王越 ……………………………………… 641
合纸屏为小阁，画卧袁访戴，其上名之曰“听雪”……
（二首） （宋）方岳 ………………………………… 641
题绛帐图 （宋）韩驹 ……………………………………… 642
却金图 （明）廖道南………………………………………… 642
梁父吟扇头 （元）元好问…………………………………… 642
诸葛春耕图 （明）程敏政…………………………………… 643

题刘先主三顾草庐图　（明）王阜 …………………… 643
三顾草庐图　（明）唐寅 ………………………………… 643
题孔明出师表图　（明）李坚 …………………………… 643

卷第三十六　故实类

庞公携家图引　（明）王逢 ……………………………… 645
题龙眠曹杨读碑　（元）程钜夫 ………………………… 645
读碑图　（元）郑元祐 …………………………………… 645
曹娥江读碑图　（元）僧大䜣 …………………………… 646
题读碑图　（明）朱经 …………………………………… 646
管幼安濯足图　（金）赵秉文 …………………………… 647
幼安濯足图　（元）刘因 ………………………………… 647
管宁濯足图　（元）杨奂 ………………………………… 647
题王粲登楼图　（元）杨维桢 …………………………… 647
奉同铁篴相公赋王粲登楼图　（元）余日强 …………… 648
题孙登长啸图　（元）赵孟頫 …………………………… 648
竹林七贤图　（元）虞集 ………………………………… 648
竹林七贤图（二首）　（元）王恽 ……………………… 649
题竹林七贤图　（元）钱选 ……………………………… 649
竹林七贤图　（明）丘濬 ………………………………… 649
竹林七贤图　（明）张宁 ………………………………… 649
尤子求竹林七贤图　（明）王世懋 ……………………… 650
题竹林七贤　（明）陈栝 ………………………………… 650
嵇康柳下锻图　（元）郑元祐 …………………………… 650
仲容摘阮图　（元）张天英 ……………………………… 650
习池醉归图　（金）冯璧 ………………………………… 651
醉山简图　（宋）刘子翚 ………………………………… 651
题石崇锦障图　（元）朱德润 …………………………… 651

题金谷园图　（明）刘基 …… 651
跋扇头郝隆晒书图　（元）马祖常 …… 652
题晋刘琨鸡鸣舞剑图　（元）吴莱 …… 652
观运甓图有感　（明）董其昌 …… 652
投书图（二首）　（元）元好问 …… 652
右军书扇图　（元）王恽 …… 653
右军观鹅图　（元）王恽 …… 653
羲之笼鹅图　（明）方孝孺 …… 653
题柳文范舍人画右军观鹅便面　（明）程敏政 …… 653
题羲之墨沼图　（明）魏时敏 …… 653
逸少兰亭图　（明）张以宁 …… 654
观兰亭修禊图　（明）黄洪宪 …… 654
兰亭修禊图　（明）白圻 …… 654
兰亭修禊图（二首）　（明）袁宏道 …… 654
题羊欣练裙图　（元）王廓 …… 655
题王晋卿画四首　（宋）苏轼 …… 655
　　山阴陈迹/655　雪豀乘兴/655　四明狂客/655
　　西塞风雨/655
次韵题画卷四首　（宋）苏辙 …… 655
　　山阴陈迹/655　雪豀乘兴/656　四明狂客/656
　　西塞风雨/656
题谢安石东山图　（宋）朱子 …… 656
题赵师舜谢安游东山图　（元）虞集 …… 656
谢太傅东山图（二首）　（元）王恽 …… 656
赵仲穆东山图　（元）吴镇 …… 657
题谢安观山图　（元）丁鹤年 …… 657
谢安游东山图　（明）吴宽 …… 657
谢太傅携妓东山图　（明）徐渭 …… 657

谢太傅弈棋图　（元）王恽 ………………………… 658
谢安对弈图　（元）程钜夫 ………………………… 658
支遁相马图　（金）赵秉文 ………………………… 658
题王武子相马图（二首）　（元）王恽 …………… 658
王武子相马图　（元）范梈 ………………………… 658
题明发所画访戴图，渠自有诗　（宋）晁说之 …… 659
答钱逊叔访戴图　（宋）吕居仁 …………………… 659
雪夜访戴图　（元）欧阳玄 ………………………… 659
题子猷访戴图　（明）张以宁 ……………………… 659
题扇面子猷访戴图　（明）黄仲昭 ………………… 659
子猷乘兴图　（元）金涓 …………………………… 660
题子猷回舟图　（元）王恽 ………………………… 660
题山阴回櫂图　（元）马臻 ………………………… 660
石勒问道图　（元）元好问 ………………………… 660
石勒问道图　（元）王恽 …………………………… 660
王猛扪虱图　（宋）刘子翚 ………………………… 661

卷第三十七　故实类

题归去来图（二首）　（宋）黄庭坚 ……………… 662
题归去来图　（金）刘迎 …………………………… 662
题渊明归去来图（五首）　（金）王若虚 ………… 662
题邹公所藏渊明归去来图　（金）路铎 …………… 663
归来图戏作　（金）刘迥 …………………………… 663
归去来图　（元）刘因 ……………………………… 663
归去来图（三首）　（元）王恽 …………………… 664
题归去来图　（元）程钜夫 ………………………… 664
归去来图　（元）钱选 ……………………………… 664
归去来图　（元）赵孟頫 …………………………… 664

题靖节征士归来图　（元）范梈	665
陶渊明归兴图　（元）揭傒斯	665
陶渊明归去来图　（元）朱德润	665
渊明归来图　（元）尚野	665
渊明归来图　（元）卢挚	666
题玉山所藏渊明归来图后　（元）张天英	666
题海陵石仲铭所藏渊明归隐图　（明）张以宁	666
题归去来辞画（四首）　（明）陈颢	667
题李伯时渊明东篱图　（宋）苏轼	667
题采菊图　（宋）韩驹	667
采菊图　（宋）王十朋	668
东篱采菊图　（金）赵秉文	668
采菊图（二首）　（元）元好问	668
采菊图　（元）刘因	669
题渊明对菊图　（明）靳贵	669
渊明采菊图　（明）僧清溇	669
题松下渊明　（宋）黄庭坚	669
松下渊明图　（元）释良琦	669
渊明抚松图　（元）陈旅	670
渊明抚松图　（元）杨维桢	670
渊明五柳图　（明）袁敬所	670
陶元亮五柳图　（明）蒋主孝	670
漉酒图　（金）庞铸	670
渊明漉酒图　（元）王恽	671
渊明漉酒图（五首）　（元）王恽	671
渊明漉酒图　（元）杨维桢	672
漉酒图　（明）僧妙声	672
渊明送酒图　（明）张以宁	672

白衣送酒图	（明）周礼	672
渊明醉图	（明）陶安	673
题渊明图	（元）贡奎	673
渊明临流赋诗图	（元）王恽	673
渊明高卧图	（元）程钜夫	673
渊明荷锄图	（元）唐肃	673
渊明始末图	（元）马祖常	674
陶潜夏居图（三首）	（元）王恽	674
题王弘邀渊明图	（明）僧妙声	674
渊明入社图	（元）刘永之	674
题苏李合画渊明濯足图	（金）刘从益	675
三径图	（元）袁桷	675
题昱师房三笑图	（宋）李觏	675
三笑图	（元）王恽	675
虎溪三笑图	（元）成廷珪	676
虎溪三笑图	（元）黄镇成	676
题李待诏虎溪三笑图	（元）胡长孺	676
题虎溪三笑图	（元）马臻	676
虎溪三笑图	（元）释祖柏	677
题三笑图	（明）镏崧	677
题三笑图	（明）王世贞	677
三笑图	（明）僧古春	677
莲社图	（金）宋九嘉	678
莲社图	（元）王恽	678
莲社图（三首）	（元）王恽	678
李龙眠莲社图	（元）吴师道	678
白莲社图	（明）陶安	679
题李伯时莲社图	（明）李东阳	679

庐山社图　（明）陈继儒 ……………………………………… 679
张师夔画谢家池塘　（元）张雨 ……………………………… 679

卷第三十八　故实类

题陶弘景移居图　（元）杨维桢 ……………………………… 680
挂书牛角图　（元）刘因 ……………………………………… 681
李密迓太宗图　（宋）刘子翚 ………………………………… 681
跋秦王擒窦建德图　（元）王恽 ……………………………… 681
题韩滉画瀛洲学士图　（宋）韩驹 …………………………… 681
题钦庙主器时所作登瀛图　（宋）陈造 ……………………… 682
题十八学士登瀛洲图　（元）吴澄 …………………………… 682
题唐十八学士图　（元）马臻 ………………………………… 682
登瀛洲图　（明）陶安 ………………………………………… 683
题十八学士春宴图　（明）王世贞 …………………………… 683
十八学士綦图　（明）陈全 …………………………………… 684
十八学士登瀛洲图　（明）陈霁 ……………………………… 684
蜀府命题所藏唐十八学士瀛洲图　（眀）僧来复 …………… 684
马周见太宗图　（明）高启 …………………………………… 685
萧御史取禊帖图　（元）程钜夫 ……………………………… 685
题萧翼赚兰亭图　（明）桂衡 ………………………………… 685
观开元皇帝东封图　（唐）马戴 ……………………………… 686
唐玄宗与诸王讲《易》图　（元）唐肃 ……………………… 686
花萼楼晏集图　（元）虞集 …………………………………… 686
五王避暑图　（元）程钜夫 …………………………………… 686
五王避暑图　（元）王恽 ……………………………………… 686
韩干五王出游　（元）袁桷 …………………………………… 687
唐五王出游图　（元）虞集 …………………………………… 687
唐五王击毬图　（元）张宪 …………………………………… 687

五王击毬图　　（明）蒋主孝 …… 687
题五王对弈图　　（元）张天英 …… 688
五王行春图　　（元）张昱 …… 688
题五王醉归图　　（元）周驰 …… 688
任月山五王醉归图　　（明）程敏政 …… 689
题五王夜燕图　　（明）唐寅 …… 689
张东叔出紫云回銮图以示坐客，因为赋之　　（宋）孔武仲 …… 690
九龄忠谏图　　（元）王恽 …… 690
题唐三学士围棋　　（元）李祈 …… 690
唐三学士图　　（元）钱选 …… 691
唐三学士图　　（明）王祎 …… 691
题花门将军游宴图　　（明）宋濂 …… 691
龙眠十八贤图　　（元）马祖常 …… 692
慧元画寒林七贤　　（宋）楼钥 …… 692
寒林七贤　　（金）周昂 …… 692
七贤寒林图　　（元）元好问 …… 692
雪中行吟七贤图　　（元）程钜夫 …… 693
钱舜举寒林七贤图　　（明）高得旸 …… 693

卷第三十九　故实类

题明皇按乐图　　（宋）郑思肖 …… 694
明皇按乐图　　（宋）刘克庄 …… 694
明皇合曲图　　（元）元好问 …… 695
题明皇按乐图　　（元）黄庚 …… 695
明皇按乐图（三首）　　（元）王恽 …… 695
明皇按乐图　　（元）虞集 …… 695
题明皇按乐图　　（元）柳贯 …… 696
明皇太真避暑按乐图　　（元）洪希文 …… 696

明皇按乐图　（元）杨维桢 ………………………………… 696
唐玄宗按乐图　（元）杨维桢 ……………………………… 696
明皇按乐图　（元）张雨 …………………………………… 697
题明皇按乐图（四首）　（明）张凤翼 …………………… 697
题明皇按舞图　（元）虞集 ………………………………… 697
明皇观舞图　（明）谢承举 ………………………………… 697
明皇卧吹箫图　（元）宋无 ………………………………… 698
唐明皇吹箫图（二首）　（元）成廷珪 …………………… 698
题唐明皇吹玉箫图　（明）金湜 …………………………… 699
题明皇并箫图　（元）刘诜 ………………………………… 699
太真明皇并笛图　（元）张宪 ……………………………… 699
明皇并笛图　（明）周用 …………………………………… 700
题明皇并笛图　（明）程煜 ………………………………… 700
明皇击梧桐图　（金）冯璧 ………………………………… 700
明皇击敔按乐图　（元）姚枢 ……………………………… 700
击梧图　（元）袁桷 ………………………………………… 700
唐陈宏画明皇击桐图　（元）吴师道 ……………………… 701
明皇击梧　（元）李俊民 …………………………………… 701
梁信羯鼓小图　（宋）文同 ………………………………… 701
梨园教曲图　（明）张琦 …………………………………… 701
霓裳曲　（元）吴师道 ……………………………………… 701
题明皇戏侏儒图　（元）李祁 ……………………………… 702
题明皇优戏图　（明）镏崧 ………………………………… 702
题明皇打毬图　（宋）晁说之 ……………………………… 702
题明皇醉归图　（宋）陈傅良 ……………………………… 702
明皇醉归图　（元）袁桷 …………………………………… 702
明皇夜游图　（宋）程俱 …………………………………… 703
明皇出游图　（元）虞集 …………………………………… 703

题明皇出游图应制　　（元）揭傒斯 …………………… 703
明皇秉烛夜游图　（明）高启 …………………… 703
题明皇夜游图　　（明）徐贲 …………………… 704
明皇私语图（二首）　　（元）王恽 …………………… 704
题明皇私语图　　（元）郝经 …………………… 704
题明皇上马图　　（宋）韩驹 …………………… 705
题张郎中明皇小决图（二首）　　（金）段成己 …………… 705
明皇并辔图　　（元）宋无 …………………… 705
明皇贵妃上马图　　（明）张灿 …………………… 705
明皇览镜妃子剪鬟图　　（宋）刘子翚 …………………… 705
题明皇贵妃对弈禄山傍观图　　（明）杨基 …………… 706
明皇小车图　　（明）僧一初 …………………… 706
唐明皇游月宫图　　（明）蒋主孝 …………………… 706
游月宫图　　（明）陶安 …………………… 706
明皇蜀道图　　（宋）李纲 …………………… 706
明皇幸蜀图　　（宋）陆游 …………………… 707
明皇幸蜀图（二首）　　（明）刘基 …………………… 708
王摩诘画明皇剑阁图　　（金）赵秉文 …………………… 708
唐明皇幸骊山图　　（元）朱德润 …………………… 708
题火龙烹茶图　　（明）贝琼 …………………… 708

卷第四十　故实类

李白醉归图　　（金）吕子羽 …………………… 710
太白醉归图　　（元）刘秉忠 …………………… 710
李太白舟中醉卧图　　（元）刘秉忠 …………………… 710
李白醉归图　　（元）王恽 …………………… 711
太白醉归图　　（明）顾观 …………………… 711
太白醉归图　　（明）陈颢 …………………… 711

太白独钓图	（元）元好问	711
太白独钓图	（元）王恽	712
题太白酒船图（二首）	（元）赵孟頫	712
题李白观泉图	（元）张翥	712
太白观瀑布图	（元）僧大䜣	712
李太白观瀑图	（明）刘基	713
李太白观瀑布图	（明）宋濂	713
李白观瀑布图	（明）方孝孺	714
钱舜举太白观瀑图	（明）王世贞	714
太白捉月图	（金）蔡珪	714
太白扪月图	（元）王恽	715
谪仙捉月图	（元）程钜夫	715
李白玩月图	（元）余阙	715
题李白问月图	（明）张以宁	715
题李白问月图	（明）张以宁	716
题太白纳凉图	（元）陈高	716
太白扁舟图	（元）宋无	716
李白骑驴图	（元）元好问	717
太白还山图	（元）刘秉忠	717
李伯时画太白泛舟小像	（元）潘伯修	717
竹溪六逸图	（元）陈旅	717
竹溪六逸图	（明）丘濬	717
题脱靴返櫂图（二首）	（元）陈旅	718
杜子美浣花醉归图	（宋）黄庭坚	718
杜陵浣花图	（元）赵孟頫	719
老杜醉归图（二首）	（元）李俊民	719
题杜甫麻鞵见天子图	（元）钱惟善	719
少陵春游图	（元）程钜夫	719

题目	作者	页码
题杜甫游春图	（元）李祁	719
杜甫游春图	（明）陈宪章	720
孟浩然骑驴图	（宋）刘克庄	720
金主画孟浩然骑驴图（三首）	（元）袁桷	720
孟浩然灞桥图	（元）王恽	720
孟浩然跨驴图（二首）	（元）吴师道	721
题倒骑驴观梅图	（元）吴澄	721
王维画孟浩然骑驴图	（元）牟巘	721
踏雪寻梅图	（明）程敏政	722
孟浩然骑驴吟雪图	（明）高启	722
孟襄阳雪行图	（明）张羽	722
张建封击毬图	（元）张昱	722
为郭宗道祭酒题韩滉移居图	（元）贡师泰	723
令狐学士金莲图	（元）许有壬	723
裴晋公绿野探梅图（二首）	（元）王恽	723
陆羽烹茶图	（明）张以宁	724
风雪蓝关图（二首）	（元）王恽	724
韩文公度蓝关图	（明）吴宽	724
退之留别大颠图	（金）段成己	724
石鼎联句图	（元）刘因	725
石鼎联句图（二首）	（元）王恽	725
戏题李渤联德高蹈图（八首）	（元）刘因	725
卢仝煎茶图	（明）唐寅	726
乐天不能忘情图（二首）	（元）元好问	726
乐天不能忘情图（二首）	（元）王恽	726
乐天不能忘情图（二首）	（元）袁桷	727
白乐天琵琶行图	（元）刘因	727
浔阳琵琶图	（元）张雨	727

溢浦琵琶图　（明）高启 …………………………………… 727
白傅溢浦图　（明）高启 …………………………………… 727
题九老图（二首）　（宋）陈造 …………………………… 728
为陆全卿题刘松年香山九老图　（明）吴宽 …………… 728
香山九老图　（明）王恭 …………………………………… 728
香山九老图　（明）庄㫤 …………………………………… 729
九老图　（明）顾应祥 ……………………………………… 729
贾治安骑驴图　（元）甘立 ………………………………… 730
观明发画李贺高轩过图　（宋）僧道潜 ………………… 730
李贺醉吟图　（元）刘因 …………………………………… 730
庄宗横吹图（二首）　（元）王恽 ………………………… 731
桑维翰铁研图　（明）唐寅 ………………………………… 731
李后主图　（元）马祖常 …………………………………… 731
南唐王齐翰剔耳图　（明）吴宽 ………………………… 731
韩文靖重帏图（二首）　（元）王恽 ……………………… 732
顾宏中画韩熙载夜宴图　（元）顾瑛 …………………… 732
顾宏中画韩熙载夜宴图　（元）郑元祐 ………………… 732
顾宏中画韩熙载夜宴图　（元）何广 …………………… 732
题韩熙载夜宴图（三首）　（明）王世贞 ……………… 732
石上三生图　（元）程钜夫 ………………………………… 733
三生石上图　（明）郑关 …………………………………… 733

卷第四十一　故实类

宋太祖蹴鞠图（三首）　（元）王恽 ……………………… 734
题太祖太宗蹴鞠图　（元）吴澄 ………………………… 734
赵太祖蹴鞠图　（明）倪敬 ………………………………… 735
陶学士驿舍图　（元）黄溍 ………………………………… 735
陶榖邮亭图　（元）唐肃 …………………………………… 735

题陶毂邮亭夜宿图	（元）于立	735
陶毂驿亭图	（明）高启	735
和靖先生观梅图	（元）钱选	736
和靖观梅图	（元）吴澄	736
题和靖先生观梅图	（元）仇远	736
和靖看梅图	（元）吕诚	736
题和靖观梅图	（元）陶宗仪	736
林处士观梅图	（明）钱宰	737
和靖观梅图	（明）谢常	737
和靖观梅图	（明）周述	737
和靖拥炉觅句图	（元）陶宗仪	737
题孤山放鹤图（二首）	（元）赵孟頫	737
睢阳五老图	（宋）晏殊	738
睢阳五老图	（宋）文彦博	738
睢阳五老图	（宋）韩琦	738
睢阳五老图	（宋）富弼	738
睢阳五老图	（宋）范仲淹	739
睢阳五老图	（宋）欧阳修	739
睢阳五老图	（宋）司马光	739
睢阳五老图	（宋）范纯仁	739
睢阳五老图	（宋）苏轼	740
睢阳五老图	（宋）苏辙	740
睢阳五老图	（宋）黄庭坚	740
睢阳五老图	（宋）邵雍	740
睢阳五老图	（宋）程颢	741
睢阳五老图	（宋）程颐	741
睢阳五老图	（宋）张载	741
睢阳五老图	（宋）张商英	741

睢阳五老图　（宋）胡瑗	742
睢阳五老图　（宋）苏颂	742
题耆英图　（元）王恽	742
跋司马温公燕处图（三首）　（元）王恽	743
题李伯时画赵景仁琴鹤图　（宋）苏轼	743
陈季常所畜朱陈邨嫁娶图（二首）　（宋）苏轼	744
题郑侠流民图　（明）陆深	744
东坡赤壁图　（金）赵秉文	745
东坡赤壁图　（元）郑元祐	745
赤壁夜游图　（元）马臻	745
东坡赤壁图　（元）郑氏（名允端）	745
苏公赤壁图　（明）张以宁	746
东坡赤壁图　（明）刘泰	746
苏子瞻游赤壁图　（明）何景明	746
东坡海南烹茶图　（金）冯璧	746
东坡汲乳泉图（二首）　（元）王恽	746
题东坡戴笠著屐图　（元）吴澄	747
东坡笠屐图　（元）郑元祐	747
东坡戴笠　（明）贝琼	748
拜石图　（元）倪瓒	748
拜石图为王文静题（二首）　（元）倪瓒	748
雅集图　（金）刘祖谦	748
题西园燕集图　（元）于立	748
题西园雅集图　（元）姚文焕	749
题顾进道所藏西园雅集图　（元）张天英	749
题麦舟图　（明）丘濬	750
麦舟图　（明）李东阳	750
宋徽宗成平殿曲宴蔡京图，御画御记　（元）揭傒斯	750

宋高宗书光武度田图	（元）马祖常	751
题毕少董繙经图	（宋）杨万里	751
题毕少董繙经图	（宋）范成大	751
题毕直阁繙经图（三首）	（宋）陈造	751
题韩蕲王湖上骑驴图	（元）吴莱	752
韩世忠湖上骑驴图	（明）张灿	752
宋陆秀夫抱惠王入海图	（元）姚璲	752
题文山衡阳跃马图	（元）刘诜	753
题先贤张公十咏图	（元）赵孟頫	753

卷第四十二　故实类

题文伯朝母图	（明）廖道南	754
乘鸾吹箫图	（元）刘因	754
楚妃投水图	（明）程敏政	755
题秋胡戏妻图	（元）赵孟頫	755
秋胡图	（明）陶安	755
西子放瓢图	（金）靖天民	755
越国进西施图（二首）	（元）李桓	756
越国进西施图	（元）史致中	756
题西施	（元）袁桷	756
西施含颦图	（明）瞿佑	756
题西施浣纱图	（明）董氏（名少玉）	757
范蠡载西施图	（明）张凤翼	757
孟母三迁图卷	（元）王恽	757
题孟母断机图	（明）廖道南	757
题漂母饭信图	（元）黄庚	758
题漂母图	（明）丘濬	758
雪中妃子图	（元）萨都剌	758

冯媛当熊图　（宋）刘子翚 …………………………… 758
冯妃图　（元）袁桷 …………………………………… 758
冯媛当熊图　（明）程敏政 …………………………… 759
冯媛当熊图　（明）瞿佑 ……………………………… 759
题李伯时画昭君图　（宋）韩驹 ……………………… 759
明妃出塞图　（宋）刘子翚 …………………………… 760
题罗畴老家明妃辞汉图　（宋）王庭珪 ……………… 760
王昭君上马图　（宋）郭祥正 ………………………… 761
昭君出塞图　（金）赵秉文 …………………………… 761
昭君扇头（二首）　（元）刘因 ……………………… 761
题友人所藏明妃图　（元）许有壬 …………………… 761
昭君图　（元）袁桷 …………………………………… 762
王昭君出塞图（二首）　（元）王恽 ………………… 762
题昭君出塞图　（元）虞集 …………………………… 762
明妃出塞图　（元）陈旅 ……………………………… 763
昭君出塞图（二首）　（元）吴师道 ………………… 763
昭君出塞图　（元）李祁 ……………………………… 763
题昭君出塞卷（二首）　（元）李祁 ………………… 763
题出塞图（二首）　（元）贡师泰 …………………… 764
题昭君出塞图　（元）卢昭 …………………………… 764
昭君出塞图　（元）王思廉 …………………………… 764
王昭君图　（元）马臻 ………………………………… 764
昭君图　（明）陶安 …………………………………… 765
明妃图（三首）　（明）丘濬 ………………………… 765
题明妃图　（明）丘濬 ………………………………… 765
明妃出塞图　（明）陈伯康 …………………………… 765
昭君出塞图　（明）谢孟安 …………………………… 766
昭君写真图引　（明）顾璘 …………………………… 766

题昭君 （明）潘滋	766
题昭君出塞图 （明）刘昭年	766
题明妃出塞图 （明）浦原	767
题明妃出塞图 （明）张凤翼	767
题明妃出塞图 （明）黄氏（名幼藻）	767
题飞燕图 （元）王恽	767
飞燕掌舞图 （明）瞿佑	767
昭仪春浴图 （宋）方岳	768
李尚书有唐画飞燕姊妹，为娇困相倚之状 （元）陈中孚	768
题赵飞燕姊妹凝妆图 （明）高濂	768

卷第四十三　故实类

班婕妤题扇图 （元）戴表元	770
班姬图 （元）袁桷	770
团扇图 （元）袁桷	770
题班婕妤题扇图 （元）陈旅	770
班姬吟扇图（二首） （元）吴师道	771
班姬题扇图 （元）钱惟善	771
题班婕妤题扇图 （明）姚广孝	771
题班姬秋扇图 （明）陈泰	771
孟光举案图 （元）王执谦	771
孟光捧案图 （元）王恽	772
蔡琰归汉图 （宋）林景清	772
蔡琰归汉图 （元）王恽	772
蔡琰图（二首） （元）马祖常	772
题蔡琰还汉图 （元）王逢	773
蔡琰归汉图 （明）苏平	773
蔡琰归汉图 （明）周鼎	773

题胡笳十八拍图（五首）　（元）王恽 ………………… 773
赋得文姬望月为袁拒伯题画　（明）张凤翼 …………… 774
二乔观史图　（元）王恽 …………………………………… 774
二乔图　（元）张宪 ………………………………………… 774
题二乔图　（元）张天英 …………………………………… 775
题二乔图　（元）姚文奂 …………………………………… 775
二乔图　（元）雅琥 ………………………………………… 775
题二乔观书图　（元）杨维桢 ……………………………… 776
二乔图　（元）唐肃 ………………………………………… 776
题二乔图　（明）刘基 ……………………………………… 776
二乔观兵书图　（明）高启 ………………………………… 777
二乔观书图　（明）方孝孺 ………………………………… 777
二乔图　（明）王恭 ………………………………………… 777
二乔观书图　（明）徐贲 …………………………………… 777
二乔观书图　（明）丘濬 …………………………………… 777
二乔观兵书图　（明）沈愚 ………………………………… 778
小乔观书图　（明）王绂 …………………………………… 778
陶母剪发横披　（元）刘因 ………………………………… 778
题陶母延宾图　（明）廖道南 ……………………………… 778
绿珠图　（元）袁桷 ………………………………………… 779
题金谷园图赋得绿珠怨　（明）边贡 ……………………… 779
王夫人读书图　（明）陈继儒 ……………………………… 779
寿阳公主折梅图（二首）　（元）王恽 …………………… 779
寿阳图　（元）袁桷 ………………………………………… 780
寿阳梅妆图　（元）王思廉 ………………………………… 780
题凌媪隐居图　（明）高逊志 ……………………………… 780
凝妻断臂图　（明）程敏政 ………………………………… 780
题苏若兰回文锦诗图　（宋）黄庭坚 ……………………… 780

题织锦璿玑图（五首） （宋）孔平仲 …………………… 781
拟题织锦图 （宋）秦观 …………………………… 781
织锦回文图 （元）许有壬 ………………………… 781
题织锦回文图 （元）马祖常 ……………………… 782
织锦图 （元）杨维桢 ……………………………… 782
题张丽华图 （元）王恽 …………………………… 782
张丽华图 （元）袁桷 ……………………………… 782
题钱舜举张丽华侍女汲井图 （元）吴莱 ………… 782
题隋宫清夜游图 （明）童瑄 ……………………… 783
题红拂妓 （明）高启 ……………………………… 783
红拂图 （明）顾璘 ………………………………… 784
为周公美题壁间红拂妓 （明）刘世教 …………… 784
题长孙皇后谏猎图 （元）张翥 …………………… 784
长孙皇后免冠图 （元）郑元祐 …………………… 785
则天朝回图 （元）王恽 …………………………… 785
则天春思图 （明）瞿佑 …………………………… 785
梅妃吹笛图 （明）俞泰 …………………………… 785

卷第四十四　故实类

题太真春睡图 （元）岑安卿 ……………………… 786
题杨妃春睡图 （元）杨维桢 ……………………… 787
题太真睡起图 （元）吴景奎 ……………………… 787
杨妃春睡图 （明）徐渭 …………………………… 787
杨妃春睡图 （明）田登 …………………………… 787
题贵妃春醉图 （明）胡直 ………………………… 788
杨妃醉仆图 （明）周鼎 …………………………… 788
杨妃醉归图 （明）周鼎 …………………………… 788
贵妃夜游图 （宋）方岳 …………………………… 788

题杨妃出游图 （明）李东阳	789
太真玩月图 （明）陶安	789
贵妃妙舞图 （明）解缙	789
题画杨妃调鹦鹉图 （元）周伯琦	790
太真教鹦鹉图 （元）冯渭	790
太真上马图 （元）朱德润	790
杨妃上马图 （元）吴师道	790
杨妃上马图 （元）郑元祐	791
题玉环联辔图 （元）宋无	791
杨太真剖瓜图 （明）吴宽	791
周昉画杨妃禁齿图 （元）王恽	792
华清曲题杨妃病齿 （元）萨都剌	792
玉环病齿图 （元）宋无	792
杨妃舞翠盘图 （明）谢承举	793
虢国夫人夜游图 （宋）苏轼	793
次韵虢国夫人夜游图 （宋）李纲	793
题虢国夫人夜游图 （元）姚枢	793
题虢国夫人早朝图 （明）詹同	794
题虢国夫人宴归图 （明）沈周	794
题虢国夫人夜游图 （明）文徵明	794
秦虢夫人走马图（二首） （宋）苏辙	795
题秦虢二夫人承召游华清宫图 （元）虞集	795
题黄门飞鞚图（二首） （元）王恽	796
题崔妇乳姑图 （明）廖道南	796
题杜韦娘图 （元）华幼武	796
红叶图 （元）华幼武	796
题唐宫题叶图 （元）雅琥	797
题红叶题诗图 （元）朱德润	797

题美人书红叶图　（明）刘基 …………………… 797
美人红叶图　（明）王佐 …………………………… 797
题红叶仕女　（明）谈震 …………………………… 797
题流红图　（明）林敏 ……………………………… 798
盼盼燕子楼图　（明）瞿佑 ………………………… 798
题主人壁间樊素小蛮图　（明）石沆 ……………… 798
题花蕊夫人像　（元）于立 ………………………… 798
朝云诵偈图　（明）瞿佑 …………………………… 798
题苏小小像　（元）于立 …………………………… 799
题刘平妻胡氏杀虎图　（元）王恽 ………………… 799
再题胡烈妇杀虎图（三首）　（元）王恽 ………… 799
为古绍先题刘平妻胡氏杀虎图　（元）张蒉 ……… 799
胡氏刺虎图　（元）杨载 …………………………… 800
平妻杀虎图　（明）程敏政 ………………………… 800
题高宗二刘妃图　（元）潘纯 ……………………… 800

卷第四十五　闲适类

李伯时画其弟亮功旧隐宅图　（宋）苏轼 ………… 801
昭武刘圻甫以嵊篁隐居图求诗　（宋）戴复古 …… 801
爱诗李道人嵩阳归隐图　（金）刘勋 ……………… 801
爱诗李道人嵩阳归隐图　（金）雷渊 ……………… 802
武元直画乔君章莲峰小隐图　（金）赵秉文 ……… 802
春山归隐图　（金）赵秉文 ………………………… 803
坡阳归隐图　（金）赵秉文 ………………………… 803
盘山招隐图　（金）阎长言 ………………………… 803
雪谿小隐图　（金）张行简 ………………………… 803
李道人崧阳归隐图　（金）史学 …………………… 803
盘山招隐图　（金）刘迎 …………………………… 804

松溪幽隐图 （金）段成已	804
崧阳归隐图 （金）段成已	804
李道人崧阳归隐图 （元）元好问	805
金南峰隐居图 （元）牟𤩽	805
武郎中桃溪归隐图（五首） （元）许衡	805
跋龙阳松隐图 （元）王恽	806
竹林幽隐图（六首） （元）王恽	807
题舜举小隐图 （元）赵孟𫖯	807
刘松年春山仙隐图 （元）邓文原	808
北山招隐词四首题李卿月小隐图 （元）柳贯	808
子久春山仙隐 （元）吴镇	808
题刘涣中司空山隐居图 （元）萨都剌	809
题蒙泉吏隐图 （元）陈旅	809
题医学李教授归隐图 （元）薛汉	810
云山高隐图 （元）郑元祐	810
题富炼师仙山访隐图 （元）陈基	810
田园幽隐图 （元）刘永之	811
次韵玉琊云隐图 （元）金涓	811
为曾高士画湖山旧隐图 （元）倪瓒	812
题张仙人隐居图 （元）钱惟善	812
题龙虎孙希文尊师为萧泰定所作丹房寓隐图 （元）钱惟善	812
题秋溪钓隐图 （元）华幼武	812
秋林隐士图 （元）华幼武	813
题耕隐卷 （元）华幼武	813
题云林子南村隐居图 （元）吴全节	813
隐居图 （元）张雨	813
赋童梅岩隐居图 （元）马臻	813
营丘江山招隐图 （元）郭畀	814

李昇林泉高隐图　（元）郭畀 …………………………… 814
缙云归隐图歌　（元）唐肃 …………………………… 814
寄题琐宪臣万户星湖钓隐图　（元）王逢 …………… 815
山中隐居图　（元）陶宗仪 …………………………… 815
题梅隐图　（元）张天英 ……………………………… 815
山中清隐图　（明）汪广洋 …………………………… 816
题隐居图　（明）宋濂 ………………………………… 816
题方方壶画钟山隐居图　（明）宋濂 ………………… 816
题清隐图　（明）张以宁 ……………………………… 816
题松隐图　（明）张以宁 ……………………………… 817
题鲍典签芳坞隐居图　（明）刘承直 ………………… 817
题溪山小隐　（明）高启 ……………………………… 817
山泉隐居图　（明）张羽 ……………………………… 817
园隐图　（明）徐贲 …………………………………… 818
题刘汝弼东源小隐图　（明）苏伯衡 ………………… 818
题云林书隐图　（明）高棅 …………………………… 818
题五桥隐居图　（明）刘昭年 ………………………… 818
题赵仲渊家藏巨然山居旧隐图　（明）戴宗瑗 ……… 819
题秋山访隐图　（明）蓝仁 …………………………… 819
二隐图　（明）管讷 …………………………………… 819
题王秉正云林清隐　（明）管讷 ……………………… 819
瓢隐画歌　（明）虞堪 ………………………………… 820
题荷峰云隐图　（明）夏原吉 ………………………… 820
题溪山深隐画　（明）王世贞 ………………………… 820
溪山小隐图长幅　（明）李日华 ……………………… 820
题溪山深隐图　（明）李日华 ………………………… 821
题黏山小隐图　（明）僧一初 ………………………… 821
林泉归隐图　（明）僧麟洲 …………………………… 821

卷第四十六　闲适类

题王荆公半山图　（宋）刘宰 …………………………… 822
题沈公雅卜居图　（宋）朱子 …………………………… 822
题黄花幽居图　（金）李献甫 …………………………… 822
山居杂画诗（六首）　（元）元好问 …………………… 823
题山居图　（元）范梈 …………………………………… 823
题娄仲英山居图　（元）成廷珪 ………………………… 823
题山居图　（元）成廷珪 ………………………………… 824
赵松雪山居图（二首）　（元）黄公望 ………………… 824
题太史杨公山居图　（元）张翥 ………………………… 824
题山居图　（元）陈高 …………………………………… 824
山居图（二首）　（元）郑元祐 ………………………… 825
题山居图　（元）陈基 …………………………………… 825
题山居图　（元）杨维桢 ………………………………… 825
题李遵道山居图　（元）倪瓒 …………………………… 825
题山居图　（元）钱惟善 ………………………………… 825
山居图卷　（元）钱选 …………………………………… 826
水竹山居图　（元）吴镇 ………………………………… 826
题刘文伟府判收藏山庄夜归图　（元）龚璛 …………… 826
题高房山写山居图卷　（元）仇远 ……………………… 826
双凤山居图　（元）张翥 ………………………………… 827
锦城方天瑞，玄英先生后人，得《白云山居图》……
　　（元）仇远 …………………………………………… 827
题长白山居图　（明）宋濂 ……………………………… 827
题松鹤山居图　（明）贝琼 ……………………………… 827
题陈允中山居图　（明）徐贲 …………………………… 828
题胡玄素画山居图　（明）徐贲 ………………………… 828

雪溪翁山居图 （明）杨彝	828
自画山居图歌 （明）虞堪	828
题山居幽趣图 （明）王翰	829
为常上人题在山图 （明）僧麟洲	829
李道人家山图 （金）麻九畴	830
题裕之家山图 （金）赵元	830
题裕之家山图 （金）刘昂霄	830
郭氏家山图 （元）刘因	830
乡山图 （明）章敞	831
题水邨图 （元）龚璛	831
寄题惠山华氏溪山胜概图 （元）柳贯	831
题霅上张元之溪居卷 （元）陶宗仪	832
溪居图 （明）李进	832
题林泉雅趣图 （元）谢应芳	832
张礼部溪山真乐图 （元）许有壬	832
王叔明林泉清话图 （元）吴镇	833
题林泉雅趣图 （元）丁鹤年	833
溪山入梦图卷 （明）李日华	833
李野斋别墅图 （元）袁桷	833
题朱泽民所藏段吉父应奉别业图 （元）贡师泰	833
题段吉甫助教别墅图 （元）余阙	834
题孙宫允贞甫松江别墅图（三首） （明）廖道南	834
江邨别墅图（三首） （明）薛蕙	834
题宋春卿城市山林 （元）郭畀	835
题城市山林图 （元）陈旅	835
王叔明邨舍图 （明）吴宽	835
邨居图 （明）僧妙声	835
题郁氏古邨图 （明）僧智舷	836

卷第四十七　闲适类

松雪翁桐阴高士图　（元）邓文原 …… 837
题秋林高士图　（元）郯韶 …… 837
题赵千里高士图　（元）郑东 …… 837
题高士图　（元）龚开 …… 838
题高士图（二首）　（元）周驰 …… 838
题高士图　（元）陆文圭 …… 838
题高士图　（元）倪瓒 …… 838
和华以愚韵兼题所画春山高士图　（元）倪瓒 …… 838
题林亭高士图　（元）陶宗仪 …… 839
赵海宁长松高士图　（元）陶宗仪 …… 839
题画抱琴高士　（元）陶宗仪 …… 839
题画停舟高士　（元）陶宗仪 …… 839
题梅鹤高士图　（元）陶宗仪 …… 839
松石高士图　（元）张天英 …… 840
林泉高士图　（元）张雨 …… 840
题秋林高士图　（明）高启 …… 840
竹林高士图　（明）高启 …… 840
马远古松高士图　（明）吴宽 …… 840
湖亭高士图　（明）吴宽 …… 841
秋林高士图　（明）王彝 …… 841
桐阴高士图　（明）李日华 …… 841
松下幽人图　（元）元好问 …… 841
幽人图　（元）刘因 …… 841
次韵子瞻子由题憩寂图（二首）　（宋）黄庭坚 …… 842
赵仲穆画看云图　（元）顾瑛 …… 842
赵仲穆画看云图　（元）吴毅 …… 842

赵仲穆画看云图　（元）张宪	842
题赵仲穆看云图　（明）僧元璞	842
野老看云图　（元）刘永之	843
题秋谷耕云图　（元）马祖常	843
题倪元镇耕云图　（明）宋濂	843
避暑图　（元）黄溍	843
竹深避暑图　（元）陶宗仪	843
避暑图　（元）张雨	843
二老雪行图（二首）　（金）李献能	844
二老雪行图　（元）李澥	844
雪谷早行图　（元）元好问	844
雪谷晓行图　（元）袁桷	844
谢处士载月图　（元）刘因	844
溪桥步月图　（元）刘因	845
题东山翫月图　（元）黄庚	845
题秋江月夜摘阮图（二首）　（元）王恽	846
王梅叟溪山对月图　（元）程钜夫	846
题顾秀才所藏舟中看月图　（元）成廷珪	846
题李公略示高郎中吴山观月图　（元）仇远	847
题万岁山翫月图　（元）丁鹤年	847
江贯道清江泛月图　（明）谢应芳	847
观瀑布图　（宋）刘宰	847
李咸熙山人观瀑图　（元）黄公望	848
题刘尧辅观瀑图　（元）丁复	848
题傅商翁观松瀑图　（元）刘永之	848
题观瀑图　（元）陶宗仪	849
题清暑观瀑图　（元）陶宗仪	849
观瀑图　（明）陈颢	849

李咸熙仙客临流图 （元）黄公望 ······ 850
题秋林瞰泉图 （明）周叙 ······ 850
观泉图 （明）李东阳 ······ 850

卷第四十八　闲适类

题耕云征士东轩读易图（次韵三首）　（元）邓文原 ······ 851
次云林韵题耕云东轩读易图 （元）吴镇 ······ 851
题倪云林赠耕云东轩读书图 （元）黄公望 ······ 852
清溪道士点易图 （元）吴师道 ······ 852
梅南道人读易图 （元）丁鹤年 ······ 852
春山读易图 （明）吴宽 ······ 853
秋磵著书图歌 （元）王恽 ······ 853
周文矩勘书图 （元）王恽 ······ 854
题骑牛读书图 （元）陈樵 ······ 854
山中读书图 （元）陈高 ······ 854
茅屋读书图 （元）刘永之 ······ 854
秋林读书图（二首） （元）刘永之 ······ 855
林泉读书图 （元）王蒙 ······ 855
林泉读书图 （元）王蒙 ······ 855
题赵廷采溪亭读书图 （元）陶宗仪 ······ 856
云林读书图 （元）唐肃 ······ 856
题张元傑草堂读书图 （元）释良琦 ······ 856
读书图 （明）张羽 ······ 856
野亭读书图 （明）徐贲 ······ 856
题云深读书处 （明）陈振 ······ 857
题作读书图与孙令弘 （明）李日华 ······ 857
题刘金吾牛山读书图（二首）　（明）董其昌 ······ 857
题王叔明野艇观书图 （明）吴宽 ······ 857

阅书图　（明）丘濬 ······ 858
阅书者倚老树　（明）徐渭 ······ 858
随月图　（明）高启 ······ 858
映雪图　（明）高启 ······ 858
课读图　（明）张邦奇 ······ 858
题吴门赵时俊山楼文会图　（明）陈颢 ······ 859
荆浩秋山问奇图　（元）邓文原 ······ 859
荆浩秋山问奇图　（元）吴镇 ······ 859
春山诗意图　（金）赵秉文 ······ 859
题草亭诗意图　（元）吴镇 ······ 859
题诗意图　（元）陶宗仪 ······ 860
诗思图　（明）解缙 ······ 860
题王维诗意图　（明）李东阳 ······ 860
题李平夫画黄山蹇驴诗图（二首）　（金）赵秉文 ······ 860
李咸熙秋溪清咏图　（元）黄公望 ······ 861
题秋雨长吟图　（元）杨载 ······ 861
题吴生雨吟图　（元）范梈 ······ 861
题山堂会琴图（二首）　（元）王恽 ······ 861
跋运使张君会琴图　（元）王恽 ······ 861
山亭会琴图　（元）余阙 ······ 862
手捪桦皮弹琴图　（金）赵秉文 ······ 862
智仲可月下弹琴图　（元）元好问 ······ 862
道士弹琴图　（元）马祖常 ······ 862
弹琴高士图　（明）杨基 ······ 862
题马远山月弹琴图　（明）王世贞 ······ 863
鼓琴图　（明）刘泰 ······ 863
题操琴图　（明）丘濬 ······ 863
玉堂鸣琴图　（明）谢承誉 ······ 863

题携琴访友图　（明）高启	864
携琴访友图　（明）谢常	864
携琴图　（明）陈宪章	864
题松下携琴图　（明）张邦奇	864
题戴进山水抱琴图歌　（明）瞿汝稷	864
听琴图　（元）刘永之	865
听琴图　（元）杨维桢	865
听琴图　（元）张雨	865
听琴图　（元）周鼎	866
题听琴图　（明）唐锦	866
题梅琴图　（明）廖道南	866
鸣琴召鹤图　（宋）贺铸	866
吴道子秋山放鹤图次赵松雪韵　（元）吴镇	866
马远放鹤图　（元）吴镇	867
倦书图　（元）王恽	867
翰长闲闲公命题城南访道图，戏作二首且为解之云	
（金）王若虚	867
董源山阁谈禅图　（元）吴镇	867

卷第四十九　闲适类

破窗风雨图　（元）王立中	868
破窗风雨图　（元）钱惟善	868
破窗风雨图　（明）牛谅	868
题破牖风雨图　（明）江汉	869
破牖风雨图　（明）赵傲	869
破牖风雨图　（明）钱岳	869
破窗风雨图　（明）张端	870
破窗风雨图　（明）钟虞	870

破艗风雨图	（明）何恒	870
破艗风雨图	（明）张附凤	870
破窗风雨图	（明）杭琪	871
破窗风雨图	（明）董存	871
破艗风雨图	（明）冯恕	871
破艗风雨图	（明）雅安	871
黄荃花谿仙舫图	（元）黄公望	872
烟波晚櫂图	（元）陈秀民	872
题宣和风雨孤舟图	（元）许有壬	872
题王维贤所藏盛子昭画双松系舟图	（元）成廷珪	872
竹下泊舟图	（元）吴镇	872
题泛舟图	（元）陈旅	873
野浦归舟图	（元）贡师泰	873
题烟波泛舟图	（明）刘基	873
清溪放櫂图	（明）刘泰	873
题高人泛舟图	（明）镏崧	873
题王师文半篷春雪图	（元）贡性之	874
次韩明善题推篷图	（元）岑安卿	874
雪篷图诗	（明）萧规	874
题推篷图	（明）顾恩	875
题推篷图	（明）谢矩	875
秋风濯足图	（元）郭翼	875
题顾道周画濯足图	（元）潘纯	875
清溪濯足图	（元）张蕃	875
高卧图	（元）刘因	875
北窗高卧图	（明）张邦奇	876
题李鸣凤卧游图	（明）林文缵	876
观王叔明所画松下弈碁图	（明）顾禄	876

题马远竹溪吟弈图　（元）陶宗仪 ………………………… 877
题赵千里临李思训煎茶图　（元）于立 ……………… 877
东京茶会图　（元）郑韶 …………………………………… 877
煮茶图　（元）袁桷 ………………………………………… 877
茅斋煮泉图　（明）王绂 …………………………………… 878
赋煮茶图　（明）顾璘 ……………………………………… 878
题李敬夫鹤亭斗茶图　（明）卢昭 ……………………… 878
题唐伯虎烹茶图（三首）　（明）王穉登 ……………… 878
题煮雪卷　（明）林景清 …………………………………… 879
醉乡图（七首）　（宋）陈子高 …………………………… 879
醉卧海棠图歌赠陆务观　（宋）杨万里 ………………… 880
跋酒门限邵和卿醉归图　（元）元好问 ………………… 881
江亭会饮图　（元）元好问 ………………………………… 881
跋松风醉归图（二首）　（元）王恽 ……………………… 881
题携壶图　（元）马祖常 …………………………………… 881
题醉歌图　（元）黄溍 ……………………………………… 882
题醉卧图　（元）于立 ……………………………………… 882
金文鼎秋林醉归图　（明）刘溥 …………………………… 882
题崔元初醉翁图　（明）张以宁 …………………………… 883
醉中题醉人图　（明）徐学谟 ……………………………… 883
题顾中丞载酒亭图（二首）　（明）严嵩 ……………… 884
题沧浪醉眠图　（明）僧妙声 ……………………………… 884
题扁舟醉眠图　（明）僧宗衍 ……………………………… 884
江船一老看雁群初起　（明）徐渭 ………………………… 884
似赤壁游　（明）徐渭 ……………………………………… 885

卷第五十　闲适类

答东阳于令涵碧图诗　（唐）刘禹锡 …………………… 886

| 题瑞安宰朱元成乃祖云壑庄图 （宋）陈傅良 | 887 |
| 和靖州判官陈子从山水图十韵 （宋）魏了翁 | 887 |

　　彭蠡归舟／887　山堂旷望／887　重湖泛月／887
　　星湾晚酌／887　雨后观瀑／888　松径晚步／888
　　豀上赋诗／888　林下避暑／888　载酒寻梅／888
　　雪中访友／888

跋王介甫游钟山图 （宋）张栻	888
题萍乡何叔万云山 （宋）戴复古	888
申应时以图寻山，图所载湖之西溪也，为作绝句	
（宋）沈与求	889
王学士熊岳图 （元）元好问	889
方壶作游山图 （元）虞集	889
张令鹿门图 （元）虞集	889
吴伯招红莲绿幕图歌 （元）黄镇成	890
崔旭行之云巢图赠道士俞刚中，请余赋长歌 （元）张翥	891
题周炼师云崖图 （元）黄溍	891
兵部危太朴郎中家于临川云林山上，请方方壶作云林图……	
（元）成廷珪	892
方方壶道士为危太朴画云林图（二首） （元）吴师道	892
书云林图 （明）吕敏	893
题颐菴胡祭酒先生玉笥白云图卷 （明）夏原吉	893
题山行图 （宋）陈造	893
跋葛子固题苏道士江行图 （宋）杨万里	894
张彦远江行八咏图 （元）元好问	894
秋山访友图（二首） （元）王恽	894
江邨访友图 （元）王恽	894
题溪山访友图 （元）马臻	894
秋林会友图 （明）史鉴	895

本册目录

溪桥独步图（二首）　（元）元好问 …………………… 895
题湖山独步图　（元）丁鹤年 …………………………… 896
题叶容斋湖山独步图　（元）张庸 ……………………… 896
清溪散步图　（明）沈周 ………………………………… 896
江郊晚步图　（明）李日华 ……………………………… 896
写溪山缓步图　（明）李日华 …………………………… 896
竹溪梦游图　（元）元好问 ……………………………… 897
梅溪图　（元）袁桷 ……………………………………… 897
题松溪图　（元）黄溍 …………………………………… 897
题松溪小隐图　（元）张庸 ……………………………… 897
刘伯熙清溪图　（元）黄镇成 …………………………… 898
王叔明为姚子章林泉清话图　（元）黄公望 …………… 898
茂松清泉图　（明）陈琛 ………………………………… 898
题李庭训所藏雅集图（二首）　（元）元好问 ………… 898
题梵隆古画雅集图　（元）王恽 ………………………… 899
题雪堂雅集图　（元）王恽 ……………………………… 899
玉堂燕集图　（元）虞集 ………………………………… 899
题雅集图　（元）吴澄 …………………………………… 899
次杨铁崖赋张叔厚所绘玉山雅集图韵　（元）顾瑛 …… 899
金碧山水春堂宴宾图　（元）程钜夫 …………………… 900
玉堂闲适图　（元）王恽 ………………………………… 900
跋西蒲老人燕处图　（元）王恽 ………………………… 900
题米元晖忘机图　（元）程钜夫 ………………………… 900
悠然图　（元）张翥 ……………………………………… 901
抱素子作自适图求题　（元）张翥 ……………………… 901
道士高逸图　（明）沈周 ………………………………… 901
题养逸图　（明）文徵明 ………………………………… 901
题李德瞻壁间相看不厌图　（元）杨翮 ………………… 901

凤台三益图　　（明）高启 …………………………………… 902
题振衣千仞冈图　　（明）沈周 ………………………………… 902

卷第五十一　闲适类

题茂安兄藏春图　　（宋）范浚 ………………………………… 903
展子虔游春图卷　　（元）张珪 ………………………………… 903
展子虔游春图　　（明）宋濂 …………………………………… 903
春游图　　（明）卞荣 …………………………………………… 904
题春日玩芳图　　（明）汪广洋 ………………………………… 904
园池春晚图　　（明）杨慎 ……………………………………… 904
家藏马远春山行乐大幅　　（明）祝允明 ……………………… 904
春园图　　（明）廖道南 ………………………………………… 904
一径野花落孤舟春水生画　　（明）张宁 ……………………… 905
春野图　　（明）徐渭 …………………………………………… 905
题朝元宫刘道人秋声图（二首）　　（元）王恽 ……………… 905
山楼秋望图　　（元）吴师道 …………………………………… 906
万港秋泛图　　（元）张翥 ……………………………………… 906
题冯文仲画秋亭野望　　（元）姚文奂 ………………………… 906
题王明府历下秋兴图　　（明）汪广洋 ………………………… 906
谢庭循自画秋景　　（明）王直 ………………………………… 907
倪云林秋林野兴图　　（明）吴宽 ……………………………… 907
听秋图　　（明）谢承举 ………………………………………… 907
李学士薇园秋霁图题赠　　（明）严嵩 ………………………… 908
东岚秋思　　（明）李叔玉 ……………………………………… 908
题李将军四时行乐图　　（明）丘濬 …………………………… 908
　　春游细柳/908　　夏坐松林/908　　秋郊挟弹/909
　　冬野行园/909
衍圣公四景画　　（明）程敏政 ………………………………… 909

题萧彦祥四景图（二首） （明）薛纲	910
题潘阆夜归图 （金）密公璹	910
吹笛图 （元）虞集	910
孤舟横笛 （元）王恽	910
芦汀夜笛图 （明）金幼孜	911
横笛图 （明）刘泰	911
题老妪骑牛吹笛图 （明）范氏（宫人）	911
题江南烟雨骑驴图 （元）何中	911
题画扇骑驴踏雪 （元）陈深	911
雪骑图 （元）程钜夫	911
题刘凝之骑牛图 （明）戴良	912
刘凝之骑牛图 （明）高启	912
题停车图 （明）张凤翼	912
晓起图 （明）唐寅	913
阁下观竹笋图 （宋）孔武仲	913
题僧法传为沈仲一画听松图 （宋）陈傅良	913
听松图 （元）张宪	914
溪行看松图小卷 （明）李日华	914
跋张龙丘簪花图 （元）王恽	914
雪楼探梅图 （元）程钜夫	914
种柳图 （元）杨载	914
观桃图 （明）姚绶	915
题金华宗原常双溪洗药图 （明）吴溥	915
採芝图 （明）张泰	915
白云深山掘芝者 （明）徐渭	915
群儿春嬉图 （明）陈洪谟	915
童戏图 （明）倪谦	916
题管夫人山楼绣佛图 （明）邢侗	916

题月夜送花图　（明）陈继儒…………………………………… 916

卷第五十二　闲适类

和姜伯辉见赠醉吟画诗　（宋）郭祥正…………………… 917
范宽笔　（宋）朱子 …………………………………………… 917
李昭道画卷　（元）邓文原 …………………………………… 917
李昭道画卷　（元）吴镇 ……………………………………… 918
马和之卷　（元）吴镇 ………………………………………… 918
题赵仲穆画送郑蒙泉之鄞　（元）吴镇 ……………………… 918
题马远画　（元）陈旅 ………………………………………… 918
朱泽民画　（元）郑元祐 ……………………………………… 918
题画（六首）　（元）郑元祐 ………………………………… 919
题倪元镇画　（元）陈基 ……………………………………… 919
题画赠王仲和　（元）倪瓒 …………………………………… 919
题画赠张玄度　（元）倪瓒 …………………………………… 920
画寄王云浦　（元）倪瓒 ……………………………………… 920
题画　（元）倪瓒 ……………………………………………… 920
题画（六首）　（元）倪瓒 …………………………………… 920
画赠冯文仲　（元）倪瓒 ……………………………………… 921
题陈仲美画　（元）倪瓒 ……………………………………… 921
题画（二首）　（元）倪瓒 …………………………………… 921
题小幅画　（元）倪瓒 ………………………………………… 922
题扇画（二首）　（元）倪瓒 ………………………………… 922
题魏明铉画　（元）郑韶 ……………………………………… 922
题画　（元）贡性之 …………………………………………… 922
题画（二首）　（元）贡性之 ………………………………… 923
题画扇　（元）钱维善 ………………………………………… 923
大年便面　（元）郭畀 ………………………………………… 923

题名	作者	页码
题天游画	（元）华幼武	923
题陆某寄元羣诗画	（元）华幼武	924
题张道师所藏画	（元）周砥	924
顾云屋画	（元）唐肃	924
画意（十三首）	（元）马臻	924
郭天锡画卷	（元）张雨	926
题人物山水	（元）陶宗仪	926
题画	（明）陶安	926
画为包师胜题	（明）杨基	926
画	（明）张羽	926
画（二首）	（明）王行	927
题画	（明）张绅	927
题画	（明）葛孔明	927
为彦中题画	（明）龚翊	927
题画	（明）王燧	928
为沈趣菴题画	（明）偶桓	928
题画扇	（明）陈颢	928
题画（二首）	（明）陈宪章	928
题画（二首）	（明）徐溥	928
题许廷冕职方画	（明）李东阳	929
杂画绝句（二首）	（明）李东阳	929
陆天游画	（明）吴宽	929
题启南画	（明）吴宽	929
题画	（明）王云凤	930
题画	（明）文森	930
郭天锡画卷	（明）黄玠	930
题画	（明）罗玹	930
题画	（明）贺甫	930

题画　（明）唐寅 …………………………………………… 930
题画（二首）　（明）周用 ………………………………… 931
题画　（明）周用 ……………………………………………… 931
题张性夫小景四绝句　（明）顾清 ………………………… 931
画意　（明）孙伟 ……………………………………………… 931
小画（二首）　（明）顾璘 ………………………………… 932
题画　（明）寇天叙 …………………………………………… 932
看画口号　（明）汤显祖 ……………………………………… 932
题画（二首）　（明）董其昌 ……………………………… 932
题画　（明）董其昌 …………………………………………… 932
题画　（明）陈继儒 …………………………………………… 933
丙寅四月仿燕穆之画汤可卿扇　（明）李日华 …………… 933
题画扇　（明）李日华 ………………………………………… 933
沈天生求画扇题　（明）李日华 ……………………………… 933
为天镜上人画扇　（明）李日华 ……………………………… 933
题画与月楼上人　（明）李日华 ……………………………… 934
题画（三首）　（明）李日华 ……………………………… 934

卷第五十三　古像类

教授李梦符惠宣圣画像用韵奉酬　（宋）陈傅良 ………… 935
手植桧孔子像　（元）郝经 …………………………………… 935
题宋画三教晤言图（五首）　（元）王恽 ………………… 936
范蠡像　（宋）苏轼 …………………………………………… 937
范蠡图　（明）陈宪章 ………………………………………… 937
留侯小像　（元）王逢 ………………………………………… 937
邵平像　（明）程敏政 ………………………………………… 937
买臣像　（明）程敏政 ………………………………………… 938
郑子真画像（二首）　（元）杨载 ………………………… 938

严光像　（明）程敏政	938
诸葛武侯画像　（元）吴澄	938
武侯像　（元）郑元祐	938
蜀相像　（明）方孝孺	939
题景升太尉画孙登像　（宋）晁说之	939
张翰像　（宋）苏轼	939
戒珠寺后登蕺山谒王右军遗像　（元）吴莱	939
题夏博士晋王羲之右军像　（明）镏炳	940
子昂画羲献像　（明）叶砥	940
题四清图　（元）揭傒斯	941
题陆大夫画逸少远游道林　（宋）晁说之	941
再题王许支图　（宋）晁说之	941
予以四韵记陆大夫三高图，自谓能省句矣。后作绝句……	
（宋）晁说之	942
谢太傅像　（元）郑元祐	942
谢安图　（明）王越	942
渊明画像　（宋）王十朋	942
画渊明　（元）赵孟頫	942
陶渊明　（元）邓文原	943
张叔厚写渊明小像　（元）黄公望	943
张叔厚写渊明小像　（元）张雨	943
渊明像　（元）吴师道	943
渊明像　（元）宋无	943
渊明小像　（元）贡师泰	943
渊明像　（元）郑元祐	944
陶靖节像　（元）郑元祐	944
陶靖节像　（元）贡性之	944
题渊明像　（元）马臻	944

题渊明像	（明）贝琼	944
题陶渊明像	（明）高逊志	945
题渊明图	（明）丘濬	945
题渊明像	（明）张羽	945
题渊明醉像	（明）徐贲	945
渊明像	（明）于谦	945
题画陶靖节	（明）谢承举	945
题靖节图	（明）郑鹏	946
题渊明像	（明）林景清	946
赵吴兴渊明像	（明）余尧臣	946
唐十臣像歌	（元）郝经	946
题贺监李谪仙二像	（宋）楼钥	947
李太白画像歌	（宋）饶节	948
和饶节咏周昉画李白真	（宋）陈师道	948
太白扇头	（金）李端甫	949
题谪仙像	（明）徐贲	949
李太白像	（明）王泽	949
太白像	（明）邵宝	949
题李太白像	（明）沈周	950
太白像	（明）文徵明	950
题太白像	（明）僧大圭	950
堂中画像探题得杜子美	（宋）欧阳修	950
杜甫画像	（宋）王安石	951
杜子美像	（元）许有壬	951
杜拾遗像	（元）谢应芳	951
题杜子美像	（明）沈周	951
题少陵像	（明）僧大圭	952
次韵鲁直书伯时所画王摩诘	（宋）苏轼	952

孟浩然图　（元）李俊民	952
孟浩然画像　（元）贡师泰	952
汾阳王像　（金）赵秉文	952
李愬画像　（宋）僧惠洪	953
退之画像　（宋）黄庶	953
张祐像　（明）唐寅	953
白乐天像　（明）唐寅	953
杜牧像　（明）唐寅	954
陆龟蒙像　（宋）苏轼	954
陆鲁望像　（明）陈昌	954
陶穀像　（明）唐寅	954
题八君子图后　（宋）真德秀	954
韩魏国忠献王七世孙植甫家观王蝉冕画像　（元）柳贯	955
题范文正公真像　（元）王恽	955
温公画像　（元）郝经	955
题六一东坡像（二首）　（宋）晁说之	956
题赵琳画东坡石上以杖横膝肩头（二首）　（金）赵秉文	957
东坡先生画像　（元）郝经	957
书东坡先生画像　（元）张雨	959
苏子瞻画像　（元）贡师泰	959
题南宫石刻遗像　（元）倪瓒	959
题米南宫像　（元）郭畀	959
题和靖像　（元）马臻	959
观真文忠公画像　（元）袁桷	960
拜玄英先生画像　（宋）谢翱	960
题刘采州像　（金）赵秉文	960
闲闲画像　（元）郝经	960
题南塘居士宋公画像卷后　（元）王恽	961

云溪先生画像　（元）王恽 …… 961
姚少师像　（明）王鏊 …… 962

卷第五十四　写真类

崔兴宗写真咏　（唐）王维 …… 963
题旧写真图　（唐）白居易 …… 963
香山居士写真　（唐）白居易 …… 963
自题写真　（唐）白居易 …… 964
咏写真　（唐）徐夤 …… 964
新岁对写真　（唐）司空图 …… 964
画生李维写予像今已十年，对鉴观之因题其侧
　　（宋）蔡襄 …… 964
自题写真　（宋）司马光 …… 965
观永叔画真　（宋）梅尧臣 …… 965
书王元之画像侧　（宋）欧阳修 …… 965
予昔在京师，画工韩若拙为予写真……（宋）苏辙 …… 965
张秀才见写陋容　（宋）苏辙 …… 966
写真自赞　（宋）黄庭坚 …… 966
奉安神考御容入景灵宫，小臣获观有感（二首）
　　（宋）张耒 …… 966
到城南瞻南轩先生遗像　（宋）王炎 …… 966
题传神　（宋）陆游 …… 967
题传神　（宋）陆游 …… 967
诚斋题三老图　（宋）杨万里 …… 967
叶处士画貂蝉喜容见惠　（宋）楼钥 …… 967
观画像　（宋）王十朋 …… 968
观文正像用赠传神道士韵　（宋）王十朋 …… 968
延庆写真赞（二首）　（宋）林亦之 …… 968

戏题罗浮梁弥仙写真　（宋）李昴英	968
自题写真　（金）密公璹	968
李广道写真（二首）　（元）元好问	969
定斋兄写真　（元）元好问	969
蠹吾王翁画像　（元）刘因	969
题琴戚先生画像　（元）郝经	969
题温居士画像（二首）　（元）王恽	969
韩生写真图后　（元）王恽	970
自题写真　（元）王恽	970
虞伯生学士画像　（元）马祖常	970
题虞少监小像　（元）贡奎	970
虞祕监山林小像　（元）王士熙	971
中书久病得请将归吴，闲闲大宗师亦有疾，以其像为赠……（元）许有壬	971
陈芝田写余真对之小酌戏成四韵　（元）许有壬	972
自赞题白云求陈可复所写像　（元）虞集	972
题火涉不花同知　（元）杨载	972
题本斋王公画像　（元）杨载	972
跋三堂王自写真　（元）段成己	973
卢疎斋赵平远小像　（元）宋聚	973
题子昂自画小像　（元）傅季生	973
题四明倪仲权处士像　（元）丁鹤年	973
题唐明府画冯隐士像　（明）张以宁	974
道士程用之为余传神因题　（明）高启	974
刘文质松溪小像　（明）凌云翰	974
石田沈丈像图　（明）周用	974
周生写照（四首）　（明）陈宪章	974
题李锦衣士敬写真　（明）程敏政	975

王理之写六十小像 （明）沈周	975
孙世节貌陋容请题 （明）沈周	975
吴兴俞生者雅士，多长者游…… （明）王世贞	976
题公瑕小像 （明）王世懋	976
自题小像 （明）何孟春	976
题画像 （明）陆树声	976
十年后平昌士民赍发徐画师来画像以词遣之（四首） （明）汤显祖	977
写照 （明）文林	977
题石睿学士图 （明）徐霖	977
题潘稚恭小像（二首） （明）袁宏道	978
题项子京小像 （明）僧智舷	978
题梅妃画真 （唐）玄宗	978
寄荆娘写真 （唐）李涉	978
龙尾驿妇人图 （唐）温庭筠	979
章质夫寄惠崔徽真 （宋）苏轼	979
题亡室真像 （宋）戴复古	980
崔徽写真 （元）雅琥	980
题对镜写真图 （元）朱德润	980
题妓像 （明）高启	980
题朱淑真像 （明）林俊	981
昭君写真图引 （明）顾璘	981
题美人写真 （明）张凤翼	981
题三娘子画像（三首） （明）冯琦	982
题忠顺夫人画像（四首） （明）于慎行	982
小小写真联句 （唐）段成式、张希复、郑符	983
题故僧影堂 （唐）张籍	983
弱柏院僧影堂 （唐）张籍	983

题目	作者	页码
题真公影堂	（唐）鲍溶	983
观老僧会才画像	（宋）赵抃	984
瞻礼开师真像	（宋）蔡襄	984
赠写御容李长史	（唐）李远	984
赠写真者	（唐）白居易	984
贤大师以诸巨公画像见示，传神写照，曲尽其妙 （宋）文彦博		984
传神悦躬上人	（宋）梅尧臣	985
画真来嵩	（宋）梅尧臣	985
赠写御容妙善师	（宋）苏轼	985
赠写真何充秀才	（宋）苏轼	986
赠写真李道士	（宋）苏辙	986
谢叶处士写照	（宋）楼钥	987
赠传神水鉴	（宋）陆游	988
赠都下写真叶德明	（宋）杨万里	988
壬午初秋赠写真陈生	（宋）杨万里	988
赠画工王三锡传神	（宋）魏了翁	988
赠写真胡生（二首）	（宋）王廷珪	989
赠写真徐涛	（宋）王廷珪	989
赠刘可轩写真	（宋）文天祥	989
赠写照吴生（二首）	（宋）方岳	990
赠写照唐子良	（宋）谢翱	990
赠写真贾生	（元）王恽	990
写真吴若水	（元）程钜夫	991
酬写真者	（元）刘因	991
田君写真	（元）范梈	991
赠水鉴道人写真	（元）范梈	991
赠写真	（元）黄溍	991

自赞并赠写真陈伯玉　　（元）黄玠 992
赠写真张翁　　（元）柳贯 992
赠写真刘士荣（三首）　（明）解缙 993
泰和萧生将赴临汀驿，留三日为予写真，赋此为赠
　　（明）顾清 993

卷第五十五　行旅类

书林次中所得李伯时归去来、阳关二图后（二首）
　　（宋）苏轼 994
李公麟阳关图（二首）　（宋）苏辙 994
题修师阳关图　　（宋）韩驹 994
题阳关图（二首）　（宋）黄庭坚 995
谢蕴文承议阳关图　　（宋）晁说之 995
题阳关图　　（宋）陆游 995
题李伯时画阳关图（二首）　（元）王恽 995
李伯时阳关图　　（元）马祖常 996
阳关图　　（元）宋褧 996
阳关图　　（元）李俊民 996
阳关图引　　（明）杨慎 996
题阳关送别图　　（明）郑嘉 997
题阳关送别图　　（明）僧来复 997
长江送别图　　（元）成廷珪 997
题春江送别图　　（元）郑洪 998
题春江送别图　　（明）刘基 998
题春江送别图　　（明）高启 998
春江送别图　　（明）徐贲 998
题春江送别图　　（明）郭钰 999
题苏昌龄画秋江送别图　　（元）成廷珪 999

| 秋江送别图 （元）华幼武 …… 999
| 秋江别思图 （明）林鸿 …… 999
| 秋江送别图 （明）王沂 …… 1000
| 题秋江送别图 （明）郑江 …… 1000
| 寒江待别图 （明）李日华 …… 1000
| 题吴教授所藏黄大痴画松江送别图 （明）镏崧 …… 1000
| 题秋林叙别图 （明）谢承举 …… 1001
| 题虞邵菴送别图 （元）余阙 …… 1001
| 题朱孟章虞学士送别图后 （明）刘基 …… 1002
| 陶祕书广陵送别图 （明）高启 …… 1002
| 书江山别意图 （明）王恭 …… 1002
| 题王孟端送行图 （明）李至刚 …… 1002
| 题鄂渚赠别图 （明）杨士奇 …… 1002
| 题南浦送别图卷后 （明）陈宪章 …… 1003
| 题秦淮送别图 （明）钱宰 …… 1003
| 题送别图 （明）吕不用 …… 1003
| 寒原送别图 （明）董其昌 …… 1003
| 螺川送别图 （明）僧麟洲 …… 1003
| 断桥分手图 （明）史鉴 …… 1004
| 题韩与玉春山行旅图 （元）徐颖 …… 1004
| 秋山行旅图 （元）虞集 …… 1004
| 题秋山行旅图 （元）赵孟頫 …… 1004
| 题彭韫玉秋山行旅图 （明）王恭 …… 1004
| 秋山行旅图 （明）陈颢 …… 1005
| 子昂秋林行客图 （元）戴表元 …… 1005
| 题关仝平桥行旅图 （元）柳贯 …… 1005
| 雪林行旅图 （元）陶宗仪 …… 1005
| 题秋暮山行图 （金）段成己 …… 1005

题杨祕监雪谷晓装　（金）赵秉文 …………………… 1006
雪谷晓装图　（金）庞铸 …………………………………… 1006
雪谷早行图　（金）蔡珪 …………………………………… 1007
跋雪谷早行图　（元）王恽 ………………………………… 1007
武元直雪霁早行图（二首）　（元）王恽 ………………… 1007
题雪谷早行图　（元）王恽 ………………………………… 1007
缪郎中雪谷早行图　（元）马祖常 ………………………… 1007
李咸熙蜀山旅思图　（元）黄公望 ………………………… 1008
题晓行图　（元）李祁 ……………………………………… 1008
早行图　（元）程钜夫 ……………………………………… 1008
征人早行图　（明）杨慎 …………………………………… 1008
关路逢僧图　（宋）贺铸 …………………………………… 1008
题大年关路逢僧图　（宋）晁说之 ………………………… 1009
关山风雨图　（元）张础 …………………………………… 1009
西风古道图　（元）刘永之 ………………………………… 1009
潘子素、王叔明来慰藉，临别为写水傍树林图
　　　　（元）倪瓒 ………………………………………… 1009
题画赠别王使君　（明）王世贞 …………………………… 1009

卷第五十六　行旅类

题郭恕先雪霁江行图　（宋）楼钥 ………………………… 1010
题何侍御所藏雪霁江行图（三首）　（元）王恽 ………… 1010
郭忠恕雪霁江行图　（明）吴宽 …………………………… 1011
题江行图　（元）钱惟善 …………………………………… 1011
跋提刑王副使航海图（二首）　（元）王恽 ……………… 1011
汶上早行图　（元）张养 …………………………………… 1012
梁贡父学士江行阻风图　（元）邓文原 …………………… 1012
题范才元湘江唤舟图　（宋）朱乔年 ……………………… 1013

题别浦远来舟图 （宋）陈造	1013
江岸舣舟图 （金）赵秉文	1013
风雨停舟图 （元）元好问	1013
风雨回舟图 （元）李孝光	1013
题夏珪风雨行舟图 （明）僧来复	1014
奉皇姑鲁国长公主教，题所藏巨然江山行舟图 （元）柳贯	1014
题向伯共过峡图（二首） （宋）陈与义	1014
题袁子仁所藏巴船出峡图 （元）吴莱	1015
吹箫出峡图 （元）王冕	1015
郭忠恕出峡图 （明）贝琼	1015
题川船出峡图 （明）僧宗衍	1016
出峡图 （明）僧宗泐	1016
题野渡风烟图 （宋）陈造	1016
过关渡水图 （金）刘迎	1017
秋江晚渡图 （元）牟巘	1017
秋江晚渡图 （元）吴师道	1017
张僧繇秋江晚渡图 （元）黄公望	1017
题秋江晚渡图 （元）揭祐民	1017
题秋江晚渡图 （元）丁复	1018
题秋江待渡图 （元）钱选	1018
秋江待渡图 （元）张雨	1018
题秋江待渡图 （明）镏崧	1018
秋江待渡图 （明）金幼孜	1019
题秋江唤渡 （元）胡长孺	1019
题云溪待渡图 （元）张翥	1019
王维雪渡图 （元）黄公望	1020
题马致远清溪晓渡图 （明）张以宁	1020

云溪晓泛图	（元）李汾	1020
江船晓发图	（元）王恽	1020
题芦洲夜泊图	（明）张凤翼	1021
秋江夜泊图	（明）僧宗泐	1021
题文湖州湘中推篷图	（元）李元珪	1021
千里掀篷图	（明）钱宰	1021
题千里掀篷图	（明）高棅	1021
题雪浦人归图	（金）刘迎	1022
长江归櫂图	（元）程钜夫	1022
夏珪晴江归櫂图	（元）黄公望	1022
画帐远帆	（唐）皇甫冉	1022
李咸熙江干帆影图	（元）黄公望	1022
题赵仲穆江圃归帆图	（元）张翥	1022
春浦帆归图	（元）孟攀鳞	1023
远浦归帆图	（明）谢士元	1023
题秋色归舟图	（元）僧至仁	1023
风雨维舟图	（明）李日华	1023
题宋徽宗寒江归櫂图	（明）汪广洋	1023
题刘文伟府判收藏山庄夜归图	（元）龚璛	1024
题陈推府南归图	（明）程敏政	1024
自题晚归图	（明）龚诩	1024
远归图	（明）陈继	1024
风雨归舟图	（元）陶宗仪	1024
题风雨归舟图	（元）丁鹤年	1025
戴进风雨归舟图	（明）祝允明	1025
侯仲冶风雨归庄图	（元）陶宗仪	1025
夏珪风雪归庄图	（明）高启	1025
风雪归庄图	（明）僧宗泐	1026

题风雪归庄图 （明）僧一初	1026
蔡渊仲散木菴归来图 （元）唐肃	1026
题少保杨澹菴江乡归趣图 （明）杨士奇	1026
高大使吴淞归兴图 （明）陈安	1026
题真仁夫画卷 （宋）刘克庄	1027
题画 （元）贡性之	1027
题扇寄希仁 （明）谢承举	1027
方文美画 （明）张弼	1027
题画 （明）程敏政	1027
题画 （明）董其昌	1028

卷第五十七　羽猎类

和李尚书画射虎图歌 （唐）独孤及	1029
南阳太守射虎图 （元）程钜夫	1029
题李蒲汀学士所藏赵千里射熊图 （明）陆深	1030
题周昉明皇水中射鹿图 （元）雅琥	1030
题李德新中宗射鹿图 （明）高启	1031
题赵子昂射鹿图 （明）李东阳	1031
戎王追麤图 （明）高启	1031
题明皇追獾图 （明）周叙	1032
题赵希远按鹰图 （宋）范成大	1032
题张戡猎兔图 （元）于立	1032
题明皇端箭图 （元）马祖常	1032
明皇骊山出猎图 （元）王恽	1033
二王游骑图 （元）倪瓒	1033
射猎图（二首） （元）虞集	1033
射猎图 （元）卢琦	1033
出猎图 （元）杨维桢	1033

出猎图　（明）詹同	1034
题出射图　（元）戴良	1034
猎骑图　（明）商辂	1035
胡虔雪猎图　（明）贝琼	1037
题雪猎图　（明）钱宰	1037
题五马猎归图　（元）何中	1037
题清秋出塞图　（明）申时行	1038
辽人射猎图　（元）李孝光	1039
金人出塞图　（元）虞集	1039
题金人出塞图　（元）李祈	1040
题女真猎骑图（二首）　（元）郯韶	1040
题金人猎骑图　（元）刘永之	1040
胡人出猎图　（明）谢承举	1041
金人击鞠图　（元）傅若金	1041
金人击鞠图　（元）傅若金	1041
刘器之阴山七骑图　（宋）孔武仲	1042
题蕃骑图　（宋）韩驹	1042
题蕃骑图　（宋）朱子	1043
唐人写胡骑图　（明）祝允明	1043
元忠示胡人下程图　（宋）梅尧臣	1043
题龙眠画骑射抱毬戏　（宋）楼钥	1043
题汪季路所藏李伯时飞骑斫鬃射杨枝及绣毬图　（宋）杨万里	1044
李龙眠飞骑习射图　（元）吴师道	1044
题李伯时宝津骑士校马射图　（元）吴莱	1045
题开元王孙挟弹图　（元）杨维桢	1045
四马挟弹图　（元）杨维桢	1046
题挟弹图　（元）张逊	1046

王孙图　（明）孙蕡	1046
王孙挟弹图　（明）黄哲	1046
挟弹图　（明）汪广洋	1046
题挟弹人马图　（明）张适	1046
题赵仲穆挟弹图　（明）李东阳	1047
挟弹图（二首）　（明）陈绍光	1047
题挟弹图　（明）陈继儒	1047
梁楷画雪塞游骑图　（元）戴表元	1047
解鞍图（三首）　（元）王恽	1048
毳幕卓歇图　（元）王恽	1048
题打毬图　（元）戴良	1048

卷第五十八　仕女类

倚竹图　（宋）范成大	1049
倚竹图（三首）　（元）王恽	1049
脩竹仕女图　（元）张雨	1050
脩竹美人图　（明）王燧	1050
翠竹黄花二仕女图（二首）　（明）徐贲	1050
脩竹仕女　（明）姚纶	1051
脩竹仕女图　（明）吴宽	1051
题沈侗斋脩竹仕女　（明）文徵明	1051
嗅梅图　（宋）范成大	1051
嗅梅图　（金）李仲略	1051
题梅花仕女　（元）李元珪	1052
梅边美人　（明）夏寅	1052
梅树美人画　（明）徐渭	1052
梧桐仕女图　（元）郑韶	1052
梧桐仕女图　（明）邹亮	1052

题目	作者	页码
题碧梧美人	（元）华幼武	1053
题冯叔才芭蕉仕女	（元）郑洪	1053
题芭蕉美人图	（元）杨维桢	1053
芭蕉仕女（二首）	（元）张天英	1053
芭蕉仕女图	（元）郑韶	1054
芭蕉美人图	（明）高启	1054
题芭蕉仕女	（明）高启	1054
红绿蕉二女图（二首）	（明）杨基	1054
题芭蕉仕女	（明）文彭	1054
芭蕉美人图	（明）朱谏	1055
芭蕉美人	（明）夏寅	1055
题芭蕉仕女	（明）唐寅	1055
芭蕉仕女	（明）阙名	1055
蕉萱仕女	（明）唐庠	1056
题美人剪牡丹	（元）李祁	1056
题牡丹仕女图	（明）钱宰	1056
题辛夷仕女图	（元）秦约	1056
海棠仕女图	（明）郑瀼	1057
题桂花美人	（明）高启	1057
剪花仕女	（元）张昱	1057
题撚花仕女图	（元）杨维桢	1057
看花仕女图	（元）倪瓒	1057
刘曜卿画折花宫女	（元）张昱	1057
折花背立二美人图（二首）	（明）徐贲	1058
折花仕女	（明）杨基	1058
折花仕女	（明）沈周	1058
折花仕女	（明）姚绶	1058
题折花美人图	（明）徐渭	1058

宫女赏花图　（元）袁桷	1059
题张彦明所藏剪纸惜花春起早图　（元）岑安卿	1059
题美人惜花图　（明）张凤翼	1059
花前独立图　（明）钱宰	1059
簪花图　（明）陈继儒	1060
鬪草图　（明）张凤翼	1060
美人扑蝶图　（明）高启	1060
题美人扑蝶图　（明）王偁	1060
观蝶仕女　（明）杨基	1060
驯鹤图　（金）王予可	1061
内人臂白鹦鹉图　（元）陈深	1061
题鹦鹉仕女图　（元）张昱	1061
题宫人调鹦图　（明）王世贞	1061
题李亮功家周昉画美人琴阮图　（宋）黄庭坚	1062
内人阮琴图　（元）陈高	1062
题美人琴阮图　（元）郑韶	1062
美人摘阮图歌　（明）高启	1062
题摘阮图　（明）王世贞	1063
为钱理容题美人月琴图　（明）汤胤勣	1063
题美人弹琴图　（明）张凤翼	1063
题二宫人琴壶图　（元）萨都剌	1063
题张叔厚描琵琶仕女　（元）熊梦祥	1064
题琵琶仕女图　（元）宋本先	1064
题张叔厚画琵琶仕女　（元）郑东	1064
琵琶仕女　（明）祝允明	1064
抱琵琶偶竚蕉阴美人　（明）徐渭	1064
题美人弹箜篌图　（明）张凤翼	1065
周昉横笛图　（元）张宪	1065

吹笛仕女图　（明）张泰	1065
夜月吹箫图　（明）王翰	1065
周昉按乐图　（元）李俊民	1066
周昉按乐图　（元）张翥	1066
舞姬脱鞋歌题画　（明）杨慎	1066
舞困图　（明）郭武	1067
宫女度曲图　（元）袁桷	1067
宫娥弈碁图　（元）袁桷	1067
题双陆仕女　（明）贝琼	1067

历代题画诗类卷第二十九

名胜类

题潇湘八景
（元）戴良

洞庭秋月
皓气澄素流，况当湖正秋。舟人夜半起，倚徧岳阳楼。

潇湘夜雨
洒江思已悲，入夜声转急。还忆在荆南，卧听湘妃泣。

山市晴岚
岩上光已合，林端曙未分。暂出犹衣湿，况乃趁虚人。

渔村夕照
日落川光暝，一舟横渡头。心期逐鱼网，荡然俱未收。

平沙落雁
声传孤渚迥，影带夕阳微。为有惊弦意，欲下复迟疑。

远浦归帆
楚客去乡久，还家未有期。茫茫云衬外，远浦一帆归。

烟寺晚钟
冥冥景尚昏，隐隐声徐度。出梦方蘧蘧，忽听错朝暮。

江天暮雪
远近忽同色，安知江与山。一櫂在中流，不敢过前滩。

题仲经家江贯道潇湘八景图
（元）程钜夫

洞庭秋月
万顷玻璨上，辉辉玉一环。望中青似粟，约莫是君山。

潇湘夜雨
昏昏风浪里，瑟瑟打篷声。骚客千年恨，灵妃万古情。

山市晴岚
旗亭新酒熟，下马试从容。颇胜老兵对，夕阳三两峰。

渔村夕照
落日寒潭静，西风黄叶鸣。鲈鱼新出网，分我一杯羹。

平沙落雁
翩翩数行下，滩碛俯苍波。此处稻粱好，人间矰缴多。

远浦归帆
八景潇湘妙，归舟更色丝。招招烦小住，我赋《式微》诗。

烟寺晚钟
僧定钟声缓，依稀听不真。渡头风正急，唤醒未归人。

江天暮雪
六月三山底，城中似甑中。客来开短轴，乱雪舞江风。

题陈氏潇湘八景图
（元）陈旅

轩后不张乐，白月照野水。泠泠水影中，瑶瑟泣湘鬼。

西崦生夕霏，归僧度林巘。但觉山路长，不觉钟声远。

百货集亥市，莫徭偏买盐。山日出未高，翠雨湿酒帘。

倦翾久欲下，凉风起湖北。官客多挟弓，莫近白沙驿。

落日楚江深，倒景在高树。晒网茅屋头，分鱼石梁步。

南浦草仍碧，高楼日易斜。归帆傍水庙，箫鼓下神鸦。

江气行云暮，忽失巴陵树。一夕洞庭波，都向篷上注。

寒云不成雨，暝色凝江枫。巫峡梨花梦，飘浮过郢中。

潇湘八景画
（明）宣宗

潇湘夜雨
浓云如墨黯江树，九疑山迷天色暮。
苍松岩下客维舟，鱼龙鼓舞飞烟雾。
但见长空风雨来，势与云梦相周迴。

三湘淋漓泻银竹，七泽汹涌翻春雷。
长江横绝巴陵北，一水悠悠漾空碧。
洪涛巨涨顷刻中，虹桥隐隐无人迹。
前溪遥见野人家，槿篱茅屋半攲斜，
高楼谁得江湖趣，坐听潇潇对烛花。
隔浦钟声来远寺，晓色苍凉喜开霁。
青天万里白云收，满目湘山翠欲流。

洞庭秋月
洞庭秋水清彻底，岳阳城头月初起。
巴山落影半湖阴，金波倒浸芙蓉翠。
须臾素景当遥空，寒光下烛冯夷宫。
云梦微茫冰鉴里，沅湘浩荡玉壶中。
霜华初飞风浪息，万籁无声夜方寂。
彷佛湘灵汗漫游，虹桥直跨天南北。
但见鸥汀与鹭洲，折苇寒沙带浅流。
缟衣纶巾湘中老，高歌取醉岳阳楼。
回看月下西山去，湖水悠悠自东注。
洞庭咫尺西南陬，赤岸银河万里秋。

山市晴岚
茅屋几家山下住，长桥遥接山前路。
湖天雨过晓色开，满市晴岚带烟树。
远山近山杳霭间，前村后村相弥漫。
浮蓝积翠久不散，悬崖滴露松梢寒。
湘市老人头半白，琴仆从容随杖舄。
林外青帘卖酒家，山肴野蔌渔樵客。
洞庭春来湖水生，君山到处花冥冥。

波光澄涵横素练，树色掩映开银屏。
抚景徘徊看未足，飒飒天风满林麓。
何人独倚岳阳楼，长笛数声山水绿。

  平沙落雁
秋江水落波浪浅，平沙渺渺连天远。
白蘋红蓼满潇湘，枯苇黄芦迷汉沔。
鸿雁恒怜泽国秋，数声忽报楚天愁。
万里避寒违朔漠，几行带雪下汀洲。
云水微茫少矰缴，岁岁南来欢有托。
霜田岂乏稻粱谋，江村自得栖迟乐。
黄鹤楼前铁笛鸣，时惊嘹唳两三声。
湖通巴蜀寒烟净，天接荆衡暮景澄。
嗟尔迢迢自荒服，慕恋中华生计足。
行当懋德覆群生，尽使洪纤皆发育。

  远浦归帆
斜阳欲挂晴川树，丹霞远映潇湘浦。
洞庭湖上接星沙，万里归舟自何处？
云帆缥缈天际来，势压滔天云浪摧。
须臾已达汉江曲，江声汹涌如鸣雷。
汉阳城头夜吹角，暂从鹦鹉洲边泊。
长笛一声山月低，残灯数点江云薄。
西蜀滇南与海通，浮波来往自无穷。
暮天已捲三湘雾，晓日还悬七泽风。
突兀危楼瞰江水，临眺何人频徙倚？
寒鸦飞尽淡烟收，浩荡遥空净如洗。

渔村夕照

岳阳城头望湘浦，芳草垂杨迷古渡。
晴岚霏白夕阳红，渺渺江村天欲暮。
渔家茅屋住汀洲，罢钓归来稳系舟。
自念生涯在网罟，临风高挂向船头。
出水鲜鳞杂紫蟹，罏（垆）头有酒还堪买。
东邻西舍当此时，欢笑声馀歌欸乃。
豚鱼吹浪白连天，隔江贾客促归船。
馀光远映双凫外，残影半落孤鸿边。
湖上高楼云外起，下瞰湖湘千百里。
凭高一望楚江低，云树苍苍暮山紫。

烟寺晚钟

烟光漠漠春山紫，古寺深藏万松里。
夕阳西坠群壑阴，隔林蔼蔼疏钟起。
潇湘无风波浪停，恍如水底鸣长鲸。
山僧策杖归来晚，遥听穿云百八声。
缓急因风如断续，远彻山阿并水曲。
已随暮角响江城，更送樵歌出林麓。
乘桥二客心悠然，偶立遥看瀑布泉。
高山流水有深意，咫尺不闻音韵传。
乾坤无尘万籁静，朗然空谷声相应。
高秋正遇晓霜清，分明若向丰山听。

江天暮雪

大江东去天连水，薄暮萧萧朔风起。
须臾吹却冻云同，六花乱撒沧波里。

桥南桥北树槎枒,隔浦纷纷集晚鸦。
马嘶百折蟠云路,犬吠孤邨卖酒家。
俯仰山川同一色,眼前不辨浪花白。
茫茫七泽与三湘,分明皓彩遥相射。
渔翁独酌寒江滨,顷刻琼瑶飞满身。
得鱼醉唱湖南曲,欸乃一声天地春。
有时倚櫂弄长笛,洞庭景物清无敌。
中流迢递望君山,但见遥空耸银壁。

宋复古画潇湘晚景图(三首)
(宋)苏轼

西征忆南国,堂上画潇湘。照眼云山出,浮空野水长。
旧游心自省,信手笔都忘。会有衡阳客,来看意渺茫。

落落君怀抱,山川自屈蟠。经营初有适,挥洒不应难。
江市人家少,烟郊古木攒。知君有幽意,细细为寻看。

咫尺殊非少,阴晴自不齐。径蟠趋后崦,水会赴前溪。
自说非人意,曾经入马蹄。他年游宦处,应话剑山西。

少隐惠所画潇湘雪景(三首)
(宋)邹浩

永州城北十五里,二水初同为一水。
天花开玉满前飞,人在故人亭子里。

前年深冬一丈雪,岩拥朝阳渡黄叶。
鸬鹚插颈梦圆时,天作南山付双睫。

将谓雪消无觅处，元来只在毫端住。
为余展出冻云天，一片潇湘宛如故。

观徐明叔画湘西磨崖图
（宋）王廷珪

衡山高出北斗边，九疑苍梧相属联。
群峰环走如却立，山脚插入潇湘川。
朱陵渺邈迷处所，白鹤喷薄飞流泉。
坐看徐郎拂绢素，尽驱山岳置眼前。
徐郎岂是真画手，酒酣游戏乃其天。
巴陵洞庭连浦溆，鲸鲵蟠穴为贼渊。
诏谓将军出旗鼓，楼船蹴蹋惊浪喧。
欃枪夜落照湖水，雕弓十万犹控弦。
湘西古寺最奇绝，丹崖翠壁开何年？
况公文章善叙事，大字怪伟宜镵镂。
中书异时观落笔，因烦吮墨图凌烟。
孟公韩公毛发动，腰靸大羽进贤冠。
他年中兴事可考，公名亦与兹山传。

五日观潇湘图
（宋）谢翱

五日泣江蓠，骚人沉佩褵。年深吊古客，满门垂艾叶。
既垂青艾叶，复竞画舟檝。明时内阁子，供奉进瑶帖。
岂复怀沉湘，历舜憩往牒。江流物色改，看画泪承睫。
仿佛旧居人，指点失故业。三户空鸟啼，九疑列如堞。

题宗之家初序潇湘图
（金）吴激

江南春水碧于酒，客子往来船是家。

忽见画图疑似梦，而今鞍马老风沙。

题东玉帅府所藏潇湘图
（元）戴良

少年魂梦底曾闲，多在江湖烟水间。
今日精蓝方丈地，倚窗眠看洞庭山。

题王山仲所藏潇湘八景图卷，走笔作潇湘夜雨
（元）揭傒斯

溁溁暗江树，荒荒楚天路。稳系渡头船，莫放流下去。

题董简卿所藏潇湘图
（元）贡奎

潇湘在何处？展卷心悠然。是中有云飞，上有苍梧连。
忆昔弄扁舟，载雪清江天。湘君招不来，明月堕我前。
微钟破征梦，落鹰棲寒烟。回首行万里，揽衣羡孤骞。
可怜楚人辞，憔悴穷岁年。图画岂不好，此意谁复传？
已矣三叹嗟，临风叩商絃。

湘江秋远图
（元）成廷珪

苍梧愁云拂烟水，日暮无风波自起。
何人吹箫作凤皇，被发临江迎帝子。
黄陵女儿情更多，却掩冰絃（一作"丝"）泪如洗。
千年遗恨人不知，坐对空山疑梦里。

题米元晖潇湘图
（明）刘基

米家父子皆好奇，戏弄笔墨如小儿。

三百年来传几手,坐见销铄同春澌。
丹青驰誉士所耻,勉强循(徇)物宁非痴?
苍梧之山郁嶔巇,重华往矣空寒飔。
猿啼凤去竹迸泪,白日惨澹令人悲。
潇湘洞庭连鄂渚,江汉波涛动荆楚。
不见轩辕张乐时,水妃怨泣鲛人语。
问君此图何处得?中有远意众莫识。
君不见岐阳石鼓字泯灭,千载犹为人爱惜。

题湘湖图
(明) 刘基

君山洞庭隔江水,彭蠡无风波浪起。
明窗晓晴图画开,兴入湘湖三百里。
浙江两岸山纵横,湘湖碧邃越王城。
越王城荒陵谷在,古树落日长烟平。
游子天寒孤櫂远,七十二谿飞雪满。
浩歌不见濯缨人,沙鹤野猿相对晚。
湖东云气通蓬莱,我欲从之归去来。
蛟鼍塞川陆有虎,两臂无翼令心哀。

湘江秋意图
(明) 杨基

湘江澄澄汉江绿,芷叶兰花映斑竹。
一声欸乃鴈惊飞,数点青山净如玉。
苍梧回望是荆州,楚雨吴云恨未休。
无梦可听湘女瑟,有人方倚仲宣楼。

湘汉秋晴图

(明) 杨基

读书不愿贤良举,朝醉霸陵暮湘渚。
两鬓从添镜里霜,十年听遍江南雨。
呼鹰台上爱秋清,鹦鹉洲前看晚晴。
红叶蝉声湘寺远,碧潭鸿影汉川明。
湘波汉水愁无尽,画里江山聊一哂。
举世唯称王仲宣,当时亦有周公瑾。

壁间画潇湘八景

(明) 于谦

烟寺微茫几杵钟,渔村斜映夕阳红。
平沙落鴈迷残霭,远浦归帆趁便风。
山市微岚孤屿断,江天欲雪暮云同。
洞庭月色潇湘雨,想像阴晴似梦中。

题写云梦图

(明) 廖道南

黄鹤高楼凌紫烟,潇湘夜雨带遥天。
壮怀自信吞云梦,一叶兰舟济巨川。

题钱叔昂潇湘图

(明) 孙蕡

远山如游龙,近石如踞虎。
秋阴迢迢树楚楚,乃是洞庭潇湘之极浦。
西来白波浮太虚,神物似与空濛俱。
潭深蜃气结楼阁,鲛人蹋浪随游鱼。

织绡更泣明月珠，缀成悬珰素裙襦。
九疑并迎翠华辇，绛节影低群真趋。
须臾长风起木末，高林侧亚叶乱脱。
浮云散尽天宇豁，云水遥连带青阔。
苍松翠竹黯未分，残霞断霭馀斜抹。
钱郎毛骨清，画此兼众妙。疎疎临水花，白白远山晓。
恍疑一叶寒流中，雨后开篷展清眺。
日落君山吹凤箫，水云相间作《箫韶》。
荒祠二女应魂断，试把芙蓉天外招。

潇湘雨意图
（明）胡直

鸾竹丛深日未晡，寒江烟雨翠模糊。
东风无限潇湘意，却倚篷窗听鹧鸪。

湘山障子
（明）汤显祖

苍梧云影落人间，帝子浮湘竟不还。
千载秦皇问尧女，不能烧却泪痕斑。

题文发叔所藏潘子真水墨江湖八境小轴
（宋）杨万里

洞庭波涨
湖水吞天去，湖风送浪还。银山何处是，青底是君山。

武昌春色
花外庾楼月，莺边吴宫柳。我欲问废兴，春风独无口。

庐山霁色
彭泽收积雨,庐山放嫩晴。多情是瀑布,只作雨中声。

海门残照
万里长江白,半规斜日黄。焦山浑欲到,宛在水中央。

太湖秋晚
水气清空外,人家秋色中。细看千万落,户户水精宫。

浙江观潮
海涌银为郭,江横玉系腰。吴侬只言黠,到老也看潮。

西湖夏日
四月曾湖上,荷钱劣可穿。归来开短纸,十里已红莲。

灵隐冷泉
小潘诗家子,解作无声诗。八景俱妙绝,冷泉天下奇。

江湖八境图
(元)吴师道

洞　庭
君山隐隐暮碧,洞庭渺渺秋波。
羁客白头怀古,湘灵莫奏《云和》。

武　昌
草生自识春洲,月满谁登夜楼?
寂莫汉人文赋,萧条进士风流。

庐　山

香炉峰看飞练，栖贤峡听奔雷。
三叠谷簾未识，至今却悔归来。

海　门

多景楼前狠石，浮玉山下中泠。
长江天险安在，北固烟光自青。

太　湖

云树烟波浩渺，渔村橘里萦环。
想见三高不死，超然来往其间。

浙　江

两山喷雪眩转，三道奔涛淼漫。
白塔故宫高殿，行人来倚阑干。

灵隐寺

平地琮堆翠涌，何人鬼刻神剜？
会有风云震荡，再还前日飞岩。

西　湖

花柳空濛春雾，蒲荷淡荡秋晖。
水光山色长好，舞榭歌台易非。

洞庭秋月图
（元）贡性之

一天秋水浩无涯，短苇萧萧泊暮槎。
知是夜凉明月出，解将鴈影落平沙。

洞庭图

（明）丘濬

八月湖面阔，天低地尽浮。四山通潦水，万景聚重楼。
木杪仙人过，云中帝女游。何时乘雅兴，徙倚豁吟眸。

洞庭图

（明）廖道南

洞庭春水碧于天，玉削君山翠欲悬。
我向登楼望云梦，三湘烟景一尊前。

题何使君彭蠡望瀑卷

（明）陈宪章

平湖三百里，飞泉三百丈。谁遣堕人间，回头似天上。

沈石田寄太湖图

（明）王鏊

远寄萧萧十幅图，霞明雾暗雨模糊。
眼中觉我无云梦，胸次知君有太湖。
溪壑怀人如有待，烟云入手若为逋。
黄金万树秋风里，拨櫂西来莫滞濡。

笠泽图

（明）丘濬

我闻在昔天随翁，浮家浪迹笠泽中。
笔牀茶灶随所寓，润物搜肠情兴浓。
七泽三江通甫里，一叶扁舟五湖水。
年来遯世避风波，不知长在风波里。

题九江秀色图

（明）王祎

昔闻庐山谣，今见庐山高。
庐山之高几万仞，九江秀色近可招。
山南山北尽佳致，五百僧房蜜脾缀。
香炉直削金芙蓉，瀑布长拖青翡翠。
晴岚暖霭日夕浮，画图彷彿不得求。
谪仙仙去三千秋，安得起尔从之游？

题高尚书九江暑雨图

（明）僧妙声

尚书画山山龙嵸，九江秀色开森耸。
况当五月暑雨交，云气瀺渤川先动。
五峰削出青如莲，绿树彷彿闻吟猿。
犹瞻谢朓青山宅，不见米家书画船。
何人出门面山立，头上乌纱翠痕湿。
谁唤山东李谪仙，来观瀑布三千尺。
于今戈戟乱如麻，使我披图一詠嗟。
欲买沃洲归共隐，江山如此属谁家？

题沈启南奚川八景图（二首）

（明）沈璜

奚川八景不可见，尽情敛取入画图。
侍郎作歌系其后，为索和篇征及吾。
吾得见诗如见画，当食几欲忘歠餔。
五柳宅边竹里馆，宁与晋唐人物殊？
柳眠更起竹乍醉，坐见满地清阴铺。

青山白云粉黛深。暝树寒鸦疑墨涂。
读书有此下酒物，秋田可酿钱可沽。
村居惟愁过客少，时教置驿临通衢。
儒林文苑隐逸传，竞夸侨肸生菰芦。
窥园临水足酬唱，放歌舒啸随招呼。
记里桃源境绝异，序中盘谷路复纡。
花抚紫荆与棠棣，鸟催布谷兼提壶。
案陈诸器庋图籍，无一不与古为徒。
家藏食鼎斟雉羹，俗传避忌呼落苏。
石田写景旋寄詠，醉时击缶歌乌乌。
何处闲行过略彴，几人枯坐来跏趺？
长林丰草任寂莫，明堂今有一柱扶。
此图久失忽复出，直从秣陵归海隅。
展卷如闻古香动，坐观不敢卧氍毹。
一歌再歌奏金石，岂我细响能滥竽？
强凭韵脚当跋尾，不识可称同调无？
春光差喜雾非雾，世事休论觚不觚。
故庐指点谁稚子，且欣且慨手捋须。
先畴旧德等闲在，止合传玩何叹吁。
王公之先所可荐，蘋蘩筐筥暨潢汙。
须眉忽作翠微绿，耳畔清泉鸣仆夫。
丹青能事审若尔，愚公移山真复愚。
吁嗟乎！愚公移山真复愚。

听说图中风物美，但读长歌已狂喜。
乔木清川数里间，尺幅都收到曲几。
前有老杜后大苏，能以诗章当画史。
二歌三读转兴怀，少陵瀼山相比拟。

若道临溪堪钓璜，尚湖宛在渭川涘。
作画善行缩地法，无数景光缣素里。
春秋以时詠兰桂，俯仰之间识乔梓。
游多鹿豕想邻山，食足鱼鲲知近市。
论成乐志美西园，村港暗通路斜迤。
耕凿衣冠问若何，只记在家常早起。
吾子风流胜昔人，合调每寻程与李。
兰心未肯杂于蕙，橘性宁教化为枳。
所嗟李子赴泉台，喜得程君就棲止。
拂水岩头飞瀑声，穿过窗櫺落枕底。
堂沿松竹署耦耕，阁敞湖山额秋水。
似兹小筑近年成，賸许新经著耒耜。
山庄对向画图看，知他谁俭复谁侈？
词出牛宫见曳犁，客上龙门闻倒屣。
嫩蕨有几亦同採，老酒无多竟先被。
长句初惊骤雨过，高歌定遣从风靡。
先畴昔日服畎亩，旧德今时食名氏。
朝烟夕霭並迷离，山亦有椒江有汜。
清斋不免尽园蔬，净肉何至汙碪机。
宋家刘氏两先生，号曰公非与公是。
从来史学未易通，夏礼能言征在杞。
吴越当年大国王，表忠观古舟堪舣。
四海皆知有罗生，唐使不知亦已矣。
子今命我续前篇，未及捉笔先伸纸。
《兰亭叙》曾比金谷，《桃源记》却出栗里。
况子诗因述祖兴，輞川唱和非徒尔。
五行作甘惟稼穑，三农艰辛在耘耔。
墨池涤研开良田，此意岂复关馀子。

历代题画诗类卷第三十

名 胜 类

观江淮名胜图
（唐）王昌龄

刻意吟云山，尤知隐沦妙。远公何为者，再诣临海峤？
而我高其风，披图得遗照。援毫无逃境，遂展千里眺。
淡埽荆门壁，明标赤城烧。青葱林间岭，隐见淮海徼。
但指香炉顶，无闻白猿啸。沙门既云灭，独往岂殊调？
感对怀拂衣，胡宁事渔钓。安期始遗舄，千古谢荣耀。
投迹始可齐，沧浪有孤櫂。

观王右丞维沧洲图歌
（唐）僧皎然

沧洲误是真，萋萋忽盈视。便有春渚情，褰裳掇芳芷。
飒然风至草木动，始悟丹青得如此。
丹青变化不可寻，翻空作有移人心。
犹言雨色斜拂座，乍似水凉来入襟。
沧洲说近三湘口，谁知卷得在君手？
披图拥褐临水时，翛然不异沧洲叟。

题辋川图后
（宋）文彦博

吾家伊上坞，亦自有椒园。漠漠清香远，离离丹实繁。
盈襜常要采，折柳不须藩。每看辋川画，起予商可言。

次韵和文潞公题王右丞辋川图
（宋）韩琦

辋川诚自好，人各爱吾园。欲纵家山乐，终縻吏事繁。
鸿飞思避弋，羝触困羸藩。几日归陶径，方知践此言。

辋川图
（元）刘因

诗中传画意，画里见诗馀。山色无还有，云光展复舒。
前溪渔父宿，旧宅梵王居。千古风流在，披图俨起予。

王右丞辋川图（四首）
（元）王恽

骚詠禅谈意未央，欹湖烟月堕微茫。
园林钟鼓清时乐，好简裴公绿野堂。

状物何如及物功，开元真宰说姚崇。
未妨儊屋招提里，斗米三钱四海同。

凝碧池边野鹿过，空垂双泣赋悲歌。
论忠不到平原列，驰誉丹青未足多。

文彩风流映一时，丹青三昧有徐师。

戏将万斛皷湖水，写尽南山五字诗。

王维辋川别业诗图
（元）马祖常

野水已不流，野田已无塍。日夕华子冈，狐狸上丘陵。
高人兹为土，画墨飞尘凝。空馀古韵吾，髣髴今日兴。

题王维辋川图
（元）贡师泰

开图纵奇观，江山郁相缪。两坨蠹岩峣，重湖渺油油。
邃宇抗疏岭，危亭俯圆流。春坞辛夷发，夏陌高槐稠。
竹馆翠阴晚，茰汻红实秋。远墅漆未割，近园椒欲收。
惊鸟避溪泉，野鹿逐岩幽。日暮川上归，凉飙荡孤舟。
霭霭云气合，漠漠烟光浮。顾思天宝初，纲纪坏不修。
霓裳按妖拍，鼙鼓起奸谋。岂无匡济术？洒为闲旷留。
菱歌自来往，葩辞更唱酬。遂令摹写间，意度犹可求。
乾坤多变态，江海生暮愁。白鸥飞不去，千载空悠悠。

王维高本辋川图
（元）邓文原

辋口风烟春日迟，浅沙深渚带东菑。
红杏花开翔白鹤，绿杨丝袅逗黄鹂。
山云寂寂入寒竹，野露瀼瀼裹嫩葵。
谁似右丞清绝处，千秋一士更何疑。

右丞辋川图
（元）吴镇

潇洒开元士，神图绘辋川。树深疑垞小，溪静见沙圆。

径竹分青霭，庭槐敛莫烟。此中有高卧，欹枕听飞泉。

西湖图
（宋）真山民

两袖春风一丈池，等闲蹋破柳桥西。
云开远嶂碧千叠，雨过落花红半溪。
青旆有情邀我醉，黄莺无恨为谁啼？
东城正在桃林外。多少游人逐马蹄。

西湖空濛图
（元）刘因

旧隐湖山笔底收，相从京洛意中游。
昏昏车马飞花雨，寂寂钟鱼落叶秋。
千古登临翻昨梦，百年歌舞漾清愁。
何当化鹤看沧海，不用呼猿汲涧流。

题西湖图
（元）王恽

东南形势说馀杭，谁辩山谿作国防？
蹋雪欲寻龙井去，表忠祠下谒钱王。

西湖小景
（元）程钜夫

一片无情水，笙歌日日春。至今图画里，输与眼明人。

玉涧和尚西湖图歌
（明）刘基

大江之南风景殊，杭州西湖天下无。

浮光吐景十里外，叠嶂涌出青芙蕖。
百年王气散荆棘，惟有歌舞留欢娱。
重楼峻阁妩铅黛，媚柳娇花使人爱。
老僧不善儿女情，故作犄豪见真态。
想其泚笔欲画时，高视化工如小儿。
千岩万壑吾意匠，夸娥巨灵吾指麾。
却忆往年秋雨夕，画舫冲烟度空碧。
苍茫不辨云与山，但觉微风响芦荻。
须臾冷月迸深雾，时见松杉半昏黑。
开樽命客弹焦桐，扣舷大笑惊海童。
鲛人唱歌鱼鳖应，水底影动双高峰。
只今倏忽成老翁，可怜此乐难再逢。
愁来看画欲自适，谁知感生愁转剧。

题戴文进西湖图

（明）刘泰

钱塘西湖天下奇，浮光万顷澄琉璃。
仙宫佛刹涌金翠，箫鼓之声闻四时。
六龙扶日消春雾，画船撑过茅家埠。
吴姬双唱遏云歌，惊散鸳鸯与鸂鶒。
水亭入夏薰风来，镜里荷花高下开。
蔗浆酪粉出冰椀，对花一饮三百杯。
梧桐叶脱属秋至，篮舆寻僧灵隐寺。
深洞老猿呼不应，和得宾王旧诗句。
玄冥剪水落九天，孤山突若银螺然。
玉骢驼醉探春去，红椒已破疏篱边。
戴进胸中有丘壑，挥洒新图使人愕。
羊肠路口树阴阴，鸭觜滩头沙漠漠。

和靖东坡不可逢，白云常护青芙蓉。
寄谢山灵莫相拒，早晚来听烟际钟。

题何使君山水西湖泛舟卷
（明）陈宪章

潮势倾沧海，江声下富春。西湖刚十里，偏耐醉游人。

题西湖十景邹和峰家藏戴文进画巨浸秋波
（明）杨慎

玄圃楼台近水，醉乡日月宜秋。
万里凫舟鹢櫂，千重贝阙龙湫。

题西湖景
（明）郑汝美

西湖胜景出尘寰，此日披图一破颜。
勒马呼童沽绿酒，移舟随意看青山。
苏公堤在人争仰，逋叟梅开鹤自还。
试问南朝多少寺，莓苔烟雨总奇观。

题南屏对雪图
（明）方孝孺

昔年岁暮京国还，舣舟夜宿南屏山。
山风吹雪天欲压，夜半大雪埋江关。
清晨倚楼望吴越，六合玉花飘未绝。
恍疑江上驾山来，万顷银涛涌城阙。
山僧好事喜客留，置酒开筵楼上头。
玉堂仙人宋夫子，红颜白发青貂裘。
坐谈今古如指掌，共看云收月华上。

寒辉素彩相盪摩，碧海琼台迭萧爽。
酒酣击节心目开，慷慨弔古思英才。
荒祠古柏岳王墓，废湖残柳苏公堤。
一时嘉会难再得，仙人上天尘世窄。
王子何年绘此图，正貌南屏旧游迹。
吾知王也奇崛人，新诗妙墨俱绝伦。
偶然挥洒岂无意，神授髣髴存天真。
世间今古同飞电，回首人豪都不见。
空有萝山石室书，夜夜虹光射霄汉。

谢衡州花光寺仲仁长老寄作镜湖曹娥墨景枕屏
（宋）邹浩

道人秀骨生何许？若耶溪边清气聚。
不从章甫事功名，游历诸方参佛祖。
祝融峰下忽抬头，觑破虚空笑而舞。
折脚木牀二十年，门外草深无寸土。
偶然消息落人间，幻出花光照今古。
我舟邂逅泊山前，雾卷云开见眉宇。
更知我自浙东来，曾拥旌旗尘督府。
千岩万壑邈罅罍，梦断卧龙谁是主？
为将池墨洒鲛绡，故国封疆归择取。
曹娥江接贺家湖，环以峰峦暝烟雨。
森森乔木动樵风，庙貌峥嵘閟神禹。
碑留遗刻蔡邕题，注目端为杨主薄（簿）。
子猷兴尽季真亡，髣髴櫂声迴远浦。
乾端坤倪渺莫穷，咫尺并包入庭户。
坐令乡思满潇湘，恨不归飞插双羽。
苍梧洞庭南北中，气象纵横随步武。

只缘流放阻君亲，入眼虽奇若无觏。
道人方便巧施为，乃以家山慰心腑。
旧愆犹冀获湔除，恩锡馀年返农圃。
青鞵布袜谢尘埃，肯使高踪慭杜甫？

镜湖图
（元）唐肃

自怜一曲有心期，不用黄冠诣阙辞。
舟近香炉峰下泊，马从酒瓮石边骑。
春云竹护方干坞，霜树鸦啼汉守祠。
面面屏风开水墨，辋川今日属王维。

题赵仲庸镜湖图（为洽上人作）
（明）钱宰

赵侯胸中有泉石，白发垂颠人不识。
丹青不写四十年，一见洽师双眼碧。
当年王宰浪得名，十日五日劳经营。
天机到时一挥洒，白云颠倒秋波明。
秋波在屋下，白云在屋上。
香炉秦望天东南，苍峦翠巘森相向。
三山落日烟水赊，秋风旧宅今荷花。
断垣苍石无路入，至今人说放翁家。
放翁家，渺何处？阿师出家不归去。
不惜千金买画图，笑倚清江看云树。

题画建溪图
（唐）方干

六幅轻绡画建溪，刺桐花下路高低。

分明记得曾行处，秖欠猿声与鸟啼。

浯溪图
（宋）黄庭坚

成子写浯溪，下笔便造极。空濛得真趣，肤寸已千尺。
只今中宫寺，在昔漫郎宅。更作老夫船，樯竿插苍石。

题清溪图
（宋）孔平仲

清溪之水清无泥，凫飞燕下太平池。
昔人尝比翠绡舞，安得卷之笔自随？
画师摹写多巧思，只用乌田数张纸。
戏拈秃笔埽成图，浓淡邅迴真得意。
江矶钓浦远更深，昔时行处皆可寻。
张公好雅心不俗，嶜山先生为楚吟。
公今奉使庾岭南，峡中乔林与天参。
白云摇曳入船户，清江呼啸窥江潭。
天霾不开地多热，佛桑山丹赤如血。
此时一展清溪图，洒君胸中贮冰雪。
南方不可以久留，祝公归来此中州，枕白石兮漱清流。
芦声战雨，曷若飓风之拔木；
渔烟凝晚，曷若海雾之横秋。
我已卜居在九江，九华庐阜郁相望。
千里思公如咫尺，扁舟櫂月到池阳。

王文玉出清溪图以示坐客
（宋）孔武仲

舟在此溪滨，披图看愈亲。须知堂上客，便是画中人。

潇洒苍葭映，春容碧浪春。秀山旁发派，秋浦净为邻。
飞鹭来窥影，游鱼可数鳞。饮阑须卷去，聊以辟京尘。

追和杜牧之弄水亭诗韵题清溪图
（元）吴师道

池阳濒大江，群山势骞舞。高甍出丽谯，万屋骈民伍。
决奔清溪流，光照城南户。飞梁压水天，荒亭仆风雨。
载酒客谁来，弄水人已去。苍烟带林薄，绿野分畦圃。
贾樯攒比栉，鱼舍低残堵。秋风潋生漪，夕云闲映渚。
萧萧蒲柳脱，槭槭葭芦语。游鳞数儵（鯈）尾，沉影窥鴳羽。
征（沚）毛寒未减，珠光时自吐。随流长堤尽，当道奔石怒。
十里清瑶堆，谽谺争刻露。僧居草棘翳，仙洞霞霏贮。
却还望翠微，绝怜浸秋浦。太白与樊川，千载不可遇。
摇笔想吟诗，攜壶纪游处。何当占民籍，便欲栖村坞。
矶钓具竿纶，亩耕供臼杵。暂游竟返櫂，微官谩纤组。
中情托谣咏，万象恣嘲侮。九华兴未已，浉水期空负。
忽见张公图，如得千金賂。沉沦正争席，荣夸无负弩。
悠悠山水思，冉冉岁年暮。展卷傥频来，犹堪浣尘土。

（天历己巳，余过池阳，与友人自清溪游齐山，赋诗纪其事，而溪上之胜未之及。今观灵源草堂所藏张公诩《清溪图》，及诸巨公名章妙翰，为之怃然自失。因和杜紫薇诗韵一首，追述所怀，非敢僭附前人，第以晚末获见是图，用志喜幸云尔。）

题黟令周君儒所藏清溪白云图
（元）赵汸

结屋清溪上，白云与为邻。云影常在地，溪光净无尘。
馀晖及山木，掩映忘冬春。逍遥窗户间，亦足娱心神。
相望彭泽宰，仕止孰由人？忽忆桃花源，悠然思问津。

尚书右丞侯公云溪图

（金）赵秉文

朝游云溪上，暮游云溪下。不知云溪云，去作人间雨。
流水赴大壑，白云思故山。何时溪上人，心与归云闲？
黄公山下云溪路，十里溪光照云树。
溪流沥沥读书声，想见先生旧游处。
溪上老僧今白头，尺书招我归来休。
圯上方传黄老略，山中未暇赤松游。
我公昔年提孤军，旌旗绛天张鱼鳞。
鲸鲵沸天海水浑，骂贼嚼齿欲透龈。
旄倪十万寄一身，咸阳白骨回青春。
九重叹息天为颦，殿前论事气益振。
沧海未全归《禹贡》，山东且愿变齐氓。
匣内宝书金屈戌，腰间瑞节玉麒麟。
卫国锦衣归故里，代公黑发更慈亲。
他年钟鼎书元勋，二十四考中书君。
整顿乾坤济时了，飘然返却云溪云。

云溪晓泛图

（元）李汾

晓景澹明月，落影潭西丘。晴川挂烟树，光拂云河流。
枫林入行色，关山生白头。羡彼画中人，忆我秦川游。
君帆渺何许？怳下沧浪洲，沧浪吾有约，寄谢同盟鸥。

武善夫桃溪图（二首）

（元）元好问

物外烟霞卜四邻，武陵不是避秦人。

软红香土君休羡,千树桃花满意春。

金闺毵毵六月寒,桃花春梦隔征鞍。
青山归计何时办,画卷空留马上看。

为燮玄圃题鳌溪春晓图
（元）虞集

久客山阳万家邑,石岭戴辙萦纡入。
溪水西行夜雨深,连村桑柘春云湿。
昔因荒迥少官府,日暮狐兔作人立。
自从置县二百年,稍有衣冠更俗习。
读书进士比舍闻,润屋黄金亦家给。
山中白日浮云多,负乘因仍足车笠。
燮侯世胄国勋旧,射策君门耻沿袭。
朱衣作监列星宿,远人岂意高轩及。
援琴不鼓书牒稀,弹铗无鱼宾客集。
绣衣使者停车见,黄堂大夫下牀揖。
登高望远送飞鸿,揽辔骎骎度原隰。
人言桐乡人爱我,我爱桐乡重於邑。
画图千叠山木彫。茅舍萧条莫忘葺。

鹤溪图
（元）吴镇

闲云流水净无尘,几曲溪山占好春。
识得人间仙跡在,一双芒屩好寻真。

题石民瞻画鹤溪图
（元）仇远

鹤溪近与练湖连,一镜秋水清无边。

依稀淮岸潇湘浦，惯见月虹书画船。
山翁几年吴下客，溪草溪花未相识。
笔牀茶灶老玄真，肯与鸥沙分半席。

题西溪图（赠鲜于伯几）

（元）赵孟頫

山林忽然在我眼，揽被〔袂〕欲游嗟已远。
长松谡谡含苍烟，平川茫茫际曾巘。
大梁繁华天下稀，走马鬭鸡夜忘归。
君独胡为甘寂莫（寞），坐对山水娱清晖？
西溪先生奇崛士，正可著之岩石里。
数间茅屋破不修，中有神光发奇字。
绿蘋齐叶白芷生，送君江南空复情。
相思万里不可见，时对此图双眼明。

题西溪图（赠虞德园吏部）

（明）董其昌

三竺溪流独木桥，逋仙共尔发长谣。
若为却入千峰去，黄鹄摩空不可招。

夜梦与数客观画，有八幅龙湫图特奇：客请余作诗其上，书数十字而觉，不能复记，明旦乃追补之，亦髣髴梦中意也

（宋）陆游

高堂阅画娱嘉宾，巨幅小卷纵横陈。
其间一图最杰作，命意落笔惊倒人。
奇峰峭立插地轴，飞瀑崩泻垂天绅。
寿藤老木幻荒怪，深潭危栈愁鬼神。

忽然白昼起雷电，始觉异物蟠蓊沦。
阴云四兴诛老魃，甘澍连夕苏疲民。
岂惟陂泽苗尽立，已活亿万介与鳞。
文章与画共一法，腕力要可回千钧。
锱铢不到便悬隔，用意虽尽终苦辛。
君看此图凡几笔，一一圆劲如秋箨。
乃知世间有绝艺，天造草昧参经纶。
吾言未竟且复止，剩发幽奥天公嗔。

芦沟晓月图
（元）陈高

芦沟桥西车马多，山头白日照清波。
毡庐亦有江南妇，愁听金人出塞歌。

题芦沟晓月图
（明）赵宽

银河半落长庚明，城高万户皆鸡声。
长桥卧波鳌背耸，上有车马萧萧行。
苍烟淡接平芜迥，沙际朦胧见人影。
举头一望天宇高，残月苍苍在西岭。

清洞图
（元）何中

元晖昔作西江客，夜飞墨花晓无迹。
春风留此二百年，幸是山中至人识。
有千黄金双白璧，鹅溪白茧才数尺。
颍阳山高风露寒，几处高堂挂生色？

题鹤泉图

（元）马臻

我闻匡庐之山青入天，上有瀑布千仞悬。
嵌空金碧根高源，喷薄直自太古前。
未知凿开混沌窍，神物茫昧谁之然？
翩然皓鹤来何许，心融恍听泠泠语。
云是辽城丁令威，玄圃崑丘曾一举。
为嫌天上多官府，偶向人间值风雨。
稻粱与鱼鰕，琐细不足数。
空馀旧标落，燕雀莫敢侮。
令威令威，我欲从之游，天风万里冥冥秋。
力小羽翮短，六合安能周？
乃知抟鹏鸢鸠各有分，不如榆枋飞跃栖林丘。

滨州云巢图

（元）张雨

苍山不受寒，裹以白兜罗，借云以为暖。
我意不在多，小营丹鹤巢，高栖翠云柯。
飞仙度鸾笙，老人卧鸡窠。谁能江海去？风雨一渔蓑。

青弁云林图

（明）张羽

前代何人画山水？长安关仝营丘李。
华原特起范中立，三子相望古莫比。
亦有北苑与河阳，后来作者谁能当？
米家小虎出逸品，力挽元气归苍茫。
房山尚书初事米，晚自名家称绝美。

艺高一代谁颉颃？只数吴兴赵公子。
当时弭节匡庐峰，曾写太平兴国之神宫。
五峰却立疑争雄，台殿突兀纷青红，中有云气随游龙。
我对此图卧三日，遂令奇气生心胸。
乱来学士遭漂荡，文艺草草谁能工？
笔精墨妙心更苦，那得再有前贤风。
於乎！乾坤浩荡江海阔，使我执笔将安从？

题何使君百泉清赏图
　　　　　　　　　（明）陈宪章

不闻佩玉襦，无复苏门啸。泉声今古同，明月时相照。

洙泗图
　　　　　　　　　（明）丘濬

自从天一所生水，地六成之流不已。
人见源泉混混来，谁识其中涵至理。
鲁国之川洙泗沂，夫子所在今何之？
申申夭夭不复觏，滔滔汩汩常如斯。

题玉淙图
　　　　　　　　　（明）李维桢

永嘉万山万芙蓉，中有大壑流淙淙。
斧凿犹存神禹蹟，苍苔碧藓千古衣蒙茸。
微飔拖练鱼文蹙，落霞散绮霓裳秾。
天瓢倩客时为泻，云碓无人夜自舂。
并州快刀剪青缬，匡庐瀑布挂白龙。
谽谷谽谺，盘石激冲；骤雨注射，跳波衡纵。
骇若摐金伐鼓斩蛟浔阳江，怒若胥涛雷行马奔鼋鼍不能容。

疾若三门竹箭秋放溜,缓若武陵桃花春溶溶。
大若轩辕帝张咸池之乐洞庭野,细若山玄水苍佩玲珑。
众若锡銮和铃千官朝闻阊,微若一琴一詠深林独往无人从。
何物王生能好事?自道此物情所锺。
寻源进半艇,拄颊任孤筇。
洗耳濯缨足,漱齿盥襟胸。
鸟歌松籁难属和,游鱼出听口喁喁。
钧天九奏枉成梦,安问人间万石钟。
呜呼!王生乐此忘饥且忘死,胡不取一丸泥为尔封?
龙湫雁荡恐相妒,令尔往来心憧憧。

题林屋洞天

(明)僧麟洲

群山包水水包山,金作芙蓉玉作环。
洞里有天通五岳,山中无地著三班。
白云髣髴鸡初唱,碧海迢遥鹤又还。
可惜桃花有凡骨,年年随浪出人间。

历代题画诗类卷第三十一

古迹类*

桃源图

（唐）韩愈

神仙有无何眇芒（一作"渺茫"），桃源之说诚荒唐。
流水盘迴山百转，生绡数幅垂中堂。
武陵太守好事者，题封远寄南宫下。
南宫先生欣得之，波涛入笔驱文辞。
文工画妙各臻极，异境怳惚移于斯。
架岩凿谷开宫室，接屋连墙千万日。
嬴颠刘蹶了不闻，地坼天分非所恤。
种桃处处惟开花，川原近远（一作"远近"）烝红霞。
初来犹自念乡邑，岁久此地还成家。
渔舟之子来何所？物色相猜更问语。
大蛇中断丧前王，群马南渡开新主。
听终辞绝共凄然，自说经今六百年。
当时万事皆眼见，不知几许犹流传。

---

* 此处"古迹"，原文为"古蹟"。蹟，前人遗留之事物（多指建筑、器物等）。

争持酒食来相馈，礼数不同罇俎异。
月明伴宿玉堂空，骨冷魂清无梦寐。
夜半金鸡喁唽鸣，火轮飞出客心惊。
人间有累不可住，依然离别难为情。
船开櫂进一回顾，万里苍苍烟水暮。
世俗宁知伪与真，至今传者武陵人。

和桃源图（有序）

(宋) 王十朋

世有图画桃源者，皆以为仙也，故退之《桃源图》诗诋其说为妄。及观陶渊明所作《桃花源誌》，乃谓先世避秦至此，则知渔人所遇，乃其子孙，非始入山者，能长生不死，与刘、阮天台之事异焉。东坡和陶诗，尝序而辨之矣。故予按陶誌以和韩诗，聊证世俗之谬云。

嬴秦斩新开混茫，傲睨前古无虞唐。
诗书为灰儒鬼哭，李斯秉笔中书堂。
长城丁壮无还者，送徒更住骊山下。
避世高人何所之，出门永与家乡辞。
入山惟恐不深远，岂是得已巢于斯？
来时六合为秦室，未省今为何岁日。
吏不到门租不输，子长丁添更何恤。
春入山中桃自花，招邀隐侣倾流霞。
男耕女织自婚嫁，派别支分都几家。
谁泛渔舟迷处所，山开渊辟闻人语。
乍相惊问卒相欢，设酒烹鸡讲宾主。
可怜秦事已茫然，帝业初期万万年。
犹道祖龙长在世，岂知异姓早三传。
邻里殷勤争饷馈，人情与世无相异。

未信壶中别有天，却讶身游与梦寐。
山花乱眼鸟哀鸣，数日留连喜复惊。
更从洞口寻乡路，逢人欲话疑非情。
异日扁舟欲重顾，水眩山迷红日暮。
后来图画了非真，作志渊明乃晋人。

题桃源图
（宋）魏了翁

伏胜高堂书已出，窦公制氏乐犹传。
鲁生力破秦仪陋，商皓终扶汉鼎颠。
隐者宁无人礼义，武陵匪独我山川。
若将此地为真有，乱我彝伦六百年。

题桃源图后（有序）
（元）王恽

　　至元癸未夏五月二十日，经略史公邀余楼居燕语，仍出示桃源古画二大轴，盖佳笔也。公因询兹事有无，其意果云何者，明日赋此诗以呈。

君侯示我桃源图，绢素剥裂丹青渝。
衣冠俎豆三代古，髣髴物色开华胥。
当时传记羡乐土，存说本末何敷腴。
半山歌咏似摭实，昌黎论列疑其虚。
千年绘影见遗迹，桃源之境诚有无？
君不见，渊明千古士，心远与世疎。
羲皇而上每自况，肯随泽雉樊笼拘？
絃歌归来朝市改，故山田园松菊芜。
斜川风景固足住，未免结庐人境车马时喧呼。
复雠宣力两不可，天运乃尔将无如。

遐观高举深意在,安得超出物表冥鸿俱?
因缘开此武陵说,讬彼奥隐称樵渔。
不然果有继问津,云烟出没何须臾?
又不见山林不外天壤间,迥与世隔皆仙居。
桃花流水窈然在,放浪而即斯人徒,放浪而即斯人徒。

跋武陵图
(元) 王恽

渊明高兴讬冥鸿,流水桃花事本空。
好笑武陵狂太守,谩回烟櫂月明中。

桃源图(三首)
(元) 王恽

渊明既号葛天民,流水桃花到处春。
明见笔端闲寓兴,武陵休苦媵渔人。

东来连舸泛长湖,两鬓冰霜伫瘁癯。
偶值渔郎心已愧,更堪三复武陵图?

渐西到处武陵溪,乍涉幽深路便迷。
始信避秦元寓说,渊明遗世厌羁栖。

题桃源图
(元) 钱选

始信桃源隔几秦,后来无复问津人。
武陵不是花开晚,流到人间却暮春。

题桃源图
(元) 赵孟頫

战国方忿争,嬴秦复狂怒。冤哉鱼肉民,死者不知数。

斯人逃空谷，是殆天所恕。山深无来迳，林密绝归路。
艰难苟生活，种莳偶成趣。西邻与东舍，鸡犬自来去。
熙熙如上古，无复当世虑。安知捕鱼郎，延缘至其处？
遥遥千载后，缅想增慨慕。即今生齿繁，险绝悉开路。
山中无木客，川上縻〔麋〕渔父。虽怀隐者心，桃源在何许？
况兹太平世，尧舜方在御。干戈久已戢，老幼乐含哺。
田畴毕耕耨，努力勤艺树。毋为问迷津，穷探事高举。

画桃源
（元）赵孟𫖯

桃源一去绝埃尘，无复渔郎再问津。
想得耕田并凿井，依然淳朴太平民。

题商德符学士桃源春晓图
（元）赵孟𫖯

宿云初散青山湜，落红缤纷溪水急。
桃花源里得春多，洞口春烟摇绿萝。
绿萝摇烟挂绝壁，飞流㵣下三千尺。
瑶草离离满涧阿，长松落落凌空碧。
鸡鸣犬吠自成邻，居人至老不相识。
瀛洲仙客知仙路，点染丹青寄轻素。
何处有山如此图，移家欲向山中住。

题桃源春晓图
（元）吴澄

朦胧晓色破初春，一洞桃花树树新。
此景世间真箇有，只今去作捕鱼人。

题桃源图

（元）揭傒斯

桃源非一处，龙虎画难同。内外关踰铁，高低石作丛。
黄旛青剑北，紫盖白云东。蟾影当霄迥，蛾眉抱月弓。
千重藏曲折，四面削虚空。地户迎风黑，天池浴日红。
雪霜翻溅瀑，雷雨泻崩洪。暗识猨啼远，晴闻鸟语工。
危龛三井秘，绝涧九桥通。江合仙岩怒，山连鬼谷雄。
刘王开辟后，秦晋有无中。时见看桃侣，频逢採药翁。
丹台寒漠漠，琳宇气熊熊。济胜非无具，缘源恐莫穷。
烟霞俄变灭，草树杳茏葱。四序何劳誌，群愚倘击蒙。
谁言武陵近？十里上清宫。

桃源图

（元）黄溍

山容惨惨将为雨，云气垂垂欲傍花。
莫问前邨何处觅，垂萝盘石即吾家。

桃源图

（元）傅若金

闻说避秦地，花间忘岁年。偶逢渔父问，长使世人传。
丘壑浑疑幻，林庐或近仙。至今图画里，惆怅武陵船。

阮子华所藏桃源图

（元）成廷珪

桃源（一作"花"）流水似天台，骑鲸三生到此来。
玉杵玄霜无处觅，金堂玉（一作"秘"）室为谁开？
沧州一夜生芳草，阴洞千年长绿苔。

何必诳人秦甲子，渔郎秖见两三回。

桃源图
（元）吴师道

翠嶂清溪远近春，柴荆鸡犬接比邻。
花开酒熟身无事，便是桃源画里人。

桃源图
（元）周权

苍茫烟水隔尘凡，源上霞蒸曲曲山。
一自渔郎归去后，武陵春色满人间。

桃源图
（元）周权

千重万重莲瓣山，小天包在山中间。
神椎凿门石扇裂，冷香迸出桃花湾。
渔郎寻春踏溪尾，撞入桃花小天里。
荒邨人家无几家，五百年来孙换子。
不邑不城无忧乡，驾云为屋霞为墙。
丹鸡叫烟桂岩冷，白牛耕雨芝田香。
眼中惊见尘中客，持酒争来问乡国。
鹿走荒山西复东，龙渡长江南又北。
听阑此语意猖狂，月明假榻松间房。
明朝出山重回首，山迷水乱云茫茫。
武陵太守意未省，强要寻源造灵境。
若是灵境长可通，淳俗定变浇漓风。

桃源图

（元）华幼武

流水桃花世外春，渔郎曾此得通津。
当年只记秦犹在，不道山河又属人。

桃源图

（元）唐肃

犬鸡人物总秦馀，千树桃花护隐居。
不识三章新约法，犹藏万卷未烧书。
水通烟涧才容櫂，山暖晴岚可命车。
不是阿房三百里，楚人一炬便成墟。

题桃源图

（元）丁鹤年

放舟长怪武陵人，强觅桃花洞里春。
若使仙源通一线，如何避得虎狼秦。

题桃源春晓图

（明）张以宁

溪上桃花无数开，花间春水绿于苔。
不因渔艇寻源入，争识仙家避世来？
翠雨流云连玉洞，丹霞抱日护瑶台。
幔亭亦有虹桥约，问我京华几日回。

张继善寄桃源图因赋诗

〔明〕贝琼

张生爱〔寄〕我《桃源图》，桃源有路归何日？

高堂坐见武陵溪，犬吠鸡鸣犹髣髴。
云气挟山山欲行，山穷水阔桃花明。
仙家只在流水外，世上无人知姓名。
一日花间问渔者，山河百二如崩瓦。
赤帝西来祖龙死，复见同槽有三马。
太康去秦六百秋，子孙生长不知忧。
商颜黄绮亦何事，白发出侍东宫游。
龙争虎战俱寂寞，绝境空存已非昨。
种桃何必指秦人，春到花开又花落。

题桃源图（送人就婚新都）
（明）林璧

三百滩声去路长，黄山白岳總仙乡。
隔溪树拂张生黛，出峡风传荀令香。
一叶兰舟屏里画，千花潭水镜中妆。
为君细与秦人说，今日渔郎胜阮郎。

桃源图
（明）孙一元

溪上春风笑语温，溪头春水涨新痕。
中原逐鹿人谁是？桃叶桃花自一邨。

桃源图歌
（明）何景明

昔我游武陵，坐石窥花源。岈㟧丹洞閟，风迴绿萝翻。
崩崖奔古月，沓嶂响哀猿。行车一以过，始知人境喧。
真阳仙令欲南往，手持新画来相访。
武陵山水久不覩，令人置我高堂上。

岩穴如闻鸡犬声，邨墟但见桑麻长。
髣髴潭水滨，点缀桃花春。山川似晋代，衣服犹秦人。
回首茫然一烟雾，寻源谁复知真处。
投簪福地终有期，笛中先认桃花树。

桃源图

（明）谢承举

武陵桃花先破春，渔郎偶尔来问津。
山重水复得云窦，风驰浪驶临溪滨。
何知卒然入异境，人家远近通芳邻。
石田茅屋与世隔，云是先世来避秦。
桑麻接地足衣食，冠裳结伴无疏亲。
我闻嬴氏乱天纪，儒坑典焚凶不悛。
大张淫暴戕物类，俯视四海皆愚民。
天生性良天亦恤，故教善众藏嶙峋。
仙邪人邪杳莫测，历世已久迹已陈。
纵然有仙亦常事，神仙原是人间人。
昌黎临川各云远，地下不起黄道真。
坡翁语破万世惑，千载渊明苏为申。

桃源图

（明）文嘉

偶然避世住青山，不道移家便不还。
却怪渔郎太多事，又传图画到人间。

题桃源图

（明）朱彦昌

当时秦鹿走中原，天下纷纷孰可论？

黔首已沾新雨露，白云犹隔旧乾坤。
水流花谢长三月，犬吠鸡声自一邨。
我昔荆湖询往事，茫茫烟浪几黄昏。

题桃源图

（明）沈周

啼饥儿女正连邨，况有催租吏打门。
一夜老夫眠不得，起来寻纸画桃源。

题小桃源图

（明）王世贞

出郭只十里，种桃近千树。主人非避秦，亦不嫌客顾。
有酒且赏花，酒尽应须去。试语刘麟之，何如此中住？

桃花山水图（为桃源屠启明题）

（元）迺贤

天台山下云无数，山南山北多桃树。
石洞春寒风雨深，落花半逐溪流去。
人间从此识仙家，短棹寻源到水涯。
翠褎（袖）乘鸾下明月，玉盘留客进胡麻。
我昔扪萝探幽谷，青精煮饭松间宿。
至今瞳子有神光，细字犹能夜深读。
高人筑屋石溪东，谿山却与天台同。
粉黛含精讬幽趣，碧桃流水春溶溶。
六月黄尘汗如洗，独骑瘦马京城里。
忽见新图双眼明，拏舟欲泛沧浪水。
我家只在苍崖巅，白云遶屋青溪连。
他日君能远相觅，看花酌酒春风前。

题刘松年桃花山水小嶂

（明）僧麟洲

杳无鸡犬有人家，夹水山高路不赊。
刘阮别来频甲子，年年春雨送桃花。

题徐参议赤壁图

（宋）王炎

乌林赤壁事已陈，黄州赤壁天下闻。
东坡居士妙言语，赋到此翁无古人。
江流浩浩日东注，老石轮囷饱烟雨。
雪堂尚在人不来，黄鹄而今定何许？
此赋可歌仍可絃，此画可与俱流传。
沙埋折戟洞庭岸，访古壮怀空黯然。

赤壁风月笛图

（金）李纯甫

钲鼓掀天旗脚红，老狐胆落武昌东。
书生那得麾白羽，谁识潭潭盖世雄！
裕陵果用轼为将，黄河倒捲湔西戎。
却教载酒月明中，船尾呜呜一笛风。
九原唤起周公瑾，笑煞儋州秃鬂翁。

题武元直赤壁图

（金）李晏

鼎足分来汉祚移，阿瞒曾困火船归。
一时豪傑（杰）成何事，千里江山半落晖。
云破小蟾分树暗，夜深孤鹤掠舟飞。

梦寻仙老经行处，只有当年旧钓矶。

赤壁图
（元）元好问

马蹄一蹴荆门空，鼓声怒与江流东。
曹瞒老去不解事，误认孙郎作阿琮。
孙郎矫矫人中龙，顾盼叱咤生云风。
疾雷破山出大火，旗帜北捲天为红。
至今图画见赤壁，髣髴烧虏（掠）留馀踪。
令人长忆酇山公，载酒夜俯冯夷宫。
事殊兴极忧思集，天澹云闲今古同。
得意江山在眼中，凡今谁是出群雄？
可怜当日周公瑾，鬓颡黄州一秃翁。

后赋赤壁图
（元）刘因

公无渡河归去来，周郎袖里藏风雷。
老狐千年快一击，金眸玉爪不凡材。
先生平生两赋尔，江山华发心悠哉。
只今画里风月笛，尚有老骥西风哀。
眼中惊波不西归，玄鹤夜半从天回。
曹刘鬭气今何处？船头好在白云堆。

题赤壁图
（元）戴表元

千载英雄事已休，独馀明月照江流，
画图不尽当年恨，却写苏家赤壁游。

东坡赤壁图

（元）王恽

先生胸次有天游,万里长江一叶舟。
欲讬悲风写遗响,恐惊幽壑舞潜虬。

画赤壁

（元）赵孟頫

周郎赤壁走曹公,万里江流鬭两雄。
苏子赋成奇伟甚,长教人想谪仙风。

赤壁图

（元）马祖常

三国周郎赤壁西,江山虽好夕阳低。
他年铜雀分香妓,犹恨回船战炬迷。

赤壁图

（元）虞集

过鹤生新梦,擷鱼忆旧游。清霜凋木叶,落月涌江流。
隐者时堪访,良田亦易求。如何玉堂夜,白发不生愁?

赤壁图

（元）杨载

寂寂长江夜,同人共泛舟。清尊方澹荡,孤櫂且夷犹。
望远幽禽度,歌长独茧抽。千年遗蹟在,不逐水东流。

题赤壁图

（元）成廷珪

赤壁矶头秃鬓翁,兴来擕酒泛秋风。

偶论水月盈虚际，併入江山感慨中。
华发多情伤老大，皇天无地著英雄。
神游八极知何许，良夜应骑一鹤东。

赤壁图
（元）吴师道

沉沙折戟怒涛秋，残垒苍苍战鬭休。
风火千年消霸气，江山一幅挂清愁。
丈夫不学曹孟德，生子当如孙仲谋。
机会难逢形胜在，狂歌弔古漫悠悠。

游赤壁图
（元）吴师道

烧天烈火万艘空，横槊英雄智力穷。
何似扁舟今夜客，洞箫声在月明中？

题赤壁图
（元）王瓒

我昔南游过赤壁，曾上矶头访遗蹟。
吴魏胜负了无闻，一曲渔歌楚天碧。
黄冈迁客峨眉翁，道同北海人中龙。
羁（羇）怀得酒逸兴发，扁舟夜泛空明中。
江山如许谁宾主？醉挟飞仙梦中语。
直将天地等浮沤，三国周郎曾比数。
神游八极空画图，开卷髣髴瞻眉须。
清风千古凛如在，悠悠目断江云孤。

题赤壁图

（元）丁鹤年

横槊英声远，闻箫逸兴长。至今风月夜，鹤梦遶黄冈。

题赤壁图

（明）吴宽

江流东遶千尺堤，山鹊上结危巢栖。
游人夜半放舟过，举酒闲说曹征西。
征西当年下江浒，八十万军尽貔虎。
眼中见惯刘琮徒，吴蜀区区何足数。
舳舻相衔千里连，气吞玄德兼孙权。
岂知策士已旁笑，笑彼远来非万全。
长江之险人能共，不独阿瞒兵可弄。
东吴会猎尺书驰，权也难将首亲送。
帐底拔刀军令行，如此奸雄安足惊。
周瑜早已借前箸，黄盖何曾论五兵。
五兵争如一炬火，北军败走南军坐。
纷纷燥荻与枯柴，乘取便风才十舸。
波涛起立半天红，强虏灰飞一夕空。
平生亲手注《孙子》，未信水军能火攻。
谁云此行才足耻，更闻裹疮归渭水。
玄武池头计已疎，铜爵高台聊自起。
当今四海如一家，三国争雄真可嗟。
尚想纶巾巡垒堞，犹将折戟洗泥沙。
武昌夏口东西路，画史分明入毫素。
空馀赤壁付游人，赢得坡仙两篇赋。

题戴文进赤壁图

（明）陈炜

元丰有案诗成狱，五载南来事迁逐。
黄冈形胜无处无，赤壁矶头山水绿。
古树深蟠不老根，悬崖泻下飞来瀑。
白露横江风气凉，月出东山皎如烛。
扁舟欸乃击空明，主宾逸兴何当足。
歌声上薄斗牛寒，玉箫吹起蛟人哭。
此时此景情最融，那识深沉与荣辱。
旧存词赋未凄凉，千古虹光耀人目。
临安画史艺无双，貌得生绡横半幅。
挥毫几度不成吟，只恐神游笑俚俗。
緜邈高风何处寻？漠漠江云寄遥瞩。

赤壁图

（明）廖道南

洞庭春水碧连天，赤壁仙人夜扣船。
何处乘槎入牛斗，直从银汉泛虹泉。

题画小赤壁图（有序）

（明）董其昌

  吾松有小赤壁，与黄州赤壁大小实相埒，不知何事辱之为"小"。沈征士绘图，为兹山解嘲。雨中过君策斋头，君策方以吴绡点缀泉石。有张子渊自白岳至，携松萝茶，与畸墅鬭胜。君策呼酒，佐之永日，无俗子面目。君策强余画，为画此图，并书赤壁诗。诗、书、画皆君策和之。沈公绪欲铸东坡像于赤壁山房，属余书"大江东去"词镌于石，末句及之。然铸东坡，何必赤壁？陆家畸墅，合著此公，与内史相酬也。

吾松山有九，俱以海为沼。东海既以大，赤壁何当小？
风穴祕精灵，云门削鬼巧。口鼻鬭嶙峋，鳞甲成夭矫。
而我游齐安，何繇凌窈窕？时平兵气销，霜落江声悄。
回思平原鹤，谁是枌榆鸟？恰似黄池会，吴楚争可了？
将无山岳灵，端受里俗嬲。归语东阳生，攜筇事幽讨。
石言曾莫逆，壁观共枯槁。田成琳球赋，屋用辛夷橑。
太守握红云，冠彼山谷好。灵踪俨如旧，疣赘忽以澡。
嘉名公等锡，一壑从余保。手写浪淘沙，峨眉雪可埽。
敢应北山招，终事东坡考。

历代题画诗类卷第三十二

古迹类

观兰亭图
（唐）李频

往会人何处？遗踪事可观。林亭今日在，草木古春残。
笔想吟中驻，杯疑饮后乾。向青穿峻岭，当白认回湍。
月影牕间夜，湖光枕上寒。不知诗酒客，谁更慕前欢？

题汪华玉所藏兰亭图
（元）虞集

衡茅负晴旭，有客至我门。共披会稽图，山色盛缤纷。
众贤坐水次，飞觞汛沄沄。夷旷各有趣，高闲如右军。
幽情付后览，陈迹感前欣。悠悠千载来，不异更旦昏。
探穴问神禹，望海悲秦君。逝者皆如斯，死生固奚云？
所以鼓瑟人，思从童冠群。春服沂新浴，归欤聊永言。
抚卷不知老，遐思在兹文。东南极积水，日暮多浮云。

兰亭图（二首）
（元）吴师道

京洛铜驼草莽深，春风修竹满山阴。

右军忧国心如许，也伴兰亭醉客吟。

觞詠馀情落笔时，后来感慨已先知。
山阴道士衣冠少，竹里荒祠涧水悲。

方方壶崇山峻岭图
（明）吴宽

上清楼阁万山中，百折丹梯鸟道通。
我欲置身岩壑里，白云深处觅仙翁。

项洙处士画水墨钓台
（唐）方干

画石画松无两般，犹嫌瀑布画声难。
虽云智慧生灵府，要取功夫在笔端。
泼处便连阴洞黑，添来先向朽枝乾。
我家曾寄双台下，往往开图尽日看。

观钓台画图
（唐）徐凝

一水寂寥青霭合，两崖崔崒白云残。
画人心到啼猨破，欲作三声出树难。

题钓台障子
（唐）李频

君家尽是我家山，严子前台枕古湾。
却把钓竿终不可，几时入海得鱼还？

题伯时画严子陵钓滩
（宋）黄庭坚

平生久要刘文叔，不肯为渠作三公。
能令汉家重九鼎，桐江波上一丝风。

题莹师钓台图
（宋）陆游

羊裘老子钓鱼处，开卷令人双眼明。
未可匆匆便持去，夜艭吾欲听滩声。

钓台图
（元）程钜夫

先生只合桐江老，幸有生涯钓与农。
偶被羊裘勾引去，客星早已不相容。

和龙麟洲题黄次翁黄鹤楼图
（元）刘诜

孙曹不战何在？大江千载狂澜。
谁倚楼头呼鹤，秋风落日危阑。

题黄鹤楼小景
（明）廖道南

黄鹤飞来凌紫烟，汉江春水碧连天。
悬知仙子登楼兴，多在红云帝座边。

题黄鹤楼图
（明）张凤翼

一声长啸向蓬山，千岁桃花好驻颜。

只合独骑黄鹤去,误留仙躅在人间。

题黄鹤楼图

(明) 僧大圭

仙楼缥缈隔蓬莱,黄鹤西飞竟不回。
倚遍阑干秋水阔,征帆一叶汉阳来。

题竹楼小景

(明) 廖道南

竹楼高接月波楼,俯瞰澄江静不流。
楼上何人披鹤氅,却令长夏变清秋。

岳阳楼图

(元) 陈高

巴陵地殊胜,洞庭波渺瀰。层楼碧霄上,雕阑绿树边。
想像对图画,游观阻风烟。何由跨黄鹄,凭高望远天?

题孟珍玉涧画岳阳楼小景

(元) 杨维桢

岳阳楼上望君山,山色苍凉十二鬟。
剑气拂云连翠黛,珮声挑月过沧湾。
洞庭水落渔船上,云梦秋深猎客还。
最忆老仙吹铁笛,驭风时复往来间。

小李将军岳阳楼景

(明) 程敏政

岳阳图躅重兼金,尺素何人手更临?
瓦布蛛丝凭错综,山呈螺黛欲浮沉。

气蒸波撼中唐句，后乐先忧一范心。
闲指画图揩病目，卧游情共楚云深。

岳阳楼图
（明）吴溥

昔年曾上岳阳楼，高宴湖湘五月秋。
老去却从图画看，故人谁似旧风流。

滕王阁图（二首）
（元）程钜夫

几度滕王阁，凭阑看晚晴。西山与南浦，相送复相迎。

佩玉鸣銮地，滕王说几秋。人间空画本，槛外只江流。
空济艰难业，旁招俊乂俦。太宗尤可念，千古有瀛洲。

题滕王阁图
（元）贡师泰

雄城控华甸，杰阁临芳洲。飞甍起千仞，曲阑围四周。
丹碧何辉煌，文采射斗牛。帝子去不返，頫仰经几秋。
江黑簾雨捲，山青栋云收。孤舟天际来，扬帆在中流。
狂飙薄莫起，坐觉增烦忧。何当埽重翳，白日耀神州。
开图发长叹，天地一浮沤。

题滕王阁小景
（明）廖道南

悬台飞阁入层空，彭蠡匡庐一望中。
自是使君频驻节，灵槎长犯斗牛宫。

观元丹丘巫山屏风
(唐) 李白

昔游三峡见巫山，见画巫山宛相似。
疑是天边十二峰，飞入君家彩屏里。
寒松萧飒如有声，阳台微茫如有情。
锦衾瑶席何寂寂，楚王神女徒盈盈。
高咫尺，如千里，翠屏丹崖粲如绮。
苍苍远树围荆门，历历行舟泛巴水。
水石潺湲万壑分，烟光草色俱氛氲。
溪花笑日何年发，江客听猿几岁闻？
使人对此心縹緲，疑入嵩丘梦彩云。

寄巫山图与林致一喻叔奇 (二首)
(宋) 王十朋

图画巫山十二峰，缄题遥寄旧游从。
烦君仔细看山色，不似老夫归意浓。

数千里外共明月，十二峰头望故乡。
我对此山无梦寐，梦魂只在鴈山傍。

题巫山图
(滏阳张氏出此图，盖唐人画。庚申四月赋。)
(宋) 贺铸

巫山彼美 [神]，秀色发朝云。绚丽不可挹，飘飘去无痕。
楚梦一夕后，苍山秋复春。目断肠亦断，往来今古人。

韩无咎检详出示所赋陈季陵户部巫山图诗，仰窥高作，叹息弥襟。余尝考宋玉谈朝云事，漫称"先王时"，本无依据，及襄王梦之，命玉为赋，但云"㰅颜怒以自持，曾不可乎犯干"。后世弗察，一切溷以媒语。曹子建赋宓妃，亦感此而作。此嘲谁当解者？辄用此意，次韵和呈，以资抚掌

（宋）范成大

瑶姬家山高插天，碧丛奇秀古未传。
向来题目经楚客，名字径度岷峨前。
是邪非邪莽难识，乔林古庙常秋色。
暮去行雨朝行云，翠帷瑶席知何人？
峡船一息且千里，五两竿头见旗尾。
仰窥仙馆至今疑。行人问讯居人指。
千年遗恨何当申？阳台愁绝如荒邨。
高唐赋里人如画，玉色㰅颜元不嫁。
后来饥客眼常寒，浪传乐府吹复弹。
此事牵连到温洛，更怜尘辙有无间。
君不见天孙住在银涛许，尘间犹作儿女语。
公家春风锦瑟傍，莫为此图虚断肠。

巫山图

（元）刘因

朔风捲地声如雷，西南想见巫山摧。
江南图籍二百年，一炬尽作江陵灰。
不知此图何所得，眼中十二犹崔嵬。
猿声髣髴馀山哀，行云欲行行复回。
神宫缥缈望不极，乘风御气无九垓。

区区云梦蹄涔尔,岂知更有阳云台。

题巫山图
(元)吴澄

生平想像《高唐赋》,不识巫山十二峰。
忽有奇观来眼底,一时疑似梦魂中。

卢鸿草堂图
(宋)苏轼

昔为太室游,卢岩在东麓。直上登封台,一夜茧生足。
径归不复往,峦壑空在目。安知有十忘,舒卷不盈幅。
一处一卢生,裘褐荫乔木。方为世外人,行止何须录。
百年入箧笥,犬马同一束。嗟予缚世累,归来有茅屋。
江干百畒田,清泉映修竹。尚将逃姓名,岂复上图轴。

卢鸿嵩山草堂图
(元)吴镇

卢鸿仙居五百载,一段高风未可攀。
忽觑草堂清绝处,分明几案有嵩山。

王维终南草堂
(元)吴镇

昔人谢政后,生事此山中。树洒虚堂雨,泉飞隔浦风。
喜无舟楫至,旋有鹤猿通。应识无声妙,临窗展未穷。

题赵祖文盘谷图
(宋)吕居仁

赵郎落笔写盘谷,正是太平无事时。

今日太行那有此，满山樵采尽胡儿。

题杨息轩盘谷图
（元）王恽

石峪盘盘百畎蒿，野烟秋色淡林皋。
雄文一出潮阳笔，顿觉山人索价高。

题盘谷图（庐陵郡幕宾盘所李君，字长翁，家藏《盘谷图》，非必盘谷也，志隐耳。为赋长句。）
（元）刘诜

千厓苍苍倒石悬老桧，下瞰空阔森白根。
上有萦络斜下之瀑泉，下有缥缈半出之窗轩。
忽然渔舟散浦溆，疑是秦人桃花之仙源。
丛林尽处长堤邈，柳外沙边行客少。
汀烟漠漠不成雨，汀树疎疎似飞鸟。
依稀水槛知谁家？疑是唐人洗药之仙沼。
问君此地何处寻？可买不惜捐千金。
君言此亦盘谷境，我已先从画中隐。
嗟君才气何堂堂，胸藏霖雨未八荒。
平明走马入黄阁，日晏文书纷鴈行。
峩峩奎章九天上，白日旌旗下仙仗。
秋风插翮高颉颃，虽有此境何由往？
丈夫英气多难攀，九环宝带怀青山。
辋川墅，龙门滩，会买青鞿待君还。

刘平川盘谷图
（元）贡师泰

崇丘上岩嶢，绝壑下深曲。繄谁发天巧？水墨写盘谷。

荒溪邈层巅，修薄翳空麓。息阴动清兴，凭危引遐瞩。
鲜飙度长林，冉冉云相逐。晨樵入荟蔚，夕钓得涟绿。
方春蕨薇生，及秋禾黍熟。低徊情乍舒，展玩景逾缛。
我思古人心，雅旷良所欲。终期驾鸿濛，万里一黄鹄。

题王鹏梅金明池图
（元）邓文原

溶溶春水戏群龙，画鼓兰桡竞奏功。
得失等闲成愠喜。人生万事弈棋中。

金明池图
（元）陈庭实

天予淳风翊圣朝，瑶阶常奏太平谣。
缙绅文武风云际，肯向龙舟夺锦标。

金明池图
（元）王振朋

三月三日金明池，龙骧万斛纷游嬉。
欢声雷动喧鼓吹，喜色日射明旌旗。
锦标濡沫能几许，吴儿颠倒不自知。
因怜世上奔竞者，进寸退尺何其痴。
但取万民同乐意，为作一片无声诗。
储皇简澹无嗜慾，艺圃书林悦心目。
适当今日称寿觞，敬当千秋金鑑（鉴）录。

题金明宴游图
（元）黄溍

危楼缥缈碧波中，曲槛方欂面面通。

云气傍花如欲雨,柳丝垂地不惊风。
千年华表人非是,九奏钧天乐未终。
更有残山并賸水,烦君回首六楼东。

题金明池图
(元) 钱惟善

金明池涌橐驼虹,驾幸琼林岁岁同。
貔虎羽仪陈卤簿,鱼龙角觚戏珠宫。
乐游台殿今成沼,习战旌旗昔蔽空。
寂寞画图传后鉴,六飞回首塞池红。

谨题王鹏梅金明池图
(元) 吴全节

龙舟叠鼓出江城,送得君王远玉京。
惆怅金明池上水,至今呜咽未能平。

题王鹏梅金明池图
(元) 张珪

万櫂齐奔竞出头,锦标夺得志应酬。
吴侬识此争先著,一度赢来便可休。

昆明池图
(元) 程钜夫

蒲萄蒟酱邛竹杖,万里来自西南夷。
澜翻浪洴四十里,上林更凿西滇池。
牵牛左蹲右织女,朝暮日月相吞吐。
鱼龙万变世莫闻,曼延百寻人岂覩。
楼船笳鸣角觚张,千官剑佩鸣锵锵。

身毒蕞尔犹阻绝，四表何以昭天光？
君王好武古莫当，海宇如此仍开疆。
金隄杨柳秋风起，落日轮台遗恨长。
忆昔世祖规南国，刳木为舟神莫测。
江汉功成指顾间，中天垂裳开八极。
老臣抚卷重太息，可惜画工描不得。

柴桑晓色图

（元）吴师道

先生早赋归来篇，柴桑草屋依园田。
重华坟远泪进泉，聊复以酒陶其天。
野人田父相周旋，偶失姓字宁非贤？
清晨扣问来翩翩，手中有攜壶负肩。
更进觞酌杂乱言，醉即麾去我欲眠。
气韵太古羲皇前，只此自足垂千年。
匡庐影落晴江边，故墟老木凄荒烟，我尝过之心惘然。
是图物色谁摹传？愿起九原从执鞭。

为凌郡丞题柴桑雅致图

（明）王世贞

陶令彭泽归，秋风何快哉！与世既无营，返服宁不谐？
輠然一杯酒，时送寒山来。至今柴桑地，远高严陵台。
矫矫凌大夫，清标冠时才。半刺日翱翔，车马生红埃。
展图三叹息，欲往道疑乖。应跡泂浮云，丘壑在轩阶。
请以无累衷，契彼千载怀。

题城侍者剡溪图

（宋）陆游

莫境侵寻两鬓丝，湖边自葺小茆茨。

从今步步俱回櫂，不独山阴兴尽时。

题莹上人剡溪图
（宋）陆游

天地又秋风，豀山忆剡中。孤舟幸闲著，借我访支公。

与和甫时甫各题画卷，夔分得剡溪图
（宋）姜夔

枯槎啅乾鹊，交臂失夫君。奈此一尊酒，凭高空水云。

剡溪图
（明）丘濬

满天风云江漫漫，我所思兮在江干。
兴来挐（拏）舟欲相访，中涂兴尽俄然还。
古来友谊敦信行，情好在心宁论兴。
月梁梦觉动遐思，凤驾遥遥千里命。

题剡溪障子
（明）王世贞

晋有王子猷，风流掩前辈。高屐郄（郤）公门，挂笏马曹岁。
归来百事稀，种竹凡几围。贪看镜湖白，坐失青山辉。
风吹大空雪，片片镜中飞。
千岩鸟雀冻不喧，田父壂户罏头眠。
孤櫂苍烟放歌去，故人应在剡溪边。
人间戴生宁易得，其若归心浩然发。
空林无枝玉凌乱，独破寒流载明月。
相逢稚子候荆扉，东方渐高跡已微。
偶然适意差足快，千载何劳人是非。

谁为强被丹青色，令予欲访山阴宅。
荻花茫茫不知路，中夜披图兴萧瑟。

老杜浣花溪图引
（宋）黄庭坚

拾遗流落锦官城，故人作尹眼为青。
碧鸡坊西结茅屋，百花潭水濯冠缨。
故衣未补新衣绽，空蟠（一作"峥嵘"）胸中书万卷。
探道欲度羲皇前，论诗未觉《国风》远。
干戈峥嵘（一作"终风且霾"）暗寓（宇）县，杜陵韦曲无鸡犬。
老妻稚子且眼前，弟妹飘零不相见。
此公乐易真可人，园翁溪友肯卜邻。
邻家有酒邀皆去，得意鱼鸟来相亲。
浣花酒船散车骑，野墙无主看桃李。
宗文守家宗武扶，落日蹇驴驮醉起。
愿闻解鞍脱兜鍪，老儒不用千户侯。
中原未得平安报，醉里眉攒（一作"清扬之间"）万国愁。
生绡铺墙粉墨落，平生忠义今寂寞。
儿呼不苏驴失脚，犹恐醒来有新作。
常使诗人拜画图，凤胶续弦千古无。

西塞山图
（元）戴表元

空中生业寄鱼蓑，云是亲情水是家。
便有踪由无处觅，春风岸岸野桃花。

跋蓝关图（二首）
（元）王恽

潮阳英气凛中天，愁绝南荒瘴海烟。

不道生还阴有相,自陈哀表亦堪怜。

晚风吹雪下关头,点缀行人去国愁。
展尽画图还自惜,七闽南下即湖州。

当涂郡有脱靴亭,以谪仙采石得名,乃绘之图而赞以诗

(元)小云石海涯①

锦袍兮乌帻,神清兮气逸。凌铄兮万象,麾斥兮八极。
我思古人兮李太白,孰为使之朝禁林而暮采石也?
其天宝之孽倖欤,公则何所于欣戚?

郑谷图
(元)虞集

道士徐太虚,生纸画山居。林壑春烟里,桑麻夜雨馀。
过桥九节杖,连屋一牀书。似是子真谷,归耕三月初。

首阳山图
(元)范梈

山漠漠兮谷逶迤,中有二士形容饥,问之不畲(答)告者谁?
在昔父死人致国,弟让兄辞俱去之。
一朝隐居北海北,去乱就治归人师。
遇世偶有战伐事,叩马垂血陈媿辞。
君王知名臣义直,直不退听将疑为。
见兵不果事乃定,耻食其粟隐于斯。
终然饥死兹山下,到今称颂犹当时。

---

① 小云石海涯:即贯云石,元代畏兀尔人。因父名贯只哥,即以"贯"为姓,自号"酸斋"。《四库》本作"苏尔约苏哈雅"。

白旄黄钺不可追，功业甚盛德甚衰。
救民水火事诚危，三纲一失谁扶持？
是以圣人表其怨，谓彼仁者良由兹。
首阳之坟高几尺，自古富贵埋没野草空累累。
我欲酹北斗，荐以黄金卮。
展图涕涟洏，此意画者宜不知。

醉翁亭障为南翁作

（元）欧阳玄

长史琵琶皮作絃，使君眉宇饮中仙。
滁山滁水浑堪画，独有风流意不传。

汾亭古意图

（元）张础

汉家宫阙白云秋，魏国川原过鴈愁。
万古松风一茅舍，不随华屋变山丘。

题碧山图

（元）金涓

尝爱李太白，兴来栖碧山。
山中别有一天地，惜无图画留人间。
谁为碧澄翁，久向山中住？
栽花种柳待春风，忽见新图识其趣。
青山淡淡云离离，小桥流水涵清漪。
抱琴择胜可终日，安得似汝图中时。
韩侯好诗仍好画，嗜酒不忧官长怪。
欲图李白碧山居，酒禁方严笔如借。
知翁有子旧曾游，淡泊无营心日休。
图成漫与公为寿，愿翁长乐无虞忧。

题渭桥图
（明）刘基

百战平城愤未销，武皇赫怒属天骄。
可怜陵树秋风后，貂帽驼裘拜渭桥。

题东坡淮口山图
（明）张以宁

曾游淮县佩青纶，饱看东南第一山。
烟雨十年诗梦外，风尘万卷画图间。
斜阳应照客愁满，去鸟尚如人意闲。
遥想月明春树绿，苏仙长化羽飞还。

题太白亭小景
（明）廖道南

牛渚焚犀事有无，峨眉亭外月轮孤。
知君曾探骊龙穴，五色明珠照玉壶。

代题六朝遗秀图
（明）蓝仁

石头城下转孤蓬，满眼兴亡六代宫。
吴晋山川非旧国，宋齐陵墓但秋风。
牺牲不入诸天界，花月高歌永夜中。
欲问渔翁浑不识，年年江上蓼花红。

苎萝邨图为谢苎萝写
（明）李日华

奇绝山川是越中，万峰烟翠湿芙蓉。
雄图秀色千秋事，领略终归折屐翁。

历代题画诗类卷第三十三

故 实 类

方方壶仓颉作字图
（元）鲜于枢

石间点笔撚吟须，雄览江山为发舒。
脱口欲令神鬼泣，临池清逼右军书。

尧民图
（元）刘因

皋夔遗像凛犹存，更比凌烟意气真。
但使尊前有如此，不惭只作许由邻。

尧民图
（元）王恽

日出渔田日夕歌，蚕衣耕食乐天和。
细思历象星辰外，帝力于人更有何？

尧民图（泰定甲子题）
（元）袁桷

衢尊深酌舞蹋躠，鼓腹行歌乐自然。

共道帝尧新绍运,九州重见上元年。

题刘紫微尧民野醉图
(元) 元好问

苍苔浊酒同歌呼,白须红颊醉相扶。
尧时皇质未全散,不论朝野皆欢娱。
望云云非云,就日日非日。
先秦迂儒强解事,极口誉尧初未识。
尧民与酒同一天,此外更谁为帝力?
仙老曾经甲子年,戏将陈迹画中传。
山川淳朴忽当眼,回望康衢一慨然。
不见只今汾水上,田翁鞭背出租钱。

尧民醉归图
(元) 吴师道

骑行巾服俱非古,仪狄以前谁饮醇?
写出太平真乐意,陶然如此即尧民。

击壤图
(明) 杨慎

陶唐天子调八风,凤仪兽舞明廷中。
谁知鼓腹行歌者,复有山中击壤翁。
短袖单衣露两肘,野状邨容不自丑。
掀髯笑傲肩相随,共道帝力我何有。
柳谷饯日旸谷宾,老翁那记晨与昏。
一作一息有出入,时耕时凿无冬春。
蓂荚开残又朱草,生来未识平阳道。
海隅赤日烧九州,寰中息壤汨洪流。

已见天戈挥丹浦,更闻风伯殪青丘。
老翁其间百不忧,直从红颜到白头。
君不见许由逃尧劳步履,巢父洗耳污清泚。
华封老人费言辞,康衢小儿强解事。
姑射丰姿虽可珍,神仙髣髴信难真。
君看击壤千年后,多少行歌带索人?

巢父饮牛图(六首)
(元)王恽

巢由真隐本同俦,细论吾巢节更优。
老牸渴来何所择,径须牵避是非流。

浊泥常恐污吾牛,特地駈(驱)来饮碧流。
纵使许由辞位去,汗颜终是对宸旒。

耕田凿井不知劳,长恐逃名未得逃。
最喜帝尧平治事,一犁春雨满江皋。

征庸禅让两无心,驱饮时过碧涧浔。
若见后人牛喘事,入山唯恐不幽深。

舜受尧传两不闻,最怜牛力晚来新。
一鞭了却东皋事,颍水箕山分外春。

苦讶箕山易所操,虽辞尧让匪吾曹。
桐江江上垂纶客,一样清风万古高。

许由掷瓢图

（元）元好问

不知黄屋不知尧，喧寂何心计一瓢？
我是许由初不尔，只将盛酒杖头挑。

许由弃瓢图（二首）

（元）刘因

尧天万古大无邻，何地容君作外臣？
莫占箕山最深处，后来恐有避秦人。

人间洪水正横波，堂上南风入浩歌。
两耳区区无著处，一瓢孰与万几多？

许由弃瓢图

（明）程敏政

心寂何妨响万瓢，弃心生处胜狂涛。
耳尘暂灭心尘起，却恐先生见未高。

巢由图

（元）华幼武

闻让洗其耳，择流饮其犊。如何跖之徒，贪心恒不足？

题巢由图

（明）张凤翼

休论洗耳谁氏，莫问弃瓢何年。
巢许自甘遯世，唐虞岂有遗贤。

有虞鼓琴（赵霖笔）

(元) 王恽

迷匹谁如帝子崇？和鸣还与五絃同。
异时愠解吾民阜，本自君王正始功。

大禹泣辜图

(元) 王恽

真淳气散不复古，科条渐似秋荼深。
道逢胥靡涟洏泣，灼见当时罪己心。

题伊尹耕莘图

(元) 贡师泰

碧海昼沸白日沦，禹鼎欲徙汤网仁。
长绳短垂（箠）行鳖蟨，驱牛独耕莘野雪。
有时仰面一长吁，青天漫漫风烈烈。
身居畎畆尧舜心，忍看民生堕昏沉？
乾坤阖辟系出处，幡然起作商家霖。
先农有诗亦有谱，后世南阳詠《梁父》。

题傅岩图

(明) 丘濬

何事君王感梦频，骑箕天上有星辰。
自从版筑形求后，惟见丹青画美人。

题磻溪垂钓图

〔唐〕罗隐

吕望当年展庙谟，直钩钓国更谁如？

若教生在西湖上，也是须供使宅鱼。

题太公钓渭图
（明）刘基

璇室群酣夜，璜溪独钓时。浮云看富贵，流水淡须眉。
偶应非熊兆，尊为帝者师。轩裳如固有，千载起人思。

太公钓鱼图
（明）陈昌

炮烙烟生醢鄂侯，人心天命已归周。
如何未入非熊兆，尚向磻溪下直钩？

渭水非熊图
（明）程敏政

落日秋风渭水湄，天教西伯共心期。
凭谁敢道鹰扬勇，鹤发渔翁有此奇？

题牧野图
（明）张凤翼

风尘高牧野，杀气暗全军。百六当龙战，三千出虎贲。
旌旗挥落日，鼓角动寒云。知有磻溪老，鹰扬翊圣君。

题夷齐采薇图
（元）钱惟善

海滨二老共归周，叩马鹰扬似不侔。
寂寞西山采薇后，清风未许属巢由。

采薇图

（元）卢挚

服药求长年，孰与孤竹子？一食西山薇，万古犹不死。

豳风图（二首）

（元）刘因

画里春风在眼前，诗中雅意若为传。
凭谁更谱絃歌了，细味周家八百年。

惟愿将身入画中，野人何敢梦周公？
一区共买横渠上，尽有新诗续正风。

题豳风七月图

（明）钱龙锡

国本民生系，深思草昧存。淳风怀墐户，美俗写朋尊。
卜洛从何始？承邠信有源。艰难开圣主，告诫切文孙。
拭目丹青丽，赓歌雅什温。思随工瞽诵，欣望辟虞门。

邠风图

（明）董其昌

玉书金简不足异，布帛菽粟真文字。
宛委惊开先代藏，诗中尽绘农桑事。
忆昔章皇全盛时，尧水汤乾德〔总〕不知。
千仓万箱陈陈积，祁寒暑雨谁其咨？
田畯女红歌帝力，帝轸民艰情不极。
因披承旨图《邠风》，亲洒宸章赋闵农。
田家作苦非一状，深耕薄获何劳劳。

犁头风雨生绡幅，馀音散入春桑曲。
但识宫中锦绣香，争知陌上蚕缫促？
种苗卤莽应无功，提筐饲蚕劳亦同。
天文似雨仓颉粟，机杼还凌云汉工。
曾闻姬满歌《黄竹》，明河霓羽纷相逐。
讵举三推占籍田，肯怜四月新丝熟？
大哉竹简羽陵书，可信农桑足开国。
曲阜遗履乌号弓，精光喷薄摩苍穹。
愿将装御连屏叠，率祖弥增圣道隆。

旅獒图

(元) 王恽

厖然纤氄褐毛鲜，闪闪苍精照帝轩。
谁为此监杨得意，一言曾达汉文园。

何人刺绣《旅獒图》，惨澹风烟较猎馀。
不宝珍奇安远迩，至今人味召公书。

题分金图

(明) 丘濬

多取不为贪，多与匪云让。丈夫相知心，岂在黄金上。

宁戚叩角图

(元) 王恽

舜受尧传老不逢，商歌愁绝国门东。
小哉恨煞夷吾器，竟列齐桓五霸中。

挂剑图

（明）顾璘

延陵公子有道者，义气千秋动华夏。
去时宝剑心许君，死后仍来悬墓下。
白日青天一片心，岂因生死惜千金。
寄言反覆轻薄子，三步腹痛休哀吟。

闻韶图

（金）杨云翼

千古神交寄至音，闻《韶》想见圣人心。
容声便落筌蹄外，后学休从肉味寻。

燕居图

（元）刘因

伊川门外雪盈尺，茂叔窗前草不除。
要识唐虞垂拱意，春风原在仲尼居。

题龙眠孔访苌弘

（元）程钜夫

圣人何常师，小技亦有道。至今图画中，若听《文王操》。

夫子去鲁图

（元）陆仁

迟迟兮去鲁，居是邦兮爱念父与母。
临沂泗兮未济，望龟山兮有潸其雨。
津则有舟兮车则在道，先王轨辙兮孰履其武？
道之不行兮命矣夫，周旋天下。

夫子听琴师襄图

（明）陈颢

苍姬尚文治，叔世生宣尼。立教以垂宪，天纵圣哲姿。
师襄何许人？冠裳肃威仪。援琴得高趣，挥手调朱丝。
悠悠太古音，不藉言与辞。松阴白日永，萧瑟生凉飔。
一弹万虑息，再弹心旷怡。乐与二三子，听之忘神疲。
世远不可作，此音知者稀。抚图三叹息，长吟寄遐思。

夫子学师襄琴图

（明）姚纶

周衰乐废缺，正声几湮沉。苟无独识者，世远将焉寻？
所以孔夫子，俛学师襄琴。初弹《猗兰操》，再鼓文王音。
至和格鸟兽，跄舞娱人心。此图写遗意，高山流水深。
披玩发长嘅，视古犹视今。

泣麟图

（明）陈颢

《诗》亡《春秋》作，姬政日就隳。
麟也本仁兽，出焉非所宜。夫子因感伤，临风涕交颐。
画史载遗蹟，千古兴嗟咨。方今圣人出，端拱致无为。
岂独麟瑞世，凤凰亦来仪。往事勿复论，作诗颂明时。

孔子泣麟图

（明）丘濬

麟之来也胡为哉？宣尼一见掩袂哀。
因兹托始一王法，千年大义从此开。
吁嗟尔麟盍来生此文明世，亲际圣人在天位。

若使宣尼重见之，欢欣赞诵将何如！

曾点扇头（二首）

（元）刘因

晋楚英雄管晏才，当时真眼尚谁开？
狂生携著鲁儿子，独向舞雩风下来。

独向舞雩风下来，坐忘门外欲生苔。
归时过著颜家巷，说与城南华正开。

子路问津图

（元）王恽

辙环天下老于行，二子相忘不辍耕。
休谓圣贤分二致，本来出处不同情。

子贡见原宪图

（元）郑元祐

穷通由命不由人，结驷来窥瓮牖春。
富贵不淫贫贱乐，山青云白水粼粼。

子贡见原宪图

（明）吕蕙

赐诚不在原思下，晚岁曾闻性命微。
未必驷车辞见后，始知贫富谄骄非。

子贡见原宪图

（明）班惟志

货殖虽师名，退思容有辨。如何司马迁，于宪却无传？

汉阴抱瓮图
（金）段成己

凿井为畦並汉皋，区区抱瓮不辞劳。
古人伎俩今人笑，举世师师尚桔槔。

子期听琴图
（元）刘因

琴瑟自吾事，何求人赏音？绝絃真俗论，不是古人心。

题昭文携琴图
（元）欧阳玄

孺子攜琴未去弢，两翁山水偶相遭。
知音已置亏成外，到底昭文不鼓高。

题交甫解珮图
（明）杨慎

交甫之楚游，息影依乔木。道逢两仙姝，逍遥汉皋曲。
星宿缀明珰，云霞装魅服。婉娈荡荧魂，花艳惊凡目。
目随辚尘扬，魂与芳风逐。结梦拟阳台，交辞同阿谷。
荣华橘是柚，贞芳筍成竹。江永不可方，微波春自绿。

楚渔父渡伍胥辞剑图歌
（元）傅若金

江有阻兮路有歧，时将迫兮来何迟？
子弗渡兮我心悲，既渡子兮，我何以剑为？
吁嗟行兮，子毋我疑。

伍子胥渡江图

(明) 张宁

壮气横空欲吞楚，半夜函关出虓虎。
城中追骑若行云，泉下孤臣泪如雨。
江头立马寒飕飕，江神吐泣皇天愁。
捐躯甘作异乡鬼，誓死肯忘同天雠！
何来父老伤羁阻，舣櫂招摇夜相渡。
百金宝剑辞不收，万石功名草头露。
雄兵一旦下吴台，楚国山河半草莱。
旧主已随烽火邈，将军犹入故宫来。
秦庭泣血昭王返，《白苎》歌长越兵远。
夫差夜饮欲烹龙，句践宵衣正尝胆。
零落鸱夷百战身，姑苏麋鹿谩伤神。
君看楚郢鞭尸客，应是吴门抉目人。

应制题王朏画吴王纳凉图

(元) 虞集

雨过太湖上，风生响屧廊。红绡拂几席，白苎制衣裳。
朱光沦厚地，明月在高堂。何以保玉体？长年乐未央。

题吴王纳凉图

(元) 陈旅

吴王台榭满汀洲，湖上风来暑雨收。
坐拥红妆可娱老，市无赤米不教愁。
采莲舟载烟岑晚，响屧廊通水殿幽。
岁暮甬东宁有此，夜凉歌舞莫令休。

吴王纳凉图
　　　　　　　　　　（元）甘立

六月长洲水殿凉，酒酣挥袖倚新妆。
芙蓉露冷秋云薄，回首西风响屟廊。

吴王夜宴图
　　　　　　　　　　（元）真桂芳

银漏迢迢夜未晨，管絃声里绮罗春。
饮阑方拥名娃睡，岂料稽山正卧薪。

题吴王纳凉图
　　　　　　　　　　（明）袁凯

微月斜侵响屟廊，芙蓉清气满金塘。
鸳鸯只傍阑干宿，也爱君王水殿凉。

跋范蠡归湖图
　　　　　　　　　　（元）王恽

霸越高勋土苴如，五湖归隐号陶朱。
扁舟共载西施去，却恐时人是厚诬。

题范蠡五湖
　　　　　　　　　　（元）赵孟頫

功名自古是危机，谁似先生早拂衣。
好向五湖寻一舸，霜黄木叶雁初飞。

范蠡归湖图
　　　　　　　　　　（明）程敏政

万顷湖光足钓丝，济川功了乞归时。

安流不用旌篙楫，敛手舷头任所之。

题范蠡泛舟图（二首）

〔昍〕 张凤翼

报吴小试计然谋，不觉功成已白头。
只与西施同载去，烟波随地著扁舟。

丰茸岸柳杂汀花，烟水平湖处处家。
岂独谋臣能拂袖，美人亦自厌繁华。

豫让邀襄子图（二首）

〔元〕 王恽

智氏头颅到溺旋，赵襄谨避堕空然。
若图伯也非常报，合有嘉谋在死前。

一言感激命为轻，九死酬恩不为名。
千古晋阳桥下水，不应呜咽恨无成。

田稷还金图

〔明〕 王珉

百镒私金岂妄传，展图三叹忆当年。
齐王若正田郎罪，千古谁知阿母贤？

田稷还金图

〔明〕 谢实

稷子为卿受吏金，母心不纳示恩深。
旌嘉又赖君王赐，一段高情传至今。

田稷还金图

（明）赵季行

秉钧当国相齐宣，何事贪私不赧然？
遗母只知金可奉，出金深赖母惟贤。
方慙请罪荣公赐，岂料垂名玷史编。
此日展图重感叹，君亲恩义两能全。

田稷还金图

（明）赵能

世人谁不重黄金，难得慈亲识虑深。
子孝母贤君有德，披图三叹激人心。

田稷还金图

（明）李雍

齐宣千乘尊，谟谋贵权利。稷子位相国，受金毒下吏。
嗟哉田母贤，质责能尚义。子有迁善名，君有惩劝志。
良心易感发，美政曷难致。君臣务苟得，甘受嬴秦制。
社稷今已墟，母名恒不替。

田稷还金图

（明）曹傑

公私万古可消沉，位重黄金尚逆侵。
杨震四知终克己，田卿百镒是欺心。
固因慈母贤如许，[得]致宣王义亦深。
只恐史臣编不尽，形图画轴迄如今。

跋墦间图

(元) 王恽

乞食归来意有馀,岂知内子涕沾襦。
相逢半是墦间客,底用经营画作图?

曳龟图

(元) 王恽

寓说澜翻已自欺,更堪身世两相遗?
抱麟痛为东周泣,争遣宣尼不及时。

孙阳相马图（龙眠笔）

(元) 王恽

昭王墓老秋芜合,虞坂人归暮霭苍。
屈产何尝无骏足,世间能有几孙阳?

题毛遂执剑图

(元) 周砥

六国争雄势若何?纷纷剑客口悬河。
合从不作尊王计,遂也何烦用力多?

题赵王夜宴图

(明) 袁凯

玉户金钉夜未央,邯郸宫里奏丝簧。
郑姬已醉韩姬倦,谁拂君王白象牀?

屈原卜居图（二首）

(元) 王恽

用舍行藏圣有馀,却从詹尹卜攸居。

乾坤许大无容处,正在先生见道疎。

山林长往渺难攀,死不忘君世所难。
邂逅去从詹尹卜,八方历遍果何安?

屈原《渔父》图
(明) 陈昌

一从恩谴出銮坡,辞却襄王到汨罗。
渔父不知忧国恨,相逢但和《濯缨歌》。

伯时画《九歌》
(金) 赵秉文

楚乡桂子落纷纷,江头日暮天无云。
烟浓草远望不尽,翩翩吹下云中君。
《九歌》九曲送迎神,还将歌曲事灵均。
一声吹入汨罗去,千古秋风愁杀人。

九歌图
(元) 程钜夫

潇湘南下洞庭深,无力能援楚国沉。
纵使《九歌》堪入画,何人写得放人(臣)心?

书李伯时九歌图后
(元) 吴澄

李家画手入神品,楚贤风流清凛凛。
谁遣巫阳叫帝阍,为招江上归来畩?
音纷纷,音纷纷,柱高辰远聪不闻,扶桑初暾海横云。
司命播物泥在钧,洪纤厚薄无齐匀。

公无渡,公无渡,冲云起,螭鼋怒,夜猿啾啾天欲雨。
天欲雨,送归路,岁晏山中采兰杜。
灵修顾,顾复去,莫怨瑶台神女妒。
坎坎鼓,进芳醑,耻作蛮巫小腰舞。
千年往事今如新,摩挲旧画空怆神。
腾身轻举一回首,楚天万里江湖春。

题离骚九歌图

(元) 柳贯

紫贝东皇席,青霓北斗旗。究观神保意,邅恤放臣悲。
有客传巴舞,何人执籥吹?楚巫千载恨,凭向画中窥。

来任卿去官归萧山,爱元人九歌图,为作

(明) 汤显祖

去意萧然此大夫,剡中溪谷世言殊。
伤心渔父临湘谱,一似英皇泣舜图。

历代题画诗类卷第三十四

故 实 类

鞭石图
（元）王恽

洋海求仙已渺茫，又鞭群石驾飞梁。
帝功不出仁和圣，罔念元来便作狂。

题邵平种瓜图
（宋）李纲

君不见伯成子高辞（让）侯爵，在野终年自耕获，
下风趋问礼徒勤，偘偘田间事芜落；
又不见於陵仲子推相位，为人灌园刈葵藿，
抱瓮区区同汉阴，不糁藜羹有馀乐。
古来贤达有如此，志趣未可常情度。
力辞富贵居贫贱，凛若霜风陨轻箨。
邵平本自侯东陵，秦破国除休一壑。
当时汉祖疑鄷侯，置卫增封意非薄。
众宾皆贺平独吊，一言转祸推先觉。
以兹智略佐风云，复取故封何所怍？
归来种瓜青门外，灌溉耝耘甘寂寞。

长安之东壤尤美，翠蔓离离照城郭。
秋阳正炽瓜正肥，解衣摘实如俛鹤。
儿童玉立形骨清，挈笠攜筐助操作。
遂令世美东陵瓜，身后高名动寥廓。
屠贩曾闻封绛灌，奴仆后来兴卫霍。
高鸟已尽良弓藏，更有韩彭辱囚缚。
何如终老守瓜畦，自饱饱他真不恶。
龙眠也是可怜人，画此端令事如昨。
世间如画画如梦，聊为作歌资一噱。

题高皇过沛图
（宋）方岳

芒砀真人赤龙子，一剑入关秦鹿死。
黥王菹醢过故乡，仍冠竹皮相尔汝。
故人父老喜欲狂，至尊含笑袍花光。
酒酣击筑自起舞，歌声悲壮云飞扬。
此意今人弃如土，岂但当时沐猴楚？
君不见相如草檄西入秦，蜀山憔悴生烟尘。

高阳长揖图
（宋）刘子翚

胡妆二女执巾裾，长揖高阳旧酒徒。
不是苍皇能辍洗，溺冠何异昔坑儒。

沛公洗足见郦生图（五首）
（元）王恽

气折狂豪一洗间，要令游士吐嘉言。
初从沛长咸阳帝，此术施来第几番？

嗲然洗腆孰为宾？中隐炎刘四百春。
一说便能延上客，君王肯效妇人仁！

包缌緰区细故捐，未妨挥洗郦生前。
一颦一笑非无谓，不似高皇气驭权。

落魄高阳一酒徒，略除边幅展雄图。
桓门坚忍须臾去，长为东山出此模。

布褐昂藏七尺身，不容空老酒垆春，
风云惨淡龙蛇际，首识隆颜亦可人。

圯桥进履图
（明）谢承举

皇极谁销秦火馀，勋华消息竟何如？
汉家事业空无补，每恨龙钟一卷书。

题萧何夜追韩信便面
（明）林廷锦

午夜松风荡九围，英雄何事任奔驰？
可怜云梦伤心处，应恨当年匹马迟。

四皓图
（金）李献能

弋缯安足致冥鸿，自是兼怀翊赞功。
谩说壶关有遗老，望思台上已秋风。

四皓图

（元）元好问

身堕安车厚币中，白头尘土浣西风。
当时且不山间老，羽翼区区有底功？

四皓图（七首）

（元）王恽

尺一招来四老翁，冥冥高兴振孤风。
少微不是门人像，调护前星最有功。

人欲横流不易攻，留侯真是帝师雄。
笑将二老归周意，翻作商岩羽翼翁。

夜壑藏舟未厌深，皎然松雪映高林。
闲云终作从龙雨，唯有留侯识此心。

山中日月到华胥，涧饮芝餐乐自殊。
苦被留侯容不得，须教人龁事相污。

事定归来旧隐深，皎然松雪映云林。
寥寥高谊千年后，似觉元之最赏音。

苦谏臣通已谩为，一书光动紫岩芝。
后人只说安刘重，不道留侯策更奇。

先生节义重丘山，冠珮遥瞻汉嗣安。
莫以隐沦忘世论，一身归结果何难。

画四皓

（元）赵孟頫

白发商岩四老翁，紫芝歌罢听松风。
半生不与人间事，亦堕留侯计术中。

题四皓图

（元）吴澄

皓首出山来，从容定储宫。储王已御极，论贵将谁同？
飘然拂衣去，讵敢贪天功。饱茹石上芝，坐荫岩下松。
商岩郁嵯峨，千载馀清风。

题四皓图（二首）

（元）马祖常

不听高皇召，还来太子宫。阿㜈人搋祸，吾恨紫芝翁。

《鸿鹄歌》虽壮，长门事可忧。闲名紫芝客，终不似巢由。

题商山四皓

（元）陈思济

引领望层颠，遥见四老人。苍颜映绿水，一一严衣巾。
望之即再拜，重其古先民。或云黄与绮，于此避强秦。
至德尚可想，遐踪浩无邻。翩然若仪凤，览德翔秋旻。
亡国失大老，兴邦得祥麟。威容动虪宸，问答何精神。
[明两]有馀庆，偏爱遂沦湮。至今仰遗烈，英气犹振振。

题四皓图

（元）卢亘

姬昌圣瑞胤厥祖，泰（泰）伯仲雍逃荆蛮。

坐令周历过所卜，高风千古谁追攀。
惠皇畏废出奇计，四老昂藏趋殿陛。
吕宗覆尽鼎再安，玉玺神光归代邸。
赵王枯冢生秋蓬，谷城黄石埋幽宫。
空山不闻《紫芝曲》，白云影没南飞鸿。

题屏风画商山四老人
（元）杨载

飞雪洒遥野，冲波荡无垠。蟠蟠山谷间，居此四老人。
下为民庶师，上作王家宾。清风渺何许，驰想寂莫滨。

四皓围棋图
（元）黄溍

当局沉吟只谩劳，区区胜败直秋毫。
颠嬴蹶项非君事，赖有安刘末著高。

题四皓图
（元）戴良

欲向商山歌《采芝》，白云望断不胜悲。
高人只在丹青里，满鬓秋风共弈棋。

商山四皓图
（元）李孝光

帝忧母主重废嫡，人料子房冝（宜）与谋。
盟诅不虞高后劫，卑辞翻为建成筹。
腹心已去悲歌起，羽翼虽成女祸留。
俱堕术中曾不寤，先生轻出后人羞。

题四皓商山图

（元）张翥

兵尘澒洞邈函关，不到商於六里间。
赤帜频传秦楚蹶，白云自与绮园闲。
龙蛇陆起嗟何在，鸿鹄冥飞竟不还。
千载高风无复见，空馀芝草满空山。

题商山图

（元）黄玠

美宦少宁居，良田多赋率。曼肤白如瓠，仍防污鈇锧。
所以商山翁，深逃入堂密。蔽芾皆美枞，不觐长安日。
扬扬大逢衣，蒻蒻小第室。门巷既荒寒，器具犹古质。
渴即引井泉，饥或餐木实。微我异枭鸾，从人自枭乙。
平生《紫芝曲》，久不屈此膝。须眉各皓然，一为天下出。

题马远画商山四皓图

（元）钱惟善

已剖巴陵橘，犹歌商岭芝。避秦非避汉，一出系安危。

四皓图

（明）陶安

龙争鹿走角功名，眼底浮云悟世情。
有地采芝身远遯，无心执玉手平衡。
衣冠误落留侯计，带砺愁闻汉祖盟。
松下庞眉垂白雪，至今泉石被光荣。

四皓弈图

（明）陶安

安刘事毕返林丘，当局机心老未休。
松下樵夫应暗笑，先输一著与留侯。

四皓图

（明）高启

高山深谷事悠哉，何事犹思太子来？
拟向秋风歌一曲，紫芝黄鹄總堪哀。

四皓弈棋图

（明）朱纯

一局残棋尚未终，白头何事到青宫？
可应千里冥飞翼，却堕留侯智网中。

四皓围棋图

（明）苏平

共将声迹遯岩阿，静里看棋趣自多。
几著消磨秦日月，一枰匡复汉山河。
溪边夜雨生芳草，谷口春风袅薜萝。
忆自寓形巴橘里，商於谁和《采芝歌》？

四皓弈棋图

（明）刘师邵

云霄万里羡冥鸿，曾为储皇出汉宫。
数著残棋犹未了，五陵松柏已秋风。

题四老围棋图

（明）王守仁

世外烟霞亦许时，至今风致后人思。
却怀刘项当年事，不及山中一著棋。

四皓弈棋图

（明）张志宗

何事山中闲弈棋，颜如丹渥鬓如丝。
不将白眼看浮世，且向山中歌紫芝。
歌紫芝，心荡荡，嬴秦残忍知不知？
若无张子房，安肯出彤墀？
羽翼太子难动移，虽有矰缴将安施？
扶弱安刘今几时，画中见之恍在斯。
问之不答亦不顾，妙算还他一著奇。

题四皓图

（明）张凤翼

羽翼功成仗草莱，不教丹诏下轮台。
留侯自有安刘策，未必商山四皓来。

梦客携商山四皓图令余赋之

（明）王世贞

尚忆商山聘，千秋卧未深。兵戈留地肺，羽翼转天心。
衰矣《紫芝咏》，惜哉《黄鹄吟》！岂应龙变化，来去杳难寻？

题四皓图

（明）陈继儒

须眉皓白好疏顽，何事相将入汉关？

一片商山留不住，终输圯上老人闲。

张释之谏文帝图
（宋）刘子翚

扰扰椎埋徧九原，因山独有霸陵存。
孝文俭德虽天纵，亦赖忠臣劝一言。

伏生授书图
（元）王恽

遗书灰冷散飞烟，老喙重宣即粲然。
三策竟从名数说，颍川方寸殆虚传。

题伏生授书图
（元）戴表元

白头不死见时清，女子相依解授经。
何用生男作晁错，乃翁一语不曾听。

伏生授经图
（元）吴师道

老生抱《百篇》，藏壁避暴秦。汉兴沉亡定，取视半不存。
二十有八篇，当时号今文。苟非著简册，文字何繇分？
无端安国宽，倡说异前闻。并言本经失，口授熟以驯。
承风竞接响，谁复究其原？宽也尤厚诬，因图略开陈。
生老不能行，故遣错至门。云何易其语，谓不能正言？
诸生近齐鲁，传言岂无人？奈何使女子？此事决非真。
错来止授册，岂复《书》所云？藉令《书》所云，审视生必亲。
唐儒更妄谬，谓目亦眊昏。痛哉百岁老，幽壤抱冤沉！
想初二子意，只务孔壁尊。以彼口传讹，非与吾书伦。

焉知反自累,异说滋其根。诋诽忍废古,悍戾恣纷纭。
此辈不自量,按据为奇新,但知快攻击,何曾精讨论?
试看错脱简,今古文所均。口熟岂应尔?完具必未焚。
此理最易察,瓿习常因循。考古贵求是,执要元不烦。
请诵马班书,毋为浪啾喧。

伏生授经图
(元) 郑元祐

老无牙齿语音讹,断简残编缺字多。
不赖闺中贤弱息,帝王典则竟消磨。

题伏生授书图
(元) 吴澄

后死宁非数,能言岂必男。如何掌故耳,未了异方谈。
篇简仅四七,语音囮二三。可嗤千载下,《孔传》苦研覃。

奉题伏生授书图
(元) 杨维桢

沙丘崩,科斗藏。
《典》《坟》孰求楚左相,金丝未坏孔子堂。
济南老生教齐鲁,縣篋礼生何足伍。
挟书严禁禁未开,盘诘谁能禁齐语。
百年礼乐当有兴,天子好文开太平。
《百篇》大义喜有讬,十三女口传嘤嘤。
太常掌故亲往受,百篇仅遗二十九。
河内女儿还自疑,老人屋中有科斗。
建元博士孔襄孙,五十九篇为训文。
嘉唐悼桀空有诏,孔氏全经谁与论?

倪家书生能受学，一篇荐上原非朴。
赏官得列中大夫，帝轨皇图未恢扩。
汉家小康黄老馀，乌用司空城旦书。
盖师言治在何处？后世徒走陈农车。

伏生传经图

（明）鲁铎

祖龙火中书作堆，阿房相继为尘灰。
九旬老儒食汉粟，元自咸阳坑外回。
向来传道心自许，挟书律在无俦侣。
太常掌故来何迟，舌固犹存难正语。
闺中弱息谙圣谟，口相授受曾何拘。
删书门下谁复在？一女拟当三千徒。
掌故心神只方策，耳目何尝滞声色。
楚国虽亡见倚相，孔堂未上闻金石。
谩道方言多异同，济南不与颍川通。
子襄科斗人不识，考论文义终谁功？
天为斯文存一线，汉人及见先生面。
吾今尚恨《礼》残《乐》不传，当时式问宁徒然。

朱翁子负薪卷

（元）张翥

富贵危机解杀身，是非千古付樵人。
当时长史魂应悔，不向山中只负薪。

题买臣负薪图

（明）陈达

海邦六月烦暑逼，石牀昼卧纷华息。

清风飒飒自南来，恍然如入华胥国。
初醒顿觉日半斜，簷头几阵蜂将衙。
朗吟老子五千字，漫酌卢生七椀茶。
敲门忽见东谿氏，手持一幅鹅溪纸。
云是晴沙远遗之，分明貌出朱翁子。
忆昔登登伐木时，行歌道路声喑呜。
岂徒不入驵侩眼，何当更被糟糠嗤？
五十功名未迟暮，锦衣烜赫人如故。
谁知此日除道夫，却配当年弃夫妇？
朱颜闇淡应无光，后车同载空傍徨。
丈夫出处自有数，悔把深恩一日忘。
披图谁不增感慨，嗟彼女流何足怪。
不见翟公门下客，一贫一富知交态。

买臣负薪图

（明）刘泰

家贫且作会稽樵，担在肩头斧在腰。
出谷每烦明月送，入山何待白云招。
松深湿翠沾书卷，花近晴香扑酒瓢。
千载荣归怜去妇，低回羞过覆盆桥。

买臣秋樵图

（明）程敏政

西风萧萧振黄叶，何处平原初罢猎？
会稽山下负薪人，倚树掀髯亦豪傑。
一朝印绶悬其身，白日照耀新朱轮。
谁知担上芸香册，只博人惊车马尘。

相如涤器图
（明）唐寅

琴心挑取卓文君，卖酒临邛石冻春。
狗监犹能荐才子，当时宰相是何人？

带经图
（明）廖道南

春园锄罢惜分阴，独展遗经抱古心。
历相三朝开两府，却遗鸿业照词林。

题带经漂麦二图
（明）高启

朝锄东皋上，暮锄西陂侧。释耒读遗经，欣然此休息。
因观舜稷事，耕稼宁辞力！

田中刈麦罢，把卷忘其疲。风雨忽云至，千穗漂无遗。
于书苟有得，岁晏何忧饥？

高凤漂麦图
（元）王恽

疾雷破柱雨翻盆，甑堕何烦顾惜频。
倪为把书都不省，先生应是太痴人。

张骞乘槎图
（元）戴表元

数尺枯槎底易骑，海风吹浪白沥沥。
如今市上君平少，曾到天河也不知。

题郑昭甫写张骞乘槎图

（明）林鸿

衮衮黄河天上来，茂陵底事望蓬莱？
早知博望乘槎便，虚筑通天百尺台。

乘槎图

（明）朱谏

仙人御风行万里，九土茫茫尽烟雾。
张骞有术却乘槎，飘然直上天河去。
顺流更欲下崑崙，霞衣又拂三珠树。
莫将胜事论有无，直对芳樽詠佳句。

题乘槎图

（明）僧妙声

秋风驾洪涛，灵槎中荡摇。
怳如乘船天上坐，帝青九万无纤毫。
黄姑织女长相见，归来空记当时面。
至今海与银河通，何因再得相从容？

历代题画诗类卷第三十五

故实类

射虎图

(明) 杨慎

钱选好手工白描,粉墨丹青色沮丧。
细观逸跡迥不俗,气骨深稳形萧放。
中丞此图开似我,行行游猎极殊状。
汉家昔日李将军,生射猛兽天下闻。
弯弓半夜没白羽,飞鞯晴昼生黄云。
今之图画无乃是,披卷似觉阴风起。
积雪惨澹长白山,草木苍乾松漠间。
将军身乘大宛马,从骑亦是骁勇者。
合围射虎虎带箭,相持不肯遽相下。
虎鬬马骤两若飞,咆吼欲震长平瓦。
东海黄公鲁卞庄,裴旻舞剑相颉颃。
古来英英者数子,绘事简策传芬芳。
何物少陵愁杜甫,短衣南山思射虎?
老骥伏枥悲鸣苦,壮士哀歌泪如雨。
天狼煌芒直威弧,安得此辈西灭胡?
却走马蹄报神都,为献单于款塞图。

题李广利伐宛图

（明）宋濂

贰师城头沙浩浩，贰师城下多白草。
六千铁骑随将军，风劲马鸣高入云。
师行千里不畏苦，战士难教食黄土。
上书天子引兵还，使者持刀遮玉关。
乌孙轮台善窥伺，宛若不降轻汉使。
玺书昨夜下敦煌，太白高高正吐芒。
戎甲重征十八万，居延少年最翘健。
杀气漫漫日月昏，边城冉冉旌旗乱。
水工决水未绝流，旆竿已揭宛王头。
执驱校尉青狐裘，牝牡三千聚若丘。
惜哉五原白日晚，郅居水急游魂返。

李陵县军遇敌图

（元）陈泰

壮哉射虎将军孙，惜哉扼虎边军魂！
旌旗半捲日光薄，风吹野水秋无言。
生降孰与死战乐，天子未负将军恩。
阵前八骏血为泪，仰面不见咸阳门。
祁连山头堆苜蓿，将军多马今何赎？

武帝问日磾图

（宋）刘子翚

汉朝人物尽英奇，武帝招延盛一时。
拒谏不能容汲直，讬孤何至用胡儿？

题苏武忠节图（三首）

(宋) 文天祥

忽报忠图纪岁华，东风吹泪落天涯。
苏卿更有归时国，老相兼无去后家。
烈士丧元心不易，达人知命事何嗟？
生平爱览忠臣传，不为吾身亦陷车。

独伴羝羊海上游，相逢血泪向天流。
忠贞已向生前定，老节须从死后休。
不死未论生可喜，虽生何恨死堪忧。
甘心卖国人何处，曾识苏公义胆不？

漠漠浮云海成迷，十年何事望京师？
李陵罪在偷生日，苏武功成未死时。
铁石心存无境变，君臣义重与天期。
纵饶夜久胡尘黑，百炼丹心涅不缁。

跋苏武持节图（三首）

(元) 王恽

使华往返见交兵，老我何尝系重轻。
已分横身膏草野，茂陵松柏梦秋声。

君臣义合以忠持，十九年间节可知。
邂逅论诗几侮玩，区区才得典诸夷。

两行衰泪血霑襟，一节酬恩北海深。
卫律有知憼即死，更来游说此何心？

苏武牧羊抱雏图

（元）袁桷

寒毡齧（啮）尽节旄稀，野旷风低短草肥。
忽见婵娟新月上，却疑身似梦中归。

题苏武牧羊图

（元）郑元祐

飞鸿历历度天山，何处孤云是汉关？
不滴望思台上血，君王犹及见生还。

题苏武牧羊图

（元）杨维桢

未入麒麟阁，时时望帝乡。寄书原有鴈，食雪不离羊。
旄尽风霜节，心悬日月光。李陵何以别？涕泪满河梁。

苏武持节图

（元）刘诜

朔雪漫沙几白羝，胡风吹冻满毡衣。
少卿驼马弥山谷，何似中郎一节归。

题苏子卿牧羝图

（明）镏炳

穹庐十九年，坐卧持汉节。归来满鬓斑，疑带天山雪。

属国冬牧图

（明）程敏政

天山雪花大如席，瀚海东头绝人迹。

群羊散落沙碛间,龆尽寒毡岁云夕。
塞垣孤月十九冬,手持节旄归汉封。
不知麟阁丹青手,曾写当时憔悴容?

题赵子昂苏武牧羊图
(明) 谢复

谁写汉中郎?风流赵子昂。雪中持汉节,海上牧羝羊。
气与风霜劲,忠争日月光。君为宋家子,挥翰亦堪伤!

牧羊图
(明) 李麟

万死间关抗虏尘,廿年北海未亡身。
牧羊不羡弥山富,仗节惟拚龆雪贫。
已分此身甘苜蓿,岂知他日画麒麟。
河梁相向降奴泣,白发怜看汉老臣。

苏李会合图
(元) 范梈

未识沙场苦,空曾奉使来。讵知羝乳约,不抵鴈书回。
汉节风霜苦,胡笳旦莫哀。谁怜太史令,心为故人摧。

题李陵宴苏武图(二首)
(元) 刘诜

居延山下马成群,伎乐声高夜入云。
初志消磨如卫律,殷勤置酒教苏君。

属国难酬白发郎,延平谁与弔沙场?
陇西使者如云出,却要迎归右校王。

题李陵见苏武图

（明）刘基

中原无书羝不乳，狐裘蒙戎奈何许？
老身汉节死生俱，地角天涯见明主。
金鞍骏马空故人，相看一笑增悲辛。
悲来风沙吹上马，河水东流日西下。

苏李泣别图

（宋）刘克庄

风云惨悽，草树枯死，箛鸣马嘶，弦惊鹘起。
熟看境色非人间，祁连山下想如此。
手持尊酒别故人，此生再面真无因。
胡儿汉儿俱动色，路傍观者为悲辛。
归来暗洒茂陵泪，子孟少叔方用事。
白头属国冷如冰，空使穹庐对忠义。
茫茫事往赖画存，每愁岁久缣素昏。
即今画亦落人手，古意凄凉谁复论！

题苏李泣别图（二首）

（元）戴表元

弓疲矢尽三千里，节敝衣穿十九年。
流落天涯有离别，当时谁拟画图传？

沙云如雪雪如尘，握手相看语语真。
多少世间无泪面，一生错笑陇西人。

苏李图

（元）戴表元

塞北中郎雪满头，陇西壮士泪沾裘。

人生百岁能多少？直至如今说未休。

苏李相别图
（元）程钜夫

漠漠阴风吹草低，萧萧汉节对群羝。
少卿心事原无异，家共长安万里西。

苏李河梁图
（元）袁桷

曾作河梁客，山迥溪水湾。春看人北上，秋见鴈南还。

和谢敬德学士题苏武泣别图韵（二首）
（元）许有壬

死节吾已矣，生还又不如。天王非太忍，臣罪不胜诛。

亲交生别去，子复弃遐荒。只道还家好，还家恨更长。

苏李泣别图
（元）陈樵

祁连山下空拳（卷）折，啼乌（鸟）入梦头如雪。
胡越相看十九年，今日输心为君说。
穷兵未必来远人，居□谋□□可驯。
天骄万里来称臣，他年陛下知臣心。

苏李泣别图
（明）高启

丁零海上节毛稀，几望南鸿近塞飞。
泣尽白头相别泪，少卿留虏子卿归。

题李陵苏武泣别图

（明）镏炳

臣有千古哀，覆水一去难再回；
臣有三寸舌，染丝一黑难再白。
丈夫瓦裂声名亏，汉不我德将安为？
吞声长哀送苏武，忠肝惟有青天知。
烟沙萧条压冰雪，心事凄凉泪成血。
谁怜冤魄老胡尘，空有丹心瞻汉阙。
目断关河夕照迷，茂陵烟树草萋萋。
将身不似云边雁，犹得年年故国归。

李陵泣别图

（明）袁凯

上林木落雁南飞，万里萧条使节归。
犹有交情两行泪，西风吹上汉臣衣。

子卿泣别图

（明）康海

积怨世岂恻，感别会仍艰。置酒话夙昔，讵终千万端。
叹息泪沾臆，徒令摧肺肝。昔为双飞龙，今为孤翼鸾。
丈夫耻微谅，况尔烈士颜。跃马窖上别，欲归中自难。
徒切报主恨，安悔军吏言。胜负有微数，奋励心所安。
所以君子人，不处嫌疑间。

题苏李泣别图

（明）左国玑

苏武天山下，吞毡齧雪花。谁知寄书雁，飞到汉皇家。

去日持丹节,归头满素华。相随李校尉,别泪泣胡沙。

子卿归汉图
（金）赵秉文

节旄落尽始归来,白发龙钟老可哀。
犹胜生降不归汉,将军空有望乡台。

苏武归朝图
（明）丘濬

茂林烟树碧萧疎,白首生还志不渝。
面目依稀犹似昔,节旄零落已无馀。
归期不待羝生乳,远信真成鴈寄书。
颇有幽怀忘未得,梦魂时或到穹庐。

霍光取玺图
（宋）刘子翚

此郎守节固堪论,汉玺飘飘亦仅存。
周勃取将迎代邸,霍光持去授皇孙。

丙相问牛图（二首）
（元）王恽

牛来近地暑光微,深媿调元相业非。
后世几人能辨此,汧车甘受野人讥。

休惊宣父才难叹,两汉调元见是公。
后世几人能辨此,救时才得一姚崇。

丙吉问牛图
（元）许有壬

肥充列鼎健充车,厚养专为簿领驱。

千古清风梓人传，凭谁书继丙家图？

丙吉问牛喘图
（元）虞集

少阳用事春犹浅，丞相公行问牛喘。
三公职事知者稀，嗟彼德微蒙策免。
天子有道守四夷，中心无为日万几。
远有荒服近有畿，夙夜明哲发裳衣。

分韵赋二疏供帐图（送王善父司业致仕归）
（元）吴师道

长安城东门，杂沓送客车。客车数百辆，高盖荫华裾。
西都明主优贤日，东海老臣辞位初。
一家父子信奇事，况乃同时还里闾。
停车下马坐张次，轹牲行酒聊踌躇。
当时送者亦可喜，惜哉名字无人书。
黄尘漫漫长安路，疾走高才恣驰骛。
只见人觅公卿来，不见人送公卿去。
朝衣载东市，鞍绋歌《薤露》，
何如白首乐故居，趣卖黄金日供具。
贤哉疏大夫，此事从古无，
后来复有杨司业，昌黎称是斯人徒。
王公官与杨公比，一旦飘然亦相似，高节清风凛终始。
唤取良工续画图，共仰修名炤（照）青史。

跋东门祖道图（二首）
（元）王恽

东门祖帐盛官仪，浥浥鸾旗动汉騑。

燕几道尊篚有践，碧空云静日重晖。
飘萧物表桑榆境，洒落人间宠辱机。
东海西边两坯土，至今图画见宫闱。

二疏心迹本鸿冥，解绂东还敝屣轻。
剑履中朝倾百位，风云高驾渺双旌。
问金奚有田庐计，归梦都忘宠辱惊。
诏狱悖然贤传死，虚劳明主问萧生。

题张敞画眉

（元）刘诜

京兆春风到柳枝，翠簾缥缈远山奇，
梁鸿亦有齐眉乐，不要人间黛绿施。

张敞画眉图

（元）牟巘

眉妩臣罪小，君王一笑休。明日章台路，便面越风流。

汉成帝幸张禹第宅图

（元）王恽

王氏当朝久恶哗，幸回天鉴绝萌芽。
恬然不主天人断，长恨安昌负汉家。

题严陵独钓图

（元）揭傒斯

何事玄纁入里闾，羊裘暂脱就安车？
空令太史惊同寝，犹把狂奴视报书。
一出聊为天子重，诸公莫道故人疏。
朝廷自是中兴事，且教桐江著老夫。

子陵钓图
（元）周权

东都热官手可炙，吴侬面似秋江色。
平生落拓一羊裘，七叶貂蝉不堪易。
功臣尽在云台中，丹青化作灰尘空。
先生遗貌乃在此，钓竿尚袅桐江风。
悠悠世事江云白，过眼轻帆自朝夕。
人间万古仰孤风，天上有星犹是客。

子陵垂钓图
（明）魏偁

羊裘那肯换簪缨，一曲桐江老此生。
高节终扶炎汉祚，渔竿不是钓虚名。

题无讼堂屏上袁安卧雪图
（宋）杨万里

云幓避三伏，竹牀横一丈。退食急袒跣，病身聊偃仰。
有梦元无梦，似想亦非想。满堂变冥晦，寒阴起森爽。
门外日如焚，屏间雪如掌。萧然耸毛发，皎若照襟幌。
拔地排瑶松，倚天立银嶂。遥见幽人庐，茅栋压欲响。
有客叩柴门，高轩隘郏巷。剥啄久不闻，徙倚觉深怅。
幽人寐政熟，何知有令长。谁作《卧雪图》？我得洗炎瘴。

题袁安卧雪图（三首）
（元）王恽

曲突无烟雪拥关，引书高卧自怡颜。
须知四世三公业，不在人情冷燰间。

突不烟黔雪拥扉，一编《羲易》疗朝饥。
火城莫羡沙堤相，论士当观未遇时。

穷巷无人与叩关，长安风雪一家寒。
挺然不为饥驱去，肯逐时人作热官？

题袁安卧雪图

（元）陶宗仪

玉琢芙蓉朵朵开，乾坤清气费诗裁。
先生一榻高千古，不管门前县令来。

题李唐画袁安卧雪图

（明）张羽

袁生抱高节，处顺以安时。杜门不出仕，自与尘世辞。
岁暮多严风，积雪盈路歧。拥鑪独高卧，中心还自怡。
县令何所闻，下车叩茅茨。问君胡不出，答云恒苦饥。
慎守固穷志，相干岂其宜？此事没已久，缅焉独驰思。
披图三叹息，高风如在兹。嗟彼后之人，汲汲徇其私。

袁安卧雪

（明）王越

卧雪丰姿入画清，当时令尹亦多情。
于今纵有袁安在，雪里谁来问死生？

合纸屏为小阁，画卧袁访戴，其上名之曰"听雪"，各与长句（二首）

（宋）方岳

空山十日雪塞门，天荒地老无行人。

芦花败絮不堪著，山石夜裂苍皮皴。
奇寒中人僵颔顾，樵汲路迷瓶粟既。
驾风万鹤危欲仙，此腹久无烟火气。
家家暖入红麒麟，谁肯问讯推柴荆。
洛阳令亦可人者，惜哉史不书其名。
此公要亦非知我，志士从前例寒饿。
傥令开口向凡儿，宁忍春雷曲肱卧。

飕飕飗飗风落木，淅淅沥沥声撼竹。
乾坤不起夜开关，一港玻璃四山玉。
我所思兮渺中洲，幽怀欲写谁与酬？
世间馀子不足语，乘兴径上海翁舟。
未到山阴竟回櫂，欸去骤来何草草。
神交何必面相朋，逸韵高情一如埽。
宁可一生无此人，不可一日无此君。
襟期何必戴安道，玉立寒青自不群。

题绛帐图
（宋）韩驹

岂有青云士，而居绛帐间。诸生独何事，不上会稽山？

却金图
（明）廖道南

伯起乘车牧郡时，却金昏夜敢云私？
汉庭石室芳名满，清白相传有四知。

梁父吟扇头
（元）元好问

盘礴万古心，块石入危坐。青天一明月，孤唱谁与和？

诸葛春耕图

（明）程敏政

一夜春溪新雨足，晓耕已徧前川曲。
乌犍少脱半犁闲，鸟外茸茸草根绿。
坐爱一株沙柳阴，展卷疑闻《梁父吟》。
布衣未接隆中聘，谁识当年开济心？

题刘先主三顾草庐图

（明）王阜

火星匿辉三光翳，当时妖鬼移神器。
中山华胄左将军，仗钺西南伸大义。
南阳卧龙天下无，枉驾三顾风云趋。
草庐倾盖君臣际，鱼水同心契合初。
大将荆益三分傑（杰），赤壁楼船烟烬灭。
汉中缵绪帝业成，青史煌煌载功烈。
关张龙虎皆殒身，直以中原仗老臣。
木牛转饷关中粟，甲马空思渭北城。
渭兵十万扬威武，典午滑贼虎成鼠。
出师二表八阵图，耿耿孤忠照千古。

三顾草庐图

（明）唐寅

草庐三顾屈英雄，忼慨南阳起卧龙。
鼎足未安星又陨，阵图留与浪淘舂。

题孔明出师表图

（明）李坚

永安宫中日欲落，榻前面拜遗孤讬。

先皇饮恨臣所知，忍见翠华终剑阁。
臣身与贼不俱生，誓提义旅清中京。
汛除九庙光旧物，上谢先帝酬忠贞。
六师戒日临河渭，晓发披诚表天陛。
谆谆恢复次第陈，缕缕忠肝兼义气。
事关宫府在相通，亲贤远佞先汉隆。
后王不鉴高祖训，累我汉业遭尘蒙。
汉家贼姓难两立，王业偏安大无策。
鞠躬尽瘁臣所安，利钝成亏非可臆。
炎精无光赤灰冷，五丈原头将星陨。
牙前长史整旋军，巾帼老奴拜天幸。
煌煌二表明丹青，文追伊傅光六经。
留传人世劝忠荩，呵护时有神威灵。
英雄无命古如此，大节堂堂映青史。
君不见二十四疏请回銮，东京留守衔悲死。

历代题画诗类卷第三十六

故 实 类

庞公携家图引
（明）王逢

鸿鹄巢高林,鼋鼍穴深渊。所以庞德公,躬耕岘山田。
当时刘表侪雄才,黄金足置燕王台。
台成禽荒甘鸩毒（鸩毒甘）,醉韝（盱）臂锦呼鹰来。
鹰饥受呼饱则去,非熊之伦孰得驭。
诸儿豚犬遗以危,况复苍生天下虑。
苏岭石鹿双耸然,霞日绚烂芝茎鲜。
囊衣裹粮车连连,白骡青特参后先。
举家相攜入长烟,竟讬采药终天年,至今事迹有在心无传。
呜呼！孔明不遇大耳主,亦必老向隆中眠。

题龙眠曹杨读碑
（元）程钜夫

以彼祸贼深,遇此智术浅。道旁十六字,方尔较近远。

读碑图
（元）郑元祐

摩挲汉鼎朵馋颐,臣道为忠孝可移。

枉使南来五千里，越江漫读《孝娥碑》。

曹娥江读碑图
（元）僧大䜣

海门五月潮如山，龙伯赑屃苍蛟顽。
越俗轻生好巫鬼，婆娑踏舞洪涛间。
群巫姣服盱独好，歌声忽绝红旗倒。
孝娥死抱父尸出，天地无情日杲杲。
雄词不愧邯郸儿，万金莫购中郎题。
碑阴八字非隐语，德祖有智如滑稽。
岂是阿瞒不解此？感愧上马归路迷。
女德犹能奋其节，壮夫气吐万丈霓。
奸雄复欲欺后世，白头犹爱汉征西。
丹青似是董狐笔，千年要与竹帛齐。
娥江新庙照江水，可怜铜雀草萋萋。

题读碑图
（明）朱经

孝娥碑在曹江滨，谁其作者邯郸淳。
中郎八字因赞美，后来索隐宁无人？
老瞒久欲窥神器，既见此图心若愧。
较三十里乃逊辞，奸雄实惮杨修智。
修乎修乎智有馀，用之治世将无如。
露才扬己古所忌，况复汉贼基黄初。
今我怃然观绘墨，怀贤为尔伤鸡肋。
研磨铜雀台上瓦，点染霜毫动秋色。
绝妙好辞天下无，异代读碑传作图。
长歌落日西风起，酒酣击缶声呜呜。

管幼安濯足图

（金）赵秉文

道丧何人识重轻，白头不作魏公卿。
沧浪濯足知君意，浊水那能浼我清。

幼安濯足图

（元）刘因

汉家无复云台功，平生不作大耳公。
眼中天意镜中语，此身只有扁舟东。
关东诸公亦英雄，百年能辨山阳封。
归来老柏号秋风，世事悠悠七十翁。
乾坤故物两足在，霜海浮云空复空。
无刀可断华太尉，有死不为丕太中。
丹青皁帽凛冰雪，高山目送冥飞鸿。
为问苏家好兄弟，万古北海谁真龙？

管宁濯足图

（元）杨奂

踏遍辽东未是痴，藜牀穿穴只心知。
好留一掬黄泥水，墁却曹郎受禅碑。

题王粲登楼图

（元）杨维桢

临洮水涸铜人毁，西园青青草千里。
秦川公子走乱离，瘦马疲童面如鬼。
俊君威名跨海南，虎视走鹿何眈眈。
可怜膝下尽豚犬，谁复大厦收梗楠？

落月楼头髇空拊，目断神州隔风雨。
平生不识大耳公，座上客归丞相府。
春深铜雀眼中蒿，揽涕尚复思登高。
江山破碎非旧土，版图何日还金刀？
荆台高楼已荆棘，丹青写赋工何益。
君不见袁家有客能骂贼，将军头风重草檄。

奉同铁篴相公赋王粲登楼图
（元）佘日强

建安文章应刘陈，通脱亦有王公孙。
长安西行白日匿，汉阳人依刘俊君。
汉阳偷安无远略，王孙坐觉荆州窄。
英雄固当择所归，作橼终愍座上客。
北风萧萧吹素心，北望杳隔荆山岑。
魏官牵车出关远，铜华蚀风惊春深。
秋来满眼生禾黍，江山重感非吾土。
凭轩作赋抑何心，犹是黄初非典午。
君不见当时奴视卖履翁，矫矫文举真如龙。

题孙登长啸图
（元）赵孟頫

在涧幽人乐考槃，南山白石夜漫漫。
空林无风万籁寂，长啸一声山月寒。

竹林七贤图
（元）虞集

瞻彼修竹，下临清流，文石偃隁，华松荫丘。
植表界壤，剪茅宅幽，梁度高巘，台隐中洲。

方牀读书，异宫同休，詠歌相闻，觞豆相求。
或莳名药，或钓游鯈，课艺嘉植，坐思远游。
濯缨微波，看云良畤，逸而不放，俨而自修。
泰哉沮溺，邈乎巢由，按图以观，永宜春秋。
孰若五君，遗其故畤，糟粕尘世，高踪庄周。
我怀古人，遯而违忧，安得挥絃，以招湛浮？

竹林七贤图（二首）

（元）王恽

森森烟玉太行秋，七子徜徉结胜游。
笑杀阿戎真俗物，出山能几执牙筹？
魏晋清谈倡若徒，永嘉东播洛为墟。
大书不削阳秋笔，更著丹青诧隐居。

题竹林七贤图

（元）钱选

昔人好沉酣，人事不复理。但进杯中物，应世聊尔尔。
悠悠天地间，媮乐本无愧。诸贤各有心，流俗无轻议。

竹林七贤图

（明）丘濬

太行之阳修竹林，昔贤于此闲登临。
江山如故遗蹟在，空有清风传至今。
晋人旷达尚玄语，弃置礼法胡如土。
神州陆沉二百年，当时岂但王夷甫。

竹林七贤图

（明）张宁

深竹暗浮烟，群公乐事偏。高情动寥廓，清论入微玄。

岂是巢由侣，何如沮溺贤。其谁匡典午？勋烈照遗编。

尤子求竹林七贤图
（明）王世懋

河内构崇基，景文弱皇祚。达人鉴幾先，沉酣远世路。
把臂命俦侣，齐心谐所慕。开襟荡幽思，倚筱讬贞素。
英英嵇阮姿，便便山公度。刘生橐玄关，秀也协真悟。
仲容既同调，安丰复轩举。忘年在冥心，日日自成趣。
聚散会有穷，金石交未蠹。追旧黄公垆，兴哀《山阳赋》。
丝肉无留声，淇园今非故。执鞭莫余从，风流或可泝。

题竹林七贤
（明）陈栎

河内衣冠胜会同，竹林高兴自无穷。
野桥翠滴诸山雨，石几凉生六月风。
身外功名争似酒，闲中岁月任飞蓬。
可怜遗迹销沉后，错把丹书付画工。

嵇康柳下锻图
（元）郑元祐

何所闻而来，不妨柳下锻；何所见而去，魏鼎不复爨。
哀哉志士千古心，有鎚弗锻跃冶金。

仲容摘阮图
（元）张天英

林中长忆仲容贤，水底龙吟阮上絃。
弹破白云飞不去，化为磐石已千年。

习池醉归图

（金）冯璧

襄汉方屯十万兵，习池日往不曾醒。
纷纷误晋皆渠辈，何独王家一宁馨。

醉山简图

（宋）刘子翚

倒载山公岂酒狂，群儿拍手岘山旁。
汗青等是虚名耳，不把云台换酒乡。

题石崇锦障图

（元）朱德润

洛阳金谷园中花，雕玉为阑绣作遮。
琉璃器多出珍馔，玛瑙街长行钿车。
椒房涂香贮歌舞，曳珠珥翠笼轻纱。
珊瑚扶疎三四尺，王羊贵戚争豪奢。
那知花淫风雨妒，古来山泽生龙蛇。
婵娟坠楼宝珈碎，月明夜半啼惊鸦。

题金谷园图

（明）刘基

君不见石家名园拟黄屋，蜀锦作围金作谷。
暖香烘日浮紫霄，冰纨火布鲛人绡。
燕钗十二歌《白苎》，珊瑚玲珑绿珠舞。
月榭吹笙引凤凰，雾幄传觞语鹦鹉。
爨下蜡光宵未歇，楼上佳人碎琼雪。
空将遗恨寄丹青，留作千年覆车辙。

跋扇头郝隆晒书图
（元）马祖常

腹笥便便贮五经，天边夜半失文星。
蠹鱼不觉芸香苦，肯信肠中有汗青。

题晋刘琨鸡鸣舞剑图
（元）吴莱

我行洛阳大道边，一双苍鹅飞上天。
惜哉春水御沟去，化作胡儿饮马泉。
山前鸡鸣夜欲半，古剑随身舞凌乱。
白光虎跃腾雪霜，神气龙蟠贯星汉。
望中沙漠衣正寒，举手颠倒发冲冠。
鹿卢蹻动即千里，兰子戏成徒七盘。
人生岂无志，事往仅有泪。疲兵独困守，剧虏翻强骛。
孔融才疎不足多，袁绍众盛空黄河。
代公土地仍同患，段国风尘谩负戈。
世间壮士但老死，冻铁沉埋何处使？
千秋万岁青金虬，恨不铸得刘并州。

观运甓图有感
（明）董其昌

壁纪沧洲胜，图开白社清。俱为丰岁宝，讵有惜阴情？
运甓神谁写？先鞭意不轻。赌棋真贱戏，抱瓮岂嘉名。
谈麈嗤王谢，纡筹似孔明。直令披画者，忼忾请长缨。

投书图（二首）
（元）元好问

一束空书不疗饥，浮沉随水恰相宜。

医家药楮轻抛却,却是洪乔见事迟。

屈作书邮未肯心,百函随水听浮沉。
虚名底用寒温问,却是洪乔最赏音。

右军书扇图
(元) 王恽

王谢当年奕世豪,东山逸兴更滔滔。
不应经略中兴志,留在书名与日高。

右军观鹅图
(元) 王恽

照眼双鹅引颈来,胸中妙思与之偕。
寥寥尚友千年后,只有涪翁识此怀。

羲之笼鹅图
(明) 方孝孺

内史清真江海情,每将高谊动朝廷。
平生却被能书误,更为鹅群写道经。

题柳文范舍人画右军观鹅便面
(明) 程敏政

晋帖纷纷逐逝波,画中徒见右军鹅。
家鸡亦有临池兴,未必元和媿永和。

题羲之墨沼图
(明) 魏时敏

风流晋右军,千古播清芬。羽客鸣寒磬,留人坐白云。

鸥波生笔阵,墨沼乱鹅群。却笑鲁〔曾〕书破,羊欣白练裙。

逸少兰亭图
(明) 张以宁

兰亭佳处忆曾过,已较前人感慨多。
修竹茂林今在否,画中一看意如何?

观兰亭修禊图
(明) 黄洪宪

夙昔秉微尚,纵情寄丘壑。睎发会稽阳,俯观但寥廓。
兰亭被荒丘,群贤不能作。风生松下寒,月出云下薄。
觞咏已无欢,墨妙虚有讬。崇峻迹未殊,清朗又如昨。
彭殇谁见齐?庶几达者乐。

兰亭修禊图
(明) 白圻

飞觞泛水集群贤,文采风流自往年。
静里披图怀胜事,一川新绿锁轻烟。

兰亭修禊图(二首)
(明) 袁宏道

分别层溪与远峦,天章寺里雨中看。
会稽内史风流甚,赖得中朝有谢安。

石楊谁知定武讹,锭〔绽〕纹犹识旧宣和。
凭君莫话冬青树,添得青山泪许多。

题羊欣练裙图

（元）王廙

棐几箱明麝墨辉，练裙冰缟笔尤奇。
不知梦近天门否，却怪龙蛇遶足飞。

题王晋卿画四首

（宋）苏轼

山阴陈迹
当年不识此清真，强把先生拟季伦。
等是人间一陈迹，聚螽金谷本何人？

雪谿乘兴
谿山雪月两佳哉，宾主谈锋夜转雷。
犹言不见戴安道，为问适从何处来。

四明狂客
毫端偶集一微尘，何处谿山非此身？
狂客思归便归去，更求敕赐枉天真。

西塞风雨
斜风细雨到来时，我本无家何处归？
仰看云天真箬笠，旋收江海入蓑衣。

次韵题画卷四首

（宋）苏辙

山阴陈迹
卧对郄公气已真，晚依丘壑更无伦。

不须复预清言侣,自是江东第一人。

雪谿乘兴
亟往遄归真旷哉,聋人不信有惊雷。
虽云不必见安道,已误扁舟犯雪来。

四明狂客
失脚来游九陌尘,故溪何日定抽身?
便同贺老扁舟去,已笑西山郑子真。

西塞风雨
雨细风斜欲暝时,凌波一叶去安归?
遥知夜宿鲛人室,浪卷波分不著衣。

题谢安石东山图
(宋) 朱子

家山花柳春,侍女髻鬟绿。出处亦何心?晴云在空谷。

题赵师舜谢安游东山图
(元) 虞集

太傅东山杖屦行,总将忧患讬高情。
独寻窈窕开瑶席,双引娉婷韵玉笙。
春雨松间残弈冷,秋风江上暮尘生。
三分筹策频烦甚,惆怅云霄一羽轻。

谢太傅东山图(金黎阳、李公泰笔,二首)
(元) 王恽

凤沼春间湛绿波,未容丝竹醉岩阿。

倘能经济苍生了，七宝庄严未是过。

秦兵一埽两淮清，桓氏微来晋鼎平。
况复中年正多感，未妨云壑寄高情。

赵仲穆东山图
（元）吴镇

东山为乐奈苍生，望重须知亦累情。
蜡屐春来行更好，桃花洞口笑相迎。

题谢安观山图
（元）丁鹤年

欲为苍生起，神州未可还。筹思保江表，安若会稽山。

谢安游东山图
（明）吴宽

东山高卧如龙蟠，天下苍生望谢安。
征书再下幡然起，五十不妨初作官。
征西将军姓桓者，致我胡为居幕下。
新亭狎视犹小儿，流汗何人面如赭？
北兵百万次淮淝，别墅与客方围棋。
捷书已至未终局，江上阿玄班我师。
高怀磊落多长技，谁识向来游戏事？
后世风流强慕之，登山也复攜歌妓。

谢太傅携妓东山图
（明）徐渭

闻道东山赌墅年，胭红粉白两婵娟。

主人出画催题急，好下真真付墨妍。

谢太傅弈棋图
####（元）王恽

胜负胸中料已明，又从堂上出奇兵。
怡然一笑文楸里，未碍东山是矫情。

谢安对弈图
####（元）程钜夫

晋代衣冠不可寻，空馀画史笔间心。
东山丝竹西州泪，却是羊昙恨最深。

支遁相马图
####（金）赵秉文

支郎天机深，世故一马中。向来蔬笋气，寓物一洗空。
眼前无骐骥，远目送归鸿。僧中有良乐，万里籋云风。

题王武子相马图（二首）
####（元）王恽

玉华吹散满身云，掣电追风隐骏奔。
好尚只夸毛骨异，不思戎马在东门。

驽骀安分老青骈，騄駬论才白璧酬。
相马只今谁伯乐，解教驽骥两垂头。

王武子相马图
####（元）范梈

偶然来廄（厩）吏，唤作九方皋。毁誉依名立，周旋逐物劳。

神驰风电足,眼冷雪霜毛。事有遭逢者,骐骥固自高。

题明发所画访戴图,渠自有诗
(宋)晁说之

扁舟雪夜兴,千载风流存。诗画能幽绝,不似诸王孙。
兴多却易尽,一世复何待?伧父莫骂予,犹且不见戴。

答钱逊叔访戴图
(宋)吕居仁

北风吹霜夜如(一作"飞")雪,江城草木冻欲折。
病夫袖手无所为,一坐临川已三月。
忽蒙妙句起衰惫,顿觉和气生毛发。
公能忘机我亦倦,不待曼殊见摩诘。
图画是非久未解,况保长年不磨灭。
请公置画莫多求,要与时人除爱渴。

雪夜访戴图
(元)欧阳玄

雪夜操舟童仆劳,偶然归去便称豪。
若为返櫂成佳趣,转忆当时不出高。

题子猷访戴图
(明)张以宁

平生戴隐居,破琴还云峤。亦有爱竹人,翛然可同调。
云溪夜回舟,未见心已了。乾坤澹虚白,吾方领其妙。

题扇面子猷访戴图
(明)黄仲昭

入夜怀人思不禁,冲寒一櫂度山阴。

兴来归去江云暝，门掩千峰积雪深。

子猷乘兴图
（元）金涓

月照梅花雪点春，小舟危坐醉中身。
一时为爱溪山去，本是无心见故人。

题子猷回舟图
（元）王恽

勾吴四时无正天，盛寒之月犹春妍。
朝来一雪天地白，田父适喜争狂颠。
宜其佳客逸思发，乘兴迳上山阴船，烦襟嚣虑一洗为萧然。
江东名流说戴逵，高谈礼法殷春雷。
子猷恐是虚华士，竟棹空舟夜半回。

题山阴回棹图
（元）马臻

夜雪萧骚入剡溪，高怀忽起故人思。
当时兴尽不回棹，千载谁传一段奇？

石勒问道图
（元）元好问

轻比韩彭作李阳，高僧早已笑君狂。
中原果有刘文叔，肯说铃声替庾冈？

石勒问道图
（元）王恽

位号真来变故多，普天无地不干戈。

养成豺豕萧墙祸,更向伊蒲问甚么?

王猛扪虱图

（宋）刘子翚

剧谈世事灞河滨,奇骨瓌姿两绝伦。
却讶秦无豪傑至,坐中扪虱定何人?

历代题画诗类卷第三十七

故 实 类

题归去来图（二首）
（宋）黄庭坚

日日言归真得归，迎门儿女笑牵衣。
宅边犹有旧时柳，漫向世人言昨非。

人间处处犹崔子，岂忍更令三径荒。
谁与老翁同避世？桃花源里捕鱼郎。

题归去来图
（金）刘迎

笔端奇处发天藏，事远怀人涕泗滂。
馀子风流追魏晋，上人谈笑自羲皇。
折腰五斗几钱直，去国十年三径荒。
安得一堂重写照，为公注酒泻蕉黄。

题渊明归去来图（五首）
（金）王若虚

靖节迷途尚尔赊，苦将觉悟向人夸。

此心若识真归处,岂必田园始是家。

孤云出岫暮鸿飞,去住悠悠两不疑。
我自欲归归便了,何须更说世相遗。

抛却微官百自由,应无一事挂心头。
销忧更藉琴书力,借问先生有底忧?

得时草木竟欣荣,颇为行休惜此生。
乘化乐天知浪语,看君于世未忘情。

名利醉心浓似酒,贪夫衮衮死红尘。
折腰不乐翻然去,此老犹为千载人。

题邹公所藏渊明归去来图

（金）路铎

牛刀小试义熙前,一日怀归岂偶然。
有意候君门外柳,无机还我酒中天。
贞姿佳菊秋霜里,真意南山夕鸟边。
善学展禽唯此老,万人海里小斜川。

归来图戏作

（金）刘迵

云髻春风一尺高,笑攜儿女候归桡。
情知一首《闲情赋》,合为微官懒折腰。

归去来图

（元）刘因

渊明豪气昔未除,翱翔八表凌天衢。

归来荒径手自鉏，草中恐生刘寄奴。
中年欲与夷皓俱，晚节乐地归唐虞。
平生磊磊一物无，停云怀人早所图。
有酒今与庞通沽，眼中之人不可呼，哀歌抚卷声呜呜。

归去来图（三首）
（元）王恽

长沙勋业武侯忠，刘宋规模操懿雄。
虐燄尽烘寰宇裂，五株杨柳自春风。

彭泽遗黎不幸何，斜川鱼鸟共婆娑。
先生践迹高千古，不似终南捷径多。

解绂归来百日强，东篱松菊未全荒。
细观历赞高贤传，一出头来恨已长。

题归去来图
（元）程钜夫

春晴苦旱心如醉，暑雨妨农鬓欲斑。
眼底家山归去好，吾生端的几时闲？

归去来图
（元）钱选

衡门植五柳，东篱采丛菊。长啸有馀清，无奈酒不足。
当世宜沉酣，作邑召侮辱。乘兴赋归欤，千载一辞独。

归去来图
（元）赵孟頫

生世各有时，出处非偶然。渊明赋归来，佳处未易言。

后人多慕之，效颦惑娬妍。终然不能去，俯仰尘埃间。
斯人真有道，名与日月悬。青松卓然操，黄华霜中鲜。
弃官亦易耳，忍穷北牖眠。抚卷常三叹，世久无此贤。

题靖节征士归来图
（元）范梈

维公楚杞梓，作令晋衣冠。得志但恐暮，济时非所难。
古今玹韵寡，岁月酒杯宽。渺渺山中去，深深画里看。

陶渊明归兴图
（元）揭傒斯

家贫无酒饮，聊欲试弦歌。去家百馀旦，邈若异山河。
江上日多风，浩浩水增波。门前五柳树，繁荫空婆娑。
秋田已收成，归计当如何？

陶渊明归去来图
（元）朱德润

甲子题年玩物华，门前栗里自桑麻。
从他晋史书刘宋，别有黄花处士家。

渊明归来图
（元）尚野

羲皇上人乡里儿，田园将芜非所思。
楚声虽讬绝怨怼，高情千古归来辞。
归来忽复河山移，忠愤意切语益微。
白云遥遥望不极，东篱旧菊西山薇。
夷齐奚疑怨邪非，况乃貌此移世姿。
文行圭璧照方册，飘然髣髴生同时。

子云拟圣诸儒讥，《法言》美新吾谁欺？
考亭夫子《春秋》笔，昭然榛莽日星垂。

渊明归来图
（元）卢挚

留侯晚岁游赤松，武侯早岁称卧龙，亡秦扶汉声隆隆。
渊明初非避俗翁，两侯大节将无同？
阳秋特书晋甲子，辞锋时露长沙雄。
［易地灞上祁山功，］王弘何幸奉吾足，督邮能芥平生胸？
门前五柳春濛濛，落絮不与江波东。
环堵萧然吾未穷，北窗佁有羲皇风。
画图不尽千古意，诗成一笑浮云空。

题玉山所藏渊明归来图后
（元）张天英

陶令昔去官，当世岂知贤？杖藜柴桑里，汎舟即斜川。
春风五柳阴，秋日秫盈田。岁酿杯中物，佳辰奉宾筵。
觞来各有趣，斟酌罄交欢。为生岂易了，藉此一欣然。
咄哉羲皇人，既远身名全。

题海陵石仲铭所藏渊明归隐图
（明）张以宁

昔无刘豫州，隆中老诸葛。所以陶彭泽，归兴不可遏。
凌烟谦功臣，旌旗蔽辎𨎹。一壶从杖藜，独视天下阔。
风吹黄金花，南山在我闼。萧条蓬门秋，穉子候明发。
岂知英雄人，有志不得豁。高咏《荆轲篇》，竦然动毛发。

题归去来辞画（四首）

（明）陈颢

微风自东来，地脉初回阳。好鸟出幽谷，潜鱼跃芳塘。
欣欣木向荣，涓涓水流香。万物俱得时，吾忧亦已忘。
归来衡门下，且复酹杯觞。

人生非金石，寓形宇宙间。抱才既沾禄，知休即辞官。
委心随去留，避俗谢往还。皇皇欲何之？富贵不可干。
划然发长啸，白云起南山。

农事在东皋，孤往适兹旦。微雨亦既零，土膏湿凝汗。
僮奴未尽力，宿草犹馀蔓。植杖陇畮（亩）傍，耘耔日过旰。
劳生虽多难，卒岁应饱饭。

帝乡不可期，归老全此身。清风谢流俗，高节抗浮云。
舒啸登东皋，赋诗临涧滨。有酒辄取醉，不负头上巾。
乐天以乘化，超然真达人。

题李伯时渊明东篱图

（宋）苏轼

彼哉嵇阮曹，终以明自膏。靖节固昭旷，归来侣蓬蒿。
新霜著疏柳，大风起江涛。东篱理黄华，意不在芳醪。
白衣挈壶至，径醉还游遨。悠然见南山，意与秋气高。

题采菊图（有序）

（宋）韩驹

往在京口，为曾公卷题《采菊图》："九日东篱采落英，白衣遥见眼能明。向令自有杯中物，一段风流可得成？"蔡天启屡哦此诗，以为善。然余尝谓：古人寄怀于物而无所好，然后为达；况渊明之真，其于黄花，直寓意耳。至若饮酒适意，亦非渊明极致。向使无酒，但"悠然见南山"，其乐多矣。遇酒辄醉，醉醒之后，岂知有江州太守哉？当以此论渊明，复作一首。

　　黄菊有何好？且寄平生怀。遇酒兴不浅，无酒意亦佳。
　　此理谁复明？自昔寡所谐。空馀《采菊图》，寂寞悬高斋。

采菊图
（宋）王十朋

渊明耻折腰，慨然咏《式微》。闲居爱重九，采菊来白衣。
南山忽在眼，倦鸟亦知归。至今东篱花，清如首阳薇。

东篱采菊图
（金）赵秉文

渊明初亦仕，跡留心已远。雅志怀林渊，高情邈云汉。
妖狐伺昼昏，独鹤警夜半。平生忠义心，同作松菊伴。
东篱把一枝，意岂在酒醆（盏）。不见白衣来，目送南山鴈。
淡然忘言说，聊付一笑粲。

采菊图（二首）
（元）元好问

信口成篇底用才，渊明此意亦悠哉。
枉教诗景分留在，百遶斜川觅不来。

梦里烟霞卜四邻，争教晚节傍风尘。
诗成应被南山笑，谁是东篱采菊人？

采菊图
（元）刘因

天门折翼不再举，袖手四海横流前。
长星饮汝一杯酒，留我万古羲皇天。
庙堂衮衮宋元勋，争信东篱有晋臣。
南山果识悠然处，不惜寒香持赠君。

题渊明对菊图
（明）靳贵

栗里风光别后诗，清樽独詠晚香时。
折腰欲问归来意，只许东篱老菊知。

渊明采菊图
（明）僧清濋

泛觞黄菊终非鸠，在眼青山殊有情。
好是晋家天地阔，此时何处著先生？

题松下渊明
（宋）黄庭坚

南渡诚草草，长沙想艰难。松风自度曲，我琴不须弹。
远公香火社，遗民文字禅。虽非老翁事，幽尚亦可观。
客来欲关说，觞至不得言。

松下渊明图
（元）释良琦

谢安却为苍生起，陶令何辞印绶回。
若使生逢圣明世，青松老尽不归来。

渊明抚松图

（元）陈旅

原野凉风至，草树日萧条。杖筇来故丘，青松在东皋。
孤阴近衡宇，薄日暎层标。念此有贞操，抚之以逍遥。

渊明抚松图

（元）杨维桢

孤松手自植，保此贞且固。微微岁寒心，孰乐我迟暮？
留侯报韩仇，还寻赤松去。后生同一心，成败顾随遇。
归来抚孤松，犹是晋时树。

渊明五柳图

（明）袁敬所

藜杖芒鞵白布裘，山中甲子自春秋。
呼儿点检门前柳，莫遣飞花过石头。

陶元亮五柳图

（明）蒋主孝

所事既非主，不归将若何？门前五株柳，空惹北风多。

漉酒图

（金）庞铸

我爱陶渊明，爱酒不爱官。弹琴但寓意，把酒聊开颜。
自得酒中趣，岂问头上冠。谁作《漉酒图》？清风起毫端。
露电出形似，神情想高闲。大似挥絃时，目送飞鸿难。
袖中有东篱，开卷见南山。嗟予困尘土，青鬓时一斑。
折腰尚未免，敢谓善闭关？望望孤云翔，羡羡飞鸟还。

归田未有日，掩卷空长叹。

渊明漉酒图
(元) 王恽

晋人尚放旷，不受羁与束。虚高失之傲，降志到自辱。
渊明性真率，顺适无矫慾。清风凛一时，千古仰高躅。
得钱送酒家，况我新酿熟。渴来梦吞江，冥计巾一幅。
有糟不待压，露顶手自漉。清浊即圣贤，併欲贮吾腹。
悠然对南山，夕鸟送以目。还我浩浩天，世运任伸缩。
泠然风度林，澹若云在谷。俯仰霄壤间，出处一往复。
过此设有论，正为蛇画足。宛转出新意，便可激流俗。
不思义上人，方寸许撑触。欲求先生心，用意不当曲。
纵使欲自况，此老乌可黩？吾言诚漫与，得酒且兀兀。

渊明漉酒图（五首）
(元) 王恽

牀头新酿漉来空，清浊君看固不同。
门外征车挥已去，秋香篱落醉西风。

纷纷葛屦杂华缨，何物衣冠可重轻？
莫若脱来还漉酒，一杯时复圣之清。

秫田一粒不沾唇（唇），长恐春醪负此巾。
伫著轻纱浑溼却，犹胜憔悴染京尘。

停云时鸟日从容，长在先生醉眼中。
刘宋禅来非一事，五株杨柳自春风。

蒲轮远聘亦浓恩,处士虽微实晋臣。
常爱紫阳书法当,不教轻染寄奴尘。

渊明漉酒图
(元) 杨维桢

义熙老人羲上人,一生嗜酒见天真。
山中今日新酒熟,漉酒不知头上巾。
酒醒乱发吹骚屑,架上乌纱洗糟蘖。
客来忽怪头不冠,巾冠岂为我辈设!
故人设具在道南,老人一笑猩猩贪。
东林法师非酒社,攒眉入社吾何堪?
家贫不食檀公肉,肯食刘家天子禄!
颓然径醉卧坦腹,笑尔阿弘来奉足。

漉酒图
(明) 僧妙声

弃官赋归来,田家酒初熟。脱我头上巾,漉此杯中绿。
独漉复独漉,漉多酒还浊。酒浊犹自可,世浊多反复。
桑枯柳亦衰,但有松与菊。田父晚相过,相与话墟曲。
共醉茅簷下,此生亦以足。

渊明送酒图
(明) 张以宁

五柳门前柳叶衰,南山佳气满东篱。
白衣人到黄花外,正是先生送酒时。

白衣送酒图
(明) 周礼

分田种秫酿新篘,只为无心见督邮。

若使白衣人不见，黄花孤负一年秋。

渊明醉图

（明）陶安

何劳一县恼闲情，五柳柴桑老此生。
每向黄花作沉湎，寄奴已据石头城。

题渊明图

（元）贡奎

若士超世流，高风凌飞仙。睠怀经济术，嗜酒岂自然。
去之千岁间，才贤孰相先？畏途辙皇皇，归欤袖翩翩。
日暮孤云飞，黄花澹秋妍。坐怜王谢辈，矫首南山巅。

渊明临流赋诗图

（元）王恽

秋水门前有令姿，先生非是好吟诗。
因观逝者如斯说，天运何尝有息时。

渊明高卧图

（元）程钜夫

手抚高松石更奇，披襟脱屣醉眠时。
壶中酒尽琴无轸，说著羲皇總不知。

渊明荷锄图

（元）唐肃

荒径日自理，手中三尺锄。何当去非种，得似汉朱虚。

渊明始末图

（元）马祖常

画史谢文字，讬意有纷绘。高人蹈古道，终造玄澹会。
涉世情岂真，采菊心若寄。持酒每自慰，翁也得奇计。
载观始末图，悠悠似相契。

陶潜夏居图（徽宗笔，杜亨甫家藏。三首）

（元）王恽

襟怀啸傲羲皇上，晋宋兴亡笔削中。
千古此心谁会得？飒然时有北窗风。

吾庐潇洒风烟外，诗思扶疏树影中。
典午废来何所事？门前五柳自清风。

庭树交柯绿荫浓，欣然忘却草堂空。
更怜彼稷怀新处，漠漠平畴递远风。

题王弘邀渊明图

（明）僧妙声

江州刺史何为者，载酒邀我庐山下。
乃翁在山不在酒，邂逅宁辞为君写。
远公招之不肯留，平生谁省王江州。
门前五柳至今在，江边桑树水空流。

渊明入社图

（元）刘永之

空山楼观远苍苍，路出深溪石磴长。

近瀑飞云经树湿，穿花流水过桥香。
高僧喜识桄榔杖，稚子欢迎薜荔裳。
入社几时还出社？松阴十里到柴桑。

题苏李合画渊明濯足图
（金）刘从益

天机本自足，人事或相须。东坡画三昧，乃与龙眠俱。
黄州富丘壑，馀杭渺江湖。已困口嘲弄，更堪手糊涂？
其来本游戏，所到非功夫。平生斜川翁，尚友千载馀。
可闻不可见，风标定何如？笑倩李居士，为予巧形模。
临流想有诗，沧浪元非渔。不入声利场，政恐吾足汙。
二公有深意，百年留此图。不著色尘相，澹然如游天地初。
主人牢缄縢，丹青有渝此不渝。

三径图
（元）袁桷

遶舍山青流水新，春风吹水绿匀匀。
意行已复支筇去，从此何须问主人。

题昱师房三笑图
（宋）李觏

高僧不出院，屏画三笑图。客子倦游者，欲去复踟蹰。
古人骨朽不可追，今人相见如古时。
人间触事入吾笑，何必门前有虎谿。

三笑图
（元）王恽

元圣开天一理融，推心不外善为宗。

后人刚作无同论，三子相逢笑杀侬。

虎溪三笑图
（元）成廷珪

三老风流笑口开，山中猨鹤亦惊猜。
攒眉入社谩多事，送客过溪能几回。
僧影欲随秋水去，虎声偏傍石桥来。
东林绝响今千载，抚卷题诗愧乏材。

虎溪三笑图
（元）黄镇成

栗里先生不鼓琴，偶邀明月到东林。
白云满地苍苔湿，流水一山春雨深。
归路已忘言外意，过桥谁识笑时心。
人间俯仰成陈迹，传得高风说到今。

题李待诏虎溪三笑图
（元）胡长孺

元亮缵孔业，修静研聃玄。远公学瞿昙，高居著幽禅。
人异道岂殊，万散一固全。目击辄有得，参会各靰然。
胡为老缁褐，笑舞喜欲颠？谩道遗其身，襟袖犹褊裶（翩跹）。
彼酣适酒趣，尚不醒者传。族史浪自苦，窥管恃（持）知天。

题虎溪三笑图
（元）马臻

无生一曲无人和，石池水满莲花大。
扬眉瞬目喜津津，不觉回头虎溪过。
咄哉三士皆人豪，醉醒不理柴桑陶。

傍人若问笑何事,向渠指点庐山高。

虎溪三笑图

(元) 释祖柏

境缘心妄起,心悟境自忘。三老同一笑,物我两茫茫。
月照清溪水,风散白莲香。无端一笑已,千古笑何长。

题三笑图

(明) 镏崧

三人同笑不同心,墨本流传漫至今。
何似青莲李居士,猿啼月出过东林。

题三笑图(有序)

(明) 王世贞

　　苏子瞻题《三笑图》,不言为何人后。人引以为虎溪故事,而谓为陶靖节、远公、陆修静者。或是宋元嘉初陆修静,非梁普通中陆修静也。吾尝游东林寺,其前一小沟潺潺流,一石桥踞界之。僧指以为虎溪,然太近,恐非故虎溪也。其面为香鑪(炉)峰,苍翠拂天。此画景不甚似,而人颇古雅,戏题一诗。

远公白莲社,郁若人天师。破戒饮陶令,违誓过虎溪。
远方一大笑,陶意竟攒眉。乃知病维摩,不受弥勒窥。
何物陆道士,千载亦传疑?

三笑图

(明) 僧古春

天子临浔阳,远公不出山。胡为遇陶陆,过溪开笑颜?
匡庐高九叠,峻绝不可攀。画图写遗像,清风满尘寰。

莲社图

（金）宋九嘉

野鹜家鸡俗好乖,虎溪泉石满尘埃。
壮哉砥柱颓波里,惟有渊明挽不来。

莲社图*

（元）王恽

人间庐阜东南胜,两晋名流最赏音。
阿麟因之出新意,秋香和月写东林。

莲社图（三首）

（元）王恽

莫怪渊明从远公,鬓丝禅榻偶相同。
谈空说有知多少,都在龙眠意匠中。

二教玄风盛永嘉,后来诸子更纷挐。
渊明兴在东篱菊,独泛秋香亦自佳。

一诞相夸陷乐郊,流传江左到滔滔。
杖藜首见渊明去,画里龙眠意最高。

李龙眠莲社图

（元）吴师道

远公庐山下,手种玉色莲。清修香火社,杂遝山林贤。

---

* 《四库》本与下三首合并为"四首"。就称谓（阿麟、龙眠）而言,或非一诗。

龙眠弄笔墨，貌出晋宋前。横桥虎溪水，古木东林烟。
须眉策遗老，瓶罄趺枯禅。石坛花雨落，稽首西方仙。
休吟散梵帙，风罏荐寒泉。矫矫靖节翁，归心赴斜川。
分手溪上笑，攒眉社中缘。淋漓漉酒巾，篮舆摇醉眠。
止饮谅匪难，耻受异教牵。空山旧行迹，寂寞馀千年。
竟令妄庸儿，惝诱纷相传。陶翁我尚友，掩卷心茫然。

白莲社图

（明）陶安

儒墨殊科混杂居，忘形拟作虎溪渔。
花开冰雪暑不到，月在涟漪天自如。
座有名贤仍嗜酒，门无时贵暂停车。
东林此会何潇洒，可是丹青得绪馀？

题李伯时莲社图

（明）李东阳

谁写庐山十八贤？白头居士老龙眠。
药囊经卷随行杖，知在香罏（炉）瀑布前。

庐山社图

（明）陈继儒

吾闻谢东山，出入每扶掖。四人挈衣裾，三人捉坐席。
整骑庐山前，远公顾不怿。何如篮舆翁，肩顶风策策。

张师夔画谢家池塘

（元）张雨

春风飒然至，幽人午梦醒。遥见池塘绿，不知春草生。
如何骑马客，亦向梦中行？

故实类

题陶弘景移居图
（元）杨维桢

大奴担簦挈壶飧（餐），小奴笼鸡约孤麂。
雪斑鹿前双婉娈，水云牸背三温麝。
中有玉立而长身，幅巾野服为何人？
云是永明之隐君，身有黑子七星文。
自从夜读《葛洪传》，便觉白日生青云。
解冠径挂神武门，蘁尚拜君王恩。
句容洞天元第八，茅家兄弟遯秦腊。
飞宫上接十二楼，下听华阳海声狭。
三朝人物半凋零，水丑木中文已成。
金牛脱络谁得箠，枯龟受灼宁生灵。
金沙丹饭饥可饷，山中犹嫌呼宰相。
从此移家金积东，满谷桃花隔春壤。
画工何处访仙踪？修睂明目射方瞳。
可无鸡犬逐牛豕，栗橘葛榾皆家僮。
铁崖浮家妻子从，名山亦欲寻赤松。
华阳礼郎或相逢，清风唤起十八公，乞以玉笙双凤吹雌雄。

挂书牛角图

（元）刘因

长安江都搏手空，台司光禄谁雌雄？
大事既去乃尔耳，渠头不斫将安容？
喑呜千年楚重瞳，将军视之犹楚公。
挂书牛角亦偶尔，史臣比拟良未同。
青青泽中蒲，秀色自凌空。可怜徐包徒，学术皆凡庸。
君不见，群儿驱羊竟何功，晋阳桃李亦秋风。
猴山图画有如此，何如长作多牛翁。

李密迓太宗图

（宋）刘子翚

海内群雄逐鹿时，虬髯一见识英姿。
牅窥已叹尚书妇，野拜仍惊柱国儿。

跋秦王擒窦建德图

（元）王恽

天命人心已有归，怒麕抗岳欲奚为？
自将五载飞扬举，办作秦王破阵辞。

题韩滉画瀛洲学士图

（宋）韩驹

咸阳中天开帝居，群公下直承明庐。
长楸短辔褒衣裾，苍头庐儿争走趋。
韩侯画此时无虞，瀛洲仙人乐有馀。
我生不及贞观初，忽思十年身校书。
吟诗天街骑蹇驴，尔来戎马方驰驱。

眼厌绣掘〔褪〕蒙诸于，把卷未展先欷歔。

题钦庙主器时所作登瀛图
（宋）陈造

唐家大府开天策，祖庙工歌登七德。
伪王连组絜颈归，山东羞死虬须客。
文儒济济陪英游，海内共指登瀛洲。
未妨滥吹一延族，中有谋断皋伊流。
崇宁圣人抚鸿业，黄头遗种初芽蘖。
青宫进讲多暇日，睿情远览思才杰。
水墨落纸分毫厘，心融笔忘天运机。
鸾翔鹄峙俨〔在目〕，更用褚亮摛辞为。
天翻地覆人得知，神京北风吹皁旗。
空令便桥乞盟未央酒，盛事拂膺贞观时。
天家所宝君家得，拜手披图悼今昔。
鼎湖龙去馀弓剑，上林鴈来断消息。
暮年笔力犹枝梧，惯题七骑阴山图。
为君断句偕画往，贷我老泪淋衣裾。

题十八学士登瀛洲图
（元）吴澄

秦府开基萃胜流，一时倾慕比瀛洲。
瀛洲渺渺在何许？我欲乘桴海上浮。

题唐十八学士图
（元）马臻

唐家天子尊黄屋，大业隆兴调玉烛。
当年十八登瀛仙，弘文日侍分三六。

两京初定四海清，君圣臣贤古难续。
立本图真亮为赞，遂令书府藏诸栜。
后有龙眠传此本，礼乐衣冠激流俗。
自从沦落向人间，画手纷纷互翻覆。
千年事去君莫问，留得青编遗人读。
萧萧马耳射东风，长安道上春山绿。

登瀛洲图

（明）陶安

天策英才聚一堂，簾栊清昼海波凉。
神仙宫阙金银色，朝士衣冠雨露香。
飘逸词情超世出，联翩翠羽拂云翔。
当时下土瞻麟凤，弱水蓬莱隔仞墙。

题十八学士春宴图

（明）王世贞

梁园碧筠潇湘玉，小山丛枝缀金粟。
天公驱龙耰秦土，移入秦王天策府。
虬髯主人马上客，手掴中原血华赤。
芸氛霏霏讲初罢，狮子骢头散鞭喏。
软罗半臂春风偏，十八奚驹嘶紫烟。
玉酥宫痕纤月甲，银瓮戈书小黄押。
大槽乱拍真珠流，葡萄就煖沉香虬。
琵琶掩瑰鹧鸪促，声声破阵秦王曲。
羲轮半春启明曜，莱公起舞密公笑。
就中小薛醉瑰俄，龙门老师奈若何？
太子宫前演鸡戟，铜马时时齧荆棘。
诸君诘朝且虚左，巂州流人来上座。

十八学士綦图

（明）陈全

唐家楼阁俨瀛洲，簪珮联翩结胜游。
山水苍苍图画里，汉陵无树不宜秋。

十八学士登瀛洲图

（明）陈霁

龙姿日表真神武，跃马挥戈靖寰宇。
弘文高馆罗豪英，群贤入彀如登瀛。
千年盛事今如在，疋素幻出风流情。
玉堂岑邃三山小，阁道纡迴凤池杳。
铃索簷前云欲飞，罘罳户外花常遶。
碧房绣槛紫烟丛，金堤宝马垂杨裏。
房公杜公意气雄，乾坤阖辟游胸中。
褚于苏薛多文采，姚颜孔盖经传功。
虞陆二李才华丰，蔡薛苏许诗词工。
裒衣博带纷肆筵，乌纱羽扇临风前。
弹綦展翰相留连，兴来或作《南薰》絃。
清姿逸韵何翩翩，宁论海外多神仙。
我怜此画工还拙，心事丹青讵能说？
群贤得志争奋庸，亲为唐家扶日月。
独有敬宗终谬劣，中叶几使唐宗绝。
嗟哉秦王乐士心，斯馆不为斯人设。

蜀府命题所藏唐十八学士瀛洲图

（明）僧来复

十八学士瀛洲仙，文彩照世皆貂蝉。

庙堂论道豁胸臆，作藩开辟神尧天。
烈烈房与杜，树业光联翩。雅爱虞永兴，健笔铁可穿。
褚公姚公才涌泉，早以儒术穷磨镌。
二苏二薛何挺特，王门献纳相后先。
主簿仓曹亦英俊，天策从事尤魁然。
太学先生美双璧，参军襟度冰雪妍。
宋州户曹最清简，一时风雅同高骞。
朝谈黄石《略》，暮校白云篇。所思在经济，末艺焉足传。
方今化雨清八埏，西堂进讲罗群贤。
搜材直欲尽岩穴，拔擢远迈贞观前。
画师殊有意，模写精丹铅。却令千载后，名高日月悬。
丈夫宏达当如此，谁能龌龊困一毡？
我愿河清海晏三千年，圣人端拱开文渊；
还期比屋可封俗淳古，不独图像夸凌烟。

马周见太宗图

（明）高启

封事朝闻夕拜官，新丰无复客衣寒。
书生未有鸢肩相，只说君臣际遇会难。

萧御史取禊帖图

（元）程钜夫

禊帖屋梁上，世人那得知。不关萧翼黠，自是老僧痴。

题萧翼赚兰亭图

〔明〕桂衡

使星东犯斗牛来，猿鸟忘机岂见猜。
莫笑老僧藏不得，昭陵玉匣有时开。

观开元皇帝东封图

（唐）马戴

俨若翠华举，登封图乍开。冕旒明主立，冠剑侍臣陪。
跡类飞仙去，光同拜日来。粉痕疑检玉，黛色讶生苔。
挂壁云将起，凌风仗若迴。何年复东幸？鲁叟望悠哉。

唐玄宗与诸王讲《易》图

（元）唐肃

金盘未浴儿，花奴未挝鼓。
七宝牀中一卷书，不是梨园新乐谱。
岐王薛王何足数，宁把君王悟君父。
不闻龙马负图来，但惊野鹿衔花去。

花萼楼晏集图*

（元）虞集

花萼楼前翠辇来，宁王吹笛百花开。
夹城谁敢争驰道，独对霓裳进玉杯。

五王避暑图

（元）程钜夫

淮南恩少难为弟，有庳天回始念兄。
得似开元全盛日，一楼花萼友于情。

五王避暑图

（元）王恽

翠幄留香郁棣花，红云萦暖鹡鸰沙。

---

* 此处"花萼楼"之"花"，原文作"莩"，今酌改。

豆萁不免陈思叹,朱李寒泉是浪夸。

韩幹五王出游
（元）袁桷

花萼楼高怯翠衾,平明联骑走芳林。
让王可是无忠益,一曲《凉州》恨最深。

唐五王出游图
（元）虞集

花萼楼前御柳长,春风驰道晓尘香。
龙姿凤质多相似,黄发为期乐未央。

唐五王击毬图
（元）张宪

兴庆宫前春正热,绿杨夹道花如雪。
毬门风起日西斜,五马归来汗成血。
潞州别驾醉眼缬,双袖倾攲拥岐薛。
申王按鞚宋王驰,杖扑毬囊手亲挈。
草平如掌马力均,玉鞭十里不动尘。
黄门扶入五花帐,大衾长枕姁家人。
花萼相辉雨气寒,楼中歌管渐阑残。
紫骝不蹋毬场路,万里青骡蜀道难。

五王击毬图
（明）蒋主孝

毬门高结春如海,紫袖垂垂剪双綵。
薛王力倦宋王来,兴庆宫前花正开。
侍儿弄笛申王醉,更有岐王拥花睡。

春风不动草如铺，兄弟怡怡入画图。
黄门拥入五花帐，官奴漫鼓花奴唱。
博山火爇水沉香，富贵从来自天降。
迟迟春日下龙楼，花萼联辉雨气浮。
大被渐寒歌管歇，三郎别领阿环游。

题五王对弈图
（元）张天英

千官朝退下昭阳，花萼楼高碧树香。
一掷乾坤呼五白，玉人催进紫霞觞。

五王行春图
（元）张昱

开元天子达四聪，羽旄管籥行相从。
当时从驾骊山者，宰相犹是璟与崇。
花萼楼中云气里，兄弟同眠复同起。
玉环一旦入深宫，大枕长衾冷如水。
兴庆池头花树边，梨园小部俱婵娟。
杨家姊妹夜游处，银烛万条生紫烟。
宁知乐极哀方始，羯鼓未终鼙鼓起。
褒斜西幸雨淋铃，回首长安几千里。

题五王醉归图
（元）周驰

晋阳首事成功烈，卒入宫门流战血。
至亲骨肉忍相残，祸至黄台那可说。
让帝知几辞宝位，履霜已戒坚冰至。
花萼相辉势使然，遂许明皇敦友弟。

当时行乐殊未央，赐予无节恩非常。
出则同游入同宴，五龙躞蹀腾康庄。
时光鼎鼎如流电，虚伪既消诚实见。
三子无辜死渭桥，太真有宠来金殿。
欲心一纵祸滔天，社稷生灵不暇怜。
从此陵夷于五代，干戈丧乱祸年年。

任月山五王醉归图
（明）程敏政

何处离宫春宴罢，五马如龙自天下。
锦鞲（鞯）蹀躞摇东风，不用金吾候随驾。
綵策乌骓衣柘黄，颜赪不奈流霞浆。
手戮淫昏作天子，三郎旧是临淄王。
大醉不醒危欲堕，双拥官奴却鞍座。
宋王开国长且贤，谁敢尊前督觞过？
申王伏马思吐茵，丝韁（缰）侧控劳奚人。
可怜身与马鬪力，天街一饷流香尘。
岐王薛王年尚少，酒力禁持美风调。
前趋后拥奉诸兄，临风髣髴闻呼召。
夜漏归时严禁垣，花萼楼中金炬繁。
大衾长枕已预设，帝家手足称开元。
我闻逸乐关成败，狗马沉酣示明戒。
二公作诰《五子歌》，此意当时可谁解？
仙李枝空人不还，王孙一日开真颜。
鸰原终古存风教，珍重丹青任月山。

题五王夜燕图
（明）唐寅

积善坊中五王宅，重楼复阁辉金碧。

大衾长枕共春秋,鬬鸡走狗连朝夕。
花萼楼前夜开燕,沉水凝烟灯吐焰。
列坐申王与薛岐,让皇降席同南面。
昆仑琵琶《凉州歌》,当时进御杂《云和》。
宫声不属商声暴,琵声起少琶声多。
独有汝阳知律吕,曾把流离谏明主。
他日回銮蜀道中,不教审听铃淋雨。

张东叔出紫云回銮图以示坐客,因为赋之
(宋) 孔武仲

开元太平无兵戎,真人味道希夷中。
人间之乐已饶足,唯有青霄未追逐。
坐中谁似叶先生,以气为粮常辟穀。
朝登员峤夕崑崙,只与神游不要人。
忽逢邀攜看月去,缥缈虚空生紫云。
蟾宫竟不容久住,仙乐飘飘送回去。
归来宫漏未移更,甲帐明釭宛如故。
汾水悲歌仙不成,梨园空没有遗声。
红尘如海涨朝市,从此无人游玉京。

九龄忠谏图
(元) 王恽

挺笏摧奸论已萌,帝心唯恐悞忠贞。
开元所事□□足,只欠成都万里行。

题唐三学士围棋
(元) 李祈

唐朝内相极清华,出入黄扉掌白麻。

承诏归来无一事，闲寻棋局到昏鸦。

唐三学士图
（元）钱选

唐三学士粲三英，挺挺人才艺术精。
无事围棋春昼永，至今画笔尚传名。

唐三学士图
（明）王祎

衣冠相肖不相侔，棋局琴牀乐胜游。
想像开元全盛日，太平人物總风流。

题花门将军游宴图
（明）宋濂

花门将军七尺长，广颡穹鼻卷发苍。
身骑叱拨紫电光，射猎娑陵古塞傍。
一箭正中双白狼，勇气百倍世莫当。
胡天七月夜雨霜，寒沙莽莽障日黄。
先零匈奴古黠羌，控弦鸣镝时跳踉。
将军怒甚烈火扬，宝刀双环新出房，麾却何翅驱牛羊。
平居不怯北风凉，白毡为幄界翠行。
铜龙压脊双角张，綵绳亘空若虹翔。
将军中坐据胡牀，炽炭炙肉泫流浆。
革囊挏酒葡萄香，驼蹄斜割劝客尝。
赵女如花二八强，皮帽新裁系锦纕，低把琵琶弹《凤凰》。
半酣出视驼马场，五花作队满涧冈，但道驩乐殊未央。

龙眠十八贤图

（元）马祖常

林下石牀方，溪边竹影凉。高人千载意，山水寄馀光。

慧元画寒林七贤（有序）

（宋）楼钥

旧有《唐人出游图》，谓宋之问、王维、李白、高适、史白、岑参六人，多画七贤，不知第七人为谁。或云是潘逍遥，然未见据。病起坐攻媿斋，元公忽作《寒林七贤》相寄，余方梦寐故山，见之洒然，戏作数语谢之。

群贤俱诗豪，时代不同处，安得寒林中，联镳睇相语？
谁欤创妙意？臭味无今古。吾闻顾陆辈，寓意或如许。
桃李並芙蓉，雪中蕉叶吐。元师师老融，淡墨埽风雨。
作此寄攻媿，寓兴渺烟渚。旧六今则七，未知果谁与？
我欲从之游，讵敢厕俦侣？画我往执鞭，欣为李君御。

寒林七贤

（金）周昂

苦寒如此欲何之？雪帽风裘意自奇。
纵有清诗三百首，未应肯得党家儿。

七贤寒林图

（元）元好问

万古骚人有赏音，画家满意与幽寻。
题诗记得松前事，绝似冯雷入少林。

雪中行吟七贤图

（元）程钜夫

长庚自是谪仙人，子美逢时稷卨臣。
风雪茫茫五君子，冻吟犹得望清尘。

钱舜举寒林七贤图

（明）高得旸

骚坛逸响何寥寥，作者逝矣谁能招？
诜然七子美风度，乃有遗像图生绡。
衣冠半带晋秀气，人物绝是唐中朝。
想当朝事得休暇，拟采野景归风谣。
青骡黄犊踏冻雨，蹇驴瘦马冲寒飙。
醉鞭笑停似按辔，吟镫戏拍催联镳。
看花多情且少待，寻梅有兴非无聊。
此图我尝见十数，高林大树风萧萧。
埽除闲冗存简素，吴兴笔老才尤超。
方之粉墨巧涂染，奚止天地相悬辽。
尚疑高李六君子，当时未见潘逍遥。
道同气合志相感，虽旷百世如同僚。
画师晚出有深意，况自昔日传今朝。
屋梁落月见颜色，妙处不待穷摹描。
君不见袁安僵卧寒正骄，王维乃作雪里之芭蕉。

历代题画诗类卷第三十九

故 实 类

题明皇按乐图
（宋）郑思肖

谁举銮舆向蜀行？梨园弟子歇新声。
及知凝碧池头事，难得乐工雷海青。

明皇按乐图
（宋）刘克庄

莺啼花开春昼迟，掖庭无事方遨嬉。
广平策免曲江去，十郎谈笑居台司。
屏间《无逸》不复觌，教鸡能鬬马能舞。
戏呼宁哥吹玉笛，催唤花奴打羯鼓。
南衙群臣朝见疏，老伶巨珰前后趋。
阿瞒半醉倚玉座，袖有曲谱无谏书。
金盆皇孙真龙种，浴罢六宫竞围拥。
惜哉傍有锦绷儿，蹴破咸秦跳河陇。
古来治乱本无常，东封未了西幸忙。
辇边贵人亦何罪？祸胎似在偃月堂。
今人不识前朝事，但见断缣装束异。

岂知当日乱离人，说著开元總垂泪。

明皇合曲图

（元）元好问

海棠一枝（株）春一国，燕燕莺莺作寒食，千古万古开元日。
三郎搊管仰面吹，天公大笑嗔不得，宁王天人玉不如。
番绰乐句不可无，宫腰不按《羽衣谱》，疾舞底用牧猪奴。
风声水声闷清都，梦中令人羡华胥。
何时却并宫牆听，恨不将身作李謩。

题明皇按乐图

（元）黄庚

五凤楼前沸管絃，春宵花暖月娟娟。
纤腰舞到《霓裳曲》，惊起猪龙地上眠。

明皇按乐图（三首）

（元）王恽

《羽曲》调音到克谐，宫中花柳四时开。
五絃俓有南薰手，却唤花奴解秽来。

兴庆宫池水殿深，帝心横溃溺哇淫。
让王友爱情何切，独为君王辨八音。

《逸图》零落御前嶰，心醉华清按乐声。
击损碧梧缘底事？促教秋雨剑关行。

明皇按乐图

（元）虞集

新度《霓裳曲》，三年教得成。惊鸿浑不下，飞燕若为轻。

芍药春亭暮，芙蓉野水生。梨园多白发，吹笛到天明。

题明皇按乐图
（元）柳贯

开元天子乐当阳，手按琵琶引凤凰。
曲谱才翻新玉笛，泪痕还滴旧香囊。

明皇太真避暑按乐图
（元）洪希文

已剖冰盘金粟瓜，旋调雪水试新茶。
宫娃未解君恩暖，尚引青罂汲井花。

明皇按乐图
（元）杨维桢

沉香亭前花萼下，天街一阵催花雨。
海棠花妖睡初著，唤醒一声红芍药。
金銮供奉调清平，犁园旧曲换新声。
阿环自吹范阳笛，八姨独操伤春情。
君不见夜游重到明月府，青鸾能歌兔能舞。
五云不障蚩尤旗，回首烟中万鼙鼓。
那知著底梧桐雨，雨声已入《淋铃谱》。

唐玄宗按乐图
（元）杨维桢

大唐天子梨园师，金汤重付轧荦儿。
何人端坐阅乐籍？三万缠头不足支。
龟年檀板阿蛮舞，花奴手中花如雨。
钧天供奉真上人，上亦亲挝汝阳鼓。
玉奴檀槽倦无力，忽窃宁哥手中笛。

边风吹入新贡箫,铜池夜梦双飞翼。
阁门边奏塞觥聪,耳谱更访明月宫。
渔阳一震万窍聋,梨园弟子散如雨,惟有舞马伤春风。

明皇按乐图

（元）张雨

髯伶识乐句,我信曲有误。月白商声多,尘起渔阳戍。

题明皇按乐图（四首）

（明）张凤翼

花萼楼头弟与兄,《凉州》一部试新声。
不知舞象衔杯处,可似《箫韶》奏九成?

桓谭且莫奏繁音,唐帝元非汉帝心。
若在沉香亭上听,应将羯鼓易瑶琴。

军中鼙鼓动渔阳,四野桑麻作战场。
独有深宫庆生处,新声犹奏《荔枝香》。

勤政楼前奏乐章,梨园歌舞杂笙簧。
归来止有蓝田磬,只合含酸付太常。

题明皇按舞图

（元）虞集

寝安食饱对青云,按舞调笙不厌频。
西内归来还独看,梨园弟子白头新。

明皇观舞图

（明）谢承举

勤政楼前午朝罢,花萼楼头西日下。

沉香亭畔梧已秋，凝碧池中莲尚夏。
紫衣传宣诏九宫，宫中丽人脂粉红。
锦鸳彩凤炫晴日，娇莺乳燕随春风。
御厨捧勅陈华宴，错杂奇珍按时换。
槃来粲粲赤金盘，捧出纤纤青玉案。
分行判队众乐鸣，琵琶筚篥璃瑶筝。
月支小麽解汉唱，越江妮子能秦声。
何须三击花奴鼓，六律皆依板为主。
玉环指下节奏明，内中一人忙起舞。
软鞿尖帽高丽装，团花缠身金缕裳。
俏裁四幅裹腰窄，宽兜两袖拖肩长。
《大垂》《小垂》轻复举，左挺右挺风旋起。
蛱蝶争翻柳絮云，蜻蜓乱点桃花水。
一纵再纵势欲前，东欹西欹态欲偏。
香埃蹴步自掩冉，日光踏影相蹁躚。
唐家三郎倚花坐，欢极诸姨尽称贺。
渔阳鼙鼓动地来，歌舞花间忽惊破。

明皇卧吹箫图

(元) 宋无

珊瑚枕上玉箫横，一曲《霓裳》万里行。
漫道九重宫殿远，几曾掩得外边声。

唐明皇吹箫图 (二首)

(元) 成廷珪

寝殿春深昼漏迟，榻前侍女立多时。
玉箫自按《霓裳曲》，赐与梨园子弟吹。

花萼楼前柳色新,东风吹散马嵬尘。
锦囊五〔玉〕管俱零落,谁是终南梦里人?

题唐明皇吹玉箫图
(明)金湜

昭阳殿高清昼长,珊瑚枕压七宝牀。
珍簟平铺碧云冷,珠簾半捲秋风凉。
此时谏疏非无补,君王自喜教歌舞。
旧曲翻成阿滥堆,别调新传玉箫谱。
玉箫一曲度薰风,宫商十指何玲珑。
碧沼游鱼窥菡萏,丹霄彩凤鸣梧桐。
梨园子弟多白发,承宣独喜黄繙绰。
手提玉板不停敲,足踏青蒲恣欢谑。
双双粉黛谁家女,霓裳细拂鲛绡缕。
敛袖低眉不动尘,似解呜呜曲中语。
从来声色侈人心,人生乐极悲亦深。
岂料箫声入云去,化作渔阳鼙鼓音。

题明皇并箫图
(元)刘诜

青鸟西来太液池,《霓裳》舞影落瑶犀。
并吹玉管同心调,惟有姮娥月里知。

太真明皇并笛图
(元)张宪

黑奴絃索花奴鼓,谭奴抚掌阉奴舞。
阿环自品玉玲珑,御手夷犹亲按谱。
风生龙爪玉星香,露溼樱脣(唇)金缕长。

莫倚花深人不见,李暮侧足傍宫墙。

明皇并笛图
(明) 周用

燕婉其如父子情,忍将旧怨度新声。
蜀中此夜《淋铃曲》,谁伴君王坐到明?

题明皇并笛图
(明) 程煜

华清晏罢卷霓裳,重立东风並海棠。
凤琯莫吹新制曲,有人乘月倚宫墙。

明皇击梧桐图
(金) 冯璧

三郎耳谱趂(趁)花奴,风调才情信有馀。
天宝错来非一拍,《霓裳》中节亦区区。

明皇击敔(一作"梧")按乐图
(元) 姚枢

阿萱五季名画师,尤工粉墨含春姿。
君王游荡堕声色,不知声色倾人国。
开元无逸致太平,天宝奢风生五兵。
偃月堂近幽蓟远,潜谋不入芙蓉苑。
咸阳行色马嵬尘,宣〔萱〕笔虽工恐未真。
四海苍生半鱼肉,归来岂为香囊哭?
一日重开日月光,黄金却铸郭汾阳。

击梧图
(元) 袁桷

万树梨园已失春,秋声飒飒起胡尘。

君王独立梧桐下，不见当年疏谏人。

唐陈宏画明皇击桐图
（元）吴师道

三郎半醉玉颜开，手戛青桐舞节催。
老树无情应解笑，曲成那得凤皇来。

明皇击梧图
（元）李俊民

不使梨园弟子知，太平音在凤皇枝。
一朝野鹿衔花去，长恨秋风落叶时。

梁信羯鼓小图
（宋）文同

高梧间垂杨，玉宇极清邃。三郎当殿坐，左右拥佳丽。
甗甀近香案，蹲兽吐碧穗。宝儿承画空，缤纷交綵袂。
花奴卷双袖，俛立前奏技。君王顾之笑，轩庑动和气。
谁谓一尺素，写遍天上意？听者定何如？观之犹解秽。

梨园教曲图
（明）张琦

梨花千树雨初收，上苑春风吹未休。
新制乐章音调涩，敕教依旧唱《伊州》。

霓裳曲
（元）吴师道

一曲《霓裳》众乐催，相传亲听月宫来。
当时果有飞神术，末路因何厄马嵬？

题明皇戏侏儒图

（元）李祈

太宗英风溢寰区，指顾群雄定海隅。
何事开元全盛日，却将勋业付侏儒？

题明皇优戏图

（明）镏崧

臂袒红衫侧皁冠，翩躚跌舞乐初攒。
笛声一片宫前起，应说秋风蜀道难。

题明皇打毬图

（宋）晁说之

阊阖千门万户开，三郎沉醉打毬回。
九龄已老韩休死，无复明朝谏疏来。

题明皇醉归图

（宋）陈傅良

骑者两人扶不正，夹道谁知为万乘？
一人前驰一顾后，怀欲并驱无号令。
狩人亦忘记鹰犬，仰视只愁天欲暝。
有司刺候上起居，杳莫得详宫钥静。
呜呼开元自英主，前鑑（鉴）竟遗盈幅纸。
君不见《汉宫图》，妲已未必当年甚如是。

明皇醉归图

（元）袁桷

日暮毬场醉欲归，停鞭更进紫霞杯。
老髯未省《淋铃曲》，犹愿君王款款回。

明皇夜游图
（宋）程俱

燃膏飞控逐流光，露溢金盘乐未央。
拟跨八龙穷辙迹，谁令一马向铜梁？

明皇出游图
（元）虞集

开元盛事何人画，玉冠芙蓉御天马。
从官骑步各有持，移仗华清意闲暇。
宫袍如锦照青春，诏许传看思古人。
不知身在瀛洲上，亲奉图书侍紫宸。

题明皇出游图应制
（元）揭傒斯

明皇八骏争驰道，还是开元是天宝？
长安花发万年枝，不识韶华醉中老。
奎章阁下文章静，衮衣高拱唐虞圣。
莫言此画徒尔为，千载君王作金镜。

明皇秉烛夜游图
（明）高启

花萼楼头日初堕，紫衣催上宫门锁。
大家今夕燕西园，高爇银盘百枝火。
海棠欲睡不得成，红妆照见殊分明。
满庭紫燄作春雾，不知有月空中行。
新谱《霓裳》试初按，内使频呼烧烛换。
知更宫女报铜签，歌舞休催夜方半。

共言醉饮终此宵,明日且免群臣朝。
只忧风露渐欲冷,妃子衣薄愁成娇。
琵琶羯鼓相追续,白日君心欢不足。
此时何暇化光明,去照逃亡小家屋。
姑苏台上长夜歌,江都宫里飞萤多。
一般行乐未知极,烽火忽至将如何!
可怜蜀道归来客,南内凄凉头尽白。
孤灯不照返魂人,梧桐夜雨秋萧瑟。

题明皇夜游图

(明) 徐贲

花萼楼前烟漠漠,君王睡重无人觉。
别宫漏点恋寒宵,闲却梨园太平乐。
云龙十二秋扶摇,青藜化作黄金桥。
翡翠门屏桂枝影,素娥羽带香风飘。
优童共记《霓裳舞》,归来换尽人间谱。
梧桐击碎教妖环,蜀山梦战渔阳鼓。

明皇私语图(二首)

(元) 王恽

人老逢秋百感催,夜深私语自为媒。
秖知海岳情缘在,不道生离有马嵬。

盈盈一水隔双星,不似行云侍锦屏。
欢乐几时忧思集,碧梧秋雨待君听。

题明皇私语图

(元) 郝经

一旦妖姬属乱兵,当时私语竟何成?

祗应蜀道蒙尘日，悔不终宵问贾生。

题明皇上马图
（宋）韩驹

翠华欲幸长生殿，立马楼前待贵妃。
尚觅君王一回顾，金鞍欲上故迟迟。

题张郎中明皇小浃图（二首）
（金）段成己

志在驰驱祸已胎，笑颜况更为谁开？
贪争飞鞠鞭骕去，不觉踰垣有鹿来。

天宝承平事久无，弄丸驴背自驱驰。
不期一笑宫中戏，传作人间《小浃图》。

明皇并辔图
（元）宋无

三郎沉醉玉环随，不上金舆索马骑。
老大独归南内里，风流无复并鞍时。

明皇贵妃上马图
（明）张灿

七宝装鞍蜀锦堆，黄门扶控踏红埃。
君王只顾蛾眉笑，末路谁知到马嵬。

明皇览镜妃子剪鬟图
（宋）刘子翚

不复青铜照瘁颜，耄荒从谏若移山。

只将女子论贤否,陶母当时亦剪鬟。

题明皇贵妃对弈禄山傍观图
(明) 杨基

深院纹楸敌睡魔,玉环用意蹙双蛾。
只因数子藏机密,不觉三郎失著多。
布阵似窥龙尾道,争边未至马嵬坡。
有人冷眼观成败,若个胡儿似烂柯。

明皇小车图
(明) 僧一初

宫门日出乳鸦啼,仙漏沉沉树影低。
朝罢千官无一事,车声又过寿阳西。

唐明皇游月宫图
(明) 蒋主孝

嫦娥不是人间客,月殿应非世上宫。
当日君臣俱涉梦,渔阳特地起西风。

游月宫图
(明) 陶安

桂影团团舞凤皇,琼楼宛在水中央。
白虹桥背腾仙侣,玉兔毫端挹瑞光。
但觉云霄随步武,不知风露湿衣裳。
一场梦幻伤心处,胡马扬尘蜀道长。

明皇蜀道图
(宋) 李纲

君不见开元天宝同一主,治乱相翻如手举。

擎盈欲恶虽一人，变易安危原近辅。
姚宋已死九龄黜，谁使杨钊继林甫？
宫中太真专宠私，塞外番酋成跋扈。
祸胎养就不自知，漫向华清遗匕筯。
渔阳突骑破潼关，百二山河震金鼓。
翠华杳杳幸西南，赤县纷纷集胡虏。
伤心坡下失红颜，堕泪铃中闻夜雨。
山青江碧蜀道难，栈阁连空俨相拄。
旌旗惨淡云物愁，林木阴森猿鸟侣。
戎装宫女亦善骑，皓齿明眸如笑语。
老髯奚官驱蹇驴，负橐赍粮岂供御？
九重徼卫复谁勤？万里艰危真自取。
至尊狼狈尚如此，叹息苍生困豺虎。
千秋万岁不胜悲，玉辇金舆尽黄土。
空令画手思入神，一写丹青戒今古。

明皇幸蜀图

（宋）陆游

天宝政事何披猖，使典相国胡奴王。
弄权杨李不足怪，阿瞒手自裂纪纲。
八姨富贵尚有理，何至诏书褒五郎！
卢龙贼骑已洶洶，丹凤神语犹琅琅。
人知大势如累卵，天稔奇祸如崩墙。
台省诸公独耐事，歌詠功德卑虞唐。
一朝杀气横天末，疋马西奔幾不脱。
向来谄子知几人？贼前称臣草间活。
剑南万里望秦天，行殿春寒闻杜鹃。
老臣九龄不可作，鱼蠹蛛丝《金鑑篇》。

明皇幸蜀图（二首）

（明）刘基

斜阳惨澹照霓旗，石栈萦纡仆马羸。
想得林间子规鸟，断崖青壁亦相随。

裂帛声中发祸机，《白华》歌断草霏霏。
可怜蜀道三军恨，不记他年武惠妃。

王摩诘画明皇剑阁图

（金）赵秉文

剑阁森危隔锦官，云间栈路细盘盘。
天回日驭长安远，雨滴铃声蜀道难。
当日六军同驻马，他时万国独回銮。
伤心凝碧池头句，有底功夫作画看？

唐明皇幸骊山图

（元）朱德润

骊山西北高，万乘东南至。霓旌苍翠中，阁道丹青里。
忆昔上林游，春寒多并辔。羯鼓召花奴，黄门吹力士。
霓裳曲未终，惊动渔阳骑。

题火龙烹茶图

（明）贝琼

松声一作秋涛雄，铜龙吐火鳞甲红。
黄衣中使备玉食，泉出金沙甘露浓。
春风一旗色尚活，建溪山人雨前掇。
蓬莱殿里沃焦馀，玉椀分沾侍臣渴。

名花唤起海棠魂,细叶未数丁香根。
宫中一日歌舞散,世上千秋图画存。
开元盛事何人省,书生亦解夸双井。
空山堁叶烧破铛,闭门读书秋夜永。

历代题画诗类卷第四十

故实类

李白醉归图
（金）吕子羽

春风醉袖玉山颓，落魄长安酒肆回。
忙煞中官寻不得，沉香亭北牡丹开。

太白醉归图
（元）刘秉忠

五斗先生未解酲，一生爱酒不曾醒。
人间词翰传名字，天上星辰萃性灵。
鴈带煖回波泛绿，燕衔春至草抽青。
纱巾醉岸南山道，几处哦诗补画屏？

李太白舟中醉卧图
（元）刘秉忠

仙籍标名世不收，锦袍当在酒家楼。
水天上下两轮月，吴越经过一叶舟。
壶内乾坤无昼夜，江边花鸟自春秋。
浮云能蔽长安日，万事纷纷一醉休。

李白醉归图

（元）王恽

云阵横陈大渡河，一书能解六蛮和。
仙韶莫诧君王宠，七宝庄严未是多。

太白醉归图

（明）顾观

歌成芍药倒金壶，并辔宫官马上扶。
乐部馀音随彩旆，仙班小队下清都。
长庚万丈文章燄，后世千年粉墨图。
江左青山旧时月，一杯谁慰客坟孤？

太白醉归图

（昹）陈颢

偶向长安醉市沽，春风十里倩人扶。
金銮殿上文章客，不减高阳旧酒徒。

太白独钓图

（元）元好问

谪仙去世三百年，海中鲸鱼渺翩翩。
岂知龙眠天马笔，忽有玉树秋风前。
金銮归来身散仙，世事悠悠白发边。
会稽贺老何处在，千里名山入酒船。
清景已随诗句尽，风流合向画图传。
往时长安酒家眠，焦遂不狂张不颠。
想得三更风露下，醉和江月弄江烟。

太白独钓图

（元）王恽

九重春色醉仙桃，何似江山照赐袍。
千丈气豪愁不管，青山矶上月轮高。

题太白酒船图（二首）

（元）赵孟頫

载酒向何处？稽山镜水边。若为无贺老，兴尽便回船。

潇洒稽山道，风流贺季真。相思不相见，愁杀谪仙人。

题李白观泉图

（元）张𩠪

玻瓈杯中春酒绿，醉墨淋漓牡丹曲。
平生合置七宝牀，白纻乌纱美如玉。
阿瞒荒宴百不理，宁计宫花衔野鹿。
何物老妪生此儿，偷向金鸡帐中宿。
高将军才奴隶耳，误使脱韈吾所辱。
要留汗韈蹋鲸鱼，鼠子何堪烦一蹴。
寻常沟渎不可濯，何处容伸遭汙足？
翩然却下匡庐云，五老峰前看飞瀑。

太白观瀑布图

（元）僧大䜣

我本白云人，见山每回首。披图得松泉，感我尘埃久。
我家只在九江口，从此扁舟到牛斗。
翻愁天上银涛堆，石转云奔万雷吼。

水行地底不上天，龙泓岂与沧溟连。
风叶无声飞鸟绝，月光云影天茫然。
丈人何来自空谷，谪仙招隐当不辱。
林梢喷雪舞飞华，尚想随风唾珠玉。
马首青山如唤人，归来好及松华春。
泉香入新酿，解公头上巾。今者孰不乐，荒坟委荆榛。
遂令画师意，万古留酸辛。酸辛复何益，东海飞红尘。

李太白观瀑图

（明）刘基

忆昔李谪仙，泛舟彭湖东。遂登庐山顶，直上香炉峰。
遥望瀑布水，自天垂白虹。大声回九地，浮光散虚空。
万木震辟易，千崖殷钟镛。清凉入肌骨，如归广寒宫。
赋诗留人间，至今响渢渢。丹青极摹写，欲代玄造功。
逸驾不可追，举头睇飞鸿。倚歌无人和，引袖乘长风。

李太白观瀑布图

（明）宋濂

长庚烨烨天之章，精英下化为酒狂。
匡庐五老森开张，银河万丈挂石梁。
下马傲睨立欲僵，耸肩袖手神扬扬。
忆昔开元朝上皇，宫中赐食七宝牀。
淋漓醉墨蛟龙骧，人疑锦绣为肝肠，麾斥力士如犬羊。
营营青蝇集于房，金銮不复承龙光。
并州可识郭汾阳，不可丹阳逢永王。
大风吹沙日为黄，狻猊哀啼闻夜郎。
苍天欲使诗道昌，顿挫万物归奚囊。
何处更觅延年方，北海天师八尺长。

芙蓉作冠云为裳，授以蕊笈青琳琅。
蓬莱屹起瀛海洋，群仙迟汝相徊翔。
谁将粉墨图缣缃，顾我一见心怅怅。
诗成仰视天苍茫，夜半太白生寒芒。

李白观瀑布图

（明）方孝孺

天宝之乱唐已亡，中兴幸有汾阳王。
孤军疋马跨河北，手扶红日照万方。
凌烟功臣世争羡，李侯先识英雄面。
沉香亭北对蛾眉，眼中已见渔阳乱。
故令边将储虎臣，为君谈笑清胡尘。
朝廷策勋当第一，珪组不敢縻天人。
西游夜郎探月窟，南浮万里穷楚越。
云山胜地有匡庐，银河挂空洒飞雪。
醉中信马踏清秋，白眼望天天为愁。
金闺老奴污吾足，更欲坐濯清溪流。

钱舜举太白观瀑图

（明）王世贞

匡庐万古瀑，太白千秋才。两奇偶相值，后人何有哉！
及展舜举图，悦登文殊台。立起青莲枯，来听万壑雷。
始知丹青力，可以回寒荄。

太白捉月图

（金）蔡珪

寒江觅得钓鱼船，影在江心月在天。
世上不能容此老，画图常看水中仙。

太白扪月图

（元）王恽

诗中无敌饮中豪，四海飘萧一锦袍。
千丈醉魂无处著，青山矶上月轮高。

谪仙捉月图

（元）程钜夫

牛渚矶前白锦袍，峨眉亭外月初高。
江波满眼如平地，醉倒长庚一世豪。

李白玩月图

（元）余阙

春池细雨柳纤纤，手倦挥毫日上帘。
想得停杯江海夜，月明照见水精盐。

题李白问月图

（明）张以宁

谁提明月天上悬？九州荡荡清无烟。
天东天西走不驻，姮娥鬓霜垂两肩。
中有桂树万里长，吴刚玉斧声阗阗。
顾兔杵药宵不眠，天翁下视为尔怜。
颇闻昔时锦袍客，乃是月中之谪仙。
帝命和予《羽衣曲》，虹桥一断心茫然。
竹王祠前雾如雨，踯躅花开啼杜鹃。
月在天上缺复圆，人间尘土多英贤。
举杯问月月不言，风吹海水秋无边。
沧波尽捲金尊里，清影长随舞袖前。

相期迢迢在云汉，呜呼此意谁能传？
骑鲸寥廓忽千年，金薤青荧垂万篇。
浮云起灭焉足异，终古明月悬青天。

题李白问月图
（明）张以宁

青天出皓月，碧海收微烟。
举杯一问月，我本月中仙，醉狂谪人世，于今几何年？
桂树日已老，我别何当还？兔药日已熟，我鬓何由玄？
迢迢夜郎外，垂光一何偏？问月月不语，举杯复陶然。
青天自万古，皓月长在天。明当蹑倒景，飞步崑崙巅。

题太白纳凉图
（元）陈高

六月炎天飞火乌，土焦石烁河流枯。
迩来衰病更畏热，呼叫欲狂挥汗珠。
饮水嚼藕废朝夕，小室如炉眠不得。
闲将图画县四壁，漫想深山好泉石。
就中此图尤绝奇，青林飞瀑吹凉飔。
何人展席坐苍藓？乃是谪仙初醉时。
露顶裸裎投羽扇，仰看云生白成练。
松阴如雨毛骨寒，岂识人间绊足倦。
只今匡庐道阻修，雁荡天台近可游。
便欲致身丘壑里，挂巾石壁继风流。

太白扁舟图
（元）宋无

锦袍烟艇夜郎西，酒思金銮入直时。

不道相思杜陵老,愁吟落月屋梁诗。

李白骑驴图

(元) 元好问

八表神游下笔难,画师胸次自酸寒。
风流五凤楼前客,枉作襄阳雪里看。

太白还山图

(元) 刘秉忠

一片灵台照世明,共传太白是元精。
心中有道时时乐,眼底无尘物物清。
千首未知诗作癖,百杯寻与酒为盟。
长安多少风和月,不尽先生吟醉情。

李伯时画太白泛舟小像

(元) 潘伯修

李白自号谪仙人,更得龙眠为写真。
一箇青莲初出水,千年金粟再来身。
胸中元气诗如海,物外还丹酒借春。
一笑掀髯缘底事?桃花潭上见汪伦。

竹溪六逸图

(元) 陈旅

千畮松篁野迳开,一溪流水碧于苔。
山樽共醉徂徕石,何用杨妃七宝杯。

竹溪六逸图

(明) 丘濬

徂徕之山竹满溪,溪中流水清漪漪。

昔人已往不可见，至今陈迹犹依稀。
酣饮狂歌者六子，就中最豪孔与李。
为龙为蛇谁豫知，白也逃生巢父死。

题脱靴返櫂图（二首）
（元）陈旅

威凤翔寥廓，妖蠱窟广寒。翻令赵飞燕，无处倚阑干。
九日姑孰守，千古涪陵翁。高人又返櫂，江国夕阳中。

杜子美浣花醉归图
（宋）黄庭坚

拾遗流落锦官城，故人作尹眼为青。
碧鸡坊西结茅屋，百花潭水濯冠缨。
故衣未补新衣绽，空蟠胸中书万卷。
探道欲度羲皇前，论诗未觉《国风》远。
干戈峥嵘暗宇县，杜陵韦曲无鸡犬。
老妻稚子且眼前，弟妹漂零不相见。
此公乐易真可人，园翁溪友肯卜邻。
邻家有酒邀皆去，得意鱼鸟来相亲。
浣花酒船散车骑，野牆无主看桃李。
宗文守家宗武扶，落日蹇驴驮醉起。
愿闻解兵脱兜鍪，老儒不用千户侯。
中原未得平安报，醉里眉攒万国愁。
生绡铺牆粉墨落，平生忠义今寂寞。
儿呼不苏驴失脚，犹恐醒来有新作。
常使诗人拜画图，煎胶续絃千古无。

杜陵浣花图

（元）赵孟頫

春色醺人苦不禁，蹇驴驮醉晚駸駸。
江花江草诗千首，老尽平生用世心。

老杜醉归图（二首）

（元）李俊民

寻常行处酒债，每日江头醉归。
薄暮斜风细雨，长安一片花飞。

百钱街头酒价，蹇驴醉里风光。
莫傍郑公门去，恐犹恨在登牀。

题杜甫麻鞋见天子图

（元）钱惟善

四郊多垒未还乡，又别潼关谒凤翔。
九庙君臣同避难，十年弟妹各殊方。
中兴百战洗兵甲，万里一身愁虎狼。
寂寞当时穷独叟，按图怀古恨茫茫。

少陵春游图

（元）程钜夫

杜陵野客正寻诗，花柳前头思欲迷。
一样东风驴背稳，曲江何似浣花溪。

题杜甫游春图

（元）李祈

草屋容欹枕，茅亭可振衣。如何驴背客，日晏尚忘归？

杜甫游春图
　　　　　　　　　　（明）陈宪章

碧柳黄鹂三月画，江湖风雨万篇诗。
花前浊酒不得醉，驴背春风空自吹。

孟浩然骑驴图
　　　　　　　　　　（宋）刘克庄

坏墨残缣阅几春？灞桥风味尚如真。
摩挲只可夸同社，装饰应难奉贵人。
旧向集中窥一面，今于画里识前身。
世间老手惟工部，曾伏先生句句新。

金主画孟浩然骑驴图（三首）
　　　　　　　　　　（元）袁桷

生前明主已遭嗔，身后君王为写真。
家国緫缘诗句废，灞陵犹胜蔡州尘。

木叶山前雪似银，软裘难作自由身。
想因晚岁朝陵后，故写骑驴处士真。

北阙明言不上书，蹇驴何自入西都？
开元天子元无分，留与他生作画图。

孟浩然灞桥图
　　　　　　　　　　（元）王恽

金銮消息远相招，雪满吟鞍过灞桥。
处士本无经世志，强将诗句枉清朝。

孟浩然跨驴图（二首）

（元）吴师道

风雪潇潇破帽攲，玉堂回首梦应非。
鹿门松径寒门里，拥被微吟定忆归。

直语无因住禁垣，清游随意蹋寒原。
风流郑五虽相似，应愧诗庸位转尊。

题倒骑驴观梅图

（元）吴澄

玉妃一笑本无猜，拗性驴儿去不回。
见面可怜交臂失，留情聊复转身来。
月凝绝艳骎骎远，风送清香款款陪。
雪里吟翁吟弗就，过时却与恼痴呆。

王维画孟浩然骑驴图

（元）牟巘

穷浩然，老摩诘，平生交情两莫逆。
也曾攜去宿禁中，堪笑诗人命奇薄。
只应寂寞归旧庐，此翁殷勤殊未足。
作诗借问襄阳老，诗中犹恐忆孟六。
悠悠江汉今几秋，一夕神交如在目。
分明写出骑驴图，风度散朗貌清淑。
更有倜傥一片心，不是相知那得貌。
行复行，向何许？酸风吹驴耳卓朔。
向来十上困旅尘，驴饥拒地愁向洛。
不如乘兴且田园，万山亭前大堤曲。

鳜鱼正肥甘蔗美，鸡黍可具杨梅熟。
一樽相与寿先生，醉归勿遣驴失脚。

踏雪寻梅图
（明）程敏政

骡鞍回首欲相呼，不忍轻抛万玉图。
诗骨与花争胜绝，灞桥还似六桥无？

孟浩然骑驴吟雪图
（明）高启

西风驴上倚吟魂，只到庞公旧隐村。
何事能诗杜陵老，也频骑叩富儿门？

孟襄阳雪行图
（明）张羽

雪满秦京欲去迟，故人当路漫相知。
平生多少惊人句，却向君前诵怨诗。

张建封击毬图
（元）张昱

唐家风流尚毬马，中外靡然为之化。
徐州节度张建封，坐领东藩示闲暇。
长箫短吹行相随，以此慢游为日夜。
玉山压马醉扶归，正及楼头望春罢。
孔雀屏围次第开，黄金买得春无价。
不教白日向西驰，只许黄河向东泻。
使君死后谁登临？燕子不来风雨深。
绿珠甘守珊瑚树，文君独宿鸳鸯衾。

当其意气倾朝野,肯信人无百年者?
万言犹在从事书,一幅空遗后人画。

为郭宗道祭酒题韩滉移居图

(元) 贡师泰

田夫生长田间住,辛苦移家向何处?
老牛带犊驴引驹,妇姑骑过前村去。
牵衣裹儿囊在肩,瓠壶瓦缶悬蒲鞯(鞯)。
一童髾髾随左右,两髯伛偻相后先。
新来茅屋徒四壁,东邻西邻不相识。
种田未了主家租,又恐官司著差役。
唐朝宰相韩晋公,念尔流离多困穷。
当时落笔岂无意,正欲廊庙知民风。
愿得转徙安居室,周公亦曾作《无逸》。

令狐学士金莲图

(元) 许有壬

九天光彩动金闺,辇路风香树影齐。
却笑汉家恩数薄,只教天禄待青藜。

裴晋公绿野探梅图(息轩笔,二首)

(元) 王恽

淮西平一两河清,绿野梅花照眼明。
霜鬓未容闲里老,南枝消息要和羹。

当年韩白两词人,吟赏天教在相门。
邂逅有诗穷胜事,最怜疏影月黄昏。

陆羽烹茶图

（明）张以宁

阅罢《茶经》坐石苔，惠山新汲入甆（瓷）杯。
高人惯识人间味，笑看江心取水来。

风雪蓝关图（二首）

（元）王恽

天威不远雷霆迅，雪拥蓝关惜自伤。
不似老坡南甯夜，一天风露纵浮航。

凶锋笑折王庭奏（凑），赤手婴鳞撼宪皇。
可惜堂堂忠义气，柱将衰朽讬吾湘。

韩文公度蓝关图

（明）吴宽

韩公上书谏佛骨，自分投荒生不还。
忍寒作诗示侄辈，千古增重蓝田关。
关门雪深阻去马，直气早已开衡山。
唐皇殂矣骨亦朽，漳江无墓空潺湲。
呜呼！漳江无墓空潺湲，潮州庙碑不可删。

退之留别大颠图

（金）段成己

吏部文章日月光，平生忠义著南荒。
肯因一转山僧语，换却从来铁石肠？

石鼎联句图

(元) 刘因

玩世如一鼎,姓名谁得闻?仙翁应自笑,知我有邹忻。

石鼎联句图(二首)

(元) 王恽

衡山何物老弥明,气轹侯刘到震惊。
笑向半空盘硬语,火炉头上把降旌。

海上游谈接大颠,鼎边联句讬轩辕。
不须苦泥中间事,二者看来总大言。

戏题李渤联德高蹈图(八首)

(元) 刘因

黑色黄头渠醜女,纶巾羽扇我周郎。
已辞鲁肃三千里,莫望成都八百桑。

鹿门安敢笑隆中,畊耨传家两地穷。
爱杀阿山颇神骏,看教他日拜庞公。

方寸无穷瞰瞰天,岂惟毛发要归全?
临终一听曾元语,愈叹黔娄有妇贤。

炭廖炊罢补麻衣,习取禁寒抗老饥。
幸自伯鸾无识者,对人不必案齐眉。

江湖魏阙有心期,莫怪先生起太迟。

寄谢移书韩博士，山妻原不解啼饥。

高詠清江月近人，一家灯火夜相亲。
多斋自任傍人笑，已把灵台付鬼神。

诸生课罢弄烟霞，纺织乘闲为煮茶。
白鹿高风有谁继？草堂贫女晦菴家。

万里江鸥不易驯，百年我爱隐君秦。
归来匹妇休相笑，老眼真能混世尘。

卢仝煎茶图
（明）唐寅

千载经纶一秃翁，王公谁不仰高风。
缘何坐听添丁惨，不住山中住洛中？

乐天不能忘情图（二首）
（元）元好问

得便宜是落便宜，木石痴儿自不知。
就使此情忘不得，可能长在老头皮？

芙蓉脂肉紫霞浆，别是仙家煖老方。
只在柳枝拚不得，忘情一马亦何妨。

乐天不能忘情图（二首）
（元）王恽

骆马悲鸣顿玉珂，停杯重听柳枝歌。
做成一段闲公案，转觉香山长物多。

杨柳新声满洛阳,樽前风味老难忘。
笔端拈出新诗句,似为樊姬作嫁装。

乐天不能忘情图(二首)
(元)袁桷

病来心事转蹉跎,身外犹嫌长物多。
况是春归留不得,侍儿无用蹙双蛾。

青衫憔悴老江州,放逐归来万事休。
止有醉吟情未减,又翻新样柳枝愁。

白乐天琵琶行图
(元)刘因

冀马嘶寒风,逐臣念乡国。江浦闻哀绫,长吟望南北。

浔阳琵琶图
(元)张雨

一幅山屏秋月圆,荻花枫叶染江天。
江州自是无司马,多少琵琶上别船?

湓浦琵琶图
(明)高启

秋夜相逢处,闺愁杂宦情。四絃风共拂,两榷月同明。
司马青衫湿,佳人白发生。至今湓浦上,枫叶尚哀声。

白傅湓浦图
(明)高启

相逢沦落总天涯,舟泊湓江近荻花。

逐客青衫自多泪，伤心不用怨琵琶。

题九老图（二首）
（宋）陈造

凉亭燠馆尘埃外，野鸟溪花俎豆前。
但爱林泉暎华发，岂知勋烈载青编。

帝怜忧国许归田，犹得幽居俯涧瀍。
应笑诗人赋《招隐》，茹芝带索只臞仙。

为陆全卿题刘松年香山九老图
（明）吴宽

高松大竹生翠寒，密林隐隐攒峰峦。
杳然流水出深谷，新凿山中八节滩。
江州司马不爱官，笑领诸客来盘桓。
棋枰书卷各有适，适意岂在陈杯盘。
酒酣耳热忽起舞，戏折名花斜插冠。
趋朝疲苶足非病，在野轻健心偏安。
权门赫赫夸牛李，门下党人分彼此。
直气腾腾逼石楼，甘作香山老居士。
刘侯此图超俗尘，能与九老俱传神。
衣冠虽作山林样，状貌终为台阁人。
孰为胡杲与吉旼，孰为郑据并刘真？
二卢张狄总预售〔集〕，居士乐易皆相亲。
独怜旧友今何处，禹锡微之嗟失身。

香山九老图
（明）王恭

唐家名臣白居易，暮年脱略青云器。

抗节羞趋当路门，拂衣起谢人间事。
以兹疎散爱香山，洛下群公亦遂闲。
玉堂金马俱残梦，流水孤云同去还。
石楼烟树胧胧见，八节迴滩泻秋练。
云衣落落古松姿，鹤发皤皤冻梨面。
人生宦达应如此，岂必浮名絓青史。
楚国三生少见机，竹林七贤徒为尔。
名遂身闲古所稀，洛阳山水饶清晖。
青山何处无佳赏，白首湮沉空布衣。

香山九老图

（明）庄㫤

山林我极劳千慮，宦海谁能著万牛？
自古更无陶靖节，而今须画白江州。
寻常此日才多病，八十他年更几秋？
俯仰乾坤无一语，道人乘月坐江楼。

九老图（用邵二泉宗伯韵）

（明）顾应祥

香山老人避世人，性躭冲澹乐天真。
招邀知己结雅社，眇视声利同埃尘。
流风已远事若新，兹图无乃传其神？
衣裳不异山中叟，抱负俱为席上珍。
岁月悠悠几百春，高名千载迥绝伦。
庙堂勋业倘来寄，泉石襟期见在身。
便欲相从一问津，抚卷令人感慨频。
浮玉山前亦堪乐，澄湖碧浪涵秋旻。

贾治安骑驴图

（元）甘立

西风乌帽鬓毵毵，拂袖长吟倚暮酣。
得句不冲京兆尹，蹇驴行遍大江南。

观明发画李贺高轩过图

（宋）僧道潜

唐年茂宗枝，时平多俊良；长吉尤震曜，春林擢孤芳。
退之于孔门，屹屹真栋梁，笔力障百川，风澜息其狂。
破衣系麻鞯，右顾生辉光，一朝与湜辈，命驾惊煌煌。
贺初为儿童，随父事迎将。须臾命赋诗，英气加激昂。
长安众词客，声问争推扬。风流垂异代，尚想古锦囊。
君今亦宗英，韵胜斯人方。少年肯事事，苦学志独强。
风骚拟屈宋，妙处相颉颃。丹青出戏弄，配古犹擅场。
形容示往事，彷佛如在旁。一径入幽远，古垣缭林庄。
平桥跨绿水，丛薄含葱苍。晴牕为披拂，佳兴杳难忘。

李贺醉吟图

（元）刘因

赤虬翩翩渺无闻，望之不见矧可亲。
浮世浮名等浊溷，眼中扰扰投诗人。
心肝未了人间春，庞眉尚作哦诗颦。
太平瑞物不易得，昌黎仙人掌中珍。
北风萧萧吹野麟，千年泪雨埋青云。
乾坤清气老不死，丹凤再来须见君。

庄宗横吹图（二首）

（元）王恽

郭相西征奏凯还，阿娇欢宠镜交鸾。
却嫌暖殿春风燠，玉管横翻晓吹寒。

霸业艰难百战开，侈心何苦溺优俳。
岂知两部仙韶器，总是君王火葬材。

桑维翰铁研图

（明）唐寅

书生豪气压千军，示者扶桑一卷文。
铁研未穿时世改，功名回首信浮云。

李后主图

（元）马祖常

泽国中寒岁年宴，沙屿潮痕明石栈。
风吹半树野梅发，天上书来问春鴈。
江南后主丹铅手，画尽冰丝世无有。
宫中长昼谏囊稀，媚妩吴娃双进酒。

南唐王齐翰剔耳图

（明）吴宽

綵毫细染王良史，玉手亲收黄保仪。
剔耳不妨闲释卷，撚髭全胜苦寻诗。
危言自足惊都尉，善戏何须及帝姬。
写入《志林》传后代，眉山此段事尤奇。

韩文靖重岈图（二首）

（元）王恽

熙载南朝亦宰臣，后来狂飑欲全身。
比教乞食歌姬院，坐阅棊枰似可人。

名教之中乐有馀，只须棋槊可欢娱。
晦翁微贬文昌意，正为先生不著书。

顾宏中画韩熙载夜宴图[*]

（元）顾瑛

银烛金炉夜若春，红妆一顾一回新。
观图不独丹青美，又必知其绘画人。

顾宏中画韩熙载夜宴图

（元）郑元祐

熙载真名士，风流追谢安。每留宾客饮，歌舞杂相欢。
却有丹青士，灯前仔细看。谁知筵上景，明日到金銮。

顾宏中画韩熙载夜宴图

（元）何广

人物风流独占魁，娱宾清夜绮筵开。
醉眸频看红妆舞，疑是姮娥月里来。

题韩熙载夜宴图（三首）

（明）王世贞

遏云歌罢舞迴风，夜半腰支不属公。

---

[*] 顾宏中：多作"顾闳中"，五代南唐画家，《韩熙载夜宴图》为其代表作。

屈戍乍摇纱弄影，可应人是顾宏中。

由来歌舞破江山，《庭树》能催王气残。
唱得《浣溪》宫样句，小楼吹彻玉笙寒。

烧来红泪尽辞银，花拥舒郎别院春。
国难家儺都未了，可能还较绝缨人？

石上三生图
（元）程钜夫

巫峡三声断，王城一梦回。坐横牛背稳，不道故人来。

三生石上图
（明）郑关

三生意已传，一曲歌还歇。何物识同心？西山旧萝月。

历代题画诗类卷第四十一

故 实 类

宋太祖蹴鞠图（三首。凡六人，对蹴者，赵普；傍看者，太宗、八王、一道士与从者。）

（元）王恽

榻边咫尺梦金陵，欲下河东势未能。
画史意传当日事，丹青图上见军兴。

婉娈龙姿五客随，内庭深处共游嬉。
笔端欲见无穷意，一点香尘欲起时。

太平朝野日欢娱，肯效三郎和碧梧。
治定不应忘武备，花间蹋鞠是雄图。

题太祖太宗蹴鞠图（有希夷、赵韩王及二待诏。）

（元）吴澄

混凡共戏一丸圆，年在庚申启运前。
贤圣仙凡俱泯泯，于今七度见流年。

赵太祖蹴鞠图

（明）倪敬

小苑垂杨弄晴碧，万几馀暇同欢集，
锦毵交蹴往来频，落花流水春无迹。
君王奋袂张虬须，宛似骊龙夜戏明月珠；
侍臣却立一挥手，仰抛红日直上青云衢。
宫靴扑簌腾香雾，紫凤翻身彩鸾舞。
星移斗转经几时，回首月华过十五。

陶学士驿舍图

（元）黄溍

一笑相逢亦偶然，浪将恩怨向人传。
无端更被丹青汙，狼藉春风数百年。

陶穀邮亭图

（元）唐肃

紫凤檀槽绿发娟，玉堂见惯可寻常。
作歌未必肠能断，明日听歌能断肠。

题陶穀邮亭夜宿图

（元）于立

行春使者惜春华，处处春风杨柳花。
不向江南望江北，却将恩怨属琵琶。

陶穀驿亭图

（明）高启

酒阑使骑趣归时，羞杀江南一曲词。

借问驿亭相见者,风流何似党家儿?

和靖先生观梅图
(元) 钱选

不见西湖处士星,俨然风月为谁明?
当时寂寞孤山下,两句诗成万古吟。

和靖观梅图
(元) 吴澄

一枝春信到孤山,冰雪肌肤不觉寒。
月下水边看未足,折来更向手中看。

题和靖先生观梅图(无怀上人征予作)
(元) 仇远

痴童臞鹤冷相随,笑指南枝傍小溪。
到处一般香影色,孤山只在断桥西。

和靖看梅图
(元) 吕诚

西泠桥下林家墓,犹有旧时无数花。
孤云何处双飞鹤,落日鸂鶒满白沙。

题和靖观梅图
(元) 陶宗仪

小朵遥岑隔翠漪,背笼衣袖立多时。
暗香浮处催诗句,落月昏黄分外奇。

林处士观梅图

（明）钱宰

放鹤山人不可招，断河残月夜闻箫。
别来欲问春消息，花落西泠第二桥。

和靖观梅图

（明）谢常

孤山岁晚水迢迢，竹外横斜挂绿么。
吟到暗香疎影句，黄昏月上雪初消。

和靖观梅图

（明）周述

西湖昨夜天雨雪，雪中独有梅花发。
一枝泠泠玉壶冰，寒彻重裘咏不成。
小童附火情更苦，白鹤何心向人舞？
展图更觉肌骨清，彷佛如从湖上行。
逋仙一去不可见，俛仰徒令诗思生。

和靖拥炉觅句图

（元）陶宗仪

一童一鹤住西湖，千古高风识画图。
水影月香成绝唱，苦吟犹自拥寒炉。

题孤山放鹤图（二首）

（元）赵孟頫

西湖清且涟漪，扁舟时荡晴晖。
处处青山独往，翩翩白鹤迎归。

昔年曾到孤山，苍藤古木高寒。
想见先生风致，画图留与人看。

睢阳五老图

（宋）晏殊

道明回诏乐清闲，便向中朝脱冕冠。
百日秉枢登相府，千年青史表旌桓。
泰运正隆嫌气热，乾纲初整畏冰寒。
逍遥唱和多高致，仪象霜风俾后看。

睢阳五老图

（宋）文彦博

辅政何时退省闲，清平告老谢簪冠。
两朝耆宿真英武，一代谋谟实柱桓。
太史尚瞻星有烈，小民犹念德无寒。
谁知我辈登枢要，严貌冰威祇肃看。

睢阳五老图

（宋）韩琦

治道刚明老始闲，礼仪曾著一朝冠。
劝农省岁知民瘼，退宼（寇）安邦建夏桓。
法驾六龙亲善御，吟游五老薄时寒。
清名迈古今人慕，稷契馀风后学看。

睢阳五老图

（宋）富弼

休官致政老年闲，庙堂尝享著袍冠。

调和鼎鼐施霖雨，燮理阴阳佐武桓。
念国不忘先世烈，归乡岂念旧庐寒。
我辈若从亲炙授，仪容如在使人看。

睢阳五老图
（宋）范仲淹

圣君锡诏享荣闲，高寿龟朋老脱冠。
道似皋陶垂德惠，政如傅说起圭桓。
惟宜宴乐凌风烈，最胜安居越岁寒。
景行愿从优学致，恳诚膺服拜瞻看。

睢阳五老图
（宋）欧阳修

脱遗轩冕就安闲，笑傲丘园纵倒冠。
白发忧民虽种种，丹心许国尚桓桓。
鸿冥得路高难慕，松老无风韵自寒。
闻说优游多唱和，新篇何惜画图看。

睢阳五老图
（宋）司马光

图谋已就乐时闲，晓向田园喜脱冠。
心志不灰犹有策，星长还在尚无桓。
朝阳鸣凤身轻暖，赴壑刚蛇齿健寒。
仪表珍藏传不朽，每于清士敬持看。

睢阳五老图
（宋）范纯仁

荣名雅望退休闲，声誉清高已纳冠。

匡国多方开五老,齐名有道列双桓。
耆英后会成威烈,相貌前图壮世寒。
吾道欲如公道立,百年藻鑑动人看。

睢阳五老图

（宋）苏轼

国老安荣心自闲,紫袍金带旧簪冠。
星骑箕簸扬糠粃,斗掌权衡表汉桓。
冬有愆阳嫌薄热,夏多沴气畏轻寒。
赖得五贤清雅出,俾人敬慕肃容看。

睢阳五老图

（宋）苏辙

贤才冠世得优闲,免向金门老赘冠。
颂德华名盈满轴,规章文献表穹桓。
宦家有道生忠烈,夷夏初宁谏齿寒。
正是紫微垣里客,如今列上画图看。

睢阳五老图

（宋）黄庭坚

五老天然一会闲,太平时节振衣（儒）冠。
相君守理回天诏,辅国驱夷立塞桓。
天术图姦梁木坏,党碑雷震雹冰寒。
丹心忠厚来安泰,惠泽垂流仰止看。

睢阳五老图

（宋）邵雍

政事浑如春梦闲,人情嚣薄恶儒冠。

四朝遗烈承平日，两世观风树大桓。
经济安民心不晦，保全传嗣骨无寒。
乾元恰似诸公意，符节还同一揆看。

睢阳五老图
（宋）程颢

大道刚明孰肯闲，拳拳心志尚遗冠。
饭蔬饮水时行乐，定礼删诗国建桓。
终身恋阙存忠厚，薄味供先表蹇寒。
鸿钧幸得循清运，馀烈凭人仔细看。

睢阳五老图
（宋）程颐

天朝罢命锡归闲，富寿康宁老税冠。
国史标名知骨鲠，邦人图像胜楹桓。
龙飞天上时还暖，鱼跃波心气未寒。
惟我潜心于《易》理，备知先哲应时看。

睢阳五老图
（宋）张载

太平气象养高闲，宴赏诸公老致冠。
朝野已闻亲相业，庙堂曾觐漆丹桓。
形容傑（杰）出新图綮，德泽雄霑旧俗寒。
一片忠心涵国史，桑田虽变迥谟看。

睢阳五老图
（宋）张商英

德政调元向道闲，天朝诏许实辞冠。

丹心耿耿悬象魏，青史昭昭照玉桓。
晚节友贤阳凤暖，老年忧世谷驹寒。
太平犹自存龟鑑，后进仪刑仰慕看。

睢阳五老图

（宋）胡瑗

始同优烈晚同闲，五福俱全戴角冠。
典午山河遵大道，调元宗社对弯桓。
羌夷谁敢窥中夏，朝士猜疑畏岁寒。
肱股赓歌遗韵在，惟吾后进祗膺看。

睢阳五老图

（宋）苏颂

归休谢事乐时闲，衣钵承传宰辅冠。
感德旧曾亲善政，霑恩新赐立危桓。
堂堂严貌依龙衮，粲粲文星荷月寒。
直笔当时修国史，英豪迈古后来看。

题耆英图（奉呈子初中丞）

（元）王恽

张生好奇兼尚友，古画图书长在手。
欣然示我洛英图，便觉奎光生户牖。
衣冠磊落十三人，闲著一枰谈治否。
堂堂文富两具瞻，天下倚安真大叟。
平头七十是寻常，独有端明未期寿。
方辞晚进不敢班，列宿光中已瞻斗。
北门易虑望佳招，千里驰书恨官守。
升平盛事那得再，梦寐席间把卮酒。

吾侪起敬当如何？再拜乞灵三叩首。
君不见西周文物称全盛，除却邑姜才得九。
神崧间气萃此多，周凤鲁麟纷在薮。
郑郎绘事固入神，自是德星传不朽。
我思仁祖庆历中，庆历政有三代风。
斯民皞皞乐其乐，六合一气开时雍，扶持位育總是诸贤功。
熙宁天子错料事，以忠为邪邪作忠。
放教公等在散地，擢置安石司群工。
惠卿继用二惇起，当时何止惊三空。
呜呼！以人为鉴古所取，安得献此与论治道之污隆。
愿君深藏勿轻出，世代虽远多青虫。

跋司马温公燕处图（三首）

（元）王恽

独乐园深百草香，一编心与道相忘。
不妨卧老琴书里，破散青苗有报章。

道与晴云任卷舒，心存廊庙跡江湖。
石君被遣公孙死，惭愧先生燕处图。

拥马留公作帝箴，人心大抵是天心。
惠卿未死舒王在，一集《传家》了古今。

题李伯时画赵景仁琴鹤图

（宋）苏轼

清献先生无一钱，故应琴鹤是家传。
谁知默鼓无絃曲，时向珠宫作幻仙。

陈季常所畜朱陈邨嫁娶图（二首）

（宋）苏轼

何年顾陆丹青手，画作朱陈嫁娶图。
闻道一邨惟两姓，不将门户买崔卢。

我是朱陈旧使君，劝农曾入杏花村。
而今风物那堪画，县吏催钱夜打门。

题郑侠流民图

（明）陆深

近时画手数吴伟，泰和郭诩差可拟。
良工位置著意深，何但烟云生笔底。
此幅浅淡颇有工，描写人物间关里。
骨肉牵联老稚兼，衣裳缦缕面目紫。
云是郑侠《流民图》，彷佛啼号声满耳。
风回草树生昼阴，翠壁华堂容有此。
云间才子曹濮阳，胸藏丘壑心如水。
朅来射策明光宫，便欲饱煖同遐迩？
俸资积月数不盈，擘画太半收书史。
时骑瘦马向长安，买得残缣大小李。
会心论格不论钱，袖来向我陈终始，
关仝荆浩久已无，马远夏珪呼不起。
郭生自是清狂人，东抹西涂聊复尔。
太平有象鸡狗肥，世路无情乡井徙。
君不见治乱兴亡各一时，凭仗调和与燮理。
民瘼宁知千百端，君门空瞻一万里。
摩挲此图，展转不已；荆文相公，熙丰天子。

东坡赤壁图

（金）赵秉文

连山盘武昌，古木参云稠。诛茆东坡下，门前江水流。
永怀百世士，老气盖九州。平生忠义心，云涛一扁舟。
笛声何处来？唤月下船头。掬此月中水，簸弄人间秋。
荡摇波中天，光射夫林丘。古今一俯仰，共尽随蜉蝣。
孙曹何足弔，我自造物游。尚怜风月好，解与耳目谋。
归来玉堂梦，清影寒悠悠。一顾能几何？鹊巢淹不留。
遗像不忍挂，尚恐儿辈羞。俨然袖双手，妙赋疑可求。
何时谪仙人，骑鹤下瀛洲？相期游八表，一洗区中愁。

东坡赤壁图

（元）郑元祐

奎星堕地不化石，化作盘天老胸臆。
清禁森严著不得，半夜吹箫过赤壁。
百亿鱼龙不敢听，万古东流月华白。

赤壁夜游图

（元）马臻

穿空乱石惊涛拍，月满孤舟从二客。
觉梦悲欢总不真，一声鹤唳东方白。

东坡赤壁图

（元）郑氏（名允端）

老瞒雄视欲吞吴，百万楼船一炬枯。
留得清风明月在，网鱼谋酒付髯苏。

苏公赤壁图
（明）张以宁

赤壁江寒叶渐稀，黄泥坂静露斜飞。
洞箫声里当时月，应照千年化鹤归。

东坡赤壁图
（明）刘泰

黄州迁客气如虹，夜放扁舟弔两雄。
东下火攻吴卒锐，北来车战魏师空。
白沙折戟荒凉外，绿酒芳樽感慨中。
烂醉不知天地老，江流终古浩无穷。

苏子瞻游赤壁图
（明）何景明

垂老黄州客，高秋赤壁船。三分留古迹，两赋到今传。
落日寒江动，青天断岸悬。画图谁省识，千载尚风烟。

东坡海南烹茶图
（金）冯璧

讲筵分赐密云龙，春梦分明觉亦空。
地恶九钻黎洞火，天游两腋玉川风。

东坡汲乳泉图（二首）
（元）王恽

儋州迁客玉堂仙，服食天教得乳泉。
三嚥（咽）遽惊滋浩气，一甘无坏是泠渊。
中朝清议孤忠里，瘴海鲸波九死边。

落月澹随人不见，满襟风露独翛然。

道宫独发乳泉香，似与坡仙养浩方。
井冽不从炎海瘴，味甘还比上池觞。
化机轩豁元胎湿，孤影追随月色苍。
天地此身忠义在，一杯三嚽（咽）濯肝肠。

题东坡戴笠著屐图
####（元）吴澄

白鹤峰前井赤鱷，远徙又化南溟鲲。
城南白昼魑魅现，赖有东黎诸弟昆。
腥咸满口无异语，似人慰意聊过门。
竹刺藤梢归路晚，濛濛雾雨天欲昏。
御人不识臧纥圣，抖擞雨具相温存。
天涯禹迹不到处，要使旧撵〔辇〕留新痕。
荷笠俄成牧羊叟，谁怜海上属国孙？
襄童拍手接䍦倒，庸犬惊吠扶桑暾。
先生招怪每类此，白首幸免长鲸吞。
何人为作野老像，风流不减乘朱轓。
谪来天仙堕尘网，化身千亿难名论。
我从象外得真相，神交心醉都忘言。

东坡笠屐图
####（元）郑元祐

得嗔如屋谤如山，且看蛮烟瘴雨间。
白月遭蟇蚀不尽，清光依旧满人寰。

东坡戴笠图

（明）贝琼

雨屐新泥蒻笠欹，满邨风雨独归时。
玉堂天上神仙客，妇女儿童总未知。

拜石图

（元）倪瓒

元章爱砚复爱石，探瑰抉奇久为癖。
石兄足拜自写图，乃知颠名不虚得。

拜石图为王文静题（二首）

（元）倪瓒

米颠嗜古命宜轻，玄宝厓珍祸患并。
盥沐阅书私太尉，可怜谄佞小人情。

清文绝俗盛名誉，不记坡翁奖拔初。
得笔无如蔡元度，却言苏轼劣于书。

雅集图

（金）刘祖谦

翠雀翩翩野鹤孤，玉京人物会仙图。
后来且莫轻题品，席上挥毫有大苏。

题西园燕集图

（元）于立

文章在世如元气，人物盛衰同一致。
开图使我三叹息，乃知作者遗深意。

名园萧瑟悬古秋，白沙翠竹涵清流。
岂无尊俎寄幽赏，况有文字能相酬。
花前美人美如玉，翠痕冷透冰绡绿。
长帽先生正挥洒，何处阮咸新度曲？
法书名画总游艺，说有谈空聊远俗。
当时风流数君子，千古何人继高躅？
君不见金谷荒园无草木，又不见姑苏空台走麋鹿。
彼处富贵等尘土，何如斯人斯画传千古。

题西园雅集图
（元）姚文焕

宋家全盛日，戚里肃高风。四海才华萃，西园爽气浓。
衣冠名教异，兴趣一时同。雅好随宾客，风流见主翁。
珍藏出古物，能事竞新功。离席高谭永，行厨异味重。
台池迷远近，杖屦任西东。竹色仍多碧，蕉花也自红。
文章关世道，富贵感秋蓬。良会难为数，清骧未易穷。
兰亭祓禊事，金谷绮罗丛。回首俱陈迹，君看图画中。

题顾进道所藏西园雅集图
（元）张天英

西园缅邈天中开，仙山渌池异蓬莱。
翠葆翛翛拂花去，传迎都尉朝天回。
宝绘前荣日初旭，一时冠盖如云来。
玉案离离发天藻，瑶姬催献流霞杯。
松下羽衣絃欲语，烟霓摇艳金银台。
兴酣飞笔洒元气，岩屏赑屃寒欲摧。
幽赏罗众宾，石牀净如拭。想像栗里人，青林照颜色。
缁衣者谁子？入竹坐深默。

眼中绮丽何足珍,回首秋风化棘榛。
君不见金谷涧、龙鳞池,
木妖石怪,中藏祸机;吴歌楚舞,顾影悽悲。
丈夫不爱士,富贵空尔为。徒劳玩物志,但为后人嗤。
何如巢居抔饮得真意,年年岁岁羲农时。

题麦舟图
(明) 丘濬

父有张氏汤,子有刘家歠。千年高平范,父子同一心。

麦舟图
(明) 李东阳

江东故人半零落,江头石郎泪双阙(阁)。
三丧未葬家苦贫,举世今无魏州郭。
睢阳范郎方少年,相看不语意茫然。
江舟载麦五百斛,挥手付之如一钱。
归家侍立庭闱畔,白发闻之为一莞。
亦知父子本同心,若待庭趋嗟已晚。
君不见庆州饥民曾告荒,使君自发常平仓。

宋徽宗成平殿曲宴蔡京图,御画御记
(元) 揭傒斯

东京诸蔡满周行,延福成平乐未央。
千畞松篁笼玉殿,九霄风露浥霓裳。
君臣契合同尧舜,礼乐光华迈汉唐。
明日图成仍作记,千秋留与监兴亡。

宋高宗书光武度田图

(元) 马祖常

汉家自有云台像，谁取丹青画度田？
宋主欲兴江左业，却将书字送长年。

题毕少董缮经图

(宋) 杨万里

毕敷文少董，名良史。绍兴初，陷虏境，居汴闭户著《春秋正辞》《论语探古》书。有宋哲夫、李愿良辈，执经师之。好事者写为《缮经图》，宋执一卷，背立，且读且指；李执一卷，向其师，若有问者；而少董坐一榻上。后有二女奴，各有所执，而阿冬者坐其间——少董之季子也。女奴之髻者曰孙寿，冠者曰马惠真。哲夫名成愿、良名师魏云。

宋生把卷读且指，李生把卷问奇字。
榻上坐著一老子，右手秉笔袒左臂。
《春秋》《论语》训传成，胸中有话颇欲告两生。
欲呼小白拉重耳，同会诸侯（讨犬戎）尊帝京。
婢妾不解事，两生未可语。冬郎政儿痴，谁能复怜许？
缮经未了报归期，攜书归来献玉墀。
胡沙满面无人识，回首两生斗南北。

题毕少董缮经图

(宋) 范成大

绛帐胡沙暗，青编古意深。谁知洛下詠，中有越人吟。

题毕直阁缮经图（三首）

(宋) 陈造

凝碧有诗才逭死，青岩不语竟何裨？

先生著论胡尘底，未觉丘明见仲尼。

霸图无继昧尊王，独抱残经晰渺茫。
地下威文应吐气，人间宋李解升堂。

中原正朔合天王，细读遗书瘿作囊。
老子披图揩病眼，为公重炷石炉香。

题韩蕲王湖上骑驴图
（元）吴莱

秋风泗水沉周鼎，泪湿吴天荆棘冷。
黄河北岸旄节回，信誓如城打不开。
沿边撤备无人守，虮虱尘埃生甲胄。
散尽千兵只童骑，餐来斗饭空壶酒。
西湖杨柳烟波寒，照见从前刀剑瘢。
宫中孰与论颇牧，塞上宁知无范韩？
事去英雄甘老死，此手犹能为公起。
劝人莫问故将军，身是清凉一居士。

韩世忠湖上骑驴图
（明）张灿

神州谁复旧山河，散尽熊貔事讲和。
驴背看来犹矍铄，朝廷谁说召廉颇？

宋陆秀夫抱惠王入海图
（元）姚璲

紫宸黄阁共楼船，海气昏昏日月偏。
平地已无行在所，丹心犹数中兴年。

生藏鱼腹不见水,死挽龙髯直上天。
板荡纯臣有如此,流芳千古更无前。

题文山衡阳跃马图(和须溪韵)
(元)刘诜

将军紫绶驰燕然,丞相白发祁山前。
重瞳悲歌泣虞美,伏波眼穿鸢隋(堕)水。
英雄相望千万年,西风荒草迷五原。
延秋王孙折金鞭,女墙明月铜驼门。
衡山春浓风日好,紫韂电转人未老。
岂知蹶块追海横,海天如雪狂澜倒。
玉楼十二春衣妍,流云却月争取怜。
落花金谷独一死,苍旻不语丹心传。
刘家的卢空识意,金粟龙媒俱久逝。
少年相对那得知,掩图醉倚南风睡。

题先贤张公十咏图
(元)赵孟頫

吴兴潇洒郡,自古富人物。溪山暎亭榭,尊俎照华发。
当时盍簪地,蓁莽久芜没。空馀诗语工,不共芳草歇。
抚卷想胜风,冠珮其敢忽?先民不可见,惆怅至明发。

历代题画诗类卷第四十二

故 实 类

题文伯朝母图（为李母寿）
（明）廖道南

我闻文伯之母为敬姜，慈训谆复称温良。
《檀弓》记礼辨法象，师亥闻乐征明章。
何如李母昭懿德，生长金闺闲《内则》。
鹤发酡颜照北堂，翚冠翟服辉南国。
板舆徙倚赴衡阳，仙子翩翩岁举觞。
南岳玉砂金鼎液，西池瑶水紫霞浆。
兹晨何晨夕何夕，湘草萋萋映江碧。
何处天风生海涛，蟠桃结实纷如玉。

乘鸾吹箫图
（元）刘因

缪公荒淫乱天纪，累累宫中四十子。
怀嬴复作重耳妻，匜盥相挥国深耻。
娉婷弄玉谁复看，参差窈窕能合欢。
筑台虚声出天外，诈言后夜同乘鸾。
人言神仙能不死，橐泉之坟露遗址。

哀哀黄鸟飞复来，良药刀圭竟谁致？
高辛之女随盘瓠，汉愁匈奴遣公主。
一身能解百城围，鄙计呷嘌笑千古。
天台之事尤荒唐，刘郎阮郎归洞房。
石桥云深檡木胄，披图相看俨同传。

楚妃投水图
（明）程敏政

渐台无宫凭水锁，水长台危绝行舸。
君王急遣诏使来，有诏无书计成左。
台上美人甘自沉，盘游可悟君王心。
不知台下桃花涨，何似汨罗江水深。

题秋胡戏妻图
（元）赵孟頫

相逢桑下说黄金，料得秋胡用计深。
不是别来浑未识，黄金聊试别来心。

秋胡图
（明）陶安

春风车马拥归途，桑下娉婷绿映襦。
尺璧绝尘心自许，千金为土眼如无。
未酬堂上慈亲养，误认城隅静女姝。
何事须臾一男子，媿渠粉黛凛然殊？

西子放瓢图
（金）靖天民

髻鬟萧飒苎萝秋，千古香溪水自流。

吴越兵争竟何得，风流输与五湖舟。

越国进西施图（二首）
（元）李桓

一笑端令国为倾，春风歌舞学初成。
此行便觉吴为沼，战胜何须十万兵。

璧马当年暂入虞，先生此计有深图。
心知指日成功速，一舸归来泛五湖。

越国进西施图
（元）史致中

蛮夷国如虎与狼，干戈吞噬相争强。
越忧吴灭危一发，西施选进惊吴王。
花颜照春日夜醉，伍相忠谋不暇计。
姑苏麋鹿殊可怜，江涛怒喷银山势。
好德如色世已无，我今三叹观斯图。
何人绝笔开痴愚，国亡家亡知几吴？

题西施
（元）袁桷

辞家已意存越，入宫谁解图吴？
故苑秋风麋鹿，扁舟夜月江湖。

西施含颦图
（明）瞿佑

捧心娇态黯如愁，长使东邻欲效尤。
岂是预知亡国祸，含情终日在眉头？

题西施浣纱图

（明）董氏（名少玉）

白石澄流水，春来坐浣纱。青阳愁隐凤，玄发乱飞鸦。
倚玉浑无色，传神赖有花。蛾眉如淡扫，不在野人家。

范蠡载西施图

（明）张凤翼

少小邨中学浣纱，大夫谋国妾离家。
落花飞絮同飘泊，敢向君王兴怨嗟？
入吴一笑倾人国，报雠雪耻伊谁力？
国亡家破妾从谁，谁复论功及介推？
大夫合载西施去，岂是巫臣私夏姬。
只今带砺谁能久，五湖烟水皆吾有。
扁舟不早泛鸱夷，乌喙君王烹走狗。

孟母三迁图卷（赠新轩子张）

（元）王恽

孟母三迁养圣功，芬芳千古振高风。
披图欲识颐斋意，人道神交管鲍同。

题孟母断机图（为李母寿）

（明）廖道南

我闻孟氏贤母如太姒，莘邦渭水徽音嗣。
邹峄都能闻断机，孔坛文锦纷犹织。
何如李母家涮东，七襄牛女五花丛。
和丸有子传经旧，挈楳如宾举案同。
只今禄养天家重，彩衣翔舞云虹动。

燕喜筵开馔白鱼,鸾迴诏下擎丹凤。
临风为制孟母歌,衡山秀色森烟萝。
忽见金茎承灏露,黄封直拟赐銮坡。

题漂母饭信图
(元) 黄庚

国士无双未肯臣,汉皇眼力欠精神。
筑坛直待追亡后,不及溪边一妇人。

题漂母图
(明) 丘濬

推食解衣意,非徒一饭恩。如何别豨语,忘却拒通言?

雪中妃子图
(元) 萨都剌

梁王宴罢下瑶台,窄窄红鞾步雪来。
疑是阳和三月暮,杨花飞处牡丹开。

冯媛当熊图
(宋) 刘子翚

婕妤下辇辞荣日,冯媛当熊效死时。
带砺称忠惟一傅,宫闱著节有双姬。

冯妃图
(元) 袁桷

目送亭亭秋水,腰迴款款春风。
为问下车搏虎,何如御坐当熊?

冯媛当熊图

（明）程敏政

石郎秉钧萧傅死，鬭兽君王悦妃子。
就中却有冯婕妤，以身当熊传女史。
婕妤父本冯将军，义勇光腾金缕裙。
女戎可恨亦挞马，孤负虬髯贞观君。

冯媛当熊图

（明）瞿佑

黼座临轩宝扇开，缘何鸷兽忽惊猜？
若非白日将身试，安得黄昏入梦来。

题李伯时画昭君图（有序）

（宋）韩驹

《汉书》：竟宁元年，呼韩邪来朝，言愿婿汉氏。元帝以后宫良家子王昭君字嫱配之，生一子。株累立，复妻之，生二女。范晔书始言入宫久不见御，积怨，因掖庭令，请行单于。临辞大会，昭君丰容靓饰，顾影裵回，竦动左右。帝惊悔，欲复留而重失信夷狄。然晔不言呼韩邪愿婿，而言赐五宫女；又言字昭君，生二子，与前书皆不合。其言不愿妻其子，而诏使从胡俗，此是乌孙公主，非昭君也。《西京杂记》又言，元帝使画工图宫人，宫人皆赂画工，而昭君独不赂，乃恶图之。既行，遂按诛毛延寿。《琴操》又言，本齐国王穰女，端正闲丽，未尝窥看门户。穰以其有异，人求之不与。年十七，进之帝，以地远不幸，欲赐单于美人。嫱对使者，越席请往。后不愿妻其子，吞药而卒。盖其事杂出，无所考正。自信史尚不同，况传记乎？要之，《琴操》最牴牾矣。按：昭君，南郡人。今秭归县有昭君邨，邨人生女，必灼艾炙其面，虑以色选故也。昭君卒葬，匈奴谓之青塚。晋以文帝讳昭，号明妃云。

昭君十七进御时，举步弄影飏蛾眉，
自怜窈窕出绝域，八年未许承丹墀。
在家不省窥门户，岂知万里从胡虏！
丰容靓饰亦何心？尚欲君王一回顾。
君不见班姬奉养长信宫，又不见昭仪举袂前当熊。
盛时宠幸只如此，分甘委弃匈奴中。
春风汉殿弹丝手，持鞭却趁奚鞍走。
莫道单于无厚情，一见纤腰为回首。
含悲远嫁来天涯，不如夔州处女发半华。
寄语双鬟负薪女，炙面慎勿轻离家。

明妃出塞图
（宋）刘子翚

羞貌丹青鬪丽颜，为君一笑靖天山。
西京自有麒麟阁，画向功臣卫霍间。

题罗畴老家明妃辞汉图
（李伯时作明妃丰容靓饰、欲去不忍之状。）
（宋）王庭珪

明妃辞汉出宫门，丰容靓饰朝至尊。
至尊左右皆动色，明妃欲语咽复吞。
三千蛾眉塞天阍，帝独不识王昭君。
顾影徘徊复良久，尚冀君王一回首。
当时自倚绝世姿，不将赂结毛延寿。
可怜朱网画香车，却来远嫁呼韩邪。
不如夔州旧邨女，三幅罗帬两鬌丫。

陌上花开天隄暖,细雨春风归缓缓。
宁从禁御落胡沙,长路漫漫碧云断。
忽看汉月照毡裘,泪湿弹丝锦臂韝。
龙眠会作无声句,写得当时一段愁。

王昭君上马图
（宋）郭祥正

飘飘秀色夺仙春,只恐丹青画不真。
能为君王罢征戍,甘心玉骨葬胡尘。

昭君出塞图
（金）赵秉文

无情汉月解随人,羞向天涯照妾身。
闻道将军侯万户,已将功业上麒麟。

昭君扇头（二首）
（元）刘因

武皇重色思倾国,赵氏承恩亦乱宫。
自售悬知非静女,汉家当论画师功。

不忍纷纷醜女颦,百年孤愤汉宫春。
一身去国名千古,多少名臣学妇人。

题友人所藏明妃图
（元）许有壬

臂香骨沁守宫虐,金锁重门怨银钥。
深宫有眼不识春,昼长时听云间乐。
平生所见惟监宫,今朝岂期见画工。

君王知画不知妾，薄命已分如秋蓬。
黄沙漫漫天无穷，惊飙吹老红芙蓉。
穹庐明日又何处？此生遂负南归鸿。
和亲纳侮号上策，建议诒谋娄敬责。
妾身虽苦免主忧，犹胜专宠亡人国。
关山寥落梦亦迷，嫁鸡正尔随鸡飞。
人间生女莫望贵，只可近作田家妻。
琵琶声断霜天月，青塚至今青不歇。
后来却有蔡文姬，千古胡笳辱哀拍。

昭君图
（元）袁桷

鬓影愁添塞雪，花枝羞杀宫春。
谁道佳人倾国，解从绝域和亲。

王昭君出塞图（二首）
（元）王恽

绝色当年冠汉宫，谁移尤物使和戎？
流连不重君王慾，延寿丹青似有功。

朔漠风沙异紫台，琵琶心事欲谁开？
人生正有新知乐，犹胜昭阳赤凤来。

题昭君出塞图
（元）虞集

天下为家百不忧，玉颜锦帐度春秋。
如何一段琵琶月，青草离离詠未休？

明妃出塞图

（元）陈旅

昭君北嫁呼韩国，巫山更有昭君邨。
黄金镂鞍玉骢马，分明载得巫山云。
凉风吹动钗头鴈，一曲琵琶写幽怨。
沙草遥连鸡塞尘，野花不种鸳鸯殿。
内家日日选娉婷，泪痕满袖空多情。
汉庭自此恩信重，美人身比鸿毛轻。

昭君出塞图（二首）

（元）吴师道

平城围后几和亲，不断边烽与战尘。
一出宁胡终汉世，论功端合胜前人。

巫峡故山花树红，村村婚嫁乐春风。
琵琶马上无穷恨，最恨当年误入宫。

昭君出塞图

（元）李祁

朔风吹沙天冥冥，愁云压塞边风腥。
胡儿执麾背人立，传道单于令行急。
蒙茸胡帽貂鼠裘，谁信宫袍泪痕湿。
汉家恩深幸不早，此身终向胡中老。
此身倘负汉宫恩，杀尽青青原上草。

题昭君出塞卷（二首）

（元）李祁

千群铁骑连云塞，万里金城属汉家。

错遣佳人嫁胡虏,至今遗恨满天涯。

当年下笔何人在?展卷空令感叹多。
记得云阳全盛日,看书看画饱相过。

题出塞图(二首)
(元) 贡师泰

六宫如海春如水,一入长门见面稀。
青草琵琶沙上路,泪痕空湿嫁时衣。

沙碛微惊数骑尘,汉庭便欲议和亲。
当时卫霍兵犹在,未必君王弃妾身。

题昭君出塞图
(元) 卢昭

草黄沙白马如云,落日悲笳处处闻。
此去妾心终许国,不劳辛苦汉三军。

昭君出塞图
(元) 王思廉

黄沙堆雪暗龙庭,马上琵琶掩泪听。
汉室御戎无上策,错教红粉怨丹青。

王昭君图
(元) 马臻

窈窕佳人绝代无,一辞汉殿尽嗟吁。
丹青若恨毛延寿,勾践何功得破吴?

昭君图

（明）陶安

龙沙月照汉宫词，毳锦衣裘换陆离。
君命和亲劳敢惮，夫纲定分死难移。
春游骄马观胡队，玉立诸姬拜女师。
花貌承恩多见弃，长安金屋亦何为。

明妃图（三首）

（明）丘濬

生长阳台下，分明见汉君。孤絃弹破梦，恍惚一行云。

使回频寄语，莫杀毛延寿。君王或梦思，留画商岩叟。

功德施夷夏，声名播古今。人言汉恩浅，妾感汉恩深。

题明妃图

（明）丘濬

莫向西风怨画师，从来旸谷日光遗。
当时不遇毛延寿，老死深宫谁得知。

明妃出塞图

（明）陈伯康

昭君生长昭君邨，汉宫选入昭阳门。
倾城自负颜色好，薄命不得承君恩。
朔风吹动毡车发，万里远嫁单于国。
香梦空迷紫塞云，蛾眉愁对穹庐月。
关山阻隔归无缘，含情掩抑鸣哀絃。

虎头将军骨已朽,独馀青塚留千年。

昭君出塞图
(明) 谢孟安

汉宫别去冒胡沙,泪湿花颜鬓脚斜。
抱得琵琶归绝漠,相传此曲出中华。

昭君写真图引
(明) 顾璘

汉宫九重类天居,宫中美人粲璃琚。
姱容淑态意非一,网户文㮰烟雾虚。
就中绝代称明君,锦江波浪巫山云。
素月嫦娥独光彩,明星玉女徒缤纷。
君王行幸恣欢昵,蛾眉短长难具悉。
可怜睇盼隔重霄,竟使画图欺白日。
金珠不操静女手,丹青更甚谗夫口。
妍媸反复在锱铢,移爱为憎忍相负。
明珠万里沉胡沙,哀歌一曲留琵琶。
今看青塚千年草,岂是夭桃三月花?

题昭君
(明) 潘滋

燕支堤上石榴裙,新草犹含旧泪纹。
见说君王思汉将,麒麟端合写昭君。

题昭君出塞图
(明) 刘昭年

马蹄踏踏暗胡沙,马上怀恩忆汉家。

自是玉颜多薄命,空将哀怨寄琵琶。

题明妃出塞图
(明) 浦原

画图愁见貌如花,胡骑丛中度雪沙。
万里毡房明月夜,谁知思汉泣琵琶。

题明妃出塞图
(明) 张凤翼

空将淑质付天骄,漠漠风尘紫塞遥。
青草自存胡地塚,黄金莫赎汉宫腰。
云中环珮魂难返,马上琵琶曲未调。
惟有蛾眉常锁恨,却疑彩笔未能描。

题明妃出塞图
(明) 黄氏(名幼藻)

天外边风掩面沙,举头何处是中华?
早知身被丹青误,但嫁巫山百姓家。

题飞燕图(钱选笔)
(元) 王恽

春醉琼枝意未谐,行云空锁望仙台。
九重不隔箫声断,唤得长空赤凤来。

飞燕掌舞图
(明) 瞿佑

雉扇霓旌锦作围,避风台冷不胜衣。
身轻每欲随风去,追逐花间赤凤飞。

昭仪春浴图

（宋）方岳

红薇滴露护轻寒，微鬌香丝卸玉鸾。
只道春风庭掖祕，外间已作画图看。

李尚书有唐画飞燕姊妹，为娇困相倚之状

（元）陈中孚

玉鸾支枕珊瑚几，绿鬟微困娇相倚。
太液东风扶不起，一双芙蓉袅秋水。
粉痕谁写温柔乡，浅蛾对蹙烟峰长。
意中似有赤凤皇，唾花犹溅榴裙香。
合欢绣带飘金缕，含情两两春无语。
冰魂缥缈空千古，月落鸳鸯渡南浦。

题赵飞燕姊妹凝妆图

（明）高廪

汉家炎祚日已微，白蛾蔽野黄雾飞。
长杨猎罢得飞燕，欢然攜手同车归。
龙颜再顾增媚妩，椒房赐与妃嫔伍。
恩泽新霑乐事多，忘却阳阿学歌舞。
自恃身轻娇欲飞，避风台拥芙蓉旂。
齐纨遂起班姬怨，祸水未悟方成讥。
春回太液花如绣，一曲归风扬翠袖。
力持不许作飞仙，襞积湘裙留浅绉。
馀情贪恋温柔乡，木门那省摇仓琅。
薄眉淡扫远山黛，卷发光凝沉水香。
姊妹夤缘欣有讬，肯信秋风递衰落。

刘辅陈言输鬼薪，淳于藉宠封侯爵。
画史谁知倾国妖，重将粉绘图生绡。
潸然莫讶樊通德，千古犹传啄矢谣。

历代题画诗类卷第四十三

故 实 类

班婕妤题扇图
（元）戴表元

时情任销歇，闺思转殷勤。也胜山阴媪，挥毫讬右军。

班姬图
（元）袁桷

望幸眸凝秋水，倚愁鬒簇春山。
已悟箧中纨扇，须看镜里朱颜。

团扇图
（元）袁桷

玉树秋残翠影疎，掩门何处望金舆？
昭阳殿里浑闲事，最恨当年李婕妤。

题班婕妤题扇图
（元）陈旅

层城柘馆重徘徊，坐见瑶阶长绿苔。
纨扇秋来定无用，君王方筑避风台。

班姬吟扇图（二首）
（元）吴师道

已信当年有绿衣，漫将团素写新诗。
才明自断衰荣梦，肯对秋风作许悲？

当暑提攜识暂怜，安身箧笥任长捐。
昭阳极宠昭台怨，得似斯人晚自全。

班姬题扇图
（元）钱惟善

无复承恩柘馆春，偶题纨扇泪盈巾。
赋成不费黄金买，羞比长门失宠人。

题班婕妤题扇图
（明）姚广孝

玉容憔悴暮偏饶，罗扇题诗恨莫消。
不是恩情中道绝，西风昨夜到芭蕉。

题班姬秋扇图
（明）陈泰

摇落秋梧十二阑，掌中心事扇中看。
君恩不似齐纨薄，无奈瑶台风露寒。

孟光举案图
（元）王执谦

白发梁鸿与世乖，赖逢光也配其才。
《五噫》歌罢愁无奈，不觉春从案上来。

孟光捧案图

(元) 王恽

《五噫》歌里动晨炊，一敬还惊案等眉。
想得主人茅宅下，肃雍形出《二南》诗。

吴门烟暖褐衣轻，春赁中间见本情。
豪荡阿戎那解此，梦回青琐得卿卿。

蔡琰归汉图

(宋) 林景清

文姬别子地，一骑轻南驰。伤哉贤王北，一骑挟二儿。
二儿抱父啼，问母何所之？停鞭屡回首，重会知无期。
孰谓天壤内，野心无人彝？万物以类偶，湿化犹相随。
穹庐况万里，日暮惊沙吹。惜哉辨琴智，不辨华与夷。
纵怜形势迫，难掩节义亏。独有思汉心，写入哀絃知。
一朝天使至，千金赎蛾眉。雨露洗腥瘢，阳和变愁姿。
出关拜汉月，照妾心苦悲。妾心傥未白，何以觐彤墀？
狐死尚丘首，越鸟终南枝。如何李都尉，没齿阴山陲？

蔡琰归汉图

(元) 王恽

明妃光宠照龙沙，枉说琵琶忆汉家。
去住两难心最苦，就中哀怨是胡笳。

蔡琰图 (二首)

(元) 马祖常

胡月还如汉月圆，龙堆沙水咽哀絃。

文姬此夕穹庐梦，应到春闺旧镜前。

踏歌谁唱木肠儿？颇念中郎哭女时。
卫霍不生陵不死，望乡台畔尽相思。

题蔡琰还汉图
（元）王逢

铜台春深边草绿，琰因名父千金赎。
残生既免毡裘鬼，哀哀莫尽芦笳曲。
旧时汉妆慵复理，感义怀慙归董祀。
入朝好语乱世雄：贱妾不为天地容，尔其忠事山阳公。

蔡琰归汉图
（明）苏平

中郎有女貌如花，流落单于岁月赊。
北去千金劳汉使，南来万里度龙沙。
哀音调入边笳惨，归路愁看塞鴈斜。
肠断胡儿分手处，黄云衰草隔天涯。

蔡琰归汉图
（明）周鼎

纵多文思出天机，赢得胡笳泪满衣。
万里归来身再辱，不如青塚不言归。

题胡笳十八拍图（五首）
（元）王恽

画却春山理素琴，翠簾香锁落花深，
岂知中有胡笳恨，吹折关山一片心。

胡笳翻曲太含情，不道仓皇义重生。
旧怨未平新恨叠，胪声才罢又边声。

乾翻坤覆困蛇龙，女子柔衷鲜克终。
全著黄金归蔡琰，不知何地置扬雄？

憔悴风沙十二年，得归情义转相牵。
董郎庭户虽依旧，已是兰摧白露前。

才慧其如薄命何？犹能知耻见悲歌。
寥寥谁谓邕无后，得读《离骚》幸侭多。

赋得文姬望月为袁拒伯题画
####（明）张凤翼

寒影千山外，清光两地同。圆时思汉镜，缺处叹胡弓。
白草嘶征马，黄沙落断鸿。悲笳应寄恨，聊复托长风。

二乔观史图
####（元）王恽

二乔绝艳煽江东，一札《龙韬》阅未终。
多是周郎传报捷，华容烧虏夜来空。

二乔图
####（元）张宪

并倚两娇娆，人呼大小乔。腕松红玉钏，钗颤紫金翘。
公瑾应同调，孙郎早见招。独怜铜雀瓦，风雨夜萧萧。

题二乔图

（元）张天英

乔公二女如花颜，玉宫仙树参差间。
凤裾鸾书明月环，宝钗压堕青云鬟。
手撚丹霞染天章，绣屏晓卧珊瑚牀。
石镜山前琼草香，春风荡漾紫鸳鸯。
娇歌双笑兰烟苍，中军留醉牙帐光，回头两鬓飞秋霜。

题二乔图

（元）姚文奂

乔公二姝皆国色，一嫁周瑜一孙策。
不缘烈火走曹瞒，邺下三台夸虏获。
雒京妆束绝世姿，春风缥缥柳腰肢。
深闺娣妹共怜爱，画史想像如当时。
嗟嗟二壻人中傑（杰），半道伤摧瑶树折。
至今恨浓妾命薄，恨似沉沙未消铁。
《念奴娇》词歌一阕，愁绝东坡酹江月。

二乔图

（元）雅琥*

珊树交加玉树重，鸳鸯难偶雪难容。
共思汉事随流水，各对吴侬蹙远峰。
洛赋未成梁月堕，胡笳已断塞云浓。
人间流落浑相似，犹胜凄凉泣莫愁。

---

* 雅琥：《四库》本作"雅勒呼"，据女真语语音改译。

题二乔观书图

（元）杨维桢

乔家二女双芙蓉，一代国色江之东。
乱离唯恐埋百草，岂料一日俱乘龙。
江东子弟孙郎策，同住周郎道南宅。
弟兄不减骨肉亲，喜作乔家两娇客。
明年符死镜中妖，铜雀春深愁大乔。
自是阿瑜能了事，黄星一道随烟销。
小乔初嫁有如此，天下三分从此始。
风流顾曲本多才，风雨鸡鸣戒君子。
乔家教女善诗书，岂比小姑持刃为。
帐中草檄名汉贼，已知事属方颐儿。
君不见阿瞒老赎蔡文姬，博学才辩何所施？
天下羞诵《胡笳》词。

二乔图

（元）唐肃

大乔嫁孙策，小乔嫁周瑜。
君臣政尔图伯业，胡乃受此双明珠？
君不见斩蛇赤帝子，君不见屠狗樊将军？
君能听谏臣能谏，秦宫妇女何足云。

题二乔图

（明）刘基

江上桃花红粉腮，偶然吹入玉堂来。
东风日暮和烟雨，多少飘零委绿苔。

二乔观兵书图

（明）高启

共凭花几倚新妆，《玉女》《阴符》读几行。
铜雀那能锁春色，解将奇策教周郎。

二乔观书图

（明）方孝孺

深闺睡起读兵书，窈窕丰姿若个谁？
千古《周南》风化本，晚凉何不诵《关雎》。

二乔图

（明）王恭

双蛾娇掩为谁颦？反被荣华误却身。
回首东吴何事欢（业），野烟寒水更愁人。

二乔观书图

（明）徐贲

孙郎武略周郎智，相逢便结君臣义。
丰姿联璧照江东，都与乔公作佳婿。
乔公虽在乱离中，门阑喜色双乘龙。
大乔娉婷小乔媚，秋波并蒂开芙蓉。
身嫁英雄知大节，日把诗书自怡悦。
不学分香歌舞儿，铜台夜泣西陵月。

二乔观书图

（明）丘濬

门阑多喜气，两婿总英雄。坐使江东大，能无内助功？

二乔观兵书图

（明）沈愚

一卷《龙韬》讲未终，温柔乡里出英雄。
二豪不得阴谋助，敢向江东立伯功？

小乔观书图

（明）王绂

云髻新妆珠翠团，杏花零落晓风寒。
每怜春事伤心处，偷把周郎曲谱看。

陶母剪发横披

（元）刘因

剪发英明子可知？披图三叹泪双垂。
阿娘襟量如陶母，争信痴儿到老痴。

题陶母延宾图（为李母寿）

（明）廖道南

君不见陶氏之母称惠慈，草堂宾筵无所资。
一饭岂足酬知己，百氂应知为尔师。
李门有母似陶母，诲子义方仁且寿。
豸绣当年照綵衣，朱旛此日斟春酒。
衡州直接鄂州遥，天柱山前绛节朝。
采药朱陵膏雨细，饵芝紫盖瑞霞飘。
还占宝婺星华曙，南岳夫人在何处？
为遣云璈萼绿华，添筹海屋春长贮。

绿珠图
（元）袁桷

金谷烟迷清晓，玉箫春怯馀寒。
可恨花钿委地，当时莫倚危阑。

题金谷园图赋得绿珠怨
（明）边贡

谁言妾命薄？结发承主恩。谁谓妾身轻？宠冠金谷园。
园中桃李千万树，对妾妍华避无处。
徘徊歌舞曲未终，门外战鼓声逢逢。
当时只倚红颜贵，岂料红颜为主累。
主家高楼天与齐，妾身不惜委黄泥。
他生愿作衔泥燕，长傍楼中梁栋栖。

王夫人读书图
（明）陈继儒

碧霞侍者性清虚，终日焚香自扫除。
贤媛从来登《世说》，仙人毕竟好楼居。
燕听梁上无私语，萤鉴窗前有道书。
异日宫闱征女宪，明珠为佩锦为车。

寿阳公主折梅图（二首）
（元）王恽

满庭梅影媚春阳，粉萼封香散麝囊。
折得一枝春在手，含章宫阁斸新妆。

宝檐么凤探芳丛，琼蕊飞翻入卧中。

一自粉絾轻拂散，暗香吹满寿阳宫。

寿阳图
（元）袁桷

一片花飞宫里，十分春满眉端。
底用流酥点缀，更烦圆玉瑳团。

寿阳梅妆图（钱选画）
（元）王思廉

一声白鴈度江潮，便觉金陵王气销。
画史不知亡国恨，犹将铅粉记前朝。

题凌媪隐居图
（明）高逊志

陶令归来日，躬耕不厌贫。问谁解同志？赖有翟夫人。

凝妻断臂图
（明）程敏政

含元殿中如博陆，寡妇孤儿肯容宿？
此身原是未亡人，一臂宁为一身辱。
落日荒园闻哭声，白刃可蹈千人惊。
五朝长乐痴顽老，一夜河间齧臂盟。

题苏若兰回文锦诗图
（宋）黄庭坚

千诗织就回文锦，如此阳台暮雨何？
亦有英灵苏蕙手，只无悔过窦连波。

题织锦璿玑图（五首）

（宋）孔平仲

红窗小泣低声怨，永夕春寒斗帐空。
中酒落花飞絮乱，晓莺啼破梦恩恩。

晞草露如郎行薄，乱花风似客情多。
归鸿见处弹珠泪，语燕闻时敛翠蛾。

同谁更倚闲窗绣，落日红扉小院深。
东复西流分水岭，恨兼愁续断絃琴。

肠断写愁萦字字，锦文传意寄君看。
牀空照月残灯冷，黄叶霜风愁信寒。

前堂画烛残凝泪，半夜清香旧惹衾。
烟锁竹枝寒宿鸟，水沉天色霁横参。

拟题织锦图

（宋）秦观

悲风鸣叶秋宵冷，寒丝萦手泪残妆。
微烛窥人愁断肠，机翻云锦妙成章。

织锦回文图

（元）许有壬

明珠金缕烂萦回，香玉连环剪不开。
不把肺肝都织出，将军惟识赵阳台。

题织锦回文图

（元）马祖常

桃叶渡江不用楫，织女乌鹊填河臼。
合欢树下宜男草，草色不及罗裙好。
织锦度曲声亦柔，黄龙塞是契丹州。
夫君戍归定何日，乐府陈娘歌第一。

织锦图

（元）杨维桢

秋深未寄衣，络纬上寒机。断织曾相戒，夫君不用归。

题张丽华图

（元）王恽

璧月琼枝醉舞裀，泠泠兰舌半词臣。
国亡只咎倾城色，井上胭脂井底春。

张丽华图

（元）袁桷

结绮尘空楼暗，景阳春断钟迟。
红叶无言在手，同成井上胭脂。

题钱舜举张丽华侍女汲井图

（元）吴莱

景阳宫中景阳井，手出银盘牵素绠。
铅华不御面生光，宝帐垂绡花妒影。
临春结绮屼层空，璧月琼枝狎客同。
鸳鸯戏水池塘雨，蛱蝶寻香殿阁风。

日高欢宴骄若诉，牀脚表章昏不寤。
吴儿白袍战鼓死，洛土青盖降船渡。
井泥无波井阑缺，半点胭脂汙绯雪。
蕙心兰质吹作尘，目断寒江锁江铁。

题隋宫清夜游图
（明）童瑄

阑干月转垂杨影，露花如水银屏冷。
君王西院夜未眠，紫衣小队前驱引。
清歌踏月立调迟，妙舞翻云翠袖低。
绿鬟侍拥抹螺黛，行行按节金莲齐。
十六院中多雅趣，台观紫纡叠青翠。
芰荷池馆晚风凉，剪綵为花能巧制。
銮舆驰逐过离宫，蓬莱路与瀛洲通。
周环佳胜二百里，终宵行乐心无穷。
绛纱宝烛销红雪，珠箔重重卷明月。
宿鸟惊飞花底枝，铜龙水向楼头咽。
追欢只谓常如斯，兴亡岂意皆人为？
一朝天下共骚动，始知乐极还生悲。
向来富贵知何许，一代繁华逐流水。
愁绝残垣败草深，几度疏萤照寒雨。

题红拂妓
（明）高启

花枝不锁后堂春，半夜长安旅邸贫。
弃去老奴从此客，可怜小妓亦知人。

红拂图

（明）顾璘

红拂萧骚紫麟尾，夜半蒙羞见君子。
佳人绝代失相知，越国粗豪一何鄙。
天造草昧兮臣择君，幽愤结兮女求士。
卷衣杖策趋军门，末路英雄傥如此。
兰心夭娇含风云，莫歌《行露》嘲文君。

为周公美题壁间红拂妓

（明）刘世教

羞将粉黛驻容华，纵有雄心忍自夸？
惆怅朱门花底月，可怜依旧照君家。

题长孙皇后谏猎图

（元）张翥

黄门晓出西清仗，秋色满天鹰犬王。
虎落遥连渭水南，鸾旗直渡河桥上。
日边云气五色文，虬须天子真天人。
羽林猛士森成列，六气不惊清路尘。
太平无征帝神武，岂为禽荒将按虏？
已知哲后佐兴王，不数樊姬能霸楚。
从容数语即罢田，六宫迎笑花如烟。
跸回那待外庭疏，听谏由来同转圜。
天宝神孙隳大业，锦绣五家争蹀躞。
可怜风雪骊山宫，正与真妃同射猎。

长孙皇后免冠图

（元）郑元祐

贞观圣人还紫宫，按剑欲杀田舍翁。
翁本帝仇今作辅，逆鳞易批难论功。
后闻君言心惨恻：自古君明则臣直。
直臣脱若死无辜，贱妾一身亦奚惜？
免冠再拜明主前，阴扶红日行青天。
他时拭目看陵树，不以大义亏其全。

则天朝回图

（元）王恽

万有潜随一气回，武炎如火李如灰。
上阳宫殿春风暖，花底朝鞭隐若雷。

则天春思图

（明）瞿佑

朝罢金轮出上阳，诏书火急报春光。
苑中漫有千红紫，不及莲花似六郎。

梅妃吹笛图

（明）俞泰

音律从来寿邸长，宫中新调称新妆。
谁知吹出无双曲，究为嵬坡诉断肠？

历代题画诗类卷第四十四

故实类

题太真春睡图
（元）岑安卿

东风吹香荡晴昼，长安宫殿花如绣。
海棠一枝轻折红，淑气薰蒸困醇酎。
太真徙倚沉香亭，宿醒未解春冥冥。
眉峰敛翠翳秋色，侍儿夹拥花娉婷。
玉牀腻滑芙蓉展，水沉烟袅金屏暖。
丹腮融润珊瑚温，宝钗斜鬌乌云绾。
上皇玉笛那敢吹，地衣红皱韡轻移。
传令别殿罢歌管，流莺不语游丝垂。
渔阳鼙鼓边城动，台阁无言卿士懵。
妇人一睡四海昏，主闇臣谀总如梦。
翠华西狩九庙隳，祸胎未剪三军疑。
马嵬之梦生死诀，一时悔祸人心归。
骊山举燧供欢笑，犬戎蹴踏周原草。
丹青谁写《春睡图》，后世不须箴大（太）宝。

题杨妃春睡图

（元）杨维桢

沉香亭前燕来后，三郎鼓中放花柳。
西宫困人春最先，华清溶溶煖如酒。
雪肢欲透红蔷薇，锦裆卸尽流苏帏。
小莲侍拥扶不起，翠被卷作黎云飞。
蟠龙髻重未胜绾，燕钗半落犀梳偃。
晚漏壶中水声远，簾外日斜花影转。
琵琶未受宣唤促，睡重黎腰春正熟。
不知小䙀思塞酥，梦中化作衔花鹿。

题太真睡起图

（元）吴景奎

兴庆池边花烂烂，《清平调》里思飘飘。
玉环睡起娇无奈，背立东风酒半消。

杨妃春睡图

（明）徐渭

守宫夜落胭脂臂，玉阶草色蜻蜓醉。
花气随风出御墙，无人知道杨妃睡。
阜纱帐底绛罗委，一团红玉沉秋水。
画里犹能动世人，何怪当年走天子。
欲呼与语不得起，走向屏西打鹦鹉。
为问华清日影斜，梦里曾飞何处雨？

杨妃春睡图

（明）田登

长生殿属春残后，春风乱拂宫门柳。

花奴念奴竞《霓裳》，君王饮醉玉环酒。
梨花带雨压蔷薇，云鬟不整倚罗帏。
玉容恹恹点猩唇，香魂漫逐蝴蝶飞。
落花飞絮總不绾，鬓敧钗骠（弹）梳半偃。
蛾眉春困苦不胜，翠袖频翻拂杏脸。
流莺啼破梦初回，报道君王来玉辇。
君道海棠花睡熟，玉笋纤长抱凝玉。
和来玉屑仙盘露，渴心奈梦含花鹿。

题贵妃春醉图
（明）胡直

歌罢《霓裳》一曲欢，酒醺无力上雕鞍。
侍儿扶起云鬟侧，喜得君王驻马看。

杨妃醉仆图
（明）周鼎

妖环不醉三郎醉，银烛高烧看海棠。
满地闲云扶不起，楚台无梦梦渔阳。

杨妃醉归图
（明）周鼎

金鞍欲上更迟迟，满镫春风拥侍儿。
一种馀酣消未得，渔阳醒眼却多时。

贵妃夜游图
（宋）方岳

凤辇又上玉花骢，恩在君王一笑中。
三十六宫瑶草碧，不知多少恨春风。

题杨妃出游图
（明）李东阳

沉香亭前春日里，海棠睡足风吹起。
玉骢驮醉出华清，头上绿云娇不理。
内人宣索已多时，金銮供奉来何迟。
有谁并辔复顾笑？不是秦姨定虢姨。
阶头奚官执鞚走，问渠合是安郎否。
不然那得近前行，秪许笼禽随吠狗。
君不见马嵬坡下蛾眉愁，可怜白骨埋荒丘。
柳丝难绾芳魂住，应从君王万里游。

太真玩月图
（明）陶安

华清浴后上龙楼，得与冰娥共素秋。
貌对妆台金照面，光含宫髻玉搔头。
黎园彻乐承欢暇，桂阙当天为我留。
翠辇何缘不同到，宵衣应是罢宸游。

贵妃妙舞图
（明）解缙

太真选入明光宫，龙髯天子梦寐慵。
家迁将相李林甫，门喧市井杨国忠。
大家醉眼看榜落，双持玉节敲梧桐。
凤凰去矣不复至，独舞飞燕春风中。
宫壶龙渴晓漏尽，锦屏翠褥金泥融。
《霓裳曲》度未肯终，潼关战血烧天红。
呜呼！纤腰一束柳条重，如何舞得乾坤动？

题画杨妃调鹦鹉图

（元）周伯琦

朱颜䰌鬓怯轻寒，欲讬奇毛吐肺肝。
想得剑关春日暮，梦中犹作海棠看。

太真教鹦鹉图

（元）冯渭

温泉赐浴意融怡，犹念宁王玉笛吹。
却怕能言泄幽事，丁宁慎勿语人知。

太真上马图

（元）朱德润

开元朝野时清明，姚宋庙谋多辅成。
紫宸殿前焚锦绣，花萼楼高延弟兄。
那知暇豫生淫乐，慢舞《霓裳》羽衣薄。
龙漦流祸入宫墙，野鹿衔花汙簾箔。
春晴并辔曲江行，回顾阿环娇态生。
绣衣珠跋如花旋，秦虢夫人恩宠新。
宫中舁出锦绷儿，兵满渔阳人未知。
一朝犯顺入宫阙，咸阳烟尘迷日月。
翠华杂沓惊尘蒙，剑阁西迴渭水中。
王臣下微同列国，从此藩镇争豪雄。
人生富贵真迷途，倾城褒姒无时无。
漫道玄宗不知政，试问当年《无逸图》。

杨妃上马图

（元）吴师道

花拥金鞍步步迟，君王别殿待多时。

延秋门外惊尘起，夜半无人见疾驰。

杨妃上马图
（元）郑元祐

花萼楼前上马时，君王忘是寿王妃。
龙颜含笑待持鞚，海棠睡羡春风吹。
绣鞍娇凭翠裳冷，金鐙（镫）拟跨丝鞭垂。
宫鞾拍韂欲驰及，簌簌步摇危不支。
后宫窈窕千蛾眉，并乘腰褭黄金羁。
芙蓉濯露緫殊妙，杂遝绮罗知为谁？
独拥妖环何所之？联翩欲向华清池。
双龙啮膝踏花去，锦香覆满红胭脂。
从官车骑空瞻望，并肩私语行迟迟。
行毋迟迟日已西，渔阳铁骑崩云追。
才出都门便别离，千载形迹令人悲，再拜能忘臣甫诗？

题玉环联辔图
（元）宋无

赭袍红暎镂金衣，笑并花骢酒力微。
试问六龙西幸日，有人曾侍翠华归？

杨太真剖瓜图
（明）吴宽

深宫六月凉风至，纨扇团圆夺秋气。
却恨君王赐浴迟，华清水热通宵沸。
金刀手弄云鬟低，杨柳楼头日已西。
莫夸碧椀红瓤美，玉齿病来憎瓠犀。

周昉画杨妃禁齿图
（元）王恽

海棠春睡侭红娇，苦殢三郎厌早朝。
人到爱深无恶相，捧心颦处更妖娆。

华清曲题杨妃病齿
（元）萨都剌

沉香亭北春昼长，海棠睡起扶残妆。
清歌妙舞一时静，燕语莺啼空断肠。
朱唇半启榴房破，胭脂红注珍珠颗。
一点春酸入瓠犀，雪色鲛绡湿香吐（唾）。
九华帐里熏兰烟，玉肱曲枕珊瑚偏。
玉钗半脱翠蛾敛，龙髯天子空垂涎。
妾身虽侍君王侧，别有闲情向谁说？
断肠塞上锦绷儿，万恨千愁言不得。
成都遥进新荔枝，金盘紫露甘如饴。
红尘一骑不成笑，病中风味心自知。
君不闻华清宫（延秋门），一齿作楚藏祸（病）根；
又不闻马嵬坡，一身溅血未足多。
渔阳一日鼙鼓动，始觉开元天下痛。
云台不见汉功臣，三十六牙何足用！
明眸皓齿今已矣，风流何处三郎李？

玉环病齿图
（元）宋无

一点春寒入瓠犀，海棠花下独颦眉。
内厨几日无宣唤，不问君王索荔枝。

杨妃舞翠盘图
（明）谢承举

妃子承私眷，君王爱宴游。风旋朱袂薄，云拥翠盘秋。
宛转花千态，低昂月半钩。梨花僧寺梦，遗恨蜀江头。

虢国夫人夜游图
（宋）苏轼

佳人自鞚玉花骢，翩如惊燕踏飞龙。
金鞭争道宝钗落，何人先入明光宫？
宫中羯鼓催花柳，玉奴弦索花奴手。
坐中八姨真贵人，走马来看不动尘。
明眸皓齿谁复见，只有丹青馀泪痕。
人间俯仰成今古，吴公台下雷塘路。
当时亦笑张丽华，不知门外韩擒虎。

次韵虢国夫人夜游图
（宋）李纲

金鞍玉勒连钱骢，车如流水马如龙。
遗簪堕珥碎珠翠，密炬夜入蓬莱宫。
曲江宫殿春蒲柳，玉盘犀筯传纤手。
坐中绰约尽天人，锦茵云幕清无尘。
赐名大国动光彩，马嵬回首空啼痕。
我欲题诗吊千古，丧国亡家皆此路。
嫣然一笑倾人城，皓齿明眸真女虎。

题虢国夫人夜游图
（元）姚枢

宴安怀鸩毒，荡佚国将亡。缅思天宝载，声色迷君王。

朝政出多门，十九分权纲。其谁堪炙手？秦虢连诸杨。
攀附势莫比，所冀保椒房。宫中陪宴乐，昼短疑夜长。
重为长夜游，细马驮宝装。胡不秉明烛？晏行撤礼防。
一从此风炽，野鹿踰宫牆。五岳出洛汧，四海同惨伤。
维时所贵显，赤族亦罹殃。马嵬脂粉暗，岷山涕泗滂。
明年虽幸还，大海翻田桑。山河增惨澹，日月销精光。
问民疮痍中，哭庙煨烬旁（旁）。女宠祸何酷，百悔不一偿。
在莒岂足拟，于兹不可忘。

题虢国夫人早朝图
（明）詹同

青丝络头白鼻䮨，杨家有女颜如花。
金门半开天欲曙，蛾眉淡扫朝官家。
官家鼾睡起未早，阿姨一来即倾倒。
中使传宣出紫宸，信是人家生女好。
合欢花瘁沉香亭，玉环宿酒浑未醒。
春风暗送年华老，绿衣飞报畴能听。
金钱赐浴恩泽新，温泉不洗马嵬尘。
底事画工心独苦，图中偏写虢夫人？

题虢国夫人宴归图
（明）沈周

倚马娇羞认八姨，春酣归院日斜时。
回头闻得渔阳鼓，犹料催花辍宴迟。

题虢国夫人夜游图
（明）文徵明

紫尘拂辔春融融，参差飞鞚骄如龙。

锦鞲（鞯）绣带簇妖丽，绛纱玳烛围春风。
春风交花光属路，后骑雍容前却顾。
中间一骑来逡巡，秀靥玉颊真天人。
翠微垂鬟祗称身，彷佛当年虢与秦。
佳人绝代真难得，安得君王不为惑。
岂知尤物祸之阶，不独倾城竟倾国。
一时丧乱已足怜，后世方夸好颜色。
晴窗展卷漫多情，百年青史自分明。
莫言画史都无意，尺素还堪鉴兴废。

秦虢夫人走马图（二首）

（宋）苏辙

秦虢风流本一家，丰枝秾叶暎双花。
欲分妍丑都无处，夹道游人空叹嗟。

朱幩玉勒控飞龙，笑语喧哗步骤同。
驰入九重人不见，金钿翠羽落泥中。

题秦虢二夫人承召游华清宫图

（元）虞集

贵人并鞚如轻鸿，承恩驰入华清宫。
道途先不止行客，策蹇奔趋乌帽风。
奚囊堕地何足拾，岂有篇章浪相及？
画史当时妙墨传，光彩流动狂情急。
君不见白头拾遗徒步归，明眸皓齿亭皆非。
朝天泥滑袖封事，高阁雨馀宫漏稀。

题黄门飞鞚图（二首）

（元）王恽

金错盘陀落玉羁，春风飞影下瑶池。
丹青明见传胪意，花柳深宫燕八姨。

年年十月幸温汤，诏给词臣半骕骦。
最见流云潇洒处，津阳春色晓苍苍。

题崔妇乳姑图

（明）廖道南

君不见崔氏之妇乳老姑，百年此事胡为乎？
风流岂啻世所重，遗节直与天为徒。
李母孝思似崔妇，二姑堂上遐龄暮。
瀞潩春盘效婉仪，蘋蘩岁祀开昌祚。
栋塘夫子真逸民，堂前兰桂芳菲新。
梁鸿不独称偕老，潘岳仍看侍懿亲。

题杜韦娘图

（元）华幼武

霞佩飘飖金缕香，缓歌白雪韵悠扬。
华堂旧日风流在，见惯司空亦断肠。

红叶图

（元）华幼武

鸳鸯瓦冷不禁秋，采叶题诗出御沟。
一点灵犀天地隔，殷勤随水向谁流？

题唐宫题叶图

（元）雅琥

彩毫将恨付霜红，恨自鯀鯀水自东。
金屋有关严虎豹，玉书无路诧鳞鸿。
秋期暗度惊催织，春信潜通误守宫。
莫道银河消息杳，明年锦树又西风。

题红叶题诗图

（元）朱德润

金殿风微拾坠红，题诗聊寄御沟东。
芳情有意随流水，细字无心学断鸿。
别馆乍凉霜透幕，长门深夜月移宫。
才情偶尔成佳配，不道《周南》有国风。

题美人书红叶图

（明）刘基

红叶随波岂自由，綵毫空复写绸缪。
无人解识诗中意，天上人间總是愁。

美人红叶图

（明）王佐

谢家夫人詠柳絮，黄陵女儿歌《竹枝》。
谁信长门秋澹澹，西风黄叶断肠时。

题红叶仕女

（明）谈震

初试宫妆步玉除，诗成把笔更踌蹰。

旧愁新恨知多少，尽向霜红叶上书。

题流红图

（明）林敏

玉沟澄晚色，金屋闭秋尘。鸳被辞君宠，蛾眉妬妾身。
掖庭霜叶赤，永巷露苔新。欲写心中事，含情只自颦。

盼盼燕子楼图

（明）瞿佑

亚父塚前秋草合，虞姬坟上暮云愁。
如何一片彭城月，只照张家燕子楼？

题主人壁间樊素小蛮图

（明）石沆

江州司马两红妆，水墨何人画此堂。
得似往年歌意思，却看今日舞衣裳。
謇声漫点樱珠破，拟态轻拖柳带长。
别有幽情传笔底，主人狂得且须狂。

题花蕊夫人像

（元）于立

玉屑丹砂和獭髓，一点殷红养花蕊。
冰肌玉骨自生凉，不信流年去如水。
火旗晓压降王道，贝阙珠宫长秋草。
摩诃池上又西风，流红不向人间老。

朝云诵偈图

（明）瞿佑

春树红颜一掷梭，六如偈里暗消磨。

主翁不悟荣华过,一笑重烦春梦婆。

题苏小小像

〔元〕于立

花宫玉燕啼酣春,春风劳劳驱梦云。
梦嗔梦喜春不闻,红萱露滴真珠裙。
夜燕玎玲隔牕语,碧纱凝烟咽金缕。
行云妒杀巫山女,芭蕉叶叶黄梅雨。

题刘平妻胡氏杀虎图

〔元〕王恽

兽猛其如义烈何,挥刀峻绝鲁阳戈。
哀哀哭绝东山妇,恨入秋空泪漫多。

再题胡烈妇杀虎图(三首)

〔元〕王恽

丈夫不作屠龙举,健妇能成刺虎威。
试著五行参造化,二阴何盛一阳微。

眈眈哆口摧天去,死地求生有若人。
寸铁竟能伸义烈,大臣当国合横身。

古称政猛苛于虎,翦暴除残惜壮图。
蹀血两坊三义侠,袖鎚挥处几於菟?

为古绍先题刘平妻胡氏杀虎图

〔元〕张翥

沙河岸边秋草白,枣阳城头落日黑。
老兵辛苦践更来,林下税车聊一息。

黄芦飒飒中夜鸣,伥鬼叫啸悲风生。
虎饥得人怒不置,妇急徒手危相争。
直前死力持虎足,呼儿进刀屠虎腹。
但知有夫岂知虎,视之何殊几上肉。
当时一击宁顾躯,惊魂碎骨仍攜扶。
九原瞑目已无憾,旧血勿湔身上襦。
千秋节义传乡间,我犹胆怯见画图。
健妇果胜一丈夫,向来冯妇有不如。

胡氏刺虎图

（元）杨载

涴有烈妇人,胡姓嫁刘氏。从夫枣阳戍,车宿水之澨。
夜半猛虎至,衔夫入薝蔔。夫人自惊起,不暇生为计。
直前执虎足,尽力与牵制。呼儿抽佩刀,刃割虎立毙。
夫命复不救,复雠古所贵。呜呼流俗弊,节义日以废。
妇不夫其夫,臣子竞为利。患难苟图免,闻此得无愧?
吾故作此诗,于以告万世。

平妻杀虎图

（明）程敏政

枣阳军妇千人勇,虎口活夫颜不动。
礥号山裂天为昏,几许高楼髻云耸。
征车夜渡西河眠,骨肉相守终馀年。
舅戕夫死避苛政,泰山女儿吁可怜。

题高宗二刘妃图

（元）潘纯

秋风落尽故宫槐,江上芙蓉并蒂（蒂）开。
留得君王不归去,凤皇山下起楼台。

历代题画诗类卷第四十五

闲适类

李伯时画其弟亮功旧隐宅图
（宋）苏轼

乐天早退今安有，摩诘长闲古亦无。
五亩自栽池上竹，十年空看辋川图。
近闻陶令开三径，应许扬雄寄一区。
晚岁与君同活计，如云鹅鸭散平湖。

昭武刘圻甫以嵊篁隐居图求诗
（宋）戴复古

相对两山碧，春风摇绿篁。一巢云建造，三涧水宫商。
谷口躬耕稼，盘中歌寿昌。桃花认行路，此日访刘郎。

爱诗李道人嵩阳归隐图
（金）刘勋

脱却儒冠已自闲，更令家事勿相关。
百钱便挂青藜杖，不看先生纸上山。

爱诗李道人嵩阳归隐图

（金）雷渊

我家崧前凡再朞，诗僧骚客相追随。
春葩缤纷香涧谷，夏泉喷薄清心脾。
霜林置酒曳锦障，雪岭探梅登玉螭。
重阳夜宿太平顶，天鸡夜半鸣喔咿。
整冠东望见日出，金轮涌海光陆离。
神州赤县入指顾，风埃未靖空嘘欷。
穷探极览不知老，泉石佳处多留题。
简书驱出踏朝市，期会迫窄愁鞭笞。
襟怀尘土少清梦，齿颊荆棘真白痴。
叩门剥啄者谁子？道人面有熊豹姿。
披图二室忽当眼，贯珠编贝多文辞。
我离山久诗笔退，摹写岂复能清奇？
再三要索不忍拒，依依但记经行时。
道人爱山复爱诗，嗜好成癖未易移（医）。
山中诗友莫相厌，远胜薰酣声利乾没儿。

武元直画乔君章莲峰小隐图

（金）赵秉文

武君非画师，胜槩饱胸臆。太华五千仞，驱写入盈尺。
飞泉峰顶来，落我松下石。清风忽吹散，琴上溅馀滴。
呼儿忽写之，指下淋漓湿。未知责子翁，颇复有此适？
何如图中人，直作林下客。青山不违人，但恐富贵逼。
勇退良独难，此愿谁能必？向来燕赵间，逆旅拜真逸。
儿时弄琴者，天涯老相值。俛仰四十年，父子埋双璧。
卷中题诗人，十九已仙籍。年光飞鸟过，纸上但陈迹。

对此还自伤，何事为物役？还丹日月迟，白首光阴疾。
文章真小技，身外皆长物。拂衣归去来，莲峰入心碧。

春山归隐图
（金）赵秉文

了无车马到山家，门外东风埽落花。
春入山间人不见，无时无处不烟霞。

坡阳归隐图
（金）赵秉文

年过六袠尚蹉跎，奈此坡阳归隐何？
不是不归归未得，家山虽好虎狼多。

盘山招隐图
（金）阎长言

画出盘中望隐归，鸣珂朝马尚迟迟。
赋诗未敢轻相诮，却恐吾山也勒移。

雪谿小隐图
（金）张行简

出处皆天岂自由，仙标终合冠鳌头。
不妨貌取黄华景，时向铃斋作卧游。

李道人崧阳归隐图
（金）史学

石壁城头夜斩关，软红尘底晓催班。
道人一笑那知许，门外清溪屋上山。

盘山招隐图

（金）刘迎

溪山不难买，所费千金储。不如数峰云，朝昏对吾庐。
交游岂无人，转盼伤离居。不如吾兄弟，相应如笙竽。
左侯蓟名族，温温器璠玙，身虽市朝寄，心与功名疎。
伯也亦可人，文华炳於菟，风神耸魁伟，襟韵含冲虚。
平生一片心，缘尘不关渠。相期有幽事，岁晚山林俱。
綵服照黄冠，欢呼奉亲舆。大妇侍巾帨，中妇供庖廚，
诸孙戏膝前，翩然凤将雏。朝采南涧芹，莫漉西溪鱼。
烟雾入杖履，风月来窗疏。观竹上巢云，礼佛登香炉。
红龙雪浪涌，白塔苍烟孤。冰絃写天籁，茶瓯泛云腴。
快哉天下乐，俯仰余何须？正恐左太冲，招隐昔所无。

松溪幽隐图

（金）段成己

何宫遗构山之隅？长松蔽映千万株。
中有一径穿萦纡，冷风萧瑟无时无。
人间赤日如洪炉，恍疑仙景来蓬壶。
踪跡一随声利区，回首自觉泥涂污。
岁月因循归计迂，松溪想像劳形模。
可怜尘梦今始苏，空对西（溪）山惭画图，
一日来归聊自娱。

崧阳归隐图

（金）段成己

落落出世人，视世犹糠秕。独惟爱山缘，一念未渠已。
尝行崧阳道，经覩略可纪。有山皆孱颜，有水尽清泚。

寒藤络古木，奇花开芳枳。风从四山下，红绿乱纷委。
云日互蔽亏，百态呈怪诡。微泉不知处，丛荟鸣宫徵。
山鸟忽惊飞，花落空岩里。静闻鸡犬声，人家应在迩。
百年能几日，山间有馀晷。孰知桃花源，不出武陵水。
回首视人间，嚣嚣足尘滓。便拟结橡茅，恩恩迫行李。
一来汾沮洳，留滞緜几祀。幽怀渺难忘，澹墨寄形似。
旧游一经眼，未往差可喜。此心本无著，夫岂为物使？
昔何从而来，今何从而止？翛然来往间，于是得之子。
幻影竟何用，我亦聊尔耳。一笑两忘言，庭花委阶戺。

李道人崧阳归隐图

（元）元好问

北山范宽笔，老硬无妍姿。南山小平远，澹若韦郎诗。
崧阳古仙村，佳处我所知。长林连玉华，细路入清微。
连延百馀家，柴门水之湄。桑麻蔽朝日，鸡犬通垣篱。
愧我出山来，京尘满山衣。春风四十日，梦与孤云飞。
可笑李山人，嗜好世所稀。逢人觅诗句，不恤怒与讥。
道人本无事，何苦尘中为？京师不易居，我痴君更痴。
山中酒应熟，几日是归期？

金南峰隐居图

（元）牟巘

高哉千丈屹南端，路入层云欲到难。
试著幼舆岩石里，人间争似画图看。

武郎中桃溪归隐图（五首）

（元）许衡

武陵曾有避秦人，人世高夸拟慕真。

不道当今异前世,枉寻幽隐伴饥民。
红芳未比红衣好,绿水争如绿酒醇。
营得一官裨圣政,谁能康济自家身。

桃溪将拟武陵溪,只恐桃溪隐未宜。
诗卷久怀天下詠,画图今遣俗人窥。
严陵晦迹终垂钓,韩伯韬声猥学医。
此辈君侯休羡慕,但当匡救主民疲。

桃溪风景写横披,浑似秦人避乱时。
万树春红罗锦绮,一湾晴碧捲琉璃。
饮中更听琴声雅,静里初无俗事羁。
他日君侯归此隐,肯容闲客日追随?

门外鞦韆(秋千)摆翠烟,篱边鸡犬亦闲闲。
更教烂熳花千树,对著萦纡水一湾。
好景已凭摩诘画,他年重约长卿还。
寻思此处人心别,又爱功名又爱山。

果肯归来学隐沦,闲中别有一乾坤。
可人碧草自春意,入枕朱絃醒醉魂。
花满春风看锦浪,水明凉月话黄昏。
此中意趣知多少,莫对簪缨取次论。

跋龙阳松隐图

(元)王恽

学穷象数别穿深,又向龙阳得洗心。
前日小山丛桂客,不烦春草赋归吟。

竹林幽隐图（六首）

（元）王恽

西晋风流号七贤，笔牀茶灶共林烟。
嵇琴响绝千年后，喜见清风一再传。

清时有味足闲身，不可一日无此君。
著脚岁寒堂上去，秋风门外叶缤纷。

苏岭桑麻杜曲田，岁寒谁似此君贤？
鸣歌不种南山荳，千亩风烟学渭川。

昔贤爱竹与竹友，出处总得高人名。
今人未著牀头屐，里社归来昼锦荣。

共城潇洒似江南，万竹幽棲老所堪。
李沆似为诸子计，北山先埽读书龛。

烟雨溪南百亩春，尽将清景属闲身。
河山不隔黄垆断，却恐功名老逼人。

题舜举小隐图

（元）赵孟頫

有水清且泚，洄洑乱石间。乐哉三子者，在涧歌《考槃》。
流波牵弱缕，轻飔动文竿。信无吞舟鱼，我志匪鲂鳏。
勿言隐尚小，神情有馀闲。高士不可见，古风何时还？

刘松年春山仙隐图

（元）邓文原

绿柳疎花遶舍栽，长松灌木覆亭台。
云峦倒景水天迥，蒲苇有声山雨来。
内史幽情觞咏乐，右丞别业画图开。
何时许我游真境，野色桥边踏紫苔。

北山招隐词四首题李卿月小隐图

（元）柳贯

烟云奇彩稜稜见，水木高斋面面开。
画里青山虽甚似，梦中玄鹤几曾来？

枅桐布叶寻常大，略彴通溪取次斜。
谁送茶烟来北崦，却留梅月在东家。

徂岁苍松惊出屋，度秋黄叶看成堆。
赖凭故箧书千轴，领取虚名水一杯。

此图盈尺山论丈，何处看云水似空。
幸自冰壶堪作传，莫忧瑶草未生丛。

子久春山仙隐

（元）吴镇

山家处处面芙蓉，一曲溪歌锦浪中。
隔岸游人何处去，数声鸡犬夕阳红。

题刘涣中司空山隐居图

(元) 萨都剌

放光峰下结茅庐,光照山人夜读书。
童子抱琴随白鹤,邻翁看竹借篮舆。
门前秋景从风埽,屋后春田带雨锄。
自叹天涯倦遊客,十年未有一廛居。

题蒙泉吏隐图

(元) 陈旅

世皇昔日收云南,鲸鲵伾伾手所戡。
乌蒙乌撒腹心地,不有军府谁其监?
汉庭遣将非充国,累岁屯田无善绩。
兵骄民犷土不畬,国帑空虚縻万亿。
大名刘侯文武才,承诏万里诛蒿莱。
豪蛮尽戢戎垒立,窜卒复还农亩开。
有泉远出蒙山下,日夜清冰鸣石罅。
渠分浍决来纵横,土脉浮膏作秋稼。
府中储积多如山,陂池种鱼无暵干。
几闻春碓响林际,仍为菰蔬流圃间。
刘侯暇日游泉上,宾史(吏)追从意冲畅。
步随凉影傍高松,坐看晴云起孤嶂。
朱幡奕奕来瓯闽,丧车遽返黄河津。
云南战骨横四野,布谷声中荒草春。
刘侯虽死应愁绝,吟魂空咽泉头月。
只今宁谧重谋帅,九原人去无归辙。
荔枝台馆开樽时,剧谈每及西南陲。
凄凉遗像画图里,对此流涕将奚为?

题医学李教授归隐图

（元）薛汉

一官归隐绛山阳，山色苍茫接太行。
自古终南多捷径，只今盘谷是康庄。
仙家虎买林中杏，洞府龙传海上方。
吾友玉堂称二妙，为君图写烂生光。

云山高隐图

（元）郑元祐

大山巀嶪如长旗，小山偃蹇如褰衣。
岩头千仞泻飞瀑，迸珠溅雪交横飞。
林庐隐隐空中起，青红栋宇相轩委。
中有幽人歌《紫芝》，自採药苗临涧洗。
乔林露下青童童，交柯老榦森虬龙。
岂无明堂栋梁柱，还当采献明光宫。
宁无谷底白驹客，《考槃》歌中风落日。
画图难写西隐踪，一曲鸾笙度空碧。

题富炼师仙山访隐图

（元）陈基

客有子微子，学道居松陵。身卧雪滩曲，心将秋月明。
太湖烟水催扬舲，去访隐者寻仙灵。
桃花之源浪得名，何如大海窥蓬瀛。
蓬瀛楼观何峥嵘，缥缈金碧之空青。
扶桑东枝挂白日，钜鳌不动波涛平。
仙人王子乔，乘风下青冥，要君与君语，欣然若平生。
饮君以沆瀣之微液，赠君以琬琰之华英；

授君长生不死之奥旨（旨），保君神明愈久而清澄。
丹丘羽客遥相迎，足箭浮云同上征。
苍龙为驾翠羽旍，风伯前驱玉女仍。
直排阊阖朝紫清，天上差乐人间苦。
君独何为思下土，林屋深通水晶府。
勅制群龙主赐雨，指麾丰隆使击鼓。
飞盖扬舲冯夷舞，冯夷舞罢乐未央。
昔年往游今故乡，尧舜无为四海康。
千秋万岁下，巢许长徜徉。

田园幽隐图

（元）刘永之

我家清江县城北，竹梁花堁环深宅。
邻屋分灯夜读书，仙山借鹿春耕石。
踪迹年来逐转蓬，万事惊心旧业空。
无钱买山惟爱画，坐对新图如梦中。
柴门茂树森相向，野水山桥接空旷。
雨足沙田野犊闲，风回茅屋晨鸡唱。
隔林炊黍起新烟，接竹穿篱引涧泉。
傍隄榆柳皆新种，近舍松杉不记年。
山深住久疎城府，人情颇讶今非古。
酒熟频开白社尊，家贫时卖黄公屦。
迩者中原相掎角，锦袍白马相驰逐。
得失都随去水流，至今犹记王官谷。

次韵玉瑯云隐图

（元）金涓

番阳王本善，故居怀玉山之北，号曰"玉瑯云隐"。乡先达进士董公为之记,和阳王使君为之赋,又得星源韩征君为之图。余尝过本善所寓,见其净埽一室,琴书图画,与弓剑杂。前培桂植菊,怪石纤蒲,幽洁可爱。盖能审己推分,随所遇而安。视窜名尺籍而有所顾愿者,不同科也。乃次使君韵,附于卷末,以释其幽思云。

马上剑三尺,山中云半间。无人寻草迹,有虎卧柴关。
解甲端陴后,悬弓定地还。胡为思旧隐,毕竟复谁闲?

为曾高士画湖山旧隐图

(元) 倪瓒

厌听残春风雨,卷簾坐看青山。
波上鸥浮天远,林间鹤带云还。

题张仙人隐居图

(元) 钱惟善

百年曹氏宅,万古张仙山。藏书白云里,结屋青山间。
泉迸石虹裂,树深溪鸟闲。我欲从子遁,骑驴相往还。

题龙虎孙希文尊师为萧泰定所作丹房寓隐图

(元) 钱惟善

结茅云里万尘空,辟谷相期伴赤松。
昼夜常明羽人国,春秋不老蕊仙宫。
飞腾舐药容鸡犬,蟠伏成形看虎龙。
缩地壶天应有术,愿辞羁绊问《参同》。

题秋溪钓隐图

(元) 华幼武

长林蔽秋日,飞雪捲秋旻。道人爱沧浪,为结白鸥邻。

渺渺泛舟楫，悠悠理丝纶。淡然适清兴，岂在鲈与莼。
伟哉桐江叟，千载高其人。笑彼桃源图，春花迷去津。

秋林隐士图
（元）华幼武

岩肩半掩白云深，木叶萧萧秋满林。
便欲操舟过溪上，一艒明月听弹琴。

题耕隐卷
（元）华幼武

屏迹躬南亩，殷勤为养亲。行歌农耒晚，归舞綵衣春。
菌阁青山近，柴门绿水新。玄纁不肯就，甘作太平民。

题云林子南村隐居图
（元）吴全节

山高白石秀，竹密绿阴浓。窗映风光埽，溪流月影重。

隐居图
（元）张雨

壶浆相饷过溪东，缟袂青裙笑语中。
何必桃源寻旧路，太平闲作祝鸡翁。

赋童梅岩隐居图
（元）马臻

庞公不爱入州府，自结衡茅住山坞。
蒸梨（藜）炊黍饱妻儿，幽事无人继前谱。
梅岩爱山存古心，卜筑更向青山深。
区区世事不掛齿，昼夜读书松竹林。

永让卢鸿传十志,图此知君有真意。
山中之乐何其多,白发心违我应愧。

营丘江山招隐图

(元)郭畀

健枝无冗笔,树外来江山。洲渚芦荻空,斜阳澹烟鬟。
归鞍倦危桥,短篷止荒湾。业渔古云乐,宁论晋宋间。
菰米蓴菜羹,妻儿有馀闲。坐令王李辈,濡毫破天悭。
展玩不去手,绿阴掩柴关。浩歌沧浪辞,濯我尘土颜。
悠悠江湖梦,隐者招不还。

李昇林泉高隐图

(元)郭畀

为厌繁华爱好山,幽栖赢得此身闲。
生平已足林泉兴,留取高名满世间。

缙云归隐图歌(送陈鲁山)

(元)唐肃

高堂雪壁云模糊,排君《缙云归隐图》。
缙云之山古仙都,千朵万朵青芙蕖。
侧闻轩皇此云徂,小臣白日攀龙胡。
至今瑶草甘露腴,食之百岁颜如朱。
陈侯十年戎马劬,腰间厌带黄金符。
侯封庙食何为乎?不如还山寻旧庐。
青林石道羊肠纡,上有袅袅哀猿呼。
陈侯是时骑蹇驴,卓鞭微吟落日孤。
山中之人夷皓徒,闻侯归隐应笑娱。
丹泉酿酒香拍壶,玉桃如瓜味如酥。

陶然一醉千日馀,侯不归来实侯愚。

寄题琐宪臣万户星湖钓隐图
(元) 王逢

箛鼓归来理钓丝,星连文石漾沧漪。
征袍渐喜团花暗,小艇还从细柳维。
边地雪霜怜马革,五湖烟雨梦鸥夷。
野人不待传双鲤,钓出珊瑚寄一枝。

山中隐居图
(元) 陶宗仪

小小茅茨住碧山,柴门无客昼常关。
移家更入云深处,城市终年不往还。

题梅隐图
(元) 张天英

昔者山人住杭州,和靖祠边水东流。
先人敝庐与祠近,取径政在山之幽。
广平梅花三百树,无复春风一处留。
芳烟野花开踯躅,落日林树啼鸺鹠。
黄昏娟娟湖里月,每为香影含孤愁。
长怀此花冰玉质,无之自足令人羞。
眼明波间双白鸥,亦复与世相沉浮。
不见梅花已凄怨,谁吹笛声湖水头?
青山难闻楚人调,白发易感商声讴。
吾庐亦岂能自爱,种梅遶屋宁嫌稠。
二十年间屡易主,归魂无梦花间游。
因观此图重叹息,万事何异水中沤。

知君断非充隐者，卜居梅花善自谋。
我独漂零江海上，悠悠千古一登楼。

山中清隐图

（明）汪广洋

王屋山前云气多，濯濯水流幽涧阿。
青松白石有如此，岁久不归生薜萝。

题隐居图

（明）宋濂

楼台倒景浸虚泓，嘉树擎寒不尽青。
何日过桥分半景，傍云同筑草玄亭。

题方方壶画钟山隐居图

（明）宋濂

飘飘方壶子，本是仙者伦。固多幻化术，笔下生白云。
白云缥缈间，拔起青嶙峋。似是朱湖洞，笙鹤遥空闻。
岂无许飞琼，烹芝吸华芬。鍊师从何来？面带山水文。
相期守规中，结菴在云村。心游帝象先，神棲太一根。
我受上清诀，卫以龙虎君。内含玄命祕，一气中夜存。
行当去採药，共入无穷门。

题清隐图

（明）张以宁

清隐山人行地仙，寻云独往不知年。
鹤翻松子惊碁局，鸥荡芦花逐钓船。
题句霜乾拈落叶，煮茶月静掬新泉。
尘中汗马多如许，一度看图一惘然。

题松隐图

（明）张以宁

苍苍藓石，谡谡云松。空山无人，明月在筇。
我思武夷，三十六峰。之子云迈，攜琴曷从？

题鲍典签芳坞隐居图

（明）刘承直

幽胜似仙家，缘云石磴斜。阴崖留积雪，晴树乱明霞。
寺远时闻磬，溪深未没槎。抱琴来谷口，多是识桃花。

题溪山小隐

（明）高启

何处溪山隐？衡门对野桥。晚风攜鹤子，春雨种鱼苗。
小径斜通竹，疏篱曲护蕉。人生闲自足，不用楚词招。

山泉隐居图

（明）张羽

日长侍立南薰殿，圣主从容正开卷。
内臣如鹄拥图书，诏许近前曾一见。
玉躞金题照眼新，三王二李迹未陈。
妙笔森芒洞冥漠，乃知今人非古人。
归来三叹北牕下，开屏见此新图画。
流淙百折掛石梁，古木寒松势相亚。
木末何人一草庐，山泉之人昔所居。
鸿胪寺里晚朝下，对此高堂心郁纡。
华亭柳湖眼中见，武陵桃源路岂殊。
老夫曾住康王谷，五老香炉映飞瀑。

乱来井臼今可存？因尔高歌望黄鹄。

园隐图（送方以常）
（明）徐贲

曾闻学圃成高隐，今日携书是宦游。
隔屋尚通分溜笕，傍溪宜觅看花舟。
菘葵尽作邻僧供，芋栗还凭野老收。
后夜月明江上梦，应随归鹤到林丘。

题刘汝弼东源小隐图
（明）苏伯衡

东源山水好，闻说似终南。种黍都为酒，诛茅小作庵。
过门人问字，看竹客停骖。亦有幽栖意，迟归我独惭。

题云林书隐图（赠梅江许宗显）
（明）高棅

爱尔江海居，清风继箕颍。起予丘中赏，逸兴探灵境。
粉墨含天光，丹青藏云影。牕开象湖阴，簾捲龙峰顶。
林静絃诵闲，波空棹歌冷。沧浪可洗心，白鸥待孤艇。

题五桥隐居图
（明）刘昭年

谁家作桥溪水头，茆堂四月如清秋。
白云已遇暮山碧，黄鸟不鸣春树幽。
紫髯背向孤舟立，记得仙源旧曾入。
雨打疎篷醉不知，桃花一夜新流急。

题赵仲渊家藏巨然山居旧隐图

（明）戴宗瑗

赵君生平有画癖，购画千金无所惜。
轩牕日夕耿晴虹，雁荡云烟动秋碧。
山居之图妙无敌，巨然乃肯留真蹟。
雄峰峩峩状庐阜，春风乔林翠如织。
柴门路入花竹深，彷彿茅茨浣花宅。
轻舟聚渔烟浪中，白石离离弄江色。
山人搆思固不易，造化神机出毫末。
摩挲两眼看不厌，赵君珍藏信奇特。
愧我无诗如杜陵。此画还君三叹息。

题秋山访隐图

（明）蓝仁

草堂闻有故人寻，野店山桥转石林。
渺渺白云行迳远，萧萧黄叶闭门深。
脱巾自漉牀头酒，卖药新修壁上琴。
世事匆匆良会少，一宵论尽十年心。

二隐图

（明）管讷

溪上放舟迴，山中负薪暇。一笑偶相逢，于焉遂清话。
宁知有秦晋，况复论王霸。回首總忘仉，青山夕阳下。

题王秉正云林清隐

（明）管讷

青林白谷水云乡，隐者深居一草堂。

百道松泉当户落，四时花雨入簾香。
门前车马红尘远，座上琴书白日长。
满目故家风景在，不须重画辋川庄。

瓢隐画歌
（明）虞堪

溪山昨日风雨来，溪上船子冲潮回。
白鸥微茫度岛屿，绿树恍忽迷尘埃。
烟昏气黑夜滂渤，石梁茅屋多倾颓。
壶公画里何悠哉，写此世外之蓬莱，弱水不渡良可哀。

题荷峰云隐图
（明）夏原吉

万仞荷峰插汉青，当年嘉遯若为情。
田园无限幽闲趣，车马不闻来往声。
半榻松风云卧冷，一溪萝月钓丝轻。
只今圣主求贤急，林下安能老钓耕。

题溪山深隐画
（明）王世贞

古木寒流一两家，紫门昼掩待归鸦。
何如只向人间住，与客攜壶踏落花。

溪山小隐图长幅
（明）李日华

山隐园林树隐家，石田茆屋是生涯。
双流灌玉收香秋，万壑跳珠汛落花。
松代笙簧风里奏，云开屏障岭头遮。

一生不踏红尘路,竹杖芒鞵步软沙。

题溪山深隐图
(明) 李日华

生来骨相落谿山,松作苍髯石作颜。
出语忽惊春瀑下,挂瓢时惹晚云斑。
悬崖堕果烦猨拾,绝壑迷笻信鹤还。
偶为修琴到城市,踏沙又见月初弯。

题谿山小隐图
(明) 僧一初

自我初陟浮丘峰,十年往还如梦中。
向来朋旧半白发,只有山色当时同。
青桤丛边数间屋,夜夜白云簷下宿。
道人心境云共闲,啸傲云林谢尘俗。
桥头野客行迟迟,归来似有东林期。
一声清磬万山暝,知是上方禅定时。

林泉归隐图
(明) 僧麟洲

居山岂为山,只爱此中闲。野菜何湴种,柴门不要关。
饭馀听涧落,经罢看云还。恐有寒山句,多题藓石间。

历代题画诗类卷第四十六

闲适类

题王荆公半山图

(宋) 刘宰

归来心事平,蹇驴踏秋风。举鞭问鬈奴,何如浣花翁?
道傍几高松,风来自相语。桃李今何之?岁寒予与汝。

题沈公雅卜居图

(宋) 朱子

往者仲长子,高情世无俦。一朝谢尘躅,卜筑娱清幽。
茆屋八九间,下有良田畴。后簪果垂实,前庭树相樛。
胜日宾友来,琴觞共舒忧。言论窾幽妙,理乱穷端由。
至今一卷书,凛然昭千秋。沈侯经济业,夙尚本林丘。
谈笑出幻境,寤言蹑斯游。仰睇白石冈,俯濯清瑶流。
旷然宇宙外,邈矣将安求。

题黄花幽居图

(金) 李献甫

层层佛屋贴山腰,山下幽居胜午桥。
物外人家无税役,闲中生事足渔樵。

鴈踰远嶂凌虚迥,人与高秋共寂寥。
何处人间景如此,便应归隐不须招。

山居杂画诗(六首)
(元)元好问

瘦竹藤斜掛,丛花草乱生。林高风有态,苔滑水无声。

石润云先动,桥平水渐过。野阴添晚重,山意向秋多。

树合秋声满,村荒暮景闲。虹收仍白雨,云动忽青山。

川迥枫林散,山深竹港幽。疎烟沉去鸟,落日送归牛。

涨落沙痕出,堤摧岸口斜。断桥堆聚沫,高树阁浮槎。

鹭影兼秋静,蝉声带晚凉。陂长留积水,川阔尽斜阳。

题山居图
(元)范梈

平湖含白水,断岸见青林。篱落初秋气,云山向夕阴。
养闲只用拙,避俗更怀深。为问舟中客,何如泽畔吟?

题娄仲英山居图
(元)成廷珪

近代几人画山水?郭畀无人朱敏死。
后之作者徒纷纶,得骨得皮谁得髓?
闻君埽却《山居图》,令我见之心独喜。
前山环伏如虎蹲,后山奔腾若龙起。

缘溪草堂星散居，嘉树阴阴云旎旎。
岂无採药古仙人，亦有看书两君子。
七十老翁居竹间，老去胡为在城市？
君如有意肯相过，貌得沧江弄清泚。

题山居图
（元）成廷珪

石子坡头松两株，水光岚气护幽居。
山翁被酒爱骑马，溪友放船来捕鱼。
秋色自随黄叶老，野怀常共白云舒。
何时卜筑如图画，竹下开轩更读书。

赵松雪山居图（二首）
（元）黄公望

春夏山中日正长，竹梢脱粉午飗凉。
幽情只许同麋鹿，自爱诗书静里忙。

丰草茸茸软似茵，长松郁郁净无尘。
相逢尽道年华好，不数桃源洞里人。

题太史杨公山居图
（元）张翥

湖上山居好，奎题压翠微。烟霞收旧色，林壑发清晖。
松晚看书罢，荷凉坐钓归。图中有真趣，须此挂朝衣。

题山居图
（元）陈高

层峦积翠色，中有嘉树林。幽人此避世，结屋山之阴。

攜琴出山去，独怀千古心。知音不可见，归路白云深。

山居图（二首）
（元）郑元祐

卑栖拙谋身，旷望时纵目。山气晓亦佳，烧痕晴自绿。
铄金攀松屑，解缨濯岩瀑。幽怀良自怡，谁云有延促。

惟是安僻境，本非薄荣名。松根听泉丛，溪边看云行。
夜雨下黄叶，春风开紫荆。物理有代谢，古人谁独生？

题山居图
（元）陈基

晓出城南二里馀，鸟啼花落暮春初。
杜陵韦曲山无数，何处林塘可卜居？

题山居图
（元）杨维桢

千涧沄沄一径通，长松尽入白云中。
征君更在深山处，满谷桃花烂熳红。

题李遵道山居图
（元）倪瓒

披图惨不乐，日暮渺余思。坐石看云处，空斋对榻时。
世途悲荏苒，墨气尚淋漓。惆怅骑鲸客，于今岂有之。

题山居图
（元）钱惟善

婆娑夏木荫清湍，终日看山罢钓竿。

绝跡不交当世士，野桥无路藓花漫。

山居图卷
（元）钱选

山居惟爱静，白日掩柴门。寡合人多忌，无求道自尊。
鹓鹏俱有意，兰艾不同根。安得蒙庄叟，相逢与细论。

水竹山居图
（元）吴镇

结茅山阴溪之曲，最爱轩窗对修竹。
四时谡谡动秋风，三径萧萧戛寒玉。
也知一日不可无，彼且恶乎免尘俗。
夜深飞梦邀湘江，廿五清絃秋水绿。

题刘文伟府判收藏山庄夜归图
（元）龚璛

盘桓长松树，莽苍归薄暮。惟应门外山，见我蹇驴去。
泠泠野水声，候子庄上路。亦有东林僧，分卧清寒处。

题高房山写山居图卷（并序）
（元）仇远

　　大德初元九月十九日，清河张渊甫贰车，会高彦敬御史于泉月精舍。酒半，为余作《山居图》，顷刻而成，元气淋漓，天真烂熳，脱去画工笔墨畦町。余方棲迟尘土，无山可耕，展玩此图，为之怅然而已。

我家仇山阳，昔有数椽屋。误落城市间，读书学干禄。
井枯灶烟绝，况复问松菊。如此五十年，一出不可复。
高侯丘壑胸，知我志幽独。为写隐居图，寒溪入空谷。

苍石压危构，白云养乔木。向来仇池梦，历历在我目。
何哉草堂资，政尔饭不足。视吾吾尚存，吾居有时卜。

双凤山居图

（元）张翥

双凤山人茅作屋，五云阁吏绣为衣。
写将潇洒沧洲趣，留待风流二老归。
岁月无情遗墨在，江湖多事宿心违。
寒藤古木江西道，惟有当年白鹇飞。

锦城方天瑞，玄英先生后人，得《白云山居图》，彷佛桐庐山中隐所。舜举真迹别有一种风致，漫系以诗

（元）仇远

翼翼山千朵，萧萧屋数间。石崖不可渡，门径几曾关。
绿树经秋在，白云终日闲。依稀镜湖曲，西岛水迴环。

题长白山居图

（明）宋濂

满地云林称隐居，燕泥污我读残书。
五更风急鸟声散，时有隔花来卖鱼。

题松鹤山居图

（明）贝琼

仙客卢敖东海头，好山百转接丹丘。
开田种玉一千顷，闭户读书三十秋。
云气上天如白鹤，茯苓入地化青牛。
年来浪迹吴淞道，梦里猨声忆旧游。

题陈允中山居图

（明）徐贲

昔年为客处，看图怀故山。今日还山住，俨然图画间。
泉来遶兰径，月出对花关。应知农事毕，高坐有馀闲。

题胡玄素画山居图

（明）徐贲

几度寻幽到涧阿，荒谿峻岭入烟萝。
白云九曲人家少，黄叶千林虎跡多。
试茗就当泉上饮，看花须向酒边歌。
相逢重忆山中客，独对新图奈别何！

霅溪翁山居图

（明）杨彝

门前野水可通渔，云里草楼方著书。
好山谁临北苑画，断桥我忆西湖居。
尘埃自著鸥鹭外，霜露正当鸿鴈初。
为报秋风摇落早，梅花消息近何如？

自画山居图歌（赠宜兴〔春〕朱隐君地理专门）

（明）虞堪

朱侯有隐居，乃在宜春间。东游久未已，浩荡忘其还。
山川神气具在眼，穷幽赜隐知何限。
黄河之源出崑崙。千里万里盘旋屈折支天根。
自从开辟分九州，大噫嚱噏生气浮。
縣延直接无尽头，奔澎不息入海流。
海门限水迴蛟蜃，碣石排风驻马牛。

从此山川极瓯粤，秦王之石禹王穴。
朱侯朝览赤城霞，暮看山阴雪。
山阴溪中钓鱼者，旧庐亦在青城下。
胸中丘壑浑天成，手把风云自挥洒。
窅霭外，鸿濛前，来龙起伏顷刻真宛然。
长松古桧亦偃蹇，不似草草生风烟。
朱侯长相见，谈笑共刮目。脱屦白石上，《沧浪》歌濯足。
爱山之癖奈侯酷，聊以寻幽画茅屋。
青山隔溪转，白云就簷宿。不短挂媛藤，颇长棲凤竹。
画成送侯当早归，越来溪傍花正飞。
春山蕨长荠菜肥，何待满树风雨钩辀啼。
朱侯朱侯，此别勿叹息，一饭劝君当努力。
但将鸡犬深入云，莫管桃花尽狼藉。
此画掛向草堂壁，读书万卷守勿失。
从教门前泥潦三尺深，深掩柴门莫轻出。

题山居幽趣图

（明）王翰

幽人爱岑寂，林下筑幽居。触石云生谷，通泉溜决渠。
鹤眠春院静，猿去晚林疏。时有采芝客，商歌振碧虚。

为常上人题在山图

（明）僧麟洲

一坞好山看数日，山山看尽又重看。
年来木石同心性，老去烟霞入肺肝。
春草涧深流水歇，夕阳钟早宿禽安。
为僧只合于斯住，些子尘中事不干。

李道人家山图

(金) 麻九畴

见说高斋住太行，溪山襟带古祠堂。
圭桐叶落周家雨，铁树根盘晋国霜。
烽火不堪耕夜月，画图犹可挂残阳。
自怜不及汾州鴈，春去秋来过石梁。

题裕之家山图

(金) 赵元

系舟盘盘连石岭，牧马澄澄倒山景。
山光水气相浑涵，中有元家旧庐井。
雁门一开豺虎场，驾言投迹山之阳。
青山偃蹇不可将，十年竟坠兵尘黄。
东岩风物知犹在，说与寄庵神已会。
一挥淡墨能似之，清辉远寄形骸外。
元家故山我与邻，梦见不如画图真。
旧曾行处聊经眼，未得归时亦可人。

题裕之家山图

(金) 刘昂霄

万里神州劫火馀，九原夷甫有馀辜。
作诗为报元夫子，莫倚家山在画图。

郭氏家山图

(元) 刘因

尘门烟影接隆中，翁媪通家社酒红。
只有山童最神俊，旧曾牀下拜庞公。

乡山图（为魏仲房题）

(明) 章敞

连山际东溟，层峦俨天设。阳林耀青葩，阴崖馀积雪。
原田莽迢递，烟霞互明灭。时菊萎旧裳，苍苔闽行辙。
云谷杳难寻，涧芳那可掇。怀故念易盈，览物意弥结。
游目惬心赏，幽期缅乖缺。一为庄舄吟，浩歌徒激烈。

题水邨图

(元) 龚璛

泽国渔无定，秋霜柳不彫。幽人意晼晚，此日画萧条。

寄题惠山华氏溪山胜概图

(元) 柳贯

山如尊卣溪如籥，洗刷秋山出深秀。
市尘飞不到亭皋，翠幌珠簾闲白昼。
主人晏坐与天游，收拾至乐归之酒。
丝管喑喑《大雅》筵，荃兰泥泥《离骚》亩。
以心观心乃如此，更为溪山发神媵。
水榭寨开寻丈间，物华捷出雕镂右。
客来问石石忘言，客去留云云为守。
惠山山中第二泉，水品古今夸满口。
井幹馀泫溢为澜，落砉飘来鸟惊救。
高人但取一赏足，择胜谁能占幽茂。
两腋清风起振衣，百年陈迹供回首。
寄声鸥鹭莫相疑。还我灵龟养耆寿。

题雪上张元之溪居卷

（元）陶宗仪

清溪流水白云关，处士高标玉笋班。
虚馆数楹愚刻似，好山十里画图间。
风前杨柳枝枝弱，沙上群鸥箇箇闲。
煮茗汲清童子小，引雏哺果鸟声蛮。
斫鱼自可开尊俎，肃客何妨响佩环。
避世武陵同绝境，濯缨还许散襟颜。

溪居图

（明）李进

画里溪山好，溪亭事事幽。阑干三面水，风月四时秋。
野老时分席，渔人每系舟。此中容隐逸，何用觅丹丘。

题林泉雅趣图（赠杜玉泉）

（元）谢应芳

泉翁爱山如爱客，到处好山皆莫逆。
脚根不浼京洛尘，面纹长带烟霞色。
奚童抱琴翁曳屦，长日山中看流水。
万松清籁响如絃，满地白云吹不起。
桂花萝月秋复春，野花幽鸟情相新。
巢由相去数千载，黄绮以来能几人？
山巅水涯风物美，都在我翁诗卷里。
庄周梦蝶蝶梦周，览是图者同天游。

张礼部溪山真乐图

（元）许有壬

悠悠春天云，想见平时闲。独游溪桥上，暮宿山堂间。

澹然不知愁，亦复忘所欢。出山初无心，既出还思山。
苍生待霖雨，欲归良独难。山堂怅何许，萧萧松桂寒。

王叔明林泉清话图
（元）吴镇

落日秋山外，霜林莫霭中。相看无俗处，生事有谁同？

题林泉雅趣图
（元）丁鹤年

清江白石带疎林，樊口幽居尚可寻。
梦里草堂无恙在，秋风春雨总关心。

溪山入梦图卷
（明）李日华

钓罢轻舸且荡烟，远山遮尽近留巅。
不须更怯笭箵雨，江树低梢好系船。

李野斋别墅图
（元）袁桷

别墅依平陂，翳翳桑麻阴。田翁理农具，晴云起遥岑。
于时春事初，佳树响鸣禽。先生朝出游，呼童佩瑶琴。
仲也行比肩，叔也声相寻。兴至或坐石，临流散虚襟。
有客攜酒壶，劝我手自斟。共言羲皇时，古风蔼淳深。
巍巍居仁里，盛德世所钦。三凤在高冈，参飞起清音。
恂恂化卑让，岁往犹传今。披图俨见之，慰我夙昔心。

题朱泽民所藏段吉父应奉别业图
（元）贡师泰

远山何盘桓，近坞亦连属。潜飙礴阴崖，鲜云荡阳谷。

飞楼表层巅，石梁跨悬瀑。参差众树丹，夭矫双松绿。
谁与契嘉宾，雅会谐所欲。临流引霞觞，拂石罗野蔌。
开图对华轩，聊以慰贞独。

题段吉甫助教别墅图
（元）余阙

玉署挂新图，知君旧隐居。峰高诧霞上，叶变是秋初。
游客看常在，溪声听却无。只此同登望，岂必命柴车。

题孙宫允贞甫松江别墅图（三首）
（明）廖道南

云林开鹤圃，池馆入鸥波。竹坞萦芳草，松轩袅绿萝。
湖光天外尽，山色雨馀多。谁识幽人思，江舟一钓蓑。

独爱云间国，幽栖江上山。洞天增地胜，沙月伴人闲。
池挹芙蓉秀，林滋芝蕙颜。缅闻长啸处，仙驭杳难攀。

遥怜天上侣，宛在水中居。倚树看云起，移花趁雨馀。
琅函仙子录，石室史臣书。尽日穷幽事，濠梁独羡鱼。

江邨别墅图（三首）
（明）薛蕙

竹翠周遭户外，溪声直达牀前。
两耳不闻车马，四山只有云烟。

石磴初安茶臼，篆烟时拂纱牕。
天外青山历历，门前白鸟双双。

日暖茅簷燕舞,风轻墙角花红。
手把《黄庭》一卷,坐消满榻清风。

题宋春卿城市山林
（元）郭昇

功名身外聊复尔,丘壑胸中实过之。
盘谷寿康怀李愿,辋川潇洒友王维。
何人使气铁如意,老子放怀金屈卮。
市井收声良夜永,竹风山月乱书帷。

题城市山林图
（元）陈旅

城市山林路不分,画桥骑马是征君。
树头粉蝶连青嶂,陌上红尘乱白云。
水港柳深莺唤友,阳坡草暖鹿为群。
滑稽谁似东方朔,更向金门避世氛。

王叔明邨舍图
（明）吴宽

田间雨过骑秧马,箔底烟生馁火蚕。
偶看王翁邨舍景,翛然午枕到江南。

邨居图
（明）僧妙声

东邨有隐者,素发飘垂领。几上种树书,门前钓鱼艇。
秔稌风露深,葭菼水天永。云飞洞庭小,花落春户静。
怀哉古逸民,披图发孤咏。

题郁氏古邨图

(明) 僧智舷

仲夏喜无事,披图探野趣。不离方寸间,写出几邨树。
鸟道入高冥,人家在烟雾。溪口挽钓船,草际横桥路。
是谁幽栖士,遗韵宛如故。掩映屋东西,松竹凌霜露。

历代题画诗类卷第四十七

闲适类

松雪翁桐阴高士图
（元）邓文原

玉立桐阴十畒苍，讬根何必在朝阳。
迎风簌簌秋声早，洒雨阴阴月色凉。
胜事只消琴在膝，野情聊倚石为牀。
高人自得坡头趣，不为花开引凤皇。

题秋林高士图
（元）郑韶

山磴坡陀细路平，石桥流水雨初生。
绝怜童子惊秋色，听得空林落叶声。

题赵千里高士图
（元）郑东

题诗日日树阴傍，不断清风洒石牀。
骑马出门尘似海，百年都只为官忙。

题高士图

(元) 龚开

雪气侵人卧欲僵,苦劳明府到藜牀。
主宾问答皆情话,何用闲名入荐章。

题高士图(二首)

(元) 周驰

僵卧空斋尽耐寒,门前行路雪漫漫。
投炎附热非吾事,一任人将冷眼看。

门巷萧条雪已深,空斋展转泥重衾。
就令僵死亦闲事,可见世间君子心。

题高士图

(元) 陆文圭

晓看嵩少玉嶙峋,枉驾应怜处士贫。
令尹若能为保障,长衾尽覆洛阳人。

题高士图

(元) 倪瓒

赐也货殖宪也贫,宪贫非病衣已鹑。
未若箪瓢颜氏子,陋巷所乐皆天真。

和华以愚韵兼题所画春山高士图

(元) 倪瓒

扁舟溪上数来过,白发残春奈我何。
柳絮如烟迷晓浦,杏花飞雪点春波。

林扉有客图丘壑,石室何人带女萝。
欲和华山高隐曲,羁愁悽断不成歌。

题林亭高士图

(元) 陶宗仪

岩壑衣冠逸士,松篁琴酒闲亭。
坐看云生远岫,一江春水泠泠。

赵海宁长松高士图

(元) 陶宗仪

春雷唤起苍龙蛰,鳞甲蜿蜒云气湿。
道人长镵劚茯苓,半天风雨山精泣。

题画抱琴高士

(元) 陶宗仪

重重绿树护清溪,欲觅知音路转迷。
布袜青鞵吟未了,又随野色过桥西。

题画停舟高士

(元) 陶宗仪

落落长林水一湾,绿阴多处白鸥闲。
畏途尘满无心踏,独坐船头看晚山。

题梅鹤高士图

(元) 陶宗仪

月鸣孤鹤唳前汀,一树寒梅护石屏。
香篆已消童子倦,道人犹对《蕊珠经》。

松石高士图

（元）张天英

松树连冈山石幽，萧然冠履白云秋。
只愁畏垒无尸祝，不惮长年为尔留。

林泉高士图

（元）张雨

我本玄真老孙子，意讬纶钓相娱嬉。
浮玉山前一瓢酒，颇恨时无颜太师。

题秋林高士图

（明）高启

二仲有玄赏，相攜在中林。遐景延迥步，微言谐素襟。
天秋谷响哀，日暝川光阴。风驶多委叶，山空少归禽。
逶迟临长冈，迢递指远岑。谅非羁离客，讵用愁登临。

竹林高士图

（明）高启

竹深斜日在，独鹤见扉开。谁顾闲居者？惟应二仲来。

马远古松高士图

（明）吴宽

寄傲天地间，不为俗士知。九衢纷车马，有足难并驰。
偶来长松下，时复一解颐。手持白鹤羽，万事付一麾。
吾心在太古，身即太古时。所以陶渊明，羲皇不我欺。
须臾白云起，青山变容姿。即此见世故，长歌返茅茨。

湖亭高士图

(明) 吴宽

百顷平湖望若空，游人如在水晶宫。
日长对此消炎暑，高阁安能著病翁。

秋林高士图

(明) 王彝

岚峰半残阳，彩翠明林杪。僧坞远钟微，归人下山少。
风杉落叶响，惊起栖烟鸟。携手愿言旋，前邨月初皎。

桐阴高士图

(明) 李日华

水流碧梧间，人坐夕阳坞。清意浸诗骨，清语不及吐。
仰睇高云中，叶叶自起舞。

松下幽人图

(元) 元好问

秋风谡谡松树枝，仙人骨轻云一丝。
不饮不食玉雪姿，竹宫月夕频望祠。
竟不下视斋房芝，人间好手乃得之。
眼中扰扰昨暮儿，画图独在羲皇时，予怀渺兮幽林思。

幽人图

(元) 刘因

无媒路迳草萧萧，山鬼修篁路转遥。
手撚幽香意何远，为谁终日面岧峣？

涧响无心和《考槃》，云容有意近长安。
野猿窥破中宵梦，却恐山灵不易瞒。

次韵子瞻子由题憩寂图（二首）
（宋）黄庭坚

松舍风雨石骨瘦，法窟寂寥僧定时。
李侯有句不肯吐，淡墨写出无声诗。

龙眠不似虎头痴，笔妙天机可并时。
苏仙漱墨作苍石，应解种花开此时。

赵仲穆画看云图
（元）顾瑛

青山与浮云，终日淡相守。山为云窟宅，云为山户牖。
无心成白衣，有意变苍狗。人情亦如云，寄语看云叟。

赵仲穆画看云图
（元）吴毅

落日杖藜溪上行，溪流十里带松声。
辋川诗意无人领，坐对南山云气生。

赵仲穆画看云图
（元）张宪

松头自与峰峦黑，云景何如水意闲。
放下瘦筇成小憩，不妨坐对日衔山。

题赵仲穆看云图
（明）僧元璞

旧游清苕上，爱看弁峰云。稍将春雨度，始见远林分。

起灭悟真理,逍遥遗世纷。于焉自怡悦,永怀陶隐君。

野老看云图
(元) 刘永之

文湍激幽涧,白云流远山。偃仰长松下,延眺一怡颜。
清风拂素服,瑶花落树间。拾薪青烟际,煮苓供晚餐。
耽此丘中赏,竟日未言旋。

题秋谷耕云图
(元) 马祖常

突兀秋云不可耕,槎牙老树半枯荣。
上京玉署清凉境,闲伴鳌峰作弟兄。

题倪元镇耕云图
(明) 宋濂

看院留黄鹤,耕云种紫芝。天下书读尽,人间事不知。

避暑图
(元) 黄溍

一丘一壑古遗民,十里清风不属人。
闲对青山挥白羽,世间何物是红尘?

竹深避暑图
(元) 陶宗仪

万竹林中草缚菴,溪声隐隐隔云岚。
日长客去收经卷,一枕清风睡正酣。

避暑图
(元) 张雨

雪藕冰盘斫鲙廚,波光簾影带风蒲。

苍生病渴无人问，赤日黄埃尽畏途。

二老雪行图（二首）
　　　　　　　　　　（金）李献能

自笑胶胶扰扰身，十年匹马走红尘。
何时雪满平生屐，太华峰前约故人。

抱琴冲雪又冲风，二老风流阿堵中。
未似邨翁眵抹眼，火炉头上话年丰。

二老雪行图
　　　　　　　　　　（元）李澥

雪明万仞邺西山，杖屦平生几往还。
满眼京尘空对画，何时真似两翁闲？

雪谷早行图
　　　　　　　　　　（元）元好问

雪拥云横下笔难，争教万景入荒寒。
诗翁自有无声句，画里凭君细觅看。

雪谷晓行图
　　　　　　　　　　（元）袁桷

过翼凄凄岩谷，旷怀纳纳乾坤。
我欲相思命驾，人犹高卧扃门。

谢处士载月图
　　　　　　　　　　（元）刘因

扁舟西子五湖过，谢客西风两鬓皤。

一种清风明月底,凭君试问夜如何。

溪桥步月图

(元)刘因

山中有幽人,独步溪桥月。莫问兴如何,披图亦清绝。

题东山翫月图

(元)黄庚

斜阳红尽莫云碧,一片天光涵水色。
海涛拥出烂银盘,千里婵娟共今夕。
主人领客登东山,踏碎寒光看秋液。
星河倒影浸空明,露华漙玉夜气清。
冯夷激水水欲立,海若辟易天吴惊。
孤舟卷帆(帆)泊烟屿,古木撼窣生秋声。
凭高人在金鳌背,闲看潮生烟渚外。
老龙翻海云气寒,长鲸卷雪浪花碎。
茫茫万顷沧浪中,屹立孤峰锁苍翠。
山巅埽石罗尊罍,宾主传杯不放杯。
骚客掀髯赋诗去,山童踏月携琴来。
剧谈浩饮不知醉,仰天长笑欢颜开。
倒著接䍦欲起舞,乾坤清气入肺腑。
天边风月空四时,眼底江山自千古。
谢安蹑屐游东山,袁安登舟宴牛渚。
庾亮南楼今在否,坡仙赤壁知何许?
满眼往事转头空,千年人物俱尘土。
人生光景若湍流,霜痕易点双鬓秋。
胸中勿著尘俗事,眉间休锁名利愁。
我辈适意在行乐,古人所以秉烛游。

月山追忆旧游处，尽写风烟入缣素。
我来见画如见景，想像高唐犹可赋。
诸君后会应可期，云萍合散今何之？
安得扁舟澉川去，日与杖屦相追随。
登山把酒醉明月，共看此画歌此诗。

题秋江月夜摘阮图（二首）
（元）王恽

玄璧朱絃激烈闻，纵横词舌得仪秦。
忘言何似陶元亮，直作羲皇向上人。

易水悲风动急弹，小絃铿尔摘铜丸。
多应一片松梢月，併入茅亭作夜寒。

王梅叟溪山对月图
（元）程钜夫

明月照飞瀑，倒泻清溪曲。
溪上一株松，亭中人似玉。

题顾秀才所藏舟中看月图
（元）成廷珪

放船晚作南湖游，一葫芦酒当船头。
白云翻衣紫霞帔，松风吹发寒飕飕。
少焉月出影零乱，散作百顷玻瓈秋。
有月复有酒，不饮令人愁。谪仙在何许？空葬青山头。
我家草堂月更好，何如返櫂归来休？
归来休，痴人不饮月亦羞。
素娥起舞我摘阮，对饮何必论觥筹，千载与月同风流。

题李公略示高郎中吴山观月图

（元）仇远

凭高宜晚更宜秋，下马归来即倚楼。
纳纳乾坤双老眼，滔滔江汉一扁舟。
满城明月空吴苑，隔岸青山认越州。
李白酒豪高适笔，当时人物总风流。

题万岁山翫月图

（元）丁鹤年

金银楼观郁嵯峨，琪树风凉秋渐多。
徙倚危阑倍惆怅，月中犹见旧山河。

江贯道清江泛月图

（明）谢应芳

吾闻老郭之传许与江，山水绝笔称无双。
此图夜景江所作，彷彿秋声动林壑。
长江澄澄月在水，远山苍苍树如蚁。
如此江山夜放舟，若人真是逍遥游。
尔来一百四十载，陵谷变迁图画在。
世无苏李两诗仙，赤壁采石俱萧然。
老夫此兴固不少，解裘亦足酤清醥。
出门有碍行且休，不如烧香看画楼上头。

观瀑布图

（宋）刘宰

仰观山糢糊，俯视山历历。见卑不见高，此恨通今昔。
观者笑且言，画手非用力。

安知画工心独苦,世上悠悠几人识?
君看白练飞,杳不见来跡。疑从九霄中,直下恣喷激。
六月天无风,大暑铄金石。此景独清凉,飞雪洒石壁。
此岂银河翻,馀派堕空碧;抑岂龙门决,洪波注八极。
方知画者心,不止存目击。山上更有山,去天不盈尺。
丹崖与翠巘,群仙所游息。烟云不可到,日星在几席。
甘露被草木,醴泉出岩隙。流落人间者,万派只馀沥。
知画岂予能?因画重悽恻。圣贤言外意,未可纸上得。
所以说诗者,要在以意逆。
安得画外观山人,共向书中探端的。

李咸熙山人观瀑图

(元) 黄公望

匡山过雨泻飞流,遥望香炉翠霭浮。
试诵谪仙清俊句,浩然天地与神游。

题刘尧辅观瀑图

(元) 丁复

刘侯校书天禄阁,向人辄作山水画。
长峦老树翠盖欹,转瀑崩崖练花泻。
玄冠白袍问子谁?濠梁漆园避世者。
京师尘起碧于云,炎州瘴来疾如射。
挥毫定忆龙河上,挟书久睨匡庐下。

题傅商翁观松瀑图

(元) 刘永之

山风萧萧昼寂历,长松落落倚绝壁。
紫烟乍留青巘中,瀑布迸落苍厓石。

山中之人形骨清，幅巾杖藜时独行。
溪回陡绝去无路，坐抚瑶琴摹剑声。
我亦平生慕真赏，十年悮（误）落江湖上。
故山萧条久不归，夜雨秋衾梦常往。
人生适意无是非，云林久与幽人期。
九节预裁青竹杖，明朝试拂薜萝衣。

题观瀑图
（元）陶宗仪

千峰紫翠插芙蓉，上界招提有路通。
更向石桥观瀑布，玉虹万丈挂晴空。

题清暑观瀑图
（元）陶宗仪

隔岸林泉照眼清，玉虹千丈挂空青。
松风谡谡凉如洗，一段匡庐九叠屏。

观瀑图
（明）陈颢

碧落无尘秋气高，白云捲空如海涛。
山人避俗事幽讨，眼明八极穷秋毫。
就中匡庐有佳色，飞流倒泻三千尺。
初惊白虹饮涧泉，又拟玉龙挂岩壁。
万里长风吹不收，坐令毛骨寒飕飕。
漆园傲吏去已远，长庚仙人今在不？
我生素志亦丘壑，苦因笔砚相缠缚。
何当卜邻如此图，听水看山一生乐。

李咸熙仙客临流图

（元）黄公望

驰驱十载长安道，立马溪边暂息机。
坐久竟忘归路晚，半空飞沫湿絺衣。

题秋林瞰泉图

（明）周叙

草堂住在清溪上，雨歇秋林郁森爽。
幽人无事日凭栏，俯瞰流泉惬心赏。
流泉百折穿翠微，凉波粼粼秋日辉。
飞空琮琤韵琴筑，溅石错落翻珠玑。
幽人对此情怡怿，顿觉烦襟坐来息。
一声何处歌《沧浪》，云水萧萧动寒碧。

观泉图

（明）李东阳

空山落叶无人管，长林苍苍秋日短。
飞泉百尺堕空濛，下注寒潭作深浅。
淅沥如同带雨来，飘摇忽被风吹断。
忆向山中初听时，乍近却疑身在远。
幽寻僻探始得之，毛发萧骚不容绾。
鹦鹉江洲竟趋翻，匡庐瀑布谁分剪？
世间奇胜自有地，应恨入山来已晚。
十年双袂京尘满，亦欲相从为一浣。
安得图中二老翁，芒鞿竹杖长为伴？

历代题画诗类卷第四十八

闲适类

题耕云征士东轩读易图（次韵三首）
（元）邓文原

衡门寂寂有儒风，相对高人笑语同。
何必隔篱沽取醉，新诗初就竹炉红。

棐几清疎无俗物，图书杂沓有仙言。
晚来静倚南窗下，始识山林道味尊。

悠然结屋对南山，好鸟忘机自往还。
昨夜天风吹月下，黄金散布一林斑。

次云林韵题耕云东轩读易图（次韵三首）
（元）吴镇

山堂昨夜起秋风，景物萧条便不同。
岂是天公嫌冷淡，故将林木染黄红？

高人相对东轩下，竟日曾无朝市言。
几卷图书几竿竹，天香冉冉泛芳尊。

云林点笔染秋山,往道荆关今又还。
别去相思无可记,开缄时见墨纤纤。

题倪云林赠耕云东轩读书图
（元）黄公望

君家书屋锁闲云,庭前丛桂吹清芬。
东轩虚敞坐良夜,扑簾香雾来纷纷。
金吹不动露华洁,月里仙人降瑶节。
奇葩点缀黄金枝,灵种移来白银阙。
秋林潇洒秋气清,千竿修竹开前槛。
自是燕山尚清贵,不与桃李争芳荣。
花下诗成日未尽,更喜幽人往来近。
清绝何如元镇图,应识耕云是高隐。

清溪道士点易图
（元）吴师道

图像堙微久失传,或从方外得先天。
姓名不落人间世,亦有清溪点《易》仙。

梅南道人读易图
（元）丁鹤年

画省归来谢缙绅,傍梅观《易》最清真。
孤根下应先天气,太极中含大地春。
傲睨乾坤双老眼,婆娑香影一吟身。
岁寒莫问调羹事,且作耆英会里人。

春山读易图（为都元敬题）

（明）吴宽

山中春雨过，嘉树如新沐。鸟语时复间，惟闻涧声续。
对此一欣然，孤怀浩无欲。便攜童冠人，詠归效沂浴。
归来亦何事，妙意溢春服。寤寐羲文间，手持一编读。
惓惓济时心，愿言均发育。

秋磵著书图歌（赠画工张仁卿）

（元）王恽

引生写出秋磵图，先生胡为此游居？
知余读书乐幽寂，况复野麋之性宜与水石俱。
西风萧条秋气馀，浮云身世将何如？
江蓠讬詠太哀怨，老松卧壑甘扶疏。
逢时不作栋梁用，且须著论希潜夫。
盘盘涧曲深几许？长吞远汜知攸徂。
百川横障使东往，细大不择羞潢汙。
《考槃》有歌谁与伍？山鸟山花吾友于。
张画师，王宰徒，云烟落纸何舒徐！
吾今屏居日已久，为我作此真良谟。
平生未尝学，学焉于此初。
古人尚友无老壮，要欲静泊志可明而远可逾。
骎骎晚景几桑榆，不知此去静泊得似画中无？
目明神王骨相臞，一丘一壑著幼舆。
毕此一事为成书，此外何有于余乎？
此外何有于余乎！

周文矩勘书图

（元）王恽

宫槐阴合玉堂清，书叶翻香入细听。
内苑近来游宴少，太平天子要传经。

题骑牛读书图

（元）陈樵

朝看书骑牛，出去日上初；暮看书骑牛，归来日欲晡。
朝朝暮暮看书卷，还虑牛饥无牧刍。
家贫本分辛勤过，平时敢望闲工夫？
人生衣食皆有馀，弃之不学将何如？

山中读书图

（元）陈高

远山如蓝近山绿，前门苍松后门竹。
幽人读书楼石根，有客拏舟访溪曲。
白云冉冉落虚窗，清风泠泠散飞瀑。
林泉深处隔红尘，便欲相依结茅屋。

茅屋读书图

（元）刘永之

峨峨苍山，白云冒之。灵液渗漉，泻为清漪。
带我林薄，环我蓬茨。春日载阳，卉木华滋。
呦呦鹿鸣，泛泛浮鹥。叙此幽独，理我琴册。
嗟彼圣贤，遗我令则。顾瞻周道，零露在草。
驾言从之，中心慄慄。涧有兰茝，山有蕨薇。
逍遥卒岁，皓首为期。

秋林读书图（为章光远赋，二首）

（元）刘永之

疎雨稍侵竹，轻飔已满林。山窗敞虚寂，席户映深沉。
蟏蛸或降几，蜗牛时触琴。酌酒磐石上，把卷高梧阴。
披览未终帙，繁思浩盈襟。羲农倏已远，叔季递荒淫。
怀哉鲁连子，轻世有遐心。愿保金玉体，遗以瑶华音。
行当拂尘服，就子碧山岑。

离思方萧索，况复暮秋馀。哀兰空委露，残荷已委渠。
独忆西风宴，还伤北涧居。忧来遶庭树，闲拈坠叶书。
霜露日凄凄，园林烟景变。落日薄寒塘，斜日明秋甸。
陶尊湛清醑，瑶枕含幽怨。寂寞西牕下，时闻山鸟啭。

林泉读书图

（元）王蒙

虎斗龙争万事休，五湖明月一扁舟。
绿簑衣上雪飕飕，雪月光中垂钓钩。
钓得鲈鱼春酒熟，仙娃酒酣娇睡足。
彤胡炊饭斫鲈羹，一缕轻烟燃楚竹。
蓬窗晓对洞庭山，七十二峰青似玉。

林泉读书图

（元）王蒙

调古世寡和，材疎自无群。种玉閟奇术，还丹隐玄文。
披裘负薪士，拾金世所闻。虽无箕颍节，亦不慕高勋。
石田长芝草，暮春自耕耘。曲肱抱耒耜，长歌至日曛。
所乐良在兹，没岁复何云。

题赵廷采溪亭读书图

（元）陶宗仪

溪山高处构茅亭，四面芙蓉朵朵青。
新水夜来添一尺，湘簾高捲昼横经。

云林读书图

（元）唐肃

非缘轻世俗，元自绝尘埃。林屋衣兼润，风牀书半开。
琴声常唤鹤，屐齿不伤苔。长日哦诗罢，山云当客来。

题张元傑草堂读书图

（元）释良琦

昨日雨晴归碧山，桃花满涧水潺潺。
岚光入壁图书润，草色侵帷枕席闲。
莫问山灵嫌客至，偏怜松月待人还。
张郎有志能遗世，白发相期水竹间。

读书图

（明）张羽

幽栖出尘表，修翠连松竹。袖得碧苔篇，闲来石上读。
日暝欲忘还，山空人转独。

野亭读书图

（明）徐贲

书声流水共泠泠，落木寒山路隔汀。
不是秋来易伤感，夕阳风景似新亭。

题云深读书处

（明）陈振

卜居静爱钵池山，山下云深一径闲。
万卷图书连几案，九街车马隔尘寰。
茶烟暝出空濛表，灯火宵分杳霭间。
有客问奇常载酒，林扉尽日不须关。

题作读书图与孙令弘

（明）李日华

抛却书编便看山，不教双眼落尘寰。
有时合眼还成梦，梦入天都校马班。

题刘金吾牛山读书图（二首）

（明）董其昌

青黎山馆瞰澄江，左手《离骚》右玉缸。
身作蠹鱼游册府，闲看带草长芸窗。
征南注《左》甘称癖，圯上传书气未降。
壮尔百城真坐拥，邺侯如邻不成邦。

千峰选胜著西京，讵许顽仙厕会盟。
白芷青兰时照眼，乌丝翠袖不胜情。
諛恩故有双龙在，征事堪令半豹惊。
见说边烽劳仄席，肯容定远又书生？

题王叔明野艇观书图

（明）吴宽

泊舟野水际，不作水嬉谋。舟中载书卷，隐志于焉求。

坐处书在手，卧时书枕头。何须有酒饮，始足销吾忧？
日暮渔翁返，临溪劝少留。还乘明月出，同向太湖游。

阅书图
（明）丘濬

端居阅古编，雅服称畯儒。清晨掩关诵，乙夜犹呫吾。
静观天人妙，远泝洪荒初。匪徒掇其英，亦以味道腴。
继世有贤嗣，一日五行俱。父积子能读，因之见馀庆。

阅书者倚老树
（明）徐渭

尔自作蠹鱼，我不阅一字。逢著好树根，抱著枕头睡。

随月图
（明）高启

空斋无短檠，愁度新凉夜。青天素娥出，馀辉独堪借。
达曙愿徘徊，莫逐秋河下。

映雪图
（明）高启

籊雪不能埽，留映寒牕白。书字细如蝇，坐看还历历。
华灯照歌帐，谁似南邻客？

课读图
（明）张邦奇

白日扃重门，书声彻林木。
先生谢政早归田，手把经书课儿读。
君不见陈太丘，但贻谷，世世朱轮与华毂。

题吴门赵时俊山楼文会图

（明）陈颢

楼居百尺谢嚣尘，良会攀跻属隐君。
望处有山皆入画，坐中无客不能文。
一簾花气香春酒，半榻茶烟暝夕曛。
自是高怀尚清事，风流不羡醉红裙。

荆浩秋山问奇图

（元）邓文原

木落千林秋气新，虚亭寂寂不生尘。
悠然危坐草玄者，不负山桥问字人。

荆浩秋山问奇图

（元）吴镇

霜落林端万壑幽，白云红叶入溪流。
朝来尚有寻真至，共向山亭领素秋。

春山诗意图

（金）赵秉文

何年身入画图传？似是三生孟浩然。
诗句工夫驴背上，醉乡田地酒旗边。
一川芳草绿堪染，夹路杏花红欲然。
想见归来泥样醉，却如蘸水柳三眠。

题草亭诗意图

（元）吴镇

依邨构草亭，端方意匠宏。林深禽鸟乐，尘远竹松清。

泉石俱延赏，琴书悦性情。何当谢凡近，任适慰平生？

题诗意图
（元）陶宗仪

杖藜访友趁（趁）萧闲，採药山中待未还。
流水石桥松影合，溪童指点乱云间。

诗思图
（明）解缙

昨日孤山雪后过，犹怜鹤伴费吟哦。
即今人在青天上，一鹤相随亦厌多。

题王维诗意图
（明）李东阳

平田渺成湖，仲夏月多雨。汀鹭湿不飞，林莺涩还语。
邨烟多乞邻，饐饷常及午。柴门无锁钥，出入随杖屦。
白鸥似相识，亦足忘尔汝。王丞诗家流，画格亦天与。
君看百代遗，摹搨尚如许。吾生慕丘壑，偶此系冠组。
试问松下翁，几人同出处？

题李平夫画黄山蹇驴诗图（二首）
（金）赵秉文

浮光林杪水参差，意想先生得句时。
千古黄山山下路，蹇驴不是少人骑。

三十年前济水东，诗中曾识蹇驴翁。
如今画出推敲势，却恐相逢似梦中。

李咸熙秋溪清咏图

（元）黄公望

万壑千岩拥翠螺，人家处处掩松萝。
溪头静坐者谁子，赋就新诗拟伐柯。

题秋雨长吟图

（元）杨载

雨暗秋天黑如墨，穷居茅屋出不得。
终日长吟复短吟，吟罢令人转悽恻。
饥猿抱树屈双肘，病鹤拖泥垂两翼。
何当策杖过溪头，要看南山青翠色。

题吴生雨吟图

（元）范梈

江雨四时昏，故人家远邨。如何一见面，还又两忘言？
老树经蛟泪，空花断鴈魂。由来前日画，妙手出吴门。

题山堂会琴图（二首）

（元）王恽

静夜山堂万籁沉，抱琴来写古人心。
筒中真趣知谁会，门外松风是赏音。

圣贤思治先琴事，子贱为邦舜阜民。
莫讶松轩来会数，要从心指起经纶。

跋运使张君会琴图

（元）王恽

雪径寻无路，东林素有期。琴丝冻欲折，风袖晓还披。

伟观疑韩愈，幽林付颖师。无由陪杖屦，只悟画中诗。

山亭会琴图

（元）余阙

连山环绝壑，云木乱纷披。中有抱琴者，有如荣启期。
萧然人不去，问子欲何为？

手掐桦皮弹琴图

（金）赵秉文

何人聊幻巧，袖里见毫端。道眼无二见，心齐废六官。
烦君无耳听，寓我非指弹。攂却伯牙手，秋风万籁寒。

智仲可月下弹琴图

（元）元好问

莫春舞雩鼓瑟希，琴语解吐胸中奇。
谁言手挥七絃易，大笑虎头真绝痴。
北风萧萧路何永，流波汤汤君自知。
三尺丝桐尽堪老，儿童休讶鹤书迟。

道士弹琴图

（元）马祖常

龙门千尺高桐树，天上移来石上栽。
斲得春雷鸣玉涧，青鸾黄鹄一时回。

弹琴高士图

（明）杨基

江静月在水，山空秋满亭。自弹还自罢，初不要人听。

题马远山月弹琴图

（明）王世贞

与君试弹三两絃，中有流水仍高山；
与君试听山与水，怳若泠泠合宫徵。
试问此声当属谁？道人指爪如金锥。
划然一鸣天地白，初月何情为谁色？
丹清谱出无声琴，却借青眼成知音。
声空色空人已矣，彼图我歌皆幻耳。

鼓琴图

（明）刘泰

不向王门作从伶，独横焦尾作云汀。
钟期老去知音少，弹与秋江白鹭听。

题操琴图

（明）丘濬

幽人事嘉遁，开轩对阳明。兴来拂瑶轸，畅我平生情。
心中有真趣，指下无繁声。上絃叶凤薰，下絃谐凤鸣。
坐觉胸襟开，尘滓顿以清。纷纷浊世中，入耳皆瑟筝。
何当谢尘务，枕流阶下听？

玉堂鸣琴图

（明）谢承誉

午夜奎光满木天。文华烨烨应才贤。
宫签次第联斋席，御帙分张近讲筵。
帝本无为封事少，士真有幸宠恩偏。
紫薇花下风簾静，为续《南薰》补舜絃。

题携琴访友图

（明）高启

孤骑复孤琴，披岚入涧阴。远寻君莫讶，城市少知音。

携琴访友图

（明）谢常

秋林红叶晚萧萧，乘兴攜琴过野桥。
人在翠微寻不见，白云如练束山腰。

携琴图

（明）陈宪章

松崖日暮水声深，何处攜来绿绮琴？
磵石隔林人不见，只疑罔两是知音。

题松下携琴图

（明）张邦奇

碧山悠悠高插天，尽日松风鼓天籁。
造物以我为知音，许我山中独行迈。
我亦攜琴欲和之，此心已寄浮尘外。
聋俗繁音恐不闻，天地无声亦应解。

题戴进山水抱琴图歌

（明）瞿汝稷

呜呼清角不复见，玄鹤已去悲风呼。
裨海齐州一反掌，乾坤莽莽知音孤。
曲高节疏苦欲睡，白首人间空见图。
就之忽惊云木动，沈笔欲下还踌躇。

千岩峥嵘万壑趋，松桧漠漠烟峦殊。
前有豕麇后虎貍，琅玕翡翠纷在眼。
石亭仄映山之隅，中有高士牙与期。
缟衣黄冠七尺躯，修眉朗照秋水珠。
气和貌古合礼法，一仰一俯宫商俱。
细看闻声更见意，似神似非惊复吁。
迸流千片指下堕，凤凰忽叫（叫）将其雏。
嗟我有琴太古调，抱之不肯向人操。
幽兰无声白云静，画图虽在谁知省？
东阳可卖死不哀，和者既稀归去来。

听琴图（为周易题）
（元）刘永之

韦带筇冠白氎衣，龙唇鹤足轸文犀。
试看十指风泉邃，曲里时闻乌夜啼。

听琴图
（元）杨维桢

夷犹夷犹夷且愉，满堂哄耳洗筝竽。
游丝著地随复起，秋水涵珠有若无。
华屋月微春语燕，荒城月落夜啼乌。
倩君莫鼓荆卿操，自是秦姬善辘轳。

听琴图
（元）张雨

袅烟石壁对孤桐，与和长松瑟瑟风。
不为野夫清两耳，为君留目送飞鸿。

听琴图
（元）周鼎

耳听不如心听聪，欲于絃上见飞鸿。
铁崖仙子神游远，写得无声在有中。

题听琴图
（明）唐锦

纸窗露湿金徽冷，何处辘轳响银井。
须臾松风拂座来，夜乌啼碎梅花影。
柴扉寂寂春自迟，流水高山入梦思。
赏音无地寻知己，欲买黄金铸子期。

题梅琴图
（明）廖道南

江梅细细江云深，美人何处鸣瑶琴。
清风满林明月上，万山空谷钧天音。

鸣琴召鹤图
（宋）贺铸

结茅百尺荒台，杖藜一径莓苔。
谢绝鸡群老鹤，不应端为琴来。

吴道子秋山放鹤图次赵松雪韵
（元）吴镇

秋云如练锁千山，楼阁重重水自潆。
镇日溪桥无俗侣，杖藜扶鹤是高闲。

马远放鹤图
（元）吴镇

载鹤轻舟湖上归，重重楼阁锁烟霏。
仙家正在幽深处，竹里鸡声半掩扉。

倦书图
（六朝人爱《倦书图》，唐阎令喜而临之，妙在约略浓淡之间。）
（元）王恽

玉堂昨夜醉厌厌，搁笔慵书见未欢。
似待指端馀力散，卧看花影转疏簾。

翰长闲闲公命题城南访道图，戏作二首且为解之云
（金）王若虚

得道由来不必劳，痴儿舍父谩逋逃。
闲闲老子还多事，时向招提打一遭。

竹木萧森荫绿苔，幽襟自爱北轩开。
主人无说吾何问，乘兴而来兴尽回。

董源山阁谈禅图
（元）吴镇

山阁深沉树影凉，瀑流飞沫溅匡牀。
多君相对坐终日，话到无生味更长。

历代题画诗类卷第四十九

闲适类

破窗风雨图
（元）王立中

纸窗风破雨泠泠，十载山中对短檠。
老矣江湖归未遂，画间如听读书声。

破窗风雨图
（元）钱惟善

一灯风雨寒牎破，读书不知秋怒号。
恍如扁舟在江海，但觉四壁皆波涛。
对牀高卧无此客，倚剑长歌空二毛。
晓看庭树故无恙，千峰云气落青袍。

破窗风雨图
（明）牛谅

风雨东南接漏天，客牎吹破碧纱烟。
十年世事关心曲，一片秋声到枕前。
花落不妨尊有酒，客来未觉坐无毡。
老予曾觅苏端隐，藜杖春泥绿水边。

题破牕风雨图

（明）江汉

若有人兮青云衣,佩玉玦兮光陆离。
爰处兮爰居,左琴剑兮右图书。
轻富贵兮浮云,保厥美兮天真。
山房兮寥落,〔秋清兮气薄。〕
天冥冥兮云漠漠,雨潇潇兮风夜作。
心耿耿兮不寐,纷遑遑兮求索。
彼薄夫兮贪婪,惟声色兮是耽。
文绣兮膏粱,荪何为兮怀慼?
秋兰兮可纫,吾所思兮古人。
寒檠兮雪案,甘与君兮相亲。

破牕风雨图

（明）赵傲

客窗读书夜过半,江上长风将雨来。
茅屋身如木叶落,竹牀笑对灯花开。
何人鸡鸣解起舞,此时蝶梦付衔杯。
我欲哦诗慰寥寂,簑笠敲门步绿苔。

破牕风雨图

（明）钱岳

敬亭山色读书菴,破纸窗寒伫自堪。
但怪蛟龙嘶匣底,不知风雨暗江南。
云横黑海秋帆（帆）断,花落彤楼晓梦酣。
五色石崩天顶漏,须君手脱巨鳌钻。

破窗风雨图

（明）张端

伊人抱负亦云奇，明晦由来动合宜。
为客情怀能乐处，破牕风雨读书时。
漂流江汉嗟谁识，传舍乾坤信独知。
光霁自天须有待，眼前生物总熙熙。

破窗风雨图

（明）钟虞

一室萧然谁与同？清如独鹤寄樊笼。
诗成春草池塘上，梦邀玉堂云雾中。
花气总从岚气入，书声时与竹声通。
从容更觅新晴好，卧看东林日影红。

破牕风雨图

（明）何恒

一室萧然四壁空，客怀况复雨兼风。
湿沾衣服愁仍重，清到肌肤句转工。
知命肯随时变化，甘贫宁为道汙隆。
夜深尚对羲皇《易》，应怪寒灯不耐红。

破牕风雨图

（明）张附凤

网户罗蛛丝，玲珑见秋月。如何夜来雨，随人送萧屑？
幽疑石溜泉，散作瓦鸣雪。起舞听晨鸡，寒灯淡将灭。
谁知绮牕人，笙歌曙方歇。

破窗风雨图

（明）杭琪

黑云压郊茆屋摧，大风拔木势危哉。
破壁惊雷从地起，长淮飞雨渡江来。
拍户打牕声作恶，敛襟孤坐意徘徊。
雨馀兰雪浑无恙，吹倒琅玕挽不回。

破窗风雨图

（明）董存

风雨茅斋倚破牕，夜深明灭照书釭。
平生苦志能如此，何处清贫更有双。
衰鬓萧条知已晚，壮心牢落为君降。
金莲送直归青琐，笔力还教鼎可扛。

破牕风雨图

（明）冯恕

忆昔山牕夜读时，西风吹雨湿淋漓。
篝灯不定门频掩，屋漏无端榻屡移。
白发梦回仍堕泪，绮疏听后尚颦眉。
此声为寄春楼客，莫问杏花开几枝。

破牕风雨图

（明）雅安

铜壶公子貂裘敝，铁砚磨穿志不迂。
落落轩牕寒若此，萧萧风雨夜何如。
梦回灯火清秋际，心在羲皇太古初。
穷达有时聊用拙，壁间知己是图书。

黄荃花谿仙舫图

（元）黄公望

花发枝头水涨溪，仙舟犹泊武陵隈。
重重楼阁仙云卷，无数青峰出竹西。

烟波晚櫂图

（元）陈秀民

东林待月月未出，长江走烟波著天。
青山回首不可数，几点白鸥飞过船。

题宣和风雨孤舟图

（元）许有壬

龙楼嫌富丽，著意貌荒寒。烟雨迷千树，风波恃一竿。
时移毫素在，身老塞垣难。靓物昭前训，谁将进县官？

题王维贤所藏盛子昭画双松系舟图

（元）成廷珪

云门寺前风物幽，布韈青鞵吾昔游。
葫芦盛酒待明月，舴艋载琴当上流。
长松并立几千尺，狂客一别三十秋。
何当挂席过湖去，东望草堂姑少留。

竹下泊舟图

（元）吴镇

涓涓多近水，拂拂欲（一作"最"）宜山。
吁嗟此君子，何地不容闲。

题泛舟图

（元）陈旅

江云生白石，水木澹幽姿。双松出丛薄，翠色集遥枝。
落日明极浦，楚岫正参差。美人鼓兰枻，岁晏将何之？

野浦归舟图

（元）贡师泰

天柱云门倚半峰，树林青处见丹枫。
扁舟独钓秋江雪，犹似闲身在越中。

题烟波泛舟图

（明）刘基

旧游忆鼓湘湖櫂，日净风微江练平。
小艇曲穿花底出，游鱼相伴镜中行。
别来漫想心徒切，画里重看眼亦明。
素石苍松是何处？愿从巢父濯冠缨。

清溪放櫂图

（明）刘泰

溶溶新水碧于苔，风静菱花几箇开？
小艇不知何处客，载将秋色过溪来。

题高人泛舟图（为铁柱左炼师赋）

（明）镏崧

刺篙渡迴渚，解带会微风。仰视青天高，浩歌秋水中。
沧江渺空碧，嘉树发霜红。玄境有至乐，伊人若凫翁。
遐思青玉佩，应过紫霞宫。

题王师文半篷春雪图

（元）贡性之

香是临流得，诗因倚櫂成。岸移惊树转，墙碍觉枝横。
似隔僧庐见，如缘阁道行。傍人歌断处，疏影月三更。

次韩明善题推篷图

（元）岑安卿

青松阴阴间修竹，六月翛然破炎潏。
梅花一味只宜冬，江上孤舟水边屋。
笔端春信迥孤根，鲛绡浅抹玄霜痕。
江南烟雨正愁绝，一枝唤醒罗浮魂。
无声诗生有声画，吟咏工夫见挥洒。
坡翁仙去二百春，梦遶松风古亭下。
兹花清致谁堪当，孤山题品渊源长。
推篷细认心凄凉，鼻端彷彿闻天香。

雪篷图诗（为吴淞蔡子坚作）

（明）萧规

吴榜何年过东渐，带得山阴一篷雪。
春风浩浩吹不消，夜月娟娟照偏洁。
雪篷主人且好奇，载客日游随所之。
呼酒恒持金凿落，对花每品玉参差。
咿哑柔橹度（渡）湖曲，惊起鸳鸯不成宿。
汎汎斜当琼树移，摇摇直傍银槎［宿］。
櫂歌齐发声抑扬，高情独爱水云乡。
从游酬酢谁最密？儒雅人称马季常。

题推篷图

(明) 顾悫

记得当年访老逋,扁舟载雪过西湖。
香浮水面涵清浅,影落篷牕半有无。
玉树忽惊春漏泄,冰花相照月模糊。
谁将一段真消息,收拾归来作画图。

题推篷图

(明) 谢矩

扁舟曾记酌西湖,笑倚东风醉莫扶。
酒醒不知天已暮,梅花枝上月轮孤。

秋风濯足图

(元) 郭翼

荆棘铜驼陌,桑田碧海波。秋风歌濯足,归去白云多。

题顾道周画濯足图

(元) 潘纯

脱屦白石上,濯足清泉中。悠然天际想,木末生微风。

清溪濯足图

(元) 张翥

黄尘满双足,宜赋故山归。解屦就清沚,举头看翠微。
林猿下窥膝,石藓欲粘衣。更觅渔竿伴,闲来就钓矶。

高卧图

(元) 刘因

万里青山卧平地,世间何物是元龙?

无人说与刘玄德，君在青山第几重。

北窗高卧图

（明）张邦奇

参馀莲社枕孤琴，免作人间苦热吟。
不是翁家无六月，日移松影北牕阴。

题李鸣凤卧游图

（明）林文缵

大块微茫何处安，彩毫移入座中看。
春风不管莺花老，夜月常悬湖海宽。
对客半图天万里，游仙一枕日三竿。
梦馀偶欲消残酒，便指云间金露盘。

观王叔明所画松下弈碁图

（明）顾禄

十日一水五日山，王侯妙笔无荆关。
山如苍龙腾入霄汉表，水似白虹泻出溪潭间。
长松直下有巨石，风雨剥落莓苔斑。
两翁对弈盘礴坐其上，笑语自若终日无愁颜。
饥来岂待事烟火，瑶草紫芝俱可餐。
不知何年修习到此地，知有神仙境界无人寰。
我今读书三十载，抗尘走俗犹未闲。
问翁不语愈觉心自恧，高风逸韵邈矣终难攀。
安得翁能示神异，授以九转入炉丹。
图中之景果然真有否，便欲御风一去何须还。

题马远竹溪吟弈图

（元）陶宗仪

好诗应向过桥成，逸兴还从对局争。
此日山林无一事，竹香细细晚风清。

题赵千里临李思训煎茶图

（元）于立

山风吹断煮茶烟，竹外谁惊白鹤眠？
写尽淮南《招隐曲》，松花篱落石牀前。

东京茶会图

（元）郯韶

二月东都花正开，千门春色照楼台。
遊人胜赏不归去，齐候分茶担子来。

煮茶图

（元）袁桷

石㟧山樵晋公子，独鹤萧萧烟竹里。
月湖一顷碧琉璃，高筑虚堂水中沚。
堂深六月生凉秋，万柄风摇红旖旎。
道南更有山泽居，四面晴峰插天倚。
忆昔王门豪盛时，甲族丁黄总朱紫。
晓趋黄阁袖香烟，俯首脂韦希隽美。
一官远去长安门，德色欣欣对妻子。
岂知高怀脱荣辱，妙出清言洗纨绮。
郡符一试不挂意，岸帻看云卧林墅。
平生嗜茗茗有癖，古井汲泉和石髓。

风回翠碾落晴花，汤响云铛滚珠蕊。
齿寒意冷复三咽，万事无言归坎止。
何人丹青悟天巧，落笔微茫析妙理。
黄粱初炊梦未古，旧事凄零谁复纪。
展图缥眇忆遗踪，玉佩珊珊响秋水。

茅斋煮泉图

（明）王绂

小结茅斋四五椽，萧萧竹树带秋烟。
呼童埽取空阶叶，好爇山厨第二泉。

赋煮茶图

（明）顾璘

朱门酒肉如山海，沉湎徒令性灵改。
松关宴坐真天人，朗如玉树生华采。
涧阿霁雪新泉清，风吹石鼎茶烟横。
悠然对语白日晚，俯听万井苍蝇声。

题李敬夫鹤亭斗茶图

（明）卢昭

花阴小队鬭龙章，渠盌香分第二汤。
莫傍酪奴风味好，内厨催送大官羊。

题唐伯虎烹茶图（为喻正之太守，三首）

（明）王穉登

太守风流嗜酪奴，行春常带煮茶图，
图中傲吏依稀似，纱帽笼头对竹炉。

灵源洞口採旗枪，五马来乘谷雨甞（尝）。
从此端明《茶谱》上，又添新品绿云香。

伏龙十里尽香风，正近吾家别墅东。
他日干旄能见访，休将水厄笑王濛。

题煮雪卷
（明）林景清

玄冥凛冽风气刚，同云蔽野天无光。
漫空柳絮乱飞舞，大地一色琼瑶妆。
先生腽然坐茅屋，左有图书右笔牀。
竹炉石鼎烧榾柮，须臾取雪烹成汤。
武夷游子多相识，龙牙雀舌随意将。
陶家近可说风味，党尉不必夸羔羊。
一啜能令睡魔足，再啜齿颊生馀香。
三啜搜枯句已就，澹然意趣偏悠长。
翻忆天厨大嚼者，经年尸素何所偿。
安得相从语清绝，一洗纷纷腥秽肠。

醉乡图（七首）
（宋）陈子高

醉乡天地谁开辟，光景冲和古到今。
明月清风一长啸，杯中时见昔人心。

昔人爱酒复能诗，阮籍陶潜盖有之。
共道尚书兼此兴，超然异代忽同时。

斗酒百篇元祐初。当时流辈已萧疎。

闭门日饮身强健,得见升平总不如。

子房帷幄赞神谋,晚岁疏封自占留。
代邸勋劳今绝口,上恩仍与醉乡侯。

脱鞿神气迥飘飘,平日千锺奉帝尧。
老子浮沉人不识,酒垆争席奈渔樵。

老瓦盆中旋酸醅,陶然乐圣且衔杯。
只今痛饮谁能那,宝器恩从天上来。

黄金细字勒杯巡,鱼水恩私晚更亲。
但得赐田堪种秫,向来浮议不关身。

醉卧海棠图歌赠陆务观

(宋) 杨万里

帝城二三月,海棠一万株。
向来青女拉滕六,戏与一撼即日枯。
东皇夜遣司花女,手捼红蓝滴清露。
染成片片净练酥,乱点梢梢酣日树。
蓬莱仙人约老翁,寄笺招唤陆龟蒙。
为花一醉也不惜,就中一事最奇特。
海棠两岸绣帷裳,是间横著双胡床。
龟蒙踞床忽倒卧,乌纱自落非风堕。
落花满面雪霏霏,起来索笔手如飞。
卧来起来都是韵,是醉是醒君莫问。
好箇海棠花下醉卧图,如今画手谁姓吴?

跋酒门限邵和卿醉归图

（元）元好问

邵公头白甫三十，高吟大醉无虚日。
风流略似靖南湖，每恨闻名不相识。
太平村落自繇身，童稚扶攜意更真。
《醉归图》上见颜色，喜溢眉宇犹津津。
好著蹇驴驮我去，与君同醉杏园春。

江亭会饮图

（元）元好问

瓦盆浊酒忆同倾，乡社丰年有笑声。
世外华胥谁复梦，且从图画看升平。

跋松风醉归图（二首）

（元）王恽

不向东华踏软红，梦归丘壑洒松风。
夜深健到山间石，吹万从渠总不同。

危行危言到两难，炎凉时事旋相看。
放教两耳秋风里，待与髯龙约岁寒。

题携壶图

（元）马祖常

席帽遮头过野桥，诗筒酒榼亦萧萧。
黔娄吟罢还消渴，欲问先生借一瓢。

题醉歌图

（元）黄溍

翰林主人天上来，布飖（帆）不为鲈鱼开。
江湖渺渺天一色，朝光暮霭相徘徊。
昔贤心赏馀胜处，但有水竹无亭台。
碑材久已没荆棘，屐齿不复留莓苔。
后来视今犹视昔，今我不乐何为哉？
大官马湩远莫致，邻翁绿蚁浮新醅。
欣然一饮便终夕，鼻端气息如云雷。
是间别有一天地，不知何处为蓬莱。
迥观方内海一粟，醯鸡尘瓮何喧豗。
黄冠祕监太狂态，骑鲸供奉非仙才。
挥毫《政要》真学士，锋车流水行相催。
瑶池曲宴多雨露，归欤酹彼黄金罍。

题醉卧图

（元）于立

君莫学伯夷，不肯食周粟；君莫学屈原，死葬江鱼腹。
人生富贵无百年，身后声名亦漫传。
朝廷纵有贤良诏，得似先生醉后眠？

金文鼎秋林醉归图（为沙溪陈元锡赋）

（明）刘溥

霜华洒红树头叶，白云掩映山重叠。
黄犍驮醉出西庄，童仆扶持稳如楫。
此时陶然那复知，世涂夐较险与夷。
眼中万物一何有，只有松风吹接䍦。

疎林斜光漏残照，酡颜霞影争辉耀。
深山阒静不逢人，岂有襄阳小儿笑。
柴门向晚犹未关，山妻煮茶方候还。
人能出饮醉即返，千里龙媒应是闲。

题崔元初醉翁图

(明) 张以宁

春云石上苍苔冷，芭蕉风动纶巾影。
仙翁醉著人自扶，花落花开几时醒？

醉中题醉人图

(明) 徐学谟

我从燕山望京阙，五陵豪客伤离别。
相逢不饮君奈何，瓮泼葡萄色如血。
须臾吸尽三百壶，西陵之日驱金乌。
眼中谁是高阳徒，醉来忽见《醉人图》。
图中之人谁最醉？美而鬘者皆如泪。
翻身跳浪招且号，夜半山精引群魅。
东隅之叟颓不禁，拥垆鼻作苍蝇唸(吟)。
梦中舒拳赌六博，犹呼一掷千黄金。
蹲者阴崖伏馁虎，走者风舠荡小橹。
何人仰面狮作吼，何人歌咽水升斝？
何人露顶发不梳，咄谁持酒浇其颅？
何人掉臂挥大斗？一沥沾唇苦于茶。
谩道真珠兼琥珀，翠屏锦褥声喀喀。
流涎残沫迸地走，珊瑚铺满金吾宅。
众中饮者谁最多？衰衣之客倾江河。
恰如廉颇老善饭，眼看醉者皆么麽。

么麼累累何足较,或鼓或泣或大啸。
玉山自在谁能推,欲上青天挽双曜。
刘伶毕卓俱尘埃,幕天席地安在哉?
今宵不闻妇人语,明日看花我复来。

题顾中丞载酒亭图(二首)
(明) 严嵩

紫芝题墨千年胜,图向衡山赏更新。
万壑云松一茅屋,就中疑是草玄人。

松坞高眠深闭关,清词白雪落人间。
我欲相从迷所适,却随芳草到春山。

题沧浪醉眠图
(明) 僧妙声

泛泛此河水,水浑不见底。水浑犹自可,水深将没汝。
舟楫无根柢,风波无时休。不如高堂上,饮酒可忘忧。

题扁舟醉眠图
(明) 僧宗衍

江水萧萧江岸风,泊舟不归何处翁?
鼍鼍出没浪如此,尔尚醉游春梦中。
空山云深白日静,松声如涛屋如艇。
归来归来毋久留,不归恐君将覆舟。

江船一老看雁群初起
(明) 徐渭

警鴈避罗纲,江长起未高。眼抨一晌后,看到入云梢。

似赤壁游

（明）徐渭

一艇泛三人，多疑游赤壁。无处少江山，但无此好客。

历代题画诗类卷第五十

闲适类

答东阳于令涵碧图诗（并引）
（唐）刘禹锡

东阳令于兴宗，丞相燕国公之犹子。生绮襦纨袴间，所见皆贵盛，而恝然有心，如山东书生。前年，白有司，愿为新民官以自劾，遂补东阳。及莅官，以简易为治，故多暇日。一旦于县五里，偶得奇境埋没于翳荟中。于生自以有特操，而生于公侯家，由覆荫入仕，常忽忽叹息。因移是心，开抉泉石，芟去萝茑，斧凡材，奋息壤，而清溪翠岩，森立坌来。因构亭其端，题曰"涵碧"。碧流贯于庭中，如青龙蜿蜒，冰激射人。树石云霞列于前，昏旦万状。惜其居地不得闻于时，故图之来乞词，既无负尤物。予亦久翳萝茑者，睹之慨然，遂赋七言，以贻后之文士。

东阳本是佳山水，何况曾经沈隐侯。
化得邦人解吟咏，如今县令亦风流。
新开潭洞疑仙境，远写丹青到雍州。
落在寻常画师手，犹能三伏凛生秋。

题瑞安宰朱元成乃祖云壑庄图

(宋) 陈傅良

功成不受富贵汙,轻舟翩然下五湖。
至今风流在姑苏,我复见此《云壑图》。
两坡乔木樛相扶,残山剩水千里馀。
天际未知何有无,一苇横绝霜风蒲。
杨花春岸秋蒪鲈,在在著此儒仙臞。
世无宗师貌不如,谁其嗣之吾大夫。

和靖州判官陈子从山水图十韵

(宋) 魏了翁

予迁靖州判官,陈子从珪为邻。尝从容出示灵竹僧不二《山水图》,其末有乃祖乃父十诗。前贤风裁,邈不可及。取次原韵,以识高山景行之仰云。

彭蠡归舟

外物羁絷人,无退亦无遂。媿彼自由身,朝发而夕至。

山堂旷望

山堂有何观?四时互兴歇。万物随天根,东生复西灭。

重湖泛月

水月皆内景,入秋倍清辉。世无善观者,滔滔吾谁归?

星湾晚酌

士非耕钓者,而从蓑笠翁。人生贵适意,莘渭亦时中。

雨后观瀑
泽气蒸前山,起自肤寸微。竞看千丈瀑,不悟片云飞。

松径晚步
松柏不受凋,此亦易知耳。须看竹有筠,与松相表里。

谿上赋诗
莫作流看谿(溪流看),天命无穷已。
诗人若知得,千古可坐致。

林下避暑
散发避炎暑,炎暑苦相寻。云何对大宾,不见汗沾襟。

载酒寻梅
松竹贯寒暑,而梅时往来。
不知《复》《姤》意,随人漫徘徊。

雪中访友
怀人得清晤,此乐浩无期。刿溪兴尽返,未喻《伐木》诗。

跋王介甫游钟山图
(宋)张栻

林影溪光静自如,萧疏短鬓独骑驴。
可能胸次都无事,拟向山中更著书。

题萍乡何叔万云山(诗人姚仲同,乃胡仲方诗友。)
(宋)戴复古

挂杖穿云去,一坡仍一坡。地高山不峻,花少竹还多。

家近登临便，人贤气味和。能诗老姚合，朝夕共吟哦。

> 申应时以图寻山，图所载湖之西溪也，为作绝句*
>
> （宋）沈与求

王维买宅先成画，申子寻山亦载图。
他日真能营小筑，此山佳处著侬无？

王学士熊岳图
（元）元好问

洗参池水甜于蜜，玉堂仙翁发如漆。
膝前文度更风流，尽卷风流入诗笔。
长松手种欲摩天，海岳楼空落照边。
古来说有辽东鹤，仙语星星难为传。
五百年间异人出，却将锦绣裹山川。

方壶作游山图
（元）虞集

身在山中底用图，偶然点染出方壶。
数株古树云连屋，一箇横桥水满湖。
门外从教车马过，筥中不计稻粱储。
等闲真遇寻师者，指与云间一翠渠。

张令鹿门图
（元）虞集

张侯襄阳人，深知襄阳乐。

---

* 此诗原作二首，故诗题云"为作二绝句"。第二首云："故国山川真可老，十年尘土负归期。而今更笑申夫子，似我平生费梦思。"

十年宦学怀襄阳，故讬毫缣写山郭。
老我不乐思蜀都，人言嵩阳好隐居。
三十六峰常对面，水竹田庐还可图。
欲往不能心悸悸，忽见新图被山恼。
沙禽浦树俱可人，金涧石牀为谁好？
向来耆旧皆英雄，驾言从之道焉从？
采珠月冷识游女，沉剑潭深知卧龙。
八月霜晴水清浅，闻道扁舟足迴转。
何时古寺傍檀溪，几处残碑在江岘？
呼鹰台高秋草多，养鱼池中莲芡波。
蜀嵩未必不如此，我今不游奈老何？
张侯张侯早结屋，莫待史詹为君卜。
要看陇上课儿耕，好在鱼梁白沙曲。

吴伯招红莲绿幕图歌

（元）黄镇成

乌君之山从西来，拔地万仞青崔嵬。
划然磅礴下江浒，林麓隐隐栖楼台。
上有飞萝罥乔木，下有洪涛万顷堆。
红莲绰约泛渚净，绿幕缥缈临湖开。
云烟捲风岛屿没，窗户洗雨冰霜回。
高人自是青云客，日向湖亭赏山色。
昔年走马踏红尘，射杀南山双白额。
今日纶巾羽扇闲，独面清泠饮冰蘖。
壶箭收投胜负空，碁枰罢局机筹息。
延陵公子昔称贤，画手复见今道玄。
有声之画宜诗篇，为子作诗将画传。

崔旭行之云巢图赠道士俞刚中，请余赋长歌

（元）张翥

崔郎胸次奇突兀，兴来从人索纸笔。
斯须千峰万峰出，底用一石画五日？
上饶道人列仙臞，示我新作《云巢图》。
涂岚抹雾思更逸，古色满眼苍寒俱。
重溪叠谷各异状，坏木崩石森相向。
翠微最上云所栖，道人又在云之上。
数椽丹室荫白茅，团团云间如一巢。
拂衣拂著宿鹤背，挂剑挂落长松梢。
空濛杳霭迷处所，岂复漂摇畏风雨。
既非鸟巢老衲子，无乃中林古巢父？
填膺拥户昼不开，神光隐见金银台。
云中君子凤为马，往往玉箫吹月来。
道人几年游上国，卖药壶中人不识。
洞玄宫馆一黍珠，灵秀似与仙都敌。
故巢未破归便得，归到玉山多美石。
我诗好刻附此图，留照千秋山水碧。

题周炼师云崖图

（元）黄溍

我本山中牧羊客，偶然失脚红尘陌。
矫首丹崖不可攀，但见层空暮云碧。
楼居仙人元不死，天长地久无消息。
骑麟翳凤者为谁？道上相逢不相识。
披图示我旧游处，流水桃花尚春色。
为言白石久已烂，茯苓无复成琥珀。

忽然长揖不肯住，飘若流星去无迹。
若为握手赋归来，永与人间风雨隔。

兵部危太朴郎中家于临川云林山上，
请方方壶作云林图，太朴索诗赋此
（元）成廷珪

宇宙有此云林山，三十一峰如髻鬟。
云林先生读书处，长松芝草非人间。
白云裁衣亦自足，青精制饭何曾悭。
朝光空濛起舒眺，人迹迥绝穷跻攀。
青天荡荡海月出，照见先生冰雪颜。
惟有方壶契幽眇，貌得彷佛来尘寰。
宫中圣人正问道，布衣召入蓬莱班。
玉堂给札纵挥洒，金匮启钥烦修删。
于今听履上霄汉，圣人未放先生还。
山中丧乱复何有？飞瀑落涧空潺湲。
青林鸟啼野花发，白昼虎啸松风闲。
朝廷宴坐见图画，亦应怀我双佩环。
方壶［先］生在何处，何不同来玉京住？
鱼龙夜落河汉秋，却泛灵槎共归去。

方方壶道士为危太朴画云林图（二首）
（元）吴师道

抱朴先生学大还，偶然为客未归山。
迎阳坊里看图罢，梦遶白云青树间。

海上三山楼观开，壶仙早晚御风回。
画成定胜人间境，为问何因寄得来？

书云林图

（明）吕敏

葱蒨夏林绿，高斋方夕曛。幽花垂泫露，远岫敛归云。
停篝风初至，移樽酒半醺。明朝忆佳赏，回首念离群。

题颐菴胡祭酒先生玉笋白云图卷

（明）夏原吉

颐菴先生古君子，德行文章当世美。
晨携《玉笋白云图》，访我金台官署里。
自言先世多遗德，卜居远在金川侧。
何处最称奇？玉笋岩巉插天极。
云开几朵芙蓉青，雨馀百道银潢倾。
阴岩月冷玉龙蛰，阳坡春暖金牛耕。
萧家峡口尤奇丽，状若飞鹅舞空际。
泥江坚抱伏虎形，瓦桥重展游龙势。
龙腾虎伏势若何，先陇正在山之阿。
林乌泣雨下乔木，野猨叫月悬春萝。
时因宦辙方驱涉，未暇栖栖理家牒。
聊凭缣素寄遐思，用诏儿孙知祖业。
愿君移孝忠吾皇，致时熙皞超虞唐。
白头稽首谢丹阙，清风一櫂归湖乡。
昼看不厌夜复卧，玉笋千古长苍苍。

题山行图

（宋）陈造

溪山无处著纤尘，翠壁苍漪衬月痕。
可惜人间清绝地，苇间渔父与平分。

跋葛子固题苏道士江行图

（宋）杨万里

江行图上指君山，寄语烟波不用看。
烝水买船归霅水，全家搬入画图间。

张彦远江行八咏图

（元）元好问

楚江平浸楚山流，放眼江山得意秋。
一寸霜毫九云梦，合教轰醉岳阳楼。

秋山访友图（二首）

（元）王恽

潇潇枫叶映青山，诗在风烟紫翠间。
早晚得归林下去，一溪秋水伴君闲。

阙峙石楼连佛屋，滩横八节走清伊。
杖藜多是香山老，斜日青山独往时。

江邨访友图

（元）王恽

两椽茅屋枕江濆，杖屦来敲月下门。
不是爱梅多看竹，冷香疏影坐黄昏。

题溪山访友图

（元）马臻

溪风吹长松，石路秋影薄。下有寻幽人，支筇注林壑。
良朋渺何许，杂树森草阁。画师发天机，笔底气参错。

我昔事扁舟，颇识山水乐。于今日月驶，此景亦萧索。
愧乏买山资，老负宿昔诺。展卷令人嗟，高歌激寥廓。

秋林会友图

（明）史鉴

青山巃嵷凝紫霞，飞泉如虹饮渥洼。
枫林接叶红于花，上有鸾鹤下麋鹿，玉楼珠箔仙人家。
仙人颜色长美好，瑶池桃花得春早。
门前石楠秋叶香，满地绿云风不埽。
有客来远方，驱车涉羊肠。车声到门止，揖让升高堂。
高堂奕奕凌云汉，瑶爵金盘青玉案。
华灯煌煌照宴嬉，汉女湘妃出帷幔。
浮云不行天欲低，回风动地飞花乱。
悲欢离合乐未央，起视明星夜将半。
夜将半，舞且歌，发激楚，奏阳和。
巧笑两颊生微涡，蛾眉曼睩光腾波。
平生乐事良蹉跎，对此转觉哀情多。
明朝忽惊双鬓皤，其奈流光如箭何？

溪桥独步图（二首）

（元）元好问

纳纳溪桥逗晚风，水村山阁往来通。
马蹄踏遍红尘路，画里初逢避俗翁。

胸次江山老更奇，太初元气入淋漓。
仙翁不是人间客，俗笔休将比郭熙。

题湖山独步图

（元）丁鹤年

杖屦湖山外，悠然与世违。水边延月上，岩际待云归。
随鹿过樵径，看鸥到钓矶。只今瞻画像，犹想挹清辉。

题叶容斋湖山独步图

（元）张庸

孤山不及青山好，东湖胜似西湖幽。
每策乌藤过林麓，还逐白云来水头。
人家远近即三岛，身世古今同一沤。
我亦明朝脱尘鞅，袖攜风烟从尔游。

清溪散步图（为徐文序作）

（明）沈周

老去山翁空世情，偶因溪好独闲行。
高歌激物鸟忽语，乐事会心人不争。
露气溢花沾湿好，风澜当日动摇明。
临流爱濯无尘濯，青布披巾况没缨。

江郊晚步图

（明）李日华

江影清醉颜，沙光晃晴目。石崖龘崟树，野岸萧骚竹。
散步自成趣，何须苦吟瞩。有人赠山疏，我懒未能读。

写溪山缓步图（时甲子夏五，积雨乍晴。）

（明）李日华

山留碧影镇玻瓈，云泛珠丛贴罘罳。

赪尾鱼吞花落片,翠翎鸟挂柳垂枝。
茶经笔诀闲相校,酒诺文逋每费思。
溪雨乍晴莎地暖,破苔双屐自寻诗。

竹溪梦游图
（元）元好问

意外荒寒下笔亲,经营惨澹似诗人。
何时万顷风烟里,白发刁骚一幅巾。

梅溪图
（元）袁桷

玉人楚楚意逍遥,隔水攜琴不受招。
回首芳林真妩媚,春风歌馆听吹箫。

题松溪图
（元）黄溍

独骑瘦马走赤日,忽对画图双眼明。
想见高人茅屋底,石牀卧听松风声。
秋风渐高霜露白,松根茯苓已堪食。
郁纡迟暮只自怜,卷图还客三叹息。

题松溪小隐图
（元）张庸

有客松溪独归隐,红尘不涴芙蓉裳。
溪流遶屋河汉落,松叶堕阶风露凉。
山樽时浮琥珀色,地炉还煮茯苓香。
人生只合老丘壑,濯足我亦歌《沧浪》。

刘伯熙清溪图

（元）黄镇成

暂脱尘鞅系,结此清溪居。偶从农圃邻,时读种树书。
听瀑堁松石,眠云依草庐。韬琴自无絃,直钩不在鱼。
未知穹壤间,宠辱当何如?

王叔明为姚子章林泉清话图

（元）黄公望

霜枫雨过锦光明,磵壑云寒暝色生。
信是两翁忘世虑,相逢山水自多情。

茂松清泉图（为潘东崖赋）

（明）陈琛

逍遥谷里自容身,此老当年亦识真。
白眼那堪常对客,青山终是不生尘。
微风入树琴清耳,积石明泉玉可人。
都付东崖长作主,多应惜我往来频。

题李庭训所藏雅集图（二首）

（元）元好问

万古文章有至公,百年奎璧照河东。
衣冠忽见明昌笔,更觉升平是梦中。

景星丹凤一千年,合著丹青与世传。
谁画风流王李郝,大河南望泪如川。

题梵隆古画雅集图（系内府画，上有"绍兴"誌，今为霍清甫家藏。）

（元）王恽

龙章红烂绍兴文，入手休惊玉椀新。
奎璧细看辉映处，半为元祐党中人。

题雪堂雅集图

（元）王恽

扰扰黄尘若箇闲，禅房来结静中缘。
机锋为爱灵师峻，樽酒同倾绣佛前。
谈麈风清穿月窟，雨花香细飐茶烟。
应惭十九人中列，开卷题诗又五年。

玉堂燕集图

（元）虞集

朝廷多暇日，别馆又青春。薄醉犹催酒，清歌况有人。
玉堂金砚匣，翠袖白纶巾。老去浑无颣，凭谁为写真？

题雅集图

（元）吴澄

官清无事足优游，下马长楸作胜游。
济济衣冠唐盛世，诸贤不减晋风流。

次杨铁崖赋张叔厚所绘玉山雅集图韵

（元）顾瑛

诗人得句题茅屋，客子乘流泛小舠。
老眼看花起春雾，醉眠听雨响秋涛。
弓盘舞按银鹅啄，水调声传金凤槽。

与尔共倾千日酒，呼童却换五云袍。

金碧山水春堂宴宾图
（元）程钜夫

青山偏宜春昼观，日射楼阁飞云烟。
鹧鸪斑间鹦鹉绿，黄金楣映白玉阑。
高堂四面山回抱，把酒看山终不到。
崭然屹立见全身，堂上何如山上好。
众人之乐为主人，谁知主乐因嘉宾。
野风澹荡天气美，一草一木皆精神。
小李将军夸好手，休道今人世无有。
他年人展此图看，小臣作诗同不朽。

玉堂闲适图
（元）王恽

醉岸乌纱殿影东，宫花低映酒波红。
兴来草罢《长杨赋》，独占高槐洒晚风。

跋西蒲老人燕处图
（元）王恽

甫脱孤城百战危，苍茫何处跨鲸归？
百年有感悲风树，一旦无依足孝思。
遗像俨然留故事，寸心聊拟答春辉。
远游剩袖如瓜枣，海岳相逢会有期。

题米元晖忘机图
（元）程钜夫

扁舟轻不渡，断岸斜初转。白鸟波上闲，青山意中远。

已知江湖落，还惊岁年晚。海翁那有机，相忘自应遣。

悠然图（为郑处士作）

（元）张翥

郑子林居好，遥希靖节贤。看山秋色里，把酒菊花前。
人境殊多事，吾庐自一天。能知此中意，何处不悠然。

抱素子作自适图求题

（元）张翥

隐者抱幽素，独行穿杳冥。有时吟木客，无驾勒山灵。
寒涧流沙白，秋云入竹青。攜琴向何处？弹与野猿听。

道士高逸图（赠勿斋林郡博）

（明）沈周

道山游息处，博士乐孤高。天地安亭子，诗书耗鬓毛。
众花承白日，芳草共青袍。载酒欲相伴，浮生嗟自劳。

题养逸图

（明）文徵明

书卷茶罏（垆）百慮（虑）融，梦回午枕竹牕风。
忙身见画刚生愧，安得身闲似画中。

题李德瞻壁间相看不厌图

（元）杨翮

窗前图画胜玄关，怪石长松九夏寒。
寄语山灵休厌客，清风明月好相看。

凤台三益图

（明）高启

谪仙昔作供奉臣，诗语不合妃子嗔。
銮坡无地容侍直，锦袍来醉金陵春。
金陵台高凤凰去，西望长安竟何处？
江声空打石城潮，山色犹横历阳树。
骑鲸一去五百秋，花草满径埋春愁。
瀛洲老客绿玉杖，笑领宾客还来游。
才气风流颇同调，曾入金门待明诏。
当年流落不自悲，却问前人欲相弔。
可怜二子遭清时，放逐江海空题诗。
赖有高名足难朽，何用粉墨他年垂。
夕阳阑槛登临后，谁复来游酹杯酒。
屐痕寂寞隐苍苔，栖乌啼满台前柳。

题振衣千仞冈图

（明）沈周

阳冈振新浴，爽气与秋通。鹤氅照片雪，凤翎开太空。
乾坤两长袖，尘土一泠风。热恼下方路，何人高蹈同？

历代题画诗类卷第五十一

闲 适 类

题茂安兄藏春图
(宋) 范浚

春入名园何处寻？东风引步上崎嵚。
平凝四面云岚合，曲折一丘花木深。
碧草华滋迷绝径，绿萝阴影护芳林。
韶光向此知归处，长与先生供醉吟。

展子虔游春图卷
(元) 张珪

东风一样翠红新，绿水青山又可人。
料得春山更深处，仙源初不限红尘。

展子虔游春图
(明) 宋濂

冰解泥融生水澜，初葩秾艳未应残。
夭桃喷火柳金嫩，深谷莺啼听且看。
花影淡梳胭粉媚，春暖野郊风细细。
游人醉以天为幕，酩酊阴浓春雨被。

行来树下实相参，瞑目无言心自惭。
黄蝶逐风翻上下，赏花此处更停骖。

春游图
（明）卞荣

遊丝百尺荡空阔，天上有人落白发。
人生行乐及少年，金缕一声杯百罚。
翩翩两骑出郭东，桃花如雨吹东风。
愿倩遊丝绊西日，不教便入咸池中。

题春日玩芳图
（明）汪广洋

杖策花树间，拂石花树下。摘辞妙天趣，缓步及时暇。
芳洲漾清波，老鹤散春野。眷彼图中人，终非避秦者。

园池春晚图
（明）杨慎

方塘含广漪，名园饶杂英。花虫丰茸戏，水鸟间关鸣。
啁哳既万态，藿蘼又千名。锦纯夺艳色，笙簧无杂声。
声色知可翫，冶遊空复情。青云从东驶，白日向西倾。

家藏马远春山行乐大幅
（明）祝允明

淑候媚川石，初景澹林霏。扶藤循石坂，杨柳共依依。
朱絃卧行幪，随往抱希微。无论遇高赏，器在道无违。

春园图（为廖侍御德潜题）
（明）廖道南

青阳司令淑景迟，郊园花木纷葳蕤。

萦丝袅絮自迴遶，奔蜂戏蝶相追随。
忆昔君家楚烟水，千岩万壑含苍紫。
衡岳云流虎豹棲，星沙波涌蛟龙起。
自从移居漆水滨，岁华迢递悬心神。
木奴千头洞庭晓，竹君万箇潇湘春。
忽看簪笔承明殿，南宫西苑霭清燕。
太液池边玉树芳，芭蕉园内琼芝灿。
曾闻周雅歌螽斯，瑞气祥光满御墀。
愿将此图献天子，长乐长春万寿卮。

一径野花落孤舟春水生画

（明）张宁

林外春阴晓风作，门径幽深野花落。
东家春色过西家，井口篱根乱漂泊。
溪头新水遶门生，扁舟一叶轻如萍。
杜陵老病烟波远，欲载诗愁过洞庭。

春野图

（明）徐渭

北门之外多佳丽，白水茫茫遶天际。
中有幽人春野翁，摘荷採芰纫衣袂。
春野读书曾万卷，只今一字不欲看。
只将元气手中调，不许红尘眼中散。
昨者铸鼎鍊（炼）九还，吾欲从之乞一丹。
青牛在田不肯语，轻蓑大笠天将雨。

题朝元宫刘道人秋声图（二首）

（元）王恽

紫极宫深景气秋，翛翛牕竹发诗愁。

谪仙千古风流句，输与欧公作巧偷。

少年心事读书台，凉入郊墟亦快哉。
星汉在空人未寝，一声犹忆树头来。

山楼秋望图

(元) 吴师道

荒厓苍苍映高树，树缺飞楼秋色露。
楼中有客独凭时，溪上何人却归去？
风埃低垂伤我颜，嗟尔乃得专其间。
晴牕掩卷意未已，一夜梦遶江南山。

万港秋泛图

(元) 张翥

小史堞前烟水空，淮山无数直丛丛。
使君援笔写秋色，舟子唱桹乘晚风。
几处渔家依落木，半汀残照下飞鸿。
白云望断仙游远，应在蓬莱碧海中。

题冯文仲画秋亭野望

(元) 姚文奂

黄叶萧萧声自雨，西风夜作离人语。
秋亭夜色满江南，谁捣玄霜千万杵？

题王明府历下秋兴图

(明) 汪广洋

点缀秋容亦费思，芙蓉泉上晚晴时。
景于佳处烦清赏，兴到无声绝有诗。

天外好山来隐隐，雪边归鸟去迟迟。
更怜箕踞哦松者，多是长安杜拾遗。

谢庭循自画秋景
（明）王直

洞庭八月秋风早，杨柳蒹葭渐应老。
柳下茅堂远市廛，寂寞闲门对幽岛。
居人无事不出门，林深地僻如荒邨。
门前道上车马绝，过雨苍茫空藓痕。
江清水落沙石出，水底浑疑见蛟室。
鹭鸶鸂鶒皆有情，喋喋喧呼乱晴日。
我家故业连沧洲，赣（赣）水文溪遶舍流。
图中景物浑相似，见之令我增离忧。
君今善画得供御，下笔纵横有神助。
何时为埽寰瀛图，一叶凌波向南去。

倪云林秋林野兴图
（明）吴宽

经鉏堂前木犀黄，何人晏坐闻天香。
迂翁胸中有清癖，欲摘繁花归枕囊。
秋林野兴图亲写，百年零落燕都下。
市门不遇杜长垣，残墨谁将手重把？

听秋图
（明）谢承举

依回生远水，飘飒起疏林。未入皋鱼耳，先伤宋玉心。
一天韶戛玉，万籁气澄金。欲广随州赋，苕东客思深。

李学士薇园秋霁图题赠

（明）严嵩

玉堂仙人入直还，尽日闲园惟闭关。
展席平临阶下树，开簾遥对几前山。
紫微阴深日卓午，石榻微凉遇鸣雨。
磵道声飞泉瀑寒，云根色飐莓苔古。
仙人步屧出幽林，长啸时逢鸾凤音。
手挥綵笔吟芳杜，目觐飞鸿弹素琴。
琴书偃傲有馀清，竹窗今夜月华明。
谁言西掖丝纶贵，更有东山萝薜情。

东岚秋思（为江田谢家题）

（明）李叔玉

东岚别是一人寰，烟水苍茫岛屿间。
猿啸空林朝雾薄，鸿归断渚夕阳残。
渔人尚识桃源路，樵子还寻石室山。
桑梓别来今已拱，不知辽鹤几时还。

题李将军四时行乐图

（明）丘濬

春游细柳

日华淡淡云阴薄，兵卫森森拥铃阁。
旌旗不动柳风轻，剑戟无声花雨落。
将军新试越罗衣，两袖春风拂地垂。
阅遍三军超距乐，晚凉乘兴詠歌归。

夏坐松林

松风流响团凉影，翠涛翻空火云冷。

一军无事枕戈眠,万马不嘶清昼永。
将军燕坐凝清香,静对珠铃万虑忘。
不用更挥诸葛羽,溶溶心月自生凉。

秋郊挟弹
霜染枫林秋气肃,潦水收痕山露骨。
苍鸠一夜化为鹰,百鸟含羞傍林麓。
将军小队出西郊,金环压辔青骢骄。
霹雳一声军吏贺,半空云外落双鹏。

冬野行围
冻云不飞朔风直,野兽畏寒出还没。
角弓鸣髇趁鹰飞,宝剑吐芒惊鬼哭。
将军自控五花骢,翩翩云骑争追从。
射杀南山白额虎,碧油幢底夜论功。

衍圣公四景画
(明) 程敏政

山前亭子万松声,溪上桃花一树明。
安得此中陪杖舄,时时闲坐复闲行。

不爱红莲爱白莲,一塘开近绿杨边。
小童吹火翁寻句,可媲江南罨画船?

一道澄江万仞峰,怀人相约采芙蓉。
小亭坐纳秋声远,别浦征鸿隔岸钟。

独裹吟鞭下水涯,呼童回折暗香枝。

遥知野径诗成处，正及山房雪霁时。

题萧彦祥四景图（二首）

（明）薛纲

昨夜东风入幽谷，春草生香春树绿。
茅檐星散八九家，中有先生读书屋。
读书偏于静处宜，白云堆里长唔呀。
只恐鸣驺陡然至，好山却被英灵移。

黄菊花开黄叶飞，柴桑先生犹未归。
蕙帐风高夜鹤怨，石梁水浅寒鱼肥。
我亦天涯游倦客，对景徒为增叹息。
何由卜得柴桑邻，稳坐溪头钓晴碧。

题潘阆夜归图

（金）密公璹

不是诗人灞水堧，又非野老曲江边。
丰姿便认王摩诘，蕴藉还疑李谪仙。
驴背倒骑莲岳下，牛腰稳跨竹林前。
掀髯对月馀高兴，明日佳篇几处传？

吹笛图

（元）虞集

白云悠悠去，长松披高丘。匡坐吹笛人，似是马督邮。
飞鸿遗哀响，幽泉发春流。女乐亦何有，逍遥以妄忧。

孤舟横笛（王晋卿笔）

（元）王恽

秋风叶下洞庭波，横吹归时逸兴多。

笔底分明诗外意,武昌南岸老人歌。

芦汀夜笛图
(明) 金幼孜

上下天光接水光,满汀芦叶晚苍苍。
一声长笛惊残梦,明月满船风露凉。

横笛图(为卢宏景题)
(明) 刘泰

蠢蠢峰峦过雨新,暖风吹绿半溪蘋。
从来不识尘劳事,输与船头弄笛人。

题老妪骑牛吹笛图
(明) 范氏(宫人)

玉环赐死马嵬坡,出塞昭君怨更多。
争似阿㜑(婆)牛背稳,笛中吹出太平歌。

题江南烟雨骑驴图
(元) 何中

风发发,雨萧萧,渡船未渡山相招,骑驴不知前路遥。
路遥抵何处?南山之南且稳住。
莫向长安街上去,京尹今无韩吏部。

题画扇骑驴踏雪
(元) 陈深

雪没驴腰白,行行诗兴催。不因太清绝,那肯犯寒来。

雪骑图
(元) 程钜夫

都城五月已炎歊,咫尺西山迹漫遥。

何处只今如此雪，烦君小住我联镳。

题刘凝之骑牛图
（明）戴良

日落未落西山前，谁家老翁牛背眠？
短身曲局耸两肩，山花插帽帽为偏。
左手拊牛右捉鞭，牛行不动稳若船。
一童冲冷手握拳，迎风鼓势走欲先。
荒郊羃羃草纤纤，云是匡庐古道边。
匡庐山水好盘旋，此日刘公初挂冠。
刘公作令天圣间，民物熙熙德化宣。
世上浮荣值几钱，白发东归耕石田。
当时出处亦偶然，乃留遗迹后人看。
长安城中足豪贤，车骑骈罗气灼天。
一朝变灭如云烟，姓字寥寥若箇传？
我观刘公差独贤。

刘凝之骑牛图
（明）高启

夫子初亦仕，絃歌颍之湄。园庐忽在念，解绶言归期。
方春养孤犊，既耕亦以骑。春风草茫茫，出游徧山陂。
田家有美酒，辄醉不复疑。当昔天圣间，实号休明时。
岂无理人术，终惧尘鞿縻。嗟今属丧乱，怀策竞欲施。
清芬远莫挹。载诵庐山诗。

题停车图
（明）张凤翼

炊烟峦气互升沉，石涧流泉响玉琴。

莫怪山中少推毂,停车元是爱枫林。

晓起图
(明)唐寅

独立茅门嬾拄筇,鬓丝凉拂豆花风。
曙鸦无数盘旋处,绿树枝头一线红。

阁下观竹笋图
(宋)孔武仲

我家庐山下,绿竹常阴阴。春雷迸狂箨,万点玉簪群。
别来经岁时,脱肉尘土侵。歘见此图画,醒然豁烦襟。
方幅藏万里,环以青山岑。旁飞清泠泉,下有潇洒林。
恍惚如梦到,杖筇听幽禽。欲投环堵室,浩渺忽难寻。
人生谅自苦,一官咏蹄涔。摇尾增光华,岂知沧海深。
虞卿衔白璧,季子夸黄金。贪得以忘我,俱非贤达心。
何如返乡国,坡坞穷差参。茅檐当天风,时听笙簧音。

题僧法传为沈仲一画听松图
(宋)陈傅良

古松不知几千年,直榦欲上干青天。
樛枝下与人世接,冷风过之万壑喧。
猨惊鹤怪樵牧遯,百鬼愁绝谁傍边?
纷纷海内丝竹耳,何处缥缈来臞仙?
整襟拱听移永日,置琴弗顾僮敲眠。
松风有际意无尽,《庄》《骚》不数怛《易》玄。
嗟乎深山大泽松不乏,斯人往往千载之陈编。
笔端若有夜半力,一日忽在轩楹前。
止斋虚静对立久,晴昊亦为生苍烟。

毕宏韦偃骨已朽，画工一世脂粉便。
北湖居士安得此，奄有二子云山传。
北湖居士云山传，吾诗孰与杜老起九原？

听松图

（元）张宪

洪岩羽士氅衣轻，脚踏青鸾下玉京。
直壁倒悬松万尺，盘陀石上听秋声。

溪行看松图小卷

（明）李日华

阁外云山隔屿峰，去帆漠漠带云容。
新凉唤起蘋花梦，缓步来看拂水松。

跋张龙丘簪花图

（元）王恽

醉吟赏尽洛阳春，老与坡仙作近邻。
未碍一枝长在眼，静庵方寸本无尘。

（龙丘子晚居黄冈，号静庵居士，与东坡为邻。）

雪楼探梅图

（元）程钜夫

竹树参差老不才，四山壁立雪皑皑。
凌寒何许龙钟老，独对梅花待酒来。

种柳图

（元）杨载

连山断岸古今同，髣髴柴桑入望中。

为问江边枯柳树，飞花几度乱春风？

观桃图（奉寄高宪副宗选）

（明）姚绶

仙人种桃处，碧山白云中。枝头迟日暖，叶底繁花红。
步入古苔坡，渐得芳草路。光风散晴霞，香雨消薄雾。
西池有硕果，一实三千年。愿公采食之，笑拍洪厓肩。

题金华宗原常双溪洗药图

（明）吴溥

洗药临溪头，水流溪尾香。居人饮溪水，百年跻寿康。
石路曲盘蛇，山花如锦黄。日暮擕药归，香风满衣裳。

採芝图

（明）张泰

山中过雨药苗肥，野老寻芝踏翠微。
紫艳随风迎晓杖，冷香和露湿秋衣。
石田云浅无劳种，兰迳人稀自撷归。
得向清时养耆寿，疗饥宁羡首阳薇。

白云深山掘芝者

（明）徐渭

天外白云必尔家，微红双颊饱朱砂。
神仙岂是灵芝得，枉用锹鉏坏紫霞。

群儿春嬉图

（眀）陈洪谟

暖风敲绣帽，霁色称华裾。拾翠郊原徧，欣然共小车。

童戏图

（明）倪谦

曲阑护春小园内，芳草芊緜织新翠。
屏山牡丹开暖风，吹堕轻红粉香碎。
谁家儿女蜀锦裆，柔发初剃靛色光。
两两三三戏晴昼，欢呼竞出花台傍。
鞦韆木架双旗插，綵绳低垂画板滑。
向前推送身转高，架上连环韵鸣轧。
脚尖背蹴香尘飞，珠汗微沾金缕衣。
丹青假面恣涂抹，舞腰更把斓斑围。
娇娥并坐遗针线，手弄折枝情恋恋。
花腔小鼓闲不敲，竹马金铙抛地偏。
玉蜺扑蝶意自痴，紫兰绿叶纷离披。
君不见圣主仁恩致蕃育，四海民物陶春熙。

题管夫人山楼绣佛图

（明）邢侗

竹邃层楼冒网蛛，丝丝缕缕貌昙瞿。
倦来素面流轻粉，尚忆羊肝半臂无？

题月夜送花图

（明）陈继儒

蔼蔼树交岩涧，凝凝月上亭台。
卷幔忽闻荷气，开门客载花来。

历代题画诗类卷第五十二

闲适类

和姜伯辉见赠醉吟画诗
(宋) 郭祥正

苍崖一万丈,中泻白玉泉。飞鸟度不得,而我长攀缘。
洗尽心地垢,吟成元化篇。更复有何物,一尊当我前。
忽逢姜伯辉,爽量涵冰渊。开谈了无迹,所得全于天。
便欲脱青衫,泛我江东船。结交要终始,相忘复颓然。
径呼妙手画,秋江霜景全。冰轮正卓午,照影无陂偏。
谁能骑蹇驴,世路空流连。咄哉可以往,挥手从飞仙。

范宽笔
(宋) 朱子

山雄云气深,树老风霜劲。下有考槃人,超遥得真性。

李昭道画卷
(元) 邓文原

松篁寂寂掩幽居,一段清幽乐有馀。
麋鹿自来寻旧迹,高贤还去赋归欤。
千山夕照耕初罢,隔树炊烟诵自如。

有客临溪清话久，数声长笛过前畚。

李昭道画卷

（元）吴镇

人爱山居好，何如此际便？家规仍小异，幽致更超然。
莫霭映高树，柴扉遶细泉。新图不可再，展阅忆唐贤。

马和之卷

（元）吴镇

青峰互合若为群，中有高人卧白云。
飒飒松风从涧出，萧萧竹色过桥分。
闲来欲觅知音伴，睡起还探颂酒人。
一段清幽离尘俗，不禁长笛起前濆。

题赵仲穆画送郑蒙泉之鄞

（元）吴镇

海宁太守归来日，爱写新图入卧游。
见说甬东风日好，春山如雾隔瀛洲。

题马远画

（元）陈旅

屋角东风吹柳丝，杏花开到最高枝。
春来陌上多尘土，此老醉眠多不知。

朱泽民画

（元）郑元祐

窈窕溪桥路，阴森枫树林。岸随青嶂转，家在白云深。
画史分明意，山人去住心。劳形何日已，于此欲投簪。

题画(六首)

(元)郑元祐

舒啸风林云满溪,白驹空谷草萋萋。
相逢不作苏门听,应有长松鹤未棲。

濯足清溪水已寒,青山犹有此衣冠。
黄尘三尺乌犎底,谁与归来把钓竿?

水缭山迴深复深,白云茆屋住溪阴。
溪南十亩堪耕种,何必囊中季子金。

桂树连蜷山石幽,萧然冠屦白云秋。
只愁畏垒无尸祝,不愧长年为尔留。

桃花源上蝶飞飞,误却渔郎苦欲归。
云白山青一回首,落红如雨点春衣。

仙人楼观隔层霞,隐者烟萝便作家。
万壑千岩何处是?停桡试问碧桃花。

题倪元镇画

(元)陈基

西池亭馆带芙蓉,云水苍茫一万重。
此日画图看不足,满簾秋雨梦吴淞。

题画赠王仲和

(元)倪瓒

曾住南湖宅,于今已十年。丛筱还自翳,乔木故依然。

雨杂鸣渠溜，云连煮尤烟。何时重相过，烂醉得佳眠。

题画赠张玄度
（元）倪瓒

萧条江渚上，舟檝晚相过。卷幔吟青嶂，临流写白鹅。
壮心千里马，归梦五湖波。园石荒筠翳，风前发浩歌。

画寄王云浦
（元）倪瓒

萧散贤公子，衡门似水清。花间青鸟过，砌下绿苔生。
山色排簷入，江波照眼明。开图想幽境，欲为写闲情。

题画（赠吕彦贞）
（元）倪瓒

江上秋雨晴，泊舟烟水汀。孤吟谁和予？悠悠蟪姑（蛄）鸣。
故人邀我留三宿，荳畦萝迳居幽独。
松醪陆续酌山瓢，灯影纵横写风竹。
水光云气共悠悠，鹤思鸥情乐此留。
无褐无衣悲骯髒，三衅三沐嗟呷嚘。
君自息机江上住，我且沿洄从此去。
图讫新诗草草裁，眼前流光水东注。

题画（六首）
（元）倪瓒

雨过黄陵庙下，云生玉女井边。
野雉雏鸣斜日，鹧鸪啼破林烟。

月下参差双玉，灯前萧散孤鸿。
寄兴只消毫楮，写怀不用丝桐。

竹上谁弹清泪,如铅春雨斑斑。
满眼湘江波浪,望穷白鸟飞还。

高树长松共晚,苍筠野石同贞。
珍重王家公子,翩翩白鹤神清。

高柳乔柯小阁,水光山色衡门。
未老作闲居赋,无钱对北海尊。

孝侯庙前雨过,鼍画溪头日曛。
旧迹如今梦里,春风愁乱行云。

画赠冯文仲

(元) 倪瓒

知君住近西湖曲,湖水沧涟似辋川。
窗下青松高百尺,时时落雪满琴絃。

题陈仲美画(次张贞居韵)

(元) 倪瓒

杜老茅堂倚石根,往来西瀼与东屯。
一庭秋雨青苔色,自起钩簾尽绿尊。

斜日西风吹鬓丝,披图弄翰学儿嬉。
钓竿拂著珊瑚树,张祐题诗我所师。

题画(二首)

(元) 倪瓒

南望铜官晓色新,三株松下一茅亭。

何当濯足临前涧,坐石闲书《相鹤经》。

坦腹江亭枕束书,澄清江水自空虚。
修篁古木悠悠思,何处青山可卜居?

题小幅画
(元) 倪瓒

复谷迴峦地沉寥,参天老树拂云霄。
幽人乐事知多少,拖杖寻诗过板桥。

题扇画(二首)
(元) 倪瓒

荷叶田田柳弄阴,菰蒲短短迳苔深。
鸟飞鱼跃皆天趣,静里游观一赏心。

一代舒王不数人,曾哦雪竹与霜筠。
云林野思生幽梦,睡起濡毫一写真。

题魏明铉画
(元) 郑韶

老翁住在浣花邨,日日哦诗醉瓦盆。
怪底横江见船尾,不知春水到柴门。

题　画
(元) 贡性之

石濑清冰合,黄山白战麈。道人禁得冷,扶醉过溪桥。

题画(二首)

(元) 贡性之

桃花红绽断桥边,杨柳垂阴散绿烟。
记得少年曾取醉,玉人扶上总宜船。

一江春水晚微茫,醉倚篷窗客思长。
忽听《箫韶》云外落,松风轻度鬓丝凉。

题画扇

(元) 钱维善*

银气蒸成云白,岚霏散作空青。
中有幽人小隐,松风涧水泠泠。

大年便面

(元) 郭畀

疎雨洒荷气,微凉生柳阴。闲亭不受暑,坐占清湖心。
无客且罢棋,有风宜披襟。向来行路错,足底黄埃深。
此意一领略,落日孤蝉吟。

题天游画

(元) 华幼武

仙翁醉倒金壶汁,信笔涂糊作画看。
泉合松声流别涧,雨将云氛出层峦。
移家隐遯怀庞老,攜妓登临忆谢安。
一笑顿忘尘世事,也须卜筑老江干。

---

* 钱维善:当作"钱惟善",原书他处及本卷目录即是。下同。

题陆某寄元翚诗画

（元）华幼武

新诗遗明珠，清图写寒玉。二美从何来？天风坠茅屋。
屋下有佳士，孤吟坐烦促。披图诵新诗，翛然坐岩谷。
瞻彼江上云，飘飘谢羁束。夕影弄明月，朝光泛晴旭。
念兹尘埃客，可望那可逐。愿将绿绮琴，同歌《紫芝曲》。

题张道师所藏画

（元）周砥

秋月无风度海迟，珊瑚玉树碧参差。
明朝我亦三山去，为借韩哀白鹿骑。

顾云屋画

（元）唐肃

江际石林秋，闲来伴客游。兽茵铺接膝，鸠杖倚过头。
峰对千重色，潮听一派流。话多论隐趣，身不近闲愁。
缥渺云生濑，参差树隐洲。无端破幽闷，飞去一双鸥。

画意（十三首）

（元）马臻

千树万树桃花发，三声五声鹧鸪鸣。
溪山春色媚人眼，但见物物生诗情。

寒空黯淡飞鸟没，某丘某壑同一色。
绝怜驴背苦吟人，风雪打头乌帽侧。

红尘堆里嬾低颜，石路迢遥入乱山。

拟向云边种黄独，几时容我屋三间？

支筇路入诸峰顶，回首繁华谢朝槿。
古来天下多名山，不是终南终不隐。

江花江草映江楼，写出江天一片秋。
隔岸小桥低数尺，淡烟消处见渔舟。

千章古木见青红，路接溪桥出莫钟。
衰老无人赋招隐，山云更入两三重。

吴侬生长浙江干，惯见秋涛拍夜滩。
老去怕风兼怕水，不妨传入画图看。

有客骑驴入林麓，山深疑是王官谷。
平生输与钓鱼翁，独木桥边结茅屋。

数间草屋山烟静，夹岸桃花流水香。
愁杀武陵回棹客，不知人世几斜阳。

平生丘壑老栖迟，敢信毫端为发挥。
忽忆楚江江上见，双帆帖帖带云飞。

幽人自乐山中趣，闲访山家入山去。
记得西峰阿那边，乱云遮断无寻处。

江云晶晶侵林影，境会心融发深省。
可惜长艘载利名，乾坤清气无人领。

缘溪路滑蹇驴迟，水色山光总入诗。
还胜襄阳孟夫子，满身风雪灞桥时。

郭天锡画卷
（元）张雨

林间风雨避蓝舆，城头鼓声知有无？
只消深浅屏风叠，题作苏郎诗意图。

题人物山水
（元）陶宗仪

古赋裁成学遂初，山童研墨且徐徐。
石头几上溪藤滑，旋拂松花对客书。

题　画
（明）陶安

鼓罢瑶琴策杖还，空山流水听潺潺。
夕阳林外风尘起，输与先生不出山。

画为包师胜题
（明）杨基

疎簾半捲丝丝雨，菱叶荷花暗江渚。
水近松深彻夜凉，不用开襟摇白羽。
隔岸人家住绿阴，偶来听我坐弹琴。
聊将《白雪》《猗兰》意，销尽红尘汗马心。

画
（明）张羽

疎散元非用世才，日高林户尚慵开。

为怜湖上青山好,行到冬青树底来。

画(二首)

(明)王行

高馆疏簾晚乍开,读书声里故人来。
山中本自无尘土,催得家童埽绿苔。

雨后飞泉下碧湍,长松修竹草堂寒。
无人解识高人意,溪上青山独自看。

题 画

(明)张绅

高树漏疏雨,滴沥下银塘。美人卷簾坐,宝鸭添生香。
风吹绿荷叶,露出双鸳鸯。

题 画

(明)葛孔明

结屋高人占一丘,间行小立俯清流。
青山落手谁争得,一片诗情在杖头。

为彦中题画

(明)龚翊

青山之青如佛头,白云化作寒泉流。
世间尘土飞不到,眼中景物俱清幽。
若人自是好静者,岂非五柳先生俦?
每托琴尊写高兴,脱屣乐从鱼鸟游。
却笑时人苦不达,漏尽鸣钟犹未休。
君不见小虞塘西玉峰下,一菴已遂吾莵裘。

共论心事肯相过，斗酒当为山妻谋。

题　画
（明）王燧

渡头初唱采菱歌，南浦西风涨绿波。
正是晚凉新雨后，青山不似白云多。

为沈趣菴题画
（明）偶桓

溪山深处野人居，小小簾栊草阁虚。
酒〔洒〕面松风吹梦醒，凌霄花落半牀书。

题画扇（次岑琬韵）
（明）陈颢

自适闲边趣，谁言分外求。看山一瓢酒，载月五湖舟。
秋水清吟思，西风冷钓裘。惟应陆甫里，千古可同流。

题画（二首）
（明）陈宪章

水面田田荷叶，牆头纂纂枣花。
士子赠之以药，女也不绩其麻。

隋苑螺横山黛，吴门练曳溪纹。
石桥糁径红雨，草阁钩簾白云。

题画（二首）
（明）徐溥

一声啼鸟春林晓，转觉草堂深更幽。

底事东风太相狎，飞花吹满砚池头。

向时载酒江东去，今日山阴载雪回。
一片闲情谁解得，晚风溪上破疏梅。

题许廷冕职方画
（明）李东阳

路转循冈背，桥回傍水根。幽人不到处，茅屋自成村。
浦树经秋落，山钟向晚昏。偶然一攜手，相与倒芳尊。

杂画绝句（二首）
（明）李东阳

雪满千山路，茅堂只数椽。幽人与修竹，相对不知年。

春岸桃花开，江头夜来雨。借问垂钓翁，中流深几许？

陆天游画
（明）吴宽

翛然掩陋室，幸此绝尘鞅。偶开水墨图，颇慰山林想。
危岑瞰深碧，湖水平于掌。乔木四五株，秋气始萧爽。
不逢弄舟人，似听伐木响。二老足高致，多暇自来往。
落照变岩姿，临流更欣赏。

题启南画
（明）吴宽

闭户萧然乱雪中，已无宾客晚堂空。
槁梧独据忘为我，老笔能挥爱此公。
却构石栏临绝涧，似闻茆屋卷秋风。
十年别却西庄路，岁莫相思白发同。

题　画

（明）王云凤

草履麻衣也自华，杖藜徐步定谁家？
山人欲访冈头竹，厌看春来市上花。

题　画

（明）文森

石上收纶坐，垂杨拂鬓丝。闲情与幽思，不复许人知。

郭天锡画卷

（明）黄玠

门外马蹄三尺尘，屋底青山看白云。
不知身世在城市，但觉爽气吹冠巾。
鸭觜滩头露沙渚，彷佛西陵与渔浦。
恼人归兴满江东，烟树半沉天欲雨。

题　画

（明）罗玹

入山採灵药，山深愁日短。空林独自行，木客时为伴。
术肥晨露滋，芝润春泥暖。荷镢莫归迟，前溪白云满。

题　画

（明）贺肖

画舫西湖载酒行，藕花风度管絃声。
馀情未尽归来晚，杨柳池台月又生。

题　画

（明）唐寅

春风修禊忆江南，酒榼茶罏共一担。

寻向人家好花处，不通名姓即停骖。

题画（二首）
（明）周用

枫叶野亭阴，蘋花沙岸雨。秋光绝可怜，谁与幽人语？

秋叶亦自红，溪云闲且白。客从何处来？坐我松上石。

题　画
（明）周用

步入清溪阴，秋色亦可悦。采采菊垂花，萧萧木落叶。
飘风吹衣带，古蹟戴石辙。偶尔闻鸣猿，东山欲生月。

题张性夫小景四绝句
（明）顾清

寂寂空山里，春和草自芳。隔溪人不见，髣髴唤刘郎。

水木阴森处，茅堂四五间。主人容直造，攜手看青山。

秋气著林麓，萧条门户闲。儿童拾松子，日暮不知还。

积雪断山路，柴扉昼不开。明朝稍晴霁，先看屋东梅。

画　意
（明）孙伟

野行不出远，步入桥之东。雨晴农事尽，水边村迳通。
所欣抱涧人，酞心于此同。坐看薄云生，婉媚桃花丛。
柴门澹松桂，鸡声鸣午春。幽憇适天性，送目春飞鸿。

嫣然吾得我，意在忘言中。

小画（二首）
（明）顾璘

斜日云横薄莫，空江木落高秋。
云外稻粱自足，人间矰缴何求。

泽苇江枫共远，玄凫白鹭争飞。
借问渔舟安在？欲来垂钓忘归。

题　画
（明）寇天叙

十月梅花开已多，蹇驴冲雪野桥过。
亦知金紫趋前贵，奈此当前清兴何！

看画口号
（明）汤显祖

何处三公指向空？白头西笑日东红。
三公久视如相识，乌有子虚无是公。

题画（赠张山人，二首）
（明）董其昌

炊烟连断霭，隐隐见松亭。亭中有静者，单读《净名经》。

烟渚轻鸥外，晴峦画鹢前。何须苦联句，触眼白云篇。

题画（赠眉公）
（明）董其昌

何处江山好定居？卜邻真拟傍专诸。

骚人已落芝兰事，濠叟犹传说剑书。

题　画
（明）陈继儒

酒瓮嘈嘈杞菊香，解衣松下月清凉。
年来数亩山田熟，半作花钱半鹤粮。

丙寅四月仿燕穆之画汤可卿扇
（明）李日华

山晴烟晚绿濛濛，麦垅香来花片风。
欲向溪南放黄犊，酒瓢诗卷挂墙东。

题画扇
（明）李日华

梦压春愁睡起迟，一林疏雨褪胭脂。
诗翁艇子无人见，只有飞来白鹭鹚。

沈天生求画扇题
（明）李日华

车马风尘属壮时，得闲今不恨闲迟。
泉光云影虚亭畔，定不将人染鬓丝。

为天镜上人画扇
（明）李日华

飞锡看山犹不足，又将幽思恼幽人。
一泓墨汁曹溪水，洒落秋光一点尘。

题画与月楼上人

（明）李日华

松响半天环珮,涧吹满耳笙簧。
知是前生迦叶,空山容我疎狂。

题画（三首）

（明）李日华

秀壁疎林野水涯,乱云堆里隐人家。
一泓淡墨闲情绪,消取清泉白石茶。

沙隐人家树隐桥,一湖春水接天遥。
虚亭尽日无人到,賸有风帆拂柳条。

绿晴洞彻蚍蜉字,白葛偏宜鸥鹭群。
莫怪呷哦山谷里,要将清响彻松云。

历代题画诗类卷第五十三

古像类

教授李梦符惠宣圣画像用韵奉酬
（宋）陈傅良

一艺必有师，尚论襄与夔；一国必有师，尚论管与伊。
信知师道尊，分与君父夷。吁嗟文王没，斯文属之谁？
微言二十篇，论次自《学而》。传之者颜曾，其后则子思。
方当周之衰，诸子出怪奇。王公各师承，一语可解颐。
见之拥簪迎，不见嚬其眉。孟子独推尊，是惟圣之时。
苟不本孔氏，皆放其淫词。于是尊孔孟，诞作百世（世）师。
自非戎翟秦，孰背此道驰？本朝郡为学，薄海尸祝之。
往往屈万乘，降升庙庭陲。我作暮春堂，《鲁论》以自随。
扁题落天上，鬼遁蛟龙移。江山护昭可，谁敢或讪嗤！
中有夫子像，来从鲁家儿。广文以遗我，温厉尚可追。
吾今得吾师，下视众说卑。世世万子孙，永此巢一枝。

手植桧孔子像
（元）郝经

稷降播种生百穀，封植积累锺道木。

东枝扶桑西昧谷，柯叶荟蔚盛文物。
七百馀年开丗卜，子欲代母彗东出。
仲尼伤麟掩袂哭，手植庭桧踵遗躅。
三代脉络拱把续，先王遗泽不没灭。
岁寒高隐阙里屋，忽遇秦火伤老佛。
榱崩栋折不可复，民莫芘荫殃祸酷。
千年馀根重储蓄，孔庭家传深韫椟。
遗我尺许香馥郁，手泽膏润如紫玉。
道德根株太极骨，神虽无方像彷佛。
刻划乾仪镂坤轴，象环綦组殷士服。
澜翻海口与河目，突兀六经还在腹。
梁木可仰天未祝，元气不死生意足。
不须金身骇氓俗，见者再拜重祗肃。
文楷十里泰山麓，墓前举是韦编竹。
圣世不绝生民福，我欲载之告四隩。
斥去伪邪信抑屈，矫矫更用击蛇笏。

题宋画三教晤言图（五首）
（元）王恽

两晋玄风倡永嘉，晤言新意出承华。
后人莫作无同论，剖破藩篱即大家。

微言初不出吾书，正恐雄夸涉诞虚。
坐上若拈花叶问，发端当自仲尼居。

承华宸翰日重光，大定声明有父皇。
若以抚军监国论，长沙书疏未容忘。

缁衣蔽路乐清修，羽客谈玄日自由。
眼孔似怜吾辈小，终年平地看残流。

鬓丝禅榻喜相依，休问珠英果是非。
已著孔林残照里，青衿渐染变缁衣。

范蠡像
（宋）苏轼

谁将射御教吴儿？长笑申公为夏姬。
却遣姑苏有麋鹿，更怜夫子得西施。

范蠡图
（明）陈宪章

诗中是画画中诗，晴雪孤舟荡晚晖。
同在五湖烟景（水）内，是鸱夷不是鸱夷。

留侯小像
（元）王逢

汉高三尺剑，子房三寸舌。
刚柔两相济，秦降楚随灭。
君不见乾坤狡兔飞鸟秋，
脱使子房无世仇，箕棲颍饮老则休。

邵平像
（明）程敏政

金貂併与世尘空，老圃馀情寄郭东。
莫笑种瓜生计独，此心原慕采薇翁。

买臣像

(明) 程敏政

雪林樵担压双肩,士有穷通节自坚。
赢得马前愚妇骇,快心堪笑亦堪怜。

郑子真画像(二首)

(元) 杨载

外姓争权国必危,若人有道独前知。
傥缘辟召登朝著,忍见他年汉鼎移。

躬耕谷口杂编民,宁肯怀金媚贼臣。
扬子解言如许事,不知执戟是何人。

严光像

(明) 程敏政

一竿名重子陵滩,风景真宜入画看。
却恐禄多归计好,羊裘零落钓矶寒。

诸葛武侯画像

(元) 吴澄

含啸沔阳春,孙曹不敢臣。若无三顾主,何地著斯人?

武侯像

(元) 郑元祐

鱼水君臣百世师,风云鱼鸟识旌旗。
三分天下何经意,恨未中原复本支。

蜀相像

（明）方孝孺

羽扇纶巾一卧龙，誓匡宝祚翦姦雄。
图开八阵神机外，国定三分掌握中。

题景升太尉画孙登像

（宋）晁说之

契阔王孙魂梦劳，京华一日重游遨。
图书不惜黄金费，歌舞何妨箫珮高。
月到南楼卧吹笛，花残曲几醉挥毫。
如何爱著须臾懒，不使苏门对楚骚。

张翰像

（宋）苏轼

浮世功劳食与眠，季鹰真得水中仙。
不须更说知机早，直为鲈鱼也自贤。

戒珠寺后登蕺山谒王右军遗像

（元）吴莱

小立天地窄，前登万山阻。越王采蕺处，秋绿空榛莽。
古祠复何人？遗像寄梵宇。柳老题扇桥，荷香弄鹅浦。
典午当衰乱，神州渺淮楚。经略欲驰兵，保障期安堵。
姦温多大志，诞浩却浪许。护军曾参综，笺疏极心膂。
庙谟不可胜，野战徒争武。内外未协和，英雄岂豪举。
泗口聊进屯，谯城遽犇沮。事势日趋异，朝廷孰撑拄？
去官宁忤违，誓墓独酸苦。父子但沄书，功勋總尘土。
青缃每收拾，綵笔馀图谱。草隶俱入妙，云龙竞掀舞。

崔蔡须抗行，羊殷特奴虏。一鹭或有识，野鹜纷难数。
平生破布被，谩以指画肚。起叩故墨池，长鲸战风雨。

题夏博士晋王羲之右军像

（明）镏炳

上东门外胡雏啸，万里尘飞洛阳道。
潜（潜）龙东渡晋中兴，群马南浮国重造。
石城龍嵷昔所都，庶事草草嗟良图。
衣冠简傲礼乐废，朝廷放旷君臣疎。
大令平生最超卓，早年门第居台阁。
内史新除典要枢，右军任重参帷幄。
擅场翰墨出神奇，蔡卫钟张早得之。
昼长燕寝森兵卫，日暖鹅群戏墨池。
来禽青李囊盛寄，裹鲊《黄庭》醉后题。
春风三月山阴曲，群彦流觞映修竹。
一时簪冕属高风，百年文藻怀芳躅。
流落斯文慨古今，后代宸聪复购寻。
小字昭陵传玉枕，数行《定武》抵千金。
忽见画图双眼失，采采丰神惊玉立。
羽扇萧疎晚日晴，乌纱彷佛秋尘袭。
繁华如梦转头非，典午山河几落晖。
唯有凤凰台上月，春风依旧紫箫吹。

子昂画羲献像

（明）叶砥

晋代风流数二王，名家书法过中郎。
吴兴墨妙尤奇绝，貌得神游到醉乡。

题四清图

（元）揭傒斯

一清曰王右军，平生富事业，独以能书闻。
遂令吴越士，至今学者犹纷纷。於嗟乎，王右军！

二清曰轩辕弥明，偶然吟石鼎，狂怪使人惊。
遂令韩吏部，至今妄得狂怪名。於嗟乎，轩辕弥明！

三清曰玉川子，忍穷吟月蚀，天高叫欲死。
独对烹茶婢，白头赤脚老无齿。於嗟乎，玉川子！

四清曰林和靖，周程明圣学，韩范辅王政。
独对玉梅花，山色湖光耿相映。於嗟乎，林和靖！

题陆大夫画逸少远游道林

（宋）晁说之

会稽内史勤笔墨，远遊中坐无一物。
何事支公爱神骏，团揭鼻齿映顶足。
拄杖圆笠如意负，蓬发著巾俱肃肃。
相向忘言在何许？望断高山空翠麓。

再题王许支图

（宋）晁说之

海岳登临许远遊，上乘云气下扁舟。
可怜毕竟不闻道，妙翰神骓却得留。
右军愤世犹怀古，何事一朝得支许。
马足不动群奴痴，感深绝俗俱无语。

予以四韵记陆大夫三高图，自谓能省句矣。
后作绝句，增画笔之妙

（宋）晁说之

马解驭经度碧空，便令王许伴支公。
山童野仆立如石，忘却侬曾在会中。

谢太傅像

（元）郑元祐

秦兵百万压东南，宗社安危已独担。
却寘捷书碁局底，诸君犹认罪清谈。

谢安图

（明）王越

高卧东山岁月多，放情声妓欲如何？
后来始为苍生起，却听桓伊席上歌。

渊明画像

（宋）王十朋

潇洒风姿太绝尘，寓形宇内任天真。
絃歌只用八十日，便作田园归去人。

画渊明

（元）赵孟𫖯

渊明为令本非情，解印归来去就轻。
稚子迎门松菊在，半壶浊酒慰平生。

陶渊明像

（元）邓文原

诗中甲子春秋笔，篱下黄花雨露枝。
便向斜川频载酒，风光不似义熙时。

张叔厚写渊明小像（时年二十八）

（元）黄公望

千古渊明避俗翁，后人貌得将无同？
杖藜醉态浑如此，困来那得北牕风。

张叔厚写渊明小像

（元）张雨

归来三径一年秋，自是羞看尔督邮。
王弘斗酒何为者？不见南山不举头。

渊明像

（元）吴师道

靖节有高趣，沉冥非酒徒。画师宁识此，偶出亦攜壶。

渊明像

（元）宋无

环堵萧然瓢屡空，不详姓字一衰翁。
此身自谓羲皇上，却堕闲人画卷中。

渊明小像

（元）贡师泰

乌帽青鞵白鹿裘，山中甲子自春秋。

呼童检点门前柳，莫放飞花过石头。

渊明像
（元）郑元祐

弃官亟返柴桑，家资日付壶觞。
莫道先生长醉，义熙年号不忘。

陶靖节像
（元）郑元祐

袖里惭无博浪槌，酒醒空赋柴桑诗。
悲凉一曲山阳笛，满眼山河是义熙。

陶靖节像
（元）贡性之

解印归来尚黑头，风尘吹满故园秋。
一生心事无人识，刚道逢迎愧督邮。

题渊明像
（元）马臻

干禄本为酒，身退名益著。那因五斗米，便作折腰具。
东篱菊花开，掉头不肯住。如何千载下，却被丹青汙？

题渊明像
（明）贝琼

素琴无絃不复鼓，清樽有酒还相持。
老奴迁鼎亦苦早，先生拂衣应已迟。
子房结客报秦日，武侯出师匡汉时。
古人今人本同调，坐对南山惟赋诗。

题陶渊明像

（明）高逊志

玉山颓兮葛巾偏，老仆扶持步不前。
莫道先生浑不醒，醉中犹记义熙年。

题渊明图

（明）丘濬

桓公事业晋山河，触目伤心可奈何？
篱下菊花门外柳，时时相对醉吟哦。

题渊明像

（明）张羽

五儿长大翟卿贤，彭泽归来只醉眠。
篱下黄花门外柳，秋光不似义熙前。

题渊明醉像

（明）徐贲

彭泽归来纵此身，每从醉里见天真。
白衣不至浑闲事，自有寻常漉酒巾。

渊明像

（明）于谦

杖屦逍遥五柳旁，一辞独擅晋文章。
黄花本是无情物，也共先生晚节香。

题画陶靖节

（明）谢承举

彭泽归来菊满篱，停云荣木已成诗。

晚风散步前溪路，正是先生半醉时。

题靖节图

（明）郑鹏

八旬彭泽令，胡为赋归来？不为折腰劳，亦岂为衔杯？
世事与心违，感之良可哀。见几苟不早，屈辱终难排。
柴桑五柳下，茅屋荒苍苔。松菊喜犹存，田园多草莱。
力耕课僮仆，衣食聊自媒。生死等蜉蝣，轩冕轻尘埃。
劝酬杂农圃，欢昵及孺孩。意适辄有吟，落笔忘敲推。
纵心信所如，涧曲山之隈。衡门向夕启，孤舟正沿洄。
妻子笑将迎，鸡犬亦喧豗。乘化乐天命，靡复萦所怀。
缅兹绝代人，清风动九垓。廉顽与立懦，身没名不灰。
我生千载后，仰止心悠哉。风簷读公传，白日青天回。

题渊明像

（明）林景清

南山秋色满东篱，彭泽归来鬓未丝。
白酒黄花聊自足，扶筇绝胜折腰时。

赵吴兴渊明像（并书《归去来辞》）

（明）余尧臣

虚馆坐清晓，高秋零露时。佳菊秀可餐，墨葩含晚滋。
芳馨发孤思，写此《归来辞》。馀兴犹未已，寒玉生疎枝。
孰谓公子怀，不与幽人期？抚卷三叹息，系年非义熙。

唐十臣像歌（魏徵、李白、郭子仪、浑瑊、颜真卿、韩愈、
白居易、牛僧孺、崔慎由、司空图）

（元）郝经

郑公山立面粟黄，袖中隐隐露谏章，

致君尧舜肩禹汤，太宗一镜今不亡。
谪仙翩然来帝乡，淋漓龙巾倚御牀，
斗酒百篇锦绣肠，光燄至今万丈长。
汾阳沉雄异姓王，中兴功业冠有唐，
人臣始终寿且昌，深山大泽龙蛇藏。
咸宁气貌惨不扬，杀气凛凛横天狼，
回天再造忠且强，功名端不让汾阳。
太师鲁公日角方，挺特不挠百鍊（炼）钢，
端笏正朝貌堂堂，卢杞蓝面不敢望。
昌黎高冠何昂昂，泰山北斗元气傍，
天衢摇曳云锦裳，斥去老佛擅文章。
乐天翛然世（世）相忘，江水荡漾汇花香，
不作房杜庸何伤，歌诗直与日月光。
奇章重厚国栋梁，乱来粗能立纪纲，
太平无象称小康，不计党祸深膏肓。
崔相忧国眉两庞，区别流品何太忙，
天子闭目犹自防，曹节侯览不可量。
司空表圣宜贤良，清癯不欲游岩廊，
诗外有味谁肯甞，寡鹤飞去高翱翔。

题贺监李谪仙二像

（宋）楼钥

不有风流贺季真，更谁能识谪仙人？
金龟换酒今何在？相对画图如有神。

斗酒浇诗动百篇，鉴湖牛渚两俱仙。
早知今日犹相对，不向稽山回酒船。

李太白画像歌

（宋）饶节

先生之气盖天下，当时流辈退百舍。
醉中咳唾落珠玑，身后声名满夷夏。
青山木拱三百年，今晨乃拜先生画。
乌纱之巾白纻袍，岸巾攘臂方出遨。
神游八极气自稳，冰壶玉斗霜风高。
呜呼先生太绝伦，仙风道骨语甚真。
肃然可望不可亲，悬知野鹤非鸡群。
天宝之初天子逸，先生醉去不肯屈。
采石江头明月出，鼓枻酣歌志愿毕。
只今遗像粉墨间，尚有英风爽毛骨。
宣州长史粉黛工，谁令写此人中龙？
细看笔意有俯仰，妙处果在阿堵中。
人云此画世莫比，吴侯得之喜不寐。
意侯所爱岂徒尔，亦惜真才死泥滓。
先生朽骨如可起，谁为猎之奉天子？
作为文章文圣世，千秋万古诵盛美。
再拜先生泪如洗，振衣濯足吾往矣。

和饶节咏周昉画李白真

（宋）陈师道

君不见浣花老翁醉骑驴，熊儿捉辔骥子扶。
金华仙伯哦七字，好事不惜千金摹。
青莲居士亦其亚，斗酒百篇天所借。
英姿秀骨尚可似，逸气高怀那得画。
周郎韵胜笔有神，解衣磅礴未必真。

一朝写此英妙质，似悔只识如花人。
醉色欲尽玉色起，分明尚带金井水。
乌纱白纻真天人，不用更著山岩里。
平生潦倒饱丘园，禁省不识将军尊。
袖手犹怀脱鞾气，岂是从来骨相屯。
仰视云空鸿鹄举，眼前纷纷那得顾。
是非荣辱不到处，正恐朝来有新句。
勿言身后不要名，尚得吴侯费百金。
江西胜士与长吟，后来不忧身陆沉。

太白扇头
（金）李端甫

岩冰涧雪谪仙才，碧海骑鲸望不回。
今日霜纨见遗像，飘然疑自月中来。

题谪仙像
（明）徐贲

鼛鼓声来已乱离，锦袍脱却恨归迟。
秋风江上长吟里，不唱《清平》古调词。

李太白像
（明）王泽

春殿龙香试綵毫，诗成夺得锦宫袍。
归来笑拥如花妓，卧看蔷薇月上高。

太白像
（明）邵宝

仙人骑驴如骑鲸，睥睨尘海思东瀛。

等闲相逢但叱咤,谁知万古千秋情。
醉来天地小于斗,鞭策雷霆鬼神走。
豪奇自比齐东人,大雅犹怀鲁中叟。
青春想像华清宫,解识仙人图画中?
拍浮绿酒唤不醒,葛巾飒飒生天风。

题李太白像

(明) 沈周

风骨神仙品,文章浩荡人。世间金鸂鶒,天上玉麒麟。
江月狂歌夜,宫花醉眼春。独输萧颖士,不见永王璘。

太白像

(明) 文徵明

宫袍错落洒春风,玉雪淋漓渳酒容。
残夜屋梁栖落月,碧天秋水洗芙蓉。
麒麟岂是人间物,眉宇今从画里逢。
一语不酬千载诺,匡庐山下有云松。

题太白像

(明) 僧大圭

歌罢秦楼月满阑,天风两袖锦袍宽。
花前莫草《清平调》。飞燕深宫不耐寒。

堂中画像探题得杜子美

(宋) 欧阳修

风雅久寂寞,吾思见其人。杜君诗之豪,来者孰比伦!
生为一身穷,死也万世珍。言苟可垂后,士无羞贱贫。

杜甫画像

（宋）王安石

吾观少陵诗，为与元气侔。
力能排天斡九地，壮颜毅色不可求。
浩荡八极中，生物岂不稠？
醜妍巨细千万殊，竟莫见以何雕锼。
惜哉命之穷，颠倒不见收。青衫老更斥，饿走半九州。
瘦妻僵前子仆后，穰穰（攘攘）盗贼森戈矛。
吟哦当此时，不废朝廷忧。常愿天子圣，大臣各伊周。
宁令吾庐独破受冻死，不忍四海寒飕飕。
伤屯悼屈止一身，嗟时之人死所羞。
所以见公画，再拜涕泗流。
惟公之心古亦少，愿起公死从之游。

杜子美像

（元）许有壬

删后骚馀代有闻，集成惟许杜陵人。
凭谁寄语沿流者，流到江西不是春。

杜拾遗像

（元）谢应芳

国破家何在，穷途更莫年。七歌同谷里，再拜杜鹃前。
胡羯长安满，骑驴短褐穿。画图憔悴色，犹足见忧天。

题杜子美像

（明）沈周

贫莫容身道自尊，先生肝胆照乾坤。

泪因感事时时有,诗不忘君首首存。
孔雀岂知牛有角,杜鹃还识帝遗魂。
千年珍重丹青在,大雅何从著讚(赞)言。

题少陵像
(明)僧大圭

关山云冷笛声秋,一曲南征感旧游。
满地月明双鬓雪,断肠今夜望鄜州。

次韵鲁直书伯时所画王摩诘
(宋)苏轼

前身陶彭泽,后身韦苏州。欲觅王右丞,还向五字求。
诗人与画手,兰菊方春秋。又恐两皆是,分身来入流。

孟浩然图
(元)李俊民

却因明主放还山,破帽骑驴骨相寒。
诗句眼前吟不尽,北风吹雪满长安。

孟浩然画像
(元)贡师泰

白日何茫茫,青春方浩浩。驴背天风来,吹我乌纱帽。

汾阳王像
(金)赵秉文

天宝虏骑兴渔阳,首提孤军起朔方。
扫除欃枪廓氛翳,再使日月光吾唐。
丹青凌烟谁第一?功业汾阳异姓王。

当时太尉亦雄伟，天不愁遗壮士伤。
河中重镇甲天下，浑公与公屹相望。
时危英雄常恨少，抚壁再拜涕泗滂。
诸酋下马识公否？公虽云亡像在堂。

李愬画像
（宋）僧惠洪

淮阴北面师广武，其气岂止吞项羽。
君得李祐不肯诛，便知元济在掌股。
羊公德化行悍夫，卧鼓不战良骄吴。
公方沉鸷诸将底，又笑元济无头颅。
雪中行师等儿戏，夜取蔡州藏袖里。
远人信宿犹未知，大类西平击朱泚。
锦袍玉带仍父风，拄颐长剑大梁公。
君看鞬櫜见丞相，此意与天相始终。

退之画像
（宋）黄庶

功名已写后世耳，身入人间图画看。
叹息浮图满天下，犹疑怒发尚冲冠。

张祜像
（明）唐寅

善和坊里李端端，信是能行白牡丹。
谁信扬州金满市，元来花价属穷酸。

白乐天像
（明）唐寅

苏州太守白尚书，酒盏飘零带疾移。

老去风情犹有在，张娟骆马与杨枝。

杜牧像
（明）唐寅

司空幕府［通］衣开，平善街头日夜来。
肯信琼花旧游处，至今犹唱《紫云回》。

陆龟蒙像
（宋）苏轼

千首文章二顷田，囊中惟有一钱看。
却因养得能言鸭，惊破王孙金弹丸。

陆鲁望像
（明）陈昌

笔牀茶灶载孤篷，家住吴江震泽东。
斗鸭声沉烟水冷，何人知是陆龟蒙？

陶穀像
（明）唐寅

一宿因缘逆旅中，短词聊以讬泥鸿。
当时我做陶承旨，何必尊前面发红。

题八君子图后
（宋）真德秀

刘子出西江，访我江之东。何人与偕来？衔袖八钜公。
韩欧开济姿，如晴月生空。潞公山岳重，文正霜桧同。
玉立者坡仙，天游匪涪翁。一朝参我前，毛发生清风。
凄其赵韩王，小异凌烟中。半山执拗面，亦得传无穷。

韩魏国忠献王七世孙植甫家观王蝉冕画像

（元）柳贯

文奎瑞宋三百年，英云五彩章赋篇。
出藩入从国秉重，势如九鼎安堂筵。
西戎小醜罔干纪，北门三军常晏眠。
谁为社稷存至计，藉此粉墨开凌烟。
崎岖南徙今异代，启匮传观玉色鲜。
使时殷耆犹弗咈，安用蜀业图其偏。
神人觋世未尝死，刚风乘之游九天。
李君执郤〔御〕我问世，更恨凡骨何能仙。

题范文正公真像

（元）王恽

岳记梁碑冠古今，当时文笔见忠忱。
细思后乐先忧说，士子今谁抱此心？

温公画像

（元）郝经

后来三代汉唐宋，太师温公绝世无。
汲黯魏徵与宋璟，马迁刘向及仲舒。
问学德度兼名节，纯粹骨鲠一大儒。
麒麟凤凰代希有，布帛菽粟民所须。
无心求世笃修身，正襟危坐三省吾。
以道事君入官联，循分守信不敢踰。
进言格非理必尽，浑厚质直辞无馀。
制礼作乐如成康，渐仁摩义期唐虞。
不幸熙丰方有为，祖宗良法尽铲除。

磊磊显谏章十上，不用不可一日居。
勇退不补枢密班，分司洛下甘著书。
论列治乱尤爱君，心存魏阙身江湖。
钩深致远推象数，更拟《太玄》作《潜虚》。
穷神知化德亦盛，不忍赤子极焦枯。
一僮一马哭裕陵，万民遮拥牵衣裾。
有田不敢种青苗，司马相公来活予。
两宫下诏登一相，旱火泼雨天下苏。
东丹惊喜西夏服，中朝突兀尊皇舆。
谁知孔明食遽少，以死勤事皆骇吁。
革弊治蛊虽未竟，已定鼎命开规模。
建炎国脉实在此，绍圣奸党徒厚诬。
高风奕奕今共仰，遗像尚可惩奸谀。
槁木宁有食肉相，隐隐但见金粟肤。
布衾自可覆苍生，貂蝉不称山泽臞。
泫然想见公薨时，鬻衣致奠哭过车。
不独此本在人间，一日四海皆画图。
更不负公有子瞻，两碑万字堆琼琚。
刻石署公为首恶，小人私计真区区。

题六一东坡像（二首）

（宋）晁说之

座右铭何有？丹青得若人。东坡禅客衲，六一醉翁巾。
先后文章伯，安危社稷臣。庙堂思颍日，海峤梦钧辰。
□□□□□，□□叹会神。何当均雨露，剑佩画麒麟。

眉山凝间气，渤海识兹人。一代执鞭士，千秋折角巾。
高趋周室辅，平处汉廷臣。白首齐明易，鸿钧异抚辰。

参差非所叹，契阔自如神。不念乞灵者，翩然驾白麟。

题赵琳画东坡石上以杖横膝肩头（二首）
（金）赵秉文

庙堂竟何人，此老乃石上？盘礴万古胸，入此一藤杖。
击去荆舒蛮，扶来司马相。君看熊虎颜，百兽不敢傍。

东坡谪岭南，一笑六根尽。食骨不弃馀，又使群狗竞。
手中果何物？乃是照邪镜。尔曹何足容，以杖叩其胫。

东坡先生画像
（元）郝经

五精聚奎五季平，三朝积累三苏生。
东坡一龙独峥嵘，抉裂西极来承明。
顿撼日月轰雷霆，万喙蓄缩暗不鸣。
颠倒六合江河倾，澜翻奔注洵四溟。
闶肆捭阖掀鲲鲸，纡馀曲折重关扃。
脱兔处女孙吴兵，珠璧喷薄光怪惊。
嘻笑怒骂似不情，卒止礼义归中声。
既竭复鼓气益盈，转石决溜方施行。
变穷出奇伏且腾，常山蛇走搉孤鹰。
恣睢安闲便且轻，鸟鸣花落春山晴。
根极孔孟据六经，道德仁义炳日星。
蹴踏漆园隘兰陵，挥斥战国跨两京。
睥睨仪秦更纵横，每笑子云讥长卿。
屈宋贾马撷华英，李杜韩柳皆包并。
诸子百氏归题屏，出入老佛杂刑名。
杂不越理纯粹精，融会变化集大成。

更不蹈袭自名家，一张新锦秋江澄。
巉巉峨嵋去天尺，倒插崑崙有馀力。
雪岭隐日嘉陵深，翻动鸾凰织金碧。
乾坤都作一锦城，回视前王甚寒乞。
书法淋漓元气湿，以隶为楷尤雄崛。
为嫌颠张醉素俗，特与鲁公添出笔。
九天九地未曾见，總向篇章挥洒出。
备具百体穷道技，横拈竖出皆第一。
奇才本欲济时了，慷慨屡进万世策。
王道还疑仲舒缓，时务仍比陆贽切。
以重自任伊周学，贯日巉天天下节。
大儒不使为大臣，豪傑竟作文章伯。
区区小技皆游戏，举是先生等闲事。
从渠唤作谪仙人，耻作翰林真学士。
当时不止忌才名，凛凛都因有英气。
初为子孙得宰相，竹筒吹喘竞逐放。
阴谋毒手必致死，稛致诗文厚诬谤。
玉堂遽作赤壁矶，金莲却照儋山瘴。
政足大公无所损，粘天更觉风涛壮。
不恨不得居庙堂，□□□□□□□
但恨夷甫误苍生，遂使诸戎更霸王。
一网打尽朝廷空，八贼挪揄宗国丧。
苏公竟不到中原，舒王却在凌烟上。
昔尝读公文，今乃拜公像。至神无滞形，丹青莫能状。
画工岂有浩然气，漫著南箕翕舌空点痣。
不如夜寂对江月，皦皦见公真颜色。

书东坡先生画像

(元) 张雨

峨嵋秀色杳难攀,玉局仙人不受闲。
南斗日缠韩吏部,西湖风气白香山。
宁教刺舌姦邪党,可惜低头侍从班。
试问东坡铁拄杖?于今海上未曾还。

苏子瞻画像

(元) 贡师泰

老龙起深夜,来听洞箫声。酒尽客亦醉,满江空月明。

题南宫石刻遗像

(元) 倪瓒

米宫遗像刻坚珉,犹在荒城野水滨。
绝叹莓苔迷惨淡,细看风骨尚嶙峋。
山中仙冢芝应长,海内清诗语最新。
地僻无人打碑卖,每怀英爽一伤神。

题米南宫像

(元) 郭昇

海岳菴空骨已仙,风神超迈画中传。
凌云健笔飞光怪,不顾人间唤米颠。

题和靖像

(元) 马臻

处士征不起,孤山重颜色。寸禄既不沾,童鹤亦自得。
野风吹青春,梅花万古白。惟有云间月,可以照心魄。

观真文忠公画像

（元）袁桷

群贤辅绝学，嵯峨武夷峰。荧荧方瞳光，汲汲汗简中。
缅怀文明初，苍珮极匪躬。执笔侍玉署，妙语工弥缝。
飞尘变苍狗，潜渊阒游龙。空馀经济心，劳徕饥飞鸿。
浊水投神胶，扬清乃奇功。乔松不并世，寒飙转秋蓬。
生世我已后，正绪遗颛蒙。惕然拜公像，斯道非终穷。

拜玄英先生画像

（宋）谢翱

来此得公真，尘埃避隐沦。水生溪榜夕，苔卧野衣春。
雨冢侵吴甸，荒祠侑汉人。微吟值衰世，为尔独伤神。

题刘采州像

（金）赵秉文

当年二老赵张俦，独许先生第一流。
异政曾闻山鬼伏，直声须向古人求。
从来走卒知司马，到处儿童说细侯。
惆怅当年旧游处，羊昙不肯过西州。

闲闲画像

（元）郝经

乌巾鹤发鸢双肩，丹砂噀面深两颧。
存神垂老孰与传？正大八九天兴前。
金源一代一坡仙，金銮玉堂三十年。
泰山北斗斯文权，道有师法学有渊。
中华命脉屹不偏，楚妃正色绝纤妍。

石光玉洁无腥膻（出尘凡），高文大册职所专。
润色帝业星霓缠，体制妥帖开坤乾。
官样奥雅春容篇，笔力壮浪倾泉源。
草圣肆意挥云烟，晚年游戏西越禅。
月江卷尽藤萝涎，清风修修《易》一编。
每欲杖屦寻伊川，荧惑犯昴光竟天。
不与亡国天惜贤，始终无嫌独巍然。
国初学士汴与燕，世章蔡党方腾骞。
宣政佻靡快濯湔，补完大朴无雕镌。
卿云腴霞凤鸾翾，贝阙宝府珠璧联。
崇极欲圮龙步迁，此老始终元气全。
大儒岩廊笔如椽，六鳌一掣三山连。
纪甗堕地谁续絃，破觚顿肐皆沉緜。
东涂西抹竞取怜，夸红诧紫十百千。
安得起公重著鞭，万古一日当天悬。

题南塘居士宋公画像卷后

（元）王恽

南塘结夏水芝香，对展苏黄拜燕堂。
文献在公推故旧，琴尊娱客尽徜徉。
伤心此日空图像，照眼庭阶失鴈行。
白首那堪题往事，未容枯〔拈〕笔涕先滂。

云溪先生画像

（元）王恽

大定明昌五十年，声明文物出中天。
画图一识云溪老，耆旧风流堕眼前。

姚少师像

(明) 王鏊

下马摩挲读古碑,欲询往事没人知。
独留满月龛中像,便是凌烟阁上姿。
颊隐三毛还可识,功高六出本无奇。
一朝社稷归真主,还是臞然老衲师。

历代题画诗类卷第五十四

写真类

崔兴宗写真咏
（唐）王维

画君年少时，如今君已老。今时新识人，知君旧时好。

题旧写真图
（唐）白居易

我昔三十六，写貌在丹青；我今四十六，衰颓卧江城。
岂比十年老，曾与众苦并。一照旧图画，无复昔仪形。
形影默相顾，如弟对老兄。况使他人见，能不昧平生？
羲和鞭日走，不为我少停。形骸属日月，老去何足惊。
所恨凌烟阁，不得画功名。

香山居士写真
（唐）白居易

昔作少学士，图形入集贤；今为老居士，写貌寄香山。
鹤毳变玄发，鸡肤换朱颜。前形与后貌，相去三十年。
勿叹韶华子，俄成皤叟仙。请看东海水，亦变作桑田。

自题写真

（唐）白居易

我貌不自识，李放写我真。静观神与骨，合是山中人。
蒲柳质易朽，麋鹿心难驯。何事赤墀上，五年为侍臣？
况多刚狷性，难与世同尘。不惟非贵相，但恐生祸因。
宜当早罢去，收取云泉身。

咏写真

（唐）徐夤

写得衰容似十全，闲开僧舍静时悬。
瘦于南国从军日，老却东堂射策年。
潭底看身宁有异，镜中引影更无偏。
借将前辈真仪比，未愧金銮李谪仙。

新岁对写真

（唐）司空图

得见明时下寿身，须甘岁酒更移巡。
生情暗隔千重恨，寒势常欺一半春。
文武轻销丹灶火，市朝偏贵黑头人。
自伤衰飒慵开镜，拟与儿童别写真。

画生李维写予像今已十年，对鉴观之因题其侧

（宋）蔡襄

清眸绿发十年前，朴野风神不易传。
今日青铜莫相照，白髭垂颔面双颧。

自题写真
（宋）司马光

黄面霜须细瘦身，从来未识漫相亲。
居然不可市朝住，骨相天生林野人。

观永叔画真
（宋）梅尧臣

良金美玉不可画，可画唯应色与形。
除却坚明尽非宝，世人何得重丹青。

书王元之画像侧
（宋）欧阳修

偶然来继前贤迹，信矣皆如昔日言。
诸县丰登少公事，一家饱暖荷君恩。
想公丰采常如在，顾我文章不足论。
名姓已光青史上，壁间容貌任尘昏。

予昔在京师，画工韩若拙为予写真。今十三年矣，容貌日衰，展卷茫然。叶县杨生画，不减韩复，令作之以记其变。偶作
（宋）苏辙

白发苍颜日日新，丹青犹是旧来身。
百年迅速何曾在，方寸空虚老更真。
一幅萧条寄衰朽，异时髣髴见精神。
近存八十一章注，从道老聃门下人。

张秀才见写陋容
（宋）苏辙

潦倒形骸山上樗，每经风雨辄凋疎。
劳君为写支离状，异日长看老病初。
落笔纵横中自喜，赋形深稳妙无馀。
偶然挂壁低头笑，俱幻何妨彼亦如。

写真自赞
（宋）黄庭坚

似僧有发，似俗无尘。作梦中梦，见身外身。

奉安神考御容入景灵宫，小臣获观有感（二首）
（宋）张耒

灵风依缴绣舆深，仗外犹疑警跸音。
不似寻常游幸日，楼前鼓吹却沾襟。

渭上衣冠故老哀，西陵石老已莓苔。
从今仗下新歌舞，长及年年献酎来。

到城南瞻南轩先生遗像
（宋）王炎

入门荷香净，步屧柳阴湿。欲写情郁陶，翻引兴萧瑟。
瞻望堂中人，玉色而山立。六学妙经纶，未试百之一。
身存天下望，身没海内惜。此道付谁传？丹青但陈迹。
楼边好山近，竹底凉风入。两鹤韵亦高，导我转湖侧。
独游何太清，滞念亦可释。门关莫返锁，愿言日散策。

题传神

（宋）陆游

盐车心愧渥洼姿，邂逅风云妄自期。
齧雪岂无归汉日，饭牛犹有相齐时。
君看袒褐琴横膝，谁许羖冠剑拄颐？
白发萧萧虽惫矣，时来或将渡辽师。

题传神

（宋）陆游

雪鬓萧然两颊红，人闲随处见神通。
半醒半醉常终日，非士非农一老翁。
枥骥虽存千里志，云鹏已息九天风。
巉巉骨法吾能相，难著凌烟剑佩中。

诚斋题三老图（并序）

（宋）杨万里

刘讷敏叔秀才，写乘成先生、平园相国及予为《三老图》，因署其后。

刘君写照妙通神，三老图成又一新。
只道老韩同传好，被人指点也愁人。

叶处士画貂蝉喜容见惠

（宋）楼钥

重烦妙手费丹铅，貌出衰容信宛然。
君看头颅已如许，岂堪头上著貂蝉。

观画像
（宋）王十朋

似我岂真我，相看还自疑。陋非台阁像，高失布韦时。
吟苦眉常皱，忧多鬓早衰。惓惓畎亩志，无复画师知。

观文正像用赠传神道士韵
（宋）王十朋

天然形貌写何难，难得灵台上笔端。
朋党论兴三黜日，不知谁作正人看。

延庆写真赞（二首）
（宋）林亦之

住山头欲白，何尔太揶揄。却厌旧时面，丹青别换模。

秋雨秋山夜，纵纵自横横。平生无罪过，不合去为僧。

戏题罗浮梁弥仙写真
（宋）李昴英

八十童颜双眼明，浪游湖海一身轻。
莫将唊肉先生比，箇是罗浮老树精。

自题写真
（金）密公璹

枯木寒灰久亦神，因缘来现胙公身。
只缘酷爱东坡老，人道前身赵德邻。
（樗轩尝封胙国公，故云。）

李广道写真（二首）

（元）元好问

华发萧萧玉炼颜，一篇《秋水》想高闲。
须知八表神游客，不在披裘拥絮间。

拥絮披裘动数千，肉身那得尽飞仙。
玄门此老留教在，沧海横流未必然。

定斋兄写真

（元）元好问

朱黄笔底三箧，白黑胸中两碁，
画作萧然野服，云龙终日骙骙。

蠡吾王翁画像

（元）刘因

眼底人间世，胸中物外春。江山满花柳，无负百年身。

题琴威先生画像

（元）郝经

齐人善瑟王好竽，迭也岂效伶人趋？
归来坐石娄长裾，突兀天地为蘧庐。
王门有路多尘土，封豕磨牙斗虥虎。
何如此曲不须弹，风入长松鸣太古。

题温居士画像（二首）

（元）王恽

盛集宾筵每会逢，笑谈端有古人风。

如公耆旧今能几，又逐秋江月影空。

太真风彩动并门，处士流芳实裔孙。
今日坐看磐石上，老成虽远典刑存。
（自称晋温太真之后。）

韩生写真图后
（元）王恽

韩郎落笔凌烟面，嘉老摛文造物权。
名下自来无妄客，伯时多为《九歌》传。

自题写真
（元）王恽

白发刁骚一幅巾，遗书浩浩百年身。
纵令不入麒麟画，已是三朝馆阁臣。

虞伯生学士画像
（元）马祖常

韦相传经业，杨门世讲官。箕裘君自得，文字我知难。
汲冢朱涂误，秦灰墨补残。黄流凝玉瓒，仙露滴金盘。
不肯投漫刺，偏宜戴小冠。近林听竹雨，临涧看风湍。
诏入蒲轮软，歌归钓石团。青山连石谷，白日照长安。
拟卜龟呈兆，将书鹤借翰。风流图画里，方自见神完。

题虞少监小像
（元）贡奎

岩壑高堂上，烟霞眼底清。向来曾寄跡，老去未忘情。
茅屋苍林掩，藤崖白道萦。远峰云际直，孤嶂水边横。

宿雨分浓澹，斜阳闪晦明。折梅惊雪堕，倚竹待风生。
岭断炊烟补，沙迴凳岸倾。杂花浮野意，飞瀑送溪声。
妇馌忻鸠唤，儿耕感犊鸣。揽衣随处坐，曳杖有时行。
拄笏曾招爽，投簪每惧盈。他年著书乐。应不愧虞卿。

虞祕监山林小像
（元）王士熙

栈阁通秦凤，蓬山压海鳌。石泉当壑圻，琪树出云高。
夜月青筇杖，秋风白道袍。长吟趋谷口，独往下亭皋。
偃蹇三峰卧，逍遥八表遨。竹深时宿鹤，溪浅不容舠。
经席天颜喜，村居世网逃。神全劳画史，才美擅时髦。
憩迹惟松槲，充饥有涧毛。《沧浪》谁唱曲？华屋意萧骚。

中书久病得请将归吴，闲闲大宗师亦有疾，以其像为赠，云代彼陪行。焚香对之，作此以谢
（元）许有壬

小人本是山泽臞，涉世政坐饥寒驱。
五年黄阁事何补，种作老病丛孱躯。
滦京归来十浃日，药裹不可离须臾。
平生结客半寰宇，未免操瑟从齐竽。
可人底事期不来，承庆堂深谁敢呼。
迩来亦复诗作祟，清减益见风标孤。
杜门却埽难折简，岂意惠然来画图。
相看一笑但臆对，妙契未许卮言觕。
清水寒玉照林表，和气春风生座隅。
斋居顿觉俗氛远，高致已逼沉疴苏。
我方归思剧迅矢，公自有分居方壶。
过从此去计必少，梦中道路多萦纡。

便当卷奉江湖去，愿得始终如蠡骢。

陈芝田写余真对之小酌戏成四韵
（元）许有壬

今日我与汝，相见各华颠。亟呼尊酒至，我饮汝茫然。
它年我长往，酒但酬汝前。悟此一大笑，沽酒休论钱。

自赞题白云求陈可复所写像
（元）虞集

归来江上一身轻，野服初成拄杖行。
只好白云相伴住，天台庐阜听松声。

题火涉不花同知*
（元）杨载

堂堂玉立照青春，昭代由来重世臣。
带剑掖庭联卫士，分符江徼总编民。
鹨鹆裘煖鸣鞭疾，翡翠簾深剪烛频。
州县三年姑少试，驱驰休厌属车尘。

题本斋王公画像
（元）杨载

天姿英粹异庸常，早策云霄被宠光。
剑戟森严开武库，珪璋特达荐明堂。
愿承簪履趋门下，窃候旌麾拜道傍。
邪正此时真杂糅，秦台悬镜亦煌煌。

---

* 火涉不花：又作"和卓布哈"。

跋三堂王自写真
（元）段成己

解衣盘礴真画史，不待濡毛知可矣。
葛巾草服常画我，意欲置我山岩里。
虎头于今几百年，与渠谁后复谁先？
翛然蜕跡乘风去，一笑相逢喜拍肩。

卢疎斋赵平远小像
（元）宋聚

盛德不孤世，钜邦尊二贤。卢翁官察访，赵使职旬宣。
契分元偕白，襟期甫暨虔。柏森松竞秀，珪莹璧相联。
高谊云霄外，清标几杖边。句枝时络绎，杯算日缠緜。
宵候丹砂灶，秋鸣绿绮絃。岳跻同谢妓，湘泛共膺船。
酿酒矜方妙，裁衣鬭品全。敖嬉驱骥裹，笑詠抚婵娟。
密迩通家好，留连对榻眠。闭关常习静，挥麈或谈玄。
闲洁山中相，逍遥地上仙。仪刑人倏逝，丰度世争怜。
肖貌开光霁，垂名著简编。精神棲落月，思致薄凌烟。
岂直江潭重，应齐宇宙传。长沙多胜境，並祀待他年。

题子昂自画小像
（元）傅季生

天人风度过王孙，不见珠明玉润温。
想得松窗看镜影，月斜清雪莹无痕。

题四明倪仲权处士像
（元）丁鹤年

松间新雨过，清览出亭皋。云逐青骢（驄）马，风生白苎袍。

幽怀随地远,诗兴与秋高。囊锦归时重,应知从者劳。

题唐明府画冯隐士像
(明) 张以宁

能诗能画唐明府,置子清泉白石间。
秋色半林黄叶老,野心一遍白云闲。
王维自爱欹湖道,李渤元居少室山。
几处溪山莫归醉,扁舟留在月中还。

道士程用之为余传神因题
(明) 高启

貌古神疎画本难,因师心妙发毫端。
无功可上凌烟阁,留取云山静处看。

刘文质松溪小像
(明) 凌云翰

为听松风直过溪,长琴分与小童携。
白云不隔天台路,千树桃花一鸟啼。

石田沈丈像图
(明) 周用

萧然丘壑在眉端,林下从人壁上看。
白发信谁修野史,青衫从尔授园官。
双鱼落手春波远,四座惊心夜语阑。
盘礴尚须劳画者,休文诗骨不胜寒。

周生写照(四首)
(明) 陈宪章

犹有蓬之心,俄而柳生肘。问君益三毛,可觉神明否?

不登结客场，差有丈夫气。揽镜长新丝，无劳更相讳。

荀家夺凤池，汉苑图麟阁。赖有顾长康，置余在丘壑。

委形大块间，过隙驹何驶？底事复丹青？未能免俗尔。

题李锦衣士敬写真
（明）程敏政

七尺堂堂美丈夫，几年官拜执金吾。
蓝田价重连城璧，丹穴文腾五色雏。
长候八銮随圣主，曾将三矢破狂胡。
等闲莫负封侯相，看续麒麟阁上图。

王理之写六十小像
（明）沈周

王生见我精神熟，照写今吾瘦于竹。
问年初及六十人，飨世浑无半分福。
一味耽农百不便，门前湖水涨低田。
饥来读书不当饭，静里安心惟信天。
隐服还劳郡守过，私篇或辱尚书和。
草木当衰不复真，纸间座上两浮尘。
是非非是都休辩，聊记明时无用人。

孙世节貌陋容请题
（明）沈周

白头侭是老便宜，六十馀生天地私。
学舞固无长袖子，出游还有小车儿。

绿阴如水微吟处,紫袷含风半暖时。
瘦影任君描写去,百年草木要相思。

<blockquote>
吴兴俞生者雅士,多长者游。
晚得疾,甚困而贫,独与其所幸美人居。
沈伯麖为图之,予诗记焉
</blockquote>

(明) 王世贞

消渴文园竟若何,雪川秋色卧游过。
门前旧客随金尽,镜里新愁上鬓多。
空观不妨天女侍,小词犹要雪儿歌。
君看阿堵神明在,遮莫雄心未耗磨?

题公瑕小像

(明) 王世懋

荜门蓬迳五湖滨,芒屩萝裳稳称身。
忽忽形骸元土木,英英眉宇未风尘。
朱絃曲就传声远,白练书成乞字频。
掷果何妨洛阳市,知君词赋自安仁。

自题小像

(明) 何孟春

不烦勋业镜仍窥,堪笑头颅我已知。
他日丹青重貌取,问渠应是白须谁?

题画像

(明) 陆树声

岂有文章置集贤,也无勋业到凌烟。
只应画作老居士,留与香山结净缘。

十年后平昌士民赍发徐画师来画像以词遣之（四首）
（明）汤显祖

好手高情徐侣云，大儿能似李将军。
神明妙处今何有，却遣丹青混使君。

雪残寒日映江干，画到归鸿目送难。
恰忆清华旧山水，五絃容易不曾弹。
（县有清华阁。）

地僻江楼有鵩闻，长林归梦雪纷纷。
心知远意宜丘壑，县社何由画陆云？

偶尔朝台竟不还，吏民相问好容颜。
都应画与江湖意，阔落双凫云影间。

写　照
（明）文林

渠貌堂堂难与仁，绯袍已作大夫身。
生成自是君亲德，付畀元非岳渎神。
既老无闻甘暴弃，入官有愧故逡巡。
任他阿堵妙不二，到底看来我自真。

题石睿学士图
（明）徐霖

归来骤马踏堤沙，回首彤楼路渐赊。
遥想禁门金锁合，一庭月浸紫薇花。

题潘稚恭小像（二首）

（明）袁宏道

当年曾见虎头真，长短浓纤各有神。
只怪安仁描不似，为他丰骨异时人。

砑光绢上白波重，骨肉调匀粉墨浓。
若要识他春月柳，还须雪里看王恭。

题项子京小像

（明）僧智舷

倩人图面自图身，面或随人作喜嗔。
只有此身偏崛强，屈伸未肯暂随人。

题梅妃画真

（唐）玄宗

忆昔娇妃在紫宸，铅华不御得天真。
霜绡虽似当时态，争奈娇波不顾人。

寄荆娘写真

（唐）李涉

章华台南莎草齐，长河柳色连金堤。
青楼曈昽曙光蚤，梨花满巷莺新啼。
章台玉颜年十六，小来能唱《西梁曲》。
教坊大使久知名，郢上词人歌不足。
少年才子心相许，夜夜高堂梦云雨。
五铢香帔结同心，三寸红笺替传语。
绿池并戏双鸳鸯，田田翠叶红莲香。

百年恩爱两相许，一日不见生愁肠。
上清仙女征游伴，欲从湘灵住河汉。
只愁陵谷变人寰，空叹桑田归海岸。
愿分精魄定形影，永似银壶挂金井。
召得丹青绝世工，写真与身真相同。
忽然相对两不语，疑是妆成来镜中。
岂期人愿天不违，云軿却驻从山归。
画图封裹寄箱箧，洞房艳艳生光辉。
良人翻作东飞翼，却遣江头问消息。
经年不得一封书，翠幕云屏邈空壁。
结客有少年，名総（总）身姓江。
征帆三十里，前月发豫章。知我别时言，识我马上郎。
恨无羽翼飞，使我徒怨沧浪长。
开箧取画图，寄我形影与客将。
如今憔悴不相似，恐君重见生悲伤。
苍梧九疑在何处，斑斑竹泪连潇湘。

龙尾驿妇人图
（唐）温庭筠

慢笑开元有倖臣，直教天子到蒙尘。
今来看画犹如此，何况亲逢绝世人。

章质夫寄惠崔徽真
（宋）苏轼

玉钗半脱云垂耳，亭亭芙蓉在秋水。
当时薄命一酸辛，千古华堂奉君子。
水边何处无丽人，近前试看丞相嗔。
不如丹青不解语，世间言语元非真。

知君被恼更愁绝，卷赠老夫惊老拙。
为君援笔赋梅花，未害广平心似铁。

题亡室真像

（宋）戴复古

求名求利两茫茫，千里归来赋悼亡。
梦井诗成增怅恨，鼓盆歌罢转凄凉。
情锺我辈那容忍，乳臭诸儿最可伤。
拂拭丹青呼不醒，世间谁有返魂香。

崔徽写真

（元）雅琥

舞鸾妆镜拭（一作"减"）铅华，毫素无声散彩霞。
夜月影寒分桂魄，春冰晕薄映桃花。
梦随图去凭青鸟，愁逐书来点墨鸦。
未得离魂如倩女，衰容先我到君家。

题对镜写真图

（元）朱德润

千金画史讬铅华，难写春心半缕霞。
两面秋波随彩笔，一奁冰影对钿花。
情怜晓月秦川鴈，思逐朝阳汉树鸦。
不信云间望夫石，解传颜色到君家。

题妓像

（明）高启

不见秋娘今几年，楚云湘雨思悠然。
月明楼外天如水，犹忆《梁州》第二篇。

题朱淑真像

（明）林俊

花蕊开残小院秋，鉴湖春色水东流。
垂杨送尽莺莺老，不得同依燕子楼。

昭君写真图引

（明）顾璘

汉宫九重类天居，宫中美人粲璃琚。
娇容淑态意非一，网户文窗烟雾虚。
就中绝代称明君，锦江波浪巫山云。
素月嫦娥独光彩，明星玉女徒缤纷。
君王行幸恣欢昵，蛾眉短长难具悉。
可怜睇盼隔重霄，竟使画图欺白日。
金珠不操静女手，丹青更甚谗夫口。
妍媸反复在锱铢，移爱为憎忍相负。
明珠万里沉胡沙，哀歌一曲留琵琶。
今看青塚千年草，岂是夭桃三月花？
君不见无盐入宫粉黛羞，齐宣美誉难诸侯；
樊姬进语虞丘罢，楚庄持麾霸天下。
君王重色后隐贤，吁嗟画史欺婵娟。
古来治乱各有始，为君三复《关雎篇》。

题美人写真

（明）张凤翼

一从镜里貌蛾眉，重见崔徽点素丝。
岂是陈平诳胡虏，得非延寿卖明妃？
亭亭玉立浑无语，忽忽珠噀若有思。

藉使庙堂征画史，濡毫应肖筑岩时。

题三娘子画像（三首）
（明）冯琦

氍毹春暖锁芙蓉，争羡胡姬拜汉封。
邀膝锦襕珠勒马，当胸宝袜绣盘龙。

塞北佳人亦自饶，白题胡舞为谁娇？
青霜已尽边城草，一片梨花冷不销。

红妆一队阴山下，乱点驼酥醉朔野。
塞外争传娘子军，边头不牧乌孙马。

题忠顺夫人画像（四首）
（明）于慎行

燕支山色点平芜，染出春愁上画图。
一曲胡笳明月夜，边声又度小单于。

边城新舞柘枝辞，降得浑斜罢汉师。
不道长安春色少，甘泉宫里画阏氏。

天山猎罢雪漫漫，绣袜斜偎七宝鞍。
半醉屠苏双颊冷，桃花一片殢春寒。

莲花宝铗绿云鬟，不脱襜褕款汉关。
枉杀白登城下画，房中原自有红颜。

小小写真联句

(唐) 段成式、张希复、郑符

如生小小真,犹自未楼尘。(符)
揄〔褕〕袂将离座,斜柯欲近人。(成式)
昔时知出众,情宠占横陈。(希复)
不遣游张巷,岂教窥宋邻。(符)
庾楼吹笛裂,弘阁赏歌新。
蝉怯纤腰步,蛾惊半额颦。(希复)
图形谁有术,买笑讵辞贫。(成式)
复陇迷村径,重泉隔汉津。(符)
同心知作羽,比目定为鳞。(希复)
残月巫山夕,馀霞洛浦晨。(成式)

题故僧影堂

(唐) 张籍

香消云销旧僧家,僧刹残形半壁斜。
日暮松烟寒漠漠,秋风吹破纸莲花。

弱柏院僧影堂

(唐) 张籍

弱柏倒垂如线蔓,簪头不见有枝柯。
影堂香火长相续,应得人来礼拜多。

题真公影堂

(唐) 鲍溶

旧房西壁画支公,昨暮今晨色不同。
远客问心何处取,独添香火望虚空。

观老僧会才画像
（宋）赵抃

白鹤丛林古梵宫，壁间留像见真风。
忆师去岁雷峰别，只是南柯一梦中。

瞻礼开师真像
（宋）蔡襄

轻澜还故浔，坠轸无遗音。好在池边竹，犹存虚直心。
往复二十年，每见唯清吟。觉性既自如，世味随浮沉。
琅琅白云姿，怅望空山岑。岂不悟至理，悲来难可任。

赠写御容李长史
（唐）李远

宝座烟消砚水清，龙髯不动彩毫轻。
初分隆準山河秀，乍点重瞳日月明。
宫女捲簾皆暗认，侍臣开殿尽遥惊。
六朝供奉无人敌，始觉僧繇浪得名。

赠写真者
（唐）白居易

子骋丹青日，予当醜老时。无劳役神思，更画病容仪。
迢递麒麟阁，图功未有期。区区尺素上，焉用写真为。

贤大师以诸巨公画像见示，传神写照，曲尽其妙，兼丐拙诗，辄成一首奉呈
（宋）文彦博

用志专精妙入神，援毫肖象夺天真。

能将绘素传奇表，似与公侯结胜因。
娄德高僧通夙命，王维善画记前身。
师缘素习今生悟，曾写云台四七人。

传神悦躬上人
（宋）梅尧臣

握中一寸毫，宝匣百鍊（炼）金。鉴貌不鉴道，写形宁写心？
古人固不识，今人或所钦。依然见其质，俨尔恨无音。
子诚丹青妙，巧夺造化深。妍媸必尽得，幻妄恐交侵。

画真来嵩
（宋）梅尧臣

广陵太守欧阳公，令尔画我憔悴容。
便传髣髴在缣素，只欠劲直藏心胸。
与尔货布不肯受，比之医卜曾非庸。
公今许尔此一节，尔只丹青其亦逢。

赠写御容妙善师
（宋）苏轼

忆昔射策干先皇，珠簾翠幄分两厢，
紫衣中使下传诏，跪捧冉冉闻天香。
仰观眩晃目生晕，但见晓色开扶桑。
迎阳晚出步就坐，绛纱玉斧光照廊。
野人不识日月角，彷彿尚记重瞳光。
三年归来真一梦，桥山松桧棲风霜。
天容玉色谁敢画，老师古寺昼闲房。
梦中神授心有得，觉来信手笔已忘。
幅巾常服俨不动，孤臣入门涕自滂。

元老侑坐须眉古，虎臣侍立冠剑长。
平生惯写龙凤质，肯顾草间猿与麏？
都人踏破铁门限，黄金白璧空堆牀。
尔来摹写亦到我，为是先帝白发郎。
不须览镜坐自了，明年乞身归故乡。

赠写真何充秀才

（宋）苏轼

君不见潞州别驾眼如电，左手挂弓横撚箭；
又不见雪中骑驴孟浩然，皱眉吟诗肩耸山。
饥寒富贵两安在，空有遗像留人间。
此身常拟同外物，浮云变化无踪迹
问君何苦写我真，君言好之聊自适。
黄冠野服山家容，意欲置我山岩中。
勋名将相今何限，往写褎（褒）公与鄂公。

赠写真李道士

（宋）苏辙

君不见景灵六殿图功臣，进贤大羽东西陈。
能令将相长在世，自古独有曹将军。
嵩高李师掉头笑，自言弄笔通前身。
百年遗像谁复识，满朝冠剑多伟人。
据鞍一见心有得，临窗相对疑通神。
十年江海须半脱，归来俛仰惭簪绅。
一挥七尺倚牆立，客来顾我诚似君。
金章紫绶本非有，绿蓑黄篛甘长贫。
如何画作白衣老，置之茅屋全吾真。

谢叶处士写照（并序）

（宋）楼钥

顷在朝行，叶处士光远为余写照，置于山林中，欣然自赞，有云"山林如许盍归去"，盖志于归也。一归十三年，既挂冠，再寄一图，为老人星状，形容变尽，非复故吾矣。戏作长句谢之。

老我旧曾官日边，随众年除仍岁迁。
母子日夜念乡国，但欲共耕鯀上田。
叶君写照妙一曲，画我形模在山水。
有如虎头貌幼舆，正合置之岩石里。
犹记有客为谀言，盍更野服为貂蝉？
我笑不答心不然，拂衣径得归林泉。
归来岁月不知久，十馀年中亦何有？
此心炯炯尚如丹，只为幽忧成老丑。
久矣与世俱相忘，叶君念我应老苍。
新图白髭添一二，岂知双鬓皆成霜。
两图对挂耿相照，顾盼从容成一笑。
更添松竹作寿星，我已甘心就枯槁。
人言姿态与真同，如照止水窥青铜。
明知已非故我矣，小孙指点能呼翁。
君居天街号称首，侯王生面罗左右。
边头飞将能立功，飒然英气照窗牖。
名满四方求者多，千金造门君不呵。
能事固不受促迫，应酬虽繁可奈何？
胡为有暇及衰朽，楚楚装潢意尤厚。
我今已是行路人，不须重累丹青手。

赠传神水鉴

（宋）陆游

写照今谁下笔亲？喜君分得卧云身。
口中无齿难藏老，颊上加毛自有神。
误遣汗青成国史，未妨著白号山人。
他时更欲求奇迹，画我溪头把钓缗。

赠都下写真叶德明

（宋）杨万里

我昔山林人不识，或疑谪仙或狂客。
仰看青天不看人，醉里那知眼青白。
一攜破砚入长安，素衣成缁绿鬓斑。
上林麒麟著野马，沧洲鸥鹭缀孔鸾。
汉宫威仪既不入贵人样，灞桥风雪又不见诗人相。
不须览镜照清溪，我亦自憎尘俗状。
叶君著眼秋月明，叶君下笔秋风生。
市人请画即唾骂，只写龙章凤姿公。
与卿肯来为予写衰貌，掷笔掉头欣入妙。
相逢可惜迟十年，不见诗翁昔年少。

壬午初秋赠写真陈生

（宋）杨万里

居士一丘壑，深衣折角巾。谁曾令子见，忽漫写吾真。
更不游方外，于何顿若人。呼儿一笑看，下笔可能亲？

赠画工王三锡传神

（宋）魏了翁

气质纷不齐，四海无似人。藉令貌相近，气有醇不醇。

善观人品者，仪观与机神。正邪眸子见，善恶眉间分。
且如孔与虎，二人自非伦。而俱类孔子，俗眼何昏昏。
古人有梦遇，便知为良臣；又能记眉目，晓然得其真。
此须以神会，难与浅者论。王生归为我，试语司寇（寇）君。
此理充得去，三代同此民。

赠写真胡生（二首）
（宋）王廷珪

欲貌卢溪真面目，非儒非佛亦非仙。
莫将踏碓卢行者，唤作骑驴孟浩然。

误著儒冠到骨穷，儿童拍手笑衰翁。
钓鱼艇子今无恙，置我五湖烟雨中。

赠写真徐涛（并引）
（宋）王廷珪

世言画工喜作鬼魅，谓荒诞易图也。故传神写照为难。闻徐涛画卢溪老子，作幅巾芒鞋萧散之状，见者以为甚似。作诗求之。

徐生画人不画鬼，点目加毛必佳士。
迩来下笔更逼真，勿论山僧及童子。
曾貌诗人孟浩然，便觉灞桥风雪起。
如今倪欲画卢溪，一菴宜著深岩里。

赠刘可轩写真
（宋）文天祥

燕颔鸢肩都易写，从前只道点睛难。
近来阿堵君休问，灯下时将颊影看。

赠写照吴生（二首）

（宋）方岳

山须未压崚嶒骨，酒不能平磊块胸。
烦画雪溪诗意思，梅花苍石一横筇。

几人堪画麒麟阁，万事不如鹦鹉盃。
只谓故吾诗瘦耳，寒沙鸥鹭莫惊猜。

赠写照唐子良

（宋）谢翱

吴中众史今代画，不独画人兼画马。
唐生家住金华云，对予独肯画古人。
夕阳西下东流水，纷纷古人呼不起。
东都留守吴中豪，王府勋僚旧俊髦。
当时气薄阴山日，勾陈苍苍太白高。
百年水竭海尘上，谁见凌烟拂蛛网。
霜髯磔磔开清新，彷佛犹带黄河冰。
忽疑稍会怒色止，或可从傍窥谏纸。
唐生见我泪如洗，颇忆古人今不死。
俟我气定神始闲，命笔更起唐衣冠。

赠写真贾生

（元）王恽

气貌昂藏野鹤姿，贾生模写有馀师。
情知不入麒麟画，刚为天朝饰羽仪。

写真吴若水

（元）程钜夫

画手吴生妙，如今岂后身。知人古未易，下笔尔能亲。
颜貌随年运，风流落世尘。若为传不朽，千载会如新。

酬写真者

（元）刘因

自觉形骸已枯槁，何从眉宇尚豪英？
笔头惯画麒麟像，乍写山翁似手生。

田君写真

（元）范梈

田君力幹〔斡〕成霜铁，一笔能开万豪傑。
緫是人间敵海愁，但自不忘泓颍别。
我所思兮大江濆，欲往致之道路分。
安得烦君写作巫山与洛中？
有美人兮，泛波上之游鸿，行岩巅之素貁。
呜呼此君不可见，独立乾坤泪如霰。

赠水鉴道人写真

（元）范梈

鑑（鉴）尽公卿写尽真，此心澄彻故通神。
世间未用论沧海，何日河流照得人？

赠写真

（元）黄溍

自是清时翰墨流，水边林下莫淹留。

汉皇正在麒麟阁，欲画将军博陆侯。

自赞并赠写真陈伯玉
（元）黄玠

有形本皆幻，聊与影相从。于兹未能忘，更欲求其同。
我神夫岂远，故在阿堵中。灵景合内外，逍遥方未终。

赠写真张翁
（元）柳贯

傅岩审象形何形？麒麟设色非丹青。
肖图如以烛取影，岂谓炬火无晶荧？
腰间插箭气自倍，颊上加毛神则宁。
古人艺圣不两至，心动手应夫谁令？
不夸笔墨工点黵，欲与河岳开英灵。
京华冠盖萃山薮，风鬣万骑云千軿。
前行卫霍后褒鄂，佩服宪宪登明廷。
俗工写似不写韵，却诧果蠃非螟蛉。
或攀有若拟玄圣，仅类蜡纸摹兰亭。
我虽意见颇自可，岂因贱耳疑群听。
张翁八十真静者，城南巷居昼掩扃。
客来拂绢出新鑑，能事逸发无留停。
一毛一发生意足，造次参倚象仪刑。
由其天机胜嗜慾，愈觉眼毵如流星。
承明待诏绶若若，晨朝索米侪优伶。
徒夸世有青紫楦，岂恨我屋无芳馨。
吾闻画者多善幻，倏忽变化开玄冥。
安知神完意自定，伸笔已似行春霆。
草间陋质不须写，二十八宿罗天经。

得闲攜酒就翁饮,倾倒沙头双玉瓶。

赠写真刘士荣（三首）
（明）解缙

仆也憨瓌伟,丹青赖尔传。皇风清蓟北,有待画凌烟。

积阴连十日,定有上江风。千里难为别,因君羡去鸿。

春尽故乡来,秋深别我归。宦情斜日薄,犹自念庭闱。

泰和萧生将赴临汀驿,留三日为予写真,赋此为赠
（明）顾清

本自烟江坐钓矶,春风强使著荷衣。
不知面目从来假,更与萧郎问是非。

行 旅 类

  书林次中所得李伯时归去来、阳关二图后（二首）
                                （宋）苏轼
不见何戡唱《渭城》，旧人空数米嘉荣。
龙眠独识殷勤处，画出《阳关》意外声。

两本新图墨宝香，尊前独唱小秦王。
为君翻作《归来引》，不学《阳关》空断肠。

  李公麟阳关图（二首）
                                （宋）苏辙
百年摩诘《阳关》语，三叠嘉荣意外声。
谁遣伯时开缟素，萧条边思坐中生。

西出阳关万里行，弯弓走马自忘生。
不堪未别一盃酒，长听佳人泣渭城。

  题修师阳关图
                                （宋）韩驹
风烟错漠路崎崟，倦客羁臣泪满襟。

何事道人常把翫？只应无复去来心。

题阳关图（二首）
（宋）黄庭坚

断肠声里无形影，画出无声亦断肠。
想得阳关更西路，北风低草见牛羊。

人事好乖当语离，龙眠见〔貌〕出断肠诗。
渭城柳色关何事，自是离人作许悲。

谢蕴文承议阳关图
（宋）晁说之

邂逅故人逃难处，王孙气象独昇平。
诗吟摩诘如无味，画到阳关别有情。

题阳关图
（宋）陆游

谁画阳关赠别诗，断肠如在渭桥时。
荒城孤驿梦千里，远水斜阳天四垂。
青史功名常蹭蹬，白头襟抱足乖离。
山河未复胡尘暗，一寸孤愁只自知。

题李伯时画阳关图（二首）
（元）王恽

晚唐声教限羌戎，才唱《阳关》惨意浓。
远节每矜殷侑壮，略无离别可怜容。

别泪重于烟柳雨，离愁长似玉关程。

就中尽是销魂处，不待听歌第四声。

李伯时阳关图
（元）马祖常

自古人生苦别离，边头征戍更堪悲。
渭城客舍无杨柳，闲怨当年李伯时。

阳关图
（元）宋褧

前春别宴武陵溪，候馆垂杨煖拂堤。
忽见画图疑是梦，故人回首洞庭西。

阳关图
（元）李俊民

一杯送别古阳关，关外千重万叠山。
试问青青渭城柳，不知眼见几人还？

阳关图引
（明）杨慎

行行重行行，送客安西征。可怜《渭城曲》，已作阳关声。
阳关去渭城，四千五百里。才闻征马嘶，初见行尘起。
行尘征马短亭前，弱柳垂杨古道边。
已怜柳叶青如线，更爱杨花白似绵。
柳叶杨花春正好，辎车且驻长安道。
玉壶清酒竞芬芳，金谷艳歌殊窈窕。
徘徊共劝少留连，泯默相看两倾倒。
别鹤离鸾曲易终，伯劳飞燕互西东。
摇摇翠幰城隅日，猎猎红旗野渡风。

断歌零舞情难写，分手回头泪盈把。
安闲堪羡采薪人，潇洒谁如钓鱼者。
天涯风物异方身，争似在家相对贫。
乡梦三更悬马首，迴阳九折遴车轮。
销磨岁月缘名利，鸿飞不至人偏至。
我所思兮明月同，君之出矣浮云异。
龙眠古刻昏莓苔，萧郎彩笔生绡开。
销魂莫读江淹赋，好画陶潜归去来。

题阳关送别图
（明）郑嘉

漠漠杨柳花，青青杨柳树。带花折长条，将送行人去。
灞陵勿淹留，明日发沙洲。沙洲连塞路，望望使人愁。
愿推双车轮，推过寿昌县。寿昌何蔚蔚，边城如眼见。
别曲歌且停，春醪香更清。一杯歌一曲，曲尽两含情。
含情岂无语，别离心更苦。懊恨别离多，欢娱能几许。
万水复千山，人去几时还？谁言功名好，侬道不如闲。

题阳关送别图
（明）僧来复

三月皇州送珮珂，柳花吹雪满官河。
纵令渭水深千尺，不似阳关别泪多。

长江送别图（送周平叔之通州丞）
（元）成廷珪

福山苍苍倚天碧，狼山巉巉生铁色。
两山当江作海门，力尽神鞭驱不得。
沧波万里从西来，楚尾吴头天一壁。

阴风转地鲸怒翻,黑雾连空龙起立。
来舟去楫不敢动,袖手傍观唯叹息。
扶桑浴日飞上天,百怪潜消杳无迹。
水光镜净山亦佳,目送云帆高百尺。
青霄要路君既官,白首穷涂我犹客。
烟中隐隐见孤城,令我思乡心转剧。
《骊驹》歌罢将奈何,倚杖江南望江北。

题春江送别图

(元) 郑 洪

西陵渡口山日出,芦芽青青柳枝碧。
凫山赭山潮东来,黄郎刺船水如席。
劝君劝君迟渡江,柳条贯鱼赪尾双。
沽鱼沽酒待明月,人生莫作轻离别。

题春江送别图

(明) 刘 基

春江水悠悠,行人上兰舟。春云散江树,行人重回头。
嘉会未有期,离心渺千里。愿作还山云,莫作东流水。

题春江送别图(送王使君)

(明) 高 启

歌彻《小秦王》,愁深第几觞?飞花荡春影,江水不胜长。
日暮东风急,离帆且缓张。

春江送别图(送松江王尹)

(明) 徐 贲

行李一琴一鹤,扁舟千水千山。

空醉驿亭官酒，春风不解离颜。

题春江送别图
（明）郭钰

君上孤舟妾上楼，望中烟雨意中愁。
江波若会离情苦，一夜东风水倒流。

题苏昌龄画秋江送别图（赠沔中江可翁）
（元）成廷珪

白沙江头水杨树，正是秋风送君处。
海门日出潮欲平，把酒娱君君不住。
杨公庙前闻鼓声，多少行人此中去。
江子于今空复情，干戈满地兵纵横。
丹枫叶堕山鬼啸，黄竹丛薄饥鼯鸣。
湘中有家不得往，时对此图双眼明。

秋江送别图
（元）华幼武

送客沧江曲，其如别意何？疏林秋日澹，远岫暮云多。
尽醉离亭酒，无烦鼓棹歌。相思明月夜，浩荡隔烟波。

秋江别思图
（明）林鸿

无诸城下送行舟，满座诗人赋远游。
归梦不离秦苑夕，客程多在越乡秋。
江枫叶落填沙屿，塞雁声寒到驿楼。
会见使君簪冕贵，未应华发老沧洲。

秋江送别图（题赠王通守允中）

（明）王沂

秋江木落楚天低，目送归船渡聂溪。
莫道浮云千里隔，君山只在洞庭西。

题秋江送别图

（明）郑江

美酒双玉壶，沙头送行客。处处芦花风，寒江秋水白。
落日下长空，返景明石壁。去去入烟霞，相思楚天隔。

寒江待别图

（明）李日华

云去兰亭鴈影孤，冻痕淅淅上蘼芜。
嘘呵滴得梅梢雪，为写江干待别图。

题吴教授所藏黄大痴画松江送别图

（明）镏崧

是何山莽莽以横云，水浩浩而生风？
天低江迥日欲落，别意乃在苍茫中。
问君此图作者谁？浙东老人黄大痴。
松江先生旧知己，眼明为写秋江姿。
重坡欹岠东南远，木末参差见层巘。
苍浦遥连楚泽深，石林尽带吴堤转。
是时先生从此归，把钓欲拂云中矶。
长风过雨蒲苇净，水色淡沲沾人衣。
只今又作筠州客，惆怅松江渺云隔。
离思犹迷雁荡烟，归心已历洪崖石。

我思大痴焉得从，笔墨往往遗奇踪。
草衣骑牛发如雪，吹笛忆过天台峰。
平生一笔不轻许，傲睨王侯笑尘土。
展图坐对凤山青，却想高情动千古。
君不闻功名利达能几何，长安离别日日多。
灞陵亭前春草碧，灞陵亭下春风波。

题秋林叙别图（赠王五）

（明）谢承举

君来京国留几时，莲花喷香侵桂枝。
泉飞宝剑结游侠，珠落银筝酣艳姬。
紫驼厌饫青玉案，骅骝紫曳黄金羁。
红灯照雨夜呼酒，白羽摇月秋哦诗。
伤陈悼晋秪遗迹，吊吴问宋空荒基。
李白才吟凤皇咏，张翰又起蓴鲈思。
小舟绰约桃花渡，欲去不去犹迟疑。
清歌嘹嘐杏花坞，欲别未别还追随。
江波高掀白云拥，海云低压青山卑。
彭亨五两忽不见，满江寒月霜差差。

题虞邵菴送别图

（元）余阙

南州山水丽，中田岁事丰。时贞文物粲，道合朋辈同。
济济众君子，班坐荫青松。迴洲环匽月，丹林结彩虹。
翔鸥方矫矫，鸣鴈亦嗈嗈。即趣情已展，染翰思弥工。
予亦幽栖者，缨冠朝北宫。披图诵佳咏，邈尔想高风。

题朱孟章虞学士送别图后

（明）刘基

秋郊一盃酒，握手念将离。落日照野水，凉风生树枝。
今朝重相忆，青山如旧时。鬓毛非松柏，争得不成丝。

陶祕书广陵送别图

（明）高启

暮雨潮生瓜步，春山树遶芜城。
惆怅离舟欲发，江南烟寺钟声。

书江山别意图（送羽人还神乐观）

（明）王恭

羽人何处去？归事玉宸君。飞珮花间别，横箫鹤上闻。
过关闽树断，挂席楚江分。想到斋宫夕，圜丘候五云。

题王孟端送行图

（明）李至刚

汀洲杜蘅歇，南浦西风生。美人鼓兰楫，路指江南行。
南行向何许？东望吴松去。吴松秋水多，绿遍芙蓉渚。
渚外九龙山，山边三泖湾。人家临水住，日暮采菱还。
采菱歌易断，送子愁零乱。愁来可奈何，思满江南岸。
江南不可思，动子情依依。皇都春色早，迟子速来归。

题鄂渚赠别图（送人归庐陵二首）

（明）杨士奇

鹦鹉江中红树，凤凰城里青山。
借问来游几日？秋水兰舟独还。

客游黄鹤矶畔,家住金鱼浦前。
心似波间明月,随君先过螺川。

题南浦送别图卷后
(明) 陈宪章

何人更卖云卿履,我昔曾过孺子亭。
欲写别离非此日,西山南浦认丹青。

题秦淮送别图
(明) 钱宰

绿酒斟来且莫斟,酒阑歌罢去駸駸。
别怀恰似秦淮水,流到长江绿更深。

题送别图
(明) 吕不用

何处瞻衡宇?西江烟水村。彭郎矶上月,送汝到柴门。

寒原送别图(赠聂井愚令君入觐)
(明) 董其昌

凫鹥翩翩紫气闲,寒原目送渺难攀。
知无白集留行箧,刚贮溪藤一尺山。

螺川送别图
(明) 僧麟洲

五老峰前送别图,社贤今日未应无。
路经黄叶千年寺,人倚西风十幅蒲。
铜斗旧歌闻楚甸,蓴羹新兴入吴都。

重山复水闲踪跡，自在飞云一片孤。

断桥分手图
（明）史鉴

近水人家半掩扉，两山楼阁尚斜晖。
断桥无数垂杨柳，總被遊人折渐稀。

题韩与玉春山行旅图
（元）徐颖

柱路越川梁，郊区緜海甸。蘅皋望菌阁，远近皆可辨。
夕嶂青若蓝，浮云白于练。去矣谅云遥，听钟自忘倦。

秋山行旅图
（元）虞集

春夏农务急，新凉事征游。饭糇既盈橐，治丝亦催裘。
升高践白石，降观索轻舟。试问将何之？结客趋神州。
珠光照连乘，宝剑珊瑚钩。乘马垂苜蓿，纵目上高丘。
策名羽林郎，谈笑觅封侯。太行何崔嵬，日莫推回辀。
古木多悲风，长途使人愁。羸骖见木末，足倦霜雪稠。
谷口何人耕，禾麻正盈畴。出门不及里，酒馔相绸缪。
壮者酣以歌，期颐醉而休。安知万里事，有此千岁忧。

题秋山行旅图
（元）赵孟頫

老树叶似雨，浮岚翠欲流。西风驴背客，吟断野桥秋。

题彭韫玉秋山行旅图
（明）王恭

闲门秋晚叶皆飞，征路逢霜客渐稀。

独树断猿愁远骑，隔林残烧映行衣。
西风一饭人烟少，落日千峰夕鸟微。
莫向他乡留滞久，故园山水候君归。

秋山行旅图
（明）陈颢

千山落叶万山云，行到荒桥日已昏。
羡杀田家头白叟，半生足不离柴门。

子昂秋林行客图
（元）戴表元

石稜稜而白出，树悄悄以红披。
嗟缟衣之嘉客，方策蹇以何之？

题关仝平桥行旅图
（元）柳贯

关仝画用神屠手，善刀一割无全牛。
元气何年始磔裂，青天半壁尚分留。
藤梢松骨锁纽壮，虫篆鸟章形体遒。
不观盆盎与罍洗，古人制作吾焉求。

雪林行旅图
（元）陶宗仪

积雪寒凝昼不消，琼林琪树耸孤标。
寄言逆旅休辞倦，西崦人家路尚遥。

题秋暮山行图
（金）段成己

乱山崔崒争清妍，寒林寂历相繇联。

人间黄尘千万丈,一点不到山林边。
秋九澹薄秋气爽,浮云积翠何蔥芊。
高风淒其脱木叶,向来面目仍增娟。
江流一曲抱山麓,孤舟斜日棲江湍。
行人何适来?负担腰膂蹲,荦确石头路,蹇驴鞭不前。
人家前涂渺何许,望之不及忧悁悁。
问公何从得此本,笔势髴髳营丘传。
我本山中人,见之心惘然。
嵚崎历落真可笑,对画题诗思昔年。

题杨祕监雪谷晓装

(金)赵秉文

林空月已沉,雪落风未埽。束装事晨征,之子涉远道。
心知马上人,万象入腹藁。髯奴亦可人,行李伴幽讨。
尘中无此客,风云满怀抱。逢辰则伊吕,不然商山皓。
如何苦憔悴,薇蕨不得饱?前身孟浩然,后身穷贾岛。
三生纸上形,千古笑枯槁。向来富贵骨,露湿原上草。
百年等一梦,翻覆无醜好。那知风雪癯,不是蓬山老。
所以邢和璞,一笑几绝倒。

雪谷晓装图

(金)庞铸

溪流咽咽山昏昏,前山后山同一云。
天公谈笑玉雪喷,散为花蕊白纷纷。
诗翁瘦马之何许?忍冻吟诗太清古。
老奴寒缩私自语,作奴莫比诗奴苦。
木僵石老鸟不飞,山路益深诗益奇。
老奴忍笑怜翁痴,不知嗜好乃尔为。

杨侯胸中富丘壑，醉里笔端驱雪落。
因何不把此诗翁，画向草堂深处著？

雪谷早行图
（金）蔡珪

冰风刮面雪埋屋，客子晨征有底忙。
我欲题诗还自笑，东华待漏满朝霜。

跋雪谷早行图
（元）王恽

谷口山深石径开，六花一夕浥浮埃。
披图忆得经行处，夜半盘车下岭来。

武元直雪霁早行图（二首）
（元）王恽

乱峰叠巘玉崚嶒，危栈何人趁早行。
似我姑山新道就，神居东崦听鸡声。

雪拥天山六月寒，冷云西北是长安。
行人马上扬鞭喜，犹胜南荒作热官。

题雪谷早行图
（元）王恽

头痛风炎万里程，行人何限把双旌。
犯寒休讶征车早，冷岭东边是帝城。

缪郎中雪谷早行图
（元）马祖常

十里寒林叶尽凋，谷中深雪客行遥。

留连献赋游梁苑，辛苦哦诗过灞桥。
竹裂若闻金石奏，山空不听斧斤樵。
未央前殿冰花满，郎吏催班已趁朝。

李咸熙蜀山旅思图
（元）黄公望

忆昔蚕丛开蜀国，崔嵬剑阁入寒云。
荒郊寂寂猨啼苦，多少归人不忍闻。

题晓行图
（元）李祁

郁郁溪上松，瀼瀼草头露。幽人爱清景，晨起就征路。
翩然厌羸骖，独行不回顾。浩浩谁与期？青山淡无数。

早行图
（元）程钜夫

万山迥合路纡萦，独策羸骖款款行。
却忆麻源三谷里，画桥擕酒听溪声。

征人早行图
（明）杨慎

杜鹃花下杜鹃啼，乌臼树头乌臼栖。
不待鸣鸡度关去，梦中征马尚闻嘶。

关路逢僧图
（宋）贺铸

蹇驴乌帽禅客，落日黄尘故关。
已悔弃繻昔去，更逢挈履今还。

题大年关路逢僧图
（宋）晁说之

关深羁思满，风断绿阴单。一遇空门侣，那知行路难。

关山风雨图
（元）张础

山气凝寒雨不开，江涛拍岸雪成堆。
渔翁惯识风波恶，天际孤舟已早迴。

西风古道图（为寺僧赋）
（元）刘永之

古道西风匹马还，数家茅屋住秋山。
只疑路近东林寺，遥听钟声暮霭间。

潘子素、王叔明来慰藉，临别为写水傍树林图
（元）倪瓒

积雨开新霁，汀洲生绿蘋。临流望远岫，归思忽如云。

题画赠别王使君
（明）王世贞

杯酒踟蹰日易曛，青山处处惜离群。
莫言秋色难分赠，君是青云我白云。

历代题画诗类卷第五十六

行 旅 类

题郭恕先雪霁江行图
（宋）楼钥

绝妙丹青郭恕先，幻成雪霁大江舡（船）。
沿流更饱轻帆举，上水仍劳百丈牵。
捩柂长年浑欲动，褰帷佳客若将仙。
侍亲曾泛沧浪月，犹记兰成射策年。

题何侍御所藏雪霁江行图（三首）
（元）王恽

雪霁澄江照眼开，常年日月蔽兵埃。
而今风物真堪画，滚滚行商两浙来。

柏台霜信肃江枫，寒入黄茅瘴已空。
一线暮江春雪外，枉将新意诧清雄。

炎瘴消残一雪馀，勾吴无地不亨衢。
江山正要燕公笔，却点骡纲入画图。

郭忠恕雪霁江行图

（明）吴宽

路出三峡风飕飕，江天雪霁宜行舟。
水枯滟滪高突兀，木叶落尽俱东流。
艨艟相联蔽江下，半空结构如危楼。
两舷之间可走马，主人恐是王益州。
独嫌百物具篷底，如何不设戈与矛？
后系一舟亦千斛，什器满载馀瓵瓯。
青帘翠幰互掩映，綵绳锦缆纷绸缪。
玉炉频爇沉香火，寒气不到珊瑚钩。
篙工柁师噤无语，指落层冰谁为收！
安得挽以百牸牛，代汝仆夫力且休。
人生得意在富贵，乡里小儿惊宦游。
望中隐隐连远洲，深树落照哀猿愁。
日将暮矣泊何处？万里几转青山陬。
狂仙画笔穷冥搜，图外意思令人求。
陶翁愿弃五斗米，未肯折腰从督邮。
飘然轻飏孤舟去，惟有葛巾犹在头。
高哉斯人谁与俦？呜呼，高哉斯人谁与俦！

题江行图

（元）钱惟善

七泽秋连楚雨昏，布帆千里向荆门。
舟行莫近清湘泊，枫树青青亦有猨。

跋提刑王副使航海图（二首）

（元）王恽

天险无踰海与江，得人一苇即能航。

悬知恢廓高宗志,梦遶商岩夜月苍。

鼍(鳄)翻鼉作大江流,舟楫颠危咽棹讴。
忽展画图还自悟,当年风雨过封丘。

汶上早行图(上清张道士写)
(元)张翥

绛节前驱海日生,川迴已见汶阳城。
数峰晓翠和烟湿,千树春红照地明。
原隰使华来焕烂,河山风物入经营。
凭君更写千岩月,与听鸾笙夜夜声。

梁贡父学士江行阻风图
(元)邓文原

匡庐枕长江,彭蠡居上游。
我幼不识风涛怒,但喜青山縣亘急橹鸣中流。
老来行道增百忧,山有虎兕水次多蛟虬。
梁公示我江上图,空斋飒爽回高秋。
想见飞廉簸荡驱阳侯,雷鼓动地万貔貅。
连樯十日不得发,何异骏马伏枥鹰在韝。
行人徼福古祠下,洁觞置酒旨且柔。
小姑倚绝岸,彭郎渺孤洲。
脉脉关情隔烟水,不如天孙绝汉从牵牛。
明发风止江镜净,楚天无际来櫂讴。
回首系舟处,惟有参差烟树飞凫鸥。
世事翻覆那有定,人生忧乐为谁谋?
慨彼东逝川,白日不得须臾留。
濯沧浪,委浮休,买田结屋山之幽。

撷芳钓鲜亦足乐，安用高门列鼎冠盖夸鸣驺。

题范才元湘江唤舟图（用李居仁韵）
〔宋〕朱乔年

天涯投老鬓惊秋，梦想长江碧玉流。
忽对画图揩病眼，失声便欲唤归舟。

题别浦远来舟图
（宋）陈造

道人毫端妙用，幻出烟水淮南。
频与东风商略，几时送我归帆。

江岸舣舟图
（金）赵秉文

远村树如荠，近屿舟如月。孤舟泊沙尾，危樯见木末。
前山景气佳，日暮凉风发。时有渡头人，萧萧吹素发。

风雨停舟图
（元）元好问

老木高风作意狂，青山和雨入微茫。
画图唤起扁舟梦，一夜江声撼客床。

风雨回舟图
（元）李孝光

天昏地黑蛟龙恶，风雨如山擘不开。
舟中自有刺蛟手，笑杀舟师捩舵回。

题夏珪风雨行舟图
（明）僧来复

君游南越我西秦，尽日江头采白蘋。
无限波涛起平陆，顺风休笑逆帆人。

奉皇姑鲁国长公主教，题所藏巨然江山行舟图
（元）柳贯

善画如攻诗，意到即奇警。盖其疎儁姿，笔墨无容骋。
敛之縑楮间，咫尺万里景。巨然作江山，所得尽幽夐。
冥深风雨重，旷朗云霞屏。秋光满帆腹，上下天一影。
白鸟不尽飞，枫林有维艇。稍前牛渚矶，却后瞿塘顶。
岂无乘航戒，尚想然犀炳。巨灵制坤轴，割截尔何猛。
至今气淋漓，幅背出光耿。人言此非画，与幻本同境。
然师岂幻者，贞胜以其静。我来览遗迹，皎若天机秉。
巫间东北长，岷蜀西南永。朱邸雪消初，春晖浮藻井。
开图望神州，时节躬朝请。慨思禹成功，重喜殷邦靖。
将铸岳牧金，明堂安九鼎。

题向伯共过峡图（二首）
（宋）陈与义

旌旗翻日淮南道，兴罢归来雪满船。
正有佛元〔光〕无处著，独将佳句了山川。

过峡新图世所传，峡中犹说泛舟仙。
柱天勋业须君手，借我茅斋看十年。

题袁子仁所藏巴船出峡图

〔元〕吴莱

巴山一带高崔嵬,巴江万里从天来。
前夫疾挽后夫推,黄牛白狗迎船开。
晓风东回水西上,滟滪堆头伏如象。
盘旋鸟道怕张帆,汩没龙渊惊掉桨。
世人性命重涛波,吴盐蜀麻得利多。
怪石急流须勇退,贪夫险魄漫悲歌。
神禹酾江江更恶,五丁凿路空岩崿。
巴船可坐尚髪危,栈阁能行终泪落。
嗟兹举目无不然,直愁平地即山川。
至喜亭边聊酹酒,长年三老好摊钱。

吹箫出峡图

(元) 王冕

巅崖峭绝撑碧空,倒挂老松如老龙。
奔流落峡喷白云,石角险过百丈洪。
我昔放舟从此出,牵柂失势气欲折。
春风回首三十年,至今认得山头月。
草堂清晨看图画,画里之人闲似我。
波涛汹涌都不知,横箫自向船中坐。
酒壶茶具船上头,江山满眼随处游。
安得更唤元丹丘,相攜共上黄鹤楼。

郭忠恕出峡图

(明) 贝琼

巫峡何危哉,夹拱如龙门。

禹治九州不得到此，峡口水作雷霆奔。
问汝江中人，几日三巴去？
峨眉五月销古雪，滟滪堆深虎须怒。
巫峡之险安可攀，胡为吴樯楚柁日日来往乎其间？
高堂中有如花颜，银屏翠箔青春闲。
涉此万里道，经年犹未还。黄金不买死，直欲高南山。
汝舟非龙汝非虎，鼋鼍出没馋蛟舞。
前者已脱后者号，江神无情天又雨。
石巉岩丫利刃攒，一叶宛转行千盘。
觑此魂魄悴，岂待杜宇夜叫猿声酸。
安得凿之尽平土，万古不识风波苦？

题川船出峡图

（明）僧宗衍

瞿塘险为三峡门，两岸束急洪涛奔。
十丈江船万斛力，一篙失势原无根。
前船才过后船出，蜀商来往无虚日。
君不见人间行路难，咫尺风波永相失。

出峡图

（明）僧宗泐

瞿塘水如马，五月不可下。两舟何处来？披图一惊诧。
前行稍趋平，势若闲暇者；后来方履险，众篙不停把。
岩迥古木披，峡束哀湍泻。嗟尔驾舟人，安危在操舍。

题野渡风烟图

（宋）陈造

画师毫素筌蹄，波光野色凄迷。

舟舣树阴欲动，鱼惊帆影应低。

过关渡水图
（金）刘迎

短车无复驾青牛，散策方来对白鸥。
烟水从容许君独，暂须分我一船秋。

秋江晚渡图
（元）牟巘

晚来江上鲤鱼风，十里青山一望中。
自是欲归人意急，等闲付与济川功。

秋江晚渡图
（元）吴师道

十年吴楚客西东，展卷高歌兴未穷。
渺渺孤舟呼不得，好山无数夕阳中。

张僧繇秋江晚渡图
（元）黄公望

何处行来湖海流，思归凭倚隔溪舟。
枫林无限深秋色，不动居人一点愁。

题秋江晚渡图
（元）揭祐民

柰榆株栎枫樗村，古台半隐溪林根。
短桥细路入幽径，断无人屋谁乡枌？
远山微云出木杪，白沙丹叶随洲痕。
岸莎时方蘸净潦，天霜气欲浮黄昏。

一舟横冲破秋色,中有坐客知奚云?
应言去早失归晚,夕阳下掷潜无噱。
巾衣各振离舸散,到家定未关柴门。
吴越小景重摸索,江湘雅致费讨论。
岂无片壑可与共?渔樵逸乐同鸡豚。
彼翁欣还倚杖屦,谁能无酒妻儿温。
我生只为书儋误,披卷坐对真消魂。
黄金郿坞不若此,浣花书屋翻能存。
还君图卷百感叹,武陵溪上难寻源。
不能忘者旧山麓,春日起处思闻猨。

题秋江晚渡图

(元)丁复

白云在青山,红叶烂无数。亦有冬青枝,长松共如故。
茅堂当树间,江光澹凝素。扁舟不可呼,谁令汝来暮?

题秋江待渡图

(元)钱选

山色空濛翠欲流,长江清澈一天秋。
茅茨落日寒烟外,久立行人待渡舟。

秋江待渡图

(元)张雨

郁木坑头萧侍郎,负薪归去趁溪航。
解包席地彼谁子?日暮途穷话尚长。

题秋江待渡图(为萧学士赋)

(明)镏崧

小航冲风岸将及,行人下马沙头立。

水阔云深野渡闲,天寒日暮归心急。
人生行役安可休,到江路尽还通舟。
谁能裹足山中老,不识风波一日愁?

秋江待渡图
(明)金幼孜

秋山叠叠映云萝,渺渺长空接远波。
日暮小舟争渡急,行人休唱《竹枝歌》。

题秋江唤渡
(元)胡长孺

道傍木叶如渥丹,归急不知行路难。
青嶂碧溪自唤渡,蹇驴破帽秋(一作"西")风寒。
裹头长须甚德色,肩轻不借有馀力。
人间尘土深复深,谨勿重赋《招隐吟》。

题云溪待渡图
(元)张翥

晋阳山中蒲村渡,断坂连冈叠烟树。
横汾水落流更急,客子西归迫秋暮。
朔风转雨作雪飞,倚盖沙头泥没屦。
后来者谁须我友,望望津船出前溆。
湿云扑地边鸿惊,危桥挂岸征马生。
樵家有径冻叶平,土牀火煖无人声。
乱峰倒倚白石烂,空壑半压冰槎横。
归来想像犹眼底,讵拟褐夫能画此。
溪明雪净古色起,一片荒寒在窗几.岁晚远游吾倦矣。

王维雪渡图

（元）黄公望

摩诘仙游五百年，画称雪渡未能传。
只因曾入宣和府，珍重令人缀短篇。

题马致远清溪晓渡图

（明）张以宁

今晨高卧不出户，岁晏黄尘九衢雾。
美人远别索题诗，眼明见此清溪之晓渡。
溪傍秀林昨夜雨，落花一寸无行路。
歌阕桃叶人断肠，艇子招招过溪去。
红日青霞半晦明，白云碧嶂相吞吐。
诗成君别我亦归，此景宛是经行处。
我呼九曲峰前船，君帆正渡潇湘渚。
鴈去冥冥红叶天，猿啼历历青枫树。
是时美人不相见，我思美人美无度。
美人之材济时具，我老但有沧洲趣。
他日开图思我时，溪上春深采芳杜。

云溪晓泛图

（元）李汾

晓景澹明月，落影潭西丘。晴川挂烟树，光拂云河流。
枫林入行色，关山生白头。羡羡画中人，忆我秦川游。
君帆渺何许，傥下沧浪洲。沧浪吾有约，寄谢同盟鸥。

江船晓发图

（元）王恽

漠漠溪烟冻不飞，一船烟火晓光迟。

风篷冷泛东山月,似我茶洋早发时。

题芦洲夜泊图
(明) 张凤翼

泽国烟波别有天,敢论舟楫济长川。
许多风浪都经过,才得芦花一夜眠。

秋江夜泊图
(明) 僧宗泐

旧游不省是何年,曾向山阴夜泊船。
钟磬远来青嶂外,帆樯敧出碧湾前。
芦洲月白鹥初下,竹屋灯红客未眠。
欲访支郎无处觅,至今清兴尚悠然。

题文湖州湘中推篷图
(元) 李元珪

岳王楼前湖水边,离歌惊觉鹧鸪眠。
生绡一幅秋云乱,又上江南客子船。

千里掀篷图
(明) 钱宰

空濛一片隐菰芦,隔水青山对酒徒。
作客岂能躭寂寞,好诗强半在江湖。
可怜有梦长萦邅,曾记将身入画图。
千里掀篷知有意,乡船相遇问归途。

题千里掀篷图(效常建体)
(明) 高棅

日没川路阔,松阴澄晚流。掀篷卧天色,超忽江潭秋。

渚月镜中净，孤晖漾轻舟。心将空际云，身与波上鸥。
了视无外物，旷然神远游。予亦沧浪情，从君问方洲。

题雪浦人归图
（金）刘迎

乱目宝花雨，过眉斑竹筇。挐音迎画鹢，喜态动乌龙。
水镜千江月，风琴万壑松。遥知永今夕，情话得从容。

长江归櫂图
（元）程钜夫

蔼蔼天始晴，苍苍景将晚。江波日东流，游子何时返？

夏珪晴江归櫂图
（元）黄公望

漠漠江天吴楚分，几重树色几重云。
客心已逐归帆好，谁道溪边有隐君。

画帐远帆
（唐）皇甫冉

朝见巴江客，暮见巴江客。云帆傥暂停，中路阳台夕。

李咸熙江干帆影图
（元）黄公望

高阁崔嵬瞰碧江，布帆归去鸟双双。
无边树色千峰秀，一片晴光落短窗。

题赵仲穆江圃归帆图
（元）张翥

西施浦头鸿鴈声，苎萝山下於菟行。

前村路暗愁未到，回首海天秋月生。

春浦帆归图
（元）孟攀鳞

涵空水色碧于苔，照眼山光翠作堆。
疑是桃花源上客，轻舟天外得春来。

远浦归帆图
（明）谢士元

日暮大江平，依微见归艇。几幅饱西风，须臾楚天迥。

题秋色归舟图
（元）僧至仁

满目烽烟万国秋，江山何处可追游？
吴淞水落鲈鱼美，风雨归来一钓舟。

风雨维舟图
（明）李日华

江店酒香花正秾，午潮初上碧连空。
篷笼暂掩萧萧雨，柳外晴霞一缕红。

题宋徽宗寒江归櫂图
（明）汪广洋

怪石奇花拥汴都，上皇行乐在蓬壶。
不将深虑防侵侮，却把闲情托画图。
野艇风高晴雪重，江天水阔暮云孤。
断鸿一去无消息，啼杀延秋头白乌。

题刘文伟府判收藏山庄夜归图
（元）龚璛

盘桓长松树，莽苍归薄暮。惟应门外山，见我蹇驴去。
泠泠野水声，候子庄上路。亦有东邻僧，分卧清寒处。

题陈推府南归图
（明）程敏政

万岁声中奏礼成，一阳生处数归程。
恩沾上国如春育，路下中原似掌平。
朔气侵车凭酒遣，寒风吹木助诗鸣。
蹇予亦作朝陵使，望别难胜此日情。

自题晚归图
（明）龚诩

红树离离映夕晖，水天空阔鴈高飞。
扁舟一箇轻如叶，常载先生半醉归。

远归图
（明）陈继

杜宇一声春尽，杨花千里人归。
半捲东风罗幕，任教双燕飞飞。

风雨归舟图
（元）陶宗仪

山雨溪风晚未休，萧萧落叶满汀洲。
渔船罢钓归何处？眼底狂澜正可愁。

题风雨归舟图

（元）丁鹤年

昔向沧浪弔独醒，中流风雨正扬舲。
江空风卷潮头白，野旷云迷岘首青。
挂席正思遗珮浦，推篷已过濯缨亭。
襄阳耆旧今安在？抚几长歌对画屏。

戴进风雨归舟图

（明）祝允明

黄陵庙下潇湘浦，西风作寒东作雨。
鹧鸪啼舌到无声，谁管行人望家苦。
柳州刺史幸不违，长沙太傅音尘非。
翠蛾斑管在何处？万古重华呼不归。

侯仲冶风雨归庄图

（元）陶宗仪

黑雨横江天漠漠，馋蛟怒吼惊涛作。
扁舟冒险且归来，正恐明朝风更恶。

夏珪风雪归庄图

（明）高启

江云粘波晚模糊，青山忽失如忘逋。
乾坤莹净冰作壶，春意散入千林枯。
野桥古渡行人无，清响瑟索鸣残芦。
江天万里一老夫，短蓑如蚁舟如凫。
鱼寒入泥不上罛〔罛〕，归来远识渔村孤。
柴门夜叩闻犬呼，迳竹压折谁相扶？

山妻自炊稚子沽，不羡炙肉围红炉。
嗟余客游岁屡徂，诗囊随驴走髯奴。
长安何处觅酒徒？飞花扑头帽不乌。
旅舍无梦还江湖，慙（惭）对《风雪归庄图》。

风雪归庄图
（明）僧宗泐

山路独归翁，手擕一壶酒。千林雪正深，扁舟在溪口。
茅茨阆石根，垂萝穿户牖。江城看图人，几回兴叹久。

题风雪归庄图
（明）僧一初

北风号枯林，寒云没西岭。归翁雪满笠，欲渡愁日暝。
孤舟断矶下，惊浪无时静。遂令世外人，感此画中景。

蔡渊仲散木菴归来图
（元）唐肃

虎观紬书罢，龙江返棹初。白金君赐重，黄发宦情疎。
浩荡芝山色，萧条散木居。春田犹及种，归理白云鉏。

题少保杨澹菴江乡归趣图
（明）杨士奇

巴陵西畔楚江分，曾泛湖波望岳云。
借得君山小龙笛，月明吹向洞庭君。

高大使吴淞归兴图
（明）陈安

枫落吴江白鴈飞，天涯游子正思归。

香消夜月青绫被，凉入秋风白纻衣。
江浦兼葭含宿雨，驿亭杨柳带斜晖。
分明记得西湖上，载酒兰舟近翠微。

题真仁夫画卷

（宋）刘克庄

草木黄落，水云莽苍，孤舟卸帆，冻鴈失行。
昔余远游，沿漓沂湘，堠长店疏，仆痡马僵；
行李萧然，有诗满囊。今其老矣，宁志四方？
抚卷追思，历历不忘。

题　画

（元）贡性之

雨蒲烟草接风湍，望入苍梧九点寒。
怪得归帆如马健，有人楼上倚阑干。

题扇寄希仁

（明）谢承举

雪晴莎暖忽离家，北去频看鴈影斜。
回首江南春渐老，东风开到紫荆花。

方文美画

（明）张弼

花落春归客未归，仲宣楼上倚斜晖。
故园遥在三江外，绿遍蘼芜燕子飞。

题画（送敏聪弟还河南）

（明）程敏政

西风吹彻桂花秋，欲去珍禽不自由。

无限人间离别意，海天明月照高楼。

题画（送人归江西）
（明）董其昌

归鸿别鹤夜钟残，徙倚霜庭醉不欢。
颇忆故山寒翠否，天涯相向画中看。

历代题画诗类卷第五十七

羽猎类

和李尚书画射虎图歌
（唐）独孤及

饥虎呀呀立当路，万夫震恐百兽怒。
彤弓金镞当者谁？鸣鞭飞鞚流星驰。
居然画中见真态，若务除恶不顾私。
时和年丰五兵已，白额未诛壮士耻。
分铢远迩悬彀中，不中不发思全功。
捨矢如破石可裂，应絃（弦）尽敌山为空。
杀气满堂观者骇，飒若崖谷生长风。
精微入神在毫末，作缋造物可同功。
方叔秉钺受命新，丹青起予气益振。
底绥靖难事可拟，嗟叹不足声成文。
他时代天育万物，亦以此道安斯民。

南阳太守射虎图
（元）程钜夫

一箭何妨一害除，使星归进两玄珠。
欲知太守忠勤事，请看南阳射虎图。

题李蒲汀学士所藏赵千里射熊图

（明）陆深

王孙藻思锦绣纹，点染青山紫白云。
避鹰霜高锦树出，射熊风劲角弓闻。
似是西原猎场下，公子翩翩齐骋马。
捷如流电气十倍，满怀明月神潇洒。
沙平草浅石径长，左驰右突不可当。
直前一发遂得隽，岂但百步能穿杨。
古来妙传夸绝艺，此幅摩挲今几世？
周诗蔼蔼歌梦祥，汉馆离离是何处？
蒲汀学士人中龙，勘画披图最有工。
致身本在霄汉上，雅兴时落山林中。
武功文事亦素具，细认丹青有奇趣。
尚父曾闻载后车，宣尼尚且供先簿。
试看更兆掌中珠，雄风骏骨头角殊。
他年隔座屏风里，唤取良工搨此图。

题周昉明皇水中射鹿图

（元）雅琥

开元天子奋神武，一矢成功定寰宇。
飞骑营中堕牝鸡，妖星散落纷如雨。
迩来校猎渭城东，姚崇发纵指顾中。
马前十论效驱策，君王已贺获隽功。
波涛涌洞真龙立，应见波间老蛟泣。
画师盘礴笔有神，千载英姿如昨日。
君不见天宝年来事事非，宫中行乐昼游稀。
可怜野鹿衔花去，犹向樽前按舞衣。

题李德新中宗射鹿图

（明）高启

赭袍玉带虬髯怒，人如真龙马如虎。
英风犹似天可汗，肯信昏孱困韦武？
上林草绿闻呦呦，飞鞚霹雳梢长楸。
画旗围合晚犹猎，后庭双陆谁行筹？
追游不记房陵辱，五王谪来势犹独。
空夸大羽发无虚，不射妖狐射生鹿。
画图令人生感嗟，天宝回首飘胡沙。
神孙早解习祖艺，不遣衔出宫中花。

题赵子昂射鹿图

（明）李东阳

秋高出猎长城下，碧眼胡儿骑刬马。
弓如月满箭星流，已向千山毛血洒。
马前逸兔或可脱，山下老麋身欲赭。
彼贪但为口腹谋，不见巴西放麑者。
吴兴王孙燕蓟客，酒酣兴发时泼墨。
极知纨绮足风流，忘却河山限南北。
噫吁嚱！薛郎未掛天山弓，披图仰面来天风。

戎王追麑图

（明）高启

前骑脱兔奔，后骑惊鸿急。
火烧秋草猎场空，一骑〔麑〕穷追势难及。
大小当户左右贤，单于勇锐阏支妍。
雕戈白羽漫争发，众中得隽知谁先？

君不见天策将，真天子，驰一马，殪四豕。

题明皇追獾图
（明）周叙

朝罢鸣哨动，终南校猎游。追獾应适意，衔橛却忘忧。
日入黄云暮，风生碧草秋。从官无谏疏，不复忆韩休。

题赵希远按鹰图
（宋）范成大

学射春山万岁湖，牙门猎骑卷平芜。
如今黄土原边梦，犹识呼鹰嗾犬图。

题张戬猎兔图
（元）于立

八月九月天雨霜，北风吹沙边草黄。
骍弓白羽黄金镝，虎皮蒙鞍悬两狼。
契丹小儿头半秃，生来重饮常食肉。
弯弓射猎不遗镞，阿㑩但遣韩卢逐。
解鞍野食仍割鲜，止息还依沙草边。
同唱胡歌作胡语，醉来却耽穹庐眠。
嗟哉尔㑩良独苦，致身三月如何补？
纵然欲作管城君，秦人少恩弃如土。

题明皇端箭图
（元）马祖常

宁王玉笛吹凤凰，桐花秋露宫昼长。
开元天子忽思武，手中金箭照眼光。
何物群婢出后房，羽林孤儿射杀将，坐中凛凛无渔阳。

明皇骊山出猎图
（元）王恽

五家锦绣迷川谷，万马旌旗猎帝师。
治乱两途明在眼，丹青浑是《黍离》诗。

二王游骑图
（元）倪瓒

每忆开元全盛时，二王游骑日追随。
鹡鸰原上双兄弟，挟弹荒郊想凤池。

射猎图（二首）
（元）虞集

羽猎长年从翠华，合围八月度龙沙。
萧萧徒御图中见，犹想君庖赐满车。

日暮推车力已疲，道逢猛虎快馋饥。
负嵎何待要冯妇，弱妇婴儿未可欺。

射猎图
（元）卢琦

倦飞鸟十年，茧足愁山川。①
安得千金购神骏，揽辔欲尽东南天。

出猎图
（元）杨维桢

燕支花开春日晖，从官游骑去如飞。

---

① 此二句不连贯，疑舛误。元人大欣《骏马图》（共十二韵）末四句："嗟我身如倦飞鸟，十年茧足愁山川。安得千金购神骏，揽辔欲尽东南天。"

分明一段龙沙景，白鴈黄羊好打围。

出猎图

（明）詹同

朔风凛凛吹龙沙，年年马上长为家。
阴山大漠百草死，猎遍青海滨天涯。
旌旗裂尽霜花湿，万骑貔貅似云集。
苍鹰欻起若飞电，四尺神獒作人立。
什围五攻兵法存，发纵指示知何人？
岂无诡遇获禽者，谁能为尔鸾枭分？
直将勇气饱所欲，寝虎之皮食虎肉。
生擒山下九青兕，射杀岩前双白鹿。
日暮归来雪洗箭，血洒腥气满河曲。
穹庐散野如繁星，凉月萧萧照平陆。
骆浆跪进玛瑙盌，黄面奚奴眼睛绿。
明朝满马驮斓斑，番王喜生红玉颜。
焉知祝网三驱意，但醉氍毹紫塞间？
君不见暴殄天物焚咸丘，画师之笔学《春秋》。
还君此图长太息，使我忽忆比蒲蒐。

题出射图

（元）戴良

玉门关南百草腓，玉门关北鬮兵稀。
边头无事马秋肥，将军出射沙尘涨。
一胡据鞍执大旗，翩然前导疾若飞。
一胡引弰如附枝，一胡放箭箭不知。
后有两胡蹙骑追，侧身拔镞恐镞遗。
玉门关城迥且巍，一时士马何神奇。

我来塞外按边陲，曾挥此马看君骑。
为君取酒尽千卮，醉里争夸战胜归。
到今已是十年期，画家所写是邪非？
却忆当初亲见时。

猎骑图（春夏秋冬四首）
（明）商辂

林松湿露翠华重，仙桃醉日凝香梦。
芳草丛生绿树阴，落花尽补苍苔空。
完颜跃马当青年，戎袍照日何鲜妍。
玉鞍锦鞯（韉）黄金勒，红缨紫鞚珊瑚鞭。
雕弓满张面如赭，气捲黄河掌中泻。
仰天一箭中飞禽，委翅欲逐迥风下。
角鹰钩爪目如电，利吻淬若龙泉剑。
番鞲掣断绿丝韁，狡兔妖狐胆惊颤。
群驼露出紫茸峰，金铃系犬奔长风。
旌蠹摇红日光薄，雁门金鼓声咚咚。
君臣演武饱韬略，范我驰驱在猎较。
要知见者举欣欣，庶几与民能同乐。

远山近山翠欲滴，溪柳沙柳青如织。
薰风扇凉自南来，旌旆遥撼边云湿。
羽林征马鸣萧萧，角弓在手箭在腰。
画戟煌煌辉白日，黄沙漠漠连青霄。
海东之青偏豪爽，铁作毛衣金作掌。
耸身跨雾转招摇，鸳鹅洒血随草莽。
紫衣控著白玉鞭，万骑驰突相后先。
貔貅仰视复拍掌，欢呼动地声骈阗。

香腾鸡舌烟缥缈，飞入鲛绡轻裊裊。
紫塞关头日欲晡，贺兰山下天还晓。
胡笳一曲兴未足，帐里葡萄酒新熟。
齐宣邈矣不可追，推恩始自牛觳觫。

蓟门霜落悲秋草，叶飞满地无人埽。
銮舆晓出明光宫，扬鞭走马关东道。
天闲十二分鴈行，虎蹲豹蹯争低昂。
戎袂吹风日杲杲，阵云横塞天茫茫。
兔奔鹿驰何迫速，长剑短戟相追逐。
肃肃响彻云影寒，呦呦鸣透空山绿。
野雉嘎嘎原头飞，锦毛五色光陆离。
翻身抽矢将欲射，巧力恐逐冰弦移。
丹青一幅监前代，几度桑田变沧海。
灵囿灵沼尚可征，金城汤池将安在？
东龙行日西龙雨，乾坤已属大明主。
当今偃武更修文，世际雍熙侔舜禹。

连日同云阴匝地，阳乌湿翅飞不起。
翠华遥指太行山，猎骑悉渡漳江水。
君王独控玉花骢，欲动不动偏豪雄。
冰弦雕弓白羽箭，精神炯炯明双瞳。
将军呼獒踯躅来，左右咆嚩声如雷。
山羊野鹿纷交驰，俛首落胆鸣悲哀。
勇士持挺击奔兔，壮气如山力如虎。
扶桑树折玉关开，宇宙飒飒寒风度。
貂裘斜拥半酣醺，辕门挝鼓声殷殷。
笳吹遥翻瀚海波，旌旗远蔽天山云。

嗟哉成汤恩浩荡，仁爱及物见祝网。
赢得芳名照汗青，至今千古令人仰。

胡虏雪猎图（为徐复初赋）

（明）贝琼

太古天骄宅幽朔，平沙四面无城郭。
生儿岂识种禾黍，走狗呼鹰共为乐。
北风飂飂大雪湿，越堑凌冈马蹄急。
弓开满月不虚发，赤豹玄熊号且泣。
日暮两狼归挂鞍，燕支劝酒左右弹。
一时快意良不恶，金刀割鲜行玉盘。
君不见汉家天子猎四海，塞下将军归奏凯。
青丘云梦何足夸，猛虎长鲸肉俱醢。

题雪猎图

（明）钱宰

胡儿善骑射，出猎古战场。白雪日夜飞，萧萧朔风凉。
黄草蔽沙碛，马肥弓力强。小队出汉南，十骑如龙骧。
前驱逐猛虎，后骑接飞獐。翻身激矛箭，叠中两羚羊。
玄熊何前却，猛气亦跳梁。南行顾长戟，北走脱飞枪。
联镳愈奋捷，性命不得将。自谓足驰骋，意气何扬扬。
宁思汉廷将，英勇际武皇。去年出云中，置郡定朔方；
今年战高阙，夜围右贤王。小勇何足矜，万里开边疆。

题五马猎归图

（元）何中

秋野肃肃，秋草萋萋，天空飓度呼鹰时。
一马前行四马随，前者回顾相指挥。

最后两人俱下马，一人拱手俯听之，一人挈麈毛色肥。
角弓在弢箭在房，人马意态何迟迟。
知从底处射猎归，莫是营州少年并州儿？
闲中貌此知为谁？笔力精劲妙莫窥。
我疑此画有似汲冢古书出，蠹简残逸有缺遗。
不须完足自可宝，古人日远何由追？
呜呼！古人日远何由追。

题清秋出塞图
（明）申时行

生不识医无（巫）间，梦不到狼居胥。
瞥然示我出塞图，令我目眩心神徂。
忆昔筹边赞庙谟，桓桓司马傑（杰）丈夫。
帝授节钺临玄菟，高凭熊轼佩虎符。
榆关九月沙草枯，霜鹰下击秋原芜。
烟荒云惨天模糊，惟兹辽左僻海隅。
频年侵扰无宁都，射雕跃马弯强弧。
司马申令陈师徒，指挥铁如意，酖弄金仆姑。
扬旌督战亲援枹，万卒超距争先驱。
奔狼突豕皆就俘，凯歌入奏天颜愉。
司马让功欿若无，但云将士多勤劬。
何以劳行役？请蠲幕府租；
何以恤饥疲？请发司农储，人人挟纩齐欢呼。
自从司马归江湖，辽人茹苦若堇荼。
荷戈不解甲，挽粟仍飞刍。羽檄征材官，络绎在道涂。
震邻之恐非剥肤，骚动根本何为乎？
安得再起司马登戎枢，坐纡长策销隐虞，国威震叠边人苏。

辽人射猎图

（元）李孝光

美人貂帽玉骢马，谁其从之臂鹰者。
沙寒草白天雨霜，落日驰猎辽城下。
塞南健妇方把鉏，丈夫戍边官索租。

金人出塞图

（元）虞集

海风吹沙如捲涛，高为陁碛深为壕。
筑垒其上严周遭，名王专居气振豪。
肉食湩饮田为遨，八月草白风飕飀。
马食草实轻骨毛，加弦试弓复置櫜。
今日不乐心忉忉，什什伍伍呼其曹。
银黄兔鹘明绣袍，鹧鸪小管随鸣鼖。
背孤向虚出北皋，海东之鸷王不骄。
锦鞲金镞红绒绦，按习久蓄思一超。
是时晶清天翳绝，鴐鹅东来云帖帖。
去地万仞天一瞥，离娄属望自力竭。
微如闻音鸷一掣，束身直上不回折。
遂使孤飞一片雪，顷刻平芜洒毛血。
争夸得隽顿足悦，挂兔悬狼何足说。
旌旗先归向城阙，落日悲风起萧屑。
烟尘满城鼓微咽，大酋要王具甘歠。
王亦欣然沃焦热，阏支出迎骑小驖。琵琶两姬红颧颊。
歌舞迭进醉烛灭，穹庐斜转氍毹月。

题金人出塞图

（元）李祁

穷林立乔松，峭壁插平地。苍茫绝飞鸟，倏忽见群骑。
杂袭衣与裘，蒙茸间毡毳。差池鞭弭间，孰识谁贱贵？
忆昔从北征，驱车出幽蓟。天时大雨雪，道远恐遂泥。
牛马俱阻寒，驴骡缩如蝟。所见人物殊，适与此图类。
当时皇风淳，声教浃遐裔。雕题与被发，商货罔不至。
自从烟尘生，河海隔氛翳。舟车断往来，榛莽极荒秽。
邂逅见此图，俯仰今昔异。矫首欲无言，长空正迢递。

题女真猎骑图（二首）

（元）郑韶

白草原头闻鴈声，黄沙碛里马蹄轻。
举头忽见边城月，倒著丝鞭不肯行。

塞上秋鸿白雪飞，溅溅生血洒毛衣。
日斜却过轮台下，争看红妆猎骑归。

题金人猎骑图

（元）刘永之

昔者金源起东北，万马南驰蹴中国。
青盖趋燕艮岳摧，杀气如云暗吴越。
天旋日转息战争，裹革包兵交玉帛。
朔南无事号太平，颇习华风变蛮貊。
既尊儒术尚文事，立进画图供觐阅。
是时张戬画鞍马，尺素流传擅声价。
此图彷佛戬所作，似貌燕山驰猎者。

秋高露白葭苇黄，隐约寒山接平野。
虎鞲鹤鞝赤茸鞴，骑影联翩意闲雅。
龙媒振鬣望空阔，足若奔星汗流赭。
前驱后逐争豪雄，左旋右转若回风。
鹜鹅惊飞百兽骇，苍鹰脱臂腾高空。
策马数获落日紫，金盘行炙餍奴僮。
当时观者徒叹息，写入丹青真国工。
古愚先生最好事，锦标钿束纡鸾龙。
郡斋展翫当清昼，惊飙飒飒吹簾栊。
白头书生幽蓟客，不觉涕泪霑膺胸。
百年兴废恍如梦，苜蓿萧萧迷古宫。

胡人出猎图

（明）谢承举

秋野胡奴猎鬭欢，鹜鹅鸿雁正号寒。
边关今有韩都尉，不敢扬鞭过贺兰。

金人击鞠图

（元）傅若金

骏马如云击鞠驰，衣冠彷佛正隆时。
向来北地夸豪俊，不省中原厌乱离。

金人击鞠图

（元）傅若金

古来北方善骑射，材力往往矜豪雄。
吾观金人击鞠图，意气已欲横土中。
黄旗鹖（雕）羽指天黑，绣柱龙鳞掀日红。
鸣鞭纵辔捷一发，左迥右折如旋风。

流星迸乱拂衣里，飞电翕忽生马鬃。
极知此艺较轻矫，驰骋亦似观成功。
后来唇（唇）齿不自惜，纵习武勇终亡国。
当时得失争一丸，百岁安危复何益？

刘器之阴山七骑图
（宋）孔武仲

北风飒飒边云黄，飞沙曀日天惨苍。
鵁鹅鸣哀鴈不翔，七骑正出阴山傍。
边地阴尘岁无阳，鸟飞堕翼人立僵。
犯寒跨鞍知悍强，以此决战谁能当？
面颜虽在姓莫详，一一胡帽胡衣裳。
马蹄涩缩弓不张，但见旗斾（旆）随飞扬。
凤饼倒酒进奚王，俯仰意气骄雪霜。
横斜道路深浅冈，相见射获多麏麚。
时平不复忧犬羊，但见楼兰驰骍騳。
仍嗟苦淡无辉光，人生所乐惟故乡。
彭城妙本家世藏，托以轻缣盛锦囊。
持来书卷临华堂，环视叹诧几发狂。
我生未省到朔方，坐令出塞意慨慷。
攘归可敌千金装，长厚不疑同舍郎。

题蕃骑图
（宋）韩驹

塞上漠漠黄云秋，黄须胡儿骑紫骝。
一马搀前弄风走，胡儿掣辔空骧首。
迴鞭慎莫向南驰，汉家将军方打围。
夺弓射汝犹可脱，夺汝善马何由归？

题蕃骑图

（宋）朱子

传闻姑□欲南侵，愁破雄边老将心。
却是燕姬能捍敌（虏），不教行到杀胡林。

唐人写胡骑图

（明）祝允明

天山一夜雪，北风吹不乾。胡儿骑马出，踏碎白琅玕。
鬏胡拥氊项，旆毳不知寒。季冬飞鸟绝，虚弦控不弹。
焉知北海鴈，高骞入长安。帛书天上度，何功报可汗？

元忠示胡人下程图

（宋）梅尧臣

单于猎罢卧锦红，解鞍休骑荒碛中。
苍驹騳骆六十匹，隐谷映坡分尾鬃。
九驰（驼）五牛羊颇倍，沙草晚牧生寒风。
贵贱小大指五百，执作意态皆不同。
二鹰在臂二鹰架，骏犬当对宁争功。
毡庐鼎列帐幙拥，鼓角未吹惊寒鸿。
土山高高置烽燧，毛囊贮获闲刀弓。
水泉在侧挹其上，长河杳杳流无穷。
素纨六幅笔何巧，胡瓌尽妙谁能通。
今日都城有别识，别识共许刘元忠。

题龙眠画骑射抱毬戏

（宋）楼钥

绿杨几枝插平沙，柔梢袅袅随风斜。

红绡去地不及尺，锦袍壮士斫鬉射。
横磨箭锋满分靶，一箭正截红绡下。
前骑长缨抱绣毯，后骑射中如星流。
绣毯飞碨最难射，十中三四称为优。
元丰策士集英殿，金门应奉人方倦。
日长因过卫士班，飞骑连云人马健。
驾幸宝津知有日，穷景驰驱欣纵观。
龙眠胸中空万象，骇目洞心千万变。
追图大槩写当时，至今想像如亲见。
静中似有叱咤声，墨淡犹疑锦绣眩。
闲牕抚卷三叹息，一纪胡尘暗几甸。
安得士马有如此，长驱为决单于战。

题汪季路所藏李伯时飞骑斫鬉射杨枝及绣毯图
（宋）杨万里

虎夫驰射殿西偏，一箭穿毯不再弯。
飞骑新图天上本，龙眠偷得到人间。

李龙眠飞骑习射图
（元）吴师道

东都全盛称元丰，天子慷慨思奇功。
蒐兵阅马振百度，坐欲折箠笞羌戎。
羽林卫士天下选，内厩汗血皆飞龙。
射毯穿柳虽戏剧，移置行阵宁非雄？
从臣绝艺龙眠翁，曾候唤仗明光宫。
斫鬉飞碨亲眼见，十年落笔逾精工。
君不见开元天宝马蕃庶，画手亦有曹韩同。
承平涵育赖休泽，人与物会真奇逢。

好头赤，玉花骢，转首一笑浮云空。
盛衰反复古今梦，宝津无树吹秋风。
纷更扰扰竟何益，祸起大梁尘再蒙。
披图考古三叹息，我思圣人忧日中。

题李伯时宝津骑士校马射图
（元）吴莱

东都天子幸宝津，左右突骑多近臣。
少年据鞍即齐足，青柳绦绁不遗镞。
前手引弰如附枝，后手放箭箭不知。
羽林剑客尘雾渺，兰筋蕙腕霓声驰。
先朝射技兵恨弱，旧栅毬门马惊跃。
军书到夏风喷河，使节通辽雪跑幕。
南宫试士亲见来，笔下俊逸真龙媒。
澄心一纸依稀在，画家六法犹神彩。
谁欨醇驷谁牛车，收尽骐骥策蹇驴。
男儿虚用悬门弧，呜呼壮哉彼武夫！

题开元王孙挟弹图
（元）杨维桢

开元少年意气雄，任侠不数陈孟公。
文犀束带鹄被小，骄马飒踏如飞龙。
侧身仰望目矍矍，为有流鶑（莺）在高树。
两骑联翩未敢前，看送金丸落飞羽。
白头乌啄延秋门，渔阳尘起天地昏。
珊瑚宝玦散原野，空令野客哀王孙。
平原公子五色笔，俗史庸工俱辟易。
写成图画鉴兴衰，未必奢淫不亡国。

四马挟弹图

（元）杨维桢

八骏瑶池一半归,锦袍欲脱玉腰围。
君王手挟流星弹,莫打慈乌逸树飞。

题挟弹图

（元）张逊

绿树阴阴水满堤,春风立马看黄鹂。
凭郎金弹莫轻发,恐有慈乌来上楼。

王孙图

（明）孙蕡

谁拈金弹倚青骢,鞍面开元结束同。
好似华清二三月,绿阴笼仗入离宫。

王孙挟弹图

（明）黄哲

乐游原上竞繁华,骑出天南白鼻騧。
宫锦不愁清露湿,五陵松柏绚朝霞。

挟弹图

（明）汪广洋

宫树已闻莺,王孙挟弹行。金丸非爱惜,为尔好音声。

题挟弹人马图

（明）张适

骢骑闲行不用鞭,绿阴原上草芊芊。

是谁催促春归去,却把金丸打杜鹃?

题赵仲穆挟弹图
(明) 李东阳

东风挟弹小城春,游骑飞鞯不动尘。
道上相逢休借问,卫家兄弟霍家亲。

挟弹图(二首)
(明) 陈绍光

连钱骢马雕鞍新,银蹄蹀躞扬风尘。
一声嘶过沙隄畔,雨香云暖当芳春。
乌纱云锦新承赐,侍宴明光醉归去。
弯弓挟弹望飞禽,落花满地无寻处。

奚官平明出建章,金羁白马多恩光。
翻身忽见草中兔,雕弓满彀如鹰扬。
四蹄蹴踏烟莎短,垂鞭缓把丝鞯绾。
归来犹带上林酣,挥袂香风春日暖。

题挟弹图
(明) 陈继儒

白马雕鞍艳绮罗,东城南陌遍经过。
金丸且莫轻抛掷。绿树春深乳雀多。

梁楷画雪塞游骑图
(元) 戴表元

耸胻攒蹄一驻鞍,毡衣韦帽白漫漫。
祇应田舍骑牛者,无此风沙踏雪寒。

解鞍图（三首）

（元）王恽

川流紫带烧痕青，万帐风烟扈汉营。
长记散军郊射罢，丹青图上看升平。

潇潇牙帐野河春，羽猎归来日未曛。
展放画图还记得，二年鞍马过牛群。

高空云迥射鵰还，细草平沙困解鞍。
醉里清寒将梦去，春风吹雪点旗竿。

氈幕卓歇图

（元）王恽

牙旗风软马萧萧，渭水归来气更豪。
想得龙沙西北道，际天风草黑山高。

题打毬图

（元）戴良

群胡击毬世未见，人马盘盘若风旋。
场中一点走如飞，三人跃马争先驰。
两人翻身惊且叹，前视后视迴迴转。
平沙蹙踏黄入天，肯使苍鹰飞向前？
身忘激射但狂走，未知毬落谁人手。
君不见秦失其鹿人共逐，刘项雌雄几翻覆。

历代题画诗类卷第五十八

仕女类

倚竹图
(宋)范成大

轻薄人情翻覆手,冰容却耐幽居久。
关中旧事逐春休,付与行人莫回首。
目送斜阳忘却归,竹风摇曳翠罗衣。
君看脉脉无言处,中有杜陵饥客诗。

倚竹图(三首)
(元)王恽

锦字挑香翠易鬐,一枝脩竹立湘裙。
定情正在冰霜操,不到琴台日暮云。

粉香沾袖怯轻寒,都著幽情寄竹间。
多是楚山湘水怨,不应空待卖珠还。

天寒翠袖伫轻盈,暮倚湘筠思不胜。
何异涧阿幽隐士,长材空抱乏宾兴。

脩竹仕女图
（元）张雨

空谷佳人玉珮珰，琅玕斜搭领巾长。
杜陵野老多才思，解道风吹细细香。

脩竹美人图
（明）王燧

兰膏香腻盘云绿，愁锁春山黛痕蹙。
天寒日暮悄无言，翠袖盈盈倚脩竹。
脩竹无心亦有情，竹花结实珠繁荣。
秦楼人去彩鸾杳，湘江种得相思成。
相思有种何时歇？竹上年年怨离别。
千古魂销怨不销，泪红染作鸳鸯血。

翠竹黄花二仕女图（二首）
（明）徐贲

萝屋烟縠敛微夕，锦瑟罢弹机罢织。
寒浓翠薄妒蝉衫，竹色摇风竞疏碧。
凤声天远谁能闻，绿蛾黛影愁不分。
楚山九点昨宵梦，泪花染尽潇湘云。

翠衫轻薄裁新蝉，琅玕献碧争秋妍。
愁紫翠黛向谁是，望中九点芙蓉烟。
泪簌霜痕紫云浅，晓色初凝寒意软。
卖珠小婢未还家，倚风独看黄菊花。

脩竹仕女

（明）姚纶

瑶台无信托青鸾，一寸芳心思万端。
更向东风倚脩竹，翠衫禁得几多寒？

脩竹仕女图

（明）吴宽

曾读杜甫《佳人篇》，佳人今向画图传。
练裙缟袂春风里，不减花神并水仙。
牵萝补屋居空谷，日暮依然倚脩竹。
只隔西邻短短墙，杨花榆荚纷相逐。

题沈侗斋脩竹仕女

（明）文徵明

开尽闲花草漫坡，青春零落奈愁何。
诗人自惜铅华冷，翻出天寒翠袖歌。

嗅梅图

（宋）范成大

雪意勒花愁未解，背阴一朵寒先退。
东风还是去年香，不比人心容易改。
宿酒謦腾正耐春，花枝人面两时新。
相看好作风流伴，只恐花枝却妒人。

嗅梅图

（金）李仲略

胧胧霁色冷黄昏，缺月疏篱水外村。

人在天涯花在手，一枝香雪寄销魂。

题梅花仕女
（元）李元珪

梦里寻香出晓城，一声残角暗魂惊。
美人不作罗浮梦，独倚梅花看月明。

梅边美人
（明）夏寅

欲向东风问早春，闲来花底步香尘。
试看一种婵娟态，即是罗浮梦里人。

梅树美人画
（明）徐渭

霜重衾单少妇孤，辽西秋半去征夫。
至今不寄一行字，欲寄梅花花尚无。

梧桐仕女图
（元）郑韶

厌厌微步出深宫，露湿红绡怯晚风。
争信长门今夜月，肯分清影照梧桐？

梧桐仕女图（为钱孟实题）
（明）邹亮

兰膏腻滑金钗溜，绣带斜分䍀（䄏）香袖。
琐窗睡起思娇慵，练裙六幅湘波皱。
月转虚檽（檐）风满林，碧云迢递银河深。
香尘不到袜罗冷，下阶踏碎梧桐阴。

梧桐老去孙枝长，枝上凤凰棲两两。
凭谁巧斲琴瑟成？谐奏宫商协幽响。
萧郎不归春意阑，梦遶梨云花作团。
银塘露冷芙蓉老，锦鸳怨入秋风寒。
楚云湘水鳞鸿杳，两点春山愁不埽。
低徊顾影悄无言，明朝只恐朱颜老。

题碧梧美人
（元）华幼武

晚凉新著绛绡衣，月淡香阶步玉墀。
却怕姮娥妒颜色，凤皇枝下立多时。

题冯叔才芭蕉仕女
（元）郑洪

杨花梦觉春阴阴，凤钗绾髻双黄金。
守宫血冷臂如削，豆蔻（蔻）茁红愁正深。
罗衣熨帖沉烟缕，恨身不作双飞羽。
芭蕉心折郎未归，麓葱花开泪如雨。

题芭蕉美人图
（元）杨维桢

髻云浅露月牙弯，独立西风意自闲。
书破绿蕉双凤尾，不随红叶到人间。

芭蕉仕女（二首）
（元）张天英

为爱芭蕉步玉除，云根飞翠湿霞裾。
蕊珠宫里归期近，懒把芳心叶上书。

瑶砌春阴翠气明，玉颜彷佛见飞琼。
幽怀自厌黄金屋，闲向芭蕉花下行。

芭蕉仕女图
（元）郑韶

玉阶风细漏迟迟，月冷筇珈鬓影垂。
怪底新凉满团扇，红蕉花下立多时。

芭蕉美人图
（明）高启

琴罢咏春朝，馀醒吸露销。诗成无落叶，聊为写芭蕉。

题芭蕉仕女
（明）高启

秋宫睡起试生罗，闲向芭蕉石畔过。
怪底早凉欺匣扇，夜来叶上雨声多。

红绿蕉二女图（二首）
（明）杨基

两树红蕉隔禁扉，晓凉携伴试罗衣。
金铃小犬迎人吠，应怪秋来出院稀。

为折芙蓉向御沟，碧罗衣薄又惊秋。
侍儿刚道新凉好，不解芭蕉与扇愁。

题芭蕉仕女
（明）文彭

云鬟冰肌态横生，瑶阶琼砌照人明。

午窗梦醒浑无事，闲看芭蕉独自行。

芭蕉美人图

（明）朱谏

何处飞花减春色？一叶芭蕉转深碧。
薰风窗下似酒浓，玉颜一醉娇无力。
芭蕉正好窗下看，翠眉掩映凭阑干。
莫遣西风翦梧叶，满庭白露生清寒。
君不见玉环旧日看牡丹，玻璨进酒君王欢。
马嵬山前堕青草，香囊不返蓬莱魂。
至今野烧连高原，图画芭蕉何足言。

芭蕉美人

（明）夏寅

晓妆才罢思徘徊，罗袜轻移步绿苔。
试向芭蕉问春信，一缄芳札为谁开？

题芭蕉仕女

（明）唐寅

兽额朱扉小院深，绿窗含雾静愔愔。
有人独对芭蕉坐，因为春愁不放心。

芭蕉仕女

（明）阙名

独立徘徊意若何？羊车声已过銮坡。
黄金屋里春风面，不及芭蕉雨露多。

蕉萱仕女
（明）唐庠

罗袜生香踏软沙，钗横玉燕鬟松鸦。
春心正似芭蕉卷，羞见宜男并蒂花。

题美人翦牡丹
（元）李祈

沉香亭北玉阑干，占尽风流是牡丹。
拣取一枝和露翦，殷勤留向手中看。

题牡丹仕女图
（明）钱宰

乐府梨园曲漫裁，内家新奏牡丹开。
下阶立得花阴转，李白承宣诏未来。

题辛夷仕女图
（元）秦约

辛夷破花香雾寒，翠槛十二朱阑干。
九鸾钗堕钏笼玉，绰态温温睡新足。
蹙金裙衩绣裲裆，背人不语看春光。
重屏吹香隔瑶地，涂抹花房紫霞腻。
众中偏数好容色，独倚东风瘦无力。
歌鬟倭堕恼多情，血点守宫珠汗湿。
郁金堂前春日斜，钿筝按曲度窗纱。
相思不逐彩云散，梦随蝴蝶飞东家。

海棠仕女图

（明）郑瀾

东风荡漾百花潭，翠袖迎风酒半酣。
好鸟隔窗催晓色，美人残梦到江南。

题桂花美人

（明）高启

桂花庭院月纷纷，按罢《霓裳》酒半醺。
折得一枝攜满袖，罗衣今夜不须熏。

剪花仕女

（元）张昱

咫尺芳丛艳色深，蜂情蝶思两难禁。
看来莫用闲惆怅，剪下春风一寸心。

题撚花仕女图

（元）杨维桢

写罢桃花扇底诗，木香手撚小枝枝。
灵犀一点春心密，不许墙东野蜨（蝶）知。

看花仕女图

（元）倪瓒

画图常识春风面，云雾衣裳楚楚裁。
为问人间春几许？石栏西畔牡丹开。

刘曜卿画折花宫女

（元）张昱

柳风草露欲沾衣，又是宫中上直时。

好把桃花多折尽,免教吹作落红飞。

折花背立二美人图(二首)
(明)徐贲

女伴今朝出较迟,独来园里候多时。
对花可是无言说,懊恨春风许自知。

绣罢春衫出阁迟,辛夷花下立多时。
内园且是无人到,不省含羞怕见谁。

折花仕女
(明)杨基

玉奴催报海棠开,及早梳头出镜台。
便拣一枝和露折,六宫惟我最先来。

折花仕女
(明)沈周

去年人别花正开,今日花开人未回。
紫恨红愁千万种,春风吹入手中来。

折花仕女
(明)姚绶

爱濯蔷薇露,凌晨试折来。低鬟犹未插,含笑傍妆台。

题折花美人图
(明)徐渭

高髻阿那长袖垂,玉钗彷佛挂罗衣。
折得花枝向宝镜,比妾颜色谁光辉?

宫女赏花图
（元）袁桷

一架蔷薇锦障稠，满庭蜂蝶替人愁。
玉环已侍昭阳殿，侧近传杯得自由。

题张彦明所藏剪纸惜花春起早图
（元）岑安卿

流苏帐卷春寒轻，纱窗弄碧天微明。
软红娇紫怯朝露，美人推枕心为惊。
鬓云未绾香奁开，侍儿侧立肩婴孩。
黄莺飞动花影乱，停梳睥睨犹相猜。
谁将妙意寄工巧，溪藤雪莹金刀小。
丹青退舍松煤枯，剪出天真数分秒。
荃熙倾轧空自夸，惟竞时人颜色好。
无声有声两相副，此景此诗均压倒。
司空见惯了无言，应是禅心被花恼。

题美人惜花图
（明）张凤翼

空庭花事几回新，桃李无言三十春。
寄语蛾眉莫相妒，闲身不是入宫人。

花前独立图
（明）钱宰

海棠半折银烛辉，春愁且莫剪春衣。
下阶立得花阴没，如此月明人未归。

簪花图

（明）陈继儒

双双燕子翦垂杨，翦得杨花满绣牀。
却忆意中人欲到，留些春色玉钗旁。

鬭草图

（明）张凤翼

竞拾芳菲鬭翠眉，轻衫纨扇自低垂。
只愁折损宜男草，回首频看玉树枝。

美人扑蝶图

（明）高启

花枝扬扬蝶宛宛，风多力薄飞难远。
美人一见空伤情，舞衣春来绣不成。
乍过簾前寻不见，却入深丛避䳺燕。
一双扑得和花落，金粉香痕满罗扇。
笑看莫向园中归，东家西家休乱飞。

题美人扑蝶图

（明）王偁

为惜韶华去，春深出绣帏。扑将花底蝶，秖为妒双飞。

观蝶仕女

（明）杨基

红绡衫子雪肤肌，女伴相邀去赌棊。
花底忽逢双蛱蝶，背藏罗扇看多时。

驯鹤图（并序）

（金）王予可

张伯玉家画帧，宫人徐行，以手整钗，一鹤后随，谓之《驯鹤图》。伯玉请赋诗，钦叔常苦其作诗多不用韵，限以"钗、来、苔"三字。

寝处妆铅未捲钗，孤云花带月边来。
六宫簾幏金鸾冷，露湿晨烟啄翠苔。

内人臂白鹦鹉图

（元）陈深

华清宫中歌既醉，南海奇禽远争致。
玉环最爱雪衣娘，当时曾得龙颜媚。
璚房雕槛春日长，绣裪娇儿在傍戏。
君王怜汝解语言，怀恩不说宫中祕。
临风鸷鸟何轩轩，叹息纯良遭猛厉。
苕翁写出当时事，侧立红衫内人臂。
江花满地不忍看，空拂画图怜俊慧。

题鹦鹉仕女图

（元）张昱

美人应自惜年华，庭院沉沉锁暮霞。
只有旧时鹦鹉见，春衫曾是石榴花。

题宫人调鹦图

（明）王世贞

杏花枝上绿衣娘，与诉宫中事不妨。
只恐匆匆记未尽，且教三字忆君王。

题李亮功家周昉画美人琴阮图
（宋）黄庭坚

周昉富贵女，衣饰新旧兼。髻重发根急，薄妆无意添。
琴阮相与娱，听絃不观手。敷腴竹马郎，跨马要折柳。

内人阮琴图
（元）陈高

花点吴盐春欲老，翡翠飞来荵芳草。
美人睡起春思深，弹丝拊木写同心。
荔枝五絃调急缓，阮家月琴轴初绾。
须臾钧天双合乐，南薰殿中风动幕。
黎园乐官乐不鸣，宫中之音和且平。

题美人琴阮图
（元）郑韶

金谷花飞春半时，花间莺语太迟迟。
美人心事浑无赖，忍把柔情摘阮丝。

美人摘阮图歌
（明）高启

圆槽象月修寒玉，暗贮宫商满空腹。
美人和恨抱秋风，偷写琴中舞鸾曲。
倾鬟低黛几娉婷，梦约湘娥倚竹听。
滴尽冰盘老蛟泪，阿咸帐底醉初醒。
梧桐落翠菱兰紫，仙涧流云含玉子。
甲屏难障夜深寒，恐踏惊鸿忽飞起。
不识人间出塞声，瑶台别有断肠情。

调终人去哀絃歇,树树乌啼满山月。

题摘阮图

(明) 王世贞

绛纱微露玉尖纤,搊得新声字阿咸。
门外平康佳姊妹,即令偷谱不须嫌。

为钱理容题美人月琴图

(明) 汤胤勣

芙蓉小院秋如海,凉月半空凝素彩。
羊车轧轧过西宫,一失君恩不堪悔。
绿铜古阮鸥絃溜,陶写襟怀三五奏。
血色深红软绣墩,唾花浅碧香罗袖。
先及《关雎》后《麟趾》,雅调雍雍塞人耳。
曲终闲倚太湖峰,惊风掉落棕榈子。

题美人弹琴图

(明) 张凤翼

空谈卓氏忆华年,浪说文姬识断絃,
何似风前《贞女引》,低昂一曲使人怜。

题二宫人琴壶图

(元) 萨都剌

行云留影雪弄香,藕丝织翠芙蓉裳。
春风拂拂兰蕙芳,金殿不锁双鸳鸯。
冰絃素手弹凤凰,玉壶投矢声玎珰。
花落无人春寂寂,侍女空抱琵琶泣。
谁知绝代有佳人,不解倾城与倾国。

笙歌别院留春住，婵娟千古蛾眉妒。
却笑长门闭阿娇，黄金好买相如赋。

题张叔厚描琵琶仕女
（元）熊梦祥

翦烛填词明皓齿，是非恩爱从兹始。
莫将贬窜立人伦，世上伊谁鲁男子。

题琵琶仕女图
（元）宋本先

江水东流月满船，江风吹怨入冰絃。
何如银烛秋堂夜，一曲新声直万钱。

题张叔厚画琵琶仕女
（元）郑东

虾蟇陵下春风梦，浔阳江头秋月愁。
莫怪青衫容易湿，多情司马雪盈头。

琵琶仕女
（明）祝允明

马上琵琶万里行，四条絃里断肠声。
如今纤手朱丝底，不唱离情唱合情。

抱琵琶偶竚蕉阴美人
（明）徐渭

离宫给事小青衣，催送琵琶向琐帏。
行到芭蕉忽回想，去年此日嫁明妃。

题美人弹箜篌图

（明）张凤翼

花老空闺独损神,箜篌一曲惜馀春。
当时若遇卢宗道,纤手应归马舍人。

周昉横笛图

（元）张宪

一妇跨镫如习骑,一妇鹄立类勇士,
一妇横笛坐胡牀,容貌衣裳略相似。
鬅鬆云髻作嬾妆,丫鬟手擎红锦囊。
人言天宝宫中女,我意黎园旧乐娼。
忆昔承平生内荒,宫中消息渐难藏。
昨宵一曲宁哥笛,明日新声满教坊。
春娇满眼情脉脉,唤起红桃亲按拍。
不将三弄作《伊凉》,潜把闲情诉秦虢。
声悽调低承索索,犂然有声如裂帛。
月落长安天四更,六宫一夜梨云白。

吹笛仕女图

（明）张泰

冰簟银牀倚石屏,芭蕉凉露湿秋庭。
贞心试讬湘江竹,吹向流云与凤听。

夜月吹箫图

（明）王翰

梧桐月转欲栖鸦,闲弄参差隔紫霞。
彩凤暗巢长乐树,金莺偷语上阳花。

鬪妆凉露沾钗玉，簇仗香云遗扇纱。
吹到《凉州》移别调，君王亲为按红牙。

周昉按乐图
（元）李俊民

倚风无力见温柔，初下喧天羯鼓楼。
犹向花阴理新曲，君王不惜锦缠头。

周昉按乐图
（元）张䎖

美人按乐春昼长，绿鬟翠袖双鸣珰。
玉箫高吹银管笛，二十三絃嘒（啼）凤皇。
后来知是调筝手，窈窕傍听曾误否。
《梁州》徧彻《六么》翻，此曲惟应天上有。
行云不动暮雨生，流鴬瞥目飞鸿惊。
宫驰羽疾争新声，花月六宫无限情。
君不见，《后庭玉树》梨园谱，日日君王醉歌舞。
一朝鼙鼓动地来，禄儿危似韩擒虎。
丹青纵复工何益，由来嗜音必亡国。
田家机杼人不知，好写《豳风》劝蚕织。

舞姬脱鞋歌题画
（明）杨慎

潘妃睡起冷金沙，弓鞋半脱双鸾斜。
越罗袜衬齐纨素，彩霞摇曳香生步。
旱路金葉白日娥，芝田洛浦凌微波。
曳霜回雪下平地，琉璃滑泽春云腻。
花鬆玉软娇无力，天公一笑生春色。

宝兰困倚殢蹒（蹒）跚，小玉双成扶不得。
起来翘翠踏芳尘，妆台搦镜重梳匀。
人间绝世谁相并，月钩下钃缃钩新。

舞困图

（明）郭武

内园羯鼓催春风，回环转珮声丁东。
银笼高爇百枝火，满树梧桐明月中。
芙蓉舞困霓裳薄，重叠春寒护帘幕。
《伊州》初换锦屏空，十二峰头楚云落。
葡萄消渴樱桃小，一骑红尘报春晓。
荔枝风味不禁酸，分与窗前雪衣鸟。
回首渔阳促战鞍，秋风秋雨满秦关。
谁知按尽黎园谱，都是当时蜀道难。

宫女度曲图

（元）袁桷

《望瀛》法曲紫霞觞，更按《伊州》奉玉皇。
翠竹凉深宫院密，新声那得过宫墙。

宫娥弈碁图

（元）袁桷

争先春色在眉端，围坐佳人著意看。
可是相怜饶不得，东风自怯五更寒。

题双陆仕女

（明）贝琼

千转枭卢为破颜，玉人何意整云鬟？
也应暗卜关山客，归马须看一掷间。

传统文化修养丛书

历代题画诗类 3
（最新点校本）

（清）陈邦彦等—编
乔继堂—整理

上海科学技术文献出版社
Shanghai Scientific and Technological Literature Press

本册目录

第五十九 仕女类

倦绣图　（宋）范成大	1069
倦绣图　（元）元好问	1069
周昉倦绣图　（元）李俊民	1069
题赵绍隆倦绣图　（元）陈旅	1070
题春宫倦绣图（二首）　（元）陈旅	1070
倦绣图　（元）陈基	1070
倦绣图　（明）陶安	1070
刺绣倦绣二图　（明）杨基	1070
倦绣美人幛　（明）顾璘	1071
题刺绣图　（明）张凤翼	1071
添线图　（明）鲁铎	1071
题张萱美人织锦图　（元）迺贤	1071
织锦图　（元）陈基	1072
织女图　（元）萨都剌	1072
捣练图　（元）范梈	1073
张萱唐宫捣练图　（元）程钜夫	1073
周昉捣衣图　（元）李俊民	1073
澣衣图　（元）曹伯启	1073
美人熨帛图　（明）刘溥	1074
题唐人闺秀熨帛图　（明）杨慎	1074
月下裁衣图　（明）钱宰	1074
题月下裁衣图　（明）陈继	1075

题络纬图　（明）朱经	1075
采桑图　（明）文徵明	1075
采莲图　（明）文徵明	1075
石城曲题采莲图　（明）陆师道	1075
剖瓜仕女图　（元）倪瓒	1076
题纳凉图　（元）虞集	1076
水殿纳凉图　（元）张昱	1076
题水殿纳凉图　（元）陈基	1076
题水殿避暑图　（元）唐肃	1077
题水殿纳凉图　（明）詹同	1077
倦书图　（元）牟巘	1077
倦书图　（元）牟巘	1077
欠伸图　（宋）范成大	1077
次韵东坡跋周昉所画欠伸美人　（金）朱之才	1078
宫人欠伸图　（明）吴会	1078
春睡图　（明）高启	1078
题晓睡图　（明）胡广	1078
题美人春睡图　（明）袁宗	1079
题美人春睡图　（明）张筹	1079
春睡图　（明）武氏	1079
睡起图　（明）杨基	1079
春屏未起图　（明）钱宰	1080
春晓美人图　（明）王燧	1080
题四明王元凯画三姬弄钗图　（元）迺贤	1080
周昉览镜图　（元）李俊民	1080
题美人对镜图　（明）高启	1081
题赵仲穆画眉图（二首）　（明）刘基	1081
题理发美人图　（明）高启	1081

仕女观流水小景　　（明）陆治	1081
伫立仕女　（明）祝允明	1082
恼公诗题游春仕女图　（明）张璨	1082
题美人图　（明）谢承举	1083
掬水月在手画屏　（明）谢承举	1083
拜月图　（明）丘濬	1084
宫人望月图　（明）陈昌	1084
题闺人望远图　（元）范梈	1084
楼居春望图　（元）王恽	1084
美人却扇图（二首）　（元）王恽	1084
又题美人却扇图　（元）王恽	1085
团扇仕女　（明）姚纶	1085
题纨扇美人　（明）朱经	1085
题宫人汲井图　（明）张适	1085
题宫人行乐图　（明）周砥	1085
题细腰宫女图　（元）李祈	1085
题徐参议所藏唐人浴儿图　（宋）王炎	1086
张萱戏婴图　（金）刘迎	1086
六宫戏婴图　（元）杨维桢	1086
题宫姬戏婴图　（元）钱选	1087
戏婴图　（明）高启	1087
惜婴图　（明）徐贯	1088
题二姝抚婴图　（明）刘绩	1088
仕女戏婴图　（明）陈昌	1088
钱舜举清晖堂写戏婴图　（明）程敏政	1088
钱舜举深宫戏婴图　（明）焦竑	1089
题四时百子图　（元）欧阳玄	1089

卷第六十　仕女类

观李凑所画美人障子　（唐）刘长卿 …… 1090
传画美人戏成　（宋）李纲 …… 1090
得孙仲方画美人一轴　（宋）梅尧臣 …… 1091
周昉画美人歌　（宋）苏辙 …… 1091
题伯时所画宫女（二首）　（宋）韩驹 …… 1091
郭显道美人图　（元）李俊民 …… 1092
宣和内人图　（元）郝经 …… 1092
钱霅溪宫人图　（元）安熙 …… 1092
周昉画美人图　（元）虞集 …… 1092
题耿氏所藏艳画　（元）陈旅 …… 1093
题美人卷　（元）丁复 …… 1093
美人图　（元）郭翼 …… 1093
题四时宫人图（四首）　（元）萨都剌 …… 1093
题张士厚四时仕女（四首）　（元）郑洪 …… 1095
题美人图　（元）郭翼 …… 1095
题诗意图　（元）郭翼 …… 1096
题美人图　（元）贡性之 …… 1096
美人图　（元）金涓 …… 1096
题宫人图（三首）　（元）唐肃 …… 1096
美人图　（明）高启 …… 1097
宫女图　（明）高启 …… 1097
仕女四春图（四首）　（明）杨基 …… 1097
二美人图　（明）杨基 …… 1097
题美人　（明）解缙 …… 1098
题仕女　（明）平显 …… 1098
沈如美所画美人图　（明）张肯 …… 1098
仕女图（二首）　（明）张宁 …… 1098

联璧卷　（明）姚纶	1099
仕女图　（明）丘吉	1099
题四美人图　（明）程敏政	1099
美人图（二首）　（明）周用	1100
题美人　（明）边贡	1100
题美人图　（明）方行	1100
仕女图　（明）沈周	1100
美人障子（二首）　（明）顾璘	1101
题画美人　（明）李鸣鹤	1101
美人图　（明）林景清	1101
题谢汝湖冢宰美人卷　（明）陈鹤	1101
美人　（明）陆深	1101
美人图　（明）陈继儒	1102
画美人　（明）徐渭	1102
咏画屏美人（二首）　（明）叶氏（名小鸾）	1102
题十眉图　（金）刘迎	1102
周文矩十美图　（元）吴镇	1103
周文矩十美图　（元）黄公望	1103
背面美人图　（明）高启	1103
背面美人图（二首）　（明）苏澹	1103
上赐潘司农龙眠拂菻妇女图　（元）程钜夫	1103
贞女慎行图　（元）陈基	1104
题吴娃图（二首）　（元）马祖常	1104
题秦宫人图　（明）詹斗文	1104
题周昉琼枝夜醉图（七首）　（明）杨慎	1105
宫意图　（明）倪氏（名仁吉）	1106
屏风绝句　（唐）杜牧	1106
咏画障　（唐）上官仪	1106

题画扇　（宋）王安石 …………………………………… 1106
当世家观画　（宋）梅尧臣 ………………………………… 1106
钱舜举画　（元）虞集 ……………………………………… 1107
题院人画小景　（元）张宪 ………………………………… 1107
题画　（元）唐肃 …………………………………………… 1107
马璘画　（明）高启 ………………………………………… 1108
题画（二首）　（明）王鏊 ………………………………… 1108
题画　（明）桑悦 …………………………………………… 1108
题画　（明）王世懋 ………………………………………… 1109
为袁一无题扇　（明）顾观 ………………………………… 1109
题画（二首）　（明）张绅 ………………………………… 1109
题画　（明）陈继 …………………………………………… 1109
为黄应龙姬人史凤翔题扇上景　（明）祝允明 …………… 1110
题扇诗　（明）田氏（名娟娟）…………………………… 1110

卷第六十一　仙佛类

题南极老人像　（元）张天英 ……………………………… 1111
寿星图　（明）丘濬 ………………………………………… 1111
题寿星图　（明）叶盛 ……………………………………… 1112
王母图（二首）　（元）虞集 ……………………………… 1112
题醉王母图　（元）胡长孺 ………………………………… 1112
题王母醉归图　（元）杨维桢 ……………………………… 1112
题王母蟠桃　（明）金幼孜 ………………………………… 1113
王母瑶池图　（明）李进 …………………………………… 1113
碧桃青鸟图　（元）王恽 …………………………………… 1113
题玄妙观嵇月庭所藏钟离像　（元）贡师泰 ……………… 1114
题钟吕传道图　（元）杨载 ………………………………… 1114
钟吕醉酣图　（明）丘濬 …………………………………… 1114

敬赞纯阳真人画像　（元）马臻 …………………………… 1114
吕洞宾画像　（元）刘因 …………………………………… 1114
题洞宾像　（元）吴澄 ……………………………………… 1115
右丞文献公所画张果像　（金）张行中 …………………… 1115
跋文献公张果老图　（元）元好问 ………………………… 1115
果老图　（元）袁桷 ………………………………………… 1115
题张果老骑驴图　（元）范梈 ……………………………… 1115
张果对御图　（元）吴师道 ………………………………… 1115
张果老骑牛图　（明）金幼孜 ……………………………… 1116
题张果老骑驴图　（明）僧果庵 …………………………… 1116
曹国舅赞　（宋）白玉蟾 …………………………………… 1116
韩湘子赞　（宋）白玉蟾 …………………………………… 1116
题韩湘子像　（明）唐锦 …………………………………… 1116
何仙姑赞　（宋）白玉蟾 …………………………………… 1116
蓝采和像　（元）元好问 …………………………………… 1117
蓝采和像　（明）杨基 ……………………………………… 1117
题李营丘画骊山老姥赐李密火星剑图　（明）汪克宽 …… 1117
题麻姑图有怀蒋师文　（元）黄镇成 ……………………… 1117
题张叔厚白描麻姑像　（元）张天英 ……………………… 1118
后土琼花图　（明）瞿佑 …………………………………… 1118
题七夕图　（唐）赵璜 ……………………………………… 1118
织女图　（明）瞿佑 ………………………………………… 1118
题毛女真　（宋）苏轼 ……………………………………… 1118
毛女图（二首）　（元）刘跃 ……………………………… 1118
题钱选毛女　（元）钱惟善 ………………………………… 1119
毛女图　（元）宋褧 ………………………………………… 1119
毛女图　（元）郑氏（名允端） …………………………… 1119
毛女成仙图　（明）瞿佑 …………………………………… 1119

题张渥描乘鸾月仙　（元）张天英	1119
题姮娥奔月图　（明）兰廷瑞	1120
姮娥奔月图　（明）瞿佑	1120
月宫仙子图（三首）　（明）徐渭	1120
吴彩鸾写真　（宋）谢薖	1120
题吴彩鸾诗韵图　（元）元好问	1121
题吴彩鸾写韵图　（元）张昱	1121
吴彩鸾像　（元）倪瓒	1121
题《洛神赋》画后　（元）王恽	1121
洛妃图　（元）袁桷	1121
题文海屋洛神图　（元）陆仁	1122
洛神图　（元）雅琥	1122
洛神图　（明）吴宽	1122
洛神卷　（明）沈周	1122
清汶老所传秦湘二女图　（宋）苏轼	1123
题尤溪宗室所藏二妃图　（宋）朱子	1123
题白描湘灵鼓瑟图　（元）陈基	1123
题张渥湘妃鼓瑟图　（元）陶宗仪	1123
题湘君洛神二图　（明）高启	1124
云中君图　（金）刘迎	1124
次韵马伯庸题凌波仙图　（元）刘因	1124
题凌波仙图　（元）杨维桢	1124
题凌波飞盖图　（元）张天英	1125
题凌波仙　（明）贝琼	1125
画水仙　（元）唐肃	1125
飞仙图　（元）刘永之	1125
题茅山彭道士画梅花仙子　（元）丁复	1125
题三白士女　（元）陈基	1126

仙娥翫月图	（元）张翥	1126
仙女醉归图	（明）陈景融	1126
白云仙女图	（明）吴宽	1126
题小仙养蒲图	（明）谢承举	1127
女仙弹琴	（明）徐渭	1127

卷第六十二　仙佛类

避暑城西观吴道子画老君像	（宋）谢翱	1128
自题画老子图	（明）宋登春	1128
题老子像	（明）陈继儒	1128
老子出函谷图	（明）徐渭	1129
题黄帝广成子问道图	（明）程敏政	1129
彭祖观井图	（明）吴宽	1129
题刘节使所藏显宗御画庄子像	（元）丘处机	1130
庄子观泉图	（明）陈宪章	1130
列子御风图	（明）徐渭	1130
题王内翰家李伯时画太一姑射图（二首）	（宋）韩驹	1130
太一莲舟图（三首）	（元）元好问	1131
太一真人莲叶图	（元）吴澄	1131
太一真人歌题莲舟图	（元）李孝光	1132
题太一真人莲叶舟图	（元）唐肃	1132
包与真题太一真人图	（明）刘基	1132
太一真人图	（明）程敏政	1133
李伯时姑射仙像	（明）桑慎	1133
杨真人箓中像	（唐）鲍溶	1133
许旌阳赞	（宋）白玉蟾	1133
题谌母授道许旌阳图	（元）柳贯	1133
跋祁真人画像	（元）王恽	1134

奉和虞学士赋上清刘真人画像　（元）倪瓒 …………… 1134
再和前韵　（元）倪瓒 ………………………………… 1134
吴道子画四真君　（宋）苏辙 ………………………… 1135
十二月廿二日为重阳王真人诞辰，是日立春……
　　（元）王逢 …………………………………………… 1135
三仙传道图　（明）丘濬 ……………………………… 1135
画三仙　（明）康海 …………………………………… 1136
五老图歌　（明）顾璘 ………………………………… 1137
五老图　（明）廖道南 ………………………………… 1137
题五老图　（明）杨慎 ………………………………… 1138
赤松图　（宋）姜夔 …………………………………… 1138
赤松二仙图　（元）吴师道 …………………………… 1138
题广微天师升龙图　（元）钱惟善 …………………… 1138
张道玄天师画降龙图　（明）王淮 …………………… 1139
题顾恺之画黄初平牧羊图赞　（宋）苏轼 …………… 1139
登邛州谯门，门三重，其四偏有神仙张四郎画像……
　　（宋）陆游 …………………………………………… 1139
三朵花　（宋）苏轼 …………………………………… 1140
题长春子自画　（宋）林景熙 ………………………… 1140
李少和像　（宋）王十朋 ……………………………… 1140
虚靖先生像赞　（宋）白玉蟾 ………………………… 1140
天师侍宸追封妙济真人林灵素像赞　（宋）白玉蟾 … 1141
崇真宫醮罢敕画吴宗师像　（元）贡师泰 …………… 1141
谢自然像　（元）郑元祐 ……………………………… 1141
题纸衣道者图　（金）密公璹 ………………………… 1141
马云卿画纸衣道者像　（元）元好问 ………………… 1142
冲虚侍宸王文卿像赞　（宋）白玉蟾 ………………… 1142
金蓬头先生画像赞　（元）张雨 ……………………… 1142

金蓬头先生画像赞　（元）赵奕	1142
金蓬头先生画像赞　（元）郑元祐	1142
题白玉蟾像　（元）虞集	1143
海陵观徐神翁像（二首）　（明）汤显祖	1143

卷第六十三　仙佛类

刘阮天台图　（元）唐肃	1144
题刘阮天台图　（明）徐庸	1144
刘阮遇仙图　（明）程敏政	1144
题洪厓先生出市图　（元）牟巘	1146
题洪厓出游图　（元）黄溍	1147
题洪厓先生像卷　（元）钱选	1147
子晋吹箫图　（元）张天英	1147
吹箫图　（元）刘永之	1147
陈抟睡图　（元）欧阳玄	1147
题陈希夷大睡图　（元）陈旅	1148
陈抟像　（元）郑元祐	1148
题希夷长睡图　（明）丘濬	1148
题陈希夷睡图　（明）史鉴	1148
华山高睡图　（明）姚绂	1148
华山高睡图　（明）葛孔明	1148
希夷像　（明）陈继儒	1149
刘商观弈图　（元）成廷珪	1149
题刘商观弈图　（明）张以宁	1149
题刘商观弈图（二首）　（明）贝琼	1149
刘商观弈图　（明）金幼孜	1150
围棋图　（元）黄溍	1150
观弈图　（元）贡性之	1150

观弈图　（明）高启	1150
观弈图（二首）　（明）解缙	1151
题观弈图　（明）张凤翼	1151
题弈碁图　（明）王世贞	1151
烂柯图　（元）张雨	1151
题王质烂柯图　（明）徐渭	1151
赋得弈仙图　（明）徐渭	1152
题葛仙翁移家图　（元）陈基	1152
葛仙翁移居图　（元）袁桷	1152
题葛仙移家图　（元）于立	1152
题葛仙翁移家图　（元）郑东	1152
题葛仙翁移家图　（元）张逊	1152
葛稚川移居图　（元）王逢	1153
题葛洪移居图　（明）镏崧	1153
题葛仙翁移家图　（明）徐贲	1154
题葛仙翁移家图　（明）陈基	1155
题天台採药图　（元）于立	1155
题王孟京先生采芝生卷　（元）陶宗仪	1156
高漫士为道人游月窗作水墨图　（明）王恭	1156
唐仙方技图　（明）王佐	1156
陪杨仲弘先生观董羽画江叟吹笛天龙夜降图　（元）朱德润	1157
和袁海叟题老蛟化江叟吹笛图　（明）顾禄	1158
题老蛟化江叟吹笛图　（明）袁凯	1158

卷第六十四　仙佛类

戏题醉仙人图　（元）元好问	1159
醉仙图　（明）高启	1159
醉中咏玉林山人所绘醉仙图　（明）徐渭	1159

仙人图（三首）　（元）刘因	1160
仙人障子　（明）周用	1160
题白鹿仙人图　（明）倪谦	1160
题二仙图　（元）范梈	1161
卧仙图　（明）廖道南	1161
题会仙图　（明）徐贲	1161
题群仙拱寿图　（明）张凤翼	1161
云中四老图　（元）程钜夫	1161
画松下老人歌　（明）王问	1161
题画　（宋）朱子	1162
吴画　（宋）朱子	1162
题画　（明）王泽	1162
题小画（四首）　（明）廖道南	1162
画醉道士　（宋）陆游	1163
题张几仲所藏醉道士图　（宋）陆游	1163
题醉道士图　（宋）范成大	1163
跋醉道士图　（元）王恽	1163
题松下道士携琴图　（明）刘基	1163
题画赠岳道士　（元）倪瓒	1164
题方方壶画仁智图　（元）刘永之	1164
题冶城道士嵇秋山卷　（元）萨都剌	1164
题方仙翁手卷　（元）钱惟善	1164
题周法师月溪图　（元）马臻	1165
题周道士采苓卷　（明）边贡	1165
云石图　（明）朱谏	1165
读道堂戏作炼丹图　（明）李日华	1165
瑶池春宴图　（元）黄溍	1166
题瀛洲仙会图　（元）柳贯	1166

题晋卿梦游瀛山图 （元）袁立儒 …………………… 1167
题赵仲穆瀛海图 （元）朱德润 …………………… 1167
题徐思敬瑶池小景 （明）陈雷 …………………… 1167
题青城图 （明）周玄 ………………………………… 1167
仙坛秋月图 （元）吴师道 …………………………… 1167
题钱选画仙居图 （元）柳贯 ………………………… 1168
仙居图 （元）吴师道 ………………………………… 1168
刘松年仙居图 （元）唐肃 …………………………… 1168
顾恺之瑶岛仙庐图 （元）邓文原 …………………… 1169
题仙隐图 （元）李祁 ………………………………… 1169
题桃林仙逸图 （明）张凤翼 ………………………… 1169
题蓬莱深处 （明）韩宜可 …………………………… 1169
题函谷瑶池图 （明）李维桢 ………………………… 1169
桶底图 （元）杨载 …………………………………… 1170
题桶底图 （元）薛汉 ………………………………… 1170
题桶底仙山图 （明）顾禄 …………………………… 1170

卷第六十五　仙佛类

释迦出山息轩画 （金）密公璹 ……………………… 1172
杨祕监释迦出山像 （金）路仲显 …………………… 1172
题龙眠释迦出山像 （元）柳贯 ……………………… 1172
题释迦出山图 （元）柳贯 …………………………… 1173
狱中见壁画佛 （唐）刘长卿 ………………………… 1173
画图见金粟佛 （宋）黄庭坚 ………………………… 1173
仆曩于长安陈汉卿家见吴道子画佛，碎烂可惜……
　　（宋）苏轼 …………………………………………… 1173
记所见开元寺吴道子画佛灭度以答子由 （宋）苏轼 …… 1174
题弥勒像 （宋）米芾 ………………………………… 1174

| 问蔡肇求李公麟画观音德云　（宋）苏辙 …………1175
| 题刘氏所藏展子虔感应观音（二首）　（宋）黄庭坚………1175
| 醉作观音像仍为书赞（三首）　（宋）白玉蟾…………1175
| 题辛澄莲华观音像应制　（元）揭傒斯　1175
| 观世音菩萨赞　（明）焦竑 …………………………1176
| 规公业在净名得甚深义，仆近获顾长康月宫真影……
　　　　（唐）李群玉……………………………………1176
| 过广爱寺见三学演师，观杨惠之塑宝山、朱瑶画文殊普贤
　　（三首）　（宋）苏轼………………………………1176
| 将出洛城过广爱寺，见三学演师，引观杨惠之塑宝山……
　　（三首）　（宋）苏辙………………………………1177
| 画文殊普贤　（宋）苏辙 ……………………………1177
| 武宗元比部画文殊玄奘　（宋）苏辙 ………………1178
| 贯休应梦罗汉画歌　（唐）欧阳炯 …………………1178
| 题龙眠十八尊者　（宋）刘克庄 ……………………1179
| 题罗汉过海图　（元）吴澄 …………………………1180
| 罗汉图　（元）吴澄 …………………………………1180
| 渡水罗汉图　（元）袁桷 ……………………………1180
| 罗汉图　（元）袁桷 …………………………………1180
| 罗汉图　（元）虞集 …………………………………1181
| 画罗汉　（元）虞集 …………………………………1181
| 李公麟大阿罗汉图　（元）吴镇 ……………………1181
| 题泰东山藏主十八开士图　（元）张翥 ……………1181
| 画罗汉　（元）李祁 …………………………………1182
| 题过海罗汉图（二首）　（元）王循 …………………1182
| 题罗汉图　（元）释恕中 ……………………………1182
| 题杨子文罗汉渡海图　（明）张以宁 ………………1182
| 题过海罗汉图　（明）僧义金 ………………………1183

次韵张仲举承旨题卢楞伽过海罗汉图　　（明）僧来复 …… 1183
过海罗汉应供图　　（明）僧来复 …………………… 1184
题景焕画应天寺壁天王歌　　（唐）欧阳炯 ………… 1185
题徐商叟所藏李伯时四天王图　　（宋）王炎 ……… 1186
梵隆护法神图　　（元）袁桷 ………………………… 1186
僧传古坐龙图　　（元）王恽 ………………………… 1187
稠禅解虎图（二首）　　（元）王恽 ………………… 1187
水墨达磨像　　（元）张翥 …………………………… 1187
题达磨像　　（明）张凤翼 …………………………… 1188
题寒拾图　　（元）袁桷 ……………………………… 1188
画两僧枕帚而睡，疑是寒拾，应人索咏　　（明）徐渭 …… 1188
岭南六祖禅师菩提树下藏发瓮子图歌　　（元）吴莱 …… 1188
题李伯时画船子和尚（二首）　　（宋）王履道 …… 1189
跋船子和尚图　　（元）王恽 ………………………… 1189
题赵千里画船子和尚卷后　　（明）王世贞 ………… 1189
观壁画九想图　　（唐）包佶 ………………………… 1189
鬼佛　　（宋）朱子 …………………………………… 1189
梵隆画番王献佛图　　（元）吴师道 ………………… 1190
吴生画　　（金）赵秉文 ……………………………… 1190
谢人送栗鼠尾画维摩　　（宋）黄庭坚 ……………… 1190
杨惠之维摩像　　（金）赵秉文 ……………………… 1190
题李长者画像　　（宋）孔武仲 ……………………… 1191
题帝王礼僧图　　（明）王世贞 ……………………… 1191
题张僧繇醉僧图　　（唐）僧法照 …………………… 1191
题画僧　　（唐）张祜 ………………………………… 1191
画醉僧　　（宋）陆游 ………………………………… 1191
灵照度丹霞图（四首）　　（元）王恽 ……………… 1192
题僧圆泽托生图　　（元）吴澄 ……………………… 1192

题本中峰观莲像　（元）倪瓒 …………………… 1192
题雪寺归僧图　（元）程钜夫 …………………… 1193
秀上人课经图　（明）刘泰 ……………………… 1193
画高岭莫行僧众　（明）徐渭 …………………… 1193
题王霁宇绣佛斋图（二首）　（明）董其昌 …… 1193

卷第六十六　神鬼类

观杨之美画　（宋）梅尧臣 ……………………… 1194
次韵章禹直开元寺观画壁兼简李德素　（宋）黄庭坚 …… 1195
题汪季路侍郎所藏吴道子天龙八部　（宋）楼钥 …… 1195
金神夜猎图（二首）　（宋）姜夔 ……………… 1195
题松鹤蔡生家藏李伯时西岳降灵图　（明）詹同 …… 1196
雷殿画壁　（明）邓钺 …………………………… 1196
遗张仙画乃作灌口像　（明）汤显祖 …………… 1197
题关将军四画　（明）王世贞 …………………… 1197
题旧钟馗　（宋）苏辙 …………………………… 1198
蒲生钟馗图　（宋）文同 ………………………… 1198
终南进士行题马麟画钟馗图　（元）萨都剌 …… 1199
钟馗像　（元）唐肃 ……………………………… 1199
钟馗部鬼图　（元）郑元祐 ……………………… 1200
馗妹图　（元）郑元祐 …………………………… 1200
钟馗图　（元）冯海粟 …………………………… 1200
题钟馗役鬼移家图　（明）刘基 ………………… 1201
鬼猎图　（明）凌云翰 …………………………… 1201
钟馗画　（明）凌云翰 …………………………… 1202
题钟馗移家图　（明）李晔 ……………………… 1202
钟馗杀鬼图　（明）刘溥 ………………………… 1203
题梁楷画钟馗　（明）蒋主孝 …………………… 1203

钟馗骑驴图　（明）程敏政 …………………………… 1203
钟馗元夜出游图　（明）吴宽 …………………………… 1203
戏题钱叔宝临钟馗移居图　（明）王世贞 ……………… 1204
题龚翠岩中山出游图　（元）宋无 ……………………… 1205
题龚翠岩中山出游图　（元）韩性 ……………………… 1205
中山出游图　（元）王肖翁 ……………………………… 1206
中山出游图　（元）李鸣凤 ……………………………… 1206
中山出游图　（元）释宗衍 ……………………………… 1206
和江邻几学士画鬼拔河篇　（宋）梅尧臣 ……………… 1206

卷第六十七　渔樵类

王摩诘捕鱼图　（宋）郭祥正 …………………………… 1208
杨祕监秋江捕鱼图　（金）赵秉文 ……………………… 1208
王右丞雪霁捕鱼图　（元）元好问 ……………………… 1209
息轩秋江捕鱼图（二首）　（元）元好问 ……………… 1209
李营丘寒江晚捕图　（元）王恽 ………………………… 1209
题辋川捕鱼图　（元）袁桷 ……………………………… 1209
王摩诘春溪捕鱼图　（元）邓文原 ……………………… 1210
捕鱼图　（元）虞集 ……………………………………… 1210
题马竹所照磨捕鱼图　（元）虞集 ……………………… 1210
题临本捕鱼图　（元）柳贯 ……………………………… 1210
题捕鱼图　（元）欧阳玄 ………………………………… 1211
右丞春溪捕鱼　（元）吴镇 ……………………………… 1211
王摩诘春溪捕鱼图　（元）黄公望 ……………………… 1212
高侍郎秋江捕鱼图　（元）张翥 ………………………… 1212
江乡捕鱼图　（元）郑元祐 ……………………………… 1213
捕鱼图　（明）汪广洋 …………………………………… 1213
捕鱼图（二首）　（明）陶安 …………………………… 1214

春江捕鱼图　（明）管讷	1214
李龙眠画雪中捕鱼图　（明）唐之淳	1215
清江捕鱼图　（明）蒋冕	1215
捕鱼图歌　（明）吴溥	1215
董端明渔父图（七首）　（宋）陈子高	1216
渔翁图　（元）程钜夫	1217
为曹仲坚题渔父图　（元）程钜夫	1217
题春江渔父图　（元）杨维桢	1217
秋江渔父图　（元）刘秉忠	1217
林志尹秋江渔父图　（明）张以宁	1218
西岩渔翁图　（明）徐贲	1218
渔翁图　（明）吴宽	1218
跋醉渔父图　（元）王恽	1218
醉渔图　（明）李廷义	1218
醉渔　（明）傅汝楫	1219
题醉渔图　（明）郑鹏	1219
题渔娃图　（明）杨慎	1219
题郑子实著色溪山渔乐图　（元）龚璛	1219
松雪临郭熙溪山渔乐　（元）邓文原	1220
寒江渔乐图　（元）陈樵	1220
渔乐图　（元）吴师道	1220
题松雪临郭河阳溪山渔乐图　（元）白珽	1220
江山渔乐图　（元）谢应芳	1220
渔家乐题渔乐图　（明）镏崧	1221
题渔乐图　（明）王绂	1221
题渔乐图　（明）陆深	1221
江乡渔乐图　（明）刘溥	1222
题钱舜举渔乐图　（明）沈周	1222

渔乐图　（明）徐渭 …………………………………… 1222
渔乐图　（明）僧来复 ………………………………… 1223
渔村诗话图　（金）党怀英 …………………………… 1224
题渔村图　（元）虞集 ………………………………… 1224
渔村落照　（明）谢士元 ……………………………… 1225
渔村晚照图　（明）朱谏 ……………………………… 1225
秋浦晚罾图　（明）金幼孜 …………………………… 1225
渔隐图　（元）杜本 …………………………………… 1225
题贾原善典宝寒潭渔隐图　（明）王瀚 ……………… 1225
题渔隐图（四首）　（明）文徵明 …………………… 1226
题松溪渔隐图　（明）僧元璞 ………………………… 1226
题渔隐图（二首）　（明）僧智舷 …………………… 1227

卷第六十八　渔樵类

雪麓渔舟图　（元）王冕 ……………………………… 1228
溪山渔艇图　（元）刘永之 …………………………… 1228
题风雨渔舟图　（元）胡长孺 ………………………… 1228
题渔舟风雨图　（元）吴澄 …………………………… 1229
题渔舟图　（元）吴澄 ………………………………… 1229
渔图　（明）周用 ……………………………………… 1229
渔图　（明）徐渭 ……………………………………… 1229
书渔舟扇面　（明）舒芬 ……………………………… 1229
渔舟夜归图　（明）陈颢 ……………………………… 1230
题赵子昂秋江渔艇图　（明）贝琼 …………………… 1230
题秋江渔艇　（明）陈继儒 …………………………… 1230
马远虚亭渔笛图　（元）吴镇 ………………………… 1230
题画芦花渔笛　（明）李日华 ………………………… 1230
次韵题文太史沧浪渔笛图　（明）张凤翼 …………… 1231

题目	作者	页码
题徐景颜教谕毂江渔者卷	（明）邵佐宣	1231
周伯清秋江晒网图	（元）李存	1231
题网鱼图	（明）倪宗正	1231
二渔负罾图	（明）屠侨	1231
春波懒渔图	（明）李日华	1232
钓鱼图	（元）彭炳	1232
辋川钓者图	（明）练子宁	1232
钓鱼图	（明）吕䧕	1232
钓鱼图	（明）庄㫤	1232
钓鱼图	（明）李东阳	1233
扇上钓鱼图	（明）贺钦	1233
钓鱼图	（明）陈雷	1233
题子昂江天钓艇图	（元）陈旅	1233
题盛子昭临吴兴公溪山钓船图	（明）虞堪	1233
为世贤题唐子华钓舟图	（明）吴宽	1234
沈启南画渔舟晚钓图	（明）文森	1234
为彭子弘题渔钓图	（元）刘永之	1234
题山水钓鱼小画	（明）程本立	1234
春江独钓图	（元）王恽	1234
春江独钓图	（元）倪瓒	1235
春溪独钓图	（明）高启	1235
题秋江垂钓图	（元）赵孟𫖯	1235
题秋江垂钓图	（元）虞集	1235
题秋江把钓图	（元）黄镇成	1235
秋江独钓图	（元）吴师道	1236
题朱泽民秋江独钓图	（元）郑东	1236
题秋江渔钓图	（明）林鸿	1236
秋江独钓图	（明）王直	1236

秋江钓舟图	（明）陆深	1236
寒江独钓图	（元）袁士元	1237
寒江独钓图	（元）唐肃	1237
独钓寒江	（明）徐渭	1237
空江独钓图	（明）陈洼	1237
题沧江独钓图	（明）刘基	1238
桐江独钓图	（明）商辂	1238
题澄江钓叟图	（明）廖道南	1238
题田使者玉泉垂钓图	（元）王恽	1238
题长溪独钓图	（元）丁鹤年	1238
题宋元凯都市寺为中正堂画溪山晚钓图	（元）郑洪	1239
题双松独钓图	（元）陶宗仪	1239
次韵赵子野石城钓月图	（宋）楼钥	1239
秋江钓月图歌	（元）刘因	1239
黄清夫秋江钓月图	（元）赵孟頫	1240
题黄隐君秋江钓月图	（元）范梈	1240
钓雪图	（元）袁桷	1240
题寒江钓雪	（元）马祖常	1241
钓雪图	（元）萨都剌	1241
钓雪图	（明）吕懋	1241
寒江钓雪	（明）周复俊	1242
写立钓图	（明）李日华	1242
题罢钓图	（明）张凤翼	1242
罢钓图	（明）杨基	1242
题铁仲坚宣差所藏罗稚川烟村图	（元）刘诜	1242
仿巨然烟艇	（明）李日华	1243
题刘光朝小景图	（元）陈泰	1243
题小景	（明）张以宁	1243

题子昂画　（明）王达	1243
题小画　（明）谢榘	1244
小景　（明）祝允明	1244
为王章甫画　（明）李日华	1244
跋武元直渔樵闲话图　（金）赵秉文	1244
渔樵闲话图　（元）王恽	1244
渔樵问答图　（元）袁桷	1245
渔樵问话图　（明）杨基	1245
渔乐樵隐二图　（明）储巏	1245
题樵渔图（二首）　（元）贡师泰	1245
为陈叔原题渔樵图　（明）蓝智	1246
题渔樵图　（明）僧宗泐	1246
题郭熙画樵夫渡水扇　（宋）文彦博	1246
为畴斋张府卿作樵云图　（元）马臻	1246
樵隐图（二首）　（元）陈樵	1247
吕氏樵隐图　（元）陈樵	1247
暮岭归樵图　（明）祝允明	1247
题鄱阳杨兰谷渔樵耕牧图　（元）李祁	1248

卷第六十九　耕织类

题耕织图二十四首奉懿旨撰　（元）赵孟頫	1249
题耕织图（二首）　（明）李进	1253
题蚕桑绮陌册　（明）董其昌	1254
禾簇簇题邹福所藏勤耕图　（元）傅若金	1254
省耕图　（明）董其昌	1255
省耕图　（明）祝允明	1255
阅耕图　（明）张邦奇	1255
应朋来临别索题存耕旧隐图　（宋）戴奎	1255

题目	作者	页码
题赵继卿耕隐图	（元）杨奂	1256
题云庄耕隐图	（元）陶宗仪	1257
谢君寄一犁春雨图求诗，为作绝句	（宋）陆游	1257
谢耕道犁春图	（宋）赵师秀	1257
题谢耕道一犁春雨图	（宋）魏了翁	1257
题杨谕德东皋春雨图	（明）杨荣	1258
溪田过雨图	（明）陈仲完	1258
题刘逸人乐耕卷	（明）杨士奇	1258
乐农卷	（明）陈振	1258
书耕卷	（明）王恭	1259
濯陇图	（明）李廷仪	1259
村田图杂咏	（明）蒋冕	1259
村田景	（明）蒋冕	1259
赵千里田家四季图（二首）	（明）僧西白	1259
题申之寄示春郊画轴	（宋）楼钥	1260
里社图（二首）	（元）刘因	1260
次韵玉堂画壁	（元）袁桷	1260
跋丰稔还乡图	（元）王恽	1261
题石恪画机织图	（宋）黄庭坚	1261
题楼攻媿织图（三首）	（元）虞集	1261
题纺织图	（元）王恽	1261
纺绩图	（元）贡奎	1261
蚕桑图	（元）吴师道	1262
题钱舜举画蚕桑图	（明）虞堪	1262
题丹阳贺氏采桑饲蚕图	（明）俞泰	1262
题韩晋公村田歌舞图后	（宋）文彦博	1263
次韵和文潞公题韩晋公村田歌舞图后	（宋）韩琦	1263
题申季山家所藏李伯时画村田乐图	（宋）戴复古	1263

题村田乐图 （元）虞集	1264
题邨田乐图 （元）谢应芳	1264
题富好礼所畜村乐图 （明）刘基	1264
田家留客图 （元）迺贤	1266
邨社醉归图 （元）陈旅	1266
题李唐村社醉归图 （元）朱德润	1266
田家庆寿图 （明）高启	1266
题田家娶妇图 （明）程敏政	1267

卷第七十　牧养类

书晁说之考牧图后 （宋）苏轼	1268
伯时彭蠡春牧图 （宋）黄庭坚	1268
李唐春牧图 （元）任士林	1269
题放牧图（四首） （元）丁立	1269
题耕牧图 （元）郑氏（名允端）	1269
题韩幹野牧图 （明）张凤翼	1270
题竹石牧牛 （宋）黄庭坚	1270
题牧牛图 （宋）陈与义	1270
张世杰经历牧牛图 （金）段成己	1270
题牧牛扇头 （金）赵秉文	1271
风柳牧牛画册 （元）刘因	1271
牧牛图（五首） （元）王恽	1271
韩滉牧牛图 （元）程钜夫	1272
题牧牛图 （元）吴澄	1272
题牧牛图 （元）陈旅	1272
题牧牛图 （元）张翥	1272
题牧牛渡水图 （元）贡师泰	1273
题牧牛图 （元）黄清老	1273

题牧牛图　（元）丁复	1273
牧牛图　（元）贡性之	1273
牧牛图　（元）王良臣	1274
牧牛图　（元）田锡	1274
题李唐牧牛图　（元）郑东	1274
题牧牛图　（元）释恕中	1274
题牧牛图（二首）　（明）张以宁	1274
牧牛图　（明）钱宰	1275
题牧牛图　（明）林鸿	1275
牧牛图　（明）解缙	1275
牧牛图（四首）　（明）金幼孜	1275
题李唐牧牛图（二首）　（明）镏崧	1276
题牧牛图　（明）倪敬	1276
牧牛图　（明）钱仲益	1276
牧牛图　（明）陈辉	1276
秋山牧牛图　（明）廖道南	1277
牧牛图　（明）廖道南	1277
牧牛图　（明）吴希贤	1277
题牧牛图　（明）林廷谟	1277
牧牛图　（明）林景清	1277
牧牛图　（明）黄荣	1278
牧牛图　（明）阙名	1278
题老翁骑牛图　（明）刘基	1278
题野老醉骑牛图　（明）钱宰	1278
宋徽宗耕牛图　（明）杨荣	1279
题赵君发牧羊图　（宋）韩驹	1279
跋燕肃牧羊图（二首）　（元）王恽	1279
牧羊图后有阎先生诗，次韵感旧，因成二首　（元）袁桷	1279

牧羊图　（元）袁桷 …………………………………… 1280
胡人牧羊图　（明）尹耕 …………………………… 1280
题刘光朝归牧图　（元）陈泰 ……………………… 1280
题风雨归牧图（二首）　（元）钱惟善 …………… 1280
青郊归牧图　（明）李廷仪 ………………………… 1281
题画牧　（明）王恭 ………………………………… 1281
题画　（明）岳岱 …………………………………… 1281
经进盐图诗（八首附录）　（明）彭韶 …………… 1281
　盐场图/1281　山场图/1282　草荡图/1282　淋卤图/1282
　煎盐图/1282　征盐图/1282　放盐图/1283　追赔图/1283

卷第七十一　树石类

题李尊师松树障子歌　（唐）杜甫 ………………… 1284
观吴偃画松　（唐）施肩吾 ………………………… 1284
画松　（唐）元稹 …………………………………… 1284
袁德师求画松　（唐）刘商 ………………………… 1285
与湛上人画松　（唐）刘商 ………………………… 1285
酬道芬寄画松　（唐）刘商 ………………………… 1285
山翁持酒相访以画松酬之　（唐）刘商 …………… 1285
壁画古松　（唐）朱湾 ……………………………… 1285
画松　（唐）徐夤 …………………………………… 1286
李肱所遗画松书两纸得四十韵　（唐）李商隐 …… 1286
画松　（唐）僧景云 ………………………………… 1287
题仁上座画松　（宋）黄庭坚 ……………………… 1287
吕希道少卿松　（宋）苏辙 ………………………… 1287
许道宁松　（宋）王履道 …………………………… 1288
次韵伯庸画松十韵　（元）刘因 …………………… 1288
赵闲闲画松和韵　（元）程钜夫 …………………… 1288

罗若川画松　（元）虞集	1289
县厓松图　（元）吴镇	1289
画松　（元）贡师泰	1289
画松　（元）吴师道	1289
奉题仇工部壁间古松图歌　（元）傅若金	1289
题画松　（元）傅若金	1290
松障图歌　（元）陈泰	1290
题李遵道华顶松　（元）张天英	1290
题何武子所藏简天碧松图　（元）刘永之	1290
题梅花道人偃松　（元）郑洪	1291
松壑单条　（元）吴镇	1291
题赵学士松图　（明）刘基	1291
题赵文敏公画松　（明）刘基	1291
次韵画松（二首）　（明）陶安	1292
题画松　（明）镏崧	1292
题费同知松树幛子　（明）杨士奇	1292
古松图　（明）金幼孜	1293
题画松　（明）李进	1293
题松　（明）何乔新	1293
题刘鉴松　（明）陈宪章	1294
戏题张千户画松　（明）陈宪章	1294
题松　（明）丘濬	1294
画松　（明）李东阳	1294
画松　（明）李东阳	1294
题邵容城所藏幽松图　（明）李东阳	1295
题画松　（明）胡润	1295
画松　（明）沈周	1295
题松卷　（明）沈周	1296

张子俊画松　（明）吴宽	1296
题画松　（明）杭淮	1296
画松卷次韵　（明）周用	1297
题杨司徒古松障子　（明）顾璘	1297
题罗侍御所藏周必都古松障　（明）顾潾	1298
题半塘寺润公房顾叔明所画松壁　（明）孙宁	1298
巨然松吟万壑图　（元）元好问	1299
题洞阳徐真人万壑松风图　（元）赵孟頫	1299
自画万壑松风图　（明）虞堪	1299
题丁氏松涧图　（元）邓文原	1300
题简生画涧松　（元）虞集	1300
题松涧图　（元）陈樵	1301
古涧长松图　（元）吴镇	1301
题王起宗画松岩图　（元）杨载	1301
松泉图　（元）郭翼	1301
松路山岩图　（明）徐贲	1302
题松溪图　（明）吴溥	1302
壑松图　（明）李日华	1302
壑松图　（明）李日华	1302

卷第七十二　树石类

戏为韦偃双松图歌　（唐）杜甫	1303
泉石双松图　（元）王恽	1303
南岳李道士画双松图　（元）宋无	1304
郑克刚双松图　（元）黄镇成	1304
韩伯清所藏子昂双松便面　（元）黄玠	1304
衍师道原双松图　（元）黄玠	1304
题项可立双松图　（元）柳贯	1305

题夏迪双松图　（元）王冕	1305
题曹云西双松图　（元）陶宗仪	1305
巧石双松图　（明）杨基	1305
双松图　（明）周致尧	1306
二松图　（明）张元祯	1306
孤松图　（明）贝琼	1306
五松图　（明）廖道南	1307
山窒万松图（四首）　（元）王恽	1307
题履元陈君万松图　（元）杨维桢	1308
万松图（二首）　（明）金幼孜	1308
题盘松扇头　（元）张天英	1308
题秦中李筼谷黄门偃松图　（明）董其昌	1309
怪松　（明）李日华	1309
题云松巢图　（元）陈旅	1309
题倪幻霞云松图　（元）成廷珪	1309
题松云卷　（元）王世贞	1309
大简之画松风图　（元）元好问	1310
题松雪图　（元）范梈	1310
松月图　（明）程敏政	1310
招徐宗偃画松石　（唐）张祜	1310
松石晓景图　（唐）陆龟蒙	1310
观裴秀松石障歌　（唐）僧皎然	1311
依韵和原甫省中松石画壁　（宋）梅尧臣	1311
次韵刘贡甫学士画松石图　（宋）苏辙	1311
题松石图　（元）黄玠	1312
松石图　（元）吴镇	1312
题曹云西画松石　（元）倪瓒	1312
题松石　（元）丁立	1312

题松石图　（明）张以宁	1313
题作小幅松石　（明）李日华	1313
题赵子昂松石修篁图　（明）贝琼	1313
次韵喻叔奇松竹图　（宋）王十朋	1313
题松竹桂梅（四首）　（明）解缙	1313
席上赋老松怪柏图　（元）李材	1314
僧莲松桧图歌　（明）王逢	1314
题杨补之松桧图　（明）程敏政	1315
题松图　（明）张凤翼	1315
徽庙古松山鹊　（明）金幼孜	1315
题赵希远画蟠松玉兔图　（明）僧大圭	1316
寄画松僧　（唐）王建	1316
题寿老人松年图　（元）张宪	1316
三友图　（元）刘永之	1317
岁寒图　（明）解缙	1317
岁寒三友图　（明）吴宽	1317
岁寒三友图　（明）许继	1317
三友图　（明）朱经	1318
皇甫松竹梅图　（元）张伯淳	1318
松竹梅　（明）徐渭	1318
霜林晚节图　（明）周旅	1318
乞荆浩画　（唐）僧净显	1318
题金陵陈时举宅画壁　（元）谢应芳	1318
题吴祠部画　（明）董其昌	1319

卷第七十三　树石类

题画柏　（唐）吴融	1320
黄华画古柏　（金）密公璹	1320

题李遵道画古柏　（元）张天英	1320
竹斋学士作柏图　（明）黄玠	1321
禹柏图　（元）程钜夫	1321
韩吉父座上观汉阳大别山禹柏图　（元）吴莱	1322
禹柏图　（元）吴师道	1323
双柏图　（元）陈樵	1323
题东坡画古柏怪石图（三首）　（金）赵秉文	1323
柏石图　（宋）苏轼	1323
题巨然泉岩老柏图　（金）赵秉文	1324
题画　（明）董其昌	1324
八桧图　（宋）王令	1324
画桧　（元）虞集	1326
题华氏瑞桧图　（明）高启	1326
题老桧图　（明）姚广孝	1326
题白石翁画虞山古桧　（明）张渊	1326
题王学士所藏王孟端老桧苍崖图　（明）曾棨	1327
题沈启南画虞山致道观昭明手植三桧，初名七星桧　（明）王世贞	1327
古杉行　（元）傅若金	1328
跋理宗题马驎画折枝木犀图　（元）王恽	1328
题曹云西桂根图　（元）黄玠	1328
题江亭柳色图　（元）丁鹤年	1328
题吴宫衰柳图　（明）袁凯	1328
题便面画新柳　（明）李日华	1329
仿倪迂河桥新柳　（明）李日华	1329
题画柳　（明）董其昌	1329
题自画梧石　（元）唐肃	1329
题梧石　（明）镏崧	1329

题浦人画梧桐竹石　（明）程本立	1329
题梧竹奇石图　（明）桑悦	1330
题浦舍人梧竹图　（明）赵迪	1330
画树后呈濬师　（唐）刘商	1330
于祕校示郊园棠木连理图，偶题长句　（宋）刘叔赣	1330
画树　（元）马祖常	1330
题惠崇画树林　（元）马祖常	1331
题初士元所画双树图　（元）释良琦	1331
题陈大宅方壶子层层云树图　（明）周玄	1331
百树送青六景　（明）魏时敏	1331
癸亥五月写江干七树　（明）李日华	1332
陈仲美夏木图　（明）张羽	1332
祝孝友作枕屏小景，以"霜馀茂树"名之，因题此诗　（宋）朱子	1332
许道宁寒溪古木图　（元）元好问	1332
海岸古木图　（元）王恽	1332
画古木　（元）马祖常	1333
题画古木　（元）虞集	1333
画古木　（元）虞集	1333
商德符画幽篁古木　（元）虞集	1333
王晋卿古木　（元）杨载	1334
题王若水为仙都宫主赵虚一画苍厓古木图　（元）柳贯	1334
题山庄所藏东坡画古木图　（元）欧阳玄	1334
奉题达兼善御史壁间刘伯希所画古木图　（元）傅若金	1334
题赵仲穆怪石奇木　（元）张翥	1335
息斋竹石古木　（元）张翥	1335
题怪木图　（元）贡师泰	1336
郑禧之古木图　（元）郑元祐	1336

夜作古木怪石因题　（元）倪瓒 …………………………… 1336
为何彦修题县厓古木图　（元）刘永之 ………………… 1336
题古木幽篁图　（元）刘永之 …………………………… 1336
云林古木　（元）唐肃 …………………………………… 1337
题郭天锡画古木　（元）张天英 ………………………… 1337
画古木幽篁　（元）丁鹤年 ……………………………… 1337
怪木竹石图　（明）施敬 ………………………………… 1338
古木寒藤图　（明）沈周 ………………………………… 1338
郭熙画木　（元）虞集 …………………………………… 1338

卷第七十四　树石类

子瞻画枯木　（宋）孔武仲 ……………………………… 1339
题过所画枯木竹石（三首）　（宋）苏轼 ……………… 1340
子瞻与李公麟宣德共画翠石古木，老僧谓之憩寂图……
　　（宋）苏辙 ………………………………………… 1340
西轩画枯木怪石　（宋）苏辙 …………………………… 1340
和谢公定观祕阁文与可枯木　（宋）陈师道 …………… 1341
题子瞻枯木　（宋）黄庭坚 ……………………………… 1341
子瞻寺壁作小山枯木　（宋）黄庭坚 …………………… 1341
求郭侍禁水墨树石　（宋）黄庶 ………………………… 1341
题莫寿朋内翰之所藏东坡所画枯木　（宋）孙觌 ……… 1341
同赵伯充观东坡画枯木（二首）　（宋）僧道潜 ……… 1342
西湖酒家壁画枯木　（元）宋无 ………………………… 1342
题杨友直检校所藏李营丘枯木图　（元）虞集 ………… 1342
题高彦敬树石图　（元）赵孟頫 ………………………… 1343
枯木图（二首）　（元）贡性之 ………………………… 1343
题李成枯木　（元）张天英 ……………………………… 1343
李士弘枯木风竹图　（元）刘因 ………………………… 1343

墨石枯木　（元）傅若金	1343
题赵承旨枯木竹石图　（元）马祖常	1344
子昂枯木竹石图　（元）袁桷	1344
题李遵道枯木竹石图　（元）李孝光	1344
赵汝甫枯木竹石图　（元）李孝光	1344
题李息斋枯木竹石图　（元）丁复	1344
宣和画木石　（元）黄溍	1344
题赵文敏公木石，有先师题于上　（元）张翥	1345
题棘石图　（元）王翰	1345
李遵道枯木竹石图　（元）黄镇成	1345
倪元镇古木竹石　（元）郑元祐	1345
赵集贤枯木竹石　（元）张宪	1346
枯木竹石　（元）贡性之	1346
枯木竹石　（元）丁鹤年	1346
为吴处士画乔林磵石　（元）倪瓒	1346
题倪云林枯木竹石小景　（元）陶宗仪	1346
题枯木竹石　（明）镏崧	1346
枯树图歌　（明）刘基	1347
吴仲圭枯木竹石　（明）高启	1347
题枯木竹石　（明）王绂	1348
题枯木竹石　（明）郑珞	1348
枯木图　（明）方孝孺	1348
题李营丘枯木图　（明）唐文凤	1348
题枯木竹图　（明）陈宪章	1349
枯木竹石图　（明）刘溥	1349
刘时用枯木竹石　（明）刘玥	1349
写枯木幽篁　（明）张宁	1349
题赵魏公木石图　（明）王祎	1349

题徵明写赠潘崇礼灌木寒泉大幅	（明）祝允明	1350
枯木竹石图 （明）姚绶		1350
题枯木竹石 （明）朱纯		1350
题王叔明枯木竹石 （明）高得旸		1351
枯木竹石 （明）李廷仪		1351
题乔柯秀石 （明）张凤翼		1351
仿倪迂写林亭秀石 （明）李日华		1351
题画草木奇峰 （明）王景彰		1351
画石 （唐）刘商		1352
画石（二首） （宋）白玉蟾		1352
孙怀悦纸本乱石 （宋）文同		1352
题孙舜愈府判端石图 （宋）杨万里		1352
题刘才卿湖石扇头 （元）元好问		1353
宣和宝石图 （元）王恽		1353
赵氏宗室画水石 （元）马祖常		1353
题柯敬仲博士画石 （元）钱惟善		1353
题方壶水石图 （明）詹同		1353
题画石 （明）张濬		1354
题画 （元）华幼武		1354
题画 （明）王慎中		1354
题史痴翁画 （明）盛时泰		1354
题画赠杨玄荫大参 （明）董其昌		1355
扇图 （明）徐渭		1355

卷第七十五　兰竹类

题杨次公春兰 （宋）苏轼		1356
墨兰 （宋）陈与义		1356
墨兰 （宋）郑思肖		1356

李夫人画兰歌 （元）王恽	1356
题墨兰图 （元）吴澄	1357
题墨兰图 （元）袁桷	1357
次韵张秋泉墨兰 （元）袁桷	1358
墨兰（二首） （元）袁桷	1358
题赵子固墨兰 （元）邓文原	1358
墨兰 （元）杨载	1358
观钱塘上人墨兰 （元）范梈	1358
题明公画兰 （元）黄溍	1359
画兰 （元）吴镇	1359
题赵吴兴墨兰 （元）陈旅	1359
题画兰（二首） （元）陈旅	1359
题兰 （元）张翥	1359
画兰 （元）贡师泰	1360
画兰 （元）贡师泰	1360
题赵子固墨兰 （元）韩性	1360
明上人画兰图 （元）王冕	1360
子昂兰 （元）郑元祐	1360
赵魏公兰 （元）倪瓒	1361
题方厓墨兰 （元）倪瓒	1361
画兰 （元）贡性之	1361
题墨兰 （元）张雨	1361
题墨兰 （元）张雨	1361
吴兴墨兰 （元）张雨	1361
题赵子昂兰 （元）张天英	1362
题赵翰林画兰 （元）张天英	1362
题明雪窗兰 （元）张渥	1362
题赵翰林墨兰 （元）张渥	1362

题赵子昂墨兰　（元）屠性	1362
画兰　（元）丁鹤年	1363
郑山辉画兰　（元）唐肃	1363
题兰花图　（明）刘基	1363
题雪窗墨兰　（明）张以宁	1363
墨兰　（明）张以宁	1363
题王翰林所藏画兰　（明）高启	1364
赵仲穆墨兰（二首）　（明）杨基	1364
仲穆著色兰（二首）　（明）张羽	1364
墨兰　（明）管讷	1364
题兰　（明）郑真	1364
题兰　（明）林环	1365
宋徽庙画兰　（明）张灿	1365
画兰　（明）陈宪章	1365
题画兰　（明）陈宪章	1365
题画兰　（明）陈宪章	1365
题兰　（明）岳正	1366
题兰　（明）李东阳	1366
题兰与饶裕　（明）罗伦	1366
题衍圣公画兰　（明）程敏政	1366
题赵子固画兰　（明）吴宽	1366
子昂兰　（明）史鉴	1367
题马麟画兰　（明）陆深	1367
四兰图　（明）杨慎	1367
画兰　（明）谢承举	1367
为钟清叔题薛五兰卷　（明）吴梦旸	1367
题徐明德墨兰　（明）薛纲	1368
题画兰　（明）张濬	1368

题画兰　（明）朱石	1368
题郑所南画兰　（明）朱凯	1368
为谢道士题兰卷　（明）王世贞	1369
题画兰花　（明）王世贞	1369
画丫兰　（明）陆治	1369
王楚玉画兰　（明）陈继儒	1369
画兰（二首）　（明）李日华	1369
风兰　（明）李日华	1370
雨兰　（明）李日华	1370
题小姬画兰（二首）　（明）王氏（名微）	1370
写兰（二首）　（明）景氏（名翩翩）	1370
题兰　（明）僧宗泐	1370
题赵松雪墨兰　（明）僧宗衍	1370
题悬崖兰图　（明）僧宗衍	1371
题画兰　（明）僧用章	1371
题商学士画兰　（明）僧大圭	1371
题杨次公蕙　（宋）苏轼	1371
墨蕙　（宋）陈与义	1371
题赵师舜光风转蕙泛崇兰图　（元）虞集	1371
墨兰蕙（四首）　（元）袁桷	1372
题兰蕙同芳图　（元）李祁	1372
题子固蕙兰卷　（元）唐升	1372
题子固蕙兰卷　（元）赵友同	1372
题子固蕙兰卷　（元）李皓	1373
题兰蕙便面　（元）张天英	1373
题光风转蕙图　（元）张天英	1373
题蕙兰图　（元）释良琦	1373
题雪窗兰蕙同芳图　（明）张以宁	1373

题北山兰蕙同芳图　（明）张以宁	1373
兰蕙图　（明）商辂	1374
赵子固兰蕙卷　（明）钱逵	1374
题汪华玉子昂兰石（四首）　（元）虞集	1374
题赵松雪竹石幽兰　（元）仇远	1375
题无诘兰石　（元）李祁	1375
题子昂兰石　（元）于立	1375
题兰棘同芳图　（元）李祁	1375
次引浚仪公题兰竹卷子韵　（元）杨载	1375
子昂兰竹墨戏（二首）　（元）袁桷	1375
题赵公画兰竹　（元）黄溍	1376
题画兰竹　（元）陈旅	1376
为吴德良题承旨所赠兰竹图　（元）陈旅	1376
题无诘沅湘兰竹图　（元）刘跃	1376
题赵子昂为吴德良所作兰竹图　（元）吴师道	1376
子昂兰竹图　（元）吴师道	1377
兰竹　（元）贡性之	1377
题柯敬仲博士明雪窗长老兰竹（二首）　（元）钱惟善	1377
题江虚白悬岩兰竹　（明）镏崧	1377
兰竹画　（明）刘溥	1377
题兰竹图　（明）杨守阯	1378
赵松雪兰竹图　（明）吴宽	1378
兰竹图　（明）程敏政	1378
题马姬画兰竹　（明）张凤翼	1378
兰竹　（明）李日华	1378
画兰竹题赠苏时钦　（明）薛氏（名素素）	1378
题兰水仙墨竹　（元）袁士元	1379
题画兰卷兼梅花　（元）王冕	1379

卷第七十六　兰竹类

画竹歌　（唐）白居易 ········· 1380
壁画折竹杂言　（唐）吴融 ········ 1381
画竹　（元）马祖常 ············ 1381
画竹（二首）　（元）杨载 ········ 1381
画竹自题　（元）吴镇 ·········· 1381
画竹（十二首）　（元）吴镇 ······ 1382
画竹　（元）吴镇 ············· 1383
画竹（七首）　（元）吴镇 ········ 1383
题画竹　（元）萨都剌 ·········· 1384
竹图　（元）吴师道 ············ 1384
题竹图　（元）倪瓒 ············ 1384
画竹（二首）　（元）倪瓒 ········ 1384
题画竹（十一首）　（元）倪瓒 ····· 1384
题画竹　（元）倪瓒 ············ 1386
画竹寄友人　（元）倪瓒 ········· 1386
画竹　（元）倪瓒 ············· 1386
画竹　（元）倪瓒 ············· 1386
画竹（二首）　（元）倪瓒 ········ 1386
画竹　（元）倪瓒 ············· 1387
画竹　（元）倪瓒 ············· 1387
画竹　（元）倪瓒 ············· 1387
画竹　（元）倪瓒 ············· 1387
题竹（三首）　（元）刘永之 ······ 1388
题竹　（元）贡性之 ············ 1388
题画竹　（元）贡性之 ·········· 1388
题竹　（元）贡性之 ············ 1388

画竹　（元）华幼武	1389
画竹　（元）丁鹤年	1389
题画竹　（元）丁鹤年	1389
题竹　（元）张舜咨	1389
画竹歌　（明）刘基	1389
题画竹　（明）刘基	1390
题画竹　（明）贝琼	1390
画竹　（明）王佐	1390
题竹　（明）林鸿	1391
题画竹　（明）陈亮	1391
题画竹　（明）袁华	1391
题竹　（明）金幼孜	1391
为杨庶子题纸屏画竹　（明）金幼孜	1391
题竹　（明）王绂	1392
画竹自题　（明）虞谦	1392
题画竹　（明）林环	1393
画竹　（明）郭廑	1393
题画竹　（明）高璧	1393
画竹　（明）伍方	1393
题竹　（明）徐贯	1393
题画竹　（明）张泰	1393
画竹　（明）刘师邵	1394
题画竹　（明）罗伦	1394
题竹　（明）庄㫤	1394
题壁间竹　（明）鲁铎	1394
画竹　（明）田登	1394
画竹　（明）何景明	1395
题画竹　（明）杨慎	1395

画竹　（明）舒芬	1395
画竹　（明）谢承举	1395
题画竹　（明）王润	1396
题画竹　（明）吴宣	1396
题竹　（明）沈周	1396
题画竹　（明）李叔玉	1396
画竹　（明）李廷仪	1397
画竹　（明）张倬	1397
画竹　（明）徐渭	1397
画竹（十首）　（明）徐渭	1397
题竹行　（明）僧宗泐	1398
题竹　（明）僧古春	1399
画竹扇　（宋）梅尧臣	1399
题扇头竹　（金）王利宾	1399
扇上竹　（元）杨载	1399
题画竹扇子　（元）陈旅	1399
为戴容安题扇竹　（明）金幼孜	1400
题纨扇折枝竹　（元）陶宗仪	1400
题扇上竹枝　（明）高启	1400
题画竹枝　（明）李日华	1400
竹枝　（明）李日华	1400

卷第七十七　兰竹类

墨竹　（宋）梅尧臣	1401
画墨竹赞　（宋）黄庭坚	1401
次韵谢斌老送墨竹十二韵　（宋）黄庭坚	1401
答秦兵部求墨竹（二首）　（宋）王佐才	1402
墨竹　（宋）白玉蟾	1402

墨竹扇头　　（元）元好问 …………………………………… 1402
德和墨竹扇头　　（元）元好问 ………………………………… 1402
题醉隐墨竹（二首）　　（元）王恽 …………………………… 1402
墨竹歌　　（元）王恽 …………………………………………… 1403
墨竹　　（元）程钜夫 …………………………………………… 1403
墨竹　　（元）张弘范 …………………………………………… 1404
墨竹　　（元）袁桷 ……………………………………………… 1404
墨竹扇头　　（元）马祖常 ……………………………………… 1404
题墨竹　　（元）马祖常 ………………………………………… 1404
题墨竹　　（元）杨载 …………………………………………… 1404
题墨竹　　（元）杨载 …………………………………………… 1405
墨竹　　（元）欧阳玄 …………………………………………… 1405
题墨竹　　（元）宋本 …………………………………………… 1405
墨竹　　（元）李孝光 …………………………………………… 1405
书墨竹　　（元）薛汉 …………………………………………… 1405
求叶仲舆写墨竹扇面　　（元）岑安卿 ………………………… 1406
题墨竹　　（元）李祁 …………………………………………… 1406
题赵荣禄墨竹　　（元）倪瓒 …………………………………… 1406
墨竹　　（元）倪瓒 ……………………………………………… 1406
题墨竹　　（元）倪瓒 …………………………………………… 1407
写墨竹　　（元）倪瓒 …………………………………………… 1407
写墨竹二枝并题　　（元）刘永之 ……………………………… 1407
题墨竹　　（元）刘永之 ………………………………………… 1407
题墨竹　　（元）陶宗仪 ………………………………………… 1407
题墨竹　　（元）于立 …………………………………………… 1408
题墨竹　　（元）于立 …………………………………………… 1408
题墨竹　　（元）马臻 …………………………………………… 1408
墨竹　　（元）马臻 ……………………………………………… 1408

题墨竹　（明）刘基	1408
题墨竹　（明）刘基	1409
墨竹　（明）陶安	1409
墨竹　（明）杨基	1409
墨竹（三首）　（明）孙蕡	1409
墨竹　（明）卓敬	1409
题墨竹　（明）王绅	1410
题墨竹（二首）　（明）金幼孜	1410
题墨竹（四首）　（明）金幼孜	1410
题墨竹　（明）林环	1410
墨竹　（明）陈全	1411
墨竹（二首）　（明）商辂	1411
墨竹　（明）商辂	1411
墨竹　（明）李东阳	1411
墨竹　（明）黄仲昭	1411
墨竹　（明）吴宽	1412
题墨竹（二首）　（明）徐渭	1412
谢子舟为予作风雨竹　（宋）黄庭坚	1412
再用前韵咏子舟所作竹　（宋）黄庭坚	1412
题文与可风雨墨竹　（元）袁桷	1413
湘江风雨画竹　（明）谢承举	1413
上都客舍士弘为作风竹　（元）袁桷	1413
题李士弘学士画明复斋风竹　（元）袁桷	1413
息斋风竹图　（元）马祖常	1413
题张氏风竹图　（元）陈旅	1414
龙门公墨竹风烟夕翠（二首）　（元）元好问	1414
子昂风竹横披　（元）宋褧	1414
墨竹（三首）　（金）庞铸	1414

隔溪烟雨图/1414　秋风骤雨图/1415　春雷起蛰图/1415
墨竹（四首）　（元）袁楠 …………………………………… 1415
　　老竹/1415　嫩竹/1415　风竹/1415　雨竹/1415
墨竹（四首）　（元）贡师泰 ………………………………… 1415
　　风竹/1415　雨竹/1416　老竹/1416　嫩竹/1416
题雨竹　（元）陈旅 …………………………………………… 1416
题倪氏雨竹　（元）陈旅 ……………………………………… 1416
虞胜伯画雨竹　（元）郑元祐 ………………………………… 1416
题宋王孙雨竹　（元）郑韶 …………………………………… 1416
雨竹图　（元）吴师道 ………………………………………… 1417
张云门雨竹　（元）唐肃 ……………………………………… 1417
王子明求题高侍郎雨竹　（元）张雨 ………………………… 1417
题雨竹　（明）高启 …………………………………………… 1417
题雨竹图　（明）镏崧 ………………………………………… 1417
题雨竹　（明）镏崧 …………………………………………… 1417
题雨竹　（明）王绂 …………………………………………… 1418
题雨竹　（明）赵迪 …………………………………………… 1418
题雨竹图　（明）倪敬 ………………………………………… 1418
雨竹　（明）李日华 …………………………………………… 1418
雨竹　（明）徐渭 ……………………………………………… 1418
潇湘雨意图　（明）熊直 ……………………………………… 1419
万竿烟雨图　（元）欧阳玄 …………………………………… 1419
题万竿烟雨图　（明）林环 …………………………………… 1419
题万竿烟雨图　（明）金幼孜 ………………………………… 1419
万竿烟雨图　（明）吕渊 ……………………………………… 1419
烟雨万竿图　（明）王越 ……………………………………… 1420
烟雨竹图　（明）樊阜 ………………………………………… 1420
烟雨万竿图　（明）僧麟洲 …………………………………… 1420

题刘廷问舍人所藏夏仲昭太常晴雨二竹（二首）
　　　　（明）程敏政 ················ **1421**
过华叔瑞草堂写晴竹于壁上　（明）王绂 ······ **1421**
晴竹　（明）李日华 ······················· **1421**
露竹　（元）吴镇 ························· **1421**
题赵师舜所藏雪竹图　（元）虞集 ············ **1421**
寄相仲积求观郑北山雪竹赋并画卷　（元）吴莱 ··· **1422**
李仲宾雪竹　（元）张雨 ···················· **1422**
题雪竹　（明）刘泰 ······················· **1422**
题屈处诚雪竹　（明）陆深 ·················· **1422**
雪竹　（明）徐渭 ························· **1423**
题李学士嫩竹图　（元）陈旅 ················ **1423**
题白岩新竹卷　（明）杨旦 ·················· **1423**
写新竹　（明）李日华 ······················ **1423**
万竹图　（元）欧阳玄 ······················ **1424**
题万竹图　（元）张天英 ···················· **1424**
丛竹图　（元）郑元祐 ······················ **1424**
写墨竹一枝　（元）刘永之 ·················· **1424**
一枝竹图　（元）陈旅 ······················ **1424**
一叶竹为竹叟禅师作　（元）吴镇 ············ **1424**
题浓淡竹　（元）刘诜 ······················ **1425**
题画钩勒竹　（元）陈基 ···················· **1425**
画钩勒竹　（明）陈昌 ······················ **1425**
斑竹图　（明）方孝孺 ······················ **1425**
画孤竹　（明）丘濬 ······················· **1425**
画映水竹枝　（明）李日华 ·················· **1425**
题画竹染绿色　（明）徐渭 ·················· **1426**

卷第七十八　兰竹类

题宋徽宗画竹　（明）李本 …… 1427
题徽宗墨竹（二首）　（明）杨旦 …… 1427
题金显宗墨竹（四首）　（元）王恽 …… 1427
题金显宗墨竹　（元）柳贯 …… 1428
题金显宗墨竹　（元）卢亘 …… 1428
金太子允恭墨竹　（元）刘因 …… 1428
金宣孝太子墨竹　（元）张翥 …… 1429
谢李息斋惠墨竹　（元）贡奎 …… 1429
题息斋墨竹图　（元）元明善 …… 1430
题息斋墨竹　（元）柳贯 …… 1430
息斋墨竹（三首）　（元）吴师道 …… 1430
叶敬甫所得息斋墨竹为火燎其半　（元）吴师道 …… 1431
息斋双竹图　（元）王冕 …… 1431
题息斋竹次韵　（元）贡性之 …… 1431
题李则平宪副所藏息斋竹　（元）贡师泰 …… 1432
题李息斋竹　（元）于立 …… 1432
题李息斋　（元）熊梦祥 …… 1432
题李息斋画竹一枝　（元）张天英 …… 1433
高彦敬尚书墨竹　（元）僧大䜣 …… 1433
题高房山墨竹图　（元）邓文原 …… 1433
高房山墨竹　（元）郑元祐 …… 1433
题高房山墨竹　（元）成廷珪 …… 1433
房山画竹　（元）顾瑛 …… 1434
房山画竹　（元）马庸 …… 1434
房山画竹　（元）周谷宾 …… 1434
房山画竹　（元）杨维桢 …… 1434
遵道竹枝　（元）张雨 …… 1434

李遵道墨竹歌　（明）张羽	1435
题故友杨孟载所画竹　（明）张羽	1435
杨孟载画竹　（明）徐贲	1435
仲昭竹　（明）李时勉	1436
题仲昭竹　（明）聂大年	1436
题夏仲昭墨竹横卷　（明）李东阳	1436
题徐士元所藏夏太常竹　（明）周伦	1437
夏仲昭画竹　（明）顾璘	1437
题夏仲昭竹　（明）杨慎	1437
夏太常墨竹卷　（明）吴宽	1438
为杨应宁题夏太卿墨竹　（明）吴宽	1438
题夏太常墨竹　（明）王世贞	1438
题杨谕德所藏王孟端潇湘万竹图　（明）曾棨	1439
王孟端竹长卷　（明）李东阳	1439
王孟端墨竹（二首）　（明）吴宽	1440
题王孟端赠赵定轩墨竹（二首）　（明）吴宽	1440
题王孟端画竹后　（明）王世贞	1440
乾明院观画　（宋）陆游	1441
马和之卷　（元）邓文原	1441
奉题鲍菴所藏画（二首）　（明）练子宁	1441
题文徵明画　（明）邵宝	1441
定公房小画（二首）　（明）顾璘	1442
题画　（明）董其昌	1442

卷第七十九　兰竹类

书郭功甫家屏上东坡所作竹　（宋）黄庭坚	1443
题子瞻墨竹　（宋）黄庭坚	1443
题东坡竹　（宋）李昴英	1443

东坡墨竹　（元）虞集 …………………………………………… 1444
苏东坡竹　（元）吴镇 …………………………………………… 1444
苏东坡竹　（元）黄公望 ………………………………………… 1444
东坡竹　（元）贡性之 …………………………………………… 1444
题东坡墨竹　（明）樊阜 ………………………………………… 1444
题东坡画竹　（明）方孝孺 ……………………………………… 1445
题东坡化龙竹　（明）僧维则 …………………………………… 1445
书文与可墨竹　（宋）苏轼 ……………………………………… 1445
题文与可竹　（宋）苏轼 ………………………………………… 1445
书晁补之所藏与可画竹（三首）　（宋）苏轼 ………………… 1446
赠文潜甥杨克一学文与可画竹求诗　（宋）晁补之 ………… 1446
嘉祐院观壁间文湖州墨竹　（宋）陆游 ………………………… 1446
文湖州竹（二首）　（元）邓文原 ……………………………… 1446
题文与可竹　（元）张天英 ……………………………………… 1447
文同风篁萧瑟图　（元）吴镇 …………………………………… 1447
题文湖州竹　（元）顾瑛 ………………………………………… 1447
题文湖州墨竹　（元）袁英 ……………………………………… 1447
文与可竹（二首）　（明）周用 ………………………………… 1448
文湖州丛竹图　（明）吴宽 ……………………………………… 1448
题柯敬仲竹　（宋）杜本 ………………………………………… 1448
题柯敬仲植木墨竹　（宋）杜本 ………………………………… 1448
题柯敬仲画　（元）虞集 ………………………………………… 1449
题柯敬仲杂画（十首）　（元）虞集 …………………………… 1449
题柯敬仲画（三首）　（元）虞集 ……………………………… 1450
题丹丘画　（元）陈旅 …………………………………………… 1450
题柯学士画竹　（元）陈基 ……………………………………… 1451
题柯博士墨竹　（元）陈基 ……………………………………… 1451
题柯敬仲竹（二首）　（元）泰不华 …………………………… 1451

柯博士画竹　（元）王冕 …………………………………… 1451
柯博士竹图　（元）王冕 …………………………………… 1452
柯敬仲竹　（元）郑元祐 …………………………………… 1452
用潘子素韵题柯敬仲墨竹（二首）　（元）倪瓒 ………… 1452
题柯敬仲竹　（元）倪瓒 …………………………………… 1453
题柯丹丘墨竹　（元）郑韶 ………………………………… 1453
题柯博士墨竹　（元）甘立 ………………………………… 1453
柯博士竹　（元）贡性之 …………………………………… 1453
题柯敬仲墨竹　（元）张天英 ……………………………… 1453
柯敬仲画竹（二首）　（元）唐肃 ………………………… 1454
题柯敬仲博士墨竹　（明）吴宽 …………………………… 1454
题柯博士敬仲竹枝　（明）沈周 …………………………… 1454
跋黄华墨竹（二首）　（金）赵秉文 ……………………… 1454
王黄华墨竹　（元）元好问 ………………………………… 1454
题张知事所藏王黄华老人墨竹画卷　（元）程钜夫 ……… 1455
题王黄华画竹　（明）僧麟洲 ……………………………… 1455
题马公振画丛竹图　（元）秦约 …………………………… 1455
题马公振画丛竹图　（元）顾瑛 …………………………… 1456
题马公振画竹　（元）释良琦 ……………………………… 1456
为欧阳少监题宋好古竹　（元）虞集 ……………………… 1456
二月朔日雪中题欧阳少监所藏宋好古画竹　（元）揭傒斯 … 1456
题宋好古墨竹　（明）危素 ………………………………… 1456
李夫人画竹　（元）马祖常 ………………………………… 1457
李夫人墨竹（二首）　（明）周用 ………………………… 1457
乔夫人墨竹（二首）　（元）元好问 ……………………… 1457

卷第八十　兰竹类

子昂墨竹　（元）袁桷 ……………………………………… 1458

题子昂承旨墨竹　（元）马祖常 …………………… 1458
子昂竹　（元）虞集 …………………………………… 1458
为欧阳学士题子昂墨竹（二首）　（元）虞集 ……… 1458
子昂墨竹　（元）虞集 ………………………………… 1459
题松雪翁墨竹（二首）　（元）杨载 ………………… 1459
子昂竹　（元）杜本 …………………………………… 1459
题子昂折枝竹　（元）陈高 …………………………… 1459
子昂画　（元）李孝光 ………………………………… 1460
子昂临东坡竹　（元）郑元祐 ………………………… 1460
松雪竹　（元）钱惟善 ………………………………… 1460
子昂风篁图　（元）张雨 ……………………………… 1460
题赵文敏公墨竹　（明）镏炳 ………………………… 1460
题赵松雪画竹　（明）林廷模 ………………………… 1461
子昂万竹图歌　（明）刘绩 …………………………… 1461
题管夫人竹窝图　（元）高克恭 ……………………… 1461
管夫人竹窝图　（元）黄公望 ………………………… 1461
题管夫人竹　（元）陈基 ……………………………… 1462
管夫人画竹　（元）倪瓒 ……………………………… 1462
题管夫人竹　（元）丁立 ……………………………… 1462
题管夫人竹　（元）熊梦祥 …………………………… 1462
题管仲姬墨竹图　（元）郑东 ………………………… 1463
管夫人墨竹　（明）高启 ……………………………… 1463
管夫人墨竹　（明）杨基 ……………………………… 1463
题李仲宾野竹图　（元）赵孟頫 ……………………… 1463
李仲宾为刘明远画竹　（元）程钜夫 ………………… 1463
李仲宾风竹横披　（元）程钜夫 ……………………… 1464
李仲宾墨竹图　（元）袁桷 …………………………… 1464
题李仲宾墨竹　（元）马祖常 ………………………… 1464

李仲宾墨竹图　（元）邓文原	1464
观李仲宾侍郎墨竹　（明）张羽	1464
云林竹　（元）杨维桢	1465
倪元镇墨竹　（明）高启	1465
倪云林画竹　（明）杨基	1465
倪元镇画竹　（明）张羽	1465
题倪云林竹（六首）　（明）徐贲	1466
题倪云林墨竹　（明）姚广孝	1466
云林竹（二首）　（明）张简	1466
题倪云林竹　（明）李傑	1467
倪云林墨竹　（明）吴宽	1467
云林竹　（明）谢徽	1467
题倪元镇墨竹　（明）僧一初	1467
顾定之竹　（元）程钜夫	1467
顾定之墨竹　（元）程钜夫	1468
题顾定之画墨竹　（元）郑东	1468
题顾定之竹画　（明）僧麟洲	1468
广微天师墨竹　（元）马臻	1468
题张天师墨竹　（明）陈全	1468
题天师竹　（明）王燧	1469
题郑所南推篷竹卷　（元）俞焯	1469
题郑所南推篷竹卷　（元）周维新	1469
题郑所南推篷竹卷　（元）葛寿生	1469
题郑所南推篷竹卷　（元）蒋堂	1469
张仲敏钩勒风竹　（元）张雨	1469
张溪云钩勒竹　（元）蔡仪	1470
张仲敏钩勒竹　（明）杨基	1470
题金本清钩勒竹　（明）丘濬	1470

吴仲圭钩勒竹　（明）吴宽	1470
题孙雪居画朱竹　（明）陈道永	1470

卷第八十一　兰竹类

题施璘画竹图　（唐）韦遵	1472
方著作画竹　（唐）方干	1472
张仲通示墨竹，嗣以嘉篇，岂胜钦玩，聊以四韵……	
（宋）欧阳修	1472
次前韵谢与迪惠所作竹五幅　（宋）黄庭坚	1473
次韵黄斌老所画横竹　（宋）黄庭坚	1473
谢刘提幹墨竹见遗（二首）　（宋）陈造	1473
赵宰双竹　（宋）陈造	1474
陈总管坐上赠写竹妓（二首）　（宋）陈造	1474
杨道孚墨竹歌　（宋）吕居仁	1474
寺壁史侍禁画竹　（宋）郭祥正	1475
题皮如心行囊中画竹图　（元）吴澄	1475
为游竹州题墨竹　（元）吴澄	1475
题李士弘墨竹（二首）　（元）袁桷	1475
次韵虞伯生墨竹画壁　（元）袁桷	1475
王淡游墨竹　（元）袁桷	1476
崔白竹　（元）袁桷	1476
姚左司墨竹　（元）马祖常	1476
姚子中墨竹　（元）马祖常	1476
为达兼善御史题墨竹　（元）虞集	1476
李员峤墨竹　（元）虞集	1477
题上都崇真宫陈真人屋壁李学士所画墨竹走笔作	
（元）揭傒斯	1477
东阳送周镇抚易戍西还，周喜作墨竹　（元）柳贯	1477

次欧阳公效孟郊体看绿字韵题庆上人万竿图
　　（元）李孝光 ············· 1477
题宋子章竹　（元）成廷珪 ············· 1478
题昙上人墨竹图　（元）陈旅 ············· 1478
题太师赠吴学士墨竹　（元）贡师泰 ············· 1478
题王虚斋所藏镇南王墨竹（二首）　（元）遹贤 ············· 1478
吴仲圭折枝竹　（元）姚文奂 ············· 1479
岳生画竹　（元）郑元祐 ············· 1479
题右丞相墨竹赠集贤学士吴行可　（元）周伯琦 ············· 1479
题赵魏公墨竹　（元）陈基 ············· 1479
题李光禄墨竹　（元）倪瓒 ············· 1479
题宋仲温竹枝　（元）倪瓒 ············· 1480
题宋处士竹枝　（元）王士熙 ············· 1480
题张子敬墨竹图　（元）周权 ············· 1480
熊自得丛竹便面　（元）张天英 ············· 1480
题郑高士画竹　（元）丁鹤年 ············· 1480
再过江阴观刘琪写竹　（明）汪广洋 ············· 1480
题边鲁生墨竹　（明）张以宁 ············· 1481
为黄巽成题墨竹　（明）镏崧 ············· 1481
题萧与靖所藏古潭墨竹（二首）　（明）镏崧 ············· 1481
题方壶子墨竹　（明）林弼 ············· 1481
僧舍访吕隐君为学上人题墨竹　（明）高启 ············· 1481
茅翁画双竹　（明）高启 ············· 1481
送云门画竹　（明）高启 ············· 1482
赵魏公竹枝歌　（明）张羽 ············· 1482
题苏明远画竹图　（明）孙蕡 ············· 1482
王子约双钩竹图　（明）李晔 ············· 1483
黄仲文寄墨竹　（明）蓝仁 ············· 1484

题僧秀北宗竹深图 （明）刘秩	1485
题王叔明墨竹 （明）方孝孺	1485
题薛澹园墨竹 （明）姚广孝	1485
梁叔庄墨竹 （明）金幼孜	1486
早朝待漏题杨谕德竹 （明）王璲	1486
为朱仲昂题薛澹园竹 （明）王璲	1486
和曾侍讲九竹图韵 （明）林环	1486
王孟端墨竹 （明）偶桓	1487
题白岩竹 （明）边贡	1487
题周都尉墨竹 （明）丘濬	1487
题陆宽瘦竹卷 （明）李东阳	1487
题丁御史同年墨竹走笔长句 （明）李东阳	1488
题王舍人墨竹 （明）王仲煇	1489
招济之观吴穆写竹 （明）吴宽	1489
为崔太卿题史都宪墨竹 （明）吴宽	1490
叶翁以丛竹分种因题墨竹谢之 （明）吴宽	1490
杨补之竹枝 （明）吴宽	1490
题姚少师画竹即次其韵 （明）戴冠	1491
戏题子畏墨竹 （明）祝允明	1491
题章千峰画竹 （明）朱谏	1491
题何乔年墨竹横卷 （明）谢廷柱	1491
墨川为写竹詹生赋 （明）顾应祥	1492
邹平王画竹 （明）顾璘	1492
题叶继武秋官墨竹 （明）陈振	1493
题商文毅年兄墨竹 （明）黄镐	1493
题沈参军竹林图 （明）王世贞	1493
广陵舟次题房侍御画竹 （明）董其昌	1493
醉题萍道人墨竹 （明）张次仲	1494

为陈仲孚题薛公远墨竹　（明）僧妙声 …………… 1494

卷第八十二　兰竹类

题东坡竹石　（宋）黄庭坚 ………………………… 1495
题子瞻画竹石　（宋）黄庭坚 ……………………… 1495
题赵太虚画竹石　（宋）白玉蟾 …………………… 1495
陈德元竹石（二首）　（元）元好问 ……………… 1496
子昂为闲闲画竹石作别　（元）程钜夫 …………… 1496
画竹石（二首）　（元）虞集 ……………………… 1497
题高公画竹石　（元）黄溍 ………………………… 1497
题高尚书竹石　（元）杨载 ………………………… 1497
画竹石　（元）杨载 ………………………………… 1497
张月梅子昂竹石图歌　（元）范梈 ………………… 1497
题伯庸所藏子昂竹石（二首）　（元）袁桷 ……… 1498
王本中醉作竹石壁上　（元）萨都剌 ……………… 1498
题竹石图　（元）陈旅 ……………………………… 1498
柯氏山云竹石图　（元）陈旅 ……………………… 1499
题熊云巢竹石图　（元）陈旅 ……………………… 1499
题王氏竹石图　（元）陈旅 ………………………… 1499
小竹石图　（元）吴师道 …………………………… 1499
题高彦敬尚书竹石图　（元）柳贯 ………………… 1499
题谢仲和竹石　（元）郑韶 ………………………… 1500
题分宜赵尹所藏子昂竹石图　（元）欧阳玄 ……… 1500
题松雪竹石　（元）李孝光 ………………………… 1500
子昂竹石　（元）刘永之 …………………………… 1500
云林画竹石　（元）华幼武 ………………………… 1501
顾定之竹石　（元）张雨 …………………………… 1501
题前人竹石嘉树图　（元）丁鹤年 ………………… 1501

题竹石图	（元）张天英	1501
题王黄鹤竹石便面	（元）陶宗仪	1501
题绿竹苍石图	（元）陶宗仪	1501
题柯敬仲竹石	（元）唐肃	1502
管夫人竹石	（明）朱应辰	1502
管夫人竹石	（明）丁明	1502
管夫人竹石	（明）朱桢	1502
管夫人竹石	（明）郑元	1502
松雪画竹石图	（明）卢熊	1503
松雪画竹石图	（明）秦约	1503
松雪画竹石图	（明）张适	1503
松雪画竹石图	（明）许性	1503
子昂竹石	（明）金幼孜	1503
题倪云林竹石	（明）高逊志	1503
云林画竹树秀石	（元）饶介	1504
云林画竹树秀石（三首）	（明）于思缉	1504
云林画竹树秀石	（明）陈允明	1504
云林画竹树秀石	（明）余铨	1504
题竹石小画	（明）程本立	1504
许秋官壁间竹石	（明）陈嶂	1505
竹石图	（明）史傑	1505
为人题竹石	（明）王世懋	1505
与逵甫燕坐小斋为写竹石	（明）文徵明	1505
泉石脩篁图	（明）林瀚	1506
题张端衡竹木石画	（宋）刘宰	1506
题朱邸竹木	（元）虞集	1506
题朱邸竹木	（元）虞集	1506
柯敬仲画古木疏篁	（元）虞集	1507

竹树图　（元）杨载	1507
题竹树图　（元）范梈	1507
题枯木竹画　（元）李祁	1507
郑子声竹树图　（元）黄镇成	1507
题李遵道画竹木图　（元）萨都剌	1508
题张藻仲竹木　（元）戴良	1508
商德符李遵道共画竹树　（元）丁复	1508
题柯敬仲竹木　（元）杨维桢	1508
题竹树图（二首）　（元）倪瓒	1508
为骞原道题竹木图　（元）倪瓒	1509
商德符李遵道共画竹树　（元）张雨	1509
题海宁吴筠轩山水竹木卷　（元）舒頔	1509
题竹木石图（二首）　（明）刘基	1510
题石生仲濂所藏李克孝竹木　（明）张以宁	1510
扇中竹树　（明）解缙	1510
扇中竹树　（明）解缙	1510
题竹木图　（明）林环	1511
李遵道竹树图　（明）吴宽	1511
竹树图　（明）张宁	1511
写竹树　（明）李日华	1511
题高彦敬竹木图　（明）僧大圭	1511
钱舜举画黄花翠竹　（明）僧一初	1512
题幽竹萱草图　（元）陈基	1512
松雪竹石兰　（元）钱惟善	1512
宣和墨竹寒雀　（元）虞集	1512
题吴性存所藏赵仲穆竹枝双蝶图　（元）张蓍	1512
题子昂疏竹远山图　（元）钱惟善	1512
题竹柳图　（明）陶安	1513

题蕉竹图　（明）陈继儒 …………………………………… 1513
右司正之家渭川千亩图（二首）　（元）元好问 …… 1513
次韵渭川春玉图（二首）　（元）刘因 ……………… 1513
从周学士韵奉题竹冈（二首）　（元）程钜夫 ……… 1514
竹涧图　（元）欧阳玄 …………………………………… 1514
题朱善庆竹泉卷　（明）周叙 …………………………… 1515
题湘江竹林图　（明）虞谦 ……………………………… 1515
湘竹图　（明）廖道南 …………………………………… 1515
竹溪春晓图　（明）解缙 ………………………………… 1515
水竹图　（明）张宁 ……………………………………… 1516

卷第八十三　花卉类

戏题墨画梅花　（宋）李纲 ……………………………… 1517
墨梅　（宋）朱子 ………………………………………… 1517
墨梅（二首）　（宋）张栻 ……………………………… 1518
墨梅　（宋）吕居仁 ……………………………………… 1518
墨梅　（宋）张子文 ……………………………………… 1519
墨梅　（元）僧祖可 ……………………………………… 1519
墨梅（十首）　（金）刘仲尹 …………………………… 1519
墨梅　（金）杨邦基 ……………………………………… 1520
墨梅　（金）赵秉文 ……………………………………… 1520
水墨梅花　（元）戴表元 ………………………………… 1520
墨梅偶赋　（元）王恽 …………………………………… 1521
墨梅图（二首）　（元）袁桷 …………………………… 1521
题墨梅　（元）马祖常 …………………………………… 1521
墨梅　（元）宋无 ………………………………………… 1521
题墨梅图　（元）蒲道源 ………………………………… 1521
梦题墨梅　（元）揭傒斯 ………………………………… 1522

题画墨梅 （元）吴莱	1522
墨梅 （元）傅若金	1522
题墨梅（二首） （元）傅若金	1522
墨梅 （元）宋聚	1522
次韵题墨梅 （元）黄溍	1523
墨梅 （元）李孝光	1523
题墨梅卷子 （元）成廷珪	1523
墨梅 （元）成廷珪	1523
墨梅 （元）黄石翁	1523
题墨梅（二首） （元）吴镇	1524
题墨梅图 （元）王冕	1524
墨梅 （元）王冕	1524
题墨梅（三首） （元）刘永之	1525
墨梅 （元）倪瓒	1525
墨梅 （元）马臻	1525
墨梅 （元）萧和	1525
墨梅 （元）张复亨	1526
墨梅 （元）钱惟善	1526
墨梅 （元）赵孟坚	1526
题墨梅 （元）陶宗仪	1526
题画墨梅 （元）陶宗仪	1527
墨梅 （元）张庸	1527
墨梅 （明）贝琼	1527
墨梅 （明）徐贲	1527
题墨梅 （明）练子宁	1527
题墨梅 （明）丘濬	1528
题墨梅 （明）郑真	1528
墨梅 （明）李晔	1528

题墨梅赠杨稷　（明）金幼孜 …………………………… 1528
墨梅　（明）陈煇 …………………………………………… 1528
墨梅　（明）倪岳 …………………………………………… 1528
题画梅　（元）陈旅 ………………………………………… 1529
题画梅（三首）　（元）王冕 ……………………………… 1529
题画梅　（元）王冕 ………………………………………… 1531
应教题梅　（元）王冕 ……………………………………… 1531
题画梅　（元）贡性之 ……………………………………… 1531
画梅　（元）贡性之 ………………………………………… 1531
题梅（四首）　（元）贡性之 ……………………………… 1531
题画梅送友人　（元）贡性之 ……………………………… 1532
题画梅（四首）　（元）贡性之 …………………………… 1532
题画梅　（明）刘基 ………………………………………… 1533
画梅　（明）方孝孺 ………………………………………… 1533
画梅　（明）牛谅 …………………………………………… 1533
题画梅　（明）朱经 ………………………………………… 1533
画梅（二首）　（明）王谊 ………………………………… 1534
自题画梅　（明）金琮 ……………………………………… 1534
题梅送友　（明）徐章 ……………………………………… 1534
题画梅　（明）许天锡 ……………………………………… 1534
画梅　（明）陈淳 …………………………………………… 1535
题画梅　（明）秦旭 ………………………………………… 1535
题画梅　（明）谢士元 ……………………………………… 1535
题画梅（二首）　（明）徐渭 ……………………………… 1535
画梅　（明）僧大遂 ………………………………………… 1536
画梅（二首）　（明）僧清远 ……………………………… 1536

卷第八十四　花卉类

王伯敔所藏赵昌梅花　（宋）苏轼 …… 1537
赵昌折枝　（元）袁桷 …… 1537
题华光为曾公卷作水边梅　（宋）黄庭坚 …… 1537
观华光长老仲仁墨梅　（宋）邹浩 …… 1537
题华光墨梅（二首）　（元）王恽 …… 1538
题徽庙马麟梅　（元）郑东 …… 1538
题徽庙马麟梅　（元）陈基 …… 1538
宋徽宗画半开梅　（明）张迪 …… 1538
题王元章梅　（元）陈基 …… 1539
王元章梅　（元）郑元祐 …… 1539
王元章梅　（元）郑元祐 …… 1539
王元章白描梅　（元）郑元祐 …… 1539
题王元章梅　（元）熊梦祥 …… 1539
题王元章画梅花　（元）熊梦祥 …… 1540
题王元章梅　（元）张渥 …… 1540
题王元章梅　（元）丁复 …… 1540
题王元章画梅　（元）杨维桢 …… 1540
题王元章梅　（元）于立 …… 1540
题王元章墨梅　（元）释子贤 …… 1541
题王元章梅花图　（明）刘基 …… 1541
王元章墨梅　（明）张羽 …… 1541
题王元章梅花和韵　（明）顾璘 …… 1541
题王元章梅竹卷　（明）顾璘 …… 1542
王元章倒枝梅画　（明）徐渭 …… 1543
王元章作墨梅并题长句书其后　（明）陆完 …… 1543
题徐圣可知县所藏杨补之二画　（宋）楼钥 …… 1543
补之画梅　（元）程钜夫 …… 1543

题杨补之梅卷　（元）高仪父 ……………………………	1543
题杨补之梅　（元）刘诜 …………………………………	1544
杨补之雪梅图　（明）吴宽 ………………………………	1544
题柯敬仲梅　（元）杜本 …………………………………	1544
题柯敬仲梅花竹石图　（元）郭翼 ………………………	1544
题柯博士梅竹图　（元）郑韶 ……………………………	1544
柯丹丘梅竹　（元）倪瓒 …………………………………	1545
题柯丹丘梅竹　（明）僧元璞 ……………………………	1545
松雪墨梅　（元）邓文原 …………………………………	1545
题松雪墨梅　（元）钱惟善 ………………………………	1545
赵子昂梅竹图　（明）解缙 ………………………………	1545
舜举梅竹折枝　（元）程钜夫 ……………………………	1546
题钱舜举画梅　（元）戴子璋 ……………………………	1546
题钱舜举所画梅花卷　（明）戴奎 ………………………	1546
题山农画梅　（元）贡性之 ………………………………	1546
王山农画梅歌（二首）　（明）刘绩 ……………………	1547
次韵题王山农墨梅　（明）文徵明 ………………………	1547
王山农画梅（三首）　（元）唐肃 ………………………	1548
题画梅和山农韵　（明）钱宰 ……………………………	1548
胡侍郎所藏会稽王冕梅花图　（明）僧来复 ……………	1549
题王冕梅花揭篷图　（明）僧溥洽 ………………………	1549
赵子固画梅　（元）吴师道 ………………………………	1550
题赵子固墨梅　（元）陈旅 ………………………………	1550
题徐太守所画推篷梅花图　（明）李桢 …………………	1550
题陈哲太守万玉图　（明）白圻 …………………………	1551
题宋院人画著苔梅　（明）刘绩 …………………………	1551
江西李君千能，能和墨及画梅，良斋许以三奇……	
（宋）楼钥 ………………………………………	1551

| 赠画梅王文显　　（宋）陆九渊 …………………… 1552
| 赠画梅吴雪坞　　（宋）谢枋得 …………………… 1552
| 赠黄竹村老儒画梅竹　　（元）朱德润 …………… 1552
| 题梅石为王集虚尊师书纸屏上　　（元）李孝光 ……… 1552
| 题梅石卷赠苏生　　（明）王世贞 ………………… 1553

卷第八十五　花卉类

| 仁老寄墨梅（七首）　　（宋）邹浩 ………………… 1554
| 和张矩臣水墨梅（五首）　　（宋）陈与义 ………… 1555
| 次韵何文缜题颜持约画水墨梅花（二首）　　（宋）陈与义 …… 1555
| 题徐参议墨梅画轴　　（宋）王炎 …………………… 1556
| 题隆上人墨梅花　　（宋）孙觌 ……………………… 1556
| 题剡溪莹上人梅花小轴　　（宋）陆游 ……………… 1556
| 题赵晞远墨梅　　（宋）楼钥 ………………………… 1556
| 三峰康道人墨梅（三首）　　（宋）朱松 …………… 1556
| 妙高梅花　　（宋）张栻 ……………………………… 1557
| 光上人送墨梅来求诗还乡　　（宋）张栻 …………… 1557
| 题刘文简所藏墨梅卷　　（宋）刘宰 ………………… 1557
| 祕书张监墨梅图　　（金）李澥 ……………………… 1557
| 宋汉臣墨梅　　（元）刘秉忠 ………………………… 1558
| 题赵云趣梅图　　（元）程钜夫 ……………………… 1558
| 墨梅寄因上人（二首）　　（元）宋无 ……………… 1558
| 戏题僧惟尧墨梅　　（元）赵孟頫 …………………… 1558
| 题詹圃老梅图　　（元）虞集 ………………………… 1558
| 题王南谷大夫自作墨梅　　（元）黄溍 ……………… 1559
| 镏山立梅图　　（元）欧阳玄 ………………………… 1559
| 所贵侄梅　　（元）欧阳玄 …………………………… 1559
| 题朱生质夫所藏梅花图　　（元）贡师泰 …………… 1559

寄东山寺长老宅区中索画梅　（元）张昱	1560
题吴照磨墨梅　（元）迺贤	1560
题墨梅　（元）迺贤	1560
题汪伯高梅　（元）丁复	1560
题吉学士墨梅　（元）杜本	1560
赠云峰上人墨梅图　（元）王冕	1561
题张炼师所藏画梅　（元）陈基	1561
徐仲晦作书惠水墨梅图　（元）周权	1561
潘易斋写水墨梅　（元）周权	1561
恢上人墨梅　（元）华幼武	1562
题族兄马子英进士梅花　（元）丁鹤年	1562
题梅花卷　（元）张天英	1562
梅花图　（明）汪广洋	1562
题道上人墨梅　（明）高启	1562
到山西题画梅　（明）杨基	1563
题墨梅　（明）王褒	1563
题陆二阃墨梅　（明）管讷	1563
题李璋梅花　（明）郑真	1563
题已上人墨梅　（明）郑洪	1563
墨梅　（明）高逊志	1564
题邢克宽太守梅花　（明）岳正	1564
题顾御史所藏梅花图　（明）倪敬	1564
梅花小幅　（明）姚纶	1565
题陆廉伯庶子所藏墨梅　（明）程敏政	1565
题屈都谏引之墨梅　（明）傅珪	1565
题焦中书梅卷　（明）林瀚	1566
胡冬官梅花图　（明）邵珪	1566
题赵行恕参议所寄沈征士墨梅　（明）吴宽	1566

为宁县令萧光甫题墨梅　（明）吴宽 …… 1566
为陈明之题墨梅　（明）吴宽 …… 1567
为顾良弼题墨梅　（明）吴宽 …… 1567
曾仲仁墨梅　（明）周用 …… 1567
古峰画梅歌　（明）何景明 …… 1567
题林自怡墨梅　（明）罗泰 …… 1568
题郑时晖绣衣画梅　（明）萧显 …… 1568
题徐嘉兴扇画梅　（明）谢廷选 …… 1568
题余千兵梅花图　（明）林景清 …… 1568
梅花图　（明）吴宣 …… 1569
梅花春意图　（明）廖道南 …… 1569
梅花卷　（明）廖道南 …… 1570
题画梅　（明）王世贞 …… 1570
题谈思重写梅花　（明）王世贞 …… 1570
双梅歌　（明）王世贞 …… 1570
题梅卷（二首）　（明）王世贞 …… 1571
雪湖老人墨梅　（明）焦竑 …… 1571

卷第八十六　花卉类

答江明道见示画雪梅诗　（宋）朱松 …… 1572
题茅山道士雪梅障　（元）刘因 …… 1572
梅雪卷　（明）丘濬 …… 1573
为王仲义题雪梅　（明）梁寅 …… 1573
题雪梅图　（明）董其昌 …… 1573
题墨梅风烟雪月（四首）　（明）陶安 …… 1574
题雪梅月梅（二首）　（明）罗泰 …… 1574
天师月梅图　（元）欧阳玄 …… 1574
题梅月图　（明）周瑛 …… 1575

梅月图　（明）李东阳 ………………………………… 1575
题梅月图　（明）秦旭 ………………………………… 1575
题画梅月　（明）僧麟洲 ……………………………… 1575
和南湖史君烟景墨梅图　（元）陈深 ………………… 1575
烟梅　（明）陈娃 ……………………………………… 1575
题张晞颜纸本红梅　（宋）范成大 …………………… 1576
红梅画　（元）王冕 …………………………………… 1576
题画红梅　（元）陶宗仪 ……………………………… 1576
题翠竹红梅　（元）贡性之 …………………………… 1576
题画红梅　（明）刘基 ………………………………… 1576
红梅图　（明）刘珝 …………………………………… 1576
画红梅　（明）林弼 …………………………………… 1577
红梅图　（明）罗屺 …………………………………… 1577
画红梅　（明）徐渭 …………………………………… 1577
题画红梅　（明）僧麟洲 ……………………………… 1577
题竹外一枝梅花　（元）黄清老 ……………………… 1577
题红梅翠竹图　（元）余阙 …………………………… 1578
红梅翠竹图　（明）刘泰 ……………………………… 1578
红梅夹竹图　（明）樊阜 ……………………………… 1578
陈炼师壁间竹梅　（元）迺贤 ………………………… 1578
题所画梅竹赠友（二首）　（元）赵孟頫 …………… 1578
书梅竹小画　（明）王守仁 …………………………… 1579
梅竹图　（明）张灿 …………………………………… 1579
题梅竹卷（二首）　（明）何乔新 …………………… 1579
题梅竹双清图　（元）泰不华 ………………………… 1579
题梅竹双清　（明）金西白 …………………………… 1580
题张梦卿双清图（三首）　（元）王恽 ……………… 1580
双清图　（明）陈景融 ………………………………… 1580

梅花五友歌　（元）陈泰	1581
题梅友图　（元）李祁	1581
王澹游岁寒图　（明）吴宽	1581
宣和梅兰图（二首）　（元）王恽	1581
题梅兰图（二首）　（宋）韩驹	1582
题梅花下水仙花　（元）李祁	1582
梅花水仙　（明）皇甫汸	1582
梅花折枝图　（明）王行	1582
瓶梅图　（元）吴澄	1582
横窗梅　（元）丁鹤年	1583
临水梅　（元）丁鹤年	1583
宫梅图　（元）贡性之	1583
题梅野图　（元）吴澄	1583
题白描梅　（元）王鉴	1583
题万玉图　（元）陶宗仪	1584
题梅屏　（明）刘基	1584
曹得一扇头　（元）元好问	1584
梅花扇　（元）贡性之	1584
画梅便面　（元）贡性之	1584
题梅花扇面　（元）丁鹤年	1584
和韵题扇头梅花　（明）王世贞	1585
写梅　（宋）杨公远	1585
题画寸许梅枝于石梦飞扇头　（明）李日华	1585
庄子仪扇头梅花　（明）李日华	1585
写梅　（明）李日华	1585
新正三日写梅　（明）李日华	1586
写梅　（明）李日华	1586
画梅时正雪下　（明）徐渭	1586

题画（二首）　（元）陈高 …………………………………… 1586
题陈叔虎绣梅花扇　（宋）杨万里 …………………………… 1586
落梅图　（元）张庸 …………………………………………… 1586

卷第八十七　花卉类

水仙花图　（元）钱选 ………………………………………… 1587
题赵子固水墨双钩水仙卷　（元）仇远 ……………………… 1587
题水仙花图　（元）马祖常 …………………………………… 1587
赵孟坚水墨双钩水仙长卷　（元）邓文原 …………………… 1588
水仙图　（元）黄溍 …………………………………………… 1588
题水仙花图　（元）陈旅 ……………………………………… 1588
题虞瑞岩描水仙花　（元）姚文奂 …………………………… 1588
题水仙图　（元）韩性 ………………………………………… 1588
题水仙　（元）倪瓒 …………………………………………… 1589
墨水仙　（元）倪瓒 …………………………………………… 1589
集句题张玉田画水仙　（元）马臻 …………………………… 1589
送卢益修炼师所画水仙　（元）郑韶 ………………………… 1589
题赵子固水仙图　（元）张伯淳 ……………………………… 1589
题虞瑞岩白描水仙　（元）于立 ……………………………… 1589
题水仙　（元）于立 …………………………………………… 1590
题水仙花画卷　（元）赵孟坚 ………………………………… 1590
题玉山所藏画水仙卷　（元）袁华 …………………………… 1590
题赵子固水仙　（元）项炯 …………………………………… 1590
题赵子固墨水仙　（元）张天英 ……………………………… 1591
题赵子固画水仙花　（元）张天英 …………………………… 1591
题赵子固水仙　（元）张天英 ………………………………… 1591
题卢益修白描水仙花　（元）张天英 ………………………… 1592
水仙图　（元）王冕 …………………………………………… 1592

子固水仙　（元）郑元祐	1592
题白描水仙　（元）陈基	1592
题水仙　（元）陈基	1592
题风中水仙花图　（明）刘基	1593
钱舜举水仙花　（明）吴宽	1593
赵子固水仙　（明）李至刚	1593
墨水仙　（明）谢承举	1593
题陶云湖墨花水仙　（明）陆深	1593
赵子固水仙　（明）李日华	1594
钱选水仙　（明）祝允明	1594
画水仙付鹫峰寺僧　（明）徐渭	1594
水仙画　（明）徐渭	1594
钮给事中花园藏陈山人所画水仙花，次王子韵一首	
（明）徐渭	1594
雪水仙　（明）徐渭	1595
舜举水仙梅（五首）　（元）牟巘	1595
水仙兰　（明）徐渭	1596
王进叔所藏徐熙杏花　（宋）苏轼	1596
题徐熙杏花　（宋）范成大	1596
题张晞颜杏花图　（宋）范成大	1596
墨杏花折枝　（元）张雨	1596
徐熙杏花　（元）郑氏（名允端）	1597
次张东海杏园图韵　（明）姚绶	1597
题杏林图　（明）徐贲	1597
写杏花自题绝句　（明）陈铎	1597
题梅得芳杏林图　（明）施敬	1598
题曲江春杏图　（明）陆深	1598
题杏花（二首）　（明）徐渭	1598

画杏花　　（明）徐渭	1598
题杏花小景　　（明）葛孔明	1598
题张晞颜梨花　　（宋）范成大	1599
梨花（二首）　　（元）程钜夫	1599
题钱舜举画梨花　　（元）王恽	1599
题钱舜举著色梨花　　（元）赵孟頫	1599
题梨花折枝　　（元）朱德润	1599
赵魏公写生梨花折枝　　（元）张雨	1600
题梨花　　（明）谢承举	1600
梨花图　　（明）谢承举	1600
题画梨花折枝　　（明）徐渭	1600
白描梨花　　（明）李日华	1600
观修处士画桃花图歌　　（唐）崔庸	1600
题王居士所藏王友画桃花　　（宋）黄庭坚	1601
题舜举折枝桃　　（元）赵孟頫	1601
碧桃图　　（元）程文敏	1601
绯桃图　　（元）陶宗仪	1601
绯桃图　　（明）杨基	1602
题桃花图　　（明）张以宁	1602
题竹间桃花　　（明）贝琼	1602
千叶绯桃图　　（明）杨基	1602
桃花图　　（明）岳岱	1602
题折枝桃花　　（明）文彭	1602
墨桃花　　（明）谢承举	1603
题桃花　　（明）谢承举	1603
题红碧桃扇景　　（明）张凤翼	1603
玉洞桃花歌（三首）　　（明）王世懋	1603
咏杨太宰桃花园图卷　　（明）汤显祖	1603

题启南写绯桃图卷　（明）吴宽 …………………… 1604
题桃花扇面　（明）张元凯 …………………… 1604
题章复画碧桃　（明）席应珍 …………………… 1604
和杨直讲夹竹花图　（宋）梅尧臣 …………………… 1604
折枝桃榴图（二首）　（元）程钜夫 …………………… 1605
琼花画轴　（宋）孔武仲 …………………… 1605
璃花图　（元）刘因 …………………… 1605
题赵昌木瓜花　（宋）范成大 …………………… 1605
画册木笔　（明）吴宽 …………………… 1606
山礬图　（元）牟巘 …………………… 1606
题画山礬　（元）熊梦祥 …………………… 1606
题林周民山礬图　（明）许伯旅 …………………… 1606
题张晞颜纸本常春　（宋）范成大 …………………… 1606
丽春花图　（明）谢承举 …………………… 1607

历代题画诗类卷第五十九

仕 女 类

倦绣图
（宋）范成大

猧儿弄暖缘阶走，花气薰人浓似酒。
困来如醉复如愁，不管低鬟钗燕溜。
无端心绪向天涯，想见樯竿旛脚斜。
槐阴忽到簾旌上，迟却寻常一线花。

倦绣图
（元）元好问

香玉春来困不胜，啼莺唤梦几时譍（应）？
可怜憔悴田家女，促织声中对晓灯。

周昉倦绣图
（元）李俊民

心情犹在未收时，却顾花间影渐移。
不道春来添几线，日长只与睡相宜。

题赵绍隆倦绣图

（元）陈旅

笼碧纱厨掛秋水，藕风吹香团扇底。
琵琶弹歇宫昼长，钗落云边九雏紫。
二姝谁是薛灵芸？绣得金塘两鸳似。
宫奴夕殿呼更衣，露湿银牀响桐子。

题春宫倦绣图（二首）

（元）陈旅

上阳宫树奏莺簧，蛱蝶罗衣逗暖香。
睡思已随巫峡雨，綵丝偏与日争长。

绿树垂垂护宝阑，牀头翠帕冪双鸾。
阿鬟可是无情思，又见春风到牡丹。

倦绣图

（元）陈基

宫门深锁昼偏长，懒把春云绣作裳。
恨不将身化蝴蝶，长随飞絮近君王。

倦绣图

（明）陶安

困来无力整残妆，采线何如意绪长。
纤手欲闲闲不得，要将文绣献君王。

刺绣倦绣二图

（明）杨基

两日无心绣一丝，偶将斜线刺花枝。

无端绣到双胡蝶,忆著西窗夜雨时。

刺得芙蓉半朵金,倚牀无语自沉吟。
玉铃不解伤心事,抵死相催刺几针。

倦绣美人幛
(明)顾璘

罢绣非关暝,含愁讵为春。秖恐燕台下,花月解留人。

题刺绣图
(明)张凤翼

蛱蝶成双过短垣,参差花事到山礬。
凝妆刺绣消清昼,犹胜东家倚市门。

添线图
(明)鲁铎

寒日趁天无约摸,短长那遣忙人觉。
汉宫相语惊翠蛾,绣线朝来添几何?
昭阳宫门在何处,岁晚无由通线路。
凭谁却问承恩人,远近何如天度数?

题张萱美人织锦图(为慈溪蔡元起赋)
(元)迺贤

织锦秦川窈窕娘,新翻花样学官坊。
窗虚转轴鹦声滑,腕倦停梭粉汗香。
双凤迴翔金缕细,五云飞动綵丝长。
明年夫婿封侯日,裁作宫袍远寄将。

织锦图

(元) 陈基

佳人织锦深闺里,恨入东风泪痕紫。
三年辛苦织回文,化作鸳鸯戏秋水。
秋水悠悠人未归,鸳鸯两两弄晴晖。
料应花发长安夜,不见闺中肠断时。

织女图

(元) 萨都剌

兰闺织锦秦川女,大姬哑哑弄机杼。
小姬织倦何所思?簾幕无人燕双语。
成都花发江水春,门前马嘶车辚辚。
髻鬟两耳看欲堕,蛾眉八字画不伸。
良人一去无消息,冰蚕吐丝成五色。
柔肠九曲细于丝,万缕春愁正如织。
绮窗睡起闻早鵾,西楼月落金盘倾。
暖霞拂地海棠晓,香雪泼户梨花晴。
日长深院机声动,梭影穿花飞小凤。
水心惊起鸳鸯飞,花底不成胡蝶梦。
纤纤玉指柔且和,香钩小袜裁春罗。
满怀心事付流水,盝日云锦生层波。
佳人自古多命薄,风里杨花随处落。
岂知醜妇嫁田家,生则同衾死同椁。
君不闻长安市上花满枝,东家胡蝶西家飞,
笼中鹦鹉唤新主,门外侍儿更故衣;
又不闻田家妇,日埸春蚕宵织布,
催租县吏夜打门,荆钗布裙夫短裤。

我题此画三嗟吁，百年醜好皆虚无。
排云便欲叫阊阖，为我献上《豳风》诗。

捣练图

（元）范梈

深宫佳人白日长，夜感蟋蟀鸣中房。
起视河汉心回皇，云鬟笼鬆分作行。
清水如天收素练，翠娥带月杵玄霜。
辘轳无人金井悄，边头不见梧桐黄。
裁缝熨贴（帖）安在牀，载玄载黄公子裳。
制成不远烦寄将，但见寒暑彫三光，身体甚适平时康。
君不见古来边庭士，雪压关河征战多，折尽衣裘泪如水。

张萱唐宫捣练图

（元）程钜夫

月杵轻挥快似飞，霜纨熨贴净辉辉。
诗人不解画师意，微詠《周南》澣濯衣。

周昉捣衣图

（元）李俊民

一夕秋风鴈过声，铁衣辛苦向边城。
将军不用和戎计，双杵休辞月下鸣。

澣衣图

（元）曹伯启

静女思归宁，澣衣拜高堂；隐士履贞固，濯缨视沧浪。
苟有涓洁心，顒顡犹姬姜。常怀济时策，进退皆康庄。

美人熨帛图

（明）刘溥

霜帛丁东捣初歇，女伴相怜白如雪。
掩帷下堂同此情，白腕对曳当中庭。
中庭无风乾未得，铜斗自烧还自熨。
只愁熨著有焦晕，难表此身如此白。
小鬟莫更蹲复蹲，复恐皱却葵花纹。

题唐人闺秀熨帛图

（明）杨慎

碧梧叶落红闺晚，玫砧敲月催金剪。
重重海簾银蒜垂，曲曲山屏皁罗展。
广储悬月月初临，缇幕染霜霜已深。
禁籞铢衣围夜玉，嵯峨宝髻辟寒金。
云母箱开同心锁，钴鉧香浮九微火。
秦篝齐缕鬭纷华，蜀锦吴绫分婀娜。
熨帛申缯忆远行，遥遥夜夜不胜情。
百层妾住垂花坞，万里君居碎叶城。
垂花碎叶音尘隔，春去秋来感行跡。
深闺心断结蚕书，绝塞眼穿无鴈帛。
明烛兰膏照独眠，蛾眉曼睩为谁妍？
试看裴羽相思夕，何似徐吾共绩年。

月下裁衣图

（明）钱宰

霜落黄梧汉月高，西窗对月剪征袍。
妾心不忆交河冷，手冷难裁金剪刀。

题月下裁衣图
〔明〕陈继

香帏风捲月团团,睡起裁衣思万端。
秋叶未红金剪冷,玉门关外不胜寒。

题络纬图
〔明〕朱经

牵牛风露满篱根,淡月疏星夜未分。
灯下有人抛锦字,机丝零乱不成文。

采桑图
〔明〕文徵明

茜裙青袂谁家女?结伴墙东采桑去。
采桑日暮怕归迟,室中箔寒蚕苦饥。
只愁墙下桑叶稀,不知墙头花乱飞。
一春辛苦只自知,百年能著几罗衣!

采莲图
〔明〕文徵明

横塘西头春水生,荷花落日照人明。
花深叶暗不辨人,有时叶底闻歌声。
歌声宛转谁家女,自把双桡击兰渚。
不愁击渚溅红裳,水中惊起双鸳鸯。

石城曲题采莲图
〔明〕陆师道

秦淮水绿芙蓉明,玄武湖边烟艇横。

香风翠袖暮云乱，落日新妆红浪惊。
城隅濠曲歌声起，却寄愁心棹讴里。
恨不相携桃叶渡，心知同在长干住。
须臾花冥凤凰台，帝阙回看锦作堆。
明月各随珠珮去，白鸥独送綵舟回。
莲浦红衣秋露湿，桂林金粟秋风急。
相逢江上采莲人，回桡犹向花间立。
帝京曾忆看花行，画里今瞻云锦城。
十年渔舸沧洲卧，羞对红蕖白发生。

剖瓜仕女图
（元）倪瓒

月弯削破翠团团，六月人间风露寒。
谁觅东陵故侯去，但知华屋荐金盘。

题纳凉图
（元）虞集

百顷芙蓉水满隄，绮窗只在画桥西。
羊车薄暮过湖曲，惊起鸳鸯不并棲。

水殿纳凉图
（元）张昱

别殿红绡女，无风亦自凉。阑边是湖水，夜夜宿鸳鸯。

题水殿纳凉图
（元）陈基

白苎衣裳嬾自裁，手摇罗扇此徘徊。
水晶宫殿凉风少，欲劝君王筑露台。

题水殿避暑图

（元）唐肃

玉骨自无汗，水殿况如秋。树阴辞日赫，荷气迎风柔。
恩与凉俱重，愁随暑易收。愿穷歌舞力，长年奉晏游。

题水殿纳凉图

（明）詹同

湖上阑干百尺台，台边水殿倚云开。
红桥人隔荷花语，玉盌金盘进雪来。

倦书图

（元）牟巘

日长偏困校雠人，袖手旁观亦欠伸。
一觉黑甜酣午枕，绝怜识字苦劳神。

倦书图

（元）牟巘

谁道春酣雨不禁，朦胧眼色透云屏。
著人花气深于雾，却是三郎睡未醒。

欠伸图

（宋）范成大

春风吹梦蓦江飞，行尽江南只片时。
深院无人自惊觉，夕阳芳树乳鸦啼。
背立妆台髻鬟嬾，镜鸾应见茸茸眼。
不须回首更嫣然，刘郎已自无肠断。

次韵东坡跋周昉所画欠伸美人

（金）朱之才

巫峡昭君有奇色，毛生欲画无由得。
但作东风背面身，看来已可倾人国。
朝来睡起鬓发垂，手如春笋领蜎蛴。
绣帷幽梦断难续，想像翠黛颦脩眉。
春光三月浓于酒，燕燕双飞鸎唤友。
不教腻脸露桃花，且喜腰支似杨柳。
君不见汉宫多病李夫人，转面不顾君王嗔。
古来画工画意亦自足，烟雾玉质何由真。

宫人欠伸图

（明）吴会

舞困歌慵酒梦迟，小栏舒腕转腰时。
落花垂柳娇无力，都送春愁上两眉。

春睡图

（明）高启

妆残娇睡带馀酲，鹦鹉当窗不敢惊。
谁信上阳宫内女，一春愁绝梦难成。

题晓睡图

（明）胡广

昔闻藐姑射，其山多神仙，云裾霞袂何蹁跹。
今之画图无乃是，人间一住三千年。
纱帷半揭清如洗，十二阑干曙色里。
天风吹梦度寥廓，倦倚鲛绡睡不起。

芭蕉叶绿松露凉,枕边袅袅腾炉香。
飞来啼鸟莫呼醒,日上扶桑清昼长。

题美人春睡图
(明) 袁宗

东风小院阑干曲,满地梨花浣香玉。
金窗(囚)昼静燕初闲,火养沉烟一丝绿。
美人消瘦桃花肌,春腰玉减一尺围。
碧纱帐小蝉翅薄,睡损舞裙金缕衣。
绿云盘盘堆枕重,翠滑斜偏小金凤。
啼杀流莺唤不醒,风流政作江南梦。
槛前芍药吹幽香,隔花玉漏声正长。
冶情荡漾收不得,误随蝶过东家墙。
东家墙里新妆女,两两三三喧笑语。
西亭昨夜烂张筵,烛腻铜盘照歌舞。

题美人春睡图
(明) 张筹

春睡才醒粉褪腮,香尘不动下阶来。
画阑曾倚东风笑,向晚樱桃一半开。

春睡图
(明) 武氏

烟轻红玉重,惊鸟别湖桥。徐起说清梦,和风转绛桃。

睡起图
(明) 杨基

月圆团扇送轻凉,荷大如钱作藕香。

午梦醒来思白雪,玉瓯催进荔枝香。

春屏未起图
(明) 钱宰

梨花落月酒微酣,柳絮春云睡正堪。
梦入长安归未得,觉来不信是江南。

春晓美人图
(明) 王燧

梨花埭上鸡鸣早,十二琼楼天乍晓。
东风不动绿杨丝,云母窗空春悄悄。
银屏复帐掩鲛绡,遮断蓬山海路遥。
鬓乱钗横双凤嬋(鞞),玻璃枕上不胜娇。
谁将鹦鹉偷调弄,惊散瑶台合欢梦。
金盘仙掌日华高,小苑花枝露痕重。
小玉熏残苏合香,临鸾先学理新妆。
含情欲起娇无力,满院绿阴春昼长。

题四明王元凯画三姬弄钗图
(元) 迺贤

秦虢夫人夜不归,太真留宿宴宫闱。
席当瑶砌香茵薄,花落金罇碧露微。
笑靸宝钗争㪺酒,醉凭玉几不胜衣。
画图貌得婵娟趣,艺苑流传绝代稀。

周昉览镜图
(元) 李俊民

不教朱粉汙天真,长对菱花顾影频。

但把蛾眉埽来淡，尚嫌不似虢夫人。

题美人对镜图
（明）高启

晓院鹿卢鸣露井，玉人梦断棃云冷。
起开妆阁笑窥奁，月里分明见娥影。
自对犹怜况主家，春风一面断肠花。
何由铸入青铜内，不使秋霜老鬓华？

题赵仲穆画眉图（二首）
（明）刘基

有美清扬婉且闲，横云吐月鬪弯环。
平生不识张京兆，却对妆台写远山。

含簧茹管细相和，语困春风意更多。
惊起佳人应有恨，双蛾蹙损不成歌。

题理发美人图
（明）高启

桐风朝动内园枝，吹乱花前发几丝。
石后理梳羞未出，怕人猜是倦妆时。

仕女观流水小景
（明）陆治

银塘秋水玉娟娟，霜叶漂红去渺然。
几欲题诗寄辽海，只应流水到君边。

佇立仕女

（明）祝允明

非缘望远上秦楼，杨柳依依翠陌头。
画就远山调锦瑟，最怜夫壻不封侯。

恼公诗题游春仕女图

（明）张璨

眉黛弯新月，瞳人剪碧波。态浓娃馆妓，腰细楚宫娥。
缓踏金莲步，新翻白雪歌。轻躩迷下蔡，妙舞绝阳阿。
寝阁珠为网，妆楼锦作窝。梨花香玉破，柳穗郁金拖。
瑟柱锵鸾凤，尊罍列象驼（驼）。瑶钗横玉燕，绣帔砑银鹅。
小汗肌香腻，微酣脸晕酡。樱唇朱滴滴，鸦髻黑峨峨。
司马怜琴癖，周郎顾曲讹。喜窥韩寿户，怒掷幼舆梭。
晓睡啼莺唤，春遊细马驮。宓妃临洛浦，汉女出江沱。
拾翠烟堤蕙，搴芳露渚荷。画船青雀舫，綵骑玉蹄騧。
虢国输妆靥，罗敷避翠蛾。使君逢调笑，丞相近嗔呵。
绝艳方如此，幽怀定若何？琵琶劳问卜，乌兔恐蹉跎。
睡鸭频添火，牵牛奈隔何。及愁鸳浦隔，偶借鹊桥过。
蝶思迷芳蕊，蜂情恋蜜窠。封缄书荳蔻，密意托丝萝。
锦被熏浓麝，霞浆酌巨螺。流苏垂嫋娜，蜀绮叠陂陀。
井树栖乌鹊，筠笼睡翠哥。更壶催漏箭，火树烂琼柯。
的的缘思合，濛濛与醉和。曲屏嫌夜短，斗帐得春多。
海誓宁教爽，山盟讵有它。两情成比翼，万事付蛮蜗。
兰带同心绾，菱盘照胆磨。岂徒消宿恨，顿觉起微疴。
昼里肠犹断，桑中句厌哦。始知倾国貌，能作合欢魔。
丽玉埋馨地，秋娘瘗粉坡。至今游冶客，犹为酹蓬科。

题美人图

（明）谢承举

（画"惜花春起早，爱月夜眠迟。掬水月在手，弄花香满衣"四景。）

风雨妒花春事催，莺声唤起未明时。
怪来小玉知人意，采得宜男第一枝。

朱阑十二冷光多，水定银塘镜自磨。
深夜人来照妆束，欲将圆缺问嫦娥。

冰华纤指漾银钩，水色蟾光上下浮。
自是行人无定准，相逢何日大刀头。

雪后梅花早破春，玉瓶高插净无尘。
不知衫袖招摇处，十日馀香尚袭人。

掬水月在手画屏

（明）谢承举

院凉夜彩流金蟾，海空秋华开素奁。
含情欲共嫦娥语，画簷钩上真珠簾。
姮娥住老广寒殿，金树银花四遮面。
痴情苦思招不来，千古万古谁能见。
铜盘一掬太液清，金蟾堕水秋分明。
两轮上下互相荡，团团似爱纤纤擎。
阴精含胎未分剖，白兔弃丹将遁走。
水华壁影一规中，却入人间艳姝手。
艳姝弄月还伤情，屈指圆缺频送迎。

幽闺秋冷夜光静,千里有人关塞行。

拜月图

(明)丘濬

新月初上天,焚香拜且告。拜到月圆时,行人应解到。

宫人望月图

(明)陈昌

龙脑香销宝钏温,梨花明月淡黄昏。
自缘妾命生来薄,非是羊车不到门。

题闺人望远图

(元)范梈

郎行不用苦悲辛,久别心知万事亲。
看取江边垂柳树,最先零落最多春。

楼居春望图

(元)王恽

翠敛双蛾底事愁?不缘春去落花稠。
归鞍未得朝天信,望断东风燕子楼。

美人却扇图(二首)

(元)王恽

宝槛承恩妒露华,背金翻日羡宫鸦。
幽闲好备《关雎》德,望绝羊车失自夸。

绝代佳人拟罕俦,幽闲无梦到河鸠。
春风静锁昭阳院,落尽庭花转自愁。

又题美人却扇图

（元）王恽

中馈蘋蘩女所思，春风何意醉琼枝？
画家解写□□□，不见樊姬脱珥时。

团扇仕女

（明）姚纶

浓黛消香淡两蛾，花阴试步学凌波。
专房自倚倾城色，不怕凉风到扇罗。

题纨扇美人

（明）朱经

蝶粉蜂黄满眼新，小园微步不胜春。
白团欲把歌唇掩，生怕流莺也妒人。

题宫人汲井图

（明）张适

燕子归时风满林，碧梧月上思沉沉。
辘轳声转银牀滑，望断君恩似井深。

题宫人行乐图

（明）周砥

金宫游素女，玉笛弄清晖。月殿龙香度，风簾翠影飞。
云开移綵仗，花落卷春衣。莫买相如赋，长门事已非。

题细腰宫女图

（元）李祈

闻道君王罢晚朝，重门深殿郁嶕峣。

乐声一片从云起，知是宫中舞细腰。

题徐参议所藏唐人浴儿图
（宋）王炎

右相尝惭呼画师，技痒仍复拈毛锥。
逼真谁作此赝本，亦有妙意生妍姿。
中庭燕坐必主妇，绿云高髻香罗衣。
嫣然嫔妾左右侍，前浴能言丹凤雏。
娉婷及笄女公子，素腕拥项相攜扶。
两两为朋四髻齓，乳媪随逐相谐嬉。
掌中看珠二少艾，捧颐（腮）却立鸦鬟奴。
屏间拥膝袖玉笋，疑是梦间颦翠眉。
侧身背面按筝者，冰肌绰约不自持。
牀前跪起各姝丽，为儿理发抆涕洟。
有犬斓斑受摩抚，与人习熟无猜疑。
梳妆淡薄服制古，如见永徽贞观时。
若非侯家及主第，人物无此美且都。
荆钗布襦小家妇，生子不如山下麋。

张萱戏婴图
（金）刘迎

犀颅玉颊宁馨子，雾鬓云鬟窈窕娘。
三十年前大门日，忆观群戏碧方牀。

六宫戏婴图
（元）杨维桢

黄云复壁椒涂苏，银牀水喷金蟾蜍。
宜男草生二月初，燕燕求友乌将雏。

芙蓉花冠金结缕，飘飘尽是瑶台侣。
宫中箇箇承主恩，岂复君王梦神女。
栴檀小殿吹天香，新兴髻子换宫妆。
中有一人类虢国，净洗脂粉青黛长。
百子图开翠屏底，戏弄孩孩未生齿。
侍奴两两舁锦绷，不是唐家绿衣子。
兰汤浴罢春昼长，金盘特泻荔枝浆。
雕笼翠哥手擎出，为爱解语通心肠。
宣州长史躭春思，工画伤春欠春意。
吴兴弟子广王风，六宫猫犬无相忌。
君不见玉钗淫鼋妆汉孤，作歌请献《螽斯图》。

题宫姬戏婴图
（元）钱选

殿阁森森气自清，不知人世有蓬瀛。
日长无事宫中乐，闲与诸姬伴戏婴。

戏婴图
（明）高启

芍药风栏侧，梧桐露井傍。娇婴争晚戏，少妇斗春妆。
共诧珠生蚌，还怜玉产冈。半披文锦褓，斜佩紫罗囊。
额发葳蕤短，胸胞细腻光。庭前王氏子，陌上卫家郎。
弱草身眠软，芳英手弄香。随人贪作剧，避伴学迷藏。
莫扑花蝴蝶，宜为蜡凤凰。涂添云母粉，浴试水沉汤。
麟送徐卿宅，兰生谢傅堂。爱均看总好，年并比谁长。
骥种虽难匹，鹓雏已作行。欣君得此画，真是梦熊祥。

惜婴图

（明）徐贯

佳儿逢吉日，内人开庆筵。兰献庭前瑞，桂降月中仙。
长眉春与秀。重瞳秋向妍。客闻啼亦喜，母看浴更怜。
掷玉礶为果，贻金铸作钱。武揽华弓小，文持湘管圆。
旧知熊入梦，还征凤集肩。积世宁无德，传家今有贤。

题二姝抚婴图

（明）刘绩

休织流黄罢养蚕，桃根桃叶并清酣，
龙绡却暑肌香腻，蝉翼凌风鬓影鬖。
常恨画中题荳蔻，谁教窗下种宜男？
螽斯合备房中乐，见说如今化已覃。

仕女戏婴图

（明）陈昌

妆罢红絲玉镜台，花前含笑戏婴孩。
分明五采丹山凤，飞入春风掌上来。

钱舜举清晖堂写戏婴图（为临淮顾谦赋）

（明）程敏政

海榴花开白日长，绣屏十二云锦张。
沉沉午漏下初刻，搔头不整慵来妆。
一姬南面金缕裳，两姬夹侍相颉颃。
欣然围坐看儿戏，斑管雕弧堆象牀。
三姬鼎足如鴈行，玉阶随步鸣双珰。
以口抚婴爱入骨，笑语彷彿闻昭阳。

一姬下坐收锦裆，洗儿自与浇兰汤。
涓涓秀若化生子，银盆水满芙蓉香。
一姬转盼殊未央，拭巾在手明吴霜。
小鬟两两意闲适，纨扇不动薰风凉。
苕溪画史推钱郎，柔思独步丹青场。
摩挲旧本岂易得，流传远自清晖堂。
才人不说顾长康，鉴赏欲博千金强。
《螽斯》《麟趾》尚可作，为君击节歌周王。

钱舜举深宫戏婴图
（明）焦竑

水晶簾隐绣匡牀，叶叶芭蕉逗晚凉。
手舞龙雏成一笑，不知清跸幸昭阳。

题四时百子图
（元）欧阳玄

天无一日具四时，人无一母生百儿。
何人笔端巧造化，人事天时俱尽之。
三三两两如鱼队，日长游戏阑干外。
采莲攀柳争后先，邀竹观梅分向背。
一真未凿万象春，谁家苑囿谁家人？
莫是越王泛螟嗣，西湖湖上嬉芳尘？
当时富贵傍观羡，至今宇宙流传遍。
争如茅屋浣花溪，竹根稚子无人见。
摩挲此图真拊髀，多忧正为多男子。
但须得似仲谋儿，人生一夔已足矣。

历代题画诗类卷第六十

仕 女 类

观李凑所画美人障子
（唐）刘长卿

爱尔含天姿，丹青有殊智。无间已得象，象外更生意。
西子不可见，千载无重还。空令浣纱态，犹在含毫间。
一笑岂易得，双蛾如有情。窗风不举袖，但觉罗衣轻。
华堂翠幕春风来，内阁金屏曙色开。
此中一见乱人眼，只疑行到阳云台。

传画美人戏成
（宋）李纲

美人颜色娇如花，鬓发光翳朝阳鸦（鸦）。
玉钗斜插翠眉蹙，岂亦有恨来天涯？
画工善画无穷意，故把双眸剪秋水。
丹青幻出亦动人，况复嫣然能启齿。
年来居士心如灰，草户金锤击不开。
纵教天女来相试，虚烦云雨下阳台。

得孙仲方画美人一轴
（宋）梅尧臣

骏驹少驯良，美人少贤德。常闻败君驾，亦以倾人国。
因观壁间画，笔妙仍奇色。持归非夺好，来者恐为惑。

周昉画美人歌
（宋）苏辙

深宫美人百不知，饮酒食肉事遊嬉。
弹丝吹竹舞罗衣，曲终对镜理鬓眉。
岌然高髻玉钗垂，双鬟窈窕萼叶微。
宛转踯躅从婴儿，倚楹俯槛皆有姿。
拥扇执拂知从谁？瘦者飞燕肥玉妃。
俯仰向背乐且悲，九重深远安得窥。
周生执笔心坐驰，流传人间眩心脾。
飞琼小玉云雾帏，长风吹开忽见之。
梦魂清夜那复追，老人衰朽百事非。
展卷一笑亦何为？持付少年良所宜。

题伯时所画宫女（二首）
（宋）韩驹

只道春风闭掖庭，朝来绾结鬟鬟新。
蛾眉不是传君宠，试触君衣鹦鹉嗔。

睡起昭阳黯淡妆，不知缘底背斜阳。
若教转盼一回首，三十六宫无粉光。

郭显道美人图

（元）李俊民

君不见昭阳殿里蓬莱人，终惹渔阳胡马尘；
又不见吴宫夜夜《乌楼曲》，竟使姑苏走麋鹿。
移人大抵物之尤，丧乱未免天公愁。
虽然丹青不解语，冷眼止作乡温柔。
试问人间何处有？画工恐是倾国手。
却怜当日毛延寿，故写巫山女麤醜。

宣和内人图

（元）郝经

牡丹横压搔头玉，眼尾秋江翦寒绿。
金翠冠梳抹且肩，正是宣和旧妆束。
腰肢一搦不胜衣，当时宜瘦不宜肥。
三千想见无颜色，偏有亲题御制诗。
蔡攸恢复燕山府，曾索君王不曾许。
萧条万里去中原，偶见花枝泪如雨。
却将换米向三韩，遂令流落在人间。
道君一顾曾倾国，今人休作等闲看。

钱霅溪宫人图

（元）安熙

露冷月华白，悠悠方寸心。夫君渺何许，怅望碧云深。

周昉画美人图

（元）虞集

岛上云生日转槅（檐），海风吹面暮寒尖。

春明玉色遗芳泽，夜定珠光入镜奁。
织得鸳鸯成绿绡，教成鹦鹉啄红甜。
试令鼓瑟应无语，日断归帆思未恹。

题耿氏所藏艳画
（元）陈旅

五月风生水殿凉，绿杨深处奏莺簧。
佳人偏爱临池坐，欲与荷花鬬晚妆。

题美人卷
（元）丁复

玉山横管泪痕光，绣褥双迴綵凤皇。
百巧心情题不得，九疑云冷隔三湘。

美人图
（元）郭翼

郁金殿前杨柳新，长门草色春复春。
下阶微微动香步，波影晴光流素尘。
翠钗蜻蜓雕玉佩，揽髻迴风舞裙带。
合欢花落无好花，伯劳单飞莺乱啼。
玉音夜夜宫车绝，露点苍苔怨明月。

题四时宫人图（四首）
（元）萨都剌

紫宫风暖百花香，玉人端坐七宝牀。
凤皇小架悬夜月，一女侍镜观浓妆。
背后一女冠乌帽，茶色宫袍靴色皂。
手持团扇不动尘，一掬香弯立青晓。

一女浅步腰半驼，小扇轻扑花间蛾。
淡阴桐树一女立，手抱胡牀一转波。
牀头细锁悬金钟，白鹤双飞花影重。
词人见此神恍惚，巫山梦里曾相逢。

金猊吐烟清昼长，美人坐倚白玉牀。
蓝衫一女髻垂耳，手持方扇立坐傍。
一女最小不会妆，高眉短发耀漆光。
玉纤绿笋握金剪，柳下轻挽宫人裳。
金盘玉瓮左右列，红桃碧藕冰雪凉。
冰壶之傍立一女，背后随以双白羊。
手拱金瓶泻水忙，酒翅洒雪惊鸳鸯。
鸳鸯得水自双浴，美人抱膝空断肠。

盆池露冷荷半枯，碧波风细双游鱼。
美人坐此碧玉椅，屏山方按碧蟾蜍。
椅后二女执缨立，案前二女娇滴滴。
大女手扶小女腰，小女娇倚大女膝。
凉风入树落翠槐，秋深不见羊车来。
金铃响处吠黄犬，美人笑托芙蓉腮。

锦屏三面围绣牀，沉香椅上凤褥光。
美人端坐袖双手，临眉半蹙愁夜长。
椅后一女摇白羽，一女执缨更回顾。
一女乌帽金缕衣，玉指纤纤攜小女。
小女手挽大女腰，笑看孔雀双翠翘。
可怜美人独自坐，翠竹雪响风前梢。

题张士厚四时仕女（四首）

（元）郑洪

绣簾压地花阴阴，凤钗绾髻双黄金。
飞丝千尺不堕地，绝似江南游子心。
宝奁百刻烟如缕，暗掷金钱卜神女。
樱桃子熟人未归，蘼葱花开泪如雨。

金盆沐晓蟠双鸦，绿红粉汗霑蝉纱。
金刀取玉薄于纸。渴心欲死东陵瓜。
木兰艇子沙棠楫，采莲得花弃荷叶。
荷叶轻如薄倖儿，莲花酷似多情妾。

梧桐月小蟾蜍蛰，芙蓉露冷铜仙泣。
金粟香悬十二阑，韈罗尘沁莓苔湿。
画屏绛烛烟未销，夜深恨杀双鸾箫。
唤回金屋鸳鸯梦，不到银河乌鹊桥。

霜蟾弄影窥金屋，幺凤吹香绚银烛。
绣罗小韈蹙双莲，翠袖垂肩倚孤竹。
红锦冻折水如车，寒衣递到长风沙。
莫遣朝云妒桃叶，寄将春信与梅花。

题美人图

（元）郭翼

上清宫殿五云车，降下仙人萼绿华。
怪得雪衣无简信，只将条脱寄羊家。

题诗意图
（元）郭翼

郁金堂上春浓否，薄薄罗襦杏子红。
白日绣窗莺不语，都缘诗思落花中。

题美人图
（元）贡性之

离离珠树隔秋烟，望断归帆信杳然。
试问海山今夜月，不知何处照人圆。

美人图
（元）金涓

彩云宫殿月阑干，翠袖春风倚莫寒。
马上琵琶愁未已，不须重展画图看。

题宫人图（三首）
（元）唐肃

凝思立近井边梧，长日不开金锁鱼。
和得君王新制曲，传宣已唤女尚书。

不是含愁不是思，监官引出赴朝时。
回头兴庆池边路，昨日花开夜合枝。

洗花染线刺春罗，凤翼双飞锦作窠。
暂起非关针力倦，海棠时节困偏多。

美人图

（明）高启

秋千庭院闭青春，背立谁曾见得真。
莫道不言思忆事，欲言还说与何人？

宫女图

（明）高启

女奴扶醉踏苍苔，明月西园侍宴回。
小犬隔花空吠影，夜深宫禁有谁来？

仕女四春图（四首）

（明）杨基

东风蔫蔫入妆台，眉蹙春愁扫不开。
非是薄罗能耐冷，捲簾贪看燕双来。（春阴）

隔簾鹦鹉解呼名，花落闲庭草自生。
曲曲画阑皆倚遍，一春刀剪不闻声。（春闷）

风送杨花满绣牀，飞来紫燕亦双双。
闲情正在停针处，笑嚼残绒唾碧窗。（春绣）

蹴罢秋千日已沉，东风花底力难禁。
笑攜女伴归来晚，失却罗鞋不再寻。（春戏）

二美人图

（明）杨基

半晌无言却敛眉，玉簪斜堕翠鬟欹。

相逢莫说伤心事，才入深宫自得知。

鸦头罗袜凤头鞋，细踏花阴下玉阶。
绾得青丝无奈滑，更临春水照金钗。

题美人
（明）解缙

八骏瑶池去不回，蛾眉萧飒镜中衰。
至今楚水荒台上，化作行云梦里来。

题仕女
（明）平显

《周南》声教美洋洋，比屋絃歌窈窕章。
一点蕙心清若水，绿阴栏槛画熏香。

沈如美所画美人图（为徐文辉作）
（明）张肯

流苏缀彩鸳帐寒，金鸭不飞香缕残。
新霜扑簾白如粉，哑哑乌啼金井栏。
芙蓉屏开睡初醒，守宫浅褪胭脂冷。
玉钗慵整双凤皇，春愁压翠蛾眉长。

仕女图（为张宗大题，二首）
（明）张宁

吴城仕女越样妆，笼冠盘髻销金裳。
东风淡荡桃李月，看花不语情何长。
女伴相将牵稺子，庭院无人花正芳。
阳春宛宛白日暮，空抱花枝归洞房。

芙蓉迎秋木犀（樨）早，开到黄花秋欲老。
涉江人远鴈来迟，零落东篱为谁好？
小娃扶幼步车轻，闻语回头心懊恼。
曲房深闭绿苔生，何处寒衣月中捣？

联璧卷
（明）姚纶

仙子瑶台玉一双，碧桃红杏递生香。
绛裙拂地春同步，宝镜开奁晓并妆。
织翠舞衫封蛱蝶，泥金歌扇画鸳鸯。
卷中乍识春风面，恼我题诗一断肠。

仕女图
（明）丘吉

丝抽霜藕织仙衣，立近芭蕉怨落晖。
踏破绿苔罗袜冷，宫前昨夜有霜飞。

题四美人图（琴碁书画）
（明）程敏政

绿绮初调曲未残，幽情应叹赏音难。
不嫌儿女声相昵，一鹤长鸣逸画阑。

玉子频拈欲下迟，芭蕉红日影将移。
锦裀儿共金丝犬，问道输赢两不知。

倦来携手下阶行，共读《周南》几句成。
庭桂香中无一事，闲听公子击毬声。

促织场边爽气新，彩毫轻染墨华匀。
香闺不爱千红紫，只写青松与绿筠。

美人图（二首）

（明）周用

南国佳人拥翠蛾，玉舆迢递盼星河。
君恩未必皆颜色，消得秋风满扇罗。

彩蟾凉影沁衣丝，画烛银屏梦去迟。
何事玉关春信远，梅花清瘦不禁诗。

题美人

（明）边贡

月宫秋冷桂团团，岁岁花开只自攀。
共在人间说天上，不知天上忆人间。

题美人图

（明）方行

白玉簾开露气浮，芙蓉花近紫金钩。
《阳春》一曲无人识，空拂银筝下翠楼。

仕女图

（明）沈周

鱿薄窗虚日映楼，杏花风荡玉簾钩。
手擎妆盒偷微笑，红脚蛛丝在上头。

美人障子（二首）
（明）顾璘

晚多幽思不成妆，徙倚闲台玉漏长。
明月渐低天杳杳，梅花枝上有新霜。

雾縠微凉玉露清，银河西畔水盈盈。
桂香蟾影秋无限，一曲《霓裳》万古情。

题画美人
（明）李鸣鹤

一夜春风发，芳心不自持。侵晨擕女伴，花下对弹碁。

美人图
（明）林景清

晓院沉沉春昼长，曲阑风暖锦屏香。
碧纱窗前罢梳洗，金莲缓蹴双鸳鸯。
小娃展图供觞毕，对语雕牀情自适。
灵鹊枝头报喜声，摽梅正是花生实。

题谢汝湖冢宰美人卷（次金太史韵）
（明）陈鹤

隔花翻曲月临墙，欲觅知音懒斗妆。
拨尽相思不成调。御沟流水乱人肠。

美人（为友人题）
（明）陆深

睡起春无事，纱幮红粉楼。无言看罗带，独坐还惭羞。

云鬟乱不理，眼波娇欲流。窗前有鹦鹉，一为诉春愁。

美人图

（明）陈继儒

弱风吹素衣，水热鸳鸯冷。小鬟撩春深，不忍嗔花影。

画美人

（明）徐渭

牡丹花对石头开，两燕低从杏杪来。
勾引美人成一笑，画工难处是双腮。

咏画屏美人（二首）

（明）叶氏（名小鸾）

庭雪初消月半钩，轻漪月色共湘流。
玉人斜倚寒无那，两点春山日日愁。

红深翠浅最芳年，闲倚晴空破绮烟。
何似美人肠断处，海棠和雨晚风前。

题十眉图

（金）刘迎

宝箱拂尘金屈戌，周昉丹青见真笔。
春风曾忆赋妖娆，人共画图成十一。
烛奴香底花光凝，铮铮铁响闻三更。
车声雷动不通语，眼态波横空送情。
蛮云盘鹤辽天阔，犀玉依依对书札。
人生何处不相逢，还醉武陵溪上月。

周文矩十美图
(元) 吴镇

有女联翩巧样妆，能将歌舞动君王。
谁言金屋风光好，雨滴苍筠漏更长。

周文矩十美图
(元) 黄公望

侍宴朱楼向暮归，御香犹在缕金衣。
相攜女伴阶前立，笑指鸳鸯水面飞。

背面美人图
(明) 高启

欲呼回首不知名，背立东风几许情。
莫道画师元不见，倾城虽见画难成。

背面美人图（二首）
(明) 苏澹

抱得琵琶下玉除，湖山背立溜犀梳。
傍人欲见春风面，但道萧郎有寄书。

钗鬔（髯）乌云鬓欲蓬，回头环珮响丁东。
背人不是无情思，自古红颜畏画工。

上赐潘司农龙眠拂菻妇女图
(元) 程钜夫

拂菻迢迢四万里，拂菻美人莹秋水。
五代王商画作图，龙眠后出尤精緻。

手持玉钟玉为颜,前身应住补陀山。
长眉翠发四维列,白氍覆顶黄金环。
女伴骈肩拥孤树,背把闲花调儿女。
一儿在膝娇欲飞,石榴可怜故不与。
《凉州》舞彻来西风,琵琶檀板移商宫。
娱尊奉长各有意,风俗虽异君臣同。
百年承平四海一,此图还从祕府出。
司农潘卿拜赐归,皴染犹须玉堂笔。
天门荡荡万国臣,驿骑横行四海滨。
闻道海中西女种,女生长嫁拂菻人。

贞女慎行图

(元) 陈基

贞女慎行露,君子戒履霜。岁暮怀百忧,离居真慨慷。
方舟岂无楫,河水亦可杭。临流不能度,伫立以彷徨。

题吴娃图(二首)

(元) 马祖常

金莲烛下看蛾眉,应是吴王半醉时。
一自馆娃宫坏后,仙魂都上落花枝。

千两金盘浴小儿,玉钗双堕燕差池。
绣窗白日无针线,却笑罗敷不画眉。

题秦宫人图

(明) 詹斗文

西岳高峙金天开,黄河一线崑崙来。
玉女峰头望云海,日月倒挂青莲台。

华阴避难采松者，逢人尚说秦宫灰。
先秦主恩亦不恶，笋牀香槛垂绡箔。
鸦黄月冷梦魂迷，翠黛铅华翻寂寞。
一去山中春复春，碧草不棲人世尘。
世人争说山中好，谁说山中幽怨新？
当时攜得瑶琴去，一曲相思石上陈。

题周昉琼枝夜醉图（七首）
（明）杨慎

宝枕垂云选梦，玉箫品月偷声。
步摇翻霜夜艾，琼枝扶醉天明。

魏帝台随风动，滕王栋与云飞。
入门遥望碧落，仙界高连紫微。

金缝湘（缃）裙一搦，玉钩罗袜双弯。
琼腴粉英朝翠，锦緻松脂夜丹。

永巷襞情捲玉，长门丝泪销金。
合懽（欢）蘸晕绿浅，杨柳麴尘黄深。

百子池头丽人，三花树下长春。
襟解微闻香泽，帷褰想见横陈。

星黔盈盈笑靥，云衣嫋嫋轻裕。
醉妆淡紫沙幂，胡旋坠金次工。

海上麻姑送酒，云间玉女投壶。

应笑南朝老庾，水溁冷面江图。

宫意图
（明）倪氏（名仁吉）

调入苍梧斑竹枝，潇湘渺渺水云思。
听来记得华清夜，疏雨银釭独坐时。

屏风绝句
（唐）杜牧

屏风周昉画纤腰，岁久丹青色半销。
斜倚玉窗鸾发女，拂尘犹自妒娇娆。

咏画障
（唐）上官仪

芳晨丽日桃花浦，珠簾翠帐凤皇楼。
蔡女菱歌移锦缆，燕姬春望上琼钩。
新妆漏影浮轻扇，冶袖飘香入浅流。
未减行雨荆台下，自比凌波洛浦游。

题画扇
（宋）王安石

玉斧修成宝月团，月边仍有女乘鸾。
青冥风露非人世，鬓乱钗斜特地寒。

当世家观画
（宋）梅尧臣

冰蚕吐丝织纤纨，妙娥貌玉轻邯郸。
曲眉浅脸鸦（鸦）发盘，白角莹薄垂肩冠。

铜青罗衫日月团，红裙撮晕朝霞乾。
手中把笔书小字，字以通情形以观。
形随画去能长好，岁岁年年应不老。
相逢熟识眼生春，重伴忘忧作萱草。

钱舜举画
（元）虞集

一树花如雪，清明客未归。坐看黄鸟并，梦作彩云飞。
翠袖寒犹薄，羊车过绝稀。相如能作赋，月下卷春衣。

题院人画小景
（元）张宪

高栋层轩夜未央，溶溶新绿涨池塘。
风轻杨柳金丝软，月淡梨花玉骨香。
乱唾碧茸纤曲迳，独循青琐转迴廊。
千金一刻谁能买，输与豪家白面郎。

题　画
（元）唐肃

春斋昼坐花落初，客来示予古画图。
图中人物谁所摹，衣冠似是两晋馀。
中牀独踞美丈夫，乌纱笼发虬髯须。
右手摘阮意自如，左手控絃分疾徐。
逸牀六人皆丽姝，纤腰鬌鬌长裙裾。
一擎羽扇立牀隅，一负麈拂髤柄朱。
左右二姝意态舒，一垂短袂一寒襦。
一姬手中纸笔具，濡毫展幅若有需；
一姬执器制特殊，非箫非篪非笙竽。

纷然侍立艳且都，争妍竞巧为主娱。
当时士尚谈清虚，内实多欲不可祛。
公忠世许王司徒，亦有短辕金犊车。
还客此图起长吁，恬淡寡欲世岂无？

马璘画
（明）高启

燕睡簾前夜未深，罗衣应怯嫩寒侵。
风传漏板还堪数，月混梨花不易寻。
翠馆红楼犹袅袅，华灯绣阆正沉沉。
画中一片春宵景，写出幽人怅望心。

题画（二首）
（明）王鏊

杏花如雪满长安，起视星河夜未阑。
为惜秾华宛相似，临风先折一枝看。

坐看冰轮碾玉池，夜深欲去更迟迟。
广寒宫里谁为伴，特为姮娥住少时。

题　画
（明）桑悦

彤庭沉沉月华满，珠簾暗带红霞捲。
春光常在绣帏子，化机不属天工管。
金壶漫泻琼瑶浆，壶中一刻如年长。
舞腰袅袅轻贴地，遏云音乐催高翔。
别院风光春正好，银烛高烧照晴昊。
警露非无阆苑禽，听歌自有天山鸟。

窗前琪树瑶玲珑，玉炉香烬落花风。
纫衣自习越溪事，那知银箭浮铜龙。
霄汉低回天咫尺，抱衾拥帱皆恩泽。
素娥薄相为前趋，女伴相逢不相识。

题　画
（明）王世懋

闺中美人把瑶草，梦断江南汉宫晓。
举头才见一枝红，低头已惜春光老。

为袁一无题扇
（明）顾观

月中仙子种娑罗，树底遥山隔绛河。
吹落秋声向何处，紫筼窗户晚凉多。

题画（二首）
（明）张绅

高树漏疏雨，滴沥下银塘。美人捲簾坐，银鸭自添香。
风吹绿荷叶，正见宿鸳鸯。

闲门绿树老，华池芳草生。偶随蝴蝶起，独自下阶行。
何处垂杨院，春风骄马鸣。

题　画
（明）陈继

鸟散江村社鼓，花摇酒市风帘。
曾记踏青归去，香罗著雨廉纤。

为黄应龙姬人史凤翔题扇上景
（明）祝允明

绰绰轻红广袖垂，远山移翠上蛾眉。
阑干倚到春深处，雨暖云香日正迟。

题扇诗
（明）田氏（名娟娟）

烟中芍药朦胧睡，雨底梨花浅淡妆。
小院黄昏人定后，隔墙遥辨麝兰香。

历代题画诗类卷第六十一

仙佛类

题南极老人像
(元) 张天英

老人尔何来？年貌一何古！身披五云衣，相羊步瑶圃。
自言南极星，乘风来帝所。冉冉青须眉，玉颜如处女。
仙鹿御之行，仙禽导之舞。忻然愿相从，授以长生语。
但恐尘世中，岁月不我与。何当驾飙轮，与子共高举。

寿星图
(明) 丘濬

南极之上，有老人星。光芒烨煜，昭示寿征。
谁哉好奇古？貌此寿者相。身披织女绢，手持太乙杖。
躯干何其短，头颅如许长。
灵台无乃小局促，天庭胡用高轩昂？
神人自与凡人别，颜如丹霞发如雪。
谁知天上人，也有老时节。
呜呼！气结为星亦解氅，人生那得长年少。
我观《寿星图》，为作寿星词。
奉以祝眉寿，千百岁为期。

五纬呈祥天宇清，五岳效灵地道宁。
中黄一气分五德，幻形五老表寿征。
仙风道骨烟霞袂，大人迥与尘凡异。
五总灵龟千岁麚，七签云笈九天炁。
岂非受命大罗天，驾风驭气来人寰，永锡吾皇千万年！

题寿星图
（明）叶盛

洞天香火不胜情，南极于今夜夜明。
圣主阳刚万年寿，更从长至祝长生。

王母图（二首）
（元）虞集

偷桃小儿痴且妍，恃恩无赖更蒙怜。
窃翻雷电天公怒，风雨落花红九川。

黄竹遗墟白雪高，空桑戴胜向晨嗥。
茂陵多欲非仙器，枉赐金盘五色桃。

题醉王母图
（元）胡长孺

宴罢瑶池醉不任，仙人那有世人心。
良工欲写无言意，自托丹青作酒箴。

题王母醉归图
（元）杨维桢

瑶池春暖波如淀，不与红妆洗娇面。
仙娥泛月蕊宫来，催宴璚花开水殿。

麻姑满进九霞觞,金盘鲜熟芙蓉香。
歌云缓邈紫鸾管,舞飙淑洒青霓裳。
阿母嬉春淡妆束,云冠巧琢梅花玉。
酒痕凝颊呼不醒,扶上仙山雪毛鹿。
绮袍半脱露香肩,飞控不动金连钱。
天风吹梦渡弱水,含羞倦倚双婵娟。
归来笑拂龙髯席,汗湿鲛绡睡无力。
玉钩齐上水精簾,十二璃楼月光白。
吴兴画史笔如神,丹青貌得瑶池真。
刘郎自是识仙趣,看花同赏玄都春。
图中彷佛一相见,何必蓬莱问清浅。
便呼青鸟报鸾笺,蟠桃何日重开宴。

题王母蟠桃

(明) 金幼孜

西来王母载河车,羽盖翩翩映紫霞。
燕罢瑶池春似海,东风开遍碧桃花。

王母瑶池图

(明) 李进

台殿参差近碧天,房栊屈曲窈相连。
瑶池淡淡涵秋月,珠树濛濛护晓烟。
云外鸟来知七夕,风前花落是何年?
诙谐却笑东方朔,三度偷桃未得仙。

碧桃青鸟图

(元) 王恽

上林春满汉宫烟,翠雀飞来态度闲。

王母西归方朔去,碧桃华影语关关。

题玄妙观嵇月庭所藏钟离像
(元) 贡师泰

槲叶为衣草为履,鬅鬙双髻任风吹。
浮云捲尽青天阔,正是神光夜出时。

题钟吕传道图
(元) 杨载

济世曾闻有大才,超然脱屣去尘埃。
剑光昱昱今何在?上下乘龙戏九垓。

钟吕醉酣图
(明) 丘濬

我闻神仙超出尘寰外,御气乘风餐沆瀣;
如何也入醉乡中,捐取仙丹偿酒债?
谩羡纯阳与正阳,看来都不如杜康。
纵然洞里活千岁,何异人间醉一场。

敬赞纯阳真人画像
(元) 马臻

自从树老城南月,不把玄机轻漏洩。
秋风千古洞庭波,是凡是圣从渠说。

吕洞宾画像
(元) 刘因

微茫洞庭晓,潇洒崑崙秋。海蟾生碧天,相从何处游?

题洞宾像

（元）吴澄

大地虚空共一铛，煎烹元不费煎烹。
安炉立灶烧凡火，狡狯聊愚老树精。

右丞文献公所画张果像

（金）张行中

古来人物画为难，惊见仙公树石间。
莫把丹青名右相，太平勋业在人寰。

跋文献公张果老图

（元）元好问

耆旧能谈相国贤，功名欲占冷岩前。
清风万古犹应在，未用仙公甲子年。

果老图

（元）袁桷

御气如婴儿，变化能成形。再过赵州桥，灭跡绝怪灵。

题张果老骑驴图

（元）范梈

细柳官桥路，骑驴不用鞭。先生诚有道，此去亦千年。

张果对御图

（元）吴师道

多欲求仙亦已痴，老翁幻怪等儿嬉。
骑驴却向何山去？不救青螺蜀道时。

张果老骑牛图
（明）金幼孜

客有骑牛者，人称果老仙。问知欲何往，大笑指青天。

题张果老骑驴图
（明）僧果庵

举世多少人，无如这老汉。不是倒骑驴，凡事回头看。

曹国舅赞
（宋）白玉蟾

窃得玉京桃，踏断金华草。白云满蓑衣，内有金丹宝。

韩湘子赞
（宋）白玉蟾

白雪满空夜，黄芽一朵春。蓝关归去后，闲甚世间人。

题韩湘子像
（明）唐锦

昌黎千载士，虎踞白玉堂。
毛锥三寸夺造化，抉剔海岳无晶光。
此事古来鬼神忌，真宰泣诉令投荒。
顷刻花，逡巡酒，蓝关雪花大于斗。
冰衬马蹄冻欲僵，等闲笑破山人口。
轻烟雾，御氤氲，仙邪非邪且勿论，静里悠悠谁似君？

何仙姑赞
（宋）白玉蟾

阆苑无踪迹，唐朝有姓名。不知红玉洞，千古夜猿声。

蓝采和像

（元）元好问

长板高歌本不狂，儿曹自为百钱忙。
几时逢著蓝衫老，同向春风舞一场。

蓝采和像

（明）杨基

石崇步障四十里，猗顿珊瑚八百株。
宁可黄金堆下死，街头不散一青蚨。

题李营丘画骊山老姥赐李密火星剑图

（明）汪克宽

蒲山锐额千牛客，蒲鞴（鞯）跨犊行无跡。
挂角青编一束书，梦对重瞳意相得。
昆吾宝剑三尺水，火星炯炯精光起。
花冠仙姥授神奇，拜起仓皇惊更喜。
巩南歃血盟玉盘，龙舟锦缆诛疵瘢。
折简唐公结昆弟，威凌六月严霜寒。
岂知不学万人敌，雄才空觉乾坤窄。
九卿裂地藏琱弓，稠桑土蚀铜花碧。
苕峣古树苍玉林，丹厓惨澹霾轻阴。
龙津歘忽风云化，未须感慨荆轲心。

题麻姑图有怀蒋师文

（元）黄镇成

曾宿丹霞十二楼，水亭风馆不胜秋。
故人天上无书到，自展山图看雪流。

题张叔厚白描麻姑像
（元）张天英

狡狯仙人来自东，海波清浅日轮红。
易迁宫里飞霞佩，只在鸾笙一曲中。

后土琼花图
（明）瞿佑

阿武临朝若鬼神，春风屡动壁衣尘。
唐臣不敢扬君醜，移谤琼花观里人。

题七夕图
（唐）赵璜

帝子吹箫上翠微，秋风一曲凤皇归。
明年七月重相见，依旧高悬织女机。

织女图
（明）瞿佑

锦机停织动经秋，恨逐银河一水流。
人世底须争巧拙，乞来何不妮牵牛？

题毛女真
（宋）苏轼

雾鬓风鬟木叶衣，山川良是昔人非。
只应闲过商颜老，独自吹箫月下归。

毛女图（为用极题，二首）
（元）刘跃

轵道苍茫异古今，长镵相伴坐岩阴。

玄猿独挂危梢底，照影清流契宿心。

老蝉光怪射寒虚，兀坐相看撇短鉏。
移得山花偏带土，武陵春事近何如？

题钱选毛女
（元）钱惟善

槲叶纫衣绀发青，宫妆变尽尚娉婷。
君王若问长生药，只有胡麻与茯苓。

毛女图
（元）宋聚

终南灵药可成仙，徐福空劳泛海船。
七月辒辌鲍鱼臭，不知宫女却长年。

毛女图
（元）郑氏（名允端）

我亦斯人徒，偶然撄世网。抚卷发深思，何当共长往。

毛女成仙图
（明）瞿佑

童女楼船去不归，三山何处觅灵芝？
神仙只在秦宫里，底事君王却不知。

题张渥描乘鸾月仙
（元）张天英

素女乘鸾月下飞，飘飘环珮语相依。
帝家曾识乘槎客，笑倚天孙锦字机。

题姮娥奔月图
（明）兰廷瑞

窃药私奔计已穷，橐砧应恨洞房空。
当时射日弓犹在，何事无能近月中？

姮娥奔月图
（明）瞿佑

一丸灵药少人知，窃去应无再得期。
后羿空能残九日，那知月里却容私。

月宫仙子图（三首）
（明）徐渭

缠头云锦坠金钗，短袖长裙雪片裁。
不是上头寒不禁，夜深何事却飞来？

捧来玉兔夜生光，一捻冰肌缟带长。
试问当年明月里，果然亲得见明皇？

空中缥缈景光新，但似云霞不似人。
知道今来是何夕，桂花添得几枝春？

吴彩鸾写真
（宋）谢薖

天上凤皇难独宿，人间翡翠本双栖。
丹青不与文箫共，谁遣雉东迷雀西？

题吴彩鸾诗韵图

（元）元好问

仙人固多门，积行如累级。高卑位既陈，所入盖不一。
彩鸾遇文箫，凤运契冥适。居然西山下，鬻字给朝夕。
混俗隐玄雾，偶被山灵识。萧爽致福地，期延冲化术。
万试既已除，天网疎不失。岂拟嚣尘徒，纷乱丧明质。
正如杨安君，举手凌白日。上道诚不邪，匪曰系黄赤。
所以跨猛虎，示此出世跡。归来乎山中，栖神返空碧。

题吴彩鸾写韵图

（元）张昱

小点红鸾欲下迟，远山浑似画来眉。
如何一念人间事，上界仙曹便得知？

吴彩鸾像

（元）倪瓒

谁见文箫逐彩鸾？碧山萝月五更寒。
犹遗写韵轩中迹，留得风流后世看。

题《洛神赋》画后

（元）王恽

凄断西陵松柏声，将身自试漫为情。
陈王正自无聊赖，流盼川妃欲目成。

洛妃图

（元）袁桷

可怪梦中说梦，底须愁里添愁？

落日春风王子，多情不解绸缪。

题文海屋洛神图
（元）陆仁

神之媛兮霓裳，凌长波兮迴翔。
龙辀兮孔盖，秋之水兮如霜。
浦有兰兮兰有蕙，折芳馨兮遗所思。
扬舲兮邅远，目眇眇兮愁予。

洛神图
（元）雅琥

邺宫檐瓦似（一作"化"）鸳飘，兰渚鸣鸾（一作"銮"）去国遥。
谩说君王留宝枕，不闻仙子和琼（一作"鸾"）箫。
惊鸿易没青天（一作"林"）月，沉鲤难凭碧海潮。
肠断洛川东去水，野烟汀草共萧萧。

洛神图
（明）吴宽

仙妃不可即，洛水遥相望。手持青芙蓉，游戏水中央。
金翠耀容饰，木难缀明珰。飘飖白云裾，荡漾青霓裳。
人神本殊道，倏忽登北堂。嫣然启玉齿，气若幽兰香。
冯夷与海若，左右更举觞。洛水讵可测，人寿安能量。
云軿期再来，少隔三千霜。

洛神卷
（明）沈周

烦马萧萧驻西日，桂旗冉冉曳灵风。
潜川密约殷勤记，流水微辞宛转通。

珮玉有声山月小，袜尘无迹浦云空。
人间离合须臾事，还似高堂一梦中。

清汶老所传秦湘二女图（次子由韵）
（宋）苏轼

春风消冰失瑶玉，我本无身安有触。
羊生得归如得风，握手一笑未为辱。
先生室中无天游，环珮何处鸣凤瓯？
随魔未必皆魔女，但与分灯遣归去。
胡为写真传世人，更要维摩一转语？
丹元茅茨只三间，太极老人时往还。
点检凡心早除拂，方平袖鞭常使物。

题尤溪宗室所藏二妃图
（宋）朱子

潇湘木落时，玉佩秋风起。
日暮怅何之，寂寞寒江水。（湘夫人）

夫君行不归，日夕空凝伫。
目断九嶷岑，回头泪如雨。（湘君）

题白描湘灵鼓瑟图
（元）陈基

斑斑湘竹泪痕深，望断重华隔远岑。
花落黄陵春水阔，至今鼓瑟有遗音。

题张渥湘妃鼓瑟图
（元）陶宗仪

朱弦促柱鼓湘灵，雾鬓云鬟下紫冥。

万顷碧波明月里,曲终惟见数峰青。

题湘君洛神二图
(明) 高启

祠前脩竹楚山青,风珮时来过洞庭。
月夜莫弹瑶瑟怨,夫君不见有谁听。

云中君图
(金) 刘迎

衣若新沐兰汤薰,灵巫拜舞方迎神。
恍然相见帝者服,《九歌》昔詠云中君。
画史亦可人,妙入造化域。
羽衣玉麈美且闲,此意不知何处得。
空明倐忽纷溟濛,胡为眷眷临寿宫?
飘然来下复远举,想像决去随飞龙。
祠空人散秋萧瑟,落日猿声唤秋色。
湘天极目青茫茫,凭高一望无南北。

次韵马伯庸题凌波仙图
(元) 刘因

玉衣朝岱日,宝瑟写湘云。宛转鸾归忆,参差鴈过闻。
石痕生左角,松影印迴纹。倚竹怜双泣,摘兰悯自焚。
停骖沙碛近,指点认昭君。

题凌波仙图
(元) 杨维桢

帝子乘风下九疑,含情欲去更迟迟。
独怜江草年年绿,曾见凌波解佩时。

卷第六十一　仙佛类

题凌波飞盖图
　　　　　　（元）张天英

蕊珠宫人驾云軿，山中翠盍（盖）何亭亭。
老龙飞盍作风雨，八仙池上争娉婷。
金环琼珮裛薇露，双成躞躞随青鸾翎。
酒星入水化为石，寒玉夜语天泠泠。
白瑶城阙三万里，月照影（湘）娥行洞庭。

题凌波仙
　　　　　　（明）贝琼

姮娥窃药能奔月，嬴女吹箫亦上天。
万古阿甄魂魄苦，江清雪冷夜如年。

画水仙
　　　　　　（元）唐肃

万骑南巡日，三妃掩涕时。九疑云不断，何处见龙旗？

飞仙图
　　　　　　（元）刘永之

绿膺么凤载琼箫，雾鬓烟鬟向月飘。
阆苑独归仙路远，九天风露湩红绡。

题茅山彭道士画梅花仙子
　　　　　　（元）丁复

绿燕栖寒夜不飞，洞天霜净月流辉。
夜深彷佛梅边卧，起掇青霞染素衣。

题三白士女

（元）陈基

长松百尺吹天风，仙人凭虚离紫宫。
明月挂树云溶溶，褰衣独憩流青瞳。
炯若秋水涵芙蓉，玄霜未下珠露浓。
桂树偃蹇山巃嵸，烟萝空青深太古。
薜荔吹香杂兰杜，渴饮石泉饥琼蕊。
逍遥不比巫山女，朝为行雨莫行雨。
人间回首空尘土，何如丹丘与玄圃。
珊然玉佩风泠泠，群仙夜诵《蕊珠经》。
紫金之冠朝玉京，青幢绛节凤凰笙。
蓬莱弱水今浅清，何当从之拾瑶英，一往不死三千龄。

仙娥翫月图（为野云陈氏题）

（元）张翥

仙娥微步下高寒，独立长松月满山。
妆影透明金背镜，佩声飞动玉连环。
洗空碧海银蟾冷，舞罢瑶阶白凤闲。
不是丹青寄颜色，行云无梦到人间。

仙女醉归图

（明）陈景融

碧桃花下宴初还，云御逍遥拥侍鬟。
两鬓天风吹不醒，肯教清梦落人间。

白云仙女图

（明）吴宽

霞裙雾带空中起，何物嫣然一仙子。

下方尘土不沾衣,来往踏云如踏水。
瑶池西去扶桑东,万里聊乘半日风。
却笑洛神波底住,一生空卧水晶宫。

题小仙养蒲图

(明)谢承举

泣雨绿愡润,娟娟净洗肤。夜花开石窦,春意在方壶。
豪撚吟须劲,清怜仙骨癯。秋灯山阁静,长伴读书儒。

女仙弹琴

(明)徐渭

流水东来响白蛇,高松西畔隔红霞。
弹琴未必神仙事,只好呼侬女伯牙。

历代题画诗类卷第六十二

仙佛类

避暑城西观吴道子画老君像
（宋）谢翱

湿烟挂龙天海头，角城潺暑如炎州。
白氛翳景失楼阁，蓬莱缥缈不可求。
解衣挥麈子城下，地涌青莲邻古社。
卷帘看画人犹龙，矫首见龙还见画。
碧幢发雪垂过耳，弄笔者谁吴氏子。

自题画老子图
（明）宋登春

函谷关西几度游，至今紫气未全收。
青牛老子头如雪，莫怪山人浪白头。

题老子像
（明）陈继儒

老子尚白头，何人发不秋？不如一炉火，端坐碧山头。

老子出函谷图（友人索题，寿其所好）
（明）徐渭

柱史当年走函谷，倒跨青牛映山翠。
关尹那为伏道迎？紫气如虹映牛背。
关门古树白日昏，一授《道德》五千言。
从此人间修浑沦，丹炉鼓铸皆傍门。
徐翁八龄童子色，意者此术真传得。
试教清水起黄尘，还看桃花几回碧。

题黄帝广成子问道图
（明）程敏政

忆昔广成子，讲道崆峒山。抗颜为帝师，相与炼九还。
坐令千岁人，绿发而朱颜。一朝乘龙去，下顾悲尘寰。
药炉莽犹存，逸驾不可攀。兹事传已久，无乃空投难？
灵均赋《远游》，魂销汨罗湾。邹䜣注《参同》，寂寞蓬莱班。
我读古仙经，一一瘦且悭。或恐妙契者，不在文词间。
灵洞何幽幽，鼎湖亦潺潺。胜境虽足爱，赋子诚疏顽。

彭祖观井图
（明）吴宽

贾客适江湖，洪涛渺无津。忽焉飓风作，舟楫竟漂沦。
蛮叟川上浴，何殊白鸥驯。宁知有饥鳄，俟汝水之滨。
履危信多险，处坦终无屯。所以下堂戒，名言推子春。
郁然大树下，谁写彭祖真？飘萧白须发，千年貌如新。
草间者堉井，蛙股谅可伸。保身乃至此，寿合希庄椿。
古人不可作，故事从谁论？此老饮水活，应仗汲井人。
且彼欲往观，人当置车轮。中心宜怵惕，岂徒保吾身。

聊成一转语，图画固有因。兹事有与无，不须吾重陈。
纷纷奉遗体，足以惊凡民。

题刘节使所藏显宗御画庄子像
（元）丘处机

显宗好道当年壮，手笔南华古形状。
南华去世千载馀，状貌风格知何如？
只是今人重古道，彷佛气象加襟裾。
至人胸中本无待，万窍吹嘘任天籁。
扬韩嵇阮心不同，到了各归于大块。

庄子观泉图
（明）陈宪章

珊珊泻下天花烂，仰首白龙高十万。
丹青已会识者心，谁道漆园非具眼！

列子御风图
（明）徐渭

旬馀身在遥空，一叶枝辞芳树。
若教风歇青蘋，试问人归何处？

题王内翰家李伯时画太一姑射图（二首）
（宋）韩驹

太一真人莲叶舟，脱巾露发寒飕飕。
轻风为帆浪为楫，卧看玉宇浮中流。
中流荡漾翠绡舞，稳如龙骧万斛举。
不是峰头十丈花，世间那得莲如许。
龙眠画手老入神，尺素幻出真天人。

恍然坐我水仙府，苍烟万顷波粼粼。
玉堂学士今刘向，禁直岩嶤九天上。
不须对此融精神，会植青藜夜相访。

海上仙山邈云水，神居缥缈凌虚起。
风餐露宿不知年，八极浮游一弹指。
何人舐笔作此图，细看尚恐冰为肤。
便欲凭轩问莲叔，却愁挂壁惊肩吾。
虽有此图传自古，矫矫真容那得觌。
万里中州不少留，晓发咸池暮玄圃。
而今玉殿开珠宫，鸾旗鹤驭纷长空。
神兮早御飞龙下，愿赐千秋年谷丰。

太一莲舟图（三首，为济源奉先老师赋）
（元）元好问

泠泠风外列仙臞，琢玉羊欣定不如。
六合空明一莲叶，更须遮眼要文书。

仙人宁得此婆娑，无奈丹青狡狯何？
我与太虚同一体，也无莲叶也无波。

太一青藜出汉年，明窗开卷一欣然。
凭君莫问题诗客，不是韩驹第二篇。

太一真人莲叶图
（元）吴澄

裸裸赤身无寸丝，浮浮一叶作儿嬉。
贪嗔应是全无了，尚有人间半点痴。

太一真人歌题莲舟图

（元）李孝光

银河跨西海，秋至天为白。一片玉夫容（芙蓉），洗出明月魄。
太一真人挟两龙，脱巾大笑眠其中。
凤麟洲西与天通，扶桑乃在碧海东。
手把白（一作"绿"）云有两童，掣䎒二鸟开金笼。

题太一真人莲叶舟图

（元）唐肃

真人鍊（炼）形形已空，静如凝云动如风。
忽然登天弄明月，忽入渊海骖蛟龙。
莲叶为舟特戏耳，舟本无舟那有水。
龙骧万斛安如山，往往世人多溺死。
真人手中书一编，我欲稽首请借看。
书中定纪开辟前，沧海桑田几变迁。

包与真题太一真人图

（明）刘基

太一真人庞眉须，不知所持何代书。
既不学昴星，降精下辅隆準公；
又不学傅说，请帝通梦寐左右。
商王陈范谟，眇然一叶莲花荸。
清秋风吹落泥涂，红凋粉瘵不可扶。
君何为乎以为桴，荡漾九河凌五湖。
夸耀水伯惊天吴，坐令文成五利之辈假借神圣欺庸愚。
灵旗风翻壮荆符，麋鹿无鬼夫何辜？
汉宫天禄连石渠，金釭衔壁丽绮疏。

青藜有馓如芙蕖,何不分饷依光夜绩之徐吾?
高堂耽耽县画图,作歌一笑骇里间。

太一真人图
(明) 程敏政

小舫轻于一瓣莲,贪书忘却水如天。
丹青未识当时意,误比乘槎海上仙。

李伯时姑射仙像
(明) 桑慎

姑射乘龙远出山,横飞四海一时还。
乾坤书在清风里,万古无言意自闲。

杨真人箓中像
(唐) 鲍溶

画中留得清琼质,世上难逢白鹤身。
应见茅盈哀老弟,为持金箓救生人。

许旌阳赞
(宋) 白玉蟾

曾传谌母炼丹诀,夜夜西山採明月。
壶里盛满乌兔精,剑尖尚带蛟龙血。
一自旌阳县归来,拔宅腾空入金阙。
但留仵道八百年,未教他吃东华雪。

题谌母授道许旌阳图
(元) 柳贯

阿母孕气胎,万生皆其婴。大儿太素重,小儿丹元精。

邂逅执帉帨，御轮游九清。玉妃左右盼，壁月东西倾。
逝去八景灭，留观三秀荣。赤文大洞书，累累满囊盛。
纷吾子弟职，若昔列仙卿。登坛授受已，溘然乘云征。
前行拥豹节，后连载霓旌。凤飞亦既远，萧萧有馀声。
匪观蹈道机，曷识顾养情。茫茫大九州，裨海环一瀛。
谁者为蠛蠓，谁者为鱣鲸？稽首阿母言，吾今亦长生。
保冲揔群粹，亿龄歌太平。

跋祁真人画像

（元）王恽

何处人间有洞天，青藜曾探宝珠玄。
柱头留语疑辽鹤，物外孤吟觅阆仙。
木食草衣元澹泊，竹风松月自清圆。
寿宫旧有烧丹灶，空忆灵砂渍夜泉。

奉和虞学士赋上清刘真人画像

（元）倪瓒

君向积金峰顶住，长年高卧听松风。
蓬莱云近瞻天阙，剑珮香明下汉宫。
归去长谣《紫芝曲》，翩然远挹黄眉翁。
标名合在诸天上，何事置身岩壑中？

再和前韵

（元）倪瓒

焚香坐石孤峰月，飞珮朝天万壑风。
邈尔空歌传碧落，飘然流响振金宫。
神君教服玄霜剂，圣主能延绿发翁。
共道乘鸾去无迹，祥云缭遶画图中。

吴道子画四真君
（宋）苏辙

浮埃古壁上，萧然四真人。矫如云中鹤，犹若畏四邻。
坐令世俗士，自愧汙浊身。勿谓今所无，嵩少多隐沦。

十二月廿二日为重阳王真人诞辰，是日立春，在淞江长春道院瞻拜真人及七真像，敬题薛一山丹房
（元）王逢

寒尽东风破晓阴，真人遗像俨如临。
山中霞熟千年酝，海上莲开七朵金。
朔地兴王资化力，钧天朝帝动仙音。
私忻泉石膏肓久，终日凝神紫气深。

三仙传道图
（明）丘濬

我闻混沌初，七窍时未凿。元气一楼烟，天地大胚璞。
太元之先本自然，物物各尽其天年。
醉生梦死顺帝则，不知何物为神仙。
劫运既开文字现，经历赤明暨炎汉。
天书八字露光芒，天真皇人为析辩。
展转相授度世人，鍊（炼）精成炁炁成神。
一朝神成归大道，阴魄销尽留阳魂。
黄庭内景三十六，玄牝有门神在谷。
何必彬彬万遍功，妙解惟须一言足。
老聃后裔东华君，妙道不肯轻示人。
非因胡僧爱饶舌，云房安得来相亲。
一见之间即深契，依稀记得前生事。

铁衣脱却著羽衣，五体勤拳便投地。
开成进士昌绍先，虑后远及五百年。
君门不候龙虎榜，仙家却结铅汞缘。
父祖子孙传一道，自得由来在深造。
三成五等万千言，一一从头都说到。
长生性命金丹说，太一刀圭大符诀。
演金科兮运剑法，抽玄关兮开玉匣。
口传心授尽通彻，身体力行益亲切。
一传肩吾施，再传海蟾刘。
海蟾以后分南北，两宗若不相为谋。
南宗始紫阳，五传海琼白；北宗始重阳，七传长春丘。
谁云仙人长不死，如今那见一人留？
揭来观此传道图，目击道存心畅舒。
几阵清风出樱篦，一天浩气藏瓢壶。
銕（铁）虬扶身筋力固，青蛇在袖胆气麓。
对之融神三叹息，勿忆三生是丹客。
曾向璇霄借鹤骑，每于玄圃偷桃吃。
本与处机同一宗，紫霄真人是乡中。
夤缘欲启玄命祕，去学邹䜣注《参同》。
老到不为天所佚，身欲奋飞无羽翼。
圣恩若放归海山，方丈蓬莱应咫尺。

画三仙

(明) 康海

三仙炼金丹，丹光彻天起。那知玄牝门，不在炉火里。
归牧夕阳洲，悠悠稳跨牛。笑看江湖客，风浪逐年愁。

五老图歌（寿祝封君）

（明）顾璘

天地乃万化之门，阴阳乃五行之根。
太始逮今几万载，一气不息緜緜存。
瞻彼五老，霭若云屯。降神玄漠，凝质胚浑。
眉垂暮雪，颜映朝暾。玄冠朱绂，素旄青幡。
履彼黄道，出入氤氲。非五行之变化，果孰得而究言？
灵风结驷马，迅雷走骈车。列缺叱右御，须臾周太虚。
上帝洞天三十六，敕守互代群仙居。
息驾广漠野，晞发扶桑津。西观蟠桃树，一花三千春。
曾同二龙父，下应宣尼辰。六经始烂熳，照耀垂生民。
不须神鼎鍊（炼）大药，尽使寿域回清淳。
只今皇帝轩辕身，山林父老华胥宾。
迩闻牛渚生至人，长生宝诀传更真。
餐霞服玉好颜色，坐觑风扬东海尘。

五老图（为田督学德温题）

（明）廖道南

君不见五星行天夙炳精，传说箕尾联台衡，
济川蚤望堪舟楫，调鼎应知和太羹；
又不见五岳峙地时鸠灵，宣父徂徕锺哲英，
泰山尽锁烟霄色，沧海时流云汉声。
画图忽见五老子，上下柜山万峰紫。
筑岩已闻昌圣符，降庭终见昭神理。
吁嗟俯仰成今古，金楼瑶华眇何许？
豹谷烟含杜若香，龙门露裛扶桑树。
八闽遥眺绮霞中，三楚光临湘水东。

讲道月岩宗茂叔，悬情云谷祖文公。
上烛天经下地纬，星文焕发岳图委。
化雨弥空霶槲朴，春风满地开桃李。
君乎我道在商周，出我处我为好仇。
上为五星下五岳，乾坤正气畴能收。

题五老图（遥寿张禹山八十）
（明）杨慎

遐算谁论魏罗结，著书君似范长生。
九龄天锡言非梦，五老星飞兆久成。
玄韵松风时静听，仙醴花露日频倾。
永昌不数睢阳杜，一鹤南飞寄此情。

赤松图
（宋）姜夔

山东隆準公，未语心已解。按剑堂下人，成事汝应退。
非无带砺约，政尔有恩害。平生三寸舌，松间漱寒籁。

赤松二仙图
（元）吴师道

四海弟兄谁慰眼，半生书册政亡羊。
赤松有路不归去，花落春山百草长。

题广微天师升龙图
（元）钱惟善

嘘气成云薄太清，墨卿灵怪研池腥。
波涛光彩失双剑，风雨晦冥驱六丁。
朱火腾空超碧落，翠鳞垂水捲沧溟。
真人上挟飞仙去，安得攀髯过洞庭？

张道玄天师画降龙图
（明）王淮

老龙不识天有数，刚要为霖触天怒。
天呼六丁驱下来，不容驻脚天街路。
雷神伐鼓云扬旗，火鞭乱打列缺驰。
海波起立一千丈，阳侯叫噪冯夷嘻。
泥鳅（鳅）土蟮妖鬼技，侧睨圲窊务得志。
那知龙抱九土忧，弭角摧鳞潜出涕。
哀哉九土毛骨焦，虾蟆蜥蜴担工劳。
尔龙稳稳卧海窟，再莫多事生惊涛。
海中虽无五花树，海中绰有宽闲地。
朝吐扶桑白日光，暮吞细柳赬霞气。
我闻北周是太荒，一团阴气馀无阳。
何不衔取玉烛上天去，晒破鳌足八极俱辉光。

题顾恺之画黄初平牧羊图赞
（宋）苏轼

先生养生如牧羊，放之无何有之乡。
止者自止行自（者）行，先生超然坐其傍。
挟策读书羊不亡，化而为石起复僵，流涎磨牙笑虎狼。
先生指呼羊服箱，号称雨工行四方。
莫随上林苞屩郎，䶊门砥〔舐〕地寻盐汤。

登邛州谯门，门三重，
其四偏有神仙张四郎画像，张盖隐白鹤山中
（宋）陆游

浮云在脚底，千里在眼边。攀跻忽至此，倚柱眩欲颠。
车马细如蚁，纷纷衢路间。嗟汝何为者，驰驱穷岁年。

我本澹荡人，此心实爱闲。向来出处际，不愧咫尺天。
风吹我诗声，十里摇西山。悬知老仙翁，为我一粲然。

三朵花（有序）

（宋）苏轼

房州通判许安世以书遗余，言吾州有异人，常戴三朵花，莫知其姓名，郡人因以"三朵花"名之。能作诗，皆神仙意。又能自写真，人有得之者，许欲以一本见惠，乃为作此诗。

学道无成鬓已华，不劳千劫漫烝砂。
归来且看一宿觉，未暇远寻三朵花。
两手欲遮瓶里雀，四条深怕井中蛇。
画图要识先生面，试问房陵好事家。

题长春子自画

（宋）林景熙

辟穀曾吞日月华，春风不老聚三花。
玄关一窍通无极，白发馀生笑有涯。
野鹤相看盟秀竹，洞云何处食灵瓜。
披图彷佛榴皮迹，珍重还如东老家。

李少和像

（宋）王十朋

少和辛苦学飞仙，遗像今犹在洞天。
都似先生能辟穀，何须太守为行田。

虚靖先生像赞

（宋）白玉蟾

七返还丹阿谁无，先生归去谁识渠？

时人要见真虚靖,北斗西边一点如。

天师侍宸追封妙济真人林灵素像赞
(宋)白玉蟾

大宋天师林侍宸,飞罡蹑纪召风霆。
四十五年人事足,中秋归去月三更。

崇真宫醮罢敕画吴宗师像
(元)贡师泰

海日曈昽照九衢,霓旌霞旆(旆)拥高居。
上方敕画仙官像,中使传宣学士书。
剑气朝寒垂白练,丹光夜暖出红蕖。
石坛醮罢清如水,犹听松阴起步虚。

谢自然像
(元)郑元祐

老韩诘屈雄世间,好用险语搜神姦。
上仙飞空诣丹阙,政自与世无相关。
奚为造言极诋谚,何妨月照千江水。
龙伯珠宫深处所,鹤发箬师酝时喜。
扶植世教须老韩,天风不碍锵鸣鸾。
不见来州南充县,香火至今盟未寒。

题纸衣道者图
(金)密公璹

紫袍披上金横带,藜杖拖来纸掩襟。
富贵山林争几许,万缘唯要总无心。

马云卿画纸衣道者像
（元）元好问

太古清风匝地来，纸衣长往亦悠哉。
铁牛力负黄河岸，生被曹山挽鼻迴。

冲虚侍宸王文卿像赞
（宋）白玉蟾

醉持铁尺叫风雷，玉帝纶言召两回。
到得人间无鬼蜮，依然长啸入西台。

金蓬头先生画像赞
（元）张雨

圣井山高日上迟，采云甘露碧淋漓。
下山拾得一茎草，不见庵中金老师。

金蓬头先生画像赞
（元）赵奕

鬅鬙蓬头坐，抱一神自清。先生本不灭，能枯亦能荣。
幻化托此梦，蜕解身已轻。何时得见之，礼拜参长生。

金蓬头先生画像赞
（元）郑元祐

巍巍龙虎山，融结自太古。笃生虚靖君，道独继祖武。
真人怀岩穴，萧然一环堵。蓬首目光炯，燕坐阅众父。
爰契虚清心，天风桧杉舞。

题白玉蟾像

（元）虞集

日出扶桑积雪高,海空天净绝纤毫。
每看剑气冲银汉,知是吹笙詠碧桃。

海陵观徐神翁像（二首）

（明）汤显祖

色尽神移看写生,元都衫影罩空明。
沧桑欲换题愁去,一种神仙世上情。

檀像虚无画像新,掉头不识底传神。
千秋泪迹神光里,愁看人间罗刹人。

历代题画诗类卷第六十三

仙 佛 类

刘阮天台图
(元)唐肃

花发锦成川,山深别有天。偶因寻药草,不道遇神仙。
桂殿鸾褰幄,萝房虎奏絃。定应无色界,曾有拂衣缘。

题刘阮天台图
(明)徐庸

白云苍霭迷行路,水复山重不知处。
行过涧谷有人家,忽见东风万桃树。
芳香艳态娱青春,花间得遇娉婷人。
五铢衣薄捲烟雾,笑语便觉情相亲。
神仙虽遇终离别,千古佳名自传说。
天台山水至今存,桃源望断空明月。

刘阮遇仙图(为杨克敬通政赋)
(明)程敏政

眼中风景非尘寰,熟视无乃天台山?

迥然仙境与世绝，断厓无罅愁跻攀。
瀑水千寻洒寒雪，危峰十二浮烟鬟。
野渡南通赤城道，石桥下锁清溪湾。
沉沉一洞截山口，恐是天造蓬莱关。
深行入洞凡几里，鸡犬声喧白云里。
浊水清尘此地分，珠宫贝阙中天起。
芝耳曾闻商调悲，松颜不受秦封耻。
涧边夹路记行踪，乱插桃花傍流水。
西天不数化人城，万片飞霞散晴绮。
洞中美人冰雪容，星冠玉珮惊游龙。
长者为姊弱为妹，临风宛若双芙蓉。
未识人间有伉俪，但觉世外无春冬。
端居不吟芍药句，蛾眉肯蹙莲花峰。
三生有客缘未了，不期而遇真奇逢。
雁荡山头日西没，采药途迷意荒忽。
珍禽逸响来缤纷，瑶草幽香散蓬勃。
客子由来阮与刘，一一平生有仙骨。
丹室原称姹女家，蓝桥即是神仙窟。
双璧相攜归洞房，紫衣小队侍两傍。
霓旌翠葆總生色，鸾笙鼍鼓纷成行。
供炊拟作胡麻饭，合卺先进崑崙觞。
鲛绡文席琥珀枕，百岁宁忧春夜长。
天潢牛女漫暌隔，巫山云雨何荒唐。
流年忽忽如奔电，偶在山中忆乡县。
请从此别去还来，却对桃花重开宴。
仙凡便觉两悠悠，未尽离觞泪如霰。
一去如同涧下流，重来事异梁间燕。
轻狂柳絮非妾心，珍重蒲花似郎面。

铜烛半销云母屏，琅函未启《黄庭经》。
凤山绝响猱山黑，瑶琴断絃湘水清。
玄猿长啸白鹤舞，苍天赤日空岩扃。
岂知二客一分手，身如梦蝶愁难醒。
世移物换几尘刧，桑田沧海双浮萍。
春来再理登山屐，药裹行囊感畴昔。
人非物是心茫然，小桃花红水空碧。
耳畔疑闻杵臼声，道傍只见豺狼跡。
风鬟雾鬓今有无，恐在山头化为石。
此身未老将何从？紫府瑶台谬通籍。
人生有合还有离，仙犹未免将奚为？
山经地志或偶尔，见者何人传者谁？
长生久视本绝欲，诲淫野合能无欺？
赤豹凌风说山鬼，白狐拜斗成妖姬。
危哉二客幸不死，奇逢堪喜还堪悲。
锦衣郎君内供奉，一纸风流百金重。
鹅溪新绢写此图，把玩精神欲飞动。
银台敕使偶得之，坐见丹青照梁栋。
款予频挽木兰舟，催诗旋发蒲萄瓮。
安得人如宋玉才，为君一赋桃源洞。

题洪厓先生出市图

（元）牟巘

洪厓（崖）先生住何许？支离臃肿之为伍。
萧然行旅偶出市，策书瓢剑略可数。
自谓生在三皇前，野鹿标枝何太苦。
当时但以结绳治，书中正复作何语？
舆马络头亦复来，雪精何为罍继具？

只呼张老无不可,面谩三郎真戏侮。
承平无事相娱嬉,力追邈风来湛露。
一朝恍惚思草昧,此意似已厌繁臕。
千村万落荆杞生,宛是洪荒一风土。
袖中纸驴不吃草,拍手还向洪厓去。

题洪厓出游图
（元）黄溍

灵仙飞化事难言,驴背春风度市门。
不到人间今已久,多应醉卧古藤根。

题洪厓先生像卷
（元）钱选

神驾驭景飙,太虚时总辔。玄道不可分,直悟天人际。
群从皆成仙,翫世不计年。何当事神遊,许我笑拍肩。

子晋吹箫图
（元）张天英

仙人石上试琼箫,引得青鸾下碧霄。
长记缑山明月夜,醉歌拍手待王乔。

吹箫图（为刘海阳赋）
（元）刘永之

曾引双飞彩凤来,紫琼镂管上箫台。
于今无复人间梦,一曲闲吹坐碧苔。

陈抟睡图
（元）欧阳玄

陈桥一夜柘袍黄,天下都无鼾睡牀。

赢得坠驴闲老子，为君眠断白云乡。

题陈希夷大睡图

（元）陈旅

石屋光含太华青，长年陶兀守中扃。
人间千古邯郸枕，却道先生睡不醒。

陈抟像

（元）郑元祐

千年营一睡，醒起欲安民。忽覩金乌彩，还山遂老臣。

题希夷长睡图

（明）丘濬

坠驴一笑便归山，衾枕乾坤分外宽。
一汴二杭闽又广，依然春梦未曾阑。

题陈希夷睡图

（明）史鉴

世事纷纷类弈碁，莲花峰下睡多时。
春风引入华胥国，忘却浮生在乱离。

华山高睡图

（明）姚绶

白云深似海，长日睡瞢腾。脱帽露双髻，支颐曲一肱。
闻鹃时已定，化蝶梦无凭。惆怅华山顶，无人得解登。

华山高睡图

（明）葛孔明

莫道先生睡，先生睡亦醒。邯郸谁唤觉，梦境几人宁？

希夷像
（明）陈继儒

密处英雄解退藏，睡乡消息不寻常。
从来驴背乾坤窄，掷与香儿赵大郎。

刘商观弈图
（元）成廷珪

茅生绝艺天下无，何以刻此《观弈图》？
刘商易之亦惊倒，神妙似与龙眠俱。
松阴对弈者谁子，岂非角里园公乎？
云绡雾縠古冠佩，童颜雪顶沧溟枯。
野樵窈立太痴绝，归来始觉仙凡殊。
斧柯竟化作尘土，世间甲子真须臾。
老夫只解饮醇酒，一著输赢曾放手。
市廛有地寄闲身，却觅南山橘中叟。

题刘商观弈图
（明）张以宁

松风冉冉羽衣轻，石上谈棋笑语清。
樵客岂知人世换，山童遥指海尘生。
碧桃开尽又春去，白鹤归来空月明。
一著山中犹未了，人间流落不胜情。

题刘商观弈图（二首）
（明）贝琼

日落青山未了棋，两翁浑似海僧痴。
不辞虎口方争险，曾取龙牙会出奇。

春在洞天应不老，路经石室到今疑。
老樵若悟归来早，物外神仙岂复知。

烂柯山头生白云，烂柯人去世空闻。
楸枰有路纵横引，石子如星黑白分。
寂寂中流方对垒，迢迢出塞未成军。
当时一著安刘氏，四老应宜策上勋。

刘商观弈图（为曾景武赋）

（明）金幼孜

一局忘言意若何？古松流水白云多。
回看石室山前路，肯信樵夫有烂柯？

围棋图

（元）黄溍

有客围棋洞口归，天荒地老已多时。
人言此客殊痴绝，画里看棋我更痴。

观弈图

（元）贡性之

笑杀王郎底事痴？斧柯烂尽不曾知。
却抛尘世无穷乐，只博山中一局棋。

观弈图

（明）高启

错向山中立看棋，家人日暮待薪炊。
如何一局成千载？应是仙翁下子迟。

观弈图（二首）

（明）解缙

去年曾到烂柯山，看著残碁不肯还。
自是太平舒化日，神仙都只在人间。

尘中车马如流水，每遇闲时日似年。
只在人间已如此，何须日讶看碁仙。

题观弈图

（明）张凤翼

拂石敲碁不计春，辍樵观弈暂怡神。
归来城郭人民改，惟有看山是故人。

题弈碁图

（明）王世贞

松下两仙人，碁声日敲戛。不愁清景移，愁它杀机发。

烂柯图

（元）张雨

一局碁残烂斧柯，山中日月竟如何？
归来记得神仙著，不比人间局面多。

题王质烂柯图

（明）徐渭

闲看数著烂樵柯，涧草山花一刹那。
五百年来碁一局，仙家岁月也无多。

赋得弈仙图

（明）徐渭

楸玉枰开映指长，美人疑是倚新妆。
惟应赌墅风流客，与较斜飞势一行。

题葛仙翁移家图

（元）陈基

是处青山可鍊（炼）丹，问君拔宅向何山？
纵令儿女恩情重，鸡犬何心不肯还？

葛仙翁移居图

（元）袁桷

翁媪相携入翠微，转头犹有可怜儿。
丹砂不是神仙药，勾漏归来鬓已丝。

题葛仙移家图

（元）于立

紫府青鸾下诏迟，囊琴跨犊又何之？
空遗旧宅烧丹井，寂寞长松叫子规。

题葛仙翁移家图

（元）郑东

多事携家向道涂，定从何处觅深居？
无人占得神仙气，乞取青牛背上书。

题葛仙翁移家图

（元）张逊

鱼游沸鼎莫迟留，儋石逶迤向广州。

抱朴书成牛背上，从教鸡犬有人收。

葛稚川移居图（为友生朱仲矩题）

（元）王逢

典午三纲紊无纪，贼奴内向伯仁死。
辞征高蹈公以此，终托丹砂去朝市。
千年盛事传画史，野夫获睹朱氏邸。
装（壮）肩餱（糇）粮纫（幼）琴几，杖悬药瓢风靡靡。
长襦老婢手执箠，躬驱其羊羊顾子。
两犍受牵头角颇，氂厖殿随亦忻喜。
公披仙经瞳烔水，琅琅馀音悦入耳。
后骖夫人谢钗珥，膝上髫婴玉雪美。
勾漏尚远罗浮迩，若有函关气腾紫。
天下山灵状俪佹，开凿空青洞扉启。
云霞输浆石供髓，二丽精华晨夜委。
金光秀发三花蕊，飘飘上升碧窎止。
同时许迈行加砥，一门翁孙良可儗，波撒豆者颡遗泚。
嗟今凡民苦流徙，落木空村泪如洗。

题葛洪移居图

（明）镏崧

前行白羊四角赢，谁其驱者髬髯儿。
猣狩一犬嗥而驰，举鞭护羊诃止之，背有囊琴结黑絁。
妪后负画策以追，少妇骑牛牛步迟。
两儿共载兀不攲，大者坐拥斑文狸，
小者索乳方孩嬉，母笑不嗔还哼呀。
复有髬者肩童羁，引手向翁如反僛。
蹇驴嗅地行欲疲，两耳逆竖愁风吹。

老翁庞眉方颔颐，顾瞻妻子色孔怡。
似语前行路向夷，尔兄在前尔勿疑。
尔母正念尔弟饥，高帻髽奚荷且持。
药瓢囊幞何垂垂，有捄者柄相参差。
傍有二卷一解披，趁行苦忙奚不知。
我观此画喜复疑，问翁为谁莫可推。
或云葛令之官时，移家勾漏乃若兹。
人生多累在侈靡，如此行李胡不宜。
骨肉在眼无馀资，陈岩作图真画师。
笔迹缥缈如飞丝，中有妙意世莫窥。
我吟将为仕者规，如不见画当求诗。

题葛仙翁移家图

（明）徐贲

典午中衰乱人纪，诸藩搆隙兵戈里。
江左名贤各有图，先生抱朴征不起。
先生好学得异书，九丹妙得玄中理。
紫髯绿发丰姿秀，萧然自是烟霞士。
当时入洛不论功，荣利弃之如敝屣。
求丹愿作勾漏令，便挈全家渡交趾。
南行适逢邓广州，一留罗浮遂终此。
坛上时看药灶光，井中犹是丹砂水。
暂将劲翮戢鹓鷟，蹑景追风岂能已。
先生丹成骨已仙，独见文章在青史。
龙眠居士真好奇，貌作新图宛相似。
先生自骑黄鹿行，僮仆提携子侄侍。
药瓢茶磨家具足，前驱牛骡后厖豕。
乃知粉墨幻入化，斡补点缀无不美。

今日玉堂雪初霁，展卷令我心神喜。
特为题诗继后尘，再拜高风仰千祀。

题葛仙翁移家图

（明）陈基

列仙之人，其道无为，超然物表，游于希夷。
厚禄不足致，好爵不足縻。
所以许由辞尧不受禅，巢父闻之犹为洗耳河之湄。
奈何葛仙翁，与世犹支离？求为勾漏令，所欲何卑微。
观翁此行亦良苦，妻子辛勤童婢饥。
翁知学仙不学吏，委以民社将安施？
仙家虽云足官府，奈此人间小黠并大痴？
君不见陶潜弃官归故里，又不见马援谤兴由薏苡。
纵得丹砂亦不多，谁信翁心澹如水？
云门山，有灵药。归去来，山中乐。
牛羊任所之，鸡犬从人缚。
急将印绶送还官，变却姓名称抱朴。

题天台采药图

（元）于立

天台之山，千崖万崿，下压玄阴之九垒，上通青天于一握。
长松古桧，阴森蔽白日；飞湍悬瀑，㶀洞振岩壑。
穷搜远讨不可极，中有仙人在寥廓。
褰衣洞曲者谁子？似欲长往穷冥漠。
石桥流水定何处？鸟啼春暮桃花落。
但见霓旌飘飘集仙侣，丹光翠色映楼阁。
授子素书仙可学，况有琼浆与灵药。
云霓衣裳霄汉乐，瑶牀玉枕真珠箔。

此中居处良不恶，胡乃区区念城郭？
世道日偷民德薄，变转更迁如陆博，人间不似山间乐。
呜呼！人间不似山间乐，胡为丁令归来化为鹤？

题王孟京先生采芝生卷
（元）陶宗仪

高风千古仰商颜，自喜幽棲近九山。
短锸每从层巘陟，顷筐长带乱云还。
晴霞熁护金茎紫，晓露香融玉朵殷。
辟穀延年端借此，飘然行箧列仙班。

高漫士为道人游月窗作水墨图
（明）王恭

兹山连峰势磅礴，空翠濛濛坐中落。
始悟方壶醉里涂，复讶商公兴时作。
竹涧堂临溪水滨，龙门墨客问通津。
相逢大醉仙家酒，戏墨持归鹤上人。
鹤上仙人与山好，每见此山应绝倒。
云断嵩丘少室间，龙鸣华顶天台早。
我也平生苦爱山，尘缘未割竟何颜？
愿随飞珮花源去，一见秦人遂不还。

唐仙方技图
（明）王佐

开元天子承平日，锦绣山河壮京室。
金殿璇题表集贤，玉屏粉绘图《无逸》。
夔龙接武居阿衡，万方旭日当文明。
衡山老仙何所有，亦复通籍承恩荣。

缟衣白发酡颜老，自说时来致身早。
綵篋初开玉仗分，白骡突出银鞍小。
榻前制号赐通玄，始信人间别有天。
楼船未遣蕊珠赐，岁籥俄更天宝年。
九龄归卧曲江上，牛郎又入中书相。
花雨香飘兰若钟，柳云春扑金鸡帐。
万机日少乐事多，梨园法谱声相和。
鬪鸡舞马看不足，宁独仙人逞白骡。
仙人岂是呈仙技，画者传之有深意。
延秋门外羽书飞，却驾青骡向西避。
青骡剑阁雨淋铃，一段闲愁尚不胜。
岂道画图今若此，碧云芳树满昭陵。

陪杨仲弘先生观董羽画江叟吹笛天龙夜降图
（元）朱德润

黑云冥冥江叟出，莫泊孤舟夜吹笛。
怪雨盲风动地来，奔涛只欲枕江国。
一声吹罢关河黑，乱石随波山树侧。
云端夭矫见双龙，水气高寒星渐没。
闻声解意似相感，一曲未终人听寂。
吾闻应乾龙在天，潜龙或跃藏深渊。
仙翁幻术偶惊世，粉图萧瑟能相传。
宋初董生学画龙，龙惊皇储真技穷。
三百年来似转瞬，空令丹臒留遗踪。
请君急缄卷还客，叟似欲言龙欲逸。
淮南赤日土欲焦，祈汝飞腾作甘泽。

和袁海叟题老蛟化江叟吹笛图
（明）顾禄

千里神龙化作翁，月明吹笛倚龙宫。
曲声不许人间听，散入重湖半夜风。

题老蛟化江叟吹笛图
（明）袁凯

吴头楚尾老髯翁，千里烟波有故宫。
日暮江亭不归去，犹将玉笛倚秋风。

历代题画诗类卷第六十四

仙佛类

戏题醉仙人图
(元)元好问

醉乡初不限东西,桀日汤年一理齐。
门外山禽唤沽酒,胡芦今后大家提。

醉仙图
(明)高启

酒满长生瘿木瓢,花开仙馆宴春宵。
飞琼何事坚辞饮?应恐清都误早朝。

醉中咏玉林山人所绘醉仙图
(明)徐渭

玉林醉仙吾故人,画出醉仙无限春。
今日欲见不可见,但见图画伤吾神。
画出醉仙醉欲倒,我亦大醉不知晓。
东方天白瓦露燥,却恨归家何太早。

仙人图（三首）

(元) 刘因

千古谁传海上山，坐令人主厌尘寰。
蓬莱果有神仙在，应悔虚名落世间。

云海苍茫去复还，人间此日是何年？
平生惯见秋风客，只许汾阳会窅然。

怅望皇坟寂寞中，何从事迹得崆峒？
可怜千古称黄老，谁识当年立极功。

仙人障子

(明) 周用

太清仙人在何所？赤虬紫凤琼霞府。
昔时我得游其间，酌以金浆擘麟脯。
却来九土遭世人，为言旧事惊飘尘。
龙眠已往虎头远，草草丹青无复真。
桑田回首还东海，须臾甲子经千载。
王母瑶池桃子红，老人南极星躔彩。
吴淞江水含墨光，从渠卷去悬高堂。
羽衣不动云冉冉，鸾骖欲下风锵锵。
回看明年二月百花开，白发丝丝春酒香。

题白鹿仙人图

(明) 倪谦

百尺松阴石磴重，千年白鹿涧边逢。
仙人月底吹箫去，知向猴山第几峰？

题二仙图
（元）范梈

明月万山空，溪桥暗路通。不知何洞府，终夕坐松风。

卧仙图
（明）廖道南

古松偃塞翠含烟，五岳真人太白仙。
白日卧游凌八极，瑶池玄圃对青莲。

题会仙图
（明）徐贲

春风十二燕瑶台，曾与群仙一见来。
别后空山流水里，不知几度碧桃开。

题群仙拱寿图
（明）张凤翼

西池王母燕群仙，南极流辉宝婺悬。
何必人间论甲子，即看桃熟已千年。

云中四老图
（元）程钜夫

白发云中老，衣冠有古风。婆娑松竹里，莫是采芝翁？

画松下老人歌
（明）王问

朝来写素绢，夭娇为长松。须臾变精思，松下貌一翁。
形如列仙双玉瞳，常随野鹿披蒙茸。

此翁腹中何所储？曾读黄虞千卷书。
一乘轩车意不乐，荷衣早拂身岩居。
此翁室中何所有？三尺囊琴一斗酒。
倚醉高歌三径纡，风流岂落柴桑后。
我欲招之翁不言，松阴槁坐静于禅。
不觉对此意转澹，掷笔牖下风泠然。

题　画
（宋）朱子

青鸾凌风翔，飞仙窈窕姿。高挹谢尘境，妙颜粲琼蕤。
登霞抗玉音，结雾吹参差。神钧儛空洞，玄露湛霄晖。
山中玉斧家，胡不一来嬉？真凡路一分，冥运千年期。

吴　画
（宋）朱子

妙绝吴生笔，飞扬信有神。群仙不愁思，步步出风尘。

题　画
（明）王泽

茂陵帝子好神仙，别起高楼入半天。
望断巢笙空碧外，海山珠树没秋烟。

题小画（四首）
（明）廖道南

海上碧桃花，朝光映彩霞。金衣羡公子，栖息五侯家。

玄圃飞琼雪，丹禽棲玉林。谁知灞桥客，别有岁寒心。

白鹿来西域，真仙此地游。玉田瑶草熟，云共羽衣浮。

古称服不氏，尔独驭金猊。逸气凌秋发，天风吹玉枝。

画醉道士
（宋）陆游

落托在人间，经旬不火食。醉后上江楼，横吹苍玉笛。
大口如盆眼如电，九十老人从小见。
曾擕一鹤过岳阳，满城三日闻酒香。

题张几仲所藏醉道士图
（宋）陆游

千载风流贺季真，画图髣髴见精神。
迩来祭酒皆巫祝，眼底难逢此辈人。

题醉道士图
（宋）范成大

蜩鷃鹏鹍任过前，壶中春色瓮中天。
朝来兀兀三杯后，且作人间有漏仙。

跋醉道士图
（元）王恽

瓮头倾尽玉双瓶，已醉犹醒百态生。
若问一中何所好，醉乡日月自昇平。

题松下道士携琴图
（明）刘基

道士抱琴松下行，松风入耳清凉生。

石蘖苔滑不可上，潭水泠泠学琴响。
琴有意兮水无心，水中有龙能听琴。
琴声凄断水流咽，月满空山落松雪。

题画赠岳道士
（元）倪瓒

义兴岳道士，野鹤如长身。我知弥明徒，不是侯喜伦。
结喉吟肩耸，铁脊霜髯新。手中石棊子，头上漉酒巾。
久居离墨山，自谓无怀民。丧乱不经意，松陵留十旬。
香云作舆卫，长松为主宾。既滋数畦菊，复种二亩芹。
乐哉以忘死，道富宁忧贫。为我具舟楫，相期桃李春。

题方方壶画仁智图（为道士主默因赋）
（元）刘永之

玉检神仙记，琼台羽士家。轩牎明日月，冠佩蔚云霞。
白鹤窥残弈，青童埽落花。忆曾访丹术，枫径驻轻车。

题冶城道士嵇秋山卷
（元）萨都剌

不见冶城嵇道士，云深无处访仙踪。
夜闻老鹤行枯叶，知在秋山第几重？

题方仙翁手卷（仙翁即青溪道士）
（元）钱惟善

先生闻是汉诸儒，长往千秋不可呼。
偶向青天骑一鹤，绝胜赤县下双凫。
史官自昔遗名氏，仙蹟从今入画图。
顾我平生耽读《易》，欲从鸡犬扣虚无。

题周法师月溪图

（元）马臻

冰霜万里敞貂裘，炊熟黄粱认旧游。
坐看清溪溪上月，虚舟不动水悠悠。

题周道士采苓卷

（明）边贡

夫椒山中多老松，白云隐隐盘苍龙。
山人荷镢采苓去，往往仙人松下逢。
仙人本是山人作，山人向来满功课。
句丽勾吴几万里，杏花阴里春风大。
君不见蒲江古井凝绿华，乳婴绠上声唑唑。
长秋道士不入口，放鱼女儿升彩霞。

云石图（为黄炼师赋）

（明）朱谏

蓬莱山上白云宫，彷佛仙家遇赤松。
岁改不妨瑶草绿，春来又见小桃红。
丹砂曾问容成子，玉液真传白兔翁。
欲把青囊与君说，年来万虑已成空。

读道堂戏作炼丹图

（明）李日华

林樾静可息，百纷不至前。偶然厌形累，服气祈云仙。
羽人授我书，铅汞相烹煎。一丸紫金霜，翼翼凌飞烟。
孤鹤亦窥鼎，俛啄如嚥涎。我乘尔为驭，海岛时盘旋。
千载同归来，累累笑墓田。此翁今何在？嵩衡庐霍间。

瑶池春宴图

（元）黄溍

西飞青雀几时还？贝阙琳宫缥缈间。
笔底春风殊未老，蟠桃积核已如山。

题瀛洲仙会图

（元）柳贯

巨鳌骧首戴三山，海波不惊坤轴安。
方壶圆峤彼何境，灵气布濩非人间。
金银观阙势如骜，攒林珠树垂珊珊。
榱题栜擢明河畔，阁道横截浮云端。
仙人来往羽卫备，或驾紫凤骖青鸾。
《霓裳》法曲舞初破，执乐琼姬神采闲。
时容下界揽芳泽，却对莲峰愁髻鬟。
茅龙飞去杳无迹，乌踆兔走双跳丸。
蓬莱舟近风引却，却叹灵踪难重攀。
是谁摸（模）写枕前梦，欲用镌凿区中顽。
神仙固多狡狯事，世儒论著存不删。
贾生赋鹏语天道，后有达者当大观。
忽然为人化异物，斯理几何堪控抟？
仇池洞穴通小有，神清玉宇标孱颜。
彼皆因境示生悟，直启真源湔垢瘢。
嗟余质薄迫世隘，轻举便拟凌飞翰。
披图惝怳纵玄览，讬乘浮游窥九关。
无穷八极冀一遇，返道遂与松乔班。
登年阅世要自致，何必辛苦成金丹。

题晋卿梦游瀛山图

（元）袁立儒

珍木文禽玉珮环，清都绛阙色琅玕。
香山居士蓬莱院，借与王郎梦里看。

题赵仲穆瀛海图

（元）朱德润

玉观仙台紫雾高，昔骑丹凤恣游遨。
双成不念吹笙侣，阆苑春深醉碧桃。

题徐思敬瑶池小景

（明）陈雷

紫泉叠石带烟霞，此景人间有几家？
锦字书传青鸟使，玉箫声逸碧桃花。
云容窈窕谁能写，月色婵娟我欲赊。
不待扁舟乘兴去，珊瑚长拂钓竿斜。

题青城图

（明）周玄

青城辞家仙路遥，秋后白云还见招。
商山老人不归去，岩径松扉长寂寥。

仙坛秋月图

（元）吴师道

宫中美人秋思多，夜揖明月追仙娥。
画阑桂树倚楼阙，碧落天坛飞□□。
画师不解西风梦，笔端更有华阳洞。

更将妍画写清词，轻扇君王心已动。
炎精季叶堪叹嗟，矧尔妍丽倾其家。
申生遗祸到济渎，府中丞相真奸邪。
吴宫一埽荒烟冷，旧事凄凉复谁省？
百年永鉴不可忘，留与人间看扇影。

题钱选画仙居图

(元) 柳贯

仙人羽驾青云舆，游戏八极凌空虚。
神仙缥缈在何许？意所到处皆方壶。
画师岂常与之接，梦时识取醒时摹。
联栋紫房县薜荔，交柯碧树排珊瑚。
琴书整暇筵几静，左右绛气横扶疎。
武陵溪曲仇池路，人迹往往通樵渔。
仙凡一膜初不隔，悟迷异趣何其殊。
奔轮骇辙世多有，逐臭未免如虫蛆。
吴兴老钱招隐曲，驾言设色调方诸。
披图三诵归来乎，盍亦视此招摇车。

仙居图

(元) 吴师道

云气参差青嶂，树林飘缈飞楼。
谁识仙家归路，桃花流水渔舟。

刘松年仙居图

(元) 唐肃

曾逐大茅君，峰头卧古云。鸟青呼作使，鹤白养成群。
客较丹砂法，童窥玉券文。近来烟火断，花气作炉熏。

顾恺之瑶岛仙庐图
（元）邓文原

渺渺晴山路更幽，茸茸瑶草几春秋。
岩栖自昔推巢父，学种于今说故侯。
云物岂因时序换，鹿麛不共世尘浮。
豯头蓴有寻真客，期向天台汗漫游。

题仙隐图
（元）李祁

麻衣草座蒲葵扇，兀尔形神总寂寥。
想见华山陈处士，白云牕户碧迢迢。

题桃林仙逸图
（明）张凤翼

夹江种桃花，黔郁列左右。却笑避秦人，空惊捕鱼叟。
迢迢三千年，虚谈窃王母。何如澄怀客，葆真享眉寿。
朝餐赤城霞，夕饮兰陵酒。开花与结实，相将共长久。

题蓬莱深处
（明）韩宜可

闻道蓬莱别有春，五云深处隔凡尘。
松迷鹤迳浑无路，花暗箫声不见人。
沧海日华翻贝阙，三山霞气逐飙轮。
刘郎自是神仙侣，何用天台更问津。

题函谷瑶池图（祝李母）
（明）李维桢

函谷关门真气紫，青牛西去柱下史。

西来王母幸回中，有三青鸟为之使。
李母前生金母身，仙李根蟠万古春。
桂子兰孙相映发，麟符鱼佩熊朱轮。
众人之母众父父，五马行春春万户。
画图三寿愿作朋，《阳春》一曲歌且舞。
东为青帝春青阳，青鸟青牛义何取？
须知彼美西方人，自是东方生物府。

桶底图
（元）杨载

巨鳌奋其首，戴山出海中。神人择所处，共构金银宫。
凭高开户牖，屈曲互相通。女仙七十二，颜色如花红。
一一执乐器，奏曲殊未终。世传《桃源图》，共征彭泽翁。
此本出异士，雕刻尤精工。天地极广大，为地当不同。
吾愿学仙道，积久乃有功。鍊（炼）形去滓秽，五色浮虚空。
一朝乘风去，浩然入无穷。

题桶底图
（元）薛汉

蕊珠宫阙见毫厘，中有群仙按《羽衣》。
莫讶此图天地窄，黍珠境界更希微。

题桶底仙山图
（明）顾禄

昔人夜投逆旅中，戏将指爪呈神工。
飕飕逸响如飘风，桶底刻出蓬莱宫。
状如六鳌拥虚空，戴山出没沧溟东。
琼台瑶阙知几重，千门万户遥相通。

俨然中坐一老翁，星眸霞脸冰雪容。
群真左右来相从，或翳白凤骑青龙。
女仙七十如花红，各执乐器笙与镛。
钧天一曲奏未终，双成劝酒琉璃钟。
谷神长生寿无穷，出入造化超鸿濛。
我欲上天蹑紫虹，高步去逐东王公。

历代题画诗类卷第六十五

仙 佛 类

释迦出山息轩画
（金）密公璹

庞眉袖手出岩阿，及至拈花事已讹。
千古雪山山下路，杖藜无处避藤萝。

杨祕监释迦出山像
（金）路仲显

自从此老出山隅，恼乱苍生底事无？
他日若逢杨处士，只教画箇涅槃图。

题龙眠释迦出山像
（元）柳贯

明星在天斜汉落，佛道灵明魔道弱。
修行已证等觉位，不顾身形瘦如削。
华缦垂袒云半肩，步出山来赤双脚。
文殊低眉普贤笑，满谷天风韵天乐。
青莲贴贴印虚空，白象眈眈系羁络。
自兹应物如洪钧，五阴五浊皆清廓。

龙眠昔是会中人，以心应手亲描摸（模）。
纤煤利颖发其神，垩鼻钩轮无此甄。
流传什伯甲子馀，玉采珠光破冥寞。
鄞江古寺秋日晖，洗涤翳晴烦发篝。
稽首调御天人师，优钵昙华开一尊。

题释迦出山图
（元）柳贯

耳轮卓朔发垂肩，碧眼初开濯净莲。
优塞波王先顶礼，明星一点正当天。

狱中见壁画佛
（唐）刘长卿

不谓衔冤处，而能窥大悲。独棲丛棘下，还见雨花时。
地狭青莲小，城高白日迟。幸亲方便力，犹畏毒龙欺。

画图见金粟佛
（宋）黄庭坚

丹青貌金粟影，毛物宜管城公。
只今为君落笔，他日听我谈空。

仆曩于长安陈汉卿家见吴道子画佛，碎烂可惜。其后十馀年，复见之于鲜于子骏家，则已装背完好。子骏见遗，作诗谢之
（宋）苏轼

贵人金多身复闲，争买书画不计钱。
已将铁石充逸少，更补朱繇为道玄。
烟熏屋漏装玉轴，鹿皮苍璧知谁贤？

吴生画佛本神授，梦中化作飞空仙。
觉来落笔不经意，神妙独到秋毫颠。
我昔长安见此画，叹息至宝空潸（潜）然。
素丝断续不忍看，已作蝴蝶飞联翩。
君能收拾为补缀，体质散落嗟神全。
志公彷彿见刀尺，修罗天女犹雄妍。
如观老杜飞鸟句，脱字欲补知无缘。
问君乞得良有意，欲将俗眼为洗湔。
贵人一见定羞怍，锦囊千纸何足捐。
不须更用博麻缕，付与一炬随飞烟。

记所见开元寺吴道子画佛灭度以答子由
（宋）苏轼

西方真人谁所见？衣被七宝从双狻。
当时修道颇辛苦，柏生两肘乌巢肩。
初如濛濛隐山玉，渐如濯濯出水莲。
道成一旦就空灭，奔会四海悲人天。
翔禽哀响动林谷，兽鬼蹢躅泪迸泉。
庞眉深目彼谁子，邈林弹指性自员。
影如寒月堕清昼，空有孤光留故躔。
春遊古寺拂尘壁，遗像久此霾香烟。
画师不复写名姓，皆云道子口所传。
纵横固已蔑孙邓，有如巨鳄吞小鲜。
来诗所夸孰与此？安得攜挂其傍观。

题弥勒像
（宋）米芾

如来髓，释迦骨。人不识，弥勒佛。

问蔡肇求李公麟画观音德云

（宋）苏辙

好事桓灵宝，多才顾长康。何尝为人画，但可设奇将。
久聚要当散，能分慰所望。清新二大士，畀我夜烧香。

题刘氏所藏展子虔感应观音（二首）

（宋）黄庭坚

人间犹有展生笔，佛事苍茫烟景寒。
常恐花飞胡蝶散，明牕一日百回看。

群盗挽弓江簸船，丹青当在普通前。
谁能与作赤挽板，老笔犹堪寿百年。

醉作观音像仍为书赞（三首）

（宋）白玉蟾

柳絮多头绪，桃花好面皮。夫是之谓谁？东海比丘尼。

顶戴弥陀呈醜拙，手持杨柳惹尘埃。
纵饶入得三摩地，当甚街头破草鞋？

花红柳绿菩提相，燕语莺啼般若宗。
更去补陀山上觅，云涛烟浪捲天风。

题辛澄莲华观音像应制

（元）揭傒斯

至人不可测，宴坐青莲华，珠缨被玉体，白豪贯彤霞。
从何得此相，来置玉皇家？

观世音菩萨赞
（明）焦竑

菩萨法身无有边，垂眉趺坐示人天。
水洒杨枝生紫烟，神光昼夜笼层巅。
慈悲普现众目前，谁其苦难相纠缠？
空山冥冥月映泉，愿同观者心超然。

规公业在净名得甚深义，仆近获顾长康月宫真影，对戴安道所画文殊，走笔此篇，以展瞻礼
（唐）李群玉

五浊之世尘冥冥，达观棲心于此经。
但用须弥藏芥子，安知牛跡笑东溟。
王公吐辩真无敌，顾氏传神实有灵。
今日净开方丈室，一飞白足到茅亭。

过广爱寺见三学演师，观杨惠之塑宝山、朱瑶画文殊普贤（三首）
（宋）苏轼

寓世身如梦，安闲日似年。败蒲翻覆卧，破械再三连。
劝客眠风竹，长斋饮石泉。回头万事错，自笑觉师贤。

妙跡苦难寻，兹山见几层？乱峰螺髻出，绝涧陈云崩。
措意元同画，观空欲问僧。莫教林下意，终老叹何曾。

朱瑶唐晚辈，得法尚雄深。满寺空遗跡，何人识苦心？
长廊敲雨脚，破壁撼钟音。成败无穷事，他年复吊今。

将出洛城过广爱寺，见三学演师，
引观杨惠之塑宝山、朱瑶画文殊普贤（三首）

（宋）苏辙

寺古依乔木，僧闲正莫年。为生何寂寞，爱客尚留连。
虚牖罗脩竹，空廚响细泉。坐听谈旧事，遍识洛中贤。

虚室无寻丈，青山有百层。迴峰看不足，危石恐将崩。
听法来天女，依岩老梵僧。须弥传纳芥，观此信还曾。

壁毁丹青在，移来殿庑深。赋形惊变态，观佛觉无心。
旌斾翻空色，笙竽含妙音。风流出吴样，遗法到如今。

画文殊普贤

（宋）苏辙

谁人画此二菩萨，跌坐花心乘象狻。
弟子先后执盂缶，老僧槎牙森比肩。
山林修道几世劫，颜貌伟丽如开莲。
重崖宛转带林树，野水荒荡浮云天。
峨眉高处不可上，下有绝磵绲九泉。
朝阳未出白雾起，有光升天如月圆。
灵仙居中粗可识，有类白兔依清躔。
遊人礼拜千万万，迤逦渐远如飞烟。
五台不到想亦尔，今之画图谁所传？
吾兄子瞻苦好异，败缯破纸收明鲜。
自从西行止得此，试与记录代一观。

武宗元比部画文殊玄奘

（宋）苏辙

遗墨消磨顾陆馀，开元一一数吴卢。
本朝唯有宗元近，国本长留后世模。
出世真人气雍穆，入蕃老释面清癯。
居人不惜游人爱，风雨侵陵色欲无。

贯休应梦罗汉画歌

（唐）欧阳炯

西岳高僧名贯休，孤情峭拔凌清秋。
天教水墨画罗汉，魁岸古容生笔头。
时捎大绢泥高壁，闭目焚香坐禅室。
忽然梦里见真仪，脱下袈裟点神笔。
高握节腕当空掷，悉窣毫端任狂逸。
逡巡便是两三躯，不似画工虚费日。
怪石安排嵌复枯，真僧列坐连跏趺。
形如瘦鹤精神健，顶似伏犀头骨麤。
倚松根，傍岩缝，曲录腰长身欲动。
看经弟子拟闻声，瞌睡山童疑有梦。
不知夏腊几多年，一手揩颐偏袒肩。
口开或若共人语，身定复疑初坐禅。
案前卧象低垂鼻，崖畔戏猿斜转臂。
芭蕉花里刷轻红，苔藓文中晕深翠。
硬筇杖，矮松床，雪色眉毛一寸长。
绳开梵筴（夹）两三片，线补衲衣千万行。
林间乱叶纷纷堕，一印残香断烟火。
皮穿木屐不曾拖，笋织蒲团镇长坐。

休公休公，逸艺无人加，声誉喧喧遍海涯。
五七字句一千首，大小篆书三十家。
唐朝历历多名士，萧子云兼吴道子。
若将书画比休公，只恐当时浪生死。
休公休公，始自江南来入秦，于今到蜀无交亲。
诗名画手皆奇绝，觑尔（你）凡人争是人？
瓦棺寺里维摩诘，舍卫城中辟支佛。
若将此画比量看，总在人间为第一。

题龙眠十八尊者

（宋）刘克庄

尝闻天台境，肉身往无从。仁夫示此图，恍惚游其中。
应真一一若旧识，或踞怪石临飞淙。
山鬼投牒何敬恭，天女问法尤丰茸。
盆鱼髻鬣等针粟，放去夭矫拏空濛。
山深无人地祇出，被服导从侔王公。
前驱鸷兽后夔魍，徐行殿以一瘦筇。
巉巉苍壁谡谡松，下有老宿眉雪浓。
石桥灭没云气断，似是鬼国非天宫。
层冰融结挟怒瀑，毒虺喷薄含腥风。
至人于此方入定，坏衲羃首枯株同。
等闲一坐六十劫，汝技有尽吾无穷。
书生往往谈性命，怵以祸福犹儿童。
倒持手版口劝进，对此宁不面发红？
我知龙眠笔外意，要与浊世针盲聋。
退之云释善变幻，恺之谓画能神通。
幻耶神耶两莫诘，与子持叩西山翁。

题罗汉过海图

（元）吴澄

阿谁解衣礴礴臝（裸），写此中乘第一果？
等闲地狱骇屠沽，如许风波无不可。
巨浸弥天灵怪百，现前幻境元非我。
腾踏逍遥容易去，只有云空无障裹。
般若岸，金刚山，超登只在霎时间。
为吾说与诸尊者，更有海门关外关。

罗汉图

（元）吴澄

四大假合成幻身，大地山河俱幻境。
傀奇磈砢十八尊，得遇世尊为摩顶。
诸多伎俩近狡狯，虽未大乘亦机警。
有能领取象外意，闭目超然发深省。
画人漫洒毫端墨，观者只疑灯下影。
慈尊长闵众生痴，直到于今痴不醒。

渡水罗汉图

（元）袁桷

洞口泉分岸渺茫，意行的的水中央。
相看总绝神通想，不用折芦归故乡。

罗汉图

（元）袁桷

四果圆融德自如，天台楼阁总虚无。
何人绘画供青眼，拍手云中笑客愚。

罗汉图

（元）虞集

神光炯炯视容直，坐展两足手按膝。
雨龙还入军持水，风水拂著盘陀石。
深山海岛非人间，碧桃花开啼鸟闲。
法云还为等慈起，矍然飞锡无留难。

画罗汉

（元）虞集

虎啸千山木叶空，晴空无处著神通。
苍龙浴罢军持水，闲翫明珠似日红。

李公麟大阿罗汉图

（元）吴镇

潇洒龙眠不可呼，彩毫犹喜未模糊。
天台五百知何处，还向图中证有无。

题泰东山藏主十八开士图

（元）张翥

环瀛茫茫去不穷，大鲸吹浪鼓飓风。
楼船如山不敢过，况在泛苇浮蕉中。
西方十八大尊者，径渡万里犹乘空。
犀行水开蛟蜃露，直下蹋入天吴宫。
龟鱼背高盂锡稳，中流正与灵槎同。
怪头达枂四罔象，一箄异出庞眉公。
鼻端嘘气作飞塔，舌上弹呪招降龙。
两僧促膝披贝叶，一衲裹足须山童。

雪毛白鹿岐（歧）角健，班（斑）尾黑虎双睛红。
最后坐禅如古佛，从渠抟控何神通。
吾闻浮屠多善幻，作诗自赏画者工。
君不见海波横溃鬼神恶，我无其术安能东？

画罗汉
（元）李祁

空山极寂阒，自足断缘想。况此山中人，智识已超朗。
坐久忘朝晡，习定非勉强。岂惟人所知，异类亦钦仰。
乃知象教力，兼用服夔魍。嗟嗟世中人，扰扰向尘网。
叩尔寂无言，何由测深广。

题过海罗汉图（二首）
（元）王循

无际洪波接远空，神机密运访龙宫。
旌幢出迓烟霞重，此事荒唐竟莫穷。

超尘何必眷情交，弃却禅心蹑海涛。
来往不殊商贾虑，瑶池又恐宴蟠桃。

题罗汉图
（元）释恕中

诸谛空来世所无，神通百变绝名模。
不知何处留踪跡，却被人传作画图。

题杨子文罗汉渡海图
（明）张以宁

天台之东巨瀛海，濛濛元气浮无边。

应真十六山中来，径度万里蛟鼍渊。
巨灵前驱海若伏，翠水帖帖开红莲，
神螭猛兽竞轩鬐，穹龟巨鱼相后先。
一山浮玉当其前，石室古藓垂千年。
异人高居役众鬼，挽过巨浸如飙旋。
贝宫神君迎且拜，明星玉女争花妍。
阴风黯淡百怪集，芙蓉旗影飞翩翩。
石桥回望渺何处，紫翠明灭空云烟。
问渠飞锡何所往，毋乃鹫岭朝金仙？
金仙雪山方宴坐，笑汝狡狯何纷然。
书生平生未省见，太息此画人间传。
清时麟凤在郊野，白日杲杲行青天。

题过海罗汉图
（明）僧乂金

大地山川境界宽，重重涉入一毫端。
乾坤杖锡飞来去，巨海升盂势往还。
伏虎降龙霞霭霭，腾空履汉路漫漫。
唐吴写出声闻蹟，妙用通神几万般。

次韵张仲举承旨题卢楞伽过海罗汉图
（明）僧来复

僧伽神变妙莫穷，去住隐显如旋风。
能令大海作平陆，超然独脱阎浮中。
山君河伯备洒埽，锡飞桮（杯）渡云行空。
安禅不避魔鬼窟，受斋直入龙王宫。
文犀赤豹时作伍，玄猨白鹿日与同。
腾光嘘气闪奔电，天鼓震曜惊雷公。

世人虽呵小乘法，谁独高举随云龙？
我昔衡山问方广，石桥每见驮经童。
天姝散花跪双膝，金盘笑捧明珠红。
开图恍忽觌颜色，山海遥隔精灵通。
那知画者有深意，丹青巧夺造化工。
君不闻幻游天地同旅泊，我身安得驾鹤从西东？

过海罗汉应供图

（明）僧来复

大士受斋龙伯宫，长驱蛟鳄争先雄。
舳舻蔽天不敢渡，冰夷伐鼓洪涛舂。
腾身何来历汗漫，无乃变幻多神通？
两僧后顾冰雪容，浮蕉近随赤鱬公。
云端嘘气作楼阁，赤日照耀青芙蓉。
中有四鬼舁一翁，雪眉垂领衣露胸。
海神候谒旌旆从，赤珠吐焰流星虹。
跨鳌之叟癯而癃，手扶七尺邛州筇。
是谁弹舌呪老龙，火鬐电鬣烧云红。
五轮舒光迸五色，一苇直渡犹行空。
前登颇忮定初起，欠伸展臂来清风。
蹋龟骑鱼走百怪，担簦负笈趋群童。
入山咫尺见台殿，彷佛微听青林钟。
开图对我若旧识，便欲巢我云门松。
世间浮荣日万态，过眼聚散空花同。
谁知神变亦虚幻，徒逞狡狯惊盲聋。
何如乘愿降跡阎浮中，法雷大震开群蒙。
王城分卫饱香积，坐令四海歌时雍。

题景焕画应天寺壁天王歌

(唐) 欧阳炯

锦城东北黄金地，故迹何人兴此寺？
白眉长老重名公，曾识会稽山处士。
寺门左壁图天王，威仪部从来何方？
鬼神怪异满壁走，当簷飑（飒）飑生秋光。
我闻天王分理四天下，水晶宫殿琉璃瓦。
綵仗时驱狒狄装，金鞭频策骐骥马。
毗沙大像何光辉，手擎巨塔凌云飞。
地神对出宝缾子，天女倒披金缕衣。
唐朝说著名公画，周昉毫端善图写。
张僧繇是有神人，吴道子称无敌者。
奇哉妙手传孙公，能于此地留神踪。
斜窥小鬼怒双目，直倚越狼高半胸。
宝冠动縂生威容，趋跄左右来倾恭。
臂横鹰爪尖纤利，腰缠虎皮斑剥红。
飘飘但恐入云中，步骤还疑归海东。
蟒蛇拖得浑身堕，精魅搦来双眼空。
当时此艺实难有，镇在宝坊称不朽。
东边画了空西边，留与后人教敌手。
后人见者皆心惊，尽为名公不敢争。
谁知未满三十载，或有异人来间生。
匡山处士名称朴，头骨高奇连五岳。
曾持象简累为官，又有蛇珠常在握。
昔年长老遇奇踪，今日门师识景公。
兴来便请泥高壁，乱抢笔头如疾风。
逡巡队仗何颠逸，散漫奇形皆涌出。

交加器械满虚空，两面或然如鬪敌。
圣王怒色览东西，剑刃一挥皆整齐。
腕头狮子咬金甲，脚底夜叉擎络鞢。
马头壮健多筋节，乌觜弯环如屈铁。
遍身虺虺乱纵横，邋颔髑髅乾孑裂。
眉麤眼竖发如锥，怪异令人不可知。
科头巨卒欲生鬼，半面女郎安小儿。
况闻此寺初兴置，地脉沉沉当正气。
如何请得二山人，下笔咸成千古事？
君不见明皇天宝年，画龙致雨非偶然，
包含万象藏心里，变现百般生眼前。
后来画品列名贤，唯此二人堪比肩。
人间是物皆求得，此样欲于何处传？
尝忧壁底生云雾，揭起寺门天上去。

题徐商叟所藏李伯时四天王图
（宋）王炎

龙眠有巧手，幻出汗血驹。老衲或戒之，回向心地初。
遂画白衣仙，靳与梵释俱。北方四天王，亦附瞿昙居。
杂以马龙像，宿习终未除。四王名字异，且复形状殊。
信者谓其有，疑者意其无。荡荡天门高，谁能凌空虚？
何以信不疑？取诸贝叶书。子不语怪神，从释恐叛儒。
语之且不可，笔之其可乎？因画议及此，于公意何如？

梵隆护法神图
（元）袁桷

威音无喜亦无嗔，狞目扬眉定有因。
欲识世间平等观，云如流水月如轮。

僧传古坐龙图

（元）王恽

（严东平所藏，至元二年秋九月，张签省耀卿处观；七年闰十一月甲戌公退，马上偶得。时秋苦旱，冬天无雪。）

深山大泽物所蛰，千丈悬淙掛青壁。
潭阴水黑不见底，老雨初开元气湿。
苍龙何处行雨归，闯首踞坐红云堆。
山僧骇绝噤不语，万壑阴雾生缁衣。
咄哉传古隐龙性，隔户写影窥天机。
一从元化堕此笔，饮海不复观晴霓。
世间画本万尺蠖，尾鬣一掩无晶辉。
比年一旱几焚如，牲币空事山川雩。
群龙痴睡洞府黑，六合任使黄霾污。
何当铁匣出雷火，冲屋而去腾天衢。
六丁奔命仆射御，倒捲溟渤天瓢刳。
滂沱一洗乾坤净，却敛神功寂若无。

稠禅解虎图（二首）

（元）王恽

宋均政异於菟去，鲁宰风行野雉驯。
谁为碧岩方外客，等闲藜杖也通神。

《楞严》堆案满凝尘，山下闲来解虎纷。
千古阿师公案在，宝香熏彻百岩云。

水墨达磨像（班惟志笔）

（元）张翥

佛法无多子，西山雪柱天。应寻葱岭去，方解少林禅。

鞡屦露双脚,䙡衣披半肩。虚空本无住,须借影中传。

题达磨像
（明）张凤翼

速去渡江一苇,淹留面壁九年。
试问游梁入魏,几时却返西天？

题寒拾图
（元）袁桷

二人攜手共嘲吟,古殿脩廊自在寻。
石壁忽开灵怪绝,可禁飞瀑海潮音？

画两僮枕帚而睡,疑是寒拾,应人索咏
（明）徐渭

人间何日不尘生,扫到何年扫得清？
输与天台双行者,睡弯苕帚午鸡鸣。

岭南六祖禅师菩提树下藏发瓮子图歌
（元）吴莱

蕲州黄梅峙佛场,新州獦獠识水香。
菩提树间好晏坐,五色头发腾毫光。
金刀剔落受法戒,瓦瓮瘗藏传不坏。
捰迴万夫蠹梁栋,陶冶千圣掀炉鞴。
南海漂来刹十围,北宗望断六铢衣。
尘境本空空即本,风幡飞动动还非。
山僧礼拜山鬼护,一花五叶开如故。
宝缕青悬雪岭烟,神珠绀结丹丘露。
世人长物合剃除,谢公往矣施髭须。

唐年画笔石未泐,大鉴《坛经》谁读得?

题李伯时画船子和尚(二首)
(宋)王履道

等箇鱼儿久未逢,满船明月一丝风。
离钩三寸谁开口,打落掀天白浪中。

一桡打省犹回首,露布须收人与船。
不著钓丝牵老会,却留戽斗付龙眠。

跋船子和尚图
(元)王恽

戢戢波间万鲔游,一钩那得尽回头。
何如收却纶竿坐,明月千江任自由。

题赵千里画船子和尚卷后
(明)王世贞

秋江战寒飚,一叶纵横走。船子有伎俩,舵柄时在手。
借问自渡者,还能渡人否?

观壁画九想图
(唐)包佶

一世荣枯无异同,百年哀乐又归空。
夜阑乌鹊相争处,林下真僧在定中。

鬼 佛
(宋)朱子

冥濛罔象姿,相好菩萨面。鬼佛吾讵知,水石甄奇变。

梵隆画番王献佛图
（元）吴师道

如来宴息双跏趺，碧海涌座红莲敷。
身如浮云与枯枝，一毫无有宁愿馀。
不知何国被服殊，缓耳卷发黄虬须。
狻猊巨象先后驱，宝盘五色摩尼珠。
归诚赘贡陈区区，拱手伛立颜和愉。
分明神化群情趋，眇然韦布一儒夫。
乃独抗论非空无，见之不肯修勤劬。
群嘲众嗤谓尔愚，作诗三叹还君图。

吴生画
（金）赵秉文

吴生大士十六像，岁久尘昏蛛网丝。
真物从来有真赏，息轩为作证明师。

谢人送栗鼠尾画维摩
（宋）黄庭坚

貂尾珍材可笔，虎头墨妙疑神。
颇知君尘外物，真是我眼中人。

杨惠之维摩像
（金）赵秉文

一点传心已失机，更求形似转成痴。
至今遗像兀不语，犹似当初问法时。

题李长者画像
（宋）孔武仲

礧（礌）砢一居士，娉婷双少年。对景如无有，著书方浩然。
分身聊示颈〔现〕，谁语此因缘？

题帝王礼僧图
（明）王世贞

昔有庞眉师，九载面石壁。置心诸地外，人天杳俱寂。
经猿六时拜，谈鸟掌中食。日出天地开，蔼然旌旗色。
衬施填恒河，结束俨帝释。虽屈万乘尊，对者了不识。
一吐无圣言，顿扫有为跡。归路甘雨移，青林杏花白。

题张僧繇醉僧图
（唐）僧法照

人人送酒不曾沽，终日松间掛一壶。
草圣欲成狂便发，真堪画入醉僧图。

题画僧
（唐）张祜

瘦颈隆肩碧眼僧，翰林亲讃（赞）虎头能。
终年不语看如意，似证禅心入大乘。

画醉僧
（宋）陆游

残雪覆枯颅，手扶短椰栗。送酒无苏州，一醉未易得。
青旗猎猎秋风吹，长瓶一吸亦足奇。
但办道傍常醉倒，不须解作藏真草。

灵照度丹霞图（四首）

（元）王恽

众生种业到无该，爱海沉迷唤不回。
对证处方唯一捨，不应真假比如来。

西江万有已沉沙，更有何心到散花。
狠似入门三十棒，款将一语了丹霞。

性定情移逐物开，力能刚制见英才。
金沙滩畔风流骨，恐是逢场作戏来。

克己先论定力优，从今屋漏验清修。
禅家多少闲拈弄，粪埽堆头觅悟头。

题僧圆泽托生图

（元）吴澄

浮泡散作大海水，皎月长留万古秋。
幻灭如何重起幻，不骑狮象却骑牛。

题本中峰观莲像

（元）倪瓒

东南唱道据禅林，讽咏莲心契本心。
善矣不尘仍不染，美哉如玉复如金。
三周妙法耆阇崛，十丈开花玉井岑。
今日仰师犹古佛，风波回首一长吟。

题雪寺归僧图
（元）程钜夫

石头元路滑，更著雪皑皑。不敢辞辛苦，诸方应供来。

秀上人课经图
（明）刘泰

山遶清溪树遶亭，隔云金磬晓泠泠。
道人不管花开落，白乳香中读《观经》。

画高岭莫行僧众
（明）徐渭

知是峨眉第几盘？客僧愁宿日低山。
头陀指与烟生处，只隔红霞四五湾。

题王霁宇绣佛斋图（二首）
（明）董其昌

蔛得吴淞水半江，灵山突兀走闲愡。
铙歌即是广长舌，大纛岂非精进幢？

兵符受自城边石，心印传来岭上衣。
拈出齐东青一点，何来神物却能飞？

历代题画诗类卷第六十六

神鬼类

观杨之美画
（宋）梅尧臣

天官乘车建朱旗，赤旛前亚风卷披。
二龙缓驾苍鬐垂，印箱傍挈文籍随。
双骖推轭如畏迟，行从冠服多威仪。
水官自有真龙骑，两佐并跨鲸尾螭。
步趋群吏怪眼眉，云生海面无端涯。
雷部处上相与期，人身兽爪负鼓驰。
后有同类挟且搥，次执电镜风囊吹。
青虬有角鱼足鬐，上下引导神所施。
地官既失不可知，此画传是阎令为。
设色鲜润笔法奇，绢理腻滑鸡子皮。
吴生龙王多裂隳，八轴展翫忘晨炊。
李成山水晓景移，黄茎花竹雀拥枝。
韩幹马本模搭时，神骏都失存毫厘。
日高腹枵眼眦睉，邂逅获见何言疲。
厚谢主翁意不衰，他日饱目看无遗。

次韵章禹直开元寺观画壁兼简李德素
（宋）黄庭坚

丹青古藏壁，风雨饱侵食。拂尘开藻鉴，志士泪霑臆。
灵山远飞来，不可以智测。龙神湛回向，拥卫立剑戟。
依稀吴生手，旌旆略可识。鸿濛插楼殿，毫发数动植。
广牀瞻二圣，有众供万亿。飞行凑六合，揽取著一席。
人人开生面，绝妙推心得。李侯天机深，指点目所及。
三生石上梦，天乐鸣我侧。幽寻前日事，晦明忽复易。
章生南溟鹏，笼槛锁六翮。能同寂寞游，浊酒聊放适。
西风叶萧萧，蟋蟀依牆壁。家无万金产，四邻碪声急。
藜羹傲鼎食，蓝缕亦山立。並船有歌姝，粉白眉黛黑。
期公开颜笑，醉语杂翰墨。不须谈俗事，秖令人气塞。

题汪季路侍郎所藏吴道子天龙八部
（宋）楼钥

妙绝天龙八部图，细看真不失锱铢。
声名自足高千古，题品尤难遇二苏。
旌旆冕旒犹可想，鬼神人物亦何殊。
君看坐位兰亭草，费尽工夫学得无？

金神夜猎图（二首）
（宋）姜夔

半夜金神羽猎，奔走山川百灵。
云气旍旗来下，飒然已入青冥。

后宫婵娟玉女，自控（鞚）八尺飞龙。
两两鸣鞭争导，绿云斜坠春风。

题松鹤蔡生家藏李伯时西岳降灵图

(明) 詹同

（前二人骑行，后三人徒步，状若驰猎者。其最后，则有云气、神人居中。嗟夫！禹鼎象姦，《齐谐》志怪，世或有之，但恨无胥臣之多闻，子产之博物。历览载籍，未遑夷考。模写画像，为作短篇，以俟知者。）

龙眠居士画入神，展画冥搜画中意。
白日杲杲人出畋，长风萧萧云拂地。
前有一匹雪色䮪，次有一匹玄花骢。
两人冠服何其雄，若非将相应王公。
繁缨宝鞍金叵匜，各持羽箭悬雕弓。
后有三人总徒步，苍鹰黄犬行相从。
云中歘见光灿烂，玉辂瑶舆下霄汉。
不驾紫凤白麒麟，海犀天驷多奇玩。
鸾旌虎节旋低昂，星仗霞幢互缭乱。
无乃朝辞太华峰，得非晓过云台观？
辇中坐者真天人，冕珠龙衮俨昭焕。
金童玉女缤往来，庆云为驭天为阶。
长眉刷翠面如月，知有道骨无尘埃。
令人可望不可及，恍惚云中相出入。
衣霑玉井碧莲香，旗翻仙掌露华湿。
我识泰山封禅书，不识此画当何如。
人言西岳降灵图，西岳或有人间无？

雷殿画壁

(明) 邓韨

艺苑有精能，凝神始臻理。笔端具天人，难以茫昧拟。

致道古仙都，山水丽清美。雷宫设像画，种种尽其技。
画得宋名手，善造天神鬼。淳古出遒逸，意态得深旨。
左壁挟风云，沙砾捲空起。有神操火具，怒目流狞视。
当其燄所及，妖窟荡无址。右壁已淋落，云气来縲縲。
似闻轰雷车，不及掩其耳。南壁云骖騑，霆旌建旖旎。
有神被介胄，躯伟髯奋紫。执笈见真宰，如以职备使。
北壁当晦冥，相去不辨咫。有神手天瓢，九龙运其水。
势欲翻九河，雷伯鼓未已。社神走阆阓，恐惧违箠箠。
白旆飏云表，奉令察臧否。灵祠本清肃，长夏颡无泚。
入门见壁画，鲜不生战葸。假令革其顽，像教良有以。
邑史有朱生，运笔妙莫齿。吮毫追其踪，三叹逊前轨。
道玄貌冥狱，施帛日云委。惟以神妙故，归命杂悲喜。
岁月如水流，艺学日零圮。君看郭恕先，画妙托仙死。

遗张仙画乃作灌口像

(明) 汤显祖

青城梓浪不同时，水次郎君似别姿。
万里桥西左丞相，何知却是李冰儿？

题关将军四画

(明) 王世贞

辕门黑纛草头靡，渔阳突骑俄已矣。
刲然一声如裂兕，刀缨絓发锋血洗。
白马城头鼓初起，北人魄夺南人喜。
兖州冀州两国贼，委质酬恩竟谁是？
有身终为豫州死。（馘颜良）

鲸波涨天天为赤，鼍鼓殷城城欲圮。

七军肉臭鱼不食,于侯吞声庞侯咤。
尔庞七尺殉汉贼,碧眼小儿黜于齟。
麦城将星忽中堕,高庙神灵扶不得,
有血还作西川碧。(破七军)

金支翠旗晻霭中,忽有赤骥腾秋空。
山都木客争趋工,驼石白象鞭丰隆。
幻出七宝须弥宫,有为之跡无为功。
永宁同泰虚争雄,可怜南北民力尽,
一炬赢得都城红。(创玉泉)

鼎湖龙髯久上天,妖魄再作脩罗颠。
快意一扫猗池穿,彼髯何为扼我咽?
玄女再授轩皇权,七家铲削沉青烟。
宁惟晋人脂其口,度支岁岁饶金钱,
一奠北卤三千年。(平蚩尤)

题旧钟馗

(宋) 苏辙

济南书记今白须,岁节钟馗旧绿襦。
举手托天欣见雪,破鞋踏冻可怜渠。
滔滔时辈今黄壤,六六年华属老夫。
儿女未容翁便去,银瓶隔夜浸屠酥。

蒲生钟馗图

(宋) 文同

寒风酸号月惨苦,枭飞狐鸣满墟墓。
丛棘乱礓翳野雾,古社秃剥倒枯树。
下有三鬼相啸聚,初行谁家作疰忤?

痛热肿痒快呕吐，寒噎咽喉胀脐肚。
呼巫召觋使呪诅，翁惊妪忙设赛具。
茅盘草船置五路，饭盂炙串狼藉布。
相共收敛各执去，方此危坐歇且哺。
忽尔相视生畏怖，有神傑然驾巨牯。
前呵后拥役二竖，此神啖鬼充旦暮。
其腹尚馁色躁怒，鬼遥见之悉失措。
窜匿不暇相告谕，酒倾肉落杂秽污。
魄魂飞荡身偃仆，一入木底只四据，
一尚把盏愕以顾，一自隐蔽挨眦觑。
神用气摄缚束固，前死八吻无十步。
计之嚼啮或味饫，蒲生胡为适尔遇？
画之满卷无一误，笔墨丑怪实可惧。
持以赠余子何故？摇手不取一钱赂。
他日乞诗者尤屡，试为言之写其故。

终南进士行题马麟画钟馗图（和李五峰）
（元）萨都剌

老日无光霹雳死，玉殿咻咻叫阴鬼。
赤脚行天踏龙尾，偷得红莲出秋水。
终南进士发指冠，绿袍束带乌靴宽。
赤口淋漓吞鬼肝，铜声剥剥秋风酸。
大鬼跳梁小鬼哭，猪龙饥嚼黄金屋。
至今怒气犹未消，髯戟参差努双目。

钟馗像
（元）唐肃

一片忠魂不可招，梦中有敕赐官袍。

生虽不食千锺粟，死亦常为万国豪。
手擘虁山朝灭鬼，气吞国厉夜无嗥。
曾攜小妹骑双鹿，醉著接䍦秋月高。

钟馗部鬼图

（元）郑元祐

老髯足恐迷阳棘，鬼肩藤舆振双膝。
前驱肥身儿短黑，非髯娇儿则已腊。
后从众醜服厮役，担攜鬼脯作髯食。
鬼肌未必能肥腯，舖之空劳髯手擘。
彼瘦而巾襀长窄，无乃癯儒执髯役？
其馀醜状千百态，专为世人尸辟怪。
楚龚狞老非其类，请问何由识其槩？
想龚目睛烁阴界，行尸走鬼非殊派。
民膏民脂饱死后，却供髯餐缩而瘦。
无由起龚问其候，有啸于梁妖莫售。
大明当天百禄辏，物不疵疠民长寿。

馗妹图

（元）郑元祐

天宝治衰妹兄出，白昼宫庭鹹狞獝。
妹时何在不佐兄，靓妆自衍妖娴质？
后来形见知何所，百鬼尊之莫敢覩。
提剑跃马从其兄，每为人家守环堵。
老韩饥穷夜缚船，送之不去今几年？
妹肯从兄肆屏逐，我亦家富黄金钱。

钟馗图

（元）冯海粟

老馗兀兴〔舆〕二鬼肩，一鬼勃窣袋影悬，

一鬼负剑帽带旆，一鬼顶颅双角骈。
老馗之妇舆蹒躅，其荷舆者鬼婢处〔虔〕。
猫抱掌握鬼妾妍，提其食具雌袂玄。
攜枕而从服饰鲜，鼠蝎粘缀袴亦然。
擎担最缓行李便，鬼之婴孺盛穿联。
囊包橐裹琴能仙，瓠壶穹掛呼可怜。
揭竿之魅愁攀缘，最后瓮鬼束缚椽。
尸而行者犹能前，肌肉消尽骨骼缠。
物怪种种来无边，神禹铸鼎今几年？
罔两在此犹翩翩，吁嗟吁嗟问老天。

题钟馗役鬼移家图
（明）刘基

髯夫当前鳖妇后，腊鬼作粮驱鬼负。
虹蜺可驾雷可车，胡为役鬼来肩舆？
乃知老馗未公正，怙威植私干律令。
玄云沉阴鬼怪多，馗乎馗乎奈尔何！

鬼猎图
（明）凌云翰

终南进士乃好武，野魅山精皆部伍。
蒐田也欲从四时，作气恍如聆一鼓。
铜钲先鸣地欲裂，皁盖后张风为举。
蹇驴足跛不受鞭，良犬尾摇何用组。
锦绦未许纵苍鹰，铁絙（緪）犹能缚玄虎。
跳踉众鬼为卒徒，钁铄一翁作谋主。
或为狼顾背拔枪，或作猱升前试斧。
鸥鸣口应已张弓，蛇偃肩担来彀弩。

身凭大盾宛转遮，手弄飞槌高下舞。
坐作击刺众莫当，进退超骧孰敢侮。
狰狞似觉口吐牙，轻捷浑疑臂生羽。
逐禽不假御车舆，获兽何劳施网罟。
亦如尘世有司存，颇类神仙足官府。
画工后辈效前人，戏笔何年追旧谱？
已无吴生名擅场，复有颜辉好奇古。
《周易》取象车载一，韩子送穷名数五。
如斯情状不易知，更欲形容亦良苦。
且须留取作岁除，竹爆一声春满宇。

钟馗画

（明）凌云翰

北风吹沙目欲眯，官柳摇黄拂溪水。
终南进士倔然起，蝎磔于思含缺齿。
袍蓝带角形甚傀，乌帽裹头韈露指。
白泽在旁口且哆，驯扰不异麟之趾。
手持上帝书满纸，若曰新岁锡尔祉。
一声竹爆物尽靡，明日春光万馀里。

题钟馗移家图

（明）李晔

绿袍进士掀怒髯，饥来嚼鬼如蜜甜。
酸风苦雨搅白日，移家欲往山阴尖。
随兄小妹脸抹漆，眼光射人珠的皪。
鬼奴鬼妾千万形，蟹怪猫妖最萧瑟。
势能使鬼鬼不违，髑髅在后嗤钟馗。
英雄如山堆白骨，莫倚区区手中笏。

钟馗杀鬼图

（明）刘溥

空山无人夜色寒，鬼群乱啸西风酸。
绿袍进士倚长剑，席帽飐影乌靴宽。
灯笼无光照斜水，怒裂鬼头燃鬼髓。
大鬼跳踉小鬼嚎，满地鹏鹈飞不起。
如今城市鬼出游，青天白日声啾啾。
安得此公起复作，杀鬼千万吾亦乐。

题梁楷画钟馗

（明）蒋主孝

虎口虬须真可怪，如何不解缚人妖？
偷花窃笛浑闲事，忍见三郎万里桥？

钟馗骑驴图（为周可大宪使赋）

（明）程敏政

阴风萧萧吹发寒，老馗夜踏山雨残。
恨生不作中执法，誓死肯负唐衣冠。
骊山梦破一回首，上帝毋烦六丁走。
魑魅都归鞭策中，赢得骑驴袖双手。

钟馗元夜出游图

（明）吴宽

终南老馗状酕醄，虎韝乌弁鸭色袍。
青天白日不肯出，上元之夜始出为游遨。
鬼门关头月轮高，乌犍背稳如骁駣。
鬼妇涂两颊，鬼子垂一髦，徒御杂沓声嗷嘈。

导以灵姑旗,翼以大食刀。荼垒左执鞭,质矫右属櫜。
方明前持漆灯,张若后拥辇旄。
魑魅魍魉不可一二数,肩担背负手且操。
奇形狞色使人怕,一似貙駮枭獍兼猿猱。
战伤人血化燐火,各出照地点点如焚膏。
阴风飒飒吹荒皋,百怪屏气不敢号。
汝辈远遁莫我遭,我欲饮汝血,甘如饮醇醪;
我欲啖汝肉,美如啖羊羔,肯容汝辈在世长贪饕!
吁嗟乎老馗,真为百鬼中一豪。
所以唐皇想其像,诏令道子写以五色毫。
[吾尝疑其事,展图不觉再把短发临风搔。]
忆当天宝年,左右皆鬼曹,
太真(林甫)宫中逞狐媚,禄山殿上作虎嗥。
当时设有老馗者,安得纵彼二鬼逃?
便须缚以苍水使者所扪之赤绦,
献于天阍,尸诸兽牢,寝其皮,拔其毛。
劾尔一日驱驰劳,坐令温泉生汙泥、骊山长蓬蒿?
上除唐家百年害,下受唐史千年褒。
却来上元夜,任尔烧灯并伐鼖。

戏题钱叔宝临钟馗移居图

(明) 王世贞

开元宫中鬼称母,丞相中丞恣为蛊。
帝遣钟君嗣黄父,逐鬼无功谪荒土。
山阿被罗者谁姥?攜雏橐装横周路。
髑髅啾啾泣相语,夜半应烦老桑贲。
钟君好往一返顾,木客跳梁山魈舞。
君不吾留稍安堵,与君传神叔宝甫,异日相逢莫相苦。

题龚翠岩中山出游图
（元）宋无

酆都山黑阴雨秋，群鬼聚哭寒啾啾。
老馗丰髯古幞头，耳闻鬼声馋涎流。
鬼奴舆馗夜出游，两魑剑笠逐舆后。
槁形蓬首枯骸瘦，妹也黔面被裳绣。
老馗回观四目斸，料亦不嫌馗丑陋。
后驱鬼雌荷衾枕，想馗倦行欲安寝。
挑壶抱瓮寒凛凛，毋乃榨鬼作酒饮，令我能言口为噤？
执缚魍魉血洒骻，毋乃剚鬼为鬼鲝，令我有手不能把？
神闲意定元是假，始信吟翁笔挥洒。
翠岩道人心事平，胡为识此鬼物情？
看来下笔众鬼惊，诗成应闻鬼泣声，至今卷上阴风生。
老馗氏族何处人？讬言唐宫曾见身，当时身色相沉沦。
阿瞒梦寐何曾真，宫妖已残马嵬尘。
倏忽青天飞霹雳，千妖万怪遭诛击，酆都山摧见白日。
老馗忍饥无鬼吃，冷落人间守门壁。

题龚翠岩中山出游图
（元）韩性

是为伯强为谲狂，睢盱鬼伯髯怒张。
空山无人日昏黄，迴风阴火随幽篁。
辟邪作字魏迄唐，殿前吹笛行踉蹡。
飞来武士蓝衣裳，梦境胡为在缣缃？
中山九首弥荒唐，犹可为人祓不祥。
是心画师谁能量，笔端正尔分毫芒。
清都紫府昭回光，三十六帝参翱翔。

阴气惨澹熙春阳，为君阁笔试两忘，一念往复如康庄。

中山出游图
（元）王肖翁

老馗怒目髯奋戟，阿妹新妆脸涂漆。
两舆先后将何之？往往徒御皆骨立。
开元天子人事废，清宫欲借鬼雄力。
楚龚毋乃好幽怪，丑状奇形尚遗跡。

中山出游图
（元）李鸣凤

堪笑龚侯戏鬼神，豪端写出逼天真。
我贫不敢披图看，恐作揶揄来笑人。

中山出游图
（元）释宗衍

老髯见鬼喜不嗔，出游夜醉中山春。
髯身自是鬼龙者，况乃前后皆非人。
楚龚老死无知己，生不事人焉事鬼？
吁嗟神鼎世莫窥，此图流传当宝之。

和江邻几学士画鬼拔河篇
（宋）梅尧臣

蒲中古寺壁画古，画者隋代展子虔。
分明八鬼拔河戏，中建二旗观却前。
东厢四鬼苦用力，索尾拽断一鬼颠。
西厢四鬼来背挽，双手碴下抵以肩。
龙头鱼身霹雳使，持钺植立旗左偏。

拔山夜叉右握斧，各司胜负如争先。
两旁挝鼓鼓四面，声势助勇努眼圆。
臂袅〔枭〕张拳击埓（捧）首，似与暴谑意态全。
当正大鬼按膝坐，三鬼带鞯一执旃。
操刀撏囊力指督，怒发上直筋旧缠。
虎尾人身又踣顾，蒺藜短挺金鎚坚。
高下尊卑二十四，二十四鬼无黄泉。
角锥竞强欲何睹，曷不各各还荒埏？

历代题画诗类卷第六十七

渔樵类

王摩诘捕鱼图
（宋）郭祥正

鱼跃鱼沉都不知，垂竿只要得鱼归。
天寒浪急鱼难得，愁入芦花日又西。

杨祕监秋江捕鱼图
（金）赵秉文

山苍苍，江茫茫，鸟飞不尽吴天长。
潮平涨落洲渚出，秋风几舍鲈鱼乡。
渔郎聚鱼鸣两桨，轻罾触破青山浪。
修鳞出水玉参差，晚日摇光金荡漾。
长林无声枫叶丹，清波不动江水寒。
谁令此图落尘土？乃是杨侯造化之笔端。
我披此图四十载，老去而今重见画。
空留名字落人间，当日题诗几人在？
渔人走利士走名，得失与鱼相重轻。
笑把纶竿渺沧海，浩歌直欲脍长鲸。

王右丞雪霁捕鱼图

（元）元好问

江云溟溟阴晴半，沙雪离离点江岸。
画中不信有天机，细向树林枯处看。
渔浦移家媿未能，扁舟萧散亦何曾。
白头岁月黄尘底，笑杀高人王右丞。

息轩秋江捕鱼图（二首）

（元）元好问

掷网牵罾太俗生，烟波名利不多争。
绿蓑衣底玄真子，可是诗翁画不成？

击罋喧天网截河，得鱼何啻一罾多。
渔郎不作明年计，奈此纤鳞细甲何？

李营丘寒江晚捕图

（元）王恽

古人不地著，所向无赋租。
渔蛮舟为家，一叶纵所如。
斜阳淡淡明江湖，万鱼戢戢依寒蒲。
几家罾网晚未已，博酒欲得松江鲈。
卧樯傍舫宿波面，不尔风浪防艰虞。
何当醉带笭箵去，添我烟波作钓徒。

题辋川捕鱼图

（元）袁桷

洛口疾如箭，骈头赪尾鳞。散网岩隈泊，千沤水花匀。

辋川莲社侣，百味不入唇。时危涉飘荡，急管悲青春。
不如渔师乐，风水候昏昕。连樯坐翁媪，茗糜接婚姻。
永谢朝市客，炎凉生喜嗔。

王摩诘春溪捕鱼图
（元）邓文原

辋川之景天下奇，我惜曾闻不曾识。
若人笔端斡元气，万顷烟涛归咫尺。
渔翁生事浩无穷，醉挹青蓝洗胸臆。
或披蓑笠卧寒蟾，或倚孤篷蘸空碧。
静观此理良可娱，应须仰慕王摩诘。

捕鱼图
（元）虞集

网罟日相从，天寒泽国空。钓竿长倚树，老却渭川翁。

题马竹所照磨捕鱼图
（元）虞集

霜寒水净已无鱼，渔者纵横网不疏。
羹食尽供晨市远，炊烟犹待晚归馀。
已知漠漠濠梁意，岂尽洋洋郑沼如。
万里江湖春雨阔，海鸥不去小舟虚。

题临本捕鱼图
（元）柳贯

斩筏联舻缚为栅，中流起罾如举羃。
取鱼计获有且多，拨剌银刀长数尺。
船头五两受风偏，双桨乘之转山急。

夜凉星斗满川垂,烟销鲛鳄腾空掷。
江鳞穿柳趁朝虚,白粲装囊供日食。
人生渔乐乐可知,云月为家天一席。
翁歌媪醉儿啸呼,有酒盈瓿无事役。
前林枫栎疎欲凋,后岸荻芦寒可剔。
自淮入汴昔所经,野步荒郊曾自历。
秖疑辋口旧山川,犹是高人画时迹。
世言图画能象物,风土班班证今昔。
乾元去乱几何年,右辅分畿无数驿。
畋渔乐业乃如此,休养真堪遂生息。
临摹甚似谁所为?大笔中藏千钧力。
君不见舟车入算析毫厘,汉皇经国国未卑。
虽云山泽有厉禁,《鱼丽》以后非无诗。

题捕鱼图
(元) 欧阳玄

太湖三万六千顷,灵槎倒压青天影。
大鱼吹浪高如山,小鱼卷鬣为龙盘。
群鱼联腒代桴鼓,势同三军战强虏。
长网大罟三百尺,拦截中流若环堵。
吴王宫中宴未阑,银丝斫脍飞龙鸾。
大官八珍奉公子,猩猩赪脣鲤鱼尾。
洞庭木落天南秋,黄芦满天飞白鸥。
江头吹笛唤渔舟,与君大醉岳阳楼。

右丞春溪捕鱼
(元) 吴镇

前滩罾兮后滩网,鱼兮鱼子何所往?

桃花锦浪绿杨村，浦溆忽闻渔笛响。
我行笠泽熟此图，顿起桃源鸡犬想。
不如归向茅屋底，老瓦盆中醉春酿。

王摩诘春溪捕鱼图
（元）黄公望

春江水绿春雨初，好山对面青芙蕖。
渔舟两两渡江去，白头老渔争捕鱼。
操篙提纲相两两，慎勿江心轻举网。
风雷昨夜过禹门，桃花浪暖鱼龙长。
我识扁舟垂钓人，旧家江南红叶村。
卖鱼买酒醉明月，贪夫徇利徒纷纭。
世上闲愁生不识，江草江花俱有适。
归来一笛杏花风，乱云飞散长天碧。

高侍郎秋江捕鱼图
（元）张㬎

秋江水多鱼唯唯，海风驱潮葭菼靡。
轻舠竞载罛网出，欲向中流截鲂鲤。
巨鳞有神不可获，腾夸波涛脱泥滓。
最怜濡沫笭箵间，小白针头尖如指。
钓璜渭叟晚终遇，西塞玄真征不起，
若人自是隐者徒，岂比沙岛渔蛮子。
高髯能画得玄理，涂抹山川游戏尔。
千岩万壑堆白云，稍著人家乔木底。
眼中之景何所似？富春泽畔鸬鹚里。
西台萧瑟秋风高，脚底滩声荡清沘。
我当扁舟冲鴈过，彷佛厓根旧曾舣。

自知世外渔者材，只合投竿老烟水。
巨缁未办五十犗，草屩捞虾从此始。

江乡捕鱼图
（元）郑元祐

人言东坡谪居海上时，顾见渔钓之家乐嬉嬉。
问其生涯，烟波万顷舟一叶；问其日给，虾蟹小鱻日三炊。
有时大鱼入网即沽酒，有时顺风张帆即解维。
不知朝廷尊严，百官侧枕听鸡起；
不知行役戴星，出入世途愁险巇。
篷牕䣛䣛子女睡，竹笛呜呜朝暮吹。
坡闻其言惨不乐：我身何有恒百罹？
瘴海南浮天接水，家乡往往梦见之。
何如此渔者，生不触祸机。
麤衣粝饭既饱暖，高盖大马空奔驰。
我观此图重叹息，无乃有似坡翁所见画入无声诗？
金绯贵官一射猎，渔钓江湖劳梦思。
投毫写图意可见，一舸秋风双鬓丝。

捕鱼图（为萧楚芳赋）
（明）汪广洋

落花溶溶江水春，江上好山如故人。
两髯局蹐事辛苦，举网绝江遮巨鳞。
容仪颇亦类古雅，匪特临流羡渔者。
天机妙发毫素间，画师岂是无心写。
一髯长搩（操）百尺竿，一髯屹立当风湍。
后先指示若为语，得失所系何其难。
绿发小儿殊不痴，解带默默临清漪。

偶然一饮坐树下，鳣鲔有无初不期。
君不见任公子，汎汎扬州弄云水，
六鳌驾出海上来，未必竿头能致此；
又不见，张志和，啸歌紫芝坐绿莎，
一丝风月亘终古，眼底屑屑浮云过。
览君此图动深省：世间万事鱼戏鼎，
唯有渭川姜子牙，直钩下钓沧波冷。

捕鱼图（二首）

（明）陶安

操舟下网水波深，几簇渔家柳树阴。
举目纷纷争为利，不知谁有子陵心。

蓑笠衰翁冻欲僵，溪风吹透稚儿裳。
几多辛苦求鲜食，何似安居㸑菜尝。

春江捕鱼图

（明）管讷

玄真坊中老孙子，老去今年不知几。
绿蓑短短仅遮身，自小求鱼足生理。
鱼仓蟹舍小蓬门，一带编篱住江涘。
昨夜青山得雨多，门前三尺桃花水。
大家渔具都上船，水面纷然若浮蚁。
小儿捩柁立船梢，老妇供炊在篷底。
大绳属网绝中流，东船才下西船起。
须臾两船相向开，来往风波疾如驶。
前船得鱼先上城，后船回篙刺沙觜。
此宾此主尚杯盘，樵青已卧芦花里。

醒者尚钓醉者眠，东去西来随所止。
不欠官家鱼税钱，荣辱从来不干己。
我家江南山水间，烟树参差绝相似。
作客天涯未得归，一见此图心独喜。
俸钱几时当买山，小筑茅堂三泖尾。
白头方是谢官时，也学渔家从此始。

李龙眠画雪中捕鱼图
（明）唐之淳

玉龙行空不成雨，首触银河落秋浦。
帝遣神工种白榆，皓鹤飞来老鹇舞。
榜儿踏船依楚竹，不钓齐璜饵荆玉。
波寒月黑大星稀，万斛骊珠岂胜掬。
夜阑缄素报麻姑，桑下尘飞海欲枯。
何如去作蓬莱主，五城不夜无寒暑。

清江捕鱼图
（明）蒋冕

渔翁独爱清江水，孤棹横斜烟雨里。
一声欸乃隔江闻，举网得鱼满筐美。
老妇报道茅柴香，烹鱼篘酒邀客尝。
酒酣熟睡唤不醒，满江风露天茫茫。
画工曾向江头见，几度临流深叹羡。
归来拈笔写半幅，画耶景耶皆莫辨。
客从何处得此图？壁间彷佛成江湖。
应知濠濮不在远，庄生乃是天之徒。

捕鱼图歌
（明）吴溥

官河雨后春水浑，夹河两岸皆渔村。

捕鱼但愿鱼课足,风波虽险宁足论。
大鱼无多趁时卖,小鱼连船贱如芥。
大鱼卖钱须纳官,小鱼得钱还酒债。
渔郎捕鱼莫厌贫,官河鱼米朝朝新。
劝郎莫厌渔业贱,古来亦有非常人。

董端明渔父图(七首)

(宋)陈子高

处处晴沙著钓纶,浴凫飞鹭颇相亲。
谁知夙昔风云会,只似寻常江海人。

鲙缕丝丝雪色鱼,碧筩香细引村沽。
江天此乐谁无分,不问官家乞鉴湖。

君王猎罢载熊罴,锡壤分茅合霸齐。
邑有鱼盐太多事,翛然何似钓璜溪。

倾吴佐越早经纶,朝市风波猛乞身。
不道五湖春浪急,篷牕还有捧心人。

志和渔隐古仙真,霅水风流见后身。
蓑笠何须访图画,貂蝉凛凛在麒麟。

雷泽田渔翊圣明,射蛟南幸见升平。
稍分天汉昭回象,更和江湖欸乃声。

风烟回首钓鱼台,巾褐从容小殿开。
自是玉皇香案吏,外边休奏客星来。

渔翁图
（元）程钜夫

渔翁牵纑渔妇纺，膝上儿看掉车响。
溪南溪北趁冬晴，水急船多欠新网。
祝儿休啼手正忙，网成得鱼如汝长。

为曹仲坚题渔父图
（元）程钜夫

风烟浩渺浪拍天，百帆齐开争一先。
轻舠荡漾自来去，诗人曾赏古渔父。
山围别浦树参差，水净沙明人迹稀。
大罾小罟较得失，魴鱮暗作枯鱼泣。
直针为钩饵亦无，烟波不见真钓徒。
林中茅屋是谁子？袖手无言方隐几。

题春江渔父图
（元）杨维桢

一片青天白鹭前，桃花水泛住家船。
呼儿去换城中酒，新得槎头缩颈鳊。

秋江渔父图
（元）刘秉忠

白蘋红蓼满沧洲，江上青峰倒玉楼。
出没不拘同水鸭，往来无系伴沙鸥。
烟波围遶几渔舍，天地横斜一钓舟。
蓑笠为渠相盖管，潇潇风雨不胜秋。

林志尹秋江渔父图
（明）张以宁

江风摇柳云冥冥，小漕钓归潮满汀。
卖鱼得钱共秋酌，白酒船头青瓦瓶。
樵青劝酒溪童舞，击瓯唱歌无曲谱。
船前野鸭莫惊飞，我有竹弓不射汝。

西岩渔翁图
（明）徐贲

云水平生一钓纶，扁舟来往楚江滨。
自烧绿竹炊新饭，谁道烟消不见人。

渔翁图
（明）吴宽

数株古树荒溪滨，一竿占断如无人。
溪深水聚鱼亦聚，谁遣两翁当要津？
苇间大艑何为者？亦有长竿手中把。
两翁得鱼慎勿争，只学收门取多寡。

跋醉渔父图
（元）王恽

浪急舟轻任自由，得鱼归去博新篘。
醉来省记灵均语，独宿烟蓑笑不休。

醉渔图
（明）李廷义

短蓑宿雨晞残湿，一竿深坐矶头石。

捲纶归去踏莎堤，笠影斜翻半山日。
红杏桥边有酒家，将鱼换酒不须赊。
醉倒竹根呼不醒，梦魂随月入芦花。

醉渔
（明）傅汝楫

烟轻江上钓初回，呼伴携鱼换酒杯。
便欲忘言醉芦苇，独醒恐有楚臣来。

题醉渔图
（明）郑鹏

去住一叶舟，卷舒一竿竹。朝从柳岸过，夜向芦汀宿。
鱼多不卖钱，村酒换盈斛。鲜脍簇银丝，芳香杂野蔌。
老妻笑倾壶，稚子歌击筑。醉来横短楫，披襟坦便腹。
月明风露净，蘧然睡方熟。随流任所之，自信稳于屋。
嗟彼尘世间，风波平地伏。绂绶成拘挛，车马生局蹙。
华亭鹤不闻，千秋伤二陆。

题渔娃图
（明）杨慎

碧玉深沉智井边，绿珠魂断舞楼前。
风流毕竟输渔父，醉拥渔娃尽日眠。

题郑子实著色溪山渔乐图
（元）龚璛

东风忽来吹绿雨，闲云更学苔花舞。
山中之人归未归，溪上渔舟泛春渚。

松雪临郭熙溪山渔乐

（元）邓文原

峭石浮岚俯翠微，瀑流飞雨散林霏。
渔舟来往清溪曲，怅望行人古道稀。

寒江渔乐图

（元）陈樵

菰芦满眼沙际天，寒林古树凝苍烟。
长河不是天上来，缘何衮衮生笔端？
鱼龙半随风雨去，舟人渔子空茫然。
画师胸中吞万有，吐出云梦常八九。

渔乐图

（元）吴师道

罾网纵横来去船，老妻含笑小童颠。
旁人竞羡渔家乐，不道群鱼正可怜。

题松雪临郭河阳溪山渔乐图

（元）白珽

远山近山何历历，下有长溪横一碧。
溪中亦有钓鳌手，此手不遮长安日。
野桥烟树接草庐，飞流如练悬空虚。
截山白云凝不去，要人写作岩居图。

江山渔乐图

（元）谢应芳

数口妻儿网一张，船为家舍水为乡。

江南江北山如画，欸乃声中送夕阳。

渔家乐题渔乐图（为曾朝佐郎中赋）
（明）镏崧

渔家乐船里，为家无土著。
朝朝日日大江边，长汀短汊从湾泊。
醉眠饱食托烟波，却笑傍人事耕作。
月明篷上芦花飞，雨打船头枫叶落。
芦花飞出水，鳜鱼秋正肥。
侵晨相唤提网去，薄暮放歌收钓归。
夫妻白首长相聚，有脚何曾踏山路。
教儿打网莫种田，长江有水无荒年。

题渔乐图
（明）王绂

遥天雨歇明残霞，凉风飒飒吹蒹葭。
晚来随处可栖泊，五湖烟水皆吾家。
得鱼且觅秦桥酒，旋采溪毛杂菱藕。
除著沙鸥孰可亲？隔篷唤取邻船叟。
生计年年一叶舟，全家不识别离愁。
妇能斫鲙儿行盏，一笛横吹万里秋。

题渔乐图
（明）陆深

平沙坦路有风涛，便欲移家傍此曹。
鼓櫂鸣榔自成趣，卖鱼沽酒不辞劳。
拖蓝槛水春云腻，破白船艖夜月高。
收网一灯山下泊，绿蓑衣底读《离骚》。

江乡渔乐图

（明）刘溥

桃花雨歇春潮长，江中鲤鱼随水上。
香蒲叶短白鹭飞，渔父乘船自来往。
船头巨罾三丈馀，辘轳引缏如引车。
浪花触船鱼乱跃，儿女相顾争欢呼。
江头卖鱼朝买谷，晚来还向江头宿。
老翁不愁儿不啼，新妇船中炊欲熟。

题钱舜举渔乐图

（明）沈周

长江无风绉秋碧，鸭嘴平滩引南北。
水枫脱叶荻花飞，独许红蓼占秋色。
东船老渔罱鱼立，手擘罱竿双脚赤。
清波照鱼如可拾，自见须眉还历历。
老妻背坐乳小儿，似厌大儿争且索。
西船收纶唱歌返，短楫弄波声湝湝。
一家妻子团圞头，三泖五湖供泛宅。
得鱼换米日日饱，鲜鲤活鲈为黍稷。
渔船两叶天地间，翻觉船宽浮世窄。
与渔传神霅溪老，满眼江河纸盈尺。
烟波情性渔不知，令渔见画渔还惜。

渔乐图

（明）徐渭

一都宁止一人游，一沼能容百网求。
若使一夫专一沼，烦恼翻多乐翻少。

谁能写此百渔船，落叶行杯去渺然。
鱼虾得失各有分，蓑笠阴晴付在天。
有时移队桃花岸，有日移家荻芽畔。
江心射鳖一丸飞，苇梢缚蟹双螯乱。
谁将藿叶一筐提，谁把杨条一线垂？
鸣榔赵獭无人见，逐岸追花失记归。
新丰新馆开新酒，新钵新姜捣新韭，
新归新鴈断新声，新买新船系新柳。
新鲈持去换新钱，新米持归新竹然。
新枫昨夜钻新火，新笛新声新暮烟。
新火新烟新月流，新歌新月破新愁。
新皮鱼鼓悲前代，新草王孙唱旧遊。
旧人若使长能旧，新人何处相容受？
秦王连弩射鱼时，任公大饵刭牛候。
公子秦王亦可怜，秪今眠却几千年。
鱼灯银海乾应尽，东海腥鱼腊尽乾。
君不见近日仓庚少人食，一鱼一沼容不得。
白首浑如不相识，反眼辄起相弹射。
蛾眉入宫骥在枥，浓愁失选未必失。
自可乐兮自不择，览兹图兮三太息。
噫嗟嗟乐哉！愧杀青箬笠。

渔乐图（为茅指挥题）

（明）僧来复

渔郎家住鸬鹚湾，水云千顷茆三间。
太平身不识官府，只将网罟营朝餐。
大儿扳罾露两膊，小儿鸣橹垂双鬟。
烟波托命作畎畝，蒲蓑不怕风雨寒。

东泛白蘋渚，西泊黄芦滩。
水边长觅鸥鹭伴，天上那识鹓鸾班。
得鱼归来慰妻子，收拾丝纶坐篷底。
菱租剩有输官钱，沽酒街前籴新米。
紫蟹黄金鳌，白鲫丹砂尾。错杂罗盘餐，交欢聚邻里。
有身谁无衣食谋，昨日红颜今白头。
铜驰（驼）陌上车如流，扰扰尘土何时休？
我爱严子陵，脱身如老鹤。钓雪桐江台，高情付寥廓。
人生何为困羁缚，对此新图想丘壑。
扁舟弄月歌沧浪，谁似渔家有真乐。

渔村诗话图

（金）党怀英

江村清境皆画本，画里更传诗话工。
渔父自醒还自醉，不知身在画图中。

题渔村图

（元）虞集

黄叶江南何处村，渔翁三两坐槐根。
隔溪相就一烟棹，老妪具炊双瓦盆。
霜前渔官未竭泽，蟹中抱黄鲤肪白。
已烹甘瓠当晨餐，更撷寒蔬共萑席。
垂竿何人无意来，晚风落叶何碞碨。
了无得失动微念，况有兴亡生远哀。
忆昔采芝有园绮，犹被留侯迫之起。
莫将名姓落人间，随此横图卷秋水。

渔村落照

（明）谢士元

返照射江皋，寒鸦闪归翼。理棹回中流，澹彼南山色。

渔村晚照图

（明）朱谏

落日遥遥江水绿，一叶扁舟当华屋。
渔翁生计等浮沤，醉来每向沧洲宿。
野店炊烟幂高树，罢钓收纶且归去。
苍鸥泛泛似留人，逝水无情向何处？
世人皆巧我独拙，鼓枻清歌日光没。
磻溪旧事緫不知，手把深杯对明月。

秋浦晚罾图

（明）金幼孜

萧萧落木水增波，敧岸风凉起棹歌。
怪得渔郎赢笑语，晚来罾上得鱼多。

渔隐图（为程子纯赋）

（元）杜本

山下白云缥缈，水边红树依稀。
信有桃源深处，渔人今亦忘归。

题贾原善典宝寒潭渔隐图

（明）王瀚

君家旧在寒潭住，故写新图寄幽趣。
木落秋山潭水空，犹把长竿倚溪树。

角巾野服身翩翩,髣髴当年孟浩然。

题渔隐图(春夏秋冬四首)

(明)文徵明

江南雨收春柳绿,碧烟敛尽春江曲。
十里蒲芽断渚香,千尺桃花春水足。
溪翁镇日临清渠,坐弄长竿不为鱼。
太平物色不到此,安知不是严光徒。

江头夏雨十尺强,晚波摇日空江凉。
游鱼瀺灂乐深薮,不谓人间有渔笱。
笱得江鱼不税官,自食自渔终岁欢。
输租转赋世途恶,渔家自得江湖乐。

渔翁老去头如雪,短笠轻蓑舟一叶。
百顷鱼虾足岁租,十只鸬鹚是家业。
横笛朝冲柳外风,浩歌夜弄波心月。
不嫌湖上有风波,世路风波今更多。

烟沉风紧鸣萧蓼。江湖岁晚玄冥肃。
寒塘日出晓光浮,村瓮茅柴酒初熟。
网得冰鳞不入城,自漉瓦盆招近属。
欸乃一声烟水长,苇深江静然湘竹。

题松溪渔隐图

(明)僧元璞

我昔楚江上,钓船时往还。长歌送落日,濯足对青山。
鱼游春草里,鸟去白云间。此意孰能解,忘言心自闲。

题渔隐图（二首）

（明）僧智舷

江水悠悠白鹭飞，风埃吹不上荷衣。
纶竿收起心无事，贪看青山却怕归。

此老行藏何太迂，不甘朝市钓江湖。
江湖又欲逃鱼税，勾个渔舟隐画图。

历代题画诗类卷第六十八

渔樵类

雪麓渔舟图
（元）王冕

大山小山无寸青，长江万里如月明。
楚天不尽鸟飞绝，老树欲动风无声。
何人方舟顺流下，草衣箬笠俱潇洒。
篷底有儿能读书，不是寻常钓鱼者。
玄贞子，陶朱翁，避世逃名俱已矣，后来空自谈高风。
我视功名等尘垢，何似忘言付杯酒。
武陵岂必皆神仙，桃花流水人间有。

溪山渔艇图
（元）刘永之

夕阳延莫景，秋色远冥冥。流水双溪绿，寒山九叠青。
石楼依古木，草径接遥汀。钓叟长年在，何人问客星。

题风雨渔舟图
（元）胡长孺

细柳新蒲春已满，飘风急雨乱如颠。

渔人若解忘鱼意，系却扁舟卧碧烟。

题渔舟风雨图
（元）吴澄

蓑笠寒飕飕，一篙背拳曲。有人方醉眠，酒醒失茅屋。

题渔舟图
（元）吴澄

岸柳青青岸蓼红，两儿两姁两渔翁。
当年应笑扁舟客，月夜西施一夕风。

渔　图
（明）周用

寒潜急渔师，回溪愁泯泯。中有九寸鲜，无令一朝尽。
网丝伤春蚕，筍竹折稚笋。万口白喁喁，画者心亦忍！

渔　图
（明）徐渭

何人画秋色，芦花绣如组。罢钓睡孤舟，月满潇湘浦。
撒网打鱼惊鴈飞，钓竿闲挂冷鱼矶。
醉馀正好割鲜脍，怪杀松鲈画里肥。

书渔舟扇面
（明）舒芬

蹇驴辛苦走长安，十载依然著一冠。
争似渔翁江上老，绿蓑长伴白鸥闲。

渔舟夜归图
（明）陈颢

罢钓归来月未明，隔篱遥见一灯青。
不知潮落江风转，流却扁舟过别汀。

题赵子昂秋江渔艇图
（明）贝琼

朝渔江之南，暮渔江之北。朝暮清江边，公侯不相识。
西塞山前秋日微，沧波浩荡钓船归。
老髯何来一相就，铁笛夜吹彭郎矶。

题秋江渔艇
（明）陈继儒

怕将名姓落人间，买断秋江芦荻湾。
几度招寻寻不得，钓船虽小即深山。

马远虚亭渔笛图
（元）吴镇

虚阁延凉飔，唯闻芳草气。渔艇出沧浪，弄笛仍遗世。
山鸟为飞鸣，游鱼顺流去。幽人午睡馀，翛然信高致。
何物马生图，会得其中趣。展阅不能忘，赋得工五字。

题画芦花渔笛
（明）李日华

白石丹枫落照边，千峰云霭一江烟。
渔郎短笛无腔调，吹起芦花雪满船。

次韵题文太史沧浪渔笛图
（明）张凤翼

夹岸芦花雪作丛，扁舟长笛弄秋风。
十年不向山阴过，犹自含酸小幅中。

题徐景颜教谕縠江渔者卷
（明）邵伯宣

柯山青浸縠江波，有客长年披绿蓑。
钓泽偶膺多士选，讲帷仍赋散人歌。
桃花白鹭忘机久，莼菜鲈鱼入梦多。
迟子束书归旧隐，水云深处一经过。

周伯清秋江晒网图
（元）李存

晒网夕阳斜，攜壶入荻花。平生误识字，恨不作渔家。

题网鱼图
（明）倪宗正

白白江波红尾鱼，蒲花初发柳花疎。
江洲日暮忘归去，江鱼上网不知数。
风雨欲来犹不来，箬笠且挂矶头树。

二渔负罾图
（明）屠侨

夜饭未得熟，风涛不可罾。柴门桑竹雨，妻子候寒灯。

春波懒渔图

(明) 李日华

闻说淞陵鲈又肥,雨馀沙柳绿霏霏。
当年属玉听箫处,只有孤云映夕晖。

钓鱼图

(元) 彭炳

酒醒船在子陵台,万壑千岩玉琢开。
抛却钓鱼肩〔看〕雪落,一双青鹇恰飞来。

辋川钓者图

(明) 练子宁

家住横溪上,金川似辋川。凉风垂钓坐,明月棹歌还。
绿水雕胡饭,金鳞缩项鳊。鑑湖如可乞,相与颂尧天。

钓鱼图

(明) 吕㦂

枫香倚青壁,鱼乐荄蒲长。溪翁戴笠来,舟稳拨兰桨。
欲谈丗清浊,无复三闾丈。极目盼流云,沧浪发孤响。
馀音遶空谷,川绿平如掌。呼翁不我膺,系此蓴鲈想。

钓鱼图

(明) 庄㫤

溪上春云与浪飞,溪头春水鮆鱼肥。
野人只是闲无事,日出船来月出归。

钓鱼图（为叶司徒公题）

（明）李东阳

两舟同行如结邻，两翁相对各垂纶。
丝长水远意不极，俱是江湖闲散身。
倏无忽有时交诧，咫尺烟波不相借。
稺子牵丝似有情，前村问酒先论价。
江淮以南罾罟多，潇湘向上皆风波。
公家正住鱼龙窟，我兴即在《沧浪歌》。
沧浪歌长秋日短，野水寒天迷近远。
酒醒高堂看画图，黄芦瑟瑟江风满。

扇上钓鱼图

（明）贺钦

江上钓鱼翁，不识家何处。我恨凌溪来，安得与君住。

钓鱼图

（明）陈雷

歌向沧浪独羡鱼，钓竿闲却意何如？
磻溪梦里青山老，犹遇君王载后车。

题子昂江天钓艇图

（元）陈旅

雨馀秋水满山前，正是江南落鴈天。
何处故人渔艇小，断蝉疏树夕阳边？

题盛子昭临吴兴公溪山钓船图

（明）虞堪

著我春江听雨眠，鸥波亭下水如天。

当时度得参差玉，吹起春风满钓船。

为世贤题唐子华钓舟图
（明）吴宽

日落长堤古树阴，溪舟争放碧溪浔。
看渠共理丝纶手，真有前人竭泽心。

沈启南画渔舟晚钓图
（明）文森

新丰酒波堪濯足，尘土红污酒波绿。
粗豪饮客下马下，三觥五筹行促促。
何如並著春江船，蒲茸紫立柳黄眠。
船头钓得缩项鳊，卖之尽可供酒钱。
夕阳射眼拉柁转，江光帖天孤鸟远。

为彭子弘题渔钓图
（元）刘永之

彭郎矶畔小茅堂，露满秋林木叶黄。
石渚水生鱼欲上，一江风雨夜鸣榔。

题山水钓鱼小画
（明）程本立

人间万事一丝轻，江上数峰双眼明。
老我不归空看画，秋风又到洛阳城。

春江独钓图（前金平阳人孙子安笔）
（元）王恽

渺渺春江碧若空，一丝斜袅钓坛风。

富春莫拟幽栖稳,已在君王物色中。

春江独钓图
（元）倪瓒

春洲菰蒋绿,江水自空虚。望山以高咏,意钓不在鱼。

春溪独钓图
（明）高启

春水鳜鱼肥,垂纶坐断矶。羊裘人易识,好著旧蓑衣。

题秋江垂钓图
（元）赵孟頫

湘江霜冷鹇初飞,云满君山树影稀。
秋色天涯元不尽,扁舟何事不知归？

题秋江垂钓图
（元）虞集

晓烟横树转溪湾,何事渔舟罢钓还？
门外秋风吹叶老,幽人闲看巨然山。

题秋江把钓图
（元）黄镇成

独载轻舠过碧川,一纶牵动楚江天。
芦边有月还吹笛,柳外无风不系船。
留火夜燃湘岸竹,得鱼朝送酒家钱。
十年湖海真如画,亦欲狂歌一扣舷。

秋江独钓图

（元）吴师道

羲冠古服理丝纶，恐是玄真辈行人。
今日官征算舟舫，水云莫倚自由身。

题朱泽民秋江独钓图

（元）郑东

山川无微云，万物粲可数。长江秋气至，美人在中渚。
凉风吹兰舟，木叶下如雨。鲂鲤岂必多，书卷良可咀。
初非与世殊，聊以乐空屡。

题秋江渔钓图

（明）林鸿

移舟向潭石，投钓临寒流。馀怀本澹荡，况此沧江秋。
白日既濯濯，清飙何浏浏。适意非在鱼，所希与神游。
悠哉共恬淡，惟应沙际鸥。

秋江独钓图

（明）王直

蒹葭淅沥秋雨霜，明月照水天苍茫。
扁舟静夜沂空阔，惊起沙边鸥鹭行。
钓车不用置在傍，此心宁羡鲤与鲂。
扣舷独往歌《沧浪》，歌声激烈增慨慷，山中之人遥相望。

秋江钓舟图

（明）陆深

西风吹满荻芦花，酿作霜寒啼乱鸦。

买得钓船如屋里，只将秋水老《南华》。

寒江独钓图
（元）袁士元

堪笑江湖几钓徒，朝来相唤暮相呼。
只今风雪蒙头处，回首烟波一箇无。

寒江独钓图
（元）唐肃

非为投竿为好奇，江寒冻折钓翁髭。
缘知雪压篷牕晓，不载鱼归只载诗。

独钓寒江
（明）徐渭

大海有鲸鱼，五岳其鼻额。任公钓不来，烦尔一丝雪。

空江独钓图（为璋侄题）
（明）陈㸅

一气团虚亘寥廓，天光云影镜中落。
纷纷物态从更变，眼底何如阿翁乐。
名利不牵身独闲，万顷沧波百尺竿。
溪月江风随意取，星星短发颜如丹。
潮来潮去凭此竹，不钓齐璜钓荆玉。
游鳞掣破浪花圆，欸乃一声山水绿。
君不见渭滨人，熊罴不入姬文梦，百岁风光老钓纶；
又不见严滩老，汉家名节在一丝，云台事业跡如埽。
谁写斯图讬意深，小阮重之轻南金。
特来索我题佳句，薰风洒洒清烦襟。

几向濯清亭子上,凭栏相对成惆怅。
安得呼酒倾百壶,烂醉沙头续渔唱。

题沧江独钓图

(明) 刘基

山邈沧江一钓船,又随斜日下长川。
小鱼不食大鱼去,风定远林生白烟。

桐江独钓图

(明) 商辂

拂袖长歌入富春,沧江深处独垂纶。
短蓑不换轩裳贵,千载高风有几人?

题澄江钓叟图

(明) 廖道南

江上青山翠欲流,江头白浪雨初收。
渔竿夙协磻溪兆,鹤梦曾经赤壁游。
天外帆樯临碧海,云中楼阁即丹丘。
悬知别浦通幽处,自有神槎汎斗牛。

题田使者玉泉垂钓图

(元) 王恽

渭畋应未兆非熊,底是胸蟠万丈虹。
办与澄湖三百顷,一丝斜袅绿杨风。

题长溪独钓图

(元) 丁鹤年

溪上钓西风,心随溪水东。后车今已载,何待兆非熊?

题宋元凯都市寺为中正堂画溪山晚钓图
（元）郑洪

百亩青山二顷田，金溪南畔竹菴前。
绀园蒼蔔花香澹，宝地桫椤树影圆。
日日钓丝牵蓑雨，年年禅榻对茶烟。
郎星昨夜明如月，偏照君家书画船。

题双松独钓图
（元）陶宗仪

双松偃蹇水揉蓝，几叠遥山送碧岚。
一叶钓舟轻似苇，短蓑烟雨老江南。

次韵赵子野石城钓月图
（宋）楼钥

石城江头可怜月，曾照六朝清夜猎。
古往今来知几何，长江衮衮萧萧叶。
谪仙去后诗盟寒，王孙诗瘦清栾栾。
诗情浩荡坐无奈，扁舟笑把磻溪竿。
江平风轻波瑟瑟，宿霭卷空天一色。
东风吹月入长安，一卷风流坐中得。
初读神意清，再读胸次平。
回头明月只如故，世上兴废徒纷更。
想君一叶自掀舞，夜静水寒谁与语？
船头有酒且孤斟，莫向金陵重怀古。

秋江钓月图歌
（元）刘因

南山舞空趋翔鸾，北山人立如啼猨（猿）。

长流东来贯其腹，谓是浙水屈曲万丈之上源。
大鱼奔腾鳍鬣焦，小鱼委靡随江潮。
中有白玉蟾，落落五采凝不消。
人言此蟾在天主阴魄，沦没何为水中宅？
籫籫千尺纶，蟾永不受吞。
广寒高居凌紫清，日逐乌御不得停。
爱此江水碧，倒空浴影潜金精。
感君缠緜如有素，瞬息还须上天去。
君不闻任公子，东海投竿非小智；
又不闻严先生，羊裘古濑成高名。
君家慈母占毕逋，百尺楼观端可居。
黄金之钓不复理，明月年年在秋水。

黄清夫秋江钓月图

（元）赵孟頫

尘土染人衣袂，烟波著我船艖。
为问行歌都市，何如钓月秋江？

题黄隐君秋江钓月图

（元）范梈

旧识先生隐者流，偶因图画想沧洲。
断云满路碧嶂晚，明月何年青嶂秋？
世故风尘双短屐，生涯天地一扁舟。
何由白石空矶畔，招得人间万户侯。

钓雪图

（元）袁桷

明月入水底，摩盪空江雪。昂昂垂纶翁，在雪不在月。

悟彼玄化理，不寐坐明发。我舟非无桨，我车讵无辙？
迂儒守绳枢，世胄贯华阀。愿以千尺竿，截为济川筏。

题寒江钓雪
（元）马祖常

欲买韩家旧石淙，钓鱼竿底是寒江。
淮南十月蒹葭岸，曾见冰花到小艭。

钓雪图
（元）萨都剌

天寒日暮乌鸦啼，江空野阔黄云低。
村南村北人迹断，山前山后玉树迷。
歌楼酒香金帐暖，岂知篷底鱼羹饭。
一丝天地柳花春，万里烟波莲叶远。
风流不数王子猷，清兴不减山阴舟。
人间富贵草头露，桐江何处觅羊裘？
还君此画三叹息，如此江湖归未得。
洗鱼爨饭捲孤篷，江上云山好颜色。

钓雪图（为文选乔希大题）
（明）吕恧

寒波雪片霏霏雨，老渔宿昔扁舟具。
龙伯宫前掷一丝，细鳞缩项随烟雾。
霓竿本解钓珊瑚，俗情大笑何曾顾。
太平无事用鹰扬，恶风白浪弓旌暮。
蓑笠闲吟柳柳州，眼中枉费频招呼。
我待明年春水时，去逐桃花傍岩住。

寒江钓雪
（明）周复俊

岚云冻不飞，江水明素练。千林冥若空，遥峰隐还见。
渔歌岩下起，落日声犹转。

写立钓图
（明）李日华

游鱼得饵噞复吐，立钓才知纵与沉。
云影自移山自静，由来不碍树边吟。

题罢钓图
（明）张凤翼

轻鸥飞鹭漫沉浮，未晚停桡红蓼洲。
明月满船君莫笑，有风波处不垂钩。

罢钓图（为翟少参文光题）
（明）杨基

畏途万里费经游，到处红尘没马头。
何日钓竿从此老，也分一片荻花秋。

题铁仲坚宣差所藏罗稚川烟村图
（元）刘诜

荒村漠漠烟连山，谁家野店两树间？
青帘稍出树梢外，秋风败叶寒斑斑。
路通白石流水乱，长桥缥缈依山涧。
渔姑得酒归意速，攜稚渡桥如落鴈。
寒藤老木又一川，罾船方馔罾斜悬。

有鱼有酒复有客,风致何必能诗篇。
乱鸦几点天疑莫,欲泊未泊环高树。
小舟七八散前滩,或倚长篙收钓具。
君不见鸱夷一舸游五湖,
子陵羊裘钓桐庐,安知若人非其徒?

仿巨然烟艇
(明) 李日华

烟山烟树又烟沙,翠绿茫茫何处家?
只有渔翁知活计,水天空阔傍芦花。

题刘光朝小景图
(元) 陈泰

江云惨淡江风骄,欲行不行谁渡桥?
舟中渔父晚更急,卖鱼归来醉无力。
汉阳城郭鹦鹉洲,我昔曾泛冯夷秋。
如今此景是何处?拟向刘郎辨烟树。

题小景
(明) 张以宁

雀啅江头秋稻花,颠风吹柳一行斜。
渔舟细雨独归去,白石沧江何处家?

题子昂画
(明) 王达

阙下归来觅钓舟,黄金带重雪盈头。
鲤鱼风起芙蓉落,一缕丝悬玉镜秋。

题小画
（明）谢榘

撒罢丝纶漾小舟，绿阴只在水西头。
得鱼换酒寻常事，日暮归来且暂休。

小　景
（明）祝允明

浓云压岭雨初至，密叶障林风更多。
只有渔翁能了事，一枚圆笠半肩蓑。

为王章甫画
（明）李日华

黄叶陂深隐钓舟，蓼花瑟瑟水悠悠。
鸬鹚睡熟渔翁醉，偷取潇湘一段秋。

跋武元直渔樵闲话图
（金）赵秉文

两翁久忘世，木石以为徒。偶然相值遇，风月应指呼。
废兴非吾事，胡为凡（此）区区。但觉腹中事，似落纸上图。
一以我为渔，神游渺江湖；一以我为樵，梦为山泽臞。
形骸随所遇，何者为真吾？尚忘彼与此，况复朝市娱。
西风下落日，渡口炊烟孤。无问亦无答，长啸归来乎！

渔樵闲话图
（元）王恽

舣舟弛担两欣然，千古兴亡话眼前。
忘却前溪归路晚，暝烟横合碧山巅。

渔樵问答图
　　　　　　　　　（元）袁桷

翠岭邀黄鸟，苍波翫白鸥。偶因平地坐，始识世间愁。

渔樵问话图
　　　　　　　　　（明）杨基

君收纶，我停斧，且向谿头话今古。
屈宋文章爨下薪，韩彭事业庖中鮒。
世上功名贱如土，何须了了文兼武。
君贯鱼，我负刍，有酒可换不可沽。
青山满眼同一醉，勿论区区荣与枯。

渔乐樵隐二图（为吴隐君题）
　　　　　　　　　（明）储巏

鸥波濯足柳维舟，阅尽沧江到白头。
偶与野人相话及，夜来闲梦入西周。

黄帽青鞋懒折腰，拟随麋鹿住山椒。
少年操斧曾伤手，只傍风林拾堕樵。

题樵渔图（二首）
　　　　　　　　　（元）贡师泰

长松如盖复如轮，袒腹支颐倚树身。
谁谓樵夫避辛苦，乾坤许我一闲人。

一蓑烟雨一竿风，江海茫茫望眼空。
不是渭阳曾遇猎，世间谁复识渔翁。

为陈叔原题渔樵图

（明）蓝智

武夷老人年七十，昼业渔樵夜妻织。
有儿长大不读书，采山钓濑供衣食。
此翁自是神仙徒，牀头酒香不用沽。
生逢太平少征敛，虽有生涯无官租。
昨朝自攜书一束，过我衡门看秋菊。
新图苍莽烟水寒，复有疎篁间枯木。
一客负薪山路长，一客榜舟渔在梁。
荒村无人日未落，偶坐有意俱相忘。
知君老去犹爱此，能以安闲遗孙子。
愧我十年尘土间，按图欲借溪南山。

题渔樵图

（明）僧宗泐

两客此相遇，百年天与闲。舣舟临碧岸，吹笛对青山。
怪树依岩老，幽花笑日殷。画图谁不羡，尘土自摧颜。

题郭熙画樵夫渡水扇

（宋）文彦博

浅水深山一径通，樵夫涉水出林中。
可怜画笔多情思，写在霜纨一扇风。

为畴斋张府卿作樵云图

（元）马臻

喧寂本异轨，乃知静者心。清晨整芒屩，斧斤入山林。
担挑烟霞气，出没穷幽深。

终南太华长入眼，萧萧不断松涛响。
静观天地生化机，抱膝无言坐成晚。
昔日会稽朱买臣，汲汲行吟背负薪。
轻将富贵博幽意，野风吹老青山春。
碧桃花底烟光莫，应见仙人著碁处。
时清不用歌《紫芝》，独自穿云下山去。

樵隐图（二首）

（元）陈樵

清晨执柯出，负薪薄暮归。岂无登顿劳，独与忧患违。
山深云冉冉，树密芳菲菲。猿鸟久相狎，世事俱忘机。

买臣昔采薪，颇似远名利。何事五十年，却复怀富贵？
古来樵牧间，多非隐沦地。寄言谢君子，无使心迹异。

吕氏樵隐图

（元）陈樵

山霭氤氲泾绿蓑，无人空谷伴狂歌。
千年甲子碁边老，两字功名世外多。
乳鹿穿云觅芝草，惊猿抱子度烟萝。
心闲便是神仙侣，莫对痴儿说烂柯。

暮岭归樵图

（明）祝允明

吴山岭头风萧萧，吴山落日红抹腰。
蜿蜒鸟道自能认，只在山中非市朝。
烧薪煖酒换鱼鬻，五十行歌气如虎。
朱翁侧足金马门，吾侬未舍无媒路。

题鄱阳杨兰谷渔樵耕牧图

(元）李祁

我家云阳东，衣食在渔稼。朝耕白云边，暮钓青溪下。
有时逐樵牧，谈笑至昏夜。自云此真乐，此乐天所借。
乱离寄他乡，奔走不遑暇。蹉跎几经年，及此见图画。
苍茫指顾中，彷佛在田舍。四事苦难併，苟得亦可诧。
何时赋归来，鸡豚餍春社。

历代题画诗类卷第六十九

耕织类

题耕织图二十四首奉懿旨撰
（元）赵孟頫

田家重元日，置酒会邻里。小大易新衣，相戒未明起。
老翁年已迈，含笑弄孙子；老妪惠且慈，白发被两耳。
杯盘且罗列，饮食致甘旨。相呼团栾坐，聊慰衰莫齿。
田硗藉人力，粪壤要锄理。新岁不敢闲，农事自兹始。

东风吹原野，地冻亦已消。早觉农事动，荷锄过相招。
迟迟朝日上，炊烟出林梢。土膏脉既起，良耜利若刀。
高低徧翻垦，宿草不待烧。幼妇颇能家，井臼常自操。
散灰缘旧俗，门迳环周遭。所冀岁有成，殷勤在今朝。

良农知土性，肥瘠有不同。时至万物生，芽蘖由地中。
秉耒向畎畮，忽徧西与东。举家往于田，劳瘁在尔农。
春雨及时降，被野何濛濛。乘兹各播（布）种，庶望西成功。
培根利秋实，仰天望年丰。但使阴阳和，自然仓廪充。

孟夏土加润，苗生无近远。漫漫冒浅陂，芃芃被长阪。

嘉穀虽已殖，恶草亦滋蔓。君子与小人，并处必为患。
朝朝荷锄往，薅耨忘疲倦。旦随鸟雀起，归与牛羊晚。
有妇念将饥，过午可无饭？一饱不易得，念此独长叹。

仲夏苦雨乾，二麦先后熟。南风吹陇畞，惠气散清淑。
是为农夫庆，所望实其腹。酤酒醉比邻，语笑声满屋。
纷然收获罢，高廪起相属。有周成王业，后稷播百穀。
皇天贻来牟，长世自兹卜。愿言乘岁稔，四海尽蒙福。

当昼耘水田，农夫亦良苦。赤日背欲裂，白汗洒如雨。
匍匐行水中，泥淖及腰膂。新苗抽利剑，割肤何痛楚。
夫耘妇当馌，奔走及亭午。无时暂休息，不得避炎暑。
谁怜万民食，粒粒非易取。愿陈知稼穑，《无逸》传自古。

大火既西流，凉风日凄厉。古人重稼穑，力田在匪懈。
郊行省农事，禾黍何旆旆。碾以他山石，玉粒使人爱。
大祀须粢盛，一一稽古制。是为五穀长，异彼秫与稗。
炊之香且美，可用享上帝。岂惟足食人，一饱有所待。

白露下百草，茎叶日纷委。是时禾黍登，充积徧都鄙。
在郊既千庾，入邑复万轨。人言田家乐，此乐谁可比！
租赋以输官，所馀足储峙。不然风雪至，冻馁及妻子。
优游茅簷下，庶可以卒岁。太平原有象，治世乃如此。

大家饶米面，何啻百室盈。纵复人力多，舂磨常不停。
激水转大轮，砲碾亦易成。古人有机智，用之可厚生。
朝出连百车，莫入还满庭。勾稽数多寡，必假布算精。
小人好争利，昼夜心营营；君子贵知足，知足万虑轻。

孟冬农事毕，谷粟既已藏。弥望四野空，藁秸亦在场。
朝廷政方理，庶事和阴阳。所以频岁登，不忧旱与蝗。
置酒燕乡里，尊老列上行。肴羞不厌多，炰羔复烹羊。
纵饮穷日夕，为乐殊未央。祷天祝圣人，万年长寿昌。

农家值丰年，乐事日熙熙。黑黍可酿酒，在牢羊豕肥。
东邻有一女，西邻有一儿。儿年十五六，女大亦可笄。
财礼不求备，多少取随宜。冬前与冬后，婚嫁利此时。
但愿子孙多，门户可扶持。女当力蚕桑，男当力耘耔。

一日不力作，一日食不足。惨淡岁云莫，风雪入破屋。
老农气力衰，伛偻腰背曲。索绹民事急，昼夜互相续。
饭牛欲牛肥，芨藁亦预蓄。蹇驴虽劣弱，挽车致百斛。
农家极劳苦，岁岂恒稔熟。能知稼穑艰，天下自蒙福。
——右耕

正月新献岁，最先理农器。女工并时兴，蚕室临期治。
初阳力未胜，早春尚寒气。窗户当奥密，勿使风雨至。
田畴耕耨动，敢不修耒耜。经冬牛力弱，相戒勤饭饲。
万事非预备，仓卒恐不易。田家亦良苦，舍此复何计？

仲春冻初解，阳气方满盈。旭日照原野，万物皆欣荣。
是时可种桑，插地易抽萌。列树徧阡陌，东西各纵横。
岂惟篱落间，採叶惮远行。大哉皇元化，四海无交兵。
种桑日已广，弥望绿云平。匪惟锦绮谋，只以厚民生。

三月蚕始生，纤细如牛毛。婉娈闺中女，素手握金刀。

切叶以饲之，拥纸散周遭。庭树鸣黄鸟，发声和且娇。
蚕饥当採桑，何暇事游遨。田时人力少，丈夫方种苗。
相将挽长条，盈筐不终朝。数口望无寒，敢辞终岁劳。

四月夏气清，蚕大已属眠。高首何昂昂，蛾眉复娟娟。
不忧桑叶少，徧野如绿烟。相呼攜筐去，迢递立远阡。
梯空伐条枚，叶上露未乾。蚕饥当早归，秉心静以专。
饬躬修妇事，黾勉当盛年。救忙多女伴，笑语方喧然。

五月夏已半，谷莺先弄晨。老蚕成雪茧，吐丝乱纷纭。
伐苇作簿曲，束缚齐榛榛。黄者黄如金，白者白如银。
烂然满筐苢（筥），爱此颜色新。欣欣举家喜，稍慰经时勤。
有客过相问，笑声闻四邻。论功何所归？再拜谢蚕神。

金（釜）下烧桑柴，取茧投釜中。纤纤女儿手，抽丝疾如风。
田家五六月，绿树阴相蒙。但闻缫车响，远接村西东。
旬日可经绢，弗忧杼柚（轴）空。妇人能蚕桑，家道当不穷。
更望时雨足，二麦亦稍丰。酤酒田家饮，醉倒妪与翁。

七月暑尚炽，长日弄机杼。头蓬不暇梳，挥手汗如雨。
嘤嘤时鸟鸣，灼灼红榴吐。何心娱耳目，往来忘伛偻。
织为机中素，老幼要纫补。青灯照夜梭，蟋蟀牕外语。
辛勤亦何有，身体衣几缕？嫁为田家妇，终岁复劳苦。

池水何洋洋，沤麻水中央。数日庶可取，引过两手长。
织绢能几时，织布已复忙。依依小儿女，岁晚叹无裳。
布襦不掩胫，念之热中肠。朝缉满一篮，莫缉满一筐。
行看机中布，计日渐可量。我衣既已成，不忧天早霜。

季秋霜露降，凛凛寒气生。是月当授衣，有布织未成。
天寒催刀尺，机杼可无营？教女学纺纑，举足疾且轻。
舍南与舍北，嘈嘈闻车声。通都富豪家，华屋贮娉婷。
被服杂罗绮，五色相间明。听说贫家女，恻然当动情。

丰年禾黍登，农心稍逸乐。小儿渐长大，终岁荷锄镢。
目不识一字，每念心作恶。东邻方迎师，收拾令上学。
后月日南至，相贺因旧俗。为女裁新衣，修短巧量度。
龟手事塞向，庶御北风虐。人生真可叹，至老长力作。

冬至阳来复，草木潜滋萌。君子重其然，吾道自此亨。
父母坐堂上，子孙列前荣。再拜称上寿，所愿百福并。
人生属明时，四海方太平。民无札瘥者，厚泽敷群情。
衣食苟给足，礼义自此生。愿言兴学校，庶几教化成。

忽忽岁将尽，人事可稍休。寒风吹桑林，日夕声飕飗。
墙南地不冻，垦掘为坑沟。斫桑埋其中，明年芽早抽。
是月浴蚕种，自古相传流。蚕出易脱壳，丝纩亦倍收。
及时不努力，知有来岁不？手冻不足惜，冀免号寒忧。

——右织

题耕织图（二首）

(明) 李进

西畴昨夜膏雨足，村村绿树啼布谷。
农夫相唤整锄犁，早起驱牛出茅屋。
土腴牛健耕易深，暖云笼日春阴阴。
斜阳未下终十畎，一卷遗经行自吟。

山妻相敬如宾友，炊黍烹葵馌南亩。
溪边濯足陇头坐，高歌且尽壶中酒。
年来不用忧旱涝，高田宜黍低宜稻。
官租纳足食有馀，社酒鸡豚自相劳。
人言耕夫苦，我道田家好。
但愿五风十雨年谷登，室家团栾永相保。

吴蚕作茧明于雪，苕溪之水清且冽。
东邻西舍缫车鸣，银丝出盆光皎洁。
官税已输私债还，美人晓织绿窗间。
娇莺睍睆机声度，春笋参差玉指攀。
织成素绢坚且緻，先奉翁姑后夫壻。
朔风吹水霜雪飞，夫不忧寒妾如意。
君不见青楼艳女好蛾眉，留客高歌送酒卮。
缠头蜀锦不知数，黄金莫尽朝别离。
不如田家荆布妻，贫富苦乐长相随。
采桑养蚕缫好丝，年年织绢制郎衣。

题蚕桑绮陌册
（明）董其昌

百里春申路，欣歌田畯诗。行车膏作雨，沃野锦为陂。
子妇馌堪饷，曾孙稼若茨。谁能忧藿食，慈母更农师。

禾簇簇题邹福所藏勤耕图
（元）傅若金

禾簇簇，禾簇簇，去年缺雨今年足。
人家耕种少得闲，一春强半田中宿。
塘上水生禾欲齐，春禽爱近落花啼。

出入无人看门户，野庭一任人来去。
有时耕罢亦长吟，归来不记入村深。
书编从挂牛角上，诗卷闲留桑树阴。
田家小心畏法令，尝愿秋租得馀剩。
邻翁昨日到城还，闻说官家有新政。
民间禁马不禁牛，有牛耕田君莫愁。

省耕图
(明) 董其昌

融风扇时燠，东皋农事起。田畯遵时令，平秩从兹始。
沟塍迂以直，畚锸烟云里。腰鎌（镰）乍刈葵，攜饎齐炊黍。
鹑野际熙阳，鸾旂丽京坻。襜襜抚籍衣，刻刻染场履。
天近雨粟多，日临土膏美。汗漫八骏游，芜没三推址。
睹此省耕仪，风规传画史。愿置黼座前，劳农振前轨。

省耕图
(明) 祝允明

老农真我事，何敢笑樊须。植杖芸苗处，伸眉纳税馀。
鉏头三寸泽，田舍五行书。饱饭高眠熟，朱门未必如。

阅耕图
(明) 张邦奇

春雨肥东菑，春风吹短褐。
一犁但使衣食充，百亩长遗子孙活。
君不见扣角歌声暂歇，他日逢时作伊葛。

应朋来临别索题存耕旧隐图
(宋) 戴奎

忆昔百丈岩前游，泊船去登湖上楼。

天清野旷一凝望，锦屏森列当前头。
中见苍崖拔地起，绝怜嘉木连云稠。
窈窱回溪出僧宇，参差危壑生悬流。
人言此地傥归隐，布衣便欲轻公侯。
茅屋春深薜荔长，石阑路邃丛篁幽。
长镵茯苓静可劚，空林柿叶寒仍收。
回头世事忽如蝟，廿年误向红尘住。
不知何日继追寻，每忆此山劳梦寐。
应君示我新画图，开卷中堂起烟雾。
摩挲浓墨思旧经，却似登楼看山处。
君谓松根即故庐，一榻左右俱图书。
沙田水足牛力壮，归耕试论今何如。
先王井田法已坠，阡陌钩连属豪贵。
前年东家强索租，今年租入西家去。
白云苍狗在须臾，能事只耕方寸地。
父老同知稼穑难，儿孙共获菑畲利。
秋风归帆我独迟，石田草莽耕何时？
君行已得图中意，临分为写存耕诗。

题赵继卿耕隐图

（元）杨奂

惜君玉雪成老醜，知君近出太常后。
求田问舍计差早，恐君不是扶犁手。
长安冠盖闹于云，但说子真耕谷口。
此心肯处万事了，直待钟鸣奈衰朽。
溪山入眼画样新，雨翠烟岚浮户牖。
松亭可琴水可舟，中有石田三百亩。
剩鉏乌豆种红秋，十亩桑麻居八九。

软浸豆屑饭晨犊，浓汤秋腴箸社酒。
冷盆缫丝给公上，挑灯纺绩裹妾妇。
索钱豪吏喜食肉，准备羹材养鸡狗。
荆棘满野独漏网，太常遗泽亦已厚。
军兴科徭古不免，为劝比邻死莫走。
残年得饱实大幸，傍舍猥篱插花柳。
君家平日无杂宾，我辈过门须一叩。
若非代北少陵翁，定是周南紫阳叟。
更阑朗咏《除夜》篇，聊与苍生起尘垢。

题云庄耕隐图
（元）陶宗仪

乱云深处水回环，南亩无多屋数间。
晓起一犁春雨足，夕阳牛角挂书还。

谢君寄一犁春雨图求诗，为作绝句
（宋）陆游

说著功名我自羞，喜君解剑换吴牛。
莫将江上一犁雨，轻博人间万户侯。

谢耕道犁春图
（宋）赵师秀

春雨年年有，良田岁岁无。何因将此事，须要画为图？
野水寒初退，平林绿半芜。长谣谢沮溺，未必子知吾。

题谢耕道一犁春雨图
（宋）魏了翁

牀头夜雨滴到明，邻南邻北春水生。

老妇攜儿出门去，老翁赤脚呵牛耕。
一双不借挂木杪，半破夫须冲晓行。
耕罢洗泥枕犊鼻，卧看人间蛮触争。

题杨谕德东皋春雨图
（明）杨荣

春至时雨降，驾言向东皋。驱牛种嘉苗，粮莠亦以薅。
所期敛获丰，讵辞筋力劳。时复事简编，或以酌醴醪。
熙然陇亩间，此乐奚其高。挂冠未有期，南望徒郁陶。
讬此寓幽意，毋使心忉忉。

溪田过雨图
（明）陈仲完

时雨忽已徧，群山朝来晴。溪田涨新绿，沟浍悉皆盈。
倦兹天气好，布谷声嘤嘤。黾勉事东作，孰计劳其形。
浩浩谷口趣，猗猗丈人情。竭来应征辟，远入嵩阳城？
写图想旧业，千里云烟横。

题刘逸人乐耕卷
（明）杨士奇

理生虽异业，居世皆有务。治本既在兹，食力余所慕。
九扈春始鸣，兴言向田墅。初来正沟塍，爰方艺禾黍。
虽有耕耨劳，三时且甘雨。岁功聿已成，屡丰报田祖。
储峙何必多，取具充寒暑。有酒可同欢，时时会邻父。
既醉去悠然，登高睇平楚。一为《击壤谣》，游心缅千古。

乐农卷
（明）陈振

负郭生涯数畎田，朝耕暮息兴悠然。

门无胥吏催租税，囊有儿孙趁社钱。
廚下晨炊翻白雪，牀头春酿泻红泉。
清时不是庞公隐，鼓腹长歌大有年。

书耕卷
（明）王恭

石田新雨苔花碧，禾黍秋香百馀石。
谁教酿作瓮头春，醉里看山了残帙。
读书何必问时清，纵有荒年莫废耕。
鹿门精舍青山里，春去秋来无宦情。

濯陇图
（明）李廷仪

濯陇雨晴春水生，人人驱犊陇头耕。
太平不在笙歌里，只听前邨打稻声。

村田图杂咏
（明）蒋冕

茅舍新蚕作茧迟，邻家桑柘尽空枝。
持筐欲向街头买，更恐豪门索旧丝。

村田景
（明）蒋冕

圈豕登盘酒满壶，高堂红烛瑞烟敷。
里巫唱罢拦门曲，新妇升堂拜舅姑。

赵千里田家四季图（二首）
（明）僧西白

桃花浪已深，杨柳风犹弱。邻曲欣往来，逢迎劝耕作。

健犊不自暇,老农良有讬。共醉社日尊,陶然得真乐。

蚕事方告成,鸣蜩有新声。插秧雨初遍,治草日不停。
杂坐高树阴,解衣午风清。作劳时自逸,孰谓非常情。

题申之寄示春郊画轴
(宋)楼钥

郊原膴膴春意足,细草凄迷芳树绿。
鴐鹅无数泛陂塘,牛羊相与随刍牧。
几年不泛浙西船,恍如苏台俯平川。
闲人忧国无他策,但愿好雨成丰年。

里社图(二首)
(元)刘因

薄赋轻徭复有秋,天恩帝力为谁优?
老盆醉杀邨夫子,尽道今年好社头。

乱后疲民气未苏,荒烟破屋半榛芜。
平生心事羲皇上,回首相看是画图。

次韵玉堂画壁
(元)袁桷

至人悟穷达,敛跡寓垄畎。良苗贵深扶,撅土戒蒿莠。
霭霭新阳浮,高下接紫宙。跨犊东南行,问事一俯首。
新雨泻沟塍,交流媚川后。辍耕非素心,帝命资左右。
相彼前山云,倏迷复还岫。卷舒乐盘涧,署笔写其旧。
清秋映空谷,风雨百神守。夙昔经济姿,志不在杯酒。
要使风俗淳,斯民乐仁寿。

跋丰稔还乡图

(元) 王恽

庙堂真宰拜姚崇,斗米三钱四海同。
今日太平应有象,画家消息恐难工。

题石恪画机织图

(宋) 黄庭坚

荷鉏郎在田,行饷儿未返。终日弄鸣机,恤纬不思远。

题楼攻媿织图(三首)

(元) 虞集

乡里蚕桑勿失时,画图劝相又题诗。
当时补衮应无缺,金玉馀音到茧丝。

吴越蚕桑用日多,始终吟咏极婆娑。
玉成茧馆闲琴瑟,宜荐《房中》备乐歌。

昔者东南杼柚(轴)空,咏歌蚕织到图穷。
劝农十道先齐鲁,百世兴王衣被功。

题纺织图

(元) 王恽

三晋遗黎乐土农,絺绤为业略相同。
细思《七月》豳风詠,不到春坊锦绣功。

纺绩图

(元) 贡奎

妇姑纺绩夜阑时,月落车寒手转迟。

应媿西邻歌舞散，酒酣春梦遶深帷。

蚕桑图
（元）吴师道

《诗图》草木虫与鱼，就中写出《豳风图》。
忠臣方寸寓物色，欲使目击知艰虞。
公宫亲蚕古遗制，手捋青青有风戾。
四海枝条雨露春，万家机杼升平世。
谁知后有歌舞荒，裁云剪凤金煌煌。
岁输下了一日费，红女夜泣寒无裳。
画师此意谁能识？不写寻常奇丽质。
数叶娟娟即谏书，品目人间当第一。

题钱舜举画蚕桑图
（明）虞堪

桑中鸣禽巧如鸠，吴娘养蚕夜不歇。
煖雨寒风恼杀人，正是江南三四月。
苕溪遗老白发翁，画蚕画叶摇春风。
千金难买吴娘笑，故写生枝椹子红。

题丹阳贺氏采桑饲蚕图
（明）俞泰

一从西陵浴蚕始，开我万世资生原。
五亩墙边树桑柘，衣裳乃服由轩辕。
王泽寖衰不下究，弃置田庐作园囿。
闾阎无复采桑人，却欲重重被文绣。
吁嗟！皇妃躬祀夫人缫，岂故恶逸为勤劳？
公桑蚕室古来重，里罚有布惩不毛。

崇阳拔茶易桑植，乖崖卓有先幾识。
四野阴稠桑作林，襄城歌舞忠宣德。
上有作者民斯从，三吴非复当时风。
一花一木务珍玩，饲蚕树老烟芜丛。
兹图宛然含讽意，彷佛东郊劝蚕事。
桑阴筐篓去复来，屋里妇姑忙不寐。
簇箔层层候起眠，窖茧缲丝说去年。
却叹官租犹未了，莫教重贡八蚕緜。

题韩晋公村田歌舞图后
（宋）文彦博

治世舒长日，田家事力苏。干戈久不识，箫鼓共为娱。
浊酒行无算，酡颜倒更扶。将求太平象，此是太平图。

次韵和文潞公题韩晋公村田歌舞图后
（宋）韩琦

升平胡可状？歌舞入樵苏。岁美人皆乐，朝和野共娱。
心休无事扰，本固绝颠扶。我愿明时治，长如此画图。

题申季山家所藏李伯时画村田乐图
（宋）戴复古

春秧夏苗秋遂获，官赋私逋都了却。
鸡豚社酒赛丰年，醉唱村歌舞村乐。
鼓笛有声无曲谱，布衫颠倒傞傞舞。
欲识太平真气象，试看此画有佳趣。
管絃声按宫商废，细转柳腰花十八。
罗帏绣幌拂香风，九酝葡萄金盏滑。
王孙公子巧欢娱，勿将富贵笑田夫。

非渠耕稼饱君腹，问有黄金可乐无？

题村田乐图
（元）虞集

尺素自是高唐物，莹如秋水宜设色。
何人画此畎畆间，二三老人若相识。
茅屋萧条古树下，农务未殷牛在野。
或怜鹦鸲脱笼絷，或弄狝猴笑真假。
老翁政自如儿嬉，高髻襁负相扶持。
古时枌社祀田祖，移馔高亭随所宜。
抱瓮初来未贮酒，亦有生鹅宛延首。
村优竞攜乐具至，犬怪鸡惊儿拍手。
拄杖出门欣见宾，杂花满庭生好春。
岁时无事得如此，击壤何必非尧民。
骑驴过桥殊矍铄，攜具荒陂来赴约。
定知张果千岁人，游戏人间共杯酌。

题邨田乐图
（元）谢应芳

老人邨，老瓦盆，尝作鸡豚社，不识州县门。
阿翁醉倒阿婆笑，膝上咿哑弄乳孙。

题富好礼所畜村乐图
（明）刘基

我昔住在南山头，连山下带清溪幽。
山颠出泉宜种稻，遶屋尽是良田畴。
家家种田耻商贩，有足孏踏县与州。
西风八月淋潦尽，稻穗栉北无蝗螽。

卷第六十九　耕织类　1265

黄鸡长大白鸭重，瓦瓮琥珀香新篘。
芋魁如拳栗殼赤，献罢地主还相酬。
东邻西舍迭宾主，老幼合坐意绸缪。
山花野叶插巾帽，竹箸漆碗兼磁瓯。
酒酣大笑杂语谑，跪拜交错礼数稠。
或起顿足舞侏儒，或起拍手歌瓯篓。
倾盆倒榼混醯酱，烂熳霑渍方未休。
儿童跳跃坐（助）喧譟（噪），执遁逐走同俘囚。
出门不记舍前路，颠倒扶掖迷去留。
朝阳照屋且熟睡，官府亦简少所求。
宁知宴安含酖毒，耒耜一变成戈矛。
高门大宅化灰烬，蓬蒿瓦砾塞道周。
春燕营巢在林木，深山露宿随猨猴。
三年避乱客异县，侧身天地如浮沤。
亲朋阻隔童仆散，疏食水饮不自谋。
有时惝怳梦间里，惊觉五内攒百忧。
君家画图称绝妙，鉴别曾遇柯丹丘。
想应临揭出秘府，笔意精到世罕侔。
邨歌社舞自真率，何用广乐张公侯。
太平气象忽在眼，令我感怆涕泪流。
近者乡人来报喜，今岁高下俱有秋。
豺狼食饱卧窟穴，军师已运招安筹。
人情自古共怀土，况乃霜雨凄松楸。
神龟且被豫且困，予所勿念天我尤。
积薪厝火非远计，谁能献纳陈嘉猷？
长江波浪接淮泗，白日惨澹腾蛟虯。
天下农夫总供给，陇畎不得安锄耰。
市中食物贵百倍，一豕之价过于牛。

鱼盐菜果悉买米，官币束阁若赘瘤。
朝餐仅了愁夕膳，谁复有酒浇其喉。
循环天运往必复，邪气暂至不远瘳。
此生此景须再觐，引领怅望心悠悠。

田家留客图（为四明刘师先生赋）

（元）迺贤

客来田家当六月，主人相留树边歇。
呼儿牵马饮清泉，厨里新浆解君热。
郎君出城几日前，城中米价今几钱？
昨夜南村三尺雨，不知还到城濠边。
勿厌侬家茅屋小，棘门新编土墙遶。
明朝早饭莫匆匆，鸡鸣送君出官道。

邨社醉归图

（元）陈旅

溪村绿雨添新涨，箫鼓青林答神贶。
春风里社太平民，身世华胥牛背上。

题李唐村社醉归图

（元）朱德润

村南村北赛田祖，夹岸绿杨闻社鼓。
醉翁晚跨犗牛归，老妇倚门儿引路。
信知击壤自尧民，季世龚黄不如古。
披图昨日过水南，县吏科徭日旁午。

田家庆寿图

（明）高启

花满茅堂映綵衣，开门晓放鹤雏飞。

邻翁寿毕共扶醉，恰似春来社饮归。

题田家娶妇图
（明）程敏政

迳草如烟柳如幕，日上茅檐鼓声作。
田翁遣女不出村，东舍西邻隔墟落。
新妇驾牛儿跨驴，家人后拥翁前驱。
儿家举酒拦道劝，甥舅百世同桑榆。
耳边阿婆私属父，肩上娇婴肯离祖。
欢声一路到柴关，野伶山歌柘枝舞。
两门彷彿朱与陈，乡仪简古民风淳。
华筵酒肆设珠翠，想见纷纷京洛尘。
妇饁男耕罢征戍，安得移家箇中住？
长因击节颂丰年，不作催科打门句。

历代题画诗类卷第七十

牧养类

书晁说之考牧图后
（宋）苏轼

我昔在山间，但知羊与牛。川平牛背稳，如驾百斛舟。
舟行无人岸自移，我卧读书牛不知。
前有百尾羊，听我鞭声如鼓鼙。
我鞭不妄发，视其后者而鞭之。
泽中草木长，草长病牛羊。寻山跨坑谷，腾趠筋骨强。
烟蓑雨笠长林下，老去而今空见画。
世间马耳射东风，悔不长作多牛翁。

伯时彭蠡春牧图
（宋）黄庭坚

洛〔岳〕阳楼上春已归，湖中鸿鴈拍波飞。
布帆天阔随鸟道，石林风晚吹人衣。
春水初生及马腹，浮滩欲上西山麓。
遥看绝岭秀云松，上有垂萝暗溪谷。
沙眠草啮性不骄，侧身注目鸣相招。
林间瞥过星烁烁，原上独立风萧萧。

君不见中原真种未沉没，南行市骨何仓卒。
只收力健载征夫，肯向时危辨奇骨？
即今贡马西北来，东西坊监屯云开。
纷然驽骥同一秣，尔可不忧四蹄脱。

李唐春牧图
（元）任士林

春气熏人未耕作，江草青青牛齿白。
牛饥草细随意嚼，老翁曲膝睡亦著。
蓬头不记笠抛却，午树当风梦摇落。
梦里牛绳犹在握，昨夜囤头牛食薄。

题放牧图（四首）
（元）丁立

村鼓谁家乐社神，雨馀草木尽知春。
催科未动蚕桑了，此是山中放牧人。

前山后山山鸟啼，溪南溪北草离离。
秧田已足三时雨，此是山中放牧时。

枫林日落山径微，暝色欲合行人稀。
东家稚子候篱隙，此是山中放牧归。

隔浦晚烟迷远树，满川春雨长平芜。
数家茅屋疏林外，此是山中放牧图。

题耕牧图
（元）郑氏（名允端）

幽人薄世味，耕牧山之阴。自抱村野姿，常怀畎亩心。

行行《南山》歌，落落《梁父吟》。挂书牛上角，挥锄瓦中金。
饱饭黄昏后，力田春云深。四体动树艺，三生悟浮沉。
巢父世高尚，德公人所钦。伊人去已远，高风邈难寻。
抚卷空叹息，俯仰成古今。

题韩幹野牧图
（明）张凤翼

渥洼水草正当时，天许兰筋野牧宜。
未遇王良应弃老，难逢伯乐敢称奇。
偶然赭白曾题赋，岂必骊黄始入诗。
千载独怜韩幹笔，不教岩穴肖肾麋。

题竹石牧牛
（宋）黄庭坚

野次小峥嵘，幽篁相依绿。阿童三尺箠，御此老觳觫。
石吾甚爱之，勿遣牛砺角。牛砺角尚可，牛斗残我竹。

题牧牛图
（宋）陈与义

千里烟草绿，连山雨新足。老牛抱朝饥，向山影觳觫。
犊儿狂走先过浦，却立长鸣待其母。
母兮为人实仓廪，汝饱不愁人愧汝。
牧童生来日日娱，只愁身大常把锄。
日斜睡足牛背上，不信人间有黄舆。

张世杰经历牧牛图
（金）段成己

绿阴深处戏童儿，牛自东西儿不知。

休说儿狂无伎俩，人间何事不儿嬉。

题牧牛扇头
（金）赵秉文

一牛顾其犊，一牛轩尻脽。傍有牧犊子，窥巢攀树枝。
嗟尔有饷具，不念鸦雏饥。乌鸟各天性，飞来护其儿。
汝亲亦念汝，而人独不知。不如两相忘，人禽两娱嬉。

风柳牧牛画册
（元）刘因

远意昇平画不胜，牛边烟树渺层层。
前头恐有桃林路，百唤溪童不解应。

牧牛图（五首）
（元）王恽

垂纼徐行信自如，一挥鞭策见齐驱。
近来不似图中看，旱块敲蹄百草枯。

青青春草满郊原，放饱归时不用牵。
何似人牛俱不见，碧天明月静娟娟。

绿杨堤岸晓风清，碧草陂塘莫雨晴。
村落近年干旱损，却将图画看昇平。

两童相顾意何为，犹恐渠饥趁草归。
一道牧民无所事，处心专在当家肥。

饱耕饥放事年年，放去收来任自然。

莫讶两童无所识，至今牛背是尧天。

韩滉牧牛图
（元）程钜夫

农为天下本，万世此心同。晴日开图画，方知宰相功。

题牧牛图
（元）吴澄

树叶醉霜秋草萎，童驱觳觫涉浅溪。
一牛先登舐犊背，犊毛湿湿犹未晞。
一牛四蹯（蹄）俱在水，引胫前望喜近堤。
一牛两脚初下水，尻高未举后两蹯。
前牛已济伺同队，回身向后立不移。
一牛将济一未济，直须并济同时归。
此牛如人有恩义，人不如牛多有之。
人不如牛多有之，笑问二童知不知？

题牧牛图
（元）陈旅

水树春深藏野屋，归鸦飞尽夕阳川。
谁知天上黄姑渚，只在南山白石边。

题牧牛图
（元）张翥

去年苦旱蹯敲块，今年水多深没鼻。
尔牛觳觫耕得田，水旱无情力皆废。
画中见此东皋春，牧儿招摇犊子驯。
手持鸲鹆坐牛背，风柳烟蒲愁杀人。

儿长犊壮须尽力，岂惜辛勤供稼穑。
纵然喘死死即休，不愿征求到筋骨。

题牧牛渡水图
（元）贡师泰

儿骑牛，儿骑牛。
两牛渡水当中流，一牛带犊临沙洲。
沙洲泥深没牛足，中流浪高拍牛腹。
长绳坠手衣裹身，前者起顾后俯伏。
牛背攲倾不自由，谁云稳比万斛舟？
待儿出险走平地，画图忽落东海头。
[东海头,]饭牛之子曾封侯。

题牧牛图
（元）黄清老

平原雨多烟草浮，牧童驱牛如挽舟。
柴门正在水深处，青山流过屋西头。

题牧牛图
（元）丁复

邈尔三尺童，御此两觳觫。春风笠底回，前村烧痕绿。

牧牛图
（元）贡性之

溪童饮牛渡溪水，牛遇水深行复止。
人知水深牛不行，谁识回头顾其子。
桃林之野春雨晴，烧痕回绿春草青。
太守劝农当二月，土膏肥煖牛可耕。

邯郸城头征战息，宁戚徒劳吟白石。
一声笛里太平歌，牛背溪童自朝夕。

牧牛图
（元）王良臣

三摩不受一尘侵，本分功夫日念深。
杖屦得回游子脚，葛藤灰尽老婆心。
颠狂不作风头絮，出入谁伤井底金。
回首人牛在何许，一江明月夜沉沉。

牧牛图
（元）田锡

干戈扰扰遍中州，挽粟车行似水流。
何日承平如画里，短蓑长笛一川秋。

题李唐牧牛图
（元）郑东

羡杀田翁不出村，牛群坡上散如云。
买牛何日同渠牧，短笛时吹向树根。

题牧牛图
（元）释恕中

谁家荒疃连平原，何处孤村带乔木？
官田耕尽牛正闲，且对东风弄横玉。

题牧牛图（二首）
（明）张以宁

返照在高树，归牛渡曾波。

一犊牟然赴其母,老牸反顾情何多。
牧儿见之亦心恻,人间母子当如何?日莫倚门乌尾讹。

中园有树葵,大田亦多稼。
牧人急曳牛鼻回,恐尔践之邻父骂。
何时睡起两相忘,吹笛西风柳阴下,青山白日秋潇洒。

牧牛图
（明）钱宰

野老春耕歇,溪儿晚牧过。夕阳牛背笛,强似《饭牛歌》。

题牧牛图
（明）林鸿

绿草萋萋黄犊肥,半蓑残雨卧东陂。
烟深野水行人绝,家在寒林月上迟。

牧牛图
（明）解缙

笛声吹度柳梢风,叶叶晴云邈翠虹。
白石歌阑春雨歇,青山半压夕阳重。
耕犁自足敲仙术,溲液常教饱嫩菘。
文绣不衣金不络,卧看天宇月明中。

牧牛图（为师尚书题,四首）
（明）金幼孜

日出骑牛去,日暮逐牛归。年丰耕作好,食饱望牛肥。

云谷翠森森,冰霜阅岁深。已看能凤舞,还听作龙吟。

夜雨翻龙箨，春风长凤梢。伫看清庙荐，美韵叶笙匏。

逸态谢炎凉，贞姿炯冰玉。君子思切磋，无忘詠《淇澳》。

题李唐牧牛图（二首）
（明）镏崧

天寒放牛迟，野旷风猎猎。独来长林下，吹火烧山叶。

日夕山气昏，独归愁路远。犹恋草青青，迟回下长阪。

题牧牛图
（明）倪敬

既饱原头草，还驱饮涧浔。如何子民者，不似牧童心？

牧牛图
（明）钱仲益

东皋二月春草生，江边放牛花雨晴。
牧儿唱歌牛啮草，稳坐牛背随牛行。
牛角攒攒耳湿湿，断陇荒陂随意入。
烟蒲风柳不胜情，日莫归来荷蓑笠。
我本山林牧牛叟，滥著朝衫今白首。
拟买江南黑牡丹，乞取闲身老农亩。

牧牛图
（明）陈辉

日莫桃林风雨寒，数声长啸下空山。
草深行迳无归路，却望清溪沙上还。

秋山牧牛图

（明）廖道南

碧寒黯澹云门阴，落叶满径虚寒岑。
凭栏幽眺野空阔，倚树长啸秋萧森。
石势参差乱峰出，水光明灭回溪深。
春来即拟问牛喘，先遣牧童穿远林。

牧牛图

（明）廖道南

叩角平原不记功，密林穿石树含风。
邺田谁识春深浅，牛喘应须问相公。

牧牛图（次周鹤洲韵）

（明）吴希贤

菰蒲深处鸟呼群，溪上蹄涔路不分。
日莫调禽忘归去，西山松火暗秋云。

题牧牛图

（明）林廷㻞

黄叶冈头跨犊过，涧泉声似和清歌。
得刍寄语须归早，日莫寒山猛虎多。

牧牛图

（明）林景清

山南碧坡春草香，山下合流春水长。
杨柳风前气萧爽，原是田家出牧场。
牧儿放牛依水草，坐石眠云情自好。

偷闲学得弄山禽，夕阳在山牛亦饱。
隔崦茅簷旧世居，朝出烟邨莫返间。
牛尾何须缚田火，牛角何曾挂《汉书》。
蓑衣箬笠红尘表，万事忘机心不扰。
明日公田布谷催，一犁耕趁南村晓。

牧牛图
（明）黄荣

江草青青江水流，卧吹孤笛弄清秋。
放牛莫放南山下，昨日南山虎食牛。

牧牛图
（明）阙名

海宇昇平卖剑时，漫劳筋力事东菑。
林阴沙际多春草，不羡文身太庙牺。

题老翁骑牛图
（明）刘基

白日上悠悠，竹梢雾已收。晴天不易得，及时当放牛。
邻家放牛多儿童，我家无儿只老翁。
寒衣在机织未就，原上烈烈多高风。
勿言衰老筋力薄，有牛可放殊不恶。
但愿天公不相恼，牛背闲眠饥亦好。

题野老醉骑牛图
（明）钱宰

村田乐事老来稀，记得江南春社时。
儿女醉扶黄犊背，帽簷颠倒插花枝。

宋徽宗耕牛图（为黄福少保之子题）
（明）杨荣

春原过雨春日熙，春树连阴春草肥。
田家力耕贵及时，手挽牛兮肩负犁。
草香泉美牛步迟，农心汲汲应何为？
上恐公家赋税亏，下虑私门妻子饥。
吁嗟牛兮胡不知，宣和之初能念兹，九重燕暇亲写之。
骄奢一动万事隳，塞草黄沙千载悲。

题赵君发牧羊图
（宋）韩驹

王孙岂识田家趣，妙画聊因好古收。
唯有野人开卷笑，忆骑牛背下西畴。

跋燕肃牧羊图（二首）
（元）王恽

行饮溪流喜降阿，归鞭影淡夕阳坡。
似将溅溅维千角，办作宣王考牧歌。

平秩东皋事有馀，荒烟平楚散林墟。
牧人例有繁多庆，蓑底秋江梦众鱼。

牧羊图后有阎先生诗，次韵感旧，因成二首
（元）袁桷

婴儿御气草堤眠，能使双羊合自然。
庄叟不知蝴蝶梦，觉来重作《养生篇》。

玉质堂堂地下眠，云龙风虎各加鞭。
松阴旧日趋庭客，整珮兰皋驻集仙。

牧羊图
（元）袁桷

高柳风清晓日苍，牧童随处候阴凉。
似怜挟策当年客，物我胸中两未忘。

胡人牧羊图
（明）尹耕

边庭四月始知春，沙草初青柳复新。
金镝未须窥汉月，毡帷时亦静胡尘。
黄发小胡花插首，腰下宝刀光射肘。
日斜驱羝入东林，草美泉香夸富有。
君不见虞廷干羽两阶陈，白雉黄熊入贡频。
圣王有道四夷守，沙场闲杀射鵰人。

题刘光朝归牧图
（元）陈泰

平湖草绿生春烟，斜阳牧竖乘乌犍。
日光不动牛背稳，后者喘息长绳牵。
吾儿读书懒更鲁，少小娇痴那似女。
微官食禄能几何，岁岁羸骖踏风雨。

题风雨归牧图（二首）
（元）钱惟善

野阴云气合苍茫，霹雳（壁立）山精白石藏。
蓑笠归来牛背稳，不迷风雨似寻常。

不见人烟闻鬼车，长林昏黑雨如麻。
晚晴却看前峰翠，过得溪南即是家。

青郊归牧图

（明）李廷仪

庶草敷荣翠满墟，夕阳归牧雨晴初。
清时只唱昇平曲，牛角何心挂《汉书》。

题画牧

（明）王恭

耕童生小无所知，惯骑牛背度晴陂。
横吹紫竹无宫调，笑杀五陵游侠儿。
荒林野水凉萧瑟，山叶吹霜鸟边落。
信陵坟上草青青，几见残碑砺牛角。

题　画

（明）岳岱

莫色起郊墟，牛羊识归路。牧童无枕簟，但铺明月卧。

经进盐图诗（八首附录）

（明）彭韶

盐场图

两浙山水乡，古称天地藏。西望出吴淞，东行踰雁荡。
利孔非一涂，盐征为海王。泉布充京储，刍粮助边饷。
庶哉用物宏，生意不复畅。薪桂与炊玉，晨昏增感怆。
敝屋栖寒芦，新畬倚孤嶂。怀土思依依，承家如草创。

山场图

山木非不佳，林麓非不庨。百年生聚繁，分业薄如纸。
朝夕斧斤入，不待黄落矣。近伐曤山童，远入虞虎兕。
肩重何足辞，突黔良藉此。而况煮海功，昏夜无停止。
菹薪苟不力，公私亦何倚？岁岁事辛勤，犹胜弃桑梓。

草荡图

海壖咫尺地，一望如掌平。材木不生植，草莽徒敷荣。
广牧良有害，泛取亦难成。瓜分给亭户，表蔇自经营。
繁霜一以降，百物俱彫零。刍荛忽萃止，芟缚无留行。
辇运积官所，来岁事煎烹。负荷非为苦，愿言公课登。

淋卤图

旭日朝沮场，欣兹风色竞。钱镈密如鳞，沙涂平似镜。
汲晒足灰泥，层层白相映。易地聚成堆，再淋酿始盛。
方池藉以茅，小窦暗通阱。莲实重且坚，浮浮力能胜。
只恐山雨来，一篑功未竟。殷勤守馀沥，坐待卤池定。

煎盐图

醝液泛清泠，牢盆戒修洁。分番忽后时，及此旺煎月。
一勺尽倾泻，万灶俱焚爇。沉沉红霞收，蠛蠛晴波竭。
敛之白盈箕，凝华灿如雪。点检入公私，中心更烦热。
荆妻慰苦颜，摩挲汗流血。却叹戍边人，垂老有离别。

征盐图

小汛风日好，大汛潮汐平。袖长应善舞，课羡易为征。
岁歉伊谁知，宁分雨与晴？衣食岂不给，国计良非轻。

担石四面至，仓庾一朝盈。盐官唱簿历，折阅频呼声。
况乃逃亡多，荒额重加征。展限谅未允，努力事馀生。

　　放盐图
三边乏储峙，良贾劳委输。偿以榷海利，子母多赢馀。
水膏易消耗，蔀屋难贮诸。多年积逋欠，折算尽锱铢。
渺渺太湖畔，盈盈东海隅。雪山压巨浪，风帆恣所如。
每资藜藿食，亦荐王侯廚。谁念味中苦，搔首空踌躇。

　　追赔图
近宝固贫国，厚货亦贫民。卤丁有常赋，催日何纷纭。
侵耗岁已久，贪缘具虚文。商算无从给，鞭箠不堪闻。
富黠自当尔，哀此颠连人。称贷不见售，丝谷无馀新。
宽减逢优恤，感激谢皇仁。沧海未终竭，更始重辛勤。

历代题画诗类卷第七十一

树石类

题李尊师松树障子歌
（唐）杜甫

老夫清晨梳白头，玄都道士来相访。
握发（一作"手"）呼儿延入户，手提新画青松障。
障子松林静杳冥，凭轩忽若无丹青。
阴崖却承霜雪（一作"露"）干，偃盖反走虬龙形。
老夫平生好奇古，对此兴与精灵聚。
已知仙客意相亲，更觉良工心独苦。
松下丈人巾屦同，偶坐似（一作"自"）是商山翁。
怅望聊歌《紫芝曲》，时危惨淡来悲风。

观吴偃画松
（唐）施肩吾

君有绝艺终身宝，方寸巧心通万造。
忽然写出涧底松，笔下看看一枝老。

画松
（唐）元稹

张璪画古松，往往得神骨。翠帚扫春风，枯龙戛寒月。

流传画师辈，奇态尽埋没。纤枝无潇洒，顽幹空突兀。
乃悟埃尘心，难状烟霄质。我去淅阳山，深山看真物。

袁德师求画松（并序）

（唐）刘商

武元衡云商酷尚山水，著文之外，妙极丹青。好事君子，或持冰素，越淮湖求一松一石、片云孤鹤，获者宝之，虽楚璧南金，不之过也。故集中求画之诗为多。

柏偃松攲势自分，森梢古意出浮云。
如今眼暗画不得，旧有三株持赠君。

与湛上人画松

（唐）刘商

水墨乍成岩下树，摧残半隐洞中云。
猷公曾住天台寺，阴雨猿声何处闻。

酬道芬寄画松

（唐）刘商

闻道铅华学沈宁，寒枝渐沥叶青青。
一株将比囊中树，若箇年多有茯苓？

山翁持酒相访以画松酬之

（唐）刘商

白社风霜惊暮年，铜瓶桑落慰秋天。
怜君意厚留新画，不著松枝当酒钱。

壁画古松

（唐）朱湾

石上盘古根，谓言天生朽（有）。安知草木性，变在画师手。

阴深方丈间，真趣幽且闲。
木文离披势搓捽，中裂空心火烧出。
埽成三寸五寸枝，便作千年万年物。
莓苔浓淡意不同，一半死皮藏蠹虫。
风霜未必来到此，气色杳似寒山中。
孤标可翫不可取，能使支公道场古。

画　松

（唐）徐夤

涧底阴森验笔精，笔间开展觉神清。
曾当月照还无影，若许风吹合有声。
枝偃只应玄鹤识，根深宜与茯苓生。
天台道士频来见，说似株株倚赤城。

李肱所遗画松书两纸得四十韵

（唐）李商隐

万草已凉露，开图披古松。青山偏沧海，此树生何峰？
孤根邈无倚，直立撑鸿濛。端如君子身，挺如壮士胸。
樛枝势天矫，忽欲蟠孥（拏）空。又如惊螭走，默与奔云逢。
孙枝擢细叶，旖旎狐裘茸。邹颠蓐发软，丽姬眉黛浓。
视久眩目睛，倏忽变辉容。
竦削正稠直，婀娜旋敷（一作"数"）峰。
又如洞房冷，翠被张穹笼。亦若暨萝女，平旦妆颜容。
细疑袭气母，猛若争神功。燕雀固寂寂，雾露常冲冲。
香兰媿伤暮，碧竹慙空中。可集呈瑞凤，堪藏行雨龙。
淮山桂偃蹇，蜀郡桑重童。
枝条（一作"修"）亮杪脆，灵气何由同。
昔闻咸阳帝，近说稽山侬。

或著仙（一作"佳"）人号，或以大夫封。
终南与清（一作"青"）都，烟雨遥相通。
安知夜夜意，不起西南风。美人昔清兴，重之犹月钟。
宝笥十八九，香缇千万重。一旦鬼瞰室，稠叠张罽幪。
赤羽中要害，是非皆匆匆。生如碧海月，死践霜郊蓬。
平生握中玩，散失随奴僮。我闻照妖镜，及与神剑锋。
寓身会有地，不为凡物蒙。伊人秉兹图，顾盼择所从。
而我何为者，开怀捧灵踪？报以漆鸣瑟，悬之真珠栊。
是时方暑夏，座内若严冬。忆昔谢四骑，学仙玉阳东。
千株尽若此，路入琼瑶宫。口詠玄云歌，手把金芙蓉。
浓蔼深霓袖，色映琅玕中。悲哉堕世网，去之若遗弓。
形魄天坛上，海日高瞳瞳。终骑紫鸾归，持寄扶桑翁。

画　松
（唐）僧景云

画松一似真松树，且待寻思记得无？
曾在天台山上见，石桥南畔第三株。

题仁上座画松
（宋）黄庭坚

偃蹇松枝隔烟雨，知侬定是岁寒材。
百年根节要老硬，将恐崩崖倒石来。

吕希道少卿松
（宋）苏辙

溪回山石间，苍松立四五。水深不可涉，上有横桥渡。
溪外无居人，盘石平可住。纵横远山出，隐见云日莫。
下有四老人，对局不回顾。石泉杂风松，入耳如暴雨。

不闻世人喧，自得山中趣。何人昔相遇，图画入纨素？
尘埃依古壁，永日奉樽俎。隐居畏人知，好事竟相误。
我来再三叹，空有飞鸿慕。逝将从之游，不惜烂樵斧。

许道宁松

（宋）王履道

玉骨巑岏雪作顶，清溪下舞蛟龙影。
忽惊发地扶屋极，谁向天公乞刀尺？
道人逸气天云高，韦偃毕宏皆坐超。
奔崖断壑得睥睨，悲风激激星劳劳。
胡为乎挂卿高堂之素壁，许侯笔与万牛敌。
坐来一气回霜秋，四顾满堂皆古色。
老夫卜筑寄云松，屡揖伯鸾擕敬通。
忽见婆娑眼中物，使我嚼句生天风。
千章奇林卧涧底，公独区区悦其伪。
我知金石贯冰霜，便与髯卿同一味。
君不见丹霞大士烧木佛，此老胸中果何物？

次韵伯庸画松十韵

（元）刘因

妙思通灵素，玄阴接帝青。抗颜躬謇謇，蒙顶发星星。
飒爽龙羞夆，萧疎鹤鍊（炼）形。壁虚生地籁，斗近界天经。
蝶梦春涛涌，虫疑晓日冥。云生停竿候，风入倚窗听。
屈曲车连轸，腾拏簨列庭。恋乡思海岱，封爵鄙云亭。
月落孙生啸，天寒屈子醒。雄姿轻虎豹，浮蹟陋鸥鹢。

赵闲闲画松和韵

（元）程钜夫

辞华推哲匠，才大古云难。如许明堂具，偏宜画里看。

罗若川画松

（元）虞集

暮春多雨昼冥冥，罗生画松当素屏。
老蛟化为剑气黑，白鹤下啄苔痕青。
传来日暮自篝火，梦入幽岩寻茯苓。
不遇胡僧露双脚，石函自了读残经。

县厓松图

（元）吴镇

偃蹇支离不耐秋，摇风洒雨几时休？
转身便是青山顶，又有县（悬）厓在上头。

画　松

（元）贡师泰

苍龙蜕骨东海上，太阴黯淡垂高空。
六丁驱起夜行雨，万里不断蓬莱风。

画　松

（元）吴师道

风霜不改色，水石波为邻。只合空山老，岂知人世春。

奉题仇工部壁间古松图歌

（元）傅若金

苍松在山自奇古，灌木翳之人不惊。
忽然图向堂上壁，满坐叹息长风生。
交柯崛走森昼晦，其下将疑鬼神会。
雾雨寒霏虎豹毛，雷霆怒拆蛟鼍背。
乃知巨笔老且神，力斡造化雄千钧。

皇天不夭栋梁具，后土潜回霜雪春。
尔松已为人爱惜，见尔为尔生颜色。
山中岂无材木倚绝壁，未逢匠石嗟何益？

题画松

（元）傅若金

遥忆商颜松色青，女萝枝上醉眠醒。
自从四皓安刘后，岁莫何人采茯苓？

松障图歌

（元）陈泰

何人独立身堂堂？十八公子须髯苍。
凝冰不遣势摧折，清籁时与髯低昂。
兰为兄兮雪为友，燕坐松间自呼酒。
眼花耳热鳞鬣生，千尺龙蛇入挥手。
手中松月自离笔，已见云烟生蓊郁。
傥非白昼堂宇空，真恐幽阴鬼神出。
平生始识颜平原，艰苦绝胜甜中边。
世间画史千金价，惜哉此松不多画。

题李遵道华顶松

（元）张天英

苍髯铁爪欲飞扬，肯与人家作栋梁？
记得石桥明月夜，一溪龙影茯苓香。

题何武子所藏简天碧松图

（元）刘永之

苍松偃蹇如短虬，垂肘近人寒不收。
悲风萧萧生昼晦，古鬣陊水令人愁。

锦鞯骑马山阴道，石黛空青拂衣好。
万里江湖隔旧游，坐观图画空山老。

题梅花道人偃松

（元）郑洪

墨池帽脱管城子，壁府磬折徂徕公。
玉关金锁制玄豹，铜台瑶柱蟠苍龙。
星霜鬃眉遽如许，铁石肝胆将谁同？
大夫受命当伛偻，天子法驾行东封。

松壑单条

（元）吴镇

虬枝铁榦撑青空，飞泉绝壁鸣玲琮。
幽人洗耳坐其下，风来谡谡如笙镛。

题赵学士松图

（明）刘基

赵公拈笔作古松，平地跃出三青龙。
蜿蜒不上霄汉去，爽飔长留烟雨浓。
前朝美人鬬草处，犹有当时数株树。
江亭六月凉如秋，应与此图相对愁。

题赵文敏公画松

（明）刘基

吴兴昔王孙，能画世莫及。观其二松图，矫若龙出蛰。
蟠根破坤舆，拔萃滃原隰。交加各轩翥，尉劣相倚立。
鼍鳞撑空青，豕鬣振飒飁。高藏日月气，清滴云雾汁。
垂钓者何人？短棹非安集。五湖多风涛，蛟蜃头角辑。

不如洿泽间，取足鲭与鳝。倦眠松影下，百窍清凉入。
慎勿惊松枝，天寒衣袂湿。

次韵画松（二首）

（明）陶安

铁斡宛如韦偃笔，误令工匠施刀尺。
阴森黛色千古深，髣髴霜痕半天湿。
猿鹤清音恍在庭，龙虎白骨坚如石。
从知能事不易成，画水犹云日踰十。

苍标当入凌烟笔，相去青天不盈尺。
独持劲节冬雪寒，长带恩光朝露湿。
迴枝忽变老蛟形，讬根不向悬崖石。
按图必求如此材，待搆明堂价增十。

题画松

（明）镏崧

巫峡荆门不可寻，坐怜孤嶂动云林。
夜寒或与蛟龙鬬，秋暝应闻虎豹吟。
千岁茯苓山下老，一时丝蔓雨中深。
野桥寂寞云根冷，最忆停骖弄晚阴。

题费同知松树幛子

（明）杨士奇

当代画松谁最精？王绂卓迪俱驰声。
两生以来鲜继者，凤池周濬新得名。
此图笔有千钧力，全幅剡藤闲泼墨。
双株奋起如双虬，直气森森势千尺。

樛枝屈铁蟠穹苍，劲节磊砢鳞甲张。
长风飒飒动满座，六月清昼高堂凉。
吉安别驾好奇古，对此宛然岩壑趣。
茯苓琥珀焉足奇，坚操终怀共迟暮。
别驾别驾临安彦，浙东山东宦游徧。
四明徂徕千岁植，所历山林屡尝见。
大材之成由化工，自古匠输希得逢。
明堂清庙选梁柱，何限空老深山中。

古松图

（明）金幼孜

十亩繁阴欲破空，当时曾受大夫封。
庙廊正尔需梁栋，未许终容大壑中。

题画松

（明）李进

君不见灵隐山前小朶峰，入山九里皆青松。
怒涛翻空卷江海，高枝挂石蟠虯龙。
西湖三月春意浓，锦囊骏马呼奚童。
清阴夹道生爽气，金粉扑面香濛濛。
两年不踏湖头路，转眼春来又春暮。
画中忽见一株松，髣髴山前幽绝处。
幽绝之处多仙灵，吾独何为缚尘缨？
寄谢仙灵许同隐，准拟长镵寻茯苓。

题　松

（明）何乔新

虬枝夭矫翠参天，雨榦霜皮老更坚。
榱桷年来收拾尽。岂知梁栋在山巅。

题刘鉴松

（明）陈宪章

刘生于写松，能以酒力遣。酩酊气正豪，苍龙自舒卷。

戏题张千户画松

（明）陈宪章

张侯画松人不识，松不画横惟画直。
上干青霄下盘石，倒卷苍龙二千尺。
神物安可留屋壁，变化虚空了无迹。
不然恐遭雷斧劈，左手执弓右持戟。
取胜无过万人敌，侯莫画松费笔力。

题　松

（明）丘濬

苍龙拏云欲上天，鳞甲飞动头崭然。
碧风吹海翠涛涌，笙箫一派空中悬。
深山大壑无人到，琥珀埋光兔丝槁。
家家束苇作屋楹，未必长林此中老。

画松（为卜刑部从大题）

（明）李东阳

玄云匝地黯无辉，老榦盘空势不归。
疑是叶家堂上见，夜深风雨墨龙飞。

画松（为顾良弼主事题）

（明）李东阳

画松不必真似松，风骨略与画马同。

毕宏曹霸两奇绝，妙意止在阿堵中。
君家素壁光如雪，上有虬枝老垂铁。
晚岁长同怪石寒，炎天耻受高云热。
江翻树转争喧豗，十步九战何时开？
阴房半肩山鬼啸，海水不断天风来。
城南野人颇醇古，坐爱凉秋满虚宇。
安得移来十丈青，高价如山弃如土。
知君此兴迥莫攀，谓予苦绊风尘间。
攜琴载鹤招使去，我家自有徂徕山。

题邵容城所藏幽松图

(明) 李东阳

种松溪边长十丈，高云对屋围青障。
中有幽人爱读书，苎袍纱帽秋萧爽。
青苔白石坐移时，衡门晏起独开迟。
山中繁实雨初落，水面垂萝风倒吹。
十年南北江湖梦，野树孤云递迎送。
此地材同新甫良，居官多比蓝田重。
酌君美酒听我歌：东园桃花能几何？
丈夫功业在晚节，君今尚壮非蹉跎。

题画松

(明) 胡润

幽人无俗怀，写此苍龙骨。九天风雨来，飞腾作神物。

画　松

(明) 沈周

老夫惯与松传神，夹山倚磵将逼真。
青云轧天见高盖，苍鳞裛烟呈古身。

我亦不知松在纸，松亦不知我戏耳。
吹灯照影蛟起舞，直欲排空掉长尾。
待松十丈岁须千，老夫何寿与作缘？
不如笔栽墨培出，一笑何问人间大小年。

题松卷

(明) 沈周

寸莛悠悠至千丈，岁月之后乃可望。
老夫一日春雨中，手缓心闲笔初放。
徂徕合抱三百株，生捉龙蛇眠纸上。
培之以墨土何功，根叶不惊神亦王。
傍人为我夺造化，毕宏韦偃仍相诳。
一舒一卷风雨生，满堂错愕空相向。
还疑秋子打牕扉，亦觉春花扑屏幛。
久无采录我何嗔，自倚胸中意为匠。

张子俊画松

(明) 吴宽

案头佳楮不盈尺，上有千丈之长松。
非关月落影如许，连蜷欲起舞蛟龙。
我方隐几当清昼，彷佛徂徕见深秀。
空堂飒飒风声寒，满把棱棱霜骨瘦。
昔闻张卿人品高，王苪与之称二豪。
凤池挥洒出天趣，往往笔底翻波涛。
杜陵诗翁去我远，愧此毕宏与韦偃。
故园旧种阴已成，独客燕山岁华晚。

题画松

(明) 杭淮

登堂忽讶生烟云，错落长松偃东壁。

老幹半作虯龍形，枝葉長留歲寒色。
古來畫者有韋偃，近時廷章亦可師。
但留一榦在人世，已覺澗壑無餘姿。
更添白石相撐倚，日照蒼苔淨泥滓。
摩娑不覺毛髮寒，五月高堂朔風起。

畫松卷次韻

（明）周用

舊時吾鄉石田丈，文彩風流屬人望。
畫松不獨能擅場，寸莛之作兼豪放。
梓堂石田善摹搨，輞川未必居其上。
何哉畫史亟畫松？太昊初以木德王。
毫端咄咄皆逼人，百金一筆那相诳。
密雲不見羣龍首，淵躍天飛惟所向。
凍雷夜半驚霹靂，珍重十幅生絲障。
誰將獻卜搆明堂，操斧按圖煩大匠。

題楊司徒古松障子

（明）顧璘

昨從山中還草堂，入門雲霧迷日光。
問之驚怪胡致此？司徒畫障懸東牆。
幾株古樹形突兀，老龍怒立當我屋。
泰山東巖五大夫，參天氣勢無卷曲。
雪柯霜榦當夏清，耳邊謖謖風濤聲。
儼然丘壑在左右，始信妙畫通神明。
司徒應詔天上來，捲簾清畫坐高齋。
不須把玩山林趣，正爾相資梁棟材。

题罗侍御所藏周必都古松障

（明）顾璘

昔年我登柱史堂，古松画障何昂藏。
樛枝峥嵘豸角劲，霜皮错落龙鳞苍。
不知墨斡凡几尺，气势直欲凌云长。
移牀盘桓坐其下，六月不热迥清凉。
毕宏韦偃骨已朽，乃有周老传芬芳。
只疑画手太奇崛，人间无此真栋梁。
昨经南湘湘水曲，夹道万株俱突兀。
根老居人忘岁年，阴深过客逃炎燠。
郡斋正当苍翠中，三岁捲簾看不足。
鹳鹤秋棲不敢定，猿猱夜度愁还哭。
有时枕书相对眠，宛在君家画图宿。
君今作牧向东鲁，泰山大夫更奇古。
我诗恐未尽君意，请君自作乔松谱。

题半塘寺润公房顾叔明所画松壁

（明）孙宁

顾君叔明善写松，妙趣直与韦偃同。
片缣幅纸不易得，人争一觌清双瞳。
玉岩上人即粲可，早跻十地成全功。
禅房素壁耀霜雪，绘画未许来庸工。
叔明对此役意匠，捉笔跳叫声摩空。
须臾貌作老蛟影，毫端瞥若回腥风。
隔座时疑翠涛响，钩簾日讶玄云封。
宿鹤已去花落尽，庭前细雨春濛濛。
老夫寻幽适相过，览之便觉心神融。

酒酣信手为长句，醒愧浣花溪上翁。

巨然松吟万壑图
（元）元好问

胸中刺鲠无九泽，画里风烟才一沤。
阿师定有维摩手，断取江山著笔头。
石林苍苍崖寺古，银河浩浩松声秋。
方外赏音谁具眼？莫将轻比李营丘。

题洞阳徐真人万壑松风图
（元）赵孟頫

谡谡松下风，悠悠尘外心。以我清净耳，听此太古音。
逍遥万物表，不受世故侵。何年从此老，辟穀隐云林。

自画万壑松风图（歌赠天台朱秉中梅花巢）
（明）虞堪

天台万八千丈山，桃花久不流人间。
上当牛斗开天关，仙人几度招我穷幽攀。
琼台玉阙迥寂寞，石桥且滑空潺湲。
曾识高人姓朱者，读书缚屋蓬峰下。
一从画得龙马神龟文，走献天子登天阊。
天子莫可官，归来老田野。最喜两儿郎，绿发更潇洒。
大者赋远游，不肯卑微休；仲也谁与俦？爱我画沧洲。
聊将水墨趣，写此空岩秋。
雁荡云连赤城暮，潇湘雨里苍梧愁。
我爱仲也琴，倾耳大赏音。南风散五絃，为我开烦襟。
樓乌夜啼秋月堕，黄鹂晓啭春山深。
君不见画中绝似琴中趣，万壑秋风满松树。

应有梅花可结巢，随意青山看云去。

题丁氏松涧图
（元）邓文原

天目之峰凌紫烟，下周林壑纡长川。
清池斗绝涵倒景，神运直自疏凿先。
彼美幽贞庐，闲房曲奥辛夷莶。
苍官（一作"松"）手植经几年，灵虬夭矫今参天。
门前朝流暮流水，但闻激石泻濑鸣溅溅。
山人养真衡茅下，有书可读琴可絃。
意行清涧曲，长歗（啸）松风前。
山（一作"溪"）月出林高，溪花弄春妍。
仙人歌（一作"欲"）来夜将半，天空鹤唳山凄然。
飘尘大笑狂驰子，口诵丹诀传真玄。
我欲从之结邻屋，得疏药圃谋芝田。

题简生画涧松
（元）虞集

简生与我皆蜀人，留滞东南凡几春。
每拂齐纨作山水，使我感慨怀峨岷。
如此长身两松树，满谷悲风散阴雾。
雌雄如剑变为龙，鳞鬣齐成擘崖去。
祕阁尝观韦偃图，苍润雄深世所无。
默识形神出模画，把笔莽苍增嗟吁。
玉堂宝书本同馆，官府既分难复见。
摩挲新墨慰衰朽，鬓雪飘萧数开卷。
昔我樵牧青城山，坐起政在双树间。
当时简生若相见，应并写此听潺湲。

刘郎集贤好宾客,好著幽悤对晴碧。
凌灵为我哦七言,有鹤飞来破秋色。

题松涧图

（元）陈樵

郁郁涧上松,磊磊涧中石。石泉有馀韵,松枝有馀色。
高人事幽讨,结庐此楼息。欹枕听潺湲,开轩盼空碧。
俯仰欣有契,足以愒昕夕。我亦厌尘嚣,久焉慕岑寂。
他年傥相过,勿谓予生客。

古涧长松图

（元）吴镇

长松生风吹不歇,古涧出泉鸣自幽。
玉屑饭馀移白日,《紫芝》歌动振高秋。

题王起宗画松岩图

（元）杨载

云起重岩郁凌乱,长松落落树直幹。
若人于此结茅屋,爽气飘然拂霄汉。
舣舟之子何逍遥,从者伛偻擕一瓢。
山中无日不闲暇,跋涉相顾凌风飙。
始知王宰用意高,使人观图鄙吝消。
世间未必有此景,涂抹变幻凭秋毫。
丹青游戏固足乐,收绝视听搜冥莫。
向来为政殊不恶,乃尔胸中有丘壑。

松泉图

（元）郭翼

迢迢涧上松,瀬瀬松下泉。微飙散晴雪,飞琴泻寒絃。

怀哉山中人，眇予随尘缘。九江秀可揽，山色青于莲。
浩歌招黄鹄，重赋云巢篇。

松路山岩图
（明）徐贲

清溪入花源，流水春溶溶。趣深屡迴转，溪上森群峰。
参差楼阁间，缥缈神仙踪。闲陪羽客行，时与樵人逢。
疎萝映崖瀑，薄云荫岩松。孤鹤偶徘徊，众树恒芳浓。
践兹非徒游，要当尽从容。因乏丹泉术，终期此相从。

题松溪图
（明）吴溥

溪头流水遶光寒，溪上长松雪未乾。
无事尽从闲处乐，有书时向静中看。
风迴阴壑泉声急，月转清㵎树影团。
几度客来门未启，呼儿急为整衣冠。

壑松图 （赠吴伯征归歙）
（明）李日华

手写髯龙伴读书，髯翁别我意踟蹰。
聊分几鬣临㵎影，君到黄山有万株。

壑松图
（明）李日华

已见历落槩，不妨小俯仰。云来翠色添。雨壮空涛响。
沉沉浸龙影，飒飒凌仙掌。山中绝灌溉，岁月自滋长。

历代题画诗类卷第七十二

树 石 类

戏为韦偃双松图歌
（唐）杜甫

天下几人画古松？毕宏已老韦偃少。
绝笔长风起纤末，满堂动色嗟神妙。
两株惨裂苔藓皮，屈铁交错迴高枝。
白摧朽骨龙虎死，黑入太阴雷雨垂。
松根胡僧憩寂寞，庞眉皓首无住著。
偏袒右肩露双脚，叶里松子僧前落。
韦侯韦侯数相见，我有一匹好东绢，重之不减锦绣段。
已令拂拭光凌乱，请公放笔为直幹。

泉石双松图（何直长笔）
（元）王恽

江烟霏霏江雨湿，满壑秋风荡虚壁。
何公虽老笔有神，写出双松荫泉石。
君看磊落横涧枝，黑入太阴凝积铁。
他时不作涧窟虬，定向风岩闻虎裂。
烦君十袭为深藏，隄备六丁来电掣。

南岳李道士画双松图

（元）宋无

道士醉卧天柱峰，睥睨石上千年之老松。
松精相感入梦寐，化作苍髯双老龙。
酒肠空洞生鳞角，飞出两龙醉不觉。
须臾霹雳撼五岳，丰隆缩手不敢捉。
神灵顷刻归虚无，壁上但见双松图。
松耶龙耶莫能诘，栋梁霖雨藏秃笔。

郑克刚双松图

（元）黄镇成

老榦悬霜紫翠分，一山风雨半空闻。
攜琴欲埽苔根石，为写秋声寄白云。

韩伯清所藏子昂双松便面

（元）黄玠

并刀剪水一尺馀，照见亭亭两松影。
玉堂学士自写真，令我悽然发深省。
耸壑昂霄五十年，健笔如锥有锋颖。
苍髯磔怒知谁嗔，老节犹将见奇挺。
直榦斜分水墨痕，樛枝乱结风霜顶。
龙鸾已化毛骨残，雷雨欲来崖谷暝。
兔丝县蔓待茯苓，迴首馀光惜俄顷。
会稽公子多苦心，收拾新诗题小景。

衍师道原双松图

（元）黄玠

小石如拳大如罂，石上亭亭松树并。

谁从山阴得茧纸，幻落毫端写双影？
风雷太古见植立，冰雪平生惯凄冷。
下有茯苓千岁根，可为人间驻流景。

题项可立双松图

（元）柳贯

我家庭下有双松，络石挽云与此同。
闭户时时闻落雪，援琴往往写清风。
神全省识蛟龙状，墨守谁争篆籀工。
採药天台能事在，故应添著负苓翁。

题夏迪双松图

（元）王冕

我昔曾上五老峰，白云尽处看青松。
中有两树如飞龙，正与夏迪画者同。
夏迪画松得松趣，箇箇乃是廊庙具。
贞固不特凌雪霜，偃蹇犹能吐烟雾。
苍髯猎猎如有声，铁甲半掩苔花青。
六月七月炎火生，对此似觉形神清。
丈人兀坐诚有道，岂比商（商）山采芝皓。
有琴有琴不须弹，而今世上知音少。

题曹云西双松图

（元）陶宗仪

卯云西畔一诗翁，画法营丘理趣融。
四十年前经此地，双松无恙草堂空。

巧石双松图

（明）杨基

松蟠怪诞龙形矫，石嵌玲珑雪肤巧。

何事淋漓水墨图，高堂六月秋风早。
秋风吹云山脚动，瀑布飞来湿瑶草。
翠幹危撑日月低，霜根倒插雷霆遶。
山中黄叶已盖地，独有烟萝青袅袅。
夕露犹含碧海秋，春霞已破丹山晓。
平生爱松并爱石，何异江凫得蒲藻。
醉里徂徕若可登，人间草木憖枯槁。
豫章将军颜色好，十年走马淮阴道。
索我题诗写壮怀，诗成已觉松杉老。

双松图

（明）周致尧

凿凿岷峨插彼苍，海波不动海天凉。
双蛟化作神仙去，明月中宵剑影长。

二松图

（明）张元祯

两鬐如龙入云去，白日空庭作风雨。
根著九地拔不起，留与乾坤作双柱。
千丈兔丝千岁苓，南山翠色同峥嵘。
岳阳城南老鬐精，骖鸾追逐吕先生。

孤松图

（明）贝琼

峨眉古松寒不死，曾见仙人三洗髓。
霜摧雨剥雷震馀，千尺老蛟鳞甲紫。
城南桃花千万株，乱后一株今亦无。
长身独立何偃蹇，正直自是神明扶。

五松图（为刘太常汝忠题）

（明）廖道南

我闻贤哉五大夫，乃在泰山绝顶之东隅。
秦封汉禅几千载，云胡京邸开瑶图？
大夫昔隐云门山，飡（餐）精饵实栖仙关。
虬根百尺结玄窟，鸾枝千仞蟠苍颜。
大夫今登石渠阁，牵萝偃盖承天泽。
云来绝峤时从龙，月上层台夜巢鹤。
吁嗟对尔长阴森，深春丽景穿遥林。
幽枝不改岁寒操，劲节真怀太古心。
此时此地歌此曲，维石岩岩五株绿。
愿引沧浪万顷波，长日虚堂媚幽独。

山壑万松图（四首）

（元）王恽

髯龙落落不凡材，万壑苍烟郁不开。
绝似涧阿幽隐士，苦嫌尘土不归来。

岩风谡谡泛秋声，展放横披眼便明。
酷似龙门山正北，两崖阴合记经行。

大厦欹倾要栋梁，万材于此郁苍苍。
正须叮嘱工师辈，为梲为榱细选量。

构厦先论大匠贤，杗楹桄䦨不相捐。
何当剪伐长材外，乞与坡仙作灶烟。

题履元陈君万松图

（元）杨维桢

紫芝道人天思精，南来新画青松障。
东家画水西家山，积弃陈缣忽如忘。
突然槎牙生肺肝，元气淋漓迫神王。
亟呼圆瓦倒墨汁，尽写髯官立成仗。
群争十丈百丈身，气敌千人万人将。
交柯玉鏁（锁）混鳞甲，屈铁金绳殊骨相。
石斗雷霆白日倾，雨走飞龙青天上。
前身要是僧择仁，五百蜿蜒见情状。
天台老林亦画松，三株五株成冗长。
我家东越大松冈，五鬣苍苍郁相望。
门前两箇赤婆娑，上有玄禽语相向。
雕龙梓客朝取材，伏虎将军夜偷饷。
安得射洪好绢百尺强，令渲阴森移叠嶂；
鼓以轩辕之琴五十絃，共写江声入悲壮！

万松图（二首，题寄幼学贤弟）

（明）金幼孜

一别乡园廿四春，种来松树已成村。
寄言孙子须培植，剪伐无令及本根。

种得长松万箇多，连山数里暗烟萝。
何时投老归乡曲，分我寒岩翠一坡。

题盘松扇头

（元）张天英

曾障西风庚亮尘，支撑眼底妙轮囷。

屈将千丈虬龙质，一握生绡敢望伸。

题秦中李笕谷黄门偃松图
（明）董其昌

当年高隐傲千峰，搜得峨眉偃盖松。
出蛰苍龙呈怪状，游空云鹤见遗踪。
居然玉局铭三植，不向金泥羡五封。
顾我亦衔风木恨，并刀一为剪吴淞。

怪松（与秦心卿）
（明）李日华

青铜缠皮铁勾搭，三万年前绿一发。
月高映我琥珀珠，鹤来踏枝踏不著。

题云松巢图
（元）陈旅

匡庐多白云，亦有松在山。高楼若槠巢，乃在云松间。
茯苓生砌石，雨气通林峦。游子涉远道，夕鸟栖簷端。
终期谢圭组，岁晚适幽欢。卧聆松风细，起看川云还。

题倪幻霞云松图
（元）成廷珪

九峰只在泖云西，松下来寻隐者楼。
隐者不归空见画，满山风雨夜猿啼。

题松云卷（赠王明府）
（元）王世贞

君侯燕坐琴堂上，琴底云生万壑松。

松爱芊眠时借色,云怜罨霭不辞封。
三江地僻催栖凤,二室天空起蛰龙。
服饵异时须待汝,为霖今旦莫从容。

大简之画松风图（为修端卿赋）
（元）元好问

董元老笔郁盘盘,万壑苍云复此看。
绝似凤凰山下路,秋风无际海波寒。

题松雪图
（元）范梈

傍人不识岁寒松,怜杀深山大雪封。
待得化为东海水,青天白日睡苍龙。

松月图（为陈高士题）
（明）程敏政

绿钗摇影见分毫,露下空庭月正高。
礼罢夜坛频侧耳,一天凉籁洗秋涛。

招徐宗偃画松石
（唐）张祜

咫尺云山便出尘,我生长日自因循。
凭君画取江南胜,留向东斋伴老身。

松石晓景图
（唐）陆龟蒙

霜骨云根惨澹愁,宿烟封著未全收。
将归与说文通后,写得松江岸上秋。

观裴秀松石障歌
（唐）僧皎然

谁工此松唯拂墨，巧思丹青管不得。
初写松梢风正生，此中势与真松争。
高柯细叶动飒飒，乍听幽飔如有声。
左右双松更奇绝，龙鳞麈尾仍半折。
经春寒色聚不散，逼座阴阴将下雪。
荆门石状凌玛璠，甓成数片倚松根。
何年蒨蒨苔黏跡，几夜潺潺水击痕。
裴生诗家后来客，为我开图玩书石。
对之自有高世心，何事劳君上山屐。

依韵和原甫省中松石画壁
（宋）梅尧臣

山林与城阙，事物不相对。唯闻秉道义，所处无内外。
趋烦而毁静，此理乃俗辈。昔有天下贤，喜得名笔会。
买粉涂南牆，松石生屋内。石怪如春涛，松偃如起籁。
画来二十年，数偶未辄爱。罕亲凭案颜，但觌抱牍背。
虽当省闼严，晦昧欲何赖？今逢茂陵人，独唱亦豪迈。

次韵刘贡甫学士画松石图
（宋）苏辙

长松大石生长见，竭游尘土嗟空羡。
寒翠关心失旧交，荣华过眼惊流电。
破缯买得古画图，遗墨参差随断线。
樛枝倒挂风自舞，直榦孤生看面面。
故山旧物远莫致，爱此随人共流转。

物生真伪竟何有，适意一时宁复辨？
少年所好老成癖，傍人指笑嗟矜衒。
京城宅舍松石希，买费百金犹恐贱。

题松石图
（元）黄玠

毫端水墨影，纸上松石神。老节委地尽，怪态与时新。
写物要有似，开卷知其人。

松石图
（元）吴镇

砚池漠漠吐墨汁，苍鬐呼风山鬼泣。
涛声破梦铁骨冷，露影濡空翠毛湿。
徂徕千树老云烟，湖山九里甘萧瑟。
何当阅此明牕下，长对诗人弄寒碧。

题曹云西画松石
（元）倪瓒

云西老人子曹子，画手远师韦与李。
衡门昼掩春长闲，摇毫动笔长风起。
叶藏戈法枝如籀，苍石庚庚横玉理。
庭前落月满长松，影落吴松半江水。

题松石
（元）丁立

匡庐道士山阴住，遶屋青松箇箇长。
溪上一番春雨过，白云满地茯苓香。

题松石图
（明）张以宁

繄松之苍，繄石之刚，曷以比德？维士之良。
有苍者松，有刚者石，繄士之良，维以比德。

题作小幅松石
（明）李日华

小暖乍得雨，春松如膏沐。幽兰雪后丛，隐隐动芳馥。
拂拭松下石，莓苔破新绿。鸟雀亦未知，聊以怡余独。

题赵子昂松石修篁图
（明）贝琼

白发王孙老蓟门，逢人只说山中趣。
酒酣落笔有天机，写作阴厓百年树。
一株偃蹇龙蛇影，遶屋风声三伏冷。
流脂入地成琥珀，死骨经雷缩人瘿。
森森竹石俱苍然，一日坐我天姥前。
王孙跨鹤归何年？山空月明啼杜鹃。

次韵喻叔奇松竹图
（宋）王十朋

只应王子猷相爱，未许秦皇帝可寻。
画我同年作三友，岁寒节操宰官身。

题松竹桂梅（四首）
（明）解缙

石上春松百尺长，松花落涧水生香。

丁宁樵斧休戕伐，当待他年作栋梁。

脩篁解箨出林梢，劲节扶疏长凤毛。
停待他年坚似玉，裁竿东海钓金鳌。

桂树团团翠欲流，灵根原自月中求。
东风吹动黄金粟，散作人间富贵秋。

潇洒寒梅吐玉葩，暗香浮动老仙家。
应知鼎鼐调羹味，几向园林傲雪华。

席上赋老松怪柏图

（元）李材

仙人解衣磊礴羸，造化惨澹秋毫端。
枝柯千尺入层汉，笙籁万壑鸣惊湍。
堂中日月不可老，壁上雷雨何当乾？
我来醉卧北牕下，梦跨黄鹄天风寒。

僧莲松桧图歌（书遂昌山人郑明德序后）

（明）王逢

莲公画称东吴精，草蔓花房未尝写。
森张意象亭亭表，辄有神人助挥洒。
常州貌得剑井松，剑气曨瞳相郁葱。
膏流节离祸幸免，至今颜色青于铜。
孔庙之桧尤硉矹，地煴所守龙所窟。
栾柯落阴根走石，疑是忠臣旧埋骨。
松兮桧兮岂偶然，陵霜轹雪兵燹年。
箭痕刀瘢尽皲裂，用命欲挂将崩天。

王姚凭城亲被坚，身歼城破百代传。
无人上请配张许，日夜二物风雷缠。
郑君郑君古君子，此文此画良有以。
我题短章非齚靡，用弔忠魂附遗史。
吁嗟烈士长已矣！

题杨补之松桧图
（明）程敏政

五松已受秦封辱，六桧复被秦名污。
参天直榦尚如此，二雏已灭随烟芜。
大夫伪号若乌狗，处士雄心射牛斗。
眼前便觉风雨来，耳畔疑闻蛰龙吼。
良工此图笔意精，王孙一购千金轻。
恨无大手如子美，为赋成都《古柏行》。

题松图
（明）张凤翼

云松自是徂徕树，霜色犹存彭泽花。
莫道西风便萧瑟，秋容偏在野人家。

徽庙古松山鹊
（明）金幼孜

松梢盘挐出岩壑，一夕山风吹子落。
几回度涧听松声，横枝忽见飞来鹊。
翠衿红觜一何奇，误疑青鸟降瑶池。
根深茯苓不见劚，王母羽盖今何之？
宣和宫中迹如埽，胡沙漠漠天地老。
莫向松间占鹊声，五国城荒长芳草。

题赵希远画蟠松玉兔图（子昂赵公鉴记）

（明）僧大圭

天水王孙重毫素，爱写蟠根万年树。
上有徂徕五色云，下有中山双白兔。
清阴散作秋满林，咫尺高堂起烟雾。
丹桂吹香野菊黄，玉叶金枝乱无数。
迢迢锦水泛苍凫，漠漠青天飞雪鹭。
人间画手非不多，自是王孙得真趣。
浮玉山人列仙侣，雅与王孙同出处。
妙画题来字字真，兵后收藏乃奇遇。
宣和遗谱世莫传，艮岳荒凉风景暮。
眼中人事已非前，画里江山尚如故。
老我披图一怆然，落日长歌吊南渡。

寄画松僧

（唐）王建

天香寺里古松僧，不画枯松落石层。
最爱临江两三树，水禽栖处解无藤。

题寿老人松年图

（元）张宪

我昔湖上看眠松，蟠屈苍龙阴十亩。
青天昼暝雷雨黑，白日犹疑鬼神守。
却忆僧前如雨落，春雨新秧不盈握。
如今合抱复蔽牛，偃蹇轮囷卧丘壑。
松下老僧金骨仙，亲手种松忘岁年。
倒持一尺白鸾尾，拄颊听风当昼眠。

茯苓作粥粉作饼，千斛松醪供酪酊。
不用飞丹驻玉颜，前身自是陶弘景。

三友图
（元）刘永之

冰髯玉节间苔枝，瘦影参差落墨池。
最忆山阴残雪里，西窗相对鬓如丝。

岁寒图
（明）解缙

群芳摇落尽凋残，惟有孤根耐岁寒。
为道沧洲深雪里，独留苍翠与君看。

岁寒三友图
（明）吴宽

桧生岩壑里，凛然岁寒姿。众卉岂不好，贞心少相知。
南望庾山麓，北瞻淇水湄。气味虽胐合，犹恨道远而。
生绡才盈丈，一旦聚于斯。匪藉缩地术，良工亲手移。
能事出腕指，讬物由心思。邪人多党与，蔓草难芟夷；
正士每特立，嘉树不附丽。时或倒置之，山苗反离离。
维此一堂上，霜雪同襟期。聊因草木类，窃比唐虞时。
后稷既在位，继以契与夔。纷纷共鲦辈，末路将何为？

岁寒三友图
（明）许继

孤标郁深翠，劲节挺寒绿。复此雪后花，娟娟莹如玉。
风霜惨阳林，冰霰沍阴谷。枯悴纷相藉，于兹见高躅。
贞心谅已同，盟好在幽独。转念繁华姿，中道何反复。

三友图

（明）朱经

冰雪淡相看，心期许岁寒。莫同桃李伴，容易及春残。

皇甫松竹梅图

（元）张伯淳

三友亭亭岁晚时，政缘冷澹易相知。
何须近舍今皇甫，却向图中觅补之。

松竹梅

（明）徐渭

朱碧娇啼二月莺，却都输与此三君。
若添明月孤来鹤，踏乱松尖一片云。

霜林晚节图

（明）周旅

朔风何萧萧，严霜亦皓皓。维此岁载阴，群芳尽枯槁。
懿彼贞坚姿，幽寂能自保。春风桃李花，树下蘼芜草。
纷纷竞颜色，媚此一时好。

乞荆浩画

（唐）僧净显

六幅故牢健，知君恣笔踪。不求千涧水，只要两株松。
树下留盘石，天边踪远峰。近岩幽湿处，惟藉墨烟浓。

题金陵陈时举宅画壁

（元）谢应芳

双松岁寒姿，卷石太古色。我昔山中游，憩此松下石。

松花雪霏霏，松叶风瑟瑟。安知此情景，相对复今日。
撑空两髯龙，还在书中室。主人罢鸣琴，晏坐室生白。
客来苦炎热，倚树欲挂帻。不闻天籁鸣，但见空翠滴。
烦襟顿如洗，林壑幽兴适。经月数相过，明朝有行役。
黄埃赤日中，令人转相忆。

题吴祠部画

（明）董其昌

居然张璪偃松图，一一潛虬若可呼。
为问寒林风谡谡，何如千树在幽都。

历代题画诗类卷第七十三

树 石 类

题画柏
（唐）吴融

不得月中桂，转思陵上柏。闲取画图看，烦纡果冰释。
桂生在青冥，万古烟雾隔。下荫玄兔窟，上映嫦娥魄。
圆缺且不当，高低图难测。若非假羽翰，折攀何由得。
天远眼虚穿，夜阑头自白。未知陵上柏，一定不移易。
有意兼松茂，无情从麝食。不在是非间，与人为愤激。
他年上缣素，今日悬屋壁。灵怪不可知，风雨疑来逼。
明朝归故园，唯此同所适。回音寄团枝，无劳惠消息。

黄华画古柏
（金）密公璹

黄华老人画古柏，铁简将军挽大弨。
意足不求颜色似，荔支风味配江瑶。
（铁简万户，以神射名天下。）

题李遵道画古柏
（元）张天英

古柏亭亭一虎臣，风云长邀卧龙身。

石根霜榦心如铁，欲向曹瞒埽战尘。

竹斋学士作柏图（得之李好古野斋，平章旧物也。）
（明）黄玠

蓟丘学士神仙人，词翰挥毫有馀力。
清风披拂尽琅玕，日费尚方三斗墨。
昔年乘传向蛮邦，修竹如云楚山夕。
却迴官舸过湘中，江雨推篷写寒碧。
远势联翩数十枝，颠倒纵横凤鸾翼。
天机到处物变尽，云影纷纷洒人黑。
想见走笔如飞龙，山木水萝俱辟易。
不辞遗蹟购千金，此卷于今妙无敌。

禹柏图
（元）程钜夫

我昔观风江汉域，大别寺中观古柏。
皮空骨立二十尺，扣之铿然若金石。
双龙盘拏爪角怒，白昼歘恐风雷黑。
小枝旁出势蜿蜒，复似游龙顾深泽。
苍苍数叶森北向，贞心不受蝼蚁蚀。
我时见此独惊怪，僧言相传禹所植。
别来梦寐常髣髴，恨不图之堂上壁。
安南国王住汉阳，府中好事黎侯卽。
皇庆元年同入觐，忽持墨本来相觅。
开缄萧萧朔风起，半幅生绡万钧力。
恰如大禹疏（疏）凿时，天斧雷硠鬼神役。
自言得之寺僧手，寺僧得之故侯宅。
旧本模糊鏁（锁）暗尘，上有东坡手题墨。

临摹欲遣天下知，国王命我来索诗。
此柏会有摧朽日，此卷岂有消磨时。
我闻此语坐太息，神禹至今几兴衰？
人间老树亦无数，此树应以人而奇。
门前马鸣君欲归，黄云东去浮云西。
归语山僧谨护持，莫令此柏凌空飞。

韩吉父座上观汉阳大别山禹柏图
（元）吴莱

大别名山如伏鳌，大别古柏如立猱。
旧闻夏后手所植，直轧南国无蓬蒿。
洪水曾当泽洞极，圣躬乃此胼胝劳。
乘舟荆衡地可尽，作贡云梦天争高。
一时栽椬讬所历，千载摩抚翳其遭。
本根盘拏屹巘屃，枝叶挺拔森旌旄。
碍日吟风耸楚阻，欺霜傲雪靡秦饕。
夜行夏首影弄月，晓舣鄂渚声吹涛。
信哉冥灵欲等寿，材比桢幹终称豪。
屏除缁翳虎豹泣，镇断夔魍蛟龙逃。
匠石徘徊却丧斧，篙工睥睨宁维舠。
吾知嘉木辨《尔雅》，但惜芳草遗《离骚》。
平生环辙苦未到，幸此画笔何从操？
岂非神明护正直，使在方汉雄城壕？
楼桑出墙尚久特，巨栎蔽社犹坚牢。
惟兹所重有圣德，坐见馀物真秋毫。
自来刘李富宫室，命下荆蜀刮土毛。
一荣一枯验世道，勿翦勿伐临江皋。
穆满苍茫《黄竹》詠，重华惨澹苍梧号。

逖然万古万万古,西望叹息同霑袍。

禹柏图
(元) 吴师道

柏贡荆州任土风,汉阳遗树尚葱茏。
休夸此是曾亲植,四海青青尽禹功。

双柏图
(元) 陈樵

亭亭山上柏,柯榦如青铜。苍古拔俗姿,肯作儿女容?
风霜日摇落,万木为之空。尔独不见摧,屹立如老翁。
乃知归根妙,生意恒内融。愿乘雷雨兴,化作双飞龙。

题东坡画古柏怪石图(三首)
(金) 赵秉文

荒山老柏枒拥肿,相伴醜石反成妍。
有人披图笑领似,不材如我终天年。

人生散材如散木,槁死深山病益奇。
放出参天二千尺,安用荒藤缠遶为。

东坡戏墨作树石,笔势海上驱风涛。
画师所难公所易,未必此图如此高。

柏石图(并序)
(宋) 苏轼

　　陈公弼家藏柏石图,其子慥季常传宝之。东坡居士作诗,以为之铭。

柏生两石间，天命本如此。虽云生之艰，与石相终始。
韩子俯仰人，但爱平地美。土膏杂粪壤，成坏几何耳？
君看此槎枒，岂有可移理？苍龙转玉骨，黑虎抱金杞。
画师亦可人，使我毛发起。当年落笔意，正欲讥韩子。

题巨然泉岩老柏图
（金）赵秉文

雪岩森危有老柏，几度寒泉漱秋月。
气凌层空白日寒，根贯断崖苍石裂。
奔腾逝水送流光，剥落古苔封老节。
明堂未作栋梁材，潦倒风霜半无叶。
何人胸次富泉石，巨然袖中董元笔。
崖倾岸绝无人见，夜半移舟真有力。
贤侯笔力今曹植，气象参天二千尺。
为回笔力挽万牛，顿觉烟岚少颜色。

题　画
（明）董其昌

雪柏霜松不记年，从教千尺郁参天。
迩来灌莽丰茸甚，画史难回造化权。

八桧图
（宋）王令

客有要我八桧吟，手搊八桧图来县。
挂张满壁扬〔惕〕可骇，盼顾左右同嗟叹。
芳（旁）摹石刻署名状，各有凭附相夤缘。
或高相扶互倚碍，或断欲麛犹支颠。
强枝坳回信有力，高榦复俯蛟蚓拳。

卷第七十三　树石类

寻根及株逮条蘖，例不拔直皆旁偏。
雷疲风休云雨去，蛇龙鬭死犹钩缠。
安分爪角与尾鬣，徒见上下相蜿蜒。
不知生时竟何谓，略不参类常木然。
宜乎今古惑昧者，摇摆舌吻归之仙。
一尤盘拳老高大，传云聃老由飞躚。
当时驾鹿蹢以上，跡有町疃遗相连。
多应蝎残鸟喙啄，不尔诞者强镵镌。
聃能惑人已自幸，岂此上去能欺天。
借如聃功可升跃，鹿亦何幸飞相联？
于中一本特甚异，肤革逆理纽左旋。
传云聃手所自树，我知此语定凿穿。
苟今实为聃老植，推以天意犹可言。
当年曷不纽以右，若曰世为左道牵？
如何众辄不省究，反重神怪令聃专？
乾坤中含万品彙（汇），此独自异谁舍旃？
穷思竟虑莫可索，欲世不惑谁能搴？
仙书虚荒喜诞妄，推说事理尤縣延。
世人一读即化变，日望飞奋相迷癫。
岂非此木久树此，浸渍亦为异说迁。
故其形植与生死，时以异怪招惊怜。
先时世不畜斤斧，放其老大讹夸传。
当年同生好材幹，半以直伐成烧燃。
凭妖附诞相树立，卒自死活终完全。
叶枝凋疏不有荫，材直弗柱曲莫辕。
不知留存护养者，竟以何理惜不捐。
我有尺铁大刚利，久已铸斧磨山巅。
卒无柯柄尚弃置，孏乞月桂求蝉娟。

画 桧
(元) 虞集

茅山多古树,此桧更长生。鹳鹤栖来稳,蛟龙化得成。
云深还近户,月落似闻笙。千载如相见,苍然故旧情。

题华氏瑞桧图
(明) 高启

谁指牛眠处,江山地最灵。气锺孤桧碧,祥表五芝青。
影动春云乱,香敷晓露零。知君家种德,曾读墓前铭。

题老桧图
(明) 姚广孝

盘盘郁虬枝,阴阴坠虹渚。欲共水边人,时来听风雨。

题白石翁画虞山古桧
(明) 张渊

虞山老桧三株青,斗坛半掩招摇星。
道人丹成化鹤去,三桧夭矫飞龙形。
是谁手植经千载,曾见昭明读书在。
几回天上葬神仙,不独人间变桑海。
古人今人逸树行,古今人去树长生。
乃知劲气合元化,不与凡木争枯荣。
长洲老石好异者,百里攜杯遊树下。
浩嗟天下有树如此无,我去此树何人图?
三日经营双眼力,满空苍翠移真迹。
鹤骨虬筋左纽文,雷裂霜皴古秋色。
日暮袖归归不得,满山风雨山灵惜。

居然赠与卧云人，长啸寒风生石壁。
於乎！石君诗画天下知，此笔尤为天下奇。
劝君风雷当掩户，恐化蛟龙孥云（空）去。

题王学士所藏王孟端老桧苍崖图
（明）曾棨

王郎工画妙入神，平生强项世所嗔。
有时兴至自盘礴，睥睨已喜傍无人。
忽然放笔作古桧，白日烟云倏暝晦。
淋漓尽带雷雨垂，惨淡长疑鬼神会。
古藤缠络枝相缪，屈铁礧砢腾蛟虯。
左拏右攫飞不去，崖石欲裂山精愁。
王郎一生何不遇，五十得官嗟已暮。
胸中时吐气峥嵘，半落苍厓化为树。
知君爱此长萧森，藏之愿比双南金。
秋来恐有乘槎客，泛入天河无处寻。

题沈启南画虞山致道观昭明手植三桧，初名七星桧
（明）王世贞

白云团虞山，有七苍虯舞。云当梁初代，昭明读书所。
幸托乾坤庇，实饱冰霜苦。其四托狐鸱，帝遣六丁取；
存类夔罔三，去杀秦封五。宋人雅好事，往往为之补。
颉颃若昆季，厥始实孙祖。隆準理固当，小巫气终阻。
昨余游真宫，脱冠憩其下。日落长风来，飒然精灵语。
及乎微月上，修鳞森欲吐。沈翁长康流，为桧传世谱。
不欲令汉傑，轻与哙等伍。尺楮移秋山，真宰在阿堵。
篷牕一展看，森阴洗烦暑。何必称七星，三星亦自古。

古杉行（题陈兵曹所藏李遵道画灵隐道中二杉图）

（元）傅若金

灵隐道中古杉树，上与云雾相胶葛。
李侯一见为写真，霜雪萧萧起毫末。
此杉苍茫数百年，鬼物扶持人所怜。
贞心岂容蝼蚁蚀，老榦或有蛟龙缠。
山林万里那得致，见者皆惊栋梁器。
暗壁寻常度雨声，晴牕彷彿生秋气。
吾闻大厦众力持，此杉谁能久弃之？
君不见道边不材木，拥肿百围安所施？

跋理宗题马驎画折枝木犀图

（元）王恽

花中神品赵昌师，又向臣驎见折枝。
不惜一天风露润，百杯楼晚要（耍）新诗。

题曹云西桂根图

（元）黄玠

何人操玉斧，夜半缘青冥。斫去月中树，千秋伤我情。
无根亦云已，有根当复生。但笑吴刚者，负此不义名。

题江亭柳色图

（元）丁鹤年

昔年酾酒池，江汉一茅亭。同会人何在？东风柳又青。

题吴宫衰柳图

（明）袁凯

远岫依依落日明，吴王醉处少人行。

多情独有垂杨树，犹送深宫夜雨声。

题便面画新柳
（明）李日华

雪消野水半融泥，冻柳森森态未齐。
昨夜一番春雨好，淡黄金色满湖堤。

仿倪迂河桥新柳
（明）李日华

河上柳枝黄未匀，绿波沄沄沙草春。
孤烟一聚遥山下，知有凭高送目人。

题画柳
（明）董其昌

摸索芳菲度画檐，烟丝嫋嫋雨毵毵。
幽人无复灵和梦，太守风流自汉南。

题自画梧石
（元）唐肃

缥缈未央阙角，凄清长信宫门。
人起辘轳声里，月在梧桐石根。

题梧石
（明）镏崧

鸣琴罢瑶席，鹤梦清宵警。凉月下前除，照见梧桐影。

题浦人画梧桐竹石
（明）程本立

锦石成山花满川，子孙一旦鬻平泉。

疎篁古树苍厓雪，茆屋看来已百年。

题梧竹奇石图

（明）桑悦

琴瑟未斲先具形，箫管未截终完声。
天将碧玉为寸莛，拊击翠石石亦鸣。
分明一部真《韶乐》，彩凤能招下寥廓。
古音不复将何如？请君看此韶乐图。

题浦舍人梧竹图

（明）赵迪

吾怀出尘想，飞思凌沧洲。湘江夜来雨，寒色川上浮。
凉飘金井夕，露滴银塘秋。故人隔千里，对此空离忧。

画树后呈濬师

（唐）刘商

翔凤边风十月寒，苍山古木更摧残。
为君壁上画松柏，劲雪严霜君试看。

于祕校示郊园棠木连理图，偶题长句

（宋）刘叔赣

昨得伻图与赋诗，野棠并榦上交枝。
始疑和气偏回复，可是常情悦附离？
爱树去思吾岂敢，高门阴德子应知。
济南固有终军辩，传布仍烦老画师。

画　树

（元）马祖常

寒槎偃蹇风雨攻，蛰龙啮云磻石根。

战垒防秋鹿角栅，长筏浮江下蜀门。
忆昔驰射古楚原，夜观野火烧枫林。
高堂醉酒看画幅，樛枝薜萝牵我心。

题惠崇画树林

(元) 马祖常

下濑生秋响，平林漏曙光。蜀桤阴十畒，闽荔熟千房。
不听樵夫伐，无劳匠石伤。灵槎上天汉，全栋架明堂。
黯黯云垂幔，淋淋雨湿墙。鹇奴呼伴审，鸠妇择棲详。
路远逢仙宅，天低近帝乡。春行苔履滑，夕坐简书香。
东绢刀谁剪？西园价尔偿。悬车清渭后，白发洒苍凉。

题初士元所画双树图

(元) 释良琦

梁溪溪上晓扬舲，吴人《竹枝》自可听。
不得回船系厓石，寺门松树为谁青？

题陈大宅方壶子层层云树图

(明) 周玄

昔年曾记秦川客，云树参差去欲迷。
日暮孤舟行不尽，鹧鸪啼过渭城西。

百树送青六景（为郑侍御题）

(明) 魏时敏

石罅无樵采，春深剥绿苔。孤云将暝去，群树送青来。
晴霭琴书润，阴森鸟雀回。醉吟看不厌，何处有蓬莱？

癸亥五月写江干七树

（明）李日华

萧疎交远波，历落无行次。未论材不材，偃蹇各自恣。

陈仲美夏木图

（明）张羽

董元夏木不复见，俗本纷纷何足观。
陈郎笔力能扛鼎，写此千章生昼寒。
阴森似有神灵会，偃蹇直作蛟螭蟠。
天鸡晓鸣清籁发，木客夜度云旗翻。
林下丈人行杖藜，石根叶落失旧蹊。
孤童幞被向谁宿，山风萧萧日薄西。
商岩紫芝自可食，武陵桃花原易迷。
人间颛洞不可处，莫畏虎啸并猿啼。

祝孝友作枕屏小景，以"霜馀茂树"名之，因题此诗

（宋）朱子

山寒夕飙急，木落洞庭波。几叠云屏好，一生秋梦多。

许道宁寒溪古木图

（元）元好问

道人醉袖蟠蛟龙，埽出古木牙须雄，开卷飒飒来阴风。
翟卿论画凡马空，能知画与诗同宗，解衣盘礴非众工。
遗山笔头有关仝，意匠已在风云中，留待他日不匆匆。

海岸古木图

（元）王恽

古木蟠蜿郁有华，轮囷奇崛欲谁夸？

何年海藏龙宫使，推出秋风八月槎？

画古木
（元）马祖常

桑空河上生贤相，枫老山中化羽人。
未借九关当地轴，还曾八月上天津。
雷烧桐尾琴材古，玉刻龙形剑具新。
雨蚀苍皮苔护石，泉春〔舂〕玉乳月翻轮。
东隈杨柳春烟暖，西浦芙蓉晓露匀。
偃蹇孤根岩壑气，我知樕朴不为薪。

题画古木
（元）虞集

高秋木落洞庭空，岳阳城南多晚风。
蛟龙夜护玉坛古，剑影长留明月中。

画古木
（元）虞集

荒郊卧苍苔，蛟龙在其上。不知风雨来，垂影一千丈。
后主拨镫法，江南久寂寥。空令没骨画，容易媚中朝。

商德符画幽篁古木
（元）虞集

湘君宫在洞庭湖，幽篁古木龙所都。
石坛雨长碧苔藓，水屋风动青珊瑚。
老人敧枕看蝼蚁，嫠妇停舟听鹧鸪。
江南蜀道问来往，商公商公今有无？

王晋卿古木

（元）杨载

走根坼裂石，曲斡渐清涟。雷电忌交作，化龙起重渊。

题王若水为仙都宫主赵虚一画苍厓古木图

（元）柳贯

金门羽客住仙都，玉立苍宫五大夫。
微月满空笙鹤下，一林秋影散龙胡。

题山庄所藏东坡画古木图

（元）欧阳玄

眉山昔日生三苏，一山草木为之枯。
后来笔端挟春腴，却令生意回枯株。
树经公笔无老丑，天以春工付公手。
谁云笔衍龙眠翁，奚必法嗣洋州守。
山庄刘氏富清玩，家有苏公旧挥翰。
恍惊湿藓粘怪石，惯见倒根生断岈。
涪翁对此贲春茶，为公梢上挂长蛇。
灯窗细读《假山记》，秀气终属眉山家。

奉题达兼善御史壁间刘伯希所画古木图

（元）傅若金

远树含幽姿，近树亦古色。
水傍尝见画不得，乃在君家中堂之素壁。
青林寂寞行人窈，白涧微茫断烟隔。
入门萧萧云气生，落日便恐归禽争，耳后飑爽寒风声。
知君夜眠愁雨黑，留客昼坐宜秋清。

刘侯学李成,画手称独步。
时见作古松,盘屈百怪聚(一作"任形势")。
中林一株直且良,安得刘侯写其趣(一作"安得挥毫纵奇气")?

题赵仲穆怪石奇木
(元) 张翥

君不见岳阳城南老树能化人,
又不见草中巨石如卧虎。
树逢仙客授还丹,石误将军箭飞羽。
海宁太守提健笔,与丹通灵箭角力。
山精木魅寒睒睗〔睗〕,千年丑怪匿不得。
树瘤半裂雷火出,隐入云绡露奇跡。
猝然一见心胆惊,气尽画工俱辟易。
挂之高堂风动摇,古色一片秋萧萧。
待侯〔候〕砚池卷东海,归写扶桑与沃焦。

息斋竹石古木(为会稽韩季博士题)
(元) 张翥

老竹叶稀多秃枝,新竹碧润含幽姿。
箨中龙子振春蛰,突出雷雨头参差。
傍蹲怪石石鏬裂,裂处恍惚疑龙穴。
山中有树皆十围,活榦撑青死槎折。
霜皮蚀尽乾薛文,半顶斩立双桠分。
最后一枝身出群,垂枝倒走阴崖云。
李侯标致不可得,小字亲题别涂黑。
纵横不在摩诘下,萧爽直与洋州敌。
玉堂学士欣见之,浓墨大书真崛奇。
森然一片铁石笔,妙甚七字琼瑰词。

此诗此画今两绝，把翫微风动毛发。
只应真宰泣琱锼，一夜山愡冷秋月。

题怪木图

（元）贡师泰

千年老树化青牛，风雨空山不尽愁。
一日争迎作神主，踏歌槌鼓水西头。

郑禧之古木图

（元）郑元祐

吾宗有子擅风流，履行只如陈太丘。
复向仇池写林薄，六月阴森如凛秋。
前修凋零吾亦老，落日孤云生晚愁。

夜作古木怪石因题

（元）倪瓒

夜游西园渚，初月光炯炯。徙倚岩石下，爱此林木影。

为何彦修题县厓古木图

（元）刘永之

古木苍苍带女萝，峰阴斜蘸石潭波。
十年不到屏风叠，夜雨茅檐幽梦多。

题古木幽篁图

（元）刘永之

近者天下写竹枝，息斋子昂最奇绝。
金钗折股锥画沙，直以高情寄豪墨。
后来小李用家法，更觉纵横脱羁勒。

御榻屏风或诏写，流落人间岂多得。
我家真蹟兼数公，锦囊玉轴复壁中。
旧宅荒凉经战伐，故物多随烟烬空。
此图寻丈小李作，位置颇殊标格同。
半身古树色苍润，篔筜因依相澹浓。
长林无人秋气入，蜿蜿蛇蛟起幽蛰。
蟏蛸垂丝昼阴静，老鹤哆翎昏雨集。
黄陵庙前湘水深，捐玦江皋思俯拾。
浮槎寻源遡空阔，折旌低渡玄云湿。
何郎兄弟最好奇，爱此不减珊瑚枝。
幽居正在兰峰下，亦有乔木当牕扉。
共展长图幽兴发，六月凉飔生葛衣。
还君珍袭增叹息，他日重看觅旧题。

云林古木

（元）唐肃

石上清阴走怒螭，一身都著薜萝衣。
若为借得灵槎坐，去访银河织女机。

题郭天锡画古木

（元）张天英

木落空山忆五君，髯虬飞影拂玄云。
几夜烟萝月中立，醉歌如见郭将军。

画古木幽篁

（元）丁鹤年

石海珊瑚树，清湘翡翠毛。无因将寄远，日暮寸心劳。

怪木竹石图

（明）施敬

大星坠地光如日，一夜海风吹作石。
精卫魂惊不敢窥，留待娲皇补天极。
石傍老树枯槎枒，古藤屈曲悬脩蛇。
鹧鸪踏翻黄竹叶，翡翠啄破苍苔花。
千年丑怪何人识，老刚胸次真奇特。
兴来掀倒墨池波，鬼跡神踪不能匿。
生绢飂飂摇秋思，古色惨淡寒无姿。
天吴拔断蛟龙尾，月露洗出珊瑚枝。
张公好古躭清赏，狂客题诗真技痒。
冥驱万象入毫端，便觉《箫韶》画中响。
琅玕有实石可栖，赤霄灵翩来何迟？
按图为君三叹息，雷雨打门风捲席。

古木寒藤图

（明）沈周

古木迸石出，脱叶如无生。群筱自西风，何以答秋声？
苍藤载束缚，恐因雷雨行。我诗向而书，誓与同老成。

郭熙画木

（元）虞集

江南乔木已无多，谁画参天铁石柯？
记得玉堂春昼永，寒林坐对老东坡。

树石类

子瞻画枯木
（宋）孔武仲

寒云行空乱春华，西风凛凛空吹沙。
夫子抱膝若丧魄，谁知巧思中萌芽。
败毫淡墨任挥染，苍莽菌蠢移龙蛇。
略增点缀已成就，止见枯木成槎枒。
更无丹青相掩翳，惟有口鼻随穿呀。
往年江湖饱观［画］，或在山隈溪水涯。
腹中空洞夜藏魅，巅顶突兀春无花。
径深最宜系画舸，日落时复停归鸦。
苏公早与俗子偶，避世欲种东陵瓜。
窥观尽得物外趣，移向纸上无毫差。
醉中遗落不祕惜，往往流传藏人家。
赵昌丹青最细腻，直与春色争豪华。
公今好尚何太癖，曾载木车出岷巴。
轻肥欲与世为戒，未许木叶胜枯槎。
万物流形若泫露，百岁俄惊眼如车。

树犹如此不长久，人以何者堪矜夸？
悠悠坐见死生境，但随天机无损加。
却笑金城对宫柳，泫然流涕空咨嗟。

题过所画枯木竹石（三首）
（宋）苏轼

老可能为竹写真，小坡今与竹传神。
山僧自觉菩提长，心境都将付卧轮。

散木支离得自全，交柯蚴蟉欲相缠。
不须更说能鸣雁，要以空中得尽年。

倦看涩勒暗蛮邨，乱棘孤藤束瘴根。
惟有长身六君子，依依犹得似淇园。

子瞻与李公麟宣德共画翠石古木，老僧谓之憩寂图，题其后
（宋）苏辙

东坡自作苍苍石，留取长松待伯时。
只有两人嫌未足，更收前世杜陵诗。

西轩画枯木怪石
（宋）苏辙

西轩素屏开白云，婆娑老桂依霜轮。
顾兔出走蟾蜍奔，河汉卷海机石蹲。
牵牛自载倚桂根，清风飒然吹四邻。
东坡妙思传子孙，作诗髣髴追前人。
笔墨堕地称奇珍，闭藏不听落泥尘。
老人读书眼病昏，一看落笔生精神。

和谢公定观祕阁文与可枯木

（宋）陈师道

斯人不复有，累世或可期。每于丹青里，一见如平时。
坏障尘得入，惨澹令人悲。墨容落欲尽，岩颜终不移。
朽老万馀年，石心乌铜皮。念此犹少作，未尽冰霰姿。
北枝把异鹊，意定了不疑。惜哉不得语，胸次几兴衰。
一为要贵役，可复辞画师。隐奥虽可惜，涂抹复见遗。
谢侯名家子，感慨形苦词。岂惟语画工，劲特颇似之。
何当补谏列，一吐胸中奇？

题子瞻枯木

（宋）黄庭坚

折冲儒墨陈堂堂，书入颜杨鸿雁行。
胸中元自有丘壑，故作老木蟠风霜。

子瞻寺壁作小山枯木

（宋）黄庭坚

海内文章非画师，能回笔法作枯枝。
豫章从小有梁栋，也似郑公双鬓丝。

求郭侍禁水墨树石

（宋）黄庶

尘埃典却林泉闲，家梦夜夜归云端。
知君弄笔欺造化，乞我几株松石看。

题莫寿朋内翰之所藏东坡所画枯木

（宋）孙觌

龙筋鹤骨老摧颓，百尺修围折巨雷。

倦鹊飞来望百逸，踏枝不著又惊回。

同赵伯充观东坡画枯木（二首）
（宋）僧道潜

经纶志业终不试，晚岁收功翰墨林。
偶向僧坊委陈迹，每经风雨听龙吟。

萧然素壁倚枯枝，行路惊嗟况所思。
惆怅骑鲸天上去，却来人世恐无期。

西湖酒家壁画枯木
（元）宋无

衡岳乔松道途远，成都古柏山川隔。
忽惊老树刺眼来，疑是颓崖压东壁。
拗怒风雷龙虎气，盘折造化乾坤力。
阴连沧海一片秋，秀夺西湖两峰色。
寒云苒惹霾昼影，冻藓绿〔缘〕泋（沿）借春碧。
醉翁睥睨欲挂衣，禅伯经营思憩锡。
乌鸢冥下踏枝空，猿猱夜过嗔藤仄。
铁榦铜柯嗅不香，苍雪玄烟润将滴。
便拟攀萝解纠缠，何须平地生荆棘。
直须埽去曲碌姿，挥作昂霄数千尺。

题杨友直检校所藏李营丘枯木图
（元）虞集

老龙出海苍鬣须，营丘枯木天下无。
回枝屈铁堕崖雪，涧底应拾青珊瑚。
明堂清庙要梁栋，朔风吹沙泽腹冻。

老身不用叹迟莫，按图来求万钧重。

题高彦敬树石图
（元）赵孟頫

乔木动秋风，索索叶自语。堂堂侍郎公，高怀政如许。

枯木图（二首）
（元）贡性之

湖石东头太液西，春风宫树半高低。
王孙金弹多如雨，不著黄鹂一箇啼。

翠萝牵恨引丝长，黄叶将风战晓霜。
莫怨一枝栖未稳，上林春树近昭阳。

题李成枯木
（元）张天英

谁如惜墨李营丘，屈铁交柯烟雨稠。
记得沧江龙出蛰，怒须捲雾拔山湫。

李士弘枯木风竹图
（元）刘因

狂蛟舞空苍髯挐，双铁蒙顶云交加。
亭亭霜标不受侮，惨澹天籁枯槎牙。
西山古渊人莫测，一柱承天万牛力。
会须截玉化陂龙，拂拭苔光遗剑迹。

墨石枯木
（元）傅若金

人传月中树，恐是山河影。片石补天馀，参差碧云冷。

题赵承旨枯木竹石图

（元）马祖常

猗欤太史诸王孙，生绢（绡）画出崐崘根。
枯槎菌蠢〔蠹〕厄野火，淇园秋雨琅玕繁。
天寒岁暮碣石馆，囊书日见玄云翻。
持向故山茅屋底，倚看屈曲大江奔。

子昂枯木竹石图

（元）袁桷

亭亭木上座，楚楚湘夫人。因依太古石，融液无边春。

题李遵道枯木竹石图

（元）李孝光

谪仙夜入雷电室，捕得飞来石上梭。
却斫灵查挂明月，横吹玉笛上天河。

赵汝甫枯木竹石图

（元）李孝光

中林黄叶净沄沄，眼底峥嵘见此君。
清晓东池看黄菊，凤毛无数落春云。

题李息斋枯木竹石图

（元）丁复

霜柯洞庭寒，露叶渭川冷。幽人美清夜，独写秋灯影。

宣和画木石

（元）黄溍

石边古木尚青枝，地老天荒石不知。

故国小臣谁在者？苍梧落照不成悲。

题赵文敏公木石，有先师题于上
（元）张翥

吴兴笔法妙天下，人藏片楮无遗者。
南阳诗律动江湖，一篇才出人争写。
二老风流倾一时，至今传画仍传诗。
清涵月露秋见影，黑入雷雨寒无姿。
仇山黄鹤去不返，苕溪鸥保（波）岁俱晚。
好呼铁爪夜铮铮，刻向青珉照人眼。

题棘石图
（元）王翰

烈风号中林，极目尽荆棘。离离寒月秋，莽莽古原夕。
溟鸿振高翮，鸐鹖翳深跡。奈此贞固姿，苍茫更秋色。

李遵道枯木竹石图
（元）黄镇成

老树槎牙倚半空，苍筠叶叶带秋风。
欲将岁晚论心事，遥忆美人江水东。

倪元镇古木竹石
（元）郑元祐

云林子，外生死，解内敬，为天使。
带经而锄倦即休，亦复拈笔为林丘，树枝鳞皴崖石齿。
若有人兮在空谷，招之不来兮，云惨瘁以令人愁。

赵集贤枯木竹石

（元）张宪

槎牙老树响天风，寂历幽篁泣露丛。
惆怅玉堂旧公子，故家陵庙月明中。

枯木竹石

（元）贡性之

怪石荦确厓谷深，凉风萧瑟苍雪阴。
美人何处解长佩，湘波澧水劳余心。

枯木竹石

（元）丁鹤年

青天腾一蛟，白日卧双虎。何人歌《竹枝》，遥隔潇湘浦。

为吴处士画乔林磵石

（元）倪瓒

山家日出无行踪，雪树烟萝远且重。
不见鹿眠盘石上，提壶自挂一长松。

题倪云林枯木竹石小景

（元）陶宗仪

苍玉庚庚翠袖扶，墨池洗出碧珊瑚。
倪颠老去风流尽，只有云林小画图。

题枯木竹石

（明）镏崧

曾听楚人歌《竹枝》，横江秋静月明时。

只今漂泊春风里，绿满南园緫不知。

平沙竹树晚毵毵，楚客维舟近峡南。
忽忆微云将雨过，满林秋色照江潭。

木叶欲脱天雨霜，竹枝乍低风已凉。
三湘落日流波白，行子系船归故乡。

枯树图歌
（明）刘基

道傍古树身半枯，白蚁穴根虫穴肤。
风摧雨撼霜雪冻，断石鯢鮬无人扶。
忆昔勾芒肇初政，百卉腾达随呵嘘。
新柯荏苒旧柯壮，雾露膏沐光如濡。
黄鹂翡翠语娇滑，桑扈戴胜鸣相呼。
白鹤来巢鹿止荫，匠石愕眙争叹誉。
宁知忧患生旦夕，野火倏忽起不虞。
燎原烈焰难向迩，孰问柞栎杉与樗。
枝燔叶烬根半赤，朽腐瞒液非时须。
山林摇落岁方晏，聊以薜荔为衣袽。
呜呼广厦栋梁具，委弃草莽同薪刍。
皇天未必替生意，更盼玉烛回阳乌。

吴仲圭枯木竹石
（明）高启

丛筱倚乔柯，秋阴雨尚多。风霜莫摇落，留荫石边莎。

题枯木竹石（寄李公实）

（明）王绂

罨画溪边水拍隄，逶隄高树倚云齐。
君家正在树深处，满地绿阴山鹧啼。

题枯木竹石

（明）郑珞

湘灵梦断湘云夕，凉叶潇潇泻秋碧。
君山半夜风雨来，万顷波中老龙泣。

枯木图（寄许士修）

（明）方孝孺

春到已多时，幽禽尚未知。上林无限好，何事立枯枝。

题李营丘枯木图

（明）唐文凤

营丘枯木天下无，笔端造化何荣枯。
想当磅（盘）礴欲画际，天为逐（助）兴神为驱。
邓林已化防风骨，沧海乍出珊瑚株。
良材何异徂徕产，大用不值明堂需。
自怜形质赦斤斧，岂叹薪爨供樵苏。
万牛回首力未许，独匠指顾心难图。
空遗偃蹇蔽村野，白石凿凿泉鸣鸣。
枯梢似挂瘦蛇影，乱叶恍苢乖龙须。
我生本是山泽臞（癯），隐居林樾同凡夫。
昂霄耸壑日在望，号雨呼风时与俱。
只今廊庙重缔构，梗楠杞梓当贮储。

按图工师傥所取，意营目盼增嗟吁。

题枯木竹图
（明）陈宪章

美节晴欺雪，残株冷谢春。因知名画手，不是狗时人。

枯木竹石图（为赵行恕作）
（明）刘溥

露华洗湿江上秋，美人不来生别愁。
洞庭潇湘隔千里，两岸白云如水流。
碧空茫茫九疑道，君山一点青螺小。
鹧鸪啼断竹枝寒，凤凰飞去梧桐老。

刘时用枯木竹石
（明）刘珝

苍龙夕挂千寻影，彩凤朝闻十里音。
月夜风朝我曾见，太湖石畔藓痕深。

写枯木幽篁（送陈大用）
（明）张宁

方洲秋日景荒凉，古木幽篁徧草堂。
写入溪藤送君去，情随疏影共斜阳。

题赵魏公木石图
（明）王祎

朝罢銮坡春昼闲，籀书飞白恣挥翰。
多因遗墨淋漓后，写作虚篁木石看。

题徵明写赠潘崇礼灌木寒泉大幅

（明）祝允明

具区之水被三州，洞庭之树千万数。
沉淼浩溔天下奇，灌木寒流此何许？
潘君抱朴山水人，策杖行徧沧浪滨。
阳崖众目悦暄媚，忽逢阴壑如有神。
禹锁老龙铁索绝，挐云怒雨出洞穴。
木号水呼竹石裂，众蛇从之互盘结。
蜕骨戍削杂鳞鬣，飕飗风叶枸株橑。
急流抨撞石皬跃，珠跳汞走鬪瀺灂。
微茫上析河汉注，奔赴旁邅方丈脚。
山鬼伏窥木客泣，欲据恐被山伯挟。
仙老时下憩，濯足而晞发，
招潘君兮吾子来，共千岁以一息。
潘君归语衡山氏：仙之人兮不可以久留，吾恐一往境俱失。
宣州兔肩之毛劲如石，深醮金壶玄玉液，
闭门夜半役鬼工，倏忽移来窅无迹。①

枯木竹石图

（明）姚绶

秋风吹空古树叶，白雨低压新竹枝。
净埽石头看霁色，满襟凉影鬓丝丝。

题枯木竹石

（明）朱纯

槎枒老树根盘错，翠筠静倚荆山璞。

---

① 此诗以下删节七八十字，前文亦有一二处文字不同。

奇材异宝世岂无，却抱真姿隐岩壑。
卞倕不可作，伶伦难再逢。
吁嗟世俗久聋聩，高枝瑞凤徒邕邕。

题王叔明枯木竹石
（明）高得旸

吾乡画手鹤山樵，鹤去山空不可招。
真迹幸留王宰石，疏篁老树共萧萧。

枯木竹石
（明）李廷仪

渴龙饮海海水枯，稜撑怪石云糢糊。
娲皇不用补天漏，长留对此珊瑚株。
珊瑚十丈插云表，气势高压扶桑晓。
昼长清气寒欲凝，一天凉思秋冥冥。
须臾凤鸟西飞去，九疑对面何青青。

题乔柯秀石
（明）张凤翼

怪石嶙峋虎豹蹲，虬柯苍翠荫空村。
亦知匠石不相顾，阅历岁华多藓痕。

仿倪迂写林亭秀石（与修闇）
（明）李日华

桥平来稳步，亭小著闲身。此地清吟者，应非食肉人。

题画草木奇峰
（明）王景彰

苍虬飞上天，鳞鬣坠深麓。长风吹不起，散作千年绿。

画 石
（唐）刘商

苍藓千年粉绘传，坚贞一片色犹全。
那知忽遇非常用，不把分铢补上天。

画石（二首）
（宋）白玉蟾

一片嵯峨堕碧空，嵌崟历落最玲珑。
从教把盏真堪醉，疑自当年栗里中。

直作壶中九华看，碧于簪玉小于拳。
好藏莫便令人见，恐有痴情似米颠。

孙怀悦纸本乱石
（宋）文同

孙老抱奇笔，临纸恣挥洒。从头埽乱石，礌砢随墨下。
焦顽与圆润，无一不精者。谁信万钧重，卷之不盈把。

题孙舜愈府判端石图（并序）
（宋）杨万里

庐陵治中孙昌言，字舜俞，居越之诸暨县。作祭享之亭于龟浦鸡冠山先龙图之茔，得石剖之，中有文如松桂，枝叶可数。图之以示士大夫，赋诗者甚众。来求予诗，因为赋之。

鸡冠山青龟浦碧，松桂梢云三万尺。
何年星霣化为石，风吹未凝冰玉色。
仙人擘开光烛天，山下人家夜不眠。
松花桂子落如雪，飞入石中坚似铁。

石中种树人不知，石中生树人始奇。
君不见只今瑞图满四海，骚人诗卷牛腰大。

题刘才卿湖石扇头
（元）元好问

幽涧云凝雨未乾，曲池疏竹共荒寒。
扇头唤起西园梦，好似熙春阁下看。

宣和宝石图
（元）王恽

浮云万态焕金书，染出湖光照坐隅。
不道汉家规制远，泰山盘石是基图。

赵氏宗室画水石
（元）马祖常

生平已识赵王孙，竹素何年画石根？
万里南云秋似水，直容艇子到柴门。

题柯敬仲博士画石
（元）钱惟善

石逾玉润不生苔，铁笛吹残自裂开。
绝似雨晴炎海上，一双翡翠忽飞来。

题方壶水石图
（明）詹同

古壁之间屋漏痕，淋漓元气凝清浑。
道人山中守龙虎，十日不见烟尘昏。
拂拭填作一枯木，下有碎石分崐崘。

断剑插入怪厓底，老蛟迸出秋云根。
神君怒立被玄发，欲骑铁骑超天门。
当时挥洒妙莫测，鬼物惊走如星奔。
青城仙伯绝笔久，觏此髣髴其人存。
玄同隐者卧松雪，得画远寄来江村。
却忆麻姑洞口树，使人一夜劳心魂。

题画石
（明）张濬

授简何来访谷城，叱羊无地觅初平。
曾如舣棹潇湘晚，水落空江山月明。

题　画
（元）华幼武

霜柯起凉飙，苔石带寒雨。一片林壑姿，翛然不知暑。

题　画
（明）王慎中

绣壁崚嶒森怪立，虬松夭矫相攫执。
脩鬐怒甲争奋跃，洒淅疑乘风雨入。
茑萝蒙密昼长阴，云气淋漓晴亦湿。
复磵兼藏嵌窦深，空林恍听涛声急。
在谷幽人不可招，白日此中容易匿。

题史痴翁画
（明）盛时泰

老树槎牙铁作柯，乱竹纵横拂云起。
谁知一段秣陵秋，写在痴翁半边纸。

痴翁痴翁蓬莱精，有时拈笔人皆惊。
想见卧痴楼上景，狂歌醉舞鸣秦筝。
我本大城山里客，看君图画来君宅，
出门却被强题诗，坐对疏棚荳花白。

题画赠杨玄荫大参
（明）董其昌

嘉树森梢一百章，藤阴蒙翳午生凉。
只因较勘高僧传，却误松牕鹤梦长。

扇 图
（明）徐渭

渺渺平沙四望通，天涯双树立秋风。
画工不解寒鸦意，写入隋堤绿柳中。

历代题画诗类卷第七十五

兰竹类

题杨次公春兰

（宋）苏轼

春兰如美人，不採羞自献。时闻风露香，蓬艾深不见。
丹青写真色，欲补《离骚》传。对之如灵均，冠佩不敢燕。

墨　兰

（宋）陈与义

鄂州迁客一花说，仇池老仙五字铭。
併入晴窗三昧手，不须辛苦读《骚经》。

墨　兰

（宋）郑思肖

锺得至清气，精神欲照人。抱香怀古意，恋国忆前身。
空色微开晓，晴光淡弄春。凄凉如怨望，今日有遗民。

李夫人画兰歌

（元）王恽

清閟堂深不知暑，瑶草佳期梦玄圃。

孙郎笑折紫兰来，素影盈盈映修渚。
李夫人，澹丰容，天然与兰相始终。
剡藤一笔作九畹，落墨不减江南工。
芳姿元与凡卉异，晔晔况是湘累丛。
《离骚》不复作，遗恨千古沉幽宫。
君看此花有深意，似写灵均幽思《悲回风》。
君家大雅堂，文彩东野翁，併入惨澹经营中。
秋风拂簾秋日长，芳霏霏兮汎崇光。
淡妆相对有馀韵，画兰桂子空秋香。
淡轩讬物明孤洁，五十年来抱霜节。
固知色相皆空寂，妙得于心聊自适。
仿像湘娥倚暮花，黄陵庙前江水碧。
生平佩服真赏音，升闻紫庭非素心。
唤起谪仙摇醉笔，为翻新曲写瑶琴。

题墨兰图

（元）吴澄

赤节红芳楚泽春，心期千载一灵均。
不知何代为茅塞，谁认高枝细细纫。

题墨兰图

（元）袁桷

秉芳空林中，介石交不黩。飞英散玄佩，受露如膏沐。
群妖春炫昼，墨守益慎独。岂不念岁晏？自献伤我足。
矫矫金石交，挽之不盈掬。疏清湛虚心，振直耿洁腹。
昊天有正令，俛仰万物肃。临风独踌躅，白驹俨空谷。

次韵张秋泉墨兰

（元）袁桷

虚牕秋思集，晨兴憺无馀。墨池漾清泉，天葩散纷敷。
爱此岩中君，赠以碧玉腴。微云解苍佩，缥缈疑空无。
远谢丹白昏，讵畏霜霰濡。守黑志有在，谈玄道非殊。
愧彼夷与齐，洁腹不受汙。湘累慨永古，世人陋其迂。
临风嗅馀清，是岂真缁徒？乃知万化寂，妙巧窥分铢。
幽蜂缀疏蘂，点点游晴虚。闭门谨视之，黄尘政纷如。

墨兰（二首）

（元）袁桷

飞琼散天葩，因依空岩侧。守墨聊自韬，不与众草碧。

仙人紫玉枝，化为苍水佩。独立摇落中，秋风得相贷。

题赵子固墨兰

（元）邓文原

承平洒翰向丘园，芳佩累累寄墨痕。
已有《怀沙》《哀郢》意，至今春草忆王孙。

墨 兰

（元）杨载

谓香辞迫求，曰色却媚爱。执德非固然，何用结为佩。

观钱塘上人墨兰

（元）范梈

兰以比君子，所贵者幽深。黯然空谷中，远为人所钦。

志士秉美德，如玉复如金。笃实而辉光，芳搴出乔林。
偶然为时出，节义凛森森。下惬烝庶望，上当君王心。
功成无所累，宿好在云岑。

题明公画兰

（元）黄溍

吴僧戏笔点生绡，嫋嫋幽花欲动摇。
梦断楚江烟雨外，秋风溁水莫潇潇。

画 兰

（元）吴镇

趁趄风下东吴舟，抔土移入漳泉秋。
初疑紫荳攒翠凤，恍如绿绶萦青虬。
猗猗九畹易消歇，奕奕百畝多淹留。
轩牕相逢与一笑，交结三友成风流。

题赵吴兴墨兰

（元）陈旅

江南三月多芳草，绿叶连娟映紫茎。
忆昔舣舟苕霅上，一汀香雨入琴清。

题画兰（二首）

（元）陈旅

楚畹春露浓，幽芳发琼茎。宁同荠麦秀，不与萧艾生。

九畹光风转，重岩坠露香。紫宫祠太一，瑶席荐琼芳。

题 兰

（元）张翥

鹧鸪声中花片飞，楚兰遗思独依依。

春风先自悲芳草,惆怅王孙又不归。

画 兰
(元)贡师泰

西望沅湘不尽流,红芽绿叶自生愁。
王孙去后无消息,风雨山中日日秋。

画 兰
(元)贡师泰

光风吹碧草,零露被芳畹。美人秉幽贞,独立岁云晚。
杳杳楚山深,悠悠湘水远。何当结琼佩,寄此情缱绻。

题赵子固墨兰
(元)韩性

镂琼为佩翠为裳,冷落游蜂试采香。
烟雨馆寒春寂寂,不知清梦到沅湘。

明上人画兰图
(元)王冕

吴兴二赵俱已矣,雪牕因以专其美。
不须百亩树芳菲,霜毫扫遍光风起。
大花哆唇如笑人,小花敛媚如羞春。
翠影飘飘舞轻浪,正色不染湘江尘。
湘江雨冷暮烟寂,欲问三闾杳无迹。
慨慷不忍读《离骚》,目极飞云楚天碧。

子昂兰
(元)郑元祐

孤臣万古愁,湘渚水东流。江芷汀蘺满,空令泣楚囚。

赵魏公兰

(元) 倪瓒

天上宣和落墨花,彝斋松雪擅名家。
遥看苕雪山如玉,雪后春风自茁芽。

题方厓墨兰

(元) 倪瓒

萧散重居寺,春风蕙草生。幽林苍藓地,绿叶紫璃茎。
早悟闻思入,终由幻化成。虚空描不尽,明月照敷荣。

画 兰

(元) 贡性之

吴刚斫断云根石,不数珊瑚高百尺。
美人林下独含愁,霹雳一声山鬼泣。

题墨兰(赠别于一山之京师)

(元) 张雨

三月愁送客,春寒雨如霰。冥冥返塞鸿,悄悄栖梁燕。
扬帆五十日,蓬莱望中见。欲持《猗兰操》,一奏南薰殿。

题墨兰

(元) 张雨

滋兰九畹空多种,何似墨池三两花。
近日国香零落尽,王孙芳草遍天涯。

吴兴墨兰

(元) 张雨

墨君石友是同参,几叶光风染碧岚。

怅望王孙杳何许，年年芳草满江南。

题赵子昂兰

（元）张天英

鸥波亭下楚香销，公子骑箕上沉寥。
纵是死灰芬酷烈，巫阳谁下九重招？

题赵翰林画兰

（元）张天英

吴云楚树碧离离，手折瑶花半醉时。
秋佩影摇湘浦月，凤皇翅冷玉参差。

题明雪窗兰

（元）张渥

援琴谁叹生空谷，结佩应怜感逐臣。
九畹断魂招不得，墨花夜泣楚江春。

题赵翰林墨兰

（元）张渥

白鸥波点砚池清，楚畹香风笔底生。
记得弁峰春雨后，拨云移种向南荣。

题赵子昂墨兰

（元）屠性

王孙宴罢碧澜堂，翠羽琼蕤结佩裳。
欲寄灵均无处所，至今遗恨满潇湘。

画 兰

（元）丁鹤年

湘皋风日美，芳草不胜春。欲採纫为佩，惭非楚荩臣。

郑山辉画兰

（元）唐肃

亲见先生下笔时，缘坡委谷共分披。
前身合是江潭客，万叶千花尽楚辞。

题兰花图

（明）刘基

幽兰花，在空山，美人爱之不可见，裂素写之明牕间。
幽兰花，何菲菲，世方被佩資菉葹。
我欲纫之充佩韦，睘睘独立众所非。
幽兰花，为谁好？露冷风清香自老。

题雪窗墨兰（为湖广都事李则文作）

（明）张以宁

君家诗好锦袍仙，兰雪清风故洒然。
金地禅僧留妙墨，木天学士写新篇。
香来笔底吴云动，思入琴边楚月悬。
圣代即今深雨露，流芳千载待君传。

墨兰（为湛然上人题）

（明）张以宁

云林苍苍石齿齿，一花两花幽薄底。
远香自到定中来，道人湛然心不起。

题王翰林所藏画兰
（明）高启

春到怀王旧渚宫，沙棠舟去水烟空。
孤丛不有幽香发，应没江边百草中。

赵仲穆墨兰（二首）
（明）杨基

当年曾进福州兰，小殿秋风翠珮寒。
零落楚香收不得，且从魏国画中看。

繁露幽香泣翠娥，冷云纤月淡秋河。
沅湘一带皆春色，谁道怀王庙里多？

仲穆著色兰（二首）
（明）张羽

芳草碧萋萋，思君澧水西。盈盈叶上露，似欲向人啼。

鸾舆去不返，风雨湘江曲。芳草独无情，还如裙带绿。

墨　兰
（明）管讷

青草三闾亭下，苍梧二女祠前。
欲采幽芳寄远，月明秋水涓涓。

题　兰
（明）郑真

国香散落翠巉岩，晔晔芳丛玉露涵。

楚佩可怜零落尽，春风春梦过湘南。

题 兰
（明）林环

空林阒无人，爱此幽草芳。光风泛丛绿，猗猗烟叶长。
执袵撷其英，露气袭襟裳。缅怀纫佩者，千载那能忘。
白石生深林，讬根有丛芳。幽艳间深翠，清风任披扬。
萧艾谁与群，不能化其臧。却笑桃李花，冶丽争春阳。

宋徽庙画兰
（明）张灿

御墨淋漓写楚兰，披图却忆政宣间。
分明一种湘累怨，万里青城似武关。

画 兰
（明）陈宪章

谁将水墨写横披，竹石荆兰也自宜。
记得湘潭秋雨后，清香犹带楚臣悲。

题画兰
（明）陈宪章

阴崖百草枯，兰蕙多生意。君子居险夷，乃与恒人异。

题画兰
（明）陈宪章

楚人有杂佩，可以被不祥。愿言践台省，奉为王者香。

题 兰

（明）岳正

曾倚东风嗅国香，星轺此日度沅湘。
于今客里看图画，搔首无言只自伤。

题兰（为司寇何公作）

（明）李东阳

楚泽有幽兰，名高百花选。孤根讬地灵，芳心应时展。
阳和一披拂，春色无深浅。清风徧六合，孰为知者鲜？
援琴思昔人，古意嗟已缅。层厓数枝竹，意若相慰勉。
秾华须却避，荆棘行当剪。幸此挹馀芬，披图漫舒卷。

题兰与饶裕

（明）罗伦

翠袖舞春晖，光风感自微。夜深浑不寐，玉露点罗衣。

题衍圣公画兰

（明）程敏政

国香那藉彩毫工，千载《猗兰》曲未终。
金石交情期岁晚，棘丛未实漫春风。

题赵子固画兰

（明）吴宽

王孙弄笔成墨薮，九畹依然连百亩。
开图墨沈将误拾，扑袖香风不劳飐。
破缣零落三百年，非藉好事安能传？
寸根无土强生活，郑老后来真可怜。

子昂兰

（明）史鉴

国香零落佩纕空，芳草青青合故宫。
谁道有人和泪写，托根无地怨东风。

题马麟画兰

（明）陆深

秋风九畹正离离，画里相看一两枝。
欲寄所思无奈远，闲拈湘管对题诗。

四兰图

（明）杨慎

兰为君子佩，植根不当门。幽谷发远馥，九畹詠王孙。

兰为美人採，蘋藻掩芳洁。沐浴助精禋，岂为芗泽设。

兰为仙姬名，升云女几山。玄景入天上，名字留人间。

兰为王者香，郁邑荐清庙。猗猗有遗音，併入瑶琴调。

画　兰

（明）谢承举

徐熙图罢雾生牕，墨藻词葩世少双。
招得楚魂飞不去，夜深残影落寒江。

为钟清叔题薛五兰卷

（明）吴梦旸

薛五嫁人苦不早，皆知娼家擅技巧。

写生乃是第一枝，所见无如此卷好。
蕙质兰心有深寄，叶叶茎茎吐幽思。
其馀点缀亦复佳，剡藤数丈披清气。
画兼题詠频致余，余亦每呼薛校书。
居然独立脂粉外，芗泽全抛絃索疎。
通国名娃出其下，仍嗟举世无知者。
眼中钟叔比钟期，此卷只应遗叔也。
叔也有情情复起，我题情语情如水。
枉教梦到湘江头，湘江水绝兰枯死。

题徐明德墨兰
（明）薛纲

我爱幽兰异众芳，不将颜色媚春阳。
西风寒露深林下，任是无人也自香。

题画兰
（明）张溶

翠袖冲寒暮倚楼，高山流水思悠悠。
玉人何处空遗珮，月落沧江一笛秋。

题画兰
（明）朱石

九畹香清露气寒，三湘月落泪痕乾。
楚天空阔秋无际，谁复行吟泽畔看？

题郑所南画兰
（明）朱凯

渚宫春冷北风寒，九畹萧条入塞垣。

老死灵均在南国，百年谁为赋招魂？

为谢道士题兰卷
（明）王世贞

离离九畹暗香来，读罢《玄经》手自栽。
莫倚谢家庭内物，不知新种在蓬莱。

题画兰花
（明）王世贞

处为幽谷香，出为王者瑞。不同百草萎，秋风纫成佩。

画丫兰
（明）陆治

玉戟稜稜应节分，枝枝柔玉纫香云。
凝妆拟待三更月，露染生绡六幅裙。

王楚玉画兰
（明）陈继儒

年来空谷半霜风，留得遗香散草丛。
只恐樵人溷兰艾，红颜收在束薪中。

画兰（二首）
（明）李日华

燕泥欲堕湿凝香，楚畹经过鬭蝶忙。
如向东家入幽梦，伲教芳意著新妆。

懊恨幽兰强主张，花开不与我商量。
鼻端触著成消受，著意寻香又不香。

风 兰
（明）李日华

托身得所倚，当此雄风快。吐语正倾怀，无心约裙带。

雨 兰
（明）李日华

侧身非取妍，延颈欲送语。不辞展香绚，春塘夜来雨。

题小姬画兰（二首）
（明）王氏（名微）

借郎画眉笔，为郎画纨扇。纨扇置郎怀，开时郎自见。

幽愢墨麝浓，《骚经》亲自注。为恨子兰名，抹入棘丛去。

写兰（二首）
（明）景氏（名翩翩）

道是深林种，还怜出谷香。不因风力紧，何以度潇湘？

但吹花信风，莫作妒花雨。我欲采璃枝，挽得同心住。

题 兰
（明）僧宗泐

溪寺曾栽数十丛，紫茎绿叶领春风。
年来萧艾过三尺，白首看图似梦中。

题赵松雪墨兰
（明）僧宗衍

湘江春日静辉辉，兰雪初消翡翠飞。

拂石似鸣苍玉珮，御风还著六铢衣。
夜寒燕姞空多梦，岁晚王孙尚不归。
千载画图劳点缀，所思何处寄芳菲？

题悬崖兰图

（明）僧宗衍

居高贵能下，值险在自持。此日或可转，此根终不移。

题画兰

（明）僧用章

绿叶微风际，清香小雨馀。湘江春水润，愁杀楚三闾。

题商学士画兰

（明）僧大圭

商公握笔倚清酣，爱写风光蕊半含。
无限王孙芳草恨，尽随烟雨入江南。

题杨次公蕙

（宋）苏轼

蕙本兰之族，依然臭味同。曾为水仙佩，相识楚辞中。
幻色虽非实，真香亦竟空。云何起微馥，鼻观已先通。

墨 蕙

（宋）陈与义

人间风露不到畹，只有酪奴无世尘。
何须更待秋风至，萧艾从来不共春。

题赵师舜光风转蕙泛崇兰图

（元）虞集

众芳非不多，金石好兄弟。杂佩以问之，春风接襟袂。

墨兰蕙（四首）

（元）袁桷

金明秋林清，月白楚天碧。美人眕愁予，服媚永今夕。

采芝不成仙，食薇难疗饥。结兹以为佩，临风酹湘累。

天香落银楮，秋声入玄笔。何如湘夫人，促轸鼓灵瑟。

组绶何承承，琲珠复累累。相视不以色，纷披映簾帷。

题兰蕙同芳图

（元）李祁

兰生花叶短，蕙老花叶长。短长各自媚，异体同芬芳。
但依竹石根，不羡桃李场。君子有令德，千载流辉光。

题子固蕙兰卷

（元）唐升

光风卷里动清芬，遗质如飘白练裙。
七泽霜寒悲楚客，九疑云尽望湘君。
猗猗溪上香犹在，渺渺江边佩见分。
一自骑鲸去沧海，人间消息绝无闻。

题子固蕙兰卷

（元）赵友同

修叶乱纷敷，幽花蔼鲜泽。虽非百亩繁，孤馨自朝夕。
抚卷动遐思，悠然长太息。

题子固蕙兰卷

（元）李皓

王孙心机精,下笔多雅制。坐令湘楚华,墨香满天地。

题兰蕙便面

（元）张天英

障面无嫌京洛尘,一丛兰蕙出冰轮。
只疑大地山河影,不照沅湘有逐臣。

题光风转蕙图

（元）张天英

蕙乃兰之族,一枝三四花。谁将金茎露,炼作紫河车?
白鹤衔之去,飞献玉宸家。飘萧紫云带,光风茁其芽。
吾将揽为幄,山中卧烟霞。

题蕙兰图

（元）释良琦

蕙兰生深林,结根同芬芳。绿叶缘风转,群葩耀春阳。
飘飘青霞袂,粲粲雕玉珰。贞哉不自献,宜为王者香。
念彼君子德,比之惟允常。持以遗所思,交好勿相忘。

题雪窗兰蕙同芳图

（明）张以宁

春来《骚》意满江干,转蕙光风更泛兰。
睡起老禅闲一笑,月明香雪竹璁寒。

题北山兰蕙同芳图

（明）张以宁

秋露春风各自妍,幽香併到雨华前。

道人不是骚愁客，惯读《南华》第二篇。

兰蕙图
（明）商辂

兰以比君子，蕙比大丈夫。人物虽云异，气味乃不殊。
讬根深林下，羞与桃李俱。妖艳任纷纷，贞姿恒自如。
共言王者香，宜为禁苑居。一朝移植后，雨露恣霑濡。
芬芳异凡卉，馥郁盈天衢。採撷足纫佩，把玩堪怡娱。
发舒似迟晚，蠲洁无终初。谁将幽静意，写此兰蕙图？
对之遂清赏，尘虑焉能纡？呼童出门巷，止回俗士车。
光风九畹来，芳菲袭人美。惟有同心言，清芬宛相似。

赵子固兰蕙卷
（明）钱逵

王孙书画出天姿，痛忆承平鬓欲丝。
长惜墨花寄幽兴，至今叶叶向南吹。

题汪华玉子昂兰石（四首）
（元）虞集

海内出珊瑚，枝撑碧月孤。鲛人拾翠羽，泣露得明珠。

参差不可吹，纫佩寄远道。遂令如石心，岁晚永相好。

抱玉下天河，遗丛秋露多。天寒翠袖薄，日暮欲如何？

翠袂倚岩峣，来寻碧玉箫。拂衣成历劫，遗跡映寒潮。

题赵松雪竹石幽兰

(元) 仇远

旧时长见挥毫处，脩竹幽兰取次分。
欲把一竿苔水上，鸥波千顷看秋云。

题无诘兰石

(元) 李祁

昔年曾向吴门住，每日僧房看露丛。
今日却逢无诘画，町畦全似雪牕翁。

题子昂兰石

(元) 于立

闲向江边结佩蕤，楚宫花草露离离。
王孙去后春风晓，拾得幽芳欲遗谁？

题兰棘同芳图

(元) 李祁

幽兰既丛茂，荆棘仍不除。素心自芳洁，怡然与之俱。

次引浚仪公题兰竹卷子韵

(元) 杨载

树蕙连丛竹，只应族类同。相依岩石畔，併入画图中。
劲叶凝清露，危梢倚碧空。谅非高世士，此意固难通。

子昂兰竹墨戏（二首）

(元) 袁桷

玄霜落银茧，飘飘湘江佩。服媚疑褎之，碧牕静相对。

迸地麟角精，摩空凤毛耸。寒泓散晴煤，桃李争色动。

题赵公画兰竹
（元）黄溍

《猗兰》幽人操，绿竹君子德。夭夭彼棘心，胡为久吾侧？

题画兰竹
（元）陈旅

美人隔澧浦，日莫倚幽篁。繁霜忽已陨，为我纫秋芳。

为吴德良题承旨所赠兰竹图
（元）陈旅

细竹生石间，幽兰与之俱。爱彼有贞节，而此芳不渝。
空谷尘躅远，公子为停车。怀人重移植，临风写为图。
君子实似之，岁晏聊与娱。

题无诘沅湘兰竹图
（元）刘跃

两竿翠竹拂云长，几叶幽兰带露香。
好手移来牕户里，不须千里望沅湘。

题赵子昂为吴德良所作兰竹图
（元）吴师道

幽兰何猗猗，疏篁亦萧萧。石间澹相倚，会合不待招。
吾宗昔妙年，依光近乘轺。清芬散春直，风气凌烟霄。
美人松雪居，逸思共飘飘。忻然染毫素，写之配高标。
宝藏三十载，不啻英琼瑶。相攜江湖上，未觉山林遥。

勖哉君子心，自保同不凋。

子昂兰竹图
（元）吴师道

湘娥清泪未曾消，楚客芳魂不可招。
公子离愁无处写，露花风叶共萧萧。

兰　竹
（元）贡性之

翠鸾飞下尾毵毵，怪石崭岩倚碧潭。
一路鹧鸪啼不断，行人挥泪湿征衫。

题柯敬仲博士明雪窗长老兰竹（二首）
（元）钱惟善

适从楚畹来，邂逅此君子。乃知岩壑姿，风致颇相似。

光风泛崇兰，玉立共潇洒。襟抱有双清，岁暮遗远者。

题江虚白悬岩兰竹
（明）镏崧

悬云翠壁三千尺，浥露幽兰四五花。
安得乘风裁紫玉，月明吹向玉宸家？

兰竹画
（明）刘溥

湘江雨晴白云湿，湘妃愁抱香兰泣。
望望夫君去不还，珮珠落尽无人拾。
碧天秋冷明月多，千里洞庭横白波。
请君莫唱《竹枝曲》，水远山长其奈何！

题兰竹图
(明) 杨守阯

深谷香风泛紫兰,云根斜倚碧琅玕。
若为尽化黄金色,应作西山返照看。

赵松雪兰竹图
(明) 吴宽

鸥波亭上春风笔,秀色翛然共一丘。
头白江南真想见,幽兰丛竹带桑州。

兰竹 (题赠萧给事文册乃郎赋秋试)
(明) 程敏政

湘皋春婉娩,居然见双清。幽香下覆之,翠条仰而承。
高石既磊硊,新泉亦泓澄。临风况君子,去住有馀情。

题马姬画兰竹
(明) 张凤翼

竹翠兰芳身外身,湘波曾待月传神。
秦淮别有濡毫处,岂必崔徽解写真。

兰 竹
(明) 李日华

江南四月雨晴时,兰吐幽香竹弄姿。
蝴蝶不来黄鸟睡,小牕风捲落花丝。

画兰竹题赠苏时钦
(明) 薛氏 (名素素)

翠竹幽兰入画双,清芬劲节伴闲牕。

知君已得峨嵋秀，我亦前身在锦江。

题兰水仙墨竹

（元）袁士元

上林春又老，在野抱幽贞。泣露丹心重，凌波玉步轻。
孤山初雪霁，三径午风清。志操浑相似，何妨共结盟。

题画兰卷兼梅花

（元）王冕

湘江云尽湘山青，秋兰花开秋露零。
三闾已矣唤不起，荔茇萧艾春娉婷。
冷飙吹香散郊坰，山蜂野蝶何营营。
幽人脱略景色外，竟坐不读《离骚经》。
西湖乍（昨）夜霜月明，梅花见我殊有情。
逋仙祠前尘土清，老鹤伫立如人行。
天边飘渺来凤笙，玉壶吴酒颠倒倾。
酒阑兴酣拔剑舞，忽觉海日东方生。

兰竹类

画竹歌（并序）

（唐）白居易

协律郎萧悦善画竹，举时无伦，萧亦甚自祕重，有终岁求其一竿一枝而不得者。知予天下好事，忽写一十五竿，惠然见投。予厚其意、高其艺，无以答贶，作歌以报之，凡一百八十六字云。

植物之中竹难写，古今虽画无似者。
萧郎下笔独逼真，丹书以来唯一人。
人画竹身肥拥肿，萧画茎瘦节节竦；
人画竹梢死羸垂，萧画枝活叶叶动。
不根而生从意生，不筍而成由笔成。
野塘水边碕岸侧，森森两丛十五茎。
婵娟不失筠粉态，萧飒画得风烟情。
举头忽看不似画，低耳静听疑有声。
西丛七茎劲而健，省向天竺寺前石上见；
东丛八茎疎且寒，曾忆湘妃庙里雨中看。
幽姿远志少人别，与君相顾空长叹。

萧郎萧郎老可惜，手颤眼昏头雪色。
自言便是绝笔时，从今此竹尤难得。

壁画折竹杂言
（唐）吴融

枯缠藤，重敲雪。渭曲逢，湘江别。
不是从来无本根，画工取势教摧折。

画　竹
（元）马祖常

海雾溟濛暗珠浦，宫云杳霭连玉田。
借力重截十二管，吹引鸾凤都下天。

画竹（二首）
（元）杨载

翡翠含春雾，琅玕振晓风。清声来枕上，秀色入簾中。

萌芽成虎豹，变节作蛟龙。正直唯吾与，清修必子从。

画竹自题
（元）吴镇

图画书之绪，毫素寄所适。垂垂岁月久，残断争宝惜。
始由笔砚成，渐次忘笔墨。心手两相忘，融化同造物。
轩牎云霭溶，屏障石突兀。林麓缪槎牙，禽鸟蓊翰翻。
可怜俗浇漓，摸（模）摩竟纷出。装褫杂真赝，丹粉夸绚赫。
千金易敝帚，什袭宝燕石。米也百世士，赏会神所识。
伶伦世无有，奇响竟寥寂。良乐难再遇，抱恨长太息。

画竹（十二首）

（元）吴镇

霏霏桃李花，竞向春前开。如何此君子，四时清风来。

亭亭月下阴，挺挺霜中节。寂寂空山深，不改四时叶。

野色入高秋，寒影逝湘（一作"空影映湖"）水，
日午思晚（一作"北窗"）凉，清风为谁起？

竹愡思阒寂，铜博香委曲。胸中无用书，写作湘之绿。

迳深茅屋陋，树倚夕阳斜。行遍青山路，何丘不可家。

抱节元无心，凌云如有意。
置之（一作"寂寂"）空山中，凛此君子志。

忽见不是画，近听疑有声。落落不对俗，涓涓长自清。

湘妃祠下竹，叶叶著秋声。鸾凤清宵下，吹箫坐月明。

短梢尘不染，密叶影低垂。忽起推篷看，潇湘过雨时。

碧筱挺奇节，空霏散零露。十年青山游，得此幽贞趣。

片片落花心，悠悠飞絮意。清风明月中，此风不可企。

日日行青山，无竹不可留。可怜春风中，桃李多春愁。

画　竹

（元）吴镇

与可画竹不见竹，东坡作诗忘此诗。
高丽老茧冰雪古，戏成岁寒岩壑姿。
纷纷苍霰落碧筱，谡谡好风扶旧枝。
狰狞头角易变化，细听夜深雷雨时。

画竹（七首）

（元）吴镇

解箨初闻粉节香，拂云又见影苍苍。
凤皇不至伶伦老，无奈荆榛特地长。

长忆前朝李蓟丘，墨君天下擅风流。
百年遗蹟留人世，写破湘潭梦里秋。

愁来白发三千丈，戏写清风五百竿。
幸有颖奴知此意，时来几上弄清寒。

此君不可一日无，才著数竿清有馀。
露叶风梢承砚滴，潇湘一曲在吾庐。

叶叶如闻风有声，尽消尘俗思全清。
夜深梦遶湘江曲，二十五絃秋月明。

低垂新绿影离离，倚石临泉一两枝。
忆得昔年今日见，凤凰池上雨丝丝。

有竹之地人不俗,而况轩牕对竹开。
谁谓墨奴能倒景,一枝独上纸屏来。

题画竹

（元）萨都剌

小雨春池湿凤毛,天孙深夜织鲛绡。
何人更立湘江水,独倚薰风忆《舜韶》?

竹　图

（元）吴师道

透石进新芽,清泉映娟翠。姿妍竞阳春,勖哉岁寒意。

题竹图

（元）倪瓒

黄陵庙前雨过,邯郸谷口风生。
爱杀山人清致,纵横深写秋声。

画竹（二首）

（元）倪瓒

珍重黄华父子,遗风得似洋州。
松雪于今寞寞,房山去后休休。

我爱焦君味道,笔端点缀清新。
规模虎儿早岁,未窥北苑入神。

题画竹（十一首）

（元）倪瓒

琅玕节下起秋风,寒叶萧萧烟雨中。

赠子仙坛翠鸾帚，杏林春扫落花红。

逸笔纵横意到成，烧香弄翰了馀生。
牕前竹树依苔石，寒雨萧条待晚晴。

野店枯槎何处园，千花羞小湿（涩）不成妍。
竹枝嫋嫋春风恶，卧看归鸿水拍天。

落落长松生夏寒，莓苔樗散共盘桓。
王谢家庭多玉树，依然犹是晋衣冠。

雨后池塘竹色新，钩簾翠雾湿衣巾。
为君写出团栾影，喜比他乡见似人。

斑斑石上藓纹新，阴落先生乌角巾。
貌得两枝初雨后，可怜清兴属幽人。

为写新梢十丈长，空庭落月影苍苍。
王君胸次冰霜洁，剪烛谈诗夜未央。

舟过松陵甫里边，幽篁古木尚苍然。
何人得似王征士，静看轻鸥渚际眠。

逢著乡人朱伯亮，朱絃披拂共南薰。
砚池雨过添新涨，特为濡毫写墨君。

右临青嶂左澄江，未觉羲皇远北牕。
安得茅君酒斟酌，幽人许致玉瓶双。

乔木丛篁倚石苔，故家遗业緫成灰。
二乔忆嫁周公瑾，尚有枝孙气不衰。

题画竹
（元）倪瓒

本朝画竹高赵李，愍愧后来无寸长。
下笔能形萧散趣，要须胸次有筼筜。

画竹寄友人
（元）倪瓒

先春竞桃李，凌阳叹蒲柳。谢君静者徒，种竹安所守？
亭亭清净心，郁郁霜雪后。赋诗寄远怀，此君真可久。

画竹（赠徐明季）
（元）倪瓒

梓树阴当户，时闻好鸟鸣。独携一壶酒，展席坐前楹。
招邀白鹤侣，吹弄紫鸾笙。杳杳日景晚，纷纷飞絮轻。
风翻竹影乱，明月已东生。

画竹（赠志学）
（元）倪瓒

绿竹饱霜雪，岁寒无荏容。风至天然笑，复爱夏阴浓。
寒暑不能移，德比柏与松。岂若桃李荣，春花但丰茸。

画竹（二首，赠申彦学）
（元）倪瓒

吴松江水似清湘，烟雨孤篷道路长。

写出无声断肠句,鹧鸪啼处竹苍苍。

阿侬渡江畏风波,听渠声唱《竹枝歌》。
淇园青青淇水绿,不似潇湘烟雨多。

画竹（寄王彝斋）
（元）倪瓒

荆南山色里,翠竹密缘溪。冉冉春烟薄,冥冥暮雨迷。
梦长蝴蝶化,行远鹧鸪啼。旧日栽桃李,清阴自满蹊。

画竹（赠王光大）
（元）倪瓒

荆溪王隐士,相见每从容。借地仍栽竹,巢云独傍松。
青苔盘石净,嘉树绿阴重。约我同栖遁,嵩高第几峰？

画竹（寄张天民）
（元）倪瓒

良常南洞口,闻有埽尘斋。竹影春当户,泉声夜遶阶。
自矜霜兔健,安有鲁鱼乖。截得青鸾尾,因风寄好怀。

画竹（赠王允刚）
（元）倪瓒

子猷借地种脩筠,何可一日无此君。
叶笼书席摇翠雨,阴结香炉屯绿云。
文孙住近吴江渚,二仲遨游如蒋诩。
置酒邀余写竹枝,隔竹庖人夜深语。

题竹（三首）

（元）刘永之

高牕新霁绿阴稠，随意挥毫仿蓟丘。
老鹤哆翎回舞翅，洞箫吹徧石林秋。

洞里仙人白兔公，手持玉笛向秋风。
彩云低度天如水，吹作龙吟山月中。

读《易》茅斋夏日长，琅玕遶屋拟潇湘。
山风一夜吹疎雨，共爱西牕五月凉。

题 竹

（元）贡性之

翩翩么凤下晴空，半入江云半落风。
忆昔潇湘泊船处，玉箫声断月明中。

题画竹

（元）贡性之

鹧鸪啼望水龙吟，舟过湘江夜雨深。
清思满怀无著处，却将墨沼写秋阴。

题 竹

（元）贡性之

美人环珮玉玲珑，骑得青鸾下碧空。
寂寞湘魂招不返，凤箫声断月明中。

画　竹
　　　　　（元）华幼武

挺挺琅玕玉涧边，半含春雨半含烟。
怪来笔底清如许，老子胸中有渭川。

画　竹
　　　　　（元）丁鹤年

拂素写晴熜，亭亭玉一双。苍龙雷唤醒，风雨遍湘江。

题画竹（为董文中赋）
　　　　　（元）丁鹤年

雨过蛟龙起，风生翡翠寒。但存清白在，日日自平安。

题　竹
　　　　　（元）张舜咨

万里高风不自由，琅玕掀舞一天秋。
何人笙鹤归来晚，缥缈仙城十二楼。

画竹歌（为道士詹明德赋）
　　　　　（明）刘基

我所思兮在潇湘，苍梧九疑渺无际，但见绿竹参天长。
上有寒烟凝不飞，下有流水声琅琅；
中有万古不尽离别泪，化作五色丹霞浆，
穿崖贯石出厚地，风吹露涤宵有光。
我欲因之邀凤凰，天路修阻川无梁。
孰知画史解人意，能以造化归毫芒。
虚堂无人白日静，使我顾盼增慨慷。

玄霜惨烈岁将晏，鼪啼鼯叫天悲凉。
我所思兮杳茫茫，山中紫筍春可茹，归来无使遥相望。

题画竹
（明）刘基

叶间重露犹滴，林表烟寒未开。
想见沅湘江上，月明环佩归来。

题画竹（并序）
（明）贝琼

太史公纪渭川千亩竹，此图仅盈尺，而远意不翅千亩。观其毫枝发叶，历历可见于秋烟暮雨外，笔法视古亦精。已寓目久之，遂起余两山之兴，径欲买舟归卧其所云。

市朝非素心，林壑契幽赏。读书甘寂寞，密竹更萧爽。
冲人虎豹关，闭户螨蛸网。寒梢朽不蠹，野筍苞初长。
风生回鹤梦，月出闻猿响。如何犹恋禄？廄马存病颡。
相期结二仲，兹焉共来往。

画　竹
（明）王佐

潇湘绿玉崑崙石，移向高台之素壁。
四座凉风带雪吹，半牕疎雨和烟滴。
九疑梦断瑶瑟寒，贴云影落双飞鸾。
霓旌掩冉欲归去，美人持赠青琅玕。
也曾拂拭苍苔色，坐弄参差楚天碧。
曲终日暮山鬼啼，自写幽情寄相忆。

题　竹

（明）林鸿

醉墨淋漓湿未乾，拂云双玉倚秋看。
别来嶰谷空林月，几度凄凉笛里寒。

题画竹

（明）陈亮

王维远矣萧郎死，墨竹古来俱可数。
自从老可出湖州，世人始信前无古。
此图高古不知名，欲与湖州相抗衡。
森森矛戟自相向，淅淅枝条如有声。
高堂素壁时张挂，潇洒浑疑却炎夏。
莫言无地种琅玕，自有清风满图画。

题画竹

（明）袁华

风生太液水微波，霜影侵阶月色多。
截得昭华苍玉管，多情萧史奈愁何？

题　竹

（明）金幼孜

翠拂琅玕落粉香，无端春色满潇湘。
美人学得青鸾曲，何处吹箫听凤凰？

为杨庶子题纸屏画竹

（明）金幼孜

我昔隐居在山谷，遶舍只令种脩竹。

清风白昼洒苍雪，终日吟哦看不足。
一从携书来北阙，遂与此君成久别。
平安十载知何似，往往思之心欲折。
杨君亦是爱竹者，官舍新成最幽雅。
纸屏拂拭无点尘，满写琅玕更潇洒。
昨来置酒邀客子，灯前见之惊且喜。
停盃借问作者谁？似与老可同高致。
墨花淋漓真可爱，黯淡犹疑鬼神会。
初看积翠落簷端，便觉湍声起牎外。
数竿隔水各千尺，微露青林带秋色。
暮雨寒霏紫凤翎，惊涛暝卷苍龙翼。
知君好竹幽思殊，朝回看画仍读书。
临风或吹苍玉管，对月时弄青珊瑚。
嗟哉此君贞且良，丰姿凛凛非寻常。
世情高下逐冷暖，此君志节无炎凉。
冰霜岁晏慎自保，相期白首母相忘。

题　竹

（明）王绂

宫树栖鸦拜夕郎，洞门烟霭竹苍苍。
珮声摇曳归来晚，香篆初消月到牀。

画竹自题

（明）虞谦

我昔汎东溟，拾得苍龙尾。置之怀袖中，夜夜凉风起。
化为金错刀，欲剪潇湘水。只恐春雷鸣，飞上青云里。

题画竹

（明）林环

巇谷春已深，烟雨何冥冥。萧然青琅玕，上有孤凤鸣。
清风不时来，忽闻环珮声。缅怀伶伦子，千载已遐征。
谁能截鸣律，吹向轩辕庭？

画　竹

（明）郭厘

声临渭水清，影拂湘潭碧。瑶瑟曲未终，商飙坐来夕。

题画竹

（明）高璧

极目苍梧远，伤心泣二娥。试看枝上露，不及泪痕多。

画　竹

（明）伍方

花点湘云堕碧川，翠梢零落带秋烟。
归篷记得曾看处，残月黄陵古庙前。

题　竹

（明）徐贯

书牕谩对翠琅玕，偏喜真心耐岁寒。
怪底此君解医俗，清标潇洒拂云端。

题画竹

（明）张泰

九疑山碧楚天空，江上佳人思不穷。

日暮南陵脩竹冷，鹧鸪声里起秋风。

画　竹
（明）刘师邵

谁弄参差管，声悲引恨长。夜深龙起听，明月满潇湘。

题画竹（与萧球）
（明）罗伦

玉英台下路，半夜舞青鸾。龙孙眠不得，疏影上栏杆。

题　竹
（明）庄㫤

独行湘江浔，见此丛篁幽。风雨日冥晦，万雀声啁啾。
垂垂正结实，恐为鹓雏谋。岂无九苞羽，飞下十二楼。
延竚久不见，此意良悠悠。我因王者瑞，极意垂鸿猷。
採之欲往食，道路阻以脩。问之在何所？乃古西康州。
西康有西伯，已矣三千秋。至尊应昌运，致此能无由？
清时一再覩，咄哉何所求！

题壁间竹
（明）鲁铎

繄谁融心神，写此万竿竹？我逐南薰来，炎歊正三伏。
开轩一披襟，洒然在淇澳。中宵起揽衣，乘月看未足。
高歌武公诗，清风动林麓。

画　竹
（明）田登

何人移化工，亭亭写脩竹。高岾展陁塞，涓流带潆洑。

节撼首阳山，风吟淇水隩。冰霜岁寒深，雨露湘江逐。
朝阳仪凤毛，笙镛满山谷。

画　竹
(明) 何景明

谁开素练写烟梢，欲采琅玕奏玉箫。
犹忆凤凰池阁上，坐听风雨下层霄。

题画竹
(明) 杨慎

江南谁解写琅玕？后有仲昭前孟端。
自从文藻流传久，转觉丹青赏鉴难。
生绡一幅潇湘出，高堂六月冰霜寒。
玉林深处人如玉，欲往从之无羽翰。

画　竹
(明) 舒芬

烟梢雨叶谁形容？画堂六月生秋风。
神随墨散玉琐碎，光若影动金玲珑。
淇园百竿出肘后，渭川千畆生胸中。
良工心苦刻成鹄，主人珍重看如龙。
我来不疑画里见，眼青只作林下逢。
抚摩琅玕思飒飒，彷佛凤鸟来雝雝。
鸣世还能嶰谷种，知音谁是柯亭翁？
云霄昨夜迷太空，芦枝弦化招相从，却恐君子弃我如遗踪。

画竹（为汤宗器题）
(明) 谢承举

曾记潇湘系短篷，隔江烟雨翠重重。

惊雷忽报春消息，一夜灵根长箨龙。

题画竹

（明）王润

曾见东篱立晓霜，一枝岩傍拂溪光。
等闲得制伶伦管，吹落梅花几夕阳。

题画竹

（明）吴宣

悔教风节动烟霄，總得虚声太寂寥。
长乐五更闻暖吹，钱塘八月听寒潮。
调高巢许终何物，怨入夷齐死不消。
更欲少论惆怅事，昊天无语凤飞遥。

题　竹

（明）沈周

冰霜俱不知，风雨亦无恙。嫋嫋出县高，未可限墨丈。

题画竹

（明）李叔玉

君家碧疏见清影，别是一段淇园秋。
何人笔底得天趣，云是东吴夏瑞州。
瑞州胸中竹如簧，一枝一叶良可惜。
却笑萧郎技痒时，手战眼昏头雪白。
兴来雷从地中出，万籁须臾起苍壁。
翩翩彩凤羽欲堕，偃蹇青虬势安敌？
仙郎何以得此幅，邀我题诗记真迹。
醉后操觚一挥洒，不让王维有声画。

公馀坐对夜深时，明月清风不论价。

画　竹
（明）李廷仪

琼花冻勒苍龙骨，法水低淋彩凤翎。
愁绝英皇浑不语，九疑相对数峰青。

画　竹
（明）张倬

黄陵祠下月明多，不见湘灵翠辇过。
留得萧萧数竿竹，至今肠断楚人歌。

画　竹
（明）徐渭

万物贵取影，写竹更宜然。秋阴不通鸟，碧浪自翻天。
戛戛俱鸣石，迷迷别有烟。直须文与可，把笔取神传。

画竹（十首）
（明）徐渭

昨夜牕前风雨时，数竿疏影响书帏。
今朝搨向溪藤上，犹觉秋声笔底飞。

叶叶枝枝逐景生，高高下下自人情。
两梢直拔青天上，留取根丛作雨声。

郡城去海不为遥，墨箨淋漓似郁蛟。
莫遣风来吹一叶，恐于笺上作波涛。

片石苍苍映莽林，南宫如见拜难禁。
牛车若使能移去，卖与侯家五百金。

昨宵风雨折东园，那许从天乞一竿。
数叶传神为不朽，儒寒道瘦任人看。

林梢片石墨初笼，冻笔勾寒入指中。
急遣苍头沽一榼，破簾穿日盍杯红。

笔底霜丛三四竿，园中解箨两三年。
脩蛇拔尾当黄土，小凤梳翎在碧天。

脩蛇有尾频年坠，小凤为翎几日成。
输与寒梢三十尺，春来只用一雷惊。

人家宿纸几时收，紫兔尖尖走泼油。
竹影满牕凉似水。断厓疏雨数竿秋。

怪石初烘泼墨匀，吴笺短短缩霜筠。
长空五尺青鸾尾，一半斜封在白云。

题竹行

（明）僧宗泐

平生不识云心子，墨妙通神有如此。
眼中何处脩竹林，湘水边头烟雨里。
长林蔽亏天为阴，鹧鸪啼断江沉沉。
六月南风昼不热，人家住在丛篁深。
九疑山带苍梧野，翩翩帝子云中下。

凤鸾飞舞蛟龙骧，羽葆毵毶翠堪把。
我昔曾行赏溪曲，两屿波光浸寒绿。
万玉森森一迳遥，溪口青阴到山麓。
今朝看图政自怜，画图身世俱茫然。
云心骨化丹阳土，吁嗟墨妙何人传？

题　　竹
（明）僧古春

一夜竹飕雨，秋声入梦闻。都将枝上泪，洒徧九疑云。

画竹扇
（宋）梅尧臣

石上老瘦竹，忽在纨扇中。执之意已凉，不待摇清风。
小节未见粉，泪痕应合红。日将炎暑退，畏蠹生秋虫。

题扇头竹
（金）王利宾

轻纱画竹雀，柄短不盈握。暑气正凭陵，清风一何邈。

扇上竹
（元）杨载

种竹何须种万竿，一枝分影亦檀栾。
秋宵更受风披拂，听取清声入梦寒。

题画竹扇子
（元）陈旅

江上《竹枝歌》，为君颦两蛾。秋风团扇底，零落黛痕多。

为戴容安题扇竹

（明）金幼孜

三径清阴生昼寒，满林新长碧琅玕。
何时截作参差玉，吹向瑶台听紫鸾。

题纨扇折枝竹

（元）陶宗仪

剪来青鸾尾，挂向珊瑚钩。明月照清影，一握湘江秋。

题扇上竹枝

（明）高启

寒梢虽数叶，高节傲霜风。宁肯随团扇，秋来怨箧中。

题画竹枝

（明）李日华

淡淡疏篁影，离离古藓文。昨夜溜春雨，今朝堕晓云。
破牎摇琐碎，虚榻冒氤氲。墨沼澄凝处，相逢只此君。

竹　枝

（明）李日华

粉痕初洗舞青腰，琴筑无声昼寂寥。
为有寒香入肌骨，不须风雨也萧萧。

历代题画诗类卷第七十七

兰竹类

墨竹
（宋）梅尧臣

许有卢娘能画竹，重抹细拖神且速。
如将石上萧萧枝，生向笔间天意足。
战叶斜尖点映间，透势虚粘断还续。
粉节中心岂可知，淡墨分明在君目。

画墨竹赞
（宋）黄庭坚

人有岁寒心，乃有岁寒节。何能貌不枯，虚心听霜雪？

次韵谢斌老送墨竹十二韵
（宋）黄庭坚

古今作生竹，能者未十辈。吴生勒枝叶，筌寀远不逮。
江南铁钩锁，最许诚悬会。燕公洒墨成，落落与时背。
譬如刳心松，中有岁寒在。湖州三百年，笔与前哲配。
规模转银钩，幽赏非俗爱。披图风雨入，咫尺莽苍外。

吾子学湖州，师逸功已倍。有来竹四幅，冬夏生变态。
预知更入神，后出遂无对。吾诗被压倒，物固不两大。

答秦兵部求墨竹（二首）
（宋）王佐才

夜到茅亭近竹篱，影垂寒月下苔墀。
吟馀未嬿萧疏兴，曾写离披一两枝。

墨传高节未为精，虚辱佳篇拂素屏。
不敢持毫强羞缩，喜公心已厌丹青。

墨　竹
（宋）白玉蟾

虚舟惠我一墨竹，纸上森森一枝玉。
展向庭前与鹤看，今宵不许枝头宿。

墨竹扇头
（元）元好问

嫩香新粉玉交加，小笔风流自一家。
只欠雪溪王处士，醉来肝肺出枯槎。

德和墨竹扇头
（元）元好问

静里离离新粉，动时细细清香。
明月清风自在，红尘白日何妨。

题醉隐墨竹（二首）
（元）王恽

清溪映竹竹连云，冉冉晴梢醉墨新。

却为岁寒心事苦，煖烟浓淡要横陈。

露梢风叶喜晴春，醉埽吟看卧竹根。
欲见此君生意盛，满川烟雨半龙孙。

墨竹歌
（元）王恽

吾生爱竹兼嗜石，手不能书漫成癖。
忆从林下七贤游，终日摩挲弄寒碧。
山河一自隔黄垆，尘土填淤百忧集。
得君此画忽洒然，元气淋漓障犹湿。
满空月露下寒梢，人去山阴锁幽寂。
又如湘妃庙前风雨晴，翠袖纷披山鬼泣。
几竿迸出太古崖，老节霜欺初不惜。
表将一片岁寒心，不与繁华竞朝夕。
东栏牡丹鹤翎红，西沼芙蓉绀珠色。
歌钟倾国乐芳年，以色事人能几日？
何如鸭江居士诗骨清而臞，手种此君忘肉食，不须拄杖敲人门。
万斛清风破腮北，月中看竹埽秋影。
妙得于心发之笔，兴来落纸出意表，拟学湖州灭形迹。
呜呼！湖州已矣萧郎远，今代名家淡游客。
君不见李杜文章万丈光，一日齐名伟高适。

墨　竹
（元）程钜夫

旧筱斜依石，新梢怒出林。平生读书处，手种尽成阴。

墨　竹
　　　　　　（元）张弘范

麝墨芸香小玉丛，澹烟横月翠玲珑。
小屏春锁绿鸱梦，也胜湖江（江湖）烟雨中。

墨　竹
　　　　　　（元）袁桷

芦叶不禁秋色，柳枝那解春声。
醉阅小鸱横幅，风回雨转云清。

墨竹扇头
　　　　　　（元）马祖常

冰纨已却暑，况此碧琳琅。好伴玉麈尾，凉飔满高堂。

题墨竹
　　　　　　（元）马祖常

山雨潇潇湿翠旌，云中仙度凤吹笙。
苔衣坐满空林石，放鹤归来独自行。

题墨竹
　　　　　　（元）杨载

嶰谷阴寒石如铁，二龙僵立露骨节。
春雷动地万物活，畏汝飞腾冲石裂。
攒青聚绿生岩幽，海涛声引风飕飕。
年年三伏林下卧，白昼憀栗如深秋。

题墨竹（为郑尊师）

（元）杨载

风味既澹泊，颜色不妩媚。孤生崖谷间，有此凌云气。

墨　竹

（元）欧阳玄

数枝淡淡与浓浓，垂叶应无靡靡容。
玉立满身都是雨，无人能识葛陂龙。

题墨竹

（元）宋本

可人家住篔筜谷，明月清风十万竿。
一自玉山相见后，满庭清影梦高寒。

墨　竹

（元）李孝光

苍髯老翁鳞甲香，力能拔山补青冈。
池边日日吐云雨，道人牀敷夜气凉。
道人嗜睡莫敕㬎，阿翁劝尔以一觞。
天边石上有髯客，看汝巉龙头角长。

书墨竹

（元）薛汉

当年文湖州，爱竹骨已朽。秖今高李笔，可继湖州后。
何人裂霜纨，写此三五叶？想见翠琅玕，萧然挺清节。

求叶仲舆写墨竹扇面

（元）岑安卿

此君一日不可无，子猷笃爱心欢愉。
延平官舍斩伐馀，稽山倦客心烦纡。
先生抛官南海来，胸中丘壑争崔嵬。
笔端造化夺天巧，箨龙一夜惊春雷。
素绢团团剪秋月，愿染玄霜写幽绝。
萧然便觉风雨生，顷刻清寒屏炎热。
昔时与可称绝伦，息斋近世尤逼真。
我持此扇出门去，要使袜材咸萃君。

题墨竹

（元）李祁

偃榦横穿石，腾梢上拂云。定知风雨夜，迢递更思君。

题赵荣禄墨竹

（元）倪瓒

缘江脩竹巧临摹，惨淡松烟忽若无。
乱叶写空分向背，寒流篆石共萦纡。
春渚云迷思鼓瑟，青厓月落听啼乌。
谁怜文采风流意，漫赏丹青没骨图。

墨 竹

（元）倪瓒

明月临虚幌，疎篁舞翠鸾。独吟苔石上，霜叶媚天寒。

题墨竹（送顾克善府判之高邮）

（元）倪瓒

高邮古淮甸，世产不乏贤。顾君往佐郡，才华当妙年。
歌诗隐金石，八音以相宣。侈哉锦囊句，雅甚朱丝絃。
而此艰虞际，抚事一怆然。饥者易为食，君能念颠连。
何以赠子行？墨君霜节坚。

写墨竹（赠顾友善）

（元）倪瓒

顾伯末泒（派）隐君子，林居江濆古东里。
澡身洁行读书史，思友天下之善士。
绿竹猗猗蔚材美，独立不惧群不倚。
长吟挥毫为君起，写其形模惟肖似，谅哉直清可以比。

写墨竹二枝并题（与章子愚）

（元）刘永之

落日洞庭西，曾闻唱《竹枝》。十年江海别，风雨漫相思。

题墨竹

（元）刘永之

新雨收金玦，轻风转玉环。截筒为九寸，吹向武夷山。

题墨竹

（元）陶宗仪

把烛倩官奴，娟娟入画图。秋声风雨外，照见碧珊瑚。

题墨竹
(元) 于立

种竹满山阿,萧萧风雨多。会当成翠实,鸣凤一来过。

题墨竹
(元) 于立

先生旧隐鉴湖曲,无数琅玕遶屋生。
萧萧六月动秋思,不是风声即雨声。

题墨竹
(元) 马臻

拂云标格岁寒心,墨色分阴重又轻。
不似渭川千亩绿,只和风雨作秋声。

墨竹
(元) 马臻

墨光浮润拂新梢,尚忆清风遶锐毫。
安得满林生练实,凤巢丹穴正嗷嗷。

题墨竹
(明) 刘基

苍梧山下无穷竹,尽是湘妃泪种成。
烟雨不销千古恨,珮环虚度九秋声。
见愁牧竖乘时伐,可待伶伦学凤鸣。
独立凄凉对图画,为君惆怅一沾缨。

题墨竹

（明）刘基

风梢舞空烟，露叶滴晴月。折取寄情人，感此岁寒节。

墨　竹

（明）陶安

烟雨空濛翠影双，满林清气逼寒江。
云间禁直青绫夜，一片秋声起琐牕。

墨　竹

（明）杨基

烟梢忽纵横，风叶屡偃仰。一榻卧山中，静听秋雨响。

墨竹（三首）

（明）孙蕡

洞庭春尽水溶溶，锦瑟轻寒起卧龙。
行客欲投苍水佩，乱云遮断九疑峰。

谁拈秃笔写凄迷，乱石横江碧玉低。
犹记画船初泊岇，落花时节郭公啼。

葳蕤万玉晓撑风，应是清溪野水东。
更画接䍦颠倒著，嫩凉添我绿阴中。

墨　竹

（明）卓敬

洞庭木落水生波，斜月虚牕露气多。

虞帝不归秋色晚，满江烟雨泣湘娥。

题墨竹
（明）王绅

潇湘江上暮云迷，落日无人翠羽低。
舣櫂黄陵庙前宿，一篷春雨鹧鸪啼。

题墨竹（二首，赠贡士邹观）
（明）金幼孜

虚心秉高洁，不受一尘侵。五月清溪上，萧萧风满林。

挺挺潇湘玉，平生意独耽。玉堂风雨夜，思尔隔江南。

题墨竹（四首，寄赵君公复）
（明）金幼孜

猗猗绿如簧，飘拂青云端。炎光不到地，飒飒江风寒。

潇洒渭川上，数竿净如许。秋思满江南，寒烟淡疏雨。

幽贞不可变，岁久色逾好。夫君渺湘南，冰霜慎自保。

新梢出林表，可儗青琅玕。应知晚节至，结实待凤鸾。

题墨竹
（明）林环

森森万玉翠含滋，浑似潇潇雨后时。
吹断玉箫寒月白，一庭清影凤来迟。

墨　竹
（明）陈全

月白三湘秋，河明上池水。夜半玉箫寒，青鸾忽惊起。

墨竹（二首，为戴震先生题）
（明）商辂

一林苍玉发新梢，彷佛朝阳见凤毛。
劲直不随霜雪变，也应素节养来高。

淡墨何年写此君，愢前彩凤见来频。
虚心不改岁寒意，为有清风是故人。

墨竹（为李都督赋）
（明）商辂

直节真心异众葩，数竿苍翠拂愢纱。
江南岁晚冰霜少，日报平安达帝家。

墨　竹
（明）李东阳

翠珮瑶环昨夜风，渚云飞尽楚王宫。
青娥舞罢婆娑曲，人在空山月影中。

墨竹（为林信传赋）
（明）黄仲昭

笼葱翠玉擅风标，白石清泉伴寂寥。
安得伶伦裁凤管，五云深处和《箫韶》？

墨　竹
（明）吴宽

深林不减筼筜谷，乱影都归丈八沟。
最爱长竿如绿玉，何年去上钓鱼舟？

题墨竹（二首）
（明）徐渭

嫩筱捎空碧，高枝梗太清。總看奔逸势，犹带早雷惊。

当其寻丈节，数寸蛇与蝉。化工无笔墨，个字写青天。

谢子舟为予作风雨竹
（宋）黄庭坚

子舟诗书客，画手睨前辈。挹袂拍其肩，馀力左右逮。
摩拂造化鑪，经营鬼神会。光煤叠乱叶，与世作者背。
看君回腕笔，犹喜汉仪在。岁寒十三本，与可可追配。
小山苍苔面，突兀谢憎爱。风斜兼雨重，意出笔墨外。
吾闻绝一源，战胜自十倍。荣枯转时机，生死付交态。
狙公倒七芋，勿用嗔喜对。此物当更工，请以小喻大。

再用前韵咏子舟所作竹
（宋）黄庭坚

森削一山竹，壮士十三辈。自干云天去，草芥肯下逮？
虚心听造物，颠沛风云会。荣枯偶同时，终不相弃背。
谁云湖州没，笔力今尚在？阿荃虽墨妙，好以桃李配。
国工裁主意，冷淡恐不爱。子舟落心画，荣观不在外。
耆年道机熟，增胜当更倍。祖述今百家，小纸弄姿态。
虽云出湖州，卷置孅开对。非公笔如椽，孰能为之大。

题文与可风雨墨竹
（元）袁桷

妙笔抉天巧，黑云参差高。偃疑受雨深，俊欲凌风翱。
飒爽随卷舒，清凉散尘嚣。湛湛不受暑，灵籁虚飀号。
缅怀文湖州，玉雪人中豪。想此磅礴时，葆光解天弢。
老僧道机熟，形影随目逃。持以深赠之，生意穷秋毫。
高斋夜气寂，定回起层涛。

湘江风雨画竹
（明）谢承举

云深兰露泣双鬟，獭髓流香翠点斑。
一望苍烟三万里，不知何处九疑山。

上都客舍士弘为作风竹
（元）袁桷

门巷泥深笑独清，此君潇洒未忘情。
无端昨夜风花（西风）急，却送秋声作雨声。

题李士弘学士画明复斋风竹
（元）袁桷

虚声出素壁，泠泠天地秋。矧此三伏凉，居然索重裘。
盥摩神光旋，戛击玄露浮。浩荡白玉京，顷刻潇湘洲。
昂昂员峤仙，笔底寒飕飕。高斋袭道气，深根淡无求。

息斋风竹图（道士华山隐得之，命予赋之。）
（元）马祖常

往年家住赟笃谷，丹鸾之实美如粟。
玄云翻空下深靓，昆吾宝刀削秋玉。

石衣渍锦侵书光，风微粉堕生细香。
琳馆瑶台九天近，夜寒笙磬声锵锵。
万斛苍烟郁江雨，二妃弹瑟潇湘浦。
郫筒蜀酒亦堪沽，蟠石双杖令谁取？
河朔岁晏冰为梁，群木鳞皴临雪霜。
迟汝狂飙莫吹裂，截管他年侑帝觞。

题张氏风竹图
（元）陈旅

湘江风捲白头波，北渚云深帝子过。
欲采琼芳渡江去，翠衫轻薄晓寒多。

龙门公墨竹风烟夕翠（二首）
（元）元好问

渭川东望水云宽，雨润烟浓下笔难。
今日龙门图上看，萧郎只合老荒寒。

烟梢露叶捲秋山，挥洒纵横意自闲。
莫问笔头龙未化，看看霖雨满人间。

子昂风竹横披
（元）宋褧

笔意出天机，翛然仰复低。稍须风势定，应有凤来棲。

墨竹（三首）
（金）庞铸

隔溪烟雨图
一溪流水玉娟娟，溪上脩篁接莫烟。
谁倩能诗文与可，笔端移得小江天？

秋风骤雨图

渌川急雨暗秋空，无限琅玕淡墨中。
剑甲摐摐军十万，欲将貔虎战斜风。

春雷起蛰图

千梢万叶玉玲珑，枯槁丛边绿转浓。
待得春雷惊蛰起，此中应有葛陂龙。

墨竹（四首）
（元）袁桷

老 竹
謇謇凌云志，霜馀节更存。春风宜管领，生意属儿孙。

嫩 竹
奋雷初出地，承露已凌烟。愿从朝元驾，为旄拂九天。

风 竹
直道犯无隐，虚心明且清。侧身思远举，岩壑养深情。

雨 竹
晓沐换新绿，万采成空尘。守墨心不缁，同玄道弥真。

墨竹（四首）
（元）贡师泰

风 竹
欹枕梦江涛，潇湘生晚绿。二妃邈何许，千里一黄鹄。

雨　竹

双凤浴瑶池，毛羽空翠滴。仙人骑上天，但见辽海碧。

老　竹

苍龙在海上，千载蜕神窟。忽然凌空飞，鳞甲耀白日。

嫩　竹

文苞解晴日，纤粉落轻飙。青鸾忽飞起，牖户自萧萧。

题雨竹
（元）陈旅

江上鹧鸪留客住，黄陵庙下泊船时。
一林春雨垂垂绿，消得晴风烂熳吹。

题倪氏雨竹
（元）陈旅

落日楚江深，鹧鸪啼远林。相思不可见，池上写春阴。

虞胜伯画雨竹
（元）郑元祐

渭川烟雨绿漪漪，公子飞云出砚池。
万箇青琅秋一抹，高梢特耸凤凰枝。

题宋王孙雨竹
（元）郯韶

闷阁春寒写素屏，两枝如玉立亭亭。
分明自注银潢水，白日天阶洗凤翎。

雨竹图
　　　　　　　　（元）吴师道

千年舜妃泪，一幅湘川雨。掩卷不忍题，余心正怀古。

张云门雨竹
　　　　　　　　（元）唐肃

龙驾飞来帝子双，春云漠漠暗湘江。
江神启路霏灵雨，湿透前头翡翠幢。

王子明求题高侍郎雨竹
　　　　　　　　（元）张雨

雨立修篁似戟枝，墨君留影故僾僾。
房山只忆巴山夜，及见官奴把烛时。

题雨竹
　　　　　　　　（明）高启

巫峡云连湘水低，行人路滑畏深泥。
不见朝阳鸣凤至，春阴日日鹧鸪啼。

题雨竹图
　　　　　　　　（明）镏崧

怪石凝云气，横枝浥露香。故人渺何许，秋意满潇湘。

题雨竹
　　　　　　　　（明）镏崧

沧波石面晚阴凉，翠筱娟娟过雨香。
何许鹧鸪啼不断，黄陵祠下是三湘。

题雨竹

（明）王绂

高轩置酒延夕曛，眼前知己无如君。
枯肠醉后有芒角，手挥高节凌青云。
图成自觉精灵聚，素壁俄然仪凤羽。
拟得秋深直造来，剪烛连牀听风雨。

题雨竹

（明）赵迪

黄陵日已昏，萧瑟凉飙起。残雨挂空江，溟濛若千里。
暝色夕鸟前，寒声暮猿里。应知叶上秋，尽入湘潭水。

题雨竹图

（明）倪敬

鹧鸪啼断雨毵毵，独倚栏杆酒半酣。
威凤不来秋已老，暮云凝碧暗湘南。

雨　竹

（明）李日华

襟袽紫凤毛，瑶阶沐春雨。玉箫声未沉，似听幽人语。

雨　竹

（明）徐渭

天街夜雨翻盆注，江河涨满山头树。
谁家园内有奇事，蛟龙湿重飞难去。

潇湘雨意图

（明）熊直

万竹丛深日未晡，寒江烟雨翠模糊。
东风无限潇湘意，却倚篷牕听鹧鸪。

万竿烟雨图

（元）欧阳玄

森森万木种清和，奈此霏微烟雨何？
千古首阳宗二墨，清风又似不须多。

题万竿烟雨图

（明）林环

湿云凝烟吹不起，寒影半沉湘江水。
湘妃瑶瑟悲夜长，散作雨声苍茫里。
杜鹃怨春春始归，新妆翠袖啼娥眉。
愁魂飞去人不知，鸾珮坠地摇参差。
披图却忆长相思，扁舟落日零陵祠。

题万竿烟雨图（赠康知事）

（明）金幼孜

万玉碧毿毿，烟深雨气涵。鹧鸪啼日暮，客思满江南。

万竿烟雨图（为童金宪题）

（明）吕渊

君不闻淇水隈，烟笼万箇绿猗猗；
又不闻湘江曲，雨过千竿齐挺玉。
淇水湘流各一方，遥遥相隔千里长。

君胡巧将缩地诀，併作无边烟雨乡？
鹧鸪声近黄陵庙，山接九疑猿夜叫。
少年曾记画船经，百咏新题随口道。
今日看图忆少年，老怀衰鬓两茫然。
纵有琅玕可人景，愧无珠玉惊人篇。
闻君爱竹几成癖，沙土南金灰白璧。
闲来酬听戛铿音，静里饱观苍翠色。
君兮君兮听我歌：江上年年风雨多。
竹花零落碧云冷，奈尔凤饥无食何！

烟雨万竿图（为松陵曹少诚作）

（明）王越

潇潇南下路漫漫，薄暮归来倚棹看。
疎雨淡烟秋一片，满江飞翠湿衣寒。

烟雨竹图

（明）樊阜

九疑蠢沓湿翠迷，浦溆黯黯黄陵西。
霏英沉潆鬬纤袅，咽澁（涩）鹧鸪凉月低。
石坛羃历苔痕紫，冷沁羽幢吹不起。
蕊幖琼馆隔离宫，鸢尾参差蘸江水。
千年旧恨馀斑斑，幽丛珮玉寒阑珊。
腻粉粘枯乱纷馥，南巡帝子何时还？
瑶瑟声沉天欲曙，女郎蹋歌过江去。
扁舟杳渺弔灵均，脉脉流澌无觅处。

烟雨万竿图

（明）僧麟洲

空江秋雨又秋风，疑杀山前路不通。

多少黄陵莎草恨，尽情歌在《竹枝》中。

题刘廷问舍人所藏夏仲昭太常晴雨二竹（二首）
（明）程敏政

太常醉搦紫宣毫，不写李王金错刀。
阁舍朝回卷簾处，楚江风雨战秋涛。

旧宅依稀练水傍，古墩幽竹自成行。
披图却似身重到，刺眼翛翛凤尾长。

过华叔瑞草堂写晴竹于壁上
（明）王绂

我爱君家远城郭，遶簷竹色侵簾幙。
醉中挥翰写晴梢，湘云一剪春阴薄。
看来顿觉风气清，耳边恍若闻秋声。
啸歌到晚不归去，高卧翠阴呼月明。

晴　竹
（明）李日华

新粉指可拭，旧青玉不如。翠葆何方来，奕奕迎仙姝。

露　竹
（元）吴镇

晴霏光煜煜，皎日影瞳瞳。为问东华尘，何如北牕风？

题赵师舜所藏雪竹图
（元）虞集

凤凰台畔竹猗猗，别出参差玉一枝。

阅尽雪霜心似铁，高风惟许岁寒知。

寄相仲积求观郑北山雪竹赋并画卷
（元）吴莱

古人不可作，雪竹有奇思。郑公詠骚词，或者攻绘事。
向来拈笔间，才士巧相值。谁从岁寒窥，便得瑚琏器？
东国正扰攘，靖康更无二。上天忽同云，大地惟朔吹。
玄阴知已凝，积羽忍不坠。狂曾鹅炙求，困及蚁浆馈。
离明乃煌煌，劲节特一致。秦关收甲兵，蜀阃拥奇帜。
每疑一寸心，长挺千畈翠。学行尚吾时，穷达等墨戏。
相君本弥甥，年耄常拭眦。自应守遗文，重袭在箧笥。
满山苍竹林，凡木總顑颔。因之寄君诗，为洒怀古泪。

李仲宾雪竹
（元）张雨

断缣黯淡何人墨？四十年前老蓟丘。
向使戴家多种竹，雪中那肯便回舟。

题雪竹
（明）刘泰

雪霁湘川绝点埃，冷枝寒叶脆难开。
舜妃昨夜游何处？骑得翩翩白凤回。

题屈处诚雪竹
（明）陆深

萧萧云物满堂寒，屈老风神向笔端。
带雪琅玕三百箇，蒋家径里见袁安。

雪竹
（明）徐渭

山中雪厚没人腰，城瓦犹堆尺五高。
压损青蛇三百万，起烘冰兔埽双梢。

题李学士嫩竹图
（元）陈旅

楚雨初晴野水生，新篁落粉鹩鸪鸣。
洞庭春去湘娥老，緱岭人吹紫玉笙。

题白岩新竹卷
（明）杨旦

清影离离半总竹，浥露凝烟翠堪掬。
讬根此地何孤高，绝胜山阿并水澳。
月姊故故夜深来，写出此君真面目。
赋形不入草木流，劲节虚心自天育。
缔盟谁共岁寒三，迸地如陈爻位六。
结实终期凤鸟栖，敲风应遣诗魔伏。
主人觞咏有余兴，满院绿阴浓入屋。
门墙岂无桃与李？奈此春华零落速。
眼看稚子又生孙，厚植深培为君祝。
勋庸次第收汗青，悬赏旌功安用卜。

写新竹
（明）李日华

雨过春坡一尺泥，玉芽迸出箭头齐。
蜻蜓翅薄蜂须短，绿影差差野日西。

万竹图
（元）欧阳玄

露压烟梢整复斜，有时风定翠交加。
闲身幸老清平世，喜见鹓雏待竹花。

题万竹图
（元）张天英

远近阴晴玉万竿，渭川何在绿云寒。
砚坳飞墨如飞雨，白发萧郎仔细看。

丛竹图
（元）郑元祐

赋诗何处极幽探？多在青山海岳菴。
一片绿云尘跡断，万竿烟雨大江南。

写墨竹一枝
（元）刘永之

为君拈笔写笐筜，数尺新梢绿粉香。
持向西牕听夜雨，高情浑似对潇湘。

一枝竹图
（元）陈旅

高人石上种琅玕，林屋秋晴共倚阑。
不送轩辕裁凤管，小牕留得一枝看。

一叶竹为竹叟禅师作
（元）吴镇

谁云古多福，三茎四茎曲。一叶砚池秋，清风满淇澳。

题浓淡竹

（元）刘诜

远看如淡近看浓，双立亭亭傲晚风。
俗眼未应轻拣择，此君清致本来同。

题画钩勒竹

（元）陈基

素节亭亭不可移，珊瑚为榦玉为枝。
高堂岁晚看图画，彷佛清风见伯夷。

画钩勒竹

（明）陈昌

秋风白战楚江涛，雪捲空山见海鳌。
一夜灵妃眠不稳，月明飞佩过湘皋。

斑竹图

（明）方孝孺

湘君泣尽泪痕乾，翠袖萧萧倚暮寒。
却忆洞庭为客处，满湖风月泛舟看。

画孤竹

（明）丘濬

大《易》象苍筤，古诗咏《淇澳》。
"君子哉若人"，离人立于独。

画映水竹枝

（明）李日华

照影青鸾不自持，天风飒飒弄毰毸。

月寒波冷箫声歇，续得黄陵庙里诗。

题画竹染绿色
（明）徐渭

我亦狂涂竹，翻飞水墨梢。不能将石绿，细写鹦哥毛。

兰竹类

题宋徽宗画竹
（明）李本

宣和殿下碧琅玕，月影风声岂耐寒。
一自江南栽老桧，谁将消息报平安？

题徽宗墨竹（二首）
（明）杨旦

萧瑟烟梢满壁风，宣和御记墨痕中。
后来大有王孙草，流落天涯一样工。

沙漠从无玉万竿，冰天雪窖太严寒。
枝枝埽出伤心画，犹当江南梦里看。

题金显宗墨竹（四首）
（元）王恽

离离香粉淡争妍，莫作荒寒景趣看。
绝似承华宫槛畔，春风和露湿阑干。

一枝苍雪映辽江，满意春烟锁建章。
监国抚军仁孝在，不应游艺较萧郎。

笔艺初非羡显宗，承华主鬯两冲容。
天教二十年阴赐，护养风雷见箨龙。

午牕翻尽显皇书，问寝龙楼孝有馀。
梦到承华栏槛底，露梢烟叶尽扶疎。

题金显宗墨竹
（元）柳贯

海润星辉大定年，生绡笔笔写苍烟。
若为梦里赟筜谷，直到洋州雪筏边。

题金显宗墨竹
（元）卢亘

天人赋物如天工，墨光洒竹回天容。
千年劲玉寒不死，清波照响悲吟龙。
烟凝草绿承华殿，鬼冷秋霜月如练。
长毫写影竹不知，《子夜歌》残空记面。
春云一散风吹尘，茫茫海色翻青鳞。
金仙泪痕愁汉月，尚怜玉轴随时新。
梦跨茅龙上天去，女娲补天天不语。
海绡画鸾生翠羽，踏破银湾湿河鼓。
射龙江深春不度，风色萧萧怨千古。

金太子允恭墨竹
（元）刘因

黑龙江头气郁葱，武元射龙江水中。

江声怒号久不泻，破墨挥洒馀神功。
天人与竹皆真龙，墨竹以来凡马空。
人间只有墨君堂，何曾梦到琼华宫。
瑶光楼前月如练，倒影自有河山雄。
金源大定始全盛，时以汉文当世宗。
兴陵为父明昌子，乐事孰与东宫同。
文采不随焦土尽，风节直与幽兰崇。
百年图籍有萧相，一代英雄唯蔡公。
策书纷纷少颜色，空山夜哭遗山翁。
我亦飘零感白发，哀歌对此吟双蓬。
秋声萧萧来晚风，极目海角天无穷。

金宣孝太子墨竹

（元）张翥

沙海神光射天起，中有蟠龙龙有子。
混同江声何处来，卷作琳琅墨池水。
蜿蜒欻起鳞鬣张，蜕骨立化千筼筜。
一朝侍臣抱髯泣，鹤驾不归云路长。
百年梁苑陵谷变，流落人间能几见。
明昌内府应秘藏，小字亲题保成殿。
吁嗟帝子真天人，此君亦作天人真。
君不见洋州老太守，挥洒虽工无此神。

谢李息斋惠墨竹

（元）贡奎

湖州墨竹苏州诗，李侯二美能兼之。
长安城中忽到眼，坐我六月江南时。
幽人江南结林屋，紫碧森森万竿玉。

清风激昂此君语，六月寒生不知暑。
只今见画思故乡，博山日永凝清香。
人生万事真适意，相对悠然希坐忘。

题息斋墨竹图（并序）

（元）元明善

己酉秋，玄卿道提举求赋墨竹诗，走笔快书。子昂、仲宾见之，当大笑其狂也。

玄卿口哦子昂诗，手持仲宾墨竹枝。
此诗此画真两奇，似为玄卿写幽姿。
日光不下云肩暗，元气欻忽寒人肌。
枫林青青少陵梦，无乃泽畔逢湘累。
楚江小月晃初夜，淇园苦雨秋竹迷。
二妃弹瑟泪如雨，幽壑龙潜春欲飞。
天路迢遥独后来，黑雨挟风山鬼啼。
老气盘空根彻泉，地灵上诉玄冥悲。
摩挲老眼久知画，恍然吾与造物移。
挥杯三叫我非狂，墨沈翻江江竹辞。

题息斋墨竹

（元）柳贯

李侯笔下翠琅玕，著处清风起昼寒。
茧纸兰亭谁绝识，只将玉匣诧人看。

息斋墨竹（三首）

（元）吴师道

长忆东阳旧使君，秋风吟倚瘦休文。
石根数叶萧萧碧，长伴幽人一壑云。

碧鲜迎舞翠华临，一日清风满禁林。
得士虽闻诸老荐，报恩谁识此君心？

彭城一派接洋州，千载真传属蓟丘。
举世随风翻墨水，凝神谁识与天游？

叶敬甫所得息斋墨竹为火燎其半
（元）吴师道

李侯妙画夺天机，回禄祝融将取之。
赖是清风满盘谷，不令虐燄尽高枝。

息斋双竹图
（元）王冕

李侯画竹真是竹，气韵不下湖州牧。
墨波翻倒徂徕山，笔锋移出篔筜谷。
千竿万竿清影远，百丈十丈意自足。
就中分取一两枝，别是山阴潇洒族。
疎梢飒飒凤尾颤，修榦隐隐虬龙伏。
凭轩忽若秋风来，坐使旁人脱尘俗。
我生爱竹太僻酷，十载狂歌问淇澳。
归来不得翠琅玕，听雨冷眠溪上绿。
而今已断那时想，见景何曾动心目。
便欲为君真致之，相对空愡慰幽独。

题息斋竹次韵
（元）贡性之

忆昔舟泊湘江时，青天皓月流素辉。

美人骑龙上天去，游魂夜半招不归。
兴来一饮三百斛，醉倒肯惜千金挥。
孤鸾随影秋水碧，鹧鸪叫入苍云飞。
凉飙飒飒似鸣籁，翠雾漠漠如张帏。
胸中气吐万菡萏，笔底势走千明玑。
飙车摇摇渺何许，疑是柱头丁令威。
风流云散世已远，萧条遗墨人间稀。
眼前頫仰即千载，底问谁亡复谁在？
我来见画如见人，往事悠悠付深慨。
挂之高堂素壁中，老气凛凛回长风。
狂歌起舞还自惜，笑看白日行青空。

题李则平宪副所藏息斋竹
（元）贡师泰

满川风雨长篔筜，吹作参差三凤凰。
箨粉已翻龙甲紫，墨花还染羽毛苍。
春寒弱榦当轩润，日暮清阴入酒凉。
便欲截筒鸣嶰谷，却愁弹瑟望潇湘。

题李息斋竹
（元）于立

蓟丘最爱山阴道，箇箇人家好竹林。
夜半翠烟三万顷，玉箫人倚凤凰鸣。

题李息斋竹
（元）熊梦祥

蓟丘道人写潇洒，烟寒兔冷石齿苍，
素娥剪翠云叶乱，三十六陂春水香。

题李息斋画竹一枝

（元）张天英

十年不见李青莲，几度溪头共醉眠。
寂寞一枝江上影，翛翛龙尾拂苍烟。

高彦敬尚书墨竹

（元）僧大䜣

西域高侯自爱山，此君冰雪故相看。
苍梧帝子秋风泪，翠袖佳人日暮寒。
妙处宁论铁钩锁，深情莫报翠琅玕。
诛茅何处阴厓底，静看梢头玉露漙。

题高房山墨竹图

（元）邓文原

人才有我难忘物，画到无心恰见工。
欲识高侯三昧手，都缘意与此君同。

高房山墨竹

（元）郑元祐

高侯胸中渭川之千亩，家居房山未必有。
如何文章政事之暇日，能为此君图不朽？
想当飞墨时，苍龙投砚池。
山雨急洗琅玕节，海月静照珊瑚枝。
自侯骑箕上天去，浮世茫茫水东注。
千秋万古房山云，载拜为侯赋墨君。

题高房山墨竹

（元）成廷珪

黄花山主澹游翁，写竹依稀篆籀工。

独有高侯知此趣，一枝含碧动秋风。

房山画竹
（元）顾瑛

渴龙饮海海水宽，铁网下截珊瑚寒。
道人醉卧叫寒玉，金粉乱落松花坛。

房山画竹
（元）马庸

老龙吹笛海波宽，一夜湘君白发寒。
只恐惊飞双铁影，长留明月护天坛。

房山画竹
（元）周谷宾

房山云涌砚坳宽，铁火冰瓯涤笔寒。
海上仙人应拔宅，却飞林影落诗坛。

房山画竹
（元）杨维桢

高秋木落天宇宽，洞庭潇湘生暮寒。
剑气横空月在地，老蛟夜护仙都坛。

遵道竹枝
（元）张雨

筼筜谷口白云生，云里琅玕万玉声。
惊破幽人春枕梦，一摐斜月半梢横。

李遵道墨竹歌

（明）张羽

墨竹昉自何人始，辋川石刻今馀几？
后来萧悦稍出群，香山侍郎独称美。
洋州太守善写真，长帽先生差可拟。
江南漫作金错刀，枝叶襟褵何足齿。
北方作者夸澹游，房山继之妙莫比。
吴兴公子最擅名，同时亦数蓟丘李。
蓟丘有嗣能传家，笔势翩翩此其是。
一笔玉立无因依，风露淋漓犹满纸。
想当涂洒发幽兴，静对山僧北牕里。
江湖无人老成尽，百艺荒凉今已矣。
展图三叹墨君堂，秋声满座悲风起。

题故友杨孟载所画竹

（明）张羽

数叶萧萧净俗尘，人虽物故墨犹新。
故人清瘦原如竹，见竹何殊见故人。

杨孟载画竹

（明）徐贲

江南看竹不为罕，水郭山邨常种满。
东里千竿邃佛亭，西邻万本连书馆。
密叶分阴小阁深，斜枝度影虚帘短。
萧疎夜月翠羽凉，摇曳南风鸟声暖。
嗟余好竹处处游，径造岂减王猷诞。
湘江淇水无不到，巇谷柯亭亦尝欸（款）。

人间音律性所好，收作鸾笙与凤管。
或裁文籜制小冠，时寻新筍供清馔。
朝行竹下暮仍往，自谓竹缘终不断。
朅来并州苦寒地，沙土扑面心烦懑。
宁无塞草共山花？惟觉麄疎俗吾眼。
胸中尘气久已积，对此汾河讵能澣。
君心饱有渭川思，挥洒风烟意闲散。
封图远送邀我题，措语苦澁（涩）颜何赧。

仲昭竹（为韩侍御题）

（明）李时勉

渭川一千畒，此地两三竿。盛夏那知暑，隆冬亦傲寒。
清阴连野外，翠色上云端。不是全高节，如何耐久看？

题仲昭竹

（明）聂大年

舍人老作郧阳守，尚爱挥毫写竹枝。
绝似舣舟江水上，鹧鸪啼断雨来时。

题夏仲昭墨竹横卷（盖陈缉熙先生故物也）

（明）李东阳

昆山夏老能笔耕，开云种玉看峥嵘。
千条万叶入霄汉，世间草木空有名。
来持琅玕叫阊阖，坐使石燕无光晶。
北人赏竹如赏玉，直以高价酬丹青。
衡开丈尺直逾咫，不见枝梢见根柢。
恍疑湘浦推篷行，飒雨惊飙过双耳。
九疑山高望不极，影落洞庭清彻底。

灵籁时来天乐风，钓竿不动珊瑚水。
珊瑚水冷鱼龙藏，此翁一去魂茫茫。
江山有神故物在，环珮无声凉夜长。
东吴老子图书散，南国诸生思未忘。
重向玉堂脩竹谱，须将偃竹记篔筜。

题徐士元所藏夏太常竹

（明）周伦

貌得高林数竿竹，春雨淋漓饱新沃。
娟娟净洗断埃尘，彷佛蓝田迸苍玉。
挂壁悠然独坐看，顿令六月生昼寒。
会贪馀荫遍寰宇，忽遣烦郁成娱欢。
竹里参差一拳石，相倚年年度朝夕。
冰霜不改岁寒心，老去孤臣抱忠赤。
太常写此遗君家，不是寻常桃李花。
卬枝剪掷澄潭下，回首风雷老龙化。

夏仲昭画竹

（明）顾璘

石濑涓涓水，风篁袅袅枝。尘途贪见画，草阁梦题诗。
枕簟横秋薄，樽罍过月迟。苍林殊可老，朱绂果何为？

题夏仲昭竹（寄陶良伯）

（明）杨慎

太常胸次潇洒宽，少年爱写生琅玕。
白头艺苑更入妙，笔法远追王孟端。
两家名藻雄吴下，品题未觉风流亚。
一纸能令百世传，两竿不啻双金价。

人言画竹非画工，草书结搆将无同。
谁家高堂名宝绘，徐熙花鸟迷青红。
玉人佳兴松江东，寄图索赋随长风。
遥知把玩清香里，正是相思明月中。

夏太常墨竹卷（为杨郎中题）

（明）吴宽

友石山人去不还，派传墨竹在昆山。
长身迥出云烟外，疎影平分水石间。
管列笙竽陈雅乐，声回环珮入清班。
此君此日常相见，种处从今手可艿。

为杨应宁题夏太卿墨竹

（明）吴宽

舍人好画谁与俦？子美诗里之刘侯。
凤池退食多清暇，每抱缣楮从人求。
昨者开筵宴宾客，四壁彷佛横沧洲。
酒酣指点到脩竹，数竿倒拂湘江秋。
清风翛翛刷翠羽，孤凤欲下中堂游。
乃知夏卿妙笔墨，奇态纵横才顷刻。
欻然令我走避之，仰面分明堕崖石。
纷纷真赝不可知，我意是竹皆堪诗。
试看北地苦难得，此种数尺青垂垂。
舍人好画兼好奇，明日南行过九疑。
扁舟夜静月初出，想对楚人歌《竹枝》。

题夏太常墨竹

（明）王世贞

先朝供奉去修文，写竹高名只尚闻。

笔笔枝头袅鸾凤，家家障子锁烟云。
乾坤只合留清气，丘壑端应貌此君。
解道夹池饶胜色，不知原自兔园分。

题杨谕德所藏王孟端潇湘万竹图

（明）曾棨

王郎画竹何神奇，落笔便觉清风吹。
蛟龙怒奔雷雨泣，沧溟倒捲云淋漓。
有时气酣索纸笔，兔起鹘落谁能测。
纵横满眼金错刀，四座阴森冰雪色。
九疑峰高青入天，洞庭水与三江连。
霓旗翠羽半明灭，至今遥拂苍梧烟。
玉堂之居迥萧爽，谁与此君同一赏？
关西美人襟抱清，对此翛然绝尘想。
我亦平生爱竹流，乘兴欲作潇湘游。
何时汎舟弄明月，推篷却听江南秋。

王孟端竹长卷

（明）李东阳

九龙山翁兴豪放，手持蜿蜒青竹杖。
酒酣怒掷江中流，化作一龙长数丈。
一龙跃起一龙随，倏忽群龙骇奔浪。
穿沙触石连云雾，头角森森各相向。
其间小者称簜龙，鳞甲蜕尽风神同。
人道此翁善剧戏，造化乃在指掌中。
君不见九龙山翁去何许，九龙山上多风雨。
素壁空堂杖影寒，夜半无人作龙语。

王孟端墨竹（二首，为贞伯题）

（明）吴宽

九龙山下竹千竿，尽属高人王孟端。
何处看来浑似此，山堂疏影落漪澜。

百年风致宛如新，满地清阴庇后人。
金母桥头重问舍，墨君堂上旧传神。

题王孟端赠赵定轩墨竹（二首）

（明）吴宽

凤凰池上掌丝纶，馀兴依然见墨痕。
戏写一枝何处赠？吴门相见赵王孙。

秋风欲动觉萧萧，万木空怜叶自凋。
见说舍人高致好，一枝惟许换吹箫。

题王孟端画竹后

（明）王世贞

老可醉吸潇湘色，吐出千枝万枝碧。
彭城才守诧墨派，一扫枯篁一千尺。
孟端自是琅玕裔，幅幅生绡露生气。
离（褵）褷残沈若有神，或浓或淡皆天真。
后来太常非其伦，自言远步湖州尘。
但恨无过梅道人，声华积渐背时口。
遗蹟飘零落余手，高阁如聆鸾凤鸣，华堂瞥觑云烟走。
君不见黔宁假王金如山，乞君片纸君仍悭。
野人手植三万筒，落日清流相对闲。

乾明院观画

（宋）陆游

唐年兰若占闲坊，名画萧条半在亡。
簌簌疎箽常似雨，阴阴古屋自生凉。
入门叠鼓初催讲，唤马斜阳欲满廊。
显晦熟思真有数，万金奇迹弃颓墙。

马和之卷

（元）邓文原

迴岚洞壑玉参差，满地浓阴日影迟。
寂寂柴门云自合，深深灌木鸟仍窥。
《沧浪》唱晚空天地，《绿绮》寻幽过竹篱。
岂是柴桑归去者，时临清浅赋新诗。

奉题匏菴所藏画（二首）

（明）练子宁

鹤羽翛翛弄月明，篔筜谷里暮寒生。
凭谁截作参差玉，吹出伶伦嶰谷声。

百尺长松石上栽，紫云深护碧崔嵬。
绿蓑坐钓盘陀石，细雨斜风不肯回。

题文徵明画

（明）邵宝

于画见书法，萧然无滞情。君看片石畔，丛竹忽然生。

定公房小画（二首）

（明）顾璘

斲来东海骨,长惹老龙争。写作如来供,犹含风雨声。

洗尽尘埃色,湘江暮雨馀。谁将明月影,留照草堂虚。

题　画

（明）董其昌

花竹蒙茸野水纡,闲弹别鹤试游鱼。
经春自领湖山长,可奉东皇咫尺书。

历代题画诗类卷第七十九

兰竹类

书郭功甫家屏上东坡所作竹
（宋）黄庭坚

郭家鬓屏见生竹,惜哉不见人如玉。
凌厉中原果木春,岁晚一碁终玉局。
巨鳌首戴蓬莱山,今在琼房第几间?

题子瞻墨竹
（宋）黄庭坚

眼入毫端写竹真,枝掀叶举是精神。
因知幻化出无象,问取人间老斲轮。

题东坡竹
（宋）李昴英

叶叶枝枝各标致,密密疎疎總风味。
笔为化工壁为地,刻顷种成此君子。
虽然月影水影写真似,安得千年尚生意?

东坡墨竹
（元）虞集

扁舟忆上浣花溪，风雨横江万竹低。
石室归来秋似水，蛾眉相对醉如泥。
春雷翻石蛟龙起，夕照穿林鸟雀楼。
二老何年重会面，为挥浓墨写凄迷。

苏东坡竹
（元）吴镇

晴梢初放叶可数，新粉才消露未乾。
大似美人无俗韵，清风徐洒碧琅玕。

苏东坡竹
（元）黄公望

一片湘云湿未乾，春风吹下玉琅玕。
强扶残醉挥吟笔，簾帐萧萧翠雨寒。

东坡竹
（元）贡性之

玉堂罢直独归迟，墨沈将秋入研池。
坐到夜深清不寐，琐牕凉影碧参差。

题东坡墨竹
（明）樊阜

赤壁归来燕寝香，梦骑玄鹤过三湘。
玉箫唤醒月初堕，云影满簾秋气凉。

题东坡画竹

（明）方孝孺

内翰何年写画图，眼中惊见凤毛孤。
一枝润带江南雨，遂使眉山草木枯。

题东坡化龙竹

（明）僧维则

渭川千亩未为奇，独羡坡仙埽一枝。
后夜风雷头角露，看他行雨过天池。

书文与可墨竹（并序）

（宋）苏轼

亡友文与可有四绝，诗一，楚词二，草书三，画四。与可尝云："世无知我者，惟子瞻一见识吾妙处。"既没七年，觏其遗迹而作是诗。

笔与子皆逝，诗今谁为新？空遗运斤质，却弔断絃人。

题文与可竹（并序）

（宋）苏轼

故人文与可，为道师王执中作墨竹，且谓执中勿使他人书字，待苏子瞻来，令作诗其侧。与可既殁八年，而轼始还朝见之，乃赋一首。

斯人定何人，游戏得自在。诗鸣草圣馀，兼入竹三昧。
时时出木石，荒怪轶象外。举世知珍之，赏会独余最。
知音古难合，奄忽不少待。谁云死生隔，相见如龚隗。

书晁补之所藏与可画竹（三首）

（宋）苏轼

与可画竹时，见竹不见人。岂独不见人，嗒然遗其身。
其身与竹化，无穷出清新。庄周世无有，谁知此凝神？

若人今已无，此竹宁复有。那将春蚓笔，画作风中柳。
君看断崖上，瘦节蛟蛇走。何时此霜竿，复入江湖手？

晁子拙生事，举家闻食粥。朝来又绝倒，谀墓得霜竹。
可怜先生槃，朝日照苜蓿。吾诗固云尔，可使食无肉。

赠文潜甥杨克一学文与可画竹求诗

（宋）晁补之

与可画竹时，胸中有成竹。经营似春雨，滋长地中绿。
兴来雷出土，万箨起崖谷。君今似与可，神会久已熟。
吾观古管葛，王霸在心曲。遭时见毫发，便可惊世俗。
文章亦技尔，讵可枝叶续。穿杨有先中，未发猿拥木。
词林君张舅，此理妙观烛。君从问轮扁，何用知圣读。

嘉祐院观壁间文湖州墨竹

（宋）陆游

石室先生笔有神，我来拂拭一酸辛。
败墙惨澹欲无色，老气森严犹逼人。
惯阅冰霜元耐久，耻随儿女更争春。
纷纷可笑空摹拟，尔辈毫端万斛尘。

文湖州竹（二首）

（元）邓文原

翰墨真儒者事，书生如山未知。

判取诗书万卷，来看风霜一枝。

此老墨君三昧，云山发兴清奇。
我在蓬莱书府，曾看晓霭横披。

题文与可竹
（元）张天英

欲屈王郎作綮使，只应萧李与文侯。
尚有阴阴竹里馆，万竿玉立辋川秋。

文同风篁萧瑟图
（元）吴镇

翠羽参差自一丛，湘江清影澹微风。
开图忽觑题痕处，羡杀当年笑笑翁。

题文湖州竹
（元）顾瑛

湖州昔在湖州日，日日逢人写竹枝。
一段枯梢作三折，分明雪后上愢时。

题文湖州墨竹
（元）袁英

清贫太守石室翁，渭川千亩藏胸中。
理闲舐笔盘礴赢（裸），兔走鹘落无留踪。
雨梢晴叶各殊态，挥洒位置真纤秾。
中峰隐居拨镫法，气韵生动将无同？
墨君一派来自东，韀材当萃彭城公。
平生知己最亲厚，走书调笑言春容。

陈州客舍示长舌，翛然化去当元丰。
呜呼二老不复作，空瞻遗墨翔鸾龙。

文与可竹（二首）

（明）周用

风梢如许墨津津，知道胸中有渭滨。
敢望鹅溪三百疋，却怜太守故清贫。

太守清贫唤不听，笔尖想见玉亭亭。
拟持三百鹅溪绢，朦埽风梢万尺青。

文湖州丛竹图

（明）吴宽

湖州去世六百年，尚留细竹翠娟娟。
纵横散乱如蓬贱，岂是坡仙詠汉川。
两崖脩影何处见？石罅百折流清泉。
泉鸣竹响合虚籁，我欲拄杖听泠然。

题柯敬仲竹

（宋）杜本

翠雨娟娟带润，清风细细生香。
颇忆当年供奉，闲情都付流光。

题柯敬仲植木墨竹

（宋）杜本

绝爱监书柯博士，能将八法写疏篁。
细看古木苍藤上，更有藏真长史狂。

题柯敬仲画（并序）

（元）虞集

予先世居隆州州治之后山石室，翁守郡时，隆为陵州，州事简，时来就吾家拾故纸，背作茅兰竹木之属，所得颇多。吾幼时尚收得数纸，今亦亡之。丹丘生用文法作竹木，而坡石过之。近又以新意作墨花，甚妙。从子悦有眉山学官之行，丹丘为作此，予爱而赋之。

昔者老可守陵州，守居北山吾故丘。
太守时来看山雨，每画纸背成沧洲。
老蒲松墨色过重，挥霍阴崖交剑矛。
百年离乱亡故物，敝箧江南谁复收？
新图筼筜枝叶脩，使我不乐思昔侯。
碧鸡祠前杜鹃叫，玉女井上丛篁幽。
棠棃树高青子落，碧花翠蔓萦牵牛。
扬雄无家不归老，蟏蛸蟋蟀寒相求。
丹丘先生东海客，何以见我空山秋？
萧条破墨作清润，残质刊落精英留。
陂陁重复分细草，山石縈纡生乱流。
眉山学官不厌冷，言归故乡非远游。
石田茅屋傥可得，万里欲上东吴州。
百花潭深濯新锦，持报以比珊瑚钩。

题柯敬仲杂画（十首）

（元）虞集

北苑今仍在，南宫奈老何？青山觧浮动，端为白云多。

雨过苍苔石，云生野岸泉。幽怀春冉冉，穉子秀娟娟。

铁石馀生色，冰霜作晓妍。春雷明日起，何处尚龙眠？

昔过筼筜谷，钩衣石角斜。拟寻龙作杖，拾得上天槎。

黄金千锁甲，珊玉六簾钩。雨送鸳鸯梦，烟笼翡翠愁。

娟娟生玉润，楚楚作金声。羽扇迎风定，羊车过月明。

峡口春云重，江南夜雨多。水深桃叶渡，风急《竹枝歌》。

平陆苍龙起，近山生远烟。前村三万顷，明日水平田。

莓苔生石路，翠竹自交加。不惜青鞯湿，临流踏白沙。

昨夜采樵去，偶逢三尺枯。山人不到海，不识是珊瑚。

题柯敬仲画（三首）

（元）虞集

苍凉初日出，黄落早知秋。不遇采芝客，宁知丛桂幽。

明堂要梁栋，大匠取脩直。郁屈崖石间，秋风动萧瑟。

潇洒一枝新，惟堪埽净尘。白云在牎户，留作老僧邻。

题丹丘画

（元）陈旅

金章博士丹丘子，家住江南落木洲。

种得琅玕长百尺，看渠簪外拂高秋。

题柯学士画竹
（元）陈基

群玉仙人佩水苍，金茎分露服琳琅。
曾将天上昭华琯，吹作飞龙奉玉皇。

题柯博士墨竹
（元）陈基

京洛缁尘染素衣，故园清梦苦相思。
归来无限江南意，写作春风暮雨枝。

题柯敬仲竹（二首）
（元）泰不华[*]

堤柳拂烟疏翠叶，池莲过雨落红衣。
娟娟唯有窗前竹，长是清阴伴夕晖。

梁王宅里参差见，山简池边烂熳栽。
记得九霄秋月上，满庭清影覆苍苔。

柯博士画竹
（元）王冕

湖州老文今已矣，近来墨竹夸二李。
纷纷后学争夺真，画竹岂能知竹意？
奎章学士丹丘生，力能与文相抗衡。
长缣大楮尽挥埽，高堂六月惊秋声。

---

[*] 泰不华：《四库》本作"台哈布哈"，四库馆臣等遵清廷意旨改译。

人传学士手有竹,我知学士琅玕腹。
去年长歌下谿谷,见我忘形笑淇澳。
为我爱竹足不闲,十年走徧江南山。
今日披图见新画,乃知爱竹亦如我。
何当置我于其下,竹冠草衣相对坐,坐啸清风过长夏。

柯博士竹图
(元) 王冕

先生元是丹丘仙,迎风一笑春翩翩。
琅玕满腹造化足,须臾笔底开渭川。
我家只在山阴曲,脩竹森森照谿绿。
只今榛莽暗荒烟,梦想清风到茅屋。
今朝看画心茫茫,坐久忽觉生清凉。
夜深明月入高堂,吹箫唤来双凤凰。

柯敬仲竹
(元) 郑元祐

羁栖江海姿,飞墨鬓如丝。天绿(远)鸾留影,筼筜雨后枝。

用潘子素韵题柯敬仲墨竹(二首)
(元) 倪瓒

古木幽篁春淡淡,斜风细雨石苍苍。
何人识得黄花老,弄翰同归粉墨囊。

吴松江水似荆溪,只欠山光落酒卮。
古木幽篁无限思,西风吹鬓影丝丝。

题柯敬仲竹

（元）倪瓒

谁能写竹复尽善？高赵之后文与苏。
检韵萧萧人品系，篆籀浑浑书法俱。
奎光博士生最晚，耽诗爱画同所趋。
兴来挥洒出新意，孰谓高赵先乎吾？

题柯丹丘墨竹

（元）郑韶

玉文堂上写琅玕，只作吴兴老可看。
一夜秋风动寥廓，彩云零落凤毛寒。

题柯博士墨竹

（元）甘立

巘谷春回落粉香，拂云和露倚苍苍。
月明后夜吹箫过，应是伶伦学凤凰。

柯博士竹

（元）贡性之

丹丘遗老旧词臣，历代图书鉴赏频。
闲却玉堂挥翰手，墨池染出凤毛新。

题柯敬仲墨竹

（元）张天英

夭矫穷鳞江海姿，只今飞墨鬣如丝。
五云天远龙髯堕，尽作筼筜雨后枝。

柯敬仲画竹（二首）

（元）唐肃

琅玕旧栽处，延阁已生苔。莫把吴盐洒，羊车不复来。

金章鉴书处，写竹似湖州。今日江南看，萧萧故国秋。

题柯敬仲博士墨竹

（明）吴宽

奎章阁下鉴书时，书法翛然见竹枝。
碧玉渐高应解箨，倩谁深刻道园诗？

题柯博士敬仲竹枝

（明）沈周

楚烟吹湿碧琅玕，认得奎章墨未残。
莫问先生归去事，江南春雨杏花寒。

跋黄华墨竹（二首）

（金）赵秉文

老可能为竹写真，东坡解与竹传神。
墨君有语君知否？须信黄华是可人。

淡墨闲临谢女真，萧然林下自风神。
世间亦有丹青手，只解寻常写市人。

王黄华墨竹

（元）元好问

古来画竹尊右丞，东坡敛衽不敢评。

开元石本出摹写，燕市骏骨留空名。
亦有文湖州，画意不画形。
一为坡所赏，四海知有篔筜亭。
深衣幅巾老明经，老死不敢言纵横。
岂非辽江一派最后出，运斤成风刃发硎。
雪溪仙人诗骨清，画笔尚馀诗典刑。
月中看竹写秋影，清镜平明白发生。
娟娟略似萱草詠，落落不减丛台行。
千枝万叶何许来，但见醉帖字敧倾。
君不见忠恕大篆草书法，赵生怒虎嘌墨成。
至人技进不名技，游戏亦复通真灵。
百年文章公主盟，屏山见之跽且擎。
声光旧塞天壤破，议论今著儿曹轻。
有物于此鸣不平，悲邪啸邪谁汝令？
只恐破窗风雨夜，心随雷电上青冥。

题张知事所藏王黄华老人墨竹画卷

（元）程钜夫

黄华不见见琅玕，苍雪纷纷六月寒。
尽日摇毫描不就，若为持与墨君看。

题王黄华画竹

（明）僧麟洲

辋川竹里旧题诗，画里如今似见之。
满耳秋声人不到，弹琴长笑月来时。

题马公振画丛竹图（要玉山同为文海屋赋）

（元）秦约

凤丘张乐夜厌厌，飞盖追随思未欢。

忆得瑶阶新雨过,笑渠犹倚水晶簾。

题马公振画丛竹图
(元) 顾瑛

渚宫避暑画厌厌,折得宜男思不欢。
薄暮羊车过阁道,梦随春雨度湘簾。

题马公振画竹
(元) 释良琦

马氏白眉者,隐居娄水湍。间将笔五色,醉埽玉竹竿。
露重凤毛碧,月明龙气寒。春山归正好,稚子喜相看。

为欧阳少监题宋好古竹
(元) 虞集

幕中能写竹,作此雨潇湘。出石根还瘦,临溪影更长。
班班稚子立,一一凤雏将。日有长安使,平安问老苍。

二月朔日雪中题欧阳少监所藏宋好古画竹
(元) 揭傒斯

农朝下延阁,贻我翠琅玕。微霜著节劲,细雾入林寒。
敧枝偏称远,压叶更宜攒。孤石覆逾润,横坡晴不乾。
况兹春雪里,相对五云端。误当裁汗简,谁拟截渔竿。
惟应湘浦上,共归幽人观。

题宋好古墨竹
(明) 危素

我忆东曹粉署郎,琅玕写就拂云长。
只疑散步云林曲,独听秋声待晚凉。

李夫人画竹
####　　　　（元）马祖常

夫人闺房秀，手洒千亩雨。不见苍梧妃，弹瑟潇湘浦。

李夫人墨竹（二首）
####　　　　　（明）周用

蜀国犹馀旧锦裙，平生那识郭将军。
谁教明月临脩竹，影落空牀欲梦云。

湘江妃子泪斑斑，龙驭南巡竟不还。
故国何人忘此恨，却传清影落人间。

乔夫人墨竹（二首）
####　　　　　（元）元好问

万叶千梢下笔难，一枝新绿尽高寒。
不知雾阁云牕晚，几就扶苏月影看。

只待惊雷起蛰龙，忽从女手散春风。
渭川云水三千顷，悟在香严一击中。

历代题画诗类卷第八十

兰竹类

子昂墨竹
（元）袁桷

高风法清圣，直笔师素王。湛湛玄云姿，灵籁生幽房。
解珮白玉京，誓将泛沧浪。所怀岁寒友，临分赠琳琅。

题子昂承旨墨竹
（元）马祖常

汲涧思连筒，发船思长篙。春雨箦笃孙，会长拂云梢。

子昂竹
（元）虞集

忆昔吴兴写竹枝，满堂宾客动秋思。
诸公老去风流尽，相对茶烟飐鬓丝。

为欧阳学士题子昂墨竹（二首）
（元）虞集

苍崖倚木云千尺，新筠穿林玉一双。

若到潇湘听夜雨，定知剪烛向西牕。

先生归到归鸿阁，阁下应生此竹枝。
定有凤凰来共宿，可怜翡翠立多时。

子昂墨竹
（元）虞集

子昂画竹不欲工，腕指所至生秋风。
古来篆籀法已绝，止有木叶雕蚕虫。
黄金错刀交屈铁，大阴作雨山石裂。
蛟龙起陆真宰愁，云暗苍梧泣湘血。
吴兴之竹乃非竹，吴兴昔年面如玉。
波涛浩荡江海空，落月年年照秋屋。

题松雪翁墨竹（二首）
（元）杨载

蘅兰倚修竹，寂寞生幽谷。比德如夷齐，于此受命独。

侧石状奇峭，横竹枝扶疏。猗兰复参立，信哉德不孤。

子昂竹
（元）杜本

纨素精明照耀人，此公已往笔如神。
能知八法仍知韵，始识吴兴善写真。

题子昂折枝竹
（元）陈高

帝子啼痕湿，湘江暮雨寒。绝怜樵采后，留得一枝看。

子昂画

（元）李孝光

汀洲木叶下，斜日倚湘娥。我欲采芳草，洞庭秋水多。

子昂临东坡竹

（元）郑元祐

戏墨王孙似子瞻，鸡棲石上看毵毵。
汴京回首西风急，流落江南共海南。

松雪竹

（元）钱惟善

松雪斋前见此君，白沤波冷翠纷纷。
萧骚不是湘江雨，要眇还成楚峡云。

子昂风篁图（为叶景修作）

（元）张雨

不同主人看竹，稍似隐居听松。
一代亲承墨妙，叶公信有真龙。

题赵文敏公墨竹（为宋景濂学士赋）

（明）镏炳

坡翁老可俱已仙，谁写石上青琅玕？
淇园萧条白日晚，渭水寂寞西风寒。
归来三径无人共，翡翠参差凉露重。
瀛海终期钓六鳌，猴山自拟栖双凤。
八月秋高夜向沉，长梢彷佛生清阴。
千寻楚水三闾操，万里天山属国心。

洞庭溟溟波浪急，模糊爪甲蛟龙蹟。
怅望天涯翠袖愁，一片湘云泪痕湿。

题赵松雪画竹
（明）林廷模

潇湘写出一枝春，宋代王孙笔意新。
见说清风更千亩，结茅还可避胡尘。

子昂万竹图歌
（明）刘绩

凤翻刷云光亹亹，错刀钩锁棱曾玉。
谁触湘君五十絃，残蛾泣露团秋绿。
海飙撼月声玲珑，石烟贴虚幽翠重。
澄凝商素排九峰，古潭一夜吟雌龙。

题管夫人竹窝图
（元）高克恭

云梢露叶秋声古，万玉丛深翠蛟舞。
此君拟结岁寒盟，挂笏相看立烟雨。
过雨山膫斜映日，带烟霜节总宜秋。
冻雷迸出千崖翠，勒此高歌傲素侯。

管夫人竹窝图
（元）黄公望

歙之山兮郁巃嵷，突出欲坠劚青空。
千枝万蔓行苍龙，欹崟锐气欲敌崐崘峰。
扶疎朴樕不足媲其灵秀兮，箈篔箇籁檀栾蠹竦竦生其中。
翠蛟翔舞划烟雾，霜戛磔格敲天风。

山空人寂孤坐而侧耳兮，珊珊环珮响璿宇，
复疑金簧玉磬交奏蓬莱宫。
飞仙遥闻驻鹤驭，威凤倾听来苍穹。
虽云神领而意会，未若诛茅结屋篔筜谷内没齿宁吾躬。
君家相距匪数舍，茧袍鸠杖高步时得追文同。
居旁万竹固已具胸次，落落付诸绘素只欲此意传无穷。
元卿子猷长往不复返，此君千古夸奇逢。
披之三复重太息，双眸炯炯开昏矇。
会当盛暑梭鞿卉服造竹下，脱巾露发一洗烦热除惺忪（憁）。

题管夫人竹
（元）陈基

绮惚春影绿婆娑，梦作轻云覆碧波。
日莫是谁调锦瑟，一江烟雨泣湘娥。

管夫人画竹
（元）倪瓒

夫人香骨为黄土，纸上萧萧墨色新。
情断鸥波亭子上，镜台鸾影暗凝尘。

题管夫人竹（与玉山同赋）
（元）丁立

烟空湘月明，露下湘波冷。翛然林下风，吹折琅玕影。

题管夫人竹
（元）熊梦祥

夫人写竹何纵横，错刀离离光怪生。
安得月明招白凤，玉阑西畔听秋声。

题管仲姬墨竹图

（元）郑东

赐谦曾陪玉座傍，琅玕光彩映椒房。
秋风此日愁无限，恰与苕溪秋水长。

管夫人墨竹

（明）高启

晨开妆镜有青鸾，写得当年舞影看。
零落彩云何处梦，鸥波亭上正春寒。

管夫人墨竹

（明）杨基

雾鬟云鬓洛浦神，冰肌玉骨卫夫人。
都将松雪斋中意，偏写潇湘雨外真。

题李仲宾野竹图（并序）

（元）赵孟頫

吾友李仲宾为此君写真，冥搜极讨，盖欲尽得竹之情状。二百年来以画竹称者，皆未必能用意精深如仲宾也。此《野竹图》，尤诡怪奇崛，穷竹之变，枝叶繁而不乱，可谓毫发无遗恨矣。然观其所题语，则若悲此竹之讬根不得其地，故有"屈抑盘蹜"之叹。夫羲尊青黄木之灾也，拥肿拳曲乃不夭于斧斤。由是观之，安知其非福邪？因赋小诗，以寄意云。

偃蹇高人意，萧疏旷士风。无心上霄汉，混迹向蒿蓬。

李仲宾为刘明远画竹

（元）程钜夫

李公画竹真天成，疏枝密榦皆有情。

偶然纵笔作长幅，飒飒坐觉闻风声。
古松偃蹇连苍柏，怪石崔嵬如积铁。
李公心事刘子知，岁晚相期饱霜雪。

李仲宾风竹横披
（元）程钜夫

平生著处惟栽竹，为爱干云度雪姿。
何似卷中三五箇，闲来舒卷看参差。

李仲宾墨竹图
（元）袁桷

笔底玄云冰雪姿，瀛洲玉佩映参差。
如何昔日阁中令，晚岁羞称老画师？

题李仲宾墨竹
（元）马祖常

石田荦确万琅玕，天乞幽人写素纨。
帝里未求吹凤管，溪翁先觅钓鱼竿。
玉烟乍合春还暖，书粉初飘露已溥。
闻道路河单舸贱，截篙乐去看江湍。

李仲宾墨竹图
（元）邓文原

石根夭矫出寒梢，明月空山舞翠蛟。
疑作江湖墨风雨，曾随海浪过南交。（仲宾曾使交阯，故云。）

观李仲宾侍郎墨竹
（明）张羽

妙笔夺天巧，写出碧玉枝。焚香静相对，彷佛生清飔。

桃李不可俦,霜雪那能欺。寥寥此君心,惟有居士知。

云林竹
(元) 杨维桢

瑟瑟清风响翠涛,青鸾飞影下亭皋。
何人吹断参差玉,满地月明金错刀。

倪元镇墨竹
(明) 高启

倪君好画复耽诗,瘦骨秋来似竹枝。
前夜梦回如得见,纸牕斜影月低时。

倪云林画竹
(明) 杨基

写竹是传神,何曾要逼真。惟君知此意,与可定前身。

倪元镇画竹(沈御史所藏)
(明) 张羽

云林之子有仙骨,平生好洁如好色。
纷纷浊士等沙虫,呜呼瓒也何由得?
忆昔常登清閟堂,鹊尾炉爇龙涎香。
绍京妙墨僧繇画,示我不啻千明珰。
人间万事如飞电,洗玉池空人不见。
季子城东土一坏(抔),何人为著黔娄传?
绣衣使者骑青骢,曾听《竹枝》湘水东。
归来见此若梦寐,巴陵洞庭生眼中。
江湖豪翰今零落,君得此图良勿薄。
媿我题诗忆故人,黄鹤题诗下寥廓。

题倪云林竹（六首）

（明）徐贲

忆君我有泪淋漓，正是湘江雨后枝。
记得秋声夜同听，消闲馆里对牀时。

江乡处处忆陪游，见写湘云数叶秋。
今日仙魂乘鹤去，犹存遗墨动人愁。

春江谁唱《竹枝歌》？春雨潇潇傍竹多。
欲借淇园一竿玉，桃花矶下钓寒波。

出海琅玕翠色新，娟娟春雨洗芳尘。
梦回影落虚牕月，却怪毫端写未真。

倚牕昼寂自焚香，十日春阴不下堂。
几度吟成微醉后，兴来拈笔写脩篁。

不见高人倪幼霞，流传遗墨尚清华。
凤毛零落湘江水，春雨新梢整复斜。

题倪云林墨竹

（明）姚广孝

开元寺里长同宿，笠泽湖边每共过。
谁说江南君去后，更无人听《竹枝歌》？

云林竹（二首）

（明）张简

广平旧作《梅花赋》，铁石心肠妩媚辞。

高士岩前清赏足,月明竹外写横枝。

笠泽庄头道士家,书林风竹翠交加。
新梢便有凌云势,高出墙簷堉落花。

题倪云林竹

(明)李傑

倚风寒翠不禁吹,秋尽潇湘暮雨时。
极目苍梧魂欲断,隔江休唱《竹枝词》。

倪云林墨竹

(明)吴宽

古来画法即书法,时从用墨窥良工。
云林胸次本高洁,墨气自与为人同。
扁舟日暮过甫里,竹梢落纸含清风。
想应停笔怅然久,诗思遥逐天随翁。

云林竹

(明)谢徽

风叶响秋林,烟梢带夕阴。美人离思远,湘水夜来深。

题倪元镇墨竹(次郑德名韵)

(明)僧一初

渭水秋声动万竿,小愡新雨一枝寒。
坡仙老去风流尽,谁向何山秉烛看?

顾定之竹

(元)程钜夫

虎头孙子顾参军,八法从(纵)衡写墨君。

龙伯由来宝湖石，凤毛何事刷春云？

顾定之墨竹
（元）程钜夫

虎头诸孙妙飞墨，丛篁脩纤傍湖石。
只疑湘江水湛碧，英娥骑鲸去不返，千古遥岑绾秋色。

题顾定之画墨竹
（元）郑东

眼中得见珊瑚树，无乃佳人碧玉钗？
酒醒同谁步清影，不胜白露满秋阶。

题顾定之竹画
（明）僧麟洲

吴下曾逢顾定之，十年长记别来时。
萧萧白发江南思，谁解尊前唱《竹枝》？

广微天师墨竹
（元）马臻

天人体道天机深，书画时传道之迹。
葛陂龙去秋荒荒，留得烟梢凝寒碧。

题张天师墨竹
（明）陈全

道人醉墨洒淋漓，金错交横碧玉枝。
好是夜深仙鹤去，一天凉月影参差。

题天师竹

（明）王燧

上清仙子晋风流，爱竹还同王子猷。
写得一枝清似玉，湘滨露冷夜来秋。

题郑所南推篷竹卷

（元）俞焯

孤竹君家元姓墨，墨君消息要深参。
诗人莫作推篷看，认取南枝见所南。

题郑所南推篷竹卷

（元）周维新

郑老宁非老画师，笔端潇洒发天机。
披图叶叶消人骨，似带秋声出翠微。

题郑所南推篷竹卷

（元）葛寿生

笔底琅玕入骨清，松煤染叶带微馨。
闲恖展玩高风别，人说先生眼自青。

题郑所南推篷竹卷

（元）蒋堂

昔与此君曾半面，推篷今日试重推。
叶声冷泻银牀露，野鹤几番惊梦回。

张仲敏钩勒风竹

（元）张雨

墨君神骏出洋州，形似无如老蓟丘。

可惜风林半牕月,试凭老眼为双钩。

张溪云钩勒竹
(元) 蔡俒

太湖山石玉巑岏,偃蹇长松百尺寒。
明月满天环珮响,夜深风露听鸣鸾。

张仲敏钩勒竹
(明) 杨基

解珮归来月影孤,秋风鸾鹤自相呼。
先生晚种参差玉,招得林间两凤雏。

题金本清钩勒竹
(明) 丘濬

四明倦客多幽趣,传得陵州法外心。
应似唐人临晋帖,茂林修竹在山阴。

吴仲圭钩勒竹
(明) 吴宽

画家不见吴道子,石塔尚记梅沙弥。
百年笔法兼众妙,又向人间看竹枝。
秦川织锦文琐碎,巇谷截玉形参差。
苦心却怪扬雄语,雕虫篆刻嗟何为。

题孙雪居画朱竹(欸云"自寿亭侯始",故论及之。)
(明) 陈道永

或云关侯本朱颜,或云面白似微酣。
或云关侯骑赤兔,或云侯马又纯素。

遂谓朱竹亦侯为，是侯非侯吾不知。
意者关侯自写容，不写其手勒美髯睨汉贼，
只写其一种高节凌霜风。
呜呼！吾重关侯非颜色，何必纷纷辨红白。
欲辨红白不可辨，唯有心事千古见。

历代题画诗类卷第八十一

兰竹类

题施璘画竹图
(唐) 韦遵

枯箨危根缴石头，千竿交映近清流。
堪珍仲宝穷幽笔，留得荆湘一片秋。

方著作画竹
(唐) 方干

叠叶与高节，俱从毫末生。流传千古誉，研鍊（炼）十年情。
向月本无影，临风疑有声。吾家钓台畔，似此两三茎。

张仲通示墨竹，嗣以嘉篇，岂胜钦玩，聊以四韵，仰酬厚贶
(宋) 欧阳修

数竿苍翠写生绡，寄我公斋伴寂寥。
不待雪霜常（一作"长"）凛凛，虽无风雨自萧萧。
嗟予心志俱憔悴，羡子文章骋（一作"足"）富饶。
嗣以嘉（一作"佳"）篇诚厚贶，远惭为报乏琼瑶。

次前韵谢与迪惠所作竹五幅
（宋）黄庭坚

吾宗墨脩竹，心手不自知。天公造化鑪（炉），揽取如拾遗。
风雪烟雾雨，荣悴各一时。此物抱晚节，君又润色之。
抽萌或发石，悬箨有阽危。林梢一片雨，造次以笔追。
猛吹万籁作，微凉太音稀。霜兔束毫健，松烟泛砚肥。
盘桓未落笔，落笔必中宜。今代捧心学，取笑如东施。
或可遗巾帼，选蜵（奭）如辛毗。生枝不应节，乱叶无所归。
非君一起予，衰病岂能诗。忆君初解鞍，新月挂弯眉。
夜来上金镜，坐叹光景驰。我有好练绢，晴明要会期。
猗猗淇园姿，此君有威仪。愿作数百竿，水石相因依。
他年风动壁，洗我别后思。开图慰满眼，何时遂臻兹？

次韵黄斌老所画横竹
（宋）黄庭坚

酒浇胸次不能平，吐出苍竹岁峥嵘。
卧龙偃蹇雷不惊，公与此君俱忘形。
晴牕影落石泓处，松煤浅染饱霜兔。
中安三石使屈蟠，亦恐形全便飞去。

谢刘提幹墨竹见遗（二首）
（宋）陈造

王孙笔自徐州派，戏为诗翁写渭川。
眼底疎枝歊密叶，静含寒雨暝苍烟。

龙孙袅袅初辞箨，凤尾娟娟拟受风。
疎影向人翩欲舞，梦残依约月庭空。

赵宰双竹

（宋）陈造

两君深结此君缘，句里萧参堕我前。
筼筜便应欺瑞麦，诗成端合付双莲。
怱间俪影斜新月，风处骈梢裹绿烟。
会拟韩公颂连理，为渠小辍枕书眠。

陈总管坐上赠写竹妓（二首）

（宋）陈造

劲节苍梢笔底寒，一天风雪与坚顽。
回思拥扇宾筵见，却为娇娆一破颜。

此君写影道机熟，犹记涪翁咤子舟。
谁信红衣万钧笔，拟分此派嗣湖州。

杨道孚墨竹歌

（宋）吕居仁

君不见渭川之阴卧龙横千秋，貌取者谁文湖州。
十年笔意闭黄壤，只今妙手唯杨侯。
杨侯画竹尽真迹，功夺造化令人愁。
满堂回首看下笔，扰扰云烟乱晴色。
大丛纵横高入云，斜风落叶秋纷纷；
小丛欹倾病无力，旁水长根走苍石。
门前车马汙前川，何得阴风动高壁。
杨侯嘻笑辞未工，此意不与丹青同。
粉黛初无一钱费，酒炙能使千家空。
鞿材远寄［动］盈屋，我知子画无由逢。

剡溪寒藤不难致，须君放手为双丛。
须君放手为双丛，与君俱隐南山中。

寺壁史侍禁画竹
（宋）郭祥正

不假研磨丹与青，只将墨妙夺天成。
始知笔力无虚实，老竹横穿栋柱生。

题皮如心行囊中画竹图
（元）吴澄

畴昔江乡识此君，清风凛凛动霜筠。
被谁点染移将去，也受京华半面尘。

为游竹州题墨竹
（元）吴澄

婀娜新梢欲拂云，糢糊沙觜旧时痕。
水平水落浑无定，岁岁龙儿长稚孙。

题李士弘墨竹（二首）
（元）袁桷

漫山桃李艳纷纷，岁晚相看有此君。
昨夜墨池新雨过，澹烟轻埽一缌云。

碧海无尘玉作壶，琅玕清浅露流珠。
相思忽忆侯都史，为尔疏（疏）封墨大夫。

次韵虞伯生墨竹画壁
（元）袁桷

墨云参差平地涌，碧缌淅沥寒风生。

截为崆峒白玉管，蛰龙夜啸幽凤鸣。
六月雪花飞上京，峥嵘直与星斗平。
出门忽作江海兴，推枕先闻金石声。

王淡游墨竹

（元）袁桷

阴阴密叶铁钩锁，淡淡疏柯水玉簪。
客向流离浑老尽，临风题笔望江南。

崔白竹

（元）袁桷

昔年家住筼筜谷，叶叶凌云对此同。
近日画师争敛手，垂头疑在柳阴中。

姚左司墨竹（为贾仲章尚书赋十韵）

（元）马祖常

江渚春生雨，山楹夜宿云。箨鳞穿石锦，节粉带书芸。
玄玉昆刀削，素丝并剪分。鱼竿方问野，凤管已招君。
莫作宣房楗，还歌华泽文。露零忻鹤警，星度恐萤焚。
影似风幖见，声如雪幌闻。裁冠终有制，作屋更无氛。
移植惊燕叟，盘根识楚妘。中郎挥墨汁，宗伯侑炉熏。

姚子中墨竹

（元）马祖常

高堂秋声星满河，玄云洒雨参差多。
江中头角蛟龙子，夜风裂石将如何？

为达兼善御史题墨竹

（元）虞集

蜀道荒凉多古木，筼筜千尺相因依。

小年惯见今白发，杜宇夜啼愁不归。
老可尝作陵州守，古墨蛟龙多入手。
春雷每恐破壁去，神鼎空令夔魅走。
丹丘越人不到蜀，脩叶何以能纵横？
内府人家烂熳写，使可见之心亦惊。
江南御史龙头客，暂别那能不相忆。
知君深识篆籀文，故作寒泉溜崖石。

李员峤墨竹
（元）虞集

河东李学士，随意仿洋州。月落亭阴迥，云生谷口幽。
江涛空渺渺，笔墨更悠悠。潇洒西清地，令人忆旧遊。

题上都崇真宫陈真人屋壁李学士所画墨竹走笔作
（元）揭傒斯

玉京滦水上，仙馆白云乡。虚壁数竿竹，清风生满堂。
微吟弄寒影，静坐伫幽香。有客仍无事，澹然方两忘。

东阳送周镇抚易戍西还，周喜作墨竹
（元）柳贯

绿波浮棹去沄沄，拔剑高歌日又曛。
有客呼鹰方习武，何人冠鹬最知文？
白须似我千茎少，墨竹饶君一派分。
重有双溪溪上约，挥絃同送北山云。

次欧阳公效孟郊体看绿字韵题庆上人万竿图
（元）李孝光

白石如白羊，起跪变化速。芸芸籜龙雏，身与云俱绿。

嗟哉两神物，曾不受迫逐。我有囊中方，因之试餐玉。
袖中钓鳌手，十年梦渔屋。凤凰千仞姿，未省一枝足。
自我见此君，夜夜翻冻醁。
蹋倒山中玉板师，春风大笑成三宿。

题宋子章竹
（元）成廷珪

黄陵只在断云西，苦竹丛深望欲迷。
帝子不归春又晚，满林烟雨鹧鸪啼。

题昙上人墨竹图
（元）陈旅

道人赤脚蹋海石，石上剪得青珊瑚。
一枝云叶山牕里，夜半月明生露珠。

题太师赠吴学士墨竹
（元）贡师泰

墨池飞出双凤凰，青霞碧云摇日光。
九重阿阁几千尺，如听羽节飞锵锵。
集贤学士瀛洲客，朝回拾得连城璧。
便思手把钓鱼竿，万里江南秋水碧。

题王虚斋所藏镇南王墨竹（二首）
（元）迺贤

帝子乘鸾谒紫清，满天风露翠衣轻。
闲将十二参差玉，吹向云间作凤鸣。

金盘夜冷露流脂，玉管含云写竹枝。
方士持归东海上，月明应是作龙骑。

吴仲圭折枝竹

　　　　　　　　（元）姚文奂

凤去梁王宅，苔荒习氏池。阿谁春雨里，得见翠蛾眉？

岳生画竹

　　　　　　　　（元）郑元祐

脩篁含雨馀，枝拂清风起。埽破碧玲珑，高堂净如洗。

题右丞相墨竹赠集贤学士吴行可

　　　　　　　　（元）周伯琦

相君手种双琅玕，灵根得地元气蟠。
清风白昼埽阴曀，虚心劲节参云端。
凤池幽赏忽见此，《箫韶》隐隐来鹓鸾。
天真洒落运生意，笔力浩瀚回狂澜。
伯夷高洁伊尹任，中立不倚世所难。
瀛洲老仙永为好，直道相期保岁寒。

题赵魏公墨竹

　　　　　　　　（元）陈基

魏公仙者徒，清风动千古。梦断江南春，飘飘游帝所。
钧天张乐如洞庭，十二参差鸾凤鸣。
归来记得当时曲，写作湘灵鼓瑟声。
高秋素壁合萧飒，彷佛凉风起闾阖。
满天明月浸鸥波，岁晏怀人霜露多。

题李光禄墨竹

　　　　　　　　（元）倪瓒

云气翛翛青凤翎，湘江鼓瑟倩湘灵。

壁张此画惊奇绝，醉倒茅君双玉瓶。

题宋仲温竹枝
（元）倪瓒

画竹清修数宋君，春风春雨洗黄尘。
小窗夜月留清影，想见虚心不俗人。

题宋处士竹枝
（元）王士熙

月下参差碎玉，风前宛转青鸾。
曾记酒醒茶熟，绿衣人倚阑干。

题张子敬墨竹图
（元）周权

翠琳琅兮楚楚，风萧萧兮在户。
运滴水于毫端兮，散淇澳之烟雨。

熊自得丛竹便面
（元）张天英

漪漪绿捲镜中天，元子何须苦恶圆？
万叶千枝繁不乱，化工消息倪无边。

题郑高士画竹
（元）丁鹤年

郑君高节士，潇洒绝人群。独把青鸾尾，山窗拂白云。

再过江阴观刘琪写竹
（明）汪广洋

刘琪素得洋州谱，写竹真如写草书。

尚忆澄江旧游地，雨中烧笋食鲥鱼。

题边鲁生墨竹（为汪大雅）
（明）张以宁

白沙旧游边鲁生，凤城今识汪大雅。
忽见此君如故人，满室清风共潇洒。

为黄巽成题墨竹
（明）镏崧

过雨琅玕润，凌风翡翠寒。何年沧海上，拾得断渔竿。

题萧与靖所藏古潭墨竹（二首）
（明）镏崧

压地欹枝重，淋漓乱叶低。深林春雨过，似听竹鸡啼。

峭直馀高节，苍寒只旧丛。暮年霜雪意，未可薄衰翁。

题方壶子墨竹
（明）林弼

方壶仙子御风还，云外珊珊响珮环。
吹彻凤笙山月冷，参差玉管落人间。

僧舍访吕隐君为学上人题墨竹
（明）高启

山房竹雨过，簷影霭春云。得与幽人会，何殊见此君。

茅翁画双竹
（明）高启

不学箟筜满谷栽，两竿斜拂楚烟开。
应缘茆叟吹横玉，唤得双飞碧凤来。

送云门画竹

（明）高启

临池书罢换鹅文，馀墨犹堪写此君。
一段湘娥庙前意，淋漓秋雨共秋云。

赵魏公竹枝歌

（明）张羽

赵魏公，宋王孙，风流白晳更能文，
丹青自比董北苑，书法兼工王右军。
至元诏书征草泽，召见廷中推第一。
三府趋朝贺得人，万乘临轩赐颜色。
殿前落笔侍臣惊，鸡林象郡总知名。
夫人通籍宫中宴，儿子承恩内里行。
一家三人书总好，天子频称古来少。
疏广归来有赐金，张芝闲处多章草。
全盛须臾那可伦，百年乔木易成尘。
凄凉故宅属官府，零落诸孙随市人。
空留遗迹传身后，一纸千金争买售。
屏风画绝为谁收，团扇书工亦何有？
唐生购得墨竹枝，一尺中含千尺姿。
若非松雪斋前见，应是鸥波亭下披。
曲池已平台已坏，露叶烟丛竟何在？
唯有双溪水北流，至今犹遶空墙外。

题苏明远画竹图

（明）孙蕡

苏郎写竹如写帖，珊瑚为枝篆籀叶。
寒梢不及三尺长，远势直与青冥接。

青冥不辨西与东，云光竹色俱空濛。
飞廉排山振鹭鹫，霹雳迸火惊蛟龙。
奇搜宁独竹色老，竹旁有石仍更好。
想其落笔当酒酣，人间屏障愁绝倒。
近时吴兴赵子昂，最能写竹穷青苍。
苏郎晚出继芳躅，湖海二妙相辉光。
十年不到潇湘浦，环珮空怀玉箫女。
相期共泛书画船，浓墨凄迷埽烟雨。

王子约双钩竹图*

（明）李晔

王君金华人，画竹夸当代。
此竹乃是钩勒之所为，坐上千人万人爱。
爱君为人清拔俗，兴来踏遍箦筤谷。
笼箽桃枝纷入眼，籭簩笆篥常经目。
往年曾见吴门道士张溪云，归晚轩中事幽独。
有时不作山水图，戏拈银毫书此竹。
王君笔法乃过之，比似张生更神速。
王君写竹能写形，脱略粉墨辞丹青。
或如金错刀，或如铁钩锁；
或如银幡宝胜之飘飘，或若金节羽衣之婀娜；
或如白凤尾，或若苍龙鬈。天机逞其妙，形状何瑰奇。
唐时亦有萧协律，所至清风起萧瑟，
眼昏手颤艺转工，一十五茎称绝笔。
宋时亦有文湖州，画竹人推第一流，

---

* 此诗删节约七十句。为使文意连属，特补出三数句。诗题"图"或作"歌"。

能令万箨起厓谷，出牆之梢为最优。
东坡作竹短而瘦，别试茏葱在林僻，
玉堂多暇图一枝，更有小坡能画石。
前元作者李仲宾，琅玕卓立无纤尘。
蓟丘家世不易得，父子相传俱绝伦。
吴兴学士赵公子，飞白之石谁能比？
水晶宫中春日长，移得蓝枝落愐几。
后来又有柯丹丘，大叶长梢动冕旒，
天颜有喜频赐予，晚节衰飒江湖秋。
诸公画竹工画影，隔簾彷佛潇湘景。
我欲鼓柂（枻）游潇湘，碧云万顷浮天光。
美人娟娟隔秋水，欲来不来空断肠。
我来（欲）乘风发清啸，扁舟直过湘妃庙。
中流鼓瑟声铿锵，和取湖南竹枝调。
何如曩昔行李游，京都故人为我共作翠竹红梅图。
原父写梅君画竹，价重已压青珊瑚。
挂在成均之左庑，交游轩冕观如堵。
天上归来十二年，柴扉草阁荒山田。
[浮花浪蕊纷过眼，]此君风节还依然。
王君王君听我语：我歌长歌君起舞。
花溪水接双溪长，与君百里遥相望。
不如坐君西郊之草堂[，胸中一吐千亩强]。
歙坑旧砚楠而苍，鹅溪素练雪色光。
风晴老嫩任君写，无使古人专擅场。

黄仲文寄墨竹

（明）蓝仁

一幅飞鹅写辋川，高情相许已三年。

春风传得平安报，剪与淇园半亩烟。

题僧秀北宗竹深图
（明）刘秩

万箇琅玕远俗氛，上人趺坐毕朝曛。
秋阴覆地长疑雨，寒色浮空半是云。
开径已看通窈窕，题诗频得挹清芬。
东林净社如堪结，容我蒲团半席分。

题王叔明墨竹（为郑叔度赋）
（明）方孝孺

吴下王蒙艺且文，吴兴赵公之外孙。
黄尘飘荡今白发，典刑远矣风流存。
华亭朱芾称善画，每观蒙画必叹诧，
谓言妙处逼古人，世俗相传倍增价。
昔年夜到南屏山，高堂素壁五月寒。
壁间举目见脩竹，烟雨冥漠蛟龙蟠。
呼童秉烛久不寐，细看醉墨王蒙字。
固知蒙也好天趣，画师岂解知其意。
分枝缀叶人所知，要外枝叶求神奇。
天机贵足不贵似，此事不可传诸师。
麟溪郑君好奇士，爱画犹能赏其趣。
呜呼！世间作者非不多，郑君甚少可奈何？

题薛澹园墨竹
（明）姚广孝

澹澹烟中映夕曛，疎疎石上拂晴云。
展图却忆西冈夜，坐听秋声亦有君。

梁叔庄墨竹

（明）金幼孜

别馆多幽思，萧萧玉几竿。玄云动苍石，飞翠拂清湍。
雨露资涵育，冰霜慎保完。莫忘君子意，抚翫有馀欢。

早朝待漏题杨谕德竹

（明）王燧

禁钟才动晓风微，新竹疎疎对琐闱。
非是日高簾不捲，怕教空翠湿朝衣。

为朱仲昂题薛澹园竹

（明）王燧

我家昔住吴山麓，遶屋曾栽万竿竹。
如今见画却题诗，忆在山中春雨时。
暮云作团飞不起，空翠满衣秋欲洗。
何当重埽石牀眠，一任露华凉似水。

和曾侍讲九竹图韵

（明）林环

金陵客舍长安陌，寸土如金苦嫌窄。
生平爱竹负赏心，梦里犹思见颜色。
谁人磊落独不群？玉堂侍讲武陵君。
牕前隙地只寻丈，移得一段湘川云。
九龙山人更才绝，潇洒胸襟贮冰雪。
醉来为扫墨君图，下笔纵横见奇节。
琅玕交股铁作刀，凉吹入户声萧骚。
清阴常对白日静，脩榦直拂三秋高。

金銮朝退频相过，对竹看图欲忘我。
脱却乌纱挂碧枝，埽石还因绿苔坐。
周郎造我亦何为？高怀似玉主人期。
敲门看竹久未厌，便索此图而得之。
乡山筯竹闽南路，每叹别来春几度。
若能转赠金错刀，不惜琼瑶报君去。

王孟端墨竹

（明）偶桓

凤池退食写琅玕，醉墨淋漓尚未乾。
寄赠故人良有意，清风日日报平安。

题白岩竹

（明）边贡

竹枝袅袅根卓卓，质坚不受苔藓剥。
是谁向壁埽缣素，古色苍颜秋濯濯。
彷佛犹自烟水区，万里湘潭土新厮；
又疑身生风雨池，老蛟盘拏突头角。
醉呼虞帝歌南风，苍梧云深翠华邈。

题周都尉墨竹

（明）丘濬

森森出地传龙种，挺挺参天结凤巢。
人道此君敦世契，风云气槩岁寒交。

题陆宽瘦竹卷

（明）李东阳

江南陆郎瘦于竹，种竹城东玉河曲。

未论千尺势能长,刚道两竿轩也足。
耻随桃李斗芳腴,只共松杉伴幽独。
茅茨可奈霜雪冷,韦布不受风尘辱。
平生幽赏底须多,爱此清风不盈掬。
绝胜长安酒肉徒,醺花嚼月空迷复。
近从画竹得篆法,坐对凉阴刻寒玉。
终教笔硬可通神,且赏骨多能胜肉。
江左诗翁太瘦生,墨竹篆书皆绝俗。
莫言汝瘦不如渠,好为名家继清躅。

题丁御史同年墨竹走笔长句

(明)李东阳

浙江之东县新昌,乃在千岩万壑之中央。
侧身重足恐无路,五步一涧十步冈。
君家茅屋此卜筑,白石丛抱青筼筜。
西接林薄南通塘,低者出地高出墙。
江南此物贱如草,买种不费锸与筐。
野生石迸小如指,一夜风吹还尺强。
烟钼雨栉岁屡改,旧叶换尽新梢长。
青苔白石净如埽,吴纻越罗生雪霜。
脱巾箕踞坐其下,野叟林夫相与狂。
吹洞箫,飞羽觞,鸣玉琴,舞《霓裳》。
阴风飒飒左右至,耳热不受秋山凉。
醉中恍惚无定所,颠倒万籁随宫商。
忽如壮士入沙场,铁骑夜蹙阴山疆。
不闻鼓角动,但见矛戟森开张。
忽如仙人来帝傍,翠环金节声锵锵。
不闻鸾鹤叫,但见云中双凤凰,蛟龙起舞鬼陆梁。

复如扁舟渡潇湘，九疑山前鹧鸪泣，二女闻之双断肠。
是时骚人醉半醒，孤棹万里回沧浪。
十年宦游隔江海，此兴落落何由偿？
深知良工心独苦，爱画不减青琳琅。
往时王孟端，近者夏太常，
二公之画世所藏，此物何为在君堂？
君心自有百鍊（炼）刚，见此意气俱飞扬。
乌台退食宴佳客，看竹不碍肩舆郎。
我当攜琴载双鹤，坐子林间青石牀。

题王舍人墨竹

（明）王仲煇

我本山野人，夙抱烟霞疾。何处惯经行，松篁与泉石。
晴牕偶看琅玕图，淋漓醉墨倾金壶。
崇冈怪石相高下，冷雨疎烟半有无。
数竿晴，渭川日暖春风轻。
[数竿老，嶰谷千年霜雪饱。数竿敧，楚江岁晚寒风吹。]
数竿侧，淇澳秋深雨萧瑟。
千竿万竿难尽名，林峦彷佛清风生。
交枝直榦平安态，劲节虚心君子情。
对此怡然乐清赏，抚卷无言发遐想。
烟雨濛濛语鹧鸪，诗怀长在湘江上。

招济之观吴穆写竹

（明）吴宽

人家于此君，何可一日无？君家有此语，千载不可诬。
我生所交好，不在五大夫。培植力已尽，往往折且枯。
吴郎玉峰产，过我制新图。写真能逼真，墨汁信手涂。

折者忽焉长，枯者忽焉腴。此君人欲见，顷刻遂可呼。
闻君有高致，子猷未曾徂。游艺能屈己，常愿为其徒。
就观必有得，背后胜临摹。当令墨竹派，乃近在中吴。
请君即上马，更勿烦僮奴。

为崔太卿题史都宪墨竹
（明）吴宽

容台有地堪种竹，北土高寒数根足。
未许长竿可钓鱼，况云美筍能爁肉。
太卿好竹如好仙，夜梦时时游渭川。
醒来忽见竹满壁，墨痕湿处何苍然。
彷彿庭前秋月白，影落旁枝犹百尺。
化龙只恐起清波，栖凤却疑依巨石。
人间酷暑何时徂？对此翛然暑气无。
伊谁能事写此图？人云中台史大夫。

叶翁以丛竹分种因题墨竹谢之
（明）吴宽

东巷青青早见分，岁寒别种共欣欣。
世间益者成三友，林下贤人詠五君。
雨过不须论醉日，风回时复见晴云。
传神妙手今难得，聊入筠臒翠凤群。

杨补之竹枝
（明）吴宽

补之旧擅梅花手，忽向人间见竹枝。
数叶翛然书法在，此中惟许晋人知。

题姚少师画竹即次其韵
（明）戴冠

北地风高卷塞云，惊沙吹起鴈成群。
客边偶写龙孙谱，忘却江南有此君。

戏题子畏墨竹
（明）祝允明

唐郎写竹如写字，正以风情韵度高。
我解平章不能写，未曾分得凤凰毛。

题章千峰画竹
（明）朱谏

千峰道人画墨竹，潇湘虚映君山绿。
孤舟半夜锦瑟鸣，彩云欲断江妃哭。
竹枝袅袅青接天，湘南湘北皆春烟。
昔年我作上游客，吹箫月下开楼船。
归来不觉成白首，旧日竹枝还在否？
兰香两岸鹧鸪啼，亦有游人来载酒。
千峰叟，不独会题诗，亦擅丹青手。
雁荡山头千万竿，请君写意凭高阜，貌我同为岁寒友。

题何乔年墨竹横卷
（明）谢廷柱

有客过我嵩东屋，手里琅玕开一幅。
何意潇湘堕我前，幽轩十竹空摇绿。
想当兔颖翻墨池，嫩叶新梢出片时。
笼烟蓄雨饱润色，吟风弄月呈幽姿。

绝谷泉凝水砺节，独石崖枯霜斶洁。
化龙老榦横葛陂，栖凤高枝拂丹穴。
繁阴翠影久不收，耳边似听锵琳球。
开径何须纳求仲，屦苔却笑来王猷。
湖州逸气坡翁赏，遗楮尺竿观数丈。
东吴少卿风格妍，西番一枝金十两。
古今能者曾几人，心与竹契乃入神。
种竹漫山不解写，此君遗恨造物嗔。
此图传自盱江曲，少卿家法韵不俗。
披图人对六平山，坐觉清风生巘谷。

墨川为写竹詹生赋
（明）顾应祥

老龙朝吸砚池乾，飞落晴波涨黑湍。
半醉濡毫一挥洒，满堂风雨渭川寒。

邹平王画竹（为罗子文赋）
（明）顾璘

写竹贵神不贵色，画师俗笔难为力。
古来能事自天成，萧郎文老何由得？
国朝作者夏太常，只今仅见邹平王。
金殿昼闲一挥洒，遂令缣素移潇湘。
兖州太守得真迹，草堂白日寒云积。
风叶当轩簌簌鸣，霜柯倚座森森碧。
清泉怪石映带成，即恐春笋惊雷生。
炎天对坐毛骨爽，便欲掉臂林中行。
呜呼绝艺不可遇，千金竞买珊瑚树。
君不见寒士萧条土木形，遮道时逢贵人怒。

题叶继武秋官墨竹

（明）陈振

秋台仙郎美如玉，筼筜旧种金溪曲。
密疑晓雨暗湘皋，乱与春云散淇澳。
迩来闾阖逗琅玕，粉署凝碧涵秋寒。
朝回爱此半窗绿，何必江南千万竿。
翔鸾骞凤舞旌节，一榻清风无暑热。
坐久飒然尘虑消，吟成顿觉襟怀洁。
我家潭边万玉林，别来霄汉岁华深。
披图展玩动遥思，与子岁寒同此心。

题商文毅年兄墨竹

（明）黄镐

渭亩移来今几时，风霜历尽有谁知？
虚心劲节凌云表，占断东南第一枝。

题沈参军竹林图

（明）王世贞

谁家十万碧琅玕，箇箇春云秀可餐。
我是王猷君更熟，何妨一问主人看。

广陵舟次题房侍御画竹

（明）董其昌

一派湖州画里诗，娟娟疏筱两三枝。
朝来邗水帆前雨，正是龙孙长箨时。

醉题萍道人墨竹

（明）张次仲

我观萍道人，竟是一竿竹。眉宇故萧疎，谈言亦古穆。
落落手腕间，兔鹘相追逐。十里西湖水，止供埽一幅。
既不堪作杖，又不堪作筑。悬之高堂上，无风长肃肃。
下有掌大地，欲搆数橡屋。手持《黄庭经》，倚竹高声读。
读罢枕书卧，梦为蕉与鹿。清风萧然来，吹我黄粱熟。

为陈仲孚题薛公远墨竹

（明）僧妙声

前朝画竹谁第一？尚书高公妙无敌。
近世多宗李集贤，房山真迹那能得。
澹园学李殊逼真，柳州半刺题衔新。
鹅山之墟况多竹，画品近来应入神。
东皋溪傍草堂小，罗池庙前春雨早。
三千里外见似人，玉立长身照枯槁。
石湖今有太丘陈，孤竹春阴生子孙。
清风高节在封植，知有王猷来款门。

历代题画诗类卷第八十二

兰竹类

题东坡竹石
（宋）黄庭坚

怪石岑崟当路，幽篁深不见天。
此路若逢醉客，应在万仞峰前。

题子瞻画竹石
（宋）黄庭坚

风枝雨叶瘠土竹，龙蹲虎踞苍藓石。
东坡老人翰林公，醉时吐出胸中墨。

题赵太虚画竹石
（宋）白玉蟾

竹魂竹魄竹精神，飞落潇湘淇水滨。
千竿万竿竞青翠，吸风饮露千年春。
先生笔端自风雨，惊起竹魂无著处。
一点水墨化成龙，龙孙飞去鹅溪住。
先生把笔无逡巡，造物不敢私为春。

新梢劲节森寒玉，鸾凤无处栖梦魂。
晋人神仙如孙且，画竹每每天作雨。
唐人神仙如张臻，画竹每每闻鴈鸣。
先生自得入神手，一竿两竿发于酒。
当时大醉呼墨奴，一笔埽出竹千畒。
酒力安能夺化工，先生炼就金丹红。
一粒阳光照肺腑，森然万象罗心胸。
有时持出风中叶，银海不寒皆震慑；
有时持出雪中枝，恍如冻碧欺涟漪。
复能濡墨作石块，天然峭拔古且怪。
沙中伏虎草中犀，教人持向蓬莱卖。
竹之清虚石坚硬，以此发明真性命。
使人观石及爱竹，知有真箇赵元静。
先生醉时常风颠，世人眼孔无神仙。
我今珍藏数本画，云鹤来也公归天。

陈德元竹石（二首）

（元）元好问

一片春云雨未乾，两枝新绿倚高寒。
瘦龙不见金书字，试就《宣和石谱》看。

花石纲船出太湖，九州膏血一时枯。
阿谁种下中原祸，犹自昂藏入画图。

子昂为闲闲画竹石作别

（元）程钜夫

仙舟发御河，别楮洒苍波。双树尊前出，丛篁石上多。
月明行乱影，风静倚柔柯，还似看棋处，寻云入薜萝。

画竹石（二首）

（元）虞集

笯筜谷中春事晚，老鹤俛啄莓苔生。
长鸣戛戛雨气润，舞羽翛翛山月明。

井中堕却翡翠钗，海上拾得珊瑚钩。
苍龙过雨影在壁，断云零落令人愁。

题高公画竹石

（元）黄溍

木叶萧萧半欲空，竹竿袅袅不成丛。
绝怜意匠经营处，都在风烟惨澹中。

题高尚书竹石

（元）杨载

矫龙疑苍筠，踞虎肖白石。倘乘风云会，变化那可测。

画竹石

（元）杨载

林前怪石起参差，篁竹丛深使客疑。
如过潇湘江上路，鹧鸪啼罢日西时。

张月梅子昂竹石图歌

（元）范梈

近来海内写竹石，集贤学士有李衎。
吴兴翰林公更神，大抵不令石作板。
半幅萧萧烟雾枝，如卷中有千尺奇。

洞穴常起鬼神疑，嵩华衡岱狎童儿。
金溪处士清似鹤，攜此随秋访幽壑。
我忆为公故僚吏，细抚遗书双泪落。
吁嗟翰林今世无，一笔犹可重江湖。
鸣凤之下出瑾瑜，高风况足励顽夫。

题伯庸所藏子昂竹石（二首）
（元）袁桷

伯夷清宜典礼，子路勇诚冠军。
日落虎惊没羽，潭幽龙走凌云。

胸中丘壑玩世，眼底烟云凛秋。
岿帻欲浇磊魄，解衣深听飕飗。

王本中醉作竹石壁上
（元）萨都剌

砚屏花落丹水香，步虚白日声琅琅。
江南道士爱潇洒，新粉素壁如秋霜。
王郎酒后衫袖湿，醉眼朦胧电光急。
黑龙云重雨脚斜，白兔秋高月中泣。
倦游借榻日观东，恍惚旧梦三湘中。
鹧鸪声断江路远，青松雨暗春濛濛。

题竹石图
（元）陈旅

蓝田水曲青玉立，雨过秋光满林湿。
故人结屋傍幽崖，静爱石䫜晴翠入。

柯氏山云竹石图

（元）陈旅

溪上春山生白云，鹧鸪啼处有湘君。
行人来截昭华琯，日暮青林玉气分。

题熊云巢竹石图

（元）陈旅

道人种竹三十箇，定有新巢宿凤凰。
石上幽香飘露粉，簷前新绿袅风篁。
天台月白瑶笙近，水国春寒翠袖长。
见说故人东海上，钓竿日暮倚扶桑。

题王氏竹石图

（元）陈旅

老人云锦溪边住，遶屋自种青珊瑚。
月明池露散林彩，春深雨苔生石肤。
短篱偏护箨龙子，密叶并宿苍凤雏。
人生何用丹阳尹，沙曲凉阴双玉壶。

小竹石图

（元）吴师道

千亩荫渭川，万仞峨华嵩。两竿卷石间，萧萧亦清风。

题高彦敬尚书竹石图

（元）柳贯

尚书胸中贮秋色，翠石苍筠谁点笔？
当其被酒气初酣，芒角森森出矛戟。

墨痕散作纸背光,虎卧龙腾俱有迹。
伯夷去后凛清风,叔向生来古遗直。
见之冠佩不敢燕,刓是圆坛方荐璧。
房山西北弁山南,二老交情尝莫逆。
陶泓毛颖始受呼,不写秾芳写寒碧。
流传此物成宅相,钿轴缥囊新潢饰。
老夫馋口近更滋,便欲归山赍吾簀。
诗成题作主林神,未害西湖渠不识。

题谢仲和竹石
(元)郯韶

江南谢老独风流,爱写晴云竹树幽。
绝似玉堂残月夜,数枝晴雪映高秋。

题分宜赵尹所藏子昂竹石图
(元)欧阳玄

有客有客白其马,汶篁移植燕山下。
岁寒心事木石知,雨露恩深讵能写?

题松雪竹石
(元)李孝光

幽篁碧悄悄,怪石白粼粼。帝子吹笙罢,月明愁杀人。

子昂竹石
(元)刘永之

古研麝煤香,书传雨漏墙。高斋对松雪,随意写潇湘。

云林画竹石

(元) 华幼武

窗前梧竹倚高标,簾底龙香不住烧。
记得醉眠清閟阁,一庭春雨暮潇潇。

顾定之竹石

(元) 张雨

龙孙乍脱褓儿锦,石面多皴弹子窝。
画妙通神欲飞去,虎头痴绝奈渠何。

题前人竹石嘉树图

(元) 丁鹤年

翠实可充丹凤食,乔枝仍待早莺迁。
一拳苍藓荒秋雨,惆怅无人解补天。

题竹石图

(元) 张天英

仙人手持青琅玕,掷之飞上蓬莱顶。
玉箫彩凤云中鸣,龙影醉眠山骨冷。

题王黄鹤竹石便面

(元) 陶宗仪

貌得筼筜墨未乾,萧萧离立万琅玕。
此君心事坚如石,一握清风拂面寒。

题绿竹苍石图(为万竹山人寿)

(元) 陶宗仪

粉香翠影碧琅玕,丹凤林中第一竿。

雨露恩浓盘石固,清风日日报平安。

题柯敬仲竹石
(元)唐肃

蕴真斋里挥毫日,多得青城太史题。
今日南州把遗墨,石篁秋冷蟋蛄啼。

管夫人竹石
(明)朱应辰

夫人写竹如写字,不堕画家蹊径中。
料得山房明月夜,翛然叶叶动秋风。

管夫人竹石
(明)丁明

能书独数卫夫人,墨沼春香教右军。
近代苕溪惟魏国,却将八法写湘君。

管夫人竹石
(明)朱桢

魏国夫人翰墨香,爱拈湘管写幽篁。
不如冻成五色练,绣出朝天补衮裳。

管夫人竹石
(明)郑元

谁裁弄玉碧云箫,吹过琼台月影遥。
白凤一双何处下,水晶宫里赤阑桥。

松雪画竹石图
(明) 卢熊

缃箬生清风,苍苔护幽石。梦想玉堂仙,临池弄秋碧。

松雪画竹石图
(明) 秦约

常时奉诏直金銮,日转鳌峰玉笔寒。
想得花间铃索静,自将赐墨写琅玕。

松雪画竹石图
(明) 张适

玉堂飞墨写湖州,彷佛鸥波竹树秋。
珍重王孙归未得,淡烟斜月不胜愁。

松雪画竹石图
(明) 许性

燕闲天禄校书馀,墨汁金壶写竹图。
长恐震雷风雨作,化龙飞去入云衢。

子昂竹石
(明) 金幼孜

翡翠临风好,珊瑚出海清。江南春事晚,暮雨鹧鸪声。

题倪云林竹石
(明) 高逊志

卷石不盈尺,孤竹不成林。惟有岁寒节,乃知君子心。

云林画竹树秀石

（元）饶介

断剑故留碧，错刀终有神。坡陀岁寒色，不似醉时真。

云林画竹树秀石（三首）

（明）于思缉

乔木千章高出云，幽篁几个石嶙岣。
平生丘壑真成癖，莫怪乌藤来往频。

苍然古木石岩幽，移得江南一段秋。
共说倪君知籀法，数竿潇洒更风流。

木落秋吟夜露翻，山空无人石榻寒。
不似君家子午谷，云旗昼下玄都坛。

云林画竹树秀石

（明）陈允明

长忆山中旧草庐，苍厓古木共扶疎。
今朝偶尔看图画，便拟身同木石居。

云林画竹树秀石

（明）余铨

三春雷雨苍龙角，万里云霄翠凤毛。
怪得君家图画里，虚飔凉月夜萧骚。

题竹石小画

（明）程本立

玉堂仙人松雪公，写竹正似石室翁。

云林道人虽后出，往往落笔生秋风。
吴人好书仍好画，百年遗墨千金价。
比来何处得此图，松雪云林此其亚。
娟娟嫩玉才数茎，烟梢雨叶纵复横。
洞庭寒骨沉水底，铁索下取蛟龙争。
却忆江南旧池馆，笔牀碁局何萧散。
一行作吏事便废，十年不归梦欲断。
松雪子孙今几人，云林弟子谁逼真？
得归故乡傥相觅，竹枝挂我头上巾。

许秋官壁间竹石
（明）陈犀

孤根托奇石，高节近清晖。更爱幽香发，随风入翠帏。

竹石图
（明）史傑

雨馀苔石净无泥，翠影参差夕照低。
记得推篷湘水曲，满林秋色鹧鸪啼。

为人题竹石
（明）王世懋

紫箨成枝绿乍敷，纤柔应傍玉山扶。
慇懃看取琅玕色，莫遣侬家一日无。

与逵甫燕坐小斋为写竹石
（明）文徵明

对坐焚香习燕清，好风如水汛簾旌。
夕阳忽见疏疏影，落木空江生远情。

泉石脩篁图

（明）林瀚

碧云数亩湘江曲，谁种江干万枝玉？
枝枝散影落晴波，波光掩映林光绿。
有时飒飒来清风，不比金谷飘春红。
翠凤辞巢鸣舜日，苍虬捲雾腾遥空。
岩岩巨石苔花紫，砥柱中流俨如许。
障断红尘半点无，六月坐来不知暑。
远峰天际青螺浮，蒋径巇谷轻烟收。
山中定有脱俗者，可似当年王子猷？
子猷一去今千载，此君清致依然在。
冰霜万壑岁寒时，劲节虚心终不改。

题张端衡竹木石画

（宋）刘宰

槎牙高树萧骚竹，绝岛风烟开短轴。
更烦点笔作衰翁，啸月吟风饮山渌。

题朱邸竹木

（元）虞集

江上复春雨，曾阴覆碧波。石高龙影卧，林迥鹤声过。
解珮猗兰浦，扬桴落木坡。佳人翠袖薄，日暮欲如何？

题朱邸竹木

（元）虞集

猗猗淇园竹，结根磐石安。枝幹相扶持，风雨不可干。
其实凤所食，君子思保完。恒恐声影疏，萧条霜露寒。

金玉慎高节，千载承清欢。

柯敬仲画古木疎篁
（元）虞集

不见丹丘四五年，幽篁古木更苍然。
蒹葭霜露风连海，翡翠兰苕月在川。
忆昔画图天上作，每题诗句世间传。
前邨深雪谁高卧？亦有晴虹贯夜船。

竹树图
（元）杨载

荆棘蒙笼迷竹树，乱堆古石苍苔护。
纵猎青郊怀旧路，跃马重冈追狡兔，箭翎落地无寻处。

题竹树图
（元）范椁

老树半垂叶，疎篁斜露根。若无烟雾隔，应见石西邨。

题枯木竹画
（元）李祁

脩筠仪凤羽，枯木老龙鳞。半夜闻风雨，方知笔有神。

郑子声竹树图（为僧别峰作）
（元）黄镇成

空谷有佳人，连骞岁年暮。清颜不可见，香墨在纨素。
江山澹微茫，起我沧洲趣。白石隐疎篁，秋霜悬老树。
天高鸿雁稀，水落沙觜露。上人心迹空，对此了言句。
亦欲棹孤篷，云深不知处。

题李遵道画竹木图
（元）萨都剌

风流未识生前面，翰墨空遗死后名。
凤尾拂云秋有影，龙头出水夜无声。
半生清节江南梦，万里灵槎海上行。
应逐锦袍弄明月，倒骑赤鲤对吹笙。

题张藻仲竹木
（元）戴良

不见张生已六春，笔头何事转清新。
凤毛染得龙池雨，写寄寒林独立人。

商德符李遵道共画竹树
（元）丁复

仁皇新寺九天上，二老渭川千畝图。
晚向江南逢小米，只今俱是世间无。

题柯敬仲竹木
（元）杨维桢

洞庭秋尽水增波，光动珊瑚碧树柯。
夜半仙人骑紫凤，满天清影月明多。

题竹树图（二首）
（元）倪瓒

海中铁网珊瑚树，石上银钩翡翠梢。
乌夜乱啼江月白，檀栾飞影下窗均。

江边树影墨模糊，江上青山日欲晡。
野思怅然无晤语，时来临水照眉须。

为蹇原道题竹木图
（元）倪瓒

疎篁古木都成老，石涧莓苔亦有花。
排闷不须千日酒，聊将小笔画龙蛇。

商德符李遵道共画竹树
（元）张雨

寿岩树石黄岩竹，善画如今最得名。
更得二公同一幅，千金酬价尚嫌轻。

题海宁吴筠轩山水竹木卷
（元）舒頔

世间名士多爱竹，为爱扶疎伴幽独。
虚心直节傲雪霜，尽日相看看不足。
松萝山下延陵裔，自号筠轩咏淇澳。
明窗净几泚霜毫，煖日晴风弄苍玉。
有时乘兴写山水，复貌时人真面目。
一丘一壑胸次奇，万貌万形心匠蓄。
潇潇洒洒声秋轩，瑟瑟琅琅撼昏屋。
我家昔寓湘江滨，此君与我情最亲。
别来廿载世离乱，踪迹萍梗无音尘。
适与筠轩偶相见，一笑袖拂松萝昏。
怡然赠我一幅画，沧江万顷波粼粼。
远岫云开虎啸月，疎林霜落鸿来宾。
抱琴疑是林和靖，谷口又类郑子真。

扁舟荡漾空涧际，芦花两屿纷缤缤。
感子高情写幽趣，世无管鲍行跧跧。
明朝渔翁约我度溪曲，彷佛又似桃源人。

题竹木石图（二首）

（明）刘基

凌霜傲雪无人问，拂水捎云意自闲。
愿就姮娥借明月，卧看鸾凤舞空山。

古木萧森傍水隈，凤凰飞去不飞回。
披烟细看苍筤叶，知是湘君泪湿来。

题石生仲濂所藏李克孝竹木

（明）张以宁

息斋之孙李公子，尽将幽意入经营。
修篁石上生云气，古木山中作雨声。
年来好画不忍见，岁晏故园空复情。
乌巾挂在长松树，吾欲巢居逃姓名。

扇中竹树

（明）解缙

广寒夜拆双鸾去，竹实衔来孕鸑龙。
一夜风雷鳞甲动，坐看六合洒清风。

扇中竹树

（明）解缙

常时十五二十过，手弄素月云间磨。
广寒椎碎堕蛟室，龙影欻入扶桑波。

向道仙人一桂树，秋声那得万竿多。
洞庭日本通银河，姮娥夜宴邀湘娥，曙色鸡鸣奈乐何！

题竹木图
（明）林环

叶下西风片雨青，玉堂人静酒初醒。
扁舟却忆经行处，湘水寒烟接洞庭。

李遵道竹树图
（明）吴宽

蓟丘常共此君游，又向人间见小丘。
满目疏篁连古木，偶然临楮忽惊秋。

竹树图
（明）张宁

白石沧波野自宜，岁寒心事晚犹迟。
萧萧残影疏疏叶，吹尽秋风君不知。

写竹树
（明）李日华

幽人读书罢，曳屐步春泥。沉绿渗石骨，轻翠翻云漪。
鹤来忽堕羽，山影庭前移。

题高彦敬竹木图
（明）僧大圭

尚书纵笔写新图，古木疏篁半有无。
厓雨未收泉散漫，山云不断雪模糊。
凤鸣朝日来阿阁，龙去秋天泣鼎湖。

前代风流那复见,几回清梦邀燕都。

钱舜举画黄花翠竹
(明) 僧一初

拟买陶家地一弓,却看图画感秋风。
向来翠竹黄花圃,多在空山暮雨中。

题幽竹萱草图(为陈元礼作)
(元) 陈基

报妾平安信,知君远戍身。好花难作佩,留慰北堂亲。

松雪竹石兰
(元) 钱惟善

凤凰楼老楚琅玕,《白雪》《深〔猗〕兰》一再弹。
空忆玉堂听雨夜,不知翠袖倚天寒。

宣和墨竹寒雀
(元) 虞集

洒墨写琅玕,深宫春昼闲。萧条数枝雪,不似纥干山。

题吴性存所藏赵仲穆竹枝双蝶图(与玉山同赋)
(元) 张翥

满丛鲜碧露团香,院落春红过野芳。
蛱蝶(蝶)一生花里活,飞来还恋竹风凉。

题子昂疏竹远山图
(元) 钱惟善

玉立湘江阔,东风不自持。巫山何处是?春雨扫蛾眉。

题竹柳图
（明）陶安

竹以招伯夷，柳以招靖节。安得同此人，踏残满庭月。

题蕉竹图
（明）陈继儒

虚心似脩竹，无心似芭蕉。
是谁写竹复写蕉，牎前秋思何萧萧。
黄茆板屋朱阑桥，此中清福真难消。
归欤归欤吾与汝，竹上清风蕉上雨。

右司正之家渭川千亩图（二首）
（元）元好问

官街尘土雾中天，入眼荒寒一洒然。
大似终南山下看，北风和雪捲苍烟。

老眼萧郎笔有神，岩姿洲景尽天真。
情知一段幽闲趣，不必清谈著晋人。

次韵渭川春玉图（二首）
（元）刘因

至人虚心实其腹，手种琅玕如种玉。
晴云散墨春思浮，咫尺经营千亩足。
清标亭亭俨矜洁，笑脱斑斓赐膏沐。
扬旌植纛神君游，万籁无声江水渌。
此君之志那可量，荣辱相忘在空谷。
大宜蓬莱之三山，小宜武夷之九曲。

前如绮园歌紫芝，后若夷齐侍孤竹。
陶糜之墨清且奇，脱落玄黄乃真目。
幽斋尸居耿相对，有客叩门深绝俗。
天空日沉碧云湛，细酌寒泉芼秋菊。
梦回倚杖森在廷，烨烨双瞳鬓深绿。

瑶林群仙歌捧腹，解带兰皋捐佩玉。
深知五采眩空花，守墨空岩思濯足。
层冰急雪成九转，重露轻烟方一沐。
湘君宝瑟调初绝，唯见遥峰蘸寒渌。
长空旋宫起万籁，翠袖无言守山谷。
纷纷落叶漫渭水，耿耿残花守韦曲。
论功岁晚端有意，深愧群英不如竹。
森然壁立联堵墙，变化淋漓倾众目。
高人宴坐不出门，一榻常悬谢嚣俗。
每令此君当上坐，末席馀清友松菊。
回首故园新雨晴，无尽春风吹草绿。

从周学士韵奉题竹冈（二首）

（元）程钜夫

淡墨重看带路尘，去年今日正行春。
不知谁有千竿玉，我欲林中著此身。

江湖满眼叹殊乡，寒碧沉沉华子冈。
输与咸宁吴令尹，此君长伴两相忘。

竹涧图

（元）欧阳玄

青林翠巘俯江郊，谷口湍流巨石坳。

戛玉万竿鸣水乐，垂绅双瀑漾云旖。
风漪静浸苍龙影，月濑光摇紫凤巢。
歌罢商岩《採芝曲》，两翁翰墨定神交。

题朱善庆竹泉卷
（明）周叙

庭栽绿竹自清幽，更引寒泉入槛流。
镜影净涵淇澳雾，金声遥戛渭川秋。
阴凝翡翠烟光合，润浥簾栊雨气浮。
更说蒋生能赋詠，坐看三径思悠悠。

题湘江竹林图
（明）虞谦

秋风嫋嫋湘江曲，秋水潇潇湘水绿。
湘江之人美如玉，翠袖天寒倚脩竹。
鹧鸪时来林外啼，凤凰夜向枝头宿。
我欲因之泛长江，历苍梧兮览潇湘。
天高海阔白日静，九疑山色云茫茫。
云茫茫，增烦纡，忽忆山中二三月，茹有紫筍食有鱼。
开轩赋就淇园句，都向琅玕节上书。

湘竹图
（明）廖道南

湘园千亩种琅玕，湘水泠泠湿翠寒。
万嶂参差雨初霁，凤翔千仞宿云端。

竹溪春晓图（为刘孟雍题）
（明）解缙

武林溪远桃千树，汴水春深柳万条。

何似此君多胜槩,偏宜清隐绝尘嚣。
翠禽啼处烟如织,锦箨裁来雪未消。
却笑此生憨六逸,相思为寄《白云谣》。

水竹图

(明)张宁

漠漠孤烟合,盈盈一水深。汗青谁涉采?猗蕠自行吟。
野色将秋思,江声併夕阴。可怜桃李月,风雨断幽寻。

历代题画诗类卷第八十三

花卉类

戏题墨画梅花
（宋）李纲

道人画手真三昧，力挽春风与遊戏。
露枝烟蕊忽嫣然，自得工夫畦径外。
由来黑白无定姿，浓淡间错相参差。
炯如落月耿寒影，翳若宿雾含疎枝。
群芳种种徒繁缛，脱略丹青尤拔俗。
妙质聊资陈氏煤，幽姿好伴文生竹。
世呼墨竹为墨君，此花宜称墨夫人。
铅华不御有馀态，世间颜色皆非真。
年来妙观齐空色，天花时露真消息。
试烦幻出数十枝，不费梁谿一丸墨。

墨梅
（宋）朱子

梦里清江醉墨香，藁寒枝瘦凛冰霜。
如今白黑浑休问，且作人间时世妆。

墨梅（二首）

（宋）张栻

眼明三伏见此画，便觉冰霜抵岁寒。
唤起生香来不断，故应不作墨花看。

日暮横斜又一枝，水边记我独吟时。
不妨更作江南雨，併写青青叶下垂。

墨 梅

（宋）吕居仁

岭南十月春渐回，妍暖先到前村梅。
问君何处识此妙？一枝冷艳随霜开。
长江凛凛欲崩岸，乃见好事移墙隈。
初凝渗漉入瘴雾，更恐寂寞埋烟煤。
微风不动暗香远，淡月入户空徘徊。
坐看粉黛化羶恶，岂但桃李成舆台。
我行万里厌穷独，疾病未已心先灰。
对此不觉三叹息，恐是转侧同南来。
异乡久处少意绪，破壁相对无根荄。
古来寒士每如此，一世埋没随蒿莱。
遁光藏德老不燿（耀），肯与世俗相追陪；
轮囷离奇（一作"濩落"）多见用，
牺尊青黄木为（一作"为木"）灾。
含毫吮墨去颜色，况自不必须穿栽。
岁穷路远莫惆怅，此去保无蜂蝶猜。

墨　梅
（宋）张子文

笔端唤醒玉梅魂，满袖春风不见痕。
未许卷帘新月上，却教烟雨恼黄昏。

墨　梅
（元）僧祖可

不向江南冰雪底，乃于毫末发春妍。
一枝无语淡相对，疑在竹桥烟雨边。

墨梅（十首）
（金）刘仲尹

瘦损昭阳镜里春，汉家公主奉乌孙。
泪痕滴尽穹庐月，谁道神香解返魂。

绝缨人醉烛花残，主意方浓未厌欢。
十五琼儿梳洗薄，琵琶才许近帘弹。

生憎施粉与施朱，换骨玄都亦自姝。
疏影冷香题不到，梦惊烟雨暗西湖。

赵郎爱香人不知，罗浮山下有佳期。
春寒彻骨角声起，才记参横月堕时。

君王凤驾九龙池，后辇传呼召雪儿。
狼藉玉台银烛暗，丁香小麝印宫眉。

钟鼓沉沉度苑墙，玉绳初直殿东厢。
荀妃早发鸡鸣埭，残月微分烛下妆。

衡州何处问花光，抹月批风只欠香。
安得江南断肠句，为题风雨浣啼妆。

高髻长蛾满汉官，君王图玉按春风。
龙沙万里王家女，不著黄金买画工。

古绢谁藏谢女真，天寒翠袖一招魂。
江山嫁尽风流梦，雪满冰溪月挂村。

妙画工意不工俗，老子见画只寻香。
未应涂抹相欺得，政自不为时世妆。

墨　梅
（金）杨邦基

粉蝶如知合断魂，啼妆先自怨黄昏。
华光笔底春风老，寂寞岭南烟雨痕。

墨　梅
（金）赵秉文

墨师不作脂粉面，却恐傍人嫌我真。
相逢莫道不相识，夏馥从来琢玉人。

水墨梅花
（元）戴表元

江海归来见似人，离披犹自少风尘。

何如淡月山庄夜，百幅清溪乱写真。

墨梅偶赋
（元）王恽

梅华天质本红黄，玉洁冰清彻骨香。
近为卋间贪艳客，硬随时卋作新妆。

墨梅图（二首）
（元）袁桷

铁石冰霜百卋身，疏明瘦直一生真。
玄云借我凌寒便，直上钧天试早春。

雪茧轻蒙绝点尘，小窓（窗）晴日得横陈。
梦回犹记溪桥路，黯淡相看喜似人。

题墨梅
（元）马祖常

花开不占洛阳春，野店山桥雪月新。
岂是岁寒偏偃蹇，还愁金谷坠楼人。

墨　梅
（元）宋无

生意玄烟里，春工毛颖中。枝头两三蕋（蕊），开不假东风。
似到孤山下，斜枝入眼中。分明几点雪，欲折又成空。

题墨梅图
（元）蒲道源

春风不解惜琼英，可是招魂有客卿？

记得小桥曾度处,数枝和月浸溪明。

梦题墨梅
(元) 揭傒斯

霜空冥冥江水暮,江上梅花千万树。
无端折得一枝归,一双蝴蝶相随飞。

题画墨梅
(元) 吴莱

北风吹倒人,古木化为铁。一花天下春,万里江南雪。

墨 梅
(元) 傅若金

天涯不见遥相忆,牖外重逢乍欲迷。
彷佛空山明月夜,一枝初出古墙西。

题墨梅(二首)
(元) 傅若金

老树亚晴空,疏花带寒野。风流不自惜,澹泊从人写。
岁晏孰能娱,空山少来者。

孤花何婉娩,玉立含幽素。短短时出桥,疏疏或临路。
生疑簷下月,半照墙西树。

墨梅(为李华远作)
(元) 宋褧

风香月影雪肌肤,朔客晴牖看画图。
江北江南数千里,梦魂何处觅西湖?

次韵题墨梅

（元）黄溍

一自携家湖水东，放舟时度玉花丛。
因君貌得横斜影，闲却孤山月一篷。

墨　梅

（元）李孝光

银蟾呵春墨花碧，香落江南浓欲滴。
孤山招得老逋魂，白鹤归来楚云黑。
王孙岁晚客金华，衣上缁尘深一尺。
小姬未嫁怨东风，夜夜高楼吹铁笛。

题墨梅卷子

（元）成廷珪

千年老枝生铁色，雪魄冰魂谁貌得？
三生石上见逋仙，独鹤归来楚云黑。
何郎垂老客扬州，花前劝酒仍风流。
江城吹笛月未落，梦回一夜生春愁。

墨　梅

（元）成廷珪

东阁冲寒雪一枝，巡檐偏解索题诗。
何郎老去风情减，羞见疏花照鬓丝。

墨　梅

（元）黄石翁

去年曾访林君复，烟水苍茫鹤未归。

不似对君横小幅，一枝和雪照柴扉。

题墨梅（二首）
（元）吴镇

粲粲江南万木妃，别来几度见春归。
相逢京洛浑依旧，却恨缁尘染素衣。

玉府仙姝倚澹妆，素衣一夕染玄霜。
相逢不讶姿容别，为住王家墨沼傍。

题墨梅图
（元）王冕

朔风吹寒冰作垒，梅花枝上春如海。
清香散作天下春，草木无名藉光彩。
长林大谷月色新，枝南枝北清无尘。
广平心事谁与论，徒以铁石磨乾坤。
岁晚燕山云渺渺，居庸古北无人到。
白草黄沙羊马群，琼楼玉殿烟花逺。
凡桃俗李争芬芳，只有老梅心自常。
贞姿灿灿眩冰玉，正色凛凛欺风霜。
转身西泠隔烟雾，欲问逋仙杳无所。
夜深湖上酒船归，长啸一声双鹤舞。

墨　梅
（元）王冕

我家洗砚池边树，朵朵（一作"箇箇"）花开澹墨痕。
不要人夸好颜色，只留清气满乾坤。

题墨梅（三首）

（元）刘永之

郭西茅屋经年别，嫩蕤（蕊）疏枝入梦频。
何处幽寻重相忆，寒云野水月如银。

茅屋苍苔野水滨，岁寒冰雪久相亲。
江湖后夜扁舟梦，犹记尊前对玉人。

仙馆曾逢玉带姿，梦中要作晓寒词。
于今相对情如水，唯有清霜遗鬓丝。

墨 梅

（元）倪瓒

幽兰芳蕙相伯仲，江梅山礬难弟兄。
室里上人初定起，静看明月写敷荣。

墨 梅

（元）马臻

疏葩结冷光，素质凝古色。濡毫谁氏子？巧夺真宰力。
展卷如有诉，老兔向天泣。髣髴月沉时，影落参旗直。
夜久书灯青，鸿飞楚天黑。寒香忽破鼻，幽意不可得。
悠悠感物理，对此成太息。我欲将赠远，真幻莫相识。
长啸临春风，春风浩无极。

墨 梅

（元）萧和

江边春色归何处？长忆年年花发时。

爱杀南枝如许瘦，却愁羌管不胜吹。

墨　梅
（元）张复亨

皎皎姑射姿，寒香淡孤月。岁落耿幽贞，江空照奇绝。
何处碧参差，吹落南枝雪。因之托豪素，夜半清辉发。
一洗京洛尘，芳菲不堪折。踟蹰坐消忧，何待清尊竭。

墨　梅
（元）钱惟善

小桥流水雪晴时，曾折幽芳寄所思。
明月观深春梦远，玉堂仙客写横枝。

墨　梅
（元）赵孟坚

浓写花枝淡写梢，鳞皴老榦墨微燋。
笔分三踢攒成瓣，珠晕一团工点椒。
糁缀蜂须凝笑靥，稳拖鼠尾施长条。
尽吹心侧风初急，犹把枝埋雪半消。
松竹衬时明掩映，水波浮处见飘飖。
黄昏时候朦胧月，清浅溪山长短桥。
闹里相挨如有意，静中背立见无聊。
笔端的历明非画，轴上纵横不是描。
顿觉生成（坐来）春盎盎，因思行过雨潇潇。
从头總是杨家法，拚下工夫岂一朝。

题墨梅
（元）陶宗仪

华光三昧幻冰魂，满纸春风带墨痕。

好似孤山亭子上，一枝斜映月黄昏。

题画墨梅
（元）陶宗仪

明月孤山处士家，湖光寒浸玉横斜。
似将篆籀纵横笔，铁线圈成箇箇花。

墨　梅
（元）张庸

玉颜不似向来真，犹自黎云入梦频。
安得影娥池上水，为渠一一洗缁尘。

墨　梅
（明）贝琼

雪后寻梅恐未真，华光一日写花神。
广寒玉兔分秋颖，剪断罗浮万树春。

墨　梅
（明）徐贲

素质邵嫌脂粉，蛾眉淡扫玄霜。
翰墨玉堂曾侍，砚池犹染馀香。

题墨梅
（明）练子宁

姑射仙人玉佩环，琼箫和月上青鸾。
素衣不受缁尘染，留与江南岁晏看。

题墨梅

(明) 丘濬

老龙半夜飞下天,蜿蜒斜立瑶阶里。
玉鳞万点一齐开,凝云不流月如水。

题墨梅

(明) 郑真

先春远寄墨淋漓,折得寒香第一枝。
梦遶西湖山月暗,漆纱牕外影参差。

墨 梅

(明) 李晔

乌不涅而黔,鹄不浴而白。其类虽有殊,各以见真色。
画师亦何心?变幻随世惑。展图对梅花,为尔心恻恻。

题墨梅赠杨稷

(明) 金幼孜

素质比瑶瑰,贞心不易摧。江南春信早,先寄一枝来。

墨 梅

(明) 陈辉

每爱横枝醉里看,满林风雪浩漫漫。
数声残笛知何处,吹落空江片月寒。

墨 梅

(明) 倪岳

岁华欲晏严冰霜,山林万木皆摧伤。

天意独尔储孤芳，根柯屈铁何坚刚。
冰花竞发先春阳，傲睨六出纷回翔。
珠玑错落生夜光，天风习习飘清香。
姑射仙人整靓妆，铅华净洗曳素裳。
江妃缓步鸣佩珰，缟袂轻举声铿锵。
翠禽飞来月色凉，玉笛吹断空彷徨。
举杯浇我铁石肠，浩歌一曲天茫茫。

题画梅
（元）陈旅

处士桥边古岸隈，梅花偏向小园开。
冲寒有客寻春去，移得晴牕雪影来。

题画梅（三首）
（元）王冕

朔风撼破处士庐，冻云隔月天模糊。
无名草木混色界，广平心事今何如？
梅花荒凉似无主，好春不到江南土。
罗浮山下蘼芜烟，玛瑙坡前荆棘雨。
相逢可惜年少多，竞赏桃李夸豪奢。
老夫欲语不忍语，对梅独坐长咨嗟。
昨夜天寒孤月黑，芦叶卷风吹不得。
髑髅梦老皮蒙茸，黄沙万里无颜色。
老夫潇洒归岩阿，自鉏白雪栽梅花。
兴酣拍手长啸歌，不问世上官如麻。

君不见汉家功臣上麒麟，气貌岂是寻常人；
又不见唐家诸将图凌烟，长剑大羽联貂蝉。

龙章终匪尘俗状，虎头乃是封侯相。
我生山野无能为，学剑学书空放荡。
老来晦迹岩穴居，梦寐未形安可模。
昨日冷飙动髭须，拄杖下山闻鹧鸪。
乌巾半岸衣露肘，忘机忽落丹青手。
器识可同莘野夫，孤高差儗（拟）磻溪叟。
山翁野老争道真，松篁节操梅精神。
吟风笑月意自在，只欠鹿豕来相亲。
江北江南竞传写，祝君叹其才尽下。
我来对面不识我，何者是真何者假？
祝君放笔一大笑，不须揽镜亦自小。
相携且买数斗酒，坐对青山恣倾倒。
明朝酒醒呼鹤归，白云满地芝草肥。
玉箫吹来雨霏霏，琪花乱飑春风衣。
祝君许我老更奇，我老自觉头垂（一作"如"）丝。
时与不时何以为？时与不时何以为！赠君白雪梅花枝……

江南十月天雨霜，人间草木不敢芳。
独有溪头老梅树，面皮如铁生光芒。
朔风吹寒珠蕾裂，千花万花开白雪。
彷佛蓬莱群玉妃，夜深下踏瑶台月。
银铛泠泠动清韵，海烟不隔罗浮信。
相逢共说岁寒盟，笑我飘流霜满鬓。
君家秋露白满缸，放怀饮我千百觞。
兴酣脱帽恣磅礴，拍手大叫梅花王。
五更熜前博山冷，么凤飞鸣酒初醒。
起来笑抱石丈人，门外白云三万顷。

题画梅
（元）王冕

疏花粲粲照寒水，玛瑙坡前春独回。
却忆去年风雪里，吹箫曾棹酒船来。

应教题梅
（元）王冕

刺刺北风吹倒人，乾坤无处不沙尘。
胡儿冻死长城下，谁信江南别有春？

题画梅
（元）贡性之

江南十月霜雪飘，杖藜东郊复西郊。
酒酣不惮行路遥，蹋遍第六西湖桥。
北风猎猎吹枯梢，青天有鹤不可招。
逋仙起舞来解嘲，请君与我看此高堂素壁一幅之生绡。

画　梅
（元）贡性之

月下独吟时，寒香暗袭衣。直疑春信早，蝴蝶作团飞。

题梅（四首）
（元）贡性之

平生心事许谁知？不是梅花不赋诗。
莫向西湖蹋残雪，东风多在向阳枝。

第六桥头雪乍晴，杖藜曾引鹤同行。

诗成酒力都消尽，人与梅花一样清。

朔风扑面冻云垂，引鹤冲寒出郭迟。
却忆西湖霜月下，美人相伴立多时。

江城钟鼓夜迢迢，霜月多情照寂寥。
更有梅花是知己，小牕斜度两三梢。

题画梅送友人
（元）贡性之

折梅江上赠人行，此是东风第一程。
从此不须凭驿使，看花直到豫章城。

题画梅（四首）
（元）贡性之

湿云压地雪花乾，一日狂风十日寒。
不管春光满邻屋，却从墙角借来看。

美人别后动深思，春到南枝緫未知。
记取灞桥明月夜，忍寒花下立多时。

罗浮山下著青鞋，蹋雪曾看烂熳开。
好似人家茅屋底，一枝先占短墙来。

十月江南正苦寒，花开如雪雪成团。
如今老尽咸平树，只写前身画里看。

题画梅
　　　　　　　　　（明）刘基

夭桃能紫杏能红，满面尘埃怯晚风。
争似罗浮山磵底，一枝清冷月明中。

画　梅
　　　　　　　　　（明）方孝孺

微雪初消月半池，篱边遥见两三枝。
清香传得天心在，未许寻常草木知。

画　梅
　　　　　　　　　（明）牛谅

梨花云底路参差，折得春风玉一枝。
南雪未消江月晓，欲从何处寄相思？

题画梅
　　　　　　　　　（明）朱经

疏烟小晕生瑶岛，仙鑑（鉴）星明试妆早。
云母屏风晓日寒，玉龙嘶天春不老。
忆昔相逢萼绿君，别来珠珮留苍云。
素鸾惊舞月破碎，琼台歌断音纷纷。
灵媿解点玄霜汁，粉靥冰花照人湿。
返魂竟失奁中香，翠羽悲啼声转急。
纷吾欲下巫阳招，楚骚遗恨湘川遥。
书凭凤女双飞翼，泪掩鲛妃一尺绡。

画梅(二首)

(明) 王谊

扬州诗阁掩芳尘,万萼千葩冷照春。
十里珠簾一声笛,东风肠断倚楼人。

曾赴孤山处士招,水烟寒淡月魂销。
笛声唤醒梨云梦,记得东风倚画桡。

自题画梅

(明) 金琮

一别西湖未得归,孤山风月近何如?
春来賸有看花兴,又向君家写折枝。

题梅送友

(明) 徐章

万树笼香阵白云,孤山深处隔尘氛。
玉颜为惜君归去,却向东风瘦几分。

题画梅

(明) 许天锡

桐江野客半枯槁,只有梅花与倾倒。
蹇驴破帽过南村,不为梅花破烦恼。
交情冷淡无人知,怪我凌寒起常早。
江头腊月正月间,雪里十枝九枝好。
自从作客向天涯,万里风烟跡如埽。
是谁写出断肠魂,坐对相思令人老。
可怜两度度春光,不得香名入诗草。

今朝试笔为君题,清泪如丝洒玄昊。

画　梅
（明）陈淳

风引上春香,雪弄南枝色。为有惜花心,楼中莫吹笛。

题画梅
（明）秦旭

沙际春烟湿未消,落梅风急送轻桡。
江边有客寻诗去,应在西湖第六桥。

题画梅
（明）谢士元

罗浮仙子真崛奇,天然标格冰霜姿。
岁寒心事老天识,调羹手段何人知。
以兹落魄孤山下,弄月吟风足潇洒。
冥心静里悟乾坤,自有香风抗兰麝。
今日尘埃偶相逢,巡簷索笑声渢渢。
相邀欲问徂徕子,当年何事受秦封?
江空岁晏路云邈,且尔寄傲南牕中。

题画梅（二首）
（明）徐渭

凫牛两碟酒三卮,索写梅花四句诗。
想见元章愁米日,不知几斗换冰枝。

从来不见《梅花谱》,信手拈来自有神。
不信试看千万树,东风吹著便成春。

画　梅

（明）僧大遂

古斡横斜意自奇，半开半蕊亦相宜。
寒时悔不前村觅，知是溪桥第几枝？

画梅（二首）

（明）僧清远

瑶台夕承月，玉砌晓凝霜。花暎含章发，枝横禁籞长。
春风似相识。偏惜寿阳妆。

折得江南春，怅望洛阳客。悠悠岁年暮，浩浩风尘隔。
远道勿相思，相思减容色。

历代题画诗类卷第八十四

花卉类

王伯敭所藏赵昌梅花
（宋）苏轼

南行度关山，沙水清练练。行人已愁绝，日暮集微霰。
殷勤小梅花，彷佛吴姬面。暗香随我去，回首惊千片。
至今开画图，老眼凄欲泫。幽怀不可写，归梦君家倩。

赵昌折枝
（元）袁桷

瑶池朵朵玉精神，滴露研朱竟夺真。
蛱蝶不知遮绣幕，飞来犹认故园春。

题华光为曾公卷作水边梅
（宋）黄庭坚

梅蕊触人意，冒寒开雪花。遥怜水风晚，片片点汀沙。

观华光长老仲仁墨梅
（宋）邹浩

我从梅花海里来，惊此两枝堂上开。

不由天降非地出，道人作么生栽培。
无缝塔子通一线，放光照醒陈根荄。
玉蟾银汉雨初霁，半启琼室通瑶台。
香云漠漠护颜色，世眼欲觑诚难哉。
不如取酒共春醉，一杯一杯复一杯。

题华光墨梅（二首）
（元）王恽

满溪明月影扶疎，只在缁尘点雪肤。
展放画图还记得，孤山离落涨西湖。

破墨能开雪里芳，道人花供老犹香。
移船要近华光住，笑杀涪公有底忙。

题徽庙马麟梅
（元）郑东

龙楼凤阁美人歌，赏尽琼花碧玉柯。
驿使去时浑浪折，江南春色已无多。

题徽庙马麟梅
（元）陈基

内家春色少人知，玉虆冰蕤看转疑。
说与宫中小儿女，画楼琼琯莫轻吹。

宋徽宗画半开梅
（明）张迪

上皇朝罢酒初酣，写出梅花蕊半含。
惆怅汴宫春去后，一枝流落到江南。

题王元章梅

(元) 陈基

武陵溪上桃千树,亦有寒梅照水开。
一种春风标格在,太平恩泽为栽培。

王元章梅

(元) 郑元祐

明月西湖上,清光儗旧时。东风露消息,香雪满南枝。

王元章梅

(元) 郑元祐

孤山无复有梅花,寂寞咸平处士家。
留得王髯醉时笔,岁寒仍旧发枯槎。

王元章白描梅

(元) 郑元祐

王郎笔底无纤尘,只有万斛江南春。
疎花冷蕊禁不得,珠明玉润前森陈。
珊瑚交柯撑铁网,金铓铄日张龙鳞。
咸平处士西湖滨,风雪满头肌肉皱。
长歌短吟梅树下,声诗写得梅花真。
王郎晚载剡溪雪,舣舟孤山一问津。
色香[声]尘尽夺取,高挥大抹骇世人。
旧时娟娟里湖月,清光长照无疎亲。

题王元章梅

(元) 熊梦祥

紫禁春浓雪未消,年年香冷只飘飖。

许身入画酬清赏，不嫁东风过小桥。

题王元章画梅花
（元）熊梦祥

水影晴光为写神，当时已是失天真。
一从残角吹新曲，几向寒溪觅故人。
缟袂归来犹有月，佩环飞去更无尘。
莫言醉魄空篱落，信把和羹属大臣。

题王元章梅
（元）张渥

照水疏花冰有晕，横窓（窗）瘦影玉无痕。
孤山月冷黄昏后，拄杖曾敲处士门。

题王元章梅
（元）丁复

三年不见王征士，一见梅花如见人。
风致山阴频梦夜，雪晴江上又逢春。
毫端只作寻常写，意度真同造化神。
闻道耶溪新买宅，想栽千树作比邻。

题王元章画梅
（元）杨维桢

旧时月色有谁歌？拔剑王郎鬓已皤。
惆怅东风旧词笔，南枝香少北枝多。

题王元章梅
（元）于立

老鹤归来不受呼，野桥江树雪糢糊。

西湖处处皆桃李，省识春风到画图。

题王元章墨梅
（元）释子贤

我家邃屋梅花树，况在清溪白石边。
云霁月明疏影小，读书犹记十年前。

题王元章梅花图
（明）刘基

会稽老王拙且痴，能画梅花称绝奇。
春脃走笔生古怪，中有窈窕倾城姿。
人生得闲真是好，得闲不闲惟此老。
布袍阘茸发不梳，一生只被梅花恼。
天生梅实可和羹，尔梅有花结不成。
世间花实总尤物，不如图画终古无枯荣。

王元章墨梅
（明）张羽

王郎志奇貌亦奇，与世落落噤莫施。
一朝骑牛入都市，关吏不识谁何之。
归来老作会稽客，干戈欻然西南陲。
青袍白马风尘里，越州城边战不已。
雄襟自许鲁仲连，一箭无成身已死。
世上空馀写墨花，只将名姓华光比。
呜呼！人生有才不尽用，古来埋没皆如此。

题王元章梅花和韵
（明）顾璘

墨池五夜飞玄霜，素灵幻出梅花芳。

草堂忽尔见春色,气序不得由勾芒。
空山惨凛层崖裂,千枝万枝缀琼雪。
水晶屏风疏影寒,举头却见黄昏月。
江笛横飘黄鹤韵,迁人莫报长沙信。
欲取寒芳寄远书,转愁旅思催蓬鬓。
帘外清香扑酒缸,千金莫惜日飞觞。
解道明珠交玉体,风流独羡陈思王。
狐裘蒙茸不知冷,醉卧花前不须醒。
梦来直上罗浮巅,占却梅花千万顷。

题王元章梅竹卷(次祝鸣和)

(明)顾璘

画家妙品古亦稀,高人每号无声诗。
浅夫拈笔率信意,岂解盘礴凝深思。
聊希形似即满意,难与神化论等差。
子乔老仙烟霞骨,剧出心肝洗尘俗。
身化西湖一树冰,气吞湘岸千竿玉。
映缣姿态斸纤秾,转手枝柯分直曲。
山空自喜野人同,岁寒敢谓吾曹独。
补之墨梅称绝伦,与可写竹恒逼真。
今之画图兼二妙,始信苦学能通神。
草堂六月气凄爽,彷佛坐我清江滨。
白头岂知老将至,对尔真足忘冬春。
忆昔青阳回绿草,横斜桃李长安道。
一夜飘风历乱生,可怜花叶纷颠倒。
尘世繁华有盛衰,朱门一闭无人埽。
与君开卷玩高标,绝胜对客谈虚藻。

王元章倒枝梅画

（明）徐渭

皓态孤芳压俗姿，不堪复写拂云枝。
从来万事嫌高格，莫怪梅花著地垂。

王元章作墨梅并题长句书其后

（明）陆完

月落参横兴已空，鉴湖清浅夜推篷。
消磨不尽惟豪气，犹在疏花淡墨中。

题徐圣可知县所藏杨补之二画

（宋）楼钥

谁种疏篱古岸头，推篷瞥见倍清幽。
君看竹外一枝好，真有江南万斛愁。

梅花屡见笔如神，松竹宁知更逼真。
百卉千花皆面友，岁寒只见此三人。

补之画梅

（元）程钜夫

开卷见横枝，逃禅不可期。忽思霜月夜，独坐小牕时。

题杨补之梅卷

（元）高仪父

篱根玉瘦两三枝，为遶吟香夜不归。
安得密林千亩月，仰眠吹笛看花飞。

题杨补之梅

(元) 刘诜

补之之梅不易作,况乃藏自澹翁阁。
澹翁千载忠,补之一世雄。
元气擘裂乾坤冬,开卷洒然见二公。
孤山之月罗浮风,淡云万古吹不融。
黑埃黯惨翠羽失,小艒滉瀁重湖东。
尘心萧萧淡若水,卧看青天露如洗。

杨补之雪梅图

(明) 吴宽

竹外斜枝冻雪乾,杨翁风度亦酸寒。
扁舟稳系吴山麓,须向石湖深处看。

题柯敬仲梅

(元) 杜本

点点苔枝缀玉,疎疎檀蕊凝香。
还记当年月色,箫声暗度宫牆。

题柯敬仲梅花竹石图

(元) 郭翼

夜寒起坐看龙影,金阁罘罳小殿东。
梦觉香吹梅子树,玉文堂上月方中。

题柯博士梅竹图

(元) 郑韶

文王宴罢奎章阁,博士归来两鬓丝。

写得寒梅与脩竹，照人清影尚参差。

柯丹丘梅竹
（元）倪瓒

竹里梅花淡泊香，映空流水断人肠。
春风夜月无踪迹，化鹤谁教返故乡？

题柯丹丘梅竹
（明）僧元璞

丹丘归老江南日，每话奎章傃直时。
一夜春寒愁漠漠，白云苍雪共襟期。

松雪墨梅
（元）邓文原

忆昔冲寒踏雪时，百花零落愿开迟。
如今收拾横书卷，一任无情塞管吹。

题松雪墨梅
（元）钱惟善

小桥流水雪晴时，曾折幽芳寄所思。
明月观深春梦远，玉堂仙客写横枝。

赵子昂梅竹图
（明）解缙

王孙襟怀绝尘俗，迥若筼筜在空谷。
又如仙子下罗浮，雪月梅花冰映玉。
时将翰墨自写真，心手相忘道机熟。
流传后世作者稀，丹青采绘工绝奇。

寒声夜读暗香起，妙画通神那得知。

舜举梅竹折枝
（元）程钜夫

吴兴画手早相知，粉墨凄凉岁月移。
惟有寒梅并翠竹，京华相对独题诗。

题钱舜举画梅
（元）戴子璋

故人相忆对南枝，写寄无烦驿使持。
此日披图空想像，犹疑月落酒醒时。

题钱舜举所画梅花卷
（明）戴奎

雪溪画师名早传，画梅不作铁线圈。
湖山入梦既潇洒，粉绘落纸尤清妍。
巴西故人玉堂老，别去几年音问少。
溪云山月不堪持，一枝写寄春风早。
想当礧礴欲写时，寓情笔底谁能知。
心期不负岁寒意，贞洁要如冰雪姿。
到今令人叹奇绝，我亦见之惭蹇拙。
从谁交谊重金兰，空慕广平心似铁。

题山农画梅
（元）贡性之

大庾岭头春信早，十月梅开照青昊。
曾骑官马陇头来，百里梅花夹驰道。
夫君元是岭南人，自言家近罗浮邨。

种梅遶屋一万树，玉为肌骨冰为魂。
得官远向西湖住，喜与林逋作宾主。
梦回酒醒霜月寒，又见梅花在牕户。
笑倩旁人为写真，相看如见岭头春。
一声长笛月欲落，肠断梅花身后身。

王山农画梅歌（二首）
（明）刘绩

玄冥冻律凝阴谷，山魅幽幽弔僵木。
谁卷鲛机一尺烟，昆刀碎刻蓝田玉。
博罗山人调小凤，瓦冷霜华不成梦。
火熏金兽兰气温，锁牕斜月淡幽痕。

水仙骑龙归海宫，玫瑰珠珮迎春风。
雾澄天净露娇影，蕊粉染衣香更浓。
鲛绡隔梦梨云色，么凤不鸣花脉脉。
画角吹残十二楼，湖西晓月涵空白。

次韵题王山农墨梅
（明）文徵明

西湖老树凌风霜，敷英奕奕先群芳。
贞姿不作儿女态，炯然冰玉生寒芒。
穷寒袭人肤欲裂，幽人自詠孤山雪。
至今秀句落人间，暗香浮动黄昏月。
却恨无人续高韵，墨痕聊寄江南信。
不关素质暗缁尘，刚爱铅煤点新鬓。
恍疑寒影照昏釭，刻画无盐谁滥觞？
逃禅已远嗣者寡，彷佛尚记山农王。

山农何处骨已冷，展卷令人双目醒。
何因为唤玉妃魂，极目清波湖万顷。

王山农画梅（三首）
（元）唐肃

春回却月观，树树总花开。无数瑶台鹤，凌风欲下来。

溪上雪消初，溪冰未动鱼。一枝寒日里，照见影疏疏。

忆上宝瓶船，西湖欲雪天。一枝敧岸出，低照酒尊前。

题画梅和山农韵
（明）钱宰

江南春来白雪烂，落月横参夜将半。
缟衣绰约如故人，飒沓梨云欹老榦。
北风猎猎天正寒，彷佛风节凭西阑。
迺知山人竟不死，夜煮白石青松间。
高情抗世无今昔，溪上梅花没荒棘。
忆曾挥翰洒溪云，一枝寄与春消息。
花前唤酒写长歌，花下呼儿扫落花。
若非扬州何逊宅，定是西湖处士家。
山人爱梅心独苦，笑尔豪吟玉堂树。
山巅水际日看花，凤诏鸾书招不去。
解衣盘礴两袖垂，腕指所至皆天机。
南枝著花玉色起，北枝冻压玄霜飞。
自从上苑成尘土，无复当年旧歌舞。
源上桃花不记秦，九畹芳兰已忘楚。
不如山人卧云松，破屋长在梅花东。

传家有子花作谱,放手直欲先春风。
见花如见山人面,谁道人间无是公。

胡侍郎所藏会稽王冕梅花图
(明) 僧来复

会稽王冕双颊颧,爱梅自号梅花仙。
兴来写遍罗浮雪千树,脱巾大叫成花颠。
有时百金闲买东山屐,有时一壶独酌西湖船。
暮校梅花谱,朝诵梅花篇。
水边篱落见孤韵,恍然悟得华光禅。
我昔识公蓬莱古城下,卧云草阁秋潇洒。
短衣迎客懒梳头,只把梅花索高价。
不数杨补之,每评汤叔雅。
笔精妙夺造化神,坐使良工尽惊诧。
平生放荡礼法疎,开口每欲谈孙吴。
一日骑牛入燕市,嗔目怪杀黄髯胡。
地老天荒公已死,留得清名传画史。
南宫侍郎铁石肠,爱公梅花入骨髓。
示我万玉图,繁花烂无比。香度禹陵风,影落镜湖水。
开图看花良可吁,咸平树老无遗株。
诗魂有些招不返,高风谁起孤山逋?

题王冕梅花揭篷图
(明) 僧溥洽

王郎写梅如写神,天机到手惊绝伦。
自言临池得家法,开缣散作江南春。
酒酣豪叫呼霜虬,宝泓倒饮鄃糜熏。
龙跳虎卧意捷出,纵横错漠迷芳尘。

繁花不消千树雪，古苔蚀尽樛枝铁。
缟衣绰约珮珰明，夜夜贞心照寒月。
嗟予落魄西湖濆，梦魂几度入梨云。
东风吹香赵流水，断桥愁送波沄沄。
一杯不到孤山土，忽见王郎已千古。
还君此图歌莫哀，原草青青隔烟雨。

赵子固画梅

（元）吴师道

千树西湖浸碧漪，醉拈玉笛遶花吹。
只今无限凄凉意，留得春风雪一枝。

题赵子固墨梅

（元）陈旅

王孙朝罢景阳宫，画舫湖头写雪风。
一段寒香留不住，凄凉残月角声中。

题徐太守所画推篷梅花图

（明）李祯

纷纷卉木凋零早，独有江梅冬更好。
天寒岁晏风泠泠，野渡无人流断冰。
南枝烂熳北枝少，恍如玉貌千娉婷。
自怜随月印沙影，更爱临崖近水形。
当涂太守今黄霸，名重华光补之亚。
酒酣自写复自题，馀子持缣终不画。
半开盛吐俱含态，将飘乍落皆有情。
玲珑轻霰簇镂玉，荡样〔漾〕明珠叠碎琼。
昨来卢君新卷里，写得长梢最妍美。

疎蕊凌寒似得春，暗香扑鼻疑生纸。
世间画手多凡流，惟数徐君笔最优。
不必掀篷棹飞雪，观图何异在扁舟。

题陈哲太守万玉图
（明）白圻

玄冥一出百卉摧，冻天裂地施寒威。
西湖老树含春姿，鲜葩皎月争光辉。
清香暗从风外来，怯寒蜂蝶空疑猜。
结实垂金饱霖雨，调羹止渴非凡材。
孤山仙子诗兴浓，厌看桃李娇春风。
冲寒折雪揽芳洁，豪吟意气凌苍空。
十载论交良燕喜，此日分襟隔湘水。
明岁仍期折一枝，寄与衡阳旧知己。

题宋院人画著苔梅
（明）刘绩

浓露洗花骨，苑空劳劳春。绿屩叠仙岥，粉姿疑笑人。
画屏冒幽梦，夜苦香不歇。楚竹裂凤膺，恨魄如悬玦。

江西李君千能，能和墨及画梅，良斋许以三奇，而诗非所长也
（宋）楼钥

游艺无小大，要皆知本原。后人率意作，终当愧前贤。
老潘妙对胶，法从玉局传。或假季心名，空扫千镫（灯）烟。
补之貌梅花，疏瘦仍清妍。竹枝映月影，真态得之天。
李君信雅尚，二者将求全。诸公竞称许，试之乃仍然。
江西有诗派，皎皎俱成篇。兹事未易窥，属和尚加鞭。

赠画梅王文显

（宋）陆九渊

子作寒梢已逼真，不须向上更称神。
由来绝艺知音少，只恐今人过古人。

赠画梅吴雪坞

（宋）谢枋得

冷凝寒极雪漫漫，天下无人知袁安。
起来门前问梅竹，吾友可以话岁寒。
岁寒心肠如铁石，不与万物同摧残。
有时醉中画梅竹，洪钧只在掌握间。
人生莫与天争巧，上帝一见开笑颜。
八极俗物不足道，千年陈人无可观。
谁能奈得此雪过，春风去后终须还。
千红万紫争烂熳，梅竹携手隐空山。
皋陶庭坚不祀苦，程婴杵臼存孤难。
岂无当门独立者，五更风雪不相干。
上帝慈仁须动念，醒来红日上三竿。

赠黄竹村老儒画梅竹

（元）朱德润

烟水盱江渺，丹阳度雪寒。久怜梅淡泊，先问竹平安。
夜月清诗思，春风彩笔端。北来知己少，岁暮欲弹冠。

题梅石为王集虚尊师书纸屏上

（元）李孝光

北风吹倒山，三日雪塞门。惜惜岩谷里，万木命在根。

天翁粲然笑,洗出明月魂。春如鼎中香,已觉火力温。

题梅石卷赠苏生
(明) 王世贞

君今幽兴何所寄?日坐磐石梅花傍。
一峰两峰洞庭古,千树万树罗浮香。
平泉庄畔酒初醒,却月观前人欲狂。
何似侬家新坞就,不须遥羡白云乡。

历代题画诗类卷第八十五

花卉类

仁老寄墨梅（七首）
（宋）邹浩

二月八日春气分，忽见梅英枝上繁。
颠狂索酒醉复醒，知是笔端回化元。

岭南消息报来新，正想梅花傍酒尊。
生出两枝遥寄我，道人方便信多门。

前年谪向新州去，岭上寒梅正作花。
今日霜缣玩标格，宛然风外数枝斜。

马祖菴头掛钵囊，晚随缘出住华光。
僧繇一笔无人会，戏作寒梅自在芳。

解衣磅礴写梅真，一段风流墨外新。
依约江南山谷里，淡烟疏雨见精神。

金张许史竞东风，魏紫姚黄醉眼中。
宾客贵人吾不与，独将清韵照禅宫。

春晚晴光破雨回，闲将花轴傍簷开。
炉烟细逐轻风散，疑是香从梅处来。

和张矩臣水墨梅（五首）
（宋）陈与义

巧画无盐醜不除，此花风韵更清殊。
从教变白能为黑，桃李依然是仆奴。

病眼昏花已数年，只应梅蕊故依然。
谁教也作陈玄面，眼乱初逢未敢怜。

粲粲江南万玉妃，别来几度见春归。
相逢京洛浑依旧，唯恨缁尘染素衣。

含章簷下春风面，造化功成秋兔毫。
意足不求颜色似，前身相马九方皋。

自读西湖处士诗，年年临水看幽姿。
晴窗画出横斜影，绝胜前村夜雪时。

次韵何文缜题颜持约画水墨梅花（二首）
（宋）陈与义

窗前光景晚来新，半幅溪藤万里春。
从此不贪江路好，谩抛心力唤真真。

夺得斜枝不放归,倚牖承月看熹微。
墨池雪岭春俱好,付与诗人说是非。

题徐参议墨梅画轴
(宋) 王炎

酷似西湖处士诗,虽无半树有横枝。
天寒地冷清臞甚,故著缁衣护玉肌。

题隆上人墨梅花
(宋) 孙觌

一枝插向钗头见,千树开时雪里看。
惭愧通神三昧手,尽将春色寄毫端。

题剡溪莹上人梅花小轴
(宋) 陆游

孤舟清晓下溪滩,为访梅花不怕寒。
忽有一枝横竹外,醉中推起短篷看。

题赵晞远墨梅
(宋) 楼钥

牕前惊见一枝斜,照眼英英十数花。
千载简斋仙去后,何人更著好诗夸?

三峰康道人墨梅(三首)
(宋) 朱松

一枝春晓破霜烟,影写清波最可怜。
衲被犯寒归吮墨,也知无地著朱铅。

冰盘青子渴争甞（尝），怪有横枝著意芳。
等是毫端幻三昧。更烦觅句为摹香。

缃囊墨本入宣和，林下霜晨手自呵。
不学霜台要全树，动人春色一枝多。
（康画尝投进，又为朱勔画全树帐，极精。）

妙高梅花
（宋）张栻

戏折寒梅画里传，便知香爨（潺）搅佳眠。
爱君花木逡巡有，乾笑春风入暮年。

光上人送墨梅来求诗还乡
（宋）张栻

南岳有云留不住，东归结伴过湘湄。
解将疏影横斜句，来换垂珠的铄诗。
臞甚鸢肩寒入画，清于鹤骨老难医。
遥知入岭风烟暮，正及追胥馁岁时。

题刘文简所藏墨梅卷
（宋）刘宰

烟雨和成宛擅场，新来黼著雪衣裳。
以吾不可学渠可，善学杨君秪此郎。

祕书张监墨梅图
（金）李澥

眼中只有梅千树，不挂丗间蜂蝶花。
十载江南春梦断，至今清影在君家。

宋汉臣墨梅

（元）刘秉忠

体尽江村雅淡情，映来纸上照人清。
枝梢欲向风中动，根榦原从笔下生。
几簇芳英雪妆点，一弯新月玉斜横。
华光不死西湖见，也索惊嗟问姓名。

题赵云趣梅图

（元）程钜夫

烛龙一步九徘徊，便恐昆明㶳作灰。
避热雪楼无去处，天留半树补之梅。

墨梅寄因上人（二首）

（元）宋无

寒枝香在天外，疏花影流水中。
梨云夜深清梦，草玄笔底春风。

梦觉霜林堕月，眼明野水浮枝。
横玉不吹春去，断缣闲写相思。

戏题僧惟尧墨梅

（元）赵孟𫖯

潇洒孤山半树春，素衣谁遣化缁尘？
何如淡月微云夜，照影西湖自写真。

题詹圃老梅图

（元）虞集

乡人共识古梅树，移植詹亭仍百年。

计时当生宣政前，僻远幸遗花石船。
昔侨宝唐寻故物，石楼嵯峨白沙白。
陵阳慈竹乐公移，根节相扶俱远客。
此树乃在邻邑间，看花食实真足闲。
人言支离故多寿，我意培植兹惟艰。
华盖高人卋师表，为尔赋诗歌窈窕。
詹家孙子多读书，早晚春雷化龙矫。

题王南谷大夫自作墨梅（送府君时教授南归）

（元）黄溍

何逊扬州跡未陈，染衣不是洛城尘。
毫端一线阳和力，中有江南万斛春。

镏山立梅图

（元）欧阳玄

山泽臞儒面目真，见梅往往见先人。
屋梁月色新湔拂，茅舍玉堂同一春。

所贵侄梅

（元）欧阳玄

老树纵横出气条，一枝还又亚墙腰。
西湖湖上掀篷看，一夜吹香满六桥。

题朱生质夫所藏梅花图

（元）贡师泰

水晶簾幌珊瑚钩，万玉花间一镜秋。
睡起潇湘寒凛烈，却疑飞雪在罗浮。

寄东山寺长老宅区中索画梅
（元）张昱

同是多生无垢身，孤芳岁晏转精神。
濡毫应觉香先到，写影无如月最真。
庾岭近来还有信，华光以后更何人？
情知此事难描画，驿使空回可不嗔。

题吴照磨墨梅
（元）迺贤

天台吴架阁，京下忆寻梅。倚杖月中立，思君江上来。
夜深怜雪落，香动觉春回。独坐溪边石，烟云满绿苔。

题墨梅（赠徐用吉南归）
（元）迺贤

苏公隄上路，千树雪纷纷。载酒曾邀我，看花每忆君。
翠阴松下卧，铁笛月中闻。独有思归者，长歌望白云。

题汪伯高梅
（元）丁复

兔臼寒霜染雪毫，绿烟微散月初高。
野人醉醒罗浮梦，长忆仙娥玉色醪。

题吉学士墨梅
（元）杜本

冰雪肌肤铁石肠，翩翩和月按霓裳。
临摐喜见横斜影，却有王孙翰墨香。

赠云峰上人墨梅图

（元）王冕

粲粲疏花照水开，不知春意几时回。
嫩云清晓孤山路，记得短筇寻句来。

题张炼师所藏画梅

（元）陈基

幻药能招水月魂，蓬莱宫殿集灵芬。
谁将处士明珠佩，独赠仙人萼绿君。
海国有香飘艾纳，洞天无梦化梨云。
春风想见瑶池会，潇洒真妃玉作群。

徐仲晦作书惠水墨梅图

（有和靖题纪岁月，绢素蠹败，馀字不存，作诗归之。）

（元）周权

溪藤捣霜寒夺目，硬黄瘦字疏相续。
墨花出袖吐春妍，一片玲珑水苍玉。
分明寄我孤山图，上有岁月书林逋。
古丹漫漫篆窠暗，败素飚飚形神枯。
西泠桥畔黄昏景，船头鹤梦风吹醒。
一从马鬣锁荒寒，万古人间几香影？
苦吟老尽诗坛豪，穷愁到我心徒劳。
还君此画三太息，雪晴月映横牎梢。

潘易斋写水墨梅

（元）周权

胸中一卷羲周《易》，笔底万斛江南春。

莫向冰纨写孤洁，从他水月自传神。

恢上人墨梅
（元）华幼武

冰姿玉质本天真，幻化移来物外春。
可是道人嫌太洁，从教素服染缁尘？

题族兄马子英进士梅花
（元）丁鹤年

池馆春深看牡丹，五陵车马隘长安。
谁知凛凛冰霜际，却是梅花守岁寒。

题梅花卷
（元）张天英

此花正如黄叔度，不见令人鄙吝生。
谷底岁寒谁邀得，白驹骹侧晚烟明。

梅花图
（明）汪广洋

赣江去国数千里，曾对梅花忆故人。
今日归来看图画，一枝寒玉更精神。

题道上人墨梅
（明）高启

笛里寒梢蕊自开，几年风雨不生苔。
山愍夜半禅初定，应喜无香触鼻来。

到山西题画梅

（明）杨基

江南分手到山西，每忆溪桥梦不迷。
冰雪有如林下约，一枝重向画中题。

题墨梅（赠苏上舍）

（明）王褒

翠屏山下水云香，别墅归来月在牀。
今日看图诗兴动，浑如东阁送何郎。

题陆二阁墨梅

（明）管讷

青禽枝上月如霜，梦觉罗浮欲断肠。
却忆故园池馆里，看花一月不烧香。

题李璋梅花

（明）郑真

三年为客海东崖，万里罗浮一梦赊。
霜月夜寒天地白，开门曾忆看梅花。

题已上人墨梅

（明）郑洪

故园梅树三年别，长忆看花溪雪晴。
巧出疏篱便萧散，近遭碧水更分明。
扬州何逊足诗兴，茅屋已公无俗情。
画图忽见转愁绝，遥想月华枝上生。

墨梅（为李炼师赋）

（明）高逊志

谁向陇头来，寄此一枝雪？莫负岁寒盟，道人心似铁。

题邢克宽太守梅花

（明）岳正

美人家住古罗浮，铁石肝肠不解愁。
羌笛一声清梦破，也随春色到苏州。

题顾御史所藏梅花图

（明）倪敬

我家远在吴山住，路入梅花最深处。
天香岁晚雪纷飞，遶屋寒香千万树。
花时日日醉花边，酒醒长吟花下眠。
听到翠禽啼断处，任教明月照青天。
自从游宦京华久，梦遶花前与花后。
故乡花发想依然，何逊才华已非旧。
霜台御史绣衣人，藏得横斜水影真。
一幅齐纨裁皎洁，笔端浑是玉精神。
萧萧冻雨簷花落，纸帐夜寒灯影薄。
恍然相对似还家，春信依稀生绿萼。
绿萼春生日渐多，山中归兴尚蹉跎。
玉堂日赐宫壶酒，其奈梅花似雪何。
何当催赴看花约，莫待江天吹晓角。
诗成起向画中题，酒熟还思花下酌。

梅花小幅

（明）姚绾

贪看璧月挂梢头，几次花前倚醉游。
无奈翠禽啼处苦，不容清梦到罗浮。

题陆廉伯庶子所藏墨梅

（明）程敏政

宋人写梅工染地，染出疎花得花意。
寒枝点缀纵复横，宛在江村立烟际。
元人写梅铁作圈，千玉万玉相联拳。
天机浅深各有态，三昧定属何人传？
忽拭此图真宋手，入眼丹青未能有。
凉风未觉生衣襟，古月犹疑照膤牖。
断缣残墨惊海棠，当时价抵千金强。
几人豪夺几悬购，完璧乃归君子堂。
多君家在毘陵住，高洁平生似梅树。
秀餐亭上岁寒盟，时约花神共来去。
我今归卧新安山，暗香正逸清溪湾。
北河冰坚未成往，春梦夜落松筠间。
补之不作林逋老，红绿纷纷竞妍好。
愧无佳句慰幽芳，三复莓苔被花恼。

题屈都谏引之墨梅

（明）傅珪

谁拈彩笔向西湖，貌取寒梅入画图？
为爱清香兼晚节，几人相对撚吟须。

题焦中书梅卷
（明）林瀚

一曲霜风玉笛寒，枝南枝北半阑珊。
珠钿落尽香犹在，莫作春堤柳絮看。

胡冬官梅花图
（明）邵珪

江南江北霏霏雨，渔榜渔罾短短篱。
斜出一枝青鸟外，东风掩映水仙祠。

题赵行恕参议所寄沈征士墨梅
（明）吴宽

不见王孙知几年，更堪东老入重泉。
江南风景浑如旧，春草梅花共怅然。

为宁县令萧光甫题墨梅
（明）吴宽

老榦弯敧新榦直，總是昆吾镔铁色。
枝头忽被北风吹，迸出疏花成戏剧。
薄如蝉翼细蝶须，敢与腊雪偏相敌。
雪也无香复易消，阻山背水俱无策。
花神冷笑不言功，月下翛翛倚苍璧。
狂游不到绮陌间，小隐时当野桥侧。
平生高韵有谁知，此种奇姿何处得？
补之已逝叔雅亡，人间久矣无清蹟。
诗人未补《白华》诗，画家重倒金壶墨。
悠悠此意我所谙，欲向萧侯聊比德。

试看宁县九年官,箧里只馀花的的。
士林传玩等甘棠,黄鹤楼中莫吹笛。

为陈明之题墨梅
(明)吴宽

溪藤百尺馀,惨惨颜色变。遂令尘埃中,难识冰雪面。
秋阳射疎牕,晨起偶开卷。妙手非补之,历历花可辨。
横柯弯且枯,老榦直不颤。天寒北风高,满眼集玄霰。

为顾良弼题墨梅
(明)吴宽

芳名曾向谱中传,似见临溪影倒悬。
为语游人休乱折,低枝正与雪霜便。

曾仲仁墨梅
(明)周用

自怜官阁少诗流,春信相将寄陇头。
一种孤牕明月夜,直飞清梦到衡州。

古峰画梅歌
(明)何景明

空江月堕孤山晓,直榦横枝疎更好。
夜来梦破碧牕虚,残雪半庭寒不扫。
小桥水浅影初斜,野径风清香未老。
霜魂月魄独娉婷,玉骨冰肌自枯槁。
溪头数点瘦花明,坞云漠漠林烟渺。
逋翁湖山诗思闲,寂寂柴门春醉倒。
山亭昼午鹤飞还,一声长笛江门悄。

题林自怡墨梅

（明）罗泰

阙下簪绅裔，幽居寂不譁。穿云开竹迳，遶屋种梅花。
东阁吟仙宅，西湖隐士家。倾心同潦倒，古貌复槎枒。
春信传芳萼，寒光积素华。露含珠蓓蕾，雪绽玉交加。
斗帐空香远，书帏片影斜。终当调鼎鼐，未许讬蒹葭。
卧对宫簷下，行寻灞水涯。妆成谁复见，诗在世仍夸。
驿路愁难寄，罗浮梦转赊。天风吹酒醒，凉月上牕纱。

题郑时晖绣衣画梅（和张东海武选韵）

（明）萧显

清夜珊珊响珮瑶，罗浮梦断酒初消。
美人何处游仙去，独有遗容傍野桥。

题徐嘉兴扇画梅（赓屠大理韵）

（明）谢廷选

羌笛悲残曲，含章忆素英。关情使君阁，诗雪夜同清。

题余千兵梅花图

（明）林景清

将门豪客城东住，手植梅花三五树。
为爱寒香户正开，坐对梅花日成趣。
风流太守为写真，老手笔精妙入神。
半幅溪藤夺造化，枝南枝北争先春。
花如缀玉柯如铁，标格由来自高洁。
髣髴西湖起朔风，满林琼树飘晴雪。
豪客幽情谁得知，对花看画两相宜。

昨朝留我花下酌，濡毫索取题新诗。

梅花图
（明）吴宣

野韵寥寥起太清，溥天容易对谁鸣？
余寻万古无痕月，听奏冰絃一再行。

梅花春意图 （为张梅江太守赋）
（明）廖道南

君不见上林苑中夸紫蒂，梅开玉坞真佳丽，
烟染龙池护影斜，雪消鲸岛连枝霁；
又不见艮岳堂前称绿萼，梅开瑶圃殊萧索，
灵根屈曲穿西垣，劲质幽奇傍东阁。
何如八闽山中梅万株，梅开江上水萦纡。
荪壁全留春意早，药房半遶月华孤。
竭来射策明光殿，花神入梦疑相见。
鹓鹊盈盈玉笋辉，蓬莱袅袅金莲炫。
高韵还登大雅堂，浑如大庾岭头香。
曳裾长袭幽兰秀，珥笔仍含杜若芳。
迩乘五马来三楚，阜盖朱旛临鄂渚。
鹦洲琼藻王孙赋，鹤楼铁笛仙人语。
天回北陆向严冬，江上寒云尽日封。
壮节独怜君子竹，孤忠恒对大夫松。
姑射清姿在何处？朝光浮动扶桑曙。
淡魄奚论何逊斋，暗香不羡阴铿署。
我时漫和东坡词，松风亭外郁相思。
商鼎试调元气转，炎经堪赞化工奇。
梅花图中观太始，鸡雏满前皆赤子。

愿君布泽沾九陔，坐使春风遍桃李。

梅花卷（次东坡韵为汪亳州题）
（明）廖道南

维山之麓水之村，梅花有梦撩清魂。
孤芳迥敌白雪皎，苦节直破黄霾昏。
我心爱梅如爱莲，地偏每忆君子园。
梦泽寒光落空翠，竟陵野色含春温。
南枝屈盘海月照，东林炫赫朝阳燉。
未报王猷造竹所，且延谢客歌松门。
天地为炉万物炭，噫嘻玄造浑无言。
还期结实荐商鼎，莫遣摇落悲芳尊。

题画梅（寄吴江赵令君季兆。君广平人也，宋广平尝赋之，故云。）
（明）王世贞

空庭一树影横斜，玉瘦香寒领岁华。
解道广平心似铁，古来先已赋梅花。

题谈思重写梅花（赠李茂承）
（明）王世贞

谈郎写梅今绝伦，貌得罗浮月下神。
玉笛江城吹不落，一枝留伴谪仙人。

双梅歌（为方塘张封君赋）
（明）王世贞

瑶台仙姝畏桃妒，化作君庭双玉树。
大庾万条看更俗，陇头一阕吹不堕。
张果齞齿如编银，要与此树争丰神。

飞觞三雅媚残月，摇笔片语开新春。
有子移根奉温室，皎皎冰姿射霜日。
莫言子作书生酸，要与君王调鼎实。

题梅卷（赠虚上人二首）
（明）王世贞

罗浮寒玉千树，折赠阇黎一枝。
欲识西来真意。暗风吹到军持。

陇头玉笛吹遍，哀响不到僧家。
为问阿师微笑，世尊拈示天花。

雪湖老人墨梅
（明）焦竑

湘江水落零雨丝，罗浮遥遥梦难期。
华光一逝孤标绝，貌得寒梅第一枝。
肌肤绰约如冰雪，翠袖轻盈弄明月。
篱根竹外无人知，瘦影横波共清绝。
刘生刘生老弥壮，半幅轻绡传意匠。
剡溪美人襟抱奇，对此悠然得真赏。
披图飒飒生微风，春入寒岩雪渐融。
恍疑身向孤山道，十里林峦香雾中。

历代题画诗类卷第八十六

花卉类

答江明道见示画雪梅诗
（宋）朱松

诗人未见雪梅画，只识前村横水枝。
百巧摹香摹不出，此诗风味略相宜。

题茅山道士雪梅障
（元）刘因

积金峰头云五采，天女行空散珠琲。
为怜绝壑一枝春，玄墨敷调增蓓蕾。
因风飘零颜愈真，竟日霾藏气逾倍。
油纛纷纷成素旐，积铁离离增练铠。
圴如侧杯频承露，乱若铦刀缤剪綵。
双龙挟辀儗欲上，万马飞尘卒难浼。
高斋钟磬日未暾，徙倚横斜眩银海。
忆昔西湖极游历，真与逋仙浇磈磊。
后知色相端有空，百念灰心付真宰。
峩峩茅君俨不死，秦君嘉平年首亥。

精思万林元忝存，众卉群芳羞皑皑。
闭门缇袭坐蒲团，长恐夜深风雨改。

梅雪卷（为艾用章作）

（明）丘濬

北风吹雨凝成结，老榦凌霜殭欲折。
地底潜回一脉春，枝头忽迸千茎雪。
雪花六出梅花五，天地茫茫淡容与。
巡簷索笑者谁子，踏影寻香悄无语。
箇中天趣惟自知，顿觉西湖东阁皆支辞。
横斜浪说水边影，娟好空吟竹外枝。
岂知此花中，一花一太极。阴阳互为根，生生机不息。
天上花惟雪，人间花有梅。
雪花飞处梅花开，三白呈祥一白露。
呜呼此理真妙哉！妙哉至理谁能解？平生故人大梁艾。
艾君艾君听我歌，梅边雪里期相待。

为王仲义题雪梅

（明）梁寅

小桥东郭先生履，曲迳西湖处士家。
向暖早看花似雪，冒寒更爱雪如花。

题雪梅图

（明）董其昌

燕山雪尽势嶙峋，写得家山事事真。
刚有寒梅太疏落，请君添取一枝春。

题墨梅风烟雪月（四首）

（明）陶安

万点馀香收不得，倚楼莫怨笛声吹，
此情已任和羹鼎，自与东风暗有期。

烟锁空江晓未开，暗中顾影自怜才。
岁寒标格不可掩，消息已从天上来。

冰雪塞天阳气转，幽香飞动老龙鳞。
平生每事居人后，十月严凝占得春。

百卉未春先入选，玉堂梦远老侵寻。
黄昏耿立无人过，唯有素娥知此心。

题雪梅月梅（二首）

（明）罗泰

五出花开六出飞，空香积翠共凝辉。
灞陵桥上人如玉，两袖春风策蹇归。

流苏帐小玉屏空，画角声沉月正中。
春满罗浮清梦觉，一枝疏影上房栊。

天师月梅图

（元）欧阳玄

陇头谁寄一枝来？多谢天公巧剪裁。
犹自寿阳妆额后，到今玉蕊忍全开。

题梅月图
（明）周瑛

孤山处士旧时家，门巷深深一径斜。
惆怅诗魂呼不醒，只留明月照梅花。

梅月图
（明）李东阳

清溪倒影入空寒，月色梅花共一般。
夜半落英看不见，暗风吹断玉栏干。

题梅月图
（明）秦旭

孤山山上月明多，长忆西湖玛瑙坡。
安得扁舟吹短笛，梅花香里一经过。

题画梅月
（明）僧麟洲

疏花纤月鬭清寒，曾向西湖雪后看。
零落断香三十载，几家风笛倚阑干？

和南湖史君烟景墨梅图
（元）陈深

依约罗浮翠岭前，美人玉立破苍烟。
画图未许分明见，一夜春风入梦先。

烟梅（为王和初题）
（明）陈娃

天与孤高第一花，却从幽谷作生涯。

岁寒喜见春风面，漫遣疏烟故故遮。

题张晞颜纸本红梅
（宋）范成大

酒力欺朝寒，潮红上妆面。桃李漫同时，输了春风半。

红梅画
（元）王冕

玉妃步月影毵毵，燕罢瑶池酒正酣。
半夜不知香露冷，春风吹梦过江南。

题画红梅
（元）陶宗仪

梨云落莫锦云低，谁些〔写〕冰魂上赫蹏？
玉骨从来无此色，想应新浴武陵溪。

题翠竹红梅
（元）贡性之

美人燕罢酒初消，凌乱云鬟压步摇。
莫遣翠禽啼梦断，醒来无处诧春娇。

题画红梅
（明）刘基

水晶宫里玉真妃，宴罢瑶台步月归。
行到赤城天未晓，冷霞飞上六铢衣。

红梅图
（明）刘玶

天生本是冰霜姿，缟衣不受纤尘缁。

何事东君厌清素，一宵幻出珊瑚枝。
园林陡觉春意别，千株万株飞红雪。
莫怜醉骨已如泥，要使丹心常似铁。

画红梅（为吴允思题）

（明）林㟽

冰姿雪色自无尘，香艳桃娇偶借春。
一段繁华幽寂意，题诗试问陇头人。

红梅图（为肇和题）

（明）罗屺

西湖残雪候多时，却恨前年被雪欺。
且学杏花红似锦，暂招鸣鸟到南枝。

画红梅

（明）徐渭

即使胭脂点，犹成冷淡枝。杏花无此榦，铁树少其姿。
挂壁纷红雪，围春在锦池。无由飘一的，娇杀寿阳眉。

题画红梅

（明）僧麟洲

三百年来处士家，酒旗风里一枝斜。
断桥荒藓无人问，颜色而今似杏花。

题竹外一枝梅花

（元）黄清老

仙标何处来？一枝倚寒玉。晴牕见疏林，座上春可掬。
山阴带残雪，水影兼远绿。珍重孤竹君，岁寒伴幽独。

题红梅翠竹图

（元）余阙

竹叶梅花一色春，盈盈翠袖掩丹唇，
休言画史无情思，却胜宫中翦綵人。

红梅翠竹图

（明）刘泰

罗浮仙子访湘君，翠袖娟娟暎茜裙，
江月半痕归去晚，玉容春透酒微醺。

红梅夹竹图

（明）樊阜

罗浮仙子宴瑶池，香脸生春酒晕微，
欲弔湘灵无处觅，青鸾骑向月中归。

陈炼师壁间竹梅（邀倪仲恺同赋）

（元）迺贤

空谷天寒雪如堵，短篷载酒沧江浦。
系船偶傍竹篱边，一树梅花才半吐。
别来京国久相思，梦断愁闻画角吹。
忽见新图写幽趣，令人却忆剡溪时。
寄语南城倪博士，取琴对此弹秋水。
中林月上不须归，共倒清尊醉花底。

题所画梅竹赠友（二首）

（元）赵孟頫

故人赠我江南句，飞尽梅花我未归。

欲寄相思无别语,一枝寒玉澹春晖。

江南翠竹动成林,谁折寒枝寄赏音?
说与双清堂上客,萧然应见此君心。

书梅竹小画
(明) 王守仁

寒倚春宵苍玉杖,九华峰顶独归来。
柯家草亭深雪里,却有梅花傍竹开。

梅竹图
(明) 张灿

蛟绡数尺捲烟雾,谁剪琼瑶贴轻素?
湘灵夜弹五十絃,博罗小凤来翩翩。
翡翠旍旛矗空影,珠衱生辉夜光炯。
澄凝古月冰潭冷,紫凤叫断眠龙醒。

题梅竹卷(二首)
(明) 何乔新

梨云漠漠楚天低,缟袂相逢思欲迷。
斗转参横寒漏永,梦迴惟听翠禽啼。

姑射仙人冰雪姿,珠冠琼珮下瑶池。
湘江帝子元同调,翠袖相依岁晚时。

题梅竹双清图
(元) 泰不华

冰魂无梦到瑶阶,翠袖云鬟并玉钗。

青鸟莫衔红绶带，夜深重认合欢鞌。

题梅竹双清
（明）金西白

孤山不见林君复，借宅空怀王子猷。
爱尔双清须赋詠，令人千古想风流。
缟衣春梦三更月，翠葆凉声几度秋。
莫把琅玕制成笛，虚心应为落花愁。

题张梦卿双清图（三首）
（元）王恽

月影冰魂夺化工，捋须真是不烦公。
漫山正有闲桃李，烂熳春风几日红？

华光品格黄华笔，一段风流付后人。
谁为九衢尘坌底，两枝摇荡浙江春。

淡妆疎影两依依，点缀横斜画总宜。
恰似孤山篱落畔，小溪如练月如眉。

双清图
（明）陈景融

玉树花香璧月圆，绣衣深暎色清妍。
牕涵疎影孤山夜，人在澄光万里天。
云母帐虚沉画角，水晶簾净湿冰絃。
广寒高处应难到，立徧阑干醉不眠。

梅花五友歌

（元）陈泰

古人一水画十日，今我此画凡几笔。
生绡数幅画水石，独立寒梅妙难识。
当其痛饮三百觞，胸蟠劲气不肯降。
龙牙弄泉嘌白雪，鹤翅掠汉飞玄霜。
潇湘之滨渺平楚，望美人兮在南浦。
梦回残月照寒衾，忽见瑶台淡妆舞。
此时见画心怅然，吟蛩落木秋无边。
化工知我惜花意，墨香到骨花能言。
长松飞来蹙成卷，竹色兰房静相见。
吾庐虽小物色多，不待更买鹅溪绢。

题梅友图

（元）李祁

友道日非古，竞趋桃李时。谁能守真素，对此冰雪姿？
天寒岁云暮，矢与同心期。

王澹游岁寒图

（明）吴宽

脩竹风回玉珮清，松声相和紫鸾笙。
此人不识梅兄面，莫怪王蒙说手生。

宣和梅兰图（二首）

（元）王恽

晕碧裁红夺化权，冰姿芳魄鬭春妍。
只应五柞宫中梦，不到幽香淡影边。

木有寒梅草有兰，色香宜作一图看。
曾忧荆杞生庭户，岁暮芰夷有至难。

题梅兰图（二首）

（宋）韩驹

寒梅在空谷，本自凌冰霜。讬根傲众木，开花陋群芳。
遥风递清气，迥水涵孤光。美实初可口，采掇升岩廊。
念尔如傅说，和羹初见尝（尝）。不须羡幽兰，深林自吹香。

幽兰不可见，罗生杂榛菅。微风一披拂，馀香被空山。
凡卉与春竞，念尔意独闲。弱质虽自保，孤芳谅谁攀？
高标如湘累，岁晚投澄湾。不须羡寒梅，粉骨鼎鼐间。

题梅花下水仙花

（元）李祁

自是孤山第一枝，闲花相倚斗清奇。
虽然冰雪宜同调，若问和羹却是谁？

梅花水仙

（明）皇甫芳

弄影俱宜水，飘香不辨风。霓裳承舞处，长在月明中。

梅花折枝图

（明）王行

映水一枝开，春从笔底来。高楼漫吹笛，终不点苍苔。

瓶梅图

（元）吴澄

姑射仙人冰雪姿，壶中表里莹无疵。

合供天上琼楼供，不要人间俗子诗。

横窗梅
（元）丁鹤年

禅牎夜虚明，照见臞仙影。上人对空花，悠然发深省。

临水梅
（元）丁鹤年

疎花清有影，止水净无埃。好似菩提树，明明照镜台。

宫梅图
（元）贡性之

璚楼夜寒银漏涩，满地霜华月光白。
翠禽啼断梦中魂，窈窕虚牎碧纱隔。
千门深锁含章宫，未许人间识春色。
只愁笛里曲声哀，零落香钿点妆额。

题梅野图
（元）吴澄

姑射仙人识面来，偶然有见却惊猜。
谁家野月模糊影，绝忆前时雪里开。

题白描梅
（元）王鉴

湖上无书问老逋，冰霜岩壑耐清孤。
入更月上天全白，转首春风是画图。

题万玉图
　　　　　　　（元）陶宗仪

踏雪寻梅访老逋，西泠桥外小山孤。
疎疎密密花争发，好似传来万玉图。

题梅屏
　　　　　　　（明）刘基

树杪过流星，轻霜落半庭。疎花与孤客，相对一青灯。

曹得一扇头
　　　　　　　（元）元好问

机中秦女仙去，月底梅花晚开。
只见一枝疎影，不知何处香来。

梅花扇
　　　　　　　（元）贡性之

香雪缀晴梢，东风暖未消。路经苏小墓，船泊段家桥。
瘦倚吟边竹，寒低月下箫。逋仙杳何许，千古若为招。

画梅便面
　　　　　　　（元）贡性之

嫦娥深住广寒宫，不许人间信息通。
秋来折尽婆娑桂，偷得寒香在月中。

题梅花扇面（寄五十佥宪）
　　　　　　　（元）丁鹤年

忆向西湖蹋早春，万花如玉月如银。

一枝照影临清浅，满面冰霜似故人。

和韵题扇头梅花
（明）王世贞

铜坑万树玉横斜，月洗烟笼领岁华。
棹过酒船无好句，至今犹自负梅花。

写　梅
（宋）杨公远

为渠摹写未为难，只要稀疏不要繁。
雪月风烟俱属我，一时收拾付毫端。

题画寸许梅枝于石梦飞扇头
（明）李日华

醉堕孤山雪里，拾来一寸瑶簪。
莫插文君纤鬓，能挑蜀客琴心。

庄子仪扇头梅花
（明）李日华

雪里孤踪本费寻，不教尘点一毫侵。
竹枝幸作随身婢，明月何妨独照心。

写　梅
（明）李日华

冷龙起蛰山石裂，脊尾连蜷如屈铁。
为从登流岛上来，透甲奇香夹冰雪。

新正三日写梅
（明）李日华

真态不须烦剪剔，浅妆淡晕出疏篱。
东风昨夜消残雪，刚印缃綉半趾泥。

写 梅
（明）李日华

青丝络壶春酒香，山阴高屐趁晴光。
水边林下逢奇友，吐尽平生冰雪肠。

画梅时正雪下
（明）徐渭

谁写孤山伴鹤枝，早春牕下索题诗。
今朝风景偏相似，是我寻他雪下时。

题画（二首）
（元）陈高

茅舍雪初消，幽牕夜方静。美人期不来，月照梅花影。

愁来生白发，问尔复何愁？应被春光恼，多情雪满头。

题陈叔虎绣梅花扇
（宋）杨万里

指下生寒影，针端即化工。冰痕将雪点，不受烛光融。

落梅图
（元）张庸

小桥流水梅花庄，花落莺啼曾断肠。
满纸残英重见画，醉来犹忆旧时香。

历代题画诗类卷第八十七

花卉类

水仙花图
（元）钱选

帝子不沉湘，亭亭绝世妆。晓烟横薄袂，秋濑韵明珰。
洛浦应求友，姚家合让王。殷勤归水部，雅意在分香。

题赵子固水墨双钩水仙卷
（元）仇远

冰薄沙昏短草枯，采香人远隔湘湖。
谁留夜月群仙佩，绝胜秋风《九畹图》。
白粲铜盘倾沆瀣，青明宝玦碎珊瑚。
却怜不得同兰蕙，一识清醒楚大夫。

题水仙花图
（元）马祖常

帝子湘南住白瑶，苔生钗股织龙绡。
蕊香金粟谁分剂，闲鬬兰苕上翠翘。

赵孟坚水墨双钩水仙长卷

（元）邓文原

仙子凌波佩陆离，文鱼先乘殿冯夷。
积冰澌雪扬灵夜，鼓瑟吹竽会舞时。
海上瑶池春不断，人间金盆事堪疑。
天寒日暮花无语，清浅蓬莱当问谁？

水仙图

（元）黄溍

翛翛翠羽映鸣珰，谁遣乘风过我傍。
岁晏高堂空四壁，一帘烟雨梦潇湘。

题水仙花图

（元）陈旅

莫信陈王赋洛神，凌波那得更生尘。
水香露影空清处，留得当年解佩人。

题虞瑞岩描水仙花

（元）姚文奂

离思如云赋洛神，花容婀娜玉生春。
凌波韈冷香魂远，环珮珊珊月色新。

题水仙图

（元）韩性

洛下风流人，人言影亦好。况乃蛟宫仙，迥立清汉表。
翠裙湿凉蟾，晴光白如埽。坐对冰雪容，不受东风老。
澄江渺余怀，相期拾瑶草。

题水仙

（元）倪瓒

晓梦盈盈湘水春，翠虬白凤照江滨。
香魂莫逐冷风散，拟学黄初赋洛神。

墨水仙

（元）倪瓒

宋诸王孙释大云，清诗多为雪精神。
谁言一点金壶墨，解寄湘江万里春？

集句题张玉田画水仙

（元）马臻

赏月吟风不要论，曳裾何处觅王门？
谁人得似张公子，粉蝶如知合断魂。

送卢益修炼师所画水仙

（元）郯韶

卢敖爱向山中住，长遣看云一舄飞。
昨夜候神东海上，梦随环佩月中归。

题赵子固水仙图

（元）张伯淳

裙长带袅寒偏耐，玉质金相密更奇。
见画如花花似画，西兴渡口晚晴时。

题虞瑞岩白描水仙

（元）于立

瀛洲之君号中黄，琱冠翠帔悬明珰。

通明宫中拜帝觞,帝遣换骨生天香。
醉后横斜踏明月,明月零乱如冰雪。
为传清影落人间,化作幽芳更愁绝。
官车晓过西陵渡,贝阙珠宫锁烟雾。
君王十二玉阑干,玉盘倒泻金茎露。
江风吹断旧繁华,年年十月自春花。
写成幽思无人省,持献瑶池阿母家。

题水仙
(元) 于立

梦落人间不记年,月明清影袅翩翩。
为问蓬莱几清浅?御风环珮欲泠然。

题水仙花画卷
(元) 赵孟坚

自欣分得储(楮)山邑,地近钱清(塘)易买花。
堆案文书虽鞅掌,簪缾金玉且奢华。
酒边已爱香风度,烛下犹怜舞景斜。
樊(礬)弟梅兄来次第,撺春热闹令君家。

题玉山所藏画水仙卷(书达祕书后)
(元) 袁华

窈窕楚皋女,委蛇佩陆离。凌风翳翠袖,乘月靡云旗。
含嚬默延伫,怊怅失佳期。涉江采璚芳,将以慰所思。

题赵子固水仙
(元) 项炯

龙波乍起湘云湿,帝子欲归归不得。

十二烟鬟点遥碧，到今愁魄寄湘花，画出深愁云邈笔。

题赵子固墨水仙
（元）张天英

青竹珠簾人似玉，雾鬟风鬓缀灵粟。
一笑误翻金叵罗，香湿群仙翠袿襫。
龙国朝回《八风舞》，凤池醉度《凌波曲》。
瑶瑟双歌李白词，冯夷捧出兰缣绿。

题赵子固画水仙花（雨雪风月四首）
（元）张天英

水仙花上雨垂垂，绝似华清赐浴时。
况是亲承恩泽后，托根只合在瑶池。

冰肌冷浸六花香，姑射仙人试晓妆。
门外玉京天咫尺，金铛琼珮谒明光。

海上群仙驾八鸾，翠华袅袅玉珊寒。
临风似学《回波舞》，要博君王一笑看。

仙子骑龙出水濒，雪衣飞动月为神。
停杯飞唱《凌波曲》，笑醒东都梦里人。

题赵子固水仙
（元）张天英

雨带风襟玉体寒，为谁解佩在江干？
金支翠钿那复得，只愁归去便乘鸾。

题卢益修白描水仙花

（元）张天英

卢生吮笔写三香，海上仙人欲取将。
宫阙絫（凝）酥春雪霁，好留屏曲写孤芳。

水仙图

（元）王冕

寒风萧萧月入户，渺渺云飞水仙府。
仙人一去不知所，池馆荒凉似无主。
江城岁晚路途阻，邂逅相看颜色古。
环珮无声翠裳舞，欲语不语情悽楚。
十二楼前问鹦鹉，沧海桑田眯尘土。
王孙不归望湘浦，芳草连天愁夜雨。

子固水仙

（元）郑元祐

仙姿艳玉肌，轻拂五铢衣。罗袜凌波去，香尘蹙步飞。

题白描水仙

（元）陈基

汗漫海上期，婵娟池中影。麻姑殊未来，相思月华冷。

题水仙

（元）陈基

水苍为佩玉为人，素质娟娟不爱春。
终古《关雎》遗德化，礼防游女汉江滨。

题风中水仙花图

（明）刘基

痴妒封家十八姨，不争好恶故相欺。
沅湘日暮波涛起，翠荡瑶翻欲渡迟。

钱舜举水仙花

（明）吴宽

种尽芳根花不发，雪翁笔底忽生妍。
人云须向水边种，始悟花名是水仙。

赵子固水仙

（明）李至刚

水精宫阙夜不闭，仙子出游凌素波。
为爱低头弄明月，不知零露湿衣多。

墨水仙

（明）谢承举

黑云飞满石池秋，涂抹生绡散不收。
钩锁雪花无点迹，浙江一夜素娥愁。

题陶云湖墨花水仙

（明）陆深

淡妆高韵北风寒，傍水犹宜月下看。
神女误遗金约指，良工新制水晶盘。
绿罗带引风初定，碧玉珰含露未乾。
细检画图知苦意，春光不爱染云峦。

赵子固水仙

（明）李日华

几番疑汝是冰魂，浅渚微霜月映门。
一晕轻黄破檀口，半铢薄粉掩啼痕。

钱选水仙

（明）祝允明

八斗才中画洛神，翠罗轻飐鞢尖尘。
霅溪老子真能事，更比陈王写得亲。

画水仙付鹫峰寺僧

（明）徐渭

水仙画里妙氤氲，蒼蔔从兹等烂芸。
安得香岩真鼻孔，一时成雾尽从闻？

水仙画

（明）徐渭

海国名花说水仙，画中颜貌更婵娟。
若非洒竹来湘浦，定是凌波出洛川。

钮给事中花园藏陈山人所画水仙花，次王子韵一首，而陈文学示我五首，故我亦如数

（明）徐渭

西子当年浣苎罗，山樊阿姊亦凌波。
一丛挂向黄门壁，二美容颜若箇过。

秦楼有女身姓罗，使君立马待迴波。

正似水仙初放雪，二十未足十五过。

年年花药缚红罗，给谏池塘影赤波。
争似黄冠簪玉导，色虽不及丰神过。

弓鞋窄窄寸来罗，踏水乘鱼浅浅波。
谁把江娥勾入画？夫人自嫁不吾过。

海樵笔能移汨罗，分明纸上皱鳞波。
况添一种梅花妹，比较《离骚》香更过。

雪水仙
（明）徐渭

西子云軿趁雪行，白鸾无力海绡冰。
玉京固是朝天路，如此清寒苦不胜。

舜举水仙梅（五首）
（元）牟巘

横出一枝谁与并，整青葱珮立多时。
腮明几净好风日，移向此中渠不知。

檀晕金杯两擅奇，晚风并作一香吹。
此中毕竟同还别，付与司南鼻孔知。

雪碗冰瓯荐茗时，萧然相与对幽姿。
一生肝胆何由俗，时有清风披拂之。

当代涪翁有素评，此花雅合唤梅兄。

玉宸殿上重差次,可是诗人许与轻?

老逋久共梅同住,好事谁令侑水仙?
变化侯王等闲耳,不堪持到影香前。

水仙兰
（明）徐渭

自从生长到如今,烟火何曾著一分。
湘水湘波接巫峡,肯从峰上作行云?

王进叔所藏徐熙杏花
（宋）苏轼

江左风流王谢家,尽攜书画到天涯。
却因梅雨丹青暗,洗出徐熙落墨花。

题徐熙杏花
（宋）范成大

老枝历（当）岁寒,芳蕍春澹泞。露绡轻欲无,娇红恐飞去。

题张晞颜杏花图
（宋）范成大

红粉团枝一万重,当年独自费东风。
若为报答春无赖,付与笙歌鼎沸中。

墨杏花折枝
（元）张雨

折得邻墙红杏枝,春风偷染墨胭脂。
恰如误入仙山路,虎啸林深月暗时。

徐熙杏花
（元）郑氏（名允端）

写生政自爱徐熙，把卷摩挲眼欲迷，
曾记沉沉春雨后，一枝斜透粉牆西。

次张东海杏园图韵
（明）姚绶

故人自是诗中傑，白战骚场有功烈。
不与馀子相脂韦，出语惊人夸妙绝。
以头濡墨袒跣时，手中何尝持寸铁。
譬之健马入军阵，无谱随人生曲折。
研池水乾走渴兔，六月阴风欲飞雪。
飘飘落纸龙潜藏，《玉树后庭》歌尽咽。
杏花此时不可见，满篷细雨黄梅节。
书题既罢感存亡，渺渺云山隔吴越。
他日重披若我思，九点青山共明月。

题杏林图（赠陈子京）
（明）徐贲

茅山无四邻，红杏万株春。收穀还凭虎，栽花媵有人。
学仙离世久，访病出山频。我独怀芳躅，君能继后尘。

写杏花自题绝句
（明）陈铎

晴团红粉护春烟，彷彿江村二月天。
记得景卿回首处，一枝斜拂酒楼前。

题梅得芳杏林图

（明）施敬

梅仙炼丹处，山杏栽无数。卖药到人间，衣裳带红雾。
花开不知岁，子落还成树。我欲与之言，飘然骑虎去。

题曲江春杏图

（明）陆深

北地春偏早，长安二月中。杏花凡几树，金水玉河东。
绿罗衣袂寒犹重，九陌香多漾软红。
何用内园催羯鼓，一枝惊破喝声雄。

题杏花（二首）

（明）徐渭

朵朵西施靥，年年墙外窥。莫嫌妆不澹，带酒未醒时。

枝枝出墙语，朵朵向人窥。宋玉邻家女，施朱太赤时。

画杏花

（明）徐渭

一策万言如有神，本朝策士数罗伦。
今朝骑马看花者，肯与罗伦作后尘？

题杏花小景

（明）葛孔明

春风开到上林枝，一段韶光二月时。
恰似玉人临晓镜，鬓边浅浅注胭脂。

题张晞颜梨花
（宋）范成大

雪薄冰轻不耐春，雨中愁绪月中真。
莫教梦作云飞去，留伴昭阳第一人。

梨花（二首）
（元）程钜夫

神清体绰约，云淡月朦胧。道是玉环似，输渠林下风。

一枝寒食雨，落纸不沾濡。他日成秋实，还能寄我无？

题钱舜举画梨花
（元）王恽

掖西千树闹春华，莫把芳容带雨夸。
看取一枝横绝处，洗妆还是汉宫娃。

题钱舜举著色梨花
（元）赵孟頫

东风吹日花冥冥，繁枝压雪凌风尘。
素罗衣裳照青春，眼中若有梨园人。
攀条弄芳畏日夕，只今纸上空颜色。
颜色好，愁转多，与君酤酒花前歌。

题梨花折枝
（元）朱德润

玉压帽簪花底春，惜无花下洗妆人。
阿娇一掬东风泪，聊仗丹青为写真。

赵魏公写生梨花折枝
（元）张雨

玉面浑无獭髓痕，春风洗绿上飞裙。
遥知姑射山头雪，化作杨君梦里云。

题梨花
（明）谢承举

十二朱阑春梦长，溶溶月色照昏黄。
玉人记得东京事，花底一壶同洗妆。

梨花图
（明）谢承举

春寒时怯透帷风，粉蝶银蛾忽堕空。
月色溶溶庭院静，有人独倚画阑东。

题画梨花折枝
（明）徐渭

粉晕微销墨一丝，春风春雨未来时。
名园无此好颜色，知是宫中第几枝？

白描梨花
（明）李日华

雨香云淡月霏微，薄薄铅华浅碧衣。
却似道山春晏罢，水晶簾下拜安妃。

观修处士画桃花图歌
（唐）崔庸

一从天宝王维死，于今始遇修夫子。

能向鲛绡四幅中，丹青暗与春争工。
勾芒若见应羞杀，晕绿匀红渐分别。
堪怜彩笔似东风，一朵一枝随手发。
燕支乍湿如含露，引得娇莺痴不去。
多少游蜂尽日飞，看遍花心求入处。
工夫妙丽实奇绝，似对韶光好时节。
偏宜留著待深冬，铺向楼前试霜雪。

题王居士所藏王友画桃花
（宋）黄庭坚

凌云一笑见桃花，三十年来始到家。
从此春风春雨后，乱随流水到天涯。

题舜举折枝桃
（元）赵孟頫

醉里春归寻不得，眼明忽见折枝花。
向来飞盖西园夜，万烛高烧照烂霞。

碧桃图
（元）程文敏

绀发绿毛冠，琼琚缥碧衫。人闲无处著，除是浦陀岩。

绯桃图
（元）陶宗仪

学会徐熙笔法奇，浓磨翠屑衬胭脂。
武陵溪上神游熟，写得春风小折枝。

绯桃图

（明）杨基

茂陵老去爱求仙，青鸟衔书到御前。
不意种桃成一笑，开花结子六千年。

题桃花图

（明）张以宁

溪上桃花春可怜，赤栏桥畔忆游仙。
若为饱吃胡麻饭，看到三千结实年。

题竹间桃花

（明）贝琼

万琅玕里一枝春，向客无言又似颦。
彷佛武陵溪上路，放舟何处觅秦人？

千叶绯桃图

（明）杨基

密瓣深红别有春，武陵千树欲迷津。
不因流水飘香出，那得秦人识晋人。

桃花图

（明）岳岱

竹林深处有桃花，一半临风一半遮。
尚忆春来三日醉，晓烟疎雨卧山家。

题折枝桃花

（明）文彭

折得桃花拂袖香，美人含笑立东墙。

无言亦自成蹊迳，解语争教不断肠。

墨桃花
（明）谢承举

烟深岚重失天台，桃萼全非旧日开。
人自伤心花自惨，刘郎应悔出山来。

题桃花
（明）谢承举

日暖风柔逞艳姿，花神独立小春时。
蹇驴昨日玄都观，认得夭夭竹外枝。

题红碧桃扇景
（明）张凤翼

临风红褪脸，和露粉成妆。浓淡君休讶，盈盈各断肠。

玉洞桃花歌（三首，为徐丈题画）
（明）王世懋

度索山中行，桃花水千尺。水穷花发处，知有群仙宅。

寻源问仙侣，几度桃花津。中有青城客，云是姓徐人。

桃叶度作歌，桃核持作酒。与君寿千秋，安期下为友。

咏杨太宰桃花园图卷（寄右武、尔瞻）
（明）汤显祖

吏部桃花千树秾，春风春日好颜容。
亦知邹子闲吹律，略放丁生一梦松。

题启南写绯桃图卷
（首题"石翁乐事"四字，桃作六出，有议其误者，予因解之。）

（明）吴宽

石翁乐事嗟何事？终日春风逸笔吹。
寄语看花人仔细，绯桃千叶半开时。

题桃花扇面
（明）张元凯

碧桃树底醉流霞，记得当年翠袖遮。
今日飘零歌扇在，令人肠断故园花。

题章复画碧桃
（明）席应珍

忆昔瑶池侍宴时，碧桃花下酒盈卮。
今朝醉里看图画，羞对东风两鬓丝。

和杨直讲夹竹花图
（宋）梅尧臣

桃花夭红竹净绿，春风相间连溪谷。
花留蜂蝶竹有禽，三月江南看不足。
徐熙下笔能逼真，茧素画成才六幅。
萼繁叶密有向背，枝瘦节疏有直曲。
年深粉剥见墨踪，描写工夫始惊俗。
从初李氏国破亡，图书散入公侯族。
公侯三世多衰微，窃贸檐头由婢仆。
太学杨君固甚贫，直缘识别争来鬻。
朝质绨袍暮质琴，不忧明日饲无粥。

装成如得骊颔珠，谁能更问龙牙轴。
竹真似竹桃似桃，不待生春长在目。

折枝桃榴图（二首）
（元）程钜夫

长眉添粉重，媚脸醉春暄。百啭东风里，如何独不言？

西国移根早，瑶池染露新。青禽旧相识，来送凤城春。

琼花画轴
（宋）孔武仲

我欲游广陵，江湖浩难涉。喜有琼花枝，相随在巾箧。
北人初不识，谓是玉蝴蝶。天妃绝世艳，乃以方妓妾。
古祠惟一株，他种不欲接。春风乱百草，红紫鬪纷烨。
皓然姑射姿，岂少朱粉颊。铁榦已峥嵘，云朵正稠叠。
书林日清闲，万虑坐收摄。悠然对妙笔，颇与幽兴惬。
髣髴未易得，吟思舌徒嗫。

璚花图
（元）刘因

淮海秀璚（琼）枝，独立映千古。遥知办此物，坤灵心亦苦。
平生劳梦想，江烟隔南浦。春风不相待，回首似焦土。
画图今见之，依稀春带雨。芳心纷已碎，仙葩聚如语。
瑶台旧高寒，人间此何所？翩翩风袂轻，幽香暗相许。

题赵昌木瓜花
（宋）范成大

秋风魏瓠实，春雨胭脂花。綵笔不可写，滴露匀朝霞。

画册木笔

（明）吴宽

半含成木笔，本号是辛夷。一树石庭下，故园增我思。

山礬图

（元）牟巘

玉殿何劳定等差，弟兄俱是老涪家。
季方也与新名字，免得人呼作玚花。

题画山礬

（元）熊梦祥

傍路依山到处生，只因樵牧惯相轻。
若教尘俗如桃李，未必桃花肯作兄。

题林周民山礬图

（明）许伯旅

山礬入画古所少，我昔见之倪瓒家。
问君何处得此本，水屋十月来春花。
东风著树香满雪，长须滴露金粟结。
一枝独立霜霰馀，已觉江梅是同列。
惜哉此物知者稀，深林大谷多所遗。
牧竖樵童尔何苦，翦伐每同荆棘归。
林君本是鳌头客，高卧云间人莫识。
酒酣挥袖卷新图，一笑西山眼中碧。

题张晞颜纸本常春

（宋）范成大

染根得灵药，无时不春风。倚栏与挂壁，相伴岁寒中。

丽春花图

（明）谢承举

人怜花好自情真,花本无情岂趁人。
白发宫娥休满挿(插),镜容不似昔年春。

历代题画诗类 4
（最新点校本）

传统文化修养丛书

（清）陈邦彦等—编

乔继堂—整理

上海科学技术文献出版社
Shanghai Scientific and Technological Literature Press

本册目录

卷第八十八　花卉类

篇名	作者	页码
洛阳牡丹图	（宋）欧阳修	1609
和范景仁蜀中寄牡丹图	（宋）范纯仁	1609
题张希颜纸本牡丹	（宋）范成大	1610
题徐熙紫白二牡丹	（宋）范成大	1610
题钱舜举牡丹折枝图	（元）王恽	1610
题番阳徐氏双头牡丹图	（元）戴表元	1610
题赵子昂画罗司徒家双头牡丹并蒂芍药	（元）程钜夫	1611
紫牡丹图	（元）程钜夫	1611
画牡丹	（元）马祖常	1611
题寿皇御题淳熙宫画牡丹扇（二首）	（元）柳贯	1611
题画牡丹	（元）李祁	1611
徐熙牡丹图	（元）金涓	1612
题扇面牡丹	（明）刘基	1612
题赵昌所画御屏牡丹	（明）浦原	1612
题牡丹	（明）徐溥	1612
墨牡丹（二首）	（明）李东阳	1612
题冀郎中墨牡丹	（明）程敏政	1613
题二色牡丹（二首）	（明）王衡	1613
墨牡丹	（明）吴宽	1613
庆云牡丹图	（明）沈周	1613
吴瑞卿染墨牡丹	（明）沈周	1614
为王挥使画牡丹	（明）沈周	1614

题牡丹　（明）沈周 …………………………………… 1614
题王秀才牡丹图　（明）康海 …………………………… 1614
画牡丹　（明）文徵明 …………………………………… 1615
题画墨牡丹　（明）张凤翼 ……………………………… 1615
题画瓯碧牡丹　（明）王世贞 …………………………… 1615
题复甫墨牡丹（二首）　（明）王世贞 ………………… 1615
子上持豫章画扇，其上牡丹三株，黄白相间盛开……
　　　（宋）杨万里 …………………………………… 1616
题唐伯虎画牡丹　（明）王世贞 ………………………… 1616
题赵昌芍药　（宋）苏轼 ………………………………… 1616
题芍药　（明）刘泰 ……………………………………… 1616
宋徽宗画芍药　（明）谢承举 …………………………… 1617
墨芍药　（明）谢承举 …………………………………… 1617
白描芍药图　（明）杨基 ………………………………… 1617
题芍药游蜂　（明）张凤翼 ……………………………… 1617
海棠图　（唐）崔涂 ……………………………………… 1617
驿舍见故屏风画海棠有感（二首）　（宋）陆游 ……… 1617
画海棠图　（元）马祖常 ………………………………… 1618
饶世英所藏钱舜举海棠　（元）虞集 …………………… 1619
题折枝海棠图　（元）柳贯 ……………………………… 1619
为琅溪题折枝海棠　（元）欧阳玄 ……………………… 1619
题钱舜举折枝海棠　（元）贡师泰 ……………………… 1619
折枝海棠　（元）杨维桢 ………………………………… 1619
白描海棠花　（元）贡性之 ……………………………… 1619
赵昌海棠图　（元）金涓 ………………………………… 1620
题光禄主事虎仲桓海棠图　（元）余阙 ………………… 1620
墨海棠　（元）李冶 ……………………………………… 1620
画海棠　（元）丁鹤年 …………………………………… 1620

雪翁海棠　（明）徐贲	1620
海棠图　（明）杨基	1620
明月海棠图　（明）朱谏	1621
海棠画扇　（明）薛蕙	1621
书海棠扇　（明）徐祯卿	1621
画海棠　（明）徐渭	1621
题雪球花　（明）高棅	1621
题绣球花　（明）王世贞	1622
子昂墨萱扇　（元）袁桷	1622
题萱草图　（元）陈旅	1622
萱图　（元）王逢	1622
题墨萱　（元）倪瓒	1622
子昂墨写萱草　（元）张雨	1622
扇上墨萱　（明）张羽	1623
萱草图　（明）周用	1623
题文富侄萱花　（明）程敏政	1623
题沈启画忘忧草　（明）王世贞	1623
题萱蕙同芳图　（元）钱惟善	1623
月桂图　（元）程钜夫	1623
画玫瑰花　（明）徐渭	1624
毛元升画蔷薇　（元）唐肃	1624
蔷薇图　（明）杨基	1624
宋徽宗石榴图　（元）王恽	1624
石榴图　（元）马祖常	1624
石榴画屏　（元）朱德润	1624
题宣和画石榴　（明）阙名	1625
马远画酴醾　（明）高启	1625
虞美人草图　（明）王世贞	1625

次韵杨宰凌霄花图　（宋）陈造 …… 1625
凌霄花题册　（明）王世贞 …… 1625
王伯敫所藏赵昌黄葵　（宋）苏轼 …… 1626
饶世英所藏钱舜举黄蜀葵　（元）虞集 …… 1626
题画黄葵　（元）袁易 …… 1626
黄蜀葵图　（元）程文敏 …… 1626
白无咎黄蜀葵　（元）张雨 …… 1626
黄葵图　（元）丁鹤年 …… 1626
题画葵花　（元）王翰 …… 1627
题黄葵　（元）陶宗仪 …… 1627
马远画黄葵　（明）高启 …… 1627
墨葵　（明）杨基 …… 1627
蜀葵画　（明）杨基 …… 1627
黄葵花图　（明）谢承举 …… 1627
秋葵小画　（明）顾璘 …… 1628
画栀子　（明）吴宽 …… 1628
栀子花题画　（明）丰坊 …… 1628
题画栀子花　（明）叶初春 …… 1628
题赵昌踯躅　（宋）苏轼 …… 1628
题画薄荷扇（二首）　（宋）陆游 …… 1628
金钱花题册　（明）王世贞 …… 1629

卷第八十九　花卉类

次韵袁起岩送示郡沼双莲图　（宋）范成大 …… 1630
绘莲（二首）　（宋）白玉蟾 …… 1630
赵昌荷花　（元）刘因 …… 1630
题曹农卿双头莲图（二首）　（元）吴澄 …… 1631
秋荷图　（元）陈旅 …… 1631

莲藕花叶图　（元）吴师道	1631
题败荷　（元）王翰	1632
题画莲　（元）李祁	1632
画莲　（元）贡性之	1632
题扇面荷花　（明）刘基	1632
题红白莲　（明）高棅	1632
题画莲　（明）陈宪章	1632
题宗人愈大上舍所藏白描风荷图　（明）程敏政	1633
为周郎中公瑞题观莲图　（明）吴宽	1633
许彦明白莲诗卷　（明）顾璘	1633
陶耕学红白荷花扇面　（明）周鼎	1634
桂林图　（元）张宪	1634
刘元初桂花图　（明）张以宁	1634
题周逊学天香深处卷　（明）高启	1635
题钱舜举折桂枝　（明）解缙	1635
徽宗画瓶中桂花　（明）王泽	1635
丹桂图　（明）周用	1635
桂图吟　（明）廖道南	1636
为钱副郎世恩题桂兔图　（明）吴宽	1636
题赵昌寒菊　（宋）苏轼	1636
题菊花册　（宋）杨后	1636
异菊图　（元）王恽	1637
白菊图　（元）程钜夫	1637
钱舜举折枝菊　（元）袁桷	1637
题墨菊　（元）何中	1637
题墨菊　（明）黄镇成	1637
墨菊　（元）贡性之	1638
墨菊　（元）贡性之	1638

题黄菊　（元）陶宗仪	1638
题金菊画屏　（元）秦约	1638
题赵子固兰菊　（元）项炯	1639
题墨菊　（明）刘基	1639
题超上人墨菊　（明）镏崧	1639
题徐雪州墨菊　（明）贝琼	1639
题逊庵墨菊　（明）高启	1639
题菊柬林司成先生　（明）王佐	1639
墨菊（二首）　（明）方孝孺	1640
兰菊图　（明）许继	1640
墨菊　（明）解缙	1640
题菊送别　（明）杨士奇	1640
题墨菊　（明）金幼孜	1640
墨菊　（明）杨荣	1641
墨菊　（明）陈全	1641
画菊　（明）林志	1641
剪菊图　（明）陈颢	1641
题画菊　（明）陈宪章	1641
题敷五菊屏　（明）李东阳	1641
墨菊　（明）李东阳	1642
墨菊　（明）阙名	1642
题黄菊　（明）刘泰	1642
墨菊　（明）刘泰	1642
题道新菊圃卷　（明）程敏政	1642
画菊　（明）杨廉	1643
题钱秋官菊　（明）吴宣	1643
题新喻丞刘源墨菊　（明）郑瑛	1643
题扇头菊花　（明）谢承举	1643

题画菊　（明）郑汝美 ……	1643
题东篱秋色　（明）秦旭 ……	1644
墨菊　（明）唐寅 ……	1644
题何大参菊花图卷子　（明）祝允明 ……	1644
徵明墨菊　（明）祝允明 ……	1644
画菊（二首）　（明）徐渭 ……	1644
题菊竹图　（明）姚绶 ……	1645
白茶画屏　（元）朱德润 ……	1645
青门山人画滇茶花　（明）徐渭 ……	1645
饶世英所藏钱舜举画茶花　（元）虞集 ……	1645
题玉簪花图　（元）陈旅 ……	1645
题秋海棠　（明）谢承举 ……	1646
题张希颜纸本鸡冠　（宋）范成大 ……	1646
鸡冠画　（元）程钜夫 ……	1646
题钱舜举画鸡冠花　（元）于立 ……	1646
题画鸡冠花　（元）姚文奂 ……	1646

卷第九十　花卉类

王伯敫所藏赵昌芙蓉　（宋）苏轼 ……	1647
滕昌祐芙蓉　（宋）文同 ……	1647
饶世英所藏钱舜举芙蓉　（元）虞集 ……	1647
钱舜举折枝芙蓉　（元）虞集 ……	1647
芙蓉图　（元）马祖常 ……	1648
芙蓉画屏　（元）马祖常 ……	1648
钱舜举木芙蓉　（元）卢琦 ……	1648
题墨芙蓉　（元）陶宗仪 ……	1648
题芙蓉画屏　（元）文质 ……	1648
题二色芙蓉便面　（元）熊梦祥 ……	1649

折枝芙蓉	（明）刘涣	1649
赋芙蓉小画	（明）顾璘	1649
为周评事题沈石田画芙蓉	（明）吴宽	1649
墨芙蓉	（明）徐霖	1650
题芙蓉图	（明）谢承举	1650
题芙蓉	（明）谢承举	1650
墨芙蓉图	（明）谢承举	1650
唐伯虎芙蓉图	（明）陈有守	1650
芙蓉障子	（明）沈周	1651
画木莲花图	（元）白居易	1651
和昌毂蓉菊图	（明）陆深	1651
题赵昌山茶	（宋）苏轼	1651
王伯敭所藏赵昌山茶	（宋）苏轼	1651
题杜彦敷山茶	（宋）陈造	1652
山茶图	（元）马祖常	1652
题白扇山茶	（明）王世懋	1652
梁广画花歌	（唐）顾况	1652
观叶生画花	（唐）施肩吾	1652
题花木障	（唐）杜荀鹤	1653
和景仁答李才元寄示花图	（宋）司马光	1653
墨花	（宋）苏轼	1653
戏题赵从善两画轴	（宋）范成大	1653
卢㽦申之自吴门寄颜乐间画笺	（宋）楼钥	1653
题王氏天开图	（宋）刘宰	1654
观黄荃画花	（宋）崔德符	1654
题陈文翁画扇	（元）袁桷	1654
周曾秋塘图卷	（元）邓文原	1654
钱选画花	（元）陈俨	1654

题画　（元）华幼武	1655
画花　（明）高启	1655
题画　（明）杨廉	1655
为毛宪清题花竹图　（明）吴宽	1655
上林图　（明）廖道南	1655
题画杂花　（明）钱榖	1656
画百花卷与史甥，题曰漱老谑墨　（明）徐渭	1656
书鄢陵王主簿所画折枝（二首）　（宋）苏轼	1656
钱舜举折枝图　（元）王恽	1657
折枝　（元）袁桷	1657
吴元瑜四时折枝　（元）袁桷	1657
老钱折枝　（元）龚璛	1657
题四时折枝　（元）揭祐民	1658
题赵昌四季花图（四首）　（宋）范成大	1658

　　海棠梨花/1658　葵花萱草/1658　拒霜旱莲/1658
　　梅花山茶/1658

题惠崇著色四时景物　（宋）楼钥	1658
四爱图（四首）　（元）马祖常	1659

　　兰/1659　莲/1659　菊/1659　梅/1659

题赵子固山礬瑞香水仙丛蕙　（元）虞集	1659
水墨四香画　（元）杨维桢	1659
三芳图　（元）倪瓒	1659
题德范弟三香图　（元）牟巘	1660
题雪景三香图（二首）　（元）张雨	1660
题三香图　（明）高启	1660
三香图　（明）王谊	1660
白牡丹桃花　（明）徐渭	1661
石榴萱草　（明）徐渭	1661

剪春罗垂丝海棠　（明）徐渭 …………………………… 1661
石榴荷花　（明）徐渭 …………………………………… 1661
芭蕉玉簪　（明）徐渭 …………………………………… 1661
芭蕉鸡冠　（明）徐渭 …………………………………… 1661
落花图　（元）陈樵 ……………………………………… 1662
济南录事参军解君瑞芝图（二首）　（元）王恽 ……… 1662
题钱君辅紫芝图　（元）吴莱 …………………………… 1662
宋徽宗菌图　（元）欧阳玄 ……………………………… 1663
画芝　（明）周用 ………………………………………… 1663
题倪云林为韩复阳写空山芝秀图　（明）僧元璞 ……… 1663
题蒲石　（明）徐溥 ……………………………………… 1663
为周评事题沈石田画芭蕉　（明）吴宽 ………………… 1664
题蕉　（明）沈周 ………………………………………… 1664
蕉石图　（明）沈周 ……………………………………… 1664
荔枝题册　（明）王世贞 ………………………………… 1664
宗道师曾许寻郑元乘春草图见寄，诗以促之　（元）戴良 … 1664
题画春草　（明）陈宪章 ………………………………… 1665
题吴恺举人春草　（明）程敏政 ………………………… 1665
题春草图　（明）黄云 …………………………………… 1665
徵明画草　（明）祝允明 ………………………………… 1665
春草图　（明）沈周 ……………………………………… 1666

卷第九十一　禾麦蔬果

题刘伯山蕃殖图（二首）　（宋）杨万里 ……………… 1667
嘉禾图　（元）袁桷 ……………………………………… 1667
题忻州嘉禾图（二首）　（元）吴澄 …………………… 1668
题万知府瑞麦图　（元）王恽 …………………………… 1668
题灌畦图　（元）马臻 …………………………………… 1668

陶缜菜　（宋）王安石	1668
宣和御画紫芥　（元）牟巘	1669
墨菜画卷　（元）吴镇	1669
写菜　（元）吴镇	1669
题菘菜图　（元）陈高	1669
题菜（二首）　（元）贡性之	1669
梅道人墨菜　（元）钱惟善	1670
画菜　（元）丁鹤年	1670
画菘菜　（元）丁鹤年	1670
题画菜（二首）　（元）陶宗仪	1670
题画菜　（元）陶宗仪	1671
题墨菜　（元）卢昭	1671
墨菜　（元）邵贯	1671
墨菜　（元）吴璋	1671
墨菜　（元）曹绍	1671
墨菜　（元）吴温	1672
墨菜　（元）张颙	1672
墨菜　（元）夏文彦	1672
墨菜　（元）李明复	1672
墨菜　（元）杨纮孙	1672
墨菜　（元）顾舜举	1672
墨菜　（元）王务道	1673
题画菜戏呈石末公　（明）刘基	1673
尹明府所藏徐熙嘉蔬图　（明）高启	1673
题画菜（二首）　（明）钱宰	1673
画菜　（明）凌云翰	1673
画菜　（明）丘濬	1674
画菜　（明）李东阳	1674

题菜 （明）谢铎	1674
画菜 （明）任衜	1674
画菜 （明）程敏政	1674
题画菜（二首） （明）程敏政	1675
题画菜 （明）戴璿	1675
画菜 （明）谢廷柱	1675
题白菜 （明）谢士元	1675
画菜 （明）周用	1676
孙方伯青芥白芥画 （明）康海	1676
叔祥画菜酷有生态，不减宋王参差，恨不令老坡见之 （明）陈继儒	1676
题甘瓜 （宋）范成大	1676
摘瓜图（二首） （元）元好问	1676
题赵凉公瑞瓜图 （元）黄溍	1676
钱舜举瓜蔓图 （元）邓文原	1677
题黄与可所藏钱舜举瓜图 （元）虞集	1677
画瓜 （元）唐肃	1677
题瓜鼠图 （元）马臻	1677
丝瓜图 （明）张以宁	1677
题画瓜 （明）聂大年	1678
画瓜 （明）李东阳	1678
题秋茄图 （元）钱选	1678
题钱舜举画竹萌茄蔬图 （元）马臻	1678
钱舜举画紫茄 （明）张以宁	1678
画茄 （明）周用	1679
题张叔清采莼图 （元）陶宗仪	1679
题曹宪副采莼卷 （明）杨廉	1679
题采菱图 （明）王璲	1679

采菱图　（明）杜琼	1679
题赵丞瑞薏苡图　（宋）吕居仁	1680
画萝卜　（元）丁鹤年	1680
东昌道中偶阅画册各赋短句（七首）　（明）吴宽	1680
菜/1680　瓜/1681　茄/1681　萝卜葱/1681　荸荠/1681	
杨梅/1681　笋/1681	
题画赠刘丞西渠子（四首）　（明）廖道南	1681

卷第九十二　禾麦蔬果

题因师蒲桃图（二首）　（宋）陈造	1682
以诗就叶洞春求画蒲萄　（宋）陈普	1682
赠叶洞春画蒲萄　（宋）陈普	1682
跋牧樵子葡萄　（元）吴澄	1683
温日观葡萄　（元）邓文原	1683
题温日观葡萄（二首）　（元）杨载	1683
题日观画葡萄　（元）柳贯	1683
题墨蒲萄　（元）傅若金	1683
题松庵上人墨蒲桃（二首）　（元）傅若金	1684
僧日观画蒲萄　（元）宋无	1684
高昌王所画蒲萄熊九皋藏　（元）成廷珪	1684
同喻国辅题温日观蒲萄　（元）吴莱	1684
温日观画蒲萄　（元）郑元祐	1685
温日观蒲萄　（元）张宪	1685
题水墨蒲萄　（元）舒頔	1686
墨蒲萄　（元）贡性之	1686
题肃万邦蒲萄　（元）贡性之	1686
题画萄萄　（元）丁鹤年	1686
题日观蒲萄卷　（元）马臻	1686

温日观葡萄　（元）张雨	1686
蒲萄　（明）杨基	1687
题蒲萄　（明）孙蕡	1687
题林盘所学民家藏温日观蒲萄　（明）许伯旅	1687
题璋上人所藏温日观墨蒲萄　（明）蓝智	1688
题蒲萄扇　（明）郭廑	1688
题月下蒲萄卷　（明）周旋	1688
墨蒲萄　（明）金幼孜	1688
蒲萄图　（明）张宁	1689
蒲萄图　（明）张元祯	1689
岳蒙泉画葡萄　（明）吴宽	1689
石田学蒙泉阁老画葡萄　（明）王鏊	1689
题蒲萄图　（明）谢廷柱	1690
画葡萄引　（明）王九思	1690
题墨蒲萄　（明）李汛	1691
葡萄（二首）　（明）徐渭	1691
题日观画葡萄　（明）僧大圭	1691
题温日观葡萄　（明）僧大圭	1691
题蒲萄竹笋图　（元）张天英	1692
题画蒲萄松鼠　（元）贡性之	1692
梨葡萄　（明）傅汝楫	1692
荔枝图　（金）赵秉文	1692
墨荔枝　（元）欧阳玄	1692
荔枝画　（元）张昱	1692
题荔枝　（元）陶宗仪	1693
题荔枝练带　（明）高启	1693
荔枝图　（明）刘俣	1693
题石榴　（宋）范成大	1693

石榴图　（明）杨基 …………………………………… 1693
题画石榴　（明）王世贞 ………………………………… 1693
题樱桃　（宋）范成大 …………………………………… 1694
画枇杷　（元）柳贯 ……………………………………… 1694
枇杷图　（明）杨基 ……………………………………… 1694
画杨梅答韩克瞻　（明）沈周 …………………………… 1694
题木瓜图　（宋）范成大 ………………………………… 1694
徐熙折枝果图（二首）　（元）王恽 …………………… 1694
题靖夫弟画屏折枝（六首）　（元）程文敏 …………… 1695
　　樱桃/1695　　来禽/1695　　梨子/1695　　石榴/1695
　　木瓜/1695　　枇杷/1695

卷第九十三　禽类

宣和珍禽图　（元）王恽 ………………………………… 1696
秋塘瑞鸟图应制　（明）林瀚 …………………………… 1696
题阴厓舞凤图　（明）何乔新 …………………………… 1697
题周都尉凤鸣朝阳图　（明）丘濬 ……………………… 1697
画凤　（明）吴宽 ………………………………………… 1697
凤凰图　（明）陈霁 ……………………………………… 1697
凤图　（明）严嵩 ………………………………………… 1698
碧梧丹凤图　（明）黄佐 ………………………………… 1699
题侄子家所藏双凤鸣阳画　（明）徐渭 ………………… 1699
吕推卿孔雀画图　（宋）孔武仲 ………………………… 1699
题画孔雀　（宋）黄庭坚 ………………………………… 1700
唐边鸾正面孔翠　（元）王恽 …………………………… 1700
孔雀图　（明）胡俨 ……………………………………… 1700
题孔雀图　（明）陈宪章 ………………………………… 1701
孔雀图歌　（明）王廷相 ………………………………… 1701

咏省壁画鹤　（唐）宋之问 …………………………………… 1701
咏主人壁上画鹤　（唐）陈子昂 ………………………………… 1702
通泉县署屋壁后薛少保画鹤　（唐）杜甫 ……………………… 1702
画鹤篇省中作　（唐）钱起 ……………………………………… 1702
观画鹤　（唐）窦群 ……………………………………………… 1702
鹤屏　（唐）皮日休 ……………………………………………… 1702
鹤屏　（唐）陆龟蒙 ……………………………………………… 1703
和潘叔治题刘道士房画薛稷六鹤图　（宋）梅尧臣 ………… 1703
　　啄食／1703　顾步／1703　唳天／1703　舞风／1703
　　警露／1704　理毛／1704
和曹光道咏直庐屏中六鹤（三首）　（宋）梅尧臣 ………… 1704
竹鹤　（宋）苏轼 ………………………………………………… 1704
李生画鹤　（宋）文同 …………………………………………… 1704
题苏之孟家薛稷二鹤　（宋）米芾 …………………………… 1705
画鹤　（宋）朱子 ………………………………………………… 1705
薛稷舞鹤图　（元）郝经 ………………………………………… 1705
题薛少保稷画鹤图　（元）王恽 ……………………………… 1706
白鹤图　（元）程钜夫 …………………………………………… 1706
孤鹤图　（元）袁桷 ……………………………………………… 1706
题饶世英所藏孤鹤图　（元）虞集 …………………………… 1707
画鹤　（元）虞集 ………………………………………………… 1707
为潘仲晕题定使君所赠马郎中画鹤　（元）刘永之 ………… 1707
白鹤图歌　（明）解缙 …………………………………………… 1708
画鹤（二首）　（明）陈宪章 …………………………………… 1709
谢仲山送鹤图　（明）吴宽 ……………………………………… 1709
画鹤篇　（明）何景明 …………………………………………… 1709
蜀府命题所藏宣和瑞鹤图　（明）僧来复 …………………… 1709
题青松白鹤图　（元）马臻 ……………………………………… 1710

题边文进画松鹤　（明）胡广 …………………………………… 1710

题松鹤　（明）金幼孜 ………………………………………… 1711

松鹤图　（明）陆深 …………………………………………… 1711

为彭文学题松鹤图　（明）张凤翼 …………………………… 1711

题松鹤　（明）李本 …………………………………………… 1712

题松厓睡鹤　（明）谢廷柱 …………………………………… 1712

题竹鹤　（明）金幼孜 ………………………………………… 1712

题鹤鸣鹊噪图　（明）张凤翼 ………………………………… 1712

卷第九十四　禽类

画鹰　（唐）杜甫 ……………………………………………… 1713

姜楚公画角鹰歌　（唐）杜甫 ………………………………… 1713

杨监又出画鹰十二扇　（唐）杜甫 …………………………… 1713

观刘永年团练画角鹰　（宋）黄庭坚 ………………………… 1714

题拓本姜楚公鹰（二首）　（宋）陆游 ……………………… 1714

画鹰　（元）马祖常 …………………………………………… 1714

画鹰　（元）揭傒斯 …………………………………………… 1715

双鹰图（三首）　（元）贡师泰 ……………………………… 1715

题画鹰　（元）刘永之 ………………………………………… 1715

题刘履初所藏莫庆善鹰　（元）郭钰 ………………………… 1715

题画鹰　（元）李祁 …………………………………………… 1716

题画鹰　（明）高启 …………………………………………… 1716

墨鹰（二首）　（明）解缙 …………………………………… 1716

题画鹰（二首）　（明）陈宪章 ……………………………… 1716

题霜林孤鹰图　（明）何乔新 ………………………………… 1717

画鹰　（明）李东阳 …………………………………………… 1717

题莫庆善鹰　（明）李东阳 …………………………………… 1717

题画鹰　（明）李东阳 ………………………………………… 1717

题目	作者	页码
题鲁京尹所藏双鹰图	（明）李东阳	1718
林良画两角鹰歌	（明）李梦阳	1718
画鹰	（明）程敏政	1719
画鹰	（明）吴宽	1719
苍鹰图	（明）陆深	1720
题画鹰	（明）陆深	1720
画鹰	（明）徐渭	1720
题鹰猎兔图	（唐）和凝	1721
鹰逐鹭图	（明）张邦奇	1721
王世赏席上题林良鹰熊图	（明）李东阳	1721
画鹘行	（唐）杜甫	1722
白鹘图	（宋）司马光	1722
群鹘古柏图	（元）王恽	1722
题笃御史海鹘图	（元）傅若金	1722
薛九宅观雕狐图	（宋）梅尧臣	1723
雕狐图	（宋）韦骧	1723
固陵雪鹄图	（元）王恽	1723
子昂雪鹄	（元）欧阳玄	1723
锦鸡图	（明）胡俨	1723
山水锦鸡图	（明）程敏政	1724
为人题锦鸡	（明）陈炜	1724
边鸾雉	（宋）晁说之	1724
题双雉图	（元）吴澄	1724
题双雉图	（元）陈基	1725
雪竹双雉图	（元）朱德润	1725
题王若水画棘针野雉	（元）郑东	1725
画雉	（元）唐肃	1725
画雉	（明）何孟春	1725

桑下雉鸡图 （明）朱谏	1725
题钱舜举画鸡 （元）丁复	1726
斗鸡图 （明）周天球	1726
画鸡 （明）吴宽	1726
题山鸡 （明）王世贞	1726
为张固写鸡 （明）沈周	1727

卷第九十五　禽类

次韵三司蔡襄芦雁 （宋）赵抃	1728
和杨龙图芦雁屏 （宋）蔡襄	1728
惠崇芦雁 （宋）苏轼	1728
濮王宗汉作芦雁有佳思，赠以诗（二首）（宋）米芾	1729
戏题大年防御芦雁 （宋）黄庭坚	1729
题芦雁屏 （宋）朱松	1729
观张上达家惠崇芦雁图（二首）（宋）朱松	1729
题自画芦雁 （宋）李膺仲	1730
题秋水芦雁 （宋）贺铸	1730
寒芦飞雁 （宋）郭祥正	1730
题芦雁扇 （宋）吕居仁	1730
赠郭承务芦雁 （宋）白玉蟾	1730
谢人惠芦雁图 （宋）僧德洪	1731
汪履道家观所蓄烟雨芦鸿图 （宋）僧惠洪	1731
惠崇芦雁（三首）（元）元好问	1732
题赵大年芦雁 （元）戴表元	1732
跋米元章芦雁图（二首）（元）王恽	1732
惠崇芦雁图 （元）王恽	1732
题稚川芦雁图 （元）范梈	1733
题芦雁 （元）李祁	1733

芦雁　（明）王泽	1733
赵大年芦雁图　（明）凌云翰	1733
题芦雁图　（明）胡奎	1734
题芦雁图（二首）　（明）解缙	1734
题王熙临宣和雪天芦雁　（明）金幼孜	1734
李迪画芦雁　（明）刘绩	1734
闲中偶题芦雁　（明）倪岳	1735
题扇画衔芦雁　（明）祝允明	1735
为潘克承题林良芦雁　（明）顾清	1735
寒江芦雁图　（明）廖道南	1735
题黄荃芦雁　（明）僧来复	1736
高邮陈直躬处士画雁（二首）　（宋）苏轼	1736
乞画雁寄泾州毋使君　（宋）文同	1736
题刘将军雁　（宋）黄庭坚	1737
题晁以道雪雁图　（宋）黄庭坚	1737
和苏翰林题李甲画雁（二首）　（宋）晁补之	1737
题李甲雁　（宋）晁补之	1737
题惠崇画秋江凫雁　（宋）王廷珪	1737
题长沙新到雁图　（宋）陈造	1738
雁图　（宋）姜夔	1738
观西岩张永淳画雁　（金）元德明	1738
雁图　（元）刘因	1738
题王子庆所藏大年墨雁　（元）赵孟頫	1738
秋雁图　（元）杨维桢	1739
题王元善赴北清江新雁图　（元）黄镇成	1739
题墨雁　（元）杨维桢	1739
杨云林画雁　（元）唐肃	1739
为王辅卿郎中题雪滩寒雁图　（明）刘基	1739

题盛苍崖雁　（明）贝琼 …………………………………… 1740
画雁　（明）杨基 ………………………………………… 1740
题雁　（明）王绂 ………………………………………… 1740
题画雁　（明）何澄 ……………………………………… 1740
题雁　（明）陶安 ………………………………………… 1741
题雁　（明）陈宪章 ……………………………………… 1741
题林良画雁图　（明）丘濬 ……………………………… 1741
题秋雁图　（明）吕㦂 …………………………………… 1742
江雁初飞图　（明）张宪 ………………………………… 1742
画雁　（明）杨一清 ……………………………………… 1742
题雁　（明）陈达 ………………………………………… 1742
为人题雁　（明）陈炜 …………………………………… 1743
画雁　（明）谢承举 ……………………………………… 1743
画雁　（明）何孟春 ……………………………………… 1743
王鹅亭雁图　（明）徐渭 ………………………………… 1743
题雁屏　（明）葛征奇 …………………………………… 1743

卷第九十六　禽类

题因师百雁图（二首）　（宋）陈造 …………………… 1744
百雁图　（元）戴表元 …………………………………… 1744
双雁图　（元）袁桷 ……………………………………… 1744
百雁图　（元）岑安卿 …………………………………… 1745
群雁图　（元）吴师道 …………………………………… 1745
群雁图　（元）傅若金 …………………………………… 1745
题崔白百雁图　（元）王逢 ……………………………… 1745
四雁图　（元）任士林 …………………………………… 1746
为丘彦良题牧溪和尚千雁图　（明）刘基 ……………… 1746
题五雁图　（明）鲍恂 …………………………………… 1747

林良双雁图　（明）卞荣	1747
题一雁图　（明）僧麟洲	1748
飞鸣宿食雁图　（元）萨都剌	1748
题芦雁飞鸣宿食（四首）　（元）陈樵	1748
题飞鸣宿食芦雁　（元）戴霖	1748
题飞鸣宿食芦雁　（元）陶宗仪	1749
题林叔壮壁上飞鸣宿食芦雁　（明）李廷美	1749
大年宿雁图　（元）袁桷	1749
宿雁图　（元）张泰	1749
题宿雁　（明）罗泰	1749
鹭鸶障子　（唐）张乔	1750
闵上人以鹭鸶二轴为寄，因成二韵　（宋）林逋	1750
题史院直舍鱼鹭屏　（宋）张耒	1750
题秋鹭图　（宋）范成大	1750
百鹭图　（元）戴表元	1750
题白鹭　（元）李祁	1751
题九鹭图　（元）吴澄	1751
九鹭图　（元）傅若金	1751
题画鹭鸶　（元）贡性之	1751
鹭鸶手卷　（元）钱惟善	1751
题尚仲良画鹭卷　（明）张以宁	1751
九鹭图　（明）杨基	1752
题九鹭图　（明）王佐	1752
九鹭图　（明）李晔	1752
题九鹭图　（明）萧镃	1753
九鹭图　（明）商辂	1753
柳塘三鹭图　（明）商辂	1754
一鹭图　（明）刘珝	1754

题鹭 （明）徐溥	1754
柳鸶 （明）彭华	1755
三鸶图 （明）倪岳	1755
林良鹭鸶图 （明）吴宽	1755
题画鹭鸶 （明）何孟春	1756
题莲塘双鹭图 （明）罗泰	1756
九鸶图 （明）李坚	1756
九鸶图 （明）廖道南	1756
常州守赵丽卿索题鹭洲图 （明）廖道南	1757
应制题宣庙御笔汀鹭 （明）于慎行	1757
题画鸲鹆 （明）何孟春	1757

卷第九十七　禽类

次韵李端叔谢送牛戬鸳鸯竹石图 （宋）苏轼	1758
鸳鸯扇头 （元）元好问	1758
双鸳图 （元）虞集	1758
题宋徽宗双鸳图 （明）汪广洋	1759
为人题鸳鸯 （明）陈焯	1759
题马贲画鸂鶒图 （金）党怀英	1759
乐土宣鸂鶒图 （元）王恽	1759
徽宗鸂鶒 （元）袁桷	1759
秋水鸂鶒图 （明）朱谏	1759
题刘将军鹅 （宋）黄庭坚	1760
僧惠崇柳岸游鹅图 （元）刘因	1760
题赵仲远所藏赵大年鹅鸭图 （元）程钜夫	1760
滕昌祐蘘香睡鹅图 （元）虞集	1760
赵大年鹅图 （元）杨维桢	1760
秋塘戏鹅图 （元）成廷珪	1761

题宋王晋卿画鹅　（明）程敏政	1761
画鹅　（明）李日华	1761
睡凫图　（元）程钜夫	1761
题野凫卷　（元）于立	1761
赵子昂陈仲美合作水凫小景　（元）仇远	1762
为人题凫　（明）陈焯	1762
题秋塘野鹜图　（明）徐溥	1762
画小鸭　（宋）黄庭坚	1762
题画睡鸭　（宋）黄庭坚	1762
画鸭　（宋）晁补之	1763
卢申之正字得春郊牧养图二本　（宋）戴复古	1763
颍皋楚山堂秋景两图绝妙　（宋）僧德洪	1763
刘邓州家聚鸭图　（元）元好问	1763
题画柳塘野鸭　（元）虞集	1764
画鸭　（元）揭傒斯	1764
题画秋溪双鸭　（明）张凤翼	1764
题鹡鸰图　（宋）韩驹	1764
题秋塘鹡鸰　（明）林环	1764
日驯弟鹡鸰扇头　（明）莫止	1765
鹡鸰图　（明）陈絅	1765
题翠禽画　（元）龚璛	1765
画翠　（明）周用	1765
鱼虎子图　（明）僧元璞	1765
燕子图（三首）　（金）赵秉文	1765
燕子图　（金）杨之美	1766
燕子图　（金）张巨济	1766
燕子图　（金）王大用	1766
燕子图　（金）李钦叔	1767

题蒲塘双燕图　（元）成廷珪 …… 1767
燕图　（明）高启 …… 1767
题长牧溪五燕图　（明）宋濂 …… 1767
柳塘春燕图　（明）杨基 …… 1767
题宋徽宗双燕　（明）周矩 …… 1767
画燕　（明）何孟春 …… 1768
题画燕　（明）王世贞 …… 1768
白燕诗题画　（明）王世懋 …… 1768
画黄莺　（明）谢铎 …… 1768
画莺　（明）何孟春 …… 1768
题王若水戴胜（二首）　（元）陶宗仪 …… 1769
题画戴胜　（元）华幼武 …… 1769
题画白头双鸟　（元）贡性之 …… 1769
雪竹白头翁横披（二首）　（元）宋褧 …… 1769
题画白头公　（明）张以宁 …… 1769
白头翁图　（明）解缙 …… 1770
白头翁画　（明）李东阳 …… 1770
竹上白头画　（明）谢承举 …… 1770
白头公图　（明）沈周 …… 1770
题文太史岁寒双白头　（明）张凤翼 …… 1770
谈思重为吴翁晋画枯木白头翁，因题一绝　（明）王世贞 …… 1770
题十二红卷子　（元）杨载 …… 1771
十二红图　（明）杨基 …… 1771
为林学士题十二红图　（明）丘濬 …… 1771
题白画眉图　（元）陈旅 …… 1771
竹枝画眉图　（明）叶盛 …… 1771
题南宫子蜡嘴图　（元）萨都剌 …… 1771
题白鹇图　（明）金幼孜 …… 1772

题画白鹇　（明）何孟春 …………………………………… 1772
题相思鸟图　（明）谢承举 ………………………………… 1772
题廖克让所藏喜酸图啄木画卷（二首）　（元）程钜夫 …… 1772
题画啄木　（明）何孟春 …………………………………… 1772
画啄木　（明）王世贞 ……………………………………… 1773
题画百舌　（明）王世贞 …………………………………… 1773
题画子规　（明）王世贞 …………………………………… 1773
画杜鹃　（明）何孟春 ……………………………………… 1773

卷第九十八　禽类

枯木寒鸦（二首）　（元）王恽 …………………………… 1774
李成寒鸦图　（元）仇远 …………………………………… 1774
为汪华玉题所藏长江万鸦图　（元）虞集 ………………… 1774
题李安忠画雪岸寒鸦图　（元）马臻 ……………………… 1775
惠崇古木寒鸦　（元）杨载 ………………………………… 1776
题李尚文少府所藏枯柳寒鸦图　（元）郭钰 ……………… 1776
题孤鸦图　（明）解缙 ……………………………………… 1776
李成寒鸦图　（明）陈迪 …………………………………… 1776
林良寒鸦图　（明）李东阳 ………………………………… 1776
寒鸦图　（明）黎民表 ……………………………………… 1777
画鸦　（明）沈周 …………………………………………… 1777
题文太史画乌　（明）张凤翼 ……………………………… 1777
画乌　（明）文徵明 ………………………………………… 1777
画乌　（明）何孟春 ………………………………………… 1777
黄荃鹊雏　（宋）文同 ……………………………………… 1777
臣槊以御画鹊示臣某，谨再拜稽首赋诗（二首）
　　　（宋）韩驹 …………………………………………… 1778
题李甲鹊　（宋）晁补之 …………………………………… 1778

| 唐希雅雪鹊　（宋）陆游 …………………………… 1778
| 题鹊　（明）陶安 …………………………………… 1778
| 题蔡挥使所藏林良双鹊　（明）程敏政 ………… 1779
| 群鹊图　（明）章懋 ………………………………… 1779
| 题武氏画鹊　（明）陆伸 …………………………… 1779
| 题画图　（明）王世贞 ……………………………… 1780
| 题画鹊　（明）顾清 ………………………………… 1780
| 画鹊　（明）文徵明 ………………………………… 1780
| 画鹊　（明）何孟春 ………………………………… 1780
| 题徽宗山鹊图　（明）僧宗泐 ……………………… 1780
| 戏咏子舟画两鸜鸲　（宋）苏轼 …………………… 1780
| 鸜鸲图　（元）郑韶 ………………………………… 1781
| 题鸜鸲　（明）黄仲昭 ……………………………… 1781
| 题宋徽宗潇湘鸜鸲图　（明）吕渊 ………………… 1781
| 王修撰鸜鸲图　（明）张宁 ………………………… 1781
| 题画鸜鸲　（明）何孟春 …………………………… 1781
| 赠昙润画鹑　（宋）王佐才 ………………………… 1782
| 题宣和御画鹩鹑　（元）柳贯 ……………………… 1782
| 题画鹩鹑　（元）唐肃 ……………………………… 1782
| 题画鹩鹑　（明）王偁 ……………………………… 1782
| 题扇面鹩鹑　（明）林景清 ………………………… 1782
| 题李后主画鹩鹑　（明）石珤 ……………………… 1783
| 题竹下鹑　（明）陈宪章 …………………………… 1783
| 应制题鹩鹑　（明）于慎行 ………………………… 1783
| 边文进画山鹧鸪为辽阳邵令题　（明）吴宽 …… 1783
| 题画鹧鸪　（明）何孟春 …………………………… 1783
| 题八哥　（明）王世贞 ……………………………… 1784
| 画鸽　（明）刘玥 …………………………………… 1784

| 王若水绿衣使图 　　（元）杨维桢 …………………… 1784
| 题鹦鹉 　（明）王佐 …………………………………… 1784
| 题鹦鹉 　（明）何孟春 ………………………………… 1785
| 画鸠 　（明）邵宝 ……………………………………… 1785
| 画鸠 　（明）何孟春 …………………………………… 1785
| 题鸣鸠拂羽图 　（明）胡俨 …………………………… 1785
| 张子正春雨鸣鸠图 　（明）朱武 ……………………… 1785
| 吴桥张知县瑞鸠图 　（明）程敏政 …………………… 1786
| 题白翎雀手卷（二首） 　（元）曹文晦 ……………… 1786
| 白翎雀图 　（明）徐贲 ………………………………… 1786
| 题画白翎雀 　（明）王偁 ……………………………… 1787
| 戏题小雀捕飞虫画扇 　（宋）黄庭坚 ………………… 1787
| 题画雪雀（二首） 　（宋）韩驹 ……………………… 1787
| 题黄居寀雀竹图（二首） 　（宋）范成大 …………… 1787
| 黄荃雀蝶 　（金）朱澜 ………………………………… 1788
| 画扇雀竹 　（元）虞集 ………………………………… 1788
| 题黄荃竹雀图 　（元）陈旅 …………………………… 1788
| 题寒雀图 　（元）吴澄 ………………………………… 1788
| 题林禽山雀图 　（明）解缙 …………………………… 1788
| 春鹬狄捕雀图 　（明）杨基 …………………………… 1788
| 竹间冻雀图 　（明）程敏政 …………………………… 1789
| 题黄雀 　（明）何孟春 ………………………………… 1789
| 百雀图 　（明）方孝孺 ………………………………… 1789
| 题百雀图 　（明）汪应轸 ……………………………… 1789
| 题画枝上小雀 　（明）王世贞 ………………………… 1790
| 题上林寒雀图 　（明）廖道南 ………………………… 1790
| 题寒雀 　（明）唐寅 …………………………………… 1790

卷第九十九　禽类

赵大年雪霁聚禽图	（元）王恽	1791
棘上双禽图	（元）陈高	1791
棘竹三禽图	（元）唐肃	1791
疏竹三禽图	（明）高启	1792
棘竹三禽图	（明）杨基	1792
王若水为余画秋江众禽图	（明）袁凯	1792
题王子通聚禽图	（明）解缙	1793
题冬日聚禽图	（明）岳正	1793
题枯枝寒禽画	（明）詹同	1793
聚禽图	（明）李东阳	1793
四禽图（四首）	（明）李东阳	1794
四禽图（四首）	（明）李东阳	1795
题众禽图	（明）林俊	1796
春溪聚禽图	（明）吴宽	1796
杨柳双禽图	（明）赵不易	1796
题画四鸟（四首）	（明）王云凤	1796
提刑司勋示及瞑禽图作诗咏之	（宋）文同	1797
郑先觉幽禽照水扇头	（元）元好问	1797
马贲秋塘水禽图	（元）袁桷	1797
黄居宝湖石水禽图	（元）袁桷	1798
周增水塘秋禽图	（元）袁桷	1798
钱生幽禽图	（元）范梈	1798
题江涛白鸟图	（元）李祁	1798
题雪禽	（元）李祁	1798
题王若水幽禽图	（元）潘纯	1798
题画丛竹幽禽	（元）陈樵	1799
题棘禽筠石图	（元）倪瓒	1799

题赵松雪迷禽竹石图　（元）仇远 …………… 1799
题竹根小禽图　（明）刘基 ………………… 1799
雪竹山禽图（二首）　（明）解缙 …………… 1799
竹禽图　（明）吴宽 ………………………… 1800
春鸟图歌　（明）刘昌 ……………………… 1800
题睡鸟图　（明）黄希英 …………………… 1800
题画翎毛　（元）贡性之 …………………… 1800
题梧桐折枝翎毛图　（明）刘基 …………… 1801
四景翎毛（二首）　（明）吴希贤 …………… 1801
题翎毛　（明）陈达 ………………………… 1801
题萧尹翎毛　（元）庄㫤 …………………… 1801
题翎毛小景　（明）钱宰 …………………… 1801
长安县后庭亭看画　（唐）王建 …………… 1802
题画（二首）　（宋）张耒 …………………… 1802
题惠崇画（四首）　（宋）晁补之 …………… 1802
题宗室大年画扇（二首）　（宋）晁补之 …… 1803
题宣和御画　（宋）王庭珪 ………………… 1803
观李氏画　（宋）王庭珪 …………………… 1803
观德亭画壁　（宋）郭祥正 ………………… 1803
戏书秋景小屏　（宋）僧道潜 ……………… 1804
袁显之扇头　（元）元好问 ………………… 1804
题画（四首）　（元）牟巘 …………………… 1804
题钱舜举画　（元）黄溍 …………………… 1804
题画（三首）　（明）陈宪章 ………………… 1805
题林良为朱都宪诚庵先生写林塘春晓图　（明）陈宪章 … 1805

卷第一百　兽类

题麟凤图　（宋）米芾 ……………………… 1806

题异兽图　（明）归有光	1806
题狮子搏虎图　（明）王世贞	1807
缚虎图　（宋）司马光	1807
虎图　（宋）王安石	1808
阴山画虎图　（宋）王安石	1808
题画虎　（宋）楼钥	1808
和南山弟虎图行　（宋）何梦桂	1809
题伯时画揩痒虎　（宋）黄庭坚	1809
题伊阳杨氏戏虎图　（元）元好问	1809
赵生水墨虎　（元）刘因	1810
赵邈龊伏虎图行　（元）郝经	1810
赵邈龊虎图行　（元）王恽	1810
画虎图　（元）虞集	1811
题黄敬申虎图　（元）虞集	1811
题虎图　（元）陈旅	1811
题百禽噪虎图　（元）张渥	1812
画虎　（明）汪广洋	1812
虎引子图　（明）王佐	1812
虎图　（明）方孝孺	1812
题虎　（明）周述	1812
顾进士所藏画虎　（明）王直	1813
题李都督虎　（明）丘濬	1813
题画虎　（明）刘溥	1813
题虎图　（明）程敏政	1814
画虎　（明）吴宽	1814
题内苑蓄虎图　（明）廖道南	1814
画虎行　（明）陆灿	1814
题虎　（明）林景清	1815

为舟人万氏题象图　（明）张以宁 …………………………… 1815
黄精鹿　（宋）苏轼 …………………………………………… 1815
右丞文献公著色鹿图　（元）元好问 ………………………… 1816
子和麋鹿图　（元）元好问 …………………………………… 1816
题小薛王画鹿　（元）邓文原 ………………………………… 1816
画鹿行　（明）许毂 …………………………………………… 1816
题易元吉画獐　（宋）陈与义 ………………………………… 1817
次韵三司蔡襄獐猿　（宋）赵忭 ……………………………… 1817
观易元吉獐猿图歌　（宋）秦观 ……………………………… 1817
题胡处士猿獐图　（宋）陈造 ………………………………… 1818
和杨龙图獐猿屏　（宋）蔡襄 ………………………………… 1818
酬李公择谢予赠范李猿獐　（宋）郭祥正 …………………… 1819
题易元吉獐猿两图（二首）　（宋）范成大 ………………… 1819
题獐猿图　（金）党怀英 ……………………………………… 1819
惠崇獐猿图　（元）元好问 …………………………………… 1819
画猿　（元）刘因 ……………………………………………… 1820
獐猿图　（元）袁桷 …………………………………………… 1820
画猿　（元）虞集 ……………………………………………… 1820
孝猿图　（元）程钜夫 ………………………………………… 1820
题猿图　（元）马祖常 ………………………………………… 1820
题猿　（元）李祁 ……………………………………………… 1820
猿鹿图　（元）牟巘 …………………………………………… 1821
胡孙图　（元）牟巘 …………………………………………… 1821
题山月猿图　（元）僧恕中 …………………………………… 1821
题周进士古木清猿图　（明）黄玄 …………………………… 1821
题水底猿捉月图　（明）樊甫 ………………………………… 1821
题画兔　（宋）陈与义 ………………………………………… 1822
画兔　（金）李纯甫 …………………………………………… 1822

画兔　（元）程钜夫 …………………………………… 1822

画兔　（元）程钜夫 …………………………………… 1822

题画兔　（元）杨载 …………………………………… 1822

题画兔　（元）李祁 …………………………………… 1823

画兔　（元）吴师道 …………………………………… 1823

黄荃子母兔　（明）高启 ……………………………… 1823

画兔　（明）傅珪 ……………………………………… 1823

玉兔图　（明）廖道南 ………………………………… 1823

题画兔　（明）张凤翼 ………………………………… 1824

题扇芙蓉兔　（明）祝允明 …………………………… 1824

卷第一百一　兽类

画马篇　（唐）高适 …………………………………… 1825

同鲜于洛阳于毕员外宅观画马歌　（唐）高适 ……… 1825

梁司马画马歌　（唐）顾况 …………………………… 1826

和叔盎画马次韵　（宋）苏轼 ………………………… 1826

马图同裕之赋　（金）李纯甫 ………………………… 1826

画马　（元）元好问 …………………………………… 1826

画马　（元）程钜夫 …………………………………… 1827

画马　（元）许有壬 …………………………………… 1827

画马（二首）　（元）虞集 …………………………… 1827

画马　（元）范梈 ……………………………………… 1827

画马　（元）成廷珪 …………………………………… 1827

题画马图　（元）萨都剌 ……………………………… 1828

画马　（元）张㒜 ……………………………………… 1828

画马　（元）贡师泰 …………………………………… 1828

题画马　（元）丁复 …………………………………… 1829

题画马　（元）薛汉 …………………………………… 1829

画马行　（元）吴莱 …………………………………… 1830

题画马　（元）李祁 …………………………………… 1830

画马歌　（元）戴良 …………………………………… 1830

画马（二首）　（元）贡性之 ………………………… 1831

画马　（元）钱惟善 …………………………………… 1831

题画马（三首）　（元）唐肃 ………………………… 1831

题马（二首）　（元）屠性 …………………………… 1832

画马　（元）张庸 ……………………………………… 1832

题画马　（明）张以宁 ………………………………… 1832

画马　（明）徐尊生 …………………………………… 1832

题江阴侯杜安道宅画马（二首）　（明）陶安 ……… 1832

画马　（明）杨基 ……………………………………… 1833

画马（三首）　（明）徐贲 …………………………… 1833

画马　（明）许伯旅 …………………………………… 1833

画马　（明）赵迪 ……………………………………… 1834

画马（二首）　（明）刘绩 …………………………… 1834

题马（四首）　（明）丘濬 …………………………… 1834

画马（二首）　（明）李东阳 ………………………… 1835

画马　（明）姚纶 ……………………………………… 1835

画马　（明）庄㫤 ……………………………………… 1835

画马（二首）　（明）蒋冕 …………………………… 1836

画马　（明）傅珪 ……………………………………… 1836

画马行　（明）郑岳 …………………………………… 1836

题画马　（明）陈雷 …………………………………… 1836

题马　（明）王直 ……………………………………… 1837

题画马　（明）李坚 …………………………………… 1837

题画马　（明）王景彰 ………………………………… 1837

题画马（四首）　（明）僧妙声 ……………………… 1837

题赵翰林唐马　（元）陈基 …………………………………… 1838
唐马图　（元）吴师道 ………………………………………… 1838
题唐马图　（明）王褒 ………………………………………… 1838
题唐人马图　（明）偶桓 ……………………………………… 1839
题画唐马　（明）温胤勋 ……………………………………… 1839
唐马图　（明）倪敬 …………………………………………… 1839
题唐马　（明）程敏政 ………………………………………… 1839
唐马篇　（明）丘濬 …………………………………………… 1839
芸窗集画图　（宋）何梦桂 …………………………………… 1840

卷第一百二　兽类

八骏图　（唐）杜荀鹤 ………………………………………… 1842
八骏图　（唐）罗隐 …………………………………………… 1842
观八骏图　（唐）刘叉 ………………………………………… 1842
八骏图诗　（唐）元稹 ………………………………………… 1842
题八马图　（宋）范浚 ………………………………………… 1843
八骏图　（元）吴澄 …………………………………………… 1844
八骏图　（元）虞集 …………………………………………… 1844
姚少师所藏八骏图　（明）曾棨 ……………………………… 1844
赵松雪八骏图　（明）王泽 …………………………………… 1845
独骏图　（元）毛直方 ………………………………………… 1845
书韩幹二马　（宋）苏轼 ……………………………………… 1846
韩幹二马　（宋）苏辙 ………………………………………… 1846
题两马图　（宋）晁说之 ……………………………………… 1846
李龙眠二骏图　（元）王恽 …………………………………… 1846
跋龙眠二骏图（二首）　（元）王恽 ………………………… 1846
二马图　（元）王恽 …………………………………………… 1847
题二马图　（元）贡师泰 ……………………………………… 1847

题目	作者	页码
题二马图 （元）陈基		1847
题二马图（二首） （元）张天英		1847
二马图 （明）张以宁		1848
双驭图 （明）张羽		1848
二马图 （明）姚绶		1848
二马图 （明）吴宽		1848
题赵文敏画两马行 （明）王世贞		1849
韩幹三马 （宋）苏辙		1849
咏李伯时画韩幹三马 （宋）黄庭坚		1849
题李早女真三马扇头 （元）张翥		1850
三马图（二首） （元）陈旅		1850
题开元三马图 （元）胡长孺		1851
题唐申王三骏图 （元）丁鹤年		1851
题四马图 （元）薛汉		1851
唐人四马卷（四首） （元）宋无		1851
题伯时画温溪心等贡五马 （宋）陈与义		1852
题李伯时画五马图 （元）戴良		1852
宋学士所藏五马图 （元）程钜夫		1853
五马图 （元）王冕		1853
集杜句题五马图 （元）韩性		1853
五马图 （明）镏师邵		1853
题五马图 （明）李晔		1854
李判府五马图 （明）罗泰		1854
五马图歌 （明）李维桢		1855
赵承旨天闲五马图歌 （明）王世贞		1855
题五马浴川图 （明）陈敬宗		1856
题方起莘五马图 （明）唐桂芳		1856
五马图歌 （明）顾璘		1857

题昭陵六马图　（元）陈基 …………………… 1857
任月山七马饮饲图　（明）吴宽 ……………… 1857
明皇九马图　（宋）刘子翚 …………………… 1858
九马图　（元）袁桷 …………………………… 1858
题月山公九马图手卷　（元）杨维桢 ………… 1858
任月山九马图　（明）吴宽 …………………… 1859
题韦偃十马图（二首）　（元）王恽 ………… 1859
吴兴赵子昂十马图　（元）虞集 ……………… 1860
题高丽行看子　（宋）楼钥 …………………… 1860
再题行看子　（宋）楼钥 ……………………… 1860
题章存诚十三马图　（元）傅若金 …………… 1861
韩幹十四马　（宋）苏轼 ……………………… 1862
题赵松雪三十九马图　（明）曾棨 …………… 1862
五十匹马图　（明）沈周 ……………………… 1863

卷第一百三　兽类

题刘景明百马图扇面　（宋）杨万里 ………… 1864
题百马图　（元）舒逊 ………………………… 1864
百马图　（元）贡性之 ………………………… 1864
题百马图　（元）丁复 ………………………… 1865
金世宗太子允恭百骏图　（元）王逢 ………… 1866
题郭诚之百马图　（明）张以宁 ……………… 1866
百马图　（明）王佐 …………………………… 1866
百骏图题杨大参轴　（明）王阜 ……………… 1867
题任少监百马图　（明）僧一初 ……………… 1867
咏伯时虎脊天马图　（宋）黄庭坚 …………… 1868
赵际可天马图　（元）程钜夫 ………………… 1868
天马图　（元）龚璛 …………………………… 1868

龚翠岩天马图　（元）郭畀 …………………………………… 1869
题平章公所藏天马图　（元）戴良 ………………………… 1869
题莆郎天马图　（元）丁鹤年 ………………………………… 1869
题汉天马图　（元）陆仁 ……………………………………… 1870
题画海南入贡天马图　（元）马臻 ………………………… 1870
高暹献天马图歌　（明）詹同 ……………………………… 1870
题天马图　（明）僧净慧 …………………………………… 1871
题御马图　（元）揭傒斯 …………………………………… 1871
春风御马图（二首）　（元）马祖常 ……………………… 1871
骏马图　（元）马祖常 ……………………………………… 1871
书骏马图　（元）陈深 ……………………………………… 1872
唐太宗骏马图　（元）张昱 ………………………………… 1872
题士采骏马图　（明）陈道永 ……………………………… 1872
龙驹图　（元）贡师泰 ……………………………………… 1872
恭题文皇四骏图（录二）　（明）张居正 ………………… 1873
　　龙驹/1873　枣骝/1873
钱舜举摹李伯时画凤头骢图　（元）吴师道 ……………… 1873
题赵仲穆临李伯时凤头骢图　（元）郑韶 ………………… 1874
赵仲穆临李伯时凤头骢　（元）柯九思 …………………… 1874
赵仲穆临李伯时凤头骢　（元）顾瑛 ……………………… 1874
赵仲穆临李伯时凤头骢　（元）吴克恭 …………………… 1874
赵仲穆临李伯时凤头骢　（元）俞瀫 ……………………… 1875
赵仲穆临李伯时凤头骢　（元）杨忠 ……………………… 1875
王理之临凤头骢　（明）沈周 ……………………………… 1875
二青图　（金）赵秉文 ……………………………………… 1875
题钱舜举青马图　（元）丁复 ……………………………… 1875
钱舜举青骢图　（元）张伯淳 ……………………………… 1876
题崔录事女真骢马图　（元）胡长孺 ……………………… 1876

题目	作者	页码
题徐复初参政骢马图	（明）贝琼	1876
题麝香骢马图	（明）张适	1877
题正面黄	（元）杨维桢	1877
次韵子瞻咏好头赤图	（宋）黄庭坚	1877
题宣和所制赤驹图	（元）张天英	1877
题钱选临曹将军燕脂骢图（二首）	（元）王恽	1878
燕脂骏图歌	（元）赵孟頫	1878
题赵翰林画桃花马	（元）陈基	1879
赵翰林桃花马图	（元）熊梦祥	1879
题赵翰林桃花马图	（元）郑东	1879
题赵子昂桃花马	（元）丁立	1879
马国瑞所题李龙眠画赤黑二马相戏卷子索诗因题卷后	（元）成廷珪	1879
题善道原韩幹黑马图	（明）詹同	1880
题铁色骢马	（元）张翥	1880
题背立骊	（元）杨维桢	1881
韩幹画照夜白图（四首）	（元）王恽	1881
题子昂照夜白	（元）戴表元	1882
戏题明皇照夜白图	（元）丁鹤年	1882
题竹间翁白马图	（元）丁鹤年	1882
玉踠骝图	（元）吴师道	1882
玉豹图	（元）方回	1882
奉题子昂骝马图	（元）杨维桢	1883
题騕褭图	（宋）秦观	1883
骡纲图	（元）宋无	1884

卷第一百四　兽类

| 题李伯时所画开元御马图 | （元）王恽 | 1885 |

梦中又赋开元御马图　（元）王恽 …………………… 1885
申王画马图　（宋）苏轼 ……………………………… 1885
唐申王画马歌　（元）王恽 …………………………… 1886
跋唐申王画马图　（元）王恽 ………………………… 1886
韦讽录事宅观曹将军画马图引　（唐）杜甫 ………… 1887
丹青引赠曹将军霸　（唐）杜甫 ……………………… 1887
曹霸画马　（宋）郭祥正 ……………………………… 1888
题曹霸马　（元）虞集 ………………………………… 1888
题曹将军马图　（元）陈基 …………………………… 1888
苏君厅观韩幹马障歌　（唐）顾云 …………………… 1889
书韩幹牧马图　（宋）苏轼 …………………………… 1889
次韵子由诗李伯时所藏韩幹马　（宋）苏轼 ………… 1890
赋黄任道韩幹马　（宋）王令 ………………………… 1890
次韵子瞻和子由观韩幹马，因论伯时画天马
　　（宋）黄庭坚 ……………………………………… 1891
读苏子瞻韩幹马图　（宋）张耒 ……………………… 1891
再和马图　（宋）张耒 ………………………………… 1892
题韩幹马图　（宋）张耒 ……………………………… 1892
萧朝散惠石本韩幹马图　（宋）张耒 ………………… 1893
题韩幹画马　（宋）韩驹 ……………………………… 1893
韩幹画马阙四足，龙眠揭而全之　（宋）刘子翚 …… 1894
临韩幹马　（金）赵秉文 ……………………………… 1894
题韩幹画马图　（元）王恽 …………………………… 1894
韩左军马图卷　（元）钱选 …………………………… 1895
韩左军马图卷　（元）韩性 …………………………… 1895
韩幹马　（元）虞集 …………………………………… 1896
韩幹马　（元）揭傒斯 ………………………………… 1896
题韩幹画马图　（明）僧宗衍 ………………………… 1896

题壁上韦偃画马歌　（唐）杜甫 …………………… 1896
题韦偃马　（宋）黄庭坚 ……………………………… 1897
题伯时马　（宋）黄庭坚 ……………………………… 1897
题伯时天育骠骑图（二首）　（宋）黄庭坚 ………… 1897
观伯时画马　（宋）黄庭坚 …………………………… 1897
次韵黄鲁直画马　（宋）苏轼 ………………………… 1898
和王晋卿题李伯时画马　（宋）苏轼 ………………… 1898
题赵尊道龙眠渥洼图　（宋）楼钥 …………………… 1898
戏题龙眠马性图　（宋）楼钥 ………………………… 1899
题李伯时画马　（宋）王庭珪 ………………………… 1899
龙眠画马　（金）元德明 ……………………………… 1899
刘善长出示李伯时画马图　（金）朱弁 ……………… 1899
李伯时马　（元）程钜夫 ……………………………… 1900
李伯时马　（元）刘因 ………………………………… 1900
题伯时马（二首）　（元）吴澄 ……………………… 1900
龙眠画马　（元）马祖常 ……………………………… 1900

卷第一百五　兽类

跋徽宗画马图　（元）王恽 …………………………… 1901
徽宗临张萱宫骑图（二首）　（元）王恽 …………… 1901
宣和画马　（元）程钜夫 ……………………………… 1901
宣和御马图　（明）王祎 ……………………………… 1902
徽宗马图　（明）王世贞 ……………………………… 1902
题显宗承华殿墨戏　（元）王恽 ……………………… 1902
承华殿墨戏图（二首）　（元）王恽 ………………… 1902
题杨祕监画马　（金）赵秉文 ………………………… 1902
杨祕监马图　（元）元好问 …………………………… 1903
题子昂马图　（元）邓文原 …………………………… 1903

天历改元十月题子昂马　（元）虞集	1903
子昂画马　（元）虞集	1903
子昂人马图　（元）袁桷	1904
题赵文敏公画马　（元）张翥	1904
题赵子昂画马歌　（元）陈泰	1904
赵松雪画马　（元）郑元祐	1905
松雪马图　（元）倪瓒	1905
赵荣禄马图　（元）倪瓒	1905
正月八日宿禅悦僧舍题赵荣禄马图　（元）倪瓒	1906
琦元璞所藏赵子昂马图　（明）周致尧	1906
松雪翁画马　（明）李延兴	1906
赵松雪画马　（明）刘溥	1907
子昂画马卷　（明）李东阳	1907
赵魏公画马　（明）镏师邵	1908
子昂马图　（明）严嵩	1908
题赵松雪画马　（明）沈周	1909
题松雪画马　（明）阙名	1909
题赵松雪马图　（明）僧来复	1910
仲穆临李龙眠唐马　（元）郑元祐	1910
题仲穆画唐马　（元）于立	1910
题赵仲穆画马　（明）贝琼	1911
题赵仲穆彦征画马　（明）钱宰	1911
题赵仲穆画马　（明）俞贞木	1911
题赵仲穆彦征画马　（明）钱用壬	1911
题王侍御敬止所藏仲穆马图　（明）文徵明	1912
舜举马　（元）牟𬀩	1912
题舜举马　（元）吴澄	1912
舜举画马歌　（元）范梈	1912

题钱舜举马图 （明）刘基	1913
任月山画马 （元）华幼武	1913
题任月山画马 （元）钱惟善	1913
题李早画马 （元）黄溍	1913
李早马图 （元）郑元祐	1914
题陈闳画唐人马图 （元）于立	1914
金太子允恭唐人马 （元）刘因	1914
姚子昂画马 （元）李俊民	1915
题宋成之画马卷 （元）曹伯启	1915
题邓苏壁所藏龚处士画马卷 （元）马臻	1915
同吴正传咏龚岩叟小儿骑马图 （元）吴莱	1915
题鹤亭所藏马图 （元）张雨	1916
恭题宣庙御笔画马 （明）张凤翼	1916
宣宗皇帝画马图 （明）祝允明	1916
题张方伯画马 （明）陈炜	1916
同年吴克明知嘉定为题马图 （明）吴宽	1917
题朱给事所藏马图 （明）杨士奇	1917
为大理寺丞马麟题画马（二首） （明）金幼孜	1917

卷第一百六　兽类

韦偃牧马图 （宋）苏轼	1918
奚官牧马图 （元）元好问	1918
子昂风林牧马图 （元）刘因	1918
子昂摹韩幹牧马图 （元）吴师道	1919
题赵子昂所画牧马图 （元）贡奎	1919
牧马图 （明）陈政	1919
题伯时画顿尘马 （宋）黄庭坚	1919
辊马图 （金）张澄	1920

题衮尘骝图　（元）虞集	1920
辊马图　（元）王恽	1920
衮马图　（元）杨维桢	1920
题李龙眠画衮尘马　（元）张天英	1920
题赵仲庸所画滚尘马　（元）唐肃	1921
题张参政所藏骢马滚尘图　（元）朱德润	1921
衮尘马图　（明）高启	1921
衮尘马图　（明）陈昌	1922
杨祕监下槽马图　（金）黄庭筠	1922
曹将军下槽马图　（元）揭傒斯	1922
曹霸下槽马　（元）虞集	1922
题厩马图　（元）王恽	1922
御骠出厩图　（元）王恽	1923
题曲江洗马图　（元）倪瓒	1923
戏题出洗马　（元）赵孟頫	1923
奚官洗马图　（元）张雨	1923
洗马图　（元）张伯淳	1924
赵子昂浴马图　（元）刘因	1924
李伯时画浴马图　（元）杨载	1924
题浴马图　（元）郯韶	1924
揩痒马　（元）郑元祐	1925
题赵仲穆揩痒马图　（元）朱德润	1925
题赵仲穆擦痒马　（元）张天英	1925
揩痒马歌　（明）华幼武	1925
题赵荣禄揩痒马图　（明）阙名	1925
题曾无疑飞龙饮秣图　（宋）戴复古	1926
饮马图　（元）杨维桢	1926
题饮马图　（元）傅若金	1926

题目	作者	页码
题唐叔美饮马图	（明）张凤翼	1926
舞马图	（元）张伯淳	1927
题立仗马图	（元）柳贯	1927
题赵翰林画立仗马	（元）张天英	1927
子昂逸马图	（元）袁桷	1927
逸马图	（元）袁桷	1927
试马图	（元）袁桷	1927
散马图	（元）袁桷	1928
鞭马图	（元）袁桷	1928
络马图	（元）袁桷	1928
题振辔马	（元）丁立	1928
题唐圉人调马图	（元）陈深	1928
黄门飞鞚图	（元）姚璲	1929
奚官牵马图	（明）王祎	1929
赋蒋甥若水蕃马图	（宋）楼钥	1929
李早蕃马图	（元）王恽	1929
题蕃马图	（明）殷士儋	1930
李潜宛马图	（元）王恽	1930
金马图	（元）虞集	1930
西马图	（元）张天英	1930
胡马图	（宋）郭祥正	1930
胡马图	（明）解缙	1931
胡马图	（明）王弼	1931
胡马图	（明）祝允明	1931
瘠马图	（元）揭祐民	1931
题瘦马图	（元）蒲道源	1931
题寿监司所藏瘦马图	（元）萨都剌	1932
题胡环瘦马图	（元）丁立	1932

龚圣予画瘦马行　（元）马臻 …………………………………… 1932
题张戡瘦马图　（元）姚文奂 …………………………………… 1933
题张戡画瘦马图　（元）郭翼 …………………………………… 1933
题张戡瘦马图　（元）郑东 ……………………………………… 1933
题进士卜友曾瘦马图　（明）张以宁 …………………………… 1933
题老马图　（明）僧妙声 ………………………………………… 1934
病马图　（元）刘因 ……………………………………………… 1934
病骥图　（明）周忱 ……………………………………………… 1934
题人马图　（元）陈旅 …………………………………………… 1935
金人马图　（明）高启 …………………………………………… 1935
题西戎献马图　（明）吴宽 ……………………………………… 1935
题进马图　（明）镏崧 …………………………………………… 1936
陈居中进马图　（明）凌云翰 …………………………………… 1936

卷第一百七　兽类

杜秀才画立走水牛歌　（唐）顾况 ……………………………… 1937
述韦昭应画犀牛　（唐）储光羲 ………………………………… 1937
观胡九龄员外画牛　（宋）韩琦 ………………………………… 1937
观黄介夫寺丞所收丘潜画牛　（宋）梅尧臣 …………………… 1938
毛老斗牛图　（宋）文同 ………………………………………… 1939
题李亮功戴嵩牛图　（宋）黄庭坚 ……………………………… 1939
游昭牛图　（宋）陆游 …………………………………………… 1939
范牛　（宋）楼钥 ………………………………………………… 1940
题潘温叟家藏戴牛画卷（二首）　（宋）郭祥正 ……………… 1940
题牛图　（宋）戴复古 …………………………………………… 1940
戴嵩画牛　（金）杨云翼 ………………………………………… 1940
韩晋公画苍牸出水图　（元）王恽 ……………………………… 1941
题水牸图　（元）王恽 …………………………………………… 1941

戴嵩画牛图　（元）王恽	1941
画牛（二首）　（元）程钜夫	1941
李唐牛　（元）袁桷	1942
画牛（二首）　（元）马祖常	1942
画牛　（元）僧大䜣	1942
题牛　（明）郭广	1942
题画牛　（明）林环	1942
题画牛（二首）　（明）金幼孜	1943
题朱给事所藏牛图　（明）杨士奇	1943
题画牛图（二首）　（明）杨旦	1943
题牛次韵　（明）程敏政	1943
画牛（八首）　（明）何孟春	1944
题画牛　（明）僧觉澄	1945
牛图　（明）僧清濋	1945
题纪武子所藏老融二牛图（二首）　（宋）楼钥	1945
题范道士二牛图　（宋）范成大	1945
题高都事戴嵩二牛图　（元）黄清老	1946
三牛图　（元）欧阳玄	1946
题刘景明百牛图扇面　（宋）杨万里	1946
江参百牛图　（元）邓文原	1946
题江贯道百牛图　（元）白珽	1946
百牛图歌　（元）舒頔	1947
题黄启晦百牛图　（明）林环	1947
题百牛图　（明）陈㭎	1948
书百牛图后　（明）丘濬	1948
蜀女绣牛图　（元）袁桷	1948
题锦屏史仙绣牛图（三首）　（元）吴澄	1948
题四羊图　（宋）王阮	1949

恭题灵羊图　（明）谢承举 …………………………… 1949
赵王孙墨羊图　（明）偶桓 …………………………… 1950
黄筌芙蓉乳狗　（元）虞集 …………………………… 1950
海狗窠石图　（元）袁桷 ……………………………… 1950
题窠石海狗图　（元）柳贯 …………………………… 1950
题犬　（元）贡性之 …………………………………… 1950
题犬　（明）张凤翼 …………………………………… 1951
题李迪画犬　（明）高启 ……………………………… 1951
赵南伸寄王朴画猫犬，戏为之赋　（宋）楼钥 ……… 1951
狸奴画轴　（金）王良臣 ……………………………… 1951
醉猫图（二首）　（元）元好问 ……………………… 1951
题武仲经知事狮猫画卷　（元）程钜夫 ……………… 1952
何尊师醉猫　（元）袁桷 ……………………………… 1952
王振鹏狸奴　（元）袁桷 ……………………………… 1952
题睡猫图　（元）柳贯 ………………………………… 1952
题猫　（元）丁鹤年 …………………………………… 1952
芙蓉白猫手卷　（元）钱惟善 ………………………… 1952
题宋徽宗画狸奴衔鱼图　（元）钱惟善 ……………… 1953
题画猫　（明）刘基 …………………………………… 1953
题茅山道士藏徽宗画猫食鱼图　（明）解缙 ………… 1953
豕图行　（元）戴良 …………………………………… 1953

卷第一百八　鳞介类

题张道隐太山祠画龙　（唐）蒋贻恭 ………………… 1954
题画龙　（宋）楼钥 …………………………………… 1954
毘陵天庆寺观画龙　（宋）戴复古 …………………… 1954
画龙　（宋）刘叔赣 …………………………………… 1955
段志坚画龙　（元）元好问 …………………………… 1955

题家龙溪画龙	（元）李祁	1956
题陈所翁画龙	（元）李祁	1956
题金汝霖龙	（元）李祁	1956
画龙歌	（元）小云石海涯	1956
题所翁画龙	（元）张渥	1957
陈所翁子雷岩画龙	（元）刘诜	1957
题刘彦达龙幛	（明）解缙	1958
画龙歌	（明）周是修	1958
题张秋蟾画龙	（明）袁忠彻	1958
画龙	（明）丘濬	1959
题画龙	（明）刘溥	1959
题龙	（明）林景清	1959
题龙	（明）周述	1960
题王宰所藏墨龙	（元）柳贯	1960
题陈所翁画龙	（元）萨都剌	1960
墨龙	（元）张雨	1961
谢徽上人见惠二龙障子，以短歌酬之	（唐）齐己	1961
上清卢道士所藏双龙图	（元）成廷珪	1961
双龙图	（元）张宪	1962
题云龙	（元）袁桷	1962
题云龙	（明）杜嗣昌	1962
题苍龙戏海图	（元）陈泰	1962
郭恕先升龙图（二首）	（元）邓文原	1963
题太玄天师画升龙图	（元）柳贯	1963
题广微天师升龙图	（元）钱惟善	1963
题曜海朝天龙图	（元）欧阳玄	1963
僧传古踊雾出波龙图歌	（元）柳贯	1964
云龙教子图	（元）卞恩义	1964

老龙引子归潮图　（明）曾烜 ………… 1964
题群龙图　（明）刘基 ………………… 1965
六龙图　（明）丘濬 …………………… 1966
题九龙图　（元）郑韶 ………………… 1966
题陈所翁九龙戏珠图　（元）张翥 …… 1967
荣碧潭全身龙　（元）欧阳玄 ………… 1967
所性侄藏所翁金身戏珠龙　（元）欧阳玄 … 1967
玉龙图　（元）虞集 …………………… 1968
题陈所翁画墨色卧龙（二首）　（元）马臻 … 1968
卧龙图　（元）许有壬 ………………… 1968
豢龙图　（宋）魏了翁 ………………… 1968
赠玉龙曾道士画龙头　（元）僧圆至 … 1969
拟题素庵龙头　（明）叶盛 …………… 1969
题鸟王唊龙图　（明）王世贞 ………… 1969
题春雷出蛰图　（明）王世贞 ………… 1969
题毛维勤所藏禹门三跃图　（明）顾清 … 1970

卷第一百九　鳞介类

仲咸借予海鱼图，观罢有诗因和　（宋）王禹偁 …… 1971
赠徐子虚画鱼　（宋）王佐才 ………… 1971
题赵晞远鱼　（宋）楼钥 ……………… 1972
醉题鱼屏　（宋）楼钥 ………………… 1972
罗浮何君祐夫相访惠诗，又出所作水墨鱼，戏题卷末
　　　（宋）李昴英 …………………… 1972
子用惠画鱼四轴以诗谢之　（宋）王炎 … 1973
赠画鱼者　（宋）白玉蟾 ……………… 1973
赠周东卿画鱼　（宋）文天祥 ………… 1973
题东海徐白鱼　（元）王恽 …………… 1974

画鱼　（元）成廷珪	1974
题画鱼（二首）　（明）刘基	1974
题程亚卿所藏刘进画鱼　（明）李东阳	1974
彭学士先生所藏刘进画鱼　（明）李东阳	1975
画鱼　（明）周用	1976
画鱼　（明）钱宰	1976
赠泰塘画鱼程翁希明（二首）　（明）程敏政	1976
和赵类庵题画鱼　（明）陆深	1977
画鱼　（明）徐渭	1977
百鱼图　（元）吴师道	1977
游鱼图　（元）郑元祐	1978
徐白秋塘戏鱼图　（元）袁桷	1978
题子行所藏鱼藻图　（元）杨载	1978
题落花游鱼　（元）陶宗仪	1978
大鱼图　（明）刘玘	1978
题鱼荷卷　（明）林环	1979
阁学袁侍郎燮以朝鲤、蒙龙两图见寄，索和朝鲤　（宋）魏了翁	1979
题画鲤鱼　（宋）王庭珪	1980
题赤鲤图　（元）李祁	1980
为王侍郎题鲤鱼图　（明）丘濬	1980
画跃鲤送人　（明）徐渭	1980
鳜鱼图　（明）李东阳	1981
赵子昂鳜图　（明）何瑭	1981
题一鲭百鳜图　（明）范嵩	1981
题柯行所藏秋水纤鳞图　（明）顾璘	1981
海虾图　（明）王鏊	1982
画虾　（明）周用	1982

题画虾　　（明）程敏政	1982
依韵和原甫厅壁钱谏议画蟹　　（宋）梅尧臣	1983
宋徽宗画蟹　　（元）马祖常	1983
题蟹　　（元）陈高	1983
题蟹（二首）　　（明）刘基	1983
画蟹　　（明）钱宰	1983
题蟹　　（明）王世贞	1984
题画蟹　　（明）徐渭	1984
鱼虾螺蟹　　（明）徐渭	1984
莲龟　　（宋）苏轼	1984
黄荃龟藏六图　　（元）元好问	1984
龟莲图　　（元）刘因	1984
灵龟篇题马尊师所画芝龟　　（元）杨载	1985
题蚌蛤图　　（明）吴宽	1985

卷第一百十　花鸟合景

徽宗花鸟图　　（元）王恽	1986
吴中女子画花鸟歌　　（元）虞集	1986
花鸟图（三首）　　（明）岳正	1986
李少参宅林良花鸟图　　（明）顾璘	1987
题花鸟　　（明）顾清	1987
题僧人花鸟扇头　　（明）汪淮	1988
松雪花鸟图　　（明）文徵明	1988
题黄荃画翎毛花蝶（二首）　　（宋）苏轼	1988
题花竹翎毛（三首）　　（元）陈高	1988
题边文进花木翎毛　　（明）杨荣	1989
题花木翎毛画（二首）　　（明）叶子奇	1989
题梅花雪雀　　（宋）贺铸	1989

题邢公达寒梅冻雀图	（元）元好问	1989
梅雀扇头	（元）刘因	1990
疏梅寒雀图（二首）	（元）王恽	1990
寒雀梅	（元）欧阳玄	1990
题宋徽宗梅雀图	（元）柳贯	1990
烟梅睡雀墨戏	（元）张雨	1990
题从子伦画风梅花鸭	（元）陈基	1991
红梅翠竹山雉图	（元）王冕	1991
题从子伦画梅花家凫	（元）郑东	1991
题梅上雀	（明）陈宪章	1991
题寒梅冻雀	（明）金幼孜	1992
孙痴写雪梅鹊兔	（明）林俊	1992
题双雀梅花扇	（明）王世贞	1992
题梅花小禽图	（明）刘基	1992
梅竹双禽	（明）夏原吉	1992
杏花白鹇	（宋）苏轼	1992
繁杏锦鸠图	（元）王恽	1993
题杏花斗鹊	（元）陈基	1993
题杏花斗鹊	（元）张逊	1993
杏花鹅	（元）郭翼	1993
题士宣杏花双喜	（元）郑东	1993
题李遂卿画春鹅杏花	（明）张以宁	1994
杏花飞燕图	（明）高启	1994
题宋徽宗杏花锦鸡图	（明）孟洋	1994
杏花画眉	（明）刘泰	1995
杏花画眉	（明）钱逊	1995
杏花燕子	（明）沈周	1995
题杏花鹦鹉	（明）张凤翼	1995

钱舜举桃花黄莺图　　（元）王恽 …………………… 1995
王中甫桃花鸂鶒图　　（元）贡师泰 …………………… 1995
桃花鹦鹉　（元）揭傒斯 ……………………………… 1996
桃竹画眉图　（元）黄溍 ……………………………… 1996
题幽禽桃花图　（元）陈旅 …………………………… 1996
桃花双鸟图　（元）贡性之 …………………………… 1996
题桃花十二红图　（元）华幼武 ……………………… 1996
题桃花珍禽画　（明）镏崧 …………………………… 1997
题边文进桃花双禽图　　（明）高棅 …………………… 1997
题桃花白头翁　（明）朱经 …………………………… 1997
桃花白头公　（明）陈昌 ……………………………… 1997
桃竹百禽图　（明）陈辉 ……………………………… 1997
桃花众禽　（明）徐溥 ………………………………… 1998
题桃花喜鹊画　（明）罗颀 …………………………… 1998
题桃花鹧鸪　（明）陈鎏 ……………………………… 1998
题桃花春禽　（明）殷云霄 …………………………… 1998
题徐熙桃花鹦鹉图　　（明）杨翮 ……………………… 1999
题宋徽宗画碧桃鹨鸽　　（明）项忠 …………………… 1999
绯桃黄雀　（明）程敏政 ……………………………… 1999
题桃花小禽图　（明）僧麟洲 ………………………… 1999
题画桃，桃边有竹数竿，又有鸟集于桃上　　（明）蒋冕 … 1999
桃花杨柳舞鸭图　（明）陆治 ………………………… 1999
柳莺便面　（元）唐肃 ………………………………… 2000
次韵题柳燕　（元）陶宗仪 …………………………… 2000
为方思道题画眉折柳　　（明）陆深 …………………… 2000
题绿柳紫燕图　（明）王褒 …………………………… 2000
绿杨双燕图　（明）高棅 ……………………………… 2000
绿杨紫燕图　（明）僧文湛 …………………………… 2001

题陈高士所藏冬青枝上白头翁画　（元）戴表元 ············ 2001

卷第一百一十一　花鸟合景

牡丹鹁鸽图　（元）岑安卿 ························· 2002
牡丹锦鸡　（明）张凤翼 ··························· 2002
牡丹雉鸡　（明）沈周 ····························· 2002
题海棠鸣禽图　（元）贡师泰 ······················· 2002
题黄鹂海棠图　（元）陈旅 ························· 2003
钱舜举海棠鸂鶒　（元）吴镇 ······················· 2003
钱舜举海棠鸂鶒图　（元）黄公望 ··················· 2003
题海棠鹦鹉图　（元）周伯琦 ······················· 2003
题棠雀图　（明）解缙 ····························· 2003
题海棠双鸟　（明）张肯 ··························· 2003
题海棠白头翁图　（明）童瑄 ······················· 2004
题海棠白头翁便面次韵（二首）　（明）钱洪 ········· 2004
题画海棠双白头　（明）王世贞 ····················· 2004
题西府海棠上白头公　（明）张凤翼 ················· 2005
王国臣以龚翠岩先生所画梨树幽禽图见赠赋此
　　（元）戴良 ··································· 2005
题梨花鹨鸽扇头　（元）许有壬 ····················· 2005
题边鲁生梨花双燕图　（元）杨维桢 ················· 2005
题梨花喜鹊图　（元）李祁 ························· 2005
题王若水梨花山鹊图　（元）郑东 ··················· 2006
题梨花锦鸠　（元）华幼武 ························· 2006
题梨花锦鸠图　（元）卢昭 ························· 2006
梨花锦鸠　（明）张以宁 ··························· 2006
题梨花锦鸠图　（明）程本立 ······················· 2006
题梨花斑鸠图　（明）王恭 ························· 2007

梨花睡鸭图 （明）顾观	2007
题王冕画梨花鸟 （明）僧一初	2007
舜举画棠梨练雀 （元）程钜夫	2007
棠梨白练图 （元）王冕	2007
棠梨幽鸟 （明）张以宁	2008
棠梨双鸠 （明）陈娃	2008
棠梨双白头 （明）赵不易	2008
棠梨画眉 （明）陈娃	2008
题宋徽宗棠梨冻鹊图 （明）僧来复	2008
应制题杏梨白燕扇 （明）申时行	2008
恭题皇上所御画扇白燕梨杏二花 （明）赵用贤	2009
樱桃白头翁 （元）程钜夫	2009
画双蝶趁朱樱花有鸟鸣于花上 （明）蒋冕	2009
题樱桃翠羽图 （明）侯复	2009
辛夷牡鸡图 （明）吴宽	2009
题木笔花下雉鸡 （明）张凤翼	2010
来禽画眉 （明）祝允明	2010
荔枝山鸟 （明）陈昌	2010
题枇杷山鸟图 （明）陈颢	2010
枇杷青鸟 （明）杨基	2010
桂花鹡鸰鸟 （明）郭厘	2011
题桂花十二红便面 （明）朱经	2011
栀子画眉图（二首） （明）李祯	2011
徽庙御画栀子白头翁 （元）成廷珪	2011
竹杏沙头䴘鶒 （元）虞集	2011
题翠竹黄莺图 （明）郑关	2012
竹枝青鸟 （明）王泽	2012
独喜萱花到白头图 （明）徐渭	2012

葵榴双凫	（元）虞集	2012
题葵花雉鸡	（元）陶宗仪	2012
恭题皇上所御画扇鹡鸰葵兰二花	（明）赵用贤	2012
崔白败荷折苇寒鹭	（宋）文同	2013
跋萧帅鹭鸶败荷扇头	（元）元好问	2013
题鹭鸶败荷扇头	（元）元好问	2013
莲鸟窥鱼图	（元）王恽	2013
败荷野鸭画册	（元）刘因	2013
枯莲孤鸳	（元）袁桷	2014
枯莲鸳鸯	（元）袁桷	2014
秋鹭霜荷	（明）张以宁	2014
题荷池白鹭	（明）蓝仁	2014
败荷鹡鸰为沈志行题	（明）陈全	2014
题败荷鹡鸰图	（明）林廷锦	2015
枯荷鹡鸰	（明）金幼孜	2015
题王金吾所藏徐熙秋荷鸳鸯翡翠图	（明）揭轨	2015
荷鹭图	（明）李东阳	2016
李宗一使山东题荷鹭横披为赠	（明）储巏	2016
为白郎中题荷花鹅图	（明）吴宽	2016
荷花鸳鸯	（明）张凤翼	2017
题墨戏秋荷水禽	（元）丁立	2017
芦荷水禽	（元）袁桷	2017
芦荷孤凫	（元）袁桷	2017
蓼花雪姑图	（元）陈基	2018
芙蓉翠羽图	（元）吴师道	2018
题落花芳草白头翁	（元）丁鹤年	2018
题鹨鹈竹雀萱塘图	（明）陶安	2018
题宋徽庙画眉百合图	（明）高启	2018

蒋御医黄头月桂图　（明）李东阳 …………………… 2019
题山茶喜鹊　（明）罗顸 ………………………………… 2019
蜡嘴枸杞　（明）张凤翼 ………………………………… 2019
钱舜举画花石子母鸡图　（明）王淮 …………………… 2019
题画　（明）张邦奇 ……………………………………… 2020

卷第一百十二　草虫类

谢兴宗惠草虫扇　（宋）司马光 ………………………… 2021
和圆机题草虫　（宋）晁说之 …………………………… 2021
雍秀才画草虫七物　（宋）苏轼 ………………………… 2022
　　促织/2022　虾蟆/2022　蜣蜋/2022　天水牛/2022
　　蝎虎/2022　蜗牛/2022　鬼蝶/2022
观居宁画草虫　（宋）梅尧臣 …………………………… 2022
题草虫扇（二首）　（宋）陈造 ………………………… 2023
草虫扇　（宋）范成大 …………………………………… 2023
戏题常州草虫枕屏　（宋）杨万里 ……………………… 2023
题山庄草虫扇　（宋）杨万里 …………………………… 2023
谢人送常州草虫扇　（宋）杨万里 ……………………… 2024
卢希颜草虫横披　（金）段成己 ………………………… 2024
东平李汉卿草虫卷（二首）　（元）元好问 …………… 2024
文湖州草虫　（元）元好问 ……………………………… 2024
屏上草虫（四首）　（元）刘因 ………………………… 2025
　　螳蜋/2025　蜗牛/2025　蟛蛄/2025　螽斯/2025
题刘大用画草虫手卷（二首）　（元）王恽 …………… 2025
题草虫画卷　（元）马臻 ………………………………… 2025
题水墨蓼花草虫　（明）刘基 …………………………… 2026
题松雪翁临祐陵草虫　（明）高启 ……………………… 2026
题徐熙三虫图　（明）高启 ……………………………… 2026

题目	作者	页码
题许澜伯三虫图	（明）高启	2026
题草虫	（明）丘濬	2026
题赵松雪临宋徽宗水墨草虫	（明）杨基	2027
草虫	（明）鲁铎	2027
画草虫	（明）杨慎	2027
蚁蝶图	（明）黄庭坚	2028
百蝶图	（元）刘因	2028
黄茎蜂蝶图	（元）王恽	2028
滕王蚁蝶图（二首）	（元）王恽	2028
画双蝶	（元）虞集	2029
蛱蝶图	（元）陈樵	2029
题萱草蛱蝶图	（元）赵孟頫	2029
花蝶谣题舜举画	（元）郑元祐	2029
题吴性存所藏赵仲穆竹枝双蝶图	（元）顾瑛	2029
题赵子固蕙花蛱蝶图	（元）潘纯	2030
竹蝶图	（元）张宪	2030
题萱蝶图	（元）吕诚	2030
画蝶	（明）李东阳	2030
题蛱蝶花上蛱蝶	（明）张凤翼	2030
扇中双蝶	（明）徐渭	2030
题黄葵聚蜂图	（元）陶宗仪	2031
画蝉	（宋）苏轼	2031
画扇柳蝉	（元）虞集	2031
画蝉	（元）丁鹤年	2031
题王生画三蚕蜻蜓（二首）	（宋）苏辙	2031
画蜻蜓	（元）程钜夫	2031
咏徐正字画青蝇	（唐）韦应物	2032
偶访吉甫画三蝇壁间	（宋）倪巨济	2032

莎鸡蜥蜴　　（元）程钜夫 ·················· 2032
促织图　　（元）吴师道 ····················· 2032
蟋蟀图　　（明）叶初春 ····················· 2032
跋聚蚁图　　（宋）夏均父 ··················· 2033
楚宫室鸡将啄蚁画　　（明）徐渭 ············· 2033
钱舜举禾鼠　　（元）袁桷 ··················· 2033
题钱舜举禾鼠图　　（元）柳贯 ··············· 2033
钱舜举硕鼠图　　（元）邓文原 ··············· 2033
为费廷言题沈士偶画枇杷双鼠　　（明）吴宽 ··· 2034

卷第一百十三　宫室类

徽宗画周灵台图（二首）　　（元）王恽 ······· 2035
姑苏台图　　（元）程钜夫 ··················· 2035
馆娃宫图　　（元）郑元祐 ··················· 2036
梁山宫图　　（金）麻九畴 ··················· 2036
阿房宫图　　（元）程钜夫 ··················· 2036
阿房宫图　　（元）宋无 ····················· 2037
汉宣帝幸池阳宫图　　（元）王恽 ············· 2037
题甘泉宫图　　（元）朱德润 ················· 2038
隋宫图　　（明）沈周 ······················· 2038
九成宫图　　（元）马祖常 ··················· 2038
题郭忠恕九成宫图　　（元）王士熙 ··········· 2039
题郭忠恕九成宫图　　（元）王士熙 ··········· 2039
王摩诘骊山宫图（二首）　　（元）王恽 ······· 2039
骊山宫图　　（元）王士熙 ··················· 2039
骊山宫图　　（元）马祖常 ··················· 2040
题开元宫图　　（元）邓文原 ················· 2040
任南麓画华清宫图　　（金）赵秉文 ··········· 2040

题任南麓画华清宫图后 （元）王恽	2041
华清宫图 （元）马祖常	2042
跋兰昌宫图 （元）王恽	2042
离宫图 （元）袁桷	2042
题饶孟持所藏赵希远画渚宫图 （明）危进	2042
题王提举界画宫殿图 （明）张绅	2042
水殿图 （元）于立	2043
水殿图 （明）高启	2043
恭题水殿图 （明）刘铉	2043
题赵希远万松金阙图 （明）高启	2043
题赵希远万松金阙图 （明）张适	2044
题万松金阙图 （明）李延兴	2044
招真观图 （元）杨载	2044
题信州九天观图（二首） （元）杨载	2045
题德忠观图 （明）沈周	2045
题祝道士龙虎山先天观图 （元）揭傒斯	2045
仙山楼观图 （元）郑元祐	2045
郭忠恕仙山楼观 （元）吴镇	2046
郭忠恕仙山楼观图 （元）黄公望	2046
题仙山楼观图 （元）郭翼	2046
仙山楼观图 （元）秦约	2046
题宋徽宗仙山楼观图 （元）顾瑛	2047
仙山楼观图 （元）张雨	2047
仙山楼观图 （元）唐肃	2047
仙山楼观图 （明）高启	2047
题仙山楼观图 （明）陈宪章	2047
题边文进仙山楼观图 （明）方行	2048
题仙山楼观图 （明）刘师邵	2048

题仙山楼阁图	（明）陈继儒	2049
题仙山楼观图	（明）僧宗衍	2049
题仙山楼观	（明）僧麟洲	2049
题春山楼观图	（明）镏崧	2049
题春山楼观图	（明）程敏政	2049
秋山楼观图	（元）吴师道	2050
题会稽韩与玉秋山楼观	（元）迺贤	2050
题舒真人北山楼观图	（元）萨都剌	2050
题中天楼观图	（明）林鸿	2051
溪山仙馆图	（元）吴师道	2051
唐子华云松仙馆图	（元）邓文原	2051
郭忠恕万松仙馆图	（元）吴镇	2051
郭忠恕夏山仙馆图	（元）吴镇	2052
郭忠恕万松仙馆图	（元）黄公望	2052
李咸熙雪溪仙馆图	（元）黄公望	2052
姚运使溪山仙馆图	（明）张羽	2052
卢鸿仙山台榭图	（元）邓文原	2053
卢鸿仙山台榭图	（元）吴镇	2053
虎豹九关图	（元）王恽	2053
康乐图	（元）刘因	2054
钱钧羽画	（元）唐肃	2054
小李将军院体小幅（二首）	（明）祝颢	2054
题院画（二首）	（明）吴宽	2055
题画	（明）沈周	2055

卷第一百十四　宫室类

吴道玄五云楼阁图	（元）邓文原	2056
吴道玄五云楼阁	（元）吴镇	2056

李咸熙秋山楼阁图　（元）黄公望	2056
云山楼阁图　（明）高启	2057
云山楼阁图　（明）高启	2057
天开画楼图　（宋）白玉蟾	2057
翠岫楼台图　（明）张适	2057
题饶良卿所藏界画黄楼图　（明）张以宁	2057
西爽楼图　（明）徐贲	2058
望仙楼图　（明）唐之淳	2058
题丰乐楼图　（明）李进	2058
自题待月楼图感旧　（明）张灿	2059
三阁图　（元）杨维桢	2059
题怡上人松风阁图　（明）姚广孝	2059
六浮阁歌题所画六浮阁图　（明）李长蕑	2060
题王朋梅为朱泽民画水阁图　（明）王世贞	2060
题界画台阁　（明）高棅	2060
题王朋梅界画大都池馆图样　（元）张昱	2061
朱陵别馆图　（元）程钜夫	2061
巨峰林馆图　（明）徐贲	2061
题竹洲馆图（二首）　（明）王世懋	2061
秀野轩图　（明）瞿庄	2062
题秀野轩图　（明）高启	2062
题秀野轩图　（明）杨基	2062
题秀野轩图　（明）徐贲	2062
题秀野轩图　（明）王彝	2063
题秀野轩图　（明）张端	2063
题秀野轩图　（明）田耕	2063
题秀野轩图　（明）姜文震	2063
题秀野轩图　（明）周世衡	2063

题秀野轩图	（明）董远	2064
题秀野轩图	（明）陈朴	2064
题秀野轩图	（明）张吉	2064
题秀野轩图	（明）朱斌	2064
题耕渔轩图	（明）高启	2065
题耕渔轩图	（明）张羽	2065
题耕渔轩图	（明）刘天锡	2065
题耕渔轩图	（明）王桯	2065
题耕渔轩图	（明）陈潜夫	2065
题耕渔轩图	（明）黄载	2066
题耕渔轩图	（明）张纬	2066
题耕渔轩图	（明）释惟善	2066
题梦鹤轩图	（元）刘永之	2066
题友鹤轩图	（明）姚广孝	2067
王叔明琴鹤轩图	（明）董存	2067
王叔明琴鹤轩图	（明）张光弼	2067
莘叔耕画梅雪轩图	（明）张羽	2067
题安分轩图	（明）田子贞	2068
听雨轩图	（明）林弼	2068
再用韵戏作二庵图	（宋）饶节	2068
次仪真尹正郎元夫以斗庵图索题	（明）廖道南	2068
为眉公作苕帚庵图并题	（明）董其昌	2069
黄叶庵图	（明）李日华	2069
题张中丞东亭图	（元）袁桷	2069
起亭图	（明）程敏政	2069
访友松竹居图	（元）程钜夫	2069
黄一峰画贞居图	（元）张雨	2070
散木高居图	（明）沈周	2070

题赵仲穆竹西图　（元）张雨	2070
文上人西麓图　（明）僧大圭	2070

卷第一百十五　宫室类

诸子将筑室以画图相示（三首）　（宋）苏辙	2071
题李公麟山庄图　（宋）苏辙	2072

建德馆/2072　墨禅堂/2072　华岩堂/2072　云茾阁/2072
发真坞/2072　芗茅馆/2072　璎珞岩/2072　栖云室/2073
祕全庵/2073　延华洞/2073　澄元谷/2073　雨花岩/2073
泠泠谷/2073　玉龙峡/2073　观音岩/2073　垂云沜/2073
胜金岩/2074　宝华岩/2074　陈彭漈/2074　鹄源/2074

次朱元晦韵题严居厚溪庄图　（宋）陆游	2074
题严居厚溪庄图　（宋）朱子	2074
墨庄图（五首）　（宋）朱子	2074

墨庄/2074　冽轩/2075　静春堂/2075　玩易斋/2075
君子亭/2075

野庄图（三首）　（元）王恽	2075
题董承旨野庄图　（元）张伯淳	2076
题张季云先生山庄图（三首）　（元）王恽	2076
雨后山庄图　（元）范梈	2076
题莫氏山庄图　（元）黄溍	2077
题玉山中钱舜举画五柳庄图　（元）张天英	2077
题梅庄图　（明）华幼武	2077
题汪季路太丞魏野草堂图　（宋）杨万里	2077
题桥南堂图　（宋）陆游	2078
题武教授峨嵋山溪堂图　（元）王恽	2078
四郊草堂图（四首）　（元）虞集	2078
题刘生庸道五庄草堂图　（元）贡师泰	2079

题良常草堂图　（元）倪瓒	2079
韦羌草堂图　（元）倪瓒	2079
陈履元画玉山草堂　（元）郑元祐	2079
题钱伯珍所藏草堂图　（元）释良琦	2079
徐雪舟为画蓝涧草堂图　（明）蓝智	2080
题彭氏背郭草堂图　（明）镏崧	2080
题黄典籍东州草堂图　（明）陈思孝	2080
赵松雪怡乐堂图　（元）邓文原	2080
题赵松雪怡乐堂图　（元）张雨	2080
题九灵山房图　（元）爱理沙	2081
九灵山房图　（元）丁鹤年	2081
题五龙山房图　（明）僧宗泐	2081
题唐子华画王师鲁尚书石田山房　（元）张翥	2082
题黄都事仲纲山居溪阁图（二首）　（元）虞集	2082
王叔明为陈惟允天香书屋图　（元）黄公望	2082
题刘生庸道竹林书室图　（元）贡师泰	2082
竹溪草堂图　（元）舒頔	2083
鸣山书舍图　（明）高启	2083
蜀山书舍图　（明）高启	2083
蜀山书舍图　（明）徐贲	2083
竹雪书房　（明）杨荣	2084
题李景昌竹间书舍图　（明）于谦	2084
柳塘书舍图　（明）李德	2084
题蔡文翰墨溪书屋图　（明）廖道南	2085
题孺山书屋图　（明）王世贞	2085
题东洋书屋卷（二首）　（明）王世懋	2085
仿子久秋山书屋　（明）李日华	2085
龙门茶屋图　（元）倪瓒	2086

石田茅屋图　（明）解缙 …………………………………… 2086

题伯颖云林茅屋图　（明）蓝仁 ……………………… 2086

题徐都宪小邾竹屋卷　（明）李东阳 ………………… 2086

题弋阳岩山精舍图　（元）袁桷 ……………………… 2086

吴俊仲杰横河精舍图　（元）张翥 …………………… 2087

赋德机荆南精舍图　（元）倪瓒 ……………………… 2087

上虞魏氏湖上精舍图　（元）陈樵 …………………… 2088

虎丘老僧有竹林精舍，文伯仁为图之 ……　（明）王世贞 … 2088

题曹氏春江云舍图　（元）华幼武 …………………… 2088

题朱泽民荆南旧业图　（明）高启 …………………… 2089

为黄伯昂题君山别业画卷　（明）程本立 …………… 2089

卷第一百十六　器用类

题觳器图　（唐）刘禹锡 ……………………………… 2090

崔五六图屏风各赋一物得乌孙佩刀　（唐）李颀 …… 2090

李兵曹壁画山水各赋得挂水帆　（唐）李颀 ………… 2090

题画帆　（明）葛孔明 ………………………………… 2091

观杨之美盘车图　（宋）梅尧臣 ……………………… 2091

盘车图　（宋）欧阳修 ………………………………… 2091

画车（二首）　（宋）苏轼 …………………………… 2092

题宗子赵明叔盘车图后　（宋）饶节 ………………… 2092

盘车图　（元）虞集 …………………………………… 2092

雪山盘车图　（元）薛汉 ……………………………… 2093

郭熙盘车图　（明）谢承举 …………………………… 2093

题宋院人画盘车图　（明）刘绩 ……………………… 2093

挽车图　（元）吴师道 ………………………………… 2094

题莲叶舟图　（元）程钜夫 …………………………… 2094

酒船图　（明）韩宜可 ………………………………… 2094

竹素图　（明）杨基 ………………………………………… 2094
同原甫咏祕阁藏古器图　（宋）刘叔赣 ……………… 2095
题元章研山图　（元）张雨 ……………………………… 2095
沧浪池砚图　（明）王祎 ………………………………… 2095
题翰墨十八辈封爵图　（元）任士林 …………………… 2095
周文矩雷剑化龙图（二首）　（元）王恽 ……………… 2096
双剑图歌　（元）傅若金 ………………………………… 2096
楼光远家观宋绶景德卤簿图　（元）吴莱 ……………… 2096
题襄县张医人所藏续弦图　（明）王钝 ………………… 2097
题芦花被图　（元）贡师泰 ……………………………… 2097
咏秦淮妓王易容百花画衣，因新都谢少运索和（八首）
　　　　　（明）陈继儒 ………………………………… 2097
凤鸾图（十首附录）　（明）徐渭 ………………… 2098

卷第一百十七　人事类

献百花洲图上陈州晏相公　（宋）范仲淹 ……………… 2100
观韩玉汝胡人贡奉图　（宋）梅尧臣 …………………… 2100
题曹仲本出示谯国公迎请太后图，自"肃天仗"……
　　　　　（宋）杨万里 ………………………………… 2101
蕃王献宝图　（元）柳贯 ………………………………… 2101
题书船入蜀图送黄尚质赴夔州蒙古教授　（元）傅若金 … 2102
光山尹孔凝道作县有声乡人为图　（元）马祖常 ……… 2102
题蒋习之春归得意图　（明）徐贲 ……………………… 2102
罢直图　（明）练子宁 …………………………………… 2102
题王显宗巡历图　（明）贝琼 …………………………… 2103
题画送高博士使高丽　（明）丘濬 ……………………… 2103
题画送陈明远赴丹棱令　（明）吴宽 …………………… 2103
题凤凰集图为陈德清应召　（明）王世贞 ……………… 2103

为张四太学题画寄少司成范公 （明）王世贞	2103
奉敕称贺图 （明）王世懋	2104
两承恩命图 （明）王世懋	2104
班师怀来图 （明）王世懋	2104
王公拜相图咏 （明）朱存理	2104
题焦白圻画其父奉礼府君夜直诗意图 （明）王逢	2105
为李郡伯题喜祝三公图 （明）李维桢	2105
徐吏部父子朝天图 （明）焦竑	2105
题东溟父子趋朝图 （明）顾清	2105
颜总戎镇朔巡边图 （明）叶盛	2106
题好溪图送宪使黄继先 （明）孙炎	2107
题双喜图送马胜宗从昌平侯出镇宣府 （明）刘溥	2107
题画送同年高颖之册封黄州 （明）俞泰	2108
六老朝天图为陆石泾中丞赋 （明）廖道南	2108
观风图为杨道长题 （明）廖道南	2109
题杨廷宜侍御手卷花县鸣琴 （明）傅珪	2109
题画送王幼度计偕 （明）董其昌	2109
题郭祥乡饮酒图 （元）朱德润	2110
琼林醉归图为同年长垣李溥作 （明）丘濬	2110
吴将军辕门夜宴图 （明）边贡	2111
鹿鸣燕会图为旌德江浦贡士赋 （明）程敏政	2111
琼林醉归图 （明）陆釴	2111
谢许判官惠茶图茶诗 （宋）文同	2111
赠临江简寿玉二首。简携王仲显使君书来谒 （宋）范成大	2112
题刘后村所跋杨朴移居图 （宋）许月卿	2112
题张天民先生移居图 （元）成廷珪	2112
自题移居图 （明）陈道永	2112

荆氏周急图　（元）王恽 …………………………………… 2112
清白图为何掾舜举赋　（元）王恽 ………………………… 2113
题戚子云五云图　（元）牟巘 ……………………………… 2113
梦会图　（元）牟巘 ………………………………………… 2113
题露台夜炷图　（元）揭祐民 ……………………………… 2113
题授经郎献书图　（元）张雨 ……………………………… 2113
焦永功桑梓图　（明）刘三吾 ……………………………… 2114
二穷图　（明）周用 ………………………………………… 2114
题董望峰行春图　（明）焦竑 ……………………………… 2114
为儿辈题折桂图　（明）张凤翼 …………………………… 2114
题百子图　（明）张凤翼 …………………………………… 2115
为仲氏题梦笔生花图　（明）张凤翼 ……………………… 2115
题扇面图赠且翁叔　（明）张邦奇 ………………………… 2115
吕绳宇兄余髫年交也，为图便面以见意　（明）李日华 … 2115

卷第一百十八　人事类

生日刘景文以古画松鹤为寿，且觊佳篇，次韵为谢
　　　（宋）苏轼 ………………………………………… 2116
刘讷画庐陵三寿图求诗　（宋）周必大 …………………… 2116
詹仲信以山水二轴为寿，固辞不可，乃各作一绝句谢之
　　　（宋）陆游 ………………………………………… 2117
　　春山/2117　雪山/2117
题宋徽宗献寿桃核图　（元）柳贯 ………………………… 2117
题南山献寿图　（明）李晔 ………………………………… 2117
望云祝寿图　（明）丘濬 …………………………………… 2118
题萱草图为从母张孺人六十寿　（明）吴宽 ……………… 2119
三姊寿七十，以八月十三日生，因题月会图奉贺
　　　（明）吴宽 ………………………………………… 2119

梅竹寿意图	（明）程敏政	2119
题荣寿图	（明）傅珪	2119
仙窟图寿白都宪母（二首）	（明）周用	2120
代题寿父母图	（明）屠侨	2120
题崆峒图寿祝永明	（明）郑鹏	2120
丹阳尹来菲泉索题南峰图为乃翁寿	（明）廖道南	2121
恩荣双寿图	（明）廖道南	2121
题雪岩图寿丽卿乃翁	（明）廖道南	2122
题彭宣慰寿图	（明）廖道南	2122
寿申封君歌题青鸟图	（明）王世贞	2122
题孟里图寿尤母	（明）王世贞	2123
题画寿大参旸谷先生七十	（明）王世贞	2123
为林子腾茂才题桃源图寿	（明）王世贞	2123
题灵椿图寿卓征甫光禄五十	（明）王世贞	2124
题柏舟画卷赠高母	（明）王世贞	2124
为范母题晚节寒香卷	（明）王世贞	2124
张步兵怀椿寿萱卷	（明）黄相	2124
题黄山烟树图为邵果斋内人寿	（明）焦竑	2125
题李公子乔松图称寿尊君临淮侯	（明）焦竑	2125
题仙桃白鹿图寿蒋参岳子征	（明）张凤翼	2126
题扇寿爱疏吴先生尊人	（明）顾清	2126
赋蟠桃图为张时震父母寿	（明）顾清	2126
题画松石为吴赤含寿	（明）李日华	2126
题竹溪图寿竹溪老人	（明）李维桢	2126
题九如图为高观察四十寿	（明）董其昌	2127
题百萱图寿李本宁母太夫人	（明）董其昌	2127
乐寿图为潘百朋寿	（明）董其昌	2127
嘉平十四日题写古梅寿襟海丈	（明）李日华	2128

韩参议家庆图　（元）袁桷 …………………………………… 2128
张希孟嘉庆图　（元）袁桷 …………………………………… 2129
秦元卿家庆图　（元）马祖常 ………………………………… 2129
题晋宁申氏家庆图　（元）程钜夫 …………………………… 2129
赠别柯伯庸归省亲。柯自龙虎来临安……　（宋）戴奎 … 2130
题方壶子天台图送曹士安省亲还上清　（元）丁复 … 2130
题刘山长雪夜板舆图　（元）萨都剌 ………………………… 2131
题胡伯衡飞云图　（元）杨载 ………………………………… 2131
家山飞云图　（元）程钜夫 …………………………………… 2131
题潘叔宽望云图　（元）贡师泰 ……………………………… 2131
望云思亲图为王大使作　（元）丁鹤年 …………………… 2132
题张伯源梦父还家图　（元）张庸 …………………………… 2132
题陈象之舆母避寇图　（元）张庸 …………………………… 2133
瞻云图　（明）廖道南 ………………………………………… 2133
李氏奉亲图　（元）程钜夫 …………………………………… 2133
题白华图为本斋王公　（元）王寿衍 ………………………… 2134
题白华图为本斋王公　（元）汤弥昌 ………………………… 2134
题白华图为本斋王公　（元）陈方 …………………………… 2134
题白华图为本斋王公　（元）龚璛 …………………………… 2134

卷第一百十九　杂题类

燕尔馆破屏风所画至精，人多叹赏题之　（唐）刘禹锡 … 2136
杨子华画（三首）　（唐）元稹 ……………………………… 2136
资圣寺诸画效柏梁体　（唐）段成式、张希复、郑符联句 … 2136
病起见图画　（唐）僧齐己 …………………………………… 2137
题童氏画　（唐）阙名 ………………………………………… 2137
观何君宝画　（宋）梅尧臣 …………………………………… 2137
表臣斋中阅画而饮　（宋）梅尧臣 …………………………… 2138

赵令晏崔白大图幅径三丈　（宋）苏轼	2139
子由新修汝州龙兴寺吴画壁　（宋）苏轼	2139
王维吴道子画　（宋）苏轼	2139
王维吴道子画　（宋）苏辙	2140
画叹　（宋）苏辙	2141
石无咎画苑　（宋）陈师道	2141
题郑防画夹（三首）　（宋）黄庭坚	2142
谢郑闳中惠高丽画扇（二首）　（宋）黄庭坚	2142
题仁老所画枕屏（五首）　（宋）邹浩	2142
赠画士龚子　（宋）陈造	2143
题赵生画　（宋）陆游	2143
曝旧画　（宋）陆游	2144
催老融墨戏　（宋）楼钥	2144
跋周忘机画　（宋）刘克庄	2145
题宣和御画　（宋）王庭珪	2145
史画吟　（宋）邵雍	2145
诗画吟　（宋）邵雍	2145
儒衣陈其姓，工于画牛马鱼。一日持六簇为赠以换诗　（宋）戴复古	2146
咏画赠赵道士　（宋）文天祥	2147
题公震画后（二首）　（宋）僧道潜	2147
观曹夫人画（三首）　（宋）僧道潜	2147
蒲元亨画四时扇图　（宋）僧德洪	2147
咏破屏风　（唐）姚合	2148

卷第一百二十　杂题类

题惠崇画　（元）马祖常	2149
郭忠恕十幅　（元）邓文原	2149

题画　（元）虞集	2149
题山石猿鸟图　（元）杨载	2150
时中兄示余画一轴，画一老翁推独轮小车，上载两巨瓮……	
（元）杨载	2150
赠画工黎仲瑾　（元）欧阳玄	2150
大年小景（三首）　（元）张翥	2151
东夷倭人小折叠画扇子歌　（元）吴莱	2151
题小景　（元）杜本	2152
用王叔明韵题画　（元）倪瓒	2152
画寄王云浦　（元）倪瓒	2152
题画贻王光大（二首）　（元）倪瓒	2152
翠竹灵壁图　（元）钱惟善	2153
题许道宁画轴　（元）马臻	2153
马远小景（二首）　（元）张雨	2153
画扇　（元）唐肃	2154
题画扇便面　（元）张渥	2154
题杂画卷子　（明）刘基	2154
题安南陈内相杂画（二首）　（明）林弼	2154
题水墨小景　（明）王恭	2155
题赵松雪画（四首）　（明）虞堪	2155
题黄鹤山人王叔明画　（明）平显	2155
题丁野夫画　（明）平显	2156
题画赠友（二首）　（明）张适	2156
题画　（明）张适	2156
题画　（明）李进	2156
题画（二首）　（明）陈宪章	2157
题松雪图　（明）陈宪章	2157
题福山曹氏画　（明）刘溥	2157

标题	作者	页码
和石田题王濬之画扇（二首）	（明）吴宽	2157
题倪云林画	（明）吴宽	2157
题画	（明）储罐	2158
题画	（明）沈周	2158
题小画（二首）	（明）陆深	2158
赠张挥使小画	（明）廖道南	2158
题画赠张冰溪	（明）廖道南	2158
赠冯画师	（明）廖道南	2159
陆包山述李三塘见推为题画	（明）蔡羽	2159
题画赠朱拱之	（明）谢承举	2159
题倪元镇小画	（明）王世贞	2159
题王子裕佥宪诗画册后	（明）王世贞	2159
为秋野题画	（明）王世贞	2160
黄生行赠善画者亦明卿客也	（明）王世懋	2160
题顾文康画	（明）王世懋	2160
寄章廷纶画史	（明）邢侗	2160
广仁院画壁	（明）汤显祖	2161
题画赠蜀中尹使君惺麓	（明）董其昌	2161
题画赠张平仲充守	（明）董其昌	2161
题画（二首）	（明）程嘉燧	2161
题画	（明）李日华	2161
题谢孔昭雨中过沈孟渊所诗画	（明）王肆	2162
题沈公济雪中过沈孟渊所诗画	（明）王肆	2162
为香山顾敬中题画	（明）贺宵	2162
题云林画	（明）陈则	2162
题画	（明）僧智舷	2162

历代题画诗类卷第八十八

花卉类

洛阳牡丹图
（宋）欧阳修

洛阳地脉花最宜，牡丹尤为天下奇。
我昔所记数十种，于今十年半忘之。
开图若见古人面，其间数种昔未窥。
客言近岁花特异，往往变出呈新枝。
洛人惊夸立名字，买种不复论家赀。
比新较旧难优劣，争先擅价各一时。
当时绝品可数者，魏红窈窕姚黄妃。
寿安细叶开尚少，朱砂玉版人未知。
传闻千叶昔未有，只从左紫名初驰。
四十年间花百变，最后最好潜溪绯。
今花虽新我未识，未信与旧谁妍媸。
当时所见已云绝，岂有更好此可疑。

和范景仁蜀中寄牡丹图
（宋）范纯仁

牡丹开蜀圃，盈尺莫如今。妍丽色殊众，栽培功信深。

矜夸传万里，图写费千金。未就木栏赏，徒摇远客心。

题张希颜纸本牡丹*
（宋）范成大

洛花肉红姿，蜀笔丹砂染。生绡多俗格，纸本有真艳。

题徐熙紫白二牡丹
（宋）范成大

蘂珠仙驭晓骖鸾，道服朝元露未乾。
天半刚风如激箭，绿绡飘荡紫绡寒。

寒入仙裙粟玉肌，舞馀全不耐风吹。
从教旅拒春无力，细看腰肢嫋嫋时。

题钱舜举牡丹折枝图
（元）王恽

翠帷高捲出倾城，並髻凝妆别有情。
似为洛人矜绝艳，两枝相倚鬭轻盈。

题番阳徐氏双头牡丹图
（元）戴表元

天工幻化不经意，双萼忽然枝叶同。
一似人间好兄弟，朱鞍锦辔踏春风。

---

* 诗题"张希颜"，当作"张晞颜"。此诗为《题张晞颜纸本花四首》之第一首，其余三首分咏常春、红梅、鸡冠，本书全录。书中还收有范成大题此人所绘杏花、梨花图的诗作。

题赵子昂画罗司徒家双头牡丹并蒂芍药

（元）程钜夫

并蒂连枝花乱开，冲和元自主人培。
集贤学士春风笔，更写天香入卷来。

紫牡丹图

（元）程钜夫

豪贵说长安，争先紫牡丹。我无池馆地，画与子孙看。

画牡丹

（元）马祖常

洛阳春雨湿芳菲，万斛胭脂染舞衣。
帐底金盘承密露，东家蝴蝶不须飞。

题寿皇御题淳熙宫画牡丹扇（二首）

（元）柳贯

剑南樵客写花容，院画流传号国工。
春压玉阑江雨歇，彩鸾惊梦又成空。

天香国艳岂堪描，生色谁将上尺绡？
留得当时宫墨在，杜鹃啼处雨潇潇。

题画牡丹

（元）李祁

国色名花生盛唐，画图留得一枝芳。
珠簾不动微风起，犹带开元粉腻香。

徐熙牡丹图

（元）金涓

翠幄笼霞护晓寒，无人凝笑倚阑干。
玉环去后千年恨，留与东风作梦看。

题扇面牡丹

（明）刘基

沉香亭畔月华流，掌上孤鸾镜里愁。
舞罢春风却回首，六宫红粉總包羞。

题赵昌所画御屏牡丹

（明）浦源

绿芜春雨洛阳城，不见名花国已倾。
影落画屏何处物？断金残粉故宫情。

题牡丹

（明）徐溥

琼楼高起彩云端，愁绝东风十二栏。
眼底芳春看欲暮，玉人消息凤笙寒。

墨牡丹（二首）

（明）李东阳

老来青帝亦风流，年少花王正黑头。
共忆东风旧游路，乱红残紫不胜愁。

净洗浓妆不受尘，墨池清赏称诗人。
休怜一朵扬州白，犹是烟花梦里身。

题冀郎中墨牡丹

（明）程敏政

嫣然只是洛阳春，水墨丹青總幻身。
花若有情应解笑，品题空自出诗人。

题二色牡丹（二首）

（明）王衡

宫云朵朵映朝霞，百宝栏前鬭丽华。
卯酒未消红玉面，薄施檀粉伴梅花。

洛阳女儿红颜饶，血色罗裙宝袜腰。
借得霓裳半庭月，居然管领百花朝。

墨牡丹

（明）吴宽

素衣依旧染缁尘，京洛相逢是暮春。
偶忆沉香亭北事，恼人偏是画中真。

庆云牡丹图

（明）沈周

三月十日天半晴，庆云菴里看春行。
桃娘李娘俱寂寞，鼠姑照眼真倾城。
老僧却在色界住，静笑山花恼客情。
靓妆倚露粉汗湿，醉肉隔花红晕明。
吉祥将落旧有恨，急借纸面图其生。
明朝攜酒正恐谢，亦怕敲门僧厌迎。

吴瑞卿染墨牡丹

（明）沈周

雨晴风晴日杲杲，趁此看花花更好。
浇红要尽三百杯，请客不须辞量小。
野僧栽花要客到，急埽风轩破清晓。
知渠色相本来空，未必真成被花恼。
吴生又与花传神，纸上生涯春不老。
青春展卷无时无，姚家魏家何足道。

为王挥使画牡丹

（明）沈周

王君四月方来苏，绿阴满地花已无。
台红楼紫不可觅，笔底春风寻老夫。
殷繇滴露看活色，信手貌出西家姝。
坐中狂客未解事，欲折不成空纸肤。
去年淮阴七尺雪，冻地似恐花根枯。
此图赠君日日赏，一日须倾一百壶。

题牡丹

（明）沈周

名牌新样紫牙刊，露重烟深正好看，
却怪锦云低亚树，带风扶上玉栏干。

题王秀才牡丹图

（明）康海

何日到吾家，牡丹应著花。
开图一见兴已发，遥似当年宴紫霞。

雕栏不受春风折，绿叶红葳舞风力。
终日回旋不肯休，根株苦被丹青匿。
远路邅迴销客心，梦魂惟在草堂阴。
牡丹牡丹吾语汝，三月八日始谷雨。

画牡丹
（明）文徵明

粉香云暖露华新，晓日浓薰富贵春。
好似沉香亭上看，东风依约可怜人。

题画墨牡丹
（明）张凤翼

桑皮数幅驻芬芳，红紫空劳竞洛阳。
开落不随春去住，淡浓惟许墨平章。
唤回蝴蝶非关梦，勾引游蜂岂藉香。
常见本来真面目，悔从阑槛惜韶光。

题画瓯碧牡丹
（明）王世贞

沉香亭畔玉傞俄，叠叠春山捧翠螺。
何似江南天水碧，周娘亲为剪宫罗。

题复甫墨牡丹（二首）
（明）王世贞

自种沉香亭畔枝，锦嫣红醉午风迟。
那期虢国夫人到，淡埽春山八字眉。

半幅生绡墨乍匀，天然貌出玉精神。
朱栏下尽葳蕤鏁（锁），却是丹青解误人。

子上持豫章画扇，其上牡丹三株，黄白相间盛开，一猫将二子戏其旁

（宋）杨万里

暄风暖景正春迟，开尽好花人不知。
输与狸奴得春色，牡丹香里弄双儿。

题唐伯虎画牡丹（下有睡猫，题者不甚快意，因戏为作之。）

（明）王世贞

白日当卓午，狸奴睛一线。胡为尚頺（颓）然，曲肱掩其面。
得非薄荷（苛）醉，毋乃干陬倦？风吹木芍药，时时堕芳片。
堕者作裀褥，留者充帷帘。高卧时未至，雄才晚方见。
纵横群鼠辈，未解事机变。牙爪攒戟霜，飞腾掣弓电。
讵止无当锋，谁与敢奔殿？剐裂惩狡贪，吮咀慰酣战。
能令此辈空，不爱通侯券。丹青何人手？唐子少豪健。
卖骏足偶蹶，屠龙技方贱。韬精恣皴跌，含意在荒晏。
鲑鯢苟不乏，猫鼠各自便。犹胜李鄘州，摇尾媚娘殿。

题赵昌芍药

（宋）苏轼

倚竹佳人翠袖长，天寒犹著薄罗裳。
扬州近日红千叶，自是风流时世妆。

题芍药

（明）刘泰

绿阴庭院已非春，红芍翻阶露朵新。
绰约娇姿谁得似？天风吹下卫夫人。

宋徽宗画芍药

      （明）谢承举

北望胡沙道里长，秋风宽尽六铢裳。
行宫多少幽人怨，红药阶前亦改妆。

墨芍药

      （明）谢承举

珍花开彻玉盘盂，点捡扬州也自无。
永叔多情为编谱，墨痕狼藉上花须。

白描芍药图

      （明）杨基

玉楼寒拥翠罗衾，珠箔晴摇缕缕金。
蝴蝶乱飞花自落，东风庭院又春深。

题芍药游蜂

      （明）张凤翼

香生院落自深沉，芍药开时绿满林。
春老游蜂无气力，过墙空有惜花心。

海棠图

      （唐）崔涂

海棠花底三年客，不见海棠花盛开。
却向江南见图画，始惭虚到蜀城来。

驿舍见故屏风画海棠有感（二首）

      （宋）陆游

厌烦只欲长面壁，此心安得顽如石？

杜门复出叹习气，止酒还开憩定力。
成都二月海棠开，锦绣裹城迷巷陌。
燕宫最盛号花海，霸国雄豪有遗迹。
猩红鹦绿极天巧，叠萼重跗眩朝日。
繁华一梦忽吹散，闭眼细思犹历历。
忧乐相寻岂易知，故人应记醉中诗。
夜阑风雨嘉州驿，愁向屏风见折枝。

古称天下无正色，但恐世好随时移。
鞓红鹤翎岂不美，敛色如避新来姬。
何况远说苏与贺，有类异世夸嫱施。
造化无情宜一槩，偏此著意何其私。
又疑人心愈巧伪，天欲鬭巧穷精微。
不然元化朴散久，岂特近岁尤浇漓？
争新鬭丽若不已，更后百载知何为？
但应新花日愈好，惟有我老年年衰。

画海棠图

（元）马祖常

石家五尺珊瑚树，海国千房火齐珠。
风雨春寒围锦护，艳阳天暖倚阑扶。
浣时应贮芙蓉水，香处重熏翡翠鑪（炉）。
红腻不随蜂觜蚀，粉匀终为蝶身敷。
葳蕤綵缬盘仙绶，襞积云罗落舞襦。
青帝化成非幻有，杜陵吟老却知无。
催开每赖斟鹦鹉，吹落还因唱鹧鸪。
曾见赤城花亚蕊，丹铅此去不须图。

饶世英所藏钱舜举海棠

（元）虞集

睡起多情思，依稀见太真。一枝红泪湿，似忆故宫春。

题折枝海棠图

（元）柳贯

东风庭院紫縣香，翠碧飞来午影长。
啼湿红妆看不厌，只疑春色在昭阳。

为琅溪题折枝海棠

（元）欧阳玄

点缀春风只一枝，此花犹是半开时。
更令老杜如今见，便是无情也赋诗。

题钱舜举折枝海棠

（元）贡师泰

玉环睡起娇无力，腻粉微匀酒晕生。
不是开元写遗恨，世间那得见倾城。

折枝海棠

（元）杨维桢

金屋银缸照宿妆，一枝分得锦云乡。
梅郎底事多馀恨，怪杀珊瑚不肯香。

白描海棠花

（元）贡性之

美人睡起不胜愁，弄粉调朱只漫羞。
闲倚绿愡春昼静，双鸾飞上玉搔头。

赵昌海棠图

（元）金涓

银烛烧残梦未回，旧家庭院已荒苔。
玉箫声杳人何处，惟有东风燕子来。

题光禄主事虎仲桓海棠图

（元）余阙

沉香羯鼓弄春杯，席上才看半作堆。
争似君家屏障里，年年岁岁有花开。

墨海棠

（元）李冶

汉宫愁绝冷胭脂，一醮刘郎两鬓丝。
甲帐夜寒银烛短，六铢云帔独来时。

画海棠

（元）丁鹤年

暖日脂烟凝晓困，东风翠袖倚春酣。
一枝貌得浑相似，翻觉情浓思不堪。

霅翁海棠

（明）徐贲

一枝写出玉容娇，桃李漫山恨未消。
惆怅东阑明月夜，半酣西子貌难描。

海棠图

（明）杨基

沉香亭北遶阑栽，曾藉花奴羯鼓催。

今夜不须银烛照，待他明月上枝来。

明月海棠图
（明）朱谏

太液池边月欲坠，海棠月下杨妃醉。
月照金闺春夜长，花迎玉栏娇欲睡。
东风淡荡沉香亭，花间恐有流莺鸣。
玉笛声随落花去，月明不见牵牛星。
玉人已去春无主，御沟春暖空流水。
旧时明月空自圆，花若含羞向谁语？

海棠画扇
（明）薛蕙

西蜀繁花树，春深乱蕊红。还怜彩扇上，宛似锦城中。
影转团团月，香含细细风。江淹才力减，赋尔若为工。

书海棠扇
（明）徐祯卿

春风吹堕胭脂泪，散作天花一树丹。
可奈五更清梦短，杜鹃声歇雨丝寒。

画海棠
（明）徐渭

海棠弄春垂紫丝，一枝立鸟压花低。
去年二月如曾见，却是谁家湖石西。

题雪球花
（明）高棅

玉簇云开雪作团，轻盈冷艳不胜寒。

王孙蹴鞠归来晚,犹爱冰姿镜里看。

题绣球花
(明) 王世贞

暂以碧云色,微笼春月圆。抛人暗香里,误马软尘边。

子昂墨萱扇(为湖南杨晋母作)
(元) 袁桷

墨蝶巧分钗股,玄蝉高缀冠梁。
莫厌南州炎溽,为添北户清凉。

题萱草图
(元) 陈旅

朱萱吐晴日,上有蝴蝶双。感此芳意多,离忧转难忘。

萱图(为李恒题于茂清轩中)
(元) 王逢

暄风宜男花,凉日忘忧草。一种两含情,亲容梦中老。

题墨萱
(元) 倪瓒

落尽幽花出一枝,爱宜男草近清池。
水仙唯数彝斋赵,夏卉芳妍尔更奇。

子昂墨写萱草
(元) 张雨

碧浪湖头翰墨香,山蜂游趣午阴凉。
戏拈小笔涂幽草。正是无忧得可忘。

扇上墨萱

（明）张羽

团扇复团扇，团团三秋月。上有宜男草，可翫不宜折。
宜男何足贵？能令忧作悦。忧思既可忘，为君忘炎热。
无障西风尘，汙此皎如雪。

萱草图

（明）周用

新蝉破午梦，华泉漱银井。亭亭萱草花，当阶拂清影。

题文富侄萱花

（明）程敏政

一色春难老，双亲未白头。高堂相对处，日日可忘忧。

题沈启画忘忧草

（明）王世贞

嫣然一株花，媚此庭中幽。翻觉此名赘，人生何所忧？

题萱蕙同芳图

（元）钱惟善

光风转蕙及萱花，一笑相逢子墨家。
不采幽香同结佩，空教零落怨年华。

月桂图

（元）程钜夫

本是尧蓂荚，翻为月月红，殷勤烦好手，移向玉除东。

画玫瑰花

（明）徐渭

画里看花不下楼，甜香已觉入清喉。
无因摘向金陵去，短撅长丁送茗瓯。

毛元升画蔷薇

（元）唐肃

色是昭阳第一人，缕金衣薄不胜春。
毛生能画非延寿，不得黄金也逼真。

蔷薇图

（明）杨基

紫包红刺玉纤纤，甘露收香入翠奁。
何处南风开满架，绿阴庭院水晶簾。

宋徽宗石榴图

（元）王恽

安石赤榴自汉来，千年西域武皇开。
写生若论丹青妙，金马门前待诏才。

石榴图

（元）马祖常

乘槎使者海西来，移得珊瑚汉苑栽。
只待绿阴芳树合，蕊珠如火一时开。

石榴画屏

（元）朱德润

雨馀鸣蜩歇，众绿郁阴翳。绡囊蹙红巾，光焰当林丽。

映日萼先皱,临风叶如缀。秋深荐红实,颗裂排皓齿。
秪应乘槎客,天上得仙味。

题宣和画石榴
(明) 阙名

金风吹绽绛纱囊,零落宣和御墨香。
犹喜树头霜露少,南枝有子殿秋光。

马远画酴醿
(明) 高启

地冷画阑幽,酴醿伴晚愁。金盘承露重,彷佛汉宫秋。

虞美人草图
(明) 王世贞

才听歌声舞不休,楚宫犹记旧风流。
相逢莫奏乌骓曲,肠断秋江万古愁。

次韵杨宰凌霄花图
(宋) 陈造

高花笑属赋花人,花自鲜明笔自神。
可惜人间两清绝,不教媚妩对闲身。

凌霄花题册
(明) 王世贞

枝牵蔓转叶纷纷,数朵嫣红学出群。
盘石托根君莫笑,只言身自致青云。

王伯敭所藏赵昌黄葵
（宋）苏轼

弱质困夏永，奇姿苏晚凉。低昂黄金杯，照耀初日光。
檀心自成晕，翠叶森有芒。古人写生人，妙绝谁似昌？
晨妆与午醉，真态含阴阳。君看此花枝，中有风露香。

饶世英所藏钱舜举黄蜀葵
（元）虞集

花萼立清晨，鹅黄向日新。金杯承玉露，偏醉蜀乡人。

题画黄葵
（元）袁易

忆昔戎葵花下饮，金杯春滟绿鬖鬖。
秖今花似金杯侧，独对西风詠折枝。

黄蜀葵图
（元）程文敏

玉杯蒸栗色，那得许精神。稽首黄金相，天然妙色身。

白无咎黄蜀葵
（元）张雨

金铜仙人雨中立，含泪恰如辞汉时。
倾心脉脉何所待，愿见白日光陆离。

黄葵图
（元）丁鹤年

绿侵鸡距疎分叶，黄染鹅雏淡著花。

暑雨凉风新入画，不将秾艳竞春华。

题画葵花

（元）王翰

上苑馀春辇路荒，芳菲落尽更堪伤。
怜渠自是无情物，犹解倾心向太阳。

题黄葵

（元）陶宗仪

西蜀孤芳分外清，嫩黄新染越罗轻。
自从承却金茎露。向日檀心一寸倾。

马远画黄葵

（明）高启

春晚独馀芳，风回带酒香。美人偏爱看，因似御衣裳。

墨　葵

（明）杨基

晞发待朝阳，黄眉映墨妆。午时人捣药，衣上有玄霜。

蜀葵画

（明）杨基

洗尽胭脂学道装，玉冠青帔羽衣裳。
蕊珠宫里秋宵永，立尽瑶阶一夜霜。

黄葵花图

（明）谢承举

秋深宽尽赭罗衣，草木孤臣义不违。

万里君恩元自厚,赤心常与日争辉。

秋葵小画
（明）顾璘

惨淡生绡色,秋花擢露森。黄匀涂粉额,赤抱向阳心。
节序谁云暮,风霜独尔禁。草堂披拂处,点坐寄情深。

画栀子
（明）吴宽

此种为薝葡,名曾载佛书。瓣香凡六出,郤与雪花如。

栀子花题画
（明）丰坊

金鸭香消夏日长,抛书高卧北牕凉。
晚来骤雨山头过,栀子花开满院香。

题画栀子花
（明）叶初春

花开六出玉无瑕,薝葡林中薝葡花。
重向画图参此案,妙香不断透窗纱。

题赵昌踯躅
（宋）苏轼

枫林翠壁楚江边,踯躅千层不忍看。
开卷便知归客路,剑南樵叟为施丹。

题画薄荷扇（二首）
（宋）陆游

薄荷花开蝶翅翻,风枝露叶弄秋妍。

自怜不及狸奴黠,烂醉篱边不用钱。

一枝香草出幽丛,双蝶飞飞戏晚风。
莫恨村居相识晚,知名元向楚辞中。

金钱花题册

(明) 王世贞

日落千缗(缗)散漫垂,华清初浴太真儿。
请看师相城西邸,应是河阳满县时。

历代题画诗类卷第八十九

花卉类

次韵袁起岩送示郡沼双莲图
（宋）范成大

珠渊玉水折方员，涌出双莲照酒边。
压倒小湖三级草，增光后沼两重莲。
苕华名字元相并，桃叶根株本自连。
好把吴歈翻楚些，杨荷新曲胜当年。

绘莲（二首）
（宋）白玉蟾

笔底荷花水面浮，纤毫造化夺工夫。
为谁画出生绡上，泰华山头玉井图。

浓淡色中匀粉腻，浅深痕上著胭脂。
华堂展处南薰起，一似西湖六月时。

赵昌荷花
（元）刘因

我家东湖三百顷，瑞锦纵横绿云凝。

森森晓气天香飞，星斗光沉水花净。
远如婴儿脱文褓，近若胎仙临玉镜。
琼杯欲侧雨丝垂，金掌初调露珠定。
尽将机心付鸥鹭，小雨轻烟穿短艇。
京城乌帽二十年，梦入沧洲寄清兴。
赵生画意不画格，浅粉轻砂养真性。
韬精敛容羞自陈，三沐无言月华靓。
迩来冯於号能事，老嫩风情毫发证。
玄黄已办神俊枯，遂影之人道中病。
高堂视此青琉璃，香色俱忘保清净。

题曹农卿双头莲图（二首）
（元）吴澄

天光水镜净泓然，灿烂心花发瑞莲。
认得一茄双菡萏，千枝万蕊一根连。

花中君子濂（濓）溪独，分作河南二鄂华。
天为有儿双秀发，送将此瑞到公家。

秋荷图
（元）陈旅

持衣寄所思，欲寄不得远。水国风露凉，徘徊九秋晚。

莲藕花叶图
（元）吴师道

玉雪窈玲笼，纷披绿映红。生生无限意，只在苦心中。

题败荷

(元) 王翰

曾向西湖载酒归,香风十里弄晴晖。
芳菲今日凋零尽,却送秋声到客衣。

题画莲

(元) 李祁

分得西湖一盉多,红妆凌乱倚清波。
初疑载酒穿花去,露下月明闻棹歌。

画　莲

(元) 贡性之

吴王宫殿水流香,步屧廊深暑气凉。
长日香风吹不断,藕花多处浴鸳鸯。

题扇面荷花

(明) 刘基

玉井芙蓉红粉腮,何人移向月中栽?
高轩忽漫看图画,疑是昭阳晓镜开。

题红白莲

(明) 高棅

素艳浓花似斗开,露房双启暗香来。
只疑月下瑶池会,半出红妆捧玉杯。

题画莲

(明) 陈宪章

船入荷花内,船冲荷叶开。先生归去后,谁坐此船来?

题宗人愈大上舍所藏白描风荷图
　　　　　　　　　　（明）程敏政

镜湖水光如碧练，一霎回风舞团扇。
冯夷乍启水晶宫，仙子齐匀镜中面。
凌波徙倚欲倾城，泽荇渚蒲如有情。
素葩摇香白鹭下，青房堕影游鱼惊。
落手湘云半舒卷，素色亭亭净于剪。
五侯池馆春阑珊，耻共铅华鬭深浅。

为周郎中公瑞题观莲图
　　　　　　　　　　（明）吴宽

玉井莲开花十丈，此事诗家徒自诳。
何处池头有此花，分明蜀锦裁成障。
清陂渺渺波洋洋，水榭人疑坐天上。
白羽风轻频自摇，红妆日出闲相向。
画工作此待谁题？意匠欲追崔子西。
平生比德是君子，耶溪不拟定濂溪。
濂（濓）溪旧有《爱莲说》，意见岂与《埤雅》齐。
溪流一派接双井，云孙早蹑登云梯。

许彦明白莲诗卷（沈石田、金赤松题）
　　　　　　　　　　（明）顾璘

珍图白莲何皎然，盈缣风露临秋鲜。
丹青岂同俗匠伍，贞素独与幽情便。
璘瑶满池琢不碎，翠叶雨重敲仍颠。
盛开欲落比云散，乍疏复密如星联。
何不放笔铺十顷，中间荡漾吴姬船。

娇歌艳曲互酬答，冰肌玉面矜婵娟。
风流领袖自石田，好事遗之归摄泉。
赤松郢唱复绝世，后来和者难为前。
我欲西湖招胜侣，金樽美酒斗十千。
林逋宅前放舟去，六桥曲曲相回旋。
古人今人尽如此，安得寿命金石坚。
人间富贵草头露，不须锦瑟调朱絃。
与君雪藕擘莲子，共唱新诗湖上眠。

陶耕学红白荷花扇面

（明）周鼎

欲语还停隔扇罗，主家池馆晚凉多。
红颜自得《南薰》意，皓齿偏能《子夜歌》。
忽忆彩云湖上见，恍疑琼佩月中过。
淡妆浓抹多相似，回首耶溪渺绿波。

桂林图

（元）张宪

瑶阶夜冷莎鸡泣，老兔西飞天宇湿。
万斛秋〔愁〕香捲海风，丹砂满地谁收拾？
太湖仙子月中立，青琐画阑尘不入。
玉鞭一尺跨白鸾，笑向霜娥作长揖。

刘元初桂花图

（明）张以宁

醉上淮山唤八公，白鸾骑到广寒宫。
满身香露铢衣湿，十二瑶台月正中。

题周逊学天香深处卷

（明）高启

仙芬染骨浓无跡，秋入画堂簾不隔。
梦寻老蟾烟雾迷，碎落金虫夜愁寂。
素娥旧栽无两丛，万古散吹秋满空。
薰罗（炉）不爇象笼火，人倚画栏清影中。
蕙兰暗泣幽香歇，只有瑶芳占凉月。

题钱舜举折桂枝

（明）解缙

忆昔霓裳清梦游，月中仙子参华辀。
九天风露滴蟾桂，化作清香天地浮。
淮南小山如可招，空遗金粟结离愁。
翠叶离披凤凰羽，宝花瑟缩纷相纠。
往时相见今重逢，天上人间路岂通。
明朝手把玉清去，坐令四海生清风。

徽宗画瓶中桂花

（明）王泽

玉色宫瓶出内家，天香谁贮月中花？
六宫只爱新凉好，不道金风捲翠华。

丹桂图

（明）周用

广寒月出东海头，扶疏桂树横九州。
天香料理一万斛，散作八月人间秋。

桂图吟

（明）廖道南

桂开旖旎何芬芳，空明天宇流祯祥。
仙宫闾阖月华朗，姮娥绰约河汉长。
我闻桂香在广寒，璇星珠斗真奇观。
愿言采珍调帝鼎，斟酌五气和芝兰。

为钱副郎世恩题桂兔图

（明）吴宽

悬崖碧树争倒垂，金钗乱插还参差。
古香能受秋风吹，亦复有藤缕络之。
洞门一似逢仙姬，身缠宝缨坠朱緌。
其下何物趺坐危？赤睛玉毫光陆离。
长耳耸起分两歧，视而孕焉魏是儿。
惟上有物扬清晖，团团冰镜一尺围。
人名为月非此谁？月中桂满兔且肥。
信哉有影乃在斯，历观画记从新施。
收藏莫盛宣和时，高格雅淡今何稀。
黄荃赵昌曷不师，素面朝天夸虢姨。
市娟涂抹众所嗤，蓦然展视亦甚奇，翩翩五色斑斓衣。

题赵昌寒菊

（宋）苏轼

轻肌弱骨散幽葩，真是青帬（裙）两鬓丫。
便有佳名配黄菊，应缘霜后苦无花。

题菊花册

（宋）杨后

莫惜朝来准酒钱，渊明身即是花仙。

重阳满满杯中泛，一缕黄金是一年。

异菊图（一枝十花，容色各异，未之见也，故赋。）
（元）王恽

枉说重岩细菊斑，连甾十样更清妍。
不辞老圃秋容澹，要见花神景气偏。
越被香浓薰百和，柴桑人去已千年。
醉吟不用江州白，此日东篱得董仙。

白菊图
（元）程钜夫

黄中虽正色，洁白见芳心。折得无人把，何如晚迳深。

钱舜举折枝菊
（元）袁桷

醉别南山十五秋，鴈声深恨夕阳楼。
寒香似写归来梦，背立西风替蝶愁。

题墨菊
（元）何中

橘枳兰芽玉易瑕，商山一出便忘家。
几回惆怅梅花别，并有缁尘到菊花。

题墨菊
（明）黄镇成

江南九月秋风凉，秋菊采采金衣黄。
近时丹丘出新意，却洒淡墨传秋香。
青城学士曾题藻，散落人间共传宝。

卷舒造化入毫端，回首东篱自枯槁。
东阳傅君心好奇，何处得此秋霜枝？
湖湘衲子远相贻，笔势迥与丹丘齐。
香英细蹙玄玉屑，老榦圴断乌金折。
不随粉黛学时妆，自与幽人同志节。
渊明已逝屈子沉，晚香纵有谁知心？
感君图画三叹息，为君长歌楚天碧。

墨　菊
（元）贡性之

柴桑生事日萧然，解印归来只自怜。
醉眼不知秋色改，看花浑似隔轻烟。

墨　菊
（元）贡性之

醉折东篱朵，看如隔暮烟。莫惊颜色改，不是义熙年。

题黄菊
（元）陶宗仪

道人小葺柳边庄，三径西风逗晚香。
按谱秋葩班异品，堂堂正色御袍黄。

题金菊画屏
（元）秦约

入风隔幔庭微芬，晏罢西池夜半分。
翠蘲不来清漏迥，月中羞舞郁金裙。

题赵子固兰菊

(元) 项炯

凉云如波散银浦,飞虹不见行天鼓。
野花幽草一团春,暖天相倚愁杀人。

题墨菊

(明) 刘基

粲粲金英美可餐,九秋风露与清寒。
墨君莫妒天然色,终遣灵均怨子兰。

题超上人墨菊

(明) 镏崧

露香秋色浅深中,青蕊黄花自一丛。
最忆南园微雨过,短篱扶杖看西风。

题徐雪州墨菊

(明) 贝琼

先生爱菊似柴桑,三径归来亦未荒。
莫道空山秋色淡,新花一朵御袍黄。

题逊庵墨菊

(明) 高启

独留铁面傲霜迟,秋蝶来寻莫自疑。
须信陶翁醉归后,西风尘土满东篱。

题菊柬林司成先生

(明) 王佐

紫翠丛中独隐奇,风霜饱历灿东篱。

寄语柴桑老居士，好归吟赏莫教迟。

墨菊（二首）
（明）方孝孺

解印归来鬓已斑，故园松菊可怡颜。
只缘三径荒凉久，特写秋花仔细看。

分根昔日向东篱，种近羲之洗砚池。
几度来浇池上水，花间朵朵墨淋漓。

兰菊图
（明）许继

九畹曾无旧日春，都随萧艾混泥尘。
秋风冷淡山篱下，惟有黄花是故人。

墨菊
（明）解缙

春雨茁芳露，贞脆无异姿。濯濯等鲜妍，猗猗竞华滋。
秋风飓然至，殒落纷蓬茨。独兹异衰草，烈士当艰危。
佳色不为艳，贞心常自持。禀性夙已定，造化无容私。

题菊送别
（明）杨士奇

送行渐及黄花节，江北江南白露寒。
为有清香宜晚岁，独怜彭泽未休官。

题墨菊
（明）金幼孜

自是芳姿不涴尘，晓妆如洗露华新。

玉英粲粲黄金色,斜倚东篱日又曛。

墨　菊
(明) 杨荣

闻道柴桑境最幽,晚凉清兴到林丘。
墨池一夜西风起,染出东篱片片秋。

墨　菊
(明) 陈全

嫩菊散轻烟,青蕊含朝露。不见柴桑翁,遥情托豪素。

画菊（为周编修赋）
(明) 林志

采采金英白露团,西风冷动一枝寒。
宦游无复芳菲梦,笑把秋香画里看。

剪菊图
(明) 陈颢

西风三径近秋期,闲看山童理菊枝。
浪蕊浮花都剪却,刚留几朵傲霜姿。

题画菊
(明) 陈宪章

篱下花堪把,先生有酒不？遥看白衣者,不复问江州。

题敷五菊屏
(明) 李东阳

先生深卧菊花丛,曲几围屏窈窕通。

本为红尘辞俗眼，岂因多病怯秋风。
交情尽付炎凉外，身计聊凭吏隐中。
相过不嫌憔悴质，只应风味与君同。

墨　菊
（明）李东阳

白露被原隰，黄菊秋始华。馀馨引遥袂，采掇初还家。
秀色虽可玩，玩久不复华。入画清且古，为诗正而葩。
幽怀托挥写，庶用传无涯。持此问真幻，无言空自嗟。

墨　菊
（明）阙名

义熙嘉本久尘埃，谁剪幽香染麝煤？
秋色不如前日好，晚风零落紫霞杯。

题黄菊
（明）刘泰

芳丛烨烨殿秋光，娇倚西风学道妆。
一自义熙人採后，冷烟疏雨几重阳。

墨　菊
（明）刘泰

自是中黄第一家，鴈来时节傲霜华。
如何秋色无人管，移向龙泉道士家？

题道新菊圃卷
（明）程敏政

篱下西风鬪晚妆，闲花宁复见红黄。

青青惟有淇园子，晏岁交情一味长。

画菊（与邹汝愚同赋）
（明）杨廉

好事持醪莫漫过，餐英拟和独醒歌。
傍人秪爱寒香远，知受风霜是几多？

题钱秋官菊
（明）吴宣

匝地风云空暮色，溥天雷雨自春芽。
何人挽得秋香转，猛拍阑干怨露华。

题新喻丞刘源墨菊
（明）郑瑛

东篱吐佳菊，采采含幽馨。芳心竟云讬，离披履前楹。
讵惟陶令贤，千载同幽襟。感兹时物迁，独见霜中荣。
故人安素子，为君写其英。醉墨尚淋漓，宛若寒露侵。
岂无春阳花，朝发夕已零。赠此竟何俟，亦以期令音。

题扇头菊花
（明）谢承举

秋虫花神仗雨催，扇头聊借墨花裁。
故山归去重阳近，篱下疏枝正好开。

题画菊
（明）郑汝美

春荣夏茂季秋香，晚节还能傲雪霜。
不见东风桃李面，几竿修竹伴孤芳。

题东篱秋色（送过九苞之京）

（明）秦旭

清华簪组触尘埃，岁岁观光上凤台。
莫恋青山如洛下，故园黄菊待君开。

墨　菊

（明）唐寅

故园三径吐幽丛，一夜玄霜堕碧空。
多少天涯未归客，借人篱落看秋风。

题何大参菊花图卷子

（明）祝允明

花有仙灵笔有神，化权终不在阳春。
一般秋色成千品，前度桃花却后尘。
谁信珠玑颜色好，独怜霜雪性情亲。
菊诗万首从君选，未必微篇愧古人。

徵明墨菊

（明）祝允明

冻砚呵寒下笔迟，须臾幻出陆天随。
知君遯指冰霜趣，更把冰霜吐作词。

画菊（二首）

（明）徐渭

身世浑如泊海舟，关门累月不梳头。
东篱蝴蝶闲来往，看写黄花过一秋。

经旬不食似蚕眠，更有何心问岁年。
忽报街头糕五色，西风重九菊花天。

题菊竹图

（明）姚绶

归去来，三径多荒苔。
径荒岂能荒我菊，菊边亦自有翠竹。
竹既翠，菊且黄，天容我归媚秋光，使我弗知三径荒。

白茶画屏

（元）朱德润

秋高银河泻，碧宇净如洗。飞仙自天来，幻作白茶蕊。
清香不自媚，迥出山谷底。盈盈双玉环，婉立庭户里。
风霜非故林，雨露结新意。

青门山人画滇茶花

（明）徐渭

武林画史沈青门，把兔伸藤善写生。
何事胭脂鲜若此？一天露水带昆明。

饶世英所藏钱舜举画茶花

（元）虞集

万木老空山，花开绿萼间。素妆风雪里，不作少年颜。

题玉簪花图

（元）陈旅

县圃种石子，幽庭苗琼肪。受以芙蓉冠，绿发风露香。

题秋海棠
（明）谢承举

一江秋色锦屏张，红蓼金容衬艳妆。
明日相思渡江去，多情应断九回肠。

题张希颜纸本鸡冠
（宋）范成大

号名极形似，摹写与真逼。聊以画滑稽，慰我秋园寂。

鸡冠画
（元）程钜夫

瑶台歌绛帻，秪欠一声啼。独立西风里，由人唤木鸡。

题钱舜举画鸡冠花
（元）于立

玄霜冷渍丹砂汁，翠羽离披紫霞湿。
金乌海底浴神光，绛帻鸡人露中立。

题画鸡冠花
（元）姚文奂

何处一声天下白，霜华晚拂绛云冠。
五陵鬭罢归来后，独立秋亭血未乾。

历代题画诗类卷第九十

花卉类

王伯敫所藏赵昌芙蓉
（宋）苏轼

清飚已拂林，积水渐收潦。谿边野芙蓉，花水相媚好。
坐看池莲尽，独伴霜菊槁。幽姿独一笑，暮景迫摧倒。
凄凉似贫女，嫁晚惊衰早。谁写少年容？樵人剑南老。

滕昌祐芙蓉
（宋）文同

双榦发寒葩，一枿立纹羽。欲品精妙人，君当二三数。

饶世英所藏钱舜举芙蓉
（元）虞集

丹霞覆苑洲，公子夜来游。终宴清露冷，折花登綵舟。

钱舜举折枝芙蓉
（元）虞集

白发多情忆剑南，秋风溪上看春酣。

翦来一尺吴江水,拟比千花濯锦潭。

芙蓉图
(元) 马祖常

馆娃宫里醉西施,不觉秋生水殿时。
酒病却嫌丹粉恶,洗妆天上影娥池。

芙蓉画屏
(元) 马祖常

夹城遗芳栽,摇落及千年。芙蓉发靓妆,绝艳秋江边。
临风拂罗帏,红裳拥三千。素抱拒霜质,亭亭赤城仙。
曾擕(携)一枝去,生绡记馀妍。

钱舜举木芙蓉
(元) 卢琦

红妆初映酒杯酣,斜倚西风转不堪。
霜后池塘秋欲尽,令人惆怅忆江南。

题墨芙蓉
(元) 陶宗仪

西风采采媚秋光,绛节朱颜翡翠裳。
只恐夜深青女妒,洗妆研照墨痕香。

题芙蓉画屏
(元) 文质

太液池头月色凉,夜深天上按《霓裳》。
西风吹醒游仙梦,尚带清秋玉露香。

题二色芙蓉便面

（元）熊梦祥

曾障西风十二阑，亭亭醉醒碧波寒。
月边青鸟无消息，流落人间作画看。

折枝芙蓉

（明）刘涣

渚宫秋老夕阳多，无复君王避暑过。
席上舞衣零落尽，独留团锦照苍波。

赋芙蓉小画（送罗汝文赴镇远）

（明）顾璘

钱塘十月交，清霜落江水。芙蓉蘸澄波，颜色胜桃李。
可怜桃李三月花，红云碧雾竞繁华。
亦知霜霰饶寒苦，素心所好何咨嗟。
君今五十已有馀，南寓犹乘郡守车。
强赋幽花赠君别，临觞三叹意踟蹰。

为周评事题沈石田画芙蓉

（明）吴宽

忆涉秋江水，曾采芙蓉花。
花边荡桨白日暮，美人不见令人嗟。
秀色天然净如洗，依旧幽花照江水。
高堂四壁起秋风，不是丹青那得此。
周卿爱此如爱莲，胸中风月元无边。
惭余未拟《爱莲说》，为君且赋芙蓉篇。

墨芙蓉
（明）徐霖

冷淡秋光不自禁，临风多少欲开心。
城中桃李笙歌地，谁问寒江几浅深。

题芙蓉图（赠玲玉中上人）
（明）谢承举

赠师芙蓉花，乃如优钵罗。手持启口海，琅琅生法波。
为我大士前，忏悔恶业多。先除烦恼障，再减老病魔。
不愿生富贵，但愿蠲沉疴。引之登法界，阎浮上娑婆；
引之转法轮，迷途见弥陀。道风驱业风，无尽娑婆诃。

题芙蓉
（明）谢承举

濯锦江头锦不收，粉香红艳满城秋。
孟郎半醉携花蕊，马首笼灯夜出游。

墨芙蓉图
（明）谢承举

紫毫濡染墨淋漓，木末孤搴诵楚辞。
月黑林深湘渚夜，一天风雨泊舟时。

唐伯虎芙蓉图
（明）陈有守

晋昌才子龙眠手，老写芙蓉出水涯。
早向江头赏秋艳，应悲容易鬭春华。

芙蓉障子

（明）沈周

江天草木摇秋风，老夫满眼悲孤红。
主人园林惜无地，夕阳野岸随西东。
脉脉红颜伤命薄，露冷罗单倚高阁。
隔水微辞不可通，满把瑶芳竟谁讬。
顾影低头思悄然，静留明月伴婵娟。
婵娟有时亦消歇，难保佳人长少年。

画木莲花图（寄唐郎中）

（元）白居易

花房腻似红莲朵，艳色鲜如紫牡丹。
唯有诗人能解爱，丹青写出与君看。

和昌榖蓉菊图

（明）陆深

谁传徐赵手，写此秋一幅？黄花得意香，芙蓉映江绿。
谁云摇落将满林，艳阳红紫锦成村。
但令颜色不薄恶，春雨秋风总是恩。

题赵昌山茶

（宋）苏轼

游蠡（蜂）掠尽粉丝黄，落蘂犹收蜜露香。
待得春风几枝在，年来杀菽有飞霜。

王伯敫所藏赵昌山茶

（宋）苏轼

萧萧南山松，黄叶陨劲风。谁怜儿女花，散火冰雪中？

能传岁寒姿，古来惟丘翁。赵叟得其妙，一洗胶粉空。
掌中调丹砂，染此鹤顶红。何须夸落墨，独赏江南工。

题杜彦敷山茶

（宋）陈造

丹艳浓妆媚晏温，谁招妃子醉时魂？
此花信出此君下，那有诗人来叩门。

山茶图

（元）马祖常

火齐珠红拂翠翘，石家步障晓寒消。
千枝蜡炬烧春夜，羯鼓催花打《六么》。

题白扇山茶

（明）王世懋

红颜的自蕊珠来，丹粒还宜勾漏栽。
今日一枝纨扇里，分明春早雪中开。

梁广画花歌

（唐）顾况

王母欲过汉武家，飞琼夜入云軿车。
紫书分付与青鸟，却向人间求好花。
上元夫人最小女，头面端正能言语。
手把梁生画花看，凝睇掩笑心相许。
心相许，为白阿娘从嫁与。

观叶生画花

（唐）施肩吾

心窍玲珑貌亦奇，荣枯只在手中移。

今朝故向霜天里，点破繁花四五枝。

题花木障

（唐）杜荀鹤

不假东风次第吹，笔匀春色一枝枝。
由来画看胜栽看，免见朝开暮落时。

和景仁答李才元寄示花图

（宋）司马光

高士闲居旧，名花独步今。移从洛浦远，濯自锦江深。
传得巫山貌，非因延寿金。不须天女散，已解动禅心。
（近岁举世谈禅，独景仁未耳；今亦有"空相"之句，故卒章戏之。）

墨花（并序）

（宋）苏轼

世多以墨画山水、竹石、人物者，未有以画花者也。汴人尹白能之，为赋一首。

造物本无物，忽然非所难。花心起墨晕，春色散毫端。
缥缈形才具，扶疏态自完。莲风起颠倒，杏雨半摧残。
独有狂居士，求为黑牡丹。兼书平子赋，归向雪堂看。

戏题赵从善两画轴

（宋）范成大

一枝香杏一枝梅，各占东风挂玉钗。
居士石肠都似梦，王孙心眼怎安排？

卢甥申之自吴门寄颜乐间画笺

（宋）楼钥

年来吴门笺，色泽胜西蜀。春膏最宜书，叶叶莹栗玉。

贤甥更好奇，惠我小画幅。开缄粲殷红，展玩光溢目。
巧随研光匀，傅色湿丹绿。桃杏春共妩，兰桂秋始肃。
赵昌工折枝，露华清可掬。妙手真似之，藏去不忍触。
苟非欧虞辈，谁敢当简牍？又闻乐闲居，古篆颇绝俗。
併求数纸书，寄我慰幽独。

题王氏天开图
（宋）刘宰

浓淡非妆点，纵横谢剪裁？凭栏一凝睇，图画信天开。

观黄荃画花
（宋）崔德符

苍颜白发我虽陈，见了青红几度新。
更向黄生毫末里，全家看尽剑南春。

题陈文翁画扇
（元）袁桷

淡淡孤花欲笑，娟娟双蝶疑愁。
无奈寒蛩得意，竟专落日啼秋。

周曾秋塘图卷
（元）邓文原

惨澹枯荷折苇间，芙蓉秋水转碕湾。
鸣鸿飞度江南北，却羡溪禽满意闲。

钱选画花
（元）陈俨

霅翁凤号老词客，乱后却工花写生。

寓意岂求颜色似，钱塘风物记昇平。

题 画
（元）华幼武

春云阁雨近清明，一树梨花剪玉英。
紫陌正堪同拾翠，莫教枝上锦鸠鸣。

画 花
（明）高启

语倦立还敧，花垂袅袅枝。美人妆阁静，斜日下簾时。

题画（为吴德厚作）
（明）杨廉

是边家画是林家，古句形容亦自嘉。
乐意相关禽对语，生香不断树交花。

为毛宪清题花竹图（宪清有祖百岁，生于二月。）
（明）吴宽

繁花匝地凝春色，修竹凌空傲岁寒。
共向生辰呈秀丽，偏于晚节报平安。
中朝有待贤孙至，东海须将大老看。
白发乌纱添入画，汉家恩诏定加官。

上林图（为何举人伟题）
（明）廖道南

上林花开满红紫，林深花簇香尘起。
翠藻葳蕤翳日华，丹房旖旎飘霞绮。
日华霞绮映明光，駃娑骀荡通天梁。

露台窈窕瑶芳烂,星阁微茫锦树香。
锦树瑶芳护双阙,群仙鸣珮灵飙发。
凫氏初鸣落曙星,鸡人未报悬明月。
月明星曙花连鯀,昆明有客何承天。
乘槎万里浮银汉,怀璧三投到玉田。
玉田银汉殊清绝,何郎意气真雄傑。
甘泉赋罢草玄文,郢里歌馀飞白雪。
白雪玄文谁与同?花神消息付东风。
知君采花更采实,春在梅花太极中。

题画杂花
（明）钱榖

淡白轻黄各鬪奇,嫩红殷紫总芳菲。
上林春色原无赖,不断生香惹客衣。

画百花卷与史甥,题曰漱老谑墨
（明）徐渭

世间无事无三昧,老来戏谑涂花卉。
藤长刺阔臂几枯,三合茅柴不成翠。
葫芦依样不胜揩,能如造化绝安排。
不求形似求生韵,根拨皆吾五指栽。
胡为乎区区枝剪而叶裁?
君莫猜,墨色淋漓雨泼开。

书鄢陵王主簿所画折枝（二首）
（宋）苏轼

论画以形似,见与儿童邻。赋诗必此诗,定非知诗人。
诗画本一律,天工与清新。边鸾雀写生,赵昌花传神。

如何此两幅，疎澹含精匀？谁言一点红，解寄无边春？

瘦竹如幽人，幽花如处女。低昂枝上雀，摇荡花间雨。
双翎决将起，众叶纷自举。可怜采花蠡，清蜜寄两股。
若人富天巧，春色入毫楮。悬知君能诗，寄声求妙语。

钱舜举折枝图
（元）王恽

探花走马醉西城，岁与东君似有情。
不是今春风色恶，折枝图上看清明。

折 枝
（元）袁桷

钱生调露滴花枝，蜂蝶无知镇日随。
记得画桥流水处，双红背立隔簾窥。

吴元瑜四时折枝
（元）袁桷

吴生天机握群动，彩笔随时作轻重。
幽如静士槃涧歌，妍若妖娥汉宫宠。
娟娟交鸣疑欲语，宛转不去情相送。
宣和殿前花似玉，珍禽低昂手堪捧。
传言写生论甲乙，御笔亲题群辈竦。
一朝百幻归逝水，旧院凄凉麦成陇。
君不见桑间栗留田间雀。难作折枝奉宣索。

老钱折枝
（元）龚璛

桃似胭脂梨似雪，折花人是惜花人。

折枝图上堪肠断,忍更题诗破费春?

题四时折枝
（元）揭祐民

京洛名花观盛衰,雪钱风景各随时。
灵株本拨无留活,却恨图中误折枝。

题赵昌四季花图（四首）
（宋）范成大

　　海棠梨花
醉红睡未熟,泪玉春带雨。阿环不可招,空记凭阑语。

　　葵花萱草
卫足保明哲,忘忧助欢娱。欣欣夏日永,媚我幽人庐。

　　拒霜旱莲
霜天木芙蓉,陆地旱莲草。水花云锦尽,不见秋风好。

　　梅花山茶
月淡玉逾瘦,雪深红欲然。同时不同调,聊用慰凋年。

题惠崇著色四时景物
（宋）楼钥

由说惠崇真画师,生绡四幅见天机。
鹭翻桃岸韶光妧,鹅浴莲塘暑气微。
风劲宾鸿霜始肃,寒欺花鸭雪初飞。
分明知是丹青卷,仍欲沙头唤渡归。

四爱图（四首）

(元) 马祖常

兰
湘累能楚辞，猗兰为之佩。千载得涪翁，幽姿未憔悴。

莲
莹肤中含滋，鲜彩外发藻。晚红詠池醅，昼铅敧岸袅。

菊
的历黄金华，秋日媚阶径。南山种秫翁，饮酒不得尽。

梅
铁色僵万木，江南梅有花。枯藓缬古锦，明英冠春葩。

题赵子固山礬瑞香水仙丛蕙

(元) 虞集

梁园池馆日苍凉，飞盖追随忆故乡。
泽畔行吟春事晚，时时驻屐近微香。

水墨四香画

(元) 杨维桢

玉龙声嘶五更了，绿衣倒挂扶桑晓。
道人冲寒酒未醒，梨花零落春云小。

三芳图

(元) 倪瓒

丹桂月光落，《猗兰》琴调清。独怜秋鹤瘦，相对夜江横。

芳烈谁先后，才华孰重轻？道心安有染，无物恼闲情。

题德范弟三香图
（元）牟巘

水仙侑食老逋家，更著江南小白花。
三雅如渠好兄弟，众芳未许以肩差。

题雪景三香图（二首）
（元）张雨

春雪无声入画堂，东风浑似北风凉。
只缘何逊题诗少，信是徐熙落墨强。
青鸟下迎罗袜步，苍髯来近玉台装。
匡庐也入幽闺梦，睡里山花各自香。

雪羽飞来雪意浓，国香狼藉暝烟丛。
倩谁与翦吴淞水？爱尔能吟柳絮风。
翠袖佳人玉跳脱，平头奴子锦熏笼。
剑南画手看前辈，著粉施朱或未工。

题三香图
（明）高启

罗浮洛浦与潇湘，三处离魂一本香。
梦断月明秋渺渺，缟衣何短翠裙长。

三香图
（明）王谊

微步凌波见袜痕，玉容相向总无言。
夜深髣髴香尘过，疑是杨家姊妹魂。

白牡丹桃花

(明) 徐渭

桃艳比夭姬,花王富贵姿。楚襄春日下,闲坐选蛾眉。

石榴萱草

(明) 徐渭

不是来西域,还应到海南。已含无限子,何用佩宜男。

剪春罗垂丝海棠

(明) 徐渭

美人睡不足,春愁奈若何?垂丝绿愡下,聊为绣春罗。

石榴荷花

(明) 徐渭

画得荷花朵,傍依海石榴。西施夜浴罢,催火照梳头。

芭蕉玉簪

(明) 徐渭

烂醉中秋睡起迟,苍蝇留墨研头池。
合欢翠扇遮羞面,白玉搔头去嫁谁?

芭蕉鸡冠

(明) 徐渭

芭蕉叶下鸡冠花,一朵红莲不可遮。
老夫烂醉抹此幅,雨后西天忽晚霞。

落花图
（元）陈樵

红如肌血薄如鳞，李下桃根五色痕。
拂地暂随风絮转，邈亭不是雪花深。
人亡碧玉名犹在，烟尽黄金鑛（矿）尚存。
满地丹铅污草棘，何时凝绿遍丘林？

济南录事参军解君瑞芝图（二首）
（元）王恽

灵晔亭亭紫盖光，气和无地不芬芳。
一枝特秀溪堂下，似表参军政异常。

从来腐朽化神奇，正自馀精发菌芝。
浩荡上林春色里，自怜蒲柳望秋衰。

题钱君辅紫芝图
（元）吴莱

我闻钱子古丈夫，早岁丧亲伏墓庐。
血泪迸空百草枯，神芝挺发黄土垆。
一茎三秀烨以敷，圆钉宝盖屹相扶。
醴泉灌注含膏腴，紫云覆护连根株。
山灵地媪侈厥符，鸟啁兽跃助号呼。
削杖苴绖蒢布襦，毁容恶服绝复苏。
孝悌有三贯斗枢，卉木荣华孝之馀。
里闾耇长起叹吁，痛心疾首矧可摹。
夫孰非亲堂上居，日严只敬本一躯；
夫孰非子膝下娱，风树悲遽弗待予。

爱生戚死自古初，德鉏谆帚俗易趋。
刳分宦奥类向隅，较计丝粟邅异储。
被薪委壑馁（喂）鸢乌，酹酒嗜炙酶梧（杯）盂。
哀虽在身孝已渝，天荐厥祉天亦诬。
信哉纯孝与世殊，史笔值此合特书。
素冠所刺今不无，朱草有神锡尔孤。
琅玕玉树岂得如，岱衡恒华五岳都，
玄黄赤白拥趾髗，列仙山泽或疗臞。
瑞不为孝徒区区，天寒岁晚霜霰疏。
慎终追远在我儒，匪伊丹青绘此图，后有过者尚式车。

宋徽宗菌图
（元）欧阳玄

地上层云起玉柯，依稀遗墨认宣和。
莆阳相国君知否，好作斋房《芝草歌》。

画 芝
（明）周用

四皓已安刘，如何不怀归？千载商山芝，争如首阳薇？

题倪云林为韩复阳写空山芝秀图
（明）僧元璞

每忆云林子，隐居清且闲。褰裳採芝秀，倚杖看秋山。
微径松阴暝，青苔石上斑。韩康偏有意，时复到柴关。

题蒲石
（明）徐溥

竹鹤老人神仙徒，漫写九节青青蒲。

一掬寒泉浸山骨，小艐相对真蓬壶。

为周评事题沈石田画芭蕉
（明）吴宽

老卉呈娇红，破叶留故绿。正当零落时，对此殊不俗。
我思石田生，秋色填满腹。
腹中抑郁无奈何，信手写之忽成幅。
滚滚白露初为霜，苔花冷蚀山骨苍。
眼昏错道逢仙子，绿丝步障红绡裳。

题　蕉
（明）沈周

惯见闲亭碧玉丛，春风吹过即秋风。
老夫都把荣枯事，却寄萧萧数叶中。

蕉石图
（明）沈周

鹤程轻算亦三千，归去玄都只瞥然。
洞口碧蕉秋叶大，新词闲录小游仙。

荔枝题册
（明）王世贞

一片苍崖万古秋，高天翠色晚俱浮。
自从谢傅东山别，未许交情到白头。

宗道师曾许寻郑元乘春草图见寄，诗以促之
（元）戴良

平生不识郑山辉，写草成图偶见之。

恍惚鹅群翻水日，依稀鸿爪印沙时。
康成已矣空书带，灵运凄其但梦池。
寸楮尺绡能寄否？敢凭去鴈致深期。

题画春草
（明）陈宪章

兰兮兰兮翳灌莽，棘刺蒲芽递消长。
野竹抽梢一千丈，巨石盘云覆仙掌。
鹡鸰三三兼两两，鼓翼飞鸣齐下上，
仰视玄穹极高广，稊稗瓦甓皆真赏。
半酣一爬谁老痒？五羊城中钟雪舫。

题吴恺举人春草
（明）程敏政

习习风初度，萋萋绿正匀。谁将方寸地，散作十分春？

题春草图
（明）黄云

野烧痕回一雨过，村童放牧散平坡。
祢衡洲畔埋愁远，建业城边积恨多。
谁见夜深嘶石马，那知岁久没铜驼。
江淹赋别魂销处，春水遥连漫绿波。

徵明画草
（明）祝允明

光风轻泛绿迢迢，气煖烟和未尽消。
想得美人帘底坐，月华斜漾翠裙腰。

春草图

(明) 沈周

碧叶瑶鞯鬭作丛,水边林下自春风。
灵芳不是寻常物,知落谁家药笼中。

历代题画诗类卷第九十一

禾麦蔬果

题刘伯山蕃殖图（画禾黍桂菽麦，二首）
（宋）杨万里

老子平生只荷锄，误攜破砚到清都。
归来荒却西畴尽，愧见刘家蕃殖图。

黄云翠荚杂玄珠，上熟今年不负渠。
说似田家早收拾，一番风雨一番疎。

嘉禾图
（元）袁桷

土膏渗阳春，连畛垂黄云。仁声九垓被，地瑞昭人文。
穰穰大同郡，嘉穗表奇芬。擢茎秀双歧，骈首誓不分。
稃联珠玞光，苞簌綵绥纹。老农喜视之，神化非耕耘。
维皇调玉烛，岁功合氤氲。帝力畎亩深，《击壤》歌放勋。
图成上金匮，宝轴森香芸。侍臣丹笔工，秉心述前闻。
愿旅天子命，补亡追《典》《坟》。

题忻州嘉禾图（二首）

（元）吴澄

嘉禾异卉瑞重重，狼走蝗飞出境中。
可是贤侯多美政，民和潜与地天通？

天赏循良有异能，故将诸物表休征。
作图合叩天阍进，阍吏佯聋唤不膺。

题万知府瑞麦图（二歧至五歧者）

（元）王恽

汝南今岁麦连云，一气祥蒸德化循。
春露润含千垅秀，薰风披拂五歧新。
嘉禾共颖宜同颂，神草联茎恐漫珍。
旌异颍川元有例，会听增秩佐经纶。

题灌畦图

（元）马臻

悠悠世道久离淳，机械虽多虑转深。
野老灌畦甘抱瓮，可怜端木未知心。

陶缜菜

（宋）王安石

江南种菜漫阡陌，紫芥绿菘何所直？
陶生画此共言好，一幅往往黄金百。
北山老圃不外慕，但守荒畦斸荆棘。
陶生养目渠养腹，各以所能为物役。

宣和御画紫芥

（元）牟巘

荒园老蔓菁，空见根叶大。苦硬螫人口，弃去何足赖。
穰穰来万蚁，微醒有馀嘬。

墨菜画卷

（元）吴镇

菘根脱地翠毛湿，雪花翻匙玉肪泣。
芜蒌金谷暗尘土，美人壮士何颜色。
山人久刮龟毛毡，囊空不贮挪揄钱。
屠门大嚼知流涎，淡中滋味吾所便。
元修元修今几年？一笑不直东坡前。

写 菜

（元）吴镇

菜叶阑干长，花开黄金细。直须龁（咬）到根，方识澹中味。

题菘菜图

（元）陈高

栗里园荒旧日归，手栽菘菜雨根肥。
只今客里看图画，惆怅红尘满目飞。

题菜（二首）

（元）贡性之

西风吹动锦斓斑，晓起窥园露未乾。
三日宿酲醒不得，正思风味到辛盘。

雨过畦蔬绿渐匀，呼童小摘慰情亲。
箇中滋味如谙得，不是寻常肉食人。

梅道人墨菜
（元）钱惟善

晚菘香凝墨池湿，畦菜摘尽春雨泣。
梅花菴中吴道人，写遍群蔬何德色。
怪我坐客寒无毡，牀头却有买菜钱。
四时之蔬悉佳味，乃知此等吾尤便。
有客忽携画卷至，一笑落笔南风前。

画　菜
（元）丁鹤年

蔬畦新雨过，小摘称君贫。若入君王梦，琼林第一人。

画菘菜
（元）丁鹤年

老圃青青田，平生未饱谙。本无食肉相，岂是厌肥甘。

题画菜（二首）
（元）陶宗仪

芦菔生儿菜有孙，露芽雨甲媚盘飧。
自知肉食非吾相，抱瓮何辞日灌园。

遶屋蔬畦称食贫，雨馀齐茁翠苗新。
山庖顿顿殊风致，天上酥酏未足珍。

题画菜
　　　　　（元）陶宗仪

晓起畦丁送，长斋思益清。平生耽此味，厌说五侯鲭。

题墨菜
　　　　　（元）卢昭

薇生西河阿，荼生南原下。结根各有地，不与同甘苦。
薇老不可食，荼今复如饴。甘苦有时易，贵在知者知。

墨　菜
　　　　　（元）邵贯

雨苗风叶绿董董，纤手青丝出汉宫。
满眼苍生總如此，忍看涂抹画图中。

墨　菜
　　　　　（元）吴璋

天泻乳膏沐黄壤，老圃嘉蔬日应长。
菁菁苴紫韭苴黄，白酒初熟与君尝。
由来此味良不俗，清真绝胜庙堂肉。
酒酣耳热歌《采薇》，倚阑注目江云飞。

墨　菜
　　　　　（元）曹绍

吾家疏莓瀼水滨，老圃生涯不计春。
食肉何如食鲑好，从渠自说庾郎贫。

墨　菜

（元）吴温

鱼有腥多肉有羶，庾郎滋味正相便。
山中雨后春云暖，饱向松牕榻上眠。

墨　菜

（元）张颢

只宜滋澹泊，安足奉膏粱。食肉虽无辱，何如菜味长。

墨　菜

（元）夏文彦

气含风露满深秋，真味由来胜庶羞。
若使孔融曾见此，品题当不到元修。

墨　菜

（元）李明复

嗤彼膏粱徒，岂知蔬食乐。所以士大夫，滋味甘澹泊。

墨　菜

（元）杨纮孙

食肉仍易厌，菜根滋味长。黄虀三百瓮，日日是家常。

墨　菜

（元）顾舜举

朱门尽日多珍味，贫士穷年秪菜羹。
请语当朝食肉者，由来此色在苍生。

墨　菜
（元）王务道

披卷忆山中，故人何日逢？邻墙赊浊酒，小圃摘新菘。

题画菜戏呈石末公
（明）刘基

列鼎羔羊厌膹肥，园官菜把莫嫌微。
年来骑士工骲突，此物人间亦见稀。

尹明府所藏徐熙嘉蔬图
（明）高启

少贱习圃事，种蔬每盈畴。深根閟玄冬，老叶凌素秋。
采撷风露馀，山庖足嘉羞。故园经乱后，蔓草日已稠。
野水流畦间，虫声暮啁啾。披图似见之，恻怆起我愁。
食肉岂无人，斯世谁与谋？君多恤民意，毋忽岁馑忧。

题画菜（二首）
（明）钱宰

绿酒交春熟，灯花入夜开。两畦堪小摘，不见故人来。

今日荷锄倦，嘉蔬没四垣。客来春酒绿，风雨夜开园。

画　菜
（明）凌云翰

高田宜种蔬，下田宜种稽。岁馑与饥同，安敢望肉食。
雨馀理荒畦，甲坼资地力。会看根木长，取之戒勿亟。
天工爱我贫，此物颇不啬。便如终岁谋，十瓮拟可得。

含笑披画图，流涎欲霑臆。长能龁菜根，天下无此色。

画　菜
（明）丘濬

世间食品何者佳？淡中滋味真无加，
富客何须悦刍豢，神仙漫尔餐烟霞。
闻君作县官河侧，遶屋筑畦供日食。
食馀摩腹遶园行，喜得邑民无此色。

画　菜
（明）李东阳

坐怜幽意满闲庭，长见春畦过雨青。
记得苏郎旧风味，雪堂中夜酒初醒。

题菜（送林贵实谢病还蒲田）
（明）谢铎

东曹岂不荣？促刺如窘步。秋风一夜生，吴中是归路。
凄凉辽海东，白首公孙度。挥锄瓦砾间，黄金不曾顾。
古人重食菜，百事皆可作。送君归去来，日涉园中趣。

画　菜
（明）任衡

露牙烟甲曙光寒，紫翠溥香湿未乾。
记得花开曾病酒，玉人纤手荐春盘。

画　菜
（明）程敏政

嫩甲纤纤浥露青，小斋终日候园丁。

不知春到先红紫。几处争开择胜亭。

题画菜（二首）

（明）程敏政

曾移蔬甲课园丁，爱嚼霜根养性灵。
独有画工知此意，能将风味入丹青。

篱下分披绀叶长，枝间凉缀紫团香。
已应风味堪登谱，更著丹青与擅场。

题画菜

（明）戴璜

鼎肉纷纷饫脂肥，丹青模此意何微。
年来满地多虫蠹，行尽春畦见亦稀。

画菜（为新城陈大尹衮廷章题）

（明）谢廷柱

生意常时满菜畦，桔槔闲却汉阴机。
颇疑董子窥园简，莫笑樊迟学圃非。
素甲层层霜后脆，紫团艳艳雨中肥。
淡然风味丹青得，击节康侯世未稀。

题白菜

（明）谢士元

露茎风叶味偏清，咬尽能教百事成。
写出一根常寓目，知君忘却五侯鲭。

画　菜
（明）周用

五侯击歌钟，下箸千金空。野人藜苋肠，东厨厌春菘。

孙方伯青芥白芥画
（明）康海

托根当芳园，凌霜益屏翳。清新君自知，何须羡姜桂。

叔祥画菜酷有生态，不减宋王参差，恨不令老坡见之
（明）陈继儒

阿祥手中风露新，长镵拨出家园春。
莫将真率山家味，卖与朱门食肉人。

题甘瓜
（宋）范成大

夏肤麑已皱，秋蒂熟将脱。不辞抱蔓归，聊慰相如渴。

摘瓜图（二首，樗轩家后）
（元）元好问

四摘空留抱蔓诗，阿婆真作木肠儿。
履霜只说琴心苦，不见房陵道上时。

高鸟长忧挂网罗，如菴日月坐消磨。
凭君莫话前朝事，此似黄台摘更多。

题赵凉公瑞瓜图
（元）黄溍

庆门集嘉况，异瑞呈瓜田。生五而成十，奇偶出自然。

观物可知德，发祥匪由天。愿言植灵苑，永奉君王前。
合形表同休，雅詠流緜緜。

钱舜举瓜蔓图
（元）邓文原

极目荒墟落木中，空山人静涧泉春。
秋来不用为霖雨，留得闲云养卧龙。

题黄与可所藏钱舜举瓜图
（元）虞集

秋蔓有遗实，不食庸何伤。东陵为圃地，何曾忧雪霜。

画　瓜
（元）唐肃

吮笔青蒲有诏催，内园今日进瓜来。
如何二月能如许？为向温泉近处栽。

题瓜鼠图
（元）马臻

女臂狸头不自奇，桑虞蒯棘化偷儿。
饱他鼠腹能多少，幸是痴猫未得知。

丝瓜图
（明）张以宁

黄花翠蔓子累累，写出西风雨一篱。
愁绝客怀浑怕见，老来万缕足秋思。

题画瓜
（明）聂大年

翠实离离引蔓秋，西风凉露满林丘。
东门尚有闲田地，千载无人说故侯。

画　瓜
（明）李东阳

玉盘秋露水精寒，冰齿馀香嚼未残。
暑月为君清到骨，不知身在画中看。

题秋茄图
（元）钱选

忆昔毗山爱写生，瓜茄任我笔纵横。
自怜老去翻成拙，学圃今犹学不成。

题钱舜举画竹萌茄蔬图
（元）马臻

秋茄恋我遣不去，饮水曲肱有真意。
达官日日饱大官，笑我出言蔬笋气。
钱公写生高吴兴，笔力超诣森有神。
视此慎勿贵八珍，重菌列鼎闻之嗔。
所谓紫驼峰、猩猩唇，梦想不到林下人。
但愿一饱安馀龄，区区口体之累何足云。

钱舜举画紫茄
（明）张以宁

江南坝里紫彭亨，标致钱郎巧写生。

忆得故园秋雨过，新炊初熟饭香粳。

画茄

（明）周用

扪腹讶紫衣，蒙头羞素帻。平生无苦心，往往藉糟粕。

题张叔清采莼图

（元）陶宗仪

秋风江上紫莼肥，童子攜筐采掇时。
独有东曹能命驾，至今此味少人知。

题曹宪副采莼卷

（明）杨廉

三泖秋霖浸四围，水边那觉露葵稀。
金盘玉筯长安客，几箇西风为汝归？

题采菱图（有序）

（明）王璲

苕溪余旧所经游，秋高气凄，风清水落，远近渔歌更唱互答，舟行沿洄，恍若世外。别来不知几寒暑矣。中吴徐希孟，攜谢孔昭所临松雪翁《採菱图》索诗。为作吴歌题其上，不能不动江南之思也。

湖南风信起，湖北浪花多。欲唱採莲曲，翻成採菱歌。
採菱歌断汀州暮，何处却寻归去路？
谁摇兰艇笑相迎，灯火遥生白蘋渡。

采菱图

（明）杜琼

苕溪秋高水初落，菱花已老菱生角。

红裙绿髻谁家人？小艇如梭不停泊。
三三两两共採菱，纤纤十指寒如氷。
不怕指寒并刺损，只恐归家无斗升。
湖州人家风俗美，男解耕田女丝枲。
採菱即是採桑人，又与家中助生理。
落日青山敛暮烟，湖波十里镜中天。
清歌一曲循归路，不似耶溪唱《採莲》。

题赵丞瑞薏苡图
（宋）吕居仁

甘泉殿中芝九茎，不与百草同条生。
当时祥瑞已稠叠，薏苡亦未来争衡。
汉皇不容矍铄翁，此物乃与明珠同。
尔来万物更变化，薏苡宁甘死荒野。
故遣根苗霜雪白，炯若微月来清夜。
赵郎好事古亦无，俯拾旁观尽图画。
画师不辨粉绘费，遇时亦得千金价。
君不见古来异瑞与奇祥，何曾不致南宫下。

画萝卜
（元）丁鹤年

高氏贤兄弟，常将备夕餐。如何清冽士，今作画图看。

东昌道中偶阅画册各赋短句（七首）
（明）吴宽

菜

翠玉晓笼鬆，畦间足春雨。咬根莫弃叶，还可作羹煮。

瓜
瓜类一何多，吾欲问老圃。更乞东陵侯，来救渴者苦。

茄
种茄粪壤中，地力亦易竭。厥状虽不同，难将味分别。

萝卜葱
玉杵削未舂，金丝束成缭。和以翡翠茎，併作春盘料。

荸荠
累累满筐盛，上带葑门土。咀嚼味还佳，地栗何足数。

杨梅
五月果初熟，枝头鹤顶丹。欲知甘冷好，千颗荐冰盘。

笋
已抱锦棚〔绷〕儿，仍参玉版师。吴门唊已足，正属燕来时。

题画赠刘丞西渠子（四首）
（明）廖道南

春意郁葱菁，晚阴含苍翠。我愿天下士，不可无此味。

淡烟迷紫翠，微风励清白。我愿天下民，不可有此色。

汉域传珍味，唐家献异芳。何如调鼎味，殿阁有遗芳。

饭蔬蕴真乐，餐蕨抱遐心。老圃何人识，长春独可寻。

历代题画诗类卷第九十二

禾麦蔬果

题因师蒲桃图（二首）
（宋）陈造

因师写物三昧手，公取天机付笔端。
坐想瑛盘分磊砢，忆尝贝齿冰甘寒。

晶荧压架绀珠圆，苒蒻萦风露叶鲜。
病酒人方渴羌似，为师开卷忍馋涎。

以诗就叶洞春求画蒲萄
（宋）陈普

洞春豪傑士，妙笔出怪奇。写就大宛根，可怪不可披。
此画岂易得，此手难再携。敢将有声画，博君无声诗。

赠叶洞春画蒲萄
（宋）陈普

引蔓牵藤寸管头，扶骊剔蚌出风流。
三千龙女抛珠佩，一箇儒生拥碧油。

莫是前生封即墨，便堪作酒博青州。
齐奴倘会清妍意，免得红裙逐翠楼。

跋牧樵子葡萄
（元）吴澄

芸香楼上汗如珠，起趁清风为扫除。
见此西凉甘露乳，冷然齿颊出寒酥。

温日观葡萄
（元）邓文原

满筐圆实骊珠滑，入口甘香冰玉寒。
若使文园知此渴，露华应不乞金盘。

题温日观葡萄（二首）
（元）杨载

老禅嗜酒醉不醒，强坐虚檽（檐）写清影。
兴来掷笔意茫然，落叶满庭秋月冷。

醉中捉笔两眼花，倚簥架子敧复斜。
翠藤盘屈那可怜，但见满纸生龙蛇。

题日观画葡萄
（元）柳贯

昔有狂僧字仲言，酣嬉坐证法华门。
探渊却值乖龙睡，摘得骊珠口口吞。

题墨蒲萄
（元）傅若金

上苑根株少，风沙道路长。也知随汉节，终得荐君王。

题松庵上人墨蒲桃（二首）

（元）傅若金

汉苑寻常露下时，月明高架影参差。
上林近日无来使，肠断江南见一枝。

露颗含香近客衣，蜜蜂蝴蝶逺藤飞。
夜来应值骊龙睡，探得明珠月下归。

僧日观画蒲萄

（元）宋无

玉山道人苍壁立，胸潴万斛松煤汁。
吐作千年古怪藤，犹带西湖烟雨湿。
元气淋漓草木活，太阴菌蠢虫蛇蛰。
须紫翠雾瘦蛟走，晴抉玄珠黑龙泣。
神剜鬼刻字崛奇，水精火齐光陆离。
天魔擎来青帝宝，鲸波涌出珊瑚枝。
墨花酣春马乳涨，醉梦渴想西凉姿。
风愡秋凝蠡叶语，露架夜忆虬柯垂。
须臾掩卷何所见，月落庭空无影时。

高昌王所画蒲萄熊九皋藏

（元）成廷珪

玉关西去火州城，五月蒲萄无数生。
今日江南池馆里，万株联络水晶棚。

同喻国辅题温日观蒲萄

（元）吴莱

佛者本西域，蒲萄亦来西。奈何此善画，无或渠所携？

我曾考其故，初与汉使偕。上林乃有馆，葱岭何须梯。
天时自不同，地气忽已迷。结子且磊磊，悬藤更高低。
先几日已露，薄德不及稽。终令白氎象，远从双狻猊。
从兹故国木，伴尔禅家栖。幽心怳有得，烂墨研为泥。
宜哉一挥洒，遽若无町畦。依稀可少辨，变作天投蜺。
万古空朔色，南山竟朝跻。画工尚逸品，游戏徒筌蹄。
岂伊吾无人，何从非耄倪？岂伊吾无物？桃李緫成蹊。
此皆非所产，敢与中州齐？为尔抚此卷，长歌欲惊嘶。

温日观画蒲萄

（元）郑元祐

伊昔钱唐温日观，醉兀竹舆殊傲岸。
却将书法画蒲萄，张颠草圣何零乱。
枝枝叶叶点画间，醉瞠白眼看青天。
狂呼大盗杨緫统，天不汝诛吾厚颜。
杨加箠死曾不畏，故老言之泪尚潸（潸）。
画成蒲萄谁赏识？惟有鲜于恒喷喷。
醉扣斋室支离疏，拊摩悲歌泪填臆。
鲜于设浴师浣之，为师涤垢曾弗辞。
人言结袜张廷尉，千载风流宁异兹。
蔓如龙须实马乳，问师挥毫奚独取？
只因汉使远持来，野老诗成泪如雨。

温日观蒲萄

（元）张宪

银瓮悬紫驼，驿骑晓来急。西风吹竹悤，一夜鲛人泣。

题水墨蒲萄

（元）舒頔

老龙腾渊云气浥,万斛骊珠夜光泣。
秋风吹满西凉州,酿就清香浮玉液。

墨蒲萄

（元）贡性之

酒醒西楼月欲斜,满牎晴影走秋蛇。
狂夫膡有相如渴,一滴凉州未许赊。

题肃万邦蒲萄

（元）贡性之

忆骑官马过滦阳,马乳累累压架香。
酿就琼浆三百斛,胡姬当道唤人尝。

题画萄萄

（元）丁鹤年

西域蒲萄事已非,故人挥洒出天机。
碧云凉泠骊龙睡,拾得遗珠月下归。

题日观蒲萄卷

（元）马臻

老衲抟空无,混沌为之辟。拔得天地根,不假雨露力。
寒藤挂鬼眼,累累冷光碧。骊龙亦惊猜,夜半风霆急。

温日观葡萄

（元）张雨

日观一饮西凉酒,解写蒲萄绝代无。

请师截断葛藤路，还我黑月摩尼珠。

蒲萄
（明）杨基

一斛凉州价已多，上林千树酒成河。
尘沙漠漠穹庐雪，若箇银缾覆紫駞。

题蒲萄
（明）孙蕡

骊龙弄影照高秋，万斛真珠露气浮。
还忆玉人歌舞散，紫驼银瓮出凉州。

题林盘所学民家藏温日观蒲萄
（明）许伯旅

张颠草书天下雄，醉笔往往惊群公。
温师作画亦若是，我知画与书法通。
葡萄何来自西极，枝蔓连云引千尺。
世间画者谁最高？温师自有葡萄癖。
当时豪贵争邀迎，掉头辄走呼不应。
酒酣耳热清兴发，挥洒始觉通神灵。
东家雪练西家帛，布地待师师不惜。
芒鞋踏墨云海翻，满把骊珠轻一掷。
百年画意谁见之？破幅萧条今尚遗。
心垢都除入清净，不尔妙悟何能为？
忆我携书客淮右，大官都送葡萄酒。
寒香压露春瓮深，风味江南未曾有。
林君对此心忉忉，谓余亦种葡萄苗。
何当酿酒二千斛，愁来一饮三百瓢。

题璋上人所藏温日观墨蒲萄

（明）蓝智

鲛人织绡翡翠宫，骊珠滴露垂玲珑。
老禅定起写秋影，空山月转双梧桐。
忆昔初移大宛种，苜蓿榴花俱入贡。
蓬莱别馆绿云深，太液晴波水晶重。
贝南之谷昙老居，生纸颠倒长藤枯。
墨池秃尽白兔颖，天风吹坠青龙须。
祇园马乳秋初熟，点缀鹅湖云一幅。
醉草犹疑怀素狂，寒梅顿觉华光俗。
野堂千尺手所栽，兵戈芜没同蒿莱。
日斜对画独回首，诗成谁致西凉酒？

题蒲萄扇

（明）郭厪

袅袅拂虬髯，离离悬马乳。曾倾银瓮香，一博凉州史。

题月下蒲萄卷

（明）周旋

骊龙飞出水晶宫，嫋嫋长须翠拂风。
乱吐珊瑚千万颗，夜深高挂月明中。

墨蒲萄

（明）金幼孜

风架引藤高十丈，翠叶阴阴气萧爽。
老龙昨夜挟风雨，乱吐骊珠落天上。

蒲萄图
（明）张宁

紫丝步障流苏短，露淡风清秋未满。
舞凤翎翻翠解苞，蟠龙骨瘦珠垂颔。
青葱苜蓿锦石榴，枝交蔓引弥山丘。
骅骝不至仙槎远，空有草物遗中州。
君不思凉州一斗犹轻换，西行千骑归无半。

蒲萄图（为张云山题）
（明）张元祯

上林众卉飘霜箨，独与秋光壮萧索。
翠虬三千蟠绿云，水晶八万妆罗幕。
粉署仙郎心爱之，半幅生绡图磊落。
长风几度阊阖来，柔条欲舞珠欲跃。
何当摘取酿春缸，香冽应觉醍醐薄。
瑶觞持去寿君王，遮莫凉州可相博？

岳蒙泉画葡萄
（明）吴宽

曾是文渊阁下才，才高只合有人猜。
白头骑马凉州过，却使葡萄入画来。

石田学蒙泉阁老画葡萄
（明）王鏊

虬髯诘屈榦鳞皴，二老含毫鬭出新。
试看山亭秋雨里，不知若箇得渠真。

题蒲萄图
（明）谢廷柱

蒲萄汉代来西域，移向凉州家徧植。
何人写入此图中？逼真妙手时难得。
初疑沧海跃骊龙，明珠颔下光玲珑，
吐雾嘘云犹带湿，扬须鼓鬣势拏〔拏〕雄。
又如垂旒耀初日，紫艳颗颗联缀密，
水晶马乳品不同，摹写縂入画工笔。
烟藤漏日翠纠缠，风叶含露青连绵。
高堂阅画已快意，何如结架齐簷前。
我欲走使远截取，賸得长条种兹土。
秋风乱剪落筠筐，酿熟千缸万缸醹。
不羡云安麯米春，何劳汉官捅马乳。
凉州新酿属闽南，画图束阁不须觐。

画葡萄引
（明）王九思

汉武惟知贵异物，博望常劳使西域。
大夏康居产富饶，梧桐柽柳非奇特。
独取葡萄入汉宫，遂遣天王亲外国。
当年肉味厌侯王，今日霜根徧西北。
吾家十畆后园里，长条几架南山侧。
龙须时袅水风斜，马乳尽垂秋雨色。
故园一别惊风雨，画图相对思乡土。
青钱已办雇河舟，白首行看住草楼。
但愿千缸酿春酒，未须一斗博凉州。

题墨蒲萄
（明）李汛

雷车夜碾山云残，蛰龙惊震江波寒。
峥嵘直上青霄蟠，忽然下饮研池宽。
墨花香暖朝未乾，爪痕屈曲珠影团。
清光照夜夜不阑，摩挲老眼惊奇观，便觉风雨生毫端。

葡萄（二首）
（明）徐渭

半生落魄已成翁，独坐书斋啸晚风。
笔底明珠无处卖，闲抛闲掷野藤中。

自从初夏到今朝，百事无心總弃抛。
尚有旧时书秃笔，偶将蘸墨点葡萄。

题日观画葡萄
（明）僧大圭

短衣狂走至元僧，醉唾骊珠十斛冰。
定起山楼寒月上，一牕风影写秋藤。

题温日观葡萄
（明）僧大圭

龙扃失钥十二重，骊珠迸落鲛人宫。
并刀剪断紫璎珞，累累马乳垂金风。
树根吹火照残墨，冷雨松棚秋鬼哭。
蔗丸嚼碎流沙冰，鸭酒呼来汉江绿。
铁削虬藤剑三尺，雷梭怒穴陶家壁。

昙胡醉起面秋岩，一索摩尼挂空碧。

题蒲萄竹笋图
（元）张天英

王母初来汉殿时，青鸾踏折埚坛枝。
天风吹老龙珠帐，挂坠瑶簪醉不知。

题画蒲萄松鼠
（元）贡性之

猱似弥猴捷似猱，栗梢走过又松梢。
紫萄若使知滋味，一日能来一百遭。

梨葡萄
（明）傅汝楫

鸟惊午睡浓，起坐林花近。渴思谷口浆，醉唤梁州酝。

荔枝图
（金）赵秉文

雨滴铃声蜀道长，都缘一曲《荔枝香》。
宣和无限丹青手，好画当年花石䃎。

墨荔枝
（元）欧阳玄

向来千里骑尘红，生色罗襦湿翠浓。
颜色似嫌妃子涴，萧然独有墨君风。

荔枝画（为福建佥宪张惟远题）
（元）张昱

茜罗轻裹玉肌寒，吹尽南风露未乾。
一寸丹心无与寄，为凭图画入长安。

题荔枝
（元）陶宗仪

大唐置驿贡遐方,火齐虬珠裹蔗浆。
博得玉环才一笑,教坊曲奏荔枝香。

题荔枝练带
（明）高启

雨后蛮枝锦果肥,华清贡罢驿尘稀。
山禽自逸枝头啄,疑是宫中旧雪衣。

荔枝图
（明）刘侃

闽南产嘉实,名为丹荔枝。品题冠诸果,风味甘如饴。
曾买贵妃笑,亦辱君谟知。高宗写此图,六种颜色奇。
移兹工巧心,治国谅无亏。鼎湖龙去远,展卷令人悲。

题石榴
（宋）范成大

日烘古锦囊,露泣红玛瑙。玉池嚼清肥,三彭跡如埽。

石榴图
（明）杨基

玉椀糖霜万颗冰,王孙筵上酒微醒。
若教画作回仙鹤,一夜吹箫过洞庭。

题画石榴
（明）王世贞

君自闽天来,岂少陈家紫?何似安石榴,累累结佳子。

题樱桃
（宋）范成大

火齐宝璎珞，垂于绿茧丝。幽禽都未觉，和露折新枝。

画枇杷
（元）柳贯

四月江南卢橘熟，离离佳实满枝黄。
丹青偶向图中见，渍蜜犹思配一觞。

枇杷图
（明）杨基

卢橘当年出汉家，谁将名字杂枇杷？
风枝露叶金盘果，尽是僧房雪后花。

画杨梅答韩克瞻
（明）沈周

西山有雨杨梅熟，东老无诗口舌乾。
珍重故人知此意，高林摘寄紫瑛丸。

题木瓜图
（宋）范成大

沉沉黛色浓，糁糁金沙绚。却笑宣州房，竞作红妆面。

徐熙折枝果图（二首）
（元）王恽

紫陌春风窈窕歌，昇平花果梦宣和。
写生忽见徐卿画，碧烂红鲜发兴多。

《后庭》新唱满深宫，已觉金陵王气空。
画手忍将亡国泪，笔端秋实染春红？

题靖夫弟画屏折枝（六首）
（元）程文敏

樱 桃
雨洗红珠重，香浮奶酪寒。筠篮风味在，消得赤瑛盘。

来 禽
翡翠圆成弹，胭脂与点腮。园丁休尽採，怕有众禽来。

梨 子
满面黄金粟，盈科白玉浆。可能烧二颗，口腹累君王。

石 榴
朱房含玉醴，玳壳错金钿。不枉烦符节，崎岖十八年。

木 瓜
珍重宣城贡，琼瑶直得诗。霜馀风韵在，细字写胭脂。

枇 杷
翠葆擎珠琲，金丸贮蔗浆。雪中记高树，花发傲群芳。

历代题画诗类卷第九十三

禽　类

宣和珍禽图
（元）王恽

紫烟阿阁凤连巢，瑶圃飞翔下绛霄。
踏散木犀花上露，翠襟丹喙不胜娇。

秋塘瑞鸟图应制
（明）林瀚

莲塘雨过秋如洗，数尺澄波清彻底。
两两珍禽何处来，飞入塘中弄烟水。
相呼相唤良有情，莫遣渔翁鸣榔惊。
翠盖连茎霜后老，黄芦几叶风中声。
白鸾瑞应元同匹，凡鸟不敢同游息。
晚来并立晴沙头，占断沧波秋一碧。
争如五采双凤凰，梧桐晓日丹山阳。
安得天风扶羽翼，直向霄汉联翱翔。
似此珍禽世稀见，虞人未许藏机变。
商家至治弘万年，罗网今看解三面。

题阴厓舞凤图

（明）何乔新

画船昨泛湘江曲，江上萧疎森紫玉。
天边彩凤忽飞来，羽毛犹带湘云绿。
阴厓晓霁暖烟消，翠蕤飞舞风翛翛。
九疑凝黛湘波静，林间彷佛闻《箫韶》。
黄陵庙前春欲暮，鹧鸪啼断斑斑雨。
好向虞廷览德辉，碧梧莘莘榑桑曙。

题周都尉凤鸣朝阳图

（明）丘濬

世间有凤人不识，却把丹青绘羽毛。
舜乐九成旸谷晓，秦箫千仞月台高。
祯祥表德同《麟趾》，律吕谐声异鹤皋。
拟续《卷阿》陈大雅，明良喜起庆相遭。

画　凤

（明）吴宽

凤鸟久不至，曾致宣尼悲；获麟尚被杀，不至亦其宜。
去周二千载，见者今为谁？徒从书传中，强尔分雄雌。
画工五色笔，点染毛羽奇。不须舞《箫韶》，展图即来仪。
高冈岂岐山，独立迎朝曦。雝雝更喈喈，又即《卷阿》诗。
遂令后世人，如生舜文时。我欲走四方，按图往求之。
胶东与北海，恐有汉雏遗。不如求之人，徐庶或在兹。
百年方承平，凤德宜未衰。寄语楚狂辈，高歌独何为？

凤凰图

（明）陈霁

凤凰羽翰何振振，珍宝灿烂五色纹。

览德千年时一下，忽然翔集海山岑。
雄鸣雌鸣两各六，五音杂沓宫商成。
梧桐翛翛叶生子，翠竹离离实满林。
海天曈曈上太阳，下照瑞禽文运昌。
碧石峨峨海中起，根盘磲砢深莫量。
竹实可餐充服食，梧桐可栖荫文章。
应是当今神圣出，四灵毕至呈奇质。
生绡貌此挂高堂，幻出仙机显神笔。
恍如闻古《韶濩》音，便欲吹箫协声律。

凤图（为宗伯序菴公题）

（明）严嵩

凤飞千仞宿崑丘，饥食竹实渴饮沧海流。
人间此物不易见，云胡得之置在中堂幽？
矍然注视使我疑，文彩照座光陆离。
初惊素壁开丹穴，忽辨朝霞捧赤曦。
腾辉绚景弥东海，积石方壶渺焉在。
嬴女箫声隔彩云，緱仙笙韵流苍霭。
忆昔重华称盛治，览德呈祥曾一至。
周京载见岐山鸣，迩来千载不复闻其声，
只令粉墨丹青空尔形。
方今圣人在位寰宇清，豁廓氛曀登休明。
锵锵《韶濩》谐灵奏，蔼蔼冯翼充王廷。
吁嗟乎！人中之凤乃所珍，我爱南宫上卿美且仁。
格天事业归寅直，华国文章重缙绅。
昌辰更赋《卷阿》什，化日高翔阿阁春。

碧梧丹凤图（为黎侍御一卿题）

（明）黄佐

凤兮凤兮，尔来当何时？知尔之德万古长不衰。
不然上天纵尔九苞羽，安用锵锵为！
君不见桃虫当日飞为鵰，脊令原上啼鸱鹗。
鸟几几，音哓哓，室家恐为阴雨漂。
偃禾风定杲日出，冈上碧梧寒不凋。
尔于此时来，和鸣叶《箫韶》。
成王优游君奭喜，《卷阿》为尔歌且谣。
凤兮凤兮，披图对尔起三叹，久矣不梦周公旦。
咸阳宫前多枳棘，何用屑屑悲秦汉！

题侄子家所藏双凤鸣阳画

（明）徐渭

海水动天天欲晓，天晓日炙珊瑚老。
鲛人泣夜不得眠，早起来听凤凰叫。
梧桐百尺秋云际，竹梢覆水千年子。
一飞一宿还一鸣，百神张乐钧天启。
梧生诚亦难，凤出良不易。
愿以黄金铸梧树，莫教飞向丹山去。

吕推卿孔雀画图

（宋）孔武仲

昼卧蓬山禁漏长，起观名画得心降。
曾闻吟咏依南海，颇怪飞鸣到北牕。
峭格正宜风作驭，脩翎堪与凤为双。
知公物外寻幽好，不恋荣华拥节幢。

题画孔雀

（宋）黄庭坚

桄榔暗天蕉叶长，终露文章婴世网。
故山桂子落秋风，无因雄雌青云上。

唐边鸾正面孔翠

（元）王恽

边鸾弄丹青，思入造化窟。平生雀写真，多作正面笔。
圆张金花扇，迥与鸾彩匹。暖围姚魏春，翠射琅玕碧。
瑶池百丈镜，顾影时自惜。羖冠赤墀间，朝午见孤立。
年深粉色暗，元气帐犹湿。远来米家船，复出王涯壁。
髯温玉台后，素有书画癖。一见易以归，不惜金与璧。
繁君具眼士，鉴定能事毕。竹亭展观馀，异梦忆畴昔。
当时文字祥，其应在此夕。

孔雀图

（明）胡俨

有鸟有鸟名孔雀，文彩光华动挥霍。
脩颈昂昂翠羽翘，大尾斑斑金错落。
由来丽质产南方，丹山碧水多翱翔。
芭蕉花开风正软，桄榔叶暗日初长。
忽闻都护啼一声，山中百禽皆不鸣。
松篁引韵笙竽奏，顾影徘徊舞翅轻。
炎荒暑热时多雨，尾重低垂飞不举。
一朝笼养近簾帏，可怜犹妒美人衣。
永嘉谢环善写生，画图貌得边鸾清。
老眼摩挲石苔紫，浑似枇杷树底行。

题孔雀图

(明) 陈宪章

儿女心情未遣知，白头笑赋雀屏诗。
可能乳得西周凤，来寿君王亿万期？

孔雀图歌

(明) 王廷相

九真之域连南溟，二仪运化山水清。
砂乳遥分南斗气，孔翠偏含赤帝精。
羽毛皎皎倾九都，紫茸花点金明珠。
光仪色相遥怜尔，曳电飘霞宛相似。
春晴矫入苍梧天，月冷翻迴洞庭水。
洞庭苍梧满光采，阆岑玄圃空相待。
清梦偏宜琼玉田，闲心最惜温凉海。
红鸾舞月共佳期，白鹤冲云更不疑。
长随玉女朝丸药，每看仙人昼赌棋。
仙人玉女紫云隈，翠作銮车金作台。
灵椿白榆对结子，八千馀岁仍归来。
温伯雪子锦城仙，文藻风流世所贤。
堂上春晖烟雾散，图中珍翼鬼神传。
秋风明日叹离居，巫峡吴江万里馀。
愿借交南双锦翼，为传天上玉宸书。

咏省壁画鹤

(唐) 宋之问

粉壁图仙鹤，昂藏真气多。鶱飞竟不去，当是恋恩波。

咏主人壁上画鹤（寄乔主簿、崔著作）

（唐）陈子昂

古壁仙人画，丹青尚有文。独舞纷如雪，孤飞暧似云。
自矜彩色重，宁忆故池群。江海联翩翼，长鸣谁复闻。

通泉县署屋壁后薛少保画鹤

（唐）杜甫

薛公十一鹤，皆写青田真。画色久欲尽，苍然犹出尘。
低昂各有意，磊落如长人。佳此志气远，岂惟粉墨新。
万里不以力，群游森会神。威迟白凤态，非是仓庚邻。
高堂未倾覆，幸得慰嘉宾。曝露墙壁外，终嗟风雨频。
赤霄有真骨，耻饮洿池津。冥冥任所往，脱略谁能驯。

画鹤篇省中作

（唐）钱起

点素凝姿任画工，霜毛玉羽照簾栊。
借问飞鸣华表上，何如粉缋彩屏中。
文昌宫近芙蓉阙，兰室絪缊香且结。
鑪（炉）气朝成缭岭云，银灯夜作华亭月。
日暖花明梁燕归，应惊片雪在仙闱。
主人顾盼千金重，谁肯徘徊五里飞。

观画鹤

（唐）窦群

华亭不相识，卫国复谁知。怅望冲天羽，甘心任画师。

鹤　屏

（唐）皮日休

三幅吹空縠，孰写仙禽状？氄耳侧以听，赤睛旷如望。

引吭看云势，翘足临池样。颇似近蒋席，还如入方丈。
尽日空不鸣，穷年但相向。未许子晋乘，难教道林放。
貌既合羽仪，骨亦符法相。愿升君子堂，不必思崑阆。

鹤屏
（唐）陆龟蒙

时人重花屏，独印胎化状。丛毛练分彩，疏节筇相望。
曾无甈甈态，颇得连轩样。势拟跄高寻，身犹在函丈。
如忧鸡鹜鬪，似忆烟霞向。尘世任纵横，霜襟自闲放。
空资明远思，不待浮丘相。何由振玉衣，一举栖瀛阆？

和潘叔治题刘道士房画薛稷六鹤图
（宋）梅尧臣

啄食
穷年见俛啄，但有饥乏意。虽存玉山禾，不入丹青喙。
因思方朔嘲，此岂优谐类？

顾步
举足徒有势，行沙遂无踪。迴颈诚已久，未知竟何从。
安能见俦侣，顾望自颙颙。

唳天
引吭向层霄，声闻期在耳。鼓吻意岂疎，知音何已矣。
安得九皋同，流响入万里。

舞风
如逢仙圃风，飘飘奋双翅。拊节余欲助，和歌谁尔类？
但看矫然姿，固于流雪异。

警 露

孤标近仙坛，依约闻坠露。俨如举止扬，稍见神爽悟。
晓月坐青轩，寒添壁间素。

理 毛

六鹤皆不同，初生薛公笔。况兹刷羽者，奋迅如天质。
墨客怀赏心，题诗仍我率。

和曹光道咏直庐屏中六鹤（三首）
（宋）梅尧臣

汉家为瑞双黄鹄，只道飞翻太液池。
不似云屏曾碍过，却穿松下到茅庐。

旋烧枯栗衣犹湿，去爱峰前有径开。
日暮更寒归欲懒，无端撩乱入船来。

樵童野犬迎人后，山葛棠梨案酒时。
不畏尖风吹入牖，更教牀畔觅鸱夷。

竹 鹤
（宋）苏轼

此君何处不相宜，况有能言老令威。
谁识长身古君子，犹将缁布缘深衣。

李生画鹤
（宋）文同

昂昂青田姿，杳杳在轻素。一身万里意，双目九霄顾。

钗钗羽翩利,竦竦骨节露。君初本谁学,我恐必神悟。
得于想像外,看在绝笔处。稷荃如复生,相与较独步。

题苏之孟家薛稷二鹤
(宋)米芾

辽海未须顾蝼蚁,昂霄孤唳留清耳。
从容雅步在庭除,浩荡闲心存万里。
乘轩未失入佳谈,写真不妄传诗史。
好事心灵自不凡,臭秽功名皆一戏。
武功中令应天人,束发辽阳侍帝宸。
连城照乘不保宝,皇图札诰悉珍真。
百龄生我欲公起,九原萧萧松巍巍。
得公遗物非不多,赏物怀贤心不已。

画 鹤
(宋)朱子

谁写青田质?高超鹇鹜群。长疑风月夜,清唳九霄闻。

薛稷舞鹤图
(元)郝经

丹砂入顶开雪翎,双膝半屈玄裳轻。
一天清露月满庭,浮烟弄影来玉京。
当时华表曾留形,只见翻翥还无声,
画工姓薛不姓丁,前身亦是胎禽精。
素练忽展江边亭,长风翛翛笔下生。
洪流荡潏排重扃,抖擞寒玉凌赤城。
我欲援琴鼓湘灵,低昂曲折仍有情。
壁间至今不肯停,洒落一见胸次清。

请君休读《瘗鹤铭》，为君更写《舞鹤行》。

题薛少保稷画鹤图
（元）王恽

晋公化笔神胎禽，超超中有万里心。
通泉老壁堕茫昧，此幅写影逾精深。
细看粉墨色欲尽，元气突兀开云林。
双胫森碧玉，老顶朱砂丹。
舞风警露两无谓，理此脩羽何翛然。
琶毸不受世尘污，真骨照映蓬壶仙。
王恭雪氅忽散乱，几点冷卧瑶池烟。
恍疑坐我九皋下，膺騞清唳闻秋天。
华阳宫深春昼闲，晴苔冷啄松阴寒。
宣和六客伫摹写，梦不到此空清妍。
蹇予三年事击搏，俛仰随人空饮啄。
长缨尘满抗凡容，比拟孤清馀愧怍。
君不见坡仙作叹真可人，退易进难良自度。
摩挲老背忽惊心，以倖乘轩非所乐。
仙槃月露濯金茎，绿野风烟连竹阁。
得陪高步遶池塘，老我何心望寥廓。

白鹤图
（元）程钜夫

昂昂十八鹤，云是宣和写。长鸣月满皋，四顾天垂野。
相从上寥廓，三叹非仙者。

孤鹤图
（元）袁桷

一庭凉月白，万里海云清。似欲乘天女，排空入帝京，

题饶世英所藏孤鹤图
（元）虞集

海风吹月忆危巢，清夜梳翎雪堕坳。
仙客不知犹是画，每听长唳向松梢。

画　　鹤
（元）虞集

薛公少保昔画鹤，毛羽萧条向寥廓。
通泉县壁久微茫，故物都非况城郭。
长鸣阔步貌闲暇，解写高情亦奇作。
田中芝草日应长，石上松花晚犹落。
赤壁江深孤月小，白云野迥秋霄薄。
群帝相从绛节朝，八公许制黄金药。
误撄尘网迹易迷，移召中洲梦如昨。
借悬素壁忆真侣，忽有微风动林壑。
碧虚寥寥积雪高，直过萧台绝棲泊。

为潘仲晕题定使君所赠马郎中画鹤
（元）刘永之

郎中画鹤称第一，江海十年多见之。
兰皋明月照独舞，雪影参差风倒吹。
沧江玄圃三山上，琪树金芝日应长。
万里怀归惜羽毛，中宵怨别流孤响。
通泉素壁久漂零，忽见新图百感并。
华亭旧叹伤心切，赤壁扁舟入梦惊。
绿锦池边饲秋雨，骠骑多情每同赋，
相思欲报故人知，为传一札东飞去。

白鹤图歌

（明）解缙

翼轸白榆光堕地，化作长禽如老翁。
瑶池莲花雪中朵，叶末微露丹砂红。
轩昂有意出尘表，九万馀里骞长风。
上天下天诉真宰，朝食幽都暮琼海。
月中清唳露弹珠，日下和鸣云散彩。
或随天帝参龙翔，或驾群仙骖凤凰。
翡翠巢高混茫上，皇皇四达门无傍。
溟渤崑崙此棲息，天地侧身思咫尺。
吴都卫国两无情，芳草寒烟几回碧。
鸡群误落终昂昂，闲情不语春风翔。
羁棲岂为稻粱计，且向幽人仙梦长。
君不闻薛少保，青田写真出天造，
一笔能将万壁开，冰丸雪玺传皆好；
又不闻杜少陵，大篇短章神鬼惊，
长禽自可百千岁，加之诗画何声名。
嗟哉二老世岂无，将军今有双鹤图。
梅萼横绝角井孤，水出花开香欲刳。
竹石落兮莓苔敷，饮啄不受爱者呼。
麾之不去，招之不来，磊落岂有轩车汙！①
上帝何不唤取归清都？

---

① 此处略有删节，原句作："麾之不去 [喜欲舞]，招之不来 [不可笯]。磊（落）落岂有轩车汙，[不饥不渴天为徒，如此高洁世所无]。"

画鹤(二首)

(明) 陈宪章

千里乘风一举回,霜毛曾不染纤埃。
若非缑氏山头驾,定是衡阳郭外来。

九皋清唳与天通,更借吹嘘铁笛风。
五马人生何足贵,仙家骐骥自行空。

谢仲山送鹤图

(明) 吴宽

东园白鹤似人长,花径孤栖每自伤。
粉墨如新初点染,羽毛依旧欲迴翔。
只疑明月还留影,却恨空林不入行。
对此忽为苏子叹,谁能呼取下高堂。

画鹤篇

(明) 何景明

昔闻少保写青田,古墨千年人不传。
郎君此幅何时得?萧颸秋堂埽烟色。
雪翎风翼如有神,万里出海谁能驯?
我初见此鸟,重是仙人禽。朝饮玉河湄,暮宿玄圃林。
回首寒江凫与鹥,日晚哀鸣羡霄汉。

蜀府命题所藏宣和瑞鹤图

(明) 僧来复

宣和道君天帝子,降灵下作长生主。
风流不混世间尘,清出冰壶湛秋宇。

前身雅是太霄君,金编玉策多奇勋。
感此仙禽四十翼,朝真东度三山云。
低回不肯去,舞雪依端门。长鸣若有诉,飞声彻崑崙。
是时道君振衣起,遥听鹤语通仙意。
濡毫为写青田真,龙香更洒亲题字。
朱顶凝丹砂,白羽吹霜袂。
内府珍藏谁敢沾,大贝南金烂无比。
想当政和年,善治谈老庄,遂令霞上仙,控鹤森翱翔。
一朝中原成永诀,五国城高卧风雪。
此时老鹤如可呼,便欲骑之上天阙。

题青松白鹤图

(元) 马臻

道人手中五色笔,青山拂起秋云飞。
秋云飞去青山在,白鹤一双来翠微。

题边文进画松鹤

(明) 胡广

边生埽素写孤鹤,傍著长松倚云壑。
天风吹坠银河流,挂在丹崖九霄落。
松声鹤唳水潺潺,恍聆仙乐鸣空山。
高秋爽籁度窈窕,初疑蓬岛非人间。
古称善画谁第一?毕宏薛稷皆名笔。
想应对此融心神,毛发飕飕也森栗。
高堂见之若可招,竦身逸气凌泬寥。
卷簾只恐天上去,长松洒瀑空潇潇。

题松鹤

（明）金幼孜

薛公画鹤艺殊绝，真迹人间半磨灭。
玉堂退直见新图，毛骨萧疏浑彷佛。
丹砂作顶霜作翎，迥立松梢压苍雪。
试看挺特仙客姿，轩昂岂是樊笼物。
万里高抟辽海风，一声清唳临皋月。
忽然振翼将远举，云薄天空一超越。
肯学池塘鸥鹭群，啄食卑污外空洁。
悬之素壁玩且久，似是凉风起寥泬。
赤松异日许同游，借尔翱翔向金阙。

松鹤图

（明）陆深

遥空高秋万里碧，松露团团野花白。
藤梢橘刺纷陆离，细水涓涓遶云石。
我疑此图是玄圃，中有双禽鸣且舞。
霜翎砂顶足生韵，玄裳风轻月将午。
当家妙品在逼真，况是写生须入神。
古来高人重图画，欲令见者常如新。
我闻胎仙三千岁，摩挲此幅能几世？
乃知丹青空尔为，别有不朽超绝艺。

为彭文学题松鹤图

（明）张凤翼

昂霄自可五千仞，占梦须酬十八公。
岂必华阳陶处士，年年蓥鹤听松风。

题松鹤
（明）李本

长松风入漱云涛,老鹤离巢刷羽毛。
夜半道人骑过海,一轮秋月碧天高。

题松厓睡鹤
（明）谢廷柱

巅崖太古松忘老,零露瀼瀼月杲杲。
高寒迥绝鸟不栖,上有千年双鹤皜。
松枝无风鹤睡稳,不梦黄粱梦蓬岛。
我将唤醒双梦魂,飞去仙坛啄瑶草。
瑶草长春可奈何,万里松崖跡如埽。

题竹鹤
（明）金幼孜

养就丹砂雪作团,终朝俯啄近琅玕。
三山碧海休归去,好向瑶池弄羽翰。

题鹤鸣鹊噪图（送陈明府入觐）
（明）张凤翼

入觐紫宸朝,宁辞驿路遥。鹤鸣应和子,鹊噪喜迁乔。
阙下凫为舄,庭中乐是《韶》。不须劳考绩,天听彻歌谣。

历代题画诗类卷第九十四

禽 类

画鹰

（唐）杜甫

素练风霜起，苍鹰画作殊。㧓（㧓）身思狡兔，侧目似愁胡。
绦镟光堪摘（擿），轩楹势可呼。何当击凡鸟，毛血洒平芜。

姜楚公画角鹰歌

（唐）杜甫

楚公画鹰鹰戴角，杀气森森到幽朔。
观者贪愁掣臂飞，画师不是无心学。
此鹰写真在左绵，却嗟真骨遂虚传。
梁间燕雀休惊怕，亦未抟空上九天。

杨监又出画鹰十二扇

（唐）杜甫

近时冯绍正，能画鸷鸟样。明公出此图，无乃传其状？
殊姿各独立，清绝心有向。疾禁千里马，气敌万人将。
忆昔骊山宫，冬移含元仗。天寒大羽猎，此物神俱王。

当时无凡材，百中皆用壮。粉墨形似间，识者一惆怅。
干戈少暇日，真骨老崖嶂。为君除狡兔，会是翻鞲上。

观刘永年团练画角鹰
（宋）黄庭坚

刘侯才勇世无敌，爱画工夫亦成癖。
弄笔埽成苍角鹰，杀气稜稜动秋色。
爪拳金钩觜屈铁，万里风云藏劲翮。
兀立槎枒不畏人，眼看青冥有馀力。
霜飞晴空塞草白，云垂四野阴山黑。
此时轩然盍飞去，何乃巉屼立西壁。
只应真骨下人世，不谓雄姿留粉墨。
造次更无高鸟喧，等闲亦恐狐狸吓。
旁观未必穷神妙，乃是天机贯胸臆。
瞻想突兀摩空材，想见其人英武格。
传闻挥毫颇容易，持以与人无甚惜。
物逢真赏世所珍，此画他年恐难得。

题拓本姜楚公鹰（二首）
（宋）陆游

忆昔呼鹰塞草枯，妖狐狡兔笑谈无。
明牕见画空三叹，恍若霜郊遇猎徒。

弓面霜寒斗力增，坐思铁马蹴河冰。
海陵俊鹘何由得，空看緜州旧画鹰。

画　　鹰
（元）马祖常

侧视窥霄汉，低飞近草莱，金鞲时一脱。肉饱更须回。

画 鹰
（元）揭傒斯

文梁五色绦，秋高意气豪。
怒张两目直霄汉，岂与短翮翔蓬蒿。
妖狐画作猛虎嗥，驺虞并与神麟逃，嗟尔饱食心空劳。

双鹰图（三首）
（元）贡师泰

青松之下白石上，攫身对立意沉沉。
妖狐狡兔莫漫喜，落日一呼烟草深。

八月霜风吹雨毛，何人为汝解金绦？
双翎如剑劈云去，宇宙苍茫秋气高。

雪羽初来东海头，西风万里白鹅秋。
汉家不校长杨猎，应得将军脱锦韝。

题画鹰
（元）刘永之

犹记鸣鞘出灞陵，新丰市北醉呼鹰。
于今豪气都消尽，闲看新图剔鴈灯。

题刘履初所藏莫庆善鹰
（元）郭钰

日光悬秋双翮齐，欲飞不飞愁云低。
足无绦镟腹无食，空林尚恐难安栖。
笔力精到天机微，莫生所画诗我题。

君不见天下太平角端语，狐兔草间何足数！

题画鹰
（元）李祁

劲翮排霜戟，天寒气转骄。草间狐兔尽，侧目望青霄。

题画鹰（得啸字）
（明）高启

高风动古壁，竦立见苍鹞。轩然欲飞扬，嗟此粉墨妙。
秋筋束老骨，天寒势逾矫。脑枯草中兔，气尽枥上骠。
健鹘虽百馀，凡材岂同调。乾坤正肃杀，怒气号万窍。
大野开平芜，悲台落残照。荒城有妖狐，夜作猛虎啸。
为君试一击，壮士慭勇剽。安能饱拳肉，侧翅随年少。

墨鹰（二首）
（明）解缙

凛凛东风日未西，珊瑚枝上暂幽栖。
千山万怪藏踪迹，野旷青天不敢啼。

墨鹰度海下林峦，怒目雄惊胆气寒。
良史笔端参造化，为留英气画中看。

题画鹰（二首）
（明）陈宪章

秋风垂翅下云衢，野性翩翩不受羁。
欲借一枝江畔宿，等闲花鸟莫相疑。

落日平原散鸟群，西风爽气动秋旻。

江边老树身如铁,独立槎枒一欠伸。

题霜林孤鹰图
（明）何乔新

霜林摇落秋天迥,鸷鸟摩空风力劲。
大鹏却避狡兔愁,老树无声万山静。
乔柯独立何雄哉,金眸玉爪非凡材。
健翮孤骞晴雪落,老拳怒攫寒云开。
荒城古社多狐鼠,闷翳荆榛啸烟雨。
乘秋一埽妖穴空,万里寒霄看高骞。

画鹰
（明）李东阳

卑枝诘屈高枝举,小鹰低回大鹰怒。
杀气森森动碧寥,千山落叶纷无数。
云霄意驶风霜姿,傲睨六合无雄雌。
梦迷东海未归路,兴在秋原初下时。
吁嗟乎！巢有羽兮穴有肉,莫遣鸤鸾空侧目。

题莫庆善鹰（为袁生大鹗赋）
（明）李东阳

昔年从羽猎,高入万重云。尚有冲霄志,难忘报主恩。

题画鹰（送罗缉熙南归）
（明）李东阳

大鹰狰狞爪决石,侧目高堂睨秋碧。
小鹰倔伏俯且窥,威而不扬岂其雌。
雌雄起伏各异态,意气相看出尘堨（竭）。

独立羞将众羽群，高飞怕有浮云碍。
山寒木落天始风，日色惨淡川原空。
人间狐兔自有地，慎勿反击伤鹓鸿。
画图彷彿是谁作，宛似悬鞲臂间落。
高堂匹练长风生，万里炎荒尽幽朔。
我生奇气空嶙峋，挥毫对此不无神。
送渠羽翼朝天去，亦是云霄得意人。

题鲁京尹所藏双鹰图
（明）李东阳

雷风撼撼空林响，朔气随空入萧爽。
两鹰意气殊绝群，俯视平川如一掌。
玄云著树凝不飞，野日照地寒无辉。
攫身欲下不肯下，似觉深山狐兔稀。
丹青落手翩欲活，鞲上惊看锦绦脱。
江湖浩荡烟水深，万里阳台渺天末。
时维八月炎暑空，两鹰角立如争雄。
周旋九纮隘八极，此意岂在风尘中。
知公有才非搏击，我意亦欲辞樊笼。
祗应共逐鹓鸾去。去上丹山十二重。

林良画两角鹰歌
（明）李梦阳

百馀年来画禽鸟，后有吕纪前边昭。
二子工似不工意。吮笔决眦分毫毛。
林良写鸟只用墨，开缣半埽风云黑。
水禽陆禽各臻妙，挂出满堂皆动色。
空山古林江怒涛，两鹰突出霜厓高。

整骨刷羽意势动，四壁六月生秋飚。
一鹰下视睛不转，已知两眼无秋毫；
一鹰掉颈复欲下，渐觉飚飚开风毛。
匹绡虽惨澹，杀气不可灭。
戴角森森爪拳铁，迥如愁胡眦欲裂。
朔云吹沙秋草黄，安得臂尔骑驷铁（驖）。
草间妖鸟尽击死，万里晴空洒毛血。
我闻宋徽宗，亦善貌此鹰；后来失天子，饿死五国城。
乃知图写小人艺，工意工似皆虚名；
校猎驰骋亦末事，外作禽荒古有经。
今皇恭默罢游燕，讲经日御文华殿。
南海西湖驰道荒，猎师虞长俱贫贱。
吕纪白首金炉边，日暮还家无酒钱。
从来上智不贵物，淫巧岂敢陈王前！
良乎良乎！宁使尔画不直钱，无令后世好画兼好畋。

画鹰（当湖独立）

(明) 程敏政

一瞬青霄万里风，草间狐兔几回空。
不知敛迹惊涛里，却是千人百购中。

画　鹰

(明) 吴宽

林塘秋晚木叶稀，瞥然如塞原宪衣。
野鹰木末俯首睨，岂欲供尔清晨饥。
严霜涂涂百草腓，平郊且莫张虞机。
天空海阔羽翮健，终当一击奋我威。
区区鹑鸟何足数，草间任尔东西飞。

苍鹰图

（明）陆深

苍鹰瞥地风萧萧，狐邪兔邪狂欲跳。
老拳未放轻一攫，侧目政尔愁双翘。
天空秋老关塞晚，落日孤林万山远。
览图令人气满膺，荆榛匝地移兰畹。
林生五岭太平人，何事落笔心先嗔？
忠贞立朝奸佞惧，貔虎负礘山林春。
锦衣周君人中傑，意气要与图争烈。
封侯万里看下韝，一洒平芜遍毛血。

题画鹰

（明）陆深

素练秋高草树枯，来从东海势应孤。
即看一击还千里，更爱凌风不受呼。

画　鹰

（明）徐渭

闽南缟练光浮腻，传真谁写苍厓鸷？
生相由来不附人，绿韝空著将军臂。
八月九月原草稀，百鸟高高兔走肥。
烟中敛翼远不下，节短暗合孙吴机。
此时一中贵决意，深林燕雀何须避。
惟将搏击应凉风，谁贪饱脔矜山雉。
昨见少年向南市，买鹰欲放平原礜，凡才侧目饱人餧（喂）。
不似画中有神气，夜来鸥鹍作精魅。
安得放此向人世，秋风一试刀棱翅。

题鹰猎兔图
（唐）和凝

虽是丹青物，沉吟亦可伤。君夸鹰眼疾，我悯兔心忙。
岂动骚人兴，惟增猎客狂。鲛绡百馀尺，争及制衣裳？

鹰逐鹭图
（明）张邦奇

我观群鸟中，除却苍鹰尽凡羽。
君不见黄金眸、白玉距，凌空一下急于雨。
鹭鹚何不早窜伏，到此惊奔向何许？
忆昔在林皋，翻飞矜羽毛。
羽毛虽好不中用，凭君识取真英豪。

王世赏席上题林良鹰熊图
（明）李东阳

坡陁连延出林麓，孤鹰盘拏熊蹯伏。
金眸耀日开苍烟，健尾捎风起平陆。
由来异物乃同性，意气飞扬两撑𩋆。
山跑野掠纷路歧，何事相逢辄相肉？
侧睨翻疑批吭来，迅步直欲空壁逐。
乾坤苍茫色惨淡，落木萧飔满空谷。
群豸敛跡百鸟停，万里长空齐注目。
是谁画者诚崛奇，笔势似与渠争速。
坐间宾客皆起避，阶下儿童骇将蹴。
当筵看画催索诗，卷帙不待高阁束。
平生搏击非我才，欲赋真愁成刻鹄。
微酣对此发双竖，酒令诗筹复相督。

顿令拙劣成粗豪，一饮步兵三百斛。

画鹘行

（唐）杜甫

高堂见生鹘，飒爽动秋骨。初惊无拘挛，何得立突兀？
乃知画师妙，巧刮造化窟。写此神俊姿，充君眼中物。
乌鹊满樛枝，轩然恐其出。侧脑看青霄，宁为众禽没。
长翮如刀剑，人寰可超越。乾坤空峥嵘，粉墨且萧瑟。
缅思云沙际，自有烟雾质。吾今意何伤，顾步独纡郁。

白鹘图

（宋）司马光

白鹘日边来，一息万里遥。横飞碧海晴，六翮寒萧萧。
轻如朔雪花，迥与长风飘。倾身叠绀爪，吟啸何哮唶。
瞥来疾惊电，欻起先扶摇。遂令狐与狸，不敢矜凶妖。
罻罗不可取，灭影还云霄。世人莫得见，粉绘图轻绡。
凛然堂廡间，霜气生春潮。风雨夜如墨，古木无鸣枭。

群鹘古柏图

（元）王恽

振翮苍巅控老拳，霜空物不隔秋烟。
料应攫裂脩蛇后，相与朋来一莕然。

题笃御史海鹘图

（元）傅若金

空庭海鹘谁所状？海气初高鹘神王。
云脚西腾弱水涯，潮头东出飞霞上。
此时扶桑色始分，下视百鸷空其群。

日中金乌侧相避，篱下凡禽何足论。

薛九宅观雕狐图
（宋）梅尧臣

蜀中处士李怀衮，手画皁雕擒赤狐。
猛爪入颊髯迸血，短尾徜侠穷蹄铺。
雕争怒力狐争死，二物形意无纤殊。
一禽一兽固已别，硬羽软毛非笔摹。
入君此室见此图，如在原野从驰驱。

雕狐图
（宋）韦骧

戢翼下云中，惊狐计遂穷。笔端传击搏，座上感英雄。
猛势看如活，妖魂觉已空。推奸当若此，不独画为工。

固陵雪鹆图
（元）王恽

殷鉴前王有覆车，三韩风雪尽愁予。
长江饮马年年事，笔底寒禽辨得无？

子昂雪鹊
（元）欧阳玄

水晶宫里文章伯，当世谁知翰墨名？
赖有瀛洲光价在，不曾承诏写鸲鹆。

锦鸡图
（明）胡俨

昔闻楚人不识凤，忽见山鸡重购之。

我今画图写生态，羽毛五色光陆离。
扶桑天鸡啼一声，阳乌散彩天下晴。
此时山鸡亦出谷，喔喔飞来耀林麓。
千岩万壑含东风，杏花吹香春雪红。
顾影徘徊自爱惜，扬翘耸翅纷蒙茸。
竹上花间日正高，向阳吐绶垂花绦。
吴绫蜀锦织不得，戴胜偷眼惊伯劳。
切莫临溪照碧流，对镜逢人舞便休。
舞多目炫终颠仆，世人空诧韦公赋。

山水锦鸡图
（明）程敏政

平原空笑弋人劳，山木青葱护锦毛。
何处晚风堪顾影，石泉澄澈见秋毫。

为人题锦鸡
（明）陈炜

虬枝翻老圃，下有双锦衣。曾笼贡天子，刷羽依晴晖。

边鸾雉
（宋）晁说之

骇雉丹青人姓边，无花无石自瞿然。
已能倚壁音声绝，何用蹲飞欲上天。

题双雉图
（元）吴澄

一昂一俛意闲闲，未觉幽栖饮啄悭。
竹实傥能来彩凤，也应写入画图间。

题双雉图
　　　　　　　　（元）陈基

马蹄朝踏杜陵尘，野雉飞来不避人。
况是太平游猎少，上阳风日自成春。

雪竹双雉图
　　　　　　　　（元）朱德润

雪压林梢竹倒垂，石边双雉欲惊飞。
天寒野静寻馀粟，犹胜樊笼刺锦衣。

题王若水画棘针野雉
　　　　　　　　（元）郑东

雉于翔，有烨其章，隐而弗见，于雉何伤？
雉于止，翟翟其尾，虽离于棘，于雉何耻？
雉于雏，孰扪尔喙？凡民多言，亦孔之疚。

画　雉
　　　　　　　　（元）唐肃

万里越裳国，珍禽来献初。不知周太保，方作《旅獒》书。

画　雉
　　　　　　　　（明）何孟春

小羽亲依帝衮光，名翚曾绣五文章。
年来卜贲思无色，应向周家献越裳。

桑下雉鸡图
　　　　　　　　（明）朱谏

华虫刷羽骄春阳，雄飞呼雌下山梁。

灌木丛花动颜色，锦云烂熳呈天章。
朝飞不见牧犊子，援琴谁复谐宫商。
何似中牟得春暖，驯行啄食依柔桑。
高墉一射呈馀巧，繁弱漫夸弓力强。
雉子斑传画工笔，翻思往事皆尘迹。

题钱舜举画鸡
（元）丁复

花前争雄两角勇，花后伏雌孤哺雏。
忘身纵欲作花伍，塞耳不听时大夫。

斗鸡图
（明）周天球

英年曾入鬪鸡场，金距狸膏事已荒。
惟有雄心忘未得，披图犹自问低昂。

画　鸡
（明）吴宽

杜翁昔赋《缚鸡行》，韩子曾联鬪鸡句。
朱冠铁距本同形，勇怯在人分感遇。
鸡邪被缚良可嗟，鬪鸡虽勇何足夸？
争如此鸡只独立，昂然不属诗人家。

题山鸡
（明）王世贞

莫怪殷勤学凤凰，只因毛羽有文章。
驺虞已自新颁朔，平虑于今复拜郎。

为张固写鸡

（明）沈周

黄卷青衿子，红冠碧距鸡。要知勤读处，须候五更啼。

历代题画诗类卷第九十五

禽　类

次韵三司蔡襄芦雁
（宋）赵抃*

省宇屏图哲匠成，写传芦鴈（雁）笔尤精。
斜依风苇丛丛裛，远飏烟波渺渺平。
弋者定嗟何所慕，鹏抟莫怪不能鸣。
公看羽翼飞腾处，有意青云万里程。

和杨龙图芦雁屏
（宋）蔡襄

何事高堂秋思生？野芦寒鴈画工精。
风前挺立孤根老，云外相从去意轻。
不似丹青能借色，若逢霜月定闻声。
研桑心术都无取，回首江乡计未成。

惠崇芦雁
（宋）苏轼

惠崇烟雨芦鴈，坐我潇湘洞庭。

---

* 赵抃，当作"赵抃"。诗题原作《次韵三司蔡襄芦雁獐猿二首》，因禽、兽类别不同，分置两卷。

欲置扁舟归去，故人云是丹青。

濮王宗汉作芦雁有佳思，赠以诗（二首）
（宋）米芾

偃蹇汀眠鴈，萧梢风触芦。京尘方满眼，速为唤花奴。

野趣分苔水，风光匏雪湖。尘中不作恶，为有邺公图。

戏题大年防御芦雁
（宋）黄庭坚

挥毫不作小池塘，芦荻江村落鴈行。
虽有珠帘藏翡翠，不忘烟雨罩鸳鸯。

题芦雁屏
（宋）朱松

征鸿坐何事，天遣南北飞？萧然如旅人，无情自相依。
孤苇吹欲折，秋风不胜威。冥冥一孤鹜，空费弋者机。
寒声落烟渚，相应不我违。嗟我识此情，袖手空叹欷。
安知丹青师，落笔乃庶几。画形孰不工，画意识者稀。
他时因吾句，购此千金挥。

观张上达家惠崇芦雁图（二首）
（宋）朱松

先生衰眼失孤鸿，久著瓮天尘雾中。
谁卷秋空开四壁，丹青三昧道人崇。

道人一锡攀飞鸟，颇悉南来北去情。
画出江南遵渚态，尚馀风味叫群声。

题自画芦雁

(宋) 李膺仲

晚来无事理扁舟,唤起骚人漫浪愁。
过眼飞鸿三两字,淡烟寒日荻花秋。

题秋水芦雁

(宋) 贺铸

塞南秋水陂塘,芦叶萧萧半黄。
直北飞来鸿鴈,端疑箇是潇湘。

寒芦飞雁(仍和子中修撰旧韵)

(宋) 郭祥正

芦黄水落秋将暮,鼓翼各寻云外路。
为问归飞归底处?我今亦向江南去。

题芦雁扇

(宋) 吕居仁

鴈下秋已晚,江天风雨微。宁为聚沙立,不作傍云飞。

赠郭承务芦雁

(宋) 白玉蟾

画工郭熙画之冠,郭熙去后名未断。
其裔复有郭万里,胸中丹青饱无限。
为谁作此芦鴈图?傑出南齐宇文焕。
烟水潇潇风捲芦,沙边鸿鴈暮相呼。
潇潇洞庭此秋景,世间此画知有无?
幻出栖鴈三四只,八九芦叶横古碛。

欲宿未宿嘹唳声，渔舟泊岸山烟黑。
秋风吹落梧叶黄，过鴈往往归衡阳。
横空书字人不识，飞过有影沉沧浪。
落霞浸水江村暮，数只翱翔回古渡。
引领举喙啄荷花，飞越戍楼西畔去。
云寒月淡西塞秋，几声凄切惹人愁。
岸头飞共丹枫落，打团成阵访沙鸥。
似此景物似此意，君今画之不难事。
数幅鹅溪冰雪缣，须臾埽出芦鴈市。
世间岂无学画者，未必有与君相似。
我欲致之箧笥间，满笥爽气生秋寒。
恐君此画无人见，有画鬪者谁敢战？
挂于幽轩素壁间，一日须看千百遍。

谢人惠芦雁图
（宋）僧德洪

道林烟雨久不到，忽见橘洲芦鴈行。
笑尔笔端三昧力，坐中移我过潇湘。

汪履道家观所蓄烟雨芦鸿图
（宋）僧惠洪

西湖漠漠生烟雨，浦浦圆沙凫鴈聚。
今日高堂素壁间，忽见西湖最西浦。
翩翩两鴈方欲下，数只飘然掠波去。
独馀一只方稳眠，有梦不成亦惊顾。
萧梢碧芦秋叶赤，青沙白石纷无数。
我本江湖不系舟，尔辈况亦江湖侣。
令人便欲寻睿郎，呼船深入龙山坞。

惠崇芦雁（三首）
####　　　　　　（元）元好问

寒沙折苇静相依，故国春风早晚归。
意外羁栖谁画得，羽毛单薄稻粱微。

鴈奴辛苦候寒更，梦破黄芦雪打声。
休道画工心独苦，题诗人也白头生。

江湖牢落太愁人，同是天涯万里身。
不似画屏金孔雀，离离花影淡生春。

题赵大年芦雁
####　　　　　　（元）戴表元

寒更索索警霜丛，兄弟当年意自同。
犹是江湖太平处，未妨沉著卧秋风。

跋米元章芦雁图（二首）
####　　　　　　（元）王恽

西风万里下衡阳，水宿云飞固是双。
似为叫群心事苦，不教相映睡秋江。

烟渚潮空退暮沙，依稀寒影落蒹葭。
何人解化双飞翼，拍拍随君问使华。

惠崇芦雁图
####　　　　　　（元）王恽

萧萧风竹映寒塘，水宿云飞未易双。

不似鸳鸯沙渚暖，翠红相倚睡春江。

题稚川芦雁图
（元）范梈

不见罗生心惘然，画图河朔尽流传。
沧洲旧隐无人识，正似寒芦落鴈边。

题芦雁
（元）李祁

黄芦白苇意阑珊，旅食群栖暮雨寒。
自是江湖十年梦，只今时展画图看。

芦　雁
（明）王泽

拍天烟水接潇湘，芦苇秋风叶叶凉。
何处渔郎夜吹笛，鴈群惊起不成行。

赵大年芦雁图
（明）凌云翰

平林带烟波渺渺，风低葭菼秋声小。
望中疑是彭蠡湖，十百为群尽阳乌。
楚天未雪无雨霜，南来岂必谋稻粱。
哀音若诉云路迥，老翅不厌关河长。
汀洲水落成平陆，散乱凫鹥聚沙曲。
低飞不肯伴寒鸦，犹遶荒村破茅屋。
屋中有客挥五絃，从之不得心茫然。
何人图画能著此？赵氏丹青称大年。
徽庙元年颁凤历，此图正是当时迹。

便从宣和到靖康，艮岳霜禽起秋夕。
古往今来几盛衰，摩挲老眼竟成悲。
良工心苦人莫识，似写周宣《鸿鴈》诗。

题芦雁图

（明）胡奎

草草书空不作行，相呼相唤过衡阳。
芦花月冷应无梦，啄尽寒沙一夜霜。

题芦雁图（二首）

（明）解缙

闲随明月踏芦花，摇落江南未怨嗟。
万里不辞天路远，帛书曾到帝王家。

霜影沉沉起暮寒，秋云芦叶护阑干。
形骸已在希夷外，不怕王孙金弹丸。

题王熙临宣和雪天芦雁

（明）金幼孜

端本堂中迹已空，兴亡總在画图中。
惟有幹离〔斡难〕河上路，年年飞雪送归鸿。

李迪画芦雁

（明）刘绩

远别胡天趁稻粱，秋风吹断不成行。
夜深独宿江南渚，梦怯黄芦叶上霜。

闲中偶题芦雁

（明）倪岳

鴈飞初到楚江头，叫破衡阳一段秋。
寂寞西风明月夜，芦花如雪点汀洲。

题扇画衔芦雁

（明）祝允明

岁岁随阳计，秋风三尺芦。上林光景好，不见子卿书。

为潘克承题林良芦雁

（明）顾清

林郎花鸟今代奇，水墨到处皆天机。
长缣阔幅信手挥，妙处不属丹青围。
江头雨深菱荇肥，枯槎折苇纷离披。
鸳鹅羽冷畏远飞，雄雌两两相偎依。
灵苕翠羽不自危，鸲鹆噪语睎玄衣。
依栖俯仰各有姿，乍见几欲呼鹰师。
乃知此老笔不疲，市朝山林时见之。
鸡林相君知白诗，君家此本吾无疑。
北风渐高禾黍稀，云飞日见江南归。
吴江洞庭三泖涯，天空水远无拘羁，焉得扁舟从尔嬉。

寒江芦雁图（为管平田中丞题）

（明）廖道南

幽人清兴天下无，登台示我寒江图。
沙明野空暝烟紫，天高月小疏星孤。
翔禽飞鸟自求侣，宿鴈栖依戢其羽。

风叶离披雪未消,云水微茫不知处。
幽人昔隐平田阴,万峰丛翠开芝林。
离群不逐随阳鸟,避世长怀履素心。
迩来供奉明光殿,高才峻节超时彦。
鹓鹭趋陪肃羽仪,龙鸾飞骞承清谳。
矫首长空羡暮鸿,鹿原空阻雁门重。
何时跨鹤仙人掌?万丈丹梯蹑彩虹。

题黄荃芦雁

(明)僧来复

稻满秋田水满汀,黄芦风急度寒声。
太平江海无缯缴,不用呼奴夜打更。

高邮陈直躬处士画雁(二首)

(宋)苏轼

野鴈见人时,未起意先改。君从何处看,得此无人态?
无乃槁木形,人禽两自在。北风振枯苇,微雪落璀璀。
惨澹云水昏,晶荧沙砾碎。弋人怅何慕,一举眇江海。

众禽事纷争,野鴈独闲洁。徐行意自如,俛仰若有节。
我衰寄江湖,老伴杂鹅鸭。作书问陈子,晓景画苕雪。
依依聚圆沙,稍稍动斜月。先鸣勤鼓翅,吹乱芦花雪。

乞画雁寄泾州毋使君

(宋)文同

寒影乱翻秦岭月,晚行高处陇山云。
回中有客能传鴈,异日从公乞一群。

题刘将军雁

(宋) 黄庭坚

将军一矢万人看,雪洒晴空碎羽翰。
乞与失群沙宿鴈,笔间千顷暮江寒。

题晁以道雪雁图

(宋) 黄庭坚

飞雪洒芦如银箭,前鴈惊飞后回盼。
凭谁说与谢玄晖,休道澄江静如练。

和苏翰林题李甲画雁(二首)

(宋) 晁补之

画写物外形,要物形不改;诗传画外意,贵有画中态。
我今岂见画,观诗鴈真在。尚想高邮间,湖寒沙璀璀。
冰霜已凌厉,藻荇良琐碎。衡阳渺何处,中沚若烟海。

萧条新湖秋,霜落洲渚洁。莲垂兰杜死,菖蒲见深节。
惨澹沙砾姿,清波侣群鸭。往时吴兴守,看画忆苕雪。
为仪尚不污,孤高比云月。闻在雪堂时,满堂唯画雪。

题李甲雁

(宋) 晁补之

网罗无限稻粱微,怜尔冥冥亦庶几。
戏鸭眠凫满中沚,衡阳无意更南飞。

题惠崇画秋江凫雁

(宋) 王廷珪

老崇学画如学禅,中年悟入理或然。

长江未落凫鹥下,舒卷忽若无丹铅。
定自维摩三昧里,半幅生绢开万里。
不用并州快剪刀,断取铁围山下水。

题长沙新到雁图
(宋) 陈造

渺莽雪波湮渚,有底鼓翅相呼。
如老子载家去,眼明见罴社湖。

雁　图
(宋) 姜夔

万里晴沙夕照西,此心惟有断云知。
年年数尽秋风字,想见江南摇落时。

观西岩张永淳画雁
(金) 元德明

惨淡经营下笔难,画成不似卷中看。
知君连夜江湖梦,折苇萧萧沙水寒。

雁　图
(元) 刘因

梦迴烟水寒,鸿鹥惊不起。道人心又闲,相忘有如此。

题王子庆所藏大年墨雁
(元) 赵孟頫

鸿鹥棲棲遵渚,黄芦索索鸣秋。
羡杀承平公子,笔端万里沧洲。

秋雁图
（元）杨维桢

野水江湖远，秋风芦叶黄。南飞旧兄弟，一一自成行。

题王元善赴北清江新雁图
（元）黄镇成

江南春水拍天齐，鸿鴈成行向北飞。
未必雪山便相隔，秋风还带夕阳归。

题墨雁
（元）杨维桢

黄沙衰草羽毤毤，八月天山冷不堪。
昨夜朔风吹过影，尽将秋色到天南。

杨云林画雁
（元）唐肃

蘋叶无踪苇叶低，湖波撼碎白玻瓈。
鴈行不奈秋风逆，一半参差一半齐。

为王辅卿郎中题雪滩寒雁图
（明）刘基

云（雪）茫茫，水浪浪，林木脱叶无稻粱，
乌啼鴈叫天苍凉，岁云莫矣江山长。
有竹有竹在高冈，三株冻折两复僵，小禽悲飞不能扬。
苍梧悠悠隔沅湘，欲往从之川无梁。
愿披寒雾见朝阳，勿令嗷嗷伤我肠。

题盛苍崖雁

（明）贝琼

八月鸿鴈来，往彼天南陬。前飞倦已息，后至饥相求。
日落洞庭晚，风高彭蠡秋。彭蠡多蒹葭，远近弥汀洲。
恒恐羽毛损，稻粱非所谋。寒门阻冰雪，异乡安可留。
徘徊念其族，天外复千俦。身今万里客，肉非九鼎羞。
慎为弋者获，远寄征人愁。愿以海为池，上同朱凤游。
饮啄全微躯，不愧波上鸥。

画 雁

（明）杨基

春渚别未久，秋风来有期。年年燕归日，是汝度关时。
玉关万里音书绝，八月胡风三尺雪。
何似飞来汉水头，湘浦芦花洞庭月。
花满寒汀月满塘，鸳鸯鸂鶒两相忘。
啼晴杜若丛边雨，卧冷蒹葭叶上霜。

题 雁

（明）王绂

联翩飞处影横斜，暝色和烟暗荻花。
远水微茫秋万顷，不妨随意落平沙。

题画雁

（明）何澄

芦花瑟瑟水茫茫，落月沉沙夜未央。
离思不禁天外鴈，孤舟灯火客三湘。

题 雁
（明）陶安

远塞来宾伴不孤，半生粒食寄江湖。
虽然矰缴频年少，未可巡更少鴈奴。

题 雁
（明）陈宪章

来往违寒暑，飞鸣在稻粱。未知溟海大，不肯渡衡阳。

题林良画雁图
（明）丘濬

古来画格非一科，今时画史非不多。
专门虽各有家数，其如去古皆远何？
仁智殿前开画院，岁费鹅溪千匹绢。
丹青水墨各争能，谁似羊城林以善？
早以才谞起名姓、登上方，挥毫落纸意闲雅。
群工环视如堵墙，一日声名遍天下。
世人不买边家画，众科独有翎毛工，郭谢戴学俱减价。
吾闻画画画意难，写生自古称黄荃。
黄荃已去数百年，天复生此人于岭海之壖。
黄荃写花林写鸟，神气超出形色表。
笔端造化俄生生，心里灵冲空了了。
竭来玩此六鴈图，形容毛片箇箇殊。
凝神洞视竚立久，缣素墨迹浑如无。
耳中彷佛闻鴈语，意恐飘然忽飞去。
不知从何得此本，笔意所到皆天趣。
九原不可作，对图情怆然。

可怜绝艺入妙品,泰山一指横其前。
腰金衣锦何等者,以善端合簪貂蝉。

题秋雁图
（明）吕骙

黄芦白沙千万洲,塞风卷雪无清秋。
江南水深足粱稻,栖息未暇虞罗忧。
一双惊飞为谁起,呼曹乱叫烟波里。
就中亦复半无声,梦邈三湘忆春水。

江雁初飞图
（明）张宪

鴈将边信拍江飞,人倚阑干立翠微。
山色忽随云影换,秋声暗向树头归。
可怜上国多戎马,怅恨中原又落晖。
於悒客怀仍对画,不胜老泪湿征衣。

画　雁
（明）杨一清

江岸芦花秋簌簌,江头旅鴈群相逐,啄者自啄宿者宿。
昨夜南楼闻北风,天长水阔云濛濛。
何当舟一叶,櫂入芦花丛。

题　雁
（明）陈达

风摇芦苇碧毸毸,寒影高低埽暮岚。
最是月明秋夜永,数声先我到江南。

为人题雁

　　　　　　（明）陈炜

秋老泽国寒，稻粱资啄食。岂不怀同心，天高整孤翼。

画　雁

　　　　　　（明）谢承举

湖上芦黄水泊天，湖头人去少书传。
秋牕正有孤眠客，莫送哀声到枕边。

画　雁

　　　　　　（明）何孟春

潇湘西上是吾家，衡岳峰头去路赊。
两字平安讬谁寄？莫从中道落平沙。

王鹅亭雁图

　　　　　　（明）徐渭

本朝花鸟谁高格？林良者仲吕纪伯。
矮人信耳辄观场，只晓徐熙与崔白。
崔徐一纸价百金，风韵稍让吕与林。
即如此图王鹅亭，云是剡溪雪夜人。
鴈儿一埽六十只，何只不落青天云？
沙黄芦白喜相逐，逸者飞鸣劳者宿。
不须彭蠡泛扁舟，彭蠡湖今在吾目。

题雁屏

　　　　　　（明）葛征奇

水涨平畴十里赊，参差野树映芦花。
年年只有南来鴈，常带秋声泊浅沙。

历代题画诗类卷第九十六

禽 类

题因师百雁图（二首）
（宋）陈造

蓼滩芦渚好徜徉，肯便云天去作行。
未用选奴防夜燎，不妨结伴傲晨霜。

闻道崔公作芦鴈，端如庄叟玩儵鱼。
骞翔唼啑妙百态，君看老因盘礴馀。

百雁图
（元）戴表元

近看分明远欲无，水天空阔好江湖。
幸然不入虞人眼，又被闲中画作图。

双雁图
（元）袁桷

秋风限南北，何事往来频？并宿寒芜际，应怜自在身。

百雁图
（元）岑安卿

离离鸿鴈群，渺渺水云国。白雪剡川藤，玄香牧溪迹。
形真具生意，彷佛二百翼。四海兄弟情，于兹见叙秩。
前鸣后如应，高下低复逆。随阳足稻粱，直夜防机弋。
水寒芦叶黄，霜清苇花白。群游得所止，一气同悦怪。
哀哉《淮南谣》，布粟歌斗尺。东阿赋豆萁，才高终摈斥。
观图适念此，翻为古人戚。今人犹古人，毋为后人惜。

群雁图
（元）吴师道

飞影成行止共餐，稻粱易足水云宽。
谁知江海离群客，独对秋风不忍看。

群雁图
（元）傅若金

微茫洞庭野，隐约潇湘岸。鸿鴈将栖息，飞鸣求其伴。
先集良未安，后至凄欲断。使我裹（怀）弟兄，因之中肠乱。
留连江海远，惨淡秋晖晏。常恐随天风，高飞入云汉。

题崔白百雁图
（元）王逢

老愚离群影久孤，客来笑示百鴈图。
揩眵试数失两箇，莫喻画意翻令呼。
得非长门报秋使，或是大窖传书奴？
不然一举千里高鸿俱，其馀澳泊碌琐徒，
且喽且息翔且呼，营营郑圃田之稷。

睢睢齐海隅之菰，遑知尔更衔尔芦？
瓠肥卒至充人厨，小而曰鹅亦就殁。
迩闻泽梁弛禁官罢虞，麋鹿鱼鳖同少苏，羽仪好在春云衢。

四雁图
（元）任士林

江北江南秋正骄，孤飞万里气方豪。
平生惯有冰霜翼，却笑东风燕雀高。

为丘彦良题牧溪和尚千雁图
（明）刘基

往时惠崇画芦雁，对之如在江湖游。
只今此图又精妙，中有千里潇湘秋。
乃知浮屠性多巧，意匠不与凡夫侔。
吴松江长具区阔，天目虎丘青一髪。
西风九月秔稻黄，朔雁飞来翼相戛。
农夫苦饥雁独饱，此意画师应识察。
近者分明辨羽毛，远者缥缈瞻秋毫。
或乘飘风入烟霄，或翳落日沉隍濠。
起如武侯布八阵，集如万舞回旌旄。
眠沙卧草鸣且翱，喋呷藻荇乱蓬蒿。
禾空穗尽却归去，紫塞漠漠春云高。
我家南山限苍岭，雁飞不到川路永。
深林大谷蛇豕盛，愁向他乡抚虚景。
人言鸿雁比弟兄，我有兄弟隔两城。
题诗卷画谢客去，无使感怆伤中情。

题五雁图

（明）鲍恂

薛生三凤世所希，荀氏八龙殊绝奇。
郭家兄弟称五鴈，孝友尤为人共推。
当时八月惊飙起，五鴈分飞隔空水。
十月天清五鴈归，相呼相唤芦花里。
我识郭家五弟兄，早学诗书具令名。
开图见鴈发深感，万里长江无限情。
我今试与五鴈语，从兹休落潇湘去。
潇湘水深多网罟，明年花发玉阶春。
玉阶鸳鹭多如云，愿汝飞去同为群。

林良双雁图（为王学士廷贵兄廷彦赋）

（明）卞荣

林君善画天下无，海注墨汁倾金壶。
金门承诏屡挥洒，馀子碌碌非吾徒。
既不画丹凤栖碧梧，又不画文鸳依绿蒲。
特作槐堂双鴈图，凉风飒飒吹黄芦。
一鴈俯啄秋江菰，一鴈翘首如相呼。
乘轩恥随卫懿鹤，化舄嬾逐王乔凫。
吾知林君有深意，此图将以比兄弟。
槐堂兄弟今二难，同德同心本同气。
芳名岂但动一时，胜事终当传百世。
丹青我已重林君，手足谁能似王氏？
宣王有道美鸿鴈，周公多才赋《常棣》。
顾子浅薄敢题诗，三月紫荆花底醉。

题一雁图

（明）僧麟洲

万里江湖一叶身，来时逢雪又逢春。
天南地北年年客，只有芦花似故人。

飞鸣宿食雁图

（元）萨都剌

年去年来年复年，帛书曾达茂陵前。
影连蓟北月横塞，声断江南霜满天。
雨暗芦花愁夜渚，露香菰米下秋田。
平生千里与万里，尘世网罗空自悬。

题芦雁飞鸣宿食（四首）

（元）陈樵

肃羽遵寒渚，渡江芦叶黄。谁云南去远，不敢过衡阳。

万里西风急，送书时一声。从教惊客梦，可待主人烹。

沙汀栖处稳，夜漏有奴看。月暗芦花白，一声秋梦寒。

饮啄殊自得，水田稻粱秋。宁因谋一饱，失却网罗忧。

题飞鸣宿食芦雁

（元）戴雩

飞鸣宿食态争奇，一片潇湘笔底移。
有翼不传千里信，无声难诉九秋悲。
孤眠芦苇唤不醒，远觅稻粱常苦饥。

野壁黄昏遥望处，伤弓几度悮胡儿。

题飞鸣宿食芦雁
（元）陶宗仪

碧汉斜书草草，清宵众语雕雕。
莫向芦花深处，江南稻熟秋风。

题林叔壮壁上飞鸣宿食芦雁
（明）李廷美

寒塘九月风萧索，莲花落尽芦花白。
弟兄相聚最多情，仝向塘中恋秋色。
长空千里云雾收，安巢各有稻粱谋。
飞鸣宿食且适意，切莫离群过别洲。

大年宿雁图
（元）袁桷

寒夜沙汀睡已成，鴈奴翘首独深惊。
朝陵闲说燕王事，恨杀人间兄弟情。

宿雁图
（元）张泰

独卷霜毛宿晚汀，旅魂应自遶秋冥。
西风莫搅兼葭水，月苦沙寒易得醒。

题宿雁
（明）罗泰

西风吹影下沧洲，倦倚芦花起暮愁。
极浦烟深迷旅宿，寒沙夜静怯渔讴。

魂归紫塞三更月,梦断衡阳万里秋。
却被隔江人唤醒,一声长笛倚危楼。

鹭鸶障子
(唐) 张乔

剪得机中如雪素,画为江上带丝禽。
闲来相对茅堂下,引出烟波万里心。

闵上人以鹭鸶二轴为寄,因成二韵
(宋) 林逋

闲飏粉丝荷苇外,数声惟欠叫秋阴。
虚堂隐几时悬看,增得沧洲趣更深。

题史院直舍鱼鹭屏
(宋) 张耒

钟鼓声稀下直迟,秋晖初转万年枝。
寒厅尽日谁相对,惭愧屏风画鹭鸶。

题秋鹭图
(宋) 范成大

昨夜新霜冷钓矶,绿荷消瘦碧芦肥。
一江秋色无人问,尽属风标两雪衣。

百鹭图
(元) 戴表元

苇折荷枯可奈何,西风吹影净婆娑。
微君作此招摇趣,一箇江南也厌多。

题白鹭

(元) 李祁

翛然双白鸟,近水立多时。惯识幽人意,相看总不疑。

题九鹭图

(元) 吴澄

自飞自息自升沉,各饱鱼鰕各称心。
世外泠泠风露洁,还知别有九皋禽。

九鹭图

(元) 傅若金

鲜鲜白鹭羽,振振清江澨。露草寒已衰,风芦近相蔽。
飞鸣各自适,离居亦有次。虽惬江海情,终怀云霄志。
君子思有则,画者工取譬。仪羽庶可希,修洁诚所贵。

题画鹭鸶

(元) 贡性之

秋堤柳疎疎,秋塘荷叶枯。水浅微露石,水清还见鱼。
饮啄各自适,乐哉此春鉏。

鹭鸶手卷

(元) 钱惟善

摩诘画成诗益妙,夫差鼓破事全非。
雨蒲烟筱寒沙暝,无数连拳几箇飞。

题尚仲良画鹭卷

(明) 张以宁

沧江雨疎疎,翻飞一春锄。老树如人立,欲下意踌躇。

明年柳条长，遮汝行捕鱼。

九鹭图

（明） 杨基

秋塘白鹭栖，烟淡草凄凄。一只来何晚，青山日又低。

题九鹭图

（明） 王佐

江南五月薰风起，烂熳荷花映湖水。
翩翩属玉胡为来，结队连拳艳香里。
缟衣鹤鹤明秋霜，高飞远举参翱翔。
御风旋邅频睇盼，欲下不下仍徜徉。
回头仰顾云边影，一声叫断波纹冷。
惊回叶底锦鳞潜，唤破舟中渔梦醒。
或来并宿垂杨矶，困倚斜晖两翼低。
水面风烟共明没，湖边景物初凄迷。
或来潜倚芙蕖立，侧身欲啄游鱼食。
粉翅斜翻白练飞，荷盘露走明珠滴。
止兹棲啄得其时，满目红芳良自怡。
不随鸥鸟沙汀宿，不逐鸳鸯芦屿飞。
有时直上青云内，鸾凤为班鹓作对；
有时移入紫罗衣，能与皇家著荣贵。
嗟哉君子有九思，貌此雪禽期自规。
披图拂拭一观览，顿觉清风生羽仪。

九鹭图

（明） 李晔

何人水墨开毫素，白日晴江起烟雾。

强将醉眼窥微茫，乃见江南九秋鹭。
两只长鸣一只飞，两只共啄菰米肥，
其馀四只梦洲渚，黄芦白苇相因依。
我家住在苕川上，绿蓑披雨听渔唱。
西塞山前今有无，桃花流水应新涨。
别来几载栖林峦，身欲奋飞无羽翰。
卷图高咏风漠漠，忆尔矶头青钓竿。

题九鹭图（为内府传，制赋此。数取九者，象乾元也。）
(明) 萧镃

宣德年间边景昭，彩色翎毛称独步。
近时林良用水墨，落笔往往皆天趣。
鸳鸯鸂鶒清溪流，寒鸦古木长林幽。
等闲得意即挥洒，一埽万里江南秋。
此图九鹭真奇绝，散立清烟乍明灭。
日长坐久看转亲，飘来点点青天雪。
翱翔霄汉殊不惊，欲下未下浑有情。
潜踪独趁水边食，延颈忽向芦中鸣。
吁嗟！林生精艺有如此，座客见之谁不喜。
洞庭湘渚在眼前，暝色惨澹凉飙起。
方今圣主覃恩波，四海山泽无虞罗。
悠悠群鹭各自适，虽有鹰鹯奈尔何。

九鹭图
(明) 商辂

晴烟晓散垂杨堤，垂杨嫋嫋临清溪。
风景依稀二三月，兰苕杜若连芳蹊。
溪头纷然集群鹭，形影相随复相顾。

翘沙戏渚咸自适，界水冲风飞更舞。
饥则窥鱼饱则棲，弋罗不到无嫌猜。
参差九鹭态度别，绿杨深处恣徘徊。
孤高风格潇洒性，不逐乌鸢不逐隼。
平生雅趣云水俱，一片闲心烟雨静。
毿毿毛羽胜霜雪，数声叫彻沧波月。
宛如野鹤出尘埃，回视凡禽総殊绝。
伊谁巧夺造化工，九鹭写入丹青中。
非惟洁白堪比德，所贵体物存心胸。
乘时高奋抟风翮，充廷久向鹓行立。
遥看洲渚渺茫茫，日近蓬莱天咫尺。

柳塘三鹭图
（明）商辂

素质飘飘绝点埃，幽棲常傍水云隈。
自从簉羽鹓班后，时逐仙禽上苑来。

一鹭图
（明）刘玭

芳草垂杨荫碧流，雪衣公子立芳洲。
一生清意无人识，独向斜阳叹白头。

题 鹭
（明）徐溥

杜若花香水满洲，柳风轻飐顶丝柔。
从来懒逐鹓鸿侣，万里沧江狎野鸥。

柳鹭（为尹嗣昭题）

（明）彭华

柳丝不动江流缓，双鹭飞来秋日晚。
平沙漠漠点寒烟，乱石离离立苍藓。
静随玉顶听湍濑，饥引银钩啄清浅。
霜衣雪襟谁匹俦，逸态闲情自幽远。
君不见燕衔泥，朝来暮去傍人楼；
又不见莺乱啼，间关宛转无休时。
岂如此鸟独凝寂，不与众禽上下相追随。
周公称大圣，《振鹭》载颂诗。
君子敛德容，雅与物色宜。
尹侯家住大江西，翛然自负冰霜姿，洁白岂不与之齐？
为爱画师林良者，赠侯此画真潇洒。
堂上试令拂拭看，彷佛清风白露寒。

三鹭图

（明）倪岳

新荷织风翠如剪，属玉孤鸣水波卷。
何时旧侣双飞来，并逐沧浪弄清浅。
羽雪经春犹未消，顶丝飐日轻飘飘。
窥鱼来往思无限，高洁不受渔人招。
君不见画图彷佛差相拟，千古长怜鲁文子。

林良鹭鸶图

（明）吴宽

风吹碧芦湾，芦叶何飘萧。幽禽止其下，爱此波迢迢。
意态殊容与，羽翮仍逍遥。饮啄既得所，有食谁能招。

附人慙鹰隼，巢林笑鹡鸰。何彼白头鸟，向我声哓哓。
陋哉里巷语，此意奚足描。功名及成遂，禄位期侈骄。
白日不回驾，冥行到中宵。冯车一引首，始知路非遥。
鄙夫复眷恋，顾乃叹无聊。谁为去此鸟，勿使污轻绡。

题画鹭鸶
（明）何孟春

秋水为神玉骨清，此雏元不姓徐卿。
素衣肯受缁尘涴，常在沧浪伴濯缨。

题莲塘双鹭图
（明）罗泰

倦倚春云锦绣明，应怜凫渚晓光清。
缟衣雪映荷花净，丝顶风微柳絮轻。
云水乍看疑鹤伴，江湖久别负鸥盟。
会看飞上层霄去，好共鹓鸾逐队行。

九鹭图（为梁尚德题）
（明）李坚

柳阴正长夏，莲渚摇红翻。群鹭来箇箇，襟裾集其间。
飞鸣间宿食，暂尔恣所安。会当乘天风，直上青云端。
君子有九思，圣训炳如丹。咄此画工意，比德良可观。

九鹭图（为火生坤题）
（明）廖道南

人有恒言：九龙蹲跜奋瀛海，文符乾象昭神采；
九凤影翩起扶桑，声谐律吕翔朝阳。
独不见九鹭群聚飞且鸣，江空野阔围沙明。

戢羽凫汀照晴色，扬翘鹄渚䴇秋声。
我闻仲尼垂至训，九思克懋贤希圣。
正学源开自古传，英才茂起于兹盛。
佳哉意匠馀辉光，鸿逵高举云衢长。
姬雝曾献振振颂，灵沼仍歌翯翯章。
思之思之思过半，九天九地人文焕。
乾龙利见凤仪廷，万古图书炳星汉。

常州守赵丽卿索题鹭洲图
（明）廖道南

鹭洲渺鲸岛，遥在水云乡。江阔明沙坞，天空浮石梁。
鹓班曾并列，凤侣更同翔。伫望三山外，烟霄万里长。

应制题宣庙御笔汀鹭
（明）于慎行

笔端成大造，海鸟若相忘。暮雨汀莎湿，春风岸芷香。
柳边迷落絮，云里带飞霜。总为经天藻，长留羽翰光。

题画鸬鹚
（明）何孟春

一种胎生不作仙，却名乌鬼趁渔船。
江头斜日腥风起，多小成群晒翅眠。

历代题画诗类卷第九十七

禽　类

次韵李端叔谢送牛戬鸳鸯竹石图
（宋）苏轼

闻君谈西戎，废食忘早晚。王师本不陈，贼垒何足划。
守边在得士，此语要而简。知君论将口，似我识画眼。
笑指尘壁间，此是老牛戬。平生师卫玠，非意常理遣。
诉君定何人，未用朝市显。置之勿复道，世俗固多舛。
归去亦何须，单车度骰黾（渑）。如虫得羽化，已脱安用茧？
家书空万轴，凉暴困舒卷。念当埽长物，闭息默自煖。
此画聊付君，幽处得小展。新诗勿纵笔，群吠惊邑犬。
时来未可知，妙斲待轮扁。

鸳鸯扇头
（元）元好问

双宿双飞不自由，人间无物比风流。
若教解语终须问，有底愁来也白头。

双鸳图
（元）虞集

戢翼石梁阴，秋风日夜深。使君莫行野，江水荡人心。

题宋徽宗双鸳图

(明) 汪广洋

芦叶青青水满塘,文鸳晴卧落花香。
不因羌管惊飞去,三十六宫春梦长。

为人题鸳鸯

(明) 陈焯

江皋草已长,微飙吹绿漪。物情本自适,偏入少陵诗。

题马贲画䴔鶒图

(金) 党怀英

双眠双浴水平溪,共看秋光卧两堤。
谁信潇湘有孤鴈,冷沙寒苇不成栖。

乐士宣䴔鶒图(宣和画工)

(元) 王恽

彩羽翚明照影闲,蓼汀沙暖睡初残。
击扬寄谢霜空鹘,输与江湖百顷宽。

徽宗䴔鶒

(元) 袁桷

太液池清皱碧罗,两禽相对盪春波。
当年肯忆阁中令,舐笔和铅恨未磨。

秋水䴔鶒图

(明) 朱谏

古石斑斑簇纹藓,树叶苍苍著秋浅。

鸂鶒浮浮水气凉，桂花散落天香远。
年华易谢秋易残，伤心不独凋朱颜。
宋玉如今已尘土，空有辞赋留人间。
秋鸟向人鸣，秋花促人老。商声下林端，金风剪芳草。
杜陵诗兴知若何？愁绪如丝乱怀抱。

题刘将军鹅
（宋）黄庭坚

箭羽不沾春水，籀文时印平沙。
想见山阴书罢，举群驱向王家。

僧惠崇柳岸游鹅图
（元）刘因

河堤烟草柳阴匀，野鴈群游意自驯。
此是吾乡旧风景，画中相见亦情亲。

题赵仲远所藏赵大年鹅鸭图
（元）程钜夫

鹅鸭池边画作阑。输他凫鴈意幽闲。
王孙下笔厌羁束，移在长汀短渚间。

滕昌祐蘘香睡鹅图
（元）虞集

苍鹅惜毛羽，宛宛卧春雨。雨馀日照沙，上有蘘香花。
蘘香不自献，梦到金銮殿。殿池多跃鱼，君王方草书。

赵大年鹅图
（元）杨维桢

镜湖湖上春波明，湾碕树树鹅黄青。

上有金衣弄簧舌，下有红掌浮绣翎。
春锄一白能自好，尚嫌性带鸬鹚腥。
眼明见此群鸂鶒，不与匹鸟争春晴。
大年笔法如兰亭，宛颈箇箇由天成。
艮宫流落二百载，胡贾不厌千金争。
却恨会稽内史无此笔，为人辛苦书《黄庭》。

秋塘戏鹅图
（元）成廷珪

满塘秋水看苍鹅，草软沙平奈尔何。
记得一群黄似酒，杏花梁上落红多。

题宋王晋卿画鹅
（明）程敏政

猎猎风吹芦叶黄，白鹅如雪点江乡。
钩簾素壁看摹本，想见当时宝绘堂。

画 鹅
（明）李日华

坛酿村边水草涯，拨波红掌照晴霞。
书经换得非无意，迴颈应知妙划沙。

睡凫图
（元）程钜夫

红蓼不禁霜，双凫梦正长。世人那得似，江海永相忘。

题野凫卷
（元）于立

池上轩牕並水开，鑑（鉴）湖狂客酒船回。

鸂鶒鹨鶒知人意，也为春晖日日来。

赵子昂陈仲美合作水凫小景
（元）仇远

良工苦思可心降，底事文禽不解双？
欲采芳华波浪阔，芙蓉朵朵隔秋江。

为人题凫
（明）陈焊

古杨叶如绘，下拂清波浅。珍禽炫羽毛，采采春风染。

题秋塘野鹜图
（明）徐溥

晋人爱书学野鹜，庾家诸郎真不俗。
迢迢清昼图画开，此鸟依然在人目。
良工手握五色毫，写出江南秋一幅。
羽毛绚目殊分明，蜀锦新裁仍细簇。
荷花似避颜色鲜，摇落红衣动盈掬。
将身不入樊笼中，长年占断澄江曲。

画小鸭
（宋）黄庭坚

小鸭看从笔下生，幻法生机全得妙。
自知力小畏沧波，睡起晴沙依晚照。

题画睡鸭
（宋）黄庭坚

山鸡照影空自爱，孤鸾舞镜不作双。

天下真成长会合，两凫相倚睡秋江。

画　鸭
（宋）晁补之

急风吹雪满汀洲，迎腊淮南忆倦游。
小鸭枯荷野艇冷，去年今日冻高邮。

卢申之正字得春郊牧养图二本（有楼攻媿先生题诗，且征予作。）
（宋）戴复古

竹弓鸣，鴈鸭惊，飞来别浦无人境，春风不摇杨柳影。
长颈纷纷占作家，半游波面半眠沙。
或行或立或如舞，或只或双或群聚。
饮啄浮沉多态度，物情闲暇世忘机。
分明一片太古时，巧伪不作民熙熙。

颍皋楚山堂秋景两图绝妙
（宋）僧德洪

溪边两鸭自夫妇，生而能言似相语。
妇先浮波喜转顾，夫欲随之竟先去。
水际青蘋各占丛，风撼荷花已褪红。
不见清香云锦段，空馀霜叶伴枯篷。

刘邓州家聚鸭图
（元）元好问

沙浦空明洲景微，枯荷折苇澹相依。
若为化作江鸥去，拍拍随君帖水飞。

题画柳塘野鸭

（元）虞集

江南水退秋光浅，风柳参差万丝卷。
鸳鸯在梁凫在渚，荡荡扁舟去家远。
千艘转海古长策，白粲连江动秋色。
断蒲折苇野水阔，烂烂明星且将弋。
翠盘擎露夜深寒，玉色亭亭落月残。
太液池头黄鹄下，梦中曾见画中看。

画　鸭

（元）揭傒斯

春草细还生，春雏养渐成。茸茸毛色起，应解自呼名。

题画秋溪双鸭

（明）张凤翼

秋水芙蓉老，秋林霜叶红。双凫溪上宿，无意慕春风。

题鹡鸰图

（宋）韩驹

有弟留南楚，经年不寄书。天涯数行泪，独对鹡鸰图。

题秋塘鹡鸰

（明）林环

落日秋水寒，霜空荷叶乾。飞鸣不相离，双栖绿池间。
照影弄颜色，有如竞华鲜。在原怀远意，因之发长叹。

日驯弟鹡鸰扇头

（明）莫止

幽禽相逐上枯荷，原上秋光大半过。
对画定因难弃此，白头兄弟也无多。

鹡鸰图

（明）陈絧

露冷莲塘水叶枯，秋风枝上鹡鸰孤。
急难弟兄多分散，水落沙寒日又晡。

题翠禽画

（元）龚璛

一曲寒塘漾夕晖，珍禽照影惜毛衣。
非鱼也自知鱼乐，不肯花前掠水飞。

画　翠

（明）周用

纤鳞不盈寸，一饱尚有馀。宁知举漏网，失却吞舟鱼。

鱼虎子图

（明）僧元璞

翠羽画殊绝，窥鱼秋水深。忽来知险意，静立见机心。
沙白霜初落，溪寒日易阴。何当随啄木，除蠹向高林。

燕子图（三首）

（金）赵秉文

一别天涯十见春，重来白发一番新。

心知话尽春愁处,相对依依如故人。

祝尔区区万里身,锦书回寄莫辞频。
而今塞北看双翼,多少中原失意人。

交情消息两何如,满眼兵戈不胜书。
为问南来新燕子,衔泥曾复到吾庐?

燕子图
(金) 杨之美

危巢客舍久相依,常记西风社日归。
海国传心千驿隔,塞垣回首十年非。
新诗尚在人空老,旧梦无凭鸟自飞。
寄语《齐谐》休志怪,沙鸥相狎解忘机。

燕子图
(金) 张巨济

沙塞相逢命已轻,翠堂重见眼增明。
小诗系足初无意,巧语迎人独有情。
阴德自招黄雀报,机心能致白鸥盟。
社前秋后风光好,须贺他年大厦成。

燕子图
(金) 王大用

相别相寻积岁年,人心不及鸟心坚。
填偿恩义三生债,分付平安七字篇。
王谢乌兜疑诞妄,绍兰红线定虚传。
何如此段人亲见,旧话从今不值钱。

燕子图

     （金）李钦叔

塞上光风已十霜，仁心覆护独难忘。
当时相送诗仍在，此日重来话更长。
客舍花开新信息，云兜香冷旧昏黄。
主人得报君知否？千古珠玑在锦囊。

题蒲塘双燕图（为刘小斋作）

     （元）成廷珪

昭阳池馆春风微，花落巢空去未归。
却是蒲塘春水阔，年年还傍小斋飞。

燕　图

     （明）高启

柳上衔虫立，春风似有情。和枝欲袅袅，方觉尔身轻。

题长牧溪五燕图

     （明）宋濂

谁描乳燕落晴空？笔底能回造化功。
髣髴谢家池上见，柳丝烟煖水溶溶。

柳塘春燕图

     （明）杨基

花落燕飞高，春风在柳梢。玉楼皆绣幌，高处莫安巢。

题宋徽宗双燕

     （明）周矩

江南簾幕重重雨，艮岳湖山处处花。

两地旧巢倾覆尽，西风万里入谁家？

画燕
（明）何孟春

社雨和泥贴画梁，泥乾犹带百花香。
今年巢比常年阔，合向谁家产凤凰？

题画燕
（明）王世贞

曾逐东风入紫微，晚抛江海滞乌衣。
空夸万里封侯额，还傍人家门户飞。

白燕诗题画
（明）王世懋

翩翩白燕送殊祥，曾自君家入尚方。
蝶粉逢时瑶作圃，芹香楼处玉为堂。
衔将落蕊明珠碎，舞向飞花缟带长。
王谢门风谁画得，可知触目是琳琅。

画黄莺
（明）谢铎

柳花如雪满春城，始听东风第一声。
梦里江南旧时路，隔溪烟雨未分明。

画莺
（明）何孟春

谁将鼓吹借行春？老去诗肠不恨贫。
一曲试从花外听，又知幽谷有佳人。

题王若水戴胜（二首）
（元）陶宗仪

桑树柔条叶已空，晚来独立语东风。
织紝自是闺房事，喜得频催早献功。

片片疎翎列顶旗，娟娟文羽揽春辉。
边庭大将能如汝，献捷封侯戴胜归。

题画戴胜
（元）华幼武

山鸟隔花鸣，桑麻日长成。如何荆棘上，寂寞不闻声？

题画白头双鸟
（元）贡性之

笑杀锦鸳鸯，浮沉浴大江。不如枝上鸟，头白也成双。

雪竹白头翁横披（二首）
（元）宋褧

琅玕袅袅碧云空，雪缀斜梢倚北风。
丹凤不来年岁晚，一枝聊借白头翁。

苍衣雪颈冻难飞，寂寞寒梢独自棲。
别有春明好风景，绿杨如画乱鶑（莺）啼。

题画白头公
（明）张以宁

日暖花开海上洲，飞来青鸟话闲愁。

三生莫为多情煞，惹得春风白了头。

白头翁图
（明）解缙

倦飞甘白首，竹实正穰穰。不敢先尝食，睥睨待凤凰。

白头翁画
（明）李东阳

莫道春风好，春风易白头。君看花里鸟，亦有世间愁。

竹上白头画
（明）谢承举

碧霄云路几升沉，楚楚毛衣太古音。
自笑白头无伎俩，坚持一节老山林。

白头公图
（明）沈周

十日红簾不上钩，雨声滴碎管絃楼。
棃花将老春将去，愁白双禽一夜头。

题文太史岁寒双白头
（明）张凤翼

㸐巍古干宿双禽，冰雪偏坚岁暮心。
借使临卭逢卓氏，不须遗恨白头吟。

谈思重为吴翁晋画枯木白头翁，因题一绝
（明）王世贞

可怜白头翁，振羽一枯木。莫诉春风饥，虿晚樱桃熟。

题十二红卷子

（元）杨载

碧桃枝上有珍禽，调舌交交听好音。
画出江南春意思，明年攜酒共追寻。

十二红图

（明）杨基

何处飞来十二红，万年枝上立东风。
楚王宫殿皆零落，说尽春愁暮雨中。

为林学士题十二红图

（明）丘濬

丹杏香边翠竹中，幽禽两两立东风。
不知毛羽红多少，却得人呼十二红。

题白画眉图

（元）陈旅

隋家宫奴埽长蛾，销尽波斯百斛螺。
化作雪禽春树顶，远山无数奈愁何。

竹枝画眉图

（明）叶盛

禅房潇洒一尘无，粉墨何人著此图？
我与频伽是知己，春禽那用竹间呼。

题南宫子蜡嘴图

（元）萨都剌

南宫山人何俊奇，小憁睡起凉云飞，

野棠秋早霜子熟，枯木叶高蜡嘴肥。
满身（前）縲縲（累累）甘尔口，政犹痴心落人手。
五陵年少知尔名，一饱无人早回首。

题白鹇图
（明）金幼孜

素质玄文锦翼齐，绛桃花下见双栖。
可堪野鹤同标格，难与山鸡共品题。

题画白鹇
（明）何孟春

双壁谁将置两雏？羽毛浑是雪花铺。
侬家命服裁宫锦，十五年前作大夫。

题相思鸟图
（明）谢承举

俱飞并逐绮园春，互语相思字字真。
啼到苦心声莫放，绿牕惊起病春人。

题廖克让所藏喜酸图啄木画卷（二首）
（元）程钜夫

瓮天从蚋集，骈首欲何为？倘使真知味，应无浪皱眉。

山禽啄木响，野客抱琴看。我有芳春调，无人为一弹。

题画啄木
（明）何孟春

求蠹林间日几回？喙长三尺怒如雷。

汉家有蠹君知否？司隶当年破柱来。

画啄木

(明) 王世贞

空林长日自敲訇，一埽千章蠹尽清。
闻道柏台乌更好，不知何事但吞声。

题画百舌

(明) 王世贞

千迴睍睆复嘤嘤，不向东风自一鸣。
何似侬家卑脚鸟，此生长技只呼名。

题画子规

(明) 王世贞

络纬唤织朝从暮，布谷催耕雨复晴。
汝道不如归去好，可将耕织了平生？

画杜鹃

(明) 何孟春

春来口血有新盟，归去无如是力耕。
不识今谁劝农使，几人阡陌解循行？

历代题画诗类卷第九十八

禽　类

枯木寒鸦（二首）
（元）王恽

枯树寒梢冻欲冰，野鸦翻影若为情。
锦鸠呼雨烟林外，红杏香中过一生。

乱鸦翻影上枯枝，点缀荒寒见野祠。
绝似首阳山下路，满陂晴雪祭徐时。

李成寒鸦图
（元）仇远

老树枯苔雪乍晴，饥乌飞集噤无声。
蒺藜沙上花开早，且让春风与燕莺。

为汪华玉题所藏长江万鸦图
（元）虞集

云巢幽人爱江渚，抽思挥毫写横素。
波澜不惊潦水尽，秋气晶明绝烟雾。

征帆去棹不相袭，屿曲洲旋總堪赋。
孤村城市仅如蚁，百丈牵江直如缕。
萧萧木叶洞庭波，历历晴川汉阳树。
兼葭宿鴈天欲霜，丛苇寒鸦日云莫。
就中楼观何王宫，想见华年贮歌舞。
丹青倒景骇灵怪，粉黛含情怨幽阻。
青春游子憺忘归，白日冷风帐中语。
人间遗迹何足留，最惜精思堕尘土。
郭熙平远无散地，小米苍茫讬天趣。
铦锋铓戟不破墨，刻画晶荧昔谁苦？
渤海细书艺文草，精绝戈波绝回互。
南唐后主万鸦图，点点晨光动毛羽。
昔年曾见今目昏，虽复逢之亦难觏。
汪侯此卷出故家，相示摩挲极愁予。
香奁犀轴见者稀，漫录馀情示来者。

题李安忠画雪岸寒鸦图

（元）马臻

北风万里吹石裂，古树槎枒摧朽铁。
群乌哑哑如苦饥，倦飞还向空林歇。
孤村荒寒得食远，日暮沙边啄残雪。
回情诉意各有态，羡杀画师心更切。
我尝记得天随诗，至今读之长激越。
妇女衣襟便佞舌，始得金笼日提挈。
老乌老乌：尔身毛羽黑离离，况复人间厌尔啼，
何不飞鸣丈人屋，丈人屋头春柳绿。

惠崇古木寒鸦

（元）杨载

江上秋云薄，寒鸦散乱飞。未明常竞噪，向晚复争归。
似怯霜威重，仍嫌树影稀。老僧修止观，写物固精微。

题李尚文少府所藏枯柳寒鸦图

（元）郭钰

江边独柳飞群鸦，败枝残叶秋风斜。
石泉可饮不可啄，似闻落日鸣哑哑。
一段凄凉幽思足，忽忆看花过韦曲。
上林春早听啼鶯（莺），太液波晴写黄鹄。

题孤鸦图

（明）解缙

栖迟顾影自堪怜，肯逐群飞噪野田。
海色瞳昽朝雨歇，又随红日上青天。

李成寒鸦图

（明）陈违

雪后寒林玉压枝，鸡鸣翔集不成飞。
世间多少无知物，不似群乌预识机。

林良寒鸦图

（明）李东阳

万里长空倦羽翰，野风残雪岁将阑。
纷纷燕雀高飞尽，独宿空林一夜寒。

寒鸦图

（明）黎民表

寒山寂历野苍苍，遶树惊飞不断行。
画角一声天欲曙，金河翻落满城霜。

画 鸦

（明）沈周

小人本无状，老子试涂鸦。此意诗三百，非惟善可夸。

题文太史画乌

（明）张凤翼

贺监风流老鉴湖，残山犹有夜啼乌。
装潢一入南宫舫，应作沧溟照乘珠。

画 乌

（明）文徵明

城头霜落月离离，匝树群乌欲定时。
会有人占丈人屋，微风莫自袅空枝。

画 乌

（明）何孟春

丛桂堂前好树枝，择棲兹地最相宜。
家人慈孝由天性，八九皆为反哺儿。

黄荃鹊雏

（宋）文同

短羽已褵褷，弱胫方屶岌。母也向何处，开口犹仰食。

臣桌以御画鹊示臣某，谨再拜稽首赋诗（二首）

（宋）韩驹

君王妙画出神机，弱翅争巢并语时。
想见春风鳿鹊观，一双飞占万年枝。

舍人簪笔上蓬山，辇路春风从驾还。
天上飞来两乌鹊，为传喜信到人间。

题李甲鹊

（宋）晁补之

上林花妥逐莺飞，愁绝江南雪里时。
嘎喈何须旁檐喜，琵琶相对两寒枝。

唐希雅雪鹊

（宋）陆游

烈风大雪吞江湖，巨木摧折竹苇枯。
乌鸢瑟缩堕地死，岂复能顾卵与雏。
棘枝拔出乱石礡，凛凛生气独有馀。
耐寒两鹊亦异禀，羽族有此山泽臞。
神凝气劲中有足，不待晴日相鸣呼。
深知画手亦怪伟，用意直刮造化炉。
毵毛虽细爪翩健，落笔岂独今所无。
我评此画如奇书，颜筋柳骨追欧虞。

题　鹊

（明）陶安

仙信遥传入綵楼，桥成天女渡河流。

不缘报喜人争听，金印尝将拜列侯。

题蔡挥使所藏林良双鹊

（明）程敏政

老木长梢半空起，影落君家素屏里。
枝间双鹊不飞去，似向高堂报君喜。
凉风晓入庭户清，主人坐对宛有情。
眼前岂独惜珍羽，耳畔忽疑闻好声。
亦有娟娟白头鸟，相顾徘徊若相保。
广东画史深可人，生态无穷意难了。
主人堂堂真壮夫，喜爱文士相追呼。
征蛮不带岭南物，衣衾之外惟此图。
堂下有儿堂上母，客至矜图饮醇酒。
呀然一笑共平生，崔白边鸾竟何有？
鹊兮鹊兮不可求，愿君身共张梁州。
不须椎石取金印，看尔生封忠孝侯。

群鹊图

（明）章懋

噪楼曾报黎囚喜，集棘应占太史祥。
修竹寒梅无外事，若为群语对荒凉。

题武氏画鹊

（明）陆伸

闻道清时有窦申，荣途送喜故能频。
如何只在萧牆外，不遇雕陵挟弹人？

题画图

（明）王世贞

早过长信报平安，晚向昭阳效合欢。
天上只夸频送喜，不知双翅落金丸。

题画鹊

（明）顾清

朝阳欲上万年枝，九色光芒射绀衣。
昨夜银河济灵驾，露华寒湿未禁飞。

画 鹊

（明）文徵明

日光浮喜动簷楹，鸟鹊于人亦有情。
小雨初收风泼泼，乱飞丛竹送欢声。

画 鹊

（明）何孟春

喳喳声里众皆闻，喜事谁能与众分？
此日吾皇在关外，一时归凯贺三军。

题徽宗山鹊图

（明）僧宗泐

落日黄尘五国城，中原回首几含情。
已无过鴈传家信，独有松枝喜鹊鸣。

戏咏子舟画两鸜鹆

（宋）苏轼

风晴日暖摇双竹，竹间对语双鸜鹆。

鹦鹉之肉不可食，人生不才果为福。
子舟之笔利如锥，千变万化皆天机。
未知笔下鹦鹉语，何似梦中蝴蝶飞？

鹦鹉图

（元）郑韶

东风吹柳日沉沉，阶下宜男绿正深。
百尺游丝春院静，卧看鹦鹉步花阴。

题鹦鹉

（明）黄仲昭

幽禽何处来，飞向琅玕树。金眸烁晴曦，鲜羽濯朝露。
春风紫禁中，奇音数声度。鹦鹉噤无言，花间屡惊顾。

题宋徽宗潇湘鹦鹉图

（明）吕渊

御墨淋漓玉数枝，画图潇洒使人悲。
春风鹦鹉湘江景。不似龙沙夜雪时。

王修撰鹦鹉图

（明）张宁

不用高飞逐去篷〔走蓬〕，鸣鸠乳燕自相从。
日斜庭院春声歇，一树樱桃细雨中。

题画鹦鹉

（明）何孟春

牛背偷骑出远村，蒲觞饮罢学人言。
山中旧侣应相笑，有舌如何不自扪？

赠昙润画鹑

（宋）王佐才

饮啄飞鸣各后先，当时操笔想中传。
生来野态无拘束，万里秋风自在天。

题宣和御画鷃鹑*

（元）柳贯

琼兰宴幸抚摹成，粉墨区区写物精。
天上移来鹑首次，人间留得纥干名。

题画鷃鹑

（元）唐肃

竹叶青青芦叶黄，双鹑短羽能文章。
秋田滞穗足饥肠，低飞浅啄自倘佯。
不知有物名凤凰，一翔千仞下朝阳，喁喁喈喈世虞唐。

题画鷃鹑

（明）王偁

原草飘残作雪丝，日斜马上鬭归时。
五陵别后伤心事，零落凉州笛里吹。

题扇面鷃鹑

（明）林景清

秋入郊原粟正肥，山禽成队啄斜晖。
争雄莫向雕笼鬭，零落西风百结衣。

---

* 鷃（yàn）鹑：即鹌鹑。

题李后主画鹖鹑

（明）石珤

翠袖成围紫殿深，曾看一胜抵千金。
如何解甲临城日，不及山禽有鬪心？

题竹下鹑

（明）陈宪章

小草横其前，旋行每相避。竭来修竹间，双蝶同游戏？

应制题鹖鹑

（明）于慎行

渺彼榆枋翼，丹青画作真。静眠宫草日，闲傍苑花春。
顾影骄金距，逢场上锦茵。非同珠树鸟，独用羽毛珍。

边文进画山鹧鸪为辽阳邵令题

（明）吴宽

黄筌赵昌绝代无，边卿好手皆可摹。
鸾坡日转供奉暇，馀墨写成山鹧鸪。
鹧鸪只识山中路，画史强之入毫素。
辽阳有客自高飞，不信韩翁感为赋。

题画鹧鸪

（明）何孟春

出门西笑足能轻，九十前头百里程。
休道老人行不得，路当行处也须行。

题八哥

（明）王世贞

偶听春声墙外枝，雕笼惆怅立多时。
分明细语传鹦鹉，总为聪明欲怨谁？

画　鸽

（明）刘珝

昼漏沉沉下高阁，篆篆半瓯香云合。
太湖石畔水澄澄，满贮金盆浴飞鸽。
鸽性由来最易驯，羽毛鲜好堪怡人。
雪翎乌尾锦作背，画工画此何太真。
记得当时王相会，一放一祝三千岁。
系足能传子寿书，入怀那解司徒贵。
一朝贾客便生涯，盘旋随上沧溟槎。
任教年来复年去，万里还归旧主家。

王若水绿衣使图

（元）杨维桢

绿衣翠顶珠冠缨，西来万里陇山青。
金鸡一鸣天下白，此鸟一鸣天下平。
金精禀气清傲直，言语分明藏不得。
宫中未闻家国事，共爱聪明好颜色。
殿中衮衣谁小戏，宫中锦褓摇虎翅。
皂鵰御史不弹邪，拜赐君王绿衣使。

题鹦鹉

（明）王佐

为禽禽语是禽言，何必声声学语论。

莫道性灵多巧舌,金笼深锁度黄昏。

题鹦鹉

(明) 何孟春

去陈夸俗费精神,识字应无快活人。
飞鸟何须巧言语,金笼不得自由身。

画 鸠

(明) 邵宝

鹊巢何处树深深,茸有新丛水有浔。
乍雨忽晴天未定,恐将消息误知音。

画 鸠

(明) 何孟春

明日阴晴未易明,晴呼雨逐作么声。
平生不暂轻离别,却是鸳鸯最有情。

题鸣鸠拂羽图

(明) 胡俨

日暖风暄泪竹斑,鸣鸠拂羽树林间。
眼中正是春光好,唤雨呼晴莫等闲。

张子正春雨鸣鸠图

(明) 朱武

东风簾卷小红楼,三月梨花唤锦鸠。
曾记玉人将凤管,隔花低按《小梁州》。

吴桥张知县瑞鸠图
（明）程敏政

男耕女蚕民讼少，晓起官衙见青草。
春风播谷一两声，何处飞来鹁鸠鸟？
口衔枯枝入簷楹，朝经暮营如有情。
梁间作巢避风雨，吏人往来还不惊。
吴桥城外多桑柳，不肯栖身向林莽。
但欲依依傍使君，德政嘉符世希有。
君不见野雉驯，中牟之令终秉钧。
和气从来多感召，会看旌异下枫宸。

题白翎雀手卷（二首）
（元）曹文晦

勅勒川寒风怒号，白翎点点入黄蒿。
烟尘潢洞鹰鹯急，慎勿奋飞伤羽毛。

沙苑菽尽雪霜多，忍冻饥鸣奈尔何。
休向城中啄遗粒，冷官门外日张罗。

白翎雀图
（明）徐贲

白翎雀，雪作翎，群呼旅食啁哳鸣。
何人翻作絃上声？传与江南士女听。
南人听声未识形，画师更与图丹青。
图丹青，一何似，知尔之生何处是？
秋高口子草如云，风劲脑儿沙似水。

题画白翎雀

（明）王偁

塞花原草度交河，往日曾随凤辇过。
一自翠华消息断，空将遗恨寄云和。

戏题小雀捕飞虫画扇

（宋）黄庭坚

小虫心在一啄间，得失与世同轻重。
丹青妙处不可传，轮扁斲轮如此用。

题画雪雀（二首）

（宋）韩驹

寂寂黄生处士居，空林急雪鸟相呼。
不知此子何由见，归与先生作画图。

只画山禽依雪飞，斯人用意复谁知。
肯来禁籞图神雀，应得传呼作画师。

题黄居寀雀竹图（二首）

（宋）范成大

群雀岁寒保聚，两鹡日晏忘归。
草间岂无馀粒，刮地风号雪飞。

蔓花露下凝碧，丛竹秋来老苍。
噪雀群争何事？么禽自唶清簧。

黄荃雀蝶

（金）朱澜

饥雀喧争蛱蝶孤，锦官城阙见丘墟。
老荃妙意谁知解，丹粉图中有谏书。

画扇雀竹

（元）虞集

啄粟野田莫，飞鸣亦求雌。谁家江上雨，发船歌《竹枝》。

题黄荃竹雀图

（元）陈旅

一窗晴色绿猗猗，群雀飞来占好枝。
此竹几年方结实，空山秋晚凤雏饥。

题寒雀图

（元）吴澄

更无树叶可因依，有喙能鸣愬与谁？
闭口双栖聊自暖，怎知宿处是寒枝？

题林禽山雀图

（明）解缙

人间不见函封帖，粉墨惊看落画屏。
山鸟飞来林雨后，苍苔啄破子青青。

春鹅狨捕雀图

（明）杨基

棘针红尖竹袅袅，一双春禽戏春草。

狞鹎（狘）何处忽飞来，利觜如钩破禽脑。
春禽引雏肌骨瘦，不觳春鹎一朝饱。
一朝饱，寻复饥，春山鸥鹎如瓠肥。
何如搏鸮饱终日，留取春禽引子飞。

竹间冻雀图
（明）程敏政

冻羽飞鸣下笔难，坐疑声迸竹枝寒。
良工趣在芭蕉雪，莫向赟笃作意看。

题黄雀
（明）何孟春

世上人多妒妇情，凭谁一脔代鸮羹？
苞苴不向当时兔，颗蒜犹堪万里行。

百雀图
（明）方孝孺

曲巷高簷避网罗，朝来饱啄陇头禾。
但令四海长丰稔，不厌人间鼠雀多。

题百雀图
（明）汪应轸

百雀不如凤，胡为占琅玕？
朋雏碎语不可听，六月搅动清风寒。
我欲挟金弹，巧避千万端。
徘徊恐落一枝翠，矫首待凤楼阑干。

题画枝上小雀

（明）王世贞

尺鷃棲一枝，粒粟俄已饱。却笑垂天鹏，饥飞何时了？

题上林寒雀图

（明）廖道南

上林烟景暮，双雀集瑶枝。雪宿寒相对，凤鸣晚并宜。
鹡鸰空尔寄，鹦鹉漫谁知。独有梅花白，含香色相奇。

题寒雀

（明）唐寅

头如蒜颗眼如椒，雄逐雌飞向苇萧。
莫趁螳螂失巢穴，有人拈弹不相饶。

历代题画诗类卷第九十九

禽　类

赵大年雪霁聚禽图
（元）王恽

风雪龙沙万里行，当时先兆见丹青。
不然纨绮豪华习，满意荒寒落雁汀。

点缀烟林意尽妍，沙洲凫雁见荒寒。
君看小景都盈尺，展放江湖万里宽。

棘上双禽图
（元）陈高

幽禽并立羽毛齐，日落风寒棘树低。
拟待洛阳春色好，牡丹枝上伴莺啼。

棘竹三禽图
（元）唐肃

诸葛有三子，三国各称雄。
瑾也为虎诞为狗，亮也在汉独称龙。

曹刘不两立，吴蜀不同风。丈夫致身择所从。
君不见两鸟栖枳棘，不若一鸟栖竹中。

疏竹三禽图
（明）高启

棘枝疏瘦竹枝低，三鸟寒多每并栖。
月落山空秋梦断，不知谁箇最先啼。

棘竹三禽图
（明）杨基

棘刺摇摇风薮薮，一禽惊啼两禽宿。
空山日晚腹犹饥，何处藩篱有遗粟？
杏花春雨小楼西，抚卷彷徨不忍题。
愿作寻常双燕子，年年飞入未央楼。

王若水为余画秋江众禽图
（明）袁凯

钱塘王宰心思长，欲与造化争毫芒。
下笔百鸟相趋跄，前身岂是孤凤凰。
江头芙蓉花正开，花下细浪亦萦洄。
鴐鹅跕跕天际来，雄雌相随气和谐。
一双鸳鸯睡沙尾，野凫翩翩唼菰米。
群鸥争浴故未已，倾落枯荷叶中水。
鹡鸰飞飞多急难，睢鸠意度诚幽闲。
乃知良工有深意，不在丹青形似间。
姑苏台前秋气孤，五羊城下烟疏疏。
此时此景真相似，独少扁舟归钓鱼。
宰也只今成老夫，爱我不辞为此图。

我今亲老无可养,慎勿重添反哺乌。

题王子通聚禽图
(明) 解缙

水禽交交树禽语,白鹇飞鸣满洲渚。
爱杀林边鹭一拳,点破汀洲半江雨。
灯前展卷醉又醒,谁将妙笔传丹青。
细观物理真自得,吾亦结社来郊坰。

题冬日聚禽图
(明) 岳正

阴风吹天天欲裂,混沌怕死方愁绝。
潜将元气闭重渊,化工倔强时偷泄。
附炎物态本寻常,何怪众禽争向阳。
红毛翠鬣莫指数,醉眼仅识双鸳鸯。
声噤不闻鹦鹘语,目遥空见鹡鸰忙。
白头凫凫营栖息,黄口飞飞恣颉颃。
高冈梧桐结实未,待尔招吾丹凤凰。

题枯枝寒禽画
(明) 詹同

王母宴归西海上,空留青鸟羽参差。
黄云苦竹江南霰,独立寒条岁晚时。

聚禽图
(明) 李东阳

西塘日落秋波绿,两两鸳鸯水中浴。
野凫沙鴈忽西东,落翠楼红乱人目。

鸣鸠爱雨兮鹊爱晴，宿者自宿行自行。
惟有白鸥忘世事，朝来暮去两无情。

四禽图（四首）

（明）李东阳

樛枝老树幽岩里，山鹧双栖掉长尾。
高鸣俯搦势不停，似向春风矜爪觜。
山头锦鸡金作冠，身披五采成斑斓。
远从红日霁时见，更向碧山深处看。
人言此物真绝特，同是山禽不同格。
休将绿水照毛衣，只恐桃花妒颜色。

空山雨过枇杷树，黄颗累累不知数。
金衣公子正多情，惊堕金丸欲飞去。
海榴花残红子新，沙上凫鹥来往频。
每从水浅花深处，遥见隔花临水人。
山禽关关水禽语，脉脉幽期似相许。
莫负天晴日煖时，一春江上多风雨。

碧林红叶惊飞鸟，江上秋风下来早。
鴈去鸿辞烟水空，蒹葭落尽芙蓉老。
原头鹡鸰如有知，应怜岁暮得同栖。
枝间戴胜声不住，应忆春园初降时。
山林动物各有讬，野雉分明出丛薄。
见说丰年少网罗，低飞不及高飞乐。

江南山深冬日暖，湖冰无澌湖水满。
幽林晚径断人行，落尽梅花春不管。

山茶花发争芳菲，翠翎蜡觜相光辉。
烟生锦屿寒犹恋，雪满银塘夜未归。
疏林落羽纷凌乱，回首青霄各分散。
溪上鸳鸯独有情，春来冬去长为伴。

四禽图（四首）
（明）李东阳

鹦鸽色不如鹦鹉，强向筵前学人语。
网罗西下陇山空，毛羽虽佳不如汝。
铁衣金觜双雕楹，世间无处无弓缯。
试听内苑笼中语，空诵弥陀六字名。

珊瑚出海海见底，谁掣长竿临海水？
黑风驱雾见冥濛，化作禽飞向空起。
北人未熟南禽名，岭外方言如鸟声。
由来珍异非国宝，须识君王却贡情。

金堤柳色黄于酒，枝上黄鹂娇胜柳。
歌声宛转色娉婷，种种春光无不有。
春来何迟去何速，回首红颜忆骑竹。
急须携酒听黄鹂，莫待杨花眯人目。

春山泼黛青淋漓，山际春禽双画眉。
山光物色两浓淡，苦欲问春春不知。
古来尤物皆成怪，谁遣山禽入图画？
西京京兆今不归，林郎为了风流债。

题众禽图
（明）林俊

云庄藏老大，笔砚阅寒暑。容知门外心，风烟在江溆。
乾坤囿万物，得气无纤巨。地幽草木深，羽族良地所。
品局限陶型，文章异机杼。一雌复一雄，群飞各俦侣。
天宽网罗疎，丹碧任容与。临流濯其毛，饮啄如相语。
汗滴原上翁，卒岁无禾黍。

春溪聚禽图
（明）吴宽

春溪远发春山中，一夜好雨溪流通。
绿波泛涨渺无际，但见桃花千树红。
鸳鸯鸂鶒何容与，散乱中流锦为羽。
仓庚独似避游人，去踏花枝落红雨。
草深哺子芳洲晴，叶暗仍闻求友声。
展图便有会心处，放棹欲作春溪行。
玄裳缟衣彼何者，为恋高松倚平野。
莫论鸿鹄志安知，名字俱标在《埤雅》。

杨柳双禽图
（明）赵不易

千树垂杨逸汴堤，锦帆去后草萋萋。
迷楼红粉俱尘土，野鸟逢春空自啼。

题画四鸟（四首）
（明）王云凤

扶疎绿叶晚缤纷，似染潇湘水上云。

何处飞来数声鸟，月明幽客梦中闻。

春堤何处绿丝垂，管领东风千万枝。
小鸟也知长爱惜，碎声长似说芳时。

东郊膏雨润扶犁，秃树槎牙叶正齐。
何事省耕亡旧典，空劳此鸟一春啼。

山禽何以喜为名，谓向人鸣喜便生。
自是人闻鸣便喜，民愁不是汝无声。

提刑司勋示及暝禽图作诗咏之
（宋）文同

朱华盛发穿疎竹，寒栭齐枯徧野矶。
大雪蔽天方乱下，众禽争地各相依。
非公好事谁能得，此画如今自已稀。
试待晴明挂轩壁，定开群眼一时飞。

郑先觉幽禽照水扇头
（元）元好问

临水华枝淡淡春，水光华影两无尘。
风流一枕西园梦，惆怅幽禽是故人。

马贲秋塘水禽图
（元）袁桷

古木荒陂澹澹秋，禽凫高下意夷犹。
似怜天际南飞鴈，年去年来不自由。

黄居宝湖石水禽图

（元）袁桷

峨嵋云叠翠凄迷，更著层峰小殿西。
谁信蜀王辞剑阁，鸳鸯飞尽杜鹃啼。

周增水塘秋禽图

（元）袁桷

芦苇萧萧秋水清，拒霜迎日鬪红英。
鸂鶒属玉体〔休〕惊讶，岁晚江天得共行。

钱生幽禽图

（元）范梈

谁人剪下碧梧枝，误落西风粉墨池。
立断小禽飞不去，朝阳何事凤鸣迟？

题江涛白鸟图

（元）李祁

白鸟飏风了不惊，洪涛如雪去无声。
君看半幅沧江水，中有滔滔万古情。

题雪禽

（元）李祁

幽禽棲稳棘枝低，黯淡江天雪四围。
明日郊原晴烂熳，好寻芳树弄毛衣。

题王若水幽禽图

（元）潘纯

花间幽鸟爱幽棲，拣得春风最好枝。

只有江南王若水,白头描写似徐熙。

题画丛竹幽禽

(元) 陈樵

露节老愈苍,烟丛寒更碧。野鸟何处来,点破九秋色。

题棘禽筠石图(送高霞还元馆)

(元) 倪瓒

烟雨萧萧墨未乾,幽禽枝上语春寒。
玄元馆里多筠石,饭饱临池自在看。

题赵松雪迷禽竹石图

(元) 仇远

锦石倾欹玉树荒,雪儿无语恋斜阳。
百年花鸟春风梦,不是钱塘是汴梁。

题竹根小禽图

(明) 刘基

竹露无声坠碧柯,小禽相对啄秋莎。
江湖鹍鹜肥粱稻,矰缴连天雨雾多。

雪竹山禽图(二首)

(明) 解缙

雪压篔筜翠叶低,文禽声寂不闻啼。
上林春好无情到,荆棘丛卑只共栖。

翠竹寒消雪未收,双棲梦醒更何求。
君王六合皆灵囿,饮啄飞翔得自由。

竹禽图 （为胡君赋）

（明）吴宽

江南烟雨竹枝低，一箇子规枝上啼。
日暮不须啼更急，行人初到秣陵西。

春鸟图歌

（明）刘昌

王生手持春鸟图，劝我试作春鸟歌。
凤凰不来碧梧老，喧啾奈此春鸟何？
黄鹂巧言紫燕舞，名花掩冉薰天和。
一双飞起白练带，纷纷引类无空柯。
画眉黄口弄妖丽，白头何事犹奔波？
瑶池蟠桃实如斗，春光似比人间多。
青鸾无信灵鹊远，惊波杳渺生银河。
天孙欲渡未可得，岁月鼎鼎成蹉跎。
何为一朝亦下集，争雄鼓态翻巢窠。
不知帝履仁祝网，反说臣尉门张罗。
呜呼我歌止于此，仙人黄鹤当来过。

题睡鸟图

（明）黄希英

春风媚桃李，百鸟正嘤呦。尔独高眠稳，应知到白头。

题画翎毛

（元）贡性之

莫怪幽禽雪满头，多情只为海棠愁。
开元宫里千株锦，一夕西风起碧秋。

题梧桐折枝翎毛图
（明）刘基

琼柯碧叶两参差，又是西风白露时。
凤鸟不来嘉实晚，小禽衔上最高枝。

四景翎毛（二首）
（明）吴希贤

露湿湘桃色更殷，枝头啼鸟晓风寒。
数声隐隐穿花去，惆怅伤春人倚栏。

冻雀声中梅正花，春风入夜著山茶。
怪来巧鸟多情思，白雪梢头醉绛霞。

题翎毛
（明）陈达

千叶桃花碧暎堤，幽禽斜傍一枝低。
却怜春亦年年别，故向游人著意啼。

题萧尹翎毛
（元）庄㬎

幽鸟啼自哀，秋风竹枝怨。哀怨情岂胜，月明寒影乱。

题翎毛小景
（明）钱宰

红子秋树老，黄花晚节寒。幽禽双白颊，托尔一枝安。

长安县后庭亭看画
（唐）王建

水冻桥横雪满池,新排石笋遶笆篱。
县门斜掩无人吏,看画双飞白鹭鸶。

题画(二首)
（宋）张耒

败芦浸水冻滩沙,朔雪随风乱缀花。
湿翅老鸿鸣未起,暮云山色暗天涯。

苍苍老石守寒丛,雪洒林鸠美睡中。
鹑傍陈根饥更啄,雀栖高柄瞑愁风。

题惠崇画(春夏秋冬四首)
（宋）晁补之

东风回,江上渚;何处来,双白鹭。
灼灼岸间桃,依稀兰杜苗。
一衔湍濑鳞,一下青林梢,潇湘绿水春迢迢。

老柳无嘉色,红蕖羞脉脉。宛在水中洲,双鹅羽苍白。
何须玩引颈,颠倒写经墨。惟应一临流,当暑袗絺绤。

一鴈孤风乍临渚,两鴈将飞未成举,三鴈群行依宿莽。
芦花已倒江上风,云间分飞那可同。

天高霭霭云昏,江阔霏霏雪繁。
渚下鸭方远泛,枝间雀不闻喧。

鄙夫此志相依，生涯秭稗同微。
欲具沙边短艇，波涛岁晚人稀。

题宗室大年画扇（二首）
（宋）晁补之

鹳之仍鸰之，尔名今是非。人言不蹢济，何事满苔矶。

西风入丛竹，惨澹带秋阴。惊起中洑鴈，衡阳万里心。

题宣和御画
（宋）王庭珪

玉锁宫扉三十六，谁识连昌满宫竹？
内苑寒梅欲放春，龙池水暖鸳鸯浴。
宣和殿后新雨晴，两鹊飞来向东鸣。
当时妙手貌不成，君王笔下春风生。
长安老人眼曾见，万岁山头翠华转。
恨臣不及宣政初，痛哭天涯观画图。

观李氏画
（宋）王庭珪

壁间冥冥云塞川，细看幻出江湖天。
寒鸦雪压冻不喧，沙尾忽有潇湘烟。
黄芦碧草鴈初下，画此千金不当价。
为君觅纸一题诗，诗不能工且观画。

观德亭画壁
（宋）郭祥正

画手非工本亦佳，四时景物寓天涯。

最怜荷折秋容晚，双䴔徘徊下软沙。

戏书秋景小屏
（宋）僧道潜

黄芦败苇两三丛，彷佛江湖在眼中。
䴔鸭惊呼缘底事，一时昂首立秋风。

袁显之扇头
（元）元好问

双鹭联拳只办愁，枯荷折苇更穷秋。
风流绿影红香底，好箇鸳鸯不自繇。

题画（四首）
（元）牟巘

天气融和冻已开，桃花浪暖亦佳哉。
人生办取东南尉，底用一双鸂鶒来。

多情宛颈两鸳鸯，贪趁湖心浪里香。
散发幽人休荡浆（桨），夜深花露湿衣裳。

金飙争放木芙蓉，蘸影清波分外红。
玉立前庭一公子，风标不与俗人同。

积雪凝寒不肯融，梅花伫立待春风。
嫩波正比鸭头绿，厚叶休嗤鹤顶红。

题钱舜举画
（元）黄溍

鸟雀鹰鹯皆羽族，强之食乃弱之肉。

两雀亦分弱与强，一遭搏噬一高翔。
画师描貌劳意匠，诗人见画齐惆怅。
人间万事无不然，鸡虫得失安足言。

题画（三首）
（明）陈宪章

红锦裁衾翠织衣，一般文彩见雍熙。
绿阴苍树无人伴，闲看东风燕子飞。

暂逼烟江野鸟俦，忘机正好共沉浮。
不须坚傍高枝立，为惜浓阴自白头。

芙蓉香冷越江湄，呼得潇湘伴侣归。
日暮水寒栖不定，离群更傍五云飞。

题林良为朱都宪诚庵先生写林塘春晓图
（明）陈宪章

烟飞水宿自成群，物性何尝不似人。
得意乾坤随上下，东风醉杀野塘春。

历代题画诗类卷第一百

兽 类

题麟凤图
（宋）米芾

非篆非科璞已雕，形容振振与萧萧。
曾因忠厚方周德，坐想吁谟览《舜韶》。
汉德已衰还应孽，鲁邦既弱不为妖。
虚斋自是惊人甤，不胜雄狐逐怒鹍。

题异兽图
（明）归有光

昔年曾读《山海经》，所称怪兽多异名。
仲尼删《书》述《禹贡》，九州无过万里程。
榑木青羌何以至，伯益所疏疑非真。
西旅底贡召公惧，作书训诫尤谆谆。
周史独著《王会篇》，睢盱百怪来殊庭。
载笔或是夸卓荦，传久孰辩伪与诚。
虽然宇宙亦何尽，环海之外皆生人。
阴阳变幻靡不有，异物非异亦非神。

曾闻汉朝进扶拔,唐时方贡来东旌。
壹角马尾出绝壁,绿毛忽向人间行。
近代所闻非孟浪,往往史牒皆有征。
今之画者何所似,毋乃诞谩不足凭。
考古图记岂必合,任情意造皆成形。
画狐似可作九尾,赤首圜题随丹青。
呜呼!孰谓解衣盘礴称良史,不识骍牙与麟趾。

题狮子搏虎图
(明)王世贞

山君夜啸山月迷,当其所遇无衡蹄。
何来斗尾青狻猊,万木草偃天为低,两雄相值其一雌。
须臾力尽气亦夺,欲窜不窜足如缀。
哀嗥踣地地欲裂,金精沦光夜深发,身作狻猊掌中血。
君不见赤豹㦧、玄熊麋,狐兔走为麋鹿喜。
尔曹肉馀行及尔,风尘草昧人自奇。
男儿堕地须知几,又不见李密未遇秦王时。

缚虎图
(宋)司马光

孙生非画师,趣尚颇奇伟。为人少谐合,不肯畜妻子。
时时入深山,信足动百里。萧然坐盘石,尽日曾不起。
精心忽有得,纵笔何恢诡。万象皆自然,神工相表里。
流传落人间,万金易寸纸。君家《缚虎图》,用意尤精緻。
虽云锁纽牢,观者犹披靡。昔闻刘纲妻,制虎如犬豕。
系之牀脚间,垂头受鞭箠。孙生傥未见,画此亦何理?
明知非世人,羽化实不死。愿君他日归,置之成都市。
必有乘槎人,庶几能辨此。

虎　图

（宋）王安石

壮哉非熊亦非貙，目光夹镜当坐隅。
横行妥尾不畏逐，顾盼欲去仍踌躇。
卒然我见心为动，熟视稍稍摩其须。
固知画者巧为此，此物安肯来庭除？
想当盘礴欲画时，睥睨众史如庸奴。
神闲意定始一埽，功与造化论锱铢。
悲风飒飒吹黄芦，上有寒雀惊相呼。
槎枒死树鸣老乌，向之俛嘱如哺雏。
山墙野壁黄昏后，冯妇遥看亦下车。

阴山画虎图

（宋）王安石

阴山健儿鞭鞚急，走势能追北风及。
逶迤一虎出马前，白羽横穿更人立。
回旗倒戟四边动，抽矢当前放蹄入。
爪牙蹭蹬不得施，碛上流丹看来湿。
胡天朔漠杀气高，烟云万里埋弓刀。
穹庐无工可貌此，汉使自解丹青包。
堂上绢素开欲裂，一见犹能动毛发。
低徊使我思古人，此地抟兵走戎羯。
禽逃兽遁亦萧然，岂若封疆今晏眠。
契丹弋猎汉耕作，飞将自老南山边，还能射虎随少年？

题画虎

（宋）楼钥

一虎弭耳行，一虎立而顾。猛鸷乃天资，亦尔相媚妩。

媚妩尚眈眈，况复逢其怒。吾闻宣城包，今古称独步。
投老笔愈精，爪牙利可怖。方其欲画时，闭户张绡素。
磨墨备丹彩，饮酒至斗许。解衣恣盘薄，手足平地踞。
顾盼或腾拏，窥之真如虎。投笔一挥成，神全威不露。
此其真是欤？为我振蓬户。藜藿将不采，何止訧〔詟〕狐兔。

和南山弟虎图行
（宋）何梦桂

高堂突兀生崇冈，於菟眼电牙磨霜。
古言市虎人不信，谁信挟一来座傍？
众犬僵仆儿辈走，猛士腰弩成瞰张。
老翁卒然亦惊怪，便欲骑取参西皇。
乾坤沴气产尤物，谁为驱雷入神笔？
古树萧萧风刁刁，阴崖幽幽云墨墨。
横行飙戾不畏人，弄子庭除成穴窟。
蓝田饮羽惊夜行，今乃捋须当白日。
画图画虎心自知，触目或疑犹喘息。
世间多少涪邨民，毛爪未完心已易。

题伯时画揩痒虎
（宋）黄庭坚

猛虎肉醉初醒时，揩摩苦痒风助威。
枯楠未觉草先低，木末应有行人知。

题伊阳杨氏戏虎图
（元）元好问

大斑哆笑口侵耳，小斑蓄缩如乞怜。
戏鬭真成两劲敌，发机谁在卞庄前？

赵生水墨虎

（元）刘因

南山郁郁烟雾濛，北山落日薄幽丛。
先生眼花臂犹健，闻虎有真心愈雄。
声絃寄目黄芦东，人言此是高堂中。
仰天大笑出门去，时危惨澹来悲风。

赵邈龊伏虎图行

（元）郝经

南山射虎曾得名，壁上忽见令我惊。
何物敢尔来户庭，屡叱不动仍生狞。
画师前身是山灵，胸中有虎无丹青。
老枿数笔平扫成，杀气惨澹猛气横。
头颅半妥蹲孤城，怒尾倒插蟠霜旌。
铁须张磔疑有声，赤吻沥血犹带腥。
抱石欲卧伏欲腾，爪入石角瞠不瞑。
寒电夹镜骞两睛，四座凛凛阴风生。
威稜神采出典刑，邈龊乃是金天精。
忆昔诗家杜少陵，酷爱赋马并赋鹰，为怜神俊故屡称。
我今赋虎亦有征，要得猛士建太平，坐令四海皆澄清。
吁嗟掷笔还抚膺，世间道路多棘荆，伥鬼磨牙不可行。

赵邈龊虎图行

（元）王恽

巅崖老树缠冰雪，石觜枒杈横积铁。
北平山深林樾黑，下虽有径人跡灭。
眈眈老虎底许来，抱石踞坐何雄哉。

目光夹镜尾束胯,百兽却走潜风埃。
赵侯欲尽神妙功,都著威棱阿堵中。
想当礧礴噀墨时,众史缩手甘凡庸。
至今元气老不死,神物所在缠阴风。
前年驱马下靖边,崖东突起草底眠。
腰间恨无铁丝箭,寝皮食肉空长叹。
今朝过喜一嚼快,熟视须顶为摩编。
货驯跽(蹑)服暴戾息,弭耳道义思拳拳。
主人爱玩中有谓,遇事炳变通经权。
我闻汉家大猎陟冰天,豸冠思赋《长杨篇》。
四方猛士今云合,早晚龙旆到渭畋。

画虎图(赠真一先生)

(元)虞集

猎猎霜风木叶乾,月明曾过越王山。
青龙久待蟠仙鼎,赤豹相呼守帝关。
终岁采芝茅阜曲,丰年收谷杏林间。
谁家稚子能为御,长与桃椎共往还。

题黄敬申虎图

(元)虞集

当时玉帐蜀云西,坐啸风生草木低。
传写馀威千载外,空山藜藿尚萋萋。

题虎图

(元)陈旅

於菟啸林风怒生,草木瑟缩空山惊。
斧牙凿齿新发硎,去食田豕求西成。

伊昔报祭先啬并,谁复骂汝偷牺牲。
包生礧礴图金睛,悬之高堂气冯陵。
游光野仲急遁形,西阿执钺神赫灵。

题百禽噪虎图
(元)张渥

短草空山怒养威,百禽惊噪向斜晖。
寝皮食肉堪怜处,且喜将军出猎稀。

画 虎
(明)汪广洋

虎为百兽尊,罔敢触其怒。惟有父子情,临行更相顾。

虎引子图
(明)王佐

嗟彼猛虎群,纵横负隅穴。眈眈劲气喷,桓桓威武烈。
一啸风木号,两眸电光掣。惟有父子心,相从复相挈。

虎 图
(明)方孝孺

踊跃谷生风,峥嵘百兽中。岂知王者瑞,足不履生虫。

题 虎
(明)周述

长松落落盘苍龙,下有猛虎来腥风。
双瞳夹镜悬秋月,长啸一声山欲裂。
独行眈眈势莫当,百兽辟易安敢尝。
郡中贤侯今始遇,昨夜分明渡江去。

顾进士所藏画虎

（明）王直

赵廉画虎名天下，好事求之不论价。
披图忽然见此物，坐卧虽殊貌闲暇。
冈头树绿风气凉，下有流水声浪浪。
萧条古路绝行迹，但见藜藿如人长。
深山麋鹿可充腹，莫向田家取黄犊。
祸机一发戕尔躯，岂若安常一身足。

题李都督虎

（明）丘濬

阴雨飕飕振林木，百兽魂飞草中伏。
举首为旗尾作旌，白昼横行谁敢触。
汝虎虽猛何如人，慎勿夜逢李将军。
将军射石尚没羽，薄肉浅毛何足数。

题画虎

（明）刘溥

千山万山日向晡，哑哑老树愁啼乌。
长途迢递人绝迹，奋跃只有黄於菟。
长风飕飕震林木，百兽纷披望风伏。
霜牙凛凛摧万夫，金镜瞳瞳射双目。
饥来择肉惟熊罴，不更小取貆与狸。
田家黄犊要耕种，又肯搏攫夸能为？
如今天阙求守备，盖世雄威素称异。
举首为城掉尾旌，愿保皇家千万世。

题虎图

（明）程敏政

一啸风生百草枯，阴霾消处见於菟。
眼中颇觉妖狐静，不道相看是画图。

画　虎

（明）吴宽

是谁捉笔图猛虎，出山眈眈气尤怒。
便欲当前一扼之，自笑书生不能武。
乱山西邈洞庭波，山下争传虎迹多。
千年故事刘昆得，何日偶然来渡河？

题内苑蓄虎图

（明）廖道南

禁籞金飙起，山君气象雄。飞熊缘有兆，变豹迥相同。
错落摇星彩，荧煌闪电瞳。谁从东观地，图画附真龙？

画虎行

（明）陆灿

山人示我画虎图，邀我为作画虎行。
我生城郭不识虎，向来浪说真无凭。
自从谪居傍夷落，时惊夜啸风生墼。
似闻行旅遭搏食，往往白骨撑丛薄。
朝来击鼓驱猎徒，於菟中箭人讙（欢）呼。
儿童奔走我亦俱，近前谛视摩其须。
初观据地疑未死，金睛荧荧吻血紫。
却归更与展图看，意态狰狞宛相似。

画手尔何人，谁遣为此笔？
丹青浅事何足问，物理试思堪太息。
我闻太平世，野兽恒避人。
吁嗟猛虎今为群，渡河无复逢刘昆。
黄公赤刀伥鬼窃，裴旻李广俱澌灭。
书生徒手无寸铁，对画空令双眦裂。
还君画，为君歌，道上虎跡今转多。

题虎

（明）林景清

壮哉负猛气，玄文连旧斑。双睛夹明镜，据地当南山。
南山百兽不敢出，远近闻风心胆栗。
空林巡逖张雄威，掉尾磨牙如待食。
一声长啸慑万夫，松梢灵鹊惊相呼。
飞云谷口日将暮，大风飒飒吹黄芦。
吁嗟恶性本可怕，人有善心当感化。
君不见刘昆牧伯异政多，负子曾看远渡河。

为舟人万氏题象图

（明）张以宁

雪白双牙云满身，日南万里贡来驯。
远方奇物真堪画，却是中州有凤麟。

黄精鹿

（宋）苏轼

太华西南第几峰，落花流水自重重。
幽人只采黄精去，不见青山鹿养茸。

右丞文献公著色鹿图

（元）元好问

野鹿标枝气象闲，先皇频岁赦秋山。
不妨右相丹青笔，时到霜林紫翠间。

子和麋鹿图

（元）元好问

白发刁骚一秃翁，尘埃无处避西风。
野麋山鹿平生伴，惆怅相看是画中。

题小薛王画鹿

（元）邓文原

礼乐河间雅好儒，曾陪校猎奉銮舆。
昼长灵囿观游后，政暇嘉宾燕集馀。
蛺蝶图工人去久，《驺虞》诗好化行初。
宗藩翰墨留珍赏，凭仗相如赋《子虚》。

画鹿行

（明）许毂

古来写鹿谁最贤？耶律以后皆无传。
吾乡近推快园叟，毫端物态俱天然。
快园野叟气豪荡，此图全得山林象。
疑从灵囿翻然来，走入君家锦堂上。
玄圃平开药草生，灵泉倒泻溪流清。
溪边跂跂似求侣，草畔甡甡如有声。
野叟风流不可见，彩笔见贻足珍玩。
霜毫岂羡芙蓉园，铜牌未数宜春苑。

怜君自是全生者，百年意兴惟原野。
世路逃名不受羁，云厓结伴宁相捨。
予本江南一散人，悔将书剑误风尘。
披图便欲捐簪珮，共採蘋蒿乐性真。

题易元吉画獐

（宋）陈与义

纷纷骑马尘及腹，名利之窟争驰逐。
眼明见此山中吏，怪底吾庐有林谷。
雄雌相对目炯炯，意闲不受荣与辱。
掇皮皆真岂自知，坐令猫犬羞奴仆。
我不是李卫公，欺尔无魂规尔肉；
又不是曹将军，数肋射尔不遗镞。
明牕无尘簾有香，与尔共此春日长。
戏弄竹枝聊卒岁，不羡晋宫车下羊。

次韵三司蔡襄獐猿

（宋）赵忭

獐狎猿驯遂性情，恍然疑不是丹青。
岂忧夜猎林中去，只欠秋吟月下听。
举目便同临涧谷，此身全恐寄郊坰。
山容野态穷微妙，造化争功六幅屏。

观易元吉獐猿图歌

（宋）秦观

参天老木相樛枝，嵌空怪石衔青漪。
两猿上下一旁挂，两猿熟视苍蛙疑。
萧萧丛竹山风吹，海棠杜宇相因依。

下有两獐从两儿，花餐草嚼含春嬉。
易老笔精湖海推，画意忘形形更奇。
解衣一埽神扶持，他日自见犹嗟咨。
金钱百万酒千鸥，荆南将军欣得之。
老禅豪取橐为垂，白昼掩门初许窥。
房栊炯炯明冬曦，榛丛羽革分毫厘。
残编未终且归读，岁暮有闲重借披。

题胡处士猿獐图

（宋）陈造

画工神品今代无，祁岳一脉传醉胡。
几年傲睨不落笔，乘兴埽出赤县图。
今君所宝亦第一，我疑神遇非有笔。
青林红叶晚未暝，遥山远水秋一色。
五猿踞石相因依，两猿挂树松枝低。
仰睇侧顾麕（獐）善疑，其二行齕〔啮〕如不知。
昔人画马师廐马，画山直付居山者。
野猿不驯麕易惊，邈影渠能写闲暇？
草露空荒远刀机〔几〕，即今放麕谁氏子？
山蜂负毒不足怜，盍贷蟏蛸留报喜。

和杨龙图獐猿屏

（宋）蔡襄

画莫难于工写生，麕（獐）猿移得上幽屏。
相逢平野初惊顾，共向薰风适性灵。
引子昼游新草绿，啸群时望故山青。
可怜官省沉迷处，每到中轩顿觉醒。

酬李公择谢予赠范李猿獐

（宋）郭祥正

黄麖雄领雌，青猿母抱子。一落置网中，城市就生死。
不如画图上，山深石泉美，永无置网忧，精神自全耳。
爱之写横轴，容易披案几。动静适自感，物我忘表里。
犹疑跳掷去，毫端讵能止。易生名独擅，斯人嗟往矣。
后来称范李，赠君君勿鄙。纵令笔未妙，犹胜负涂豕。

题易元吉獐猿两图（二首）

（宋）范成大

择食麕相唤，无人意不惊。猿啼雨动叶，机熟两忘情。

乌逐山公噪，惊麕仰望疑。春林无一事，猣狖自生悲。

题獐猿图

（金）党怀英

云山空，冈阜重，槲叶半湿新霜红。
溪猿得意适其适，闲攀静挂晴光中。
孤麕何从来？寂历野竹风。
举头相视不相测，昂藏却立如痴童。
鲲鹏负云天，斥鷃处蒿蓬。
万生所乐自不同，恝然胡为之二虫。

惠崇獐猿图

（元）元好问

月啸烟呼本不群，笔头同是一溪云。
野情山态令人羡，世路机关不似君。

画 猿

（元）刘 因

万古西山只月明，画中依约晓猿鸣。
幽人未去深须听，一出世间无此声。

獐猿图

（元）袁 桷

细草丰茸古洞，斜柯历落寒云。
信道乾坤消息，端须类聚同群。

画 猿

（元）虞 集

冷泉亭下呼常到，巫峡舟中听更愁。
老石枯藤还见汝，因怀经处思悠悠。

孝猿图

（元）程钜夫

三生石上性长存，死别如何不断魂。
开卷故人还满眼，此情今更不堪论。

题猿图

（元）马祖常

江渚无来鴈，山樊有宿猿。秋高卢橘熟，巴月树连邨。

题 猿

（元）李 祁

冷泉亭上呼嫌少，巫峡舟中听厌多。

白发老人宵梦短，月明孤馆奈君何。

猿鹿图
（元）牟巘

野鹿正周张，猿投两臂长。由基方逞巧，何似总相忘？

胡孙图
（元）牟巘

山果包已尽，充然两嗛中。雄雌自相命，槲叶老秋风。

题山月猿图
（元）僧恕中

水中明月轮，可翫不可觅。猕猴徒自狂，触破寒潭碧。

题周进士古木清猿图
（明）黄玄

昔从锦城来，却遇愁猿道。
千崖万嶂不可闻，此中哀怨令人老。
况是西江秋水来，冲波逆折鸣风雷。
攀萝涉水苦难度，腾枝抱子俱萦迴。
空林阴阴不知处，前惊后呼若相语，
正当绝险凌天梯，揽辔听来泪如雨。
君不见蚕丛开国通秦关，六龙西幸仍跻攀。
猿声鸟道有如此，一为长歌《行路难》。

题水底猿捉月图
（明）樊甫

漏板敲愁夜惊冷，露井梧桐湿无影。

海风吹星消碧烟，青天不见纤月悬。
嫦娥泪泣桂香死，谁知兔魄沉水底。
巫猿激烈心欲飞，便伸长手捞摸之。
夷神叱咤蛟龙怒，翻倒沧海上天去。

题画兔
（宋）陈与义

碎身鹰犬憖何忍，埋骨诗书事亦微。
霜落深林可终岁，雄雌暖日莫忘机。

画　兔
（金）李纯甫

三窟言何鄙，中林计未疎。贫而长衣褐，老矣不中书。
捣药元无死，忘蹄始见渠。子皮今尚在，遗像岂陶朱。

画　兔
（元）程钜夫

君王罢游猎，重德不重射。狡兔秋田中，食粟得闲暇。

画　兔
（元）程钜夫

足扑速，眼迷离，娇儿宛颈雌雄随。
安知捣药明月里，夜夜天寒月如水。

题画兔（呈马伯庸学士）
（元）杨载

姮娥乞与长生药，自可腾空入月中。
窃食草间多利害，饥鹰奋击待秋风。

题画兔

（元）李祁

毛颖多年秃未更，小儿题字苦难成。
何时会猎中山下，拔取霜毫付管城。

画　兔

（元）吴师道

孕灵广寒府，承宠中书署。谁令秋水边，弄月凄风露。

黄荃子母兔

（明）高启

阳坡日暖眼迷离，芳草春眠对两儿。
谁道嫦娥曾作伴，广寒孤宿已多时。

画　兔

（明）傅珪

捣药年年住广寒，琼浆时吸桂花丹。
何人最慕仙家景，移取霜毛画里看。

玉兔图（为许学士思仁题）

（明）廖道南

龙图学士人中龙，孤忠直气称豪雄。
蛟螭蟠拏走雷电，鸾凤迴翥流云虹。
秋轩示我月宫兔，霜毫雪质凝辉素。
捣药真调霞液丹，含英似挹冰壶露。
玉宇何年种树成，桂枝缭邈桂花明。
仙娥旧住玄霄阙，天使今栖银汉京。
学士悬弧当卯岁，昭阳单阏开祥瑞。

咸称明眹（视）玉衡精，奎章壁纬人文贲。
岳降还当东鲁东，星分危室地灵锺。
岱宗秀结千岩雨，瀛海涛驱万里风。
朅来侍从蓬莱殿，横经讲幄承清燕。
彤管常从石室挥，瑶篇屡向兰台撰。
谁云天毕张虞罗，指挥意象迥銮坡。
中山漫著昌黎传，颍水还怜永叔歌。
我为君歌酌君酒，维南有箕北有斗。
君归持捧献高堂，莱衣遐祝灵椿寿。

题画兔

（明）张凤翼

不从东郭困韩卢，亦任田中笑守株。
千载独传《毛颖传》，常留姓字与人呼。

题扇芙蓉兔

（明）祝允明

霜寒玉线乱秋衣，叶重花深草气肥。
灵药更无人肯饵，素娥应道不如归。

历代题画诗类卷第一百一

兽　类

画马篇（同诸公宴睢阳李守，各赋一物。）
（唐）高适

君侯枥上骢，貌在丹青中。
马毛连钱蹄铁色，图画光辉骄玉勒。
马行不动势若来，权奇蹴踏无尘埃。
感兹绝代称妙手，遂令谈者不容口。
麒麟独步自可珍，驽骀万匹知何有。
终未如他枥上骢，载华毂兮骋飞鸿，
荷君剪拂与君用，一日千里如旋风。

同鲜于洛阳于毕员外宅观画马歌
（唐）高适

知君爱鸣琴，仍好千里马。
永日恒思单父中，有时心到宛城下。
遇客丹青天下才，白生胡雏控龙媒。
主人娱宾画障开，只言骐骥西极来。
半壁趁趣势不住，满堂风飘飒然度。

家僮愕视欲先鞭，枥马惊嘶还屡顾。
始知物妙皆可怜，燕昭市骏岂徒然。
纵令剪拂无所用，犹胜驽骀在眼前。

梁司马画马歌

（唐）顾况

画精神，画筋骨，一图（团）[旋]风瞥灭没。
仰秣如上贺兰山，低头欲饮长城窟。
此马昂然独出群，阿爷是龙飞入云。
黄沙枯碛无寸草，一日行过千里道。
展处把笔欲描时，司马一骕赛倾倒。

和叔盎画马次韵

（宋）苏轼

天骥德力备，马外龙麟中。皇天不遣言，兀与画图同。
驽骀饱官粟，未受一洗空。十驾均一至，何事簫云风。

马图同裕之赋（韩笔，定襄霍益之家物。）

（金）李纯甫

天马飞来不苦难，云屯万骑开元间。
太平有象韩生笔，曾见真龙如此闲。

画马（为邢将军赋）

（元）元好问

大宛城下战骨满，驽骀入汉龙种藏。
将军此纸何处得，便觉房驷无光芒。
人中马中两勍敌，天门雁门皆战场。
并州父老应相望，早晚旌旗上太行。

画 马
（元）程钜夫

耳峻蹄高目有隅，肉鬛（鬃）磊硊立奚奴。
承平谁用千金买，空使闲人画作图。

画 马
（元）许有壬

惆怅孙阳世久无，纷纷驽骥遂齐驱。
不教神物俱湮灭，犹幸人间有画图。

画马（二首）
（元）虞集

萧条沙苑贰师还，苜蓿秋风尽日闲。
白发圉人曾习御，长鸣知是忆关山。

虢国夫人学画眉，宫门催入许先驰。
春风十里闻苾泽，新赐金鞍不受骑。

画 马
（元）范梈

一自房星下渥洼，龙媒多在玉皇家。
赤毛洒血微生汗，黑晕拕云整作花。
不待老能知失道，固应来是涉流沙。
如今岂少真神骏，犹有丹青纸上夸。

画 马
（元）成廷珪

圉人争喜得骅骝，拨入天闲早见收。

今日有谁怜骏骨，西风沙苑蒺藜秋。

题画马图
（元）萨都剌

汉水扬波洗龙骨，房星堕地天马出。
四蹄踸踔若流星，两耳尖脩如削竹。
天闲十二连青云，生长出入黄金门。
鼓鬣振尾恣偃仰，食粟何以酬主恩？
岂堪碌碌同凡马，长鸣喷沫奚官怕。
入为君王驾鼓车，出为将军静边野。
将军与尔同死生，要令四海无战争，千秋万古歌太平。

画　马
（元）张翥

睿思殿中万几暇，缥带犀签阅名画。
君王爱此神骏姿，笔势不在韦韩下。
五云御押手自封，玉寁蟠屈宸篆红。
百年重遭赤马劫，散落不逐兵尘空。
谁欤传之能爱惜，尺楮萧萧开古色。
骊骢玉面蹄踠白，青丝络脑黄金勒。
风鬣半散头怒侧，一团渥洼云气墨。
绯衫圉郎紧控持，直恐骄腾收不得。
向来南渡小朝廷，虎视欲与金源争。
蜀襄马场能几匹，尚想按图心胆倾。
只今万里龙沙道，游牝千群饱丰草。
天闲上驷皆乘黄，驽骞纷纷世空老。

画　马
（元）贡师泰

汉家旌节渡流沙，夺得戎王铁喙骊。

天上白鱼秋弄影，月中玄兔夜生花。
九图妙入将军笔，八骏神空阿母家。
独控奚官更超绝，长楸锦队熳如霞。

题画马（为方远上人赋）

（元）丁复

上人超世资，脱然了无为。犹有爱马癖，或比道林支。
天马由来出天池，西大宛国乃有之。
房星写神孕龙骜，雄志倜傥精权奇。
飞行灭没电莫追，空尘留烟不得窥，月氏之夷那敢骑。
汉武远慕穆天子，欲隮崐嵛游具茨。
遣使先开玉关道，凤颈虎翼初就羁。
王良造父死已久，当时不知驭者谁。
唐人为马置马监，奚官果是何物儿？
况复教之作马舞，跪拜起伏取笑娭。
伏仗能鸣辄引去，俛首低摧青络丝。
欲从驽骀服辕下，局促动遭箠策施。
非徒丧志失天性，病骨瘦柴如宛锥。
所以韩幹为画肉，不忍神骏成凋羸。
大漠茫茫天作屋，饥龁饱卧骄且驰。
蒲梢萧飒轻风度，苜蓿参差新雨滋。
胡为束缚对厮养，长嘶无声情内悲。
我岂伯乐知马者，意与马类伤马时。
自从眼前见此卷，把轴起坐敛更披。
上人之意无乃尔，笑绝长题画马诗。

题画马

（元）薛汉

渥洼龙媒少人识，世上驽骀日充斥。

班生画马画两匹，骏骨雄姿殊未得。
赭袍乌帻坐奚官，似出春风十二闲。
掩图不语三太息，我方垂耳盐车间。

画马行

（元）吴莱

凉秋八月霜皓皓，白鹰惊飞散蓬葆。
川原蓄牧万马来，扬鬣攒蹄龁枯草。
渔阳突骑自有真，奚官翦拭倾城闉。
素丝结辔美无价，绣鬐披鞯骄向人。
当涂奋掷森崛壮，一旦纷腾入天仗。
父老东城接鬪鸡，胡儿内苑随调象。
煌煌京洛鸣和铃，犇走万里如流星。
筋力追风乌鹊厉，精神喷雾蛟龙冥。
往年踊跃将一跨，寂寞而今空见画。
黄金铸式犹峥嵘，多少地上麒麟行。

题画马

（元）李祁

玉面霜蹄汗血姿，黄金高价有谁知。
不嘶不动从羁绊，记得彤庭立仗时。

画马歌

（元）戴良

吾闻唐家有马名胡骝，写入尺楮百千秋。
是何笔力妍且劲？眼底飘飘尽龙性。
此马曾经百战来，丰姿逸态何雄哉！
功成未受伏枥惠，愁对青骡若相语。

隰公爱马兼爱画,市以千金岂高价。
流传几手到南荒,夏赟兄弟今袭藏。
年深物化使我伤,万里骁腾苦无日,徒遇伯乐与王良。

画马（二首）
（元）贡性之

偃蹇龙驹不受羁,贡来远自渥洼西。
天闲立仗归来晚,犹向东风振鬣嘶。

天闲牵出许（一作"自"）奚官,饮罢春流未解鞍。
记得曾陪仙仗立,五云深处隔花看。

画　马
（元）钱惟善

西风弄影四蹄霜,背有连钱匹练光。
神骏何曾受羁靮,萧萧想见华山阳。

题画马（三首）
（元）唐肃

曾充天廄浴天池,太仆寻常不敢骑。
金粟堆荒松柏老,凤头犹络旧青丝。

四十万中新选得,拳毛一色郁金黄。
在前正立教牵过,不赐岐王定薛王。

金池春水胜汤泉,浴罢双龙乍试鞭。
明日君王猎西苑,敕教都被紫驼鞯。

题马（二首）

（元）屠性

渥洼神水与天通，汗血淋漓带赤骉（鬃）。
明日甘泉祠泰畤，和銮声在五云中。

晓来疎雨过沙堤，振迅先闻柳外嘶。
不是圉人调未习，临流怕湿锦障泥。

画　马

（元）张庸

年少奚官绿绮裘，忆曾何处鞚骅骝。
半堤草色连钟阜，数点桃花出御沟。

题画马

（明）张以宁

满身云湿出滇河，九折羊肠抹电过。
天廐飞龙今百万，尽渠饱卧夕阳坡。

画　马

（明）徐尊生

白马披朱鞯，牵来过御前。忆曾何处见，金水小桥边。

题江阴侯杜安道宅画马（二首）

（明）陶安

洗罢桃花浪暖时，群空冀北见权奇。
五花云湿青丝鞚，百战功成不自知。

房宿何年寓世间，四蹄踏铁度天山。
沙场酣战夸神骏，奏凯归来十二闲。

画 马
（明）杨基

古人画马如画竹，贵在萧萧去凡俗。
骨欲权奇尾欲轻，不用丰鬃与多肉。
当时精妙称曹霸，人与骅骝意俱化。
信笔为之自有神，忘却龙媒是图画。
此马满身花作团，大宛三日到长安。
若教引见南薰殿。应赐殷红玛瑙盘。

画马（三首）
（明）徐贲

拳毛零落暗尘埃，何似春风立仗回。
当日外番初进奉，不知传勒赐谁来。

亲曾调马动天颜，看遍东风十二闲。
今日写真图画里，一双龙骏在人间。

立仗归来出御堤，圉官为解锦障泥。
春流芳草无人渡，得向东风自在嘶。

画 马
（明）许伯旅

曹韩画马久绝笔，近代状者多驽骀。
毫端不得千古意，孰识世有真龙媒。
图中此马何所似？人言昔产余吾水。

一闻高价倾千金，更觉雄心少千里。
双瞳烁电筋权奇，索不可系何言答。
变化应随霹雳去，死生或与英雄期。
涓人买骨吁可怪，汉武劳师动横溃。
岂知神物在人间，骊黄迥出天机外。
我生爱马癖莫医，眼见画图神欲飞。
荥河真种当可致，西扳弱水扶桑归。

画　马
（明）赵　迪

塞北胡儿鞚骍骝，岂知天廄有乘黄。
春风驰道花如锦，玉勒骄嘶出建章。

画马（二首）
（明）刘　绩

曾蹴交河度黑山，霜蹄飒飒汗斑斑。
如今四海无征战，老向春风十二闲。

双驹汗血已斑斑，蹀躞春风意态闲。
闻道千金求骏骨，不应龙种在人间。

题马（四首）
（明）丘　濬

天生骏骨异寻常，午夜房星照地光。
冀北陇西搜索徧，归来内苑有飞黄。

俗眼纷纷看画图，不求神气论形躯。
世间不独孙阳少，韩幹江都今也无。

追风逐电去如飞,奋迅长鸣不受羁。
莫向人前夸骏骨,将军偏不喜乌骓。

冀北由来是马乡,寻常十四九飞黄。
不知地产随时变,刚把凡胎诧作良。

画马(二首)

(明)李东阳

健马奔泉如渴虹,活马浴水如游龙。
竦身作势蹴厚地,仰首喷沫生长风。
倦思滚尘痒磨树,似是马身通马语。
莫将意态问丹青,天机正在忘言处。

前马奔腾后马逐,沙苑东来曲江曲。
相遭意气两不平,踏尽长堤春草绿。
奚官一骑高如山,金镮玉勒声珊珊。
会呼群骏出云雾,同立春风十二闲。

画 马

(明)姚纶

何年来骏骨,画史貌能真。千里电一掣,五花云满身。
香尘金谷道,青草玉关春。独立浑无侣,长鸣似向人。

画 马

(明)庄㫤

野草寒风捲雪乾,病躯斜阁瘦栏干。
相逢刍豆人间者,谁把行天步骤看?

画马（二首）

（明）蒋冕

千金骏骨本空群，一入天闲更绝尘。
元狩乐歌今不作，松阴空老渥洼身。

来如奔电去如风，百万驽驼一洗空。
谁遣时清烽燧熄，朝朝羁束柳阴中。

画　马

（明）傅珪

霜蹄汗血勒朱幩，老气曾空冀北群。
此日天闲聊纵目，分明箇箇五花文。

画马行

（明）郑岳

房星耿耿明碧落，神驹堕地走沙漠。
天闲秣饲列奚官，逸气俛就青丝络。
古来神骏岂易畜，遗貌至今动人目。
硉矹争看骨格奇，人间万马徒多肉。
汗血染成五色纹，碧蹄高踏秋空云。
跮躞嘶鸣神彩溢，此图疑出曹将军。
渥洼异产今寂寞，世无伯乐何由识？
但收遗骨破千金，不用按图远相索。

题画马

（明）陈雷

赭袍乌帽立奚官，牵出春风十二闲。

不属丹青传写妙，龙媒何得至人间。

题 马
（明）王直

凤臆龙鬐世不多，春风饱食玉山禾。
升中自是明时事，岱岳云亭想一过。

题画马
（明）李坚

九原难唤孙阳起，天闲龙种沉洼水。
是谁传此千里神，逸态英姿酷怜似。
世情贵耳多贱目，叶公龙癖纷相属。
眼前骏骨畴能知，幅缣尺素争夸毗。
还君此画三叹息，物情好恶元无的。

题画马
（明）王景彰

天上房星烛地寒，故教骏骨落人间。
如今纸上空形影，苦忆秋风十二闲。

题画马（四首）
（明）僧妙声

真龙矫矫空大群，奚官牵来气若云。
黄金骨法颇清峻，画者似是曹将军。
驽骀高骧饱刍粟。白驹辕下伤局促。
方今相者多举肥，莫画权奇须画肉。

画师胸中有全马，三马斯须生笔下。

中有一匹玉花骢,似是西来大宛者。
不群不食意气豪,羞与二马同凡槽。
使我见画三太息,于今谁是九方皋?

皎皎白马白于练,首如渴乌目如电。
天闲骐驎人不见,画师为我开生面。
圉人牵浴定昆池,落花满地骄不嘶。
青丝络头无一丈,挽住万里崑崙蹄。

前朝王孙善画马,笔迹不在曹韩下。
君看榻上玉花骢,风骨权奇绝潇洒。
却忆至元全盛时,四十万匹皆吾师。
崇天门下宣入贡,太仆牵来亲见之。
李君爱马人莫比,意气相期论万里。
千金买得真骅骝,早晚骑之见天子。

题赵翰林唐马

(元) 陈基

王孙昔侍金銮殿,亲见天街进马来。
貌得权奇大宛种,解教人世识龙媒。

唐马图

(元) 吴师道

饱食天闲逸气生,只愁立仗误长鸣。
青丝挽入奚官手,俛首何妨逐队行。

题唐马图

(明) 王褒

锦鞯金铎舞倾杯,驿路相传换马台。

零落黄尘鼙鼓歇,只从图画识龙媒。

题唐人马图

(明) 偶桓

内厩多龙马,奚官晚更调。独矜红叱拨,老气压天骄。

题画唐马

(明) 温胤勋

苜蓿含花草露斑,奚奴扰扰出沙湾。
尘飞大夏三千里,泥满东风十二闲。
直内铜符初上缴,征西铁甲未东还。
可怜绝代贤王手,少画渔阳阿㟯山。

唐马图

(明) 倪敬

房精坠地云气黑,龙媒贡自那耆国。
英风飒爽生天闲,白玉鸣珂紫金勒。
石阑干外草茸茸,一声嘶断落花风。
只今万乘巡游少,立尽芭蕉日影红。

题唐马

(明) 程敏政

青青苜蓿长初齐,十二天闲望不迷。
杨柳一株沙苑道,奚官来试骕骦蹄。

唐马篇

(明) 丘濬

开元考牧千百群,谷量色别如锦云。

金羁绣鞯盛装饰，新水香萁调息匀。
纵横六印带官字，牵出长街多意气。
奚奴屏息不敢骑，路人敛迹遥回避。
昂头高步踏软尘，倏来倏往如有神。
四海风尘那敢动，铁骑奋迅应无伦。
渔阳鼙鼓一朝起，四十万匹骈头死。
独馀一匹真乘黄，负载君王蜀山里。
蜀山西去栈道危，此时郎当将语谁？
张郎不来哥舒去，独乘千里将安之？
九折坂头泥汩汩，据鞍稳坐伊谁力？
平时饲秣非不多，逐草奔泉各南北。
古来良骥惟称德，一匹胜如千万匹。
今观此画殊不凡，天骨开张森独立。
岂是三郎旧所乘，录功别养当时平。
诏令画史为图形，千年神骏还如生。
我一见之心神惊：何当房宿重降精，再使麒麟地上行。

芸窗集画图

（宋）何梦桂

天马不生韩幹死，雀白翎毛落蒿里。
虎头妙笔夜通灵，主爵郎中修（羞）画史。
杨君画眼空四海，剩把金奁贮奇诡。
〔榆关〕牧马边草秋，一骑一纵骅与骝。
阿谁青骢嚼金勒，拔剑奔逐鬐怒虬。
提弓空捍鸣镝尽，尘沙满耳风飕飕。
筼筜谷中一梢出，冷蕊相看冰雪骨。
葵花二色空争妍，没骨丹青输水墨。
猿猱两两雄顾雌，獐鼠伎伎母趁儿。

水禽并下照秋水，足踏枯荷浸涟漪。
人间清景能几许，野马战场只尺咫。
芸牕一幅水沉烟，俯仰乾坤千古意。

历代题画诗类卷第一百二

兽　类

八骏图

（唐）杜荀鹤

丹臒传真未得真，那知筋骨与精神。
秖令试骏凭毛色，騄耳骅骝赚杀人。

八骏图

（唐）罗隐

穆满当年物外程，电腰风脚一何轻。
如今纵有骅骝在，不得长鞭不肯行。

观八骏图

（唐）刘叉

穆王八骏走不歇，海外去寻长日月。
五云望断阿母宫，归来落得新白发。

八骏图诗（有序）

（唐）元稹

良马无世无之，然而终不得与八骏并名，何也？吾闻八骏日行三万里。夫车行三万里而无毁轮坏辕之患，盖神车也。人行三万里而无丧精褫魄之患，亦人之神也。无是三神，而得是八马，乃破车、弩御、颠人之乘也，世焉用之？今夫画古者，画马而不画车、驭，不画所以乘马者，是不知夫古者也。余因作诗以辨之。

穆满志空阔，将行九州野。神驭四来归，天与八骏马。
龙种无凡性，龙行无暂舍。朝辞扶桑底，暮宿崑崙下。
鼻息吼春雷，蹄声裂寒瓦。尾掉沧波黑，汗染白云赭。
华辀本修密，翠盖尚妍冶。御者腕不移，乘者寐不假。
车无轮扁斲，辔无王良把。虽有万骏来，谁是敢骑者？

题八马图

（宋）范浚

何年画工搦毛锥，貌此八马恣权奇？
青丝络头十二蹄，调柔意态行愉怡。
五马放浪无维羁，或龁或望仍回嘶。
一牧牵鞚一牧骑，制度髣髴唐巾衣。
不知此马生何时，昔周穆王远游嬉。
驾跨八骏驱东西，高升崑崙蹑瑶池。
騮騄骧义劳飞驰，日走万里无停骓。
兴元唐家危累綦，百卷仅脱朱泚围。
黄屋进狩怀光追，八马入谷七马疲。
筋挛肉绽行人悲，两者资世皆颠赢。
虚名何有千载垂，空得传记流歌诗。
未知此马闲犹夷，牧垌不受鞭策威。
不蹈险远安无危，泉甘草荐足自肥。
安用号骏称云骓，嗟哉画意谁能知？

八骏图

(元) 吴澄

阴山铁骑几千匹,雨鬣霜蹄神鬼出。
风驰云合暗中州,蹂尽东宾西饯日。
岂皆骙儦与蜚黄,拓土开基功第一。
忽于纸上见八骏,穆满所乘最超逸。
如今已死骨亦朽,漫向毫端趁毛质。
当时造御天上艺,仅到瑶池王母室。
莫雪霏霏《黄竹歌》,日行三万竟如何?
逢时莫问才高下,只与论功孰少多。

八骏图

(元) 虞集

瑶池积雪与天平,西极空闻八骏名。
玉殿重来人世换,萧萧苜蓿汉宫城。

姚少师所藏八骏图

(明) 曾棨

周家八马如飞电,夙昔传闻今始见。
锐耳双分秋竹批,拳毛一片桃花旋。
肉騣叠耸高崔嵬,权奇如此真龙媒。
霜蹄试踢层冰裂,骏尾欲掉长飙回。
瑶池宴罢归来早,络月羁金照京镐。
紫鞯飞时逐落花,雕鞍解处眠芳草。
由来骏骨健且驯,弄影骄嘶不动尘。
有时渴饮天津水,五色照见波粼粼。
圉官骑来难久驻,饮向春流最深处。

珠衔宝勒不敢疎，直恐飞腾化龙去。
古来善画韦与韩，此画岂同凡马看。
人间造次不可得，苜蓿秋深烟雨寒。

赵松雪八骏图

（明）王泽

赵家王孙擅好书，更复画马如江都。
尝从玉堂罢春直，惯写天马随监奴。
马来西宛龙八尺，势或怒惊如鹊立。
似疑初浴荥河波，身上龙纹五花湿。
王孙写骏不写形，运思已入天机精。
都将临池古书法，落笔一扫千人惊。
今逢此图乃八匹，老我见之惟叹息。
人间驽骀漫纷纭，天上龙纹谁购得？
忆昨八骏登瑶池，昆崙万里天西陲。
风行电迈景恍惚，翠蕤不动天王旗。
古来八骏虽已矣，房星在天还不死。
雄姿伏枥世岂无，胡乃惟称穆天子？

独骏图

（元）毛直方

连天苜蓿青茫茫，盐车鼓车纷道傍。
独骏汗血不可当，权奇倜傥晦若藏。
五之六之无留良，如此独步何堂堂。
日三品豆慎所尝（尝），天闲逸气谁能量。
一尺之箠五尺鞿，了与辔络俱相忘。
太仆御直俨冠裳，庭前槲上婉清扬。
有诏有诏且勿忙，一洗凡马銮锵锵。

我观此图笔意长，欲言尚寄田子方。

书韩幹二马

（宋）苏轼

赤髯碧眼老鲜卑，回策如萦独善骑。
赭白紫骝俱绝世，马中岳湛有妍姿。

韩幹二马

（宋）苏辙

玉带胡奴骑且牵，银鬃白鼻两争先。
八方龙种知何数，乞与岐邠并锦鞯。

题两马图

（宋）晁说之

前马去骎骎，年少意有馀；后马追驰骤，喘杀肥鬐奴。

李龙眠二骏图

（元）王恽

突啮相忘络脑羁，沙平春静草凄迷。
后人莫作丹青看，特为《南华》释《马蹄》。

辽夏寻盟静塞尘，駉駉归逸华山云。
当时骎牝三千匹，办与龙眠策画勋。

跋龙眠二骏图（二首）

（元）王恽

玉塞沙平苜蓿繁，渥洼春水汛晴澜。
几时扈从长杨猎，一片红云拂绣鞍。

汉家天子狩阴山,万马凭凌汗血殷。
早晚华阳春草地,駓駓得似画图间。

二马图
（元）王恽

振鬣长鸣万马瘖,肯教闲损络头金。
多应纵驾华清去,飞过宫前御柳阴。

题二马图
（元）贡师泰

铁喙䯄,连钱骢,何年堕影江水中?
蒲梢西来八尺龙,天闲十二为尔空,五花云锦吹东风。

题二马图
（元）陈基

一种权奇产渥洼,暖风晴日过平沙。
寻常不敢施鞍鞯,知是君王白鼻䯄。

题二马图（二首）
（元）张天英

奚官浴马试与骑,一匹受鞍一匹嘶。
房星之精四飞去,昭陵风雨夜凄凄。

沙陀义儿御两马,正从梁晋争天下。
惜哉不见夹寨破,杨五功名竟独跨。

二马图

（明）张以宁

草软沙平日暖天，相摩相倚最相怜。
无端走上长楸道，喷玉争先掣电边。

双驭图

（明）张羽

内官妆束样能齐，宛洛春风信马蹄。
共说放朝无一事，看花直到夹城西。

二马图

（明）姚绶

圉人牵来马二种，黄白紫骝气骁勇。
一朝贡献入天闲，呈之大廷沐天宠。
玉河雨晴春水满，卸鞍浴罢东风暖。
牵还双控尚不骑，金堤芳草青犹短。
青青草短非田野，此马非伏盐车者。
世无伯乐价谁增，那似王孙画中写。
曹韩已久何可作，古法相传只如昨。
化龙犹恐乘长风，松雪斋前去挥霍。
君不见房星光堕渥洼水，绝世神驹定飞起。

二马图

（明）吴宽

紫骝嘶逐玉花骢，曾是沙场百战功。
今日奚官重鬋拂，落花芳草灞陵东。

题赵文敏画两马行

（明）王世贞

后马斑黄前马黑，两马八蹄如雪白。
前人衫绯后人碧，后人上马如上壁。
前人回首顿其辔，后马蹄骄欲前逝。
一跃双争日月轮，齐驱竞吐风云气。
吴兴笔底蟠权奇，前身伯乐真马师，饮龁立卧皆天姿。
我闻南人使船如使马，胡不画一小艇凌涟漪？
吁嗟嗟！龙种骨立天西陲。

韩幹三马

（宋）苏辙

老马侧立鬣（鬃）尾垂，御者高拱持青丝。
心知后马有争意，两耳微起如立锥。
中马直视翘右足，眼光已动心先驰。
仆夫旋作奔佚想，右手正控黄金羁。
雄姿骏发最后马，回身奋鬣真权奇。
圉人顿辔屹山立，未听决骤争雄雌。
物生先后亦偶尔，有心何者能忘之。
画师韩幹岂知道，画马不独画马皮。
画出三马腹中事，似欲讥世人莫知。
伯时一见笑不语，告我韩幹非画师。

咏李伯时画韩幹三马（次苏子由韵简伯时，兼寄李德素。）

（宋）黄庭坚

太史琐腮云雨垂，试开三马拂蛛丝。
李侯写形韩幹墨，自有笔如沙画锥。

绝尘超日精爽紧，若失其一望路驰。
马官不语臂指挥，乃知仗下非新羁。
吾尝观览在坰马，驽骀成列无权奇。
缅怀胡沙英妙质，一雄可将十万雌。
决非厮养所成就，天骥生驹人得之。
千金市骨今何有，士或不值五羖皮。
李侯画隐百寮底，初不自期人误知。
戏弄丹青聊卒岁，身如阅世老禅师。

题李早女真三马扇头
（元）张䇓

金源六叶全盛年，明昌正似宣和前。
宝书玉轴充内府，时以李早当龙眠。
想当画院供奉日，饱阅天闲万奇骨。
等闲游墨落宫扇，骏气凌风欲超忽。
雾鬣风鬃（鬈）剪剔新，郎君标格玉为人。
四带纱巾绣衣领，醉鞭蹋尽燕台春。
一声白鴈黄河莫，岂料征蹄竟南渡。
回首西风障战尘，女仙空抱琵琶去。

三马图（二首）
（元）陈旅

豹股龙膺百战馀，凌烟长楄载璠玙。
时平不出横门道，愿为君王驾鼓车。

郊原春草绿蒙茸，三马萧萧柳外风。
曹霸当年真绝技，只描闻阖玉花骢。

题开元三马图

（元）胡长孺

牧马极盛开元中，上闲十二皆游龙。
时平千里不自效，嘶声脱吻生悲风。
流传八骏苦诡怪，乐歌天马徒能工。
岂如杜句曹韩画，流云飞电玉花骢。
吟诗展卷何独此，未可与此争先雄。
重瞳玉色五百载，阶榻相向将无同？
谁人临摹得高意，印章彷佛龙眠公。
但存大略见神骏，未傅五彩分风鬃（鬃）。
俯仰布置号进稾（稿），图成欲上明光宫。
安定王孙固英物，锦标象轴留其踪。
愿言藏袭不浪出，骏骨隐隐惊盲聋。
秖今驽骀厌刍豆，盐车未赎汗沟红。

题唐申王三骏图

（元）丁鹤年

三骏英英出渥洼，太平刍束饱天家。
谁知百战平河北，汗血功归狮子花。

题四马图

（元）薛汉

世上驽骀眩凡目，秖今谁识马中龙？
昂头振鬣长鸣处，似向秋风诉未逢。

唐人四马卷（四首）

（元）宋无

金衔初脱齿新齐，蹄玉无声赤汗微。

昨日杏园春宴罢，满身红雨带花归。

簇仗回来玉勒闲，黄门牵向落花间。
君王不爱长杨猎，嘶入春风十二闲。

霜蹄蹋月早朝回，尾弄红丝拂紫苔。
日暖龙池初洗罢，尚方闻进御鞍来。

太仆新调试锦鞯，九重日色照连钱。
春来兴庆池边路，偏称宫中软玉鞭。

题伯时画温溪心等贡五马
（宋）陈与义

漠漠河西尘几重，年来画马亦难逢。
题诗记著今朝事，同看联翩五匹龙。

题李伯时画五马图
（元）戴良

呜呼良马不世出，今人但寻李侯笔。
五龙忽堕白云乡，海角孤臣看自失。
太平天子开明堂，前驱麒麟后鸾凰。
当时此马来万里，想见顾盼生风霜。
龙眠老仙亦如此，挥毫谈笑群公里。
官闲禄饱少尘埃，雾阁云窗天上起。
风流转眼馀山河，人间荆棘何其多。
临风卷图三太息，此马今存知奈何？

宋学士所藏五马图

（元）程钜夫

朝饮幽并暮秣吴，龙膺凤脊紫方瞳。
承平得此宁无用，可惜人间只画图。

五马图

（元）王冕

太仆济济唐衣冠，五马不著黄金鞍。
饮流系树各有适，未许便作驽骀看。
鬣鬛萧萧绿云耸，喷沫长鸣山岳动。
世无伯乐肉眼痴，那识渥洼千里种。
官家去年搜骏良，有马尽拘归监坊。
遂令天下气凋丧，驴骡駬駋争腾骧。
只今康衢无马跡，得见画图差可识。
画图画图奈尔何，抚几为之三叹息。

集杜句题五马图

（元）韩性

使君五马一马骢，声价欻然来向东。
飞电流云绝潇洒，迥立阊阖生长风。
肉鬃（騣）磊块连钱动，大宛立仗青丝鞚。
不须对此成叹嗟，古来才大难为用。

五马图

（明）镏师邵

渥洼水中产龙马，房星之精自天下。
星奔电掣势莫当，岂比寻常驾辕者。

竹批峻耳铁作蹄，雄姿飒沓精权奇。
日行三万等历块，未许八骏相追随。
今观此图凡五匹，画史经营各臻极。
就中一匹是真龙，异质殊形人莫识。
沧溟气含云雾凉，蹴啮顾盼思腾骧。
神奇变化在顷刻，素壁高堂安可常。

题五马图

(明) 李晔

开元四十万匹马，谁是超然出群者？
曹韩笔力非不工，须信真龙最难写。
真龙只有拳毛䯄，太宗骑此开唐家。
雄姿猛气世无敌，当年识者久叹嗟。
吴兴公子画五匹，满眼风云起萧瑟。
一匹玉花骢（啮）且骄，一匹飞黄甚飘逸。
駮（驳）文殊者一匹雄，一匹紫电奔长虹。
中央正立一匹胡青骢，遂令四马皆下风。
想见承华春首蓿，此马由来字天育。
殷红盘袍帽纹縠，奚官杖策来监牧。
花萼楼前风日迟，五王宴罢何逶迤。
乃知画师用心苦，俟我落笔题新诗。①

李判府五马图

(明) 罗泰

黄堂时并驾，紫陌事驱驰。导从归来晚，奚官控秣时。

---

① 此诗末尾删节四句："大明天子飞龙骑，汗血功成即天位。真龙复出凡马空，眼见此图传万世。"

腾身思渥水，弄景忆瑶池。西上还家日，应辞白玉羁。

五马图歌（有序）

（明）李维桢

汉太守四马，加秩中二千石乃右骖，故以五马为贵。今州在郡下，守州者遂称五马大夫矣。陈生拜盐官，秩与州守等，客以五马图赠，属余为歌。

神龙游戏下滇池，池波鼎沸半龙鳌。
化作龙驹五汗血，雄风闪电相追随。
谁为羁靮来燕市，燕市黄金台已矣。
低垂两耳驾盐车，画熊朱轓不得使。
骧首景光悬匹练，骄嘶意气腾千里。
君不见司马相如蜀赀郎，长吏前驱谢鴈行。
当其困阨酒垆间，但有犊鼻无骈骊。
相士失贫相马瘦，世人但知牝牡与骊黄。
一朝邂逅九方皋，目为丞相头为王。
九逸八骏在天闲，二千石粟安足尝。

赵承旨天闲五马图歌

（明）王世贞

吾闻天子之乘有六马，五马无乃诸王侯？
飞黄一骨立天仗，兹者廿足闲清秋。
有金不敢将络头，奚官屏立气致柔。
玉毫如霜落劲刷，俶傥暂摄归优游。
银槽苜蓿露不收，绿波溢吻芬锦韛。
悬蚕齿戛快自酬，宛如双虹籋云浮。
功成身贵人不知，奉车骖乘白玉埒。
君王纵复日三顾，此足敢忘追咸池？

吴兴学士曹韩师，写出蹀躞千金姿。
得非饮至平南时，数百万匹皆权奇。
呜呼！渥洼之种悲不悲，真龙却走阴山陲。

题五马浴川图
（明）陈敬宗

翩翩天廐五龙媒，太液池中浴未回。
身散玉花云影动，日流星彩镜光开。
负图似向荥河出，孕质疑从渥水来，
明日彤墀齐立仗，总承恩泽下蓬莱。

题方起莘五马图
（明）唐桂芳

徐君平生爱马癖，往往画手称（号）无敌。
百年物化形影存，流落生绡总陈迹。
今看五马各异色，两匹骊黄一匹白。
一匹翠刷云满身，一匹虹奔汗流血。
奚官亦复可怜人，笑拂青丝事羁靮。
就中谁解骁腾姿？背立如龙俄八尺。
不蹄不啮有馀闲，回视神光恍相射。
得非念同槽枥悲，御者非人常乏食。
低头帖耳或内伤，十二闲中推第一。
而今蹭蹬老可欺，空伴驽骀无赏识。
呜呼！不幸世运遭囏（艰）虞，岂比唐时太平日。
牵来锦绣动成群，玉鞍未卸黄金勒。
丹墀昼静柳阴移，一点花飞堕香雪。
毛仲也是廐养儿，嫁女传宣出宫掖。
宫掖惯听鼓节声，教舞衔杯增戏剧。

酒狂大叫问梅花,何似龚黄二千石?

五马图歌（赠郑绍兴）

（明）顾璘

画图五马云锦文,谁其有者郑使君。
房星降灵渥洼裂,龙种迈出驽骀群。
金河蹴躏精爽振,玉珂脱落权奇分。
使君人异马亦异,气概万里含风云。
四明美政那可状,闾井小儿知礼让。
风化浑期太古前,功名特出诸侯上。
昨乘此马朝王正,锦鞯光照长安城。
天闲绿駬盈万匹,此马一过人皆惊。
郑君五马真绝奇,盐车局促将何为?
穆王正要追风足,报尔王良伯乐知。

题昭陵六马图

（元）陈基

秦王六马一何骁,生死同心鄂与褒。
酣战每将戈止日,并驱长使血生毛。
流传弟子初名幹,服事将军老姓曹。
貌得真龙九重上,昭陵刻石世同高。

任月山七马饮饲图

（明）吴宽

一马初饮泉,三马共啮草,
二马欲饮一未啮,七马絷维俱枥皁。
圉人饮饲亦良苦,茁草汲泉须美好。
驱驰正用千里力,不使尔渴使尔饱。

尔如无用却徒然，天闲肥马云锦连。

明皇九马图
（宋）刘子翚

书生兀兀园不窥，见马岂辨骝与骓。
开图九骏立突兀，摸索知是真龙儿。
奔雷蹴踢原野动，曳练惨错风沙随。
华缨金络岂不好，矫首奋迅那容羁。
吾闻取骥如择士，竞爱妥帖惊权奇。
士怀倜傥众论斥，马有颛顸群驽欺。
六闲豢养固恩厚，横气摧折常鸣悲。
丹青傥不逢妙手，万世岂识真龙姿。
因思中原政格鬬，铁骑倏忽银山移。
著鞭安得致此物，掩画四顾徒歔欷。

九马图
（元）袁桷

九衢尘沸各低头，水暗荒陂得自由。
矫首天池欲归去，乘风缓从玉皇游。

题月山公九马图手卷（为任伯温赋，有序。）
（元）杨维桢

　　任公月山《九马图》一卷，马官控而立者二，渴饮者二，赴饮者一，共枥秣者二，立而昂首回顾者二。昔韩幹善画马，实出曹将军霸。唐之画马称曹、韩，而杜子美评曰"幹惟画肉不画骨"，则幹犹未暇入曹将军室也。今公所画，法备而神完，使在开元间，未知与霸孰先后，岂独方驾幹而已哉！其孙士珪出卷求余言，故为赋卷尾。

任公一生多马癖，松雪画马称同时。
已知笔意有独得，天育万骑皆吾师。
房精夜堕池水黑，龙出池中飞霹雳。
图中九马气俱王，都护青骢尤第一。
一马饮水水有声，两马龁草风雨生。
其馀五马尽奇骨，蛮烟洗尽桃花明。
君不见佛郎献马七度洋，朝发流沙夕明光。
任公承旨写神骏，妙笔不数江都王。
任公一化那可复，后生画马空多肉。
此图此马无人看，黄金台高春草绿。

任月山九马图

（明）吴宽

前元画马任月山，九马意态皆天闲。
开图似具方皋眼，不在骊黄牝牡间。
日午归来千里道，渴者饮泉饥龁草。
风前汗血流未乾，仍见双蹄腾枥皁。
曹韩已远图有无，犹赖杜老诗如图。
慨予何以慰马癖，空对騄駬并駉骎。
唐家自得王毛仲，一时下乘千金重。
此图卷却勿浪开，《旅獒》日日宜矇诵。

题韦偃十马图（二首）

（元）王恽

浮深角壮恣游嬉，沙苑春风碧草齐。
闻说紫宸初立仗，内家正要不鸣嘶。

国初鞍马说江都，今见韦侯十骏图。

独爱少陵忠义气,艰危安得济时需。

吴兴赵子昂十马图
(元)虞集

昔在祕阁见十马,云是韦偃之所画。
此图位置略相似,心神偶同岂临写?
马种本自渥洼来,濯濯清泉更潇洒。
常恐一旦风雨至,蹩躠波涛遂神化。
豪雄意气今岂无,未必深沉如此者。
君看最后临岸嘶,自是真龙无世价。

题高丽行看子(有序)
(宋)楼钥

高丽贾人有以韩幹马十二匹质于乡人者,题曰《行看子》。接处黄绫上书"韩幹马",表饰以绫,尾以精纸,皆丽物也。闻其怀金来取,因命工临写而归之。再用东坡韵,书临本之后。

竹批双耳风入蹄,霜鬣剪作三花齐。
相随西去皆良种,撼首奋鬣迎风嘶。
丹青不减陆与顾,丽人传来译通语。
装为横轴看且行,云是韩幹非虚声。
圉人乘马如乘鹤,人马相谙同呼啄。
中有二匹真游龙,爬梳迥立绿扬风。
贾胡攜金赎此马,亟呼上人临旧画。
我诗无由到三韩,写向新图时自看。

再题行看子
(宋)楼钥

先引护栏毹子骢,九马近远俱相从。

黑驹騼黄骓素骝，亦有当〔笏〕面仍银鬃。
夏国一种青于蓝，五明错驼（靴）皆如龙。
或骖或引恣驰骤，坐觉隐耳声珑珑。
人间安得有此辈，一一必自天闲中。
不惟骨相异凡马，圉人贵介多雍容。
三花剪鬣如官样，宝鞍更以香罗幪。
中间二者盖天马，齿虽已老气尚雄。
不知几出横门道，双立柳下青阴浓。
捽辔捽颔刷背膂，旋梳骏尾摇清风。
人人生意马欲动，态度曲尽各不同。
韩生去我几百年，藻色尚湿青与红。
不知何时堕鸡林，万里远在东海东。
贾人攜来得寓目，一见绝叹丹青工。
千金可买真不惜，忽复攜去何匆匆。
亟令临写得形似，如此神骏那得逢。
开元内外马盈亿，色别为群从登封。
韩生所见定傑出，七尺为䯀八尺駥。
向来鸾边系金绒，归乘款段头已童。
伏枥宁能志千里，却笑区区据鞍爨铄翁。

题章存诚十三马图

（元）傅若金

韩幹画马天下闻，笔力远到曹将军。
忽从座右见神骏，落日萧萧愁莫云。
雄姿利气闲且逸，雾鬣风鬃十三匹。
神龙变化未可知，天驷光芒有时失。
去年刷马喧都鄙，纷纷杀马输马耳。
骐骥遥依沙漠寒，驽骀尽向风尘死（一作"江南死"）。

江南近来一匹无，君家乃得存此图。
便当持献穆天子，上下八骏同驰驱。

韩幹十四马
（宋）苏轼

二马并驱攒八蹄，二马宛颈鬃尾齐。
一马任前双举后，一马却避长鸣嘶。
老髯奚官骑且顾，前身作马通马语。
后有八匹饮且行，微流赴吻若有声。
前者既济出林鹤，后者欲涉鹤俛啄。
最后一匹马中龙，不嘶不动尾摇风。
韩生画马真是马，苏子作诗如见画。
世无伯乐亦无韩，此诗此画谁当看？

题赵松雪三十九马图
（明）曾棨

吾闻天马生水中，房星夜坠波光红。
虎文凤臆真异状，一日千里能追风。
平原草绿春波涌，雄姿逸态人皆竦。
腾骞磊落如有神，三十九匹皆龙种。
风鬃雾鬣摆长云，五花粼粼簇锦纹。
就中一匹独奇绝，骄嘶似欲超其群。
前年从征破强虏，蹋碎阴山力如虎。
尾丝窣地逐流星，汗血凝珠散红雨。
今年北去埽残胡，骏骨骁腾绝世无。
追奔已穷沙漠尽，渴饮能令瀚海枯。
麒麟骐骥古所惜，况此驱驰树勋绩。
君不见穆王八骏空尔奇，弄影瑶池竟何益！

五十匹马图

(明) 沈周

沙树历历沙草荒,江上谁开刍牧场?
马群所聚凡五十,饮秣而俯嘶而昂。
寝讹浴涉蹑且骧,或乳或驻或轧濡。
三纵五横不成行,若䯄若骐青紫黄。
乌骓赤兔照夜白,连钱桃花斸文章。
牝兮牡兮未可辨,亦莫可识驽与良。
相骨相肉俱已矣,老夫两眼从茫茫。
但愿各各无羁鞚,自纵自得肥而駣。
肥哉肥哉空老死,未识何以知尔长。
我知马亦待驾御,人马两得气始扬。
请看沟汗流血浆,争前欲逐左贤王。
追风掣电一般走,五十之中当有强。

历代题画诗类卷第一百三

兽　类

题刘景明百马图扇面
（宋）杨万里

雾鬣如无笔，霜蹄不带埃。直将明眼看，若简是龙媒？

题百马图
（元）舒逊

诏许平戎罢战还，征鞍初卸汗初乾。
从今归牧华山后，只许丹青画里看。

百马图
（元）贡性之

乌桓城头春雨晴，乌桓城下春草生。
百灵长养少畋猎，牧马晓出乌桓城。
腾骁驰突各异态，饥啮渴饮仍纵横。
胡儿独夸好身手，上马捷若飞鸢轻。
青丝不鞔锦鞍卸，什什伍伍争先行。
胡官遥望拍手笑，落日半照旌旗明。

忆昔开元全盛日，四十万匹俱龙精。
骐骥骆駓緫神物，骏气上贯房垣星。
只今四海罢征战，含哺鼓腹歌昇平。
英雄用武已无地，一日底用千里程？
丁宁伯乐傥一顾，尔价顿使千金增。

题百马图（为南郭诚之作）

（元）丁复

一马百马等马尔，百马一马势态异。
龙眠老李意入神，代北宛西无不至。
楼兰失国龟兹墟，玉门无关但空址。
蒲萄逐月入中华，苜蓿如云覆平地。
始皇长城一万里，漠雨平添窟中水。
将军昔有李贰师，尺箠长驱万骐骥。
当时无乃或尔遗，齕草翻沙纵眠戏。
就中骁黠啮与踶，或示仁柔奔且逝。
循坡屹立意度闲，下首当膺若多智。
昂头振鬛彼者雄，似恐世间无猛士。
轮台诏下不更求，蕃使往来知礼义。
不徒嫁女事乌孙，只以金缯相赠遗。
茫然圉牧不知谁，牝牡骊黄交乳字。
世有伯乐不愿逢，御若王良空善技。
汗沟血珠胡尔为，无能安并驽骀视。
唐家太平有天子，开元天宝周四纪。
是时天下政无事，深宫每欲妃子喜，教之舞数政如此。
渔阳鼙鼓动地起，禄儿见惯亦有以。
可怜零落四十匹，后来值得田承嗣。

金世宗太子允恭百骏图

（元）王逢

金家武元靖燕徽，尝诮徽宗癖花鸟。
允恭不作大训方，画马却慕江都王。
此图遗脱前后幅，尚馀龙媒群角逐。
息鸡草黄霜杀菽，王气荣光等蕉鹿。
山人尘迷朔南目，溪头姑饮归田犊。

题郭诚之百马图

（明）张以宁

唐家羽林初百骑，谁其画之传郭氏？
开元天廐四十万，爽气雄姿那得似。
风鬃雾鬣四百蹄，或饮或龁长鸣嘶，
或翘或俯或腾跃，意态变化浮云齐。
黄沙云煖地椒湿，什什为曹竞相及。
蹂躏秦原狐兔空，荡摇渭水蛟鼍泣。
前年括马输之官，苜蓿开花春风闲。
民间一骏岂复有，何如饱在图中看。
郭君才越流辈百，迥策蚁封人不识。
骅骝岂少伯乐无，捲还画图三叹息。

百马图

（明）王佐

蹄影参差踏软红，曾观万马拥飞龙。
旌旗不动金笳歇，一片川原锦绣中。

百骏图题杨大参轴

（明）王阜

昔闻天宝沙苑阳，牧养千马皆乘黄。
霜蹄汗血欲超忽，龙鬐凤臆思腾骧。
青骊紫燕高突兀，兰筋虎纹皆灭没。
白鱼弄影天上来。玄兔生花月中出。
渴乌合踏森队行，雪鬃雾鬣仍低昂。
祥云满身五花烂，长庚堕地双瞳光。
将军当年妙无敌，曾向龙池挥霹雳。
飞出天街十二闲，洗空駃騠三千匹。
恍疑太宗拳毛䯄，又讶汾阳狮子花。
同经百战托生死，一敌万马开风沙。
丹青流传六百载，美誉芳声满江海。
乾坤不废少陵诗，秋月华星吐光彩。
我公何年得此图？应知意匠绝代无。
群龙恍惚骇人目，可与八骏合驰驱。
太平海宇无征战，百万龙媒满淮甸。
会见王良驾驭时，春风立仗明光殿。

题任少监百马图

（明）僧一初

燉煌水涸龙驹伏，未央廐前秋草绿。
驴驼负石玉门关，旧苑空馀三十六。
忆昔高皇马百匹，駉騋车府无监牧。
只留太仆掌天闲，不许田弩食民谷。
古来贵良不贵多，须信俭馀奢不足。
任监手画百骅骝，五色如云散平陆。

八月风高水草甘,饮啮舒闲肆驰逐。
骓駓骊黄莫复辨,水叶风花乱人目。
任公生遭太平世,结思驱豪逞神速。
四海无虞百将闲,无乃图形华山麓?
吾闻善相东门京,坐阅群龙眼如烛。
白家口齿谢家鬣,皎皎那容在空谷。
争如下乘得休安,骨相虽凡好毛肉。
杏花烟外柳阴中,鞯络无加饱刍粟。
呜呼此画世已稀,徒有千金未轻鬻。
老矣支郎俊气销,抚卷空歌《天马曲》。

咏伯时虎脊天马图

(宋)黄庭坚

笔端那有此,千里在胸中。四蹄雷电去,一顾马群空。
谁能乘此物,超俗驾长风?逸材归辔勒,岁在执徐同。

赵际可天马图

(元)程钜夫

天马出西极,神龙不能追。
目为紫电光,歕(喷)作风雷飞。
天马不常有,画中或见之。
见之梦寐不可得,得之不用终何为?
穆王无复瑶池宴,汉武秦皇不相见。
何当真马生渥洼,来与天子驾鼓车?

天马图

(元)龚璛

人间能有几天马,试问来从西极者。

二十万众从贰师，攻破大宛仅得之。
执驱校尉奏妙选，帝闲自此收权奇。
未央宫门铜作式，矫矫如此龙八尺。
绊者自绊逸者逸，不是老龚谁能得？

龚翠岩天马图

（元）郭畀

髯龚画马师曹霸，想见开元天宝年。
水满曲江春草碧，何知蜀栈上青天。

题平章公所藏天马图

（元）戴良

君不见，余吾水中天马出，赤鬣缟身朱两翼。
割玉为鞍鞯不得，锦衣使者捷若飞。
紫鞲金勒看君骑，却忆拂林初献时。
凤城五门平旦启，驰道行骄辈耳耳。
路旁见者谁不喜，众中牵出朝未央。
挥雾流沫满道香，毛带恩波眩目（一作"日"）光。
龙眠老子识马意，行过天闲重回视。
白笔描成落人世，我公购之滦水滨。
百金市画冀得真，奔霄追电何足云。
从今吹笛大军起，料知一日行千里。

题莘郎天马图

（元）丁鹤年

春明立仗气如山，顾盼俄空十二闲。
一去瑶池消息断，西风吹影落人间。

题汉天马图

（元）陆仁

朱鬣冲风汗血斑，遥思蹛雪度龙关。
风尘四海兵戈满，未省将军战马闲。

题画海南入贡天马图

（元）马臻

余吾天马生水中，毛如泼墨耳插筒。
雄姿挺挺浴海气，一刷万里追遗风。
九夷入贡宾来服，画出犹能骇人目。
韩子休教喂地黄，太仆能令饱梁肉。
谁怜东郊瘦马硿砱如堵墙，汗血力尽德不扬，
尚望明年春草长。

高暹献天马图歌

（明）詹同

蜀人高暹能画马，令人往往愁龙化。
凡夫肉眼非方歅，世间谁是识龙者？
前年晓御慈仁殿，拂郎之国天马献。
兰筋虎脊渥洼姿，长风西来起雷电。
侍臣传敕貌真龙，周郎为图图最工。
玉堂学士揭曼硕，早朝奏赋蓬莱宫。
当时观者集如堵，敕赐金盘五色露。
天马出驰海子东，但见中天黑烟雾。
君不闻太宗奔虹赤，玄宗照夜白。
唐初曾数江都王，今之名画亦难得。
吾闻高暹善草书，墨池向复飞龙驹。

黄鹤楼中献马图，藩王一见极所娱。
天机剪取云锦段，玉盌分赐葡萄珠。
好去京师谒周郎，应见挥毫九天上。
翠华所驾皆龙媒，何事江南绘屏幛？

题天马图
（明）僧净慧

八尺飞龙十二闲，飘飘来自岢岚山。
曾陪八骏崑崙顶，肯逐群雄草莽间？
落日倒行悲峻阪，西风苦战忆重关。
拂郎可是无新贡，天步于今正险难。

题御马图
（元）揭傒斯

朱缨金络辔，黄帕锦鞍韂。神闲意更逸，初下赤墀前。

春风御马图（二首）
（元）马祖常

龙种权奇十二闲，进来新自玉门关。
连钱赭白生珠汗，天子长杨羽猎还。

春风杨柳华山阳，肥泽都能照地光。
天下太平无汗血，还堪立仗事君王。

骏马图
（元）马祖常

天马西来入帝闲，凤鬃雾鬣駮（驳）文斑。
房星一夜光如水，却怨龙媒万里还。

书骏马图

（元）陈深

王良伯乐骨已朽，曹霸丹青亦希有。
开图欻见神骏姿，对酒高歌雄剑吼。
只今骐骥困盐车，落日长鸣漫昂首。
嗤嗤俗眼迷天机，相士嫌贫马嫌瘦。

唐太宗骏马图

（元）张昱

昭陵石刻今无有，绢素乃能存不朽。
当时奇骨济时艰，驾驭尽入天人手。
隋家再世俱凡庸，不知肘腋生英雄。
晋阳奋起六骏马，蹴踢大海波涛红。
帝王一出万邦定，干戈四指群小空。
凌烟勋臣尽图画，一旦肯遗汗血功。
呜呼何从得此样，规模却与石刻同。
乃知帝王所驭是龙种，岂可求之凡马中！
唐家开基三百载，展卷尚觉来英风。

题士采骏马图

（明）陈道永

贰师城里马如龙，战士将归诣汉宫。
遣索新歌奏太庙，绿杨青草暂嘶风。

龙驹图

（元）贡师泰

八尺龙驹未破鞍，一人牵过万人看。

自从梦入将军笔，青草落花生暮寒。

恭题文皇四骏图（录二）
（明）张居正

龙驹（郑邺坝大战，胸堂著一箭，都指挥丑丑拔箭。）
天马徕，翼飞龙，蹄削玉，耳垂筒。
碧月悬双颊，明星贯两瞳。
文皇将士尽罴虎，复有龙驹助神武。
流矢当胸战不休，汗沟血点桃花雨。
坝上摧锋第一功，策勋何必减元戎。
君不见虎士标形麟阁里，龙驹亦在画图中。

枣骝（小河大战，胸堂著一箭，后两曲池一箭，安顺侯脱火赤拔箭。）
紫骝马，金络月，朝刷燕，晡秣越。
俶傥精权奇，超骧走灭没。
当年万马尽腾空，就中紫骝尤最雄。
战罢不知身著箭，飞来只觉足生风。
北风猎猎吹原野，长河水漸血流赭。
谁言百万倒戈中，犹有弯弧射钩者。

钱舜举摹李伯时画凤头骢图
（元）吴师道

汴都五马来西域，当时總入龙眠笔。
钱郎摹得凤头骢（骢），想见群中更奇特。
大宛渥洼挺龙种，开元内廄森天骨。
超然意气欲争雄，直比来仪称瑞物。
宋人兵力非汉唐，裕陵开边徒扰攘。
鬼章成禽侈告庙，于阗效职修来王。

吁嗟元祐乃如此，信是当国谋谟良。
诸贤一去宁复得，此马不在吾何伤！

题赵仲穆临李伯时凤头骢图
（元）郑韶

蓬莱宫中春昼迟，五马曾阅李伯时。
天闲一一尽龙种，独爱凤头尤崛奇。
王孙归卧江南日，见之为尔生颜色。
乃知神骏世所怜，彷佛明窗亲貌得。
黄头圉官顾且齻（髯），绛袍乌带高帽尖。
是日牵来赤墀下，黄门辟易争观瞻。
红丝络头尾窣地，玄云满身飞不起。
长鸣知是恋九重，岂但一日行千里。
君不见春风立仗何駉駉，龙文照地来房星。
何当中道为剪拂，纵目平原春草青。

赵仲穆临李伯时凤头骢
（元）柯九思

高帽黄齻款塞胡，殿前引贡尽龙驹。
仗移天步临轩看，画出韩生试马图。

赵仲穆临李伯时凤头骢
（元）顾瑛

君王不爱碧衔霞，独爱真龙被紫花。
珍重王孙亲貌得，锦巾袱送野人家。

赵仲穆临李伯时凤头骢
（元）吴克恭

今代王孙紫花马，分明貌得凤头骢（骢）。

寄来适对老支遁，神骏固应清赏同。

赵仲穆临李伯时凤头骢
（元）俞瑒

花萼楼前涨晓尘，龙驹新刷五花文。
银鞍罗帕今寥落，嘶入沙场万马群。

赵仲穆临李伯时凤头骢
（元）杨忠

宛西来贡凤头骢（骢），神气飘飘欲化龙。
牵入九天深处过，满身云影紫重重。

王理之临凤头骢
（明）沈周

宋家王孙赵仲穆，画马画形神亦足。
东崐王郎揭其本，笔精殊觉惊人目。
纸间突兀拥南山，俗工纷纷手当缩。
此匹传是凤头骢（骢），五花满身云簇簇。
请郎别图唐舞马，逆胡教舞不肯服。
逆胡教舞不肯服，大胜污臣食其禄。

二青图
（金）赵秉文

大青天骥之云仍，小青八尺犹龙腾。
三十年来无汗马，不将遗像铸兴陵。

题钱舜举青马图
（元）丁复

青马自是天骐驎，奚官引出羁络新。

垂头缓行意态驯，绿发不动空无尘。
圣人不肯事东巡，千里一日志莫信，赖有吴兴为写真。

钱舜举青骢图

（元）张伯淳

翠鬣朱缨骨相殊，贡来名种出单于。
唐韩宋李都休论，且看钱家进马图。

题崔录事女真骢马图

（元）胡长孺

天恩洽骑十二闲，短策不知行路难。
漠漠空川望不尽，电光挈过须臾间。
蹄高高屈汗沟出，骏骨隐隐隆于山。
窟泉沙草不得足，劳多食薄心知慭。
十年瓮牖间书瑟，展卷见图真太息。
女真年少面如盘，华屋平生隔风日。
青骢（驄）肉破拥尻脽，黄金校具褭缓拂。
三品刍豆空自多，行见火花邃铜历。

题徐复初参政骢马图

（明）贝琼

青骢（驄）万里来安西，五花满身玉削蹄。
将军大雪骑出塞，风鬃未洗龙城泥。
何人落笔通造化，天上房星降中夜。
朱衣老奚惊有神，不独开元数曹霸。
漠南漠北千帐空，将军赐爵论边功。
此马岂与凡马同，解鞍落日从远放，黄金台高春草丰。

题麝香骢马图

（明）张适

雾鬣风鬃八尺骄，身闲如染麝香毛。
明朝欲伐匈奴去，万里龙沙岂足劳。

题正面黄

（元）杨维桢

鼎湖乘黄忽已仙，龙池霹雳飞青天。
玉台万里在足下，青丝挽住春风前。
嶷如长鹤静不骞，仗下肯受庸奴鞭。
主恩一顾百金重，不辞正面当君怜。

次韵子瞻咏好头赤图

（宋）黄庭坚

李侯画骨不画肉，笔下马生如破竹。
秦驹虽入天马图，犹恐真龙在空谷。
精神权奇汗沟赤，自有赤乌能逐日。
安得身为汉都护，三十六城看历历。

（亦画肉，一作"不画肉"；天马，一作"天仗"；自有赤乌，一作"有头赤乌"。）

题宣和所制赤驹图

（元）张天英

房星委地生神驹，众马不得相俦匹。
千里风轻白玉蹄，平渊春浴丹砂质。
自从长养入天闲，振鬣长陪乘舆出。
未知赴敌见戈矛，所惯承恩开警跸。

嘶当落日近尊严，气抹长林动萧瑟。
不憨刍豆饱微躯，尚觊朝家三品秩。
宣和殿里图书暇，亲见圉人事爬枥。
当时青海九万馀，未有一匹当宸笔。
临轩睥睨迥出群，落纸须臾欻奔逸。
内侍传宣赐近臣，再拜奎光欲腾室。
秋深沙苑多蒺藜，夜半河南吹觱栗。
已诏民间置牧地，如此龙媒敢轻失？

题钱选临曹将军燕脂骢图（二首）
（元）王恽

涪翁醉草《丹青引》，祕省珍藏《猎骑图》。
老眼再观知有数，喜从唐本玩临摹。

龙种中来见异姿，春风舞影下瑶池。
马中岳湛钱郎笔，写尽坡仙七字诗。

燕脂骏图歌
（元）赵孟頫

骐骥骠裹世常有，伯乐不生淹栈豆。
欻见此图神自王，权奇磊落龙为友。
隅目晶荧生紫光，锦毛错落蒙清霜。
霜蹄蹴踏寒玉响，雾鬣振动秋风凉。
朝浴扶桑腾浩荡，莫秣崐崘超象罔。
雄姿似隘六合小，盛气欲篰浮云上。
嗅尘一欸惊肉飞，奋迅不受人间鞿。
岂惟万马羞欲死，直与八骏争先驰。
只今相者多举肥，叹息此图谁复知。

君不见王处冲半生，隐德真成痴。

题赵翰林画桃花马
（元）陈基

当时沙苑最权奇，赠与吴兴学士骑。
身上桃花千万朵，为渠图写墨淋漓。

赵翰林桃花马图
（元）熊梦祥

风翻细雨入天闲，貌得权奇电影寒。
凤阁春深人已远，空馀精彩匹曹韩。

题赵翰林桃花马图
（元）郑东

昔共将军战阵间，髑髅溅血上斑斑。
昆明池上教人洗，选入天家十二闲。

题赵子昂桃花马
（元）丁立

学士当年侍武王，诏骑天马入明光。
上林三月花如雨，吹落金鞍片片香。

马国瑞所题李龙眠画赤黑二马相戏卷子索诗因题卷后
（元）成廷珪

君不见项王乌骓如黑龙，蹴踏万里烟尘空，
五年乘之勇无敌，七十二战收奇功。
又不见白门赤兔来向东，神物终属云长公，
百万军中刺名将，疾如健鹘追秋风。

龙眠居士新貌得，毛色意态将无同？
沙场无人白日静，平波浅草青茸茸。
双蹄直立欲变化，两尾突起争豪雄。
还君此图三叹息，此马忽亡难再得。
江南异事人未知，又见麒麟出东壁。

题善道原韩幹黑马图

（明）詹同

善家堂上书满廚，古今名画频卷舒。
我来一见韩幹笔，龙精自与凡马殊。
玄鬣披披首渴乌，紫瞳㶇㶇双明珠。
黑云一片忽堕地，房星半夜飞神都。
御沟流水柳千树，圉人骑出拂春露。
黄金腰带素花衣，马上回头看飞絮。
丝鞿（缰）在手不敢纵，追风恐过龙楼去。
君不见向来画马只画肉，神逸之气多不足。
幹遗真蹟世所稀，使我见此思天育。
善家兄弟一马騘（骢），此马真与麒麟同。
白璧玉斗亦不换，早晚持献明光宫。

题铁色骢马

（元）张翥

神厓黑龙时出水，游此何年得其子？
是何毛骨如积铁，迥立长风独奇伟？
霜蹄白鼻散五花，倏见马中真騄駬。
美鬃奚官能剪拂，不遣云鬣涴泥滓。
少施控勒即飞腾，唾尚不敢况敢捶？
马生岂在粟一石，不饱宁能见材美。

朝燕晡越信汝良，安得壮士同生死。
阿师一室巾锡外，时展此图临燕几。
三生似是支道林，爱马芳心同若此。
平原丰草秋漠漠，恍惚寒沙飒然起。
英雄有志在青云，老眼因之空万里。

题背立骊

（元）杨维桢

首昂渴乌胯山峙，拂阶一把银丝委。
金羁脱兔势无前，踣铁盘攒忽如掎。
浅髋大胆方争涂，忍使骊龙老垂耳。
倚风背立非背恩，驮锦秋高为君起。

韩幹画照夜白图（四首）

（元）王恽

开元天子燕游多，一骨承恩玉色瑳。
所养自来非所用，雨中蜀栈要青骡。

缨绂驼衣一色红，玉华光照苑门空。
昭陵六骏秋风里，辛苦文皇百战功。

沉香亭下牡丹芳，宫漏穿花夜未央。
辇路传呼停凤烛，内家归诧玉麟光。

政捐金鑑九龄归，声色糊涂醉不知。
天意种深天宝祸，故生尤物配妖姬。

题子昂照夜白
（元）戴表元

风前新解锦鞍鞯,雪色模糊雾色寒。
此物人间无处著,千金只得画图看。

戏题明皇照夜白图
（元）丁鹤年

天上麒麟天下稀,月中几送八姨归?
君王寓目应追悔,误看乘鸾度羽衣。

题竹间翁白马图
（元）丁鹤年

谁识骅骝汗血中,静团晴雪动生风。
一从选入天闲内,不觉人间万马空。

玉踠骝图
（元）吴师道

满身霞彩尾萧梢,玉踠腾凌意气骄。
牵向赤墀人驻目,只疑踏雪未曾消。

玉豹图
（元）方回

龚侯之先楚两龚,远孙挺挺有祖风。
五鼎食肉不挂意,万卷读书曾用功。
草字隶字各神妙,古诗律诗俱豪雄。
虽有一癖好画马,不比人间凡画工。
飒爽脩髯雪三尺,长安市上无人识。

等闲幅纸写骅骝,或者终身求不得。
我未尝求忽得之,袖出玉花骢(骢)一匹。
开卷如闻嘶风声,蹴踏青天砲霹雳。
曹伯昔遇唐明皇,画出此马真龙骧。
黄金拜赐南薰殿,赫奕门户生辉光。
昇平难保金易散,晚岁奔波逃战场。
却得少陵诗一首,名撑宇宙相悠长。
龚侯不干万乘主,但欲追寻穷杜甫。
老笔一洗韩干肉,天闲至宝落环堵。
诗非杜甫画胜曹,无乃心神漫劳苦?
龚侯此笔游戏耳,别有文章垂万古。

奉题子昂骝马图

(元) 杨维桢

西家骁骑骁如龙,鼻端生火耳生风;
东家老段老且蹇,有如征南矍铄翁。
西家公子夸远服,千里之行一日速;
东家主人役老段,不取骁腾取驯伏。
主人公子性各殊,爱骁爱段知何如?
若将夔蚿较足下,胡敢并辔争齐驱。
明朝西家蹄一蹷,解鞍折臂中道歇。
道傍仰首鸣向天,蹴(蹩)躠风尘愁跛鳖。
坐令公子心火然,顾瞻老段行在前。
呜呼世步谁后先,东家莫厌迟迟鞭。

题骐骥图

(宋) 秦观

双瞳夹镜权协月,尾鬣萧森泽于发。

鞍衔不施鞯复脱，旁无驭者气腾越。
地如砥平丘陇灭，天寒日暮抱饥渴。
骧首号鸣思一发，超轶绝尘入恍惚。
东门金铸久销歇，曹霸丹青亦云没。
赖有龙眠戏挥笔，眼前时见千里骨。
玉台闾阖相因依，嗟尔龙媒空自奇。
鸾旗日行三十里，焉用逐风追电为。

骡纲图

（元）宋无

剑阁清尘犯属车，纲骡驮得荔枝无？
却嫌画史才情少，不作承平舞马图。

历代题画诗类卷第一百四

兽　类

题李伯时所画开元御马图
（元）王恽

阅武骊山是近游，霜蹄蹴踏厌长楸。
料应扈从东封了，一片云烟赤岸秋。

梦中又赋开元御马图
（元）王恽

毛龙天降驭龙韬，历块过都乃尔曹。
安得锦鞯三万骑，冷浮秋水下江皋。

申王画马图
（宋）苏轼

天宝诸王爱名马，千金争致华轩下。
当时不独玉花骢，飞电流云绝潇洒。
两坊岐薛宁与申，冯凌内厩多清新。
肉鬃汗血尽龙种，紫袍玉带真天人。
骊山射猎包原隰，御前急诏穿围入。

扬鞭一蹴破霜蹄，万骑如风不能及。
雁飞兔走惊弦开，翠华按辔从天回。
五家锦绣徧山谷，百里乌珥遗纤埃。
青螺蜀栈西超忽，高準浓蛾散荆棘。
苜蓿连天鸟自飞，五陵佳气春萧瑟。

唐申王画马歌
（元）王恽

花萼楼前阅庭实，布乘黄朱笑群辟。
奔虹凝露故家物，诏写真形出东壁。
申王夭矫龙一种，挥洒元精固无匹。
龙池十日霹雳声，房驷无光韦偃泣。
千年事往失所在，此纸流传见真迹。
明窗不厌百回看，飞电流云怅犹湿。
当时图画乐昇平，转首云屯散榛棘。
储皇才藉河陇馀，旋复廓清唐再辟。
物盛而衰固有时，校以仓皇易为力。
汉家拓地封狼北，万骑腾凌已无敌。
更求骏骨张吾军，一纸风飞能事毕。
虽云中夏号雄强，富不民藏孰共亿？
圣谟经世了不刊，收卷入囊三叹息。

跋唐申王画马图
（元）王恽

内府曾观铁笔骢，又于此纸得真龙。
却疑决电奔虹异，不到少陵题品中。

韦讽录事宅观曹将军画马图引
（唐）杜甫

国初以来画鞍马，神妙独数江都王。
将军得名三十载，人间又见真乘黄。
曾貌先帝照夜白，龙池十日飞霹雳。
内府殷红玛瑙盘，婕妤传诏才人索。
盘赐将军拜舞归，轻纨细绮相追飞。
贵戚权门得笔迹，始觉屏障生光辉。
昔日太宗拳毛䯄，近时郭家狮子花。
今之新图有二马，复令识者久叹嗟。
此皆骑战一敌万，缟素漠漠开风沙。
其馀七匹亦殊绝，迥若寒空动烟雪。
霜蹄蹴踏长楸间，马官厮养森成列。
可怜九马争神骏，顾视清高气深稳。
借问苦心爱者谁？后有韦讽前支遁。
忆昔巡幸新丰宫，翠华拂天来向东。
腾骧磊落三万匹，皆与此图筋骨同。
自从献宝朝河宗，无复射蛟江水中。
君不见金粟堆前松柏里，龙媒去尽鸟呼风。

丹青引赠曹将军霸
（唐）杜甫

将军魏武之子孙，于今为庶为青门。
英雄割据虽已矣，文采风流今尚存。
学书初学卫夫人，但恨无过王右军。
丹青不知老将至，富贵于我如浮云。
开元之中常引见，承恩数上南薰殿。

凌烟功臣少颜色，将军下笔开生面。
良相头上进贤冠，猛将腰间大羽箭。
褒公鄂公毛发动，英姿飒爽来酣战。
先帝天马玉花骢，画工如山貌不同。
是日牵来赤墀下，迥立阊阖生长风。
诏谓将军拂绢素，意象惨淡经营中。
斯须九重真龙出，一洗万古凡马空。
玉花却在御榻上，榻上庭前屹相向。
至尊含笑催赐金，圉人太仆皆惆怅。
弟子韩幹早入室，亦能画马穷殊相。
幹惟画肉不画骨，忍使骅骝气凋丧。
将军尽善盖有神，必逢佳士亦写真。
即今漂泊干戈际，屡貌寻常行路人。
途穷反遭俗眼白，世上未有如公贫。
但看古来盛名下，终日坎壈缠其身。

曹霸画马（王荆公手写杜甫《丹青引》，跋其尾。）

（宋）郭祥正

曹将军画少陵诗，林氏家藏相国题。
不动精神瞻御座，风云万里入霜蹄。

题曹霸马

（元）虞集

将军今为庶，画马寄高情。聚立天风起，长嘶沙草生。
飞扬万里意，凌乱五星精。日暮太行道，悲哉长短行。

题曹将军马图

（元）陈基

神驹生长渥洼中，一匹能令冀北空。

貌得真龙九重上，将军笔法老逾工。

苏君厅观韩幹马障歌

（唐）顾云

杜甫歌诗吟不足，可怜曹霸《丹青曲》。
直言弟子韩幹马，画马无骨但有肉。
今日披图见笔迹，始知甫也真凡目。
秦王学士居武功，六印名家声价雄。
乃孙屈跡宁百里，好奇学古有祖风。
竹厅斜日弈碁散，延我直入书斋中。
屹然六幅古屏上，歘见胡人牵入天廄之神龙。
麟鬐凤臆真相似，秋竹惨惨披两耳。
轻匀杏蕊糁皮毛，细捻银丝插鬃尾。
思量动步应千里，谁见初离渥洼水？
眼前只欠燕雪飞，蹄下如闻朔风起。
朱崖谪掾从亡殁，更有何人鉴奇物？
当时若遇燕昭王，肯把千金买枯骨。

书韩幹牧马图

（宋）苏轼

南山之下，汧渭之间，想见开元天宝年，
八坊分屯隘秦川，四十万匹如云烟。
騅駓骃骆骊駵駼，白鱼赤兔骍皇（騜）騱。
龙颅凤颈狞且妍，奇姿逸德隐驽顽。
碧眼胡儿手足鲜，岁时剪刷供帝闲。
柘袍临池侍三千，红妆照日光流渊。
楼下玉螭吐清寒，往来蹴踏生飞湍。
众工舐笔和朱铅，先生曹霸弟子韩。

廄马多肉尻脽员，肉中画骨夸尤难。
金羁玉勒绣罗鞍，鞭箠刻烙伤天全。
不如此图近自然，平沙细草荒芊緜。
惊鸿脱兔争后先，王良挟策飞上天，何必俛首服短辕。

次韵子由诗李伯时所藏韩幹马
（宋）苏轼

潭潭古屋云幕垂，省中文书如乱丝。
忽见伯时画天马，朔风胡沙生落锥。
天马西来从西极，势与落日争纷驰。
龙膺豹股头八尺，奋迅不受人间羁。
元狩虎脊聊可友，开元玉花何足奇。
伯时有道真吏隐，饮啄不羡山梁雌。
丹青弄笔聊尔耳，意在万里谁知之。
幹惟画肉不画骨，而况失实空馀皮。
烦君巧说腹中事，妙语欲遣黄泉知。
君不见韩生自言无所学，廄马万匹皆吾师。

赋黄任道韩幹马
（宋）王令

天宝天子盛天廄，吐蕃入马上天寿。
紫衣驭吏偏坐前，骑入都门不容骤。
西极苜蓿得气肥，六闲飞黄卧羞瘦。
千秋殿下谁把笔？当时人无出幹右。
传闻三马同日死，死魄到纸气方就。
铁勒夹口重两衔，墨丝卯尾合双纽。
天门未上人就观，老胡惊嗟失开口。
生搜朔野空毛群，死断世工无后手。

当时天子惜不传，送入御府置官守。
胡尘勃郁燕蓟来，宫阙萧骚既焚后。
谁弃千金赤手收，足踏万里避夺走。
几经蹂弃道边尘，今日宁无纸上垢。
罇前病客不识画，但惊马气世未有。
西北骏骨无时无，生不逢幹死空朽。
世手无能不肯休，任使气骨陋如狗。

次韵子瞻和子由观韩幹马，因论伯时画天马
（宋）黄庭坚

于阗花骢龙八尺，看云不受络头丝。
西河骢作葡萄锦，双瞳夹镜耳卓锥。
长楸落日试天步，知有四极无由驰。
电行山立气深稳，可耐珠鞯白玉羁。
李侯一顾叹绝足，领略古法生新奇。
一日真龙入图画，在坰群雄望风雌。
曹霸弟子沙苑丞，喜作肥马人笑之。
李侯论幹独不尔，妙尽骨相遗毛皮。
翰林评画乃如此，贱肥贵瘦渠未知。
况我平生赏神骏，僧中云是道林师。

读苏子瞻韩幹马图
（宋）张耒

我虽不见韩幹马，一读公诗如见者。
韩生画马常苦肥，肉中藏骨以为奇。
开元有臣善司牧，四十万匹屯山谷。
养之罕用食之丰，力不曾施空长肉。
韩生图像无乃似？我谓韩生巧未至。

君不见昔时骐骥人未得，饥守盐车唯有骨。
昂藏不受尘土侵，伯乐未来空伫立。
骐骥乏食肉常臞，韩生不写瘦马驹。
谁能为骥传之图？不如凡马饱青刍。

再和马图

(宋) 张耒

我年十五游关西，当时唯拣恶马骑。
华州城西浴铁马，勇士十人不可羁。
牵来当庭立不定，两足人立迎风嘶。
我心壮此宁复畏，按鞍蹑镫（镫）乘以驰。
长衢大呼人四走，腰稳如植身如飞。
桥边争道挽不止，侧身逼坠濠中泥。
悬空十丈才一掷，我手失辔犹攒蹄。
回头一跃已在岸，但见满道人嗟咨。
关中地平草木短，尽日散漫游忘归。
驱驰宁复受鞭策，进止自与人心齐。
尔来十年我南走，此马嗟嗟入谁手？
楚乡水国地卑污，人尽乘船马如狗。
我身未老心已衰，梦寐时时犹见之。
想图思画忽有感，况复慷慨吟公诗。
达人遇境贵不惑，世有尤物常难得。
宁能使我即无情，搔首长歌还叹息。

题韩幹马图

(宋) 张耒

头如翔鸾月颊光，背如安舆凫臆方。
心知不载田舍郎，犹带开元天子红袍香。

韩幹写时国无事，绿树阴低春昼长。
两髯执箠俨在傍，如瞻驰道黄屋张。
北风扬尘燕贼狂，廄中万马归范阳。
天子乘骡蜀山路，满川苜蓿为谁芳？

萧朝散惠石本韩幹马图（马亡后足）

（宋）张耒

世人怪韩生，画马身苦肥。
幹宁忍不画骥骨？当时廄马君未知。
开元太平国无事，战马卷甲饱不骑。
玉关橐驼通万里，长安第宅连诸姨。
笙歌锦绣遍一国，六龙长闲空食粟。
霜甜秋草沙苑游，日暖春波渭川浴。
脽圆腰稳目生光，细尾丰膺毛帖肉。
珠鞍玉鞢骄不行，岂有尘埃侵四足。
韩生丹青写天廄，磊落万龙无一瘦。
岂知车下骨如墙，饥龁（啮）草根刺伤口。
君家古图才半身，千里腾骧已有神。
回身侧顾不无意，剪鬃络头嗟失真。
君不见太宗战马拳腹毛，身骑此马缚群豪。
龙虎精神金鼓气，岂有闲地供脂膏。
至今画图快胸臆，想见虬须亲破贼。
那知但爱廄中肥，渔阳筋脚蹄如石。
神驹入水随烟云，蜀山石路无行人。
六骥悲鸣足流血，骑骡遗事一酸辛。

题韩幹画马

（宋）韩驹

古画仍藏古锦囊，故人攜得自瞿塘。

㛰僮莋马应羞见，羌户方调两骍骊。

韩幹画马阙四足，龙眠搨而全之
（宋）刘子翚

吾闻两臂天下重，马失四蹄将底用？
平生想像万里逝，对此惟心恻然动。
得非曾落驽骀群？踠脱泥涂良已勤。
又疑逸气厌拘系，绝躐径欲超浮云。
谛观事乃不尔剧，破练丹青老无色。
轩昂自有尊足存，顾盼一抹阴山碧。
韩生笔法妙此图，龙眠搨出了不殊。
断鳌自昔徒闻说，续凫虽工计已疏。
何如染作沧江远明灭，要看追风蹴微雪。

临韩幹马
（金）赵秉文

秋日平原看肉飞，千金市骨眼中稀。
世间赖有丹青手，韩幹丹青又已非。

题韩幹画马图
（元）王恽

火轮凝空汗如洗，老坐乌台簿书里。
韩君忽出天马图，萧飋朔风生骏尾。
吁嗟此马来西极，细看一骨千金直。
当时开元监牧盛，赤岸千群云锦织。
奚官袍带苍髯戟，碧眼深藏九方识。
岂其此骨独当御，转盼君恩仗前立。
几年扈从东封还，霜蹄蹴踏长楸间。

骊山武事厌不讲，剪刷日应供帝闲。
鸾旗百里临潼道，华清宫殿春风早。
黄金羁勒玉花騣，游幸君为玉环老。
幹为供奉属车尘，思入星精夺天巧。
兴来承诏貌真龙，冀北骅骝归一埽。
古人画马需神品，骨相权奇气深稳。
将军曹霸幹所师，万古丹青少陵《引》。
韩公得法固入空，千丈光辉谁所准？
自经题品雪堂仙，韦偃龙眠徒滚滚。
嗟予何者牛马走，开卷赋诗还自哂。
韩卿朝骑御史骢，暮击凡禽健秋隼。
更烦牢锁玉麒麟，隈备雷风轰秋岑。

韩左军马图卷

（元）钱选

韩公胸次有神奇，写得天闲八尺驹。
曾为岐王天上赐，不随都护雪中驱。
霜蹄奋迅追飞电，凤首昂藏似渴乌。
春草青青华山曲，三边今日已无虞。

韩左军马图卷

（元）韩性

五花云散紫电光，縶维未许飞龙骧。
垂头欲就圉人饮，渴乌作势吞银潢。
长安画史擅笔力，万里猛气收毫芒。
羽人乘风倦鞍勒，一笑收拾藏巾箱。
世人不识真骕骦，顾影尚尔分骊黄。
放鹤峰前有遗意，神骏政可夸支郎。

韩幹马

（元）虞集

开元沙苑蒺藜秋，韩幹新图总不收。
天廐真龙奇骨在，故知臣甫负骅骝。

韩幹马

（元）揭傒斯

韩幹画出曹将军，幹惟画肉犹逼真。
昂藏四顾欲飞去，老奚安知马有神。
想当此马未画时，朝刷吴越暮燕秦。
顿辔长鸣风动地，不数骅骝与骐驎。
当时用舍那知许，粉墨萧条尚雄武。
千金骏骨何足论，万世长留群玉府。

题韩幹画马图

（明）僧宗衍

唐朝画马谁第一？韩幹妙出曹将军。
此图无乃幹所作？世上有若真空群。
双瞳精荧两耳立，兰筋束骨皮肉急。
何年霹雳起龙池，五花一团云气湿。
当年天子少马骑，远来乌孙诏写之。
即今内廐多如蚁，纵有骐驎画者谁？

题壁上韦偃画马歌

（唐）杜甫

韦侯别我有所适，知我怜君画无敌。
戏黏〔拈〕秃笔埽骅骝，欻见骐驎出东壁。

一匹龁草一匹嘶，坐看千里当霜蹄。
时危安得真致此，与人同生亦同死。

题韦偃马
（宋）黄庭坚

韦侯常喜作群马，杜陵诗中如见画。
忽开短卷六马图，想见诗老醉骑驴。
龙眠作马老更妙，至今似觉韦偃少。
一洗万古凡马空，句法如此今谁工？

题伯时马
（宋）黄庭坚

我观李侯作胡马，置我敕勒阴山下。
惊沙随马欲暗天，千里绝足略眼跨（一作"过"）。
自当初驾沙苑丞，岂复更数将军霸。
李侯今病废右臂，此图笔妙今无价。

题伯时天育骠骑图（二首）
（宋）黄庭坚

玉花照夜今无种，枥上追风亦不传。
想见真龙如此笔，蒺藜沙苑草迷川。

明窗槃礴万物表，写出人间真乘黄。
邂逅今身犹姓李，可非前世江都王。

观伯时画马
（宋）黄庭坚

仪鸾供帐饕虱行，翰林湿薪爆竹声。

风簾官烛泪纵横，木穿石槃（盘）未渠透。
坐窗不遨令人瘦，贫马百日逢一豆。
眼明见此五花骢，径思著鞭随诗翁，城西野桃寻小红。

次韵黄鲁直画马（试院中作）
（宋）苏轼

少年鞍马勤远行，卧闻龁草风雨声。
见此忽思短策横，十年髀肉磨欲透。
那更陪君作诗瘦，不如芋魁归饭豆。
门前欲嘶御史骢，诏恩三日休老翁，羡君怀中双橘红。

和王晋卿题李伯时画马
（宋）苏轼

督邮有良马，不为君所奇。顾收纸上影，骏骨何由归？
一朝见縶策，蚁封惊肉飞。岂惟马不遇，人已半生痴。

题赵尊道龙眠渥洼图（有序）
（宋）楼钥

赵尊道制幹以龙眠《渥洼图》示余，余曰："误矣，本韩幹马。东坡外为赋诗，考此龙眠所临，而以后为前。"俾易之，为写坡诗于后，而次其韵焉。实十六，坡集诗云"十四匹"，岂误耶？

良马六十有四蹄，腾骧进止纷不齐。
权奇倜傥多不羁，亦有顾影成骄嘶。
或行或涉更相顾，交颈相靡若相语。
画出老杜《沙苑行》，将军弟子早有声。
中间名种鸡群鹤，无复瘦疮乌暮啄。
当时玉花可媒龙，后日去尽乌呼风。

开元四十万匹马,俯仰兴亡空见画。
龙眠妙手欲希韩,莫遣铁面关西看。

戏题龙眠马性图
(宋)楼钥

狗子已知无物性,马又何曾有性来?
伯乐若来休著眼,任他骐骥混驽骀。

题李伯时画马
(宋)王庭珪

秃笔戏埽凡马空,人间始识天廐龙。
山城逼窄那得有,注目万里生长风。
奚官缓牵紫丝鞚,好头不著黄金笼。
时平诸蕃尽入贡,此是玉花于阗骢。

龙眠画马
(金)元德明

骊黄求马世皆然,灭没存亡自一天。
当日盐车人不识,只今空向画中传。

刘善长出示李伯时画马图
(金)朱弁

俯首举尾拳一蹄,掣鞿欲嗅骄不嘶。
奚官耸肩两足垂,意貌自与造父齐。
鸡目麟鬐凤皇臆,玉山禾远未容食。
矞云追电有馀地,置之画图人岂识?
精神权奇孰可班?当在白兔青龙间。
君知此马从何来?龙眠胸中十二闲。

李伯时马

（元）程钜夫

龙眠画马真是马，一匹犹当万金价。
参差粉墨见龙媒，渴饮长江柳阴下。
我今老病无所求，但愿早赐归林丘。
肩舆饱饭百不忧，闲看稚子骑犁牛。

李伯时马

（元）刘因

足不能行气自驰，天机深处几人知？
世间无物能形此，除我南窗兀坐时。

题伯时马（二首）

（元）吴澄

四足追风捷羽翰，有谁伯乐是奚官。
如今万里青云步，漫作人间画卷看。

骁壮云连力气粗，惯看驰突暗中都。
如何得此真龙种？消得千金买画图。

龙眠画马

（元）马祖常

海国秋生汉使槎，麝煤谁画濯龙騧？
只今圣主如文帝，留待时巡驾鼓车。

历代题画诗类卷第一百五

兽 类

跋徽宗画马图
（元）王恽

为爱瑶池喷玉龙，麝烟移入画图中。
宣和殿上扬休处，忘却熙河汗马功。

徽宗临张萱宫骑图（二首）
（元）王恽

鞅袴赪衫玉带围，鬖华翻影下瑶池。
老徽笔底无留思，貌尽春风出阁仪。

碧晕红絪思有馀，较来经国太工夫。
《大风歌》里云飞远，不畏高皇笑杀渠。

宣和画马
（元）程钜夫

夜半房星下九关，渥洼龙种入天闲。
宣和得此浑无用，神骏雄争粉墨间。

宣和御马图
（明）王祎

睿思东阁倚阑干，貌得龙驹带笑看。
回首天闲成寂寞，青城尘土昼漫漫。

徽宗马图
（明）王世贞

天闲万马尽权奇，写出丹青意自悲。
长白山头三万匹，可令龙种一雄嘶。

题显宗承华殿墨戏
（元）王恽

大青小青两龙种，承华墨戏真天人。
春宫欲见昇平事，立仗归来不动尘。

承华殿墨戏图（二首）
（元）王恽

天廄云屯八尺龙，总输神骏付青宫。
细看绝电流云笔，天宝诸王恐未工。

主人爱马怜神骏，一骨千金什袭藏。
却恐雷霆还下取，九重天上看龙骧。

题杨祕监画马
（金）赵秉文

杨侯诗人寓于画，后身韩幹前身霸。
骅骝万匹落人间，一纸千金不当价。

曾见先帝麝香骢,纸上飞出天池龙。
至今画史比良乐,一洗万古凡马空。
时于画骨叹奇迹,二百年来无此笔。
艰难常恨少神驹,掩图独抱龙媒泣。

杨祕监马图
(元) 元好问

天闲谁省识真龙?金粟堆前草色空。
忽见画图疑是梦,东华驰道麝香骢。

题子昂马图
(元) 邓文原

奔腾骏骨云路长,潇洒神发风露凉。
沙场春牧草肥雨,野徼秋嘶枫陨霜。
三关战士黄金甲,五陵侠客红丝韁(缰)。
朝羁暮络衹肠断,华山烟树遥苍苍。

天历改元十月题子昂马
(元) 虞集

朝廷无事日从容,太仆承恩出九重。
前代王孙今阁老,只画天闲八尺龙。

子昂画马
(元) 虞集

忆昔从公侍书殿,天闲过目如飞电。
池边倏有吮毫人,神骏谁能夸独擅。
公今骑鲸隘九州,人间空复看骅骝。
惟应御气可相逐,黄竹雪深千万秋。

子昂人马图

（元）袁桷

飘腾天山雾,盪摩玉京云。耿耿万里姿,矫首空其群。
乃翁爱神骏,泚笔五采分。翁归侍帝所,乘化观芸芸。
彼亦与之俱,追风超九垠。

题赵文敏公画马

（元）张翥

君不见汉家将军求善马,战骨纵横血流野,
归来作歌荐宗庙,宁悲鬼哭宛城下。
何如圣代德所怀,入献磊落皆龙媒。
右牵者谁鬖且偲,万里知自宛沙来。
眼光镜悬蹄踠促,老奚识性仍善牧。
时巡之外游幸稀,饱秣原头春苜蓿。
吴兴学士艺绝伦,妙处直似曹将军。
只今有马无此笔,谁与写之传世人?为君甘老驽骀群。

题赵子昂画马歌

（元）陈泰

九原骏骨埋地中,一夕尽化霜皮松。
画史刳松作神墨,埽出麒麟带松骨。
烟沙漠漠披风鬃,精气炯炯房星同。
天山无人草木白,西极日没黄河东。
时平使汝困辕轭,不得变化腾为龙。
黄金掷送燕台下,当日君王惜高价。
自从汗血去人间,老死英雄空见画。
千年秪说曹将军,弟子韩幹终无闻。

今之画者赵翰林,呜呼三晋贤子孙。

赵松雪画马
(元) 郑元祐

地用莫如马,壶头竟何施?
寒风善相不假式,胡必郭家口齿谢家鬐?
神驹龙变如何按式取?譬之图画八骏令人嗤。
君不见房星精飞光,夜流曳练明。
汉家都廏尽凡骨,冀之北土龙方生。
儿能引弓射乌鼠,便解骑过宛王城。
玉堂学士亲眼见,貌得风蹄爥流电;
山人半世只步行,髀肉何曾识鞍鞯?
每每作诗题马图,千金骏骨世所无。
人间空费粉墨摹,玄黄牝牡真成诬。

松雪马图(为原道题)
(元) 倪瓒

渥洼龙种思翩翩,来自元贞大德年。
今日鸥波遗墨在,展图题咏一悽然。

赵荣禄马图
(元) 倪瓒

尝闻唐开元时画马曹将军,妙合变化神纷纭。
少陵为作歌,其词蔼如云。
又闻宋元祐之中李龙眠,画法奄出将军前。
苏黄二子夸神骏,险语惊飞蛟蛰困。
国朝天马来西极,振鬣弩驰为辟易。
玉堂学士写真龙,笔阵长驱万人敌。

学士歌诗清且腴，当时作者数杨虞。
画成题咏两奇绝，价比连城明月珠。
吁嗟天马天一隅，宝绘于今亡矣夫。
学士多师内廐马，得法岂在曹李下。
俗工未解知神妙，此日罢驽遍区夏。
好事流传亦苦心，谁为幽赏伯牙琴？
独悲兰亭茧纸随零雨，转觉临写纷纷费毫楮。

正月八日宿禅悦僧舍题赵荣禄马图
（元）倪瓒

小僧院里无尘事，夜雨灯前兴不孤。
寥寥说竟无生话，更览王孙骏马图。

琦元璞所藏赵子昂马图
（明）周致尧

进御归来日未西，落花芳草满春泥。
也知枥上无凡马，牵过天闲不肯嘶。

松雪翁画马
（明）李延兴

西海之西天地翕合敷灵氛，天产天骨超崑崙。
月窟而东而北几万里，是马乃能箝星辰、踰渤澥，埒空冀北凡马群。
曹将军是开元以来善画者，蚤以绝艺动紫宸。
不问骊黄与牝牡，笔力到处春无垠。
往时常（尝）见一二本，世之画者徒纷纷。
吴兴学士昔在词林馆，画人画马咄咄能逼真。
玉堂朝日射碧瓦，琐窗晴雪吹青春。

文章之暇奉诏写龙种，冰绡万幅清无尘。
此图神采更飘逸，妙处不减曹将军。
飞云满空散灵雨，五花凌乱晓湿苍龙文。
人言此是明皇御爱者，天香瀚郁飘满身。
瑶池渴饮雪混濛，霜蹄迥踏云嶙峋。
黄须圉官似是太仆张景顺，自幼调马马亦驯。
想当牵来赤墀下，皎如飞龙下天门。
山斋看画白昼静，丹粉如沐清心魂。
龙门一逝九霄隔，龙沙泱漭霜风昏。
纵令有马无善画，谁与写之传世人？
吴兴自是古作者，高风远韵不可闻。
九京（原）安得起公死，请公为我放笔电埽层空云？
陈君爱画不翅南金与西玉，百回展翫当炉熏。
南金西玉可力致，嗟此神物夐然独立而无邻。
呜呼！神物为物固有神，直恐变化为龙飞上清都紫微之帝阍。

赵松雪画马

（明）刘溥

王孙画马世无敌，一画一回飞霹雳。
千里长风入彩毫，平沙碧草春无迹。
砚池想是通渥洼，突然走出白鼻騧。
翻涛浴浪动光彩，云影满身堆玉花。
玉花连钱汗流血，骏尾捎风蹄蹅铁。
何时骑得似画中，踏破阴山古时雪？

子昂画马卷

（明）李东阳

翰林学士真天人，平生书画皆通神。

自言少小嗜毫素，寸纸遍作云烟痕。
老来意态尽物理，画马欲过曹将军。
此图似出西域种，骨法权奇气轩昂。
将身蹴地局不前，矫首见人惊欲踊。
燕家死马犹堪买，况此风神解飞动。
在野须教一顾空，登台未觉千金重。
崔郎爱画复好奇，向来得此信且疑。
为渠指点是真迹，老我聪明非昔时。
图穷忽见银钩笔，复讶骊珠海中出。
江南赝本今已多，入眼自须分甲乙。
世人得者惟见一，至宝逢时故难匹。
从此高堂展翫频，明窗净几无长日。

赵魏公画马

（明）镏师邵

浚仪王孙善画马，神妙不在江都下。
朝退从容白玉堂，意匠经营自挥洒。
我观此图诚伟哉，清光夹镜双瞳开。
古来骐骥不易得，此匹乃是真龙媒。
尾如流星汗成血，万里飞腾真电掣。
长风飒飒生四蹄，百尺层冰蹴应裂。
雄姿眼底苦不多，时无伯乐奈尔何？
驽骀伏枥饱刍豆，坐使神物成蹉跎。
君不见才高往往困泥滓，世上英雄亦如此。

子昂马图（题赠大梁李中丞）

（明）严嵩

卷中此马画者谁？毛鬣欲动骨法奇。

尺素能收上闲骏，意态便欲随风驰。
天闲十二纷相矗，想是郊晴初出牧。
大宛雄姿宿应房，渥洼异种龙为族。
金羁玉勒不须夸，且看连钱五色花。
歘见麒麟出东枥，还疑䮪騠涉流沙。
沙边青草茸茸起，上有垂杨覆河水。
圉人骑放绿阴中，参差騋牝成云绮。
我观此马皆能过都历块捷有神，安得蕃息日适河之滨？
榆关已撤烽烟警，梁苑应同苜蓿春。
吴兴妙手谁堪伍，遗墨流传自今古。
人间驽辈徒纷纷，哲匠旁求心独苦。
拟将此幅比琼瑶，寄赠佳人云路迢。
天阙昔曾窥立仗，霜台今复忆乘轺。
亲持黄纸临中土，白日旌旗照开府。
皋夔事业待经邦，韩范威名先震虏。
氛祲潜消塞北场，河山坐镇汴封疆。
戍卒归来放战马，嵩阳今作华山阳。
吁嗟乎！宵旰忧勤犹拊髀，殊勋早奏明光里。
愿征颇牧入禁中，坐令天下之马休逸皆如此。

题赵松雪画马

（明）沈周

隅目晶荧耳竹披，江南流落乘黄姿。
千金价重无人识，笑看胡儿买去骑。

题松雪画马

（明）阙名

塞马肥时苜蓿枯，奚官早已著貂狐。

可怜松雪当年笔,不识檀溪写的卢。

题赵松雪马图
(明) 僧来复

振鬣长鸣产月支,玉关风急贡来时。
五花狮子真龙种,赐出黄门不敢骑。

仲穆临李龙眠唐马
(元) 郑元祐

龙眠画马妙入神,貌得唐时马与人。
人通马语默相契,马知人意更相亲。
文皇昔御六龙出,天为圣主产骐驎。
开元马牧蕃盛日,耎驾齧(啮)膝谁能驯?
自昔龙驹有天骨,骍骊独起秋轮囷。
西巡不复觞王母,东归政尔慭直臣。
马图流传至汴宋,玉驄紫燕聊前陈。
守文之君保成业,不肯一日开边尘。
遂真骅骝鼓车下,猛蛟失水无完鳞。
柏台退休亲貌得,画意殆逼曹韩真。
画史才知粉墨趣,学士乃通元化因。
曹韩骨朽伯时死,馀不溪上苔花春。
临摹不得画史意,掩卷愁眉谁与伸?

题仲穆画唐马
(元) 于立

大宛千里马,朱汗翠连钱。夜秣玉关下,晓呈金殿前。
横门花似雨,韦曲柳如烟。虢国争驰道,将军避绣鞭。

题赵仲穆画马

（明）贝琼

吾闻冀北之马如云照川谷，八尺飞龙在天育。
滦河远幸翠华迟，柳林大猎金鞍簇。
是时四海为一家，东踰日本西流沙。
拂郎近献两骍騋（騟），不数郭家狮子花。
公子前身岂曹霸，一马真轻百金价。
黄金台上倦为客，白发江南随意画。
騢（騟）騆骊駼各不同，饮泉龁草落笔工。
君不见龙庭苜蓿与天远，何人更收青海骢？

题赵仲穆彦征画马

（明）钱宰

骢马连钱新凿蹄，络头羁靮任官奚。
来从月窟真无价，进入天闲不敢嘶。
雨露九重思冀北，风尘千里下淮西。
解鞍知在休兵后，杨柳平河春草齐。

题赵仲穆画马

（明）俞贞木

房星夜堕墨池中，飞出蒲稍（梢）八尺龙。
想像开元张太仆，朝回骑过午门东。

题赵仲穆彦征画马

（明）钱用壬

吴兴画马名天下，文采风流美无价。
子孙两世皆绝奇，笔意经营亦相亚。

分明双马如双龙,玉花对立连钱骢。
圉人缓辔不敢鞚,矫矫似欲鸣长风。
却想当年落笔时,省郎得采初来归。
深庭花落白昼静,红门草绿春风微。
回首光阴既非昔,老者已逝难再得。
中原武骑更驰奔,展卷令人三叹息。

题王侍御敬止所藏仲穆马图
(明)文徵明

荦荦才情与世疎,等闲零落傍江湖。
不应泛驾终难用,闲看王孙骏马图。

舜举马
(元)牟巘

常得奚官鬋拂齐,也思骧首一长嘶。
好随便面章台去,柳色如烟路不泥。

题舜举马
(元)吴澄

近年钱赵二翁死,直恐人间无駃騠。
驽骀群里忽得此,万里归来日未西。

舜举画马歌
(元)范梈

钱君画人胜画马,安得名骢妙天下?
青云隐约见龙文,有意轩昂驶华夏。
圉官山立颀而髯,朱衣黑带高帽尖。
问渠掌握讵有此,牵控宁知人女嫌?

君不见才士受束缚，往往因之纵寥廓。

题钱舜举马图
（明）刘基

吴兴公子雅好奇，欲把丹青竞天巧。
花蜂柳莺看已足，貌得骅骝图更好。
浪花满身蹄削躜，两耳抽出春笋尖。
风鬣欲拂九霄雾，隅目似掛高秋蟾。
昨者王良失羁靮，封狼咆哮蛇豕闃（哄）。
天闲乘黄越在野，出车未见歌南仲。
呜呼！安得此马背负郭令公，扫平四海归奏明光宫。

任月山画马
（元）华幼武

天马从龙去，空遗粉墨看。披云五花白，蹴雪四蹄寒。
逸气何深稳，良材有急难。苦心任水监，直欲比曹韩。

题任月山画马
（元）钱惟善

神骏萧萧白黑文，圉人调习未能驯。
五陵年少黄金络，骑向长安不动尘。

题李早画马
（元）黄溍

平沙如雪草如烟，想见春风士马闲。
玉勒锦鞯尘土化，画图流落尚人间。

李早马图

（元）郑元祐

外甥似舅明昌帝，取法宣和尚工伎。
李早画马供奉时，画院森森严品第。
冀之北土马所生，早也想见房星精。
遂令龙媒出毫素，侧胸注目疑嘶鸣。
纨扇画三骑，郎君峭按辔。
窄衫绣襹四带巾，靴尖曾踢中州碎。
紫绒军败祁连山，金钿玉轴仍南还。
好事空馀扇头马，至今拂拭尘埃间。

题陈闳画唐人马图

（元）于立

大宛直在玉关西，万里风沙入骏蹄。
一自殿前随仗立，垂头不肯向人嘶。

金太子允恭唐人马

（元）刘因

道人神骏心所怜，天人龙种画亦然。
房星流光忽当眼，径欲揽辔秋风前。
汉家金粟几苍烟，江都笔势犹翩翩。
东丹猎骑自豪贵，风气惜有辽东偏。
天人秀发长白山，画图省识开元年。
金源马坊全盛日，四十万匹如秦川。
天教劫火留此幅，玉花浮动青连钱。
英灵无汗石马复，悲鸣真似泣金仙。
只今回首望甘泉，汾水繁华鴈影边。

奇探竟随辙迹尽，兀坐宛在骅骝先。
人间若有穆天子，我诗当作《祈招篇》。

姚子昂画马
（元）李俊民

雄姿卓立开天骨，腾踏万里如神速。
可怜不遇九方皋，空使时人指为鹿。
自从大奴守天育，无由更骋追风足。
中原一战收乾坤，白发将军髀生肉。

题宋成之画马卷
（元）曹伯启

奚官珍重玉花骢，纵意清涟碧草中。
幸际四庭烽火静，不须腾踏待秋风。

题邓荪壁所藏龚处士画马卷
（元）马臻

金钉绳短驻霜蹄，曾见先生手画时。
精凝茧香回雪色，气随神变发权奇。
华轩欲试丹青动，绝笔无传造化私。
今日有谁偏爱惜，邓公马癖几人知？

同吴正传咏龚岩叟小儿骑马图
（元）吴莱

北平猨臂久不侯，伏波矍铄空持矛。
并州小儿十岁许，双足捷走真骅骝。
金鞍玉勒丝辔络，肉鬣风鬓雪龂齵（腭）。
郊衢一跃自矜骄，血气未完先蹦跦。

汉皇神武驾英雄，西极飞来八尺龙。
城东鬭鸡尔尚可，碛外鸣剑吾无功。
初阳却照长楸道，白发奚官泣枯草。
悠悠翠盖与鸾旗，老矣骅骝那得知。

题鹤亭所藏马图
（元）张雨

九霄天马俱龙种，四十万蹄云锦斑。
一自渔阳鼙鼓后，不知几箇到骊山。

恭题宣庙御笔画马
（明）张凤翼

宣皇勤政慕陶唐，咨访时时入未央。
天廐解鞍闲骏马，词臣不必赋长杨。

宣宗皇帝画马图
（明）祝允明

昔日宣皇履至尊，尧章涣涣满乾坤。
三千在御均承宠，一匹霑恩便不群。
马法尽来空地类，龙图呈处是天文。
丹青不遂乌号去，从此房星似掩昏。

题张方伯画马
（明）陈炜

长安陌上柳弹地，十二闲间散群骥。
兰筋凤臆若夔龙，龙种生来尽神异。
良工写意非写形，生绡半幅坠房精。
韦韩之妙不复作，眼前画者谁得名？

箇中憔悴老无力,饲秣犹为人爱惜。
其他骙骙与骅骝,皂圉分明动鞭策。
傍观一马殊不然,霜蹄腾踏嘶向前。
汗血须骖六龙驭,安得奚奴浪著鞭。

同年吴克明知嘉定为题马图
(明) 吴宽

吴卿别我吴门去,手把横图索题句。
开图见马如见人,逸气棱棱八尺身。
围人骑渡燕河水,万里长风生两耳。
归来饱啖玉山禾,吴门草青奈尔何。

题朱给事所藏马图
(明) 杨士奇

矫矫皆雄姿,来从渥洼涘。金羁未络头,散诞春风里。
试令剪拂效驱驰,君看一日轻千里。

为大理寺丞马麟题画马(二首)
(明) 金幼孜

万里曾思度玉门,归来立仗卸橐鞬。
饱肥苜蓿风霜晚,未老犹思报主恩。

异种由来产渥洼,曾看入贡度流沙。
几回牵向瑶池过,新濯龙文照五花。

历代题画诗类卷第一百六

兽　类

韦偃牧马图
（宋）苏轼

神工妙技帝所收，江都曹韩逝莫留。
人间画马唯韦侯，当年为谁埽骅骝？
至今霜跡〔蹄〕蹋长楸，圉人困卧沙陇头。
沙苑茫茫蒺藜秋，风鬣雾鬣寒飕飕。
龙种尚与驽骀游，长秸短豆岂我羞。
八銮六辔非马谋，古来西山与东丘。

奚官牧马图（息轩画）
（元）元好问

曹韩画样出中祕，燕市死骨空千金。
息轩笔底真龙出，凡马一空无古今。
安闲自与人意熟，潇洒更觉天机深。
奚官有知应解笑，世无坡仙谁赏音？

子昂风林牧马图
（元）刘因

驷马不受人间龁，春入川原草如发。

老髯背面心已知,眼底玄黄总凡骨。
相亲柳下那作疎,泯默此意今为图。
竹林之贤固奇士,晚岁绝交真可吁。

子昂摹韩幹牧马图

(元)吴师道

开元内廐多名马,画手无双数曹霸。
弟子韩幹笔意新,承恩亦向天墀画。
含毫拂练五云动,旋关转轴群龙化。
圉人临闲振金索,御鞍初卸收黄帕。
丰草联槽昼不嘶,飞花卷仗春停驾。
西风回首征尘生,蜀栈青螺愁独跨。
赵公何从得此本,步武曹韩相上下。
骊黄埒空四海眼,丹青妙续千年话。
谁云此马不复存?看取匣中光照夜。

题赵子昂所画牧马图

(元)贡奎

雾鬣云鬃出帝闲,谁将图画落人间?
奚官饱牧无馀事,独立春风忆华山。

牧马图

(明)陈政

草细泉香野色新,五花骄气散春云。
昂头似忆当年事,立仗凌寒夜正分。

题伯时画顿尘马

(宋)黄庭坚

竹头抢地风不举,文书堆案睡自语。

忽看高马顿风尘，亦思归家洗袍袴。

辊马图

（金）张澄

飞堑乘城力亦优，不应伏枥便垂头。
而今世上无良乐，兀兀黄尘辊得休？

题衮尘骝图

（元）虞集

骅骝食粟石每既，立仗归来汗如洗。
脱羁展转聊自恣，落花尘土随身起。
君不见春雷起蛰龙欠伸，雾拥云蒸九河水。

辊马图

（元）王恽

马蹄立论见天机，四辊尘沙更适宜。
恰似解袍随意处，小斋盘（磅）礴退朝时。

衮马图

（元）杨维桢

唐家内廄三万匹，画史縑缃都熟识。
绿蛇连卷骨初脱，一团旋风花五色。
湿云乍洗乌龙池，金索掣断愁欲飞。
奚官独立柳阴下，手把玉鞭将赠谁？

题李龙眠画衮尘马

（元）张天英

明皇最爱玉华骢，衮衮芳尘绣岭宫。

一曲落梅惊起舞,风摧龙翼战场空。

题赵仲庸所画滚尘马

(元)唐肃

匹马滚尘谁所写?天水王孙最文雅。
王孙系宋不系唐,那识唐人与唐马。
左辅白沙白于雪,四十万头名各别。
廐中此马帝常骑,一色紫霞名叱拨。
马官似隶王毛仲,左手执刷右持鞚。
沙平草暖不被鞍,刍豆饱来筋力纵。
翻身倒竖踏铁蹄,雾尾风鬛乱不齐。
元是滇池赤龙种,犹思跃浪涌春泥。
太平无事征战少,青丝络头可终老。
不似交河赴敌时,夜蹴层冰僵欲倒。

题张参政所藏骢马滚尘图

(元)朱德润

盛唐太仆王毛仲,八坊分队三花动。
当时画马称曹韩,尺素幻出真龙种。
玉花照夜争新妍,一马滚尘鬛尾鲜。
昂头不受金丝络,汗血辗沙生昼烟。
翰林妙写不减古,名驹染出青豪素。
延祐君王赏骏材,金盘赐帛出当宁。
时清处处生骊騽,何必汉朝称渥洼。
王良幸勿嗔蹀齧(啮),一跃天衢千里沙。

衮尘马图

(明)高启

千里归来苜蓿春,五花和汗衮香尘。

青丝暂解从天性,多谢黄门老圉人。

衮尘马图
(明) 陈昌

雾鬣风鬃汗血骝,也曾千里渡流沙。
丝缰不受黄门控,闲向东风滚落花。

杨祕监下槽马图
(金) 黄庭筠

龙眠悔画马,政恐堕马趣。我今破是说,试下第一句。
道人三昧手,游戏万象具。万象初莫逃,毕竟无所住。
譬如大圆镜,照物随其遇,少焉物四散,影果在何处?
杨侯具此眼,透脱向上路。万马落人间,益证龙眠误。

曹将军下槽马图
(元) 揭傒斯

曹霸画马真是马,宛颈相摩槽枥下。
卓荦权奇果如此,岂有世上无知者?
朱丝不是凡马鞿(缰),天闲十二皆龙骧,曾从天子平四方。
画图彷佛馀骊黄,华山之阳春草长。

曹霸下槽马
(元) 虞集

枥下长年饱豆刍,谁通马语识跼蹐?
主恩深重知何报?或者东封驾鼓车。

题厩马图
(元) 王恽

前年扈从猎长杨,偶杂骍驳宿野庄。

一牵玉华三百四，老人垂泪说先皇。

御骠出厩图

（元）王恽

何人拂绢素，写此房驷精。一马老伏枥，志在千里行；
二马骋跬齧，角壮犹龙腾；一马方辊尘，海岸翻鲲鲸。
画师惨淡意，落笔矜多能。我观寓所感，国制贵有经。
唐人重马政，分屯列郊坰。当时百万匹，肃肃罗天兵。
东封与西荡，岁用不可胜。嗣王猎其馀，尚足开中兴。
乃知三军本，匪马将奚凭？圣经说"备豫"，万古为世程。
仓卒事亦办，未免众目惊。我思立仗间，振鬣伸长鸣。
吾言固刍荛，圣经其可轻！

题曲江洗马图

（元）倪瓒

校猎上林苑，洗马昆明池。霜威肃笳鼓，云气画车旗。
马班陈赋颂，卫霍绥蛮夷。王风既未远，文明方在兹。
逶迤霄汉上，凤皇尚来仪。

戏题出洗马

（元）赵孟頫

齧膝泛驾谁能御，驽骞纷纷何足顾。
青丝络首锦障泥，鞭箠空劳怨长路。
明窗戏写乘黄姿，洗刷归来气如怒。
不须对此苦叹嗟，男儿自昔多徒步。

奚官洗马图

（元）张雨

曾侍赤墀东，天池看浴龙。晚凉湖上梦，犹立柳阴中。

洗马图

（元）张伯淳

萧萧雾鬣与风鬉，扑面征尘一洗空。
相顾倍增神骏气，恍疑初在渥洼中。

赵子昂浴马图

（元）刘因

苜蓿原空雪新积，群马饥鸣渡江食。
大梁公子心未平，一匹宛驹万夫敌。
圉人初浴意气增，跨辔已晚知无成。
云窗徘徊悄无语，掩卷索索犹风生。

李伯时画浴马图

（元）杨载

古称难画莫如马，近朝惟数李伯时。
不至天闲观帝服，如此骨相何由知。
头类渴乌尖插耳，竟渡流沙轻万里。
圉人牵浴恒凛然，复恐化龙奔入水。
贫居里巷无马骑，徒步出入多伤悲。
大胫薄蹄何足愿，退立道傍尘满面。

题浴马图

（元）郏韶

花落春云满御堤，晚凉试浴濯龙池。
五王未许争飞鞚，先赐承恩太仆骑。

揩痒马图

（元）郑元祐

啄疮乌去未斜阳，雨足春隄草正长。
摩擦树根休揩痒，明朝要尔战沙场。

题赵仲穆揩痒马图

（元）朱德润

渥洼天马骨如龙，散步春郊苜蓿中。
揩徧玉鬣尘未落，日斜宫树影摇风。

题赵仲穆擦痒马

（元）张天英

啄疮乌去夕阳西，磨痒枯株振鬣嘶。
今日战场春草绿，相看谁濯锦障泥。

揩痒马歌

（明）华幼武

魏公画法擅天下，时向玉堂闲画马。
龙媒貌得五花骢，放牧长秋沙苑中。
青丝暂解黄金鞁，老树槎枒恣揩痒。
霜蹄蹴踏尾萧骚，奋鬣骄嘶肉屈强。
画中神妙无人语，直上曹韩不过许。
曹韩已矣魏公亡，后来作者谁堪数？
君不见不惜千金市骏骨，此图世间为第一。

题赵荣禄揩痒马图

（明）阙名

韩幹真龙下笔肥，银鞍罗帕络青丝。

春风碧野和烟放，谁见林间揩痒时。

题曾无疑飞龙饮秣图
（宋）戴复古

云巢示我良马图，一骑饮水一骑刍。
竹批两耳目摇电，毛色纯一骨相殊。
何人貌此真权奇，笔端疑有渥洼池。
驽骀当用骅骝老，赢得画图人看好。
盆中饮，槽中秣，无用霜蹄空立铁。
何如渴饮长城壕上波，饥则饱吃天山禾。
振首长鸣载猛士，龙骧踏碎鹰巢窠。

饮马图
（元）杨维桢

佛郎新来双象龙，鼻端生火耳生风。
临流饮水如饮虹，波光倒吸王良宫。
吁嗟！青海头，白碛尾，渴乌一失金井水，长城窟远腥风起。

题饮马图
（元）傅若金

一斛寒泉照紫骝，萧萧骏尾动高秋。
夜来枥上西风满，忆傍寒云饮陇头。

题唐叔美饮马图
（明）张凤翼

百战空疲千里姿，悲嘶犹自逐圉师。
春风日饮长城窟，那得人间伯乐知。

舞马图

（元）张伯淳

独立天衢骨相奇，缣缃犹记写真时。
开元天宝今陈迹，舞破中原马不知。

题立仗马图

（元）柳贯

玉立彤墀气尚麤，食残刍豆更何须？
太平未必闲无用，一幅君王纳谏图。

题赵翰林画立仗马

（元）张天英

琼柱花云绣勒春，霜蹄新刷紫霄尘。
月明曾弄瑶池影，天廐传呼五色麟。

子昂逸马图

（元）袁桷

神骏飘飘得自闲，天池飞跃下尘寰。
青丝络首谁收得？留与春风十二闲。

逸马图

（元）袁桷

瑶池宴罢周王耄，牛首蛇身骋怪灵。
汉使近从西极返，龙媒元是世间形。

试马图

（元）袁桷

二骏翩翩势并驱，转头槽枥总庸奴。

秋风万里云容与，不用青丝强絷拘。

散马图
（元）袁桷

秋尽川原草树空，冷云呜咽似呼风。
太平天子櫜弓矢，留得闲身落照中。

鞭马图
（元）袁桷

生驹万里意，所向知无前。圉人忌其德，未试先加鞭。
要令俛首驯，使我尝相怜。伯乐死已久，此道不复传。
驾车困泥途，伏枥老岁年。所用非所养，谁能别媸妍。
画师逐时好，谓尔诚当然。披图重叹嗟，我意何由宣。

络马图
（元）袁桷

秋原苜蓿肥云屯，帖帖此马和且驯。
属车効驾岂在力，愧汗绝足追奔尘。
王良不生造父往，公子毫端意悽怆。
虞渊逐日终饮河，出门加鞭奈尔何。

题振鬛马
（元）丁立

渥洼龙马进来时，奋迅长鸣不受羁。
诏与从官调得熟，只教随仗不教骑。

题唐圉人调马图
（元）陈深

飞龙天廄隘云稠，一匹骄驰掣电流。

枥下骘奴真厮养，眼中元不识骅骝。

黄门飞鞚图

（元）姚燧

太平无有羽书尘，局促龙鳞万里身。
不著圉人时骋骛，天闲骄悍若为驯。

奚官牵马图

（明）王袆

太液池边新浴罢，未央门外乍牵来。
若教立仗丹墀下，恐负平生泛驾才。

赋蒋甥若水蕃马图

（宋）楼钥

何处驱来良马六，骝黄参错如花簇。
胡为不作腾骧去？各有游缰絷前足。
胡人下马俱少休，倦（背）倚毡裘眠正熟。
酋豪拣箭奚奴捵，意欲时发（射麋）不遗镞。
琵琶横倚续续弹，一夫坐听羌中曲。
卧拥提壶将引饮，英气虬须皆贵族。
沙碛坡陀高复低，天寒不见寸草绿。
我行燕蓟颇见之，狼帽乌靴乃其族。
勿云恃勇不知义，要以赤心置其腹。
呜呼！安得壮士健马咸作使，坐令戎马皆臣仆。

李早蕃马图

（元）王恽

群奔角壮任郊坰，已入竿头莫力争。

惜取蹄间三［丈］逸，望云秋计铁山程。

题蕃马图
（明）殷士儋

玉塞无声夜有霜，橐驼五万入渔阳。
平沙落日悲风起，马上横捎四白狼。

李潜宛马图
（元）王恽

李生鞍马见金初，仿像殊方职贡图。
今去玉门途万里，緫随鞭策入长驱。

金马图
（元）虞集

贾胡自骑千金马，解囊小憩荒城下。
平原无树起秋风，梦到阴山雪横野。
太平疆宇大无外，外户连城无闭夜。
不然安有独行人，怀宝安眠如画者。

西马图
（元）张天英

西来万里气如云，便策天闲第一勋。
此日登謌（歌）荐清庙，于今能得几人闻？

胡马图
（宋）郭祥正

唐时胡马入长安，下马胡儿倚马鞍。
今日昇平无此物，樽前聊展画图看。

胡马图
（明）解缙

破衲自风沙，兼天压雪花。草闲狐兔尽，归去帝王家。

胡马图
（明）王弼

夜醉葡萄倚壁眠，眼中胡骑忽翩然。
谁知惨淡寒绡里，中有黄榆万里天。

胡马图
（明）祝允明

骏骨千金产，名王万里归。风烟辞大漠，云电赴皇畿。
立仗容陪舞，从龙敢假威。此来空地类，苜蓿近郊肥。

瘠马图
（元）揭祐民

念汝出塞下，四蹄疾如飞。半夜驰临关，气夺戎王围。
被铁踏河冰，几度向武威。将军事百战，腾力不顾肥。
秖今饮渭流，齿老不任鞿。坡寒莫风酸，碛瘠春草微。
百感画者意，要见骏骨稀。但看古英贤，攻苦常寒饥。

题瘦马图
（元）蒲道源

谁写骅骝草野间，身行万里骨如山。
绝胜秣饲无他技，枉占君王十二闲。

题寿监司所藏瘦马图

（元）萨都剌

沙场日暮春草肥，瘦马不受黄金鞯。
天生神骏天所爱，岂容过市无人知。
郎官病坐芙蓉幙，喜见马图天上落。
人生相遇贵相知，孰谓世间无伯乐。

题胡环瘦马图

（元）丁立

渥洼此去几万里，荒草黄云连白沙。
到得单于台下日，暖风开遍地椒花。

龚圣予画瘦马行

（元）马臻

在昔开元曹将军，健笔突兀老入神。
能貌明皇玉骢马，博得声价轻千钧。
后来韩干只画肉，少陵不许肥失真。
寥寥此道几悬绝，至理不付寻常人。
淮阴龚公老儒者，落笔文辞驰二《雅》。
有时快意埽马骨，妙处不在曹公下。
画时想极虚无垠，思入万里沙场昏。
凝精洞视色不变，杳冥之中百体存。
《相经》合备渥洼种，仰首鸣天鼻欲动。
气豪似与神龙争，疾雷迅电惊尘梦。
忆昨嫖姚骑战时，旋云转雨分四蹄。
翻然踏碎关山雪，归来汗血光淋漓。
霜枯万骨功谁利？太平总为将军致。

如今衰瘦箭瘢乾,生驹却受黄金辔。
此马此画绝世无,先生慷慨传此图。
可怜韦讽日已远,独抚此画深嗟吁。
北风动地天色惨,展开猛士寒摇胆。
詠罢新诗无限情,卷向空斋白日晚。

题张戡瘦马图

(元) 姚文奂

稜稜出神骨,翼翼照龙光。顾影时思战,长鸣势欲骧。
征鞍坐儿女,远道负馂粮。归到龙沙日,秋风苜蓿长。

题张戡画瘦马图

(元) 郭翼

瘦骨锋稜珠汗落,卧痕半杂古苔烟,
未脱将军金匼匝,又驼(驮)儿女玉婵娟。
苍皇日色龙沙外,惨淡秋声鴈塞前。
神骏只今谁貌得,开图老眼一醒然。

题张戡瘦马图

(元) 郑东

北风萧萧沙草黄,天寒马瘦骨如牆。
浑家儿女雕鞍上,日日阴山射白狼。

题进士卜友曾瘦马图

(明) 张以宁

卜翁喜我诗,袖出瘦马图。
前有杜陵《瘦马行》,令我阁笔久嗟吁。
忆昔马齿未长日,金羁蹛蹀鸣天衢。

逐景虞泉日未晡，羲和顿辔喘不苏。
石根一蹶亦常事，谁遣逸足轻夷途？
霜风大泽百草枯，饮龁不饱长毛疎。
相者举肥汝苦瘠，委弃乃在城东隅。
病颡有时磨古树，翻蹄无力衮平芜。
当年笑杀紫燕愚，中路清涕流盐车。
嗟哉此马世罕有，驽骀多肉空敷腴。
格骨稜层神观在，颇类山泽之仙臞。
解剑赎汝归，伯乐今岂无。浴之万里流，秣以百束刍。
苜蓿花白春云铺，气全或比新生驹。
持之西献穆天子，尚与八骏争先驱。
瑶池云气浮太虚，日出积雪青禽呼，长望临风心郁纡。

题老马图
（明）僧妙声

老弃东郊道，空思冀北群。萧条千里足，错落五花文。
苜蓿秋风远，蘼芜落日曛。太平无一事，愁杀故将军。

病马图
（元）刘因

青丝屈曲长安道，卓午归来厩中老。
侧身仰天思远游，口不能言颜色悄。
奚官却立深有疑，似言非病那容医。
愿乘长风迅绝足，一息八极归瑶池。

病骥图
（明）周忱

吴兴父子俱能画，捉笔往往追曹霸。

当时讬意知为谁？恻怆令人伤此马。
此马虺颓未可轻，昔随八骏天衢行。
彩云禁籞春如海，曾听玉辂和鸾鸣。
一朝谢病离天仗，骨耸毛焦气凋丧。
耻与驽骀竞粟刍，自甘偃卧沙丘上。
孙阳去后苦难逢，寂寞谁加剪拂功？
羁金络玉复何日，顾影怀恩悲晚风。
古来千金市骏骨，况此精神那可忽。
饲秣重归十二闲，犹堪万里奔腾出。

题人马图

（元）陈旅

少年仆圉恃恩私，天廏名驹得试骑。
莫向昇平飘赤汗，五花云暖浴春池。

金人马图

（明）高启

名王爱游猎，初试射雕弓。白草秋原旷，黄沙晚塞空。
琵琶应汉女，腰裹是胡骢。归醉葡萄绿，穹庐在月中。

题西戎献马图（赠杨应宁都宪督理陕西马政）

（明）吴宽

乌骊晓渡黄河来，蹴踏万里风沙开。
四蹄垂铁不可凿，拳毛逯腹非凡材。
戎人牵过萧关下，毳衣毡帽胡为者？
不辞驰献到关西，闻道杨公来主马。
平凉极望水草新，监苑重开列圉人。
此匹真为渥洼种，隐起龙文犹满身。

马复令行如诏旨，蕃息应看锦云比。
唐家莫说惟毛仲，秦世徒传有非子。
内地养马连长槽，嶭水荤草民何劳。
杨公一来壮兵气，万骑逐北天山高。
羯胡夜撤穹庐遁，马政既成公入觐。
还将此匹献天闲，不是按图空索骏。

题进马图

（明）镏崧

拳毛赤骥初来进，西人自控中官引。
虎气深腾紫禁门，龙光暗掣青丝绋。
玉鞭金镫调马时，天子亲御和鸾宜。
香街十二柳如雾，太液宫前花满枝。
神物飞腾那可测，电埽风驰周四极。
时来顾影只长嘶，太仆圉人骑不得。

陈居中进马图

（明）凌云翰

明王慎德蛮夷宾，尺天寸地皆王臣。
远人重译贡龙马，流沙万里来麒麟。
金丸声动佛郎国，宝剑气接明河津。
不知何年离榆塞，但见此日朝枫宸。
毛騧生来玉琢鼻，浅骢蹙起花攒鳞。
最后赭白信无敌，如此丹青疑有神。
腾骧欲飞使者喜，控制不得奚奴嗔。
我闻陈阅善匠意，无乃韩幹为前身？
按之图中得所似，惜哉世上遗其真。
骊黄牝牡不易索，九方皋后知何人？

历代题画诗类卷第一百七

兽　类

杜秀才画立走水牛歌
（唐）顾况

崑崙儿，骑白象，时时锁著狮子项。
奚奴跨马不搭鞍，立走水牛惊汉官。
江村小儿好夸骑，脚踏牛头上牛领。
浅草平田擦（搽）过时，大虫著钝几落井。
杜生知我恋沧洲，画作一障张牀头。
八十老婆拍手笑，妒他织女嫁牵牛。

述韦昭应画犀牛
（唐）储光羲

遐方献文犀，万里随南金。大邦柔远人，以之居山林。
食棘无秋冬，绝流无浅深。双角前崭崭，三蹄下駸駸。
朝贤壮其容，未能辨其音。有我哀乌郎，新邑长鸣琴。
陛阁飞嘉声，丘甸盈仁心。

观胡九龄员外画牛
（宋）韩琦

丹青之笔夺造化，能者几何登品录？

蛟龙狞恶鬼神怒，画工不接时人目。
有形之物至者稀，是否难欺众所瞩。
绛台胡掾文章外，偏向画牛其好酷。
海内驰名三十年，得者珍藏过金玉。
老来才始著青衫，养亲不及朝家禄。
前日野服忽相过，云访恩知走京毂。
微风入指未能画，示我蜡本数十幅。
采摭诸家百馀状，毫端古意多含蓄。
斗者取力全在角，卧者称身全在腹，
立者髯鬣精神慢，背者分数头项促，
行者动作皆得群，乳者顾视真怜犊。
当流泅戏益自在，欲走或疑犹蓄缩。
从容饮齕得天真，荷鞭时有童儿牧。
或横一笛坐牛背，便是无声太平曲。
江天雨雪易溟濛，风势掀号摧古木。
敧斜蓑笠趁牛归，萧疏暮景烟村宿。
奇哉胡掾老笔不可到，戴叟重生须死伏。
吾观诸牛之态虽尽妙，尚有所遗思未熟。
牛于生民功最大，不画牛功牛亦辱。
胡君胡君听我言：别选轻绡成巨轴，
写出区区耒耜勤，贵知天下由吾方食足。

观黄介夫寺丞所收丘潜画牛

（宋）梅尧臣

丘画吴牛希戴嵩，吴牛角偃弯如弓。
老牸望犉犊望母，母下平坡离牧童。
牧童吹笛坡头坐，古树萧骚叶战风。
黄君买画都城中，不惜满贯穿青铜。

卖从谁家不肖子，传自几世贤卿翁？
今时贵人所向同，竞借观靓题纸穷。
纸穷磊落见墨妙，东府西枢三四公。
应识古人丹青蹟，又辨古［人］于物通。
一毛一尾不取次，岂以后代为盲聋？
请推此意佐国论，况乃圣德同尧聰（聪）。

毛老斗牛图

(宋）文同

牛牛尔何争，于此辄鬭（斗）怒。长鞭闹儿童，大炬走翁妪。
苍獀八九子，骇立各四顾。何时解角归？茅舍江村暮。

题李亮功戴嵩牛图

(宋）黄庭坚

韩生画肥马，仗下有辉光。
戴老作瘦牛，平生（一作"田"）千顷荒。
觳觫告主人，实已尽筋力。
乞我一牧童，林间听横笛。

游昭牛图

(宋）陆游

游昭木石师李唐，画牛乃是其所长。
出栏初听一声笛，意气已无千顷荒。
客居京口老益困，衣不掩胫须眉苍。
时时弄笔眼力健，蹄角毛骨分毫芒。
我无沙堤金络马，拂拭此幅喜欲狂。
乞骸幸蒙优诏许，置身忽在烟林傍。
日落饮牛水满塘，夜半饭牛天雨霜。

俚医灌药美水草，老巫诃禁袚不祥。
愿我孙子勤农桑，愿汝生犊筋脉强。
雄声惊破五更梦，岁负玉粒输官仓。

范　牛
　　　　　　　　（宋）楼钥

人问吾何爱一牛，范仙真笔倍风流。
绳牵虽未如自放，犹胜更著金笼头。

题潘温叟家藏戴牛画卷（二首）
　　　　　　　　（宋）郭祥正

不辞耕遍主家田，日暮归时欲饱眠。
渡尽惊波莫回首，后来犹苦牧儿鞭。

茫茫陂水暮秋天，乍脱耕犁未得眠。
矫首冲波方尽力，牧儿何用更挥鞭。

题牛图
　　　　　　　　（宋）戴复古

牡丹花下连宵醉，今日闲看黑牡丹。
得此躬耕东海曲，一贫无虑百忧宽。

戴嵩画牛
　　　　　　　　（金）杨云翼

春草原头雨湿烟，夕阳渡口水吞天。
披图坐我风蓑底，一梦长林二十年。

韩晋公画苍牸出水图

（元）王恽

苍牸水所喜，泳游溪水中。物情便所适，顿立不我从。
但见鼻吻长，可知力挽雄。小大制有法，驱牵任此童。
东皋夜来雨，催办耕稼功。一饱赖尔力，高廪歌年丰。
画师亦敦本，大意与训同。吮墨变化质，指为洛花丛。
妙哉韩相笔，远意老明农。

题水牸图

（元）王恽

姚黄魏紫动游观，何似田家黑牡丹。
万有囷仓由尔出，论功消得画图看。

戴嵩画牛图

（元）王恽

吴侬四时耕瘴烟，吴牛见月心茫然。
戴郎此本极闲逸，笔意远出韩公前。
解縻脱靿春事毕，江皋野草香芊绵。
归鞭影乱散平楚，考牧大似《斯干篇》。
因渠唤起归耕兴，梦到西山谷口田。

画牛（二首）

（元）程钜夫

东华尘里度年年，每见春风忆故园。
曾是江南新雨过，闲看稚子引乌犍。

觳觫春来苦，群儿未必知。良工知有意，好写驾犁时。

李唐牛

（元）袁桷

穞秜原空蟋蟀吟，秋来乞得自由身。
平芜又见粼粼绿，复与田翁共苦辛。

画牛（二首）

（元）马祖常

龙具春来挂屋厫，清泥过腹雨耕劳。
田间独仰听风鼻，不信空山野兕号。

江岸骑牛袯襫翁，夕归对妇诧田功。
世间无客曾相识，惟见惊飞几鹍鸿。

画　牛

（元）僧大䜣

草煖犊子肥，牧闲牛耳湿。谁知荷蓑翁，风雨租税急。

题　牛

（明）郭厪

鸟下南山已夕，人间春草初齐。
为问上流何处？白云遥起前溪。

题画牛

（明）林环

春满空原草色深，乌犍追逐过遥岑。
半村残照人家晚，似恐天寒去路阴。

题画牛（二首）

（明）金幼孜

服箱力穑不知年，报主多情秪自怜。
好是野田春种后，饱肥芳草卧深烟。

牧童原上催归急，远树微茫带夕曛。
前日东郊曾扈从，野人牵进沐恩频。

题朱给事所藏牛图

（明）杨士奇

宛宛柳丝柔，縣縣春草绿。三月耕犁间，春田雨新足。
纷纷陌上骤青骢，独占溪南坐黄犊。

题画牛图（二首）

（明）杨旦

东风吹老绿杨枝，可是春郊罢耒时？
带雨细齕原上草，夕阳归路向迟迟。

南亩功成便退身，中流游泳任天真。
牧童何处空江晚，清世应无叩角人。

题牛次韵

（明）程敏政

已销金甲事春农，无复全齐火战功。
惟有牧儿相伴在，一山桃树半溪风。

画牛(八首)

(明) 何孟春

牧儿骑背稳如舟,跨谷腾冈复度流。
老我犁耙手曾执,能知此画是真牛。

春到西畴日尚寒,公家地力几时殚?
一生辛苦依农业,肯作豪家黑牡丹!

抖擞荷蓑梦始醒,老犍何事鬪林坰?
此中竹石虽无主,留取相依岁晚青。

烟蓑雨笠出山隈,白水收犁薄暮才。
同辈解忘耕作苦,尽从牛背唱歌回。

耻将刀剑误园田,归买耕牛不论钱。
昔日我闻龚北海,而今郡吏更谁贤?

雪压春郊积雨馀,蓑衣湿透未能除。
牛饥卧齕田间草,谁复来翻角上书?

叩角曾传宁戚歌,南山白石正嵯峨。
躬耕亦有南阳客,《梁甫》吟成奈尔何。

日耕百畝肯言功,禾黍今看岁又丰。
但得主人仓廪实,不愁无稃(秆)饲西风。

题画牛

（明）僧觉澄

林下逍遥饱则眠，何人能似尔安然。
因思昔日陶弘景，金作笼头不易牵。

牛　图

（明）僧清濋

春光寂寂烟晕晴，春风淡淡波痕明，溪南溪北小坡平。
我却骑牛向溪曲，溪曲嫩草嫩如玉。
记得当时农事足，倒指数来三十年。
今观此图犹宛然，只多舐犊双崖边。

题纪武子所藏老融二牛图（二首）

（宋）楼钥

佳哉淡墨埽人牛，一笛横风各自由。
平日深知焉用剧，如今但欲老西畴。

乌犍离立意透迟，鞭策俱忘取次归。
骇犊跳风却仍顾，老融于此露天机。

题范道士二牛图

（宋）范成大

西畴涤场静无尘，原头远牧秋草春。
一牛疾行离其群，一牛返顾如怒嗔。
目光炯炯狞而驯，点缀毫末俱逼真。
不颠不狂笔有神，妙哉吾宗散仙人。

题高都事戴嵩二牛图

（元）黄清老

东风吹浪翻平林，吴江咫尺移春阴。
牧童晓出不知雨，日暮归去清溪深。
一童驱牛涉古岸，草烟惨澹迷目观，
双蹄涌出层水间，苍峡蹴翻石云断。
一童踞策溪中流，溪风不动波悠悠，
恍然顾影惊自失，尚疑身跨苍龙游。
平澜远峰结寒色，至今宇宙留墨迹。
可怜三子人不识，我欲问之汉津客。

三牛图

（元）欧阳玄

两竖骑牛过远村，一童横笛弄黄昏。
老僧正解荆舒字，坐爱三牛了不犇。

题刘景明百牛图扇面

（宋）杨万里

吉语闻田父，新年胜故年。借侬百觳觫，雨里破荒田。

江参百牛图

（元）邓文原

湿湿群行四百蹄，耕犁初罢乐相随。
春风绿遍川原草，回首牧人知是谁？

题江贯道百牛图

（元）白珽

几年散放桃林后，馀四百蹄犹可骑。

揽镜挂书多事在,能骑唯有一凝之。

百牛图歌
（元）舒頔

繄谁画此百牛图？绢素淋漓悬两壁。
摩挲细认角头奇，无乃戴嵩留幻墨？
牧童骑策过前村，春树阴阴春草碧。
云收雾敛山花明，远近巅崖翠光湿。
平湖断岸水浅深，皱縠粼粼如展席。
犊眠草间牛不乳，饥齧（啮）青刍砺苍石。
或饮或浴云满身，物我相忘祇自得。
横斜体态百头殊，牧竖笼雏戏阡陌。
有时背上颠倒骑，细雨斜阳横短笛。
时平放尔桃林中，布谷催耕苦相迫。
呜呼！比年兵革弥天下，千畦万陇生荆棘。
只今农父把锄犂，处处开耕皆尔力。
斗米三钱户不扃，四海苍生无菜色。

题黄启晦百牛图
（明）林环

昔我东山居，荷锄事农耕。三时有暇日，放牛满郊坰。
依依芳树阴，萋萋烟草青。野龁恣所往，爱此风日晴。
远坡每群趋，空原时独行。前溪足新雨，牵饮上流清。
牛性日已驯，牧闲无所营。捲芦作短笛，吟杂童讴声。
相将晚来归，月色孤村明。以兹乐生事，外物焉足撄。
别来几春秋，石田想榛荆。维鱼每入梦，彷彿东皋平。
披图见犍犊，蔽野何纵横。吟望夕阳山，因之发遐情。

题百牛图

（明）陈栻

华山归牧后，南亩释耕时。大地郊原衍，方春水草宜。
功成无捆载，力剩向驱驰。饮涧遥呼犊，维群乱度陂。
烟蓑横背卧，风笛隔林吹。孳息欣咸若，甄陶旷莫涯。
融融和气洽，蔼蔼物情怡。汉喘休劳问，商歌漫自悲。
戴嵩能貌古，班特浪传疑。展卷怀周泽，涵濡宛在兹。

书百牛图后

（明）丘濬

我本农家子，儿时曾作牧。倒骑牛背上，蓑笠吹横竹。
老大客京国，久不见此畜。忽然觏斯图，心若有所触。
泛观天下物，无物似牛犊。既以拽犁耙，又用转车毂。
为我运百货，为我生百谷。论功亦莫比，论苦亦良酷。
云胡世上人，甘心肆口腹，既然食其力，何忍食其肉？
水陆珍百品，物物可充欲。孟子有遗言，不忍其觳觫。

蜀女绣牛图

（元）袁桷

绝壁连云翠木稠，五丁空作蜀王羞。
浣花女子闻鹃苦，绣作春风万古愁。

题锦屏史仙绣牛图（三首）

（元）吴澄

平原君像何人绣？费几千丝似发稠。
可是史仙能狡狯，聚毛绣出下邳侯？

有毛无革毛安傅？傅上田单奋彩缋。
陆放水浮俱幻影，底须拽鼻著长绳？

为汝前身胆气麤，却将假合化真如？
虽然毛色皆如旧，悦草触人心已无。

题四羊图
（宋）王阮

三百维群世不见，乃以四羊为一图。
人言此图出韦偃，不知韦偃有意无。
岩岩参天一古木，下有轻莎满郊绿。
雪鬣隐约黑晕中，沙肋微茫笔端足。
昔闻韦侯画马工，杜陵长歌歌古松。
孰知画羊更如此，世间绝艺谁能穷。
蕲春太守好事者，珍藏有此希世画。
嗟予得见双眼明，此一转语久难下。
三羊游戏芳草茵，一羊辄登枯树根。
安得添我作牧人，为公鞭此一败群。

恭题灵羊图（有序）
（明）谢承举

　　宣宗御笔也。羊图三头，坡下一犬，有欲搏之状，而羊意驯扰，感赋长句。

塞上春深草初绿，黄河套边堪放牧。
何来羌羚攜乳畜，旁有韩卢将搏逐。
群羚不奔且不惊，辒车无影鸾无声。
持旄已归苏子卿，挟册未见黄初平。
羊何安闲卢何猛，以静制动清边境。

我皇执笔发深儆，意在雍和化强梗。
是时贤相惟三杨，昇平辅理称虞唐。
九重优游翰墨场，天与人文垂四方。

赵王孙墨羊图
（明）偶桓

王孙长忆使乌桓，因念苏卿牧雪寒。
落尽节旄无复见，写生传得两羝看。

黄荃芙蓉乳狗
（元）虞集

西旅初闻劲贡来，金毛覆地不凡材。
驺虞麟趾同灵囿，抱子花阴卧石苔。

海狗窠石图
（元）袁桷

灵壁层峰负六鳌，药阑花槛翠周遭。
如何画史同群吠，不与君王绘旅獒？

题窠石海狗图
（元）柳贯

越犬初随贾舶来，闲阶弄影小徘徊。
花阴满地浓如雪，解下金铃不用猜。

题 犬
（元）贡性之

深宫饱食恣狰狞，卧毯眠毡惯不惊。
却被卷簾人放出，宜男花下吠新晴。

题 犬
（明）张凤翼

玉勒追随子夜风，金铃摇月吠梧桐。
明朝较猎长杨馆，万骑丛中第一功。

题李迪画犬
（明）高启

护儿偏吠客，花下卧晴莎。莫出东原猎，春来兔乳多。

赵南伸寄王朴画猫犬，戏为之赋
（宋）楼钥

齸鬖两狻猊，胡为到庭户？细观画手妙，摹写真态度。
意足谢繁华，不待丹青汙。乱埽腹背毛，头足巧分布。
尨也如愁胡，眉攒眼光注。岂惟足生氂，垂耳纷败絮。
掉尾固自若，狸奴为惊惧。侧耳实畏之，冲目犹敢怒。
诚知取形似，不吠亦不哺。对之辄一笑，聊用慰沉痼。

狸奴画轴
（金）王良臣

三生白老与乌圆，又现吴生小笔前。
乞与黄家禳鼠祸，莫教虚费买鱼钱。

醉猫图（何尊师画，宣和二府物。二首）
（元）元好问

窟边痴坐费工夫，侧辊横眠却自如。
料得仙师曾细看，牡丹花下日斜初。

饮罢鸡苏乐有馀，花阴真是小华胥。
但教杀鼠如丘（山）了，四脚撩天一任渠。

题武仲经知事狮猫画卷
（元）程钜夫

金丝色软坐常温，饱食深宫锦作墩。
若使爱书无法吏，诗人应叹鼠翻盆。

何尊师醉猫
（元）袁桷

搅瓮翻盆势不禁，晚风辞醉首岑岑。
醒来独立阑干畔，四壁无声蟋蟀吟。

王振鹏狸奴
（元）袁桷

画堂绿幕镇犀悬，花影云阴得散眠。
自是主家扃锁密，晚风缘木捕新蝉。

题睡猫图
（元）柳贯

花阴闲卧小於菟，堂上氍毹锦绣铺。
放下珠簾春不管，隔笼鹦鹉唤狸奴。

题　猫
（元）丁鹤年

食有溪鱼卧有裀，主恩深重更无伦。
若将乳鼠夸为瑞，恐负隆冬蜡祭人。

芙蓉白猫手卷
（元）钱惟善

秋花石上玉狻猊，金尾翛翛敛四蹄，

零落旧时宫女扇，扑萤曾见画阑西。

题宋徽宗画狸奴衔鱼图
（元）钱惟善

徽庙宸翰世已无，衔鱼随意写狸奴。
銮舆北狩知何处，惆怅春风看画图。

题画猫
（明）刘基

碧眼乌圆食有鱼，仰看胡蝶坐阶除。
春风漾漾吹花影，一任东郊鼠化鴽。

题茅山道士藏徽宗画猫食鱼图
（明）解缙

仙箓从教满石牀，花阴睡觉赴云乡。
即今鼠辈都消尽，饱食溪鱼化日长。

豕图行
（元）戴良

胡风吹沙黄入天，胡马奔腾西出关。
边头人民格鬭死，路旁突出惟孤豕。
群胡走马逐豕逃，弯弓奋戟意气豪。
一人自足当豕力，万骑盘旋追不得。
当时岂为一豕谋，只恐功成恩宠休。
岂知此豕命既脱，荐食郊原竟难遏。
秋来草黄马正肥，将军处处事驱驰。
何时射豕得豕归？呜呼！何时射豕得豕归？

历代题画诗类卷第一百八

鳞介类

题张道隐太山祠画龙

(唐) 蒋贻恭

世人空解竞丹青，惟子通玄得墨灵。
应有鬼神看下笔，岂无风雨助成形。
威疑喷浪归沧海，势欲拏云上杳冥。
静闭绿堂深夜后，晓来簾幕似闻腥。

题画龙

(宋) 楼钥

老龙卧海沙，觉来未欠伸。珠光发海底，闯然自有神。
画龙不画全，必杂烟雨云。此龙未尝动，具见爪与鳞。
一龙望见之，争心生怒嗔，奋迅勇欲前，便尔云满身。
不知出谁笔，定非尘中人。若非亲见之，何由写其真？
云涛方汹涌，恍若渺无津。为霖会有时，正尔良苦心。
乃知青云高，不如寂寞滨。深虞或飞去，什袭聊自珍。

毘陵天庆寺观画龙

(自题："姑苏羽士李怀仁醉笔，诗呈王君保寺丞使君。")

(宋) 戴复古

姑苏道士天酒星，醉笔写出双龙形。

墨蹟纵横夺造化，蜿蜒满壁令人惊。
一龙翻身出云表，口吞八极沧溟小。
手弄宝珠珠欲飞，握入掌中拳五爪。
一龙［排］山山为开，头角与石争崔嵬。
波涛怒起接云气，不向九霄行雨来。
万物焦枯天作旱，两雄壁隐宁非懒？
真龙不用只画图，猛拍栏干寄三叹。

画 龙

（宋）刘叔赣

南人谒雨争图龙，画师放笔为老雄。
烟云满壁夺昼色，雷电应手生狂风。
观者皆惊爪牙动，攫挐意似翻长空。
吾疑奋迅出户牖，何事经时留此中？
共言叶公初好画，当时亦有神龙下。
天意为霖非尔能，世俗慕真聊事假。

段志坚画龙（为刘邓州赋）

（元）元好问

猪龙可豢亦可屠，世人画蛇复画鱼。
天飞忽入阿坚笔，始觉众史欺庸愚。
腥风万里来，白浪横江湖。一麾走海若，再顾失天吴。
浩荡明河翻，尾鬣惨不濡。
只愁纸上出雷火，拊控大千如此珠。
天生神物与化俱，灭没变见何所无？
逆鳞自古不受触，乃今缩头随卷舒。
怪得堂堂髯御史，平生长有雨随车。

题家龙溪画龙

（元）李祁

龙溪溪上见苍龙，势在飞腾变化中。
沛作甘霖能济旱，九州四海乐年丰。

题陈所翁画龙

（元）李祁

千年老龙伏岩阻，懒向天台作霖雨。
忽逢健笔一写之，鬣角鳞鬐尽苍古。
溪风肃肃山雨寒，骄螭腾拏穉蛟舞。
愿君长留此画江海间，更使千年作龙祖。

题金汝霖龙

（元）李祁

大海波涛起，高堂云雾兴。九州望霖雨，须汝一飞腾。

画龙歌

（元）小云石海涯

老墨糊天霹雳死，手擘明珠换眸子。
一潜渊泽久不跃，泥活风须色深紫。
虬髯老子家燕城，怒吹九龙无馀灯。
手提百尺阴山冰，连云涂作苍龙形。
槎牙爪角随风生，逆鳞射月干戈声。
人间仰视翫且听，参辰散落天人惊。
潇湘浮黛蛾眉轻，太行不让蓬莱青。
烈风倒雪银河倾，珊瑚盏阔堪不平。
吸来喷出东风迎，春色万国生龙庭。

七年旱绝尧生灵，九年涝涨舜不耕。
尔来化作为霖福，为吾大元山海足。

题所翁画龙
（元）张渥

我闻真龙神变化，呼吸风云齐上下。
胡为却向九渊潜，颔下骊珠光不夜？
一朝帝敕鞭雷霆，祕怪恍惚无逃形。
蜿蜒千丈露头角，颠倒山岳翻沧溟。
乾坤溳洞日为黑，元气淋漓收不得。
愿将点滴试天瓢，草木晴光甦下国。
龙兮龙兮汝为龙，攀之不见追无踪。
何当飞空附其尾，手按鸿濛究元始。

陈所翁子雷岩画龙
（元）刘诜

所翁画龙妙天下，墨水千江醉倾泻。
天地变色草木寒，霆电交作昼为夜。
阴风萧萧出空庭，天落黄金壁间挂。
前身是龙身不知，龙来与语相娱嬉。
岁饥乖龙不肯起，画龙夜出行雨归。
不知雨到几千里，但见绡素濡淋漓。
所翁丹成驾龙去，雷岩传家有奇趣。
蜿蜒半幅浩欲动，鳞鬛槎牙攫云雾。
轩窗怒涛声洶欸，箧笥夜光亚春吐。
嗟哉雷岩今亦仙，此龙神妙不再觏。
谁能久藏系金枑，雷公邀柱窥囊楮。
只今春风急雨日夜多，便恐一日飞去骧天河。

题刘彦达龙幛

（明）解缙

道人飞入水晶宫，手挽天河画玉龙。
一夜风雷遶南国，海门桃浪涨春虹。

画龙歌

（明）周是修

云如车轮风如马，雷鼓砰訇电旗搴。
其中踊跃何尔为，无乃蜿蜒作霖者？
古来善画此者谁？叶翁所翁称最奇。
笔端挥洒绝相似，亦有风云雷电随。
大梁徐公生卓荦，自少以来深好学。
挥毫洒墨运天机，鬼泣神愁日光薄。
斯须缟素腾真龙，莽苍直夺造化工。
恍如列缺引霹雳，歘若巽二驱丰隆。
枯木槎牙头角露，鳞拂雪花骇成怒。
划然威掣海门开，劲望层空欲飞去。
我时见画心胆豪，拔剑起舞翻绒袍。
波涛万顷东溟阔，瘴烟千丈南衡高。
嗟哉徐公天相尔，后恐无继前无比。
酒酣神气益洒然，白日风云牖户起。
为君一作画龙歌，雷风激烈云嵯峨。
鱼鰕混处不可久，龙兮龙兮奈尔何！

题张秋蟾画龙

（明）袁忠彻

张公画龙人不识，笔法远自僧繇得。

挂向高堂神鬼惊，恍忽电光飞霹雳。
想当渤澥开笔力，元气霖霪浸无极。
吐吞雾雨川泽昏，摩荡云雷太阴黑。
江翻石转窈莫测，雪涛卷空铜柱仄。
洞庭扶桑非尔谁？颠倒沧溟为窟宅。
乃知兹图只数尺，坐令万里起古色。
何当置我君山湖上之高峰，听此老翁吹铁笛。

画 龙

（明）丘濬

黑风吹白雨，海立水翻波。老龙空作势，不救旱田禾。

题画龙

（明）刘溥

古来画龙称叶公，后来又说陈所翁。
呜呼二人不可见，神妙谁复追其踪。
此图知是何人作？一见令人即惊愕。
势翻沧海起风雷，身涌长空奋头角。
双睛泼电鳞鬣分，左盘右蹴挐（拏）飞云。
轩然天地动光彩，此时不顾鱼鰕群。
满堂惨淡凝烟雾，相对咨嗟毛发竖。
田畴岁旱望甘霖，破壁须看上天去。

题 龙

（明）林景清

春雷一夜天池震，七泽濛濛烟雨暝。
数声惊起卧潭龙，怒卷银涛飞万仞。
黑云影里露奇形，鳞甲错落光纵横。

须鬐奋张耸头角，炯炯射海双瞳明。
伊谁老手妙无敌，夺得天机归笔力。
所翁之后岂无传，只恐惊愁山鬼泣。
龙兮龙兮真有神，须臾变化随屈伸。
何当吸尽沧海水，徧泽枯槁皆回春。

题　龙
（明）周述

虬龙灵变不可测，蜿蜒岁久蟠沧溟。
碧波怒卷若山立，朱桥似欲凌空行。
是谁写此得真趣？白昼高堂起烟雾。
慎莫双眸更点睛，只恐乘云天上去。

题王宰所藏墨龙
（元）柳贯

飞廉（廉）为御丰隆车，凭陵九渊倾尾闾。
谁与发墨启玄奥，神光蹑斗旋其枢。
湖边竹屋清夜徂，防有没人来摘珠。

题陈所翁画龙
（元）萨都剌

画龙天下称所翁，秃笔光射骊珠宫。
长廊白日走云气，大厦六月生寒风。
兴来一饮酒一石，手提玄兔槌霹雳。
涨天烟雾晴不收，头角峥嵘出墙壁。
全形具体得者稀，今日海边亲见之。
满堂光焰动鳞甲，倒披海水空中飞。
凌风直上九天去，天下苍生望霖雨。

太平天子居九重,黍稷穰穰千万古。

墨　龙
(元) 张雨

高昌世子写墨龙,此龙乃出开元东井中。
东井水与天河通,龙下取水遗其踪。
道人识墨□帝子[①],逃入世子之笔锋。
井头夜半飞霹雳,元气淋漓雪色碧。
一锁银牀五百年,才点目睛生羽翼。

谢徽上人见惠二龙障子,以短歌酬之
(唐) 齐己

我见苏州昆山佛殿中,金城柱上有二龙,
老僧相传道是僧繇手,寻常入海共龙鬭。
又闻蜀国玉局观有孙遇迹,盘(蟠)屈身长八十尺,
游人争看不敢近,头觑寒泉万丈碧。
近有五羊徽上人,闲工小笔得意新,
画龙不夸头角及须鳞,只求筋骨与精神。
徽上人,真艺者,惠我双龙不言价。
等闲不敢将悬挂,恐似叶公好假龙,及见真龙却惊怕。

上清卢道士所藏双龙图
(元) 成廷珪

仙潭烟雾晓冥冥,彷佛飞空剑气腥。
岩穴几年当蜕骨,画图今日露真形。
天瓢水浅阴犹伏,宝藏云深夜不扃。

---

① 此句别本作"道人识为黑帝子"。

好就卢敖听驱使,八方行雨鼓风霆。

双龙图

(元) 张宪

云谷道人手持一片东溪罏,云林散人为作双龙出入清潮图。
砚池浓磨五斗墨,手涂脚蹋顷刻云模糊。
既不为爬山引九子,亦不作掣电吞双珠。
但见一龙盘空偃蹇飞下尾闾穴,一龙搅海奋迅直上青天衢。
雄者筋脉紧,雌者腹肚臝。
双衡交挺白玉柱,两角对树青铜株。
宛宛脩尾卷蹴浪花白,聂聂钜甲挟拍相风乌。
性驯肯入孔甲驾,气恶欲踢丰隆车。
张吻唉阿香,舞爪挐天吴。
轰霆时或取旱魃,飞雨自足苏焦枯。
寸池尺沼虽云不能一日处,十年未用犹可高卧南阳庐?
云谷子,七宝钵盂深袖手;云林子,光环金锡且载酒。
吾将倒三江、倾五湖,洗馀百战玄黄血,尽率凡鳞朝帝都。

题云龙

(元) 袁桷

玉渊发灵籁,摩盪超九天。调铅静召之,帖首在我前。

题云龙

(明) 杜嗣昌

夭矫腾空势欲盘,墨云涨壁昼漫漫。
生平学得屠龙技,把剑偏从画里看。

题苍龙戏海图

(元) 陈泰

天孙织云春锦红,玉梭㕮(误)落乘刚风。

一夕变化云冥濛，海水起立为珠宫。
坐令年年机杼空，谁与黼黻上帝躬？
求梭不得愁鬼工，安知入君怀袖中。

郭恕先升龙图（二首）

（元）邓文原

海上参差十二楼，阆风玄圃彩云浮。
神仙尚厌人间世，故作乘龙汗漫游。

建章宫阙漏沉沉，翠辇春游接上林。
未识嫦娥天上乐，广寒丹树五云深。

题太玄天师画升龙图

（元）柳贯

博大真人衡气机，砚池倾倒墨龙飞。
风风雨雨成功后，却蜕升形上衮衣。

题广微天师升龙图

（元）钱惟善

嘘气乘云薄太清，墨卿灵怪砚池腥。
波涛光彩失双剑，风雨晦冥驱六丁。
朱火腾空照碧落，翠鳞垂水捲沧溟。
真人上挟飞仙去，安得攀髯过洞庭。

题曜海朝天龙图

（元）欧阳玄

玄云霮䨴海波立，神龙挺水趋天潢。
画师题笔睨八极，意与元气争毫芒。

玉京仙圣骖翱翔，杂骑麒麟与凤凰。
龙拖云气归洞府，海日杲杲天中央。

僧传古踊雾出波龙图歌
（元）柳贯

叶公好龙致真龙，精气所感无不通。
僧中刘累有传古，夜梦捷入骊龙宫。
阳晖焰焰阴魂动，左右给侍皆鱼虫。
探珠不得逢彼怒，轰然鼓鬣兴雷风。
潜窥窃识领其妙，写之万楮将无同？
目睛数月才一点，波浪只（咫）尺如层空。
乘云执镜麾电母，跨海献宝招河宗。
刘尝善豢古善画，得意忘象象乃工。
为龙为画了不识，有顷噀水投长虹。
龙乎龙乎德正中，超忽变化天为功。
绛宫帝子秉节从，九渊唤起赤鲤公，永奠鳌极开鸿濛。

云龙教子图
（元）卞恩义

龙公头角何崭然，教子拏云飞上天。
语之慎勿习痴懒，旱水盘盘井底眠。

老龙引子归潮图
（明）曾烜

海门秋气横江来，怒涛殷地如奔雷。
苍龙教子习潮势，排风喷雪烟云开。
忆昔深潭事冲举，直上穿霄轻一羽。
曾嘘数滴翻瓢浆，散作九州三日雨。

只今回顾忍潜踪，引子不敢施神通。
却愁幼小易飘忽，一瞬万里天无工。
我闻灵物多奇异，潜飞大小皆随意。
画师恐是张僧繇，写向生绡若真致。
龙今育子犹世人，古来有欲皆可驯。
何当重起豢龙氏，爱养留作商岩臣。

题群龙图

(明) 刘基

世间万类皆可觊，茫昧独有鬼与龙。
此图画龙二十四，状貌诡谲各不同。
得非物产有异种，或曰神变无常踪。
一龙掜尾欲上水，足爪犹在湁潗中；
一龙出穴饮涧底，头上飞瀑泻白虹。
前有一龙已在云，顾视厥子扬双瞳。
浪波鱼鳞沓䂬䃨，日车坱圠天无风。
中庭两龙忽相逢，须眉葩髵如老翁，便欲角抵争雌雄。
西望积石接崆峒，白龙擘石窥流漎。
河伯远遁虚其宫，屈蟠睡者何龙钟，老物用尣时当终。
峡外六龙狞以凶，矜牙舞爪起战攻。
齩(咬)鳞嚼甲含剑锋，陷胸折尾波血红，之死弗悟人谁恫。
一龙引吭将欲从，迴环睢盱未敢通。
最后一龙藏于埪，睥睨胜败非愚种，无乃有意收全功？
云中弄珠劳尔躬，不如卧沙之从容。
龙子学飞力未充，母在下视心憧憧。
何物一角额準隆，觖然出洞若蛇虫。
有龙接之自龒縱，恐是巩穴王鲔公。
皮骨始脱形犹蒙，两龙归来倦不翀。

痴龙攀石身已癃，蚴虬偃蹇欻腾冲。
蜿蟺攫跃鬐发茸，呿呀奔拏曲如弓。
百态并作何纷庞，是耶非耶孰能穷。
画师昔有僧繇工，能令真龙下虚空。
安得伶伦截竹筒，吹之呼龙出石谼，使我一见豁昏瞢。

六龙图

（明）丘濬

颢苍生万类，行天莫如龙。
纯秉（禀）至阳精，卓为鬼物雄。
大小靡定形，去住无常踪。
一之已难见，况乃六者交腾冲。
一龙昂首扬其鬐，奋起直上拏虚空；
一龙揵尾出瀁沄，迴身转脊如宛虹。
其馀两两峙相向，戏弄明月云涛中。
矜牙露其爪，气势何狰凶。
是时元气湿濛濛，河海起立地天通。
鬼神尽泣真宰怒，呵叱屏翳驱丰隆。
呜呼！神物变化不可穷，胡为群聚如昆虫？
无乃画工巧为此，潜以翰墨偷天功？
君不见古来好者有叶公，真龙闻之降其宫；
又不见近来画者有洞微，真龙现相来相从。
君从何处得此本？彷佛似是陈所翁。
精诚感通理或有，慎勿轻易为点瞳。
会须一夜波涛去，轰雷鼓，惊天风，流下土，霈耕农。

题九龙图

（元）郏韶

九龙起幽壑，百谷走春雷。峡圻苍厓断，天倾白浪回。

朝行神禹穴，莫过楚王台。应有天瓢手，为霖遍九垓。

题陈所翁九龙戏珠图

（元）张翥

两龙颔颁出重渊，白日移海空中悬。
一龙回矫一倒起，侧磔胡髯怒歕水，
大珠炎炎如弹丸，爪底云头争控抟；
一龙仰首逆鳞露，两龙旁睨苍崖蟠，
怪风狂电浩呼洶，天吴崒立八山动；
一龙后出尤崛奇，半尾戏邀蜿蜒儿，
儿生未角已神猛，一顾却走千蛟螭。
陈翁砚池藏霹雳，往往醉时翻水滴。
便觉天瓢入手来，雨气模糊浑是墨。
我尝见画多巨幅，簸荡惊涛骇人目。
何如此笔穷变化，三尺微绡形势足。
是翁前身定龙精，故能吸歘奔精灵。
卷图还君慎封锁，但恐破壁飞空冥。

荣碧潭全身龙

（元）欧阳玄

巨壑深溪万水潆，四时浓黛浸千峰。
天衢邂逅全身露，还信碧潭盘老龙。

所性侄藏所翁金身戏珠龙

（元）欧阳玄

万户千门夜半雷，明朝日出五云堆。
老龙引领春消息，戏弄明珠未肯来。

玉龙图

（元）虞集

贝阙澄澄海月生,水晶簾影接空明。
鲛绡翦得霓裳就,却拥冰髯上太清。

题陈所翁画墨色卧龙（二首）

（元）马臻

集雾流云意匠劳,天风鳞甲动霜毫。
莫教流落人间世,怕有当年叶子高。

曾出泰山饮渭川,怒风翻浪自高眠。
如今四海均霖雨,不用拏云上九天。

卧龙图

（元）许有壬

能辨人间大有年,九渊谁遣抱珠眠?
等闲莫似隆中起,雨得西南蕞尔天。

豢龙图

（宋）魏了翁

乾坤包万有,纳纳百囊罟。人位乎两间,利与害为御。
一气贯四时,五风甘十雨。神龙以为畜,扰御不予侮。
河有背负图,庭无漦流女。义理之不明,人情自疑沮。
范围吾职分,往往若违拒。同室操戈鋋,一身隔肺腑。
帝王豢龙意,弃置那复取。四灵非不灵,有不得其所。
生息之相吹,古今类如许。古人体天意,万物我其主。
虫莫知于龙,拊循如士伍。今何故无人,亦足验胸府。

声和凤来仪，心平簪如组。矧伊人中瑞，治乱系嚜语。
欲入而闭门，谁出不由户？兹事关人心，作诗附农圃。

赠玉龙曾道士画龙头

（元）僧圆至

乖龙逃雨走，急落西山陬。缩入画仙笔，雷公不能搜。
画仙有墨池，尺水涵十洲。俗龙作玄骨，骑入尘寰游。
我求写龙真，画仙许我不？形全恐飞去，为君且画头。

拟题素庵龙头

（明）叶盛

殿前同日奉丝纶，屈指今过二十春。
一管宣毫还好在，龙头不画画麒麟。

题鸟王啖龙图

（明）王世贞

黑风吹海海水立，琉璃宫中老龙泣。
此时鼓翼天关摧，左足下蹴龙宫开。
海人明珠若明月，愿赎龙躯了无答。
鼍参鼋史祈以身，天厨朝餔不尔珍。
老拳顿颡隆準坼，双角拉枯血中擘，败鳞飞空空欲赤。
馀噫尚足呼风霆，掷火波底流金铃，宛转骨尽神不灵。
我闻阎浮提，三千六百海，一龙一餐八万载。
须弥山倾劫福竭，鸟王与龙竟谁在？
君不见龙儿一梦何其聪，可怜宫中群小龙，金翅乃是宣城公。

题春雷出蛰图

（明）王世贞

一夜春雷发，群蛰自相语。神龙岂不劳？人间要霖雨。

题毛维勤所藏禹门三跃图

(明) 顾清

一夕风雷动九重,春江回首万鲷鳙。
云泥只(咫)尺从人辨,诸葛南阳本是龙。

历代题画诗类卷第一百九

鳞介类

仲咸借予海鱼图，观罢有诗因和
（宋）王禹偁

偶费霜缣与綵毫，海鱼图画满波涛。
揩牀难死惩龟殼，把酒狂歌忆蟹螯。
鲳蚱脚多垂似带，锯鲨齿密利如刀。
何当一一穷真伪，须把千寻铁网捞。

赠徐子虚画鱼
（宋）王佐才

我尝放意游江湖，喜从钓叟观真鱼。
有时临溪行复坐，秋水无风鱼自如。
鲜鳞滑鬛随上下，回旋戏跃形皆殊。
两两相逢若对语，聚头戢戢摇双须。
忽然散漫背游去，一半掉尾潜菰蒲。
往来得所弄晴色，圆波触动生浮珠。
困依垂杨看不足，尽日忘归谁与俱？
自从北走尘土窟，十年不复瞻蕁鲈。

凭谁画出江湖趣？东海今闻徐子虚。
毫端夺得生时意，京师好事争传摹。
写成双幅辄遗我，展舒活动惊堂隅。
穷搜前古少奇笔，此本只恐人间无。
任教涸辙强濡沫，对面相忘千里书。

题赵晞远鱼

（宋）楼钥

藻翻数尾已如生，妙绝鱼儿作队行。
不是深知濠上趣，未应笔底得纵横。

醉题鱼屏

（宋）楼钥

五千买得见屏风，白鱼相逐菰蒲中。
俊尾拨剌有生意，旁人未易分雌雄。
屏后诸孙更雍容，戢戢无数迷西东。
我虽非鱼知鱼乐，乐处未必鱼知侬。

罗浮何君祐夫相访惠诗，又出所作水墨鱼，戏题卷末

（宋）李昴英

山头钓引千钧鱼，铁桥曾逢稚川奴。
风波平地误点额，戏取墨汁翻模糊。
纵观濠上契妙趣，浩浩胸次涵江湖。
墨云忽从砚池起，拨剌跳出形模殊。
大鱼腾骧撼风雨，小鱼琐碎游荇蒲。
技如元放几许奇，金盘一箇松江鲈。
试张亭前涨波影，春锄飞下傍睢盱。
世间画史少活笔，描写终类鲋肆枯。

文溪一湾浮钓徒，欠得龙眠为严濑羊裘图。

子用惠画鱼四轴以诗谢之
（宋）王炎

四幅溪藤任卷舒，管城幻出化龙鱼。
风雷定似梭飞走，莫悮呼儿觅《素书》。

赠画鱼者
（宋）白玉蟾

昔日僧繇所画鱼，三十六鳞依翠蒲。
徐高画中多画鱼，鼓鳞扬鬣今为图。
古人妙画犹不朽，今人妙处古未有。
郭丹青者冠古今，天下画鱼第一手。
画到妙处手应心，心匠巧甚机智深。
纸上溶溶一溪水，放出鲦鳜二三尾。
金鳞锦鬣红玉髻，圉圉洋洋戏波里。
小鱼如针同队行，唵喁水面随风萍。
掷头掉尾浮沉势，三聚二散游跃意。
笔分浓淡计万鳞，划须点眼匀墨痕。
状如抛尺量波练，复似穿梭掷水纹。
宛然鱍鱍巢青藻，渔翁未钓先吹火。
壁上鱼跃水不流，稚子睥睨敲针钩。
君今画到入神处，此画一出声尤著。
鱼虽无肠有活意，玉波浸荇澄寒渚。
深恐后夜或雷雨，化作龙飞禹门去。

赠周东卿画鱼
（宋）文天祥

观君潇湘图，起我濠上心。短褐波涛旧，秋雨菰蒲深。

题东海徐白鱼

（元）王恽

点额雷烧不到渠，相忘何必在江湖。
细吹藻荇充饥了，两颔腥涎倲自濡。

画　鱼

（元）成廷珪

生平踪迹侣鱼鰕，浦月山风满客槎。
曾向春盘登北鲔，更从丙穴荐南嘉。
赏花钓得留诗友，折柳穿来觅酒家。
万里江湖清梦远，于今空对画中夸。

题画鱼（二首）

（明）刘基

为爱濠梁乐有馀，故拈兔颖写成图。
秋风忽忆银丝鲙，肠断松江隔具区。

九罭无人詠鳟鲂，河坟有客叹牂羊。
不知生意能多少，争得鲲鲡满尺长。

题程亚卿所藏刘进画鱼

（明）李东阳

刘生亦是丹青豪，近来作画无此曹。
平明退直呼浊醪，半酣脱却宫锦袍。
戏将秃笔作鳞介，已觉四壁生风涛。
风涛汹涌向何处？岸阔江空起烟雾。
东风一夜吹水浑，翠鬣红鬐不知数。

桃花柳絮时吐吞，轻蘩乱荇交缤纷。
圆光倒射日成凸，灭影下没天无痕。
群嬉若共众芳狎，远树忽与洪波奔。
千形万态极幻化，仓卒逢之安可论。
就中钜者称赤鱓，卓荦颇似鲸与鲲。
仰窥河汉若咫尺，俯视江海如罍盆。
岩峦变，风雨作，走天吴，驱海若。
流云掣电同挥霍，喷沫浮沤满寥廓。
锋镝参差见龈齶，剑戟峥嵘露头角。
直遣飞腾动鬼神，宁夸震撼倾山岳。
若非溟渤即洞庭，不然岂得通幽灵？
幽灵汗漫入恍惚，始信丹青有奇骨。
刘生刘生良已工，谁其爱者司徒公。
华堂锦轴粲盈丈，髣髴坐我龙门中。
龙门高，高几许？叶公画龙龙出走，此物胡为在庭宇？
知公自是人中龙，会向人间作霖雨。
玉如意，金叵罗，激高堂，扬练波。
文王在沼民共乐，君子有酒吾当歌。
我生解诗不解画，潦倒不觉双颜酡。
吁嗟乎！吾当奈尔丹青何！

彭学士先生所藏刘进画鱼

（明）李东阳

鱼为水族类最稠，近时画手安城刘。
生绡如云笔如雨，恍惚变态不可求。
大者独立为豪酋，小者列从分奴驺。
翻身煦沫日弄影，一一如在空中游。
风鬐露鬣卷复舒，顷刻巨浪高山丘。

上摩虚无拂倒景，下逐远势归长流。
初疑聚石作九岛，咫尺之地皆汀洲；
又如然犀照牛渚，海若露叫群灵愁。
问渠类象谁指示，或者神授非人谋？
画图贵似不必似，却恐有意伤雕锼。
拟将天地作画笥，此语吾传苏子由。
江湖茫茫隔尘土，吾欲远挂珊瑚钩。
临渊之羡亦徒尔，况乃物幻无停眸。
诗成日暮酒半醒，萧萧落木高堂秋。

画　鱼
（明）周用

黄河万里奔海东，怒触厎柱生雷风。
凭陵祗欲腾虚空，云是西河赤鲤公。
一鱼人立二鱼从，前者泼剌后喁喁。
沧江夜月贯白虹，凭君卷去还吴淞。
作诗敢与谁争雄？中有云气随飞龙。

画　鱼
（明）钱宰

绿波春水没渔家，杨柳青青拂钓槎。
三月江南春雨歇，一双鳣鲔上桃花。

赠泰塘画鱼程翁希明（二首）
（明）程敏政

叠嶂如城水满川，门前乔木翠参天。
路人来往能相指，文献传家几百年。

爱鱼何羡古濠梁，画出群鱼趣更长。
正欲垂纶寻钓隐，何时相约水云乡？

和赵类庵题画鱼
（明）陆深

天池咫尺候龙飞，荇带荷钱出水肥。
神物自应多变化，长竿空傍钓鱼矶。

画鱼（既作古诗，复得七律二首。）
（明）徐渭

勺水寸鱼何襑襣，斗方小亦放生池。
豆人寸马非吾事，雪白蕉红任尔疑。
连岁波臣多死旱，此中钓叟底垂丝。
点睛翻笑僧繇手，飞向云霄何所为？

兹图稍似少陵诗，微风吹雨出鱼儿。
尺梢讵许牛涔活，远水何劳象队移。
是处有鱼争聚网，画心无獭稳摇鬐。
五侯刀几知多少，免尔为鲭正在斯。

百鱼图
（元）吴师道

小鱼戢戢同队嬉，群鱼出没相追随。
鳏公掉尾殿其后，气参变化非凡姿。
水深蒲藻相因依，嗟鱼之乐鱼自知。
画师点缀百态具，问尔当日何由窥？
大罛密网纷如织，鬻市何曾持盈尺。
有生尝抱竭泽忧，相戒徒闻过河泣。

江湖新水春拍天，安得鱼我俱悠然？
闻道君王辟灵沼，愿继《周颂》多鱼篇。

游鱼图
（元）郑元祐

泼剌春波藻荇深，方池容得五湖心。
砚坳更有神龙在，难起商岩旱岁霖。

徐白秋塘戏鱼图
（元）袁桷

鱼背水深一尺，溪毛日映千丝。
似笑钓鳌狂客，独骑瘦马归迟。

题子行所藏鱼藻图
（元）杨载

画出鯈鱼戏绿漪，群分白小更相随。
主人真得蒙庄趣，视此洋洋乐可知。

题落花游鱼
（元）陶宗仪

蒲抽翡翠茸茸，花落胭脂片片。
晓来戏唼游鱼，雨霁绿波如练。

大鱼图
（明）刘珝

长风捲起峥嵘立，百川如沸天吴泣。
赤鲤横霜怒浪掀，三十六鳞当水击。
扬鬐鼓鬣辟鸿濛，凡介常鳞应伏匿。

乾坤浩荡古今浮，烟云咫尺风雷夕。
葛陂竹化事无凭，丰壤剑沉人已昔。
琴高跨背亦渺茫，子英骑角空腾踯。
何如锦鳞三月春，桃花浪暖迷云津。
天下苍生望霖雨，一朝变化苏呻吟。

题鱼荷卷
（明）林环

江天向晚烟漠漠，万顷平波澹寒绿。
败荷经雨翠盖倾，细荇牵风青缕弱。
碧空倒影浸琉璃，队队纤鳞游碧落。
雪晴时逐白浪翻，月明静带浮光跃。
君不见层台嵯峨临水头，何人更复被羊裘；
又不见磻溪春深芳草多，只今渭水空东流。
感予亦有鸥鸟兴，沧浪归梦常悠悠。
何当结屋沧江上，钓竿长拂芦花秋。

阁学袁侍郎爕以朝鲤、夈龙两图见寄，索和朝鲤
（宋）魏了翁

物生宇宙间，巨细统有宗。鳞虫三百馀，厥长维称龙。
滃雾弥六合，神龙阅千重。维时赤鱏公，坐制纤鳞穷。
纤鳞何足言，什百来追踪。亦有横江鳞，望洋丧其雄。
于于圉圉然，等辨殊卑崇。一鳜掉头去，恝然若将终。
三公不易介，谁谓惠不恭？鲁生陋汉仪，商皓婴秦锋。
行吾之所安，匪以惊愚庸。又如秦汉后，俗学千载同。
卓哉无极论，上配禹孟功。吾言聊自警，毋消惟少通。

题画鲤鱼

（宋）王庭珪

谁把吴松江剪断，得此鲤鱼长尺半。
会逢李白过江来，骑上青天游汗漫。

题赤鲤图

（元）李祁

风翻雷吼动乾坤，赤鲤腾波势得尊。
无数闲鳞齐上下，欲随春浪过龙门。

为王侍郎题鲤鱼图

（明）丘濬

世间万类水族多，鲨鲞鳣鲔蛟鼋鼍。
就中赤鲤公最贵，三十六鳞如星罗。
阳鳞九九阴六六，虽禀鱼形有龙骨。
禹门宁肯点额归，鲸海终须扬鬣出。
谁哉貌此化龙姿，丁纹锦片光陆离。
渊潜一跃势直上，波涛起立云下垂。
太平时世无赪尾，悠悠洋洋安所止？
江湖处处皆恩波，于物常如灵沼里。

画跃鲤送人

（明）徐渭

鳞鬣不如点额归，丰神却觉有风威。
不添一片龙门石，方便凡鱼作队飞。

鳜鱼图（为掌教谢先生作）

（明）李东阳

泮池雨过新水长，江南鳜鱼大如掌。
沙边细荇时吐吞，水底行云递来往。
其间种类多莫辨，短者如针细如线。
三年养得鳞甲成，万里空嗟画图见。
一官蓟北复巴西，丹青不改鬓成丝。
遥怜天路飞腾地，长记春风长养时。
宦途萍水纷无迹，再见此图三叹息。
远行珍重寄双鱼，鱼中定有长相忆。

赵子昂鳜图

（明）何璟

曾闻《鱼藻》颂皇都，见说杭城殿阁无？
却想王孙挥笔处，也应回首念西湖。

题一鲭百鳜图（为李同寅作）

（明）范嵩

长江春暖水草稠，游鱼队队沉还浮。
逌然自得不受饵，寄语渔郎莫网钩。
大者如鲲势纵壑，溟海飞出峥头角。
煦沫为雨气为云，槁者以苏耕者乐。
太平天子居九重，深山穷谷歌年丰。
此鱼变化固难测，谁谓渠在凡鳞中。

题柯行所藏秋水纤鳞图

（明）顾璘

伊谁掇取潇湘水，铺向长缣光弥弥。

碧牵文藻舞风柔,黄落衰荷抱霜死。
中添淡墨为群鱼,鲂鳟琐细各自殊。
纤毫尾鬣空明见,万里江湖气势舒。
姑苏野老困奔走,震泽扁舟落谁手?
展图漠漠云水生,便欲垂钩挂鱼口。
君失此图何许年,完璧再返非徒然。
请君袖取入京国,天边时一赏林泉。

海虾图

(明)王鏊

茫茫大海浮穹壤,日月升沉鳌背上。
其间物怪何所无,海马天吴大如象。
有鱼如屋鲨如帆,鰕(虾)最细微犹十丈。
挐鬘怒气须如戟,力战洪涛欲飞出。
江湖鱼蟹总蜉蝣,畜眼平生未曾识。
画工何处写汝真?梦中曾到长须国。
黑风吹海浪如山,鱼龙变化须臾间。
从龙愿作先驱去,去上青天生羽翰。

画 虾

(明)周用

雾雨芦根细,泥沙岸脚平。捋须登曲筥,露顶送香羹。

题画虾

(明)程敏政

长须冲破荇芽青,湖上风来水气腥。
喜见天机归画史,不将新味付庖丁。

依韵和原甫厅壁钱谏议画蟹
（宋）梅尧臣

谏议吴王孙，特画水物具。至今图写名，不减南朝顾。
浓淡一以墨，螯壳自有度。意将轻蔡谟，殆被蟛蜞误。

宋徽宗画蟹
（元）马祖常

秋橙黄后洞庭霜，郭索横行自有匡。
十里女真鸣铁骑，宫中长昼画无肠。

题 蟹
（元）陈高

昔年作客到淮阳，饱食霜螯一尺长。
几度淮西橙子熟，樽前空对菊花香。

题蟹（二首）
（明）刘基

殻鬭犀函手鬭兵，沙堤潮落可横行。
稻根香软芦根美，未觉江山酒兴生。

拥剑横行气象豪，浑疑缣素是波涛。
能令吻角流馋沫，莫向鬷前咤老饕。

画 蟹
（明）钱宰

江上蓴鲈不用思，秋风吹破绿荷衣。
何妨夜压黄花酒，笑擘霜螯紫蟹肥。

题 蟹

（明）王世贞

唼喋红蓼根，双螯利于手。横行能几何，终当堕人口。

题画蟹

（明）徐渭

谁将画蟹托题诗，正是秋深稻熟时。
饱却黄云归穴去，付君甲胄欲何为？

鱼虾螺蟹

（明）徐渭

鱼鰕（虾）螺蟹藻萍鲜，一榼新醪一柳穿。
不是老饕贪嚼甚，臂枯难举笔如椽。

莲 龟

（宋）苏轼

半脱莲房露压攲，绿荷深处有游龟。
只应翡翠兰苕上，独见玄夫暴日时。

黄荃龟藏六图（为张左丞赋）

（元）元好问

无心舒卷付皇天，不幸刳肠亦偶然。
世上疑谋待君决，可能藏六便安全？

龟莲图

（元）刘因

龟约莲香上翠盘，四灵长向画中看。

题诗记我千年恨，风月无声洛水寒。

灵龟篇题马尊师所画芝龟（为陈渭叟作）
（元）杨载

苍龟生中山，深阻绝中道。不饮亦不食，灵和中自抱。
噢咻凝神液，岩上产芝草。支干集五采，相射颜色好。
彼游江海上，作计苦不早。一罹豫且罔，性命莫能保。
归遗宋元君，天意资探讨。筑宫修祠祭，相承以为宝。
神者固如斯，遗骨易枯槁。古闻蒙庄氏，苦语欲相晓。
持为卫生经，千载长不老。

题蚌蛤图
（明）吴宽

江湖极目渺无涯，蚌蛤随潮上浅沙。
开口自甘濡沫老，聒人偏恨是鸣蛙。

历代题画诗类卷第一百十

花鸟合景

徽宗花鸟图
（元）王恽

《无逸图》空冷御屏,翠香珍羽惜娉婷。
不思三代池台乐,感致中和本四灵。

吴中女子画花鸟歌
（元）虞集

吴中女儿颜色好,洗面看花花为悄。
调朱弄粉不自施,写作牕间雪衣鸟。
绿窗沉沉春昼迟,半生心事花鸟知。
花残鸟去人不归,细雨梅酸愁画眉。

花鸟图（三首）
（明）岳正

侍宴归来簇绛云,夜深冷露透猩裙。
阿环唤醒纱厨梦,闲拂菱花照宿醺。

露染平江翠欲飞，波心夜半度灵妃。
可怜一掬苍梧泪，拭徧当年旧制衣。

姑射仙人跨翠鸾，风前环珮响珊珊。
玉箫吹彻江南意，孤梦回时月正寒。

李少参宅林良花鸟图

（明）顾璘

写生之家不易得，崔白以后称黄荃。
国朝林良亦神妙，意会物像皆天然。
何年画此双孔雀，尾上金钱犹烁烁。
疑从五岭翻然来，飞入君家翠绡幕。
众鸟琐屑未辨名，凫鹭燕雀各有情。
白昼如喧杜陵宅，青春忽近长安城。
攀条啄粒相颉颃，时和自见万物昌。
新蒲浅水云淡淡，落花飞絮风茫茫。
高堂展画感我私，却忆先皇临御时。
朝廷无事友朋乐，日听春鸟吟芳辞。
一从群盗乱中土，万姓仓皇执金鼓。
东邻西落少人家，燕子那寻旧门户。
虬髯将军才且武，一洗群盗无死所。
见画还思熙皞时，题诗却诉流离苦。
春来百物傥如旧，劝君有钱多酿酒。

题花鸟

（明）顾清

边鸾不起林良老，海内丹青合到谁？
晴日牕间弄沙鸟，楚烟湘树不胜思。

题僧人花鸟扇头

（明）汪淮

已悟前身是法王，谪来尘世几沧桑。
维摩真谛传青鸟，衔入珠林簷（薝）葡香。

松雪花鸟图

（明）文徵明

疎篁颤叶风回枯，老枝点玉梅花初。
韶华暗度人未识，幽鸟得气鸣相呼。
鸟呼花舞春舒舒，彷彿生意当庭除。
青红历乱粉墨渝，坐久始觉开珍图。
印文依稀大雅字，知是王孙吮笔馀。
王孙玉雪天人如，写生不数江南徐。
高斋日暮松雪暗，野亭何处鸥波虚。
百年手迹谁与辨，一笑且看行间书。

题黄荃画翎毛花蝶（二首）

（宋）苏轼

短翎长喙苦喧卑，曳练双翔亦自奇。
赖有黄鹂鬪嬛好，独依藓石立多时。

绿阴青子已愁人，忍见东风燕麦新。
惆怅刘郎今白首，时来看卷觅馀春。

题花竹翎毛（三首）

（元）陈高

梨花沐雨带娇羞，独立枝间一鸟幽。

若遣美人初睡起,定应无处著春愁。

乾坤寥落岁将阑,竹叶梅花独好看。
可惜幽禽棲不稳,霜风日暮羽毛寒。

棠棃三月吐花齐,布谷飞来树上啼。
想见小园微雨过,春光多在石栏西。

题边文进花木翎毛

(明) 杨荣

翠袖逢春自不寒,湘江云散水漫漫。
飞来青鸟知何处?误作仙源树里看。

题花木翎毛画(二首)

(明) 叶子奇

海棠花未开,枝上春禽语。东风几何时,满地飞红雨。

濛濛花上雾,五月海榴红。幽禽哢晴昼,叶底听惺忪。

题梅花雪雀

(宋) 贺铸

春雪霏霏晚梅,抱枝寒雀毰毸。
陇下有人肠断,为衔芳信东来。

题邢公达寒梅冻雀图

(元) 元好问

褐衣相媚不胜情,只许乾晖画得成。
却被诗人笑寒色,一枝风雪可怜生。

梅雀扇头
（元）刘因

月影波光淡有春，秋风草草最愁人。
凭君欲寄调羹信，恐被枝头冻雀嗔。

疏梅寒雀图（二首）
（元）王恽

若爱梅花结素缘，野庄胸次本萧然。
枝头冻雀何为者，时许分香到梦边。

长记扁舟过武夷，仙家梅竹满清溪。
山禽尽日怜幽致，争拣寒枝趁晚栖。

寒雀梅
（元）欧阳玄

斗柄初开第一枝，游蜂寒雀已先知。
相逢不忍轻飞去，直与梅花了岁时。

题宋徽宗梅雀图
（元）柳贯）

双雀飞来晓色匀，宫梅如雪斲清新。
纥干山下他年见，青鸟司花不是春。

烟梅睡雀墨戏
（元）张雨

珍偶偏怜琼树，寒香漠漠纷纷。
谁见罗浮月黑，一枝同梦梨云。

题从子伦画风梅花鸭

（元）陈基

溪山风日两相宜，更著文禽泛绿漪。
自愧无才似山简，为君题作习家池。

红梅翠竹山雉图

（元）王冕

游丝冉冉游云暖，翠石凝香上花短。
管絃不动白日迟，可是江南旧亭馆？
湘簾隔竹翠雨浓，玉肌醉染胭脂红。
文章羽毛亦自好，转首似觉怀春风。
去年我过长洲苑，落日澹烟芳草浅。
沧浪池畔野景生，姑苏台上离情远。
今年放棹游西湖，西湖景物殊非初。
黄金白璧尽尘土，朱阑玉砌荒蘼芜。
东园寂寞西园静，梧桐叶落银牀冷。
十二楼前蛛网县，见画令人发深省。

题从子伦画梅花家凫

（元）郑东

池上花开如白云，碧波鹅鸭动成群。
拟开草槛供垂钓，日日春晴共汝分。

题梅上雀

（明）陈宪章

覆车剩有粟，啧喳相呼乐。爱此一枝春，忍饥不忍啄。

题寒梅冻雀
（明）金幼孜

繁蕊初开满玉条，碧梢低亚影萧萧。
天寒冻雀双栖稳，却怪朝来雪未消。

孙痴写雪梅鹊兔
（明）林俊

阴风生峭寒，晴江带冥漠。山鸟寂无声，天花住还落。

题双雀梅花扇
（明）王世贞

东厨残食竞饥鸦，西舍饱蜂喧晚衙。
岂是中庭无滞穗，皎然双雀坐梅花。

题梅花小禽图
（明）刘基

三鸟翩翩海上来，一双飞去入瑶台。
可怜铩羽空山里，独立寒枝怨野梅。

梅竹双禽
（明）夏原吉

林木无声雪色残，一枝晴玉倚琅玕。
双禽何处栖来晚，重拂金衣度岁寒。

杏花白鹇
（宋）苏轼

天公剪刻为谁妍？抱蕊游蜂自作团。

把酒惜春都是梦，不如闲客此闲看。

繁杏锦鸠图
（元）王恽

繁杏梢头淑景新，锦鸠呼雨雨初匀。
尽堪活色生香里，拥颈双栖过一春。

题杏花斗鹊
（元）陈基

尔鹊莫逐朝飞雉，双雌争雄俱鬭（斗）死。
尔鹊莫逐营巢燕，吴宫失火难相见。
饮啄不离碧山阿，栖止还依嘉树柯。
王孙纵有黄金弹，红杏花间奈尔何。

题杏花斗鹊
（元）张逊

公子宅前红杏林，疆疆双鹊鬭（斗）春心。
一丛讹尾东风里，明日深闺问好音。

杏花鹅
（元）郭翼

溪上好鹅宾，相呼雪一群。柳根春水暖，来泛杏花云。

题士宣杏花双喜
（元）郑东

移时山鸟鬭（斗）芳丛，深院佳人昼睡浓。
起立阶头惊碧草，不缘风雨落春红。

题李遂卿画春鹅杏花

（明）张以宁

高堂暮冬见杏花,的皪满树开丹砂。
生香丽句晓浮动,春风夜到仙人家。
名园题诗昔时见,曲江烟晴江色变。
两鹅新乳出花间,白雪红云光眩转。
野人爱酒兼爱鹅,持酒寻常花下歌。
客中看画色惆怅,春风尔来独奈何。

杏花飞燕图

（明）高启

双飞如鬪捷,终日几西东。尾拂花梢露,身翻柳絮风。
入帘时趁蝶,归垒每衔虫。何处长相见?佳人院落中。

题宋徽宗杏花锦鸡图

（明）孟洋

北风十月登华堂,堂上春光照花树。
雪壁荧荧绚绮霞,晴烟拂拂流香雾。
彩笔谁将夺化工?珍禽艳萼披霜素。
洛阳殿前仙杏开,锦鸡石上矜毛羽。
出群画手近代无,赵宋徽宗为此图。
规规摹写不足数,生意真与乾坤符。
烟枝露蕊宛堪折,戢翼回头如有呼。
上林韶华竟何似,满堂醉眼俱模糊。
国朝画者称林良,古松苍鹰乃所长。
后有吕纪善画鸟,形象虽工神色少。
帝王妙思非等闲,意态不在丹青间。

定知万里胡沙外，貌得关河北鴈还。

杏花画眉
（明）刘泰

粉红花放满枝春，嫩色柔香过雨新。
啼鸟一声庭院晓，隔窗催起画眉人。

杏花画眉
（明）钱逊

红杏花开好鸟啼，章台走马未归时。
螺青钿合蛛丝满，谁画春山八字眉？

杏花燕子
（明）沈周

杏花初破处，新燕正来时。红雨里飞去，乌衣湿不知。

题杏花鹦鹉
（明）张凤翼

不言桃李掩残妆，回首春风欲断肠。
何物人前偏解语？杏花丛里绿衣郎。

钱舜举桃花黄莺图
（元）王恽

金衣公子绛桃芳，飞下乔林过锦江。
细按玉琴能巧啭，绛纱高捲薛涛牕。

王中甫桃花鸂鶒图
（元）贡师泰

朱桃春昼妍，绿竹晚色净。双禽落清池，爱羽时弄影。

伊谁误天巧，丽彩赋姝靓？开图对华尊，式慰今夕永。

桃花鹦鹉
（元）揭傒斯

岭外经年别，花前得意飞。客来呼每惯，主爱食偏肥。
才子怜红觜，佳人学绿衣。狸奴亦可怕，莫是恋芳菲。

桃竹画眉图
（元）黄溍

说尽春愁貌不成，翠深红远若为情。
江南有客头空白，肠断东风百啭声。

题幽禽桃花图
（元）陈旅

金塘花竹滟春红，枝上幽禽弄暖风。
莫把残英都蹴尽，无情流水画桥东。

桃花双鸟图
（元）贡性之

茂陵帝子宴瑶池，翠管银笙取次吹。
王母不来桃未熟，可怜双鸟立多时。

题桃花十二红图
（元）华幼武

枝上栖禽五色毛，睡酣花气日初高。
江南一觉繁华梦，满地荆榛叫百劳。

题桃花珍禽画
（明）镏崧

山桃花开红满枝，珍禽啄花光陆离。
嫋嫋欲立不自持，吴堤十里锦作帏。
忆曾半醉倒接䍦，走马挟弹归来时，还见踏翻红云飞。

题边文进桃花双禽图
（明）高棅

词人工粉墨，花底见双禽。青鸟飞来日，瑶池春色深。
乱红看欲雨，幽哢听非琴。莫到成蹊处，金丸满上林。

题桃花白头翁
（明）朱经

前度刘郎阻胜游，漫歌风雨替花愁。
自怜人与春俱老，底事幽禽也白头？

桃花白头公
（明）陈昌

小桃花谢又花开，闲却当初玉镜台。
为问白头花底鸟，刘郎去后几时来？

桃竹百禽图
（明）陈煇

原野蔼初霁，百卉何芳荣。雝雝众禽鸟，得意欣春晴。
迁木恣栖息，惊枝复飞鸣。于焉林谷态，自适天地情。
刷羽耀朝彩，流音杂风笙。竹垂琅玕实，桃艳瑶池英。
吾当披此图，三复羡群生。

桃花众禽（为林教谕题）

（明）徐溥

碧桃在天上，绯桃岩谷中。岩谷深且僻，夭夭自春风。
乃知造化恩，一一皆至公。众鸟且有讬，飞集在林丛。
虞罗既无恙，饮啄聊可充。人生亦如斯，出处当时雍。
苟或失其所，宁不感吾衷。

题桃花喜鹊画

（明）罗颀

天台山下客来稀，洞底春芳映晚晖。
双鹊飞来枝上噪，玉人应讶阮郎归。

题桃花鹧鸪

（明）陈銮

瑶池三月正春酣，浅绿深红雨露含。
莫唱鹧鸪新乐府，座中有客是江南。

题桃花春禽

（明）殷云霄

飘泊东南春已去，孤帆未足三江路。
风涛暂泊钱塘潮，云雾遥看富阳树。
寻芳南屏来何迟，春花落尽无残枝。
湖上浮鸥背我去，岩畔枯梅犹自奇。
王君持图开素封，黄鹂紫燕桃花红。
似伤晚风娇不语，应识春色来相从。
故园花鸟偏怜余，三载干戈未有书。
捲图还之空叹息，陶家五柳今何如？

题徐熙桃花鹦鹉图

（明）杨翮

海上红云日日新，碧鸾无梦识芳尘。
金笼不锁闲鹦鹉，占得春风一段春。

题宋徽宗画碧桃鹳鹆

（明）项忠

五国城边掩泪时，汴梁宫阙已无遗。
争如鹳鹆知春色，独占东风第一枝。

绯桃黄雀

（明）程敏政

雨后薰风不动尘，名园生意逐时新。
啭林黄鸟声全变，结子红桃色半匀。

题桃花小禽图

（明）僧麟洲

簾外雨初晴，幽禽四五声。桃花无限思，留客看清明。

题画桃，桃边有竹数竿，又有鸟集于桃上

（明）蒋冕

东风庭院夕阳斜，静对疏篁玩物华。
忽见夭桃笑相向，始知春色到寒家。

桃花杨柳舞鸭图

（明）陆治

二月吴淞水上滩，柳丝风急絮漫漫。

诗翁赋罢闲凭处,花满春池䎽鸭栏。

柳莺便面
(元)唐肃

新垂柳叶不禁吹,鶪(莺)语如歌出凤池。
闻阊门西朝退日,曾于马上听多时。

次韵题柳燕
(元)陶宗仪

溶溶煖绿漾芳堤,一握柔丝剪未齐。
簾捲东风疎雨歇,落花香染定巢泥。

为方思道题画眉折柳
(明)陆深

中山紫翠护层层,合起高楼对雨凭。
爱汝一双花底鸟,为春啼杀海棠陵。

题绿柳紫燕图
(明)王褒

绿柳夏依依,差池玄鸟飞。蹴花随别骑,衔絮点征衣。
隋渚晴烟暝,章台夕炤(照)微。衡门相托久,应傍主人归。

绿杨双燕图
(明)高棅

三月白门道,垂杨千树花。君看双燕子,飞去入谁家?
门巷失故垒,时来拂枝斜。春风更相惜,莫与乱栖鸦。

绿杨紫燕图
　　　　　　　　（明）僧文湛

紫燕双双掠水滨，绿杨嫋嫋不胜春。
朱门华屋知多少，认得谁家是主人。

题陈高士所藏冬青枝上白头翁画
　　　　　　　　（元）戴表元

飞高得珍丛，青子饥可食。不知何忧愁，二鸟头已白。
道人天机深，清斋意相许。赖汝不能鸣，一鸣嫌杀汝。

历代题画诗类卷第一百十一

花鸟合景

牡丹鹁鸽图
（元）岑安卿

深院朱阑覆锦裀，百花开尽牡丹春。
粉毛双鸽多驯狎，对浴金盆不避人。

牡丹锦鸡
（明）张凤翼

魏紫杂姚黄，参差逞艳阳。乘春聊衣锦，未必擅文章。

牡丹雉鸡
（明）沈周

文禽被五色，故竚牡丹前。何似舜衣上，云龙同焕然。

题海棠鸣禽图
（元）贡师泰

孤禽立花上，似为不平鸣。天地无穷意，何人解写生？

题黄鹂海棠图

（元）陈旅

二月园池蜀锦殷，多情宫鸟喜来看。
上林春色浓于酒，莫把黄金铸弹丸。

钱舜举海棠鸂鶒

（元）吴镇

东风三月花如锦，两两文禽戏暖沙。
堪叹深闺年少妇，岂无颜色在天涯。

钱舜举海棠鸂鶒图

（元）黄公望

春来庭院风光好，花萼连枝锦不如。
况有和鸣双绣羽，御黄新染浴清渠。

题海棠鹦鹉图

（元）周伯琦

阿环睡起雾绡轻，淡抹朱铅衬宿酲。
谁遣绿衣来伴侣，一春心事在清明。

题棠雀图

（明）解缙

秋实正离离，差池未欲飞。朝阳鸣凤起，还向上林归。

题海棠双鸟

（明）张肯

双双何事为春忙，花底飞来羽翼香。

今夜且留枝上宿,莫烧银烛照红妆。

题海棠白头翁图
(明) 童瑄

旅食京华二十秋,鬓毛如雪为多忧。
幽禽不识春风趣,底事花间也白头?

题海棠白头翁便面次韵(二首)
(明) 钱洪

绿草成茵一径幽,芳园日晚罢春游。
海棠如雨啼花鸟,似怨东风白了头。

山禽原不解春愁,谁道东风雪满头。
迟日满栏花欲睡,双双细语未曾休。

题画海棠双白头(为王大参旸德七十寿)
(明) 王世贞

召伯蔽芾馀甘棠,咏歌千载流芬芳。
今之王翁古召伯,三吴有棠仅十霜,其荫已足笼丘冈。
上有一双白头鸟,相与宛转啼春阳。
问谁者图吴周昉,拟借诗史献寿昌。
此物虽微感星气,不与凡鸟同摧藏。
百舌能见谗,要自非我匹。凤凰故自尊,竹实非我食。
安期东海枣已丹,王母西池桃更碧。
白头鸟,不足招,召伯之棠不足栽。
王翁兮王翁,且偕樊夫人,共登旸湖之上超然台,
拍手呼鸾叩月窟,是时金粟丛丛开。
桂浆吸罢不饥渴,揽辔下仪娄江隈。

娄江父老俱头白，依依棠树傍，跪称万年杯。
王翁不乐何为哉！

题西府海棠上白头公
（明）张凤翼

蛾眉淡埽侍琼筵，西府夫人正少年。
漫学临邛怨司马，白头吟罢立风前。

王国臣以龚翠岩先生所画梨树幽禽图见赠赋此
（元）戴良

为念闲情爱此图，锦囊卷送结交初。
槎枒玉树君应似，宛转珍禽我不如。
人物既为时脍炙，才名真作世璠玙。
客途独愧情难报，感谢当传百代馀。

题梨花鹦鹆扇头
（元）许有壬

言非鹦鹉莫譊譊，力不能高忍尔庖。
白雪香中风自好，慎毋逾济更来巢。

题边鲁生梨花双燕图
（元）杨维桢

燕燕两于飞，琼楼莫雨微。春风歌白雪，夜月梦乌衣。
对语寄宫树，营巢接禁闱。江南花事晚，疑是苦思归。

题梨花喜鹊图
（元）李祁

吒吒复吒吒，池阳有客思还家。

当时举头占鹊喜,妙意岂在东阑花。
举杯嘱灵鹊:借尔庭前树,愿尔勿嫌猜,
翩翩好毛羽,作巢得食哺尔雏,终日庭前莫飞去。

题王若水梨花山鹊图
(元) 郑东

庭北梨花烂熳开,一双山鹊忽飞来。
人生有几清明节,日日春风醉百回。

题梨花锦鸠
(元) 华幼武

煖云阁雨近清明,一树梨花剪玉英。
紫陌正堪同拾翠,莫教枝上锦鸠鸣。

题梨花锦鸠图
(元) 卢昭

山梨著花春渚曲,鸤鸠树头啼角角。
文膺锦翼何褵褷,晴呼妇来雨逐之。
不如王雎在河浒,关关和鸣还并处。

梨花锦鸠
(明) 张以宁

一枝新雨带啼鸠,唤起春寒枝上头。
说与朝来啼太苦,洗妆才了不禁愁。

题梨花锦鸠图
(明) 程本立

万花深处语黄鹂,花底能无挟弹儿?

自在两鸠春寂寂，一枝晴雪立多时。

题梨花斑鸠图
（明）王恭

绣颈斓斑锦翼齐，梁园春树好飞棲。
乐游年少偏嫌雨，莫向花间自在啼。

梨花睡鸭图
（明）顾观

昔年家住太湖西，常过吴兴罨画溪。
水阁筠簾春似海，梨花影里睡凫鷖。

题王冕画梨花鸟
（明）僧一初

双鸟交交语晚晴，东阑花发近清明。
梨园弟子伤春去，一夜新愁白发生。

舜举画棠梨练雀
（元）程钜夫

霜晕棠黎脸，风梳练雀翎。含毫心欲醉，开卷眼还醒。

棠梨白练图
（元）王冕

芙蓉香冷箫声杳，月淡烟清楚宫晓。
仙禽不语雪衣轻，相逢却恨秋风早。
土花翠浅霜露蒙，山梨小结丹砂红。
玉人醉倒不知处，梦回故苑朝云浓。

棠梨幽鸟
　　　　　　　　（明）张以宁

扬州旧梦隔天涯，曾醉春风阿那家。
幽鸟岂知人事恨，依然啼杀野棠花。

棠梨双鸠
　　　　　　　　（明）陈烓

淡月溶溶香未残，幽禽飞上玉阑干。
相呼不失雌雄好，唤起春耕雨满山。

棠梨双白头
　　　　　　　　（明）赵不易

万骑西行日已斜，咸阳宫阙锁烟霞。
梨园弟子知何处，啼鸟凄凉怨落花。

棠梨画眉
　　　　　　　　（明）陈烓

东风昨夜动微和，一树红黎簇锦柯。
莫恋枝头红粉态，王孙挟弹醉来过。

题宋徽宗棠梨冻鹊图
　　　　　　　　（明）僧来复

五国城头落日低，故宫南望思凄迷。
秋风愁杀棠黎树，不及双禽自在栖。

应制题杏梨白燕扇
　　　　　　　　（明）申时行

群芳烂熳吐春辉，双燕差池雪羽飞。

玳瑁梁间寒色莹,水晶簾外曙光微。
轻翻玉剪穿花过,试舞霓裳带月归。
一自衔恩金屋里,年年送喜傍慈闱。

恭题皇上所御画扇白燕梨杏二花
（明）赵用贤

春城骀荡日初长,白燕双飞度苑墙。
千树晓霞迷杏燕,一簾晴雪泛梨香。
迴风舞共花为雨,带月看来羽作裳。
莫向昭阳营旧垒,君王原薄汉宫妆。

樱桃白头翁
（元）程钜夫

的历丹铅妃女唇,含桃名重不胜春。
柏梁台上刘郎老,断送因他郭舍人。

画双蝶趁朱樱花有鸟鸣于花上
（明）蒋冕

红樱桃下整乌云,春色枝头有几分。
欲写芳情寄双蝶,数声禽语隔花闻。

题樱桃翠羽图
（明）侯复

几点丹砂照绿阴,瑶池内史翠霞襟。
东风何处曾相识,沉水香消午院深。

辛夷牡鸡图（为笔翁张士行题）
（明）吴宽

辛夷花发照晴川,独立春风亦竦然。

莫惜锦毛加束缚，涪翁囊底恰三钱。

题木笔花下雉鸡
（明）张凤翼

名卉三春赐紫，文禽五色蒸霞。
须知射雉誉命，不远梦笔生花。

来禽画眉
（明）祝允明

巫峡朝云隔翠波，仙禽无奈晚来多。
风流只爱张京兆，日日章台走马过。

荔枝山鸟
（明）陈昌

茜红衫子玉肌香，南国风流十八娘。
若得青禽传信早，不教鼙鼓动渔阳。

题枇杷山鸟图
（明）陈颢

卢橘垂黄雨满枝，山禽饱啄已多时。
那知岁晏空林里，竹实萧疏凤亦饥。

枇杷青鸟
（明）杨基

枇杷香遗汉宫栽，珠箔银屏四面开。
武帝遣书邀阿母，青衣使者最先来。

桂花鹡鸰鸟
（明）郭厘

香飘银汉凉，露湿羽毛冷。漫笑一身微，高棲广寒影。

题桂花十二红便面
（明）朱经

金粟枝头十二红，何年飞向广寒宫？
素娥只爱青鸾舞，且近琼楼立晚风。

栀子画眉图（二首）
（明）李祯

薝葡初开雪亚枝，枝头好鸟立成痴。
少年京兆风流处，似汝花间对语时。

昔年曾伴董娇娆，长把春山笑倩描。
今日梁园空见画，鸟啼花落鬓萧萧。

徽庙御画栀子白头翁
（元）成廷珪

栀子红时人正愁，故宫衰草不胜秋。
西风吹落青城月，啼得山禽也白头。

竹杏沙头鸂鶒
（元）虞集

蛱蝶飞来石竹丛，罗襦曾试绣纹重。
荷花啼鸟银屏暖，卧看鰓间吐碧茸。

题翠竹黄莺图

（明）郑关

微风响翠云，宿漏惊黄鸟。梦里一声闻，月残碧纱晓。

竹枝青鸟

（明）王泽

阿母瑶池信不通，茂陵松柏老秋风。
野池春雨丛篁绿，青鸟飞来认故宫。

独喜萱花到白头图

（明）徐渭

问之花鸟何为者，独喜萱花到白头。
莫把丹青等闲看，无声诗里颂千秋。

葵榴双凫

（元）虞集

江南春事已萧条，只有葵榴绚日娇。
水国不知炎暑近，双将文羽戏清潮。

题葵花雉鸡

（元）陶宗仪

向日葵心矫不移，援琴闲操《雉朝飞》。
仙人掌上金茎露。滴著娟娟五彩衣。

恭题皇上所御画扇鹡鸰葵兰二花

（明）赵用贤

花鸟芳菲禁苑中，画图省识见春风。

香飘兰气千茎碧，日丽葵心万朵红。
当暑移来看皎洁，自天题处转青葱。
鹡鸰原上休相急，已荷皇仁祝网同。

崔白败荷折苇寒鹭
（宋）文同

疎苇雨中老，乱荷霜外凋。多情双白鸟，常此伴萧条。

跋萧帅鹭鸶败荷扇头
（元）元好问

萧萧烟景带霜华，公子风标浪自夸。
可道浣花诗境好，鸬鹚鸂鶒满晴沙。

题鹭鸶败荷扇头
（元）元好问

荷经冻雨绿全枯，苇到穷秋影亦疎。
为问风标两公子，此中能有几多鱼？

莲鸟窥鱼图
（元）王恽

觜距初非搏击流，翠香深处乐清幽。
游鱼何限相吞噬，只得临风一瞪休。

败荷野鸭画册
（元）刘因

画里潇湘自要秋，诗家野鸭漫多愁。
试看翠减红销处，好趁江清月冷舟。

枯莲孤鸳
（元）袁桷

横塘野色深，耸身对秋水。守独匪自夸，感彼蜻蛉子。

枯莲鸳鸯
（元）袁桷

守雌气之母，见一道之宗。配合贵有得，丹光结芙蓉。

秋鹭霜荷
（明）张以宁

江风吹霜荷叶白，月出馀香动秋色。
湘姬越女不复来，鸳鸯翡翠无消息。
飞来属玉一双双，雪衣白于河上霜。
更长迢递不成睡，望极飞鹓云外行。
开图漠漠秋光冷，念尔娉婷抱寒影。
五月花开江水平，飞起红云渺千顷。

题荷池白鹭
（明）蓝仁

西风雨过藕花稀，湛湛池波见雪衣。
老眼不知元是画，移筇欲近畏惊飞。

败荷鹡鸰为沈志行题
（明）陈全

萧瑟蒲莲野水清，双飞遥羡雪鸪鸣。
谁怜独影空原上，几度秋风忆弟兄。

题败荷鹡鸰图

（明）林廷锦

写生谁执黄荃笔，貌出江南秋半幅。
芰荷零乱菰蒲寒，凉飙吹动银塘绿。
鹡鸰栖飞两不宁，似忆同群隔存没。
眼底岂无鸥鹭俦，不是知心肯相恤？
因之忽动连枝思，临题无语伤心曲。

枯荷鹡鸰

（明）金幼孜

林塘秋尽水波寒，荷叶无声半已残。
日暮鹡鸰栖不起，藕花深处露漙漙。

题王金吾所藏徐熙秋荷鸳鸯翡翠图

（明）揭轨

江南画史谁第一？徐熙写生妙无敌。
宝轴多藏卫霍家，香奁尽贮金张室。
忆昨华清水殿西，夜深轻辇随风移。
清香冉冉落歌佩，秀色娟娟侵舞衣。
晓来宫阙秋风起，翠倒红攲玉池里。
不禁摇落恨无穷，惊叹年华逝流水。
芙蓉小苑曲江头，烟景萧疏异昔游。
披香露冷鸳鸯怯，太液波寒翡翠愁。
将军留客多幽暇，清簟疏簾时看画。
就中宋玉最多情，秋思都将彩毫写。

荷鹭图（为薛御史作）
　　　　　　　　　　（明）李东阳

秋山沉寥秋水阔，一夜天风起蘋末。
万籁凋馀锦树空，繁花落尽红衣脱。
鸲鹆鸂鶒俱无声，沙边白鹭如有情。
幽禽相呼落日暝，尺鲤下避寒潭清。
寒潭直下几千尺，落羽回波共萧瑟。
独立遥怜海屿青，低飞不碍江云白。
诗家画格还相宜，却忆江南初见时。
雍陶池上风雨集，摩诘田中烟火迟。
吾生颇似巢笼鸟，十年尘土长安道。
万里沧浪一片秋，安得闲身此中老。

李宗一使山东题荷鹭横披为赠
　　　　　　　　　　（明）储罐

红蕖白羽汛空明，淅淅新凉六月生。
咫尺沧洲千里隔，云飞水宿総关情。

为白郎中题荷花鹅图
　　　　　　　　　　（明）吴宽

前朝画学人如市，不独丹青竞山水。
点朱涂粉善写生，花鸟纷纷総良史。
赵昌名与黄荃齐，后来更称崔子西。
御府收藏三百轴，未数溪鸥兼野鸡。
丈缣如冰笔如刷，似向崔家传妙诀。
晴牕信手恣临摹，水面鹅成亦精绝。
群鱼出游意不闲，一跃欲过疏柳湾。

翠荇荡摇金掌底,雪毛洒落清波间。
晚凉莫把荷花摘,回首惊猜还敛跡。
红衣翠盖锦云稠,此物为尔增颜色。
户曹何从购得来,公退闭门时展开。
城南矮屋撑欲破,家人一笑皆云咍。
世间妙笔真难致,持去莫教成故事。
试看书罢便笼回,只换羲之五千字。
想公闻此当捻须,秋风高兴非蓴鲈。
养鹅老向江南住,须是结茅临漏湖。

荷花鸳鸯
（明）张凤翼

叶屿罗衣碧,花潭粉黛香。风波不到处,两两浴鸳鸯。

题墨戏秋荷水禽
（元）丁立

芙蓉老尽澹秋光,翠羽依依惬晚凉。
欲裂荷衣浑孄折,只愁无叶盖鸳鸯。

芦荷水禽
（元）袁桷

二禽讵无知,秋声起天外。芦枝为我旌,莲叶为我盖。

芦荷孤凫
（元）袁桷

万籁日恻恻,水花淡无踪。孤鸿招不来,泛泛以自容。

蓼花雪姑图

（元）陈基

红蓼花开水满洲，西风吹梦緫成秋。
冲泥不及三春燕，两两巢君翡翠楼。

芙蓉翠羽图

（元）吴师道

一幅宣和旧画图，芙蓉红拥翠禽梳。
龙沙万里秋风道，此景君王梦见无？

题落花芳草白头翁

（元）丁鹤年

草长连朝雨，花残一夜风。青春留不住，嗁（啼）杀白头翁。

题鸂鶒竹雀萱塘图

（明）陶安

珍禽文彩明金沙，相顾似怜毛羽嘉。
讬邻喜傍君子竹，忘忧更有宜男花。
良工笔意何处好？林雀哺雏心使饱。
北堂留得此图看，依旧春晖照幽草。

题宋徽庙画眉百合图

（明）高启

百合无残六合尘，汴宫啼鸟怨无人。
不知风雪龙沙地，还有图中此样春。

蒋御医黄头月桂图
（明）李东阳

一月一花开，开时月常好。
黄头少年何翩翩，每见花枝被花恼。
红颜绣羽纷葳蕤。暖风吹春春力微。
芳心艳影莫相妒，共保春光在迟暮。
君不见江花欲落江水深，凭仗黄头过江去。

题山茶喜鹊
（明）罗颀

平泉一树独留春，枝上灵禽报喜频。
似得玉人南海信，绛房人笑露香唇。

蜡嘴枸杞
（明）张凤翼

啄处逞黄口，翔时掩翠翎。多餐王母枝，应化作三青。

钱舜举画花石子母鸡图
（明）王淮

落红香散东风软，灵岩络翠苔纹浅。
闲庭昼永日当空，花影团团移未转。
两鸡不识春意佳，栖迟也傍庭前花。
父鸡昂然气雄壮，独立峰颠发高唱。
母鸡喈喈领七雏，且行且逐鸣相呼。
两雏依依挟母腋，母力已劳儿自得；
两雏啾啾趋母前，有如娇儿听母言；
两雏唧唧随母后，呼之不前不停口；

一雏引首接母虫，儿腹已饱母腹空。
嗟尔爱雏乃如此，不知尔雏何报尔？
钱翁摹此悦生意，我独观之暗流涕。
劬劳难报慈母恩，漂泊江湖复何济？
展图三叹重摩挲，鸡乎鸡乎奈尔何！

题　画
（明）张邦奇

鸠性爱雨花爱晴，同倚东风不同情。
春光二月浓于酒，双鸠醉寐不复鸣。
双鸠不鸣花相语，无令鸠醒叫天雨。

历代题画诗类卷第一百十二

草虫类

谢兴宗惠草虫扇
（宋）司马光

吴僧画团扇，点缀成微虫。秋毫宛皆具，独窃天地功。
细者及蛛蝥，大者才皁蟊。枯枝拥寒蜩，黄蕊粘飞蜂。
翾然得生意，上下相追从。徒观飞动姿，莫觌笔墨踪。
儿曹取真物，细校无不同。恐其遂跃去，亟取藏箱中。
乃知艺无小，意精神可通。不兴误图蝇，能惑紫髯翁。
子猷状蝉雀，藏宝传江东。不知古何如，此画今为雄。
人墓木已拱，其徒颇能工。旧法存百一，要足超凡庸。
友人幸为赐，物薄意何隆。玩之不替手，爱重心无穷。
常如对君子，穆穆来清风。

和圆机题草虫
（宋）晁说之

怒剑无烦起逐蝇，从教小物此冯陵。
礼加蛙臂何时用，书到蚕头几日能？
半是苔边徒有感，全收芋处肯生憎？

如椽大笔么麼落,愤懑令人终拂膺。

雍秀才画草虫七物
（宋）苏轼

促　织

月丛号耿耿,露叶泣溥溥。夜长不自暖,那忧公子寒。

虾　蟆

瞋目知谁瞠,皤腹空自胀。慎勿困蜈蚣,饥蛇不汝放。

蜣　螂

洪钟起暗室,飘瓦落中庭。谁言转丸手,能作殷雷声。

天水牛

两角徒自长,空飞不服箱。为牛竟何事,利吻穴枯桑。

蝎　虎

跂跂有足蛇,脉脉无角龙。为虎君勿笑,食尽蚕尾虫。

蜗　牛

腥涎不满殻,聊足以自濡。升高不知回,竟作粘壁枯。

鬼　蝶

双眉卷铁丝,两翅晕金碧。初来花争妍,忽去鬼无迹。

观居宁画草虫
（宋）梅尧臣

古人画虎鹄,尚类狗与鹜;今看画羽虫,形意两俱足。

行者势若去，飞者翻若逐。拒者如举臂，鸣者如动腹。
跃者趯其股，顾者注其目。乃知造物灵，未抵毫端速。
毗陵多画工，图写空盈轴。宁公实神授，坐使群辈伏。
草根有纤意，醉墨得已熟。权豪不可致，节行今仍独。

题草虫扇（二首）
（宋）陈造

捼首一振怒臂，鼓翅双摇利锋。
底用交绥解鬭，政应沐我仁风。

迎随小跃低飞，无谓二虫何知。
却因毗陵画手，忆我田间杖藜。

草虫扇
（宋）范成大

莫嫌络纬股鸣悲，解向寒愡促晓机。
海眼多花无藉在，颠狂只待学于飞。

戏题常州草虫枕屏
（宋）杨万里

黄蜂作歌紫蝶舞，蜻蜓蚱蜢如风雨。
先生昼眠纸帐温，无那此辈喧梦魂。
眼中了了华胥国，蜂催蝶唤到不得。
觉来忽见四折屏，野花红白野草青。
勾引飞虫作许声，何缘先生睡不惊？

题山庄草虫扇
（宋）杨万里

风生蚱蜢怒须头，纨扇团圆璧月流。

三蝶商量探花去，不知若个是庄周。

谢人送常州草虫扇
（宋）杨万里

生怕炎天老又逢，草虫扇子献奇功。
还将多稼亭前月，卷尽西湖柳上风。
蚱蜢翅轻涂翡翠，蜻蜓腰细滴猩红。
旧时绿鬓常州守，今作霜髯一秃翁。

卢希颜草虫横披
（金）段成己

牛李黄芦相并枝，秋虫潇洒弄幽姿。
画师老笔生新意，写出无声《七月》诗。

东平李汉卿草虫卷（二首）
（元）元好问

蚁穴蜂衙笔有灵，就中秋蝶最关情。
知君梦到南华境，红穗碧花风露清。

过眼千金一唾轻，画家元有老书生。
草虫莫道空形似，正欲尔曹鸣不平。

文湖州草虫（为刘使君赋）
（元）元好问

造物无心笔有神，翩翩飞动百年新。
虫鱼琐细君休笑，学会屠龙老卻（却）人。

屏上草虫（四首）

（元）刘因

螳螂

逢物即能产，其滋乃尔蕃。不知何所积，拟欲问乾坤。

蜗牛

背上穹庐好，问虫谁汝施？始知天地内，栋宇匪人为。

蝼蛄

后利前还涩，阴阳体改分。不须观兔尾，即此见羲文。

螽斯

阳施阴专受，精醇物始真。虫鱼宁解此，聊用比振振。

题刘大用画草虫手卷（二首）

（元）王恽

蠕动翩飞自一天，眼中风露发清寒。
笔端正有坡仙趣，莫作宣和艺本看。

东坡墨戏出新意，八詠复见河阳刘。
梦到草堂风露冷，碧花篱落候虫秋。

题草虫画卷

（元）马臻

喓喓趯趯自知机，展卷谁怜下笔时。
采得国风千古意，分明一段《召南》诗。

题水墨蓼花草虫

（明）刘基

为爱江头红蓼花，秋来独作草虫家。
寻香粉蝶应随梦，采蜜黄蜂不趁衙。
络纬语残凉露滴，蜻蜓立困晚风斜。
画图水墨惊初见，却似扁舟过赤沙。

题松雪翁临祐陵草虫

（明）高启

宣和遗墨画难工，唯有王孙笔意同。
莫问吴宫与梁苑，一般草露覆秋虫。

题徐熙三虫图

（明）高启

雌蝶雄蜂各快心，逐香窥艳竞相寻。
南园雨过红芳歇，输与鸣蜩占绿阴。

题许澜伯三虫图

（明）高启

蜜脾未满报衙频，蠹化初成傅粉新。
谁道争花群队里，长吟还有独清人。

题草虫

（明）丘濬

春雷惊动蛰虫起，日暖风和花破蕊。
肖翘蠕动飞且行，尽入君家画图里。
问君何处得此图？仁智殿前挥洒馀。

闲来细玩格物理,有如一部《埤雅》书。

题赵松雪临宋徽宗水墨草虫
(明)杨基

王孙老去尚风流,画里新诗淡写愁。
莫道吴宫与梁苑,露蛩烟草一般秋。

草　虫
(明)鲁铎

淑气浓薰芳草,晴丝不碍飞虫。
春物都堪描画,无人画得东风。

画草虫(为黄月坡赋)
(明)杨慎

天下几人画草虫?吴兴公子痴孙隆。
冰缣雪练鸣趯趯,丹屏绣几飞薨薨。
渔父蜻蜓爱钓缕,美人蟋蟀嫌雕笼。
百种生意何融融,夷羊非羊鸿非鸿。
长卿带晚翠,简子矜秋红。
王孙西游归未得,清江碧草烟濛濛。
忆昔曹不兴,点蝇惑頠(髯)翁;滕王埽蛱蝶,摹搨喧唐宫。
宋家道君入能品,鸾标虿轴沉毡窀。
古来好手竟寂寞,老痴江东洒绝迹。
君不见醢鸡发覆天梦梦,蠓飞砲雨春飞风。
小痴大黠应物理,孙痴非痴乃其聪(聪)。
痴翁之死谁继出?西川曹狂称最工。
痴狂乃有两绝艺,爁耀滇南与江东。
揭来曹狂数相见,吮毫蠲纸惊飞蓬。

月坡仙人好奇者，赏鉴自与山谷通。
凤嬉亭前月胧胧，更仆不知寒漏终。
铜盘烧蜡春如烘，悬图索赋何匆匆。
蚁脚细字盈方空，酒酣操觚持似公，雕刻自媿吾家雄。

蚁蝶图
（明）黄庭坚

胡蝶双飞得意，偶然毕命网罗。
群蚁争收坠翼，策勋归去南柯。

百蝶图
（元）刘因

芳蝶具百种，幽花散红翠。道人观物心，一一见春意。

黄荃蜂蝶图
（元）王恽

翅粉翻香卷铁须，亭亭花影小华胥。
黄生笔底留深思，似与齐丘释《化书》。

凤辇随渠即幸临，隔花望断翠嫔心。
春风上下扑不得，飞过画阑情更深。

滕王蚁蝶图（二首）
（元）王恽

槐壤纷纷事暂欢，枕中栩栩伴周闲。
丹青欲识滕王意，须著人间比梦间。

粉香金翠梦能甜，细写春惊入笔尖。

却恐寻香飞便去，六宫争下水晶簾。

画双蝶
（元）虞集

舞罢庭花落，池边看睡凫。无端双蛱蝶，飞上绣罗襦。

蛱蝶图
（元）陈樵

禁籞名园信所之，深红腻紫共春晖。
人疑落叶有生色，我道飞花上故枝。
掌上艳姬垂衷（袖）舞，屋头故吏窃香归。
花中只许秦宫活，未必庄生入梦思。

题萱草蛱蝶图
（元）赵孟頫

丛竹无端绿，幽花特地妍。飞来双蛱蝶，相对意悠然。

花蝶谣题舜举画
（元）郑元祐

花魂迷春招不归，梦随胡蝶江南飞。
碧蕤粉香酣不起，卧帖芳茵唾铅水。
痴娥眼娇错惊顾，解裙戏扑沾零露。
折钗搔首笑相语，阿谁芳心同栩栩。
颓云流光空影寒，冰波缄恨嗁（啼）阑干。

题吴性存所藏赵仲穆竹枝双蝶图
（元）顾瑛

阁道春风度，湘簾夜月初。多情双蛱蝶，也解逐羊车。

题赵子固蕙花蛱蝶图
                （元）潘纯

江上青山日欲晡，幽花小纸墨模糊。
华清宫殿生秋草，零落滕王蛱蝶图。

竹蝶图
                （元）张宪

落尽春红春梦熟，平沙小苑窗中绿。
美人睡起背东风，蛱蝶飞来上修竹。

题萱蝶图
                （元）吕诚

堂前萱草散满地，朵朵幽花也可怜。
绝爱筼筜相映带，生憎蛱蝶舞留连。

画　蝶
                （明）李东阳

度竹穿花处处心，暖风晴浪影浮沉。
亦知春去无多日，犹在花丛与竹阴。

题蛱蝶花上蛱蝶
                （明）张凤翼

蝶解传花魄，花能引蝶来。蝶疑双宿影，花作并头开。

扇中双蝶
                （明）徐渭

春至百花繁，名园蛱蝶翻。美人将扇扑，搨（拓）得一双痕。

题黄葵聚蜂图
（元）陶宗仪

亭亭花萼媚秋光,露满金桮（杯）蝶翅凉。
二月好春浑忘却,乱飞争恋御罗黄。

画 蝉
（宋）苏轼

蜕形浊汙中,羽翼便翾好。秋来关河阔,已抱寒茎槁。

画扇柳蝉
（元）虞集

不食遂终日,长吟如老翁。金盘九秋露,玉树一丝风。

画 蝉
（元）丁鹤年

饮露身何洁,吟风韵更长。斜阳千万树,无处避螳螂。

题王生画三蚕蜻蜓（二首）
（宋）苏辙

饥蚕未得食,宛转不自持。食蚕声如雨,但食无复知。
老蚕不复食,矫首有所思。君画三蚕意,还知使者谁?

蜻蜓飞翾翾,向空无所著。忽然逢飞蚊,验尔饥火作。
一饱困竹梢,凝然反冥寞。若无饥渴患,何贵一箪乐。

画蜻蜓
（元）程钜夫

蜻蜓飞款款,萑苇舞傲傲。欲泊未泊间,漂摇故多疑。

甚欲呼与语，小立休嫌疑。枝叶元不动，风波有定时。

咏徐正字画青蝇
（唐）韦应物

误点能成物，迷真许一时。笔端来已久，座上去何迟。
顾白曾无变，听鸡不复疑。讵劳才子赏，为入国人诗。

偶访吉甫画三蝇璧间（吉甫有诗次韵）
（宋）倪巨济

何人刻猕猴，老眼觑荆棘。不如丹青手，快意风雨集。
我穷坐诗豪，九鼎扛笔力。偶然一点误，著纸生羽翼。
千言走蚍蜉，宁为寸纸逼。还当写君诗，什袭同藏羃。

莎鸡蜥蜴
（元）程钜夫

羽短未堪振，莎鸡抱禾穗。无旱不须云，蜥蜴自游戏。
万国笙歌乐太平，昆虫草木咸生遂。

促织图（监州贯子素征赋）
（元）吴师道

华屋歌钟夜，何从识草虫？惟应苦吟者，相对共秋风。

蟋蟀图
（明）叶初春

悲丝急管声应异，落叶哀蝉怨或同。
九月飘零犹在野，无人一为诵《豳风》。

跋聚蚁图
（宋）夏均父

纷然虫臂蚁争环，付与高人一解颜。
不待南柯婚宦毕，始知身寄大槐间。

楚宫室鸡将啄蚁画
（明）徐渭

锦葵窠下雄鸡白，黄蚁有翼飞终涩。
不应草叶更相遮，五寸荆轲千里隔。
王孙妙思快啖吞，马迁奇笔写鸿门。
当机对敌只如此，翻令看者飞心魂。

钱舜举禾鼠
（元）袁桷

七尺长身馗负多，清时空食几囷禾。
营营仓鼠才分寸，不奈诗人緫谴诃。

题钱舜举禾鼠图
（元）柳贯

华黍如云兆岁功，尚嫌鼠穴未能空。
今朝试举迎猫祭，直想西成八蜡通。

钱舜举硕鼠图
（元）邓文原

禾黍连云待岁功，尔曹窃食素餐同。
平生贪黠终何用，看取人间五技穷。

为费廷言题沈士偶画枇杷双鼠

（明）吴宽

古诗三千兼刺美,孔笔不曾删《相鼠》。
《齐谐》《志怪》到张华,《博物》应疑鼠有牙。
虫鱼注成非磊落,韩子作诗讥郭璞。
后来《埤雅》亦何为,中有鼠谱烦农师。
鼯鼬鼱鼷本同族,散在人家称小畜。
画图此种栗鼠否？竹䶉野处同其俦。
纷纷恣食高廪米,昼伏穴中那有体。
一前一邵（却）夸委蛇,李斯为汝误已多。
暖风吹林金颗颗,独在江南饱珍果。
永州事败无孑遗,甘与鸲鹆守一枝。

历代题画诗类卷第一百十三

宫室类

徽宗画周灵台图（二首）
（元）王恽

灵沼台高倚碧霄，当时鱼鸟被恩饶。
可能积德千年久，盛世看来仅四朝。

徽庙初年布政优，丹青挥洒想西周。
其如私欲横流后，花石纲船垫九州。

姑苏台图
（元）程钜夫

吴王大凯破越回，西施飞上层层台。
撞钟树羽临四野，重江叠巘烟霞开。
捐衰弃旧穷游逸，不信佳人解倾国。
春风杨柳鬭腰肢，秋水芙蓉比颜色。
珠歌翠舞俨成行，凤臁熊蹯安足尝。
愿天回光继白日，愿地注海供玉觞。
君王宴乐无终极，伍子昌言空激切。

焦劳尝胆卧薪人，辛苦安知在仇敌？
山自青青水自流，君王日日台上头。
麋鹿未游吴已沼，西施还上五湖舟。

馆娃宫图
（元）郑元祐

复殿迴廊邃翠岑，鸳鸯娇拥画屏金。
漫夸歌舞留君醉，千古人犹怨捧心。

梁山宫图
（金）麻九畴

梁山宫高高切云，秦家箫鼓空中闻。
宫殿作云王作龙，何人敢谒滈池君。
珠围翠邃穷天下，道上行人衣半赭。
不觉生灵血液枯，化为宫上鸳鸯瓦。
朝庐生，暮侯生，师事二人学羡门。
焉知以此戕其身，神仙亦死何曾神？
空能诈取六屠国，不识庐生真间〔闲〕客。
种成间隙卢生去，尚令道士作鬼语。
祖龙竟堕此机中，以璧见欺犹未寤。
鱼腥引得扛鼎来，梁山火灭汉旗开。
何如后世丹青手，一夫不役千楼台。
梁山之图却传世，梁山之宫安在哉？

阿房宫图
（元）程钜夫

智力有穷天不老，秦帝山河迹如埽。
参差忽落画图间，白发朝臣惊欲倒。

咸阳初起阿房宫，六籍已焚兵已镕。
渭水函关万年固，终南泰华五云中。
复阁重楼郁相望，翠户金铺九天上。
上容万人常有馀，下建大旗知几丈？
霞骞雾翼天日迷，山童地赭民睽睽。
穷奢极丽犹未慊，谓海可梁天可梯。
蓬莱何剧〔处〕楼船远，上蔡东门叹黄犬。
六国池台春草长，千门歌舞斜阳转。
游观未毕化埃尘，宫树凄凉野鹿驯。
至今世上丹青手，留与千年作诤臣。

阿房宫图
（元）宋无

千门万户蠹青冥，六国脂膏四海兵。
岂但此中非常业，当时犹更有儒坑。

汉宣帝幸池阳宫图（李伯时笔）
（元）王恽

武皇雄吞老未已，岁岁开边兵四起。
嫖姚出塞屡策勋，武絷陵降终国耻。
腾凌蹂藉五十年，飨功归到曾孙宣。
万方解怨尽内属，龙庭南北无烽烟。
池阳五柞郊歌里，五日赐舖馀燕喜。
呼韩稽颡谒甘泉，欲示雄夸先就邸。
大陈还纵万人观，岂独珍奇纷锦绮。
欢呼归作北庭藩，万代称觞甥舅礼。
君王燕犒不知劳，鸾旗直上中渭桥。
茂陵王气如水清，建章宫殿春云高。

从此临轩舒化日，一声宫漏出花遥。

题甘泉宫图
（元）朱德润

汉郊五畤答鸿禧，草木甘泉夜色移。
昨日长安道傍过，故宫无奈黍离离。

隋宫图
（明）沈周

谁云《玉树》无人读？马上还闻夜游曲。
君王不自固苞桑，却道雍州能破木。
杨花千里扑离宫，富贵浓酣似梦中。
百队蛾眉皆闘月，千林彩树不惊风。
悲欢只在循环里，莫道征辽偶然耳。
鹿车载怨重于山，人心未惬辽东死。
一声桃李天下知，皇后自将神器移。
漳南未顾鼠窃计，太原已及龙飞时。
如何只醉扬州酒，酒杯在前兵在后。
白练天教泄勇冤，醉骨沉沉当速朽。
孤坟寂寞向雷塘，秋萤星散已无光。
惟馀二十四桥月，独照游魂归洛阳。

九成宫图
（元）马祖常

泉溅溅而响谷，风瑟瑟以动林。
夹两山以为趾，络下堑与上岑。
宫纤丽以媚女，观鶱翥以凌尘。
矢池鱼而泳泳，饲囿麟而驯驯。

帝奈何兮不乐，将弭旆乎江津。

题郭忠恕九成宫图
（元）王士熙

隋室好繁华，青山作帝家。雉楼曾宿凤，鸾树不棲鸦。
池藻蘸春月，簾衣织晚霞。西风催别恨，帆影到天涯。

题郭忠恕九成宫图
（元）王士熙

铁马归来定太平，九成宫殿暑风清。
龙蟠古洞长藏雨，凤入层台自度笙。
画栋尘空巢燕去，苍崖云掩路碑横。
秦川忽向丹青见，魂梦依稀识化城。

王摩诘骊山宫图（二首）
（元）王恽

安远门西万里馀，耕桑烟火总民居。
只应勤政楼中梦，百倍华清乐不如。

忆昔风流王右相，开元亲侍玉堂庐。
细吟凝碧池头句，政恐丹青是谏书。

骊山宫图
（元）王士熙

翠岭含烟晓仗催，五家车骑入朝来。
千峰云散歌楼合，十月霜晴浴殿开。
烽火高（一作"空"）台留草树，荔支长路入（一作"认"）尘埃。
月中人去青山在，始信昆明有劫灰。

骊山宫图
（元）马祖常

万户千门春殿开，温泉花发翠华来。
可怜十月无阳节，独见浮波玉鴈回。

题开元宫图
（元）邓文原

西湖春动风泠泠，歘忽鼓瑟窥湘灵。
夫君要眇降云軿，椒堂桂栋罗芳馨。
春城日逓崦嵫暮，幽梦重门锁花雾。
玉箫声沉凤飞去，迸入秋风五陵树。
至人高怀视云浮，昔者金屋今丹丘。
白鹤来下明月楼，知有王乔飞舃游。
仙人好幻多戏剧，海变桑田莲变碧。
百灵呵护融风息，依旧琼台绛宇炫燿云五色。

任南麓画华清宫图
（金）赵秉文

天宝遗事今几年，华清楼殿非人间。
五家罗绮溢山谷，驱入尺纸天工闲。
豆分绣岭线泾渭，人物微茫才位置。
想当睥睨下笔时，两眼犹能书细字。
乃知棘端可以造沐猴，巧夺造化非人谋。
胸中度世乃吾事，坐令千里当双眸。
明皇初心小姚禹，肯比金陵一屠主？
一盼遥为妖姬留，奈何坐此覆神州！
太白西去有鸟道，蜀山秦树令人老。

浮云一蔽渔阳城，禄山马饱宫前草。
恩流四海一玉环，胡儿不合窥潼关。
至今脂泽下蟾口，时有饮鹿疑神奸。
岂知水洗凝脂滑，一掬伤心马嵬血。
多年鬼火化为碧，还遶离宫送行客。
龙岩几度过华清，笔端山高水泠泠。
呜呼兴废今已矣，只有丹青留典型。
画诗双绝兼书工，留传逊公到松公。
今年盗入妫川东，火烧塔寺一洗空。
松公间关来帝里，一身与画同生死。
吾闻挈瓶之智不假器，支郎大胜潼关骑。

题任南麓画华清宫图后（并序）

（元）王恽

图有闲闲公题诗，作擘窠真书，与画为三绝。此卷初主于僧逊公，继为妫川松公所宝。兴定初，松公间关兵乱中保持，与归燕都。今为子英家藏。至元廿四年，杨示予，披玩者累日，尝欲赋一诗，以发伟观，竟以事未暇。今林溪殁，画复在燕，不知且归何人。适阅《滏水集》，见公题诗，偶书此以偿宿昔，初弗计其不揆也。廿八年冬十一月十四日，秋磵老人序。

三郎年耄夸精健，岁岁华清事游宴。
玉莲汤殿浴行云，倾城几顾环儿倩。
一掬游尘散马嵬，馀波不浣香囊怨。
龙岩画笔写兴亡，墨花晕出真妃传。
谪仙辞翰两超脱，媲以任公世三绝。
我昔西游不到秦，披图空梦骊山月。
林溪家藏什袭珍，杨生已殁归何人？护持当有松公神。

华清宫图

（元）马祖常

帝出车以鸣鸾，俨六龙之骧首。
循长陆而东骛，谓泉源之在右。
穹闾阖之天门，封百二而为垣。
朋猁羯而不醜，嗟神尧之文孙。

跋兰昌宫图

（元）王恽

宫斜春草暗骊阳，花底春云覆苑墙。
忽觌翠罂银勺事，世间疑有返魂香。

离宫图

（元）袁桷）

龙首渠开王气埋，浅沙残草认天街。
当年金屋寒鸦聚，时有耕人拾宝钗。

题饶孟持所藏赵希远画渚宫图

（明）危进

罨画阑围响屟廊，流苏帐幔郁金堂。
玉龙剩注千锺酒，金鸭浓熏百和香。
院宇鸣秋霜叶赤，轩窗破晓露花黄。
旧时行乐今看画，烟月芦汀鴈几行。

题王提举界画宫殿图

（明）张绅

吴蚕择茧银丝光，轻毫界墨秋痕香。

宫中千门复万户，知是阿房是未央？
楼上美人朝未起，十二珠簾隔秋水。
香销玳瑁舞筵间，梦断芙蓉鸳帐底。
八窗玲珑金锁开，君王已在迎仙台。
霓旌凤辇云间合，翠管银笙天上来。
君不见咸阳一火三月红，野花啼鸟争春风。
当时亡国知何处？尽在如今图画中。

水殿图
（元）于立

羊车欲过玉阑东，雉扇微开水殿风。
白凤徘徊金井月，凉阴半在碧梧桐。

水殿图
（明）高启

波影遶阑干，清虚似广寒。荷香临槛挹，月色捲簾看。
夜静闻清吹，凉多邵素纨。宴酣思荐鲙，银缕簇金盘。

恭题水殿图
（明）刘铉

结构凭毫素，珠簾拂翠溟。霞残荷坠粉，雪动鸟梳翎。
烦暑消三伏，清虚拱万灵。微茫烟柳外，应见紫云亭。

题赵希远万松金阙图
（明）高启

长松掀髯若群龙，下遶宫阙云千重。
凤凰山头望前殿，翠涛正涌金芙蓉。
海门日出潮初上，白鹤飞来近仙掌。

百官候缀紫宸班，露滴朝衣气森爽。
汉家杨柳唐宫花，容易零落空繁华。
何如可献至尊寿，茯苓美似安期瓜。
銮舆因恋湖山好，楼阁清阴胜蓬岛。
不知风雨汴陵前，虏卒新樵几株倒？
当日榻前初进图，黄金趣赐闻传呼。
何年流落在人世，父老犹看思旧都。
客行近过吴山下，落叶空林惟败瓦。
岂无画史似前人？秋色凄凉不堪写。

题赵希远万松金阙图

（明）张适

天阙万松中，岩嶤倚碧空。星旋黄道内，日出紫云东。
翠合肜庭冥，金铺复阁雄。风梢天上落，云榦雨馀虹。
桥槛栖慵鸟，堤沙藉倦骢。花明宫媛珮，柳拂羽人弓。
仙掌凝琼露，宸筵散麝风。皋鸣能舞鹤，汀渡可邮鸿。
逸豫安群庶，流移念两宫。斯图重展翫，兴感思无穷。

题万松金阙图

（明）李延兴

衮冕曾迎凤驾来，烟沉金阙半蒿莱。
霞蒸日气红初上，云压松阴黑半开。
玉井霆轰龙起蛰，虚窗笙响鹤飞回。
前朝事往云无迹，愁听江声入夜哀。

招真观图

（元）杨载

欲学无为道，来居小有天。精神消物怪，采色变风烟。

恬澹知天德，虚无象帝先。高风何特达，古迹尚流传。
地涉鸿荒表，山开混沌前。谷幽疑鬼聚，峰巧类人镌。
叠起三重阁，分流百道泉。岩穿留虎跡，石冷逗蛟涎。
放浪曾无日，遨游未有年。古经披揽罢，毛骨为醒然。

题信州九天观图（二首）
（元）杨载

高林褰翠气，虚谷散虹光。道士多骑虎，仙人自牧羊。
涧泉通地远，山岭际天长。戴子文为记，流传示不忘。

四围山不断，状若碧芙蓉。谷远含风细，崖深下露浓。
茂林藏虎豹，阴洞伏蛟龙。恍惚神人降，浮空羽盖重。

题德忠观图
（明）沈周

飞观岩巉拥赤阑，清都曲密到应难。
月移殿影瑶阶静，风引箫声碧树寒。
窃药灵庬窥石室，邅香仙鹤下经坛。
尺书早晚通相讯，洞里桃花欲借看。

题祝道士龙虎山先天观图
（元）揭傒斯

闻说先天观，重重绝壁环。鸟啼青涧里，花落白云间。
樵子能长啸，居人识大还。洞门无处认，唯有水潺湲。

仙山楼观图
（元）郑元祐

崒峨三神山，仙圣之所居。芝草布庭阙，霞光曳衣裾。

渴饮碧玉浆，饥餐紫琳腴。霓旌冉冉下，彤楼拥鸾舆。
青童启藏室，帝命较宝书。斋心始能读，字字皆玄枢。
朗詠以相授，灵风舞神鱼。天远靡得闻，何以能启予？
空嗟珊瑚日，照耀金芙蕖。

郭忠恕仙山楼观
（元）吴镇

叠嶂云仍起，崇山境转幽。溪云千顷雪，松籁一林秋。
长啸临朱阁，清游卧石楼。桥迴泉溜远，消尽古今愁。

郭忠恕仙山楼观图
（元）黄公望

汉主离宫最上头，昔年曾侍翠华游。
青天半落银河水，白日高悬华岳秋。
花隐仪銮临阁道，仗移箫凤下瀛洲。
三山更在齐州外，遥望苍烟九点浮。

题仙山楼观图
（元）郭翼

五云楼阁世间无，日月龙光出绮疏。
王母众中金羽盖，双成扶下紫云軬（舆）。

仙山楼观图
（元）秦约

霞光楼观郁嵯峨，下有虹梁俯磵阿。
千树松肪化神珀，万山灵籁答空歌。
翠鸾不寄麻姑信，白鹿遥迎葛令过。
我欲排云凌浩荡，仙凡未省竟如何。

题宋徽宗仙山楼观图

（元）顾瑛

宣和天子昔神游，凤驾行空过玉楼。
此去有人言赤马，归来无处逐青牛。
分明艮岳通玄圃，想像方壶接祖洲。
莫把仙山作图画，琼花琪树不胜秋。

仙山楼观图（为马仲礼作）

（元）张雨

忆共能书蔡少霞，良常洞口看桃花。
人间诗酒耽迷了，三百来年不到家。

仙山楼观图

（元）唐肃

玉女盆边晓洗头，风吹珠树冷飕飕。
云间听得金梭响，知是天孙织未休。

仙山楼观图

（明）高启

雾阁消闲脉望飞，月明露重湿珠衣。
仙人莫入芙蓉馆，花暗迷人不得归。

题仙山楼观图

（明）陈宪章

貌得仙山尺素馀，真形五岳复何如？
地平渤海扬尘后，天启扶桑御日初。
丹鼎河车长命诀，琅函琼简列名书。

易迁宫似金银阙，四百年来已定居。

题边文进仙山楼观图

（明）方行

仙人散发悬双瞳，能移崑崙开华嵩。
为我一埽瀛洲趣，中有千年不死青芙蓉。
飘飘烟霞入君手，深林蔽羃桃源口。
苍烟飒飒鸾竞飞，丹霞恍恍龙惊走。
赤城掩霭天姥回，石梁倒挂双琼台。
桃花半壁镜中见，古木尽化青猿哀。
素娥迴飙下瑶殿，明星玉女长相见。
邀余为作《商山歌》，坐看桑田几经变。
丹霞乱飞桂树表，手翳琼枝拂瑶草。
天风吹入西瑶池，王母秋眉飒衰老。
瑶池花暖春未凋，三十六宫散琼瑶。
青霓锦帔耀云日，上元月下来吹箫。
吹凤箫兮（分）系霜丝，君亦胡为弄参差？
他年傥惠金鹅蕊，寄声蓬岛长相思。

题仙山楼观图

（明）刘师邵

宇宙开新域，星辰隐上台。群峰罗窈窕，列嶂拥崔嵬。
玉观参差耸，琳宫次第开。珮声霞外响，幢影日边来。
王母回鸾驭，秦娥集凤台。悬枝珠作网，缀地锦为苔。
树挽千峰雾，泉轰万壑雷。地疑逢阆苑，山似接蓬莱。
真境殊难遇，新诗岂易裁。抽毫聊短述，深愧谪仙才。

题仙山楼阁图

（明）陈继儒

人间沉沉梦未觉，夜半日出登仙阁。
紫芝瑶草生天香，鹤梦未老松花落。

题仙山楼观图

（明）僧宗衍

琅玕珠树隔烟霄，仙子楼居接翠遥。
羽化梦凭玄鹤返，丹成身与白云飘。
杖随麋鹿山深浅，钓掣鲸鱼海动摇。
想像虚无图画里，秦王汉武若为招。

题仙山楼观

（明）僧麟洲

复水重山路杳然，山家楼观入青天。
那知白首黄尘事，只伴桃花度岁年。

题春山楼观图

（明）镏崧

川光媚春阳，岩溜含夕响。林花间欲飞，江草暗方长。
迢递楼观阴，峰迴见仙掌。

题春山楼观图

（明）程敏政

一带好山横树杪，几重高阁起云中。
何当避暑钩簾坐，纳取虚胷八面风。

秋山楼观图（柳道传尝以荆浩所作巨幅缩成小卷。）

（元）吴师道

奉常先生客燕都，纵阅三馆之图书。
秋山楼观忽到眼，印章犹是宣和储。
当年绝艺洪谷子，身在太行秋色里。
万里云飞木落时，遥写朱阑半空起。
先生恢廓山水胸，纷纷画史难为工。
偶窥得意微妙处，自出变态经营中。
兰亭易用灯展影，梓人乃以堵画宫。
莫言尺素非巨幅，形体虽异精神同。
京尘归来二十载，箧中宝气腾晴虹。
一丘一壑金华下，以道卷舒无愧者。
淡然谁识先生心？许我闲来时看画。

题会稽韩与玉秋山楼观

（元）迺贤

楼观依青崦，峰峦似越州。树根流水过，山顶白云浮。
露下琴丝润，溪寒钓石幽。相看图画里，历历记曾游。

题舒真人北山楼观图

（元）萨都剌

瑶花琪树间霓旌，十二朱楼接五城。
台上吹箫秦弄玉，云边度曲许飞璚（琼）。
光流汉殿青鸾舞，霞拥函关紫气明。
方丈蓬莱俱咫尺，不须东望问长生。

题中天楼观图

（明）林鸿

海上仙山接混茫，仙居远在白云乡。
楼当太乙星辰近，树拂勾陈雨露香。
绛节驭风来阿母，玉箫吹月醉周王。
可怜八骏归来晚，萧飒蛾眉两鬓霜。

溪山仙馆图

（元）吴师道

平川漾轻舟，苍石拥高树。烟中连嶂断，林际飞甍露。
兹宇谁所营？列仙实来聚。我生恋溪谷，忽去踏尘路。
坐恐孤夙期，临风怳延伫。

唐子华云松仙馆图

（元）邓文原

危峰削玉插晴空，淋漓秀色含鸿濛。
世间万物有时易，惟有青山今古同。
隐君山下营茅屋，烟霞笑傲逃尘俗。
日长心境鹤俱闲，自埽白云松下宿。
谿头觅句行迟迟，童子囊琴归竹篱。
《猗兰》调古少人听，等闲何处寻钟期？

郭忠恕万松仙馆图

（元）吴镇

参差琳馆碧山齐，云拥疏松望欲迷。
野老忘机自来去，忽惊麋鹿各东西。

郭忠恕夏山仙馆图

（元）吴镇

苍厓过雨流青玉，万朵芙蕖红间绿。
松枝摇动碧簾风，兰舟徐度迴塘曲。
画阁朱楼设翠褕，银牀冰簟上流苏。
美人绣倦频来往，仙侣长吟聊自娱。
羽扇不挥尘不到，博山麝脑香犹袅。
新蝉惊破北窗眠，幽禽啼断林间巧。
竹烟浮翠荐龙团，树影当庭映日圆。
晚来两两寻幽客，应识溪声六月寒。
图中景物非人世，如此丹青谁得似？
屈指流传四百年，宣和赏识标忠恕。
人间何处无炎歊，火云照耀未能消。
高斋展对殊未已，一片凉飔落素绡。

郭忠恕万松仙馆图

（元）黄公望

琳堂掩映万松齐，绝壑寒云望不迷。
为听水流翻破寂，轻袍重过短牆西。

李咸熙雪溪仙馆图

（元）黄公望

大树小树俄变玉，千峰万峰忽失青。
高人深掩茅屋卧，不羡围炉醉复醒。

姚运使溪山仙馆图

（明）张羽

去年君为郡文学，独抱遗经憎命薄。

出门无马坐无毡，拜迎官长常作恶。
今年君为转运使，殊恩亲出官家赐。
月给太仓三十斛，况复官闲少公事。
人生贵贱反复间，世上悠悠那解此。
忆昨访我当严冬，写此溪山三数重。
骅骝一去了无影，空有遗跡泥沙中。
闻道河间故城里，开门遥见滹沱水。
何时为画古邯郸，珍重函封寄千里。

卢鸿仙山台榭图
（元）邓文原

仙都围合碧云笼，洞口绯桃著雨秾。
丹阙春深巢翡翠，朱扉风暖出芙蓉。
壶公不负三山约，向子终期五岳逢。
野鹤一声山馆寂，倚阑长听水淙淙。

卢鸿仙山台榭图
（元）吴镇

尘踪何得此中游，无数青山遶殿头。
炉篆浮烟朝霭霭，溪云连树晚油油。
花香曲径群麚聚，芸芷平田独鹤游。
欲识仙家真乐处，一泓清濑四山秋。

虎豹九关图
（元）王恽

九重关键锦斑围，虮虱微言语可知。
首辟四门明四目，定书深意见宣尼。

康乐图

（长安韩德卿，夜梦至一宫室，扁曰"康乐"，因名其堂，以奉其母。）

（元）刘因

至人无梦梦乃真，瞪目一视空中尘。
悲欢蚁旋水东注，遗珠罔象迷其津。
持虀噉曰逞诙诡，取禾坐极夸荣贵。
不如长安韩生道上眠，念母还家枕中记。
紫霞之宫乃俗书，烟霏雾结开云图。
虚灵变化在顷刻，謦（嗐）指疾应维心符。
城上乌啼毕逋尾，倚门独占乾鹊喜。
万里辞亲真可怜，书来端有平安字。

钱钧羽画

（元）唐肃

结搆倚崔嵬，廊腰势漫迴。云将银浪涌，山作翠莲开。
径小无车入，庭空有鸟来。笔牀风坠叶，书阁雨生苔。
兰佩谁同撷，荷衣只自裁。一区扬子宅，百尺野王堆。
帐鹤元无怨，沙鸥莫浪猜。此中邻可卜，吾亦谢喧豗。

小李将军院体小幅（二首）

（明）祝颢

金屋琼台拥画楼，锦云香满采莲舟。
人间尽道仙家乐，不识霜娥有底愁。

花暗宫垣柳映堤，五陵春色望中迷。
昭阳月上长门闭，犹放香红逐马蹄。

题院画（二首）

（明）吴宽

翩翩白马紫丝韁（缰），驰过弯堤十里长。
千树桃花万株柳，前头宫殿是昭阳。

璚楼金殿映丹霞，只把仙家比内家。
落日美人秋水上，红妆一面乱荷花。

题　画

（明）沈周

嫩黄杨柳未藏鸦，隔岸红桃半著花。
开眼阑干接平楚，夹洲亭馆跂长沙。
悠悠鱼泳知人乐，故故鸥飞照鬓华。
如此风光真入画，自然吾亦爱吾家。

历代题画诗类卷第一百十四

宫室类

吴道玄五云楼阁图（并序）
（元）邓文原

吾僚友赵松雪盛称此卷，余艳慕之已二十馀年矣。一日，危太仆出示索题，深慰夙怀，因书近诗一律于尾。

观阁嵯峨起日边，春云叆叇倚层巅。
天低青海一杯水，山落齐州九点烟。
百尺长松神阙外，千秋灵柏古坛前。
遨游尽是蓬山侣，瑶草金芝不记年。

吴道玄五云楼阁
（元）吴镇

碧树围青幄，群峰列嶂来。卿云分五色，鹊观倚三台。
仙客乘春至，山翁向暮回。高深无限思，之子总神材。

李咸熙秋山楼阁图
（元）黄公望

杰阁逶迤秋色老，霜林掩映暮峰横。

居人自有闲中伴，坐对飞流意不惊。

云山楼阁图（为朱守愚赋）
（明）高启

白云窈窕楚天阴，半露楼台出远林。
簾幙卷时秋雨歇，鼓钟鸣处夕阳沉。
鹤从辽海天边下，猨隔巴山树里吟。
为问仙家在何处，欲穿谢屐一登临。

云山楼阁图
（明）高启

碧树香台锦绣连，画师应见乱离前。
如今风景那堪写，废寺空山锁暮烟。

天开画楼图
（宋）白玉蟾

层檐叠巘入苍冥，千山万山相送迎。
晴云一抹收未了，溪尾更濯馀霞明。
化工朝暮费点染，丹青变态随深浅。
凭阑展空千里眼，却愁此轴难舒卷。

翠岫楼台图
（明）张适

岩下楼台拥翠霞，千章嘉树荫窗纱。
曲阑干外东风急，人隔珠簾看落花。

题饶良卿所藏界画黄楼图
（明）张以宁

饶君手持新画图，起摩双眼惊老夫。

高林叶响昼浙沥，平皋野色春糢糊。
绮疏绣瓦细毫末，雕栱朱甍盘郁纡。
楼前磊落三长身，幅巾大带皆文儒。
我疑岳阳或黄鹤，此外风景江南无。
君云乃是徐州之黄楼，令我怅然思大苏。
洪河西来原地裂，蛟鳄抃舞号天吴。
飞楼雄压城之隅，万马肃肃东南趋。
是州项氏昔所都，绿枪金镞埋平芜。
沥肝作书上明主，远略翻见英雄粗。
相攜一笑视千古，恐是昨者黄陈徒。
细看古意在绢素，稍觉爽气浮髭须。
千年融结岂易得，峨眉草木今犹枯。
当时漂流江海遍，终古志士长嗟吁。
君到楼中若把酒，明月正在青天孤。

西爽楼图（赠王主簿）

（明）徐贲

几度登临托远思，楼中山色意中诗。
西风又复来看画，却忆扁舟送别时。

望仙楼图

（明）唐之淳

马声龙影半天来，月殿霞扉次第开。
一自踏歌归碧落，人间空筑望仙台。

题丰乐楼图

（明）李进

钱塘城郭帝王州，胜槩千年尚有楼。

南浦云开珠箔晓,西山雨歇画阑秋。
玉人歌舞成春梦,芳草王孙非旧游。
物换星移馀事在,萧条残墨不胜愁。

自题待月楼图感旧
（明）张灿

梵宇红阑四面迥,玉人临镜倚崔嵬。
如今风雨惊心处,月也如人待不来。

三阁图
（元）杨维桢

金陵新阁空中起,虎踞龙蟠凤双掎。
沉檀雕柱阙玉螭,丽华吹笙彩云里。
水晶簾空滤明月,三十六宫白于水。
红尘巴马四百秋,五城步障五花毹。
綵缯山头盖宫殿,山前十二银潢流。
健娥五百曳锦缆,金莲吐影上下金银州。
二三狎客混歌舞,中有酒悲泪如雨。
嘉州讽谏三阁图,秦川别幸千花株。
回鹘队,鸦群呼,夜半卷土昌泸渝。
黄茅缚髻口衔璧,草降表,王中书。
呜呼!《玉树》声中作唐虏,门外崇韬是擒虎。

题怡上人松风阁图
（明）姚广孝

万松苍苍蟠峻岭,久向耶溪夸绝境。
道人层构万松间,宴坐长年乐深静。
灵飙欻来岩谷口,髯君忽作蛟鼍吼。

喧豗直遣岭猿惊，振迅或令山鬼走。
须臾瑟瑟复萧萧，初如笙竽再如《韶》。
裂石声欺匡阜瀑，犇雷势压钱塘潮。
清奇自适烟霞侣，冷落岂宜筝笛耳。
长夜寥寥四壁空，赢得此心如止水。
黄鹤山中净名老，援笔图成过荆浩。
金华太史制雄文，秋色南山两相好。

六浮阁歌题所画六浮阁图

（明）李长蘅

十年山阁不得就，却负青螺日夜浮。
故人一见豁双眼，何日三闲销百忧。
冰花琪树乱槛外，银山雪屋排簷头。
百年有钱作底用，一朝未筑偕行休。
君家西湖我震泽，往经冬夏来春秋。
十千到手即可办，非我求君君自谋。

题王朋梅为朱泽民画水阁图

（明）王世贞

孤云宿世一画师，丹青自结元君知。
行逢镇东两闟奇，沘笔为写无声诗。
簷牙四绾天棘丝，角影倒插寒涟漪。
空青排闼月满卮，醉睡不记东君谁。
二仙仙去亭何之？有图髣髴犹可追。
即今此图随亦璼，是水可亭亭可居，不朽况有诸贤辞。

题界画台阁

（明）高棅

铜雀高楼借日悬，姑苏舞榭入云烟。

繁华一落金屏影，半是吴山邺水边。

题王朋梅界画大都池馆图样
（元）张昱

国初以来好时节，冶绿妖红盖阡陌。
乐游尽是勋贵家，人闹马嘶听不得。
细漆阑干辇子车，同载女子如薜花。
车中马上口相许，胡蝶梦满东西家。
牡丹台畔夜如昼，花照银镫（灯）大于斗。
正月饮到三月中，乐地欢天古无有。
一朝花谢春复归，门锁池园空绿苔。
簾前尘覆珊瑚树，案上蝶棲鹦鹉杯。
豪华尽逐东流往，百年丹青化草莽。
当时命酒征歌人，此日题诗画图上。

朱陵别馆图
（元）程钜夫

悠悠清川动，蔼蔼朱陵晓。宿雾犹空濛，行云方缥缈。
谷深啸阴虎，峰高碍晴鸟。应有仙人来，巢居谢尘扰。

巨峰林馆图
（明）徐贲

林峰散芳气，泉木摇空濛。云房三十六，窈渺烟霞中。
羽人晞发罢，日出千花红。长吟招白凤，小舞令青童。
融心醉玄液，逍遥凌八风。

题竹洲馆图（二首）
（明）王世懋

朱宫碧宇昼阴阴，竹里泉声处处深。

一自吹箫仙去后，至今风雨作龙吟。

琅玕千尺鬪峥嵘，碧锁斋宫近太清。
此日子猷须啸詠，不妨还问主人名。

秀野轩图
（明）瞿庄

高士闲门日日开，远山如发水如苔。
几时脱却尘中鞅，布韈青鞋屡往来。

题秀野轩图
（明）高启

江晚洲渚交，雨晴草霏霏。前山霭欲闇，罟师渡水归。
望烟知君家，花竹隐半扉。已休田中耒，犹响林下机。
此乡即桃源，乱后世有稀。开图身已到，不知尘境非。

题秀野轩图
（明）杨基

结茅近东皋，清旷接平衍。新春微雨过，芳草绿如剪。
攜书坐深竹，自读自舒卷。兴至杖策行，而不赖舆辇。
西邻鸡豚社，落日牛羊圈。至贵在无求，何劳事轩冕。

题秀野轩图
（明）徐贲

何处问幽寻，轩居湖上林。竹阴看坐钓，苔跡想行吟。
嶂日斜明牗，渚风凉到琴。相过有邻叟，应只论闲心。

题秀野轩图
　　　　　　　　（明）王彝

古苔十畈青山麓，窈窕幽华映深竹。
中有高人昼掩扉，袅袅藤梢上书屋。
清风出谷洒秋香，返照穿林破春绿。
不省睢阳画里看，细路经丘杖藜熟。

题秀野轩图
　　　　　　　　（明）张端

不识馀杭县，今知秀野轩。溪声长在耳，山影正当门。
人自千锺禄，君犹独乐园。樵渔还许到，车马几曾喧。

题秀野轩图
　　　　　　　　（明）田耕

门掩雨馀苔，时因看竹开。客闲棋响罢，犬吠屐声来。
云冷理琴荐，花繁近酒杯。高情与幽思，只是觅诗材。

题秀野轩图
　　　　　　　　（明）姜文震

闻君溪上结幽居，地僻时通长者车。
山爱夕阳留几席，竹因凉雨静琴书。
碧香蚁嫩新篘酒，白味羹分小艇鱼。
我亦有家山水窟，十年无地著茅庐。

题秀野轩图
　　　　　　　　（明）周世衡

背郭幽居如画里，断林春水绿迴环。

树连烟水猨啼寺,门对湘中过雨山。
送客马嘶清荫去,钩簾鸟度乱花还。
十年奔走风尘际,肯信(借)凭阑一日间(闲)?

题秀野轩图
(明) 董远

十年归向山中住,每忆从容访隐居。
云气白霏簷外雨,竹光晴映案头书。
凭阑昼静听呦鹿,凿沼泉香爱畜鱼。
因忆轩中旧宾客,江湖清梦未应疎。

题秀野轩图
(明) 陈朴

四运无倚机,生意恒相属。兹轩俯林园,长年得娱目。
灼灼枝上花,娟娟坡间竹。
雨过沉〔沉〕晴彩,霜馀净(照)寒绿。
清芳谢妖靡,幽姿远尘俗。心迹淡已安,于焉乐贞独。

题秀野轩图
(明) 张吉

屋里青山屋外溪,水流云度坐中知。
繁花翠竹春来好,古木苍藤晚更奇。
教子读书兼学稼,留人炊黍复烹葵。
鹿门风景青门趣,都在斜阳曳杖时。

题秀野轩图
(明) 朱斌

昔年曾作轩中客,今日重题秀野诗。

回槛彩云晴缥缈，邃墙苍雪晓参差。
雨馀山气侵茶鼎，风过林香落酒卮。
念我松楸浑咫尺，倚阑长是不胜思。

题耕渔轩图

（明）高启

朝闻《孺子歌》，暮听《梁父吟》。岂无沧洲怀，亦有畎畂心。
昔贤在泥蟠，终当起为霖。钓获溪上璜，鉏挥瓦中金。
兹世方丧乱，伊人邈难寻。既迷烟波间，复阻云谷深。
嗟我岂其偶，聊将学幽潜。惟子是同抱，相期清渭阴。

题耕渔轩图

（明）张羽

之子住铜坑，人传好事名。如何同甲子，翻遣昧平生。
野岸风中钓，湖田雨后耕。秋天渐凉冷，或可赴前盟。

题耕渔轩图

（明）刘天锡

高人谢尘嚣，俯仰忘昏旦。兴衰固无系，舒卷任萧散。
鲜鳞醒莫酬，新炊应畏馔。羊裘犹近名，兹隐发深叹。
适意好归来，江空岁将晏。

题耕渔轩图

（明）王桯

太湖湖上结茅庐，尽日耕渔乐有馀。
钓罢一蓑春雨足，归来南渚带经鉏。

题耕渔轩图

（明）陈潜夫

一自幽栖白板扉，略无尘梦到轻肥。

摩挲老眼临书卷,抖擞闲身称布衣。
风竹翠迥琴响近,雨苔青满屐痕稀。
客来况说云山好,处处春苗长蕨薇。

题耕渔轩图
(明) 黄载

安分轩中安分人,索居应得乐闲身。
平生不慕陶朱富,终岁宁甘原宪贫。
雨霁带经鉏陇上,天寒鼓枻钓溪滨。
固穷自是书生事,亦欲移家共作邻。

题耕渔轩图
(明) 张纬

幽人薄世荣,耕渔夙所喜。朝耕西华田,暮钓洞庭水。
浮沉干戈际,无誉亦无毁。酿秫云翻瓮,鲙鱼雪飞几。
客来具杯酌,客去味经史。缅怀清渭滨,何如鹿门里。
往者不复见,斯人亦云已。努力勤所业,庶免素餐耻。

题耕渔轩图
(明) 释惟善

林壑浮嚣尘,端居绝四邻。青山对幽户,绿树邈通津。
泉石多佳趣,交游少故人。怡然心澹泊,安分复安贫。

题梦鹤轩图(为淦守曹仲修赋)
(元) 刘永之

绿发山翁宫锦衣,十年沦落江之涯。
扁舟夜傍弄明月,梦逐西风孤鹤飞。
孤鹤西飞渡江渚,星斗沉沉远山曙。

逸思骞腾八极云，霜毫点染三秋露。
梁园才子兰台宾，露幌行春移画轮。
未论羽翼冲霄汉，直道襟怀如古人。
山城休暇多宾客，共展新图绮轩侧。
一曲寒波照缟衣，坐令长忆林皋宅。

题友鹤轩图

（明）姚广孝

幽人适野意，崇轩起山隈。凉风响涧木，晴霞明砌苔。
荆扉夕不掩，多应放鹤来。

王叔明琴鹤轩图

（明）董存

乔梓阴阴绿满林，每缘琴鹤叙朋簪。
五音谁和南风曲，一羽犹怀万里心。
柳絮云浮春澹澹，仙衣露浥夜沉沉。
西牕剪烛相期久，一洗哇淫为子吟。

王叔明琴鹤轩图

（明）张光弼

幽居琴鹤以怡情，童子何知预我清。
羽翼如传两阶舞，徽絃为和九皋鸣。
山林在昔多迁士，画史何人有重名。
好讬丹青留后日，莫忘清献旧家声。

莘叔耕画梅雪轩图

（明）张羽

好画谁如莘枣强，堕马折肱犹未忘。

何年写此寒林趣,精绝未数左手王。
屋里何人坐吹笛?似是南昌郡中客。
曲终微雪忽飞来,开门满树梅花白。

题安分轩图
(明)田子贞

一室萧然万虑忘,幽栖真似斛斯庄。
春晴野涧多藜藿,秋晚山田足稻粱。
待富却惭居易拙,送穷应笑退之狂。
看君已在羲皇上,老去从教白发长。

听雨轩图(为王彦章题)
(明)林弼

山牕酒醒梦魂清,竹外松边点点鸣。
蒲磵寺前千尺瀑,都随黄叶作秋声。

再用韵戏作二庵图
(宋)饶节

人说双菴鹁壁巅,妙高峰顶四禅天。
梦魂似亦曾招手,千里犹堪论比肩。
渌水白云同一妙,苍松翠竹自相鲜。
谁能为作虎头画,传与人间五百年。

次仪真尹正郎元夫以斗庵图索题
(明)廖道南

斗菴何所有?长日坐春风。种竹交加翠,栽桃烂熳红。
星临天极北,月转海门东。斟酌璇玑气,鸿钧测化工。

为眉公作苕帚庵图并题
（明）董其昌

仲举无心除一室，卢鸿有句写千峰。
欲参苕帚闲中意，九点秋山雨后容。

黄叶庵图（为舷公写）
（明）李日华

鹤瘦猿癯不可呼，阴森竹树隐团蒲。
霜风忽捲浮柯尽，幸露清潭照影孤。

题张中丞东亭图
（元）袁桷

旧野习真隐，新亭幽且妍。芳菲家林春，引眺增推迁。
令德资先猷，嵯峨白云阡。总角精典籍，承颜绮襦鲜。
寒泉感逝波，乔木矫苍烟。欲论林间趣，深埒区中缘。
招携旧邻保，举觞同华颠。鸡鸣柳阴直，鱼跳水纹圆。
开田谷盈囷，种果花满川。荏苒白王京，念至心惘然。
传忠匪怀禄，立身尽贞坚。披图耿素志，功成赋归田。

起亭图（为顾明谦作）
（明）程敏政

芸香吹满读书亭，不为时名困一经。
亭下种松今几载，长梢将见拂云青。

访友松竹居图
（元）程钜夫

流水青山净似苔，竹松多处有楼台。

只愁寒夜来相访，雪拥重门唤不开。

黄一峰画贞居图
（元）张雨

北苑南宫凝绝笔，蟠胸磊魂若为裁。
按图宁在多多许，落墨真成滚滚来。
百折丹梯凌碉道，一川㵎水动湾洄。
时清谁问商于路，乞我西山锦绣堆。

散木高居图（赠吴元璧）
（明）沈周

旧有茅堂依散木，挂冠于此寄高风。
鹿柴山水新图里，蚁国功名昨梦中。
闭户著书今日始，挐舟问字远人通。
黄州到了休重说，桑梓斜阳看醉翁。

题赵仲穆竹西图（为杨元诚）
（元）张雨

问讯扬雄宅，深居在竹西。风林宜月影，春日听莺啼。
东老应同乐，南邻忆旧题。东风又花草，相与及幽栖。

文上人西麓图
（明）僧大圭

西崦幽居好，新图见巨然。庭花研露夕，山果熟霜天。
路隔王官谷，人疑阿对泉。何因营此地？一榻寄安禅。

历代题画诗类卷第一百十五

宫室类

诸子将筑室以画图相示（三首）
（宋）苏辙

还家卜筑初无地，随分经营似有时。
多斫修篁终未忍，略存古柏更无疑。
画图且作百间计，入室犹应三岁期。
得到安居真老矣，一生歌哭任于斯。

旧庐近已借诸子，新宅分甘临老时。
万里松楸终独往，四方兄弟亦何疑。
竹间疏户幽人到，林上长松野鹤期。
已觉高轩憨卫赐，可怜黄犬哭秦斯。

积因得果通三世，临老长闲自一时。
久尔观心终未悟，偶然见道了无疑。
南迁北返吾何病，片瓦尺椽天与期。
自断此生今已矣，世间何物更如斯。

题李公麟山庄图（并序）

（宋）苏辙

伯时作《龙眠山庄图》，由建德馆至垂云沜，著录者十六处。自西而东，凡数里，岩崿隐见，泉源相属。山行者，路穷于此。道南溪山，清深秀峙。可游者有四，曰胜金岩、宝华岩、陈彭漈、鹊源。以其不可绪见也，故特著于后。子瞻既为之记，又属辙赋小诗，凡二十章，以继摩诘辋川之作云。

建德馆
龙眠渌净中，微吟作云雨。幽人建德居，知是清风主。

墨禅堂
此心初无住，每与物皆禅。如何一丸墨，舒卷化山川。

华岩堂
佛口如澜翻，初无一正定。画作正定看，于何是佛性？

云芗阁
清溪便种稻，秋晚连云熟。不待见新春，西风芗自足。

发真坞
山开稍有路，水放亦成川。游人得所息，真意方澹然。

芗茅馆
山居少华丽，牵茅结净屋。此间不受尘，幽人亦新沐。

璎珞岩
泉流逢石缺，脉散成宝网。水作璎珞看，山是如来想。

楼云室
石室空无主，浮云自去来。人间春雨足，归意带风雷。

祕全庵
世道自破碎，全理未尝违。溪山亦何有，永觉平日非。

延华洞
共恨春不长，逡巡就摇落。一见洞中天，真知世间恶。

澄元谷
石门日不下，潭镜月长临。细细溪风渡，相看识此心。

雨花岩
岩花不可攀，翔蕊久未堕。忽下幽人前，知子观空坐。

泠泠谷
层崖落飞泉，微风泛乔木。坐遣谷中人，家家有琴筑。

玉龙峡
白龙昼饮潭，修尾挂石壁。幽人欲下看，雨雹晴相射。

观音岩
倚崖开翠屏，临潭置苔石。有所独无人，君心得未得。

垂云沜
未见垂云沜，其如归兴何？路穷双足热，为我洗盘陀。

胜金岩

置马步岩间，岩前得平地。肴蔬取行簏，粗饱有遗味。

宝华岩

团团宝华岩，重重荫珍木。归来得商鼎，试浴溪边绿。

陈彭滦

苍壁立精铁，县泉泻天绅。山行见已久，指与未来人。

鹊　源

溪深龟鱼骄，石瘦椿楠劲。借子木兰船，宽我芒鞯病。

次朱元晦韵题严居厚溪庄图
（宋）陆游

鹤俸元知不疗穷，叶舟还入乱云中。
溪庄直下秋千顷，赢取闲身伴钓翁。

题严居厚溪庄图
（宋）朱子

平日生涯一短蓬，只今回首画图中。
平章箇里无穷事，要见三山老放翁。

墨庄图（五首）
（宋）朱子

墨　庄

诗书启山林，德义久储积。嗣世知有人，新畲更开辟。

冽　轩
窗开深井泉，窈窕千丈碧。何幸且渊澄，无劳邃心恻。

静春堂
幽人本何心，偶此翳环堵？隐几亦何言，光风遍寰宇。

玩易斋
竹几横陈处，韦编半掩时。寥寥千古意，此地有深期。

君子亭
倚杖临寒水，披襟立晚风。相逢数君子，为我说廉翁。

野庄图（三首，有序）

（元）王恽

承旨董公，绘野庄为图，求诸贤题詠。中斋草序，以同人致亨；晦叔撰铭，以儗伦溢美，恐未尽公臆之所在。若夫士君子出处，固皆有命，不可以迟速工拙为言。然当得时，行道静退之心，何尝食顷而不在怀也？以艰于自云，必讬物以表其志，虽未能挂冠神武、敛裳宵逝，较之钟鸣漏尽、不已于行者，犹贤乎已。喜为赋诗，初弗计其不自量也。其辞曰：

午桥吟醉平淮后，商岭鸿冥定汉馀。
正恐野庄归未遂，九重思治望新书。

老笔鍊（炼）馀诗律细，事机谙久宦情疎。
辋川图上王摩诘，静退为心是本初。

宝珠换却杖头鸠，空见秋瓜忆故丘。

白首相看官舍底，晚年心事转优游。

题董承旨野庄图
（元）张伯淳

古人志道义，但觉利禄轻。朝市亦足隐，何必求郊坰。
论心不论迹，乃称人物评。董公廊庙器，一门富簪缨。
石张汉世胄，崔郭唐家声。笔下翻波澜，胸中韬甲兵。
黄阁政柄举，乌台公道行。征谋与治法，和气与威稜，
随施无不宜，因物以赋形。词林日月间，班高地望清。
公馀埽俗轨，窗草阶苔青。楼台虽无地，诗礼胜金籯。
田园虽荒薄，松菊还欣荣。有时论国事，胆张目增明。
使公遯江湖，秉心亦朝廷。所志真在隐，非必身归耕。
野庄视绿野，他年定齐名。

题张季云先生山庄图（三首）
（元）王恽

儒将风流素所期，儿时几读霁云碑。
谁能更继中丞后，喜对张卿赋此诗？

却马岩居是素怀，莫嗟终老未曾谐。
天教一段幽清气，散作恩威震两淮。

思长本与风云会，山迥空围水竹幽。
说似野猿亭际望，建封勋业在徐州。

雨后山庄图
（元）范梈

川容丽过雨，百谷会新流。溪路凌高转，佳木鸟鸣幽。

我田横岫下，黍稷岁可收。不谓有生意，乃复见将秋。
时从野老饮，欢语载道周。宇宙无终极，此外更何求。

题莫氏山庄图
（元）黄溍

旋移小隐傍南峰，远有咸平处士风。
山态近人犹偃蹇，湖光无雨亦空濛。
行春杖屦时时到，临水轩窗面面通。
别作新亭供戏剧，青簾摇曳杏花中。

题玉山中钱舜举画五柳庄图
（元）张天英

飞泉屋后银河县，孤松屋上苍龙眠。
四山无数白云出，好柳五株当门前。
葛巾丈人步其下，悠然别有山中天。

题梅庄图
（明）华幼武

闻说幽栖甓社湖，只栽梅树遶储胥。
枝横暮雪春回早，香满寒庭月上初。
五柳门前元亮宅，百花潭北少陵居。
岁寒心事清无比，写入丹青意有馀。

题汪季路太丞魏野草堂图
（宋）杨万里

汾阴西祀告昇平，四海无波镜样清。
乞与幽人好风月，万山里许听泉声。

题桥南堂图

（宋）陆游

平生不识桥南路，闻道清流带烟树。
今朝开卷一欣然，恍若身亲到其处。
徐郎独立巍如山，招不能来麾不去。
旧居万瓦碧浮烟，结茅却就桥南住。
雪尽春来水似蓝，想君清啸钓鱼艖。
道上红尘高十丈，断无一点到桥南。

题武教授峨嵋山溪堂图

（元）王恽

野水林塘淡欲秋，日长矰缴在沙头。
故山咫尺峨嵋外，未碍因人作远游。

四郊草堂图（四首，为从子岂作。）

（元）虞集

故家东郭百花洲，梅柳西郊緫旧游。
贤子独知怀土念，结庐为拟草堂幽。

早晚东吴贾客船，直归万里画桥边。
寄赀尽有诗人在，忍向园中看数椽。

草堂在处即西郊，巴岭还如雪岭高。
但有好孙能力学，不愁老杜不春遨。

野梅官柳颇依依，酒债寻常七十稀。
莫遣锦溪贤侄觉，恐愁安乐不思归。

题刘生庸道五庄草堂图

（元）贡师泰

南北两峰相对青，万竿修竹一茅亭。
何时共坐西湖雨，白发篝灯讲六经。

题良常草堂图

（元）倪瓒

结屋正临流水，开门巧对长松。
为待神芝三秀，移居华盖西峰。

韦羌草堂图

（元）倪瓒

韦羌山中草堂静，白日读书还打眠。
买船欲归不可去，飞鸿渺渺碧云边。

陈履元画玉山草堂

（元）郑元祐

故人陈孟公，辞如春云气如虹；
画法师海岳，山如鶱鹏树如龙。
骑箕上天二十载，有子髯鼻画极工。
惊蛟嘘云海浪白，离鸾照水岩花红，皱鳞张鬐耸郁磵底松。
中有一畂幽人宫，石牀支颐睨飞瀑，意远欲托冥飞鸿。
我欲从之不可得，青山万叠金芙蓉。

题钱伯珍所藏草堂图

（元）释良琦

钱郎读书性闲雅，草堂随处卜云林。

周颙不遂山居志，梅福仍兼吏隐心。
玉洞桃花春雾溟，石田芝草暖云阴。
磵西一迳通深竹，还许支公日见寻。

徐雪舟为画蓝涧草堂图

（明）蓝智

碧草连书屋，苍山对画图。鹤巢秋树小，渔艇夕阳孤。
野色晴初远，溪云淡欲无。浮查倚磐石，把钓任潜夫。

题彭氏背郭草堂图

（明）镏崧

日薄金华岭，云深白石塘。茅茨元背郭，水竹自成乡。
图画看逾好，登临兴不忘。门前双杏树，叶叶是秋霜。

题黄典籍东州草堂图

（明）陈思孝

东州州上野堂幽，卷幔湖山翠欲流。
京国到来乡思远，白云黄叶梦中秋。

赵松雪怡乐堂图（赠善夫副使）

（元）邓文原

一榻悠然乐事多，四时风景复如何。
逶溪水色清流玉，排闼山光翠拥螺。
静里研朱将点《易》，醉中邀月鼓琴歌。
知君所好无尘趣，肯许吾侪见访过？

题赵松雪怡乐堂图

（元）张雨

幽人结屋傍江干，怡乐名堂只数间。

黄鸟隔簾诗梦醒，紫鳞供馔钓舟还。
簷前景色春常在，柳外柴门昼不关。
谁识箇中真乐处，陶然天地一身闲。

题九灵山房图
（元）爱理沙[*]

梦里家山十载违，丹青咫尺是邪非？
墨池新水春还满，书阁浮云晚更飞。
张翰见机先引去，管宁避乱久忘归。
人生若解幽棲意，处处林丘有蕨薇。

九灵山房图
（元）丁鹤年

九灵别业何年到，聊作新图寄所思。
幽谷白云晴窈窕，高簷翠树晓参差。
辋川已入王维画，韦曲仍传杜甫诗。
咫尺相望成万里，卧游心事许谁知。

题五龙山房图
（明）僧宗泐

剡中东南奇，若人缁侣胜。一住忽十年，禅房得深静。
高扉敞重岩，修桥入危磴。林端识名香，水际闻清磬。
微茫度云壑，掩映披华迳。长松支遯吟，磐石昙猷定。
别来几梦思，游尘生麈柄。晨窗对新图，萧条发孤咏。

---

[*] 爱理沙，先世西域人，丁鹤年表兄。《四库》本作"鄂拉实克"。

题唐子华画王师鲁尚书石田山房
（元）张翥

秋水桥边红叶林，数家茆屋傍青岑。
冈头种玉朝烟煖，陇上鉏云宿雨深。
摩诘辋川宜入画，少陵韦曲自成吟。
束薪岁晚来同煮，应许山中道士寻。

题黄都事仲纲山居溪阁图（二首）
（元）虞集

出山作官十载馀，聊托笔墨怀幽居。
连云一一列眉黛，细雨往往逢樵渔。
邻家父老每载酒，隔屋弟兄皆读书。
我久居山不待画，独念稚子扶犁鉏。

阁门流水秋愈深，故人东来还见寻。
方舟直过彭蠡泽，把钓坐对香炉岑。
云中烟树差可辨，江上乡关谁与吟。
我欲芳兰寄远者，日暮天际多轻阴。

王叔明为陈惟允天香书屋图
（元）黄公望

华堂敞山麓，高栋傍岩起。悠然坐清朝，南山落牎几。
以兹谢尘嚣，心逸忘事理。古桂日浮香，长松时向媚。
弹琴送飞鸿，拄笏来爽气。宁知采菊时，已解哦松意。

题刘生庸道竹林书室图
（元）贡师泰

刘生读书竹林下，满耳金石声琅琅。

翠阴碎落日当户，缃帙乱翻风满牀。
中夜蛟龙神变化，清时鸾凤瑞文章。
此君标致谁能写，一幅云烟墨数行。

竹溪草堂图（为黄克文题）
（元）舒頔

清谿谿上竹无数，爱竹移家竹林住。
阶前老竹铿玉声，秋夜读书霜竹露。
书声遶屋杂竹声，竹色侵书助书趣。
竹根笛笛长龙孙，竹上鸾凰亦来聚。
有时携琴陪（倍）竹弹，两袖清阴分竹翠。
云梢月斡竹弄影，杖竹寻诗过桥去。
平生性癖亦爱竹，不问主人造竹所。
君不见一笴投陂忽变化，万卷蟠胸胜插架。

鸣山书舍图（为黄君伯渊赋）
（明）高启

伯鸾鷖舂地，井臼有遗跡。之子学幽栖，托踪在林石。
清风竹林晓，片月萝迳夕。遥想一斋空，图书满牀积。

蜀山书舍图
（明）高启

山月苍苍照烟树，碧浪湖头放船去。
隔林夜半见孤灯，知是幽人读书处。

蜀山书舍图
（明）徐贲

山水幽深处，闲居此地曾。傍花春晏客，看竹午逢僧。

云树寻新咏，岩峦忆旧登。兵尘今间阻，对画思难胜。

竹雪书房（为画士戴文进题）

（明）杨荣

戴君旧业家钱塘，幽斋剩种青筼筜。
冰森玉立郁萧爽，佩珂时动音铿锵。
一林遥接淇园绿，万个如临渭水（川）曲。
凉宵白昼风月清，翠影重重覆书屋。
四时佳致迥不同，况兹清绝当严冬。
朔风吹雪满空下，凝梢缀叶相玲珑。
素娥冉冉来云表，皓鹤翩翩舞林杪。
是时掩卷一凭阑，清兴满襟应不少。
自从寄迹京华地，翘首山房想初志。
阳春桃李任纷纷，劲节贞心自无异。
何人为君写此图，故乡景物浑不殊。
兴来展玩对立久，一点尘埃牕外无。

题李景昌竹间书舍图

（明）于谦

万玉萧森遶四簷，坐来惟觉雨纤纤。
小牕展卷循环诵，古鼎焚香取次添。
爽籁随风来净几，清阴和月度疏簾。
应知此地藏修者，早晚蜚声不久淹。

柳塘书舍图

（明）李德

远山出白云，近水明秋色。烟波漫浩浩，日暮归舟急。
隐约丛薄间，茅茨倚苍石。中有柳塘翁，看看似相识。

题蔡文翰墨溪书屋图
(明) 廖道南

灵源接银汉,细邈楚王台。竹色侵簪密,桃花映户开。
草玄含妙思,守黑入幽裁。谁识临池兴,张芝有俦才。

题孺山书屋图
(明) 王世贞

石田老人富丘壑,湖雨岚烟笔端起。
江南佳丽到不乏,吴兴诸山若箇是?
书声杂出飞瀑外,高枕时横白云里。
人云絮酒来南州,此山名孺成千秋。
尚书读书此山头,书成出柱中原天。
归来赪玉围腰圆,冰心不媿南州贤。
出山住山俱偶然,有足肯踏终南巅?

题东洋书屋卷(二首)
(明) 王世懋

遥闻支伯在沧洲,天外蓬壶似可求。
欹枕白云东尽处,惊涛一夜海门秋。

西北天倾水欲东,吾庐何在半浮空。
看来万里扶摇境,尽入蓬瀛偃息中。

仿子久秋山书屋
(明) 李日华

云气堆中结屋,树阴薄处摊书。
廿载养成懒骨,闭门不拜新除。

龙门茶屋图
（元）倪瓒

龙门秋月影，茶屋白云泉。不与世人赏，瑶草自年年。
上有天池水，松风舞沧涟。何当蹑飞凫，去采池中莲。

石田茅屋图
（明）解缙

石田茅屋归来计，长日呼龙种玉芝。
高卧熟眠应不忘，五更风雨道涂时。

题伯颖云林茅屋图
（明）蓝仁

中林避世士，茅屋一间云。雨笠寻芝朮，晴牕究《典》《坟》。
竹深羊仲至，瓜熟邵平分。但有卑栖处，长随鹿豕群。

题徐都宪小邨竹屋卷
（明）李东阳

蔼蔼水中邨，洒洒屋上竹。廛居远山市，屣脱去尘俗。
朝看碧山爽，夕泛晴波绿。江湖有襟带，冠屦无拘束。
昔闻东吴老，本出南州族。封非渭川户，乞岂鉴湖曲。
溪山旧业在，图史清风续。华跻历台省，雅尚在林谷。
梦寐三十年，此邨还此屋。宦途复倾盖，佳画时秉烛。
指点入丹青，依稀过江麓。感今复怀旧，岁月如转毂。
傥遂江南游，邻哉我当卜。

题弋阳岩山精舍图
（元）袁桷

红尘落青山，飞瀑遽洗之。孕此岩中居，寒膏漾沧漪。

白云伟衣冠，修松古须眉。书声出虚牝，杳杳空中篊（篌）。
桃源有神界，天光固幽机。一为渔父游，妙笔工研窥。
至今武陵郡，山水传清晖。

吴俊仲傑横河精舍图

（元）张翥

横河精舍谁所居？丰城隐者吴仲傑。
是中林壑特幽胜，一幅刘权画尤绝。
远山数曲重复重，炊烟一村树丛丛。
岚光云气纷溉濛，盱水汝水遥相通。
近山什伯青匼匝，峰底斜穿鸂鹕峡。
跳波直下却洄漩，怪石截断双流合。
竹牕桂栋溪之隅，过门好客无时无。
溪鱼长肥酒长熟，拨弃世务谈诗书。
梧川春雨草木长，榉塘耕稼仍膏壤。
鉏翁牧子行唯诺，沙鸟风帆自来往。
独不见陶县令松菊园，又不见杜陵老桑麻田。
人生得此不归去，有如头上之青天。
傑乎傑乎吾羡汝，毋负山中故人招隐篇。

赋德机荆南精舍图

（元）倪瓒

溪上田园定有无，愁将归思画成图。
春林寂寂花开落，风牖泠泠鬼啸呼。
尚有流泉悲夜雨，已荒幽迳入寒芜。
何当一举同黄鹄，未觉山川路郁纡。

上虞魏氏湖上精舍图

（元）陈樵

湖上兰舟水上亭，有时水涨与阶平。
亭前古柳经春弱，门外孤洲昨夜生。
海气遥连育王堍，蜃楼半入会稽城。
山阴道士攜琴至，写尽风声到水声。

虎丘老僧有竹林精舍，文伯仁为图之，王履吉书疏于后。
余游竹林，僧出示此卷。
履吉下世已三十载矣，为之怃然，因成此诗

（明）王世贞

山僧业静者，翛然无世氛。朝疏淇澳雨，暮浣潇湘云。
老可湖州笔，为竹写清芬；况有王子猷，英标冠人群。
自言读书处，何可无此君。我来憩其下，流飕散馀醺。
其人不可作，太息读遗文。新粉含幽月，苍翠郁纷纷。
截作山阳笛，凄凉安可闻。

题曹氏春江云舍图

（元）华幼武

富春江上曹孝子，结屋深居白云里。
重重簾幙护春晖，不出庭闱奉甘旨。
门前江水碧泱泱，屋外峰峦紫翠光。
山高水阔意无尽，堂上慈颜日月长。
棠棣相辉萼韡韡，兰玉森森映阶戺。
斓斑新笋带烟镵，雪白江鱼随网起。
綵衣欢舞四时春，世上之乐无其伦。
青云立志为亲显，衮衮公侯来逼人。

干戈满地尚酣战,客袂不忘慈母线。
暮暮朝朝望白云,寸心只愿长相见。

题朱泽民荆南旧业图
(明) 高启

睢阳醉磨一斗墨,梦落荆南写秋色。
太阴垂雨尚淋漓,哀壑迴风更萧瑟。
枫林思入烟雾清,湖水愁翻浪波白。
溪上初逢野老舡,山中远见先生宅。
秫田半顷连阡区,茅屋三间倚萝薜。
僧来看竹乘小舆,客去寻苓藉高屐。
任公台下石可坐,周侯庙前路曾识。
虎跡时留暮苔紫,蛟气或化秋云黑。
城郭当年别已久,风尘此日归不得。
落日书斋半壁明,画图卧对空相忆。

为黄伯昂题君山别业画卷
(明) 程本立

画图林壑起云烟,使者高怀寄静便。
背郭真成浣花屋,看山如坐洞庭船。
柴门黄叶邻僧扫,石径苍苔野鹿眠。
如此故巢劳远忆,只应头白是归年。

历代题画诗类卷第一百十六

器 用 类

题欹器图
（唐）刘禹锡

秦国功成思税驾，晋臣名遂叹危机。
无因上蔡牵黄犬，愿作丹徒一布衣。

崔五六图屏风各赋一物得乌孙佩刀
（唐）李颀

乌孙腰间佩两刀，刃可吹毛锦为带。
握中枕宿穹庐室，马上割飞翳螃塞。
执之魍魉谁能前，气凛清风沙漠边。
磨用阴山一片玉，洗将胡地独流泉。
主人屏风写奇状，铁鞘金镮俨相向。
回头瞪目时一看，使予心在江湖上。

李兵曹壁画山水各赋得挂水帆
（唐）李颀

片帆浮桂水，落日天涯时。

飞鶂（鸟）看共度，闲云相与迟。
长波无晓夜，泛泛欲何之？

题画帆
（明）葛孔明

蓬飘萍聚任西东，骇浪惊波浩淼中。
正是已平秋涨后，碧天无际挂高风。

观杨之美盘车图
（宋）梅尧臣

谷口长松叶老瘦，涧畔古树身枯高。
土山憯憯远复远，坡路曲折盘车劳。
二车迴正辕接轸，继下三车来嶙嶙。
过桥已有一乘歇，解牛离軛童可哂。
黄衫乌巾驱举鞭，经险就易将及前。
毂轮傍侧辐可数，蹄角挼错行相联。
古丝昏晦三尺绡，画此当是展子虔。
坐中识别有公子，意思往往疑魏贤。
子虔与贤皆妙笔，观玩磨灭穷岁年。
涂丹抹青尚欺俗，旱龙雨日犹卖钱。
是亦可以祕，疑亦不可捐。为君题卷尾，愿君世世传。

盘车图
（宋）欧阳修

浅山磷磷，乱石矗矗，山石硗聱车碌碌。
山势盘斜随涧谷，侧辙倾辕如欲覆。
出乎两崖之隘口，忽见百里之平陆。
坡长坂峻牛力疲，天寒日暮人心速。

杨褒（生）忍饥官太学，得钱买此才盈幅。
爱其树老石硬、山回路转，高下曲直、横斜隐见，
妍媸向背各有态，远近分毫皆可辨。
自言昔有数家笔，画古传多名姓失。
后来见者知为谁，乞诗梅老聊称述。
古画画意不画形，梅诗詠物无隐情。
忘形得意知者寡，不若见诗如见画。
乃知杨生真好奇，此画此诗兼有之。
乐能自足乃为富，岂必金玉名高赀。
朝看画，暮读诗，杨生得此可不饥。

画车（二首）
（宋）苏轼

何人画此只轮车，便是当年敁器图。
上易下难须审细，左提右挈免疎虞。

九衢歌舞颂王明，谁恻寒泉独自清？
赖有千车能散福，化为膏雨满重城。

题宗子赵明叔盘车图后
（宋）饶节

跌宕平生万里程，盘车一展老心惊。
溪昏树暗牛争力，似听当年风雨声。

盘车图
（元）虞集

大车辚辚牛驾轭，西望太行雪千尺。
往时飞辇实长安，百两仰关过阡陌。

乱流十里九屈曲，水溅车箱沙没毂。
前呼后应日云暮，王事有程车下宿。
旂旐央央昔临洛，东南会期出方岳。
侯伯有位赋有差，载币瞻迎来若若。
君不见海艘百万乘天风，京坻连云多腐红。
天子视朝大明宫，千乘万骑来何雄。

雪山盘车图

（元）薛汉

车焞焞，石迳荦确轮欲摧，疲牛分寸挽莫前。
前车后车相逐来，大府城门倚天开。
群山雪深白皑皑，卒夫鞭牛冻堕指。
转输号令如风雷，官中委积等尘土，黔黎膏血无复回。
君不见明时屡散粟与帛，桃林之牛亦悠哉。
不知何代画此景，我自一见令心哀。

郭熙盘车图

（明）谢承举

东车上冈西车下，轭力驾牛如驾马。
后有一车方渡河，泥深水寒将奈何？
来车人与去车语：前途山高石龃龉，
千里百里多险阻，虎狼纵横皆逆旅。
好归来，守鎛杵。

题宋院人画盘车图

（明）刘绩

大车盘盘牵不住，小车碌碌推还去。
上阪下阪日千回，不离太行山侧路。

吴盐蜀米塞满箱，乌犍耳湿筋力强。
商人重货不畏虎，饭牛夜夜宿车傍。
妻孥不须念行旅，橐中有金皆乐土。
星餐露栉逐队行，但愿利多无所苦。
道傍往来多折轴，谁人肯戒前车覆？

挽车图

（元）吴师道

短辕长驭后先驱，逐利奔名恣所如。
落日中原天万里，我贫正坐出无车。

题莲叶舟图

（元）程钜夫

如此风波恶，舟中坐晏如。此时不经济，借问读何书？

酒船图

（明）韩宜可

春波桥头水半竿，画船如马触狂澜。
平生常恨江湖小，醉卧不知天地宽。
隔岸好山青隐隐，环洲芳树绿漫漫。
悬知贺监归来日，一曲晴光五月寒。

竹素图

（明）杨基

百尺飞楼似石渠，牙签五色照胸虚。
平生不惜千金费，丧乱犹存万卷馀。
秦火已来皆断简，楚经之外总闲书。
晴云满榻芸香散，应与诸郎校乙殊。

同原甫咏祕阁藏古器图

（宋）刘叔赣＊

黄〔昔〕占金宝气，天瑞告成功。
绩（绘）事今时绝，书文自古同。
掊（剖）钩记巫锦，按刻异柏〔桓〕公。
尘世无由靚，崑山策府中。

题元章研山图

（元）张雨

南宫米老书无敌，同盟亦有薛河东。
研山自昔〔怀〕清赏，石友令人拜下风。
华盖天坛承露洁，月岩空洞与天通。
绝怜古学龟城叟，一一题诗取次工。

沧浪池砚图

（明）王祎

沧浪池水碧生春，当日临池玉作人。
故物流传遗泽在，龙泓凤咮未为珍。

题翰墨十八辈封爵图（并序）

（元）任士林

　　翰墨十八辈，皆几案间不可阙一之物。上标封爵，下图其形，旁书赞语，殊有史臣之体。余观之不去手。画笔精妍，疑

　＊ 刘叔赣，北宋神宗朝人，《两宋名贤小集》卷八十四有其《题画集》。此诗又题《同原甫咏秘阁诏藏古器图》，在刘攽名下，故人多疑"刘叔赣"即"刘攽"。

亦岛外人所制。诗题其左。

公子装车从楚国,十九人行一不足。
上阶卒赖毛先生,招手相呼公录录。
迩来翰墨十八人,一日受封列华物。
世上空成孺子名,论功却笑中书秃。
人生慎勿为事先,乞留足矣张良独。

周文矩雷剑化龙图(二首)
(元)王恽

用底幽光见斗间,张华腰领不胜寒。
跃渊又作双龙去,在晋当为变怪看。

飞跃陶梭化葛筇,潜龙无跡与神通。
披图点勘延平事,又在雷公剑室中。

双剑图歌
(元)傅若金

莫邪干将古神剑,得水化作双龙翔。
斗间宝气入江灭,波里金鳞翻日光。
道人笔锋如剑利,亦能化龙致神异。
黑风飋屃涛欲立,白日阴阴雨将至。
忽然逢之不敢窥,爪甲云气常淋漓。
便愁中夜雷霆怒,两龙乘云尽飞去。

楼光远家观宋绶景德卤簿图
(元)吴莱

东朝重文物,四海极丰富。粉饰郊祀间,驰驱汉唐旧。
奉常凤有掌,卤簿列前后。车铃(軡)麋飞黄,戟盾服错绣。

启肱龙虎动，扈卫鸳鹭簉。嵯峨屹丘岳，灼爚罗星宿。
陈兵吉利队，择马駬騟廄。严须呵八神，喜欲抃百兽。
祖宗所继承，宇宙徧包覆。上公敬执筵，天子亲献酎。
灵光斿（旌）旗林，缛典礼乐囿。威仪一以整，琐碎无不究。
时惟正垂拱，国幸息战鬬。玉策恐人闻，帛书疑鬼授。
纷纭务欺阿，制作穷刻镂。老幼咸骏奔，穹示总歆臭。
中诚乃根本，外貌特肤腠。封宁重磹绳，飨或贵型馏。
居安昧危机，致治起乱窦。文华终耗财，武弱益招寇（寇）。
虽然喧一朝，孰得燕末胄。五辂忽已没，三京杳难救。
惜其初讨论，盍不返朴陋？临风披此图，叹息我以绶。

题襄县张医人所藏续弦图
（明）王钝

伊人在空谷，洒落非尘襟。写怀无俗物，手摩峄阳琴。
况有芝兰客，赏兹山水音。松风起坐隅，寒泉泻遥岑。
麈丝忽断绝，怆彼听者心。安得鸾胶续，一洗桑间吟。

题芦花被图
（元）贡师泰

秋深江上白蒙茸，野客分来一色同。
酒醒孤篷卧明月，帐寒老屋不禁风。
羽毛乍聚抟空鹤，踪迹真成踏雪鸿。
夜半何人吹铁笛，梦魂疑在楚江东。

咏秦淮妓王易容百花画衣，因新都谢少运索和（八首）
（明）陈继儒

葳蕤花叶杂花须，百和香风引六铢。
借得画眉京兆手，不须辛苦绣罗襦。

越剪吴刀碎蜀罗，墨花新蘸酒花多。
若非太华峰头过，那得衣裳是芰荷。

绿丝红线暗缠緜，彩绘花文著意鲜。
莫向尊前轻断袖，连枝并蒂（蒂）得人怜。

碧云白练叠空青，小逗风前去后停。
忽地一声环珮响，鸟来只道护花铃。

春光如酒腻春衣，五色玲珑护粉肥。
一自郊原曾鬬草，舞衫犹带落花归。

卷衣香雾紫氤氲，恰称侬家白练裙。
不是从来好奇服，生花枯管未曾焚。

腰瘦罗纤夜色阑，煖含花气鬬春寒。
教坊新制王家锦，不织回文织合欢。

琵琶街上月如霜，巷口高高合抱杨。
若问秦淮新女弟，逢人尽说画衣王。

　　　　风鸢图（十首附录）
　　　　　　　　　（明）徐渭

柳条搓线絮搓緜，搓够千寻放纸鸢。
消得春风多少力，带将儿辈上青天。

我亦曾经放鹞嬉，今来不道老如斯。

那能更驻游春马,闲看儿童断线时。

缚竹糊腔作鸟飞,崩风坠雨烂成泥。
明朝又是清明节,鬭买饧糖柳市西。

江北江南纸鹞齐,线长线短迥高低。
春风自古无凭据,一任骑牛弄笛儿。

邨庄儿女竞鸢嬉,凭仗风高我怕谁。
自古有风休尽使,竹腔麻缕不堪吹。

春来偏与老人雠,腰膂如弓项领柔。
看鹞观灯都好景,正难高处去抬头。

天台饶舌骂丰干,何事吟鸢巧弄抟?
昨夜风馀收堕筏(篴),唤回拾得换寒山。

鸢长线短欲何之,万丈无由辨得斯。
瞥见游丝天正午,寸搓纸捻钉书时。

此物等为刍狗草,此飞等是土龙泥。
东风自古西吹去,不是吹侬合向西。

马添鸽籥与膏焚,整队红云过玉真。
何处邻姬不停织,细听灯火理筝银。

历代题画诗类卷第一百十七

人事类

献百花洲图上陈州晏相公
（宋）范仲淹

瀼下胜游少，此洲聊入诗。百花争窈窕，一水自涟漪。
洁白怜翘鹭，优游羡戏龟。阑干红屈曲，亭宇碧参差。
倒影澄波底，横烟落照时。月明鱼竞跃，春静柳闲垂。
万竹排霜仗，千荷卷翠旗。菊分潭上近，梅比海南迟。
岸鹊依人喜，汀鸥不我疑。綵丝穿石节，罗袜踏青期。
素发频来醉，沧浪减去思。步随芳草远，歌逐画船移。
绘写求真赏，缄藏献己知。相君那肯爱，家有凤凰池。

观韩玉汝胡人贡奉图
（宋）梅尧臣

时世重古不重新，破图谁画旧（四）胡人？
臂鹰捧盘犀判水，铁锁狮（师）子同麒麟。
翘翘雉尾插头上，深目钜鼻青搭巾。
涂朱点绿笔画大，筋骨怒露蛮祠神。
茜袍白马韩公子，从何得此来祕珍？

定应海客远为赠，中国未觌难拟伦。
公子自言吴生笔，吴笔精劲瘦且匀。
我恐非是不敢赞，退归书此任从嗔。

题曹仲本出示谯国公迎请太后图，自"肃天仗"以下皆纪画也
（宋）杨万里

德寿宫前春昼长，宫内花开宫外香。
太皇颐神玉霄上，都人久不瞻清光。
今晨忽见肃天仗，翠华黄屋从天降。
一声清跸万人看，天街冰消楼雪残。
北来又有一红辎，八鸾三绯金毂端。
辇中似是瑶池母，凤鸟霞裳剪云雾。
太皇望见天开颜，万国春风百花舞。
乃是慈宁太后回銮图，母子如初千古无。
朔云边雪旗脚湿，御柳宫梅寒影疏。
向来慈宁隔沙漠，倩鴈传书鴈难讬。
迎还髃驭彼何人？魏武子孙曹将军。
将军元是一缝掖，忽攘两臂挽五石。
长揖单于如小儿，奉归慈辇如折枝。
功盖天下只戏剧，笑随赤松蜡双屐，飘然南山之南、北山之北。
君不见岳飞功成不抽身，却遣秦家丞相嗔。

蕃王献宝图
（元）柳贯

皇天飨德亲至仁，四夷慕义悉来臣。
押奚两番称使者，稽首自请输庭珍。
梯航琛赆憨后至，象犀珠贝充前陈。
髦蛮何由舍爱吝？圣化如天能服驯。

仁柔义怀乃至是，声驱威憯非其真。
君不见周公居中秉周礼，《王会》书成白环至。
按图索骥岂不然，贞观兴唐有画传。

题书船入蜀图送黄尚质赴夔州蒙古教授
（元）傅若金

楚客之官汎蜀船，画图盈尺见山川。
九江树色潇湘外，三峡猿声滟滪前。
方译渐通巴俗语，国书新绝汉人传。
岂无好事能攜酒，问字时时集讲筵。

光山尹孔凝道作县有声乡人为图
（元）马祖常

光山近在故山西，树满江头稻满畦。
邻屋读书相教授，社祠醉酒共提攜。
水牛砺角嫌耕浅，野茧抽丝喜价低。
春雨行田无从吏，独骑斋马畏青泥。

题蒋习之春归得意图
（明）徐贲

簪笔亲当白玉墀，天颜有喜独能知。
归来匹马花盈路，正是春风得意时。

罘罳图
（明）练子宁

草诏下金銮，宫槐白露寒。紫骝骄不控，明月在栏干。

题王显宗巡历图

（明）贝琼

六月霜威见直臣，绣衣玉斧大同巡。
山分驼脊高中土，路折羊肠恐远人。
今日边戎应辟马，从来汉使独埋轮。
白头校字慙年少，为客京华又一春。

题画送高博士使高丽

（明）丘濬

青旌悬翠旄，龙竿缀凤尾。持出大明宫，摇摇向东指。
气节横九秋，风声扬万里。坐使三韩人，快觌古君子。

题画送陈明远赴丹棱令

（明）吴宽

洞庭木叶起秋思，正是扁舟入蜀时。
十里山城知卧治，卷簾清昼见峨嵋。

题凤凰集图为陈德清应召

（明）王世贞

凤凰出丹穴，万羽相因依。今者集君庭，孤鹥以徘徊。
匪为听《箫韶》，毋乃揽德辉？阿阁丽层霄，雄鸣应朝晖。
昔学颍川守，终贻鹝雀讥。

为张四太学题画寄少司成范公

（明）王世贞

故人自许同张范，手写新图讬赠君。
蕙帐可仍天目色，绛帷还似石头云。

矶边罢钓丝纶在，掌上挥毫雨露分。
傥问吴兴王大令，郡斋亲识练为裙。

奉敕称贺图

（明）王世懋

阙下材官尺一驰，阴山草木圣恩知。
单于欢喜频看印，部落坚盟共立碑。
服匿称觞胡伎乐，穹庐习拜汉官仪。
何须礼在诸王上，但道汾阳首自垂。

两承恩命图

（明）王世懋

诏下螭头护紫云，康侯蕃锡自明君。
封章屡贡褒充国，恩泽多封薄冠军。
金石家悬全部乐，鼎彝名勒太常勋。
边氓尽解吾祈父，虎竹龙章世世分。

班师怀来图

（明）王世懋

偏师急击渡浑河，破虏燕然石不磨。
一骑材官传露布，千金壮士饱休戈。
阴山北去空庭跡，响水东流杂凯歌。
振旅何惭汉名将，古来功是伐谋多。

王公拜相图咏

（明）朱存理

吴国才贤见两元，山川灵秀出玙璠。
先朝史录趋宣召，大郡编摩即（接）讨论。

车马城西怀远别,经纶阙下沐殊恩。
缘知旧学应超擢,还见官崇道益尊。

题焦白圻画其父奉礼府君夜直诗意图
(明) 王逢

露湿金茎月转西,披香太液净无泥。
梨云散尽千官影。独见桐花小凤棲。

为李郡伯题喜祝三公图
(明) 李维桢

汉家贵重二千石,守相每据公卿席。
紫庭引见赐骈蕃,青史循良声奕奕。
帝乡自是帝恩偏,李公为守有二天。
絃歌春醉层城月,桑柘晴飞万井烟。
郡国高第谁堪拟,超拜三公固然耳。
鹅溪绢写三公像,转日回天公分量。
古来大臣虑四方,五马旧遊无相忘。
功名不损颍川郡,江汉摩挲召伯棠。

徐吏部父子朝天图
(明) 焦竑

紫禁朝天拜舞同,千门曙色隐曈昽。
即看玉帛图《王会》,况复班联似鲁公。
春转龙旗开羽仗,日高仙掌丽芙蓉。
御屏隔座他年事,青史班班有世风。

题东溟父子趋朝图
(明) 顾清

先皇龙飞登俊英,岁在庚戌君飞腾。

甲戌今皇临大廷，郎君接武振华缨。
尚书光禄郎而卿，分曹右选参本兵。
天门晓开日未昇，红霞紫气邀觚稜。
玉街无尘青引绳，冠裳佩履俨徐行。
前者长孺后元成，小夫雅愿止金籯。
君家世德远有承，华亭启土绍嘉兴。
贞元相君尤有名，崐山婉娈谷水清。
诗书亹亹来云仍，纷如玉笋间瑶桢。
朝廷有道四海平，凤将九子不足惊。
画师不惮理丹青，我老犹能继颂声，请君多买鹅溪缯。

颜总戎镇朔巡边图
（明）叶盛

镇朔将军熊虎姿，幕府宏开当北陲。
太平天子日无事，正此边巡闲暇时。
维时夏初迫春暮，塞草青青茁边土。
行人貂裘且为备，磵底层冰尚多冱。
东方雷动毛龙嘶，前驱早已度磨笄。
兜鍪健士三千辈，锦绣攒风一色齐。
金符玉勒黄封厚，高絓仍看印如斗。
令严人马不敢讙（哗），寂寂柴门走鸡狗。
狼山道侧青嵯峨，和风不摇妫汭波。
最惜年时伤旱暵，边户其如疲苦何！
行行壮观多奇绝，万叠居庸寒积铁。
奋身真欲俯危巅，看取鸿濛古时雪。
黄金宫阙望中深，四陵剑舄垂云阴。
中天白日照肝胆，清泪满颐愁寸心。
结发从戎今白首，祗事明廷亦云久。

北门枢管猥区区,欲报隆恩我何有?
驰驱肯辞行路难,枪竿又复望长安。
酒酣叱咤出关去,啁啾鬼哭悽(凄)风酸。
穹庐乱点牛羊道,笑指胡雏眼中饱。
杀气高连独石斜,天声震落三山小。
六丁一夜屠腥臊,血波晓涨龙门涛。
下劳阵前真意气,稍试新颁金字袍。
群然众山临绝境,野鹊野狐非一姓。
万国车书保障中,此乡原号虞台岭。
虞台西出又荨麻,处处浓香开野花。
亭堡重修不知数,时来借问耕人家。
楚汉区区事征战,今日皇家作畿甸。
几度扬镳下蔚州,好事郦生吁不见。
茫茫沙塞已尘清,荡荡舆图仰盛明。
父老戴香朝出郭,鼓笳连路夜归营。
由来上将先强识,岂在论功在谋国。
干戈不动四方宁,万岁千秋奉宸极。

题好溪图送宪使黄继先
(明) 孙炎

君乘马,望君来,括苍下;君乘舟,望君来,好溪头。
好溪水生玳瑁鱼,好溪水生明月珠,好溪水生青珊瑚。
使君来此月再枢,惟饮此水无一需,使君之清水不如。
临别赠君青丝辔,随君马头行万里,相思之心有如水。

题双喜图送马胜宗从昌平侯出镇宣府
(明) 刘溥

远随金印出边州,早报平安入凤楼。

剪取白罗飞绣影，旗竿十丈挂胡头。

题画送同年高颖之册封黄州
（明）俞泰

翘首东南几夕曛，归心时逐广陵云。
乘轩偶借天风便，喜读黄冈竹外文。

六老朝天图为陆石泾中丞赋
（明）廖道南

君不见娲皇鍊（炼）石成五色，上扶天柱星辰列，
森罗璿纬环瑶穹，璀璨银潢含璧月。
又不见周公嘉石平兆民，下悬邦纪象魏陈，
敷贲人文崇鼎吕，明章物采重和钧。
只今石泾人中龙，光赞娲皇绍周公。
夙抱岩岩持大节，孤怀磊磊耿清忠。
翳昔扬灵自吴越，百代豪雄称两渐。
嘉禾挺秀白龙湫，檇李流辉丹凤穴。
士衡丽藻吐时芬，德舆雅操还越群。
观光上国英名著，奏最东曹茂绩闻。
倏忽迴翔栖太岳，握符仙馆鸣天乐。
三十六岩翔彩鸾，二十四涧喧笙鹤。
载辞南土迁东粤，却倚中台司左辖。
炎海飙回遁川鳄，岭隅霾敛潜山獝。
迩膺简命抚湖湘，斧绣威明拂曙光。
衡岳崔嵬卿月朗，洞庭潋滟德星祥。
献春郢邸迎銮驭，万乘齐驱肃飞纛。
亲向行宫觐圣颜，频从便殿乘天语。
金宫贝阙仍缤纷，龙飞凤翔连卿云。

阳春从岵北胜域，启运隆庆昭丰勋。
早秋江甸奉仙翣，千帆迅发周遭夹。
龗嵸玄丘护玉輴，郁葱紫气蟠珠匣。
神龟赤马拱袯恩，乾枢坤纽縣灵原。
汉江东来走溟渤，洪山西去接崑崙。
吁嗟石泾天下望，荷兹宠异来天上。
晋昼文明朱绂华，需云霶渥彤弓赏。
坐令三楚咸澄清，山祇允若渊后宁。
仰润六符登泰阶，俯奠六合升隆平。
猥予小子旧通籍，爰涉于泾介如石。
降岳恒惊嵩室神，济川期劾商岩勣（绩）。
高堂对此南飞图，古松千尺五大夫。
愿公三寿朋六老，共寿斯世跻唐虞。

观风图为杨道长题
（明）廖道南

风采台端第一流，南巡今御李膺舟。
洞庭飙静三湘霁，衡岳云开万壑秋。
都下埋轮闻直节，殿中簪笔展嘉猷。
即看当宁延英俊，五色祥烟照衮旒。

题杨廷宜侍御手卷花县鸣琴
（明）傅珪

重重桃李县衙深，更对清流与碧岑。
自是日长民事少，一簾花影伴鸣琴。

题画送王幼度计偕
（明）董其昌

敢竞营丘妙与真，寒林能变曲江春。

看花帝里如看画，始信斯图亦有神。

题郭祥乡饮酒图
（元）朱德润

昔人好酒名虽在，死灰万劫谁能全。
我今悼昔复须饮，翻恨不生中古前。

琼林醉归图为同年长垣李溥作
（明）丘濬

奉天殿上传胪罢，日照金门榜初挂。
中使传宣勅大官，明朝锡宴南宫下。
张天为幄云为茵，金盘犀箸罗八珍。
宫花剪綵来中禁，御酒分香出上尊。
鼍鼓掀天擂欲破，棃园法乐喧相和。
妙舞清歌次第呈，幻形奇技纷纭过。
承恩侍宴皆贵臣，绣金孔雀银麒麟。
焚香望阙北面拜，共贺官家新得人。
白面青年三百五，人似神仙气如虎。
潜泉浮酒不知数，两袖翩翩欲飞鸁。
琼林宴罢日斜时，马蹄得意去如飞。
团团皁盖空中举，短短丝鞭柳外挥。
微风不动香尘软，十二街头簾尽捲。
衣裁草色碧将流，旗拂杏花红尚浅。
金环摇辔稳于车，笑拍吟鞍不用扶。
耻向平康问花柳，还归槐市枕诗书。
明日半醒扶醉起，吮笔题诗谢天子。
就中醉者谁最豪？中原才子长垣李。

吴将军辕门夜宴图

（明）边贡

营门花发春酒香,浓点酡酥炙黄羊。
美人胡歌健儿舞,蜡凤啼凤月当午。
高簾飞幕丝吹腾,觞波栉栉梁云凝。
主人醉眠客不醒,探兵枕戈戍烟静。

鹿鸣燕会图为旌德江浦贡士赋

（明）程敏政

宴罢宾兴日未斜,颓〔颀〕然丰采动京华。
大鹏小（水）击三千里,雏凤高（文）腾五色霞。
秋月再分丹桂粟,春风偏上紫荆花。
相期更写琼林会,趁取才人两鬓鸦。

琼林醉归图

（明）陆釴*

金羁细马出明光,碧色罗衣锦绣香。
行过玉河三百骑,少年争说李东阳。

谢许判官惠茶图茶诗

（宋）文同

成图画茶器,满幅写茶诗。会说工全妙,深谙句特奇。
尽将为远赠,留与作闲资。便觉新来癖,浑如陆季疵。

---

* 此处原本"陆戗","戗"应为"釴"。陆釴,字举之,号少石子,明代官员、学者。

　　　　赠临江简寿玉二首。简携王仲显使君书来谒，
　　　并示孔毅甫梦蟾图，今庙堂五府皆有题字
　　　　　　　　　　　　　　（宋）范成大
萧滩远客叩田庐，贻我读书楼上书。
千里故情元共月，错吟多病故人疎。

卷中图画袖中珍，上有三阶五朵云。
白日青天光范路，未饶蟾窟梦纷纷。

　　　　题刘后村所跋杨朴移居图
　　　　　　　　　　　　（宋）许月卿
曾对君王已放还，何须当道把渔竿。
使韶将宿人将避，坳折渔竿赶入山。

　　　　题张天民先生移居图
　　　　　　　　　　　　（元）成廷珪
旧隐荆溪第几邨？手栽松桧至今存。
大茅峰下千年鹤，迟汝重来问子孙。

　　　　　自题移居图
　　　　　　　　　　　　（明）陈道永
故居恰好近新居，舟过泥桥仅里馀。
行李只劳两只犊，家藏唯见一囊书。
容人小径无轩盖，饭客荒园有草蔬。
雪夜相寻亦可问，竹林深处是吾庐。

　　　　　荆氏周急图
　　　　　　　　　　　　（元）王恽
九县飙驰到杞天，禾麻枿比岂容全。

指困能继前贤举，亦是农家识事权。

清白图为何掾舜举赋
（元）王恽

传家素有游儵洁，窃禄生憎硕鼠贪。
三考枲司如一日，眼中何掾德无惭。

题戚子云五云图
（元）牟巘

一从鳌去波翻海，梦断蓬莱不可寻。
当日五云依约处，有人掩卷自微吟。

梦会图
（元）牟巘

觉来犹记旧仪型，趺坐无言月满庭。
毕竟自因还自想，不妨重举梦斋铭。

题露台夜炷图
（元）揭祐民

赭红清夜露台香，月冷铜人正耐霜。
心事意知惟密诉，帝青天语近琅琅。

题授经郎献书图
（元）张雨

侍书爱题博士画，日日退朝书满牀。
奎章阁上观《政要》，无人知有授经郎。

焦永功桑梓图
（明）刘三吾

家住沧洲近析津，奏闻金阙慰双亲。
山河一统昇平日，桑梓连阴浩荡春。
亲舍旧为锺秀地，将门今见读书人。
还家定展焚黄礼，遥望天东拜紫宸。

二穷图
（明）周用

一穷图者谁？所图老而独。他人亦有言：有子万事足。
孰不为父母，我生胡不淑？堆牀万卷书，无子谁与读？
白头东门吴，得不吞声哭？鼎鼎徒百年，迴风掩双烛。
再穷图者谁？所图妇之寡。由来父母心，男婚女云嫁。
不幸生别离，谁是无情者？燕婉曾几时，掩目黄泉下。
姙子未分明，白日沉长夜。生女不生男，谁与标石马？
至今松楸雨，清泪同霑洒。

题董望峰行春图
（明）焦竑

莫道闲门雀可罗，行边华发媚春萝。
自探鸿宝身偏健，遥指青籨兴转多。
方外定堪司马老，田间谁诧故侯过。
琵琶别有新翻调，不唱平原奈乐何。

为儿辈题折桂图
（明）张凤翼

闻道姮娥爱年少，吾今已老少年身。

汝辈著鞭休落晚，及时好作折花人。

题百子图
（明）张凤翼

前荣长宜男，后庭生益母。大儿孔文举，小儿杨德祖。
森森窦桂何可拟，垂垂海榴不足数。
房栊瑞霭兆熊罴，百子联翩多白眉。
轻烟煖护蓝田玉，微雨膏滋玄涧芝。
遶膝持觞竞称寿，汾阳时复一颔之。

为仲氏题梦笔生花图
（明）张凤翼

年来无梦入京华，才尽文通敢漫夸？
但得池头重赋草，不须笔上更开花。

题扇面图赠且翁叔
（明）张邦奇

金峩雪窦高入云，西有万顷田畇畇。
下头庄边香稻熟，风景依稀如鹿门。
小舟棹入焚修桥，钓丝摇曳风萧萧。
槎湖新水绿于酒，拟筑糟丘千仞高。

吕绳宇兄余髫年交也，为图便面以见意
（明）李日华

年少同学时，里社酹杯酒。游鞭共骋目，处处迷杨柳。
廿载走风尘，物态惊回首。素心既不移，水石盟依旧。
砚池征绘事，仍落抟沙手。

历代题画诗类卷第一百十八

人事类

生日刘景文以古画松鹤为寿,且贶佳篇,次韵为谢
(宋) 苏轼

问子一室间,宁有千里廓?尘心洗长松,远意发孤鹤。
生朝得此寿,死籍疑可落。微言在《参同》,妙契藏九籥(籥)。
故人有奇趣,逸想寄幽壑。霜枝雪寒暑,云翮无前却。
何须构明堂,未羡巢阿阁。缅怀别时语,复作数日恶。
诗腴固堪餐,字瘦还可愕。高标忽在眼,清梦了如昨。
君今侩等伍,志与湛辈各。岂待相顾言,方为不朽托。
子云老执戟,长孺终主爵。吾当追乔松,子亦鄙卫霍。

刘讷画庐陵三寿图求诗
(宋) 周必大

同辞宦路返乡闾,两骑骊中间以驽。
前后顾瞻羞倚玉,支干引从偶连珠。
三人不用邀明月,九老何妨续画图。
从汉二疏唐尹后,相亲相近此应无。

詹仲信以山水二轴为寿，固辞不可，乃各作一绝句谢之
（宋）陆游

春　山
策蹇渡桥春雨馀，乱山缺处草亭孤。
不知何许丹青手，画我当年入蜀图。

雪　山
雪崦梅邨一径斜，茅檐烟火两三家。
眼明见此幽栖地，却恨吾庐已太奢。

题宋徽宗献寿桃核图
（元）柳贯

青鸟衔书昨夜来，蟠桃如斗核如杯。
蓬莱殿上三千寿，不及春风梦已回。

题南山献寿图
（明）李晔

将军落笔怪且雄，能写嵯峨崒崔万仞之奇峰。
模糊犹含太古色，惨澹颇带清秋容。
俨如蓬莱三山翠且重，又如庐山五老削出金芙蓉。
千盘万转不可测，恍忽（惚）云气随飞龙。
下有瀺灂之流泉，上有偃蹇之长松。
松根羽人颜色好，抱膝盘陀事幽讨。
云是南极天边之寿星，遨游先天后天老。
被以青霞裘，荫以白羽葆。
龟游绿沼沉沧波，鹿放苍厓食瑶草。
有鹤有鹤飞且鸣，雪衣丹顶随风轻。

两鹤飘然入紫清,一鹤独立和以《箫韶》声。
手拈双青童,载以白玉笙。
上朝三十六帝京,五云仙乐来相迎。
玉女投壶,其声铮铮;白兔捣药,使人长生。
胡君欣得之,喜气何盈盈!
是时七月凉风生,君来饮我黄金觥。
酒酣再拜求我歌,须臾落笔雷霆轰。
五岳为之动,三江为之倾。
此图足为仁者寿,题以南山献寿之佳名。
胡君胡君宜爱惜,我歌歌罢千金值。
挂向高堂雪色壁,夜夜虹光射天赤。

望云祝寿图

(明) 丘濬

昔贤望云忆亲舍,双目荧荧逐云下;
今君望云祝亲年,一心炯炯依云边。
举头见云如见母,独立苍茫凝睇久。
轮轮囷囷鲜且明,浮光呈瑞表寿征。
触石遥从泰山出,雨下土圩(兮)滋万物。
有如春晖煦草心,亦似凯风吹棘针。
母恩如此莫可报,望云再拜情何任!
情何任,意无已,目极天高万馀里。
越王台上阳生时,焦子初黄蟹螯紫。
高堂绮席倚云张,纷纷儿女罗酒浆。
就中独少读书子,挟策多年游帝乡。
帝乡迢迢归未得,对此佳辰应恻恻。
驰心直与云天高,恨不将身在亲侧。
苍天漠漠云悠悠,云色还如亲白头。

孝诚一念感穹昊，云影为之凝不流。
何事良工心亦苦，笔端写出心中语。
红云朵朵捧天庭，白云片片迷江树。
红云影里望白云，白云如旧红云新。
裁云作衣雨为酒，共祝君亲千万寿。

题萱草图为从母张孺人六十寿
（明）吴宽

北堂慈母坐薰风，萱草当阶见一丛。
莫向洛阳看旧谱，此花真是寿安红。

三姊寿七十，以八月十三日生，因题月会图奉贺
（明）吴宽

桥头水满月流辉，设帨高堂映綵衣。
节贺中秋今已近，寿期百岁古尤稀。
门阑旧傍金狮壮，图画新成玉兔肥。
小弟相看今老矣，愿为煮粥正怀归。

梅竹寿意图
（明）程敏政

罗浮仙人冰雪颜，渭川君子青琅玕。
凭谁点染入毫素，绯桃绿李空漫漫。
晓日高堂奉春酒，烧笋爇香祝君寿。
愿梅结子竹生孙，长作山中岁寒友。

题荣寿图
（明）傅珪

江天遥识少微星，闲阅乾坤八十龄。

高咏直追陶栗里，幽居还傍晋兰亭。
名知郡守非干谒，谊重乡间足典刑。
何事寿筵光彩异，新看雏凤下青冥。

仙窟图寿白都宪母（二首）
（明）周用

爱日留深景，高年共物华。宫笺瞻后月，岐锦郁仙霞。
紫诰频封国，篮舆且近家。欲传萱草赋，堂北漫看花。

龙章五色照蚕丝，大郡高衔自昔时。
绩学郎君如父贵，承颜新妇得姑慈。
瑶图已见仙人屋，玉署仍传学士辞。
闻说中闺偕燕喜，为歌南国《采蘋》诗。

代题寿父母图
（明）屠侨

闻说瑶池会事新，郁葱佳气北堂辰。
青铜月满明珠箔，白发茎疎照锦茵。
箫管凤皇台上侣，儿孙兰蕙圃中人。
风霜亦屡疑春色，乌鹊年年渡汉津。

题崆峒图寿祝永明
（明）郑鹏

吾闻崆峒山，屼峍三万丈。星辰罗层巅，云霞罩苍莽。
琪树竞芬芳，石室廓弘敞。伊昔广成子，于兹抱玄养。
日月参辉光，天地同沆茫。猗欤度关翁，千载契心赏。
拂袖凌紫霄，跨鹤遥相访。欣然许相从，无极恣来往。
祝君真仙姿，襟怀多倜傥。长谢轩冕荣，亦澹声色想。

谅是长往人，不待智者奖。惭予骨相凡，踶踶堕尘网。
金光许共餐，愿言执鞭鞅。

丹阳尹来菲泉索题南峰图为乃翁寿
（明）廖道南

会稽名山天下无，千岩万壑相萦纡。
维南有峰积烟雨，上应南极函灵图。
独羡兹图分五岳，天风时来奏仙乐。
青鸟翩躚忆王母，碧桃烂熳歌方朔。
方朔魁梧负俊才，文光璀璨辉星台。
三山海外祥烟遰，五色云中瑞气回。
儵见乘凫仪汉殿，御屏姓字天章绚。
遥献南峰春霁图，虹桥万里银河转。

恩荣双寿图（为巽峰陈侍御父母赋）
（明）廖道南

我闻陈氏汉有元方与季方，太丘品藻流芬芳；
宋有尧咨与尧叟，省华训戒归仁厚。
乃今亦有朴菴翁、巽峰子，仰植天纲俯人纪。
翁昔山中独考槃，春猿秋鹤恣盘桓。
躭幽偏访湘园竹，采秀仍纕沣沚兰。
时惟孟光偕隐德，相敬如宾亲稼穑。
缟衣茹藘更辛勤，草阁茅簷共棲息。
喔喔仪形穆古风，谆谆警诲抱精忠。
一经克永传家泽，三命端期懋国庸。
自昔分符浙西麓，万峰矗立瞻天目。
登巘恒歌《岵屺篇》，望云长劭乔松祝。
结驷还乘御史骢，英英斧绣北台东。

簪笔朝参迩英殿，封囊夕达承明宫。
即承简命巡南土，两淮兆姓安如堵。
揽辔何须羡范滂，勒碑终见思羊祜。
矧逢纶诏覃敷恩，紫诰飞章及里门。
赫赫鴈冠辉老柏，煌煌翚服映晴萱。
我时北上膺皇眷，招提楼阁罗清宴。
愿乞南飞双鹤词，置之堂上增欢忭。
我思古人为君赋太丘，省华昌胤祚君乎？
移孝为忠贞宪度，千载万载勋名布。

题雪岩图寿丽卿乃翁
（明）廖道南

雪岩何峻极，江上玉芙蓉。秀结峨眉地，高标建业峰。
凝辉烛四野，拟瑞慰三农。细詠《南山》句，嶙峋几万重。

题彭宣慰寿图
（明）廖道南

宝牒开商祚，金符锡汉朝。江迴南国纪，星转北辰枓。
骏烈超擒虎，鸿勋集射鵰。遥知彭祖寿，歌颂满云霄。

寿申封君歌题青鸟图
（明）王世贞

君不见申公七尺虬髯苍，双目稜稜紫石光。
赋成不肯献天子，大笑拂衣归故乡。
生驹挽弓三石强，妙舞剑器黄金装。
解言报恩公子里，亦曾结客少年场。
怀中蓝田双白璧，但令心知轻一掷。
归来叩牀忽绝倒，绿酒新熟琥珀色。

何言中路多龃龉，闭户谈玄学冲举。
石室时窥龙虎文，洪崖亦送烟霞醑。
邺河之傍春卜居，三花琪树郁庭间。
忽闻青鸟瑶池使，衔得长安天子书。
囊中岂无羽毛〔化〕药，相期且尽人间乐。
玳筵急管醉莫辞，迟尔三山驾鸾鹤。

题孟里图寿尤母
(明) 王世贞

尤郎颜铁虬髯红，矫如峄阳霜下松。
手攜客图孟家里，归寿阿母觞春风。
孟母三迁去其故，尤母却守先人宫。
啖子不必东家猪，食亲不必燕鱼熊。
义方但就养志好，圭筚也自春风中。

题画寿大参旸谷先生七十
(明) 王世贞

永嘉城外小猴山，明月长容笙鹤闲。
总为旸湖泉石好，未教王子厌人间。

为林子腾茂才题桃源图寿
(明) 王世贞

闽中乔木俱成林，林家主人饶隐心。
时篘竹叶千斛酒，来坐桃花万树阴。
淡日轻烟酿芳暝，翠羽黄鹂唤妆醒。
开处疑蒸紫帽霞，浇时欲涸旃檀井。
祝君度索三千春，有子仍为金母珍。
汉帝方征上林植，可容长作武陵人。

题灵椿图寿卓征甫光禄五十
（明）王世贞

君不甘小草，人能颂大椿。年希知命域，齿是噉名人。
跡与篮舆旧，才从彩笔新。犹闻上苑色，绝胜武陵春。

题柏舟画卷赠高母
（明）王世贞

谁言卫风荡，乃有共姜妇；谁言吴趋薄，亦有高令母。
当时髧髦歌《柏舟》，今日青灯照白头。
纵令淇澳清彻底，争似胥江不肯流。

为范母题晚节寒香卷
（明）王世贞

离离涧傍竹，英英篱边菊。芬不逐众卉，荣不依凡木。
凡木岂无阴，众卉先竞馥。畴能傲霜霰，谁欤安幽独？
中色比黄金，清心暎碧玉。所以范母贤，挺然范闱淑。
天泽岂不广，晚施意仍笃。嘉命播中州，清风蔼然郁。
太师傥有陈，彤管将见录。

张步兵怀椿寿萱卷
（明）黄相

我向京师为客久，寅月出门将及西。
月明白露下庭柯，风振秋声在高柳。
松楸双壁云锁深，节物惊心几回首。
凌晨有客来叩门，怀椿寿萱卷在手。
乃是紫髯张步兵，索我题诗纪其后。
自云生孩七月父见遗，苦辛抚摩独有母。

寂寥煦〔煦〕沫三十春，儿颇成立母亦寿。
伶俜孤影曩到今，何怙吁天天知否？
泪痕不尽雨痕斑，号声迥出江声右。
反思白发倚门人，瓶罍相藉宜相守。
白鱼青笋足冬春，禄养色愉忝升斗。
负郭石田二顷馀，种秫年丰催酿酒。
半浇三尺坟上茅，半祝南山酌一卣。
遗书数卷不忍观，和胆一丸长在口。
闻君此语重叹嗟，几家堂上双黄耇？
君犹得陇失蜀悲，我似凡民更何有。

题黄山烟树图为邵果斋内人寿
（明）焦竑

黄山高高凌紫清，七十二峰烟树横。
轩皇曾此鍊（炼）金液，手攜玉女朝瑶京。
遥遥一去几千载，犹有真风至今在。
梁鸿埋照世不知，翻因德曜留光彩。
绮筵行酒宵向分，举杯相邀鸾鹤群。
翠微渺渺丹霞接，髣髴灵璈响《绿云》。
大道希夷亦等闲，仙源只在故乡间。
莫如弄玉高台上，一逐箫声定不还。

题李公子乔松图称寿尊君临淮侯
（明）焦竑

天上何人手自栽？青葱佳气近蓬莱。
惟应帝子千秋后，会见松花一度开。
双阙风迥鸾缥缈，孤峰云尽鹤徘徊。
悬池拟献长生露，还仗郎君作赋才。

题仙桃白鹿图寿蒋参岳子征

（明）张凤翼

朱明开寿域，紫气凝吴淞。上有千岁实，下有二茅龙。
杖屦寄东山，声华高岱宗。虽开蒋诩径，已卜丁固松。
朝歌《麟趾》章，且也灵秀锺。熙朝崇世官，次第期登庸。

题扇寿爱蔬吴先生尊人

（明）顾清

江海归来一幅巾，东风八十四回春。
日长勘罢《参同契》，坐对青山即故人。

赋蟠桃图为张时震父母寿

（明）顾清

玄洲髣髴海东涯，海岸蟠桃大比瓜。
画入綵缣疑著雾，望迷仙苑欲生霞。
稀年令德真相配，紫府丹台别是家。
我欲金壶借馀墨，一枝併写杏园花。

题画松石为吴赤含寿

（明）李日华

昂昂石丈与髯翁，丘壑烟霞气骨同。
一自铢衣披拂后，紫芝瑶草领春风。

题竹溪图寿竹溪老人

（明）李维桢

吾宗供奉谪仙人，旧住徂徕溪水滨。
沿溪满种苍筤竹，杯酒啸歌偕隐沦。

竹色溪声曾不改,照映风流与文采。
龙钟之竹产龙孙,清溪一曲带荆门。
古今两见竹溪逸,盛事吾宗少伦匹。
输君七十能矍健,触目琳琅纷遶膝。
张君好事图竹溪,乞我诗为君品题。
供奉百诗酒一斗,我诗一篇奉君酒。
酒如竹叶漾溪流,溪成酒池可拍浮。
底事求仙仙亦谪,一日醉乡足千秋。

题九如图为高观察四十寿
（明）董其昌

纲纪雄东表,文章有代兴。江山增润色,日月共骞腾。
申甫神锺岳,蓬莱海阅陵。郎潜犹始壮,公梦已堪凭。
列柏群乌下,鸣冈瑞凤升。出云俱四岳,为寿叶三朋。
弧矢揆初度,彤庭宠恰承。穆如嗣作颂,不独九如称。

题百萱图寿李本宁母太夫人
（明）董其昌

突兀古云根,纷敷赤棘翻。堂前霞綵绚,天上露华温。
托质从玄圃,忘忧合道言。应持比金母,百亿化身繁。

乐寿图为潘百朋寿
（明）董其昌

江南欲作名园记,海上河阳看世济。
尚书綦履故遗声,右辖风流恢赐第。
考德真将独乐同,贻谋却与平泉异。
种木于今及百年,歌钟甲第常依然。
阅尽人间陵与谷,肯堂肯构归象贤。

森梢嘉树成蹊迳，突兀危峰出市廛。
白水朱楼相掩映，中池方广成天镜。
刷羽凫鹭迎向人，瀺灂游鱼波不定。
水北楼台照碧霄，桂为栋兮兰为橑。
邀宾盈百犹虚敞，鼓（鼓）吹数部仍寥寥。
水南岚翠何缥缈，琱琢云根成夭矫。
磴道周遮洞壑深，遊人往往迷幽讨。
飞梁百尺亘长虹，别有林扉接水穷。
名花异药不知数，经年瑶圃留春风。
主人夙有烟霞赏，王事驰驱多鞅掌。
又衔新诏五羊城，万里家山劳梦想。
不辞为作辋川图，一似披形入玉壶。
昼绣正看荣梓里，年华况值挂桑弧。
君不见鸿乙草堂传画史，一丘一壑徒为尔；
又不见洪厓仙人拔宅居，旧时城郭曾无馀。
何如世业俪金谷，吏邪隐邪俱不俗。
五岳仙山纵所如，卧游乡思常相续。
君生亦是我生辰，大斗年年持介福。

嘉平十四日题写古梅寿襟海丈

（明）李日华

偶试呵冰手，来拈琢玉花。烟笼三百榦，雪缀六千葩。
春信笑中得，高情物外赊。主人方介寿，持此报年华。

韩参议家庆图（叔祖暨父各九十）

（元）袁桷

丹泉为醴菊为葅，的的庞眉似画图。
万石齿高勤澣洗，二疏年并得欢娱。

兵前父老难寻伴,眼底孙曾总业儒。
欲向碧桃花下醉,斑衣紫绶两相扶。

张希孟嘉庆图(其祖、伯祖皆年过九十)
(元)袁桷

舜泉清且甘,历山秀而朗。淳风邈泠泠,旧俗遗穰穰。
怡愉二老欢,敦庞百岁长。银光浮胜颊,素发垂过项。
阶庭尊孝谨,闾里化廉让。春风连理枝,晴日九节杖。
犊车共东西,渔舫同下上。蚕麻课馀闲,豚韭随薄养。
薇山悲首阳,菊潭陋胡广。魄彼非礼罗,居然婴世网。
孙枝孕天葩,祖风蹑遗响。含饴记畴昔,兴门慰期奖。
冥鸿天机韬,乔松白云往。缅焉清风佳,庶作高山仰。

秦元卿家庆图
(元)马祖常

天爵荣良贵,皇家锡显封。恩光依上国,宠渥荫华宗。
椿悦荆交艳,萱妍桂竞秾。园亭春掩映,桑野畎纵横。
令子官薇省,诸孤胄辟雍。儒功谁表率?善俗此仪容。

题晋宁申氏家庆图
(元)程钜夫

申家盛德映当时,家庆图中始见之。
尽出橐金援滞狱,潜输囊米济邻饥。
已惊贤妇能齐寿,复见名郎有七儿。
最是舍傍羁旅者,感恩犹自说流离。

赠别柯伯庸归省亲。柯自龙虎来临安，邀予三茅山中，
　　出示方壶所作东柯谷图，及翰苑诸名公诗一帙，
且曰："吾垂白之母在堂，将归省焉，请与子别。"因赋此赠
　　　　　（东柯谷者，盖其家居地也。）

（宋）戴奎

天台万八千丈高插天，势与雁岩〔宕〕天姥诸峰连。
芒鞵竹杖昔寻访，层峦绝壁穷攀缘。
是时凭高一纵目，异境复来东柯谷。
几湾流水联玦环，数点晴峰刻瑶玉。
回头十载昔未游，黄尘扑面双鬓秋。
柯君一见与我谈，旧隐剪烛共醉吴山楼。
示我东柯之图才数尺，元气溶溶雾烟浥。
玉堂诸老亦神仙，错落文章列圭璧。
君言束发居龙虎，学仙期与松乔伍。
生平虽只恋还丹，岁久宁无念乡土。
嗟吁故林归独迟，相逢异县兼喜悲。
细观诗画久不厌，踌躇如在登临时。
钱塘五月熟梅雨，此日怜君一帆举。
缩地应无跋涉劳，升堂要觐慈颜喜。
紫霓裳，丹霞酒，拜奉亲前为亲寿。
喜惧虽因鹤发前，蹁跹复似斑衣旧。
西风一日秋满山，群仙有约须君还。
路经茅君坛下幸相报，我亦从之放迹蓬瀛间。

　　题方壶子天台图送曹士安省亲还上清
（元）丁复

仙人飙车竟独往，我家天台不得还。

六十江上老为客，半夜梦中无数山。
云飞舍下两白发，桃熟溪头双绿鬟。
更烦尔祖方壶子，写我与君刘阮间。

题刘山长雪夜板舆图
（元）萨都剌

板舆行乐处，鹤发尽鬖鬖。人子谁无母，刘家独有男。
诸孙嬉掌上，阿母度溪南。玉宇光连夜，颜酡酒半酣。

题胡伯衡飞云图
（元）杨载

未应时命固相违，千里遨游久不归。
已占龙头承紫诏，更蕲马首赐朱衣。
尘沙客路牵愁远，泉石家乡入梦稀。
日夜思亲心更切，沧浪怅望白云飞。

家山飞云图
（元）程钜夫

吴云楚客两羁孤，我亦先人有敝庐。
风雪江湖归路远，不知谁为写成图。

题潘叔宽望云图
（元）贡师泰

日入无返照，云出有归期。云归在山阿，亲死独何之？
思亲不可见，亦有墓与祠。朝望怡我目，夕望慰我思。
风吹白杨树，露滴青松枝。翩翩华堂鹤，鸣声一何悲！
不有《望云》作，孰继《南陔》诗？

望云思亲图为王大使作

（元）丁鹤年

山人爱云不离山，巢居只在云松间。
枕前漱玉弄明月，此心直与云俱闲。
达官爱云云作侣，平步青云称高举。
天瓢一滴慰苍生，大旱用汝为霖雨。
王公出处与此二者殊，十年游宦感离居。
衣上犹存慈母线，手中长把严君书。
日日看云不遑暇，为有吾亲舍其下。
恨身不得逐云飞，却写飞云入图画。
公馀展玩凝心神，见云如见吾双亲。
卷图仍寄吾亲舍，永奉高堂长寿身。
狄公盛事王公继，今古孝思同一致。

题张伯源梦父还家图

（元）张庸

东海浩无极，潮生如有期。为客千里外，归程杳难知。
阿爷昔向西州去，望断风尘不知处。
潮生潮落几朝暮，门前踏破青莎路。
小窗月落天宇寒，梦爷忽从东海还。
明朝即上长溪道，岂意相逢溪上山。
道傍踯躅惊复喜，瘦影尘衣如梦里。
艰难共说别离情，不知有泪如泉水。
君不见世涂横绝豺虎前，千里感梦只自怜。
海波腥吐蛟龙涎，几人渡此能生全？
归来宴坐奉颜色，眼中如觌天日白。
剜肌煮糜身不惜，劝爷莫作他乡客。

题陈象之舆母避寇图
（元）张庸

海去松溪才数里，溪流直下随海水。
玉虹饮水夜不收，一朝海宼（寇）如蠹起。
陈君溪上居，有母八十馀。传声海寇至，啼散树头乌。
吹脣〔蜃〕鼓噪海倒立，凭谁舆母天雨泣。
神使娄生与之俱，寇竟追之不能及。
初惧力不胜，何以逃母生。
篮舆轧轧翻觉轻，瞬息前行知几程。
寇方抄掠犹未去，舆母更入山深处。
缘崖觅路恨不飞，纵有遗金宁复顾。
黑风撼海寇上船，夜来始觉无烽烟。
次第归来访邻里，几家骨肉谁家全？
眼前生理谁暇数，见母加餐忘却苦。

瞻云图
（明）廖道南

梁公千里独瞻云，春到乡山草木芬。
我亦有怀登岵屺，夜深孤立看星文。

李氏奉亲图
（元）程钜夫

高唐李家宜入史，世世顺孙并孝子。
今人创见古寻常，养志承颜政如此。
春风秋月花满川，小车长耳相后先。
生绡二尺粉墨具，中有至乐无由宣。
坐中亲宾歌拍手，宇宙之间一樽酒。

黄犬东门竟不归,青牛西去知存否?
何如我翁八十强,红颜雪鬓双电光。
醉归不怕驴自稳,有儿左右扶车箱。
长闻贞观开元际,老大昇平饱嬉戏。
丹青不见见残编,好护新图示来世。

题白华图为本斋王公
（元）王寿衍

母慈子孝觉天全,桃发华枝岂偶然。
名士品题图画卷,他年当不负凌烟。

题白华图为本斋王公
（元）汤弥昌

《白华》载补三百篇,蟠桃一实三千年。
方士招魂术通仙,思母念母心通天。
孝感诚应玄又玄,生祥下瑞理则然。
圆明示寂佛果圆,王母今在瑶池前。
白华变幻丹葩妍,蟠桃彷佛青枝连。
玉苞莹若冰壶悬,心目洞照无中边。
太史载笔青瑶镌,斯文斯文百世传。

题白华图为本斋王公
（元）陈方

蓼莪霜气入袈裟,铭笔当归学士家。
更为《白华》添后传,东风谁忍看山茶。

题白华图为本斋王公
（元）龚璛

《白华》久不补,谁识孝子心?寸草报春晖,后来存雅音。

散火冰雪中，孤标凝太阴。一气类冬筍，冷馣分萧岑。茫茫东海波，敛之碧壶深。花如慈颜开，枝似儿手簪。王氏琳琅秀，佛香蒼葡林。孝子独何为，感通无古今。

历代题画诗类卷第一百十九

杂题类

燕尔馆破屏风所画至精,人多叹赏题之
(唐) 刘禹锡

画时应遇空亡日,卖处难逢识别人。
惟有多情往来客,强将衫袖拂埃尘。

杨子华画(三首)
(唐) 元稹

杨画远于展,何年今在兹?依然古妆服,但感时节移。
念君一朝意,遗我千载思。子亦几时客,安能长苦悲?

皓腕卷红袖,锦韝臂苍鹗。故人断絃心,稚齿从禽乐。
当年惜贵游,遗形寄丹臒。骨象或依稀,铅华已寥落。
似对古人民,无复昔城郭。予亦观病身,色空俱寂寞。

颠倒世人心,纷纷乏公是。真赏画不成,画赏真相似。
丹青各所尚,工拙何足恃。求此妄中情,哀哉子华子!

资圣寺诸画效柏梁体
(唐) 段成式、张希复、郑符联句

吴生画勇正戟攒,(成式) 出变奇势千万端。(希复)

苍苍鬼怪层壁宽,(符)靓之忽忽毛发寒。
稜伽之力所疲殚,(成式)李真周昉优劣难。(符)
活禽生卉推边鸾,(成式)花房嫩彩犹未乾。(希复)
韩幹变态如激湍,(符)昔哉壁画势未殚。
后人新画何汗漫。(希复)

病起见图画
（唐）僧齐己

病起见图画,云门兴似饶。衲衣樱笠重,嵩岳远山遥。
命在斋犹赴,刀闲发尽凋。秋光渐轻健,欲去倚江桥。

题童氏画
（唐）阙名

林下材华虽可尚,笔端人物更清妍。
如何不出深闺里,能以丹青写外边?

观何君宝画
（宋）梅尧臣

燕马易画,吴牛难图。
马骨应细牛骨麤,马毛要密牛毛疎。
麤疎必辨别,细密多模糊。
乃知戴嵩笔,能出韩幹徒。
幹马精神在鞿勒,嵩牛怒鬪无牵拘。
昨日何家观小轴,绢虽破烂色不渝。
二头相触角竞觭,前脚如跪后脚舒。
尾株榻直脊臀蹙,筋力写尽蹄腕殊。
一胜一败又苦似,胜者狠逐败者趋。
卷穷赤印置小字,置字乃是陶尚书。

尚书国初人，爱画收几厨。
买时不惜金与帛，帛载羊车钱载驴。
后世儿孙不能保，卖入穷市无须臾。
凡目矜新不重故，千钱酬直皆笑愚。
四牛遂为何氏有，装背入眼天下无。
坐中吾侪趣已异，又喜玄女传兵符。
此本实称阎令画，下笔简细容颜殊。
三人鬼状一牛首，八女二十美丈夫。
黄帝中间荫葩盖，霞扇错玳旌拥朱。
冠服难知岁月远，但见仪卫森清都。
复观鹿台独夫爱，妲己不笑何由娱。
酒池肉林骑行炙，剖心斮胫堪悲吁。
数幅吴王宴西子，綵舟张乐当姑苏。
宫娥数百簇高下，鬓髻一一红芙蕖。
危风细浪得平远，前对洞庭傍太湖。
商纣夫差可垂诫，历世传玩参盘盂。
雕鹰草木不足记，特詠此事心何如！

表臣斋中阅画而饮
（宋）梅尧臣

尝观韩干马，人物亦如生。君收四病骨，无肉只峥嵘。
二匹痒磨树，二匹纵其情。意思若不任，千里未可行。
古绢蠹已尽，彩色无精明。叹惜传至此，几人金帛轻？
隋时有名笔，独写严君平。犹持杖头钱，罢肆心莫营。
魁然中贵人，坐榻不知名。画中有画屏，山石俙天成。
今时长沙叟，猕猴檞林横。疏毛与设色，前代何角争。
馀存品虽高，我未易敢评。主人愈好事，缄笥酒壶倾。

赵令晏崔白大图幅径三丈

（宋）苏轼

扶桑大茧如瓮盎，天女织绡云汉上。
往来不遣风衔梭，谁能鼓臂投三丈？
人间刀尺不敢裁，丹青付与濠梁崔。
风蒲半折寒雁起，竹间的皪横江梅。
画堂粉壁翻云幕，十里江天无处著。
好卧元龙百尺楼，笑看江水拍天流。

子由新修汝州龙兴寺吴画壁

（宋）苏轼

丹青久衰工不艺，人物尤难到今世。
每摹市井作公卿，画手悬知是徒隶。
吴生已与不传死，那复典刑留近岁。
人间几处变西方，画作波涛翻海势。
细观手面分转侧，妙算毫厘得天契。
始知真放本精微，不比狂花生客慧。
似闻遗墨留汝海，古壁蜗涎可垂涕。
力捐金帛扶栋宇，错落浮云卷新霁。
使君坐啸清梦馀，几叠衣纹数衿袂。
他年吊古知有人，姓名聊寄东坡弟。

王维吴道子画

（宋）苏轼

何处访吴画，普门与开元。开元有东塔，摩诘留手痕。
吾观画品中，莫如二子尊。道子实雄放，浩如海波翻。
当其下手风雨快，笔所未到气已吞。

亭亭双林间，彩晕扶桑暾。
中有至人谈寂灭，悟者悲涕迷者手自扪。
蛮君鬼伯千万万，相排竞进头如鼋。
摩诘本诗老，佩芷袭芳荪。
今观此壁画，亦若其诗清且敦。
祇园弟子尽鹤骨，心如死灰不复温。
门前两丛竹，雪节贯霜根。
交柯乱叶动无数，一一皆可寻其源。
吴生虽妙绝，犹以画工论。
摩诘得之于象外，有如仙翻谢笼樊。
吾观二子皆神俊，又于维也敛衽无间言。

王维吴道子画

（宋）苏辙

吾观天地间，万事同一理。扁也工斲轮，乃知读文字。
我非画中师，偶亦识画旨。勇怯不必同，要以各善耳。
壮马脱衔放平陆，步骤风雨百夫靡。
美人婉娩守闲独，不出庭户修容止。
女能嫣然笑倾国，马能一蹴致千里。
优柔自好勇自强，各自胜绝无彼此。
谁言王摩诘，乃过吴道子？
试谓道子来置汝，所挟从软美。
道子掉头不肯应，刚傑我已足。
自恃雄奔不失驰，精妙实无比。
老僧寂灭生虑（虚）微，侍女闲洁非复婢。
丁宁勿相违，幸使二子齿。
二子遗迹今岂多，岐阳可贵能独备。
但使古壁常坚完，尘土虽积光熘（艳）长不毁。

画　叹
（宋）苏辙

武燕未远嗟谁识，赵董纷纷枉得名。
已矣孙陈旧人物，至今但数汉公卿。

石无咎画苑
（宋）陈师道

卒行无好步，事忙不草书。能事莫促迫，快手多麤疎。
君看荷苇槲叶扇，崔家中叔三人俱。
埽除事物费岁月，收完神气忘形躯。
恍然有得夺天巧，衰颜生态能相如。
市师信手无赢馀，一日画出东封图。
眼前百口怪神速，背后十（千）指争挪揄。
君家画苑倾东都，锦囊玉轴行盈车。
补完破碎收亡逋，欲得不计有与无。
问君此病何当祛，君言无事聊自娱。
世间何事非迷途，挟策未必贤樗蒲。
苑中最爱文与苏，情亲不独生同闾。
自谓知子谁如予，叔也不痴回不愚。
怜君用意常勤渠，挥毫洒墨填空虚。
风梢雨叶出新意，老树僵立何年枯。
我生百事不留意，外物不足烦驱除。
翰墨才能记名字，摹临写貌无工夫。
见弱不救危不扶，独无一物充庖厨。
看君发漆颜丹朱，意气健如生马驹。
逢人不信六十馀，郁然一茎无白鬚。
吕公落寞起钓屠，南山四老东宫须。

人生晚达有如此，应笑虞翻早著书。

题郑防画夹（三首）
（宋）黄庭坚

子母猨啼槲叶，山南山北危机。
世故谁能樗里，彀中皆是由基。

惠崇烟雨归雁，坐我潇湘洞庭。
欲唤扁舟归去，故人言是丹青。

折苇枯荷共晚，红榴苦竹同时。
睡鸭不知飘雪，寒雀四顾风枝。

谢郑闳中惠高丽画扇（二首）
（宋）黄庭坚

会稽内史三韩扇，分送黄门画省中。
海外人烟来眼界，全胜《博物》注鱼虫。

蘋汀游女能骑马，传道蛾眉画不如。
宝扇真成集陈隼，史臣今得杀青书。

题仁老所画枕屏（五首）
（宋）邹浩

昔侍先君官四明，往来皆向此中行。
昊天欲报嗟何及，空对小屏无限情。

万顷红蕖照落晖，五云门外贺家池。
别来无复当时兴，二十四年空自知。

古堰横空舟楫回,曹娥江上候潮来。
全家弥月寒光里,日日鲜鳞醉泼醅。

天华寺前维小舟,僧牕轩豁留清眸。
平湖秋霁净如镜,时复轻轻飞白鸥。

身在九疑麓,门当二水流。谁知刹中胜,朝夕助嬉游。

赠画士龚子

(宋)陈造

古人论画索画外,世俗区区较形似。
眼明亦有可人者,龚子画形兼画意。
秋兰春蕙相与芳,梅花照影生暗香。
倚烟映雾各夸婷,併作短轴供宝藏。
斩新雪色三丈壁,胜日烦渠挥淡墨。
楂枒老树对丑石,龙腾兽伏起恍惚。
松底跳波隐隐轰千鼙,石间横斜风竹相因依。
长翁雅趣在水竹,新开湖南规办五畂绿。
此松此石偕四友,身未出门先在目。
暮年供给良易足,龚子惠我真绝俗。
万钱酬赠不颔颐,新诗渠能饱君腹。
平生好事吾屡空,龚子好事未后翁。
藏诗宝画从人笑,与子把玩无终穷。

题赵生画

(宋)陆游

东都画手排浮萍,天子独赏一赵生。

幅缣尺纸皆厚赐，众史妒媚都人惊。
迩来一笔不复见，好事往往空闻名。
奇哉此独出劫火，论价直恐千金轻。
老廉博士最别识，一见自谓双眼明。
老夫寓居旱河上，矮轴正向幽窗横。
饭馀扪腹看不厌，林外重阁高峥嵘。
凭谁唤住两禅客，水边共听烟钟声。

曝旧画

（宋）陆游

故箧开缄一怆情，断缣残幅尚知名。
翩翩戏鹊如相语，洶洶惊涛觉有声。
柳暗正当烟未敛，花秾仍值雨初晴。
百年手泽存无几，虫蠹尘侵只涕横。

催老融墨戏

（宋）楼钥

古人惜墨如惜金，老融惜墨如惜命。
濡毫洗尽始轻拂，意匠经营极深夐。
人非求似韵自足，物已忘形影犹映。
地蒸宿雾日未高，雨带寒烟山欲暝。
中含太古不尽意，笔墨超然绝畦迳。
画家安得论三尺，身世生缘俱堕甑。
人言可忘不可亲，夜半叩门宁复听。
三生宿契谁得知，一见未言心已应。
岩倾千丈雪散空，上有清池开锦镜。
意行忽觉发虎啸，许作新图写幽胜。
归寻一纸五十尺，傅以矾胶如练净。

自知能事难促追，卷送松牕待清兴。
笔端寸寸意何如，西抹东涂应略定。
何当一日快先觏，洗我昏眸十年病。

跋周忘机画
（宋）刘克庄

周郎词艺妙天下，似是诗家非画家。
宁与嵇公写《琴操》，不为盛尹作梅花。

题宣和御画
（宋）王庭珪

玉锁宫扉三十六，谁识连昌满宫竹？
内院寒梅欲放春，龙池水暖鸳鸯浴。
宣和殿后新雨晴，两鹊飞来向东鸣。
当时妙手貌不成，君王笔下春风生。
长安老人眼曾见，万岁山头翠华转。
恨臣不及宣政初，痛哭天涯观画图。

史画吟
（宋）邵雍

史笔善记事，画笔善状物。状物与记事，二者各得一。
诗史善记意，诗画善状情。状情与记意，二者皆得精。
状情不状物，记意不记事。形容出造化，想像成天地。
体用自此分，鬼神无敢异。诗者岂于此，史画而已矣。

诗画吟
（宋）邵雍

画笔善状物，长于运丹青；丹青入巧思，万物无遁形。

诗笔善状物，长于运丹诚；丹诚入秀句，万物无遁情。
诗者人之志，言者心之声。志因言以发，声因律而成。
多识于鸟兽，岂止毛与翎；多识于草木，岂止枝与茎。
不有风雅颂，何由知功名？不有赋比兴，何由知废兴？
观朝廷盛事，壮社稷威灵。有汤武缔构，无幽厉欹倾。
知得之艰难，肯失之骄矜？去巨蠹奸邪，进不世贤能。
摘阴阳粹美，索天地精英。藉江山清润，揭日月光荣。
收之为民极，著之为国经；播之于金石，奏之于大庭；
感之以人心，告之以神明。人神之胥悦，此所谓和羹。
既有虞舜歌，岂无皋陶赓；既有仲尼删，岂无季札听？
必欲乐天下，舍诗安足凭？得吾之绪馀，自可致昇平。

儒衣陈其姓，工于画牛马鱼。一日持六簇为赠以换诗

（宋）戴复古

生绢六幅淡墨图，伊人笔端有造化。
骅骝汗血捉电光，牯牸倦耕眠草下。
陂塘漠漠烟雨后，出水群鱼戏潇洒。
细看物物有生意，不比寻常能画者。
请君就此三景中，挥毫添我作渔翁。
岸头孤石持竿坐，白鹭同居蒲苇丛。
有时寻诗出游衍，款段徐行山路远。
奚奴逐后背锦囊，木杪斜阳鸦噪晚。
有时蓑笠过田间，农妇农夫相往还。
手放耝犁吹短笛，日暮青郊黄犊闲。
王孙贵人不识此，此是吾侬佳绝处。
挂君图画读吾诗，令人懒踏长安路。

咏画赠赵道士
（宋）文天祥

欲觅龙泉旧时笔，相传此手世间无。
黄金不买昭君本，只买严陵归钓图。

题公震画后（二首）
（宋）僧道潜

错莫江云结暝阴，归飞宿翼半浮沉。
毫端领略无遗种，想见雍容物外心。

蒹葭照雪含馀润，古木挽天气老成。
山谷不来居士死，何人为子一题评？

观曹夫人画（三首）
（宋）僧道潜

野水平林渺不穷，雪翻鸥鹭点晴空。
洞房岂识江湖趣，意象冥将造化同。

华屋生知世胄荣，谁教天付与多能。
西风白草牛羊晚，隐见横冈一两层。

临平山下藕花洲，旁引官河一带流。
两櫂风帆有无处，笔端须与细冥搜。

蒲元亨画四时扇图
（宋）僧德洪

画工妙物无不可，谁能笔端自忘我？

醉蒲睡著呼不闻,但见解衣盘礴赢。
起来漱墨滋破研,霜绡咫尺开纨扇。
点缀四时无不有,但见眼前红绿眩。
云破连峰青碧开,林梢时复见楼台。
断桥落日空流水,为问秦人安在哉?
春山杳霭知何处?夏木森森蔽风雨。
秋阴未破雪满山,笑指千峰欲归去。

咏破屏风

(唐) 姚合

时人嫌古画,倚壁不曾收。露滴胶山断,风吹绢海秋。
残雪飞屋里,片水落牀头。尚胜凡花鸟,君能补缀不?

历代题画诗类卷第一百二十

杂题类

题惠崇画
(元) 马祖常

龙门千尺梧桐树,多在石崖悬绝处。
上有古巢生凤皇,凤皇台高山水长。
吴蚕八茧白云丝,画史落笔光陆离。
江天万里莫射鴈,春草年年出湖岸。

郭忠恕十幅
(元) 邓文原

雒阳画史称忠恕,尺素能穷造化工。
翠嶂倚云天外落,高林飞雨望中丛。
彤楼风暖歌声细,绮阁春深舞袖红。
应是宣和多爱惜,故将题墨琬琰同。

题画
(元) 虞集

缉熙殿里御屏风,零落谁收百岁中?

锦树总含春雨露，画桥犹是旧青红。
花开陌上怀归燕，潮落江头送去鸿。
何似绿波生太液，绛桃风急䌽船东。

题山石猿鸟图
（元）杨载

万卷堆中昏欲睡，忽见画图醒我意。
眼前崖谷起嵯峨，便似著身游此地。
梗柟楮栎大百围，奔泉透石霹雳飞。
玄猨孤峙憩美荫，下视白鸟娱清晖。
昔闻虞舜狩南岳，君子相随化猨鹤。
往往此辈犹尔为，慨想云林真可乐。
拔剑斫山山骨露，山鬼呷嘤安敢怒。
只今踊跃归去来，莫愁无觅诛茅处。

时中兄示余画一轴，画一老翁推独轮小车，
上载两巨瓮，意其为警世之为，因为赋诗
（元）杨载

小人无他独嗜利，两瓮载车将远致。
肩赪足跰汗潸然，冉冉修程胡不畏？
世人但笑愚翁愚，瓮破即与瓦砾俱。
不知人有千金躯，前行险道方乘车。

赠画工黎仲瑾
（元）欧阳玄

吾闻苌弘之忠裂金石，精气千年化为碧。
人生赖有方寸妙，万变神奇从此出。
又闻西方梵僧名法能，能令两眼碧色晶荧荧。

有时肘后洒墨汁，纤秾疎秀皆成形。
碧山画欲入神品，表里神光碧瞳炯。
浮岚暖翠山不受，尽付晴牕落泓影。
碧山学士今为谁？玉堂茆舍各有时。
烦君添我山下屋，更看白云相陆离。

大年小景（三首）
（元）张翥

一川风柳绿佺佺，古木茅茨近涧阿。
溪上无人船不渡，水禽飞处夕阳多。

春淡空山不自聊，幽花老尽国香销。
只今愁绝沅湘路，谁与侯芭赋楚招？

采采幽芳不盈把，好收风雾入铜瓶。
虎丘老衲今何在？思见嵯岈石上青。

东夷倭人小折叠画扇子歌
（元）吴莱

东夷小扇来东溟，粉牋摺（折）叠类凤翎。
微飙出入挥不停，素绘巧艳含光荧。
银泥蚌泪移杳冥，锦屏罨画散红青。
皓月半割蟾蜍灵，紫云暗惹鲛鱼腥。
徐市子孙附飞舲，翕然家世杂梵经。
文身戴弁旧仪形，对马绝景两浮萍。
殊方异物须陈廷，富贾巨舶窥天星。
祝融嘘火时所丁，岛滨卖箑送清泠。
白龙浸皮暑欲醒，玉阶涵水夜扑萤。

蓬莱仙人降辎𫐐，扶桑茧丝结綵挺。
祖洲芝草酿绿醽，穹龟巨鼋动遭刑。
海神惜宝轰雷霆，鄙夫卧病临虚扃。
蒲葵百柄称使令，冰浆蔗液但满瓶。
石榻被发气自宁，新罗一念终飘零，涂修雉尾吾何铭。

题小景
（元）杜本

秋云满地夕阳微，黄叶萧萧鹰正飞。
最是江南好天气，村醪初熟蟹螯肥。

用王叔明韵题画
（元）倪瓒

王郎笔力追前辈，海岳新图入卧游。
独鹤眠松犹警露，孤猨挂树忽惊秋。
陶潜宅畔五株柳，范蠡湖中一叶舟。
同煮茯苓期岁暮，残生此外更何求。

画寄王云浦
（元）倪瓒

吴淞江水漾春波，江上归舟发櫂歌。
邀我江亭醉三日，凤笙鸾吹拂云和。
纷纭省署縻官职，老我澄怀倦游历。
看君骨相自有仙，故作长松挂青壁。

题画贻王光大（二首）
（元）倪瓒

荆南山色隐晴湖，暖翠当牕不用图。

避世移家今十载，盛书连舸泊三吴。
可怜画卷撩归梦，依旧香奁傍药炉。
珍重故人王架阁，笔能扛鼎要人扶。

荆南山色青如染，卜筑正当溪水南。
浪舞渔舟鸥泛泛，雪消沙渚柳毵毵。
凉轩枫叶晴云缀，秋浦荷花落日酣。
旧宅不归幽梦远，吴淞聊结小禅龛。

翠竹灵壁图
（元）钱惟善

江上闻瑶瑟，云端拥翠旗。楚王空有梦，那得见贞姿。

题许道宁画轴
（元）马臻

画师天与力，落笔贵宏壮。神巧刻虚无，众色为彫丧。
尝闻许道宁，气逼韦偃行。君家见兹图，激我泉石况。
午光翻素壁，错愕引遐望。冥冥雾霭霁，水木散清旷。
远近层冈来，造设不可状。初如拥阵马，忽觉转叠浪。
秋高岸容瘦，迴风进归榜。山阳最奇秀，安得数椽傍。
终然记华巅，萧萧摆尘埃。因思造化理，诗成一惆怅。

马远小景（二首）
（元）张雨

柳未藏鸦雪未消，春衫游子马蹄骄。
去年沽酒楼前路，错认桃花第一桥。

玉砂卷海白糢糊，千树梅花垾地无。

彷佛水仙祠下路，金枝翠带不胜扶。

画　扇
（元）唐肃

建章初月朗，太液正风微。肃肃房栊掩，团团玉甃窥。
高梧拥翠艳，文石驻流辉。叶密声翻细，峰多影屡移。
歌姬掩越调，舞女卷秦衣。莫沁芭蕉露，愁题纨扇词。

题画扇便面
（元）张渥

一自兰亭飞笔后，昭陵风雨夜如何？
当年老媪能知此，扇出人间百价过。

题杂画卷子
（明）刘基

山川出云霓，豀谷藏虎豹。枯树嶒崚身，怪石魂礨貌。
竹枝如琅玕，烟雨昏幕罩。梅花雪中开，的皪珠磊皫。
兰独称国香，姱丽最可乐。荒纤草堪藉，葛蕈棘能抓。
宋公学元晖，骇兽见腾趯。老班性嗜酒，藻思发馀酵。
丹丘泣龙髯，零落江湖櫂。颠王食败笔，得米动盈窖。
僧明本静者，一艺起众闹。展卷见历历，聊足解喧嗃。
裁诗慕韩豪，琐细非所较。

题安南陈内相杂画（二首）
（明）林弼

白石青蒲春水生，夕阳毛羽照沙明。
戏拈画笔知何处，柳外池塘艇子轻。

陇头春树拂云红，学语声轻弄晚风。
上国只今辞远贡，漫愁双翮闭雕笼。

题水墨小景
（明）王恭

江城何人夜吹笛，零落梅花晓无迹。
仙峤苍茫隔海青，人烟寂历连秋色。
何处征帆天际归，夕阳枫树鸟边微。
矶头亦有垂纶者，甘向沧浪老布衣。

题赵松雪画（四首）
（明）虞堪

江上晴天锦绣纹，丹崖红树思纷纭。
毫端染得秋无际，犹是苍梧几片云。

王孙今代玉堂仙，自画苕溪似辋川。
如此青山红树底，可无十畎种瓜田？

玉箫吹断几黄昏，南国风流竟莫论。
帝子不悲秋色晚，墨痕何以著啼痕？

竹色萧萧木叶齐，石边芳草迥凄迷。
断猿月落愁人去，正在黄陵庙里啼。

题黄鹤山人王叔明画
（明）平显

我昔见之湖上居，当门万朵翠芙蕖。
承平公子有故态，文敏外孙多异书。

闲吮彩毫消白日，梦骑黄鹤上清虚。
此图定倚吴山阁，醉点南屏春雨馀。

题丁野夫画

（明）平显

髯丁已没四十载，化鹤归来知是非。
郭外梅邨更地主，笔端松石见天机。
一时好手不可遇，千古赏音如此稀。
长忆西湖旧游处，画船清雨白鸥飞。

题画赠友（二首）

（明）张适

建溪山下是君家，别后长松几度花。
他日乞身归去路，扁舟独櫂白鸥沙。

我有草亭南涧阿，琴僧吟子日相过。
别来猿鹤惊猜久，石壁春风长薜萝。

题　画

（明）张适

雨馀涧壑泉争赴，月上林皋鹤未眠。
且詠凉天嘉树下，更将幽意写芳絃。

题　画

（明）李进

飞花入帘宫漏长，游丝落絮春茫茫。
金鞍骏马青丝勒，绮阁小姬红粉妆。
黄金作丸落花底，啼鸟隔花飞不起。

明朝更欲载东风,早买楼船放春水。

题画(二首)
(明) 陈宪章

金笼锁鹦鹉,山木纵斑鸠。巧拙知谁是?天机不自由。

发与疏梅白,身将寡鹤亲。孤山残雪夜,清绝凭阑人。

题松雪图
(明) 陈宪章

元时有简赵松雪,松雪于今又属谁?
一幅丹青一瓢饮,廖公来乞老夫诗。

题福山曹氏画
(明) 刘溥

歌舞当年只醉游,不知何物是闲愁。
如今桐树无人洗,风雨空山几度秋。

和石田题王潆之画扇(二首)
(明) 吴宽

尺图宛见秋溪春,我昔经行记得真。
欲作画评重阁笔,至今还属当行人。

紫藤花落石台春,隐者幽居写最真。
画品平生应自定,何须延誉待他人。

题倪云林画
(明) 吴宽

黄金散与列仙儒,江上扁舟逐钓徒。

为语纷纷评画者，要知迂叟不为迂。

题　画
（明）储𧃍*

沙浦波明碧树攒，杏花疏雨澹生寒。
京城㳺却江南梦，试问吴船借画看。

题　画
（明）沈周

芳时中酒病难降，朝日烘人始启牕。
可怪杨花轻薄甚，尽扶春去落烟江。

题小画（二首）
（明）陆深

箬叶舟能大，桃花水正新。了知鱼有乐，袖手卷丝纶。

杂花冥冥岭云低，紫艳红芳各自奇。
最爱午风吹作阵，杜鹃枝飐海棠丝。

赠张挥使小画
（明）廖道南

万绿阴中一草堂，将军羽猎赋长杨。
苍鹰赤豹来西域，宝剑彤弓出上方。

题画赠张冰溪
（明）廖道南

碧树苍茫翠雾开，风泉云壑共徘徊。

---

* 原本"储瑾"，当作"储𧃍"，径改。

春深啼鸟花争发，莫遣山灵浪自猜。

赠冯画师
（明）廖道南

白发青僮拟列仙，桃溪溪上卧云泉。
虎头心事龙眠手，点染长临万里川。

陆包山述李三塘见推为题画
（明）蔡羽

披展云山话雨中，士龙人品李膺风。
荆州士论虚叩尕，借笔题诗看洗桐。

题画赠朱拱之
（明）谢承举

君山兀兀湖水急，烂银盘中螺一粒。
老龙把弄苍玉枝，飞涛掀空海神泣。
振林裂石孤月明，划然似觉天西倾。
持将浊世奢妖魅，媿作笙竽新样声。

题倪元镇小画
（明）王世贞

懒瓒真懒瓒，残楮复残墨。不结丹青缘，物外写秋色。

题王子裕佥宪诗画册后
（明）王世贞

江东再见王摩诘，宝界山头即辋川。
一自丹青题句后，白云秋色重苍然。

为秋野题画

（明）王世贞

飘尽江头芦荻花，疎疎黄叶见人家。
由他庾信能萧瑟，社酒鸡豚乐未涯。

黄生行赠善画者亦明卿客也

（明）王世懋

吴公好士天下无，挦客半是高阳徒。
颖上黄生才二十，酒酣自诧丹青殊。
含毫弄墨辄有意，貌得衣冠古丈夫。
有时亦写韩幹马，五花色映官奚奴。
春江楼船日千里，两岸青山皆画里。
黄生无事但伸纸，九老七贤无不似。
少年盘礴得如此，生直须年名自起，顾陆张吴亦人耳。

题顾文康画

（明）王世懋

国钧挺奇秀，翰史标都长。玉树著土中，令人忆文康。
生平妙点染，遗墨等琳琅。兹图发心赏，遂令蹊迳忘。
落落两长松，居然具栋梁。规模自承旨，丘壑中所藏。
玄黄何用同，襟期故相望。为君什袭重，持以比甘棠。

寄章廷纶画史

（明）邢侗

丹阳郭里谁怜汝？沸水亭边最忆君。
此日谢安团扇上，无人为画敬亭云。

广仁院画壁

（明）汤显祖

曾为蛾眉斩画师，千秋能此画孩儿。
自惭遶佛无飞乳，满县儿啼似不知。

题画赠蜀中尹使君惺麓

（明）董其昌

龙性猕来不易驯，青天蜀道一归人。
拈将海国秋山翠，得似峨眉雪后春。

题画赠张平仲兖守

（明）董其昌

忽忆君家笠泽图，寒江密雪满菰蒲。
于今身在齐青里，日对秦封五大夫。

题画（二首）

（明）程嘉燧

清溪百叠远含风，樵路渔源望欲通。
一段乡愁何处著，伤春无奈夕阳中。

客路无媒类转蓬，人间薄命是丹枫。
胭脂纵似桃花色，难挽春光二月红。

题　画

（明）李日华

霜落蒹葭水国寒，浪花云影上渔竿。
画成未拟将人去，茶熟香温且自看。

题谢孔昭雨中过沈孟渊所诗画
（明）王肆

竹边书屋柳边舟，白发相逢酒一瓯。
回首旧游成远梦，满林风雨不胜秋。

题沈公济雪中过沈孟渊所诗画
（明）王肆

白发交游二隐沦，西庄一别几经春。
雪中客有重来日，不见当年冒雨人。

为香山顾敬中题画
（明）贺甫

芳草晴烟处处迷，画堂应在画桥西。
花开记得寻君日，一路香风送马蹄。

题云林画
（明）陈则

落花愁杀未归人，乱后思家梦更频。
纵有溪头茅屋在，也应芳草闭深春。

题　画
（明）僧智舷

数株老树半无叶，一箇茅亭终日空。
惟有鹭鸶常到此，飞来飞去送残红。